印度古代史诗
摩诃婆罗多
MAHĀBHĀRATA
[印]毗耶娑 著
（五）

黄宝生 译

中国社会科学出版社

灵魂高尚的坚战和木柱王之女黑公主坐在上面,智者(烟氏仙人)念诵咒语,召唤火神。他为大地之主、贡蒂之子坚战灌顶。(12.40.14—15)

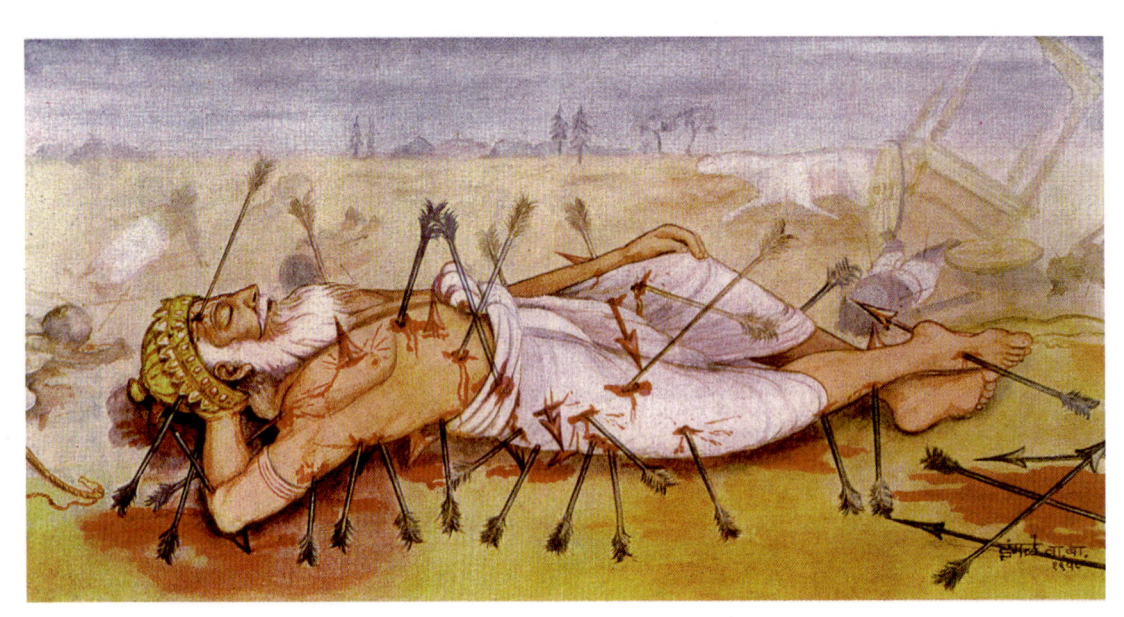

人中之虎毗湿摩躺在箭床上，犹如即将熄灭的火。(12.46.11)

目　　录

导言 ……………………………………………… 黄宝生（1）
《和平篇》内容提要 ………………………………………（1）

第十二　和平篇

王法篇（第1—128章）……………………………………（3）
危机法篇（第129—167章）……………………………（237）
解脱法篇（第168—353章）……………………………（316）

导　　言

一　关于《和平篇》

坚战为阵亡者举行完葬仪，面对大战的悲惨后果，精神沮丧，但在众人的劝说下，终于登基。然后，黑天陪同坚战五兄弟前往战场，请躺在"箭床"上的毗湿摩传授国王的职责。毗湿摩对坚战的教诲分为三部分：《王法篇》、《危机法篇》和《解脱法篇》。"王法"是指国王在正常时期的职责。毗湿摩讲述了国家的起源，国家的日常事务，四种姓的职责，国王与臣民的关系，惩治方式，人生目的——正法、利益和爱欲及其相互关系。"危机法"是指国王在危急时期的职责，即国王在迫不得已的情况下，可以采取曲折的或诡诈的应变策略。但采取这种策略带有一定的危险性，容易偏离原先的正当目的。因而，毗湿摩也同时强调诸如自制、苦行和坚持真理这些美德的重要性。"解脱法"是指达到人生最高目的——解脱的方法。毗湿摩阐述了世界的起源和发展、生和死、灵魂、时间、命运、不杀生、行动方法、弃绝方式、数论、瑜伽和虔信等等一系列问题。

这样，《和平篇》实际上成了一部宗教哲学论著，内容涉及史诗时期印度宗教、哲学、政治、律法和伦理等。它是《摩诃婆罗多》十八篇中篇幅最长的一篇，与紧接其后、同样性质的《教诫篇》合在一起，约占全诗篇幅的四分之一。而且，这类宗教哲学论述也散见于其他各篇中，如《斡旋篇》中的《不痳篇》和《永善生篇》、《毗湿摩篇》中的《薄伽梵歌》和《马祭篇》中的《薄伽梵续歌》等。作为一部史诗，含有如此丰富、涉及各种主题的说理成分，以至成为一部百科全书式的作品，这是《摩诃婆罗多》在形式上与《罗摩衍那》的不同之处，也是与西方一些英雄史诗的不同之处。因此，印度古人既将《摩诃婆罗多》视为一部史诗（"历史传说"），也将它奉为宗教经典（"第五吠陀"）。

作为宗教哲学论著，《和平篇》中的论述并不是系统化的。《王法篇》、《危机法篇》和《解脱法篇》也是大致的分类，有些论题在各篇中互相交叉。对于同一论题也没有统一的看法，而是各位思想家各自表述看法。即使一些思想家对于某个论题持有相同的看法，各自的表述也有不同程度的差异。各种思想观点的表述采取传授、讨论或争论的方式。确切地说，这是一部史诗时期宗教思想家们的论述汇编。这也表明史诗时期的印度社会处在列国纷争和帝国统一时代，思潮活跃，类似中国春秋战国时代出现的"百家争鸣"局面。史诗作者无意充当思想判官，而是让思想家们畅所欲言，让听众们各取所需。这也就为后人保存了大量比较接近原始面貌的古代思想资料。

鉴于《和平篇》中涉及的思想内容十分庞杂，精校本编者已经撰写了详细的内容提要，我们这里试图提纲挈领，着重讨论其中的宇宙论、人生论和解脱论。

二　宇宙论

按照史诗神话，宇宙在大神操纵下，处在创造和毁灭的无穷循环之中。在创造之初，整个世界淹没在大水中，大神毗湿奴躺在水面上，从他的肚脐上长出的一朵莲花中，大神梵天醒来，由他创造出天神、仙人、恶魔、凡人、动物和植物等等宇宙万物。而宇宙经历一千个时代，到了劫末，又归于毁灭。毁灭之时，先是整个世界遭逢大旱，然后狂风和大火席卷一切，焚毁包括神、魔和人在内的宇宙万物，接着乌云密布，暴雨倾泻，大水淹没整个世界，大神梵天在莲花中入睡。待他醒来，又开始新一轮的创造。

这是史诗中比较通行的创世神话传说。由于史诗采取口头创作和传播方式，因此，同一个神话传说也会在史诗中不同人物的口中出现细节上的差异。例如，上面提到的在创造之初，梵天从莲花中醒来，在另一种流行的说法中是梵天从金卵中醒来。《摩诃婆罗多》对这两种说法都予以采纳。① 鉴于宇宙的创造和毁灭循环不已，《和平篇》第335章中综合不同说法，说梵天第一次创造之初，生自大神毗湿奴的思想，此后第二次至第七次，分别生自毗湿奴的眼睛、语言、耳朵、鼻子、金卵和莲花。

关于宇宙从创造到毁灭一个周期的时间，史诗中的一般说法是一千个时代。《和平篇》第224、225和326等章中都采用这种说法。按照史诗神话，在宇宙从创造到毁灭的一个周期内，人类社会也处在圆满时代、三分时代、二分时代和迦利时代（或译争斗时代）的循环往复中。圆满时代是指正法圆满的时代，即充满正义，没有罪恶。三分时代是指正法失去四分之一的时代。二分时代是指正法失去一半的时代。迦利时代是指正法只剩四分之一的时代，即充满灾难、疾病、争斗和恐怖。最终，大神毗湿摩化身为婆罗门迦尔吉，消灭恶人，铲除罪恶，振兴正法，重建圆满时代。②

每个时代的持续时间各不相同，圆满时代为四千八百年，三分时代为三千六百年，二分时代为两千四百年，迦利时代为一千两百年。后三个时代与正法递减四分之一相应，按照圆满时代四千八百年的四分之一即一千两百年递减。四个时代总共一万两千年，构成一个时代循环。上面所谓宇宙从创造到毁灭的一个周期为一千个时代，实际上是指一千个这样的时代循环，构成梵天的一昼。梵天的一夜也是一千个时代。一千个时代总共一千两百万年，通常称作一劫。这样，一千个时代的开始和结束，即宇宙的创造之时和毁灭之时，也就称作劫初和劫末。但也有将一个时代循环称作一劫。《和平篇》第291章中，极裕仙人说："由四个时代组成的一个时代（循环）持续一万两千年，构成一劫，一千劫构成梵天的一天。"另外，在《和平篇》第224章中，毗耶娑提到"天神的一昼夜相当于人的一年"。因此，后来的往世书神话中，将史诗中提及的有关宇宙时间中的年，分别乘以三百六十。这样，圆满时代为一百七十二万八千年，三分时代为一百二十九万六千年，二分时代为八十六万四千年，迦利时代为四十三万两千

---

① 《教诫篇》第138章中也有批驳梵天生自金卵的说法。
② 关于四个时代的社会状况的具体描述，可参阅《森林篇》第148章和第186—189章、《和平篇》第224章和230章等。

年，总共为四百三十二万年，而由一千个时代（循环）构成的一劫，宇宙从创造到毁灭的一个周期，即梵的一昼为四亿三千两百万年。

但是，在《和平篇》中更富有特色的是数论的宇宙论。第224和225章中，毗耶娑教导苏迦说，创世之初，惟一的存在者梵，首先创造大有（觉），由大有（觉）产生心（思想），由心产生空（以声为属性），由空产生风（以触为属性），由风产生光（以色为属性），由光产生水（以味为属性），由水产生地（以香为属性）。然后，大有（觉）、心和五大元素（空、风、光、水和地）这七个原人互相聚合形成至高原人梵天，创造出天神、仙人、凡人、恶魔以及一切动物和不动物。而在世界毁灭时，一切动物和不动物解体，首先化为地，接着地化为水，水化为光，光化为风，风化为空，空化为心，心化为未显者。这样，一切众生复归梵。

第267章中，阿私多仙人讲述的创世论认为时间依据五大元素创造众生。没有比水、空、地、风和火这五大元素更高者。如果谁说有高于五大元素者，那么，他是说不存在。五大元素、时间、存在（有）和不存在（无），这永恒的八者形成众生的生和灭。身体由地元素构成，耳朵由空元素构成，眼睛由火元素构成，生命由风元素构成，血液由水元素构成。眼、耳、鼻、舌和身是五种感官，色、声、香、味和触是五种感官对象，灵魂通过感官感知感官对象。心（思想）用于思考感官对象，觉（智慧）用于判断感官对象。众生毁灭时，各种成分返回五大元素，而灵魂又进入另一个身体。一旦依靠数论灭绝善业和恶业，灵魂则在梵中达到至高归宿。这种创世论明显排斥神的作用，而突出五大元素的作用。但它也不是完全的物质创世论，因为灵魂和梵在这里依然是脱离五大元素的独立存在。

在《和平篇》中，更多的还是与神话创世论相结合的数论创世论。按照第291章中极裕仙人的说法，创世之初，由自在天商部（通常指大神湿婆）产生觉，由觉产生我慢（自我意识），然后产生五大元素（风、火、空、水和地）、五种感官对象（声、触、色、味和香）、五种感觉器官（耳、身、眼、舌和鼻）、五种行动器官（语言、双手、双足、肛门和生殖器）和心。以上的创造序列构成二十四谛，存在于一切形体中。而大神毗湿奴是第二十五谛，是二十四谛的依托。按照第175章中婆利古仙人的说法，摩那萨神（即毗湿奴神）首先创造出大（觉），然后创造出空、水、火、风和地，又创造出以"我慢"闻名的梵天，并由梵天创造出宇宙万物和众生。而在虔信毗湿奴的五夜派的创世论中，又增添毗湿奴的四个形体的说法（第326章），即商迦尔舍那是生命，始光是心，阿尼娄陀是我慢（自我意识），婆薮提婆之子是知领域者（灵魂）。

与神话创世论相比，数论创世论体现对宇宙起源和万物生灭的哲学思考，应该说是认识论的进步。而在神话传说盛行的史诗时期，数论试图摆脱，却又很难摆脱神话思维方式。它将毗湿奴等同灵魂，将梵天等同我慢（自我意识），既说明它试图摆脱神话创世论，又说明它试图与神话创世论协调一致。这是史诗数论的复杂形态，后来发展到古典数论，则在生物进化序列（二十五谛）中排除了毗湿奴和梵天。

三 人生论

《摩诃婆罗多》自称："有关正法、利益、爱欲和解脱，这里有，别处也有，这里没有，别处也没有。"（18.5.38）正法、利益、爱欲和解脱就是史诗中通常所说的人生四大目的（或要义）。正法是指人的社会职责和行为规范，利益主要是指财富，爱欲主要是指性爱，解脱是指弃绝世俗生活，摆脱生死轮回。史诗中也有"人生三要"的说法，是个常用词，指的是正法、利益和爱欲。估计人生三要的说法早于人生四要。《和平篇》中同时使用这两种说法。

在《和平篇》第123章中，毗湿摩说："利益是身体，以正法为根基。爱欲是利益的果实。"又说："正法保护身体。为了正法而追求利益。爱欲是性爱的结果。"而"摆脱这一切，称作解脱"。这里讲述的人生三要之间的关系及其与解脱的关系，涉及人生的意义，是史诗人物经常思索和关注的问题。在第161章中，坚战询问维杜罗和四位弟弟，怎样把握人生三要？维杜罗认为正法最优秀，利益居中，爱欲居次。阿周那认为通过耕种、经商、牧牛和各种技艺获取财富，有了财富，才能实现正法和爱欲。孪生兄弟无种和偕天的看法与维杜罗一致，认为首先应该遵行正法，然后获取符合正法的财富，然后实现爱欲。怖军认为正法、利益和爱欲三者应该同样运用，但其中爱欲最重要，没有爱欲就不会追求利益和正法。而坚战听完之后，表示自己赞赏解脱。

按照史诗中的用语，人生四大目的可以分为入世法和出世法。正法、利益和爱欲属于入世法（pravrtti，词义是流转或行动），解脱属于出世法（vivrtti，词义是停止或弃绝）。这样，《和平篇》中的《王法篇》和《危机法篇》主要论述入世法，而《解脱法篇》主要论述出世法。

虽然史诗人物对人生三要的关系持有不同的看法，但正统的看法仍以正法为根基或核心。毗湿摩说："善行、传承和吠陀是正法的三种标志。利益是正法的第四种标志。"（12.251.3）毗湿摩也引用优多帖仙人的话："正法、利益和爱欲中，正法优先。通晓正法者在今生和来世都获得幸福。"（12.92.48）正法优先也就是要依据正法追求利益和爱欲。史诗中一再提醒人们要用合法手段获取财富，同时要抑制性欲，只在妻子行经期进行交欢，目的是繁衍后代。

正法的含义比较宽泛，兼有律法、社会职责、宗教戒规和伦理规范的意思。而它的核心内容是王法、四种姓法和人生四阶段法。王法又称刑杖法、政事论或治国论，主要论述国王的职责。在《和平篇》第121章中，毗湿摩极力推崇刑杖，认为"在这世上，一切依赖刑杖"。"刑杖立足刹帝利性"，"保护臣民"，"稳定世界"。他还指出"以提供证据为特征的诉讼法也是刑杖"。而"刑杖永远一视同仁，依据正法判断"。"无论父亲、母亲、兄弟、妻子或家庭祭司，谁不遵守自己的正法，都不能逃避国王的惩罚。"在第59章中，毗湿摩讲述了古代传承的治国论要义，诸如政治谋略，战争艺术，分清敌人、朋友和中立者，消除隐患，保护臣民，及时施舍，戒除恶习，等等。在第84—90章中，毗湿摩还讲述了大臣的选拔和使用、首都的防卫以及国家的行政管理。

危机法是王法的补充，也是王法的组成部分。它体现史诗中提出的"正法微妙"的原则。因为现实生活复杂多变，会遇到种种危机，诸如天灾、政变或战争。这就要求国王具有应变能力，为了保存自己，克服危机，也允许采取非法手段。正如毗耶娑教导坚战说："有时正法以非正法的面貌出现，有时非正法以正法的面貌出现，智者能够识别。"（12.34.20）他还引用古代摩奴的说法："正法在非时非地，也会成为非法。占有、说假话和杀生在一定情况下，也会成为正法。"（12.37.8）危机法是在非常时期采取非常手段，尤其需要运用智慧。第136章中毗湿摩讲述的小老鼠故事是运用智慧摆脱危机的典范，其中没有采取非法手段。在婆罗多族大战中，般度族在黑天指导下，多次在危急时刻采取非法手段战胜俱卢族，则是"正法以非法的面貌出现"的实例。

种姓法是印度史诗时期社会的基本法。社会成员的种姓分类已经法律化和神话化。第73章中，毗湿摩借风神之口对种姓法做了简明扼要的概括：婆罗门从梵天的口中产生，刹帝利从梵天的双臂产生，吠舍从梵天的双腿产生，首陀罗从梵天的双脚产生。婆罗门保护正法库藏，刹帝利执持刑杖，保护大地和臣民，吠舍创造财富和粮食，首陀罗侍奉三种姓。因此，王法也可以纳入种姓法，国王履行的就是刹帝利的职责。

关于四种姓的职责是史诗中经常议论的话题。在《和平篇》第60章中，毗湿摩指出，婆罗门的职责是学习吠陀和教授吠陀，自制，平静，拥有知识，获取财富，繁衍后代，施舍，祭祀。这与通常所说婆罗门的六种职责相一致，即学习吠陀、教授吠陀、自己举行祭祀、为他人举行祭祀、施舍和接受施舍。刹帝利的职责是学习吠陀，富有学问，举行各种祭祀，施舍，保护臣民，消灭盗匪，逞雄战场，征服世界。吠舍的职责是学习吠陀，举行祭祀，施舍，保护牲畜，正当地积聚财富。按照通常的说法，吠舍除了从事畜牧业外，也从事农业和商业，是种姓社会中的主要纳税人。首陀罗的职责是充当前三种姓的奴仆，谦恭地侍奉前三种姓。首陀罗无偿提供劳役，类似于家务奴隶，没有自己的财产。因此，前三种姓也要供养首陀罗，供给他们食物和用旧的生活用品。

在前三种姓的职责中，都有举行祭祀这一项。祭祀包括祭神和祭祖。按照婆罗门教的观念，"天神和祖先的生存依靠祭品"。（12.73.22）在祭祀仪式上向祭火中投放祭品，祭品由火神运往天国，供养天神和祖先。这样，祭祀者就能得到天神的保佑，在今生享受幸福，死后升入天国。而举行祭祀仪式，只能请婆罗门祭司主持。刹帝利国王则向婆罗门祭司支付酬金，也向参加祭祀仪式的众婆罗门慷慨布施。由此可见，婆罗门实际上是祭祀活动的最大受益者，是他们获取财富的主要手段。

这些是史诗时代关于四种姓职责的通行说法。但在《和平篇》中，对于低级种姓首陀罗的职责，也有一些不同的说法。毗湿摩在讲述前三种姓举行祭祀的职责时，也说到首陀罗可以"念诵经咒"，可以举行"巴迦祭祀"。（12.60.36—37）毗湿摩在讲述国王应当任用的大臣中，也包括有"训练有素、行为一向纯洁的首陀罗"。（12.86.7）毗湿摩还说到，如果盗匪猖獗，国家混乱，有人能征服盗匪，"不管他是首陀罗，还是别的什么人，都应该受到尊敬"。（12.79.37）他甚至说："谁始终保护善人，惩处恶人，他就应该成为国王，维持一切"。（12.79.43）这些说法表明史诗中关于四种姓职责的区分不像一些正统的婆罗门教法经或法论那样严格。或者说，在史诗形成过程中，保留或融入了一些对种姓职责的不同见解。

关于人生四阶段的职责也是史诗中经常议论的话题。但从具体论述看，似乎主要适用于婆罗门和刹帝利，尤其是婆罗门。在《和平篇》第61章和第184—185章中，毗湿摩对人生四阶段的生活作了具体描述：（1）梵行期——住在老师家中，遵守梵行，侍奉祭火，学习吠陀，听取教诲，每天三次沐浴，早晚敬拜太阳、圣火和天神，听从老师一切吩咐，承担乞食等等任务。（2）家居期——完成学业后，从老师那里回到家里，追求正法、利益和爱欲，实现人生三要。诵习吠陀，举行祭祀，慷慨布施。以合法手段获取财富，养育妻儿，享受各种快乐。（3）林居期——完成家居生活职责后，携带妻子或不携带妻子，进入森林，诵习吠陀，修炼苦行，身穿兽皮衣或树皮衣，以根茎和果子为食，以大地为床，遵守戒律，禁绝爱欲，按时祭供，朝拜圣地和圣河。（4）遁世期——摆脱一切世俗执著，过出家人生活，不关心人生三要，对众生和万物一视同仁，居无定所，乞食维生，行为纯洁，智慧坚定，追求解脱。这人生四阶段囊括了人生四大目的，但通常认为家居生活是人生四阶段的根本，因为只有依靠家居生活，社会才得以维持，种族才得以延续。

"善行是正法的根基。"（12.251.6）遵行正法就是行善，而违反正法就是作恶。遵行入世法的种种职责，目的是在今生享受幸福，死后有更好的归宿。因为轮回转生和业报观念在印度古人头脑中根深蒂固。这种唯心主义观念发端于吠陀时代后期的奥义书哲学,认为人死后,通过灵魂转移获得再生。但转生为什么,取决于人生前的业(即善行或恶行)。《摩诃婆罗多》全然接受这种观念。在《和平篇》第174章中,毗湿摩说:"每个人永远享用自己以前积累的各种业果。""前生童年、青年和老年时期的善业和恶业,在今生同样的时期受用。"在第286章中,毗湿摩引用波罗奢罗仙人的话:"身体一旦死去,灵魂就会按照相应的业果转生。但是,它不立即转生,如同空中的云彩飘浮不定。它到达一个载体后,得以转生。""行善的人上升,普通的人居中,作恶的人下降。"也就是说,按照生前的业,或升入天国,或转生为人(分为高等种姓和低等种姓),或转生为牲畜,或坠入地狱。这种轮回转生和业报观念已经成为印度古代社会中人生追求的重要思想基础。在现实生活中,它在一定意义上具有鼓励社会成员避恶趋善的积极作用,而同时具有掩盖社会不平等现象的消极作用,阻碍社会变革和进步。

四 解脱论

在吠陀时代后期出现的奥义书哲学追求梵我同一,沙门思潮中的佛教和耆那教追求摆脱轮回,都是以解脱为目标,属于出世法。佛教和耆那教否定吠陀经典和婆罗门的权威性,反对杀生祭祀,因而受到婆罗门教的排斥。《摩诃婆罗多》中的解脱论的理论依据主要是数论和瑜伽。数论和瑜伽在印度起源很早,在史诗时期也吸收奥义书和沙门思潮的思想营养,获得较大发展。

解脱论的思想出发点是认为世界永远充满苦难。这是出世法与入世法的重要思想差别。入世法认为世界既有痛苦,也有快乐。人可以通过履行正法,克服痛苦,获取快乐。即使今生遭逢不幸和痛苦,也能行善积德,追求来世幸福。而出世法认为执著世俗生活是一切痛苦的根源。《和平篇》第316章中,那罗陀引用永童仙人的话,鼓励苏迦追求解脱:"人永远受到衰老和死亡追逐,在轮回中受煎熬,你怎么还不觉醒?以有害为有益,以无常为永恒,以虚妄为目标,你怎么还不觉醒?犹如作茧自缚,你陷入自己制造的种种愚痴行为中,怎么还不觉醒？"甚至人的身体也只是一个臭皮囊，"用骨骼支撑，用筋腱连接，用血肉涂抹，用皮肤包装，充满粪尿的臭味，受衰老和忧愁侵袭，成为疾病的滋生地，软弱无力，充满忧性，变化无常。你要抛弃众生的这个寓所（身体）。"

解脱的方法是分清灵魂和身体。数论哲学主要是提出二十五谛说。身体由二十四谛构成，灵魂是第二十五谛。二十四谛是指原初物质（又称未显者）、大（又称觉）、我慢（自我意识）、心（思想）、五种感觉器官（眼、耳、鼻、舌和身）、五种感官对象（色、声、香、味和触）、五种行动器官（语言、双手、双脚、肛门和生殖器）和五大元素（空、风、火、水和地）。第二十五谛灵魂又称自我、原人或知领域者。应该注意到，数论在史诗时期还处在早期发展阶段。因此，《和平篇》中各家对二十五谛及其演化次序的描述互有差异，使用的术语或术语的含义也不尽一致。但它们体现的解脱原理是相同的，即一个人应该认同灵魂，而不应该认同身体和感官。

按照数论的二十四谛，人的身体由原初物质演化出的各种因素构成，其中既有物质因素，也有精神因素。人通过感官感知对象，心（思想）在感知中起怀疑和思考的作用，觉（智能或智慧）在感知中起判断和确认的作用。而数论又在二十四谛（身体）之外确立一个独立的第二十五谛（灵魂）。这样，数论认为人的自我是灵魂，而人出于无知，将身体认作自我。自我认同身体，受身体束缚，不断从事行动，也就带着业报，陷入生死轮回之中。解脱的方法便是让自我（灵魂）彻底摆脱身体的束缚。采取苦行者的弃世方式，摒弃一切行动，断绝一切善业或恶业，也就摆脱轮回转生。

瑜伽在印度是一种古老的修炼身心的方法。它常常与严酷的苦行相结合，被认为能获得神奇的力量（"神通"）。在《摩诃婆罗多》的叙事部分中，能见到瑜伽的这种功能。而在论述解脱法的篇章中，它与数论关系紧密，是实现解脱的重要途径。在《和平篇》第289章中，毗湿摩说："瑜伽依据亲证，数论依据经典，两者的原理我都认同。"在第293章中，极裕仙人说："瑜伽行者看到的一切，数论者也都发现。认为数论和瑜伽一致，这样的人是智者。"在第304章中，耶若伏吉耶也说："数论知识无与伦比，瑜伽力量无与伦比，相传两者的行为一致，共同达到解脱。"

所谓"瑜伽依据亲证",也就是依靠禅定,亲证灵魂。在第294章中,极裕仙人对此有比较充分的描述。他认为"在瑜伽实践中,禅是瑜伽的至高力量"。禅分为两种:"一种是凝思静虑,另一种是控制呼吸"。瑜伽行者"所有的时间都集中思想","依靠思想,从感官对象撤回感官,通过二十二种运气方式,激发超越二十四谛的灵魂",由此"认知灵魂"。说得更具体一些,也就是"用思想抑制各种感官","用智慧抑制思想,寂然不动如岩石","如木桩,如高山","不听,不嗅,不品尝,不看,不感知触觉,不怀有想法,不赞同什么,不意识到什么,如同木头"。"一旦达到这种状态,他就会看到灵魂"。"自身中的灵魂看似无烟的火焰,光辉的太阳,空中的电火"。

可见,数论和瑜伽都以认知灵魂(第二十五谛)和身体(二十四谛)的区别为解脱的关键。正如第210章中,一位老师对学生所说:"整个世界受欲望束缚,像轮子那样转动不已。""如实知道原初物质及其变化(即二十四谛)和永恒的原人(即第二十五谛),他就能摒弃欲望,获得解脱。"

按照《和平篇》中的描述,解脱状态有现世的和死后的两种。第227章就是描写现世获得解脱者的种种特征。死后的解脱状态有多种表述,诸如"达到梵"、"与梵同一"、"达到梵体"、"达到至高者"、"达到至高归宿"、"达到不朽"和"达到涅槃"等。其中,"与梵同一"是奥义书吠檀多哲学表述解脱的常用词,"涅槃"是佛教表述解脱的常用词。

除了数论和瑜伽,《和平篇》中还论述了获得解脱的另一条途径——虔信毗湿奴大神。《和平篇》第321—339章称为"那罗延学说",尊奉毗湿奴为至高之神、至高存在和至高原人(即至高灵魂)。毗湿奴呈现的四个形体始光、阿尼娄陀、商迦尔舍那和婆薮提婆之子(黑天)分别代表心(思想)、我慢(自我意识)、生命和知领域者(灵魂)。虔诚的毗湿奴信徒们依次进入始光、阿尼娄陀和商迦尔舍那,最后进入婆薮提婆之子(黑天,即至高灵魂)。

其实,通过虔信毗湿奴大神获得解脱,已在《薄伽梵歌》(《毗湿摩篇》第23—40章)中作了充分阐述,称做"信瑜伽"。在黑天对阿周那的教导中,将解脱的道路分为"业瑜伽"、"智瑜伽"和"信瑜伽"。"业瑜伽"是从事行动而不执著于行动成果,即怀着一种超脱私

11

欲的精神履行社会职责。"智瑜伽"是奉行数论和奥义书吠檀多哲学。这三条道路是对奥义书吠檀多哲学、数论、瑜伽和有神论的综合,也是对行动方式(入世法)和弃绝方式(出世法)的综合。正如《和平篇》第 335 章中毗耶娑所说:"诃利(毗湿奴)大神充满吉祥,是吠陀之海,苦行之海,瑜伽,数论,至高的梵。"

综观《摩诃婆罗多》全书,就其核心故事而言,主要体现的是入世法。般度族和俱卢族的刹帝利勇士们最终都升入天国,并没有摆脱轮回。作为出世法的解脱论主要出现在这部史诗的说理部分中。它说明印度古人深切体会人类生存方式的困境和现实生活中的苦难,也符合婆罗多族大战的背景。惨烈的战争是人间苦难的最集中体现。而印度从吠陀时代到史诗时代的一两千年历史中,战争绵延不绝。战争之外,还有自然灾害、社会不平等以及其他各种物质和精神缺憾造成的痛苦。因此,印度古人绞尽脑汁,探讨各种救世良策,无论是关于入世法,还是出世法。《和平篇》便是这些探讨的集大成者。

尽管这些探讨明显带有历史局限性,但对现代社会仍有借鉴意义。因为人类社会并不是直线发展的,而是螺旋式发展的,古人遇到的社会问题仍会以新的形式出现在现代社会中。如果我们在现代社会中看到古代社会的影子,如果我们发现古人没有能解决的社会和人生问题在现代社会中依然存在,理想世界遥远渺茫,那么,我们就应该扪心自问,相对于科学技术的进步,在解决社会和人生问题上,现代人的智慧和能力究竟比古人高出多少?现代世界不是依然充满不可调和的利益冲突,一次又一次在重演婆罗多族的悲剧吗?难道财富的追逐和权力的争斗是人类注定的命运吗?从这个意义上说,《摩诃婆罗多》仍然是一部"活着"的史诗,同样呈现现代世界的社会和人生问题,期盼现代人不畏艰难,继续努力解决人类生存方式的困境,开创自由、和谐、繁荣和幸福的新时代。

黄宝生

《和平篇》内容提要[1]

《和平篇》是这部史诗十八篇中最长的一篇，也是从哲学上说最重要的一篇。它分成三篇：（1）《王法篇》，主要讲述俱卢族和般度族大战结束，坚战登基为王之后，毗湿摩向这位新国王讲述在通常情况下国王对臣民应尽的职责。（2）《危机法篇》，主要讲述处在危急的非常时期国王的职责。危急是指内部或外部的危难。（3）《解脱法篇》，详细讲述一旦时机成熟，思想也做好准备，从而摆脱世俗束缚，获得解脱的正确方法。所有这些教诲借助恰当插入的故事、譬喻和奇闻轶事，特别富有说服力，构成《和平篇》的主要旨趣。它们为构建古代印度史诗时代的社会、政治、宗教和哲学史，提供了丰富而可靠的资料。

《王法篇》

活着的胜利者的首要任务是为阵亡者举行葬礼。据《妇女篇》（26.9—10）中陈述，阵亡者人数达十六亿六千零四万四千一百六十五个。葬礼在神圣的恒河岸边举行，历时一个多月。葬礼结束后，追悼者返回首都。数以千计的婆罗门和仙人，以那罗陀和毗耶娑为首，恭贺坚战赢得大战胜利。而坚战不以为然，说道："胜利对我来说如同失败，尊者啊！"（12.1.15）因为这场战争造成成千成万儿孙、朋友和亲戚死亡，也导致迦尔纳死亡，结果才知道他是他们的长兄。我们或许已经征服了大地，但是，应该和我们一起享受胜利果实的人们

---

[1] 《和平篇》内容提要分为《王法篇》、《危机法篇》和《解脱法篇》三部分。其中，《王法篇》和《危机法篇》内容提要的编写者是贝尔沃卡尔（S. K. Belvalkar）。他是《和平篇》的校勘者，因年迈体衰，留下《解脱法篇》内容提要的编写工作，由贝代卡尔（V. M. Bedekar）完成。

在哪里？（12.7.6以下）

针对这个观点，阿周那指出坚战应该在大战之前作出这种判断，而现在大战结束，已经取得胜利，作为"大地统治者"的荣誉和责任已经落在法王坚战肩上，他不应该回避自己的职责。①

阿周那的一番话没有说服坚战，怖军继续说道：如果我们事先知道你的思想在战争后会发生这种变化，我们就根本不会投身这场战争。（12.10.4—5）你现在的行为就像一个人杀死了敌人，而后自杀。（12.10.12）因此，怖军提醒坚战不要失职，"应该从事行动。不行动，便没有成功。"（12.10.26）无种和偕天也说了一些话，然后轮到德罗波蒂（12.14）。她提醒法王坚战不要忘记他的弟弟们战前流亡森林以及战争中承受的苦难，失去了儿子、孙子、同伴和朋友。他们获得他们应该获得的胜利成果，不是理所当然的吗？（12.14.9）只有在你登基为王之后，他们才能得到这份回报，才能有机会为受苦的臣民谋福利，也履行他们的宗教义务。（12.14.11）而你作为一国元首，也便于惩恶扬善："阻止恶人，保护善人。"（12.14.16）"我的婆婆通晓一切，具有远见卓识，对我说过：'般遮罗公主啊！坚战会带给你至高无上的幸福。'别让她的话落空。"（12.14.30）你已经赢得了整个大地，我现在害怕你会把它变成痛苦的渊薮，而不是像我希望的那样，变成幸福的乐园。

于是，阿周那再次表白，他们全都盼望坚战登基为王，不是想着给予这个男子或那个妇女、这个种姓或那个部落某种地位或幸福，而是希望整个社会在坚战王仁慈而又严格的统治下，达到一种伦理和精神境界，有助于人人都实现人生目的。"一切众生依靠刑杖。智者们认为刑杖是威慑。天国根植刑杖，这个人类世界也根植刑杖。"（12.15.43）

尽管他的妻子和弟弟们说了这些高尚的话，坚战仍然怀疑他们真实的内心动机是谋取私利，而非其他。他说道："一个统治整个大地的国王，另一个将金子视同石头的人，达到人生目的的是后者，而不是国王。"（12.17.11）他还引用遮那迦王的名言，提倡克制自己：

---

① 这种说法表明阿周那没有忘却《薄伽梵歌》的教导。

"我的财富无穷无尽,我依然一无所有;即使密提罗城着火烧毁,我也没有烧掉什么。"(12.17.18)

至此,与坚战的讨论在五兄弟和德罗波蒂中间进行。随后,在场的提婆斯塔纳仙人开口说话,指出坚战接受王位,就有可能举行几次祭祀,这是财富最好的使用方式。阿周那赞同这个看法。(12.22)而坚战保持沉默。这时,毗耶娑仙人开口说话,为"家居期"辩护,指出不遵行"家居期",不严格履行"家居期"的职责,世界就不能持续,并以赫耶羯利婆王为范例。(12.25)然而,坚战辩解说,无数的亲人、朋友和尊敬的老师失去了生命,令他忧愁悲伤,没有心情和勇气接受王位。

即使毗耶娑也没有说服坚战,阿周那只能向黑天求助。于是,黑天讲述古代十六位著名国王的故事。这份古代著名国王的名单最早出现在《初篇》的《序目篇》(1.1.166—170)中,叙述者据说是那罗陀仙人。这些故事再次出现在《德罗纳篇》中,虽然没有时间展开叙述,其中婆利古族的影响是明显的:婆利古还活着,并且不是转轮王,却包括在古代著名国王的名单中。在《德罗纳篇》中的主题是死亡不可避免。这十六个故事适合《和平篇》的语境,旨在说服坚战正确履行国王的职责,以达到崇高的理想。

发现用通常的道理不能说服坚战,毗耶娑便提高讨论的层次。一个人对自己的善行或恶行负有多大的责任?(12.32.11以下)人人都有一系列职责,由本性、天神或经典决定,还是由特殊的境遇决定?或者它纯粹出于偶然?假如某个行动者负有责任(至少在某种程度上),他能以合适的赎罪方式回避恶果吗?显然,我们无论以什么方式解决这个问题,毗耶娑说,坚战现在提出的"自我放弃"的建议绝不是正确的方式。诚然,一场大战必定伴随屠杀和苦难,绝不是微不足道的日常琐事。(12.33)但人们无论如何应该判断战斗者真正的内心动机:是出于谋求私利,还是出于反对他人谋求私利的正当意图?为了反对非正义,人们有时自己也不得不采取非正义的行动,这不是不可能的事。但是,处于这种情况,人们事后能赎罪。如果行动者真诚地赎罪,罪恶就不再属于他。(12.32.22—23)

于是,坚战向毗耶娑仙人指出,刚刚结束的这场恐怖的战争,后果悲惨，无法形容。毗耶娑仙人在回答中（12.34），请坚战不要忘记战败的一方犯有罪恶，他们必须承受罪恶的后果。（12.34.8）这也发生在古代天神和阿修罗的战争中。其中值得注意的是，一些精通吠陀的婆罗门智者站在阿修罗一边，而被天神杀死。因此，应该记住："他们想要破坏正法，违背正法；这些灵魂邪恶的人应该遭到杀戮，如同狂暴的提迭们遭到天神们杀戮。""因为，有时正法以非正法的面貌出现，有时非正法以正法的面貌出现，智者能够识别。"（12.34.18、20）你在登上王位后，你的责任当然是要举行一些神圣的祭祀，借以赎罪。因陀罗在战胜恶魔后，举行了一百次这样的祭祀，由此得名"百祭"。而且，你在登基之后，必须访问那些在战争中遇难者的国家，确定那些王国的合法继承人，关心他们的各种福利。（12.34.31以下）[①]

然后，坚战迫切想要详细了解国王在正常时期和非正常时期的职责。对于这个问题，毗耶娑仙人望着那罗陀，希望获得他的赞同，指出最适合提出这方面忠告的人是毗湿摩大师，现在正躺在"箭床"上，等待抛弃肉体的正确时刻。坚战最初对去见毗湿摩感到有点为难，因为他们在大战第十天，躲在束发背后向毗湿摩射箭。（6.114.13、23、46以下）坚战说："我在战场上使用诡计杀死作战正直的毗湿摩，现在凭什么理由去询问他呢？"（12.38.19）然而，别无选择，坚战被说服这样去做。事情也就变得明显，只有灌顶登基后，才能去请教。因为坚战本人成为国王，才适合询问有关国王职责的问题。

这样，决定灌顶登基。坚战登上十六头白牛牵引的车，怖军担任御者，阿周那为法王坚战撑起白色华盖，皎洁如同圆月，无种和偕天在两边手持拂尘。妇女们依次跟随在后，母亲贡蒂、德罗波蒂和妙贤等等。队伍前面是一顶人抬的轿子，坐着持国和甘陀利。队伍受到首都全体市民的欢迎，各个城门都经过装饰，到处充满祝福和赞颂。

[①] 这时候，插入有关各种赎罪方式的讨论（第35—36章），也插入什么食物可吃或不可吃的讨论（第37章），随后提出更多有关王法或国王职责的问题（12.38.1以下），这些形成《王法篇》的主要话题。而危机时期的职责形成下一篇《危机法篇》的话题。这里有关赎罪方式的讨论并不完全适合眼前的话题。这样的话题也出现在本篇其他部分，还出现在后来增添的《教诫篇》中。

然而，在人群中有个名叫遮婆迦的罗刹。他是难敌的朋友，乔装成婆罗门，声称所有这些婆罗门已经委托他询问坚战，在造成这么多老老少少的亲友死亡后，你还有什么资格登上王位？你的正当报偿应该是死亡，而不是王位。坚战正要辩白，这时众婆罗门认出这个说话者是谁，便诅咒他。这个诅咒如同因陀罗的雷杵，立刻致他死命。黑天安慰坚战，讲述遮婆迦以前的生涯，指出遮婆迦目前的死早已在预见之中。（12.39.39以下）

第40章描写坚战的登基仪式，烟氏仙人和众婆罗门将圣水洒在坚战和德罗波蒂王后头上。①（12.40.12以下）接着众婆罗门接受丰厚的礼物，并回报以祝福。同时，也为大战中阵亡的亲友举行祭奠。

完成登基仪式后，坚战向黑天表示感谢，以一百零一个名字②称颂他（12.43）。原先由难敌兄弟们居住的王宫现在名正言顺由法王坚战兄弟们居住。也为持国、甘陀利、维杜罗和其他老人安排了舒适的住处。同时，认真履行日常的宗教和政治责任。

第二天清晨，前往黑天的住处，进行首次正式访问。黑天已经起身，似乎正在沉思入定。坚战感到惊讶，在黑天完成禅定后，询问他沉思的对象。黑天回答说（12.46.11）：我发现毗湿摩躺在战场的"箭床"上，专心致志思念我，③我的思想不由自主地被毗湿摩大师占满。他通晓现在、过去和未来。他通晓真正的正法，以毕生的行动为一切人树立效仿的榜样。我们必须马上去会见他。

于是，黑天和萨谛奇坐上达禄迦驾驶的车，还有坚战五兄弟，由慈悯大师和其他人陪伴，准备访问俱卢之野。④毗湿摩自从倒下之日起，似乎从早到晚将时间用于沉思黑天。在本版本中，通过念诵特殊的名字以称颂黑天，包含在三十二颂（23—54）中，最后一个名字是

---

① 大多数抄本让黑天亲自洒下灌顶的圣水，但这不正确。
② 值得注意的是在这一百零一个名字中，没有那罗延。
③ 毗湿摩的禅定被称作《毗湿摩赞颂之王》（12.47.10—63），在本版本中，只占三十二颂。而在现在流行的版本中，《毗湿摩赞颂之王》的内容更为充分，提供了一百零八个名字，因为一百零八是个神圣的数字。
④ 顺便应该提一下，在第一天旅程中，从首都到战场，路过罗摩湖，即一个充满刹帝利鲜血的河，黑天讲述从前持斧罗摩怎样灭绝大地上的刹帝利。这是现存《摩诃婆罗多》中婆利古族插入成分之一（12.48—49）。

"一切之魂"。念诵完这些名字,黑天也完毕旅程,站在毗湿摩的"箭床"前。①

然后,黑天向毗湿摩说明他们从象城来到这里的目的。那是为了寻找一个最合适的人,向坚战教导国王的职责以及与王法相关的问题。为了使毗湿摩能这样做,黑天也允诺给予这位垂死的老英雄以足够的精力,并解除他的肉体痛苦,以便他能回忆古代历史传说,引证经典,有效地发挥导师的作用,提供坚战最迫切需要从他那里获得的教诲。坚战提问,毗湿摩向一批有资格入选的听众作出恰当的回答,这种正规的教诲方式从第二天开始。

毗湿摩向坚战提供的教诲分成两部分:在位国王在正常时期的职责("王法",从12.56.10开始),国王在危急时期的职责("危机法")。②而在履行这些职责时,国王不应该忽视他个人的道德和精神责任。这些在名为"解脱法"的最后部分,以相当长的篇幅作了充分讨论。这些教诲借助古代故事而变得生动,其中有许多有用的原始材料,可以与古代憍底利耶的《利论》进行比较。

在讨论国王的职责之前,大多数欧洲作家,例如柏拉图、亚里士多德、洛克、霍布斯、卢梭、伯克和斯宾塞等,谈及国家起源的问题。这部史诗的作者也是这样。将这部史诗所说的与上述古代和现代西方作家的理论进行比较,应该是有益的。

例如,柏拉图告诉我们,国家的产生出于个人的需要,按照劳动分工的原则组成,分工有时导致冲突,这就要求加以控制。以同样的精神,潘恩声称社会由于我们的需要而产生,政府由于我们的邪恶而产生。洛克说到在自然国家中人类固有的平等,而通过卢梭所谓的一种"原始社会契约",人同意用它换取某些利益,希望通过作为一个社会机体的合作成员获取这些利益,而不牺牲他的内在自由。因为正如卢梭解释的那样,"每个人将自己给予所有人,也就不将自己给予任何人"。这种原始的"社会契约"——正像卡莱尔故意埋怨说,我

---

① 象城位于恒河。俱卢之野靠近石头河和婆罗私婆蒂河,毗湿摩躺在那里的"箭床"上。其间的距离大约一百里。听众通常每天往返。这从12.52.30—33中明显可见:在第一天谈话结束时,太阳落山,听众起身返回。

② 在梅提利和孟加拉抄本以及几个南方抄本中,这两部分合并为一部分。

们可亲的让·雅克（卢梭）忘了告诉它的时代——后来遭到贪欲和滥用权力的侵犯，如卢梭所说，结果是生来自由的人类处处陷入桎梏。基督教神学家将这种结果归诸人的原罪。这种原罪将社会转变成政府。社会意味是一种祝福，而政府至多能称作是一个必要的罪恶。其他人，如霍布斯，摒弃这种原始的赐福状态的虚构，断言人类的自然状态是互不相容和斗争冲突的状态，因此，侈谈一种固有的错误感和一种对正义的潜在渴望，只是有关当事人的虚构。

所有这些理论建立在假设人类生来自由和平等。但是，无论哪里，人生来是孤弱、哭泣和哀鸣的一团肉，甚至一刻也不能作为一个实体生存，声称与周围的那些人平等，因为这些人在眨眼之间，开个玩笑，就能剥夺他的存在。通常不会这样，正如亚里士多德早就指出，因为国家优先于家庭，家庭优先于个人。那些将人设想成荒岛上孤立的个人的理论——是否处在战争状态或和睦状态无关紧要，是站不住脚的。人类历史不是从个人，而是从家庭开始。家庭是微型国家。按照古代印度作家，人类的政治史应该从一种既定的，或者如毗湿摩所指出的，从一种天神创造的或天神安排的国家开始，其中，个人允许有完全的意志自由，同时伴随着某些内在和外在的、对实行那种自由的限制，称作良心、神的声音或神的启示的法规。正是从这样一种天神创造或天神安排的、没有国王的国家，毗湿摩开始讲述人类政体史："原先并没有王国，没有国王，没有刑杖，没有执杖者，一切众生依照正法互相保护。"（12.59.14）这就把必然潜入那种政体的种种罪恶的责任推给了人类不正确地运用他的天赋的自由意志，或者，归诸他的天生的犯错误的特权。人类历史始于一种原始的敌意和冲突的状态，一种生存斗争，表明对创造主的毫不领情。但是，赋予人类以自由，甚至"杀害自己的自由"，是从神自己肩上卸下（正确地卸下）世界上的罪恶的责任。声称罪恶只是盾的反面，由此排除神的合理创造中的罪恶问题（就像某些极端一元论哲学家想要做的那样）是完全不现实的，犹如鸵鸟拒绝看到将要杀死它的箭。在那种原始的、没有国王的国家中，罪恶泛滥，超越人类忍受的限度时，毗湿摩告诉我们，生主出面干预，为了受苦的人类的利益，定下法规，委托一个值得信任的人——威尼耶（维那之子）担任国王，以便法规得到实施，受到尊重。所谓的"社会契约"理论正是属于这个后起的时代："'你们告诉我做什么有益的事情，我将毫不犹豫地去做。'众天神和众大仙对他说道：'凡是正法所在之处，你就毫不迟疑地执行正法。摒弃好恶，平等对待一切众生，远离爱欲、愤怒、贪欲和骄傲。你要永远关注正法，用双臂惩处世界上背离正法的人。'"（12.59.108—111）

应该注意到，在这种"契约"中，人类的代表不是一个既定国家或一代的长老们，而是众天神和仙人，他们是智慧和真理的仓库。令人不快的是，经过一些代，法规的王家保管人滥用他的权力，当时的智者们便处死他。随后又选出另一位保管人，古老的历史再次重复，再次要求神的干预（参阅《薄伽梵歌》4.8）。这是毗湿摩描述的国家起源。

有人或许会问，为什么创造主不能一次性完善国家机器？他是一位糟糕的监督，必须每周访问他的委托人，作些小修小补。按照基督教的概念，在六天勤奋的创造工作后，上帝退入永恒的安息日，这至少有个好处，确信上帝无所不知。但是，在这里我们必须记住不是神按照他自己的模样创造了人类，相反，是人类塑造神，让神自然地反映既定时刻或特殊时代人类自己的理想。由于这些理想不断演变，我们无须惊奇，按照神话的说法，大神周期性地下凡，使一代又一代的理想变得越来越完善。在这方面，也有必要记住，按照印度教，人被给予不止一次机会，事实上是一系列机会，从这一生到另一生，逐步认识终极目的。这样，神和人的关系类似母亲指导她的孩子学会站立和行走。她完全懂得不断重复的失败通向最终成功之路。母亲终究不愧为母亲，她完全知道孩子会跌倒。为了孩子自己的利益，她允许孩子跌倒。

这样，王法的哲学假设显然应该像《薄伽梵歌》那样，其中也有这些成分——原始创造行动和不受阻碍的人类自由意志，伴随着神对人类事务的及时干预，旨在使人类更好地发展。《薄伽梵歌》已经清楚地表明这种干预是逐步的，甚至是持久的，而代理者实际上就是：（1）我们自身中微小的、不可抑制的神的声音；（2）我们所有人必须尊重的、在世界经验学校中学来的、对人类有用的教训；（3）优秀人物的指导，通过告诫和示范，《薄伽梵歌》称之为"展现"，在大地上以多种方式展现神的意志。可以说，大神下凡是人类对于最杰出和最非凡的"展现"的虔诚称呼。

王法对于国家事务的日常行为规范作了详细的训示，展现史诗作者对于人类生活的细致观察和非凡见解，提供了当时生活的生动景象。例如，这句话含有治国论的精髓："国王啊！你要效仿花环匠，不要效仿烧炭匠。"（12.72.20）这里，忠告国王成为"国家的花环匠"，其职责是将各种花朵串在一起：白的、红的和黄的，小的和大的，圆形的和长形的，有香的和无香的，组成一个迷人的花环，超越各种差异，巧妙地融合各种色彩、形状和特征，以利于最终完成共同的目标。如果一味偏爱白花或红花，厌弃黑花和黄花，就会招致宇宙灭亡。与花环匠的工作相对照，烧炭匠（煽风点火者）热衷发现和强调差异，利用一切机会，竭力挑拨离间，将国家机器推入火海，从而在烟幕的掩盖下，毁弃一切他能得手的、有价值的东西。谁能否认这位崇高的老师提出的这个告诫，这个伦理教训，适用于所有时代？

在这部史诗中能找到许多格言，适用于一切时代和国家，上面引用的只是其中之一。我在这里忍不住还要引用一些：

"人才济济是国王最宝贵的财富。"（12.56.34）

"国王既不要始终温和，也不要始终严厉，应该像春天吉祥的太阳，既不冷也不热。"（12.56.40）

"勤奋努力的勇士胜过语言的勇士。"（12.58.15）

"国王永远首先要战胜自我，然后才能战胜敌人。"（12.69.4）

"追求没有得到的东西，增加已经得到的东西，按照规则向合适的人施舍增加的东西。"（12.59.57）

诸如此类许多政治格言体现大智慧，又有实用性，在一部古代的《王道论》（或译《政事论》）中得到记载和说明。最初由梵天创作，后来由大眼（商迦罗）缩编成一万章（称作《大眼经》），又由攻克城堡者（因陀罗）缩编成五千章，由毗诃波提缩编成一千章。（12.59.86—91）虽然在憍底利耶的《利论》中引用了其中一些作者，但那些原著都已失传。归诸这些作者的一些格言仅见于《王法篇》和别处。

接着，毗湿摩回答坚战的提问，简要总结三种种姓以及首陀罗的职责。现存一些抄本对首陀罗的权利和职责作过认真的修改。①

进入中心论题，我们得知统治者的成功取决于他如何选择、安排和合适地对待他的大臣、顾问和私人侍从。无保留地绝对诚实常常可能说明是致命者（第84章）。此后一些章论及国王安全和合适的起居，以及他的家庭、行政官员，包括探子和警卫，再次说明对他们不宜绝对信任。如何任命居于高位的大臣，也作了十分精明而有益的提示（12.84.22—24），对于所有时代，甚至当代，都是切实的。有八种大臣（12.86.10）可以委以各种重任。协助他们完成任务的侍从或使者"应该具备七种品德：出身高贵，品德端正，娴于辞令，机智敏捷，说话可爱，如实传信，记忆力强"。（12.86.27）

第87章描述国王居住的城镇，应该建造六类城堡，以保障安全："弓城堡、地城堡、山城堡、人城堡、水城堡和林城堡"。（12.87.5）也有一些格言用于控制和保护臣民，国王要从他们获取资料，以维持王国。诸如此类的格言应该适用于所有时代，古代和现代："国王吸吮王国，如同采蜜而不伤害蜜蜂；如同牧人挤奶，考虑到牛犊，而不挤尽奶。"（12.89.4）

值得注意的是，毗湿摩详细讲述的王法要求国王适当关注商人的安全，他们贩运商品，来回经过森林和沙漠，遭遇许多艰难困苦；也要适当关注农民，他们日夜在田间辛勤劳作。（12.90.22—23）国王也应该注意让臣民按照经典的要求履行正法，正如在称作《优多帖歌》这部分中，优多帖仙人向曼达多肯定地说道："正法兴旺，一切众生兴旺；正法衰弱，一切众生衰弱。因此，国王应该促进正法。"（12.91.14）而吉祥天女（财富）和非法生下的儿子——骄傲，能将天神和阿修罗引向毁灭。（12.91.24）

在称作《瓦摩提婆歌》（第93—95章）的这部分中，瓦摩提婆仙人说，一般认为国王的伟大依靠战绩，而有一种更伟大的胜利可以不依靠战斗获得："国王应该不依靠战争获得胜利，国王啊！人们说依靠战争获取胜利是低级的。"（12.95.1）这是因为一个人"懂得抑制

---

① 例如，在12.60.36—38中，抄本之间对首陀罗能否参与祭祀有不同意见。

愤怒，就不会发现敌人"。(12.95.9)

第101章中，毗湿摩提出一种行为规则，适用于一切时代和境况。他说："一个人应该懂得正直和诡诈两种智慧，婆罗多子孙啊！但他不运用诡诈，而是对付遇到的诡诈。"(12.101.4)

从第102章开始，提供印度各个地区武士的特征，他们的武器和战斗方法，很可能是当时实际情况的准确描绘。也推荐一些诡计和策略，例如："在打击之前，甚至在打击之中，应该说好听的话，婆罗多子孙啊！在打击之后，应该表示同情，仿佛悲伤流泪。"(12.103.34)"'这样的勇士被杀死，不合我的心意。'说着这些话，而暗中向杀敌者表示尊敬。"(12.103.37)

众天神的导师毗诃波提据说是精通统治术的专家。下面是他提供的一些教诫：

"要克制自己的愤怒和不满，即使不信任敌人，也要摆出信任的样子。"(12.104.8)

"要说好听的话，不要为难对方，不要毫无用处地表示仇恨。"(12.104.9)

"应该摒弃贪欲、愤怒和傲慢，努力寻找敌人的漏洞，摧毁城堡者啊！"(12.104.22)

"温和受人轻视，严厉令人恐惧。你不要温和，也不要严厉。你要既温和，又严厉。"(12.104.33)

第105—107章称作《安见歌》或《黑树歌》，充满含有深刻意义的格言，例如：

"尚未到手的，应该认为不是我的；已经失去的，也应该认为不是我的。承认命运强大有力，这样的人被认为是智者。人们说这是善人的立足点。"(12.105.22)

"你要追求可以获得者，不要追求不可获得者；你要感受出现的事物，不要为未来的事物担忧"。(12.105.28)

动物寓言是古代梵语教诲文学的一个特色，符合印度教中流行的信仰：同一个灵魂，按照它在这一生中的善业或恶业，注定在另一生居于某种动物身体中，作为报应或惩罚。《王法篇》第112章中的"老虎和豺狼"故事是一个典型的动物寓言，具有一种明显的伦理意

义，表达在这一颂中："分裂者难以团结。团结者难以分裂。分裂之后恢复团结，则缺乏感情，并不可爱。"（12.112.81）

第113章是一头骆驼的故事，与通常的动物寓言有所不同。第114章是河流和大海的对话。第115章是从不同动物在不同环境中的行为引出一些政治教训。而第117章是一个与典型的印度转生信仰相关的动物寓言。第118章只是列举国王能从孔雀在不同季节和不同情况下的行为，实际上也能从自然界其他生物和无生物学得一系列教训。

当然，只是罗列期望中的大臣、侍从和随从的品德并无大用。国王一旦发现他们有失职行为，还必须惩治他们。刑杖或惩罚及时而有效，是成功的秘密之一。刑杖被视同大神毗湿奴，而"刑杖学"是吉祥天女和辩才天女。（12.121.22—23）刑杖能采取不同形式，在不同环境下有不同表现，事实上，是成功统治的必备条件："国王啊！臣民们天天受到刑杖保护，增强国王的实力，因此，刑杖是至高归依。"（12.121.34）正是基于这个理由，刑杖被赋予以下八个名称："自在天，原人，呼吸，勇气，财富，生主，众生之魂，生命。"（12.121.40）事实上，这整整一章用于从各种角度赞颂刑杖，无论是国王的父亲、母亲、兄弟、妻子或祭司，都不能逃避它的管辖（12.121.57）。它是一切人类和超人类存在的真正基础，也是人类的永远警觉的救世者（12.122.52以下）。

第123章选择的论题是正法、利益和爱欲，也就是通常公认的人生三个目的及其相互关系。其中，正法，也就是日常履行的宗教责任，有助于保证身体处于良好状态。为此，利益，也就是获取必需的资财是绝对必要的，因为利益使人保持满意的心情。在这方面，提供了迦曼陀仙人和国王盎伽利私陀之间的简短对话。其中，一味追求爱欲，完全不顾正法和利益，受到谴责，而遵循三吠陀中规定的法则，受到推崇。

《王法篇》中最后强调的一点是获取和保持优秀的品质，缺少了它，财富和权力徒然无用。而以优秀的品质支持一个人的努力，这世上没有什么不能做到（12.124.15以下）。

《危机法篇》

在《王法篇》中提供告诫，并采用合适的故事、格言和例举予以说明，以一种真诚和坦率的方式实现王权的目的和理想。但有时会出现非常的和意外的境况，迫使人们采取某种狡诈或诡秘的策略，被称作"危机法"。一旦找不到其他的正当方法达到期望的目的，国王必须具备运用"危机法"的机智和能力。在这里，必定会提出"目的证明手段正当"这个格言。但始终存在一种危险——鉴于已经采取的手段没有达到期望的目的，便采取愈加不道德的手段，而目的离开行动者越来越远。欺骗术是一种正规的训练。一个人必须精通它，因为完全可以合理地预料，对手会采取同样的手段。

在《和平篇》第二篇《危机法篇》中，首先由坚战的提问确认能够采取这些"危机法"的具体境况：（1）国王蒙受巨大损失；（2）缺乏当机立断的力量；（3）怜悯同胞；（4）臣民强烈不满；（5）财富几乎耗尽；（6）怀疑大臣们不忠；（7）政治机密泄露；（8）无望获得盟友；（9）臣僚们离心离德；（10）遭到敌人意外入侵；（11）内心不安。在本篇开头列举了这些特殊境况，足以说明史诗作者并非主张无条件地采用诡诈策略。

本篇中最生动而富有教诲意义的部分是动物寓言，其中最有趣的是一只小老鼠的故事（第136章）。它住在一棵大榕树树根的洞穴中，有许多入口和出口。它出来觅食，刚往树上爬了几步，立即遇到三种致命的危险：（1）一只猫鼬为了同样的目的，正要爬上这同一棵榕树；（2）树顶上一只猫头鹰正要离窝觅食，黄昏是它出来的时间；（3）更糟的是，上面没几步远，有一只野猫。但这只野猫不慎陷入猎人张下的网。猎人第二天早晨会再来，是这四个生命的共同敌人。这只野猫能杀死猫鼬和猫头鹰，而猫鼬和猫头鹰能杀死老鼠，除非老鼠得到野猫的保护。作为这个寓言的主角，这只老鼠的小脑袋里似乎装有最聪明的脑子。它的惟一优势是有锐利的小牙齿。作为"危机法"的典范策略，这只老鼠愿意用它的牙齿啃断野猫的网，条件是网中的

13

野猫要保证它的安全。野猫只能表示同意，而心中想着一旦最后一条绳索啃断，老鼠就逃不脱自己的爪子。老鼠故意慢慢地啃啮，不触及关键的绳索。渐渐天亮，迫使目盲的猫头鹰（一号敌人）回窝。远远也看见猎人前来收取夜晚的战利品。猫鼬（二号敌人）没有陷入网中，赶紧逃开。猎人懊丧地看到他的猎物猫鼬逃开，走上前来，至少能抓住野猫。恰在这时，老鼠用它的尖牙咬断那张网的关键绳索，野猫迅即爬上那棵高大的榕树。老鼠是一种微不足道的猎物，但它也赶紧跑回自己的洞中，免得猎人出于报复杀死它，因为它毁了猎人日常谋生用的网。野猫是受难者。饥饿促使它陷入网中。能让野猫充饥的老鼠就在网中挨着它工作，脱身后却没有时间抓住老鼠，因为失望的猎人不允许它片刻耽搁。一切危险解除后，野猫下树，走近老鼠进入的那个洞穴，叫唤老鼠出来，以便表示感谢它的救命之恩。而机智的老鼠哪会轻易上当！

第 138 章提供的是《迦宁迦正道论》。这是最初由迦宁迦教导绍维罗王焚敌的政治格言，后来由焚敌传授给婆罗堕遮，现在由毗湿摩传授给坚战。在《初篇》附录中说到迦宁迦应持国的特别请求，向他传授这些教导。但这一章被认为是窜入《初篇》的。事实也是这样，因为它不见于《初篇》克什米尔传本，现存《摩诃婆罗多》的最早注释者提婆波陀也未提及。爪哇传本也是同样情况。同样也不见于安主的《婆罗多花簇》。这一章在《初篇》中是窜入的，不像在《危机法篇》中适合上下文。这个教诲恰好六十颂（12.138.8—68），而称作《迦宁迦六十颂》。在《和平篇》和《初篇》传本中，六十颂中有三十二颂是共同的（有所变化）。其中有些颂也见于《摩奴法论》、《益世嘉言》和《五卷书》。

在没有其他安全出路的情况下，允许采取"危机法"。这适用于国家，也适用于个人。后者的例子见于第 139 章，著名的众友仙人在一个长久持续的饥荒中，没有任何食物充饥，不得不从一个旃陀罗（贱民）家中偷取一块生狗肉。这是一个极端的"危机法"事例。众友仙人向旃陀罗辩解自己的行为："尽管青蛙叫个不停，牛照样饮水。你不掌握正法发言权，不要自我吹嘘。"（12.139.78）

下一个提供的故事讲述一对可爱的鸽子（第 141—145 章），感人至深。一个贪婪无情的猎人在一个狂风暴雨的日子，逮住一只出来觅食的雌鸽，装进网中。猎人必须熬过滂沱大雨，没有食物和遮蔽，整夜躲在一棵树下。树顶上有好几只筑了窝的鸟，由于恶劣的气候，整夜不得安息。其中一个鸟窝里，一只孤独的雄鸽彻夜忧心忡忡，等待着它的雌鸽。雌鸽早上去林中觅食，直到黄昏也没返回。雄鸽整夜忍受暴风雨、饥饿和分离的折磨，说道："人们赞颂在这世界上，妻子以日常生活为伴，是没有同伴的男人的最高保护者。对于得病和陷入困境的人，永远没有比妻子更好的良药。在这世上，没有比妻子更好的亲人，没有比妻子更好的归宿，没有比妻子更好的实现正法的同伴。"（12.142.8—10）

这只被猎人逮住的雌鸽辨认出是她的伴侣的哀诉。那是这天夜里从树上发出的惟一的鸟声。雌鸽听后，说道：亲爱的，让我教给你最好做什么。这个猎人不堪忍受寒冷和饥饿。他现在在我们的窝下休息。因此，按照待客之礼，向他致以早晨的欢迎，以家主和再生族[①]的身份侍奉他。

雄鸽尽管为自己的伴侣被囚落泪，依然高兴地听从雌鸽的劝告。首先要做的事是为客人祛寒。雄鸽收集干枯的树叶，从附近炭铺取来一块烧着的炭，点燃树叶。然后，它自己投身火中，为猎人提供新鲜的热食！这个行动令猎人悲戚，他以赎罪的方式，释放所有捕获的鸟，包括这只雄鸽的妻子。而这只雌鸽很自然地投身这堆燃烧的火中，变成殉夫者！这类动物寓言极其感人，富有教诲意义。

《危机法篇》的其他部分包含一些有德和无德、善和恶的抽象讨论，不太有趣，不太重要。临近结尾，也由坚战的弟弟提问，毗湿摩作出恰当的回答。论题不完全局限于当时的语境。第159章的大部分是自由改编《摩奴法论》和其他早期《往世书》的一些内容。

第161章，坚战不是向毗湿摩，而是向他的四个弟弟和维杜罗提出问题，他们每人对问题作出不同的回答。在这章中，以十三首长颂结束。其中之一（第44颂）按照霍布金斯的说法，提到一种佛教教义。第162章讨论国内不同地区的不同种族，提到北方的弥戾车人。

---

① 再生族指婆罗门。婆罗门到了学习吠陀的年龄，意味开始第二次生命。鸟类是卵生动物，也称作再生族。

至此，依据所介绍的关于"危机法"的抽象讨论和生动具体的例举，可能会给人产生这样的印象：史诗作者倡导一种"目的证明手段正当"的万能策略。而为了防止这种误解，史诗作者强调美德的重要，诸如自制（第154章）、苦行（第155章）、真理（第156章），也强调恶习的严重危险，诸如贪欲（第152、157章）、愤怒（第152章）、凶恶（第158章），以及犯了过失，需要赎罪（第159章）。这很自然地说明史诗作者不是热衷提倡任何狡诈的和不道德的策略。否则，很可能引诱普通人放任贪欲和愤怒，尤其是在前面已经提倡和赞同"危机法"。如果有人不顾这种警告，而误入歧途，甚至在采取正当策略就能取得成功的情况下，也追逐"危机法"，那么，史诗作者已经恰当地在《和平篇》最后部分增加了"解脱法"，旨在引导人类通过悔悟和苦行，达到最终的目的，即解脱。

《解脱法篇》

一　提要

（168）《王法篇》是毗湿摩讲述国王的职责以及与政权有关的其他论题。坚战现在开始讨论可以称之为哲学的问题，涉及以人生四阶段为特征的人类最高责任，也涉及克服由失去财富或亲人引起的苦恼的方法。毗湿摩首先告诉坚战，一个人认识到在这个现象世界中生活没有意义，自然会生出弃世精神。他向坚战讲述胜军的故事，用以说明这一点。国王胜军为儿子之死满怀悲痛。一位婆罗门努力缓解他的悲痛，向他指出需要有一种镇定自若和摆脱欲望的态度。这位婆罗门告诉胜军，宾伽罗一直为与情夫分离烦恼，最终在这种哲学态度中获得安慰。（169）然后，坚战询问毗湿摩，在这个世界上，时间紧逼，吞噬一切生物，一个人怎样能获得幸福？毗湿摩在回答中，向他复述古时候聪慧和他的父亲的对话。聪慧询问父亲，一旦认识到人的生命正在迅速消逝，聪明人应该遵循怎样的行为规则？父亲回答说，一个人应该始终履行人生四阶段规定的职责。而儿子表示异议，坚持认为在衰老和死亡统治的世界中，聪明人应该隐退森林，遵行弃世之路。

（170）坚战询问毗湿摩，快乐和忧伤怎么会降临按照各自方式生活的富人和穷人？毗湿摩在回答中，重复沙密耶迦以前在象城告诉过他的话。沙密耶迦曾经遇见一位婆罗门，这位婆罗门向他指出一无所有最快乐；一个人不弃世，不会快乐和无畏。（171）坚战询问毗湿摩："想要投身事业，而又缺乏财富，满怀财富的渴求，他怎样做，才能获得快乐？"毗湿摩回答说，养成一种镇定自若和厌弃世俗事物的态度，一个人会变得快乐。为此，他讲述了孟吉的故事。孟吉渴望发财，用自己剩下不多的钱买了一对小公牛。这对小公牛套轭耕地时，惊讶地看到一头骆驼坐在路上，便跑过去，跳上骆驼的脖子。愤怒的骆驼起身飞跑，两头公牛悬在它的脖子两边。看到自己的一对公牛就这样被勒死，孟吉的想法发生变化。他确信命运或天命强大，人力微不足道。毗湿摩进而又向坚战讲述与此论题有关的两个故事：（1）毗提诃国王遮那迦养成无所执著的精神，声称即使他的都城密提罗陷入火海，他也无动于衷。（2）鲍底耶仙人摆脱执著，思想平静。他从六位教师——宾伽罗女、鹗、蛇、林中的蜜蜂、制箭匠和少女那里学会摆脱执著。

（172）坚战询问毗湿摩，一个人生活在这个世界上，怎样才能摆脱忧愁，达到最高的快乐？毗湿摩在回答中，讲述古时候波罗诃罗陀和阿阇伽罗仙人的对话。波罗诃罗陀注意到阿阇伽罗镇定自若，询问他怎样达到这种状态。阿阇伽罗回答说，他认识到出生、成长、衰老和死亡是事物本性，因此，他从不感到惊喜或忧伤。他继续说道，他实践蟒蛇的生活方式，有食物则一口吞下，无食物则一连数天不吃。这种生活方式有助于他达到平静和镇定。（173）坚战询问毗湿摩，人的伟大依靠什么？有亲友和财产，或者有事业，或者有智慧？毗湿摩回答说，人的真正伟大依靠智慧。为了说明这一点，他复述古时候因陀罗和迦叶波仙人的对话。曾经有一个富有的吠舍，骄傲自大，野蛮驾车，撞倒迦叶波仙人。迦叶波悲惨地躺在地上，等待死亡。因陀罗化身豺狼，走向他，歌唱人的光辉。而最后，他告诉迦叶波，由于放纵贪欲，人已经失去伟大，人奴役人。豺狼进而告诉他，自己前生是一个人，由于愚痴、专横、缺乏信仰，而降到目前的生存状态。

（174）坚战询问毗湿摩，布施、祭祀和苦行是否产生善果？毗湿摩向他阐述不可逆转的业报规律。业跟随人如同他的影子。最后，毗湿摩说长期修炼严厉的苦行导致人的持久快乐。

（175）坚战向毗湿摩提出下列问题：世界由什么创造？谁创造五大元素？创造的次序是什么？不同的种姓怎样产生？他们的职责是什么？灵魂的性质是什么？人死后灵魂变成什么？在这章和以下十章，毗湿摩回答坚战，讲述婆利古和婆罗堕遮关于这些论题的对话。应婆罗堕遮询问，婆利古首先描述世界和五大元素在什么时候和怎样被创造，以及后者的规模。（176）婆罗堕遮询问详情，婆利古描述五大元素从空到地怎样出现，每个后者从前者演化出来。（177）婆利古进而讲述一切动物和植物的出现是五大元素结合的产物。五大元素通过动态、热量、液态和固态以及生物的感觉呈现自己的特性。他强调甚至树木和植物也都有感觉，产生于它们体内的五大元素。婆利古接着描述五大元素各自的不同特性。他还说，水、火和风这些元素始终活跃在具体的生物中。（178）回答婆罗堕遮的另一个问题，婆利古解释说，风与火结合，以五种呼吸的形式，维持生物的生命。（179）婆罗堕遮提出这个问题：如果是身体中的火和风维持生命，设想灵魂存在就没有意义。如果死亡意味灭寂，功德也就无用。（180）婆利古回答说，灵魂存在，只是在身体毁灭后，它变得不可感知，正如在燃料燃尽后，火变得不可见。

（181）关于四种姓，婆利古说，最初只有一种种姓即婆罗门，后来由于人类的活动，分成四种种姓。（182）然后，婆利古描述四种种姓的职责。（183）他指出人类被无知的黑暗压倒，因贪婪、愤怒和其他激情而盲目，不能看到真理和正法的光芒。（184—185）婆利古继续讨论人生四阶段的职责。回答婆罗堕遮提出的问题：在这个世界之外，是否有另一个世界？婆利古说，在雪山北边，有一个天国般的世界，居住着纯洁、公正的人们。

（186）应坚战询问，毗湿摩解释有关宗教、道德和社会礼仪的各种规则。（187）坚战询问毗湿摩：什么是内在灵魂？怎样获得这种知识？在回答中，毗湿摩向他解释精神和物质的哲学。一方面，有只是"观看"的灵魂或精神；另一方面，有物质，包括五大元素、五种感官、心和觉。物质由善性、忧性和暗性组成。这三性分别引起快乐、痛苦和痴迷。(188) 然后，毗湿摩向坚战讲述四重禅瑜伽，它最终导致涅槃。

（189）坚战询问毗湿摩：默诵者获得什么功果？毗湿摩首先讲到一个默诵者，不怀有获得任何功果的愿望而默诵吠陀本集，达到最高的自我实现的境界。（190—191）而怀着某种愿望进行默诵，达到各种天神的世界，当然，与最高的自我实现的境界相比，那是较低的境界，几乎像是地狱。(192) 然后，毗湿摩向坚战讲述婆罗门（毕波罗陀之子）和甘蔗王之间的长篇讨论。这位婆罗门修炼了一千年苦行，默诵吠陀本集。莎维德丽女神向他显身，询问他有什么愿望。婆罗门回答说，他只希望继续默诵吠陀。莎维德丽满足他的愿望，说他会达到梵。她也提醒他说，他很快会见到正法之神、时神、死神和阎摩。不久，这些神走近婆罗门，想要他前往他们的天国居处，作为他默诵的功果。正当婆罗门侍奉这些来自其他世界的客人，甘蔗王出现在他面前。按照礼节致意后，国王表示想要赠给婆罗门礼物。婆罗门表示自己已经遵行弃世之路，不会再接受礼物，但他会按照国王的愿望，赠给国王礼物。于是，国王说他希望获得这位婆罗门通过默诵吠陀而获得的功果。婆罗门向国王指出，他默诵吠陀，从不企盼获得任何功果，因此，他不能确定自己会获得什么功果。国王说他不准备接受性质不明的礼物，再次要求婆罗门接受他的礼物。国王和婆罗门互相争执不下，在他们面前出现两个人，衣着邋遢，动作笨拙。他俩正在激烈地争论一件事，现在请求甘蔗王仲裁。其中一位名叫维卢波，对国王说道："维讫利多送给婆罗门一头母牛。我向他乞求这一布施的功德。他慷慨地送给我。我获得这个功德后，我买了一对乳牛，送给一个以捡拾谷穗维生的人。我具备了双重功德，又走近维讫利多，把功德送给他。可是，他不肯接受。这是我们争论的焦点。"在国王询问下，维讫利多说他不接受维卢波的任何东西，因为维卢波并不欠他什么。从这两位争论者获得启发，婆罗门说服国王接受他毕生默诵的功果。国王接受这个礼物，表示他俩应该共同分享这个功果。(193) 毗湿摩结束这个默诵者的故事，说国王和婆罗门在死后获得的回报，可与瑜伽行者获得的回报相比。

(194)坚战询问毗湿摩：追求知识和遵守吠陀仪规的功果是什么？怎样知道灵魂或自我？在回答中，毗湿摩复述古时候摩奴和毗诃波提的对话，涉及相同的论题。摩奴在与毗诃波提的谈话中，首先区别行动之路和知识之路。后者是关于自我的知识。具体的自我体验到善果和恶果。自我在本质上是感官不可感知的，是不可毁灭的。(195)然后，摩奴指出五大元素的演化，每个后者从前者演化出来。第一元素空产生于不可毁灭的自我（"不灭者"）。他继续说道，具体的自我与五大元素接触，五种感官分别依靠五大元素的性质。(196)然后，他提出各种论据，证明灵魂存在：人们看不到雪山的侧面或月亮的背面，但不能说它们不存在。同样，不能因为感官感受不到，就说灵魂不存在。灵魂的存在能依靠智慧之光推断。灵魂在一个身体瓦解后，变为不显现，而进入另一个身体后，又显现。(197)摩奴进而向毗诃波提解释，思想摒弃一切激情，处在宁静状态，不受干扰，自我只能被这样的人"看到"或认识。(198—199)摩奴继续说，运用禅定技巧，通过沉思入定（"三昧"），最终能"知道"或认识自我和梵。瑜伽行者沉思五大元素，从地元素开始，依照次序，最终沉思和进入没有属性的梵。

(200)坚战想要知道盖沙婆（黑天）的真正性质。毗湿摩说，他从持斧罗摩和神仙那罗陀那里听到这些。按照他们的说法，盖沙婆不仅仅是人，而是全能的存在，创造五大元素，确定时间，创造四种种姓。(201)应坚战询问，毗湿摩列举生主们的名字。他继续说道，兔丸和他的一万个妻子生有一千万个儿子。他们不承认任何生主，成为苾湿尼族的祖先。在讲述了各类天神后，毗湿摩提到住在四方的仙人名字。(202)坚战询问大神诃利化身为什么动物，毗湿摩告诉他说："我曾经出外打猎，在摩根德耶的净修林里休息。在那里，迦叶波告诉我毗湿奴的故事，他化身为野猪，将大地从恶魔的威胁下解救出来。这位化身野猪的大神就是黑天。"

(203)然后，坚战询问毗湿摩解脱问题。这章和此后七章包含一位老师和他的学生关于解脱及其相关问题的对话，现在由毗湿摩讲给坚战听。它体现传统所谓的"苾湿尼族后裔（黑天）灵魂说"。学生询问老师："我和你出自什么本源？"老师回答说："婆薮提婆之子

（黑天）是一切。梵亲自化身为苾湿尼族中的婆薮提婆之子（黑天）。唯独他知道梵。他是至高的原人。"从原人统辖的原初物质中，演化出智慧（"觉"）、自我感觉（"我慢"）和五大元素，依次从前者演化出来，还有感觉器官和行动器官。作为听取者和观看者等等的灵魂，只有通过瑜伽才能认识。（204）这种物质演化和解体的循环在知领域者原人统辖下进行。智者应该知道领域即物质身体和知领域者即灵魂之间的区别。（205）生物由于无知，受三性（善、忧和暗）作用的影响。因此，无论谁想达到平静，就要控制自己的感官。只有身体涤除由激情和愿望产生的不纯洁，知识才能照亮。（206）女性本质上像领域，男性是知领域者。正是执著的种子，渴望的种子，从中产生生物。应该理解忧愁产生于执取的愿望，伴随傲慢而增长。摒弃愿望，断绝愿望，达到解脱。（207）梵行是梵本身的形态。它意味控制一切感官。生物的身体由风、胆汁、黏液、血、皮、肉、筋、骨和髓组成。一系列脉管输送给身体基本营养。其中一种脉管维持思想。它输送精液——体液的精华。精液通过生殖，造成生物的混合。理解精液的性质，这样的人摆脱执著，从不再生。（208）不杀生、诚实、正直、宽容和精进努力，具备这些品质的人变得快乐。凝思静虑的人达到最高境界。为了控制感官和思想，可以采用瑜伽技巧。（209）忧性和暗性占优势，思想在觉醒中和梦中积极活动。在沉睡状态，思想停止活动。（210）整个世界受贪欲束缚，转动似轮。知道原初物质及其变化和永恒的原人的真正性质，这样的人摆脱贪欲，获得解脱。大仙那罗延出于怜悯众生，宣示这个伟大的真理。

（211）坚战询问毗湿摩：密提罗国王遮那迦怎样达到解脱？于是，毗湿摩向他讲述遮那迦的事迹。遮那迦一心思考死后灵魂会怎样的问题。一百位老师聚集在他的宫廷，提出有关这个问题的不同看法。其中一些是异教徒，不能令国王满意。就在这时，一位名叫五髻（迦比拉之子）的大仙人来到王宫，他是阿苏利的第一位学生。五髻参加辩论，借助逻辑推理，压倒所有一百位老师。遮那迦遣散所有老师，向五髻求教。五髻向他阐述导致解脱的学说。他强调除了自我之外，一切东西必定衰竭和死亡。将非自我和自我等同是错误的。（212）五髻进一步指出这个身体领域是感觉器官、心和行动器官的聚合，产生于五大元素的结合和三性（善、忧和暗）的互相作用，谁不加分辨，认为这种聚合与自我同一，他将蒙受无穷的忧愁。经过五髻这样的教诲，遮那迦摆脱忧愁。

（213）"怎样的行为方式导致快乐和无惧？"毗湿摩回答坚战的这个问题说，自制是一切美德之源。自制的人不惧怕任何人，任何人也不惧怕他。他受到一切人尊敬，获得最高知识。（214）坚战询问什么构成苦行、斋戒和节欲的本质，毗湿摩回答说："真正的苦行以弃绝和谦卑为特征。斋戒意味在两餐之间不吃，节欲意味只在行经期走近妻子。"（215）"人真正是自己的行为——不管是善业还是恶业的作者吗？"毗湿摩回答这个问题，讲述古时候因陀罗和波罗诃罗陀的对话。魔王波罗诃罗陀已被打败，失去光辉，坐在僻静处，情绪稳定，毫不烦恼。因陀罗走近他，询问他镇定自若的秘密。波罗诃罗陀在回答中，向他阐述本性学说。按照这种学说，在这世界上无论发生什么，都是事物固有性质的结果，没有人力作用的地位。

（216）坚战询问毗湿摩：一个国王失去光辉后，怎样在这世上生活？毗湿摩在回答中，引述因陀罗和魔王钵利的对话。因陀罗打败众魔后，搜寻消失的钵利。在梵天指点下，因陀罗最终发现钵利化身一头驴，住在空宅中。因陀罗提醒他从前的权力和荣耀，询问他的珠宝和华盖变成了什么，以及他怎样对待目前的状态。钵利回答说，他有过他的时间，肯定还会有他的时间。（217）在因陀罗追问下，钵利阐述时间学说。生死兴衰由时间造成。时间确立一切，给一切带来结果。（218）因陀罗在听取钵利的论述时，惊讶地看到吉祥天女从钵利的身体中走出。应因陀罗的询问，吉祥天女告诉他说，她离开钵利的原因是，钵利曾经公正和正直，而在时间折磨下变得傲慢和不纯洁。然后，因陀罗请求她与自己作伴，吉祥天女表示同意。（219）在这个背景中，毗湿摩向坚战讲述古时候因陀罗和那牟吉的对话。那牟吉已被打败，失去光辉。然而他保持平静，毫不烦恼。因陀罗询问他镇定自若的秘密。那牟吉说世上的一切早已命定，他在命定者的指挥下生活。（220）坚战进而询问一个陷入灾难的人怎样做才好。毗湿摩回答说，刚强的毅力支撑陷入灾难的人。为此，他向坚战讲述因陀罗和钵利的另一个对话。钵利战败，躺在一个山洞里。因陀罗怀着胜利的喜悦骑在象上，到达那里。他惊讶地看到钵利甚至在战败后，也思想平静，毫不烦恼，便询问他为何对目前处境不感到遗憾。钵利在回答中，向他阐述时间学说：时间造成生物兴衰。他还说："曾经是我的时间，现在成了你的时间。而你的时间也会完结。"钵利在论述中，提到许多魔王被时间的力量击倒。因陀罗欣赏他的论述，尊他为"时间哲学家"。

（221）坚战询问什么是一个人命运兴衰的特征。毗湿摩引述因陀罗和吉祥天女的对话。在一天拂晓，那罗陀和因陀罗在恒河岸边相遇。两人沐浴，默念祷词，礼拜升起的太阳。这时，灿若太阳的吉祥天女出现在他俩面前。吉祥天女回答他俩的问题，说她从前与众魔作伴，他们有德，公正，遵行正道，而现在他们失去虔诚和美德，她就离开了他们。转而，她和七个同伴——愿望、信仰、坚定、可爱、胜利、谦恭和宽容，与因陀罗一起生活。

（222）坚战询问："什么行为方式导致一个人超越原初物质？"毗湿摩向他讲述杰吉舍维耶和阿私多·提婆罗关于这个论题的对话。阿私多询问杰吉舍维耶思想平静、不受干扰的秘密，杰吉舍维耶阐述镇定自若的学说。他说一个镇定自若的人不受褒贬影响，一心为众生行善，既不为过去忧伤，也不为未来焦虑。控制感官，从一切对象撤回思想，这样的人到达超越原初物质的梵的居处。（223）坚战询问，是否有人具备一切品德，在这世上最受尊敬？毗湿摩向他讲述盖沙婆告诉猛军的话。猛军询问盖沙婆，哪些品德使那罗陀为全世界所喜爱？盖沙婆说，那罗陀具有许多品德，诸如谦卑、平静、温和以及精通社交。

（224）坚战现在向毗湿摩提出一系列问题："众生怎样进入存在和从存在消失？时间怎样划分？世界在什么时间创造和解体？所有这一切由谁造成？"在回答中，毗湿摩向他讲述毗耶娑对儿子苏迦的论述。毗湿摩首先解释时间的划分，从最小的单位瞬间开始，直至四个时代，即圆满时代、三分时代、二分时代和争斗时代，总共一万两千年。梵天的每个白昼和夜晚各包含一千个四时代。在他的夜晚结束，梵天醒来，开始创造世界。七个原人，包括五大元素，首先被创造。它们与至高的自我结合，产生具体的存在，叫做人。然后，毗耶娑指出随时代变化的四种姓的职责。（225—226）他继续解释世界的解体，每个后演化者解体为每个前演化者，直至最后融入梵。关于四个人生阶段，毗耶娑说，家居期形成所有阶段的基础。他进而强调家主不应该自己吃食和享受财富，而应该布施那些值得布施的人。他提到从前二十多位伟大的国王，他们已经居于天国高位，作为他们向值得布施的人布施宝贵财富的果报。（227）毗耶娑接着解释婆罗门的行为规则。婆罗门精通经典，每天举行五种祭祀，控制自我，不伤害众生，越过可怕的世俗生活之河，达到完美的境界。（228）毗耶娑也详细讲述瑜伽方式，特别提到执持（专注）。（229）他批驳本性学说，按照他的看法，这种学说必然导致灾难。他强调人的智力以及用智力获得的知识，才是最重要的。（230）毗耶娑提到四个时代，即圆满时代、三分时代、二分时代和争斗时代，描述吠陀知识、吠陀实践和关于人生四个阶段规定的职责，从圆满时代到争斗时代逐渐衰微。

（231）然后，毗耶娑阐述数论认识梵的方式。一个伟大的自我（灵魂）遍布整个创造——动物和不动物。"看到"或认识到这一点，一个人达到梵。（232）毗耶娑继而解释瑜伽方式。一个人应该控制感官，摒弃有碍瑜伽的情绪，沉思自我，达到自我认识的境界。（233）毗耶娑说吠陀规定两种生活方式——行动的方式以及知识和弃绝的方式。行动造成自我陷入轮回转生，而知识和弃绝使自我获得解脱。（234—237）毗耶娑宣称四个人生阶段构成四个阶梯，通向梵的认识。他接着描述这些阶段的职责。（238）毗耶娑向苏迦阐述吠陀的奥秘——关于认识自我的学说。具体的自我（灵魂）与身体接触，造成包括心和感官在内的原初物质的变化。在获得真正的知识后，通过沉思的方法，心和感官融入内在的灵魂，一个人达到宁静和无限的幸福。（239—241）这三章与第187章一致。（242）苏迦询问什么是最高的正法。毗耶娑回答说，控制感官和心，通过沉思认识自我，构成最高的正法。（243）毗耶娑进而说，一个人既不贪求任何东西，也不憎恨任何人，思想、语言和行为都不伤害众生，思想集中，他就达到梵。（244）然后，毗耶娑列举五大元素及其性质、感官和感官对象，强调灵魂与它们不同，超越它们。（245）毗耶娑进而说，瑜伽行者摆脱了忧性影响，能直观微妙的内在灵魂。（246）毗耶娑生动地描述人心中生长的奇妙的愿望之树。而用平静、弃绝和警醒之剑可以斩断这棵树。毗耶娑还用另一个譬喻，将人体比作一座由觉王后统治的城市。这位王后以心作为她的大臣，控制作为市民的感官。（247）毗耶娑详细描述五大元素、心和觉的性质和特征，结束对苏迦的论述。

（248）目睹国王和英雄们在战争中遭到杀戮，坚战询问毗湿摩关于死亡的来源。毗湿摩在回答中，向他讲述生活在圆满时代的国王阿维甘波迦的故事。国王阿维甘波迦在战斗中失去儿子。他悲痛欲绝，走向那罗陀。那罗陀安慰他，描述死亡怎样来到这个世界。梵天担心这个世界人满为患，拥挤不堪。他的愤怒爆发为火焰。看到焚烧一切的火焰毁灭世界，湿婆心生怜悯。（249）于是，湿婆恳求梵天息怒。梵天这样做了，但为生物规定了生和死。这时，从他的嘴和鼻孔中迸出一个女人。梵天命名她为死亡，要求她专事杀死生物。死亡对这个想法感到震惊，流下眼泪。梵天将她的眼泪接在手中。（250）于是，死亡恳求梵天撤消这个令人憎恶的任命，修炼了几千年苦行。然而，最终她接受这个杀死生物的任务，得到疾病（实际上是她的眼泪）、欲望和愤怒的帮助。

（251）坚战询问，履行正法是为了今生，还是为了来世？毗湿摩回答说，正法规则是为了这个世界的行为和事务制定的，而履行正法在今生和来世都产生快乐。他指出正法最终受到一切人尊重，很明显，甚至一位热衷抢劫的强盗，一旦他本人遭到抢劫，也会求助国王。（252）于是，坚战指出以下几点，似乎不能仅仅依据经典确定正法的真正性质。有一类正法为幸运者制定，还有一类正法为不幸者制定。还有，据说正法一代一代发生变化。又据说正法依据善人的行为。但人们发现，善人不一定受到所有人尊敬。在这些情况下，正法回避一切定义，像健达缚城一样变幻不定。

（253）毗湿摩向坚战讲述杜拉达罗和迦阇利的故事，试图阐明整个论点。婆罗门迦阇利修炼严厉的苦行，像木桩一样站立不动多年。一对鸟在他的发髻上筑窝，与它们的幼雏一起住在窝里。迦阇利为自己惊人的镇定自若而骄傲，拍手说道："我达到了正法。"这时，他的骄傲受到一种看不见的声音责备："在正法方面你比不上波罗奈的杜拉达罗。甚至他还不敢像你这样自我标榜！"迦阇利感到气愤，长途跋涉，前往波罗奈，看见杜拉达罗在铺子里卖货。杜拉达罗欢迎他，询问他来访的目的。（254）迦阇利对他说道："你只是在你的铺子里卖各种饮料、香料、药草和根果，却获得完善的知识。你怎么会懂得这种知识？"杜拉达罗回答说："依据完全或最大限度不杀生，这种生活方式构成最高的正法。我过着这样的生活。我摆脱一切爱憎，对一切人都公平用秤。思想、语言和行为都不对众生作恶，这样的人达到梵。许多牲畜用于运载重物，我认为这样做如同犯下杀婴罪。牛被称为不可杀者。友邻王杀死一头母牛和一头公牛，古代仙人判定他犯有大罪。"（255）杜拉达罗进而告诉迦阇利，祭祀应该不引起伤害任何动物，不贪婪。人自己的自我是最高圣地，没有必要朝拜其他圣地。（256）毗湿摩告诉坚战，由于杜拉达罗的这些话，迦阇利达到完美的平静。

（257）毗湿摩向坚战讲述国王维遮克努一贯怜悯众生的故事。在祭礼中遭到屠宰的母牛和公牛发出凄厉的哀鸣，深深感动维遮克努。因此，即使举行祭祀，他也不准屠宰动物。

（258）"一个人在工作过程中，遇到责任的冲突怎么办？"毗湿摩回答坚战这个问题，向他讲述鸯耆罗家族的吉罗迦林的故事。吉罗迦林（意谓行动缓慢者）名副其实，在做任何事情时，总是思考良久。因此，一些人不赏识他，给他起绰号"懒汉"和"弱智"。一次，他的父亲乔答摩怀疑妻子不忠实。于是，乔答摩命令儿子吉罗迦林杀死母亲。吉罗迦林思考良久，不知怎么办？他反复考虑这个问题。他想："父亲一直抚养我，我怎么能不服从他？而我怎么能杀害母亲，她对于我，就像引火棍对于火？"吉罗迦林这样反复思考着，乔答摩走来，为向儿子发出草率的命令深感后悔。然而，他看到儿子匍匐在他的面前，他的妻子仍然活着，顿感轻松。他祝福吉罗迦林，称述三思而后行的美德。（259）坚战询问国王怎样统治而不成为暴君？毗湿摩引述古代国王耀军和他的儿子萨谛梵的对话。萨谛梵看到强盗依据国王的命令被带往刑场。他告诉父亲，他怀疑死刑是不是规范的正法？于是，耀军向他指出，如果取消死刑，也就没有法治，而只有混乱。萨谛梵对国王的论点提出异议，指出一些无辜的人也可能被处死，由此完全失去证明他们无辜的机会。因此，他提出应该制定一些更温和的惩罚方式代替死刑。

（260）坚战询问毗湿摩：履行家主的职责和弃世，哪种方式更优越？毗湿摩说这两种生活方式都导向至高的善。然后，他讲述古时候迦比罗和母牛的对话。友邻王准备杀死一头母牛，作为对客人陀湿多的献礼。母牛被带来，系在祭柱上，等待屠宰。这时，迦比罗仙人出现，看到这头母牛，嘲笑道："啊，吠陀！"这时，一位名叫修摩罗希密的仙人进入母牛体内，通过母牛对迦比罗说道："你嘲笑吠陀！但是，诸如不杀生和自制这些学说从哪里获得它们的权威性？"于是，迦比罗同意说，履行吠陀中规定的人生四阶段的职责最终导致一个共同的目的——至高的善。然而，按照他的观点，达到那个目的，惟一的最好方式是实行不杀生。修摩罗希密批驳迦比罗的说法，强调按照吠陀，举行祭祀是导向天国主要的和基本的正法。他进而要求迦比罗注意按照吠陀的说法，为了祭祀杀生，并不真正构成杀生。（261）然而，迦比罗争论说，对于那些通过弃世方式达到最高境界的人，家居生活无用。而修摩罗希密予以驳斥，认为其他生活阶段都靠家居生活阶段维持，家居生活也提供生殖，维系种族。迦比罗仍然坚持认为控制感官是获得至高的善最有效的手段，只有那些实行弃世生活的人才能达到。修摩罗希密极力为家居生活辩护，指出家居生活履行最重要、最艰巨和最正当的职责，因此是最能导向解脱的生活方式。他还说，采取弃世方式只对少数人是可能的。（262）然而，迦比罗坚持认为惟有以自我知识为基础的弃世方式，才能导向解脱。

（263）坚战询问毗湿摩：三种人生目的，即正法、利益和爱欲，哪种最优秀？毗湿摩在回答中，讲述一位名叫持罐的云神的故事。有个贫穷的婆罗门抱着获取财富的目的遵行正法。他寻求一位不常受人请求的天神。他发现云神持罐这样一位众人尚未接近的天神。受到这位婆罗门的虔诚崇拜，持罐怀有感激之情。因此，在药叉王摩尼跋陀罗帮助下，他着手实现婆罗门的愿望。婆罗门在森林中修炼严酷的苦行，凭借他这样获得的力量，希望赐给别人巨大的财富或王国。但持罐赋予他天眼，让他看到数千国王沉沦在地狱中。由此，婆罗门确信欲望无用。他为自己贪财而羞愧，请求持罐原谅。这样，通过持罐的恩惠，婆罗门最终认识到既不是利益，也不是爱欲，而唯独正法导向至高幸福。(264) 坚战询问毗湿摩：举行祭祀怎么只是为了正法，而不是为了获得财富和快乐？毗湿摩在回答中，引述那罗陀讲述的一个名叫萨谛耶的婆罗门的故事。毗陀婆地区的萨谛耶依靠捡拾田野中的野谷和野菜生活。他举行祭祀，用根果作为祭品。附近生活着一头鹿。它看到萨谛耶举行祭祀而没有动物作为祭品。于是，它愿意自己被屠宰，供奉祭火。婆罗门最初不同意，后来受到天国幸福的诱惑，接受鹿的奉献，在祭祀中屠宰它。由于这场动物祭包含杀生，婆罗门的全部苦行化为虚无，因为不杀生构成正法的真正精华。

(265) 坚战询问：什么使人有罪？人怎样转向履行正法？人怎样倾向于厌世和解脱？毗湿摩回答说，极端执著感官对象使人贪婪，痴迷，有罪。控制愿望，获得正法之果。抵制世俗对象，对它们无动于衷，在知识之眼指导下，选择弃世方式。(266) 坚战询问：什么导致解脱？毗湿摩回答说，愤怒、爱欲和恐惧这些激情是瑜伽之路的障碍。一个人想要获得解脱，应该排除这些障碍，修习瑜伽。(267) 毗湿摩向坚战讲述阿私多·提婆罗和那罗陀之间发生的一次对话。那罗陀询问：世界和众生从哪里创造出来？于是，阿私多·提婆罗向他阐述宇宙学说。他说五大元素从时间演化出来，人体的各种成分诸如五种感觉器官、五种行动器官和血液，从五大元素演化出来。他也列举一系列成分，在人体内由具体的灵魂维持。(268) 坚战询问：一个人怎样摆脱贪欲？毗湿摩在回答中，引述古时候遮那迦国王和曼陀维耶的对话。遮那迦告诉曼陀维耶，由于他摆脱了任何欲望，即使他的都城密提罗遭到火焚，他也不会烦恼。他进而讲述最高快乐产生于摆脱欲望，而感官快乐，即使是天国的快乐，也不能与之相比。(269)"为了能达到至高的梵界，一个人应该具备怎样的知识、行为和虔诚？"回答坚战的这个问题，毗湿摩向他讲述诃利多仙人的观点。诃利多教导说，一个人不应该伤害一切众生，应该善待一切众生，过弃绝的生活，依靠施舍维生，而获取施舍不应该给施舍者造成最轻微的麻烦和不便。

(270) 坚战询问：一个人怎样摆脱世上的烦恼？毗湿摩回答说，正像空气充满黑色和红色的物质粒子而染上色彩，灵魂由一个身体转移到另一个身体，由于业果沾染色彩。毗湿摩进而说，一个人通过知识的手段驱除无知的黑暗，他的灵魂变得纯洁，明亮似梵。为此，他讲述古代魔王弗栗多的传说。弗栗多在与天神交战中失败。优沙那仙人看到他即使战败，依然镇静，毫不烦恼，便询问他怎么在危难中还能保持镇静？弗栗多回答说："我认识到众生来而复去。因此，我既不忧伤，也不喜悦。经典规定每个人按照业果，得其所得。"然后，弗栗多请求优沙那阐述关于生活和命运的看法。（271）优沙那正要开始讲述，永童出现。优沙那恳请永童满足弗栗多的好奇心。于是，永童首先描述毗湿奴的伟大，讲述只有通过控制感官，才能到达毗湿奴那里。然后，他解释灵魂怎样染上从黑到白的不同色彩，与行为的善性或恶性一致。永童讲完后，弗栗多感到满意。随即，弗栗多死去，达到最高境界。

（272）坚战询问弗栗多怎样遭到杀害。毗湿摩讲述弗栗多伏诛的传说。弗栗多威力巨大，引起众天神心中恐惧。甚至因陀罗也萎靡不振，以致他必须依靠湿婆帮助。湿婆将自己灼热的光芒化作热恼，用以打击弗栗多。（273）弗栗多被热恼压倒，因陀罗用金刚杵给他致命的打击。因为弗栗多是一位婆罗门，杀害婆罗门的罪孽缠住因陀罗。因陀罗最终摆脱杀害婆罗门的罪孽，梵天为这种罪孽提供四种居处，以四种罪人的形式：（1）在祭祀中不供奉种子或谷子；（2）砍倒树木或植物；（3）与行经期的女人同居；（4）用痰和粪便污染水。（274）坚战询问热恼是怎样产生的。毗湿摩讲述这个故事：陀刹举行祭祀，没有邀请大神。大神感到恼怒，攻击陀刹的祭祀。祭祀化身为一头鹿。大神狂热地追逐这头鹿。在追逐中，大神前额掉下一滴汗珠。它像森林大火熊熊燃起，焚烧祭祀。于是，梵天安抚大神，表示与他分享祭祀，恳请他将汗滴产生的灼热分散到世界各地。人体中的热恼也是这种灼热之一。

（275）坚战询问一个人怎样摆脱痛苦、烦恼和死亡。毗湿摩在回答中，向他讲述那罗陀和沙孟伽的对话。那罗陀曾经询问沙孟伽镇定自若的秘密。沙孟伽回答说："一个人按照前生决定的方式生活。凭借这种知识，我能摒弃无知和贪婪，活着没有烦恼和恐惧，仿佛我喝了甘露。"（276）"一个不精通经典的俗人怎样能达到至高的善？"回答坚战提出的这个问题，毗湿摩引述那罗陀和伽罗婆的对话。伽罗婆向那罗陀询问这个相同的问题。于是，那罗陀提出一些统辖人的个人和社会行为的原则。在这方面，他提到知足、谦卑、与客人和仆从分享自己占有的一切，等等。（277）这章的论题涉及摆脱执著。毗湿摩举例说明，讲述古时候坚辋和娑伽罗的故事。坚辋告诉娑伽罗，一个人经常培养和保持超脱精神，镇定自若，他能被认为已经获得解脱。

（278）毗湿摩向坚战讲述优沙那的故事。优沙那也叫迦维耶，是婆利古族后裔。他曾经凭借他的瑜伽力，剥夺俱比罗的财富。俱比罗寻求湿婆帮助。于是，湿婆用三叉戟对付优沙那。而优沙那凭借他的瑜伽力，附在三叉戟顶尖上，逃避它的直接打击。湿婆弯下三叉戟，将优沙那抓在手中，最后将他放进嘴中。这样，优沙那进入湿婆内脏。然而，湿婆修炼苦行，湿婆体内的优沙那的苦行和力量也增长。他祈求湿婆放他出来，湿婆同意。优沙那从湿婆的生殖器中出来。由此，他也被称作修迦罗（"精液"）。波哩婆提接受他为自己的儿子。

以下九章包含波罗奢罗对遮那迦的谈话。谈话要点如下：（279）正如一个人播种什么，就收获什么，他的一生的特点取决于他自己前生的业。一个人决不应该做他不愿意别人对他做的事。（280）以知识缰绳控制感官之马，这样的人是智者。一个人能通过善行提高自己的社会地位。（281）作为供奉、祭礼中吟诵的吠陀祷词和苦行的结果，古代国王和仙人达到完美。（282）属于四种姓的人们应该履行为各自种姓规定的职责。（283）在危难中，婆罗门可以从事刹帝利或吠舍的工作，但决不能从事首陀罗的工作。同样情况，首陀罗也可以从事手工艺、商业和养牛，维持生计。（284）家主一般嗜好感官快乐，看不到有比感官快乐更高的快乐。他生育孩子，为了抚育他们而追逐财富。然而，一位有智慧和分辨力的家主，厌倦感官快乐，决心实行自制，努力履行规定的职责。正如所有的河流以大海为庇护所，所有的人生阶段以家居生活阶段为庇护所。（285）四种姓分别生自生主的嘴、臂、腿和脚。其他各种种姓生自种姓的混合。除了特殊的种姓有特殊的职责外，还有一切种姓共同的伦理行为规则，诸如不杀生、仁慈、好客、诚实和忠贞等。（286）创造物有两种——不动物和动物，其中动物更优秀。动物中，两足动物更优秀。两足动物中，婆罗门更优秀。婆罗门中，智者更优秀。智者中，通晓自我者更优秀。

生而为人是特殊的幸运，哪怕是生在贱民家中。因为唯独人能通过善行维护自我。（287）不执著是一个人的精神幸福之根。自我知识是最高知识。苦行和向值得布施的人布施从不无用。生在死之后，死在生之后。一个人不懂得导向摆脱生死的行为规则，就像轮子一样在生死中转动。

（288）坚战询问毗湿摩对于这个世界上受到推崇的诚实、宽容、自制和智慧的看法。毗湿摩在回答中，向他讲述天鹅和沙提耶们的故事。生主曾经化身金天鹅，走近沙提耶们。沙提耶们询问什么行动规则导向解脱？天鹅回答说："一个人应该修炼苦行，控制感官，诚实，调伏思想。一个人也应该控制爱憎。自制是通向不朽之门。"天鹅还向沙提耶们透露伟大的秘密，即没有比人更优秀者。（289）坚战询问数论和瑜伽的区别是什么。毗湿摩回答说，瑜伽强调直接的实践，数论强调经典的确切知识。毗湿摩继而描述瑜伽的特点，诸如根除激情，节制饮食，沉思入定。（290）然后，毗湿摩说明数论的特点。数论强调知识、分辨和计数（列举）。它认为物质世界永远变化，不真实，不牢靠。它涉及三性、五大元素、觉、心以及它们的性质和属性。

以下六章，毗湿摩解释可灭者和不可灭者。为此，他引述极裕仙人和迦拉罗·遮那迦的对话。极裕仙人对遮那迦的谈话要点是：（291）一方面，有一种可灭的实体，产生有序列的演化物，每种后者演化自前者。这些实体有二十三种。可灭者和二十三种演化物形成二十四谛。它们构成身体。与此相对，有第二十五谛，即自我（灵魂）。自我（灵魂）不灭，无属性，无形体，只能通过知识认识它的存在。（292）不灭的自我（灵魂）出于无知，认同可灭的物质、三性、身体及其疾病、善业和恶业。由此，它在无数生中轮回转生。（293）遮那迦表示怀疑，认为作为原初物质和原人（灵魂）永远不断的结合的结果，创造的循环也持久不断，因此，不可能有解脱。极裕仙人试图解除他的怀疑，强调原人（灵魂）本质上没有感觉器官和行动器官，没有属性。它有别于，也不关心原初物质及其演化物。（294）至于瑜伽，极裕仙人说，瑜伽的最高力量在于禅定。它有两种，分别产生于控制呼吸和沉思入定。极裕仙人接着描述数论。数论依据计数，列举八种原初物质及其十六种变化。这二十四谛构成身体或领域,由第二十五谛自我(灵魂,知领域者)统辖。(295)极裕仙人继而描述可灭和不可灭学说。他认为原初物质和自我(灵魂)能被说成是可灭者和不可灭者。原初物质在它演化之前的原始状态是不可灭的,也是永恒的。而自我(灵魂)似乎是可灭的,当它不被认为有别于身体或领域,而被想象为同一于身体和遗失在身体中。(296)极裕仙人在谈话最后,进一步阐明自我(灵魂)的性质,增加一个第二十六谛。自我作为一个具体的个别灵魂,出于无知,认同由二十四谛构成的身体。而这个自我(灵魂)看出自己的错误,认识到它的真正性质,它就被认为是第二十六谛。

(297)毗湿摩向坚战讲述遮那迦和一位婆利古族仙人的对话。遮那迦在一次林中狩猎时,看到这位仙人。他询问这位仙人,为了达到今生和来世的目的,应该采取什么生活方式?这位仙人回答说,超脱或摆脱欲望导向人的精神幸福。

(298)坚战请求毗湿摩说明那种吉祥、永恒、摆脱生死善恶和恐惧的实体。为了回答这个问题,毗湿摩向他讲述耶若伏吉耶对遮那迦的谈话。耶若伏吉耶在谈话中告诉遮那迦:有八种原初物质,即未显者、大、我慢和五大元素,有十六种变化,即五种感觉器官、心、五种行动器官和五种感觉对象。这些是五大元素的特殊效果。(299)耶若伏吉耶接着描述不显现者、大和我慢产生它们各自的演化物所需要的时间。(300)耶若伏吉耶进而说,一旦梵天想要入睡,整个世界解体,每个演化物复归自己的演化者。地复归水,水复归火,火复归风,风复归空,空复归心,等等。(301)然后,耶若伏吉耶列举和阐述感觉器官、心和行动器官,它们的特殊活动领域,统辖它们的神名。他继而说明三性的特点。(302)耶若伏吉耶描述作为三性的行动结果,造成世界的多重性和多样性。(303)接着讲述数论。未显者无知觉,原人有知觉。未显者单一,原人多样。(304)至于瑜伽,耶若伏吉耶指出,吠陀知道八重瑜伽,而控制呼吸和控制思想形成瑜伽的主要特点。(305)耶若伏吉耶提到灵魂按照它从身体某个特殊部位离开身体,转移到某个特殊的神圣领域。例如,灵魂从足部离开身体,它前往毗湿奴那里。(306)然后,耶若伏吉耶的谈话带有个人色彩,向遮那迦讲述自己的一些生平事迹，诸如怎样通过太阳神的恩惠，他创作《百道梵书》。他告诉遮那迦二十四个谜语问题，由健达缚广慈提出，而由他对这些问题所作的回答。最后，耶若伏吉耶向遮那迦讲述第二十六谛的学说。这种第二十六谛是没有属性、纯洁、至高的自我。这种第二十六谛由个别的灵魂达到。个别的灵魂是第二十五谛，二十四谛的知者。代婆罗提·遮那迦对耶若伏吉耶的谈话表示十分满意，向这位仙人致敬，布施一千万头牛。

（307）"一个人怎样能避免衰老和死亡，无论通过苦行、学问或药物？"回答坚战提出的这个问题，毗湿摩引述遮那迦和五髻关于同一问题的对话。五髻告诉遮那迦，虽然衰老和死亡不可避免，但通过认识万物无常，培养镇定自若的精神，按照经典布施和祭供，可以缓解衰老和死亡的作用。

（308）坚战询问毗湿摩：始终过着家主生活，不放弃家主的职责，是否还能获得解脱？毗湿摩在回答中，讲述女修道人苏罗芭和遮那迦的故事。从前，国王法旗·遮那迦获得唯独修道人能获得的功果，即在此生中获得解脱。当时，有一位女修道人名叫苏罗芭，她听说遮那迦王在此生获得解脱，想要探明虚实。她来到遮那迦王宫，凭借瑜伽力，变成一个年轻的美女。国王注意到她的美貌，欢迎她。在接受迎客之礼后，苏罗芭当着众学者的面，与他展开讨论。她凝视遮那迦的眼睛，凭借她的瑜伽力，进入他的精神。然后，苏罗芭和遮那迦开始对话，两人占据同一身体。遮那迦说道："我是五髻的学生，他教给我获得解脱的奥秘，而不需要放弃我的王国。古代仙人们已经规定三种解脱方式——知识方式、行动方式，以及知识和行动方式。我的老师教会我第三种方式。我履行我的职责，但我以一种超脱的精神这样做，由此保持解脱状态。"他这样介绍自己后，指责苏罗芭行为不当。他说道："你强行进入我的身体和心。如果你是婆罗门，你犯有混淆种姓的罪过。你是修道人，我是家主，因此，你也犯有混淆生活方式的罪过。进而，你也可能犯有混淆族姓的罪过。此外，你或许犯有对丈夫不忠的罪过。你不仅仅侮辱我，也侮辱整个庄严的集会。你咄咄逼人，想要征服他们。男人和女人互相满意的结合，甜蜜如甘露，但我俩的结合违背我的意愿，像致命的毒药！你是哪个国王

33

雇佣的间谍吗？告诉我你来访的真实目的，你的学问和你的家庭。"
虽然受到遮那迦的严厉指责，苏罗芭保持镇定，作出严肃而有理的回
答。她首先提醒国王注意，一场成功有效的讨论的基本前提是说者必
须向听者表示一种尊敬而非藐视的态度。在回答国王提出的关于她是
谁和出身什么家庭的问题时，她指出这个问题没有意义，毫不相干。
她说道："人类在这个世界上出生，就像尘土和水、虫漆和树木的混
合。这个身体含有三十种实体，诸如感官、感官对象和知领域者等
等。"然后，她质问遮那迦关于他的所谓解脱状态："在一个获得解脱
的人的眼中，一切人都是平等的。而你统治王国，区分敌友。你也深
深执著财富和快乐。"至于她被指责犯有混淆种姓和生活方式等等罪
过，她嘲弄遮那迦说："作为一个获得解脱的人，我不执著我的身体。
然而，你自称已经达到不执著的境界，却似乎依然受到束缚，考虑你
的身体。按规定，修道人应该只住在荒芜的空旷之地。你自称是获得
解脱的人，如同一个空旷之地。那么，如果我在这样一个地方停留一
会儿，怎么该受指责？我已经进入你的精神，几乎没有接触你，犹如
莲花瓣上的一滴水。如果你仍然意识到我的接触，我十分怀疑解脱知
识的效力，你声称你的老师已经教给你这种知识。"接着，苏罗芭告
诉他说，她属于一个著名的王仙家庭。她进而说明自己还没有结婚，
因为她还没有找到合适的配偶。她已经走上解脱之路，遵守一个修道
人的誓言。感谢他的迎客之礼，苏罗芭最后说道，按照修道人的惯
例，她将在那里停留一夜，第二天早晨离开。

（309）坚战询问：毗耶娑之子怎样完全厌弃世界？毗湿摩在回答
中，向他讲述毗耶娑对苏迦的谈话。其中，毗耶娑生动地描述在这世
界上万物无常，要求苏迦采取弃世生活，追求自我实现。

（310）以下十一章包含苏迦的生平故事。毗耶娑曾经在弥卢山顶
修炼苦行，以求获得一个威力如同五大元素的儿子。大自在天满意毗
耶娑的严厉苦行，告诉他将会有一个这样的儿子。（311）得到大神的
祝福，毗耶娑感到放心，回到他的净修林。一次他正在钻木取火，看
到一个名叫诃利达吉的天女，不禁动情。诃利达吉化作一只雌鹦鹉，
走近他。毗耶娑不能控制自己的激情，在摩擦引火木时，他的精液流
在引火木上。他继续摩擦，他的儿子苏迦出生。在众天女的祝福下，

苏迦长大。大神收他为学生。众吠陀侍奉他。但奇怪的是，苏迦对世俗事务和家居生活不感兴趣。他似乎一心想获得解脱。（312）苏迦走近他的父亲，告诉他说，自己的思想不平静。因此，他请求父亲教给他解脱的方法。在苏迦掌握数论和瑜伽后，毗耶娑请他去见密提罗国王遮那迦，对他说，遮那迦会向他阐明解脱的方法。于是，苏迦前去会见遮那迦。一路经过许多国家，他到达密提罗国王遮那迦的王宫。侍从带他进入一座大厅，毗邻一座美丽的花园。在那里，他受到年轻的美女们接待。对她们的献媚，他无动于衷，在瑜伽禅定中度过一夜。（313）第二天，国王遮那迦在家庭祭司和大臣们陪同下，接待苏迦。问到他的来访目的，苏迦直接询问国王，对于获得导向解脱知识的人，是否有义务履行为人生四阶段规定的各种职责？遮那迦回答说："古代智者履行包含人生四阶段职责的正法，以免社会崩溃。但一个思想净化的人，甚至在人生第一阶段就能获得解脱。"钦佩苏迦的广博知识、见解和力量，遮那迦肯定他已经适合进入解脱的境界。

（314）得到遮那迦的肯定，苏迦回到父亲那里。毗耶娑正在向他的四个学生——苏曼度、护民子、阇弥尼和拜罗讲授吠陀。苏迦将遮那迦说的话告知毗耶娑，然后，和毗耶娑的四个学生一起学习吠陀。四个学生对毗耶娑说，增加了苏迦，他们变成五个，请他将学生的数目限制为五个，不要再增加第六个。毗耶娑表示同意，但要求四个学生自己扩大数目，传播吠陀。（315）毗耶娑的四个学生得到老师同意，下山到大地上传播吠陀，主持祭祀。毗耶娑独自与苏迦一起留下，默坐在净修林一角。那罗陀走向他，询问他保持沉默的原因。毗耶娑告诉他，由于与自己的学生们分离，有些惆怅。那罗陀认为他应该继续吟诵吠陀。于是，毗耶娑在苏迦陪伴下，开始以洪亮的声音吟诵吠陀，遵守吠陀发音的一切规则。突然，狂风大作，不得不暂停吟诵吠陀。苏迦询问风的起源，毗耶娑说明风的七种行程。

（316）不久，那罗陀访问苏迦，应苏迦的询问，向他讲述什么构成人的至高精神之善。那罗陀告诉苏迦，那是由永童大仙讲给他听的特殊教导。那罗陀讲述的要点是：没有眼睛像知识，没有烦恼像执著，没有快乐像弃绝。人由二十五谛构成。错误在于将真正不快乐的东西认作快乐，受到业的束缚，从一生转向另一生。（317）生物产生和消失是三性活动的结果,这种知识是烦恼的解毒剂。摆脱欲望,乐于沉思自我,这样的人达到幸福。(318)身体易于患病和死亡。甚至医生也不能回避它们。由于众生的业,这个世界存在不平等:一些人坐轿,另一些人抬轿。

即使听了那罗陀的谈话,苏迦还是不能平静。他仍然感到不能肯定他怎么摆脱生死轮回,达到至高之善。最终,他决定依靠瑜伽,进入太阳,因为太阳不像月亮,从不亏缺,从不衰弱。在他动身前往太阳之前,向那罗陀和毗耶娑告别。(319)苏迦登上盖拉娑山峰,在那里用瑜伽姿势坐下,面朝东方升起的太阳。立刻,这位大瑜伽行者腾升空中,飞越苍穹。所有的创造物凝视着他。苏迦飞过摩罗耶山,天女优哩婆湿看到他,惊呼道:"哦!这样一位可爱的人,他的父亲怎么会让他离开?"受到优哩婆湿这些话的触动,苏迦向整个宇宙发出呼吁:"如果我的父亲追赶我,呼叫我的名字,你们一起代表我答应他。"整个宇宙——森林、大海、山岳和河流表示同意。

(320)苏迦快速向前,像无烟之火一样闪耀。他得到净化,排除三性。雪山和弥卢山峰在他冲来之前裂为两半。途中,苏迦看见成群的天女在曼陀吉尼河中裸浴。但这位瑜伽行者的目光如此纯洁无邪,以至这些浴女几乎不感到羞涩。经过风的领域之上的苍穹,苏迦施展他的瑜伽力,最终融入整个创造。这时,毗耶娑追赶他的儿子,呼喊他的名字。苏迦与之合一的整个宇宙用"哦"声响应毗耶娑的呼唤。想着他的儿子及其达到的伟大,毗耶娑坐在一座山峰上,俯视曼陀吉尼河。从那里,他瞥见在河中裸浴的众天女。他的目光令众天女羞涩,一些天女藏进水中或躲在树后,另一些天女赶紧披上衣服。从这些反应,毗耶娑认识到他的儿子和他本人之间的区别,从而感到羞愧。湿婆大神走向他,安慰他,排遣他与儿子分离的忧伤。他进而保证说,苏迦将永远以影子的形式与他在一起。

(321)坚战询问毗湿摩:谁是最高之神?属于人生四个阶段的人们应该虔诚地崇拜谁?毗湿摩在回答中,引述那罗陀和那罗延仙人关于这个论题的对话。那罗和那罗延一直在枣树净修林修炼苦行。那罗陀走近他们,询问那罗延他们所崇拜的最高存在。那罗延回答说:"我们崇拜自我,那是一切生物的内在灵魂,始终摆脱三性。"

(322）那罗陀希望看到那位大神，根据那罗延的建议，前往弥卢山，在那里的西北方，看到白岛。在白岛生活的居民不吃任何食物，不眨眼，散发香气，头部呈华盖状。

坚战顺便询问毗湿摩，那些居民是谁？怎么会住在白岛？于是，毗湿摩简要讲述他所谓的一个长篇故事。那里的一位国王，名叫婆薮·优波离遮罗，一位虔诚的那罗延信徒。他在通晓五夜学说的仙人们指导下，按照沙特婆多仪式崇拜那罗延。（323）优波离遮罗王曾经举行一次马祭，祭祀中不屠宰动物。大神那罗延对祭祀满意，亲自接受谷物祭品。毗诃波提作为祭司，不满意祭品被一位不可见的存在取走，坚持大神当着他的面接受祭品。其他祭司竭力劝说毗诃波提，指出惟有大神宠爱的人，才能看到大神。埃迦多、特维多和特利多，生主的儿子们都在祭祀现场，证实这一点，讲述他们本人不能看到大神。他们曾经按照大神的指点前往白岛，也没有见到大神。由此，毗诃波提平息下来，祭祀正常完成。

（324）然而，婆薮王后来引起婆罗门不快。有一次，众天神和众仙人在祭祀的祭品种类问题上发生严重争执。众天神喜欢以山羊为祭品，而众仙人喜欢以谷物为祭品。他们请婆薮王公断。而婆薮王偏袒众天神，由此遭到众仙人诅咒。作为诅咒的结果，婆薮王降落大地。他崇拜众神之主诃利，每天举行五次祭祀。众天神让他成为祭品婆薮达罗（酥油）的接受者。最终，婆薮王回到他的天国居处。

（325）毗湿摩现在继续讲述那罗陀访问白岛的故事。那罗陀看到那些奇妙的居民，那罗延的信徒们。他向他们俯首行礼，吟诵赞美那罗延的颂诗，包含大神一百七十一个称号。（326）那罗延对颂诗感到满意，向那罗陀显身，称赞他的虔诚。然后，那罗延向那罗陀阐述物质世界和各种生物所由构成的各种实体，婆薮提婆之子是最高存在，一切众生的内在灵魂，商迦尔舍那是生命，始光是心，阿尼娄陀是我慢（自我意识）。接着，那罗延告诉那罗陀他的化身，即野猪、人狮、侏儒、持斧罗摩、十车王之子罗摩和黑天。他说，作为化身黑天，他将以阿周那为助手，这两人应该被称作那罗延和那罗。随后，那罗延消失，那罗陀前往枣树净修林，看望那罗和那罗延。

以下十三章包含护民子和镇群王的对话：（327）镇群王询问护民

子，那罗延本人摆脱行动，怎么安排行动方式？护民子告诉镇群王，毗耶娑以前回答过他的五个学生提出的同样问题。伟大的自我称作"大原人"。在这个原人指导下，整个动物和不动物世界创造自八种原初物质。在世界创造后，仙人们和众天神以梵天为首，走近那罗延，恳求他指定他们各自的职责。于是，那罗延委托仙人摩利支、鸯耆罗、阿多利和极裕等传播行动方式（入世法），委托沙那迦和沙南陀那等传播弃绝方式（出世法）。那罗延也规定正法在圆满时代应该保持完整，以后每个时代减少四分之一，在迦利时代只剩四分之一。（328）镇群王请护民子解释诃利的一些称号的含义。护民子向他讲述盖沙婆（黑天）和阿周那的对话，其中盖沙婆向阿周那解释他的各种名字和称号的含义。盖沙婆最后讲到火和月亮遍及整个世界。（329）接着，阿周那询问盖沙婆，火和月亮怎样形成？盖沙婆回答说，伟大的原人诃利从他的双眼中创造出月亮和火。转而，月亮和火分别创造出婆罗门和刹帝利。然后，盖沙婆赞颂婆罗门的伟大，以十多个古代传说为例说明。（330）随后，盖沙婆对他的一些名字作出词源解释。针对他的称号孟阁盖舍，他告诉阿周那，他与楼陀罗的冲突以及最终的和解。

（331）镇群王询问护民子，那罗陀在那罗和那罗延的枣树净修林中看到什么？护民子回答说，那罗陀看到那罗和那罗延比太阳更光辉，头部形状如同华盖。那罗延询问那罗陀在白岛有没有看到至高存在？那罗陀回答说，他不仅看到至高存在，也听到他讲述他的种种化身。（332）那罗和那罗延祝贺那罗陀看到至高原人，然后继续描述至高存在怎样创造出五大元素。他们也讲述至高原人的信徒们依次经过阿尼娄陀、始光和商迦尔舍那阶段，最后进入婆薮提婆之子——知领域者。（333）护民子继续讲述那罗陀留在枣树净修林，祭拜祖先。那罗和那罗延向他解释，向祖先祭供三个饭团的做法可以追溯到乔宾陀（毗湿奴）本人，他在化身野猪时，向祖先祭供三个泥团。（334）护民子祝贺镇群王有幸听到那罗延的神圣故事。

（335）镇群王询问护民子："为什么毗湿奴化身马首？"护民子在回答中，讲述毗耶娑以前向坚战讲述的传说。摩图和盖达跋两位恶魔分别产生自暗性和忧性，攻击梵天，夺走他的吠陀。梵天请求大神那罗延帮助。那罗延化身马首,取回被恶魔藏在地下的吠陀。(336)镇群王询问护民子关于虔信法的问题。护民子回答说,在俱卢族和般度族战争期间,大神已向阿周那阐述这种学说,但玄奥难解。此后,阿周那当着黑天和毗湿摩的面,请求那罗陀教导他一种简易的学说。于是,那罗陀阐述这种学说,声称在远古时代那罗延本人已经确立这种学说。这种虔信法被沙特婆多族采用,也称作五夜经。它确认至高存在的一次或两次或三次或四次的呈现。

(337)护民子称颂毗耶娑,提到他出生自那罗延。镇群王询问,毗耶娑已被知道是破灭仙人的儿子,怎么能说成他出生自那罗延?护民子向他讲述这个故事:在创造世界时,那罗延发出呼声。于是,语言女神出现,生下的儿子称作阿般多罗多摩。那罗延请阿般多罗多摩阐述吠陀,这样,他又通过一位少女,生为破灭仙人的儿子。镇群王询问由谁传播各种哲学和宗教学说?护民子回答说,迦比罗传播数论,金胎传播瑜伽,阿般多罗多摩传播吠陀,湿婆传播兽主经,那罗延本人传播五夜经。

(338)镇群王询问护民子,有许多原人,还是只有一个原人?护民子回答说,数论和瑜伽的导师们认为不是一个原人,而有许多原人。他进而说道,毗耶娑阐述一个原人的学说。为了支持毗耶娑的观点,他讲述梵天和湿婆的对话。湿婆向梵天提出以下问题:"你已经创造许多原人。但谁是至高原人,你选择他作为沉思对象?"梵天回答说,只有一个原人。(339)梵天进而阐述一个原人的学说:正如只有一个火,在许多地方被点燃;只有一个太阳,是一切热量的来源;只有一个海洋,是一切水的来源,同样,只有一个原人,它的头、臂、脚、眼和鼻是整个宇宙,通过领域(或身体)漫游,被称作知领域者。

(340)坚战告诉毗湿摩,虽然听了他论述解脱法,他还想听取履行人生四阶段职责的人应该遵行的最高正法。于是,毗湿摩告诉他,有许多遵行正法的方式。为了说明这一点,他向坚战讲述从前那罗陀向因陀罗讲述的故事。

(341)在恒河南岸,有一位属于苏摩族的婆罗门。他感到焦虑,不知道为了达到至高的善,应该做什么?在他困惑之际,另一位虔诚的婆罗门来访。(342)主人向客人袒露焦虑的原因。客人回答说,有许多道路通向天国，他本人也不能十分肯定哪条是正路。（343）然而，他建议主人去会见一位名叫莲花的那伽，住在戈摩蒂河的那伽城。他顺便告诉他，这座那伽城是一个伟大的圣地，过去是众天神举行祭祀的场所。（344）主人感谢他，第二天前去拜访那伽王。

（345）婆罗门到达那伽的住地，但那伽不在家。那伽的妻子告诉他，她的丈夫去为太阳拉车一个月，十五天以后回来。婆罗门说他将在戈摩蒂河边等他。（346）婆罗门专心修炼苦行，等待那伽。那伽的亲戚们走近他，请求他放弃他的严酷的誓愿。然而，婆罗门请他们不必担心。（347）后来，那伽王回到家里，询问他的妻子是否一如既往，热心崇拜天神和侍奉客人。妻子告诉他，她没有玩忽职守，报告他有一位婆罗门在戈摩蒂河岸等他。（348）那伽王感到惊奇，不知道这个陌生人是谁。他也感到反感，一个凡人居然向半神的那伽族人施压。但他的妻子催促他不要令婆罗门失望，那伽王同意立即去见他。

（349）于是，那伽走近戈摩蒂河边的婆罗门。依礼欢迎后，婆罗门对那伽说，在说明自己的来访目的之前，他先询问另外的问题。（350—351）婆罗门向那伽提出如下问题："你经常访问太阳，拉他的独轮车。你看到过什么最令你惊异的事情？"那伽回答说："在太阳世界中，可以看到许多奇迹。但最令人惊异的是看到一个光辉的形象，仿佛是另一个太阳，以他的不可名状的光辉照耀天空，进入太阳。我问过太阳，这个光辉的形象是谁？太阳回答说，他是一位婆罗门，以捡拾收获之后田野里的落穗维生，始终为一切众生谋利益。"（352）听了这些话，婆罗门认为自己已经找到他寻求的至高的善。因此，他告别那伽。那伽问他为何这样匆忙离去，还没有说出他来访的目的。婆罗门回答说，他来访的目的已经达到，今后他将履行拾穗誓言。（353）然后，婆罗门前往婆利古之子行落仙人那里，奉行拾穗法。最后，毗湿摩提到他在与持斧罗摩战斗期间，从众婆薮那里听到这个故事。

二　概观

甚至粗粗浏览上述《解脱法篇》提要，就能发现在这部分中包含的形而上学、宇宙学、伦理学和神学教导惊人地丰富多样。这些教导决不能说是构成任何连贯一致的体系，也不能说是试图为它们提供一种综合或纲要。事实上，这些教导常常是互相独立和分离的。《解脱法篇》的编纂者似乎企图将不同的哲学教导和观点汇集在一起。它们是由不同导师在不同时期提出，在有影响的思想家圈内获得某种承认。在悲惨的大战之后，毗湿摩教诲坚战，提供了一个自然背景。在这个背景下，这种对哲学和宗教的思想观念的概述，其中多数是无系统的、初创的、试验的和流动的，在呈现中不会严重脱离既定的语境。在《解脱法篇》中呈现的大多数学说似乎属于一个思想活跃的时期，自由的思想家们思索和提出有关各种哲学问题的探讨性观点。他们的讨论和争辩必定激发进一步的思索，由此为古典哲学系统的形成奠定基础。因此，从印度哲学和宗教史的观点看，《解脱法篇》的内容具有重要意义。它们反映诸如数论、瑜伽、吠檀多和五夜这些古典哲学和宗教体系在发展中的一个明显的阶段。正如弗兰克林·埃哲顿指出："如同奥义书，它们（在《摩诃婆罗多》中的章节）仍是探讨性的，变动不定的，常常自身不一致和互相矛盾。但它们在印度古典哲学系统化的道路上，跨出了一步，即使不是很大的一步。"[①] 为了使这一点变得更加明显，下面按照通常的哲学思想基本范畴，对《解脱法篇》中涉及的一些比较重要的论题作些分析，并提供它们的一些要点。

（一）宇宙学和形而上学：灵魂和解脱

关于这些主题的观念，《解脱法篇》中一些长篇对话提供了丰富多样的材料。这些长篇对话似乎遵行某种明显的格式。它们都是正式的论述，包括的论题诸如第一原则或第一原因，宇宙的创造，元素的演化，人及其感觉器官和行动器官，心理机制，灵魂，世俗存在中烦恼的原因，解脱。下面是十四个这样的对话的主要内容：

1. 婆利古和婆罗堕遮的对话（175—180）

第一原则是摩那娑神（心神，即用心的属性称呼神）。它也称作无限、毗湿奴和未显者。从这个第一原则创造出空（也称作大）、水、

[①]《印度哲学的起源》导言，第35页。

风、火、地。每个后者分别从前者演化出来。可以看出，这里提出的元素演化序列是十分不规范的。在奥义书和后期哲学体系中，通常的元素演化序列是空、风、火、水和地。婆利古偏离这种通常的次序可能出于他的可以约略称作现实主义的方法。他描述元素演化的序列如下：最初是无声的空。在这种像黑暗的空中，产生水流，构成另一种黑暗。在汹涌的水流包围的空中，产生咆哮的风。从风和水的摩擦中，迸发出火。最后，从火和遗留在空中的油腻的沉淀物中，产生凝固的地。顺便也可以提到婆利古认为树木和植物像人一样有生命或灵魂，它们体验到色、声、触和味的苦乐。奇怪的是，在另一段的上下文中，婆利古似乎接受通常的元素创造序列。因为与第 176 章中详细的论述相比，他在 180.9—10 中相当简单地提到风复归空，火复归风，水复归火，地复归水。这五大元素构成人体，也构成各种器官。没有单独提到心，虽然第一原则被说成是心神。① 灵魂被说成是有生命的原则，主要特点是知觉。灵魂被确定为身体中的火，火用心的属性称呼（"身体中的心火被称作生命"）。婆利古只是偶尔提到觉和我慢，不是在演化序列中，而是为了强调灵魂是包括觉和我慢在内的一切。灵魂被指出保持纯洁和不受污染，如同莲花瓣上的水滴，从一个身体转移到另一个身体。对话强调的显然是个体灵魂。180.29 中讲述通过修习瑜伽净化思想的人"看到"自我（灵魂），获得永久的快乐。

2. 毗湿摩和坚战的对话，论内在灵魂（187）

似乎这篇对话被认为非常重要。因为它被发现略作变化，重复出现在 12.239—241 毗耶娑和苏迦的对话、孟加拉传本 12.286（5）以及《大那罗陀往世书》44.21—82 中。按照这篇对话，那是"众生之灵魂"或"造物主"创造五大元素及其它们的展现或演化物，即感官对象、感官、心和觉，灵魂由此感知。这个"造物主"迥然有别于只是观看的生命（灵魂）。心的作用是怀疑，觉的作用是确定。世界上的一切由善性、忧性和暗性构成。觉由原人或生命统辖，通过感官和

---

① 关于心神，弗劳瓦尔纳（E. Frauwallner）在他的《解脱法研究》（JAOS45，第 62—63 页）中说："心神这个名称只是表明灵魂具有心的属性。心不是独立分离的实体，而与灵魂一致。……正是心或心火在感官中起作用。……火神的观念出现在奥义书香底利耶和耶若伏吉耶学说的基础中。这里，正像在香底利耶学说中，灵魂与心一致。"

心体验三性造成的苦和乐。觉创造三性，灵魂或生命只是观看，本质上并不关心，而似乎在人体中结合在一起。但像鱼和水，或者像蚊虫和无花果树，本质上互不相同。一个人知道区分这两者，达到关于原人惟一性的至高知识，获得解脱。

从这个概要可以看出，这篇对话阐述精神和物质的二元论。① 弗劳瓦尔纳在毗湿摩的这一章教导中看到后期数论尚未充分发展的演化论的原始形式。他说道："我们在《解脱法篇》中发现一种文本。它曾经受到器重，广为流传。它包含一种属于比较古老的史诗时期的学说。从它的发生地点和起源时间，可能与最古老的佛教相去不太遥远。这种学说表明与比较古老的奥义书关系紧密，主要可能出自耶若伏吉耶的教导。此外，它显示某种发展的形式，那是史诗时期的特征。所有这些发展证实一种明显导致后期数论体系的形式。"②

3. 摩奴和毗诃波提的对话（194—199）

按照摩奴，第一原则是不灭的梵（194.24）。从它产生空、风、火、水和地，每个后者分别演化自前者。第一原则也被称作未显者（197.10）。此后，在谈话中（197），提出依次向上的各种实体的序列。在这个序列中，地最低，依次向上是水、火、风、空、心、觉、时间和毗湿奴。按照这个序列，最终原则是毗湿奴。

不灭者作为具体灵魂，进入构成身体的元素。作为灵魂与身体接触的结果，产生感官对象。摩奴这个谈话的主要部分是证明灵魂的存在。具体灵魂与身体接触，它的存在就变得明显，犹如月亮在望日天空中变得明显，罗睺在吞食太阳和月亮时变得明显。一个人摒弃一切感情束缚或欲望，他能看到或认识到灵魂或知领域者。正像在一个平静的水池中，一个人清晰地看到自己的形象，一旦感官受到控制，镇定自若，不心烦意乱，便能认识到自我（灵魂）。

顺便指出，在这个谈话中，只是偶尔提到我慢（198.16）。

4. 苾湿尼族后裔（黑天）内在灵魂说（203—210）

---

① "造物主"或"众生之灵魂"似乎是数论中的未显者或原初物质的前驱。
② 《印度哲学史》第1卷，第298—299页。而布依特南（J. A. B. Van Buitenen）在《数论研究（一）》（JAOS，1956年7—9月，第153—157页）中，试图依靠各种异文的帮助重构187.21—26的原文，并得出结论说："这一小段文本肯定说明所谓尚未发展的原始数论的说法不实。"

原初物质或未显者由原人统辖，产生觉、我慢、空、风、火、水和地，每个后者分别演化自前者。这八种被称作基本原初物质。除了这些，还有十六种变化，即五种感觉器官、五种行动器官、五种感官对象和心。所有这些通过三性——善性、忧性和暗性发生作用。有一个比第一原则未显者和原人更高、更伟大的实体，他就是毗湿奴。原人是知领域者，居于身体的九门之城中。存在之轮以未显者作轮毂，以显现的世界现象作轮辐，由知领域者统辖，在油腻的欲望车轴上不断转动（204.8）。众生受缚于这个存在之轮。他们执著世俗，一生又一生，像榨油器中的芝麻，反复受到压榨。正像纤维遍布莲藕内，无始无终的欲望纤维遍布身体，交织成世俗存在的组织（210.33—34）。一个人知道原人、原初物质和毗湿奴的真正性质，他摆脱这种欲望，达到解脱。

5. 五髻和遮那迦的对话（211—212）

五髻阐述导向解脱的至高数论学说（211.19）。[①] 他特别阐述身体所由构成的那些重要实体。五大元素即空、风等等，按照它们的本性聚合，也按照它们的本性解体。[②] 身体是五大元素聚合的结果，通过智、热（火）和风的作用。对于个人生命必不可少的那些实体是：感官、感官对象、本性、知觉、心、觉、呼吸和其他变化。觉体验三种经验——苦、乐和不苦不乐，那是三性的结果。身体是五大元素的结合，是领域，居于心中的实体是知领域者（212.40）。忧愁产生于混同三性和自我。通过正确思考和辨别，认识到这种混同，也认识到自我作为一种纯洁而无特征的实体的真实性质，引导一个人通向梵的最高幸福。正如河流归于大海，失去自己身份，认识到自我的人也融入

---

① 达斯古普特（S. N. Dasgupta：《印度哲学史》第1卷第216页以下）认为遮罗迦在《遮罗迦本集》中对数论的描述与五髻在《解脱法篇》本章中阐述的数论一致。恰格罗沃尔迪（P. Chakravarti：《数论思想体系的起源和发展》，加尔各答，1951年，第102页以下）也表达相似的看法。这些学者立足于211.11中"寄寓原人的未显者"这一说法，他们解说为"处在原人状态中的未显者"。但是，在这些章中显示的五髻学说不能提供这种解说。参阅贝代卡尔（V. M. Bedekar）：《五髻和遮罗迦》，ABORI38，第140—147页，《〈摩诃婆罗多〉中的五髻学说》，ABORI38，第233—234页。

② 约翰斯顿（E. H. Johnston：《早期数论》，第67页）在讨论马鸣等人描述的本性说时，提到这个段落。他认为本性不是一种宇宙原则，而是事物的固有性质，在它的推动下，各种元素结合而创造，分离而瓦解物体。

梵中，失去自己身份。

6. 毗耶娑和苏迦的对话（224—247）

梵是第一原则，创造出以下七个原人，每个后者产生自前者：大有、心和五大元素（224.31—41）。这个演化序列的特点是心仅次于第一演化者大有，而没有提到觉和我慢。① 这七种原人据说互相融合渗透，与身体中的大我（伟大的灵魂或梵）结合，被称作原人或具体的自我（224.42）。身体被说成由十六种实体构成，即十种感官、心和五大元素。在225.1—10中，描述世界复归梵的过程。七个原人各自复归前者，空复归心。而在225.14中，在描述这些实体在瑜伽行者沉思过程中复归梵时，说到一个人默念沉思空，直接复归梵。这里值得注意的是，介于空和梵之间的实体心在以前的序列中被略去。②

在231.13中，毗耶娑列举以下十六种身体构成因素：五种感官、五种感官对象、本性、知觉、心、呼、吸和生命。③ 毗耶娑进而指出（231.15）除了这十六种，还有第十七种即自我（灵魂），被称作"杭娑"，一切动物和不动物的创造主。即使它活动于身体的九门城中，本质上是不变化的。

在233.17以下，毗耶娑讲述生命灵魂受业的束缚，有十一种身体的变化，类似月亮有定期的盈亏。自我居于身体中，不受污染，犹如莲花瓣上的水滴，被称作知领域者。善性、忧性和暗性是生命的属性，生命是自我（灵魂）的属性，自我（灵魂）是至高自我（至高灵魂）的属性。

在238.3以下，毗耶娑按照向上的序列提出这些实体：感官、感官对象、心、觉、大即灵魂、未显者和不朽者，最后的一个是至高者。这些向上序列的实体令人想起《伽塔奥义书》（1.3.10—11）中的序列，只是最高实体在这部奥义书中被称作原人。

在244.2以下，毗耶娑提到以下实体构成大宇宙和小宇宙：五大

---

① 大有或许与古典数论中的大或觉相对应。弗劳瓦尔纳（《印度哲学史》第1卷第373页以下和第304页）认为毗耶娑阐述的这种演化论作为原型，后来的数论家们依据它，将演化论引进他们的体系。

② 弗劳瓦尔纳（《解脱法研究》，JAOS45，第63页）注意到这种不一致，指出这首诗具有重要意义，能确认它是古老的思想片断，认为空是梵的第一创造物。

③ 应该注意到这十六种因素几乎与五蕴列举的相同。

元素、生、灭、时间、心、觉和内在灵魂。在245以下，毗耶娑更详细地列举五大元素、心和觉的性质和属性。例如，他指出地除了它的特殊的香性（气味）外，还有稳定、坚硬、宽广和肥沃等等。按照文本，性质的总数是五十或六十，而实际上，它们是六十四。

7. 阿私多·提婆罗和那罗陀的对话（267）

第一原则被说成是时间。由存在或自我（灵魂）① 驱动，它创造五大元素。五大元素不是垂直地演化，也就是说，不是后者演化自前者，而是平行地演化，也就是说，五大元素各自直接演化自时间。除了时间和五大元素，存在（有）和不存在（无）也被称为主要实体。除了五种感官，还提到三种心理实体，即思、心和觉。思是在常见的心和觉之上新增的。然后，有六种行动器官，即通常的五种，再加上第六种力（生命力）。② 个人的构成因素被说成是包括心理实体和上述感官在内的十四种感官，以及三性、灵魂和热量。具体的灵魂在时间力量的驱动下，从一个身体转移到另一个身体。提婆罗称这种学说为数论，目的在于摧毁善恶，使寻求者达到梵。

8. 永童和弗栗多的对话（271）

永童阐述灵魂颜色的特殊学说。③ 按照他的说法，灵魂有六种颜色——黑、棕、蓝、红、黄和白。生物在世俗存在中达到的状态取决于他的灵魂颜色。灵魂的颜色由生物的行动产生。白色表明完美的状态。

9. 极裕仙人和迦拉罗·遮那迦的对话（291—296）

第一原则被称作商部，称号为"无形的灵魂"。它依次创造以下实体，每个后者演化自前者：大有、我慢、五大元素、五种感官对象、五种知觉器官、心和五种行动器官。这二十三种实体加上第一原

---

① 依据这个序列，不清楚存在或灵魂是否是位于时间之上的实体。在文本中没有对存在或灵魂作出任何解释，而按照上下文，或许意味时间的固有性质。

② 关于这种力，弗劳瓦尔纳（《解脱法研究》，WZKM32，第191页）说道："正像五种感觉器官以心或思作为中心器官，五种行动器官也以力作为中心器官。……这是感到有必要为行动器官提供相应的中心器官，由此选择了力。然而，它在引进演化论后又遗失。"

③ 任何正统的印度哲学体系都没有提出灵魂颜色的学说。然而，在耆那教的学说中得以见到。参阅《人谛义经》6.1—5，也参阅《宗教和伦理百科全书》中雅各比（H. Jacobi）关于耆那教的词条。

46

则商部，形成二十四谛。第二十五谛是毗湿奴，他不同于和外于二十四谛。第二十五谛也称作自我（灵魂），本质上没有属性。但是，面对原初物质，他似乎失去他的分辨力，在善性、忧性和暗性的影响下，纠缠在生的轮回中，犹如蜘蛛陷在自己织出的网中。善性、忧性和暗性分别被描绘为白色、红色和黑色。可以说，除了一些术语区别，极裕仙人提出的二十四谛体系与古典数论大体相似。

在293.47中，极裕仙人讲述不变的原人只有一个，而变化的原初物质呈现无数形式。[①]

在294.27以下，极裕仙人将前八谛——未显者、大、我慢和五大元素称为八种原初物质。从这八种原初物质产生十六种变化——五种特殊变化[②]、十种感官和心。

在296.9以下，极裕仙人在第二十五谛之上添加第二十六谛。第二十五谛是还没有达到觉醒的自我（灵魂），而第二十六谛代表觉醒状态的自我（灵魂）。

10. 耶若伏吉耶和遮耶迦的对话（298—306）

耶若伏吉耶首先阐述八种原初物质及其十六种变化的学说。然后，他提出九种创造的特殊学说，分别是：一、原初物质或未显者；二、觉；三、我慢；四、心；五、五大元素产生感官对象；六、多思性产生五种知觉器官；七、感官性产生五种行动器官；八和九、正直性产生上流（天神）和横流（动物等）。

在300.6—13中，耶若伏吉耶描述宇宙解体如下：地复归水，水复归火，火复归风，风复归空，空复归心，心复归我慢，我慢复归大或灵魂，最后，大或灵魂复归生主商部。[③]这里值得注意的是，以前不在八种原初物质中提及的心，被确定为一种高于空的独立状态，而生主商部占据第一原初物质未显者的位置。

在301中，耶若伏吉耶说到另一种安排，感觉器官和行动器官、

[①] "人们指出不灭者具有惟一性，可灭者具有多样性。"（293.47）极裕仙人的这种说法是指原人是一，原初物质是多吗？按照《理灯》（169.17—18），鲍利迦是一个数论派别的代表人物，主张原初物质的多样性。

[②] 特殊变化是五大元素的特质，与感觉器官有关，也就是感官对象。

[③] 参阅前面第291章，极裕仙人将商部确立为第一原则。

心、我慢和觉居于身体（"至高灵魂"）中，被安排在物质世界（"至高生灵"）各自的活动领域，并确认在天神世界（"至高神灵"）中各自的主神。他进而细述（301.20以下）善性、忧性和暗性的特殊效应。

在306中，耶若伏吉耶与极裕仙人一样，阐述第二十六谛的学说。①

11. 苏罗芭和遮那迦的对话（308）

在苏罗芭阐述的学说中，说到三十种称作"部分"的实体，属于或作用于具体生物的领域。这些"部分"如下：1—5. 感官对象；6—10. 感觉器官；11. 心；12. 觉；13. 心力；14. 知领域者（被解释为一种原则，一个人用以区分"我的"和"不是我的"）；15. 总和；16. 聚合；17—18. 共性和个性（被说成依据聚合）；19. 对立（诸如苦乐和爱憎）；20. 时间；21—25. 五大元素；26—27. 存在和不存在；28. 仪轨；29. 精力；30. 体力。关于这些"部分"，苏罗芭指出它们处在流动中，每时每刻都在变化，尽管这种变化是微妙的，不可感知的。这些"部分"虽然处在流动中（正如幼年、青年和老年），而在总体上，给人的印象是形成持续统一的同一个人，犹如一盏灯的火焰或一匹奔驰的马。

12. 那罗陀和苏迦的对话（316）

那罗陀讲述人的构成因素是十七谛（316.45）。然而，他只列举了其中的八种，即五种感官和三性——善性、忧性和暗性。其余九种实体应该是五大元素、知觉、自我（灵魂）、心和觉。那罗陀又说，总共有二十五谛（包括显现者和未显者），但他没有具体提到原始的十七谛之外的八谛。他认为一个人在本质上知道构成个人（小宇宙）的那些谛，也能知道在大宇宙中产生和解体的那些谛。

13. 毗湿摩和坚战的对话（200）

毗湿摩阐述盖沙婆的真实性质。按照他的看法，盖沙婆或黑天是毗湿奴或至高原人本身。至高原人也被称作大我，创造了五大元素。

---

① 基思（Keith）在《数论体系》中说道："只要个体灵魂认识到自己有别于性质，它们就会回到第二十六谛，即一切生物的内在自我，摆脱三性的旁观者。第二十六谛论者代表史诗瑜伽，而二十五谛论者代表数论派。"

他认为商迦尔舍那出现,被委托维持整个创造的任务。

14. 那罗延学说（326 以下）

按照那罗延的看法,那些实体演化和解体的次序如下:第一原则被称作婆薮提婆之子（黑天）,也叫原人。从婆薮提婆之子（黑天）创造出未显者、心、空和其他四大元素,每个后者演化自前者。他进而指出婆薮提婆之子（黑天）是知领域者,被称作商迦尔舍那,展现自己为生命。从商迦尔舍那产生始光,与心同一。从始光产生阿尼娄陀,与我慢同一。

（二）数论和瑜伽

考察《解脱法篇》中的哲学内容,会强烈地感到在所有后来的印度哲学体系中,唯独提及数论和瑜伽,并详细阐述。同时,会强烈地感到在《解脱法篇》中描述的数论和瑜伽决不等同于古典数论和瑜伽体系。在一些章节中,数论似乎只是指以某种逻辑推理为特征的知识方式,[①] 最终导向弃绝,而在另一些章节中,由于列举各种实体和原则,它们表现为按照一种特殊的序列互相演化,似乎预示后来的古典体系。同样,在《解脱法篇》一些章节中阐述的瑜伽似乎代表古典瑜伽体系的一种原初形式。顺便指出,在《解脱法篇》的一些章节中强调,尽管数论和瑜伽就具体实践而言有所不同,但基本原理相同。下面提供《解脱法篇》中明显论述数论和瑜伽的一些章节中的要点。

（211—212）在五髻和遮那迦的对话中,断言五髻阐述的导向解脱的学说是数论。五髻被称作迦比拉之子,因为他由迦比拉抚养长大。他是阿苏利的学生。按照古典数论,阿苏利和五髻属于古代数论学者传统。但五髻实际教给遮那迦的学说,在许多根本方面不同于古典数论。（222）杰吉舍维耶在古典数论中被认为是它的古代导师之一。然而,在这一章中,杰吉舍维耶教导的只是关于镇定自若的一般学说,与数论没有特殊关联。

（228）在对苏迦的谈话中,毗耶娑讲述数论承认四种原则:(1) 显现者,包括一切出生、成长和衰亡的东西;(2) 未显者,与显

[①] 参阅埃哲顿（F. Edgerton:《印度哲学的起源》,第 36 页）:"数论必须被理解为依据推理和推断的方法。那是推理的、沉思的、思辨的哲学方法。……一种依靠知识获得解脱的方法。"

现者相反；（3）生物；（4）知领域者。一位真正的数论学者摆脱感官对象。

（261）在迦比罗和母牛的对话中，迦比罗只是阐述弃绝的可取，而没有专门论述数论。

（290）毗湿摩充分描述数论的特点：（1）遵奉数论的人们知道世界的一切方式。他们分辨一切创造物和一切知识中的善恶优劣。（2）他们知道和列举遍布一切创造物的善性、忧性、暗性、觉和心等等五十五种特质。（3）他们知道感官对象和感觉器官之间不变的联系。（4）他们知道自我（灵魂）永远保持中立。（5）他们知道七种风，包括五种呼吸，也知道身体的九门城。（6）他们认为世界不可靠和不真实，如水中泡沫，如空心芦苇。（7）数论是一切知识的源头。

（294）在对迦拉罗·遮那迦的谈话中，极裕仙人讲述数论的基本特点是分辨和列举。极裕仙人也提出他所谓的二十五谛数论序列：八种原初物质及其十六种变化，以及统辖它们的内在灵魂。

（303）耶若伏吉耶向遮那迦阐述他所谓的数论学说，主要论述原人和原初物质的性质。原人因无知而将实际上属于未显者的创造和毁灭功能归诸自己。未显者或原初物质是一，而原人是多。数论一心追求知识，知道原人不同于原初物质，正如生活在无花果树中的蚊虫不同于无花果树，鱼不同于水，火不同于锅，芦不同于苇，莲花不同于水。通过这样的分辨，数论者达到解脱。

（337）护民子告诉镇群王，大仙人迦比罗公认是数论传播者。（338）他进而提到数论和瑜伽的观点：不是只有一个，而是有许多原人。接着，他又说与数论观点相对，毗耶娑认为只有一个，而不是有许多原人。

综上所述，按照《解脱法篇》中提到的导师们，数论似乎是一种古代哲学学说，或许是一种最古老的哲学学说，[①]其他学说从中吸取它们的观念。从以上情况可以看出，尽管《解脱法篇》中的数论表明一种逐步向古典数论发展的倾向，但仍然不同于古典数论，主要表现在以下这些方面：（1）在《解脱法篇》的数论中，与古典数论不同，

[①] 弗劳瓦尔纳（《印度哲学史》第143页以下）总结《解脱法篇》中观念的创新和发展，说道："史诗时期的这种发展导致最古老的哲学体系——数论的创立。"

通常不强调一种截然分明的二元论。（2）在《解脱法篇》的数论中，常常提到八种原初物质的学说，与古典数论的一种原初物质相对。（3）细微元素的学说似乎尚未发展。然而，提到五种感官对象或五大元素的特质。（4）关于心理能力的教导，诸如心、我慢和觉的数目、地位和作用，似乎在《解脱法篇》中尚未固定。不同的导师对此表达不同的观点。① （5）五种感觉器官的起源也不像在古典数论中那样，尚未固定。②

在《解脱法篇》中反复强调，瑜伽就它的基本教导而言，与数论相同。数论和瑜伽都提出二十五谛的学说（228.28，295.42，304.3），都同样强调行为纯洁，遵守誓言，怜悯众生（289.9）。在《解脱法篇》中的一个章节中生动地说道，按照基本原则的观点，瑜伽之于数论，就像凝乳或乳脂之于牛奶（295.44）。

瑜伽与数论的不同在于具体实践，即导致瑜伽行者认识自我的沉思技巧（289.7）。数论依靠知识之眼寻求最终原则，而瑜伽试图从世俗对象撤回感官而实现这个目的。有志于瑜伽者必须身体和精神坚强，能控制自己。身体衰弱和精神脆弱的人不能指望通过瑜伽获得解脱（289.3）。③ 诸如欲望、愤怒和贪婪，这些激情被认为是瑜伽的障碍，应该通过控制感官和集中思想加以根除（232.4 以下，289.11）。

香底利耶说，瑜伽主要由"三昧"（沉思入定）构成（245.13）。瑜伽的力量在于禅（294.7）。在 188 中，毗湿摩阐明四重禅瑜伽。依

---

① 参阅贝代卡尔：《〈解脱法篇〉中心理机制的地位和作用》，ABORI40，第262—288页。
② 约翰斯顿（《早期数论》）将《解脱法篇》作为早期数论资料之一引用，说道："《解脱法篇》中较早的章节与马鸣阐述的这个体系属于同一个思想阶段。这些术语的早期意义更多用在《解脱法篇》的开始部分，而它们的后期意义用在接近结尾的部分。"
③ "聪明睿智的瑜伽行者有理由说瑜伽最优秀，粉碎敌人者啊！他们认为不能自主的人怎么能获得解脱？"（289.3）在这首诗中的 anīsvara（不能自主的人）一词引起不同的解释。《摩诃婆罗多》注释者青项和阿周那密希罗以及现代学者 E. W. 霍布金、P. 多伊森、A. B. 基思、J. W. 豪尔、W. 鲁本将这个词解释为"无神论者"。按照他们的说法，这首诗突出表明数论和瑜伽的区别，也就是说，数论是无神论，瑜伽是有神论。注释者瓦迪罗阇将这个词解释为"没有知识力量的人"。F. 埃哲顿将这个词解释为"灵魂"。然而，按照这首诗所在的这一章的语境和语意，这些解释似乎缺乏说服力。参阅 V. M. 贝代卡尔《有神论不是瑜伽的特质》和《埃哲顿对"不能自主的人"的解释》（《东方思想》第5卷，第12—24页；第6卷，第45—50页）。

据他的描述，似乎属于他所谓的初步或第一步禅定[①]的四个阶段。在289中，毗湿摩描述有志于瑜伽者应该集中思想沉思的对象。他指出瑜伽执持的方式犹如站在剃刀锋刃上。他也描述瑜伽行者应该采取的摄生法，以帮助他完成这个艰巨的任务。

（294）极裕仙人指出瑜伽的本质在于禅。禅是二重的，即集中思想和控制呼吸。一个人集中思想，依靠"激发"或"执持"[②]的瑜伽技巧沉思自我，寂然不动，不受干扰，犹如无风处燃烧的一盏灯。自我照亮他，如同无烟的火，灿烂的太阳，空中的闪电。极裕仙人进而指出，作为瑜伽的特点，一个蒙昧的人通过瑜伽技巧，开始接受启示，最终达到觉醒。

（304）耶若伏吉耶讲述数论知识无与伦比，瑜伽力量无与伦比，两者有一个共同的目的。他说到吠陀中已经提到八重瑜伽。他也提及十二种集中思想和控制呼吸的实际技巧，要求有志于瑜伽者在夜晚初时和末时修习。他说明瑜伽行者集中思想所达到的强度，比如一个人手中端着满满一碗油，走上台阶，思想镇静，不受干扰，即使周围有一帮人挥舞刀剑威胁他，他也不会泼出一滴油。耶若伏吉耶说这是一切瑜伽中真正的瑜伽。他进而恰当地问道："还有其他什么瑜伽的特征？"

毗耶娑强调瑜伽方式能使瑜伽行获得神奇的力量（228）。他详细描述瑜伽行者怎样驾驭元素，能自由通过天空。然而，他很快增加说，瑜伽行者应该不屑于这些神奇的力量，鄙弃它们。

从上述概要中可以看出，《解脱法篇》中的瑜伽虽然具有原始性，但展示了后来古典瑜伽得以发展和形成的一些基本特征。[③]

[①] 毗湿摩在这章中描述的四重禅瑜伽及其技巧在古典瑜伽中缺乏对应者。然而，它显示的观念和用语十分接近早期佛教的瑜伽技巧。参阅 V. M. 贝代卡尔《〈摩诃婆罗多〉（12.188）中的禅瑜伽：与早期佛教禅的相似性》（《婆罗多学术》第20—21卷，第116—125页）。

[②] 这种特殊意义的"执持"和"激发"不见于古典瑜伽。参阅 V. M. 贝代卡尔《〈解脱法篇〉中的"执持"和"激发"及其与瑜伽经的关联》（《婆罗多学术》第22卷第25—32页）。

[③] 弗劳瓦尔纳（《印度哲学史》，第143页）总结《解脱法篇》中的瑜伽教导及其与古典瑜伽体系的关系，说道："我们发现这些非常古老的教导，以最简单的形式描述怎样通过摒弃外在世界印象和调伏思想，达到对梵的直观。我们也发现瑜伽朝着不同方向系统化的开始。但是，最值得注意的是，所有这些仅仅是开始。后期瑜伽体系达到的权威形式在这里只是初露端倪。"

（三）时间和本性等

在《解脱法篇》中有一些章节迥然有别于这篇中其他哲学的章节，主张时间（217）、本性（172，215）和命运（172.30）是统治宇宙和人类生活的最终原则。这些学说的提出，估计十分古老，[①] 在《解脱法篇》中归诸恶魔（提迭或阿修罗）及其圈内。随着其他哲学学说和有神论派别的兴起，有关时间和本性的教导在思想界中的地位降低。在这方面，可以注意到毗耶婆激烈批驳本性学说（229.4 以下）。他称它是一种没有实质的学说，持有者如同用筛子筛糠，一无所获。那是头脑愚痴的人们对人类智力缺乏信心的产物。

（四）有神论观念

那罗延学说尊奉那罗延、毗湿奴或婆薮提婆之子（黑天）为五夜派的主神。除了那罗延学说（321—339），在《解脱法篇》中还有其他一些章节赞颂那罗延、黑天、婆薮提婆之子或毗湿奴为至高之神（200—202，209.5，210，270—271，290.23，291.37）。

有一章（263）反映对其他传统的天神持强烈的批评态度。在这章中，讲述一个婆罗门寻求一位天神，他不会对人类惯常的祈求无动于衷。这个婆罗门在持罐云中发现这样一位天神。[②]

（五）伦理观念

在《解脱法篇》中经常说到两种生活方式：行动方式主张履行人生四个阶段规定的职责，弃绝方式主张摆脱世俗生活，依靠施舍生活。这两种生活方式在《解脱法篇》中都能找到有力的支持。

例如，父子对话（169）中的儿子和苏迦询问（309）中的毗耶婆主张一个人已经获得真正的知识，认识到世俗生活的虚幻，应该摒弃世界，寻求自我的知识。沙密耶迦（170）积极主张一无所有构成最大的快乐，赞颂遁世者的理想，随意游荡，席地而睡，以臂为枕。诃

---

① 参阅 V. M. 贝代卡尔《〈摩诃婆罗多〉和其他古代梵文著作中的本性和时间学说》，JUPHS, No. 13, 第1—16页。

② 参阅 V. M. 贝代卡尔《作为神灵的云》，ABORI41，第73—84页。

利多（269）也赞颂遁世者的理想，善待众生，不伤害任何人，向住家乞食维生。而且，在住家炊烟已停、炊火已熄、杵棒放下和用餐已毕之时乞食。苏迦（316）是弃绝方式的代表人物。

与此相对，在《解脱法篇》的一些章节中，极力提倡行动方式。家居方式的最热烈拥护者之一，见于修摩罗希密（260—262）。除他之外，毗耶娑（226.6）和波罗奢罗（284.39）也绝对肯定唯独家居生活保证人种的延续，也成为其他人生阶段的主要支柱。波罗奢罗（281.9）阐明家居生活的重要，指出在这个生活阶段，一个人最便于偿还对天神、祖先和客人的债务。顺便也可以提到，波罗奢罗（286.31）和化身天鹅的生主（288.20）宣称没有比生而为人更光荣，即使是生而为最底层的人也是难得的荣幸。

在行动方式和弃绝方式之间的明显冲突可以说已被解决。在遮那迦（308.52）和杜拉达罗（254.12）采取的生活方式中，两者之间的协调已经确立。他们两位履行为他们的生活地位所规定的职责，怀着一种弃绝或超脱的精神，对一切人不抱恶意，仁慈为怀，一视同仁。

《解脱法篇》中许多章节反复讲述超脱和摒弃欲望在伦理上的可取性。感官和世俗快乐，事实上，甚至天国快乐，也比不上从摒弃欲望获得的快乐的"十六分之一"。这是这些章节反复主张的。在这些章节中，导师们劝说人们培养厌弃世俗和镇定自若的精神。这种超脱精神不仅对那些采取弃绝方式的人，也对像遮那迦和杜拉达罗这样一些采取行动方式的人是必要的。

有意义的是，默诵者（189—193）和拾穗者（340以下）在《解脱法篇》中的伦理导师们中占据重要的地位。默念吠陀颂诗[1]和以捡拾谷穗维生，怀着专一的虔诚之心，不企盼任何功果，被奉为可与瑜伽相比拟的、独立的伦理法则，导致奉行者获得至高快乐和精神幸福。

《解脱法篇》的一些章节中记载有对杀生的深恶痛绝，透露一种明确的非暴力倾向。在所谓仪礼的庇护下杀害动物，在维遮克努（257）和萨谛耶（264）的故事中遭到严厉谴责。在169.31中，这种

---

[1] 参阅 V. M. 贝代卡尔《默诵在〈摩诃婆罗多〉解脱法篇（189—193）和瑜伽经中的地位：比较研究》，ABORI44，第63—74页。

在祭祀中杀害动物被指责为食尸鬼。在那罗延学说（323—324）中，经过长期争论，最终规定举行祭祀应该用谷物而不用动物作祭品。这种非暴力精神也可以在更广泛的律法和社会事务领域中觉察到。萨谛梵（259）指责死刑是非人道的，违背正义的目的。按照杜拉达罗（254.61），最高的正法在于不杀生，或最大限度地不杀生。

在《解脱法篇》中，有一些章节表现出一种社会共同责任感，明确意识到伦理法则主导人和社会的关系。在 251.19 中，断言一个人决不要做他不希望别人对他做的事。

吉罗迦林①的故事（258）反映一种可以称作是新的伦理价值。吉罗迦林不经过深思熟虑，不执行父亲的命令。他发现自己陷入道德冲突中，表明他想要决定自己的行动，作为一个自由的个人，只对他自己的道德良心负责。

---

① 参阅 V. M. 贝代卡尔《在〈室建陀往世书〉和〈摩诃婆罗多〉中的吉罗迦林传说：比较研究》，《往世书》IV，No.1，第 197—214 页。

第十二　和平篇

第十二　和平篇

王　法　篇

一

护民子说：

用水祭过所有阵亡的朋友后，般度之子们和维杜罗、持国以及所有的婆罗多族妇女，（1）这些灵魂高尚的俱卢后裔们继续住在城外，度过一个月的净化期。（2）以法为魂的坚战王完成水祭后，灵魂高尚、成就卓著的婆罗门仙人们来到他那里。（3）岛生（毗耶娑）、那罗陀、大仙人提婆罗、提婆斯塔纳、干婆以及他们的优秀的学生们，（4）还有其他许多精通吠陀、富有智慧的家居者和沐浴者婆罗门①，前来看望这位俱卢族俊杰。（5）灵魂高尚的大仙们受到应有的礼遇后，坐上精美的座位。（6）他们接受适合净化期的敬拜，依礼围绕坚战王而坐。（7）成百成千位婆罗门安抚这位居住在圣洁的跋吉罗提河岸、心中充满忧伤的国王。（8）那罗陀和牟尼们及时走上前去，对以法为魂的坚战王说了这些适合净化期的话：（9）"凭借你的臂力和摩豆族后裔（黑天）的恩惠，你依法征服了整个大地，坚战啊！（10）多么幸运啊！你摆脱了这场令世界恐怖的战争。你热爱刹帝利正法，难道不感到高兴吗？般度之子啊！（11）你消灭了敌人，难道不让朋友们感到高兴吗？国王啊！你获得了吉祥幸福，忧愁还会折磨你吗？"（12）

坚战说：

依靠黑天的臂力、婆罗门的恩惠以及怖军和阿周那的武力，征服了整个大地。（13）但是，我的内心始终充满痛苦。由于贪婪，造成

---

① 沐浴者婆罗门是指完成学业，开始过家居生活的婆罗门。

许多亲友死亡。(14) 牺牲了妙贤之子（激昂），牺牲了可爱的德罗波蒂之子们，胜利对我来说如同失败，尊者啊！(15) 一旦诛灭摩图者黑天从这里回去，我的住在多门城的苾湿尼族弟媳（妙贤）会对诃利（黑天）说什么？(16) 还有可怜的德罗波蒂，一向做令我喜欢和对我有益的事，现在她失去了儿子们，也失去了亲友们，使我倍感伤心。(17)

尊敬的那罗陀啊！我还要告诉你另外一件事。贡蒂一直隐瞒这件事，使我深感痛苦。(18) 有位勇士，拥有万头大象之力，在这世上所向无敌，步履威武如同狮子，聪明，仁慈，温顺，恪守誓言。(19) 他是持国之子们的依靠，富有自尊心，勇敢非凡，怒不可遏，在战场上始终激昂奋勇，一次又一次击退我们。(20) 他施展武器敏捷自如，精通各种战斗，具有惊人的勇气。他是贡蒂的私生子，我们的同母异父的兄长。(21) 在水祭仪式上，贡蒂说出他是太阳神的儿子，具有一切美德。过去，他被扔进河里。(22) 世人们认为他是车夫之子，由罗陀所生。其实，他是贡蒂的长子，我们的同胞兄弟。(23) 我贪婪王国，不明真相，致使他在战斗中被我们杀死。由此，我浑身发烧，犹如大火燃烧一堆干草。(24)

驾驭白马的普利塔之子（阿周那）不知道他是我们的兄长，我也不知道，怖军和孪生子也都不知道，而这位恪守誓言者（迦尔纳）知道我们。(25) 我们听说普利塔（贡蒂）找过他，盼望他跟我们和解，对他说："你是我的儿子。"(26) 而这位灵魂高尚者没有满足普利塔（贡蒂）的愿望。我们听说，他对母亲说道：(27) "我不能在战场上背弃难敌王。那样做，对我来说是卑贱的，残忍的，忘恩负义的。(28) 如果我听从你的意见，与坚战和解，人们会认为我害怕与驾驭白马者（阿周那）作战。(29) 让我在战场上战胜维阇耶（阿周那）和盖沙婆（黑天），然后，再与正法之子（坚战）和解。"(30) 据说普利塔（贡蒂）又对胸膛宽阔者（迦尔纳）说道："放过我的其他四个儿子，你就随你心愿与颇勒古拿（阿周那）作战吧！"(31) 聪明的迦尔纳双手合十，颤抖着对母亲说道："即使我逮住你的四个儿子，也不会杀害他们。(32) 母亲啊！你肯定会有五个儿子。如果阿周那战死了，还有我迦尔纳。如果我战死了，还有阿周那。"(33) 一

心为儿子们的利益着想,母亲又对他说道:"为你的兄弟们谋求幸福吧!你是愿意为他们谋求幸福的。"(34)

这样说完,普利塔(贡蒂)离开他,回到自己家里。这位英雄,我们的同胞兄长,最终被自己的弟弟阿周那杀死。(35)不管是普利塔(贡蒂),还是迦尔纳,都没有透露真相,牟尼啊!这位英勇的大弓箭手被普利塔之子(阿周那)杀死了。(36)后来,我才知道他是我们的同胞兄弟,优秀的婆罗门啊!从普利塔(贡蒂)的话中,我知道了迦尔纳是我们的长兄,(37)我内心非常痛苦。如果我有迦尔纳和阿周那两个助手,我甚至能战胜婆薮之主(因陀罗)。(38)在大会堂里,遭受灵魂邪恶的持国之子们的凌辱时,我愤怒迸发,但是,一见到迦尔纳,便心平气消。(39)在大会堂里赌博时,我听到他为了难敌的利益说出尖酸刻薄的话语。(40)但我一看见他的双脚,怒气便消失了,因为我感到迦尔纳的双脚与贡蒂的双脚相像。(41)我想找出他的双脚与普利塔(贡蒂)的双脚相像的原因,但我百思不得其解。(42)为什么在战场上,大地会吞没他的车轮?为什么我的兄长会遭到诅咒?请你告诉我事实真相。(43)尊者啊!我想听你如实说明一切真相,因为你通晓一切,知道这世界上过去和未来的事情。(44)

以上是吉祥的《摩诃婆罗多》中《和平篇》第一章(1)。

二

护民子说:
娴于辞令的牟尼那罗陀听后,便如实地讲述这位车夫之子(迦尔纳)遭到诅咒的经过:(1)

"大臂者啊!正如你所说,婆罗多子孙啊!迦尔纳和阿周那在战场上都不可抵御。(2)国王啊!我将告诉你天神们的秘密。请听,大王啊!这是过去的事情。(3)刹帝利怎样通过武器获得净化,进入天国?主人啊!这个惹出事端的孩子是贡蒂做姑娘时怀胎生下的。(4)这孩子具有勇力,成为车夫之子。后来,他跟随鸯耆罗族最优秀的老师（德罗纳）学会弓箭术。（5）怖军的臂力，颇勒古拿（阿周那）的敏捷，你的智慧，孪生子的谦恭，王中因陀罗啊！（6）还有持甘狄拨神弓者（阿周那）儿时与婆薮提婆之子（黑天）的友情，臣民对你们的爱戴，一想到这些，他就妒火中烧。（7）他从小与难敌王结为朋友。命中注定，他天生要与你们作对。（8）看到胜财（阿周那）精通弓箭术，学问超群出众，迦尔纳悄悄到德罗纳那里，说道：（9）'我希望掌握梵天法宝及其使用诀窍和回收方法。我想在战斗中与阿周那一样。（10）你对学生的厚爱确实像对儿子一样。获得你的恩惠，智者们就不会说我武艺不精。'（11）德罗纳偏爱颇勒古拿（阿周那），听了迦尔纳的话，知道他心思不正，便说道：（12）'奉守誓愿的婆罗门或实施苦行的刹帝利可以学习梵天法宝，其他的人都不行。'（13）

"闻听此言，迦尔纳向德罗纳行礼告辞，立即前往摩亨陀罗山去找罗摩。（14）他走到罗摩跟前，俯首行礼，说道：'我是婆利古族的婆罗门。'由此，他获得尊敬。（15）经过询问，罗摩知道了他的家族等等后，便说道：'欢迎你，住下吧！'迦尔纳非常高兴。（16）迦尔纳住在优秀的摩亨陀罗山上，与健达缚、罗刹、药叉和天神们为伍。（17）在那里，他按照程式，从婆利古族俊杰（罗摩）那里学到武艺，成为天神、健达缚和罗刹们最喜爱的人。（18）

"一天，这位车夫之子独自一人，手持刀和弓，走到净修林尽头，在海边游荡。（19）普利塔之子啊！他在无意之中杀死了一位正在念诵吠陀、举行火祭的婆罗门的奶牛。（20）迦尔纳觉得自己不是故意的，便告诉了这位婆罗门，请求他宽恕，反复说道：（21）'尊者啊！我无意之中杀死了你的这头奶牛，请你宽恕我吧！'（22）而婆罗门满腔愤怒，责骂他道：'你这个作恶者啊！你该死。你会得到报应，坏心肠的人啊！（23）你将永远与他竞争，没日没夜地操劳，罪人啊！你与他作战时，大地会吞没你的车轮。（24）大地吞没你的车轮时，你惊慌失措，你的对手会勇敢地砍下你的脑袋。你走吧，卑鄙的人啊！（25）蠢人啊！你不留心杀死了我的奶牛，所以，那个人也趁你不留心，砍下你的脑袋。'（26）迦尔纳又用许多牛、财物和珠宝，请求这位优秀的婆罗门宽恕。而婆罗门依然对他说道：（27）'整个世界都不会使我说过的话落空。是走是留，随你的便！'（28）听了婆罗门

这些话，迦尔纳垂头丧气，回到罗摩那里，心里恐惧地记着这件事。"（29）

以上是吉祥的《摩诃婆罗多》中《和平篇》第二章（2）。

三

那罗陀说：

婆利古族之虎（罗摩）满意迦尔纳的臂力、谦恭、自制和对老师的顺从。（1）这位苦行者按照程式，有条不紊，向奉守苦行的学生传授全套梵天法宝及其回收方法。（2）掌握了这些武艺后，迦尔纳心情愉快，在婆利古净修林里努力学习弓箭术，勇敢非凡。（3）

一天，睿智的罗摩带着迦尔纳在净修林附近游荡。他实行斋戒而消瘦。（4）食火仙人之子（罗摩）感到疲倦，出于对学生的信任和厚爱，这位老师将自己的头枕在迦尔纳的大腿上，睡着了。（5）这时，有一条令人毛骨悚然的小爬虫，专门吸血吃肉，爬到迦尔纳的身边。（6）这条吸血的小爬虫爬到迦尔纳的大腿上，开始啃啮。迦尔纳害怕惊醒老师，既不能甩开它，又不能杀死它。（7）婆罗多子孙啊！这位车夫之子害怕惊醒老师，即使遭到小爬虫啃啮，也忍受着。（8）迦尔纳坚定地忍受着这难以忍受的痛苦，纹丝不动，支撑着婆利古后裔（罗摩）。（9）后来，鲜血淌到婆利古后裔（罗摩）身上，这位苦行者醒来了，着急地说道：（10）"哎呀！我受到玷污了。你在做什么？不要怕，如实告诉我！"（11）于是，迦尔纳告诉他，自己被虫子咬了。罗摩看到一条像野猪那样的小爬虫。（12）它有八只脚，牙齿尖利，身上覆盖着针尖般的硬毛，身体缩成一团，名叫阿罗尔迦。（13）罗摩只看了一眼，这条小爬虫就丧命，剩下一摊它刚才吸的血。这仿佛是奇迹。（14）

这时，空中有一个形体庞大的罗刹，红脖子，黑身体，面目狰狞，驾着云朵，看见了这一切。（15）他感到自己的愿望已经实现，便双手合十，对罗摩说道："婆利古族之虎啊！祝你好运！我将按原路回去。（16）优秀的牟尼啊！你将我从地狱中救了出来。祝你吉祥幸福！你做了好事。"（17）威武的大臂者食火仙人之子（罗摩）问他道："你是谁？怎么会堕入地狱？你说说吧！"（18）于是，他说道："我以前是个大阿修罗，名叫基利蹉。在天神时代，我和婆利古同龄。（19）我强行抢夺了婆利古的可爱的妻子，遭到这位大仙诅咒，坠落地上，变成小爬虫。（20）你的这位祖先愤怒地对我说：'罪人啊！你将吃屎吃尿，陷入地狱。'（21）我对他说：'婆罗门啊！请你给一个诅咒的期限吧！'婆利古对我说：'等你遇到婆利古族后裔罗摩。'（22）就这样，我遭到不幸的命运，善人啊！直到遇见你，把我从罪恶的深渊中解救出来。"（23）

这样说罢，大阿修罗行礼告辞离去。罗摩气愤地对迦尔纳说道：（24）"蠢人啊！没有一个婆罗门能忍受这样强烈的疼痛。你这是刹帝利的坚韧。老实告诉我真相吧！"（25）迦尔纳害怕遭到诅咒，请求他宽恕，说道："婆利古族后裔啊！你要知道，我这个车夫之子是婆罗门和刹帝利的混血儿。（26）世上的人们称我为罗陀之子迦尔纳，婆罗门啊！我这样做是想获得武艺，请你宽恕我吧！婆利古族后裔啊！（27）毫无疑问，一位传授吠陀和其他学问的尊师就是父亲，因此，我把自己说成是你的家族的人。"（28）迦尔纳双手合十，浑身颤抖，匍匐在地，而婆利古族俊杰（罗摩）仿佛笑了笑，愤怒地说道：（29）"你贪图武艺而弄虚作假，蠢人啊！为此，这个梵天法宝将对你不起作用。（30）你与实力相当的人作战，在生死关头，这个梵天法宝决不会起作用，因为你不是婆罗门。（31）现在，你走吧！这里不是你这种弄虚作假的人呆的地方。在这大地上，没有一个刹帝利会在战斗中像你这样。"（32）

听了罗摩这些话，迦尔纳识趣地离开了。他到难敌那里，说道："我掌握了一切武艺。"（33）

以上是吉祥的《摩诃婆罗多》中《和平篇》第三章（3）。

四

那罗陀说：

从婆利古后裔（罗摩）那里获得法宝后，迦尔纳高高兴兴，与难敌呆在一起，婆罗多族雄牛啊！（1）有一次，国王们汇聚羯陵伽国，参加花钏王的选婿大典，国王啊！（2）那座吉祥的城市名为王城，数以百计的国王来到那里，为了获得那位女孩。（3）难敌听说所有的国王前往那里，也让迦尔纳陪伴他，乘坐金车，前往那里。（4）选婿大典开始，国王们聚集在一起，渴望得到那位女孩，王中俊杰啊！（5）童护、妖连、具威、婆迦罗、鸽毛、尼罗和坚定勇敢的宝光，（6）女儿国国王斯利迦罗、无忧王、百弓和英勇的博遮，大王啊！（7）还有许多南方的国王、弥戾车族的老师、东方和北方的国王们，婆罗多子孙啊！（8）他们全都佩戴金钏和金花环，浑身金光闪闪，犹如傲气十足的老虎。（9）

所有的国王坐下后，那位女孩在奶娘和太监陪伴下进入会场。（10）国王们通报自己的名字，那位肤色美丽的女孩走过持国之子（难敌），没有停下。（11）俱卢后裔难敌不能忍受对他的这种忽视，不顾其他国王们在场，拦住那位女孩。（12）他自恃勇武，骄横跋扈，又有毗湿摩和德罗纳作为靠山，将那位女孩抢上车，向国王们发出挑战。（13）优秀的武士迦尔纳披戴铠甲和护套，举刀驾车，跟随在后，人中雄牛啊！（14）坚战啊！国王们中间爆发巨大的吼叫声："披戴铠甲！套上战车！"（15）他们满腔愤怒，冲向迦尔纳和难敌，泼洒箭雨，犹如乌云向两座高山倾泻雨水。（16）他们冲上前去，而迦尔纳用剃刀箭一一射落他们的弓和箭。（17）他们中有的没有弓，有的举着弓，有的搭上箭，有的手持标枪和铁杵。（18）优秀的武士迦尔纳轻而易举，打乱他们的阵脚，杀死许多车夫，战胜这些国王。（19）国王们催促马匹："快走！快走！"他们精神沮丧，逃离战场。（20）难敌在迦尔纳的保护下，也离开那里，高兴地带着那位女孩，回到象城。（21）

以上是吉祥的《摩诃婆罗多》中《和平篇》第四章（4）。

五

那罗陀说：

得知迦尔纳勇力非凡，摩揭陀国王妖连向他挑战，进行单车决斗。（1）这两人熟谙法宝，开始交战，互相投掷各种武器。（2）最后，箭耗尽，弓失落，刀折断，两人走下战车，凭借臂力，用双臂搏斗。（3）迦尔纳在与妖连搏斗中，手臂如同荆棘，击破他的由女妖连接起来的身体。（4）摩揭陀王看到自己身体变形，婆罗多子孙啊！他摒弃敌意，对迦尔纳说道："我很高兴。"（5）他高兴地将摩利尼城赠给迦尔纳，人中之虎啊！原先这位战胜一切敌人的英雄只是盎伽王，（6）现在，粉碎敌人的迦尔纳也统治旃巴地区。正如你所知道的，这也符合难敌的愿望。（7）

这样，迦尔纳在这大地上，以勇武著称。为了你的利益，神中因陀罗向他索取铠甲和耳环。（8）受到天神幻术的蒙蔽，[①] 他献出自己天生的神奇宝贵的耳环和铠甲。（9）失去了天生的耳环和铠甲，他当着婆薮提婆之子（黑天）的面，被维阇耶（阿周那）杀死。（10）由于婆罗门和灵魂高尚的罗摩的诅咒，由于他赐给贡蒂的恩惠和百祭（因陀罗）施展的幻术，（11）由于毗湿摩鄙视他，在列数武士中，称他为半武士，由于沙利耶灭除他的威力，也由于婆薮提婆之子（黑天）的谋略，（12）最终，楼陀罗、天王（因陀罗）、阎摩、伐楼拿、俱比罗、德罗纳和灵魂高尚的慈悯，（13）手持甘狄拨神弓者（阿周那）获得他们的神奇法宝，在战斗中杀死像太阳一般光辉的太阳之子迦尔纳。（14）就是这样，你的这位兄长受到种种诅咒和迷惑，在战斗中死去，你不必为这位人中之虎忧伤。（15）

　　　　　　以上是吉祥的《摩诃婆罗多》中《和平篇》第五章（5）。

六

护民子说：

神仙那罗陀说完这些话，停止不语。而王仙坚战充满忧愁，陷入沉思。（1）这位英雄垂头丧气，精神痛苦，眼中含泪，像蛇一样发出叹息。（2）贡蒂满怀忧伤，抓住时机，用温柔的语言，对他说了一些

[①] 因陀罗幻化成婆罗门，乞求他施舍耳环和铠甲。

有意义的话：（3）"坚战啊！大臂者啊！你不用为此悲伤，丢掉悲伤吧！大智者啊！听我说！（4）过去，我也曾努力向迦尔纳说明他和你的兄弟关系，他的父亲太阳神也是如此，优秀的执法者啊！（5）作为一位怀着善意、企盼幸福的朋友应该说的话，太阳神在梦中对迦尔纳说了，也当着我的面说了。（6）我和太阳神都不能通过慈爱或其他手段说服他和你相认。（7）后来，随着时间流逝，他一直想要发泄仇恨，与你们作对，我也就放弃这种努力。"（8）

听了母亲这番话，以法为魂的法王（坚战）眼中饱含泪水，心中充满悲伤，回答道：（9）"由于你隐瞒真相，我备受折磨。"这位大光辉者满怀痛苦，诅咒全世界的妇女，说道："她们将永远保守不了秘密。"（10）这位国王想念他的儿子、孙子、亲戚和朋友，精神沮丧，情绪低沉。（11）这位睿智的国王心中充满忧伤和焦虑，犹如冒烟的火，抑郁烦闷。（12）

以上是吉祥的《摩诃婆罗多》中《和平篇》第六章（6）。

七

护民子说：

以法为魂的坚战心中充满忧伤，想起大勇士迦尔纳，焦灼不安，悲痛不已。（1）受着痛苦和忧伤折磨，他憔悴消瘦，频频叹息，见到阿周那，说道：（2）"如果我们在苾湿尼族和安陀迦族的城镇游荡乞食，我们就不会灭绝亲属，达到这个悲惨的结局。（3）我们的敌人俱卢族人曾经享有繁荣和幸福，而我们自己人杀了自己人后，怎么还能得到正法之果？（4）去他的刹帝利行为！去他的威武勇敢！去他的愤慨！由此，我们才遭逢这场灾难。（5）多好啊！宽容，自制，纯洁，不冲突，不妒忌，不杀生，永远说真话，这些是林居者的行为。（6）我们出于贪婪和痴迷，固执而狂妄，贪图享受区区王国，落到这个境地。（7）看到渴望享受大地的亲属们遭到杀戮，即使有人赐予三界的王权，也不会使我们高兴。（8）我们为了夺取大地，杀死了那些与大地一样不该杀死的人。我们失去了亲属，活着毫无意义。（9）我们就像一群狗争夺肉，一旦成为肉的享受者，肉又消失。（10）那些被杀死的人，不该失去整个世界，失去成堆成堆的金子，失去所有的牛和马。（11）他们怀抱欲望，满腔愤怒，登上了死亡之车，前往阎摩殿。（12）

"父亲们通过苦行、梵行、恭敬和忍耐，祈求多子多福。（13）同样，通过斋戒、祭祀、誓愿和吉祥仪式，母亲们得以怀孕，怀胎十月。（14）'孩子能否平安出生？出生后能否成活？能否茁壮成长？能否给我们在今生和来世带来幸福？'仁慈的母亲们总是这样期待着果报。（15）现在，那些佩戴锃亮的耳环的年轻的儿子被杀死了，她们的操劳白费了，一无所获。（16）没有享受到人间幸福，没有报答祖先和天神们，他们就前往阎摩殿。（17）正当父母对他们的力量和容貌充满期望，这些国王被杀死了。（18）他们充满欲望和怨恨，执著愤怒和喜悦，在任何时间和地点都享受不到出生的果报。（19）般遮罗族和俱卢族那些不该杀死的人被杀死了，我们会由于自己的行为堕入卑贱的世界。（20）

"我们被说成是这个世界毁灭的原因，以诡计对待持国之子（难敌）。（21）其实，难敌精通诡计，弄虚作假，靠欺诈生活，总是仇恨我们这些无辜的人。（22）我们想要一份领土，没有征服他们，而他们也没有征服我们。现在，他们不能享受大地、妇女和音乐。（23）他们不听取大臣、朋友和有识之士的意见，不能享受珠宝、大地和财富。（24）看到我们繁荣，难敌脸色苍白，身体消瘦。妙力之子（沙恭尼）将情况报告持国王。（25）出于对儿子的爱，父亲容忍他采取不正当手段。他不再顾忌父亲、恒河之子（毗湿摩）和维杜罗。毫无疑问，持国王落到与我一样的困境。（26）他不约束邪恶、贪婪、为所欲为的儿子，失去光辉和名誉，致使难敌害死同胞兄弟们。（27）心思恶毒的难敌始终仇视我们，把这对老人投入忧愁之火。（28）这个存心要发动战争的卑鄙小人当着黑天说的话，哪个出身高贵的亲属会对朋友说出？（29）由于自己的过失，我们导致永恒的毁灭，犹如许多太阳用自己的光辉燃烧一切地方。（30）我们的这个仇敌采纳坏主意。由于难敌的缘故，我们这个家族遭到毁灭。我们杀死了不该杀死的人，也会在世界上遭到指责。（31）持国王纵容心术不正、行为邪恶的儿子霸占王位，造成这个家族毁灭。现在，他悲伤不已。(32)勇士们被杀死，我们犯下罪过，自己的国土也遭到破坏。杀死了他们，我们的愤怒平息。但是，忧伤折磨着我。(33)

"胜财啊！犯下的罪过可以通过善行消除。经典说：'弃世者不会再犯罪'。(34) 经典说：'弃世者不会再陷入生和死。他走上正道，智慧圆满，达到梵。'(35) 胜财啊！牟尼富有智慧，摆脱对立。我要告辞你们，前往森林，焚烧敌人者啊！(36) 因为经典说：'执著的人不可能获得任何正法。'我也已经亲眼目睹，杀敌者啊！(37) 我渴望占有，而犯下罪过，正如经典所说，成为生和死的原因。(38) 所以，我摒弃执著，放弃整个王国，前往森林，摆脱忧伤和烦恼，获得解脱。(39) 你统治大地吧！让大地和平安宁，铲除荆棘。我不再渴求王国和享受了，俱卢族俊杰啊！"(40)

法王坚战说完这些话，停止不语。随后，年轻的普利塔之子（阿周那）回答。(41)

以上是吉祥的《摩诃婆罗多》中《和平篇》第七章 (7)。

八

护民子说：

犹如一个受辱的人不肯宽恕，阿周那威武勇敢，言词坚定，说出正当的话。(1) 这位大光辉者勇敢非凡，显示自己的威严，舔着嘴角，笑着说道：(2) "哦，多么痛苦！多么烦恼！多么怯弱！你创造了非凡的业绩，却要抛弃至高的吉祥幸福。(3) 杀死仇敌，赢得大地，这一切都是凭借自己的正法获得。你消灭了敌人，为什么又要愚蠢地抛弃这一切？(4) 世上哪个阉人或疲塌之人能获取王权？你为何满腔愤怒杀死哪些国王？(5) 一个愿意乞食为生的人，不会采取任何行动，以追求事业成功。失去财富，一无所有，在这世界上默默无闻，也没有儿子和牲畜。(6) 国王啊！你若是采取邪恶的迦巴罗[①]生

[①] 迦巴罗是佩戴骷髅的行乞者。

活方式，抛弃富饶的王国，世上人们会怎么说你？（7）你为何说要抛弃全部事业，抛弃荣华富贵，一无所有，像野人那样过乞丐的生活，主人啊！（8）你出身王族，赢得了整个大地，却要抛弃一切正法和利益，愚蠢地住进森林。（9）如果你放弃一切，那些恶人就会糟蹋祭品，你也就犯下罪过。（10）

"友邻王说过：'贫穷令人绝望'。在贫穷中，行为残忍。去他的贫穷！（11）你也知道，仙人们不存隔日粮。而人们所谓的正法，依靠财富运转。（12）夺取了一个人的财富，也就夺取了他的正法，国王啊！我们之中谁会容忍财富被掠夺？（13）人们看到，一个穷人即使站在旁边，也会受到责备。贫穷是罪过，在这世上，谁会赞美它？（14）国王啊！失败的人悲哀，贫穷的人也悲哀，我看不出失败的人和贫穷的人的区别。（15）一切事业源自丰饶的财富，犹如河流源自高山。（16）国王啊！正法、爱欲和天国都源自财富。没有财富，世人无法维持生命。（17）头脑愚蠢的人失去财富，一切事业受挫，犹如夏季的溪流干枯。（18）在这世上，有财富的人有朋友，有财富的人有亲戚，有财富的人是男子汉，有财富的人是智慧。（19）没有财富的人想求财富也得不到财富。财富滋生财富，犹如大象带来野象。（20）正法、爱欲、天国、喜悦、愤怒、学问和自制，所有这一切都源自财富，国王啊！（21）有了财富，家族兴旺；有了财富，正法运转。没有财富的人没有今生和来世，人中俊杰啊！（22）没有财富的人不能按照仪规举办法事，因为正法源自财富，犹如溪流源自高山。（23）缺少马、牛、仆人和客人，才是真正的贫弱，国王啊！身体的瘦削不是贫弱。（24）

"你如实判断吧！国王啊！请看天神和阿修罗的情况：不正是通过杀戮亲戚（阿修罗），天神们才兴旺发达的吗？（25）如果不能获取别人的财富，那么，如何履行正法呢？对此，诗人们已在吠陀中作出定论。（26）智者认为应该学习三吠陀，到处获取财富，努力举行祭祀。（27）天神们通过争斗，才在天国获得地位。天神们是这样做的，永恒的吠陀也是这样说的。（28）诵读，苦行，祭祀，协助别人祭祀，还有获取别人的财富，所有这些都是好事。（29）我们在哪里也没有看到财富不是获取的。正是这样，国王们才赢得大地。（30）赢得了

大地，便说这是我的，如同儿子将父亲的财富说成是自己的。升入天国的王仙们指出这是他们的正法。(31)

"犹如盈满的海水流向四面八方，财富也从国王的宝库流向大地。(32)这大地以前属于底梨波、尼迦、友邻、安波利沙和曼达多，现在属于你。(33)一场物资丰富和布施慷慨的祭祀等着你举行，国王啊！如果你不举行祭祀，你将得罪天神。(34)国王举行马祭，慷慨布施，臣民们经过净化，也就变得纯洁。(35)以宇宙为形象的大神在举行盛大的一切祭时，以一切众生为祭品，也以他自己为祭品。(36)这是永恒的吉祥之路，无穷无尽，我们应该遵循。这是'十车'大道，国王啊！你不要误入歧途。"(37)

以上是吉祥的《摩诃婆罗多》中《和平篇》第八章(8)。

九

坚战说：

你静下心来，集中思想，认真谛听，你会喜欢我的话。(1)放弃世俗幸福，我将走我应该走的路。我不会依照你的想法，走俗人走的路。(2)你该问我独自走的吉祥之路是什么？或许你不想问，而你即使不问，也请听我说。(3)放弃世俗的幸福生活，修炼大苦行，我将在森林里与野兽为伍，吃果子和根茎。(4)按时供奉祭火，早晚两次，节制饮食而消瘦，身穿兽衣，头顶结发。(5)忍受寒风和炎热，忍受饥渴和辛劳，按照规则修炼苦行，让自己的身体消瘦。(6)我始终能听到森林中欢快的野兽和鸟禽发出各种悦耳的叫声。(7)我能闻到鲜花盛开的树木和蔓藤的芳香，看到森林中各种各样可爱的动物。(8)我能看到出身高贵的林居者。我不会冒犯林居者，更不会冒犯村民。(9)我安于孤独，专心沉思，以或生或熟的果子维生，用野生植物、言词和水满足祖先和天神。(10)我就这样奉守林居生活的严格戒规，静观身体的结束。(11)

或者，我独自一人，剃去须发，克制身体，一天生活在一棵大树下，乞食维生。(12)用灰涂身，住在废墟中或树根旁，抛弃一切爱憎。(13)没有忧愁,没有喜悦,对褒贬一视同仁,没有愿望,没有私心,摆脱对立,摆脱执著。(14)自我满意,自我平静,如同聋人、哑人和盲人,不与任何人发生任何交往。(15)不伤害所有四类动物和不动物,对一切众生,无论恪守正法与否,一视同仁。(16)不嘲笑任何人,也从不皱眉,永远和颜悦色,控制一切感官。(17)不向任何人问路,遇路便走,并不特意要去哪个地方,走哪个方向。(18)既不前瞻,也不后顾,避开动物和不动物,一直朝前走。(19)自然地朝前走,自然地获得食物,心中摒弃一切对立和障碍。(20)在第一个人家没有获得一点食物,我可以前往别的人家,哪怕要走七个人家,直到获得食物。(21)炊烟停止,砧杵搁置,炭火熄灭,人们用餐完毕,钵盂收起,乞食者离去。(22)我在这时游荡乞食,两家乃至五家。摆脱了贪欲之网,我在这大地上游荡。(23)

我的行为既不像求生之人,也不像寻死之人,我既不喜爱也不憎恨生和死。(24)如果一个人砍断我的一只手臂,另一个人用檀香膏涂抹我的另一只手臂,我不会对这两个人产生好恶。(25)我抛弃一切世人活着追求繁荣的所作所为,只满足于开眼和闭眼。(26)我摒弃一切感官行为,永不执著它们,摒弃一切愿望,清除灵魂的污垢。(27)摆脱一切执著,挣脱一切罗网,不受任何人约束,像风一样自由。(28)我这样游荡,不怀欲求,将永远达到心满意足,因为我曾出于无知,怀有贪欲,而犯下大罪。(29)

人们做了善业和恶业,自己的亲人肯定会承担业果。(30)在生命结束的时候,抛弃衰亡的身体,带走罪恶,因为这是行动者的业果。(31)这样,他像车轮一样陷入生死轮回,忙忙碌碌,与同类相遇。(32)在轮回中承受生老病死,诸般痛苦,没有价值,没有好结果。只有摆脱轮回,才能获得幸福。(33)天神也会从天国坠落,大仙也会从高位坠落,哪个通晓这种因果真谛的人会追求生存呢?(34)一位国王已经建立各种显赫的功业,却被另一些国王略施计谋,罹难身亡。(35)因此,智慧的甘露终于走近我。我得到它后,追求一种永恒不变的境界。(36)我将永远按照这种智慧行动,登上无惧之路,摆脱这个躯体。(37)

以上是吉祥的《摩诃婆罗多》中《和平篇》第九章(9)。

第十二　和平篇

一〇

怖军说：

国王啊！你像愚笨的学生，只知背诵经文，智慧已被扼杀，看不清事物的本质。(1) 你怨恨刹帝利正法，心思懒散，那么，消灭持国之子们，有什么意义？婆罗多族雄牛啊！(2) 遵行刹帝利之路的亲属，除你之外，都不讲同情、怜悯和仁慈。(3) 如果我们知道你有这种想法，我们就不会拿起武器，杀死任何人。(4) 我们将游荡乞食，以求肉体解脱。国王们之间也不会发生这场可怕的战争。(5) 智者们知道，这一切是生命的食物。确实，一切动物和不动物是生命享受的食物。(6) 熟谙刹帝利正法的智者们知道，那些阻挡王权者之路的人应该杀死。(7) 那些阻挡王权之路的罪人已被我们杀死，坚战啊！杀死了他们，你就依法享受这个大地吧！(8)

否则，我们的行为如同一个人掘井，沾满一身泥，还没有挖到水，便停止了。(9) 我们的行为如同一个人爬上大树采蜜，还没有尝到蜜，便摔死了。(10) 我们的行为如同一个人满怀希望走上大路，又失望地返回。(11) 我们的行为如同一个人杀死了所有的敌人，然后杀死自己，俱卢族俊杰啊！(12) 我们的行为如同一个饥饿的人得到了食物，却不肯吃，如同一个渴望爱欲的人得到美女，却不肯享用。(13) 在这件事上，我们会遭到谴责，因为我们头脑愚笨，国王啊！认为你是兄长，始终追随你，婆罗多子孙啊！(14) 我们拥有臂力，富有学问，机敏能干，却听从一个阉人的话，仿佛是无能之辈。(15) 即使我们遭逢艰难挫折，处在绝望的困境中，人们依然认为我们会达到目的，为什么今后不会继续这样看待我们？(16)

我们被教导说，只有在遭逢灾祸时，或者被衰老控制，被敌人打败，才会弃世。(17) 所以，富有智慧的人不赞赏弃世，目光敏锐的人认为这样做违反正法。(18) 从正法中产生，奉守正法，依靠正法，怎么能谴责正法呢？要是那样，信仰也会受到谴责。(19) 只有失去吉祥、没有财富的异教徒才会宣扬这种所谓的吠陀学说，貌似真理的谎言。（20）削去须发，伪装正法，能靠自己养活自己，但不是真正的生活。（21）他能独自在森林里愉快生活，但不能供养儿孙、父母、天神、仙人和客人。（22）鹿、野猪和鸟禽不能赢得天国，因此，人们说那种方式不能获得功德。（23）国王啊！如果有人弃世而获得成功，那么，山岳和树木都会获得成功。（24）因为它们看来永远弃世，不伤害众生，无所执著，自我修行。（25）如果一个人获得成功，是依靠自己的命运，而不是其他，那么，你就应该从事行动。不行动，便没有成功。（26）水中的生物也会获得成功，它们自己养活自己，别无依靠。（27）你看！这个世界忙忙碌碌，人人从事各自的行动。所以，应该从事行动。不行动便没有成功。（28）

以上是吉祥的《摩诃婆罗多》中《和平篇》第十章（10）。

— —

阿周那说：

在这个问题上，人们引证一个古老的传说，那是帝释天（因陀罗）和一些苦行者的对话，婆罗多族雄牛啊！（1）一群出身高贵的婆罗门，还没有长胡须，头脑愚笨，离家前往森林，过出家人的生活。（2）他们认为这是正法，抛弃家庭和父母，奉守梵行。因陀罗怜悯他们。（3）他化成一只金鸟，对他们说："吃祭祀所剩食物者的行为最难做到。（4）他们的行为具有功德，他们的生活受到赞扬，他们献身正法，成就圆满，达到最高目的。"（5）

仙人们说：

哦！这只鸟赞美吃祭祀所剩食物。它肯定是在说我们，因为我们吃祭祀所剩食物。（6）

鸟说：

我没有赞美你们。你们沾满尘土污垢，是吃残羹剩渣的傻瓜，不是吃祭祀所剩食物者。（7）

仙人们说：

我们认为这是最好的做法。鸟啊！请你告诉我们最好怎样做，我

们高度信任你。（8）

鸟说：

如果你们虚心听取，不怀疑我，那么，我就如实告诉你们有益的话。（9）

仙人们说：

我们听你的话。你懂得各种道路，以法为魂者啊！我们愿意遵从你的命令，请教诲我们吧！（10）

鸟说：

四足类中，牛最优秀；金属中，金子最优秀；声音中，经咒最优秀；两足类中，婆罗门最优秀。（11）经咒安排婆罗门的一生之事，从出生依次到火葬。（12）吠陀仪式是他的天国和无上之路。他看到一切仪式通过经咒获得成功。（13）确证经咒可靠，成功才有希望，一月、半月和季节，太阳、月亮和星星。（14）一切众生都追求这种行动的法则。它是成功的福田，伟大的庇护所。（15）谴责行动，走上歧途，这些失去财富的愚人犯有罪过。（16）这些愚人放弃永恒的天神世系、父亲世系和婆罗门世系，走上违背经典的道路。（17）仙人们劝说道："修苦行吧！施舍吧！"因此，应该下决心实施严厉的苦行。（18）维护永恒的天神世系、父亲世系和婆罗门世系，侍奉师长，这是难以做到的事。（19）天神们做到难以做到的事，达到至高的威严。所以，我对你们说，要承担艰难的家居生活。（20）毫无疑问，苦行是万物之最，众生之本。然而，苦行采取家居生活方式，一切都依靠它。（21）摆脱对立、不抱私心的婆罗门懂得这种苦行。因此，世人们认为林居是中等的苦行。（22）早晚按照规定在自己家里分发食物，吃祭祀所剩食物，通向难以达到的目标。（23）向客人、天神、父母和亲属分发食物后，吃剩下的食物，人们称这样的人是吃祭祀所剩食物者。（24）因此，恪守自己的正法，信守誓言，说话真实，这样的人成为人间老师，无可指责。（25）他们不抱私心，完成难以完成的事业，到达天国因陀罗的三重天，永久居住。（26）

阿周那说：

听了这些符合正法和利益的话，那些婆罗门放弃异教生活方式，而居住家中，奉守正法。（27）因此，你也应该永远保持坚定的意志，

统治这个已经肃清敌人的大地，人中俊杰啊！（28）

以上是吉祥的《摩诃婆罗多》中《和平篇》第十一章（11）。

一二

护民子说：

听了阿周那的这些话，无种望着这位奉守一切正法的优秀国王，也开口说话。（1）这位制服敌人的大智者胸脯宽阔，脸色紫红，手臂粗壮，说话有节制，打动人心：（2）"在毗沙卡逾波圣地，① 众天神点燃许多火堆。因此，大王啊！你要知道众天神也遵行行动之路。（3）那些赋予异教徒和正教徒生命的祖先们也都从事行动，国王啊！你要认清这个规则。你知道，那些极端的异教徒否认吠陀学说。（4）婆罗门在一切行动中不背弃吠陀教诲，沿着天神之路到达天国，婆罗多子孙啊！（5）通晓吠陀的人们说，这种家居生活高于其他生活方式，国王啊！你要知道，那些婆罗门富有学问。（6）在祭祀中，把合法获得的财富施给那些灵魂圆满的婆罗门，大王啊！这样的人才被称为弃绝者。（7）不把家居生活视为幸福的源泉，跃过家居生活，大王啊！这种抛弃自我的人是盲目弃绝者，主人啊！（8）居无定处，以树根为家，四处游荡，从不做饭，普利塔之子啊！这样的牟尼是行乞弃绝者。（9）诵习吠陀，民众之主啊！这样的婆罗门是尊师弃绝者。（10）智者们说，用天平衡量所有四种生活方式，② 家居生活在一边，其他三种在另一边，国王啊！（11）关注利益、爱欲和天国，婆罗多子孙啊！这是熟谙世界的大仙们的道路。（12）因此，维持生计的人才是弃绝者，婆罗多族雄牛啊！愚蠢地抛弃家庭，前往森林，这样的人不是弃绝者。（13）不正当的求法者着眼爱欲，结果，死神将死亡的套索套在他的脖子上。（14）人们说，自高自大做的事没有功果，大王啊！一切与弃绝相关的事才有大功果。（15）平静、自制、施舍、诚实、纯洁、正直、祭祀、坚定和正法，这些永远是仙人的法则。（16）

---

① 这个圣地位于雪山。
② 四种生活方式是梵行、家居、林居和遁世。

人们说，家居生活就是侍奉父母、天神和客人，大王啊！在家居生活中，有正法、利益和爱欲三大功果。（17）按照这种方式生活，侍奉婆罗门，这样的弃绝者决不会遭到毁灭。（18）国王啊！灵魂安宁、纯洁无瑕的生主创造众生，认为'他们会用祭祀和各种施舍供奉我'。（19）为了祭祀，他创造了蔓藤、树木、药草、洁净的动物和酥油。（20）对于家居生活的人们，祭祀常常遇到障碍。因此，家居生活也是艰难的。（21）家居生活者拥有牲畜和粮食，而不举行祭祀，大王啊！他们便犯下永恒的罪过。（22）仙人们中，有些以诵习吠陀为祭祀，有些以知识为祭祀，有些在心中举行大祭祀。（23）一心遵行布施之路，与梵同一，国王啊！众天神渴望与这样的婆罗门为伴。(24)在祭祀中，不施舍从各处获得的财宝，你是在鼓吹异教，国王啊！我不看到家居生活者弃世。（25）王祭、马祭、一切祭和其他受到婆罗门推崇的祭祀，大王啊！你要像天王因陀罗那样举行祭祀！（26）

"国王疏忽大意，臣民遭到盗贼抢劫，得不到保护，人们称这样的国王为迦利①。（27）马、牛、女奴、装备精良的大象、村庄、城镇、田地和房屋，（28）如果心中充满吝啬，不施舍婆罗门，民众之主啊！我们将成为国王中的迦利。（29）不施舍，不保护，这样的国王犯有罪责，只会蒙受痛苦，不会享有幸福。（30）如果你不举行盛大祭祀，不供奉祖先，不朝拜圣地，而要出家，（31）那你会走向毁灭，犹如云朵破碎，被风吹走。你将从两个世界中坠落，跌入鬼域。(32)摒弃心内和心外的任何执著，才是真正的弃绝者，而不是抛弃家居生活。（33）以这种方式生活的婆罗门在任何地方都不会遭到毁灭，大王啊！（34）按照先人的教诲，遵行自己的正法，奋勇杀死强盛的敌人，犹如帝释天杀死魔军，普利塔之子啊！这样的人怎么会忧伤呢？（35）凭借刹帝利的正法和勇武，赢得大地，施舍精通经咒的婆罗门，人主啊！你将进入天国。因此，你不应该忧伤，普利塔之子啊！"（36）

以上是吉祥的《摩诃婆罗多》中《和平篇》第十二章（12）。

---

① 迦利是恶神。

一三

偕天说：

放弃外在的物质，不会获得成功，婆罗多子孙啊！放弃身体的物质，也不会获得成功。（1）放弃外在的物质，渴求身体的物质，这种正法或快乐，让我们的敌人去追求。（2）放弃身体的物质，统治大地，这种正法或快乐，让我们的朋友去追求。（3）"我的"由两个字组成，通向死亡；"无我的"由三个字组成，通向永恒的梵。（4）国王啊！梵和死亡隐匿在灵魂中。毫无疑问，它们引起众生争斗。（5）如果灵魂注定不会毁灭，那么，毁灭众生的肉体，就构不成杀生。（6）如果灵魂有生有灭，肉体毁灭时，它也毁灭，那么，祭祀之路徒劳无益。（7）因此，摆脱偏执，智者应该遵行自古以来贤士们遵行的道路。（8）一个国王获得整个大地，连同一切动物和不动物，却不享用，那么，他的生命肯定无用。（9）国王啊！生活在森林中，以野生植物维生，执著物质，那么，这样的人落入死神之口。（10）请由表及里，看看众生的本性，婆罗多子孙啊！看到那种本性，就能摆脱大恐怖。（11）你是父亲，你是母亲，你是兄长，你是老师，因此，你能宽恕不幸者的痛苦絮叨。（12）不管我说得对不对，大地保护者啊！你知道，我是出于一片忠诚，婆罗多族俊杰啊！（13）

以上是吉祥的《摩诃婆罗多》中《和平篇》第十三章（13）。

一四

护民子说：

听了弟弟们讲述的各种吠陀教诫，贡蒂之子法王坚战不再言语。（1）这时，德罗波蒂开口，对王中因陀罗（坚战）说话。这位优秀的妇女出身高贵，眼睛修长，光辉吉祥。（2）王中雄牛（坚战）坐在那里，狮虎般的兄弟们围绕着他，犹如群象围绕着象王。（3）德罗

波蒂一向骄傲，尤其是对坚战；她通晓正法，始终受到国王宠爱。（4）这位丰臀女郎望着丈夫，用温和甜美的话语说道：（5）

"普利塔之子啊！你的弟弟们像沙燕一样啼叫，口干舌燥，而你却不取悦他们。（6）大王啊！他们如同醉狂的大象，备尝痛苦，用合适的话语取悦他们吧！（7）国王啊！为什么过去住在双林时，你对忍受风吹日晒的弟弟们要说这样的话？（8）'我们渴望胜利。一旦在战争中杀死难敌，我们将享受大地，满足一切愿望。（9）捣毁车兵们的战车，杀死大象们，克敌者们啊！让车兵和骑兵尸横遍地！（10）随后，举行各种祭祀，慷慨布施，我们流亡森林的痛苦将转变成幸福。'（11）这些话都是你亲口说的，优秀的执法者啊！怎么现在你又伤害我们的心，英雄啊！（12）

"阉人不会享受大地，阉人不会享受财富，阉人的家里不会有儿子，就像泥潭里不会有鱼。（13）不施刑杖的刹帝利不会辉煌，不施刑杖的刹帝利不会繁荣，婆罗多子孙啊！不施刑杖的国王，他的臣民也不会获得幸福。（14）对一切众生友善、施舍、诵习和苦行，这是婆罗门的正法，而不是国王的正法，王中俊杰啊！（15）阻止恶人，保护善人，在战场上不脱逃，这是国王们的至高正法。（16）宽容和愤怒，给予和接受，恐惧和无惧，惩罚和奖励，被称为是通晓正法者。（17）通过学问、施舍、安抚和祭祀，甚至通过贿赂，你得不到大地。（18）敌军阵容庞大，象、马和车齐备，具有三种力量，（19）由德罗纳、迦尔纳、马嘶和慈悯保驾，都被你消灭。因此，英雄啊！你享受这大地吧！（20）

"大王啊！你运用刑杖征服了拥有许多城镇的赡部洲，人中之虎啊！主人啊！（21）你运用刑杖征服了与赡部洲同样的、大弥卢山西部的麻鹬洲，国王啊！（22）你运用刑杖征服了与麻鹬洲同样的、大弥卢山东部的舍迦洲，国王啊！（23）你运用刑杖征服了与舍迦洲同样的、大弥卢山北部的跋德罗湿婆洲，人中之虎啊！（24）你越过大海，运用刑杖征服了拥有各种城镇的各种岛屿，英雄啊！（25）你建立了无与伦比的功勋，婆罗多子孙啊！受到婆罗门尊敬，怎么还不高兴？（26）看看你的这些公牛般的弟弟，他们如同醉狂的象王强大有力，婆罗多子孙啊！你要让他们高兴。（27）

"你们个个都像天神,能对抗敌人,能焚毁敌人,我认为只要其中一人,就能获得幸福。(28)何况,我有你们五位人中之虎和人中雄牛作为丈夫,如同五种感官构成身体的活动。(29)我的婆婆通晓一切,具有远见卓识,对我说过:'般遮罗公主啊!坚战会带给你至高无上的幸福。'别让她的话落空!(30)你勇敢迅捷,杀死了数以千计的国王,人主啊!我现在看到你出于愚痴,在做无益之事。(31)长兄变疯了,而所有的弟弟追随他,王中因陀罗啊!由于你疯了,所有的般度之子们也都疯了。(32)人主啊!如果你的弟弟们没有疯,他们就会与异教徒们一起囚禁你,自己统治大地。(33)做这样的蠢事,不会获得幸福。对于误入歧途的人,应该进行治疗,用香料、眼膏、催嚏剂和其他药物。(34)婆罗多族俊杰啊!我是世界上最坏的女性,只有消灭了敌人,我才愿意活着。(35)精进努力的人们获得繁荣幸福,而你获得了整个大地,却自找痛苦。(36)曼达多和安波利沙被认为是大地上最优秀的两位国王,国王啊!你像他俩一样光辉灿烂。(37)统治这个拥有高山、树林和岛屿的大地王后吧!依法保护众生,国王啊!你不要失去理智!(38)举行各种祭祀吧!供奉祭火吧!向婆罗门施舍城镇、食物和衣服吧!王中俊杰啊!"

以上是吉祥的《摩诃婆罗多》中《和平篇》第十四章(14)。

一五

护民子说:

听了祭军之女(德罗波蒂)这番话,阿周那又劝说大臂长兄,说道:(1)"刑杖统治一切众生,保护一切众生。一切沉睡时,刑杖警觉着。智者们懂得刑杖是正法。(2)刑杖保护正法,也保护利益和爱欲,国王啊!人们说,刑杖就是人生三要素[①]。(3)刑杖保护粮食,刑杖保护财富,智者啊!你认清世界的本性,掌握刑杖吧!(4)一些恶人惧怕国王的刑杖,才不敢犯罪。另一些恶人惧怕阎摩的刑杖,或

[①] 人生三要素是正法、利益和爱欲。

者惧怕另一个世界,(5)还有一些恶人互相惧怕,才不敢犯罪。世界天生就是这样,一切都依靠刑杖。(6)由于惧怕刑杖,一些人才不敢互相吞食。如果刑杖不保护,他们将沉入黑暗的深渊。(7)制服不驯顺者,惩处无教养者。由于制服和惩处,智者们称其为刑杖。(8)

"人们说,婆罗门的刑杖表现为言语,刹帝利的刑杖表现为维持众生,吠陀的刑杖是施舍,而首陀罗没有刑杖。(9)为了让世人保持清醒,为了保护财富,才在世界上确立这个法则,名为刑杖,民众之主啊!(10)红眼黑皮的刑杖认真巡游,国王目光清晰,臣民们便不会痴迷。(11)梵行者、家居者、林居者和行乞者,所有的人惧怕刑杖,奉守各自的职责。(12)国王啊!没有恐惧,不会举行祭祀;没有恐惧,不会施舍;没有恐惧,谁也不会遵守契约。(13)不击中要害,不采取可怕的行动,不像渔夫那样捕杀鱼,也就得不到富饶的大地。(14)不杀戮,在这世上就得不到声誉、财富和臣民。因陀罗杀死了弗栗多,才成为天帝因陀罗。(15)那些从事杀戮的天神特别受到世人崇敬。楼陀罗、塞建陀、因陀罗、火神、伐楼拿和阎摩都是杀戮者。(16)时神、风神、死神、财神、太阳神、众婆薮、众摩录多、众沙提耶和众毗奢,也都是杀戮者,婆罗多子孙啊!(17)慑于威力,人们向这些天神,而不向梵天、陀罗和众普善致敬行礼。(18)只有那些平静地对待一切行动的人,才会崇拜那些克制自己、充满平静、平等看待一切众生的天神。(19)

"我看这世上没有哪个人不靠杀生维生,生物依靠别的生物维生,强者依靠弱者维生。(20)鼬吃鼠,猫吃鼬,狗吃猫,豹吃狗,国王啊!(21)而人吃所有这些动物。你看!正法就是这样。一切动物和不动物都是有生命者的食物。(22)这是天神制定的法规,智者对此不会糊涂,王中因陀罗啊!你怎样出生,你该那样生存。(23)愚人们摒弃愤怒和喜悦,定居森林,而这些苦行者不杀生,也不能维持生命。(24)在水中,在地上,在果实中,有许多生物。有谁不杀害它们,否则怎么能维持生命?(25)有些生物生来微小,只能推测它们的存在,眼睛一眨,它们便命绝身亡。(26)牟尼们抛弃愤怒和妒忌,离开村庄,定居森林,认为家居生活充满愚痴。(27)而一些人耕田,采药,砍树,捕杀鸟兽,举行祭祀,到达天国。(28)贡蒂之子啊!

只有实施刑杖之法，一切众生的事业才会成功。我对此毫不怀疑。（29）

"如果世界上没有刑杖，众生会毁灭，强者会像在叉子上烤鱼那样踩躏弱者。（30）这是梵天早已宣示的真理：正确运用刑杖，保护众生。你看，这些火无所畏惧而熄灭，受到谴责，惧怕刑杖，又燃烧起来。（31）如果世界上没有刑杖，不分善恶，整个世界便陷入黑暗，一无所知。（32）那些毁谤吠陀的异教徒破坏法规，而受到刑杖惩处后，便奉守职责。（33）世界上每个人都受到刑杖管束，天生纯洁的人难得，大多出于惧怕刑杖，而奉守职责。（34）为了使四种姓不愚痴，有教养，创造主设置了刑杖，保护正法和利益。（35）如果不惧怕刑杖，猛禽和猛兽就会吞噬牲畜、人和祭品。（36）如果刑杖不保护，没有人会修习梵行，吉祥的母牛也不会产奶，女孩子也不会结婚。（37）如果刑杖不保护，一切混乱都会发生，一切界限都会突破，人们也不知道什么属于自己。（38）如果刑杖不保护，人们无所畏惧，不会每年举行祭祀，也不会按照规则施舍。（39）如果刑杖不保护，人们不会按照要求遵行各种生活法则，也不会获得知识。（40）如果刑杖不保护，骆驼、牛、马、骡和驴子，即使套上轭，也不肯拉车。（41）如果刑杖不保护，仆人不会服从命令，孩子们也决不会遵循祖传的正法。（42）一切众生依靠刑杖，智者们认为刑杖是威慑。天国根植刑杖，这个人类世界也根植刑杖。（43）刑杖得到确立的地方，敌人遭到毁灭，看不到狡诈、罪恶和欺骗。（44）如果刑杖不确立，狗会舔食酥油；如果刑杖不保护，乌鸦会叼走祭品。（45）

"无论合法或不合法，我们已经得到王国。现在不应该忧伤，请你享受吧！举行祭祀吧！（46）与可爱的妻子住在一起，享受美味佳肴，衣服洁净，愉快地遵行吉祥的正法。（47）毫无疑问，我们的一切举动依靠财富，而财富依靠刑杖。你看，刑杖多么重要！（48）宣扬正法是为了维系世界。不杀生或合理杀生，只要符合正法就好。（49）没有绝对的善行，也没有绝对的恶行，任何行为中都是善恶兼有。（50）阉割了牲畜，又将它们的鼻隔穿孔，拴住它们，驯服它们，让它们负载重物。（51）这个世界混乱不堪，偏离正道，日益丧亡，实施古老的正法吧！（52）请你举行祭祀，慷慨施舍，保护臣民，维护正法，杀死敌人，保护朋友吧！贡蒂之子啊！（53）你杀死了敌人，不必沮丧，婆罗多子孙啊！在这件事上，没有任何罪过。（54）挽弓者杀死迎面冲来的挽弓者，不会犯下杀人罪，因为这是以怨对怨。（55）毫无疑问，一切众生的灵魂不可能被杀害。既然灵魂不可能被杀害，怎么会有杀害者？（56）就像一个人迁入一所新房，生命进入其他躯体。（57）抛弃旧躯体，进入新躯体，洞悉真谛的人们认为这是死亡的真相。"（58）

以上是吉祥的《摩诃婆罗多》中《和平篇》第十五章（15）。

一六

护民子说：

听了阿周那的话，勇敢坚定、性情暴烈的怖军对长兄说道：（1）"国王啊！你通晓正法，对这世界无所不知。我们愿意效仿你的行为，但常常做不到。（2）我心中想着：'我不要多嘴，我不要多嘴。'但是，我痛苦不堪，还是要说，国王啊！你听着！（3）由于你犯糊涂，一切都犹疑不定，我们变得沮丧和软弱。（4）你是世界之主，精通一切经典，怎么会像懦夫遭遇不幸那样犯糊涂？（5）你知道世界的来龙去脉，知道现在和未来，主人啊！你无所不知。（6）在这种情况下，大王啊！我要说说劝你执掌王权的道理，主人啊！请你专心听取。（7）

"有两种疾病，肉体的和精神的，两者相辅相成，互不排斥。（8）毫无疑问，精神的疾病产生于肉体，肉体的疾病也产生于精神，这是事实。（9）沉浸在过去的肉体和精神痛苦中，从痛苦中再得痛苦，倍加痛苦。（10）冷、热和风是身体产生的三性。人们说，它们和谐相处，是健康的特征。（11）一旦其中之一过量，就要进行治疗。用热抑制冷，或用冷抑制热。（12）善、忧和暗是精神产生的三性。用喜悦抑制忧愁，用忧愁抑制喜悦。（13）人处在幸福中，愿意回忆过去的痛苦；人处在痛苦中，愿意回忆过去的幸福。（14）而你在痛苦中不觉痛苦，在幸福中不觉幸福；也不在痛苦中回忆过去的幸福，在幸福中回忆过去的痛苦。(15)俱卢后裔啊！你应该记住命运强大有力。或许，忧郁烦恼是你的天性，国王啊！(16)你曾目睹黑公主在月经期，身穿单衣，当着般度之子们的面，来到大会堂，难道你不记得了吗？(17)我们离城出走，身穿兽皮，流亡大森林，难道你不记得了吗？(18)辫发阿修罗的欺辱，与花军的战斗，信度王的欺辱，还有在隐匿生活期间，黑公主遭到空竹脚踢，难道你都不记得了吗？(19)

"克敌者啊！正如你过去与德罗纳和毗湿摩进行激战，现在你是与自己的思想交战。(20)在这场战斗中，不需要动用箭、朋友和亲戚，只需要你依靠自己战斗。(21)如果你在这场战斗中不取胜，抛弃生命，你会进入另一个躯体，继续投入战斗。(22)因此，你还是现在就投入战斗，婆罗多族雄牛啊！取得了胜利，你也就完成了职责，大王啊！(23)运用智慧，认清众生的来龙去脉，追随祖先的事业，理所当然地统治王国吧！(24)多么幸运啊！邪恶的难敌及其追随者在战斗中被杀死。多么幸运啊！黑公主又挽起发髻。(25)按照规则，备好礼物，举行马祭吧！我们都是你的仆人，普利塔之子啊！还有英勇的婆薮提婆之子（黑天）。"(26)

以上是吉祥的《摩诃婆罗多》中《和平篇》第十六章（16）。

一七

坚战说：

不满、放逸、迷醉、贪爱、不平静、暴力、痴迷、自负和焦虑，(1)你受这些罪恶控制，贪图王国。无欲，超脱，平静，快乐，成为这样的人吧！(2)一个国王即使统治整个大地，他的肚子也只有一个，你为什么对此加以赞扬？(3)人的欲望没有哪天哪月能满足，人中雄牛啊！即使活一辈子，也不能满足不知餍足的欲望。(4)火添加燃料，就会燃烧；不添加燃料，就会熄灭。因此，你要节食，熄灭肚中升起的欲火。你首先要征服肚子，这样，征服大地对你才是好事。(5)

你赞赏追逐欲望和享受的人们，赞赏权力，而那些摒弃享受的弱者却达到至高无上的境界。(6)你执著王国的获得和维持,执著正法和非法,摆脱这种沉重的负担,立足弃绝吧!(7)老虎只是为了填饱自己的肚子,大肆杀戮,而其他弱小动物还要依靠它维生。(8)苦行者回避感官对象,弃世脱俗,而国王们永不餍足,请看!这就是智慧的差异。(9)以树叶为食,用石头捣碎或用牙齿咬碎食物,靠饮水餐风维生,这样的人能征服地狱。(10)一个统治整个大地的国王,另一个将金子视同石头的人,达到人生目的的是后者,而不是国王。(11)你不要用心计,不要有欲望,不要有私心,今生和来世立足无忧无虑的永恒境界。(12)无欲望者不忧伤,而你怎么为欲望忧伤?摒弃一切欲望,你也就摆脱虚言妄语。(13)

据说有两条道路:祖先之路和天神之路。举行祭祀是走祖先之路,寻求解脱是走天神之路。(14)通过苦行、梵行和诵习,纯洁的人们摆脱躯体,前往死神达不到的领域。(15)欲望是束缚,在这世上也被称为业。摆脱欲望和业这两个套索,便能达到至高境界。(16)遮那迦摒弃对立,追求解脱,人们传诵他吟唱的一首偈颂:(17)"我的财富无穷无尽,我依然一无所有;即使密提罗城着火烧毁,我也没有烧掉什么。"(18)犹如站在高山之巅俯视站在平地的人,他登上智慧之宫俯视那些愚人为不该悲伤之事悲伤。(19)

看到应该看到的东西,这样的人有眼力,有智慧。所谓智慧就是知道和理解未知的事物。(20)谁懂得那些具备梵性、富有学识、灵魂圆满的智者的话语,他就会备受尊敬。(21)一个人看出生物的千差万别立足于一,他便达到广大的梵。(22)没有学识,思想浅薄,智慧短缺,不修苦行,这样的人不会达到人生目的。确实,一切根植智慧。(23)

以上是吉祥的《摩诃婆罗多》中《和平篇》第十七章(17)。

一八

护民子说:
受到国王这些语言之箭打击,阿周那深感痛苦和忧虑,又对沉默不语的国王说道：（1）"人们传诵一个古老的传说，那是毗提诃国王和王后的对话，婆罗多子孙啊！（2）毗提诃国王抛弃王国，决定乞食为生，王后痛苦地劝说他。（3）遮那迦抛弃财富、儿子、朋友、各种珍宝和祭祀净化之路，削发出家。（4）可爱的王后看见他过乞食生活，一无所有，每天以一把粮食维生，摒弃欲望和妒忌。（5）机智的王后趁周围无人，走近无所畏惧的国王，在僻静的地方，生气地对他说了一些有道理的话：（6）

"'为什么你抛弃堆满粮食和钱财的王国，在森林里以一把粮食维生，过出家人的生活？（7）你的誓愿是一回事，你的行为是另一回事，国王啊！你抛弃庞大的王国，满足于一把粮食，国王啊！（8）你不可能用这把粮食供奉客人、天神、仙人和祖先，国王啊！你这样徒劳无功。（9）你被所有的天神、客人和祖先抛弃，出家游荡，无所事事，国王啊！（10）你曾维持数以千计的精通三吠陀的婆罗门，维持这个世界，如今，却想要靠别人维持。（11）你抛弃了荣华富贵，像条狗一样四处寻觅。由于你，如今你的母亲失去儿子，憍萨罗公主成为寡妇。（12）可怜八十位热爱正法的刹帝利女子侍奉你，对你怀抱希望，期待果报，（13）你却使她们失望，国王啊！解脱可疑，众生都依靠行动。你将会堕入怎样的世界？（14）你犯有恶行，既没有今生，也没有来世。你抛弃了合法的妻子，还想活着。（15）你为什么要抛弃花环、香料、装饰品和各种衣服，出家游荡，无所事事？（16）

"'你曾经是一切众生的纯洁的大湖，繁茂的大树，如今却要乞求别人。（17）一头大象倒下不动，许多食肉兽，甚至小爬虫都会撕吃它，何况你这个无用的人！（18）有人会打碎你的托钵，夺走你的三杖①，抢走你的衣服，你会怎么想？（19）你抛弃一切，只要一把粮食。如果你将一切和一把粮食等量齐观，会给我带来什么？如果一把粮食是你的生活目的，你的誓愿也就破灭了。（20）我是你的什么人？你是我的什么人？如今你赐给我什么恩惠？国王啊！如果你的恩惠是宫殿、床榻、车辆、衣服和首饰，你就统治大地吧！（21）那些发财无望的穷人被朋友抛弃，一无所有，依然愉快地积聚财物，而你为什

---

① 三杖是出家人使用的杖，由三杖束成一杖。

么要抛弃这一切呢？（22）

"'有的人始终接受，有的人始终施舍。你知道这两者的差别，而在这两者中，哪个更好？（23）如果施舍那些永远乞求的人，即使他们是摒弃骄傲的善人，这样的施舍也如同祭品白白投入森林大火。（24）正如燃烧着的火不会熄灭，永远乞求的婆罗门不会没有。国王啊！（25）在这世界上，吠陀和食物无疑是善人的根基。如果没有施舍者，哪里还会有渴望解脱者？（26）在这世界上，有食物，才有生命；施舍食物就是赐予生命。（27）摆脱家居生活的出家人还得依靠家居生活者。而这些善于自制的人却谴责来源和根基。（28）你要知道抛弃财富，具有学问，剃去须发，乞食维生，这种行乞者并不是真正摒弃财富和快乐的行乞者。（29）接触而不执著，摆脱束缚，对敌友一视同仁，国王啊！这才是解脱者。（30）剃去须发，身穿袈裟，出家游荡，乞求施舍，依然套着许多束缚，充满虚妄的欲求。（31）抛弃三吠陀，抛弃生计，抛弃儿子，而拿起三杖，穿上袈裟，这样的人缺乏智慧。（32）没有摒弃污秽，而穿上袈裟，你要知道，这是为了求财。我认为那些剃发者是打着正法之旗谋求生活。（33）大王啊！你控制感官，供养那些或穿袈裟，或穿兽皮衣，或裸体，或剃去须发，或盘起发髻的善人们，你便赢得所有世界。（34）每天首先点燃祭火，举行祭祀，施舍大量牲畜和钱财，有谁比这样的人更合乎正法？'（35）

"遮那迦被称颂为世界上通晓真谛的国王，居然也会犯糊涂。你千万不要犯糊涂。（36）慈悲为怀、乐于布施的人总是这样遵行正法。摆脱贪欲和愤怒，（37）保护众生，慷慨布施，敬重婆罗门，说话诚实，我们将获得希望的世界。"（38）

以上是吉祥的《摩诃婆罗多》中《和平篇》第十八章（18）。

一九

坚战说：

我熟悉这样那样的经典。吠陀中有两种说法：作业和弃业。（1）

经典纷繁，充满各种道理，我只是如实接受可靠的结论。（2）而你只知道武艺，遵循英雄的誓言，怎么也不可能把握经典的真谛。（3）如果你理解正法，洞悉经典真谛，精通正法定义，就不会这样对我说了。（4）然而，你是出于兄弟情谊，对我说这些话，恰当合适，贡蒂之子啊！我对你表示满意，阿周那啊！（5）你精通一切战斗法则和各种事业，在三界无与伦比。（6）你能讲述那些法则难以把握的微妙之处，胜财啊！但你不能怀疑我的智慧。（7）你精通兵书，但你没有侍奉过老人，不懂得那些精通详略繁简的智者的结论。（8）

智者们确认：苦行、弃世和居家，这三种生活方式以优劣次序排列。（9）而你不这样看，普利塔之子啊！你认为财富优先。我要让你明白，财富不优先。（10）你可以看到遵行正法的人都坚持苦行和诵习吠陀。这些苦行仙人的世界是永恒的。（11）另一些人削去须发，摒弃财富，沉着坚定，安居森林，依靠诵习吠陀，达到天国。（12）高尚的人控制感官对象，摒弃无知产生的黑暗，沿着北方之路，到达弃世者的世界。（13）你认定的光明之路是南方之路，通向注定要死的行动者的世界。（14）解脱者认定的路径不可描述，因此，弃世是理想的选择，但难以说明。（15）诗人们想要分清精华和糟粕，努力考查经典，把握不定。（16）他们浏览吠陀、森林书和其他经典，犹如劈开芭蕉树干，看不到精华。（17）有些人贬斥孤寂，认为灵魂寄寓五大元素组成的身体，具有爱憎。（18）肉眼不能看见，语言不能描述，它以业为因缘，在众生中运转。（19）

一心追求至福境界，控制欲望，摒弃业报因缘，一个人便会拥有独立和幸福。（20）有这样一条为善人们遵行的微妙之路，阿周那啊！你为什么还要赞美充满不幸的财富？（21）通晓古代经典的人们这样看，婆罗多子孙啊！他们一向热衷行动、布施和祭祀。（22）这些智者即使精通因明，但囿于陈说，难以改变看法，愚蠢地认为那种境界不存在。（23）他们富有学问，周游大地，能言善辩，在集会上喋喋不休，贬低不朽境界。（24）我们不理解他们，还有谁能理解他们？即使他们是精通经典的大智者。（25）贡蒂之子啊！通晓正法的人永远依靠苦行获得伟大，依靠智慧认识伟大，依靠弃世达到幸福。（26）

以上是吉祥的《摩诃婆罗多》中《和平篇》第十九章（19）。

二〇

护民子说：

坚战说完后，能言善辩的大苦行者提婆斯塔纳对他说了一些通情达理的话：（1）"颇勒古拿（阿周那）说，没有什么比财富更重要。我要说说这个话题，请你专心听取！（2）无敌啊！你依靠正法赢得整个大地。赢得后，你不应该贸然放弃。（3）四种生活方式以行动为本，大臂者啊！你要依次完成，国王啊！（4）因此，普利塔之子啊！你要举行大祭，慷慨布施。一些仙人以诵习为祭祀，另一些仙人以知识为祭祀。（5）你要知道立足行动就是立足苦行，婆罗多子孙啊！而一些隐居林中的婆罗门另有说法，王中因陀罗啊！（6）不追求财富的人比追求财富的人更高尚；依赖财富，必然产生许多弊病。（7）为了财富，人们辛苦地敛聚财物；无知地渴求财富，不知道自己犯下堕胎罪。（8）他施舍不该接受施舍的人，而不施舍应该接受施舍的人。要分清应不应该接受施舍的人，因此，施舍之法也很难掌握。（9）

"创造主为了祭祀创造财富，人为了祭祀保护财富。因此，一切财富都应该用于祭祀，随后才会有爱欲。（10）威武无比的因陀罗举行各种食品丰富的祭祀，超过一切天神，获得因陀罗性，光彩熠熠，所以，一切财富都应该用于祭祀。（11）灵魂高尚的大神（湿婆）身穿兽皮衣，在一切祭祀中，以自我为祭品，成为神中之神，赢得一切世界，支撑一切世界，声誉卓著，光辉灿烂。（12）阿毗弃之子摩奴多王作为一个凡人，依靠充裕的财富战胜天王（因陀罗）。在他举行的祭祀上，所有的容器都是金的，吉祥女神亲自驾到。（13）你也听说过，王中因陀罗诃利旃陀罗通过举行祭祀，积累功德，消除了忧愁。作为一个凡人，他依靠财富战胜因陀罗。因此，一切财富都应该用于祭祀。"（14）

以上是吉祥的《摩诃婆罗多》中《和平篇》第二十章（20）。

二一

提婆斯塔纳说：

在这个问题上，人们引证一个古老的传说，那是毗诃波提仙人回答因陀罗的询问，说道：（1）"满意是最高天国，满意是最高幸福，没有什么比满意更重要，满意至高无上。（2）一个人控制欲望，犹如乌龟收拢肢体，灵魂的光辉便会自动显现。（3）他不惧怕别人，别人也不惧怕他；他征服爱憎，看到自我。（4）他在行动、思想和言语上，对一切众生不发怒，不冒犯，他便达到梵。"（5）

贡蒂之子啊！众生就是这样看待种种正法，因此，你要清醒，婆罗多子孙啊！（6）有些人赞美宁静，有些人赞美奋斗，有些人两者都不赞美，有些人两者都赞美。（7）有些人赞美祭祀，有些人赞美弃世，有些人赞美施舍，有些人赞美接受，有些人抛弃一切，静默沉思。（8）有些人赞美王国和保护一切众生，有些人在杀死、砍死、劈死敌人后，孤居独处。（9）观察到这一切，智者们得出结论：不伤害众生，是善人们公认的正法。（10）

不伤害，说真话，公平，坚定，宽容，与自己的妻子生儿育女，和蔼，知耻，不轻浮，（11）还有财富，自生者摩奴说这些是最优秀的正法，因此，贡蒂之子啊！你要努力保护。（12）刹帝利精通治国论精华，立足王国，始终控制自我，对苦乐爱憎一视同仁，吃祭祀所剩食物。（13）他乐于惩罚恶人，爱护善人；他通晓正法，引导臣民走上正法之路。（14）然后，将吉祥富贵交给儿子，自己在森林中以野生食物维生，不知疲倦，按照仪轨辛勤劳作。（15）精通治国论的国王这样行动，在今生和来世都会得到果报，国王啊！我认为涅槃难以达到，有很多障碍。（16）就这样，遵行正法，坚持真诚、施舍和苦行，慈悲为怀，摆脱贪欲和愤怒，（17）保护臣民，严格控制自我，为了牛和婆罗门而战斗，便能到达至高归宿。（18）折磨敌人者啊！所有的楼陀罗、婆薮、阿提迭、沙提耶和王仙们都依靠这个正法，精进努力，用自己的善业赢得天国。（19）

以上是吉祥的《摩诃婆罗多》中《和平篇》第二十一章（21）。

二二

护民子说：

他说完后，阿周那又对心情沮丧的长兄坚战说道：（1）"知正法者啊！你凭借刹帝利正法战胜敌人，赢得无上的天国，为什么还焦躁不安？（2）大王啊！相传刹帝利战死疆场比举行许多祭祀更荣耀，请记住刹帝利正法吧！（3）苦行和弃世是婆罗门的正法，相传是死后的法则，主人啊！刹帝利命定战死疆场。（4）相传刹帝利正法非常残酷，永远与武器相连，婆罗多族俊杰啊！到时候，他就会在战场上被武器杀死。（5）国王啊！如果婆罗门按照刹帝利正法生活，也会在世界上受到称赞，因为刹帝利也立足于梵。（6）对刹帝利的规定不是弃世，不是乞食，不是苦行，也不是依赖别人生活，人主啊！（7）

"你通晓一切正法，灵魂完善，婆罗多族雄牛啊！你是一位聪明能干的国王，洞察过去和未来。（8）摒弃烦恼和忧愁，坚定地从事行动吧！刹帝利的心尤其坚硬，如同金刚石。（9）你已经依靠刹帝利正法战胜敌人，赢得王国，排除荆棘，人中因陀罗啊！你要控制自我，专心祭祀和布施！（10）因陀罗是梵天的儿子，凭借行动成为刹帝利，九十九次杀戮作恶的亲戚。（11）他的行为值得尊敬和赞美，民众之主啊！我们听说他由此获得天王的地位。（12）大王啊！你举行祭祀，慷慨布施吧！就像因陀罗那样，人中因陀罗啊！你最终能摆脱烦恼。（13）刹帝利雄牛啊！你不要再为过去的事情忧伤。那些遵行刹帝利正法而死去的人，受到武器净化，达到至高归宿。（14）婆罗多族雄牛啊！该发生的事总会发生，王中之虎啊！命运不可违抗。"（15）

以上是吉祥的《摩诃婆罗多》中《和平篇》第二十二章（22）。

二三

护民子说：

头发卷曲的阿周那对贡蒂之子（坚战）说完这些话，俱卢后裔

（坚战）沉默不语。于是，岛生（毗耶娑）说道：（1）"毗跋蔟（阿周那）的话完全正确，坚战啊！经典宣示的最高正法相传是家居生活。（2）知法者啊！如实按照经典，履行自己的正法吧！因为抛弃家居生活，进入森林，不是为你规定的。（3）天神、祖先、仙人和仆人们都依靠家居者生活，民众之主啊！你供养他们吧！（4）鸟禽、牲畜和一切众生也由家居者维持。因此，大地之主啊！家居是最好的生活方式。（5）在四种生活方式中，家居生活最难，普利塔之子啊！你集中思履行这种感官脆弱者难以履行的生活方式吧！（6）你通晓全部吠陀知识，修习大苦行，能够肩负祖传的王国重担。（7）

"苦行，祭祀，学问，乞食，控制感官，禅定，独处，满足，尽力施舍，（8）大王啊！这些是企盼成功的婆罗门的行为。即使你已经知道，我仍要告诉你刹帝利的行为。（9）祭祀，学问，努力，对财富永不满足，执掌刑杖，严厉，保护臣民，（10）完整的吠陀知识，修习苦行，大量获取财物，慷慨布施，（11）这些都是国王的善事。民众之主啊！我们听说，这些能确保今生和来世成功。（12）贡蒂之子啊！人们说这些行为中，执掌刑杖最为重要，因为权力永远属于刹帝利，而刑杖依据权力。（13）国王啊！这些是企盼成功的刹帝利的行为。毗诃波提仙人吟诵过这样一首偈颂：（14）'大地吞没不抵抗的国王和不游荡的婆罗门，犹如蛇吞没老鼠。'（15）我们又听说，王仙妙光依靠执掌刑杖，像波罗支多之子陀刹那样获得最高成就。"（16）

以上是吉祥的《摩诃婆罗多》中《和平篇》第二十三章（23）。

二四

坚战说：

尊者啊！大地之主妙光凭借什么业绩，获得最高成就？我想听听这位国王的事。（1）

毗耶娑说：

在这方面，人们引证一个古老的传说，讲述商伕和利奇多两位信守誓言的兄弟。（2）他俩各自的住处美丽可爱，靠近巴胡达河，树木常年开花结果。(3) 有一次,利奇多来到商佉的净修林。恰巧,商佉从净修林出去了。(4) 利奇多走进兄长商佉的净修林后,摇落许多成熟的果子。(5) 这位婆罗门拿起这些果子,无所顾忌地吃了起来。他正吃着,商佉回到净修林。(6) 商佉见到弟弟在吃果子,对他说道:"哪里来的果子?你凭什么吃这些果子?"(7) 利奇多迎上前去,向兄长行礼,仿佛笑着,说道:"我在这里采集的。"(8) 商佉十分生气,对他说道:"你自己拿果子,犯了偷窃罪。走吧!到国王那里去自首:(9)'大王啊!我拿了没有给我的东西。你知道我犯了偷窃罪,请维护自己的正法吧!立即惩处我这个窃贼吧!国王啊!'"(10)

听了这番话,信守誓言的利奇多去见妙光王,大臂者啊!(11) 妙光王听门卫说利奇多来了,与大臣一起上前迎接。(12) 国王见到这位优秀的知梵者,说道:"告诉我,尊者啊!你为什么来?有什么事?"(13) 这位婆罗门仙人听后,对妙光说道:"你要答应,听了我的话后,你就照办。(14) 我吃了长兄没有给我的果子,国王啊!为了这件事,你惩处我吧!不要迟疑。"(15)

妙光说:

如果一个国王公认为是执杖的典范,那么,他也会是宽容的典范,婆罗门雄牛啊!(16) 你是大誓愿者,行为纯洁,可以受到宽恕。你说说别的愿望吧!我会照你的话做。(17)

毗耶娑说:

即使这位婆罗门仙人受到灵魂高尚的国王回护,除了接受惩处外,他不选择别的恩惠。(18) 于是,国王让人砍断灵魂高尚的利奇多的双手。利奇多接受惩处后,离开那里。(19) 他回到兄长商佉那里,双手残缺,说道:"尊者啊!你应该宽恕我这个接受惩处的蠢人。"(20)

商佉说:

我不生你的气,知法者啊!你并没有伤害我。你违反你的正法,这是赎罪。(21) 你赶快前往巴胡达河,按照礼仪供奉天神、祖先和仙人们,心中不要怀有恶念。(22)

毗耶娑说:

听了商佉的话后,利奇多进入圣洁的河中,沐浴净身,举行水祭。(23) 随后，一双莲花般的手在他身上出现。他惊奇地将这双手展示给兄长看。(24) 商佉对他说道："这是依靠我的苦行实现的。你不要惊讶，一切都是命运的安排。"(25)

利奇多说：

大光辉者啊！你既然具有这样的苦行威力，为什么不首先净化我？婆罗门俊杰啊！(26)

商佉说：

我不能这样做，我不是你的执杖者。这位国王[①]得到净化，你和祖先也得到净化。(27)

毗耶娑说：

般度族俊杰啊！这位国王凭借这个行动成为最优秀者，像波罗支多之子达刹那样，获得最高成就。(28) 保护臣民是刹帝利的正法，大王啊！不要误入歧途，心怀忧伤。(29) 优秀的知法者啊！听从你弟弟的有益之言吧！王中因陀罗啊！刑杖才是刹帝利的正法，削发出家不是刹帝利的正法。(30)

以上是吉祥的《摩诃婆罗多》中《和平篇》第二十四章 (24)。

二五

护民子说：

大仙人黑岛生（毗耶娑）又对贡蒂之子无敌（坚战）说了这番有意义的话：(1) "大王啊！你的那些在森林中受苦受难的弟弟们怀抱愿望，坚战啊！(2) 让那些大勇士的愿望实现吧！婆罗多族俊杰啊！如同友邻之子迅行王，你统治这大地吧！普利塔之子啊！(3) 这些苦行者在森林中历尽苦难。现在苦难结束，让这些人中之虎享受幸福吧！(4) 婆罗多子孙啊！与弟弟们一起享受过正法、利益和爱欲之后，你再踏上旅程，民众之主啊！(5) 你先偿还对客人、祖先和天神们的债务吧！贡蒂之子啊！然后，你将升入天国。(6) 俱卢后裔啊！

---

① 这位国王指妙光王。

第十二　和平篇

你举行一切祭和马祭吧！然后，大王啊！你将达到最高归宿。（7）让你的弟弟们举行各种祭祀，慷慨布施，般度之子啊！你将赢得无比的声誉。（8）人中之虎啊！请听我对你说的话，俱卢后裔啊！国王照着这样做，不会背离正法。（9）

"坚战啊！精通正法的人们规定给予偷窃钱财者应得的惩处，人主啊！（10）而国王考虑到地点和时间，依据经典智慧，宽恕窃贼，他也没有犯错。（11）收取六分之一贡赋，却不保护王国，这样的国王犯有四分之一罪过。（12）你要知道，坚持依照法典办事，无所畏惧，摒弃贪欲和愤怒，像父亲那样一视同仁，这样的国王不会背离正法。（13）大光辉者啊！国王遭受命运打击，在应该行动的时候，没有努力行动，人们说这不算过失。（14）运用力量或智谋制服敌人，不与恶人勾结，也不出卖王国。（15）勇士、尊者、行善者、智者、有牛者和有财富者，应该特别受到保护，坚战啊！（16）应该任用那些学问广博的人从事合法的事务；明智的国王不会只信任一个人，即使那个人具有品德。（17）国王不保护臣民，缺乏修养，狂妄，固执，妒忌心重，就会犯罪，被人们称为暴君。（18）国王遭受命运打击，人们得不到保护，受到盗贼侵害，这一切是国王的污点。（19）充分商量，认真准备，按照规则做事，精进努力，坚战啊！这样不会违反正法。（20）事业或成或败，由命运决定。国王只要尽力而为，也就没有罪过。（21）

"王中之虎啊！我要告诉你这个故事，古代王仙赫耶羯利婆的事迹，国王啊！（22）这位勇士坚定沉着，业绩辉煌，在战场上杀死许多敌人后，身旁没有同伴，战败遇难，坚战啊！（23）赫耶羯利婆制服敌人，用最好的办法保护人们，在战斗中赢得声誉，在天国获得快乐。（24）赫耶羯利婆在战斗中挽弓迎战，奋不顾身，遭到盗贼杀害。他忠于事业，精神高尚，灵魂圆满，在天国获得快乐。（25）他的弓是祭柱，弓弦是祭绳，箭是大祭勺，刀是小祭勺，血是酥油，战车是祭坛，战斗是热烈的祭火，四匹骏马是四位祭官。（26）英勇的王中之狮赫耶羯利婆用敌人祭供祭火，用自己的生命祭供祭火；在战斗中沐浴净身，摆脱罪恶，在天国获得快乐。（27）赫耶羯利婆运用智谋和策略保护王国，奋不顾身，努力祭祀，灵魂高尚，机敏能干，驰誉一切世界，在天国获得快乐。（28）天国和人间的成就依靠刑杖，赫耶羯利婆运用刑杖，合理保护大地，奉行正法，灵魂高尚，在天国获得快乐。（29）这位国王富有学问，肯舍弃，有信仰，知恩图报，完成了事业，离开人间世界，前往富有智慧、备受尊敬和捐弃生命的智者们的世界。（30）赫耶羯利婆正确地掌握各种吠陀，学习各种经典，正当地保护王国，保护四种姓奉守各自的职责，灵魂高尚，在天国获得快乐。（31）他赢得无数战斗，保护臣民，饮苏摩酒，满足优秀的婆罗门们，运用刑杖统辖臣民，在战场上捐躯，在天国获得快乐。（32）他的事业值得称颂。世上的善人和智者都称颂值得称颂的事迹。他赢得天国，前往英雄世界，灵魂高尚，名誉纯洁，获得成功。"（33）

以上是吉祥的《摩诃婆罗多》中《和平篇》第二十五章（25）。

二六

护民子说：

听了岛生（毗耶娑）的话，看到胜财（阿周那）仍在生气，贡蒂之子坚战向毗耶娑行礼，回答道：（1）"统治王国和各种享受都不能使我心情愉快，忧愁促使我喊叫。（2）听到那些失去丈夫和儿子的妇女们的哭泣，我无法平静，牟尼啊！"（3）

毗耶娑熟谙正法，精通吠陀，富有瑜伽智慧，听了这话，对大智者坚战说道：（4）"任何人不靠行为或思想获得什么，也不成为他人的赐予者。创造主依照时间安排一切，人依照时间获得一切。（5）时间不到，无论什么样的人，依靠智慧和学习经典，都不能达到目的。而有的时候，即使傻瓜也会达到目的，因为时间不分对象。（6）时间不到，技艺、咒语和药草都不会奏效；时间一到，由时间安排的一切都会成功和繁荣。（7）到时间，狂风就会吹起；到时间，云团就会降雨；到时间，水中就会长出红莲花和蓝莲花；到时间，林中树木就会开花。（8）到时间，夜晚会变黑或变白；到时间，月亮会变圆。不到时间，树木不会开花；不到时间，河流不会汹涌。（9）不到时间，鸟、蛇、鹿、象和山上各种野兽不会发情；不到时间，妇女不会怀孕；不到时间，冬季、夏季和雨季不会降临。（10）不到时间，不会诞生或死亡；不到时间，婴儿不会说话；不到时间，不会成为青年；不到时间，播下的种子不会发芽。（11）不到时间，太阳不会升起；不到时间，太阳不会落山；不到时间，月亮不会盈亏，波涛翻滚的大海不会有潮汐。（12）

"坚战啊！在这个问题上，人们引证一个古老的传说，那是由胜军王吟唱的。（13）时序难以逾越，触及一切凡人。所有的人到时间就会成熟，就会死去。（14）国王啊！有些人杀死另外一些人，而另一些人又杀死这些人，这是世间的说法，国王啊！其实，既没有杀者，也没有被杀者。（15）有些人认为他们是杀者，有些人认为他们不是杀者。其实，众生的生死由自己的性质注定。（16）财产毁灭，妻子、儿子或父亲去世，他会想：'哦，多么不幸！'陷入忧伤。（17）你为什么像可怜的傻瓜那样忧伤？请看，陷于痛苦越痛苦，陷于恐惧越恐惧。（18）这个自我不是我的，整个世界也不是我的；认识到正像属于我，同样属于别人，那就不会痴迷。（19）数以千计的种种忧愁，数以百计的种种欢乐，每天刺激蠢人，而不影响智者。（20）就这样，爱憎苦乐分别按时在生命中运转。（21）世上只有痛苦，因此得不到快乐。痛苦生于欲望的折磨，快乐生于痛苦的折磨。（22）快乐之后是痛苦，痛苦之后是快乐；不会永远痛苦，也不会永远快乐。（23）乐极生悲，苦尽甘来，所有企盼永久幸福的人应该摒弃这两者。（24）在痛苦的重压下，忧愁、焦虑或烦恼，这种根源即使是肢体的一部分，也应该抛弃。（25）无论快乐或痛苦，无论可爱或可憎，一个不可征服的人会坦然面对一切遭遇。（26）如果你造成妻子和儿子哪怕一点儿不愉快，那么，你就会明白谁、谁的、由谁或为什么。（27）在这世上，那些最蠢的人和那些聪明的人活得最好，享有幸福，而居中者遭受苦难。（28）

"坚战啊！这些就是大智者胜军说的话。他懂得世间善恶，通晓正法，通晓苦乐。（29）建筑在别人痛苦上的快乐不会真正快乐，因为痛苦不会消失，痛苦就产生于快乐。（30）苦和乐，有和无，得和失，生和死，总是交替触及一切众生，所以，智者既不会喜悦，也不会发怒。(31)人们说,保护和战斗是祭祀中的净身,正确地运用刑杖治理王国是瑜伽,舍弃财富是祭祀中的布施,还有正确的知识,应该知道这些是净化手段。(32)运用智谋和策略保护王国,奋不顾身,努力祭祀,灵魂高尚,善待一切众生,俨然正法的化身,死后在天国获得快乐。(33)赢得战斗,保护王国,饮苏摩酒,让臣民富庶,用刑杖统辖臣民,在战场上捐躯,在天国获得快乐。(34)正确地掌握各种吠陀,学习各种经典,正当地保护王国,保证四种姓奉守各自的职责,这样的国王灵魂获得净化,在天国获得快乐。(35)即使升入天国,城乡居民和大臣们依然称颂他的事迹,这样的国王是王中俊杰。"(36)

以上是吉祥的《摩诃婆罗多》中《和平篇》第二十六章(26)。

二七

坚战说：

激昂、德罗波蒂的儿子们、猛光、毗罗吒和木柱王,(1)还有通晓正法的富军(迦尔纳)、勇旗王和来自其他各地的许多国王在战斗中捐躯。(2)我感到痛苦,无法摆脱忧愁。我过分贪恋王国,杀害亲戚,成为毁灭自己家族的人。(3)我过去曾依偎在恒河之子(毗湿摩)的膝上游戏,而现在却贪图王国,将他杀死。(4)我看到他遭到普利塔之子(阿周那)的金刚杵般的利箭射击,摇晃不停,凝视着束发。(5)我看到魁梧的人中之狮祖父(毗湿摩)如同一头年迈衰老的雄狮,遭到许多利箭射击,我的心痛苦不堪。(6)他被利箭射中,面朝东方,从车上翻滚下来,犹如高山倒塌,我失魂落魄。(7)这位俱卢后裔曾经手持弓箭,在俱卢之野,与婆利古后裔(持斧罗摩)激烈交战许多天。(8)在波罗奈,英勇的恒河之子(毗湿摩)为了抢夺新娘,向聚集在那里的刹帝利国王挑战,单车战群雄。(9)他曾以武器的威力焚烧难以抵御的转轮王利器,却在战斗中被我杀死。(10)他自己保护死敌,不用利箭射倒般遮罗王子束发,却被阿周那射倒。(11)我看到他鲜血流淌,倒在地上,我浑身灼热发烧,优秀的牟

尼啊！（12）

　　我们还是孩童时，他（德罗纳）培育和保护我们。而我贪图王国，成为杀害老师的罪人；为了短暂的王权，愚蠢地杀害老师。（13）老师是大弓箭手，受到一切国王尊敬。他冲向战场，我这罪人却说了有关他的儿子的谎话。（14）老师对我说的话，令我浑身发烧："国王啊！你说话诚实，我的儿子还活着吧？"这个婆罗门认为我会说真话，这样询问我。（15）我说一声"大象"，接下去还是说了假话。我强烈贪图王国，成为杀害老师的罪人。（16）我披着诚实的外衣，对老师说："马嘶死了。"而实际上是大象倒地死了。我做出这样残忍的事，将会进入哪个世界？（17）

　　我还让人杀死了迦尔纳。他是我的长兄，在战场上从不脱逃。有谁比我犯下的罪孽更大？（18）年轻的激昂犹如山中出生的狮子，我竟贪婪成性，派他冲进受德罗纳保护的军队。（19）从此，我不敢看一眼毗跋蘇（阿周那）和莲花眼黑天，如同犯下杀死胎儿罪。（20）我也为不该承受痛苦的德罗波蒂悲伤。她失去五个儿子，犹如大地失去五座大山。（21）

　　我是作恶的罪人，毁灭大地的祸首。我就这样坐着，直至自己身体枯竭。（22）现在，你要知道，我是杀死老师的罪人，就这样坐着到死，以求死后转生不再成为家族毁灭者。（23）我将不吃，不喝，坐在这里，耗尽可爱的生命，以苦行为财富者啊！（24）你愿意去哪里就去哪里吧！你赐恩同意我吧！让所有的人都同意我，我将抛弃这个身体。（25）

护民子说：

　　普利塔之子（坚战）为亲属忧愁烦恼，这样说着。优秀的牟尼毗耶娑阻止他，说道："别这样！（26）你不应该过度忧伤，大王啊！我要再次对你说：'这是命运。'主人啊！（27）人生在世必定有聚有分，犹如水中的泡沫忽生忽灭。（28）一切积累终会耗尽，一切出现终会消失，一切聚合终会瓦解，一切生命终会死亡。（29）懒散虽然快乐，却以痛苦告终；勤奋虽然痛苦，却会产生幸福。繁荣、吉祥、知耻、坚定和成功都不会寓于懒散中。（30）朋友不一定带来幸福，敌人不一定带来痛苦，智慧不一定带来财富，财富不一定带来幸福。（31）

贡蒂之子啊！创造主创造了你，你就从事行动吧！因为成功依靠行动，你不会自动成为主人，国王啊！"（32）

以上是吉祥的《摩诃婆罗多》中《和平篇》第二十七章（27）。

二八

护民子说：

般度的长子（坚战）为亲属忧伤焦虑，想要抛弃生命，毗耶娑为他解除忧愁。（1）

毗耶娑说

人中之虎啊！在这个问题上，人们引证一个古代传说，也就是阿湿摩歌，坚战啊！你听着。（2）毗提诃国王遮那迦充满痛苦和忧愁，请睿智的婆罗门阿湿摩解答自己的疑问。（3）

遮那迦说：

一个企求幸福的人，应该怎样对待亲属和财富的兴衰？（4）

阿湿摩说：

一个人出生后，痛苦和快乐便伴随他。（5）他遇到其中一种，陷入其中一种，这一种就会夺走他的理智，犹如风吹走云。（6）"我出身高贵，我事业有成，我出类拔萃。"凭这三条理由，他心田滋润。（7）他迷恋享受，挥霍祖辈积聚的家产，耗尽之后，又攫取别人的财物。（8）犹如猎人用箭射鹿，国王们惩处违反法规和不正当获取财物的人。（9）这些人活不满一百岁，而只活二十或三十岁，国王啊！（10）

国王应该随时观察一切众生的行为，运用智慧，为陷入极端痛苦的人们提供良药。（11）心灵痛苦的原因是不幸降临和思想混乱，没有第三个原因。（12）世上各种各样由接触造成的痛苦也是这样侵扰人们。（13）衰老和死亡像两头恶狼吞噬众生，不管强弱和大小。（14）没有一个人能够超越衰老和死亡，即使他征服了以大海为周边的大地。（15）无论快乐或痛苦降临众生，都必须面对，身不由己，无法回避。（16）国王啊！在幼年、中年或老年都无法回避。即使满怀渴望，也无济于事。（17）与可爱者分离，与可憎者结合，富裕和贫穷，快乐和痛苦都随命运而定。（18）众生的诞生和死亡，获得和争取，这一切都已注定。（19）香、色、味和触都依照本性存在，同样，快乐和痛苦也随命运而定。（20）对于一切众生，座椅、床榻、车马、富贵、饮料和食物，都受时间制约。（21）医生也会生病，强壮也会变得衰弱，有妻者也会变成阉人，时间的流逝多么奇异！（22）

出身高贵、勇敢、健康、坚定、幸运和享受，都靠命运获得。（23）穷人不想要儿子，也会得到许多儿子；富人想要许多儿子，竭尽努力，也得不到。（24）疾病、水、火、武器、饥饿、野兽、毒药和缢死都会从天降落人身。（25）人们看到，由于命运，不越轨的人走向了死亡，而越轨的人安然无恙。（26）人们看到，有些富人年纪轻轻就死去，而有些穷人辛苦劳累，活到百岁，国王啊！（27）人们看到，有些人一无所有，寿命很长，而有些人出生在富贵人家，却像飞蛾一样短命夭折。（28）在这世上富人大多消化不良，而穷人连树枝也能消化，国王啊！（29）在命运的怂恿下，灵魂邪恶的人自以为无所不能，从不满足，犯罪作恶。（30）智者谴责女色、骰子、狩猎和饮酒这些嗜好，但仍然看到许多富有学问的人沉溺其中。（31）

一切目标，无论期望或不期望，到了时间，就会降临一切众生，没有其他原因。（32）风、空、火、月亮、太阳、白天、黑夜、星球、河流和高山，谁能创造和维系它们？（33）冷、热和雨都按照时间产生，人的快乐和痛苦也是这样，人中雄牛啊！（34）药草、经典、祭供和咒语都不能拯救必定衰老和死亡的凡人。（35）就像两块木头在大海中相逢，然后又各自漂流，众生的聚散也是这样。（36）不管是那些享有男女歌舞的人，还是那些孤苦伶仃依靠别人的人，时间对他们一视同仁。（37）父亲和母亲数以千计，儿子和妻子数以百计，经历了一次次轮回转生，他们属于谁？我们属于谁？（38）谁也不属于他，他也不属于谁。与妻子、亲戚和朋友相聚，如同陌路相逢。（39）

"我曾经在哪里？现在在哪里？将要去哪里？我是谁？为什么在这里？为什么忧愁？为谁忧愁？"一个人应该想想这些问题。世间生活如同车轮运转，与可爱者相聚不会永久。（40）智者们清晰地知道未曾见过的来世。因此，渴望生存的人不要违背经典，应该虔诚。(41)有学问的人应该供奉祖先和天神,遵行正法,按照规则举行祭祀,追随人生三要素。(42)这个世界沉浸在深深的时间海洋中,里面充满衰老和死亡之鳄鱼,而没有人认清这一点。(43)人们看到,许多医生专门研读寿命吠陀和各种医书,依旧患上种种疾病。(44)他们喝各种药水和奶油,也不能越过死亡,犹如大海不能越过堤岸。(45)人们看到,一些人精通长生不老药,服用长生不老药,依旧被衰老摧垮,犹如树木被大象摧垮。(46)同样,一些人修炼苦行,诵习吠陀,努力祭祀,慷慨布施,依旧不能超越衰老和死亡。(47)一切众生出生后度过的每个白天和黑夜、半月、一月和一年,都永不返回。(48)

人生无常,不由自主,到了时间,都会走上一切众生必走的那条大路。(49)不管身体从生命产生,还是生命从身体产生,与妻子及其他亲戚相聚,如同陌路相逢。(50)一个人与自己的身体都不能长久相伴,更何况与其他的人?(51)你的父亲现在在哪里?你的祖父现在在哪里?国王啊!现在你看不到他们,他们也看不到你。(52)国王啊!没有人看到过天国或地狱,而经典是善人的眼睛,你按照经典行动吧!(53)一个人应该不怀妒忌,修习梵行,生儿育女,举行祭祀,偿还祖先、天神和大仙的债务。(54)首先修习梵行,然后居家生活,努力祭祀,生儿育女,摒弃心中烦恼,取悦天国和这个世界。(55)正确履行正法,按照规则接受财物,这样的转轮王在一切世界的动物和不动物中,名声日增。(56)

毗耶娑说:

智慧纯洁的毗提诃国王听了这番充满道理的话,忧愁平息,便告辞阿湿摩,返回自己的家。(57)你也要这样,坚定者啊!摒弃忧愁,振作起来!你如同因陀罗,应该高兴。你依靠刹帝利正法赢得了大地,享用它吧!贡蒂之子啊!不要忧愁!(58)

以上是吉祥的《摩诃婆罗多》中《和平篇》第二十八章(28)。

二九

护民子说：

正法之子、贡蒂之子坚战沉默不语，般度之子卷发（阿周那）对感官之主（黑天）说道：（1）"折磨敌人的法王（坚战）为亲属忧伤焦虑，沉入忧愁之海，摩豆族后裔啊！请你安慰他吧！（2）遮那陀那啊！所有的人又处在危险之中，大臂者啊！你能消除他的忧愁。"（3）

听了灵魂高尚的维阇耶（阿周那）的话，坚定的莲花眼乔宾陀（黑天）转向国王。（4）法王（坚战）从不忽视盖沙婆（黑天）。从童年时代起，他对乔宾陀（黑天）的喜欢就胜过阿周那。（5）大臂者梭利（黑天）握住坚战涂有檀香膏的、石柱一般的手臂，开导他。（6）黑天容光焕发，牙齿整齐，眼睛漂亮，脸庞犹如太阳初升时刻盛开的洁净莲花。（7）

"人中之虎啊！你不要忧愁，忧愁伤身。他们在战场上牺牲了，不能再复活。（8）梦中得到的东西，醒来转为虚空，国王啊！那些在战场上死去的刹帝利也是这样。（9）所有的勇士都冲锋陷阵，在战场上光辉显赫，没有一个在逃跑中或背部受敌而死。（10）所有英勇的武士们在大战中捐弃自己的生命，以武器净化自己，升入天国。你不应该为他们忧伤。（11）在这个问题上，人们引用一个古老的传说，讲述斯楞遮耶为儿子忧伤，那罗陀开导他说：（12）

"'我、你和所有臣民都不能摆脱快乐和痛苦，斯楞遮耶啊！你何必悲伤？（13）你听我讲述一些国王的最大幸运，国王啊！请认真听着，然后，你就会抛弃痛苦。（14）你听了这些神通广大的已故国王的故事，便能解除忧愁。请听我详细讲述！（15）斯楞遮耶啊！请听我讲述已故国王阿毗弃之子摩奴多。这位灵魂高尚的国王举行创世祭，因陀罗、伐楼拿和众天神以毗诃波提为首，前往那里。（16）国王向天王百祭因陀罗挑战，睿智的毗诃波提想讨好因陀罗，拒绝国王的请求。而毗诃波提的弟弟商婆尔多与毗诃波提不和，答应国王的请求。（17）王中俊杰啊！在这位国王统治期间，大地上不耕作就会长庄稼，看似祭坛上的花环。（18）在阿毗弃之子（摩奴多）的祭祀上，毗奢神们作为贵宾，摩录多们绕圈，灵魂高尚的沙提耶们也在场。（19）摩录多们饮苏摩酒，摩奴多的施舍超过天神、健达缚和人。（20）他在完成人生四大目的方面超过你，功德也超过你的儿子，斯楞遮耶啊！既然他也死去，你就不必为儿子忧伤。（21）

"'另一位已故国王是阿迪提之子苏护多罗，斯楞遮耶啊！我们听说，摩诃梵（因陀罗）为他下了一年金子雨。（22）国王啊！大地得到了他，成为名副其实的有财者。在他统治期间，河流中充满金子。（23）受世人崇拜的摩诃梵（因陀罗）在河流中降下乌龟、螃蟹、鳄鱼、鲨鱼和其他鱼类。（24）见到河流中降下成百上千条金子的鳄鱼、鲨鱼和乌龟，阿迪提之子（苏护多罗）惊讶不已。（25）他收集起这些无穷无尽的金子，在俱卢疆伽举行盛大祭祀，向婆罗门们慷慨布施。（26）他在完成人生四大目的方面超过你，功德也超过你的儿子，斯楞遮耶啊！既然他已死去，你就不必为儿子忧伤。你的儿子没有举行祭祀，没有布施，斯楞遮耶啊！你就平静下来，不要悲伤。（27）

"'斯楞遮耶啊！我们听说已故的盎伽国巨车王曾经施舍成千成千匹白马，（28）还有成千成千位佩戴金首饰的女孩。他举行盛大的祭祀，慷慨布施。（29）他施舍数千万头佩戴金花环的公牛，伴随有数以千计的母牛。（30）盎伽王在毗湿奴波陀山旁举行祭祀，因陀罗沉醉苏摩酒，婆罗门们沉醉布施。（31）王中因陀罗啊！他举行数百次祭祀，布施超过天神、健达缚和人。（32）他在七种苏摩祭中布施的财富，过去没有人这样布施过，将来也不会有人这样布施。（33）他在完成人生四大目的方面超过你，功德也超过你的儿子，斯楞遮耶啊！既然他也死去，你就不必为儿子忧伤。（34）

"'斯楞遮耶啊！我们听说已故的优湿那罗之子尸毗王，他舍弃这整个大地，犹如舍弃一张皮子。（35）他单车征服世界，大地上回荡隆隆车声；他使大地笼罩在唯一的华盖下。（36）优湿那罗之子尸毗王有多少饲养的战马和野生的牲畜，在祭祀中就施舍多少。（37）生主认为在国王中，过去和将来都没有人能担起他的重负，婆罗多子孙啊！优湿那罗之子尸毗王的勇武与因陀罗相当。（38）他在完成人生

四大目的方面超过你，功德也超过你的儿子，斯楞遮耶啊！既然他也死去，你就不必为儿子忧伤。（39）

"'斯楞遮耶啊！我们听说豆扇陀和沙恭达罗的儿子婆罗多，这位已故的大弓箭手拥有大量财富，光辉显赫。（40）他在阎牟那河边献给天神三百匹马，在娑罗私蒂河边献给天神二十匹马，在恒河边献给天神十四匹马。（41）豆扇陀之子婆罗多，这位大光辉者举行了上千次马祭和上百次王祭。（42）在所有国王中没有人能赶上婆罗多的伟业，如同没有人能凭双臂飞上天空。（43）婆罗多建起祭坛，赐给干婆数以千计和数以千兆计的财富。（44）他在完成人生四大目的方面超过你，功德也超过你的儿子，斯楞遮耶啊！既然他也死了，你就不必为儿子忧伤。（45）

"'斯楞遮耶啊！我们听说已故的十车王之子罗摩始终爱护臣民，犹如爱护亲生儿子。（46）在他的领地里，没有寡妇，没有孤苦伶仃的人；他治理王国，如同一切人的父亲。（47）在罗摩统治王国时期，一直风调雨顺，谷物味美，极易得到施舍。（48）在罗摩统治王国时期，人不会沉入水中，火不会焚烧不幸者，野兽也不造成恐怖。（49）在罗摩统治王国时期，臣民们长寿千岁，生有千子，无病无痛，一切心愿都能实现。（50）罗摩统治王国时期，妇女们互相不吵架，更何况男人们？臣民们永远奉行正法。（51）罗摩统治王国时期，树木常年开花结果，没有灾情，所有母牛的乳汁挤满木桶。（52）他在森林里度过十四年，修习大苦行，举行了十次祭品丰富的马祭，毫无障碍。（53）他肤色黝黑，眼睛通红，正值青年，勇武如同发情的大象，统治王国达一万年。（54）他在完成人生四大目的方面超过你，功德也超过你的儿子，斯楞遮耶啊！既然他也死去，你就不必为儿子忧伤。（55）

"'斯楞遮耶啊！我们听说已故国王跋吉罗陀，在他举行的盛大祭祀上，因陀罗喝醉苏摩酒。（56）这位诛灭巴迦的优秀天神（因陀罗）凭借臂力战胜数千阿修罗。（57）他举行盛大祭祀，布施一百万个佩戴金首饰的女孩。（58）每个女孩坐一辆车，每辆车套有四匹马，配有一百头佩戴金花环的、长有莲花斑记的大象。（59）每头大象后面是一千匹马，每匹马后面是一千头母牛，每头母牛后面是一千头山羊和绵羊。（60）跋吉罗陀住在河边，恒河又名跋吉罗蒂，坐在他的怀中，因此，得名优哩婆湿（"坐在怀中"）。（61）甘蔗族跋吉罗陀举行祭祀，慷慨布施，流经三界的恒河同意做他的女儿。（62）他在完成人生四大目的方面超过你，功德也超过你的儿子，斯楞遮耶啊！既然他也死去，你就不必为儿子忧伤。（63）

"'斯楞遮耶啊！我们听说已故的底梨波，婆罗门们讲述他的许多业绩。（64）在一次盛大的祭祀上，这位国王将充满财富的整个大地都施舍给婆罗门。（65）在他举行的每次祭祀上，宫廷祭司布施一千头金子大象。（66）在他的祭祀中，吉祥的大祭柱是金制的；以因陀罗为首的众天神履行职责，依靠这位国王。（67）金制的祭柱顶上的木环色彩绚丽，六千位天神和健达缚翩翩起舞。（68）毗首婆薮在他们中间亲自弹奏琵琶，一切众生都认为"这是为我弹奏"。（69）没有哪个国王能效仿底梨波，佩戴金首饰的妇女们激动得躺倒在路上。（70）底梨波手持硬弓，说话诚实，灵魂高尚；凡是见到过这位国王的人，也能赢得天国。（71）在国王底梨波的宫殿中，有三种声音从不停息：念诵声、弓弦声和施舍声。（72）他在完成人生四大目的方面超过你，功德也超过你的儿子，斯楞遮耶啊！既然他也死去，你就不必为儿子忧伤。（73）

"'斯楞遮耶啊！我们听说已故的优婆那娑之子曼达多，摩录多天神们从他父亲的胁中取出这个胎儿。（74）在优婆那娑的肚子里长大，从祭祀酥油中诞生，这位国王吉祥富贵，灵魂高尚，征服三界。（75）看到这位天神模样的孩子躺在父亲的怀里，天神们互相问道："他吃谁的奶？"（76）因陀罗说道："他吃我的！"于是，百祭（因陀罗）给他取名"曼达多"（"吃我的"）。（77）为了哺育这位灵魂高尚的优婆那娑之子（曼达多），因陀罗的手指放在他的嘴中，流出乳汁。（78）吸吮因陀罗的手指，他长一天似一年，国王啊！十二天长成十二岁。（79）这位勇士以法为魂，精神伟大，在战场上如同因陀罗，一天就赢得整个大地。（80）曼达多在战场上战胜国王莺耆罗、摩奴多、阿私多、伽耶和盎伽国巨车。（81）优婆那娑之子（曼达多）与莺耆罗在战场上交战时，众天神以为天空被他的弓弦震裂。（82）据说从太阳升起到太阳落下的整个大地都属于优婆那娑之子曼达多。(83)这位国王举行了一百次马祭和一百次王祭,将许多红鱼施舍给婆罗门们。(84)这些金子鱼有一由旬阔,十由旬长,在婆罗门们分享后,剩下的由其他人分享。(85)他在完成人生四大目的方面超过你,功德也超过你的儿子,斯楞遮耶啊!既然他也死去,你就不必为儿子忧伤。(86)

"'斯楞遮耶啊!我们听说已故的友邻之子迅行王,他赢得连同大海在内的整个大地。(87)他周游大地,以扔木棍的方式隔开间距,修建祭坛,举行圣洁的祭祀,国王啊!(88)他举行了一千次祭祀和一百次马祭,以三座金山满足天王因陀罗。(89)友邻之子迅行王在神魔大战中,杀死提迭和檀那婆,然后分配整个大地。(90)最终,他抛弃以雅度和德卢修为首的儿子们,让补卢灌顶为王,自己带着妻子前往森林。(91)他在完成人生四大目的方面超过你,功德也超过你的儿子,斯楞遮耶啊!既然他也死去,你就不必为儿子忧伤。(92)

"'斯楞遮耶啊!我们听说已故的那跛伽之子安波利沙,臣民们公认他是贤明的保护者,王中俊杰啊!(93)他举行盛大的祭祀,安排一百万个举行过一万次祭祀的国王们向婆罗门们布施。(94)婆罗门们得到布施,对那跛伽之子安波利沙表示满意,说道:"过去没有,将来也不会有其他人做出这样的业绩。"(95)数以万计和数以十万计的国王们通过举行马祭,走向南方之路。(96)他在完成人生四大目的方面超过你,功德也超过你的儿子,斯楞遮耶啊!既然他也死去,你就不必为儿子忧伤。(97)

"'斯楞遮耶啊!我们听说已故的奇车之子兔影,这位灵魂高尚的国王有十万个妻子。(98)他有一百万个儿子,个个都是优秀的弓箭手,身披金铠甲。(99)每个王子后面跟随一百个女郎,每个女郎后面有一百头大象,每头大象后面有一百辆车子。(100)每辆车子后面有一百匹佩戴金花环的骏马,每匹马后面有一百头牛,每头牛后面有一百头山羊和绵羊。(101)在盛大的马祭上,大王啊!兔影将无穷的财富施舍给婆罗门们。(102)他在完成人生四大目的方面超过你,功德也超过你的儿子,斯楞遮耶啊!既然他也死去,你就不必为儿子忧伤。(103)

"'斯楞遮耶啊!我们听说已故的阿牟尔多罗耶沙之子伽耶,他坚持吃祭祀所剩食物,足足有一百年。(104)火神赐给他恩惠,伽耶选择的恩惠是:"让我的布施永不枯竭,让我对正法的虔信日益增长,(105)让我的心热爱真理,火神啊!请赐恩吧!"我们听说火神满足了他的所有愿望。(106)每逢朔月、望月和第四个月,这位大光辉者举行祭祀,持续一千年。(107)他每次祭祀完毕,施舍数十万头牛和数万匹马,持续一千年。(108)他用苏摩酒满足天神们,用财富满足婆罗门们,用供品满足祖先们,用爱欲满足自己的妇女们,人中雄牛啊!(109)他举行盛大的马祭,在大地上铺设金子,有十腕尺长,两腕尺宽,慷慨布施。(110)国王啊!恒河之沙有多少,阿牟尔多罗耶沙之子伽耶施舍的牛就有多少,人中雄牛啊!(111)他在完成人生四大目的方面超过你,功德也超过你的儿子,斯楞遮耶啊!既然他也死去,你就不必为儿子忧伤。(112)

"'斯楞遮耶啊!我们听说已故的商讫利提之子兰迪提婆,他声誉卓著,合适地取悦因陀罗,得到恩惠。(113)"让我有丰富的食物,让我有众多的客人,让我的虔诚不减退,让我不要乞求任何人。"(114)兰迪提婆严守誓言,灵魂高尚,声誉卓著,饲养的和野生的牲畜都自动来到他的身边。(115)从潮湿的兽皮堆中流出一条大河,因此,这条大河称作遮尔曼婆婆蒂("兽皮")河。(116)这位国王在大会上向婆罗门们布施金子,说道:"给你金子,给你金子。"而婆罗门们发出叫嚷,他又说道:"给你一千金子。"满足婆罗门们。(117)睿智的兰迪提婆盛放食物或什物的容器,罐、锅、缸、盆和盘,无一不是金制的。(118)客人住在商讫利提之子兰迪提婆的宫中,一夜之间宰杀了两万零一百头牛。(119)厨师戴着闪闪发光的宝石耳环,吆喝着:"请你们多喝肉汤吧!不再像往常那样尽吃肉。"(120)他在完成人生四大目的方面超过你,功德也超过你的儿子,斯楞遮耶啊!既然他也死去,你就不必为儿子忧伤。(121)

"'斯楞遮耶啊!我们听说已故的婆伽罗灵魂高尚,他是甘蔗族后裔,人中之虎,勇敢非凡。(122)六十个儿子跟随他,犹如秋季天上群星跟随月亮。(123)整个大地匍匐在他的一顶华盖下。他举行一千次马祭,取悦众天神。(124)金制的柱子,金制的宫殿,里面充满眼如莲花的妇女和床榻,(125)还有其他各种可爱的东西,他都施舍给合适的婆罗门。按照他的命令,婆罗门们分享这些财物。(126)他出于愤怒,掘开大地,大海进入大地怀中,由此,大海依照他的名字称作"娑伽罗"。(127)他在完成人生四大目的方面超过你,功德也超过你的儿子,斯楞遮耶啊!既然他也死去,你就不必为儿子忧伤。(128)

"'斯楞遮耶啊!我们听说已故的维那之子普利图,大仙们聚集在森林中,为他灌顶。(129)由于他要壮大众生,得名普利图("壮大者")。由于他保护我们免受伤害,得名刹帝利。(130)臣民们见到维那之子普利图,都说"喜欢"。由于他受人喜欢,得名国王。(131)维那之子(普利图)统治时期,大地不用耕作就会长庄稼,每片叶上都有蜜,所有母牛的乳汁都挤满木桶。(132)人们无病无灾,心想事成,无所畏惧,随意居住野外或家中。(133)他想要前进时,海水凝固不动,河流也不翻滚,旗帜不受阻碍。(134)这位国王举行盛大的马祭,施舍给婆罗门们二十一座三那罗①高的金山。(135)他在完成人生四大目的方面超过你,功德也超过你的儿子,斯楞遮耶啊!既然他也死去,你就不必为儿子忧伤。(136)

"'斯楞遮耶啊!你默默地在想什么?国王啊!如果你不听我的话,我也就白费口舌了,犹如对一个想死的人,任何恰当合理的话都无用。'"(137)

斯楞遮耶说:

那罗陀啊!我在听你的话。这些话含义丰富,犹如纯洁芬芳的花环,涉及灵魂高尚、行为纯洁的王仙们的荣誉,旨在消除忧愁。(138)大仙啊!你没有白费口舌。见到了你,我消除了忧愁,那罗陀啊!我喜欢听你的话,宣梵者啊!犹如喝甘露,永不满足。(139)见解真实者啊!我受丧子的痛苦煎熬,如果你能赐我恩惠,主人啊!让我的儿子起死回生,我就能与儿子重逢。(140)

那罗陀说:

波尔伐多给你的这个可爱的儿子金睡已经死去,我再给你一个儿子金脐,寿命千岁。(141)

以上是吉祥的《摩诃婆罗多》中《和平篇》第二十九章(29)。

---

① 一那罗为四百腕尺。

三〇

坚战说：

金唾怎样成为斯楞遮耶的儿子？波尔伐多为什么给斯楞遮耶这个儿子？他怎么会死去？（1）那时候人寿千岁，为什么斯楞遮耶的儿子未成年就死了？（2）难道金唾徒有名字？他怎么会这样？我想知道。（3）

婆薮提婆之子（黑天）说：

人主啊！我将如实告诉你。从前，那罗陀和波尔伐多两位大仙备受世人尊敬。（4）那罗陀是舅舅，波尔伐多是外甥，他俩从天国下来。这两位主人愉快地在人间随意游荡。（5）那罗陀舅舅和波尔伐多外甥都享受天神的食品酥油和奶酪。（6）他俩具有苦行，在大地上游荡，享用人间的食物，从这里到那里。（7）他俩高兴喜悦，互相约定："谁的心中产生想法，不管好坏，都要告诉对方；如果一方说谎，就要遭到另一方诅咒。"（8）他俩都同意，说道："好吧！"然后，这两位受世人尊敬的大仙走到希维提那之子斯楞遮耶那里，对国王说道：（9）"大地保护者啊！我俩为了你的利益，要在你这里住些日子，你按照礼仪，为我俩作出安排吧！"国王说道："好吧！"便精心侍奉他俩。（10）

有一天，国王十分高兴，对这两位灵魂高尚的仙人说道："这是我的女儿，容貌美丽。（11）我的这个年轻的独生女会侍奉你俩。她体态可爱，无可指摘，行为端正，像莲花花蕊一般妩媚，名叫妙姑。"（12）他俩说道："好极了！"国王便吩咐女儿道："孩子啊！你要像侍奉天神和祖先那样，侍奉这两位婆罗门！"（13）这位知礼明法的女孩说道："好吧！"便按照国王的命令精心侍奉这两位婆罗门。（14）

由于她殷勤侍奉，也由于她无比美丽，爱情突然在那罗陀心中滋生。（15）爱情在这位灵魂高尚者心中增长，犹如新月渐渐变圆。（16）通晓正法的那罗陀羞于将心中强烈的爱情告诉灵魂高尚的外甥波尔伐多。(17)但是,波尔伐多依靠苦行的威力,凭迹象知道了这一点。他十分生气,诅咒受着爱情折磨的那罗陀:(18)"原先你思想端正,和我一起约定:心中产生什么想法,不管好坏,(19)都要告诉对方。现在你隐瞒真情,违背了自己的诺言,婆罗门啊!因此,我要说话。(20)在此之前,你没有告诉我,你对妙姑公主怀有爱情,所以,我要诅咒你。(21)你是宣梵者,老师,苦行者,婆罗门。你破坏了我俩作出的约定。(22)所以我十分生气,要诅咒你,请听着!妙姑毫无疑问会成为你的妻子,(23)主人啊!从结婚之日开始,你将失去自己的容貌,这女孩和其他人看到你是一只猴子。"(24)听了他的话,那罗陀很生气。这位舅舅也诅咒外甥道:(25)"即使你修炼苦行,奉守梵行,说话诚实,克制自己,永远遵行正法,你也不会得到天国住处。"(26)他俩怒不可遏,互相诅咒后,像两头互相发怒的大象分道扬镳。(27)

大牟尼波尔伐多周游大地,凭自己的光辉,获得应有的尊敬,婆罗多子孙啊!(28)而优秀的守法者那罗陀合法地获得斯楞遮耶的女儿,无可指摘的妙姑公主。(29)正如诅咒所言,从念诵牵手经文开始,公主(妙姑)看到那罗陀是只猴子。(30)而妙姑没有鄙视这位猴子模样的神仙,始终对他一往情深。(31)她一心爱着丈夫,侍奉丈夫,从不想要别的天神、牟尼或药叉做丈夫。(32)

后来,有一天,尊者波尔伐多进入一座荒僻的森林,在那里看到那罗陀。(33)于是,波尔伐多向那罗陀行礼,说道:"主人啊!你赐恩让我升入天国吧!"(34)那罗陀看到波尔伐多沮丧地双手合十,跪拜在地,他自己更加沮丧地说道:(35)"你先诅咒我变成猴子,然后我出于愤怒,诅咒你从今以后得不到天国住处。(36)我不应该这样对待你,因为你如同是我的儿子。"这样,两位牟尼互相解除了诅咒。(37)

妙姑见到吉祥富贵、貌若天神的那罗陀,怀疑是别人的丈夫,转身跑开。(38)波尔伐多见到无可指摘的妙姑跑开,便对她说道:"他是你的丈夫,不要惊慌。(39)他是以至高正法为灵魂的尊贵仙人那罗陀,你的主人。他的心不会与你分离,你不要怀疑。"(40)灵魂高尚的波尔伐多用各种方法开导她。听了有关丈夫的诅咒之事后,她恢复了常态。随后，波尔伐多前往天国，那罗陀回到家里。（41）大仙人那罗陀亲身经历这件事情，人中俊杰啊！你就问他，他会如实告诉你这件事情。（42）

以上是吉祥的《摩诃婆罗多》中《和平篇》第三十章（30）。

三一

护民子说：

于是，般度之子坚战对那罗陀说道："尊者啊！我想听听金唾的出生之事。"（1）听了法王（坚战）的话，那罗陀仙人如实讲述金唾的事情：（2）"大王啊！正如盖沙婆（黑天）所说的那样。现在你询问，我就告诉你这件事情的其余部分。（3）我和我的外甥大牟尼波尔伐多有一次去见优秀的胜利者斯楞遮耶，想住在那里。（4）我俩住在他的宫中，备受尊敬。他按照礼仪满足我俩的一切愿望。（5）过了雨季，到了我们离开的时候，波尔伐多对我说了及时而有意义的话：（6）'我俩住在国王的宫中，备受尊敬。婆罗门啊！现在该考虑回报了。'（7）于是，国王啊！我对相貌英俊的波尔伐多说道：'一切靠你了，外甥啊！（8）用恩惠取悦国王，让他得到他所想要的东西。如果你认为合适，就用我俩的苦行威力，让他获得成功。'（9）于是，牟尼中的雄牛波尔伐多召来相貌英俊的斯楞遮耶，将商定的话告诉他：（10）'国王啊！我俩感谢你的真诚的款待，人中俊杰啊！经过我俩商定，请你选择一个恩惠吧！（11）但这恩惠不能伤害天神或毁灭人类，大王啊！你接受吧！我俩认为你值得尊敬。'"（12）

斯楞遮耶说：

如果你俩感到满意，我的目的也就达到了，因为这就是我的最大收获，对我的最高回报。（13）

那罗陀说：

他这样说着，波尔伐多又对他说道："国王啊！选择一个长久隐藏心中的愿望吧！"（14）

斯楞遮耶说：

我想要个儿子，富有英雄气概，誓言坚定，长寿有福，与天王一

样光辉。(15)

波尔伐多说：

你的愿望将会实现，但是，这个儿子不会长寿，因为你心中的愿望是要他超过天王。(16) 他来自金唾林，所以名叫金唾。他的光辉如同天王，但你要保护他，避免与天王接触。(17)

那罗陀说：

斯楞遮耶听了灵魂高尚的波尔伐多的话后，请求他不要那样，说道：(18) "牟尼啊！凭你的苦行威力，我的儿子会长寿。"出于为因陀罗考虑，波尔伐多没有对他说什么。(19) 而我对这位沮丧的国王说道："你要记住我，大王啊！只要你想念我，我就会显身。(20) 你的可爱的儿子一旦受到死神控制，我会再给你一个那样的儿子，国王啊！不要忧伤。"(21) 对国王这样说罢，我俩前往自己想要去的地方，而斯楞遮耶也进入自己宫中。(22)

过了一段时间，王仙斯楞遮耶的儿子诞生了，勇武有力，光辉似火。(23) 他随着时间长大，犹如池塘里的大莲花，成了名副其实的金唾。(24) 这个奇迹在世界上广为流传，俱卢族俊杰啊！天王因陀罗知道这是灵魂高尚者赐予的恩惠。(25) 诛灭波罗和弗栗多者（因陀罗）害怕受到威胁，按照毗诃波提的想法，寻找这个孩子的弱点。(26) 他怂恿他的法宝金刚杵变幻形体，说道："你化作老虎，咬死这个王子。(27) 斯楞遮耶的儿子长大后，凭其勇力会藐视我，金刚杵啊！他是波尔伐多赐予的。"(28) 因陀罗这样说罢，征服敌人城堡的金刚杵不断跟踪王子，寻找机会。(29)

而斯楞遮耶得到这个光辉如同天王的儿子，非常高兴，带着后妃们，长期住在森林中。(30) 有一次，在跋吉罗提河岸，林中溪流旁，这个孩子在奶娘陪伴下，在那里跑来跑去玩耍。(31) 这孩子将近五岁，勇力却如同象王。这位少年大力士遇见一只突然窜出的老虎。(32) 王子遭到老虎碾压，全身颤抖，失去生命，躺倒在地，奶娘发出哭叫声。(33) 杀死了王子，老虎凭借天王的幻力，消失不见。(34)

听到奶娘的哭叫声，国王焦急万分，亲自跑到那个地方。(35) 他看到王子倒地死去，血被吸干，笑容失去，犹如月亮坠落。(36)

他将胸膛压碎、鲜血淋淋的儿子抱在怀里，痛苦哀号。（37）王子的母亲们忧伤憔悴，哭喊着跑到斯楞遮耶那里。（38）然后，国王沉思冥想，回忆起我，我知道他想念我，便前往那里见他。（39）我向满怀忧伤的国王讲述的话，国王啊！就是雅度族英雄（黑天）对你讲述的那些话。（40）征得婆薮之主（因陀罗）同意，我让这孩子起死回生。该发生的事总会发生，不会变成别样。（41）

此后，勇武有力、声誉卓著的金唾①王子努力博取父母欢心。（42）父亲升入天国后，他登上王位，勇武骇人，统治王国一千一百年。（43）这位大光辉者举行许多次大祭，慷慨布施，取悦天神们和祖先们。（44）他生了许多儿子，使家族绵延不绝，国王啊！他活了很长时间，最后服从时间之法。（45）王中因陀罗啊！听从盖沙婆（黑天）和大苦行者毗耶娑的话，你消除心中的忧愁吧！（46）你要振作起来，肩负祖传的王国重任！举行了圣洁的大祭之后，你将得到你向往的世界。（47）

以上是吉祥的《摩诃婆罗多》中《和平篇》第三十一章（31）。

三二

护民子说：

坚战王心情忧郁，默不作声，通晓正法真谛的苦行者黑岛生（毗耶娑）对他说道：（1）"莲花眼啊！保护臣民是国王的正法。正法是世人的准则，应该永远遵循。（2）国王啊！你追随祖先的足迹吧！婆罗门的正法是吠陀规定的永恒的正法。（3）作为准则中永恒的准则，婆罗多族雄牛啊！刹帝利是所有正法的保护者。（4）一个人践踏王国法规，破坏世俗习惯，应该受到武力惩处。（5）失去理智，颠倒是非标准，不管是仆人、儿子或苦行者，应该采取一切手段惩治或处死这样的罪人。（6）国王如果不是这样，就负有罪责，因为不保护面临毁灭的正法，就是危害正法。（7）你奉行自己的正法，杀死那些危害正

---

① 据 12.29.141，金唾起死回生后，又名金脐。

法的人，连同他们的追随者，何必要忧伤呢？般度之子啊！国王应该杀戮和施舍，依法保护臣民。"（8）

坚战说：

以苦行为财富者啊！我并不怀疑你所说的话，因为你洞悉正法，奉守一切正法的俊杰啊！（9）而我为了王国杀死许多不该杀死的人，婆罗门啊！这些行为令我焦虑和痛苦。（10）

毗耶娑说：

婆罗多子孙啊！行动者或者是自在天，或者是人；在世上起作用的或者是必然性，或者是业果。（11）国王啊！自在天控制人们从事善业或恶业，业果应该属于自在天。（12）正如一个人在林中用斧子砍树，罪过属于砍伐者，决不属于斧子。（13）或者说，人们使用斧子而获得业果，罪责在于制造斧子的人，但这不能成立。（14）既然这种说法不能成立，贡蒂之子啊！就应该说，那是获得别人造成的业果，因此，你就把责任推给自在天吧！（15）或者说，人是恶业和善业的行动者，没有其他更高的行动者，那么，你就做别的善事吧！（16）国王啊！任何人在任何地方都不能摆脱命运，罪责不在于制造武器的人。（17）国王啊！如果你认为世界依赖必然性，那么，过去和将来都不会有这样的恶业。（18）应该确认世人的善恶，更应该确认国王在世上高举刑杖。（19）

婆罗多子孙啊！我认为在这世上，善业和恶业运转，人们得到善果和恶果。（20）因此，预示吉祥的真实行为肯定会有吉祥的业果，王中之虎啊！你不要这样满怀忧伤。（21）婆罗多子孙啊！即使受到责难，也要奉行自己的正法，国王啊！你这样自我放弃，并不光彩。（22）作业的人要在今世赎罪，贡蒂之子啊！活着的时候能赎罪，死了就无法赎罪。（23）因此，你活着就要赎罪，国王啊！如果不赎罪，你死后会受煎熬，婆罗多子孙啊！（24）

以上是吉祥的《摩诃婆罗多》中《和平篇》第三十二章（32）。

三三

坚战说：

儿子们、孙子们、兄弟们、父亲们、岳父们、老师们、母舅们和祖父们，（1）灵魂高尚的刹帝利们、亲戚朋友们、伙伴们和亲人们，祖父啊！（2）还有许多从各地汇聚这里的人中因陀罗们都死了，祖父啊！我贪图王国，把他们一个个都杀死了。（3）我杀死了这么多始终奉守正法的国王，经常饮用苏摩酒的英雄，我还能得到什么？以苦行为财富者啊！（4）想到大地上失去这么多吉祥的王中之狮，我直到现在都浑身发烧。（5）见到亲人们遭到可怕的杀戮，看到数以千计的敌人和数以千万计的其他人被杀，我浑身灼热，祖父啊！（6）那些贤惠的妇女失去了儿子、丈夫和兄弟，她们现在的处境会怎样？（7）她们憔悴枯槁，倒在地上哭喊着，指责般度族和苾湿尼族是可怕的刽子手。（8）看不到父亲、兄弟、丈夫和儿子，这些妇女都会抛弃可爱的生命，走向阎摩殿。（9）毫无疑问，她们是出于对亲人的至爱，优秀的婆罗门啊！显然正法是微妙的，我们将犯下杀害妇女罪。（10）我们杀死了朋友们，犯下死罪；我们将坠入地狱，身体倒悬。（11）我们就采用严酷的苦行摆脱躯体，贤士啊！请告诉我特殊的生活方式，祖父啊！（12）

以上是吉祥的《摩诃婆罗多》中《和平篇》第三十三章（33）。

三四

护民子说：

听了坚战的话，岛生（毗耶娑）仙人认真地想了想，运用智慧，对般度之子（坚战）说道：（1）"国王啊！你不要沮丧，记住刹帝利的正法，刹帝利雄牛啊！那些刹帝利是按照自己的正法被杀死的。（2）他们追求大地上的荣华富贵和显赫名声，与死亡相联系，到

第十二　和平篇

了时间，便走向死亡。（3）不是你，不是怖军，不是阿周那，也不是双生子杀死他们，是时神按照流转法则取走这些人的生命。（4）时神没有父母，他不恩宠任何人。他目睹众生的所作所为，到时间取走他们的生命。（5）人中雄牛啊！时神是唯一的原因，造成众生杀死众生。他以这种方式显示权威。（6）你要知道，时神具有业的形式，目睹善行和恶行，按照时间，给予快乐和痛苦的果报。（7）想想那些人的行为，大臂者啊！正是这些行为造成他们的毁灭，落入时神的控制。（8）你要知道，你克制自己，信守誓言，那是命运驱使你做了这样的事。（9）正如工匠制作的机关，也要有人操纵，这个世界运转依靠行动，而行动与时神相联系。（10）看到人无缘无故地出生，又偶然地毁灭，忧伤和喜悦也就毫无意义。（11）你心中的烦恼是多余的，国王啊！你要是愿意的话，那就赎罪吧！（12）

"普利塔之子啊！听说从前神魔大战时，阿修罗们是年长的哥哥，天神们是年轻的弟弟。（13）为了财富，他们之间发生一场大战，持续了三万两千年。（14）整个大地变成血的海洋，最后，天神们杀死提迭们，赢得三重天。（15）同样，精通吠陀的婆罗门们得到了大地，狂妄自大，援助檀那婆们。（16）他们以'家狼'闻名三界，共有八万八千人，也被天神们杀死，婆罗多子孙啊！（17）他们想要破坏正法，违背正法；这些灵魂邪恶的人应该遭到杀戮，如同狂暴的提迭们遭到天神们杀戮。（18）如果杀死一个人，可以保全家族；如果杀死一个家族，可以保全王国，那么，这种杀戮不违规。（19）因为，有时正法以非正法的面貌出现，有时非正法以正法的面貌出现，智者能够识别。（20）因此，你要稳住自己，般度之子啊！你富有学问，应该追随天神们行走的道路，婆罗多子孙啊！（21）像你这样的人，不会堕入地狱，般度族雄牛啊！你要安抚你的兄弟们和朋友们，折磨敌人的人啊！（22）

"一个人故意做恶事，做了之后，也毫不羞愧。（23）按照经典的说法，这样的人沾满污秽，无法赎罪，他的罪业不会减少。（24）而你出生高贵，别人的错误迫使你采取行动；你做了不愿意做的事后，陷入烦恼。（25）盛大的马祭可以为你赎罪，大王啊！举行马祭吧！你会摆脱罪愆。（26）诛灭巴迦的摩诃梵（因陀罗）和摩录多们一起

61

战胜敌人后，举行祭祀，一次又一次，总共一百次，得名'百祭'。(27) 因陀罗涤除罪恶，赢得天国，享有幸福繁荣的世界，在摩录多们簇拥下，光彩熠熠，照亮四方。(28) 沙姬的丈夫（因陀罗）在天国受到天女们崇敬；众仙人和众天神也都侍奉这位天王。(29)

"你凭借勇武，征服了大地；你凭借勇武，战胜了国王们，无罪的人啊！(30) 在朋友们陪同下，你前往他们古老的王国，将他们的兄弟、儿子和孙子们一一灌顶为王吧，国王啊！(31) 你安抚那些儿童和胎儿，让所有的百姓高兴，统治大地吧！(32) 没有儿子的，就为他们的女儿灌顶吧！充满欲望的妇女们将会抛弃忧愁。(33) 这样，在所有王国中进行安抚后，你就举行马祭吧！就像过去因陀罗胜利后那样。(34) 刹帝利雄牛啊！不必为那些灵魂高尚的刹帝利悲伤，他们受到命运力量的迷惑，由于自己行为走向毁灭。(35) 你履行刹帝利正法，获得的王国是纯洁的，贡蒂之子啊！遵行正法吧！你在死后也会获得幸福。"(36)

以上是吉祥的《摩诃婆罗多》中《和平篇》第三十四章（34）。

<h2 style="text-align:center">三五</h2>

坚战说：

做了哪些事情，一个人应该赎罪？怎样做，才能解脱？请你告诉我，祖父啊！(1)

毗耶娑说：

不做规定的事，而做禁止的事，这种弄虚作假的人应该赎罪。(2) 修梵行的人在太阳升起时，还在睡觉，在太阳落山时，已经睡觉，坏指甲，黑牙齿，(3) 弟弟比自己先结婚，自己比哥哥先结婚，杀害婆罗门，毁谤他人，妹妹比自己先结婚，自己比姐姐先结婚，(4) 违背誓言，杀害再生族，将吠陀传授给不值得传授的人，而不传授给值得传授的人，(5) 为全村人祭祀，贡蒂之子啊！出卖国王，杀害首陀罗妇女，祖辈受到谴责，(6) 无故杀害牲畜，焚烧森林，以欺诈谋生，违抗老师，(7) 抛弃祭火，出卖吠陀知识，所有这些都是违规

第十二 和平篇

者。(8) 我将告诉你另外一些不应该做的事情。你要知道，这些事情为世人和吠陀所禁止，请你专心听着！(9) 抛弃自己的职责，履行别人的职责，举行不该举行的祭祀，吃禁止的食物。(10) 抛弃前来求助的人，不供养仆人，出售烈性饮料，虐杀动物，(11) 有能力而不举行各种仪式，从不施舍，婆罗多子孙啊！(12) 不付谢礼，触动婆罗门的财产，通晓正法的人们说，所有这些是不应该做的事。(13) 儿子与父亲分家，玷污老师床笫，非法生育而成为非法之人。(14) 我已经详细讲述一个人做什么事或者没做什么事，而应该赎罪。(15)

由于某些原因，做了某些事情，而不玷污本人，请你听着！(16) 一个精通吠陀的婆罗门手持武器，在战场上迎面杀来，杀死这样的婆罗门，不犯杀害婆罗门罪。(17) 吠陀中有这样一首颂诗，贡蒂之子啊！我告诉你依据吠陀准则确立的正法。(18) 杀死一个偏离自己职责、挽弓欲射的婆罗门，不犯杀害婆罗门罪，因为这是以愤怒对付愤怒。(19) 自觉奉守正法，而在生命垂危时，出于无知，喝了烈性饮料，这样的人也能进行净化仪式。(20) 贡蒂之子啊！我对你说到的吃禁止的食物，也能通过赎罪仪式得到净化。(21) 为了老师的利益，与师母同床，不玷污本人。乌达罗迦就是让学生生下儿子彗星。(22) 在危难中，为了老师的利益行窃，不玷污本人。而如果为了自己享受，一再行窃，就不是这样。(23) 除了婆罗门的财物外，窃取他人财物，而不是为了自己享受，也就不受玷污。(24) 为了救自己或别人的性命，可以说假话；为了老师，为了妇女，为了结婚，也可以说假话。(25) 在梦中遗精，不算违背誓言。将酥油供品投入燃烧的祭火，也就完成赎罪。(26) 长兄去世或出家，弟弟先结婚；经女子请求而同床，都不算玷污正法。(27) 不要无故杀害或指使他人杀害牲畜，应该怜悯牲畜，这是法则规定的行为。(28) 由于不了解情况，施舍不值得施舍的婆罗门，不算错误。同样，由于某种原因，施舍值得施舍或不值得施舍的人，也不算错误。(29) 抛弃行为不轨的妻子，不算错误，这样，可以让妻子得到净化，丈夫自己不受玷污。(30) 知道苏摩酒的性质，[①] 而出售苏摩酒，不算错误。遣走不合适的仆人，

[①] 即用于祭神。

不算错误。为了牛群，焚烧森林，不算错误。（31）我已经讲述做哪些事不算错误，婆罗多子孙啊！现在我详细讲述赎罪。（32）

以上是吉祥的《摩诃婆罗多》中《和平篇》第三十五章（35）。

三六

毗耶娑说：

通过苦行、礼仪和施舍，婆罗多子孙啊！一个人如果得不到净化，也能涤除罪恶。（1）独自行乞，一日一餐，一手持头盖骨，一手持棍，始终努力奉守梵行。（）不怀嫉恨，躺在地下，向世人公开自己的行为，这样过满十二年，能消除杀害婆罗门罪。（3）忍受苦行，过满六年，能净化杀害婆罗门罪。一月一餐，过满三年，能消除杀害婆罗门罪。（4）一月一餐，毫无疑问，一年就能获得净化，国王啊！而实行绝食，很短时间就能消除罪恶。（5）举行祭祀和举行马祭，毫无疑问能获得净化；一些人在祭祀结束后沐浴，获得净化。（6）古代经典指出所有这些人能涤除罪恶。一个人为了婆罗门的利益，在战斗中牺牲，可以消除杀害婆罗门罪。（7）向值得施舍的人施舍十万头母牛，可以消除杀害婆罗门罪和其他一切罪。（8）施舍两万五千头赤褐色奶牛，能消除一切罪过。（9）在生命危险时刻，向善良的穷人施舍一千头奶牛和牛犊，能消除罪过。（10）向自我克制的婆罗门施舍一百头甘波阇马，能消除罪过。国王啊！（11）即使只满足一个人的愿望，婆罗多子孙啊！施舍后也不声张，这样的人能消除罪过。（12）

饮过酒的婆罗门，应该喝滚烫的饮料，在今生和来世净化自己。（13）从山顶上跳下，或投身火中，或长途跋涉，能消除一切罪过。（14）婆罗门经典指出，饮过酒的婆罗门，只要按照毗诃波提的规定举行祭祀，便能与婆罗门们重新会合。（15）饮过酒的人如果摒弃妒忌，施舍土地，不再饮酒，国王啊！便改恶从善，得到净化。（16）一个玷污老师床笫的人，应该躺在烧热的铁板上，或者把生殖器放在手上，目光朝天，出家游荡。（17）通过抛弃身体，可以摆脱恶业。妇女经过一年努力，可以摆脱恶业。（18）实施宏大誓愿，施舍一切财产，或者为了老师，在战斗中捐躯，都能摆脱恶业。（19）对老师说了假话，或者违抗老师，做一些让老师高兴的事，便能摆脱罪过。（20）违反梵行而射精，应该像犯杀害婆罗门罪的人那样，立下誓愿，穿粗糙皮衣六个月，便能摆脱罪过。（21）

与别人的妻子通奸，或偷取别人的财物，奉守誓愿一年，便能摆脱罪过。（22）偷了别人的财物，想方设法还给别人等量的财物，便能摆脱罪过。（23）弟弟比自己先结婚，或者，自己比哥哥先结婚，至少应该在十二个夜晚，实行严格的誓愿，便能得到净化，婆罗多子孙啊！（24）为了拯救祖先，可以再次娶妻，他和第二个妻子没有罪过，第一个妻子也不因此受到玷污。（25）精通正法的人们说，在共同生活中连续四个月月经来潮，妇女获得净化。（26）智者们并没有察觉心中出现邪念的妇女，而一旦月经来潮，妇女就获得净化，犹如用灰沙擦亮盘子。（27）婆罗门实施全部正法，刹帝利实施的正法少于婆罗门四分之一。（28）同样，吠舍少于刹帝利四分之一，首陀罗少于吠舍四分之一，人们应该以这种方式判断四种姓犯罪的轻重。（29）杀死鸟兽，砍倒许多树，应该公开自己的行为，斋戒三夜，饮风维生。（30）与不该交往的人交往，应该赎罪，穿湿衣服躺在灰堆上六个月，国王啊！（31）所有这些赎罪规则，由婆罗门依据先例、经典和理由制定。（32）

在洁净的地方念诵莎维德丽颂诗，节制饮食，不杀生，不痴呆，不唠叨，便能摆脱一切罪过。（33）白天始终呆在空旷之地，夜晚也睡在空旷之地；穿着衣服进入水中，三天三夜。（34）奉守誓愿，不与妇女、首陀罗和贱人说话，这样的婆罗门能摆脱无意之中犯下的罪恶。（35）人在死后获得善果或恶果，五大元素是见证；善业和恶业互相抵消，他获得剩下的善果或恶果。（36）因此，通过施舍、苦行和礼仪，能够增加善果，从事恶业则增加恶果。（37）在存在恶业的情况下，应该从事善业，经常施舍财富，这样就能摆脱罪过。（38）我如实对你讲述了赎罪的方法。除了罪大恶极者之外，都有赎罪的方法。（39）至于吃不该吃的食物，说不该说的话，国王啊！你知道这里要分清有意和无意两种情况。（40）明知故犯是重罪，无意而为是轻罪，两者都有赎罪方法。（41）

通过上述规则，罪过能够消除。而这种规则只对信仰虔诚的正教徒适用。（42）对缺乏信仰、伪善狡诈的异教徒，这种规则从不适用。（43）优秀的执法者啊！一个祈求今生和来世幸福的人应该依靠正规的行为、博学的智者和正法，人中之虎啊！（44）依据上述理由，你摆脱罪恶吧！国王啊！你为了保护臣民，履行国王的职责，才杀死他们。（45）或者你于心不忍，你可以进行赎罪。你不要采取不高尚的行为，走向死亡。（46）

以上是吉祥的《摩诃婆罗多》中《和平篇》第三十六章（36）。

三七

护民子说：

听了尊者这番话后，法王坚战想了想，又对以苦行为财富者（毗耶娑）说道：（1）"什么是该吃的食物？什么是不该吃的食物？什么样的施舍受到赞赏？怎样的人值得施舍？怎样的人不值得施舍？请你告诉我，祖父啊！"（2）

毗耶娑说：

在这方面，人们引用一个古老的传说，那是悉陀们和生主摩奴的对话。（3）从前在原始时代，一群严守苦行誓言的悉陀们汇集一起，向坐在那里的生主询问正法：（4）"怎样吃食？怎样施舍？怎样学习？怎样苦行？什么该做？什么不该做？生主啊！请你告诉我们这一切。"（5）

经他们询问，尊者自生摩奴说道："请听我或详或略，如实地向你们讲述正法。（6）不取未给予的东西，施舍，学习，苦行，不杀生，诚实，不发怒，宽容，祭祀，这些是正法的标志。（7）正法在非时非地，也会成为非法。占有、说假话和杀生在一定情况下，也会成为正法。（8）按照智者们的观点，分为正法和非正法两种；按照世人和吠陀的观点，分成行动和不行动两种。（9）不行动导致不死，行动导致死亡；恶业有恶果，善业有善果。（10）善恶兼而有之，则听从命运安排，或生或死。（11）出于疏忽，无意中犯下恶业，也可能获得善果，但此后的恶果也是明显的。因此，无意中犯下恶业，也严格进行赎罪。（12）由愤怒和痴迷造成恶业，依据先例、经典和理由，通过折磨身体赎罪；由心中爱憎造成恶业，用药草和经咒赎罪，从而达到平静。（13）完全抛弃有关种姓、社会和居住的家族法，这种人即使不抛弃赎罪法，也没有赎罪法。（14）对该做的事情产生怀疑时，应该请十位精通吠陀经典的人或三位诵法者说法。（15）

"婆罗门不应该吃赭石、蚂蚁果、息莱湿摩多迦果和毒药。（16）婆罗门不应该吃没有鱼鳞的鱼，那些水中的青蛙，除了四足乌龟。（17）不应该吃兀鹰、天鹅、金翅鸟、鸳鸯、仙鹤、浮水鸟、苍鹭、潜水鸟、秃鹫、乌鸦和猫头鹰。（18）不该吃长有牙齿、食肉的猛禽和四足兽，无论它们长有两只或四只牙齿。（19）婆罗门不应该吃羊奶、马奶、驴奶、鹿奶和哺乳牛犊的母牛奶。（20）不应该吃供养死人的食物，不应该吃妇女产后十天内提供的食物，不应该喝产后十天内的母牛奶。（21）不应该吃木匠、皮匠、娼妇、洗衣匠、医生和侍卫的食物。（22）不应该吃一群人或整个村庄指定的人提供的食物、靠舞女生活的人提供的食物、先于兄长结婚的人提供的食物、歌手和赌徒提供的食物。（23）不应该吃偷来的食物、变酸的食物、过夜的食物、掺酒的食物、吃剩的食物。（24）不应该吃变质的糕饼、肉类、甘蔗、蔬菜和牛奶，也不要吃搁置已久的炒麦粉、炒米和牛奶粥。（25）举行家庭祭祀的婆罗门不应该吃没有供过天神的牛奶粥、芝麻饭、肉类和糕饼。（26）居家生活的人应该先供奉天神、祖先、客人、牟尼和家庭神祇，然后再吃。（27）一个居家生活的人就这样与可爱的妻子一起在自己家中生活，像出家的乞食者一样，他能获得正法。（28）

"一个遵行正法的人不为了声誉而施舍，也不出于恐惧或报恩而施舍；他不施舍歌舞伎和俳优。（29）不施舍醉汉、疯子、哑巴、无种姓者、肢体残缺者和侏儒。（30）不施舍出身低贱的恶人和不奉守誓言的人。对于不通晓和宣讲吠陀的婆罗门，施舍无用。（31）不合适的施舍和不合适的受施对于施舍者和受施者都没有意义。（32）这样的施舍者和受施者犹如一个人抱住檀木或石头，泅渡大海，结果一起沉没。（33）正如用湿木头堆在火上，燃烧不起来，一个缺少苦行、学习和品行的受施者也是如此。(34) 正如头盖骨中的水和狗皮囊中的奶,由于容器不洁而受玷污,吠陀知识对于缺乏品行的人也是如此。(35) 不通晓经咒和经典,不发誓愿,但不怀嫉恨,可以出于怜悯,施舍这些可怜的人。(36) 而不可以出于怜悯,施舍可怜的恶人,以为这样能获得功德,符合正法。(37) 向抛弃正法的婆罗门施舍,由于受施者不合适,我毫不怀疑这是错误。(38)

"不学习吠陀的婆罗门犹如木制的大象和皮制的小鹿,三者都是徒有其名。(39) 不通晓经咒的婆罗门就像不能与女人生孩子的阉人,不能生牛犊的母牛,没有翅膀的鸟儿。(40) 施舍这种不称职的婆罗门,犹如空虚的谷仓,无水之井,不投入祭火的祭品。(41) 这种愚蠢的婆罗门是窃取财物的敌人,破坏祭祀天神和祖先的供物,不会得到所有世界。"(42) 坚战啊!我如实而简要地讲述了这一切,因为还有更重要的事,你应该听取,婆罗多族雄牛啊!(43)

以上是吉祥的《摩诃婆罗多》中《和平篇》第三十七章 (37)。

<h1 style="text-align:center">三八</h1>

坚战说:

尊敬的大牟尼啊!我想详细听取国王的正法和所有四种姓的正法,婆罗门俊杰啊!(1) 在危难中,国王应该采取什么策略?怎样沿着正法之路,赢得胜利?(2) 关于赎罪方法以及该吃和不该吃的食物的谈话,满足了我的好奇心,令我十分高兴。(3) 履行正法和统治王国,两者经常产生矛盾,我为此感到困惑,百思不得其解。(4)

护民子说:

光辉显赫的、优秀的吠陀学者毗耶娑通晓古今一切,望了一眼那罗陀,说道:(5) "坚战啊!如果你想听取全部正法,那就到俱卢族老祖父毗湿摩那里去,大臂者啊!(6) 这位跋吉罗提之子(毗湿摩)无所不知,精通一切正法,会铲除你心中对一切奥义的疑问。(7) 神圣的取径三路的恒河女神生下他。他亲眼见到以因陀罗为首的众天神。(8) 这位主人经常以自己的品行赢得以毗诃波提为首的众神仙满意，学得治国术。（9）这位俱卢族俊杰掌握天神和阿修罗的老师婆罗门优沙那通晓的一切经典及其注释。（10）这位大智者奉守誓愿，从极裕仙人和婆利古族行落仙人那里学得所有吠陀和吠陀支。（11）从前，他师从通晓自我之路真谛的、光辉显赫的梵天长子永童。（12）他从摩根德耶口中学得全部苦行正法；从罗摩和因陀罗那里获得各种武器，婆罗多族雄牛啊！（13）他虽然生为凡人，却能自己掌握死亡。同样，听说他虽然没有子嗣，仍在天国享有福田。（14）圣洁的婆罗门仙人们经常聚集在他的周围。凡是应该知道的知识，他无所不晓。（15）他通晓正法，洞悉正法微妙的意义和实质，会告诉你一切的。在这位知法者摆脱生命之前，你去见他吧！"（16）

听了这番话，富有远见卓识的大光辉者贡蒂之子（坚战）对娴于辞令的贞信之子毗耶娑说道：（17）"我对亲戚们进行了令人毛发直竖的大屠杀，对整个世界犯了罪，成为大地的毁灭者。（18）我在战场上使用诡计杀死作战正直的毗湿摩，现在凭什么理由去询问他呢？"（19）

然后，光辉显赫的雅度族俊杰、大臂者（黑天）一心为四种姓谋求福利，又对王中俊杰（坚战）说道：（20）"现在，你不应该陷入忧伤，而应该按照尊者毗耶娑说的去做，王中俊杰啊！（21）众婆罗门和大光辉的弟弟们都侍奉你，大臂者啊！犹如受炎热折磨的人们盼望云雨。（22）死里逃生的国王们，你的俱卢疆伽国的所有四种姓的臣民们都聚集在这里，大王啊！（23）为了取悦灵魂高尚的婆罗门们，你就按照无比光辉的毗耶娑老师说的去做吧！（24）折磨敌人者啊！你让朋友们、德罗波蒂和我们高兴吧！杀敌者啊！你为世人造福吧！"（25）

听了黑天说的这些话，大苦行者莲花眼坚战王为了整个世界的利益，站起身来。（26）这位人中之虎在黑天本人、岛生（毗耶娑）、提婆斯塔纳和吉湿奴（阿周那）的劝导下，（27）也在其他许多人的劝导下，思想高尚的坚战抛弃了心中的痛苦和烦恼。（28）般度之子（坚战）精通经典知识，一向以经典为准则，按照经典说话，他的思想趋向平静，作出决定。（29）在众人簇拥下，犹如众星拱月，坚战王让持国走在前面，进入自己的京城。（30）

通晓正法的贡蒂之子坚战想要进城，敬拜众天神和数以千计的婆罗门。（31）他登上一辆崭新的白车，铺着毛毯和鹿皮，套着十六头有吉祥标志的白牛。（32）大仙们用圣洁的颂诗赞美他，犹如苏摩神登上甘露车。（33）勇敢骇人的贡蒂之子怖军握着缰绳，阿周那举着光辉灿烂的白色华盖。（34）车顶上撑起的这个白色华盖，犹如空中皎洁似月的白云。（35）玛德利英勇的双生子举着装饰精美的、月光般的白色拂尘。（36）这五兄弟盛装打扮，登上车子，国王啊！看似五大元素的组合。（37）

尚武登上套有快马的白色车子，跟在般度长子（坚战）后面，国王啊！（38）黑天和萨谛奇一起登上套有塞尼耶马和妙项马的白色金车，跟随着俱卢族人。（39）普利塔之子的伯父（持国）和甘陀利一起乘坐人抬的轿子，行走在法王（坚战）前面。（40）所有俱卢族妇女、贡蒂和黑公主德罗波蒂都乘坐各种车子，由维杜罗带领着前进。（41）后面跟随许多车、马、步兵和装饰华丽的大象。（42）在擅长辞令的诗人、苏多和歌手们的赞颂中，国王走向象城。（43）大臂者啊！这支队伍在大地上无与伦比，充满欢快健壮的人，发出喧闹声。（44）

在普利塔之子（坚战）的行进中，市民们已将城市和王道装饰一新。（45）白色的花环、绚丽的旗帜和祭坛布满王道，芳香弥漫。（46）王宫中铺满各种香粉、鲜花和芳草，悬挂各种花环。（47）在城门口，到处安放着装满水的结实的新罐子，还有喜气洋洋的女孩和母山羊。（48）在朋友们簇拥下，在优雅的赞美声中，般度之子（坚战）通过装饰华丽的城门，进入城里。（49）

以上是吉祥的《摩诃婆罗多》中《和平篇》第三十八章（38）。

三九

护民子说：

普利塔之子们进城时，成千上万的市民汇聚一起，想要目睹他们的风采。（1）王道和装饰美丽的十字路口光彩熠熠，犹如月亮升起时

第十二　和平篇

波浪涌起的大海，国王啊！（2）王道两侧的楼房装饰有许多宝石，挤满许多妇女，仿佛摇摇欲坠，婆罗多子孙啊！（3）她们面带羞涩，轻声赞美坚战、怖军、阿周那和玛德利的双生子。（4）"你有福气，吉祥的般遮罗公主啊！你侍奉这些人中俊杰，犹如乔答弥侍奉七仙人。（5）你奉守誓言，美女啊！你的行为不会落空。"大王啊！妇女们这样赞美黑公主。（6）她们的这些赞美声，互相的说话声，快乐的喧哗声，充满整个城市。（7）坚战经由如此热闹的王道，走近装饰美丽的王宫。（8）

所有的城乡居民从各处汇集这里，说着悦耳动听的话语：（9）"多么幸运，王中因陀罗啊！你战胜敌人，克敌者啊！多么幸运，你凭借正法和力量，夺回了王国。（10）大王啊！你是我们的百年之王。依法保护臣民吧！犹如因陀罗保护天国，国王啊！"（11）这样，在王宫门口，接受四周各种吉祥的敬拜和婆罗门的祝福，（12）国王进入天王宫殿般的王宫，耳听着胜利的呼声，从车上下来。（13）

进入王宫里面，吉祥的坚战走近诸神，用宝石、香料和花环供奉他们。（14）然后，声誉卓著的坚战又走出来，看见许多仪貌端正的婆罗门等候着他。（15）在这些准备向他祝福的婆罗门簇拥下，国王光彩熠熠，犹如群星围绕皎洁的月亮。（16）贡蒂之子（坚战）让老师烟氏仙人和伯父（持国）位于前面，按照礼仪，供奉那些婆罗门，（17）用美味的糖果、大量的金子和宝石、奶牛、衣服和他们所向往的各种物品，王中因陀罗啊！（18）然后，"吉祥日"的呼声响彻天空，婆罗多子孙啊！悦耳的吉祥呼声令朋友们心生喜欢。（19）国王啊！听到精通吠陀的婆罗门们的欢呼声，听到他们话语中丰富的词汇、句子和含义，犹如听到天鹅的鸣叫。（20）然后，庆祝胜利的鼓声和号角声响彻四周，令人喜悦，国王啊！（21）

婆罗门们的声音安静下来后，有一位伪装婆罗门的罗刹，名叫遮婆迦，对国王说话。（22）他是难敌的朋友，打扮成乞食者，戴着念珠，束起发髻，拿着三杖，镇定无畏。（23）他站在数以千计的婆罗门中间。那些婆罗门奉守苦行和自制，想要祝福坚战。（24）而这个邪恶的罗刹想要伤害灵魂高尚的般度之子们。他不向婆罗门们致意，径直对国王说道：（25）"众婆罗门委托我说话：呸！你是一个杀害亲戚的坏国王！（26）你杀死了亲戚，又让人杀死老师，你还要王国做什么？贡蒂之子啊！你最好去死，不要再活了。"（27）听了这个可怕的罗刹的话，婆罗门们受到伤害，发出惊恐的呼喊。（28）所有的婆罗门和坚战王由于羞愧和焦虑，一时语塞，民众之主啊！（29）

坚战说：

我向你们行礼，请求你们宽恕我吧！我已经陷入不幸，你们不应该唾弃我。（30）

护民子说：

然后，民众之主啊！所有的婆罗门说道："这不是我们说的话，国王啊！祝你吉祥幸福！"（31）这些婆罗门灵魂高尚，通晓吠陀，修炼苦行而纯洁，凭智慧之眼识破那个罗刹。（32）

众婆罗门说：

这个名叫遮婆迦的罗刹是难敌的朋友。他伪装出家人，想为朋友谋利益。（33）我们没有说过这些话，请你消除恐惧吧！以法为魂的人啊！让幸福降临你和你的弟弟们！（34）

护民子说：

这些纯洁的婆罗门怒不可遏，连声念"唵"，发出咒骂，杀死了那个邪恶的罗刹。（35）他受到这些宣讲吠陀的婆罗门的光辉烧灼，倒地而死，犹如一棵长满嫩芽的树，被因陀罗的雷电烧死。（36）婆罗门们受到敬拜后，向国王致意，告别离去。般度之子坚战王和朋友们满怀喜悦。（37）

婆薮提婆之子（黑天）说：

朋友啊！在这世界上，婆罗门一向受到我的尊敬。他们是在大地上行走的天神，语言犀利似毒药，又很和蔼可亲。（38）从前在圆满时代，有个罗刹，名叫遮婆迦，大臂者啊！他在枣林修炼了很多年苦行。（39）梵天一再让他选择恩惠，最后，他选择不惧怕一切众生，婆罗多子孙啊！（40）世界之主赐给他不惧怕一切众生这个无上的恩惠，但以不能藐视婆罗门为条件。（41）得到了这个恩惠，这个邪恶的罗刹力量巨大，行为粗暴，勇气无限，开始折磨众天神。（42）遭到他的暴力侵害，众天神聚在一起，对梵天说道："杀死这个罗刹吧！"（43）婆罗多子孙啊！永恒之神（梵天）对众天神说道："我已经作出安排,他不久就会死去。(44)有位国王,名叫难敌,将成为他的朋友。他和难敌交情很深,为此,他会藐视婆罗门。(45)以语言为力量的婆罗门受到伤害,会愤怒地焚烧这个恶人,致他死命。"(46)正是这个罗刹遮婆迦被梵杖杀死,躺在这里,王中俊杰啊!你不必担忧,婆罗多族雄牛啊!(47)你的亲戚们都是依据刹帝利正法被杀死的,国王啊!这些刹帝利雄牛、灵魂高尚的英雄都升入天国。(48)你享受幸福吧!不要垂头丧气,坚定者啊!杀死敌人,保护臣民,侍奉婆罗门吧!(49)

以上是吉祥的《摩诃婆罗多》中《和平篇》第三十九章(39)。

四〇

护民子说:

于是,贡蒂之子坚战王消除烦恼和焦虑,面朝东方,高兴地坐在金宝座上。(1)萨谛奇和婆薮提婆之子(黑天)这两位克敌者面朝坚战,坐在铺有精美垫子的座椅上。(2)灵魂高尚的怖军和阿周那坐在国王两侧柔软的珠宝座椅上。(3)普利塔(贡蒂)与偕天和无种坐在镶金的白色象牙榻上。(4)妙法、维杜罗、烟氏仙人和俱卢后裔持国各自坐在灿若火焰的座椅上(5)尚武、全胜和声誉卓著的甘陀利都坐在持国那边。(6)

以法为魂的坚战坐在那里,触摸那些白花、吉祥物、麦穗、泥土、金子和摩尼珠。(7)以祭司为首的大臣们拜见法王(坚战),带着各种吉祥物。(8)泥土、金子和各种宝石,盘子里放着灌顶用的所有必需品。(9)装满圣水的金制、木制、银制和陶制的罐子,鲜花、炒米、拘舍草和牛奶。(10)用作燃料的奢弥木、树叶和奔那伽木,蜂蜜、木勺和镶金的贝螺。(11)

经黑天同意,祭司烟氏仙人在坡面朝向东北的祭坛上抹上吉祥标记。(12)"全福"座位灿若祭火,铺着柔软的虎皮,椅脚坚固。(13)灵魂高尚的坚战和木柱王之女黑公主坐在上面,智者(烟氏仙人)念诵咒语,召唤火神。(14)他为大地之主、贡蒂之子坚战灌

顶;王仙持国和大臣们也为坚战灌顶。(15)大鼓、小鼓和铜鼓一齐敲响,法王(坚战)依法接受这一切。(16)

他按照仪轨,敬拜他们,慷慨布施,然后又赠送一千金币,请那些诵习吠陀、遵守戒律的婆罗门念诵祝词。(17)国王啊!那些婆罗门高兴地念诵祝词,欢呼胜利,犹如天鹅发出鸣叫,赞美坚战道:(18)"大臂坚战啊!多么幸运,你获得胜利,般度之子啊!多么幸运,你在大战中,凭借勇敢完成自己的正法。(19)多么幸运,手持甘狄拨神弓者(阿周那)、怖军和你本人安然无恙,还有玛德利的双生子。(20)你们消灭了敌人,摆脱英雄们毁灭的战场,般度之子啊!你马上做下一步该做的事情吧!"(21)法王坚战接受这些贤士赞颂后,与朋友们一起统治伟大的王国,婆罗多子孙啊!(22)

以上是吉祥的《摩诃婆罗多》中《和平篇》第四十章(40)。

四一

护民子说:

坚战王听了众臣们这些符合天时地利的话,回答道:(1)"在这世界上,般度之子们是幸运的。婆罗门雄牛们聚在一起讲述他们的长处和短处。(2)我认为我们确实蒙受你们恩宠。你们无私地讲述我们拥有的种种品行。(3)持国大王是我们的父亲和至高之神。如果你们想使我们高兴,就服从他的命令,使他高兴。(4)我已经杀死了许多亲戚,现在为他而活,尽心竭力,永远孝顺他。(5)如果我值得你们这些朋友恩宠,那就请你们像过去一样对待持国。(6)因为,他是世界的主人,也是你们和我的主人。整个世界和整个般度族都属于他。你们务必把我的这些话记在心里。(7)你们拜见了国王,现在随意去哪里吧!"俱卢后裔(坚战)打发走所有城乡居民,指定怖军为副王。(8)

坚战也高兴地指定聪明睿智的维杜罗为顾问,参与决策,考虑六项方略①。(9)他指定富有才能和品德的全胜掌管财政收支,确定该

---

① 六项方略是和平、战争、进攻、扎营、分兵和求援。

做和不该做的事项。（10）国王指定无种掌管军队的食物和饷金，考察人们的工作。（11）坚战大王指定颇勒古拿（阿周那）抵御敌军，制服嚣张的恶人。（12）折磨敌人者（坚战）指定优秀的祭司烟氏仙人掌管婆罗门们念诵吠陀和其他事务。（13）国王指定偕天永远留在自己身边，因为在任何情况下，需要他保护，民众之主啊！（14）大地之主坚战依据哪个人适合做哪种工作，高兴地逐一任命。（15）杀敌英雄（坚战）以法为魂，热爱正法，对维杜罗、全胜和大智慧的尚武说道：（16）"你们要振作精神，毫不懈怠，为我的父王做一切应该做的事情。（17）你们要征得国王同意，永远依据正法，为城乡居民做应该做的事情。"（18）

以上是吉祥的《摩诃婆罗多》中《和平篇》第四十一章（41）。

四二

护民子说：

聪明睿智的坚战王为每个在战场上捐躯的亲属举行了祭奠。（1）声誉卓著的持国王向死去的儿子们祭供具备一切美味的食物、牛、财富和各种各样昂贵的珠宝。（2）坚战和德罗波蒂祭供迦尔纳、灵魂高尚的德罗纳、猛光、激昂和罗刹希丁芭之子（瓶首），（3）祭供以毗罗吒为首的有恩的朋友们、木柱王和德罗波蒂的儿子们。（4）坚战又逐一吩咐，用钱财、衣服、珠宝和牛，满足数以千计的婆罗门。（5）国王逐一吩咐，为那些已经死去而没有亲朋好友的国王们举行祭奠。（6）般度之子（坚战）建造各种厅堂、水井和水池，为所有死去的朋友们举行祭奠。（7）国王偿还了对他们的欠债，在这世界上就不会遭到非议；他做完应该做的事情，依法保护臣民。（8）他一如既往，尊敬持国、甘陀利、维杜罗和所有的俱卢族大臣和侍从。（9）这位仁慈的俱卢族国王尊敬和保护那些在战争中失去丈夫和儿子的妇女们。（10）勇武的国王满怀怜悯，恩赐那些贫穷和眼瞎的人们，给他们房屋、衣服和食物。（11）坚战王赢得整个大地，偿还了对英雄们的欠债，不再有敌人，愉快地享受生活。（12）

以上是吉祥的《摩诃婆罗多》中《和平篇》第四十二章（42）。

四三

护民子说：

纯洁的大智慧者坚战接受灌顶，获得王国后，双手合十，对莲花眼黑天说道：（1）"黑天啊！凭借你的恩惠，依靠你的谋略、力量、智慧和勇敢，雅度族之虎啊！（2）我又得到这个祖传的王国，莲花眼啊！我向你致敬，致敬，再致敬，克敌者啊！（3）人们说你是独一无二的原人，沙特婆多族主人；大仙人们用许多名称赞美你。（4）向你致敬，宇宙之创造！宇宙之灵魂！宇宙之起源！毗湿奴！吉湿奴！诃利！黑天！毗恭吒！人中俊杰！（5）据说从前，你进入阿底提的子宫七个夜晚。你独一无二，而进入不同的子宫。智者们也称你为三时代①。（6）你被称为洁闻、感官之主、酥油火、天鹅、三眼、商部、唯一、至尊和达摩陀罗。（7）野猪、火、太阳、睾丸、以金翅鸟为旗徽、御敌、原人、透光和阔步。（8）立足语言、勇猛、统帅、真理、赐予食物、古诃、不动、活动、聚合、分散和公牛。（9）成路、高山、牛胎、人猿、居于水中、波浪、三峰、三界辉煌、三重和不退。（10）大王、君王、帝王、天王、赐予正法、起源、全能、存在、优胜、黑天和火。（11）祭火、医生、迦比罗、侏儒、祭祀、坚定、飞行和胜军。（12）束发、友邻、赤褐、触天、井宿、赤褐牛、金盘、妙军和鼓。（13）光轮、吉祥莲、青莲、持花、巧匠、全能、一切微妙和圣线，你受到赞颂。（14）大海、梵天、净化物、住所、弓、金胎、萨婆陀和萨婆诃，人们这样称呼你，盖沙婆啊！（15）你是起源和毁灭，黑天啊！你首先创造了宇宙。宇宙在你的控制下，宇宙创造者啊！你手持神弓、飞轮和刀剑，我向你致敬！"（16）

莲花眼黑天在大厅中，受到法王（坚战）如此赞美，十分高兴。这位雅度族俊杰也说了许多话，取悦婆罗多后裔、般度长子（坚战）。（17）

以上是吉祥的《摩诃婆罗多》中《和平篇》第四十三章（43）。

---

① 三时代是四个时代中的前三个时代：圆满时代、三分时代和二分时代。

四四

护民子说：

国王打发走所有臣民。他们遵从王命，返回各自家中。（1）随后，睿智的坚战王安抚勇敢骇人的怖军、阿周那和孪生子，说道：（2）"你们的身体在大战中被敌人用各种武器砍伤，疲惫不堪，遭受忧伤和愤怒折磨。（3）为了我，你们这些人中俊杰像野人那样备尝流亡森林的痛苦。（4）现在胜利了，你们好好享受快乐和幸福吧！休息过后，恢复了精神，我们明天再集合。"（5）

难敌的宫殿配有许多精美的楼阁，镶有许多宝石，充满男侍女仆。（6）经持国同意，长兄（坚战）将它赐给狼腹（怖军）。大臂（怖军）进入这座宫殿，犹如摩诃梵（因陀罗）进入天宫。（7）难降的宫殿与难敌一样，配有许多楼阁，装饰有金制拱门。（8）宫殿里存有许多财富和粮食，充满男侍女仆。大臂阿周那遵从国王的命令，住进这座宫殿。（9）难耐的宫殿比难降的好，如同俱比罗的宫殿，镶有金子和珠宝。（10）大王啊！法王坚战高兴地将它赐给无种。无种在大森林中变得消瘦，值得享有这种待遇。（11）丑面的宫殿最好，吉祥富丽，镶有金子，充满莲花眼妇女和床榻。（12）国王将它赐给永远讨人喜欢的偕天。偕天得到这座宫殿，犹如财神得到盖拉婆山，高兴满意。（13）尚武、维杜罗、大光辉的全胜、妙法和烟氏仙人也都进入各自的住所。（14）人中之虎梭利（黑天）和萨谛奇一起进入阿周那的宫殿，犹如老虎进入山洞。（15）他们聚在一起吃喝，舒服地过了一夜，愉快地醒来，又去见坚战王。（16）

以上是吉祥的《摩诃婆罗多》中《和平篇》第四十四章（44）。

四五

镇群说：

大光辉的法王坚战得到王国后，还做了些什么事？婆罗门啊！请

你告诉我。(1) 三界至高的尊师、感官之主（黑天）这位英雄还做了些什么事？仙人啊！请你告诉我。(2)

护民子说：

请听，王中因陀罗啊！我将如实告诉你以婆薮提婆之子（黑天）为首，般度族兄弟们做的事。(3) 大光辉的法王坚战得到王国后，让四种姓遵行各自的正法。(4) 般度之子（坚战）宣布赐给一千位完成学业的、灵魂高尚的婆罗门每人一千金币。(5) 他也满足依附他的仆从、投宿的客人和可怜的乞食者们的各种愿望。(6) 他赐给祭司烟氏一万头牛、钱财、金子、银子和各种衣服。(7) 大王啊！他以法为魂，严守誓言，对于慈悯，以老师相待；对于维杜罗，恭敬供养。(8) 这位优秀的施主用食物、饮料、各种衣服和床椅满足所有投靠者。(9) 王中俊杰啊！声誉卓著的国王恢复平静后，也向持国之子尚武表示敬意。(10) 国王啊！坚战王将王国交给持国、甘陀利和维杜罗后，自由自在地生活。(11)

镇群王啊！他安顿好整个城市后，双手合十，走近灵魂高尚的婆薮提婆之子（黑天）。(12) 他看见黑天坐在镶嵌金子和珠宝的大躺椅上，犹如弥卢山上一朵乌云。(13) 他佩戴神奇的装饰品，穿着黄色绢衣，身体闪闪发光，犹如金盘上一颗摩尼珠。(14) 他胸前的乳海珠光芒四射，犹如日出之山上升起的太阳，在这三界中，无与伦比。(15) 坚战走近这位灵魂高尚的毗湿奴的化身，微笑着用甜蜜的话语说道：(16) "大智者啊！你夜里睡得舒服吧？精神全部恢复了吧？不退者啊！(17) 大智者啊！依靠你的神奇智慧，我们获得王国，统治大地。(18) 尊者啊！由于你的恩惠，我们获得胜利和至高荣誉，而没有丧失正法，三步跨越三界者啊！"(19) 法王坚战说完这些话，尊者没有回答，因为他正在沉思。(20)

以上是吉祥的《摩诃婆罗多》中《和平篇》第四十五章 (45)。

四六

坚战说：

多么奇怪，无比勇敢者啊！你怎么在坐禅？是为了三界的幸福安宁吗？世界庇护者啊！（1）人中俊杰啊！你采取第四种禅定之路，摆脱尘俗，控制自己，天神啊！我心里感到奇怪。（2）你体内的五气已经得到控制，所有感官都固定在心上。（3）感官和心进入智慧中，而所有这一切进入灵魂中。（4）你的毛发不竖，心和智慧坚定，摩豆族后裔啊！你寂然不动，犹如柱子、墙壁和岩石。（5）不退者啊！你意志坚定，寂然不动，犹如在无风之地一盏燃烧的灯，尊神啊！（6）如果你没有什么秘密，如果我能够听取，你就消除我的疑问吧！天神啊！我请求你赐予我这个恩惠。（7）你是创造者和毁灭者；你是毁灭和不可毁灭；你无始无终；你天下第一，人中俊杰啊！（8）我虔诚地向你俯首致敬，请求你赐予恩惠，如实告诉我禅定的原因，优秀的执法者啊！（9）

护民子说：

于是，尊者黑天将智慧、心和感官恢复原状，笑了笑，说道：（10）"人中之虎毗湿摩躺在箭床上，犹如即将熄灭的火。他在思念我，因此，我也思念他。（11）我想起他的弓弦声和手掌声响似雷鸣，连天王（因陀罗）也承受不了。（12）我想起他过去冲向聚集在一起的国王们，强行抢走三个选婿的女孩。（13）我想起他与婆利古后裔罗摩交战二十三天，没有败于罗摩。（14）国王啊！我想起他是恒河以怀胎方式生下的，朋友啊！他也是极裕仙人的学生。（15）我想起这位大光辉的智者掌握天神的武艺，通晓四吠陀和吠陀支。（16）般度之子啊！我想起他是食火仙人之子罗摩喜爱的学生，掌握一切知识。（17）般度之子啊！我想起他以智慧控制所有感官和心，合而为一，前来寻求我的庇护。（18）我想起他知道过去、未来和现在，人中雄牛啊！他是优秀的执法者。（19）一旦这位人中之虎凭借自己的业绩升入天国，普利塔之子啊！大地就会像没有月亮的黑夜。（20）因此，坚战啊！你要到勇敢骇人的恒河之子毗湿摩那里去，拥抱他，询问你心中的问题。（21）询问四种学问、四种祭祀、四种生活方式和四种种姓的正法，大地之子啊！（22）一旦肩负俱卢族重担的毗湿摩逝世，种种知识将会减少，所以，我催促你前去。"（23）

听了婆薮提婆之子（黑天）这番实实在在的话，通晓正法的坚战哽咽着，对遮那陀那（黑天）说道：（24）"摩豆族后裔啊！你说到的毗湿摩的威力，我毫不怀疑，恩赐荣誉者啊！（25）我也听到灵魂高尚的婆罗门们讲述灵魂高尚的毗湿摩的大福大德和威力。（26）克敌者啊！你是世界的创造者。你说的话毋庸置疑，雅度族后裔啊！（27）如果你有意施恩于我，摩豆族后裔啊！那就以你为首，我们一起去看望毗湿摩。（28）一旦神圣的太阳转向，他就要逝世，因此，大臂者啊！他应该见你一面。（29）你是原初的毁灭和不毁灭的大神。他应该见你一面，因为你是梵的库藏。"（30）

听了法王（坚战）的话，诛灭摩图者（黑天）对站在身旁的萨谛奇说道："套上我的车。"（31）萨谛奇从盖沙婆（黑天）身边离去，对达禄迦说道："为黑天套车！"（32）听了萨谛奇的话，达禄迦迅速套车。这辆上等的好车车身镶有金子，饰有青玉和水晶构成的图案，车轮裹有金子。（33）车速迅疾，明亮如同阳光，镶嵌着绚丽多彩的珍珠宝石，像初升的太阳一样灿烂辉煌，飘扬着以金翅鸟为标志的旗帜。（34）以妙项和塞尼耶为首的骏马速度快似思想，马鞍镶嵌金子。达禄迦套好车后，双手合十，向不退者（黑天）报告，王中雄狮啊！（35）

以上是吉祥的《摩诃婆罗多》中《和平篇》第四十六章（46）。

四七

镇群说：

婆罗多族祖父躺在箭床上，怎样抛弃躯体？实施什么瑜伽？（1）

护民子说：

国王啊！你要聚精会神，保持身心纯洁，俱卢族之虎啊！请听灵魂高尚的毗湿摩怎样抛弃躯体。（2）当太阳转向北方之路，毗湿摩沉思入定，让自己进入灵魂。（3）毗湿摩身上中了数百支箭，犹如光芒四射的太阳，无比辉煌，躺在那里，周围陪伴有许多优秀的婆罗门。（4）有精通吠陀的毗耶娑、神仙那罗陀、提婆斯塔纳、犊子和阿湿摩迦苏曼度。（5）还有其他许多牟尼，灵魂高尚，大福大德，精神高尚，注重信仰，克制自己，犹如群星围绕月亮。（6）

第十二 和平篇

人中之虎毗湿摩躺在箭床上,双手合十,以行动、思想和语言沉思黑天。(7)他用饱满的声音赞美诛灭摩图者、瑜伽之主、脐生莲花者、毗湿奴、吉湿奴、世界之主。(8)以至高正法为灵魂的毗湿摩擅长辞令,双手合十,保持身心纯洁,赞美婆薮提婆之子(黑天):(9)"我想要赞美黑天,但愿人中俊杰(黑天)喜欢我的这些或详或略的话。(10)你是纯洁者,寓于纯洁中,天鹅,崇尚那个(梵),至高无上,我全心全意寻求你这位众生之主的庇护。(11)你是众生之主,具有属性的一切众生存在于你之中,又进入你,犹如许多珍珠穿在一根线上。(12)你以宇宙为肢体,以宇宙为事业,存在和不存在相结合的宇宙存在于永恒的你之中,犹如花环系在一根结实的绳子上。(13)人们称你为诃利、千首、千脚、千眼、那罗延神和宇宙庇护者。(14)你是细中最细者,粗中最粗者,重中最重者,优秀中最优秀者。(15)在颂诗中,在梵书中,在礼仪书中,在奥义书中,在婆摩吠陀中,人们称你为真实中的真实,以真理为事业。(16)你是四重灵魂,立足本质,沙特婆多族之主,人们用四个至高神圣和秘密的名字称颂你。(17)犹如引火木摩擦生火,提婆吉王后和婆薮提婆生下你这位大神,以保护大地之梵。(18)一心一意追求永恒的人,看到灵魂摒弃愿望、涤除污垢的乔宾陀(黑天)居于自己灵魂中。(19)在往世书中,你被称为原人;在时代之初,你被称为梵天;在世界毁灭时,你被称为商迦尔舍那,我们崇拜你这位值得崇拜者。(20)你的业绩胜过风神和因陀罗,你的光辉胜过太阳和火,你的灵魂胜过智慧和感官,我寻求你这位众生之主庇护。(21)人们说你是宇宙的创造者,世界万物的主人,世界的督察,不朽的至高境界。(22)

"你金光灿烂,消灭提迭;阿底提怀你一胎,生下十二个,向你这位太阳之魂致敬!(23)你是再生族之王,用甘露在白半月满足天神,在黑半月满足祖先,向你这位苏摩之魂致敬!(24)你是巨大黑暗彼岸中光辉闪耀的原人,知道你的人超越死亡,向你这位知识对象之魂致敬!(25)你是长篇祷词中的大调,在火祭中,在大祭中,婆罗门们赞颂你,向你这位吠陀之魂致敬!(26)你是梨俱、夜柔和婆摩的居处,祭供五种祭品,组成祭祀的七种祭式,向你这位祭祀之魂致敬!(27)你是金翅鸟,名叫夜柔,韵律是肢体,三吠陀是三个头,罗檀多罗调和大调是双眼，向你这位赞颂之魂致敬！（28）你是宇宙创造者们千次祭酒的长年祭祀中诞生的仙人，你是金色的鸟，向你这位天鹅之魂致敬！（29）句子是你的肢体，连声是关节，元音和辅音是表征，人们说你是永恒的词，向你这位语言之魂致敬！（30）你以正法和利益控制肢体，用产生甘露的真理为善人们架桥，向你这位真理之魂致敬！（31）人们履行各自的正法，希望获得各自的果报，按照各自的正法崇拜你，向你这位正法之魂致敬！（32）大仙们在显现中寻觅不显现，居于领域中的知领域者，向你这位领域之魂致敬！（33）你是居于灵魂中的观察者，陪随有十六种属性，数论家们称为十七种，向你这位数论之魂致敬！（34）瑜伽行者们不睡，控制呼吸，立足本质，控制感官，看到你的光辉，向你这位瑜伽之魂致敬！（35）平静的遁世者们断绝善恶，无惧再生，走向你，向你这位解脱之魂致敬！（36）

"一千时代结束时，你成为燃烧的火焰，吞噬一切众生，向你这位恐怖之魂致敬！（37）吞噬一切众生后，世界变成一片汪洋，你作为一个孩子躺在上面，向你这位变幻之魂致敬！（38）你是千首原人，灵魂无限，向你这位四海瑜伽睡眠之魂致敬！（39）在眼似莲花的无生者（毗湿奴）肚脐上长出一朵莲花，安置着整个宇宙，向你这位莲花之魂致敬！（40）云彩在你的头发里，河流在你的所有肢体关节里，四海在你的肚子里，向你这位水之魂致敬！（41）你是创造和毁灭的作者，以日、月、季、半年和一年，在时代中流转，向你这位时间之魂致敬！（42）婆罗门是你的嘴，刹帝利是你的双臂，吠舍是你的大腿和肚子，首陀罗依附你的双脚，向你这位种姓之魂致敬！（43）火是你的口，天是你的头，空是你的肚脐，大地是你的双脚，太阳是你眼睛，方向是你的耳朵，向你这位世界之魂致敬！（44）人们依据胜论关于在感官对象中活动的特征，说你是感官对象保护者，向你这位保护者之魂致敬！（45）你由食物、饮料和燃料组成，促进液汁和呼吸增长，维持众生，向你这位呼吸之魂致敬！（46）你高于时间，高于祭祀，高于存在和不存在；你没有起源，而你是宇宙的起源，向你这位宇宙之魂致敬！（47）为了维护世界的创造，你用贪爱和激情迷惑众生，向你这位迷惑之魂致敬！（48）懂得自我知识是立足五大元素的知识，这样的知识者走向你，向你这位知识之魂致敬！（49）你的身体不可限量，你的眼睛没有尽头，你无边无际，不可限量，向你这位思索之魂致敬！（50）你束发持杖，始终挺胸凸肚，水钵随身，向你这位梵行之魂致敬！（51）你有三只眼，手持三叉戟，身上抹灰，阳物朝上，灵魂高尚，是三十三天之主，向你这位楼陀罗之魂致敬！（52）你是五大元素的灵魂，众生起源和毁灭的灵魂，没有愤怒、仇恨和痴迷，向你这位平静之魂致敬！（53）一切存在于你之中，一切产生于你，你就是一切，遍及一切，永远构成一切，向你这位一切之魂致敬！（54）

"向你致敬！你以宇宙为事业，以宇宙为灵魂；你是宇宙的创始者，众生的毁灭者；你超越五大元素。（55）向三界中的你致敬！向超越三界的你致敬！向一切方向中的你致敬！你是一切的庇护者。（56）尊者啊！向你致敬！毗湿奴啊！世界创始者啊！感官之主啊！你是创造者和毁灭者，不可战胜。（57）我看到你在三界之路上的神圣性；我如实看到你永恒的形象。（58）你头顶天穹，脚触神圣的大地，勇气充满三界，你是永恒的原人。（59）不退的乔宾陀（黑天）身穿黄衣，灿若阿多希花，向他致敬的人无所畏惧。（60）正如毗湿奴是真理，正如毗湿奴是祭品，正如毗湿奴是一切，让我的罪过消失吧！（61）莲花眼啊！我虔诚地求你庇护，希望获得满意的归宿，神中俊杰啊！你为我的幸福想想吧！（62）你是知识和苦行的源泉，而你自己没有起源；你是接受赞美的毗湿奴，备受语言和祭祀崇拜的遮那陀那神，满足我的心愿吧！"（63）

毗湿摩心系黑天，说完这些话，向黑天行礼，说道："向你致敬！"（64）凭借瑜伽力，摩豆族后裔诃利（黑天）得知毗湿摩的虔诚，前去赐给他显示三时的神圣知识。（65）毗湿摩的话音停下，那些宣梵者（婆罗门）哽咽着，用话语赞颂大智者毗湿摩。（66）这些优秀的婆罗门也赞美人中俊杰盖沙婆（黑天）。所有的人都轻声地赞颂毗湿摩。（67）人中俊杰（黑天）得知毗湿摩的虔诚瑜伽，当即起身，满怀喜悦，登上车子。（68）盖沙婆（黑天）和萨谛奇同乘一辆车出发，灵魂高尚的坚战和胜财（阿周那）同乘另一辆车出发。（69）怖军和孪生子同乘一辆车，慈悯、尚武和御者全胜同乘另一辆车。(70)人中雄牛们乘坐城堡般的车辆出发,车轮滚滚声震撼整个大地。(71)一路上诛灭盖辛者(黑天)心情愉快,听到婆罗门们对人中俊杰们的赞颂声;他满怀喜悦,向双手合十、俯首行礼的人们致意。(72)

以上是吉祥的《摩诃婆罗多》中《和平篇》第四十七章(47)。

四八

护民子说:

于是,感官之主(黑天)、坚战王、慈悯等人和般度族其他四位兄弟,(1)他们乘坐城堡般的车辆,飘扬着鲜艳的旗帜,驱赶着快速的骏马,前往俱卢之野。(2)他们在俱卢之野下车。这里遍布头发、骨髓和白骨,许多灵魂高尚的刹帝利在这里捐躯。(3)象和马的尸骨堆积如山,人的头骷髅堆积如贝螺。(4)火葬堆数以千计,到处是成堆的铠甲和武器,犹如曾经是死神的饮水之地,现已废弃。(5)大勇士们迅速进入俱卢之野,看到成群的罗刹出没,鬼怪相随。(6)雅度族后裔大臂者(黑天)边走边对坚战讲述食火仙人之子(持斧罗摩)的勇武:(7)"普利塔之子啊!看远处这些罗摩湖,里面灌满了刹帝利的鲜血。(8)这位主人曾经三七二十一次消灭大地上的刹帝利,现在,他已不做这种事。"(9)

坚战说:

你说罗摩曾经三七二十一次消灭大地上的刹帝利,我对此深表怀疑。(10)雅度族雄牛啊!既然罗摩已将刹帝利灭种,怎么刹帝利又会产生出来呢?无比勇敢者啊!(11)雅度族雄牛啊!刹帝利怎样被灵魂高尚的尊者罗摩消灭?又怎样繁衍?(12)在婆罗多族大战中,数千万刹帝利被杀死,大地上布满刹帝利的尸体,能言善辩者啊!(13)苾湿尼族后裔啊!请你解除我的疑问吧!以大鹏鸟为旗徽者啊!我们从你那里能得到最高的知识,婆薮提婆之子黑天啊!(14)

护民子说:

于是,伽陀之兄(黑天)边走边对无比光辉的坚战如实地详细讲

第十二　和平篇

述大地上怎么又会充满刹帝利。（15）

以上是吉祥的《摩诃婆罗多》中《和平篇》第四十八章（48）。

四九

婆薮提婆之子（黑天）说：

贡蒂之子啊！请听我讲述从大仙们那里听来的罗摩的出生和业绩。（1）数千万刹帝利被食火仙人之子（持斧罗摩）杀死后，又在各个王族世系中复兴，而在婆罗多族大战中再次被杀死。（2）阇诃奴有个儿子阿阇诃奴，阿阇诃奴有个儿子钵罗婆，钵罗婆有个儿子拘湿迦，是一位通晓正法的国王。（3）他如同大地上的千眼神（因陀罗），实施严厉的苦行，盼望得到一位战无不胜的儿子，成为三界之主。（4）攻克城堡的千眼神（因陀罗）看到他实施严厉的苦行，亲自投胎为他的儿子，婆罗多子孙啊！（5）诛灭巴迦的世界之主（因陀罗）成为拘湿迦的儿子，取名伽亭。（6）伽亭生有一个女儿，名叫贞信，主人啊！伽亭将她嫁给诗人之子利吉迦。（7）贡蒂之子啊！婆利古后裔（利吉迦）非常高兴，俱卢后裔啊！为了让伽亭有个儿子，他盼咐煮好牛奶粥。（8）婆利古后裔利吉迦唤来妻子，说道："这份牛奶粥供你享用，那一份供你的母亲享用。（9）她将生下一个儿子，成为光辉的刹帝利雄牛。在这世界上，他能征服刹帝利雄牛，而没有一个刹帝利能战胜他。（10）而这份牛奶粥也会让你生下一个儿子，成为优秀的婆罗门，坚定，平静，具有苦行，吉祥的女子啊！"（11）婆利古后裔利吉迦聪明睿智，热爱苦行，对妻子这样说罢，便前往森林。（12）

这时，伽亭王决心朝拜圣地，带着妻子来到利吉迦的净修林。（13）贞信拿着两份牛奶粥，依照丈夫的盼咐，高兴地告诉母亲，国王啊！（14）贡蒂之子啊！母亲不知情，将自己的那份牛奶粥给了女儿，而自己拿了女儿的那份。（15）于是，贞信浑身发烧，怀上一个灭绝刹帝利的、容貌可怕的胎儿。（16）利吉迦凭借禅定瑜伽，看到后，王中之虎啊！对自己姿色美丽的妻子说道：（17）"贤女啊！你被母亲骗了，由于置换了牛奶粥，你将生下一个行为残忍的大力士儿子。(18) 而你的弟弟将是以苦行为财富的婆罗门，因为我在宇宙之梵中添加了苦行。"(19) 大福大德的贞信听了丈夫的话后，俯首行礼，颤抖着说道：(20) "尊者啊！你不应该对我说这样的话：'你将得到一个婆罗门恶种儿子。'大牟尼啊！"(21)

利吉迦说：

这不是我故意造成的，贤女啊！你生出这个残忍的儿子，是母亲置换牛奶粥的结果。(22)

贞信说：

牟尼啊！只要你愿意，你能创造世界，何况我的儿子？我应该得到一个平静而正直的儿子，优秀的默祷者啊！(23)

利吉迦说：

我过去从不随意说谎，贤女啊！更何况在准备牛奶粥时，念诵咒语，侍奉祭火？(24)

贞信说：

那就让我俩的孙子成为那样吧！优秀的默祷者啊！我应该得到一个平静而正直的儿子。(25)

利吉迦说：

美女啊！对我来说，儿子和孙子没有什么区别，就照你说的办吧！贤女啊！他会这样的。(26)

婆薮提婆之子（黑天）说：

于是，贞信生下了一个儿子，就是婆利古后裔食火仙人，生性平静，热爱苦行。(27) 拘湿迦之子伽亭王得到一个儿子，名叫众友，具有宇宙之梵，如同梵仙。(28) 而利吉迦之子食火仙人生下一个可怕的儿子，精通一切知识，熟谙弓箭术。他就是诛灭刹帝利的罗摩，如同燃烧的烈火。(29)

当时，成勇之子威武有力，名叫阿周那，是海河夜族的刹帝利。(30) 他凭借自己手臂和武器的力量，凭借至高的正法，在战斗中焚烧整个大地，连同七洲和城镇。(31) 俱卢后裔啊！饥渴的火神请求施舍，勇敢的千臂者（阿周那）便向火神施舍。(32) 英勇的火神渴望焚烧，依靠阿周那的箭焚烧村庄、城市、牧场和乡镇。(33) 大苦行者（火神）依靠人中因陀罗成勇之子（阿周那）的威力，燃烧山岳和树林。（34）火神偕同海诃夜（阿周那），借助风势，燃烧伐楼拿之子的空旷的净修林。（35）英勇的阿波婆（极裕仙人）看到自己的净修林被成勇之子阿周那烧毁，愤怒地诅咒道：（36）"阿周那啊！你头脑发昏，毫不留情，烧毁我的树林，因此，罗摩将在战斗中砍下你的千臂。"（37）

大王啊！英勇的阿周那强大有力，一向保持平静，善待婆罗门，乐于助人，慷慨布施，婆罗多子孙啊！（38）由于这个诅咒，他的暴戾蛮横的儿子们成为他的死因。（39）婆罗多族雄牛啊！他们抢夺食火仙人的牛犊，而聪明睿智的海诃夜王成勇之子（阿周那）并不知道。（40）于是，勇敢的食火仙人之子（罗摩）砍下阿周那的千臂，从他们的后宫将哀鸣的牛犊带回自己的净修林，王中因陀罗啊！（41）而阿周那的愚蠢的儿子们又纠集一起，前往灵魂高尚的食火仙人的净修林。（42）他们用月牙箭头砍下食火仙人的脑袋，而此时灵魂高尚的罗摩正外出采集柴草。（43）然后，无法忍受父亲被杀，罗摩愤怒至极，拿起武器，发誓要在大地上杀尽刹帝利。（44）这位英勇的婆利古族之虎大显威风，很快杀死阿周那的所有儿子和孙子。（45）这位婆利古后裔满腔愤怒，又杀死数以千计的海诃夜人，国王啊！他使整个大地遍布血泥。（46）这位大光辉者消灭大地上的刹帝利后，满怀悲悯，回到净修林。（47）

后来，过了几千年，这位天生易怒的主人受到严厉攻击。（48）大王啊！众友的孙子、吟赞的儿子、大苦行者远财在大庭广众指责他，说道：（49）"罗摩啊！在迅行王逝世的祭祀上，聚集着以刺穿王为首的人们，他们不都是刹帝利吗？（50）罗摩啊！你在大庭广众发出的誓言是虚假的。由于害怕刹帝利英雄们，你躲到了山上。"（51）听了远财的话，这位婆利古后裔又一次拿起武器，使数以百计的刹帝利横尸大地。（52）国王啊！后来，数百个存活下来的刹帝利又繁殖增长，成为勇武的国王们。（53）于是，罗摩又迅速杀死这些刹帝利，连儿童也不放过，国王啊！大地上再次剩下刹帝利胎儿。（54）而胎儿一次次生下，他又将他们杀死。但刹帝利妇女们还是保存了一些儿子。（55）这位主人三七二十一次消灭大地上的刹帝利后，举行马祭，将大地布施给迦叶波。（56）吉祥的迦叶波为了保护剩下的刹帝利，用拿着长勺的手，指着说：（57）"大牟尼啊！你到大海南岸去吧！你不应该住在我的领域里，罗摩啊！"（58）于是，大海出于恐惧，在大地另一端，为食火仙人之子（罗摩）创造了一个名为苏尔巴罗迦的地域。（59）大王啊！迦叶波接受这个大地后，国王啊！交给婆罗门们居住，自己进入大森林。（60）

此后，那些首陀罗和吠舍随心所欲，恣意妄为，与优秀的婆罗门妻子们一起生活，婆罗多族雄牛啊！（61）人世间没有国王，弱者受强者的欺凌，任何人都不能掌握自己的财产。（62）大地得不到维护正法的刹帝利的正常保护，渐渐沉入地狱。（63）迦叶波用大腿撑起下沉的大地，国王啊！大地由此得名优尔维（"在大腿上"）。（64）为了求得保护者，大地女神安抚迦叶波，向他乞求拥有臂力的刹帝利，说道：（65）"婆罗门啊！有一些出生在海诃夜家族的刹帝利雄牛被我藏在人间，牟尼啊！让他们保护我吧！（66）主人啊！补卢族后裔维杜罗陀之子在有熊山上，与熊一起长大，婆罗门啊！（67）无限光辉的仙人波罗奢罗出于怜悯，保护绍陀娑之子。（68）绍陀娑之子像首陀罗那样，为仙人做一切事情，由此得名全业（'一切事情'），大地之主啊！让他保护我吧！（69）大光辉的尸毗之子在森林中受到牛群保护，由此得名牛护，牟尼啊！让他保护我吧！（70）声誉卓著的刺穿之子在牛栏里与牛犊一起长大，由此得名犊子，让这位国王保护我吧！（71）陀提婆诃那之孙、迪维罗陀之子安伽在恒河岸边受到乔答摩保护。（72）大福大德的大臂巨车在大地上威武显赫，在灵鹫峰上受到猿猴保护。（73）杜尔婆薮的三个刹帝利属于摩奴多家族，勇武如同风神，受到大海保护。（74）听说这些刹帝利之子散布各处，让他们保护我吧！这样我就可以岿然不动。（75）他们的父辈和祖辈为了我，在战斗中被所向无敌的罗摩杀死，（76）毫无疑问，我应该供奉他们，因为我不喜欢总是这样缺乏有力的保护。"（77）

于是，迦叶波按照大地女神的意愿，找到那些英勇的刹帝利，给他们灌顶为王。（78）从此，这些刹帝利子孙维系他们的家族。这些就是你询问的过去发生的事情，般度之子啊！（79）

护民子说：

雅度族英雄（黑天）对优秀的执法者坚战这样说完，迅速驱车向

前，犹如光辉灿烂的太阳进入三界。(80)

以上是吉祥的《摩诃婆罗多》中《和平篇》第四十九章(49)。

五〇

护民子说：

坚战王听了罗摩的这些业绩，惊诧不已，对遮那陀那（黑天）说道：(1)"苾湿尼族后裔啊！灵魂高尚的罗摩勇武如同帝释天，愤怒地消灭大地上的刹帝利。(2)刹帝利后裔们惧怕罗摩，惶恐不安，受到牛群、大海、猿猴和熊黑保护。(3)哦，这个世界是幸运的，大地上的人们是幸运的，不退者啊！婆罗门做了这样一件合乎正法的事情。"(4)

不退者（黑天）和坚战两人这样说着，来到恒河之子（毗湿摩）那里。这位主人正躺在箭床上。(5)他们看到毗湿摩躺在箭床上，犹如黄昏的太阳笼罩在自己的光辉之网中。(6)众牟尼侍奉他，犹如众天神侍奉百祭（因陀罗）。这里靠近奥克婆蒂河，无上圣洁。(7)黑天、法王（坚战）、般度四子和有年之子（慈悯）等人在远处看到他。(8)他们从车上下来，控制激动的心，收拢所有的感官，走近大牟尼们。(9)乔宾陀（黑天）、萨谛奇和俱卢后裔们向毗耶婆等仙人行过礼后，走近恒河之子（毗湿摩）。(10)向以苦行为财富的恒河之子（毗湿摩）问好后，雅度族和俱卢族的人中雄牛们全部围他而坐。(11)

看到恒河之子（毗湿摩）如同行将熄灭的火焰，盖沙婆（黑天）心情沉重，对毗湿摩这样说道：(12)"国王啊！你的知觉还和以前一样清醒吧？你的智慧没有糊涂吧？优秀的论说家啊！(13)箭伤的痛苦没有折磨你的肢体吗？身体的痛苦比思想的痛苦更剧烈。(14)精通正法的父王福身赐给你恩惠，主人啊！你可以随意掌握死亡时间，但这不是内心平静的原因。(15)身上扎有小刺，也会产生痛苦，更何况中了那么多的箭，婆罗多子孙啊！(16)我要说你并不愿意这样，婆罗多子孙啊！你能指出众生的生死存亡，也能指出众天神的幸福所在。(17)你以知识为财富,过去、未来和现在的一切,你都了如指掌,人中雄牛啊!(18)你知道众生的轮回和正法的果报,大智者啊!你是由梵构成的大海。(19)我看到你身居富饶的王国,肢体健全,身体无恙,纵然有数千女子围绕,始终保持童身。(20)

"在这三界中,除了福身王之子毗湿摩,信守诺言,英勇非凡,一心遵行正法,大地之主啊!(21)我们没有听说有这样的情况发生:躺在箭床上,有能力驾驭死亡。(22)诚实、苦行、施舍、祭祀、弓箭术、吠陀和观察,(23)温和、纯洁、自制和关心众生利益,我们没有听说有过像你这样的大英雄。(24)毫无疑问,你能单车战胜天神、健达缚、阿修罗和罗刹们。(25)大臂毗湿摩啊!婆罗门们一向称颂你为第九位婆薮,但依据品行,你不是第九位婆薮,而与婆薮之主(因陀罗)相同。(26)我知道即使在三十三天神中,你凭自己的能力,也被称作大力士,人中俊杰啊!(27)在人世间,我没有见到,也没有听说有任何人具备像你这样的品行,人中因陀罗啊!(28)你具备一切品行,超过众天神;你凭借苦行,能创造动物和不动物的世界。(29)

"般度长子(坚战)为杀死亲戚而焦躁不安,毗湿摩啊!请你消除他的忧伤吧!(30)因为你熟悉为四种姓规定的各种正法和四个生活阶段应尽的职责,婆罗多子孙啊!(31)在四吠陀和四祭祀中,在数论和瑜伽中,都对这些永恒的正法作出规定。(32)每种正法与四种姓不矛盾,恒河之子啊!你知道怎样履行这些正法。(33)你也知道所有历史传说和往世书,所有的法典都永远铭记在你心中。(34)人中雄牛啊!在这世上,除了你以外,没有哪个人能澄清在这世上产生疑问的那些含义。(35)人中因陀罗啊!你用智慧消除般度之子心中的忧愁吧!像你这样智慧广大的人,就是为了解除他人的困惑,以达到平静。"(36)

以上是吉祥的《摩诃婆罗多》中《和平篇》第五十章(50)。

五一

护民子说：

听了睿智的婆薮提婆之子（黑天）的话后，毗湿摩微微抬头，双手合十，说道：（1）"向你致敬，毗湿奴啊！世界的起源和灭亡啊！因为你是创造者和毁灭者，感官之主啊！你不可战胜。（2）向你致敬，以宇宙为事业者啊！宇宙的灵魂啊！宇宙的源泉啊！你是众生的归宿，高于五大元素。（3）向你致敬！你属于三界，高于三界，瑜伽之主啊！向你致敬！你是一切的庇护。（4）你说的有关我的话，使我看到你在三界展现的神性，人中俊杰啊！（5）我如实看到你永恒的形体，堵住威力无限的风神的七重路。（6）你头顶天穹，双脚遍布大地，双臂接触各方，眼睛是太阳，帝释天是你的勇力。（7）你身穿灿若阿希多花的黄衣，令人想起携带闪电的乌云。（8）我渴望理想的归宿，虔诚地乞求你庇护，莲花眼啊！请你想想怎样对我最好，人中俊杰啊！"（9）

婆薮提婆之子（黑天）说：

人中雄牛啊！你过去确实对我虔诚，因此，我向你显示神圣的形体，国王啊！（10）王中因陀罗啊！我不向不虔诚的人、虔诚而不正直的人和不自制的人显示自己，婆罗多子孙啊！（11）你一向对我虔诚，为人正直，乐于克制、苦行、诚实和施舍，纯洁无邪。（12）毗湿摩啊！你凭自己的苦行能够看到我，国王啊！你进入的世界，不会再返回。（13）俱卢族英雄啊！你还能活三十五天，然后摆脱这个身体，得到善业的果报，毗湿摩啊！（14）那些天神和婆薮乘坐天车，如同燃烧的火焰，都在暗中保护你，直到太阳移到北面。（15）一旦尊贵的太阳在时神控制下移到北面，人中英雄啊！你会前往智者不再从那里返回的世界。（16）毗湿摩啊！一旦你前往那个世界，所有的知识都将消失，英雄啊！因此，所有的人聚集在你身旁，想要听你论述正法。（17）信奉真理的坚战为亲戚忧伤，学问受到损害，你给他讲些关于正法、利益和禅定的有意义的话，消除他的忧伤吧！（18）

以上是吉祥的《摩诃婆罗多》中《和平篇》第五十一章（51）。

五二

护民子说：

听了黑天这番符合正法和利益的话，福身王之子毗湿摩双手合十，回答道：（1）"世界保护者啊！大臂者啊！湿婆啊！那罗延啊！不退者啊！听了你的话，我满怀喜悦。（2）语言之主啊！我还能在你的面前说什么呢？所有要说的话都已经包含在你的话中了。（3）在这世界上，已经做的或应该做的事情都产生于你，天神啊！因为这个世界由你的智慧构成。（4）一个能在天王面前讲述天神世界的人，才能在你面前讲述正法、爱欲和利益的意义。（5）诛灭摩图者啊！我的思想受到箭伤折磨，肢体衰弱，智力下降。（6）乔宾陀啊！那些利箭如同毒药和烈火折磨我，我没有能力讲什么。（7）我的体力和智慧削弱，呼吸加快，关节发烧，思想混乱。（8）由于衰弱，我吐字僵硬，怎么能说话呢？请你原谅我吧，陀沙诃族后裔啊！（9）请你宽恕我吧，大臂者啊！我不能说什么了，不退者啊！在你面前说话，甚至语言之主（毗诃波提）也会发憷。（10）我分辨不清天、地和方向。我只是凭借你的勇气坚持着，诛灭摩图者啊！（11）主人啊！为了法王（坚战）的利益，你就赶快亲自对他讲述一切经典中的经典吧！（12）有你这位永恒的世界创造者在这世界上，犹如老师在场，像我这样的学生还能说什么呢？"（13）

婆薮提婆之子（黑天）说：

这些话出自你这位俱卢族的负轭者，英勇非凡，精神高尚，洞悉一切，坚定不移。（14）恒河之子啊！由于箭伤的痛苦，你对我说了这些话，毗湿摩啊！请接受我赐给你的恩惠吧，主人啊！（15）恒河之子啊！你不会疲惫、糊涂、发烧、痛苦和饥渴，不退者啊！（16）所有的知识依然清晰，无罪之人啊！决不会出现智力迟钝的情况。（17）毗湿摩啊！你的思想始终会保持活力，摆脱激动和愚妄，犹如月亮摆脱乌云。（18）你思考问题会符合正法和利益；你的智慧会出类拔萃。（19）人中之虎啊！凭借天眼，你会看到四类生物，无比

勇敢者啊！(20) 你具有智慧之眼，能如实看到四类生物之网，犹如在清澈的水中的鱼。(21)

护民子说：

然后，所有的大仙人和毗耶娑一起用梨俱、夜柔和娑摩颂诗赞美黑天。(22) 空中撒下各季天花之雨，落在苾湿尼族后裔（黑天）、恒河之子（毗湿摩）和般度之子们身上。(23) 各种天乐鸣奏，众天女歌唱，看不到任何不吉利的迹象。(24) 清风吹拂，送来种种芳香，洁净舒适；四周宁静，飞禽走兽安详地鸣叫。(25) 随即，人们看到千道光芒的太阳仿佛在西边尽头焚烧森林。(26) 于是，所有的大仙人站起来，向遮那陀那（黑天）、毗湿摩和坚战王行礼辞别。(27) 盖沙婆（黑天）、般度之子（坚战）萨谛奇、全胜和有年之子慈悯也向他们行礼。(28) 这些热爱正法的大仙人受到应有的尊敬，说道："我们明天再见。"随即返回各自的居处。(29)

同样，盖沙婆（黑天）和般度之子们也向恒河之子（毗湿摩）告辞，右旋绕行后，登上精美的车辆。(30) 这些车辆配有镶金的象牙车辕，高似大山的醉象，快似大鹏鸟的骏马，挽弓欲射的步兵。(31) 这支迅速行进的军队走在车队前后，犹如浩荡的那尔摩达河遇到有熊山，分成前后两截。(32) 在喜气洋洋的军队前面，尊贵的月亮升起，凭借自己的能力，再次滋润被太阳吸干汁液的药草。(33) 这样，雅度族雄牛（黑天）和般度之子们进入天城般辉煌的城堡，进入各自的精美住所，犹如疲惫的狮子进入洞穴。(34)

以上是吉祥的《摩诃婆罗多》中《和平篇》第五十二章（52）。

五三

护民子说：

诛灭摩图者（黑天）进入住所睡觉，在离天亮还有一个时辰时，醒来了。(1) 摩豆族后裔（黑天）依照禅定之路观察一切知识，然后沉思永恒的梵。(2) 随即，一群精通经典和往世书的人，嗓音优美，开始赞美创造一切的生主婆薮提婆之子（黑天）。(3) 众歌者击掌吟诵和歌唱，数以千计的螺号、大鼓和小鼓鸣响。（4）琴声、鼓声和笛声动人心弦，他的宽敞的宫殿似乎也在笑着聆听。（5）在坚战宫殿中，也出现甜蜜的话语声，伴随有吉祥的祝福声、歌声和器乐声。（6）

　　然后，陀沙诃族后裔（黑天）起身沐浴。这位大臂者双手合十，默默念诵，侍奉祭火。（7）他赐给一千位精通四吠陀的婆罗门每人一头母牛，让他们念诵祷词。（8）完成吉祥仪式后，黑天在洁净的镜子中看了看自己，对萨谛奇说道：（9）"悉尼之孙啊！你去王宫看看，大光辉的坚战是否准备好去见毗湿摩？"（10）奉黑天之命，萨谛奇迅速前往坚战那里，说道：（11）"睿智的婆薮提婆之子（黑天）的车辆已经准备好，国王啊！遮那陀那（黑天）就要前往恒河之子（毗湿摩）那里。（12）大光辉的法王啊！黑天正在等你决定下一步的行动呢！"（13）

坚战说：

　　无比光辉的阿周那啊！套上我的车吧！不要带士兵，就我们自己去。（14）优秀的执法者毗湿摩不应该受到侵扰，胜财啊！让卫兵们留在这里。（15）从今天开始，恒河之子（毗湿摩）会宣说最高奥秘，贡蒂之子啊！我不希望各色人等聚在一起。（16）

护民子说：

　　听了坚战的话，贡蒂之子胜财（阿周那）告诉他，车已备好，人中雄牛啊！（17）于是，坚战王、孪生子、怖军和阿周那，仿佛是一切众生，前往黑天的宫殿。（18）灵魂高尚的般度之子们到达那里，睿智的黑天和悉尼之孙（萨谛奇）一起登上自己的车。（19）这些大勇士在车上互相致意，问候晚上过得可好，然后驾驭这些响声如雷的精美车辆出发。（20）

　　达禄迦驱策婆薮提婆之子（黑天）的骏马云花、钵罗诃、塞尼耶和妙项。（21）婆薮提婆之子（黑天）的这些骏马在达禄迦驱策下，用蹄尖着地，快速前进。（22）这些强壮有力的奔马仿佛吞下天空，穿越整个正法之田、俱卢之野，（23）到达主人毗湿摩躺在箭床的地方。众梵仙陪伴着他，犹如众天神陪伴梵天。（24）乔宾陀（黑天）、坚战、怖军、手持神弓者（阿周那）、孪生子和萨谛奇从车上下来，举起右手,向仙人们致以敬意。(25)犹如众星捧月,坚战在众人的簇拥下,走近恒河之子(毗湿摩),犹如婆薮之主(因陀罗)走近梵天。(26)出于害怕,大臂者(坚战)惊恐不安地望着躺在箭床上的毗湿摩,仿佛落下的太阳。(27)

  以上是吉祥的《摩诃婆罗多》中《和平篇》第五十三章(53)。

五四

镇群说:

不退者天誓(毗湿摩)灵魂高尚,精神伟大,恪守真理,控制自我,大福大德,躺在箭床上。(1)福身王后裔、恒河之子、人中之虎毗湿摩躺在英雄之床上,般度之子们侍立四周。(2)在一切军队毁灭后,英雄们重新相聚,说了些什么?大牟尼啊!请你告诉我。(3)

护民子说:

俱卢族负轭者毗湿摩躺在箭床上,以那罗陀为首的仙人和悉陀们来到这里,国王啊!(4)以坚战为首的劫后余生的国王们,持国、黑天、怖军、阿周那和孪生子也来到这里。(5)这些灵魂高尚的人们走近如同落日的婆罗多族祖父、恒河之子(毗湿摩),心怀忧伤。(6)容貌如同天神的那罗陀仿佛沉思了片刻,对般度之子们和所有劫后余生的国王们说道:(7)"我说,现在是询问毗湿摩的时候了,因为恒河之子(毗湿摩)如同太阳落下西山,婆罗多子孙啊!(8)他就要抛弃生命,你们大家上前询问他吧!他精通四种姓的所有正法。(9)这位老人抛弃身体后,会到达最高世界,你们快去询问各自心中的疑惑吧!"(10)

  那罗陀这样说罢,国王们走近毗湿摩。但是他们面面相觑,不能开口提问。(11)于是,般度之子坚战对感官之主(黑天)说道:"提婆吉之子啊!除了你以外,没有人能询问祖父。(12)难以抗衡者啊!你先说吧!因为你是所有人中最优秀的知法者,诛灭摩图者啊!"(13)听了般度之子(坚战)这样说,尊者盖沙婆(黑天)走近难以抗衡者(毗湿摩),与他说话。(14)

婆薮提婆之子（黑天）说：

王中俊杰啊！你晚上过得好吗？你的神志清醒吗？（15）无罪之人啊！一切知识保持清晰吗？你的心力不衰竭，思想不混乱吧？（16）

毗湿摩说：

乔宾陀啊！由于你的恩惠，发烧、糊涂、疲惫、劳累、困乏和疼痛都突然离我而去，无罪之人啊！（17）大光辉者啊！我看到过去、未来和现在的一切，犹如看到放在手上的果子。（18）不退者啊！由于你赐予的恩惠，我看到吠陀中宣示和吠檀多中规定的一切正法。（19）智者们讲授的正法，我铭记在心，遮那陀那啊！我通晓国家、种姓和家族的正法。（20）四种生活阶段的意义，我铭记在心，盖沙婆啊！我精通所有王法。（21）凡是应该说的，我都会说，遮那陀那啊！由于你的恩惠，清晰的智慧进入我的思想。（22）通过沉思你，我的活力增强，仿佛又恢复青春，遮那陀那啊！由于你的恩惠，我能讲述吉祥幸福。（23）为什么你不亲自向般度之子（坚战）讲述吉祥幸福，摩豆族后裔啊！你对此有什么说法，赶快告诉我吧！（24）

婆薮提婆之子（黑天）说：

俱卢后裔啊！你要知道，我是名誉和幸福之根，一切善恶之事都源自我。（25）说月光清凉，世上谁会表示惊讶？同样，说我满载荣誉，谁会表示惊讶？（26）大光辉者啊！我要给你增添声誉，因此，我赋予你博大的智慧，毗湿摩啊！（27）大地之主啊！只要大地永久存在，你的不朽名誉就会传遍世界。（28）毗湿摩啊！你对般度之子（坚战）提问所作的解答，会像吠陀教导那样在大地上永存。（29）以此为准则，规范自己的人，死后会获得一切功果。（30）因此，毗湿摩啊！我赐给你天智，从而增长你的声誉。（31）一个人只要在世界上享有名声，他就会赢得不朽的地位，这是肯定的。（32）

国王啊！劫后余生的国王们围坐在你身旁，想要询问正法，你就为他们讲述吧，婆罗多子孙啊！（33）你年高德劭，行为符合经典，精通古老的王法及其他。（34）谁也找不出你出生以来有什么过失。所有的国王都知道你精通一切正法。（35）国王啊！如同父亲对待儿子，你向他们讲述至高的规范吧！因为你一向侍奉仙人和天神。（36）他们询问你，渴望聆听正法，我看你应该向他们详细讲述。（37）智者受到询问,就应该解答,这是智者公认的职责。如果不解答,他就犯下严重过失,主人啊!(38)你的儿孙们询问永恒的正法,渴望知晓,你作为智者,就讲述吧,婆罗多族雄牛啊!(39)

以上是吉祥的《摩诃婆罗多》中《和平篇》第五十四章(54)。

五五

护民子说:

于是,大光辉的俱卢族后裔(毗湿摩)说道:"我将讲述正法。由于你的恩惠,我的思想和语言坚强有力,乔宾陀啊!你是众生永恒的灵魂。(1)让坚战向我询问正法吧!我会高兴地讲述正法,无罪之人啊!(2)这位以法为魂、灵魂崇高的王中雄牛诞生时,所有的仙人满怀喜悦。让这位般度之子向我提问吧!(3)在所有声誉卓著、遵行正法的俱卢族人中,没有谁能与他相比,让这位般度之子向我提问吧!(4)他始终保持坚定、自制、梵行、宽容、正法、威严和光辉,让这位般度族之子向我提问吧!(5)诚实、施舍、苦行、纯洁、平静、机智和镇定,他具备所有这一切,让这位般度之子向我提问吧!(6)他以法为魂,从不出于爱欲、愤怒、恐惧或贪财,而做非法的事,让这位般度之子向我提问吧!(7)尊敬和善待亲友、客人、侍从、投靠者和依附者,让这位般度之子向我提问吧!(8)永远诚实,永远宽容,永远好学,永远善待客人,乐善好施,让这位般度之子向我提问吧!(9)永远坚持祭祀和诵习,永远热爱正法,平静,通晓经典奥秘,让这位般度之子向我提问吧!"(10)

婆薮提婆之子(黑天)说:

以法为魂的坚战无比羞愧,诚惶诚恐,害怕你诅咒,不敢走近你。(11)这位世界保护者造成世界毁灭,民众之主啊!他诚惶诚恐,害怕你诅咒,不敢走近你。(12)他用箭杀死了那些虔诚的值得崇敬、尊重和供养的老师、亲戚和朋友,他不敢走近你。(13)

毗湿摩说:

黑天啊!正如婆罗门的正法是施舍、诵习和苦行,刹帝利的正法是在战场上舍生捐躯。(14)在战场上杀死行为不规的父辈、祖辈、儿辈、老师、亲戚和朋友，这符合正法。(15)在战场上杀死背信弃义、贪婪、邪恶的长辈，这样的刹帝利通晓正法。(16)在战场上受到挑战，应该与刹帝利亲友作战，因为摩奴说：合法的战斗会赢得世界和天国。(17)

护民子说：

听了毗湿摩这样说，法王坚战谦恭地走上前去，站在他眼前。(18)他向毗湿摩行触足礼。毗湿摩欢迎他，吻他的头，说道："坐下。"(19)弓箭手中的雄牛、恒河之子（毗湿摩）说道："孩子啊！不要紧张，你问吧！别害怕，俱卢族俊杰啊！"(20)

以上是吉祥的《摩诃婆罗多》中《和平篇》第五十五章(55)。

五六

护民子说：

向感官之主（黑天）行过礼，向祖父（毗湿摩）行过礼，又向所有老师行过礼，坚战询问道：(1)"通晓正法的人们说：'王国是最高的正法。'我认为这个正法责任重大，国王啊！请你说说吧！(2)祖父啊！请你详细讲述王法，因为王法是一切生命世界的庇护。(3)人生三要（正法、爱欲和利益）都依据王法，俱卢族后裔啊！解脱法显然也完全依据它。(4)众所周知，王法控制世界，如缰绳控制马，铁钩控制大象。(5)如果王仙遵行的正法出现混乱，世界就会失去稳定，一切都会混乱。(6)犹如太阳升起，驱除不祥的黑暗，王法驱除世上的邪恶。(7)因此，祖父啊！你先为我讲述王法的真谛吧，婆罗多族俊杰啊！因为你是最优秀的智者。(8)折磨敌人者啊！婆薮提婆之子（黑天）认为你的智慧最高，我们都希望从你那里获得最高知识。"(9)

毗湿摩说：

向伟大的正法致敬，向创造主黑天致敬，向众位婆罗门致敬，我将讲述永恒的正法。(10)坚战啊！请你专心听我详细讲述王法以及你想听的其他正法。(11)俱卢族俊杰啊!一个愿做好事的国王首先应该按照礼仪侍奉天神和婆罗门。(12)俱卢族后裔啊!因为崇敬天神和婆罗门,履行了正法的义务,他就会受到世人尊敬。(13)孩子啊!你永远要勤奋努力,因为缺少努力,命运也不会成就国王的事业,坚战啊!(14)成功有两个因素:命运和努力。我认为努力更重要,命运要依据努力确定。(15)事情开始不顺利,不要烦恼。精勤努力,会获得成功,孩子啊!这是国王的最高规范。(16)除了诚实之外,国王没有别的成功的原因。热爱真理的国王,今生和来世都快乐。(17)真理也是仙人们的至高财富,王中因陀罗啊!同样,真理是赢得国王信任的最重要原因。(18)有德,持戒,自制,温和,守法,控制感官,容貌端正,慷慨大度,永远不会失去财富。(19)公正处理一切事务,又注意策略,保守三种秘密,俱卢族后裔啊!你就会繁荣昌盛。(20)国王仁慈,就会处处受人轻视;国王严厉,就会给世人造成麻烦,因此,你的行为要兼顾两方面。(21)

优秀的施主啊!你永远不要惩处婆罗门,因为在这世界上,婆罗门是最优秀的生灵,婆罗多子孙啊!(22)王中因陀罗啊!灵魂高尚的摩奴吟唱的两首关于自己的正法的偈颂,你要铭记在心,俱卢后裔啊!(23)火产生于水,刹帝利产生于婆罗门,铁产生于石。它们的威力遍及各处,而回到本源,威力便消失。(24)铁器打击石头,火遇水,刹帝利仇恨婆罗门,前三者都会受挫。(25)懂得了这个道理,就会尊敬婆罗门,大王啊!优秀的婆罗门心境平静,维系大地之梵(吠陀)。(26)人中之虎啊!对于那些阻碍世界运转的人,即使可能是婆罗门,永远应该用双臂加以镇压。(27)大仙人优沙那曾经吟唱过两首偈颂,大智者啊!请你专心听取!国王啊!(28)关注正法的国王应按照自己的正法,惩处那些在战场上举起武器冲过来的人,即使它们是精通吠陀的婆罗门。(29)知法者保护遭到毁灭的正法,以暴抗暴,不会由此成为杀害婆罗门的罪人。(30)因此,人中俊杰啊!婆罗门应该受到保护。一旦他们犯罪,应该将他们驱逐出境。(31)民众之主啊!即使对于应受谴责的人,也应该仁慈。杀害婆罗门者、玷污老师床笫者和杀害胎儿者,(32)还有仇视国王者,对于这样的婆罗门应该驱逐出境,决不要对他们施以肉体惩罚。(33)

你应该永远爱怜人们，人中俊杰啊！人才济济是国王最宝贵的财富。（34）大王啊！经典中提到六种堡垒，其中，人的堡垒被认为最难攻破。（35）因此，聪明的国王永远关怀四种姓，以法为魂，言而有信，令臣民满意。（36）但是，你也不要一味宽容，人中俊杰啊！因为软弱的国王如同一头温顺的大象，不符合正法。（37）在毗诃波提的经典中，就有偈颂对这个问题作出规定，大王啊！请听我告诉你。（38）国王一味宽容，小民就会猖狂，犹如驯象者骑在大象头上。（39）因此，国王既不要始终温和，也不要始终严厉，应该像春天吉祥的太阳，既不冷也不热。（40）

大王啊！你永远应该通过感觉、推理、比较和经典识别敌我。（41）慷慨的施主啊！你应该抛弃一切嗜欲，并非不沾染，而是不要沉溺其中。（42）在这世界上，国王耽于嗜欲，被人征服；国王满怀嫉恨，举世不得安宁。（43）国王对待臣民永远应该像孕妇对待胎儿那样，大王啊！你听我讲述希望国王这样的原因。（44）正如孕妇为了保护自己的胎儿，舍弃自己心中的爱好，毫无疑问，国王也是这样。（45）俱卢族俊杰啊！遵循正法的国王永远应该这样做，为了世人的利益，舍弃自己的爱好。（46）你永远不要失去坚定，般度之子啊！一位坚定的、赏罚分明的国王能做到有令必行，不容违背。（47）

优秀的说话者啊！永远不要与侍从开玩笑，王中之虎啊！你听我讲述它的害处。（48）由于在一起嬉闹，仆人会轻视主人，不守本分，无视他的命令。（49）他们受到派遣，推诿拖延，喜欢打听秘密，提出非分的要求，享用不该享用的食物。（50）他们作威作福，侵占国王的土地，受贿行骗，搅乱事务。（51）他们弄虚作假，削弱国王的统治；身穿与国王一样的服装，与女侍卫们偷欢。（52）他们当着国王的面放屁，吐痰，人中之虎啊！肆无忌惮，议论他的命令。（53）国王随和，爱开玩笑，侍从们就会目中无人，乘坐只配国王乘坐的马、象和车。（54）这些所谓的朋友会在集会上这样说话："这件事你难以办到，国王啊！这件事你做得不对。"（55）如果国王生气，他们发出哄笑。他们受到尊敬，也不满意，互相之间始终发生摩擦，勾心斗角。（56）他们泄漏机密，传播丑闻，玩忽职守，无视国王的命令，不精心侍奉国王的装饰、饮食、沐浴和涂油。（57）人中之虎啊！他们自由放任，漫不经心地听取国王的命令，抱怨自己的能力，放弃自己的职责，婆罗多子孙啊！（58）他们不满足自己的生活，攫取国王享用的物品。他们想要像玩弄拴着绳子的小鸟那样玩弄国王，向世人表明"国王听我们的"。（59）坚战啊！国王随和，爱开玩笑，就会产生诸如此类的害处。（60）

以上是吉祥的《摩诃婆罗多》中《和平篇》第五十六章（56）。

五七

毗湿摩说：

国王永远应该勤奋努力，坚战啊！不勤奋努力，这样的国王就像女子，柔弱无力。（1）民众之主啊！智者优沙那吟唱过一首偈颂，国王啊！请专心听我告诉你。（2）犹如蛇吞老鼠，大地吞噬不抵抗的国王和不出家的婆罗门。（3）人中之虎啊！你应该铭记在心，该讲和时就讲和，该交战时就交战。（4）如果对王国七支①构成威胁，不管是老师还是朋友，都应该处死。（5）有一首关于国王职责的古老偈颂，由摩奴多国王吟唱，毗诃波提仙人也赞同，王中因陀罗啊！（6）傲慢无礼，误入歧途，不知什么该做不该做，即使是老师，也应该抛弃。（7）聪明睿智的巴胡之子婆伽罗王为市民利益着想，放逐自己的长子阿娑曼遮。（8）国王啊！从前，阿娑曼遮在萨罗优城，总是淹死市民的孩子，因此，遭到父亲谴责和放逐。（9）乌达罗迦仙人放逐自己可爱的儿子、大苦行者白旗，因为他总是诓骗婆罗门。（10）

造福世界，保护真理，行为端正，这是国王永恒的正法。（11）不侵犯别人的财产，及时施舍，勇敢，言而有信，宽容，这样的国王不偏离正道。（12）保守机密，抑制愤怒，依据圣典决断，永远关注正法、爱欲、利益和解脱。（13）国王应该防止三种泄密，没有比掩饰国王的错误更重要的事。（14）国王应该保护四种姓的正法，因为防止正法混乱是国王永恒的正法。（15）国王不能轻信别人，也不能

---

① 王国七支是国王、军队、大臣、盟友、财宝、领土和堡垒。

过分相信自己人,要始终依靠自己的智慧考察治国六法①的利弊。(16)善于派遣密探,发现敌人的破绽,懂得人生三要(正法、爱欲和利益)的意义,这样的国王永远值得称赞。(17)

他努力积聚财富,如同阎摩和财神,通晓地位增强和削弱的十种情况。(18)国王应该养育失怙者,关心受雇者,和颜悦色,说话面带微笑。(19)侍奉老人,不知疲倦,摒弃贪欲,思考善人的行为,因为善人注重行为。(20)决不应该获取善人手中的财物,而应该获取恶人的财物,赐给善人。(21)他亲自夺取和获取,把握自我,把握成功,及时施舍和享受,行为纯洁。(22)勇敢,忠诚,不被敌人收买,出身高贵,健康,有教养,与有教养的人交往,自尊自重,不轻视别人,(23)精通学问,熟谙世事,关注来世,热爱正法,善良,像高山一样坚定不移,(24)渴望繁荣的国王永远应该与这样的人结伴,与他们有福共享,只是比他们多一顶华盖和发布命令的权力。(25)

他在人前背后的行为始终一致,这样做的国王不会痛苦。(26)如果猜疑一切人,盘剥一切人,狡诈,贪婪,这样的国王很快会遭到自己人的打击。(27)行为纯洁,努力顺应民心,这样的国王不会败在敌人手下;即使倒下,也会重新站起。(28)不发怒,不嗜欲,不施酷刑,控制感官,这样的国王如同雪山,获得众生信任。(29)富有智慧,明白事理,善于识破敌人破绽,容貌端庄,通晓一切种姓的是非标准,(30)处事果断,抑制愤怒,仁慈,灵魂高尚,天然健康,有所作为,不夸夸其谈,(31)努力从事应该完成而尚未完成的工作,这样的国王是优秀的国王。(32)

人们生活在他的领地中,犹如儿子们生活在父亲家中,无所畏惧,这样的国王是优秀的国王。(33)生活在他的王国中的居民不必藏匿财产,明辨善恶是非,这样的国王是优秀的国王。(34)生活在他的领地中的人们都热爱自己的工作,克制自己,不结党营私,依法受到保护。(35)生活在他的领地中的人们驯顺,听话,谦恭,不爱争吵,喜欢施舍,这样的国王是真正的国王。(36)在他的国土上,

---

① 治国六法是和平、战争、进攻、扎营、求援和分化。

第十二　和平篇

没有狡诈、虚伪、欺骗和妒忌，这样的国王具有永恒的正法。（37）崇尚知识，接受指导，关注市民利益，追随善人的正法，慷慨施舍，这样的国王适合治理王国。（38）他的密探、策略、已做和未做之事永远不会被敌人知道，这样的国王适合治理王国。（39）这首关于国王的偈颂是以前灵魂高尚的婆利古后裔在著名的《罗摩传》中吟唱的，婆罗多子孙啊！（40）一个人首先要选择国王，然后才会有妻子和财产。世上没有国王，哪里会有妻子和财产？（41）国王啊！对于王中狮子们来说，除了保护臣民之外，没有其他永恒的正法。国王的保护支撑世界。（42）这是波罗吉多之子摩奴吟唱的两首关于王法的偈颂，王中因陀罗啊！请你专心听取！（43）应该远离这六种人，犹如抛弃海上的漏船：不说话的教师，不诵习的祭司，（44）不保护臣民的国王，说话难听的妻子，喜欢村庄的牧人，喜欢森林的理发师。（45）

以上是吉祥的《摩诃婆罗多》中《和平篇》第五十七章（57）。

五八

毗湿摩说：

坚战啊！对你来说，这是王法中的新鲜酥油，因为尊者毗诃波提没有称颂其他正法。（1）尊敬的大苦行者、大眼睛诗人（优沙那）、千眼因陀罗和波罗吉多之子摩奴，（2）尊敬的婆罗堕遮和白首牟尼，这些具有梵性的宣梵者都是王法经典的制订者。（3）优秀的执法者啊！他们都称颂旨在保护的正法，眼似红莲者啊！请听国王的成功方法。（4）

及时赏赐密探和间谍，毫不吝啬，有节制地、合理地索取，而不漫无节制，坚战啊！（5）器重善人，英勇，机智，诚实，关注众生利益，用正当或不正当手段分裂敌方。（6）不抛弃善人，扶植出身高贵的人，积聚应该积聚的物资，侍奉智者。（7）永远让士兵高兴满意，关心臣民，不中断该做的事情，允实国库。（8）不轻信城市警卫，分裂结集的民众，关心应邀者、衰老者和落难者。（9）受时神督促，使用两种刑杖，设法关心处于敌方阵营中的朋友。（10）依据敌人的看

法证实背叛自己的侍从,不过分自信,也不轻信他人。(11)遵循政治法则,常备不懈,不轻视敌人,摒弃卑鄙小人。(12)

毗诃波提认为国王勤奋努力是王法的根本,请你听取这些偈颂!(13)依靠勤奋努力,获得甘露;依靠勤奋努力,杀死阿修罗;依靠勤奋努力,伟大的因陀罗赢得天国和大地的统治权。(14)勤奋努力的勇士胜过语言的勇士,语言的勇士取悦和崇拜勤奋努力的勇士。(15)国王不勤奋努力,即使有智慧,也经常会被敌人打垮,犹如没有毒液的蛇。(16)强大的国王即使强大,也不应该轻视弱小的敌人,因为星星之火也可以燎原,一滴毒液也可以致人死命。(17)依靠堡垒,一个单枪匹马的敌人也能侵扰强大的国王的领土。(18)

国王的密旨,为了获取胜利而结集队伍,国王心中的隐秘和谋划,(19)不得不施展的诡计,都要在正当的名义下进行。为了瞒过世人,国王应该依法行事。(20)灵魂欠缺的国王难以承担王国重任,软弱的国王不能承受激烈的杀戮。(21)王国永远是所有人想获得的一块肉,要依靠正当手段保护。① 因此,坚战啊!你应该经常采取混合的方法。(22)国王为了保护臣民而遭遇不幸,他是尽到了最大责任,因为国王就是应该这样行动。(23)我已经向你讲述了部分王法,优秀的说话者啊!你还有什么疑问,请说吧!(24)

护民子说:

尊者毗耶娑、提婆斯塔纳、阿湿摩、黑天、慈悯、萨谛奇和全胜,(25)满怀喜悦,脸上如同鲜花开放,赞美优秀的执法者、人中之虎毗湿摩,说道:"好啊!好啊!"(26)然后,俱卢族俊杰(坚战)心绪惆怅,热泪盈眶,轻轻抚摸毗湿摩的双脚,说道:(27)"祖父啊!我明天再向你提问,现在太阳吸足了汁液,就要下山了。"(28)这样,黑天、慈悯和坚战等人向婆罗门们辞别,右旋绕行恒河之子(毗湿摩),高兴地登上车辆。(29)这些奉守誓言者在石头河里沐浴,用水祭供祖先,念咒祝福;这些折磨敌人者按照礼仪完成黄昏祈祷,进入象城。(30)

以上是吉祥的《摩诃婆罗多》中《和平篇》第五十八章(58)。

---

① 这句话有的抄本读作不能依靠正当手段保护。

五九

护民子说：

下一天，般度族人和雅度族人按时起床，做完早晨的祭祀仪式，乘坐城堡般的车辆出发。(1) 他们到达俱卢之野，会见无罪的恒河之子毗湿摩，向这位优秀的勇士问候晚上睡得可好。(2) 他们向以毗耶娑为首的众仙人行礼，受到他们欢迎，然后依次围坐在毗湿摩身旁。(3) 大光辉的法王坚战双手合十，向毗湿摩行礼致敬，说道：(4)

"婆罗多子孙啊！'国王，国王'，这个常用词是怎样产生的？请你告诉我，祖父啊！(5) 具有一样的手、头和脖子，一样的智力和感官，一样的痛感和快感，一样的背脊、手臂和肚子，(6) 一样的精液、骨头和骨髓，一样的肉和血，一样的吸气和呼气，一样的生命和身体，(7) 一样的生和死，一样具有人的所有性质，为什么一个人统治众多智慧优异的勇士？(8) 为什么一个人保护充满英雄、勇士和贤人的整个大地？为什么世人都寻求他的恩惠？(9) 结果是他一个人高兴，整个世界都高兴；他一个人烦恼，整个世界都烦恼。(10) 我想如实听取这一切，婆罗多族雄牛啊！请你如实告诉我，优秀的说话者啊！(11) 整个世界向他一个人俯首行礼，奉若神明，民众之主啊！这是没有一点道理的。"(12)

毗湿摩说：

人中俊杰啊！你专心听我详细讲述这一切。王国最初出现在圆满时代。(13) 原先并没有王国，没有国王，没有刑杖，没有执杖者，一切众生依照正法互相保护。(14) 人们依法这样互相保护，婆罗多子孙啊！后来，他们感到极其疲劳，于是，痴迷侵入他们。(15) 这样，人们处于痴迷的控制下，人中雄牛啊！由于知觉陷入痴迷，他们的正法消失殆尽。(16) 一旦理智丧失，在痴迷的控制下，所有的人又陷入贪欲的控制，婆罗多族俊杰啊！(17) 人们渴望没有得到的东西，主人啊！于是，又出现另一种贪欲，名为爱欲。(18) 然后，激情缠上陷入爱欲的人们，坚战啊！受激情控制的人们不知道什么该做

105

不该做。(19)他们不再区分该性交不该性交、该说不该说、该吃不该吃和错不错,王中因陀罗啊!(20)一旦人世陷入混乱,梵便消失;梵一消失,正法也就毁灭,国王啊!(21)

梵和正法消失,众天神感到恐惧,人中之虎啊!恐惧的众天神前去请求梵天庇护。(22)受痛苦、忧愁和恐惧折磨的众天神向尊敬的世界之祖(梵天)双手合十,致以敬礼,说道:(23)"尊者啊!由于出现贪欲和痴迷,居于人世的永恒的梵消失了,我们陷入恐惧之中。(24)由于梵的消失,正法也消失,主人啊!由此我们变得与凡人一样,三界之主啊!(25)因为我们向下降雨,凡人向上降雨,① 现在他们停止祭祀,我们陷入危机。(26)祖父啊!请想想至高幸福吧!我们的威力产生于你的威力,不能遭到毁灭。"(27)

于是,尊者自在天(梵天)对众天神说道:"我会考虑至高幸福,众位神中雄牛啊!请你们消除恐惧吧!"(28)然后,他运用自己的智慧创作了十万章,讲述正法、利益和爱欲。(29)自在天(梵天)命名这组为"三要素",第四要素是解脱,具有各自的含义和性质。(30)属于解脱的另一组三要素据说是善性、忧性和暗性。与刑杖相关的三要素是维持、增长和毁灭。(31)涉及政事的六要素相传是自我、地点、时间、手段、行为和盟友。(32)他展示广博的知识,三种观察方法、各种生计和刑杖学,婆罗多族雄牛啊!(33)

保护大臣、保护王子、采取各种手段的各类密探和密使。(34)和解、馈赠、分裂和惩罚,第五是宽容,都作了详细讲述。(35)谋划、制造分裂、计划受挫、成功和失败的后果,也作了详细讲述。(36)恐惧、礼遇和财富造成坏、中和好三种结盟,也作了详细讲述。(37)四种出游时间,三要素的详述,正法的胜利,利益的胜利,(38)阿修罗的胜利,都作了详细讲述。也讲述了五要素(大臣、王国、堡垒、军队和国库)的三种标志(坏、中和好)。(39)公开的惩罚和秘密的惩罚各有八种,都作了详细讲述。(40)

车辆,大象,马,步兵,仆役,船,侦探,第八是带路的向导,般度之子啊!(41)这是显而易见的武力的八个组成部分。动物和不

---

① 意思是凡人向天神供奉祭品。

第十二　和平篇　　　　　　　　　12.59.67

动物，香粉和毒药等等。（42）在接触和吃饭时的三种默祷，敌人、朋友和中立者，这些也都讲到。（43）各种道路的性质，各种土地的性质，自我保护，安抚，观察战争。（44）人、象、车和马的各种编队和排阵，各种战术。（45）突击，冲锋，善于战斗，善于撤退，武器保养知识，婆罗多族雄牛啊！（46）军队受挫和解围，士气振奋，逼迫和进攻的时刻，恐惧的时刻，般度之子啊！（47）挖掘壕沟，迷惑敌人视听，利用凶狠的强盗土匪骚扰敌国。（48）利用纵火者、放毒者和伪装者，策动敌军将领叛乱，砍倒植物。（49）摧残大象，制造恐慌，封锁包围，占据道路。（50）

　　王国七支的消耗、增长和平衡，派遣胜任的使者，王国的扩张。（51）向敌人阵营中的朋友充分说明情况，惩处和打击强硬分子。（52）精心断案，消除隐患，静止，运动，积聚物资。（53）养育失怙者，关心受雇者，及时施舍，不沾染恶习。（54）国王的品质，将领的品质，原因和行动者的利弊。（55）各种邪恶的暗示，依附他人的生活方式，怀疑一切人，避免懈怠。（56）追求没有得到的东西，增加已经得到的东西，按照规则向合适的人施舍增加的东西。（57）为了正法，为了利益，为了爱欲，第四为了消除灾厄，而花费财富，这些都讲到了。（58）

　　俱卢族俊杰啊！由愤怒和爱欲产生的恶习，讲述了十种。（59）老师们说自在天（梵天）指出由爱欲产生的恶习有狩猎，掷骰子，饮酒，好色，（60）语言粗鲁，暴戾，刑罚严厉，折磨自己，抛弃生命，侵吞他人财物①。（61）讲述了各种机械及其功用，逼迫，进攻，破坏标志。（62）讲述了砍倒大树，破坏敌人工事进展，搜集粮草，挺进，埋伏。（63）优秀的战士啊！积聚大鼓、中鼓、小鼓和螺号，积聚物资，发现敌人的弱点，共六种。（64）稳定获得的领土，尊敬善人，同化智者，通晓晨祭仪式。（65）接触吉祥物，装饰身体，食物料理，永远虔诚。（66）应该自强自立，诚实，话语甜蜜，节日和集会的安排，各种家务。（67）

　　在一切司法中的明面和暗面，始终注意人们的行为，婆罗多族之

---

① 这些是由愤怒产生的六种恶习。

虎啊！（68）不对婆罗门施刑，刑罚适当，对随从和同族依其品德加以保护。（69）国王啊！保护市民，繁荣自己的王国，考虑周围的十二种国王①。（70）自在天（梵天）还讲述了七十二种思想，讲述了国家、种姓和家族的各种正法。（71）讲述了正法、利益、爱欲和解脱，获取财富的各种手段，慷慨施舍。（72）讲述了运用树根的幻术，也讲述了淤塞的水流变质。（73）让世界不偏离正道的种种方法，王中之虎啊！政事论中的一切都讲到了。（74）

尊神（梵天）制订了这部光辉的经典后，满怀喜悦，对以因陀罗为首的众天神说道：（75）"为了世界的利益，为了确立三要素，我制造了这种新鲜的语言酥油。它将成为智慧。（76）伴随刑杖，保护世界，实施赏罚，这部经典将在世界流行。（77）它受刑杖指导，或者说，它指导刑杖，因此，它被称作《刑杖政事论》，在三界流传。"（78）

这部《刑杖政事论》包含治国六德的精华，特点明显，而规模庞大，首先在灵魂高尚者中间流行。（79）政事论内容广博，一切都充分论述。往世书的出现，大仙人的产生，（80）圣地谱系，星宿谱系，坚战啊！人生四个阶段，四种祭祀，（81）四种种姓，四部吠陀，都讲到了。历史传说，吠陀附录，一切正理，也讲到了。（82）苦行，知识，不杀生，分辨是非的最高准则，侍奉老人，施舍，纯洁，勤奋努力，（83）怜悯众生，所有这一切都讲到了。在这大地上，凡语言涉及的内容都已囊括其中。（84）般度之子啊！在这部祖宗经典中，没有一点疑问。正法、利益、爱欲和解脱都在里面作了讲述。（85）

然后，乌玛的丈夫，大眼睛和多形体的、吉祥和坚定的尊者商迦罗（湿婆）首先掌握这部经典。（86）尊者湿婆考虑到每个时代人寿递减，将梵天制订的这部内容广博的经典加以压缩。（87）这部简缩本名为《大眼经》，有一万章，传给虔诚的大苦行者因陀罗。（88）攻克城堡的尊者（因陀罗）将这部经典压缩为五千章，孩子啊！名为《因陀罗经》。（89）然后，毗诃波提以他的智慧将这部经典压缩为三千章，名为《毗诃波提经》。（90）而后，智慧无量的大苦行者瑜伽师

---

① 十二种国王指四种敌对、四种友好和四种中立的国王。

迦维耶将这部经典压缩为一千章。(91)考虑到人寿递减,大仙们为了世界的利益,又压缩这部经典,般度之子啊!(92)

然后,众天神到生主毗湿奴那里,说道:"在凡人中,你指定一位最优秀的能人吧!"(93)于是,尊神那罗延(毗湿奴)考虑了一下,用思想创造了一个精力充沛的儿子,名叫无尘。(94)大福大德的无尘并不想统治大地,一心盼望弃世,般度之子啊!(95)无尘的儿子名叫泥土,也实施大苦行。(96)生主泥土的儿子名叫无形,成为众生保护者,品行端正,精通刑杖政事论。(97)无形的儿子名叫超力,精通政事论,获得庞大王国后,陷入感官的控制。(98)

国王啊!死神有个用思想创造的女儿,名叫苏尼达,闻名三界。她生下儿子维那。(99)维那陷入愤怒和仇恨的控制,对众生不行正法,宣梵的仙人们用念过咒语的拘舍草打击他。(100)仙人们依靠咒语,刺穿他的右腿。从他的右腿中,一个矮小的畸形人降生大地。(101)他的模样像烧焦的木桩,黑头发,红眼睛。宣梵的仙人们对他说道:"坐下!"(102)从此,出现野蛮的尼奢陀人,生活在山林中,另外有成百成千的弥戾车人生活在文底耶山。(103)然后,大仙们又刺穿维那的右手,从那里出现一个人,模样犹如另一位因陀罗。(104)身穿铠甲,佩戴弓、箭和刀,精通吠陀和吠陀支,也精通弓箭术。(105)所有的刑杖政事论都依附这位人中俊杰。维那之子双手合十对众大仙说道:(106)"我已获得洞察正法和利益的微妙智慧。请如实告诉我,我应该用它做什么?(107)你们告诉我做什么有益的事情,我将毫不犹豫地去做。"(108)

众天神和众大仙对他说道:"凡是正法所在之处,你就毫不迟疑地执行正法。(109)摒弃好恶,平等对待一切众生,远离爱欲、愤怒、贪欲和骄傲。(110)你要永远关注正法,用双臂惩处世界上背离正法的人。(111)你要不断用思想、行动和语言实现誓愿:'我将保护大地之梵。(112)我将毫不迟疑地依据刑杖政事论,执行正法治国的教导,决不随心所欲。'(113)你要承诺:'我不能向婆罗门施刑。'强大者啊!你还要承诺:'我将保证这个世界不陷入混乱。'折磨敌人者啊!"(114)于是,维那之子对以众仙人为首的众天神说道:"神中雄牛啊!让婆罗门们成为我的同伴吧!"(115)

宣梵者们对维那之子说道："就这样吧！"于是，梵之宝库金星仙人成为他的祭司。（116）矮仙们成为他的大臣，娑罗湿婆多成为他的随从，尊敬的大仙人伽尔伽成为他的占星家。（117）人间至高的经典声称"他是自我（毗湿奴）的第八位"。苏多和摩揭陀成为他的歌手。（118）他使大地变得平坦。我们听说过去大地是崎岖不平的。（119）毗湿奴、帝释天、众天神、众仙人和梵天为他灌顶，以保护众生。（120）般度之子啊！大地女神亲自显身，还有众河之主大海和众山之王雪山，赐给种种宝石。（121）帝释天赐给他无穷无尽的财富，坚战啊！金山弥卢亲自赐给他金子。（122）药叉和罗刹之主、以人为坐骑的尊神（财神）赐给他财富，足够他用于正法、利益和爱欲。（123）马、车、象和人，数以千万计，维那之子想要多少，就会有多少，般度之子啊！没有衰老，没有饥饿，没有烦恼，没有疾病。（124）

在这位国王保护下，任何时候都不会惧怕毒蛇，惧怕盗贼，也不会互相惧怕。（125）大地像母牛一样，为他提供十七种谷物，都是药叉、罗刹和蛇喜欢食用的。（126）这位灵魂高尚的人使这个世界崇尚正法。由于一切众生感到满意（rañjita），他被称作国王（rājan）。（127）由于治疗婆罗门的创伤（kṣatatrāna），他被称为刹帝利（kṣatriya）。由于财富增长（prathita），善人们称大地为普利提维（pṛthivī）。（128）永恒的毗湿奴亲自向他保证说："国王啊！没有人会超过你。"大地之主啊！（129）尊者毗湿奴凭借苦行之力进入这位国王体内，整个世界像对待国王中的天神，向他顶礼膜拜，国王啊！（130）永远依照刑杖政事论保护王国，人中之主啊！永远依靠密探侦察情况，没有人能侵犯王国。（131）对于国王，依靠自己和依靠手段同样重要。世界能处在他的控制下，除了天意和品德之外，还有什么别的原因？（132）

那时，从毗湿奴的额头生出金莲花，从金莲花生出吉祥女神，成为睿智的正法妻子。（133）正法和吉祥女神生下利益，般度之子啊！这样，正法、利益和吉祥在天国中确立。（134）一个人耗尽功德，便从天国下降大地，转生为精通刑杖政事论的国王。（135）这样的人在大地上具有伟大的毗湿奴神性，具有智慧，获得至高地位。（136）没有人能超越众天神的安排，都要服从他一个人的统治。（137）善业导致善性，王中因陀罗啊！同样是人，世上的人都要听从他一个人的话。(138) 一看到他的脸，就会服从他，认为他吉祥、富贵和英俊。(139) 王中因陀罗啊！从此，在这世界上，智者们永远称颂道："国王等于天神。"民众之主啊！(140) 关于国王的伟大，我已经全部向你讲述，婆罗多族俊杰啊！你还有什么其他问题？(141)

以上是吉祥的《摩诃婆罗多》中《和平篇》第五十九章(59)。

六〇

护民子说：

于是，坚战双手合十，又向祖父恒河之子（毗湿摩）行礼，集中精神，问道：(1) "哪些是一切种姓的正法？哪些是四种种姓各自的正法？哪些是四种生活阶段的正法？哪些是国王的正法？(2) 王国发达靠什么？国王发达靠什么？市民和侍从发达靠什么？婆罗多族雄牛啊！(3) 国王应该避免什么样的国库、刑杖、堡垒、同伴、大臣、祭司和老师？(4) 国王在危机中应该信任什么人？怎样有力地保护自己？祖父啊！请你告诉我！"(5)

毗湿摩说：

向伟大的正法致敬，向尊神黑天致敬，向众婆罗门致敬，我将讲述永恒的正法。(6) 不发怒，说真话，公正，宽容，与自己的妻子生儿育女，纯洁，不背叛，(7) 正直，养育仆人，这九项是一切种姓的正法。我现在讲述婆罗门的正法。(8)

大王啊！人们说，自制是永久的正法，还要完成学习和教学。(9) 如果从事自己的工作，不做不该做的事情，平静，拥有知识，他就会获得财富。(10) 他应该繁衍后代，施舍，祭祀，与善人们分享财富。(11) 只要学习吠陀，他就是尽职的婆罗门，不管他做没做其他事情，人们都称他为慈悲的婆罗门。(12)

我现在告诉你刹帝利的正法，婆罗多子孙啊！国王应该施舍，不应该乞求；国王不应该自己举行祭祀，而应该让祭司举行祭祀。(13) 他应该学习，而不应该教学；应该保护臣民，永远努力消灭盗匪，在战场上逞威。(14) 举行各种祭祀，富有学问，在战场上获胜，这样的国王是征服世界的豪杰。(15) 身体没有受伤，却逃离战场，精通古老经典的人们不赞赏这样的刹帝利。(16) 人们说，刹帝利的主要正法是杀戮。对于刹帝利没有比消灭盗匪更重要的职责。(17) 国王必须保证施舍、学习、祭祀、修行和安宁，因此，一个向往正法的优秀国王应该投身战斗。(18) 国王让一切众生遵循各自的正法，依法履行一切职责。(19) 只要保护臣民，他就是尽职的国王，不管他做没做其他事情，人们都称他为因陀罗般的帝王。(20)

我现在告诉你吠舍的正法，婆罗多子孙啊！施舍，学习，祭祀，正当地积聚财富。(21) 吠舍应该像父亲一般努力保护牲畜。如果他做其他任何事情，那都是不合适的。通过保护牲畜，他会获得极大快乐。(22) 因为生主创造牲畜，就是要把它们托付吠舍照看。同时，生主将一切众生托付婆罗门和刹帝利照看。(23) 我现在讲述吠舍的生计。如果他保护六头牛，可以取得一头牛的酬劳；如果他保护一百头牛，可以取得一对牛的酬劳。(24) 他获取牲畜肉的七分之一，角和蹄以及谷物和种子的十六分之一，作为一年的酬劳。(25) 吠舍不应该期望自己不保护牲畜。如果吠舍愿意保护牲畜，决不要雇佣别人保护。(26)

现在我讲述首陀罗的正法，婆罗多子孙啊！生主创造首陀罗是要他们成为其他种姓的奴仆。(27) 因此，首陀罗的职责就是侍奉其他种姓。他们听命于其他种姓，从中获得极大快乐。(28) 首陀罗应该谦恭地侍奉三种姓，决不能积聚财富。(29) 如果首陀罗获取财富，控制其他种姓，便成罪人。但获得国王同意，守法的首陀罗可以行使爱欲。(30) 我现在讲述首陀罗的生计。人们说，其他种姓应该供养首陀罗。(31) 应该把用旧的伞、围巾、床、椅、鞋子和扇子送给首陀罗仆从。(32) 再生族应该把替换下来不再穿用的破旧衣服送给首陀罗，因为这是首陀罗的合法财物。(33) 精通正法的人们说，如果驯顺的首陀罗前来，再生族应该给他安排合适的工作。对于不离开主人的首陀罗，应该供饭；对于年老和体衰的首陀罗应该供养。(34) 主人遇到灾难时，首陀罗不应该离去；主人丧失财产时，首陀罗应该竭力相助。首陀罗没有自己的财产；主人可以取走他的财产。(35)

三吠陀规定前三种种姓的祭祀，但允许首陀罗呼喊"萨婆诃"、俯首致敬和念诵经咒①，婆罗多子孙啊！（36）依靠前两者（呼喊"萨婆诃"和俯首致敬），首陀罗奉守誓愿，自己举行巴迦祭祀。人们说巴迦祭祀的施舍是满盘稻米。（37）我们听说，有位名叫贝遮婆那的首陀罗按照因陀罗和火神的规则，施舍十万份。（38）因此，所有的种姓都要举行虔诚的祭祀，因为虔诚是至高天意，能净化祭祀者。（39）婆罗门代表至高天意，以各自的方式，怀着各种永恒的愿望，举行各种祭祀。（40）其他三种姓的祭祀程式也是由婆罗门创制的。他们是神中之神，所说之话至高无上，因此，与各种种姓相关的一切祭祀不是随意创制的。（41）精通梨俱、夜柔和娑摩吠陀的婆罗门永远应该像神一样受到尊敬，而不懂梨俱、夜柔和娑摩吠陀，那是生主的不幸②。（42）孩子啊！所有种姓都举行虔诚的祭祀，婆罗多子孙啊！天神和人都蔑视破坏祭祀者。因此，所有种姓都应该举行虔诚的祭祀。（43）

婆罗门为其他种姓举行祭祀，同时他们也是祭拜自己的神灵。这就是我们喜爱的伟大的正法，由梵天创制，在三种姓中展现。（44）因此，各种种姓按照种姓法产生联系，这是祭祀的结果。可以看到，娑摩、夜柔、梨俱和婆罗门各自独立，又互相融合。（45）在这方面，精通古代传说的人们引用一些赞美祭祀的偈颂，是吠伽那娑牟尼们准备祭祀时诵唱的，王中因陀罗啊！（46）在日出之时和日落之后，控制感官，满怀虔诚，依照正法供奉祭火。虔诚是主要动因。（47）失败在前，成功在后。祭祀的形式多种多样，业报也是多种多样。（48）通晓这一切，确定学问规则，心怀虔诚，这样的婆罗门能举行祭祀。（49）一个贼，一个恶人，即使罪大恶极，如果他想举行祭祀，人们也认为这是好事。（50）毫无疑问，仙人们也称赞这是好事。无论如何，所有种姓都应该举行祭祀，因为三界之中，没有什么能与祭祀等同。（51）所以，人们说每个善良的人都应该以虔诚为净化手段，尽力举行祭祀。（52）

以上是吉祥的《摩诃婆罗多》中《和平篇》第六十章（60）。

---

① 有些抄本意思相反，不允许首陀罗这样做。
② 意思是世上有不懂吠陀的人，那是生主（创造主）的不幸。

六一

毗湿摩说：

大臂者啊！你听我讲述四种生活阶段和四种姓的职责，以真理为勇气的坚战啊！(1)林居期、乞食期、重要的家居期和梵行期，人们说这些是婆罗门采取的四种生活阶段。(2)举行束发礼后，获得再生性，侍奉祭火，学习吠陀。(3)把握自我，控制感官，完成家居期的职责后，携带妻子或不携带妻子，前往森林，开始林居期生活。(4)他通晓正法，在那里学习森林书，禁绝淫欲，通向不朽性。(5)这些是禁欲的牟尼们的表现，国王啊！聪慧的婆罗门首先应该做到这些。(6)民众之主啊！一个追求解脱的婆罗门，在完成梵行生活后，能够进入乞食生活。(7)牟尼应该日落而睡，没有火，没有家，按照乞食所得维生，克制自己，控制感官。(8)没有愿望，一视同仁，不享受，不变化，这样的婆罗门达到安乐境界，通向不朽性。(9)

学习吠陀，履行一切职责，繁衍后代，享受幸福，专心致志从事工作，这是牟尼展示的家居生活准则。(10)满足于自己的妻子，只在月经期同房，遵守经典规定，不狡诈，不欺骗，节制饮食，虔敬天神，知恩图报，诚实，温和，不粗暴，宽容。(11)自制，随和，祭供天神和祖先，不骄傲，永远施舍食物给婆罗门，不自私，施舍不分宗派，永远侍奉三祭火，这就是家居期的生活。(12)威力显赫的大仙人们引用一首那罗延吟唱的偈颂，富有意义，充满苦行功德，孩子啊！我念给你听。(13)诚实，正直，尊敬客人，遵行正法，拥有财富，喜爱妻子，我认为这样的人在今生和来世都会享福。(14)大仙人们说，养育儿子和妻子，精通吠陀，这是善人最好的生活方式。(15)热心祭祀的婆罗门按照规定，居住家中，净化家居生活，会在天国获得光辉的功果。(16)脱离躯体后，他怀抱的愿望不灭，周围的眼睛、头和脸永远侍候他。(17)

独自进食，独自默祷，独自匍匐，身上沾有污泥，恭顺地侍奉一位老师。(18)梵行者应该永远恪守誓言，奉守戒行，控制自己，专心学习吠陀，履行职责。（19）要永远顺从老师，尊敬老师，不要停止六种工作①，不要从事任何其他工作。（20）不依仗权势，也不侍奉敌人，孩子啊！这些是梵行期的生活要求。（21）

以上是吉祥的《摩诃婆罗多》中《和平篇》第六十一章（61）。

六二

坚战说：

你说说像我这类人的正法吧！它们吉祥，来世获得大果报，不杀生，举世推崇，便于运用，带来快乐。（1）

毗湿摩说：

主人啊！为婆罗门确定了四个生活阶段，婆罗多族俊杰啊！其他种姓也遵循。（2）适合王族而导向天国的许多工作已经作了讲述，国王啊！不是依据例举法举例说明，因为有关刹帝利的一切行为都如实做了规定。（3）一个婆罗门从事刹帝利、吠舍和首陀罗的工作，在今生作为头脑迟钝的人受到指责，在来世要堕入地狱。（4）在这世界上，对奴仆、狗、狼和牲畜的称号，般度之子啊！你可以用来称呼这种做事不当的婆罗门。（5）在四个生活阶段中，完成六种工作，履行一切职责，自我完善，（6）心地纯洁，坚持苦行，摒弃欲望，宽宏大量，这样的婆罗门进入不朽的世界。（7）一个人在什么地方，用什么手段，做什么样的事，便会得到相应的性质。（8）因此，王中因陀罗啊！你应该懂得学习吠陀的重要性，如同耕种、经商和狩猎增长财富。（9）世人受时间催促，由时间周期决定，不由自主从事上中下等工作。（10）过去的功德会耗尽，但世人坚持自己的工作，因为不朽世界是无限的。（11）

以上是吉祥的《摩诃婆罗多》中《和平篇》第六十二章（62）。

---

① 六种工作是学习、教学、祭祀、为人祭祀、施舍和接受施舍。

六三

毗湿摩说：

挽弓射箭，消灭敌人，务农，经商，放牧，为了钱财侍候他人，婆罗门决不应该从事这些工作。（1）一位睿智的婆罗门在家居期，从事吠陀规定的六种工作，完成职责后，进入林居期。这样的婆罗门受到称赞。（2）婆罗门不应该侍候国王，务农获财，经商谋生，欺诈行骗，婚外生子，放高利贷。（3）行为不端，背离正法，娶首陀罗女子为妻，造谣中伤，做舞伎，做村庄差役，或从事其他不该从事的行业，国王啊！这样的婆罗门将成为首陀罗。（4）不管他念不念吠陀，都与首陀罗一样，应该像对待奴仆那样对待他，国王啊！这些婆罗门与首陀罗一样，你在祭祀时要避开他们。（5）他们不守法度，行为暴戾，生性残忍，抛弃自己的生活方式，国王啊！通过他们祭供天神和祖先，不会产生功果。（6）因此，为婆罗门规定的正法是自制、纯洁和正直，国王啊！梵天也早就为婆罗门创制了四个生活阶段，国王啊！（7）自制，饮苏摩酒，行为高尚，有同情心，忍受一切，摒弃欲望，正直，温和，仁慈，宽容，这样才是真正的婆罗门，而不是作恶者。（8）

世人都热爱正法，都要依靠首陀罗、吠舍和刹帝利，因此，毗湿奴不希望所有种姓执著种姓法，① 般度之子啊！（9）如果世上没有四种姓职责，没有吠陀学说，也就没有一切祭祀，一切世界的事业，一切生活阶段的职责。（10）刹帝利希望其他三种姓履行生活阶段，般度之子啊！请听四个生活阶段展现的正法吧！（11）首陀罗恭顺地履行职责，获得国王允许，繁衍后代，世界之主啊！（12）首陀罗遵守十法，与其他种姓没有多少区别；生活阶段的一切都做了规定，除了摒弃欲望之外。（13）人们说乞食生活不适合遵行正法的首陀罗，也不适合吠舍和王子，王中因陀罗啊！（14）吠舍履行职责，尽心竭力

---

① 据精校本编者解释，这是指其他三种姓不必像婆罗门那样固守四个生活阶段。

侍奉国王，而年事已高，经国王同意，可以进入遁世（乞食）生活。（15）

按照正法，学习吠陀和治国论，无罪之人啊！履行生子等等职责，饮过苏摩酒；（16）依法保护一切臣民，优秀的说话者啊！举行王祭、马祭和其他各种祭祀；（17）邀请婆罗门念诵经文，赐予酬金，在战场上取得大大小小的胜利；（18）托付儿子或其他出身高贵的刹帝利保护臣民和治理王国，刹帝利雄牛啊！（19）按照规定，举行祭祖仪式，供奉祖先；举行祭神仪式，供奉天神；努力念诵吠陀，供奉仙人；（20）到达暮年，愿意采取另一个生活阶段，国王啊！继前一个生活阶段之后，他仍然会获得成功。（21）王中因陀罗啊！刹帝利脱离家居生活，而过王仙生活，为了维持生命，可以采取乞食的生活方式。（22）婆罗多族雄牛啊！但人们说这不是遵守生活阶段的三种姓或四种姓的最高生活方式，王中之虎啊！（23）

在人类中，刹帝利努力履行的正法是世界上最优秀的正法，其他三种姓的所有正法及其附属的正法，都源自国王的正法。这是我从吠陀中听说的。（24）国王啊！你要知道，正如一切走兽的脚印都消失在大象的脚印中，所有的正法都融合在国王的正法中。（25）精通正法的人们说："其他的正法提供小庇护和小果报。"贤士们说："刹帝利正法不同于其他正法，提供大庇护和大果报。"（26）一切正法以王法为首要；一切正法受王法保护。一切舍弃见于王法中，国王啊！人们说，古老的至高正法在于舍弃。（27）如果刑杖学遭到破坏，三吠陀就会沉沦，一切正法遇到障碍，不复存在；如果古老的刹帝利王法被抛弃，所有生活阶段的正法也将消失。（28）王法中涉及一切舍弃，一切入门仪式，一切瑜伽，一切世界。（29）正如生命遭到杀戮，导致依附正法者遭受折磨，其他正法脱离了王法，人们就不会再关注自己的正法。（30）

以上是吉祥的《摩诃婆罗多》中《和平篇》第六十三章（63）。

六四

毗湿摩说：

四个生活阶段的正法、种姓的正法以及保护世界的优秀正法，都依据刹帝利正法，般度之子啊！（1）一切正法都依据刹帝利正法，婆罗多族俊杰啊！在生命世界中，摒弃欲望者也依据刹帝利正法。（2）生活阶段的正法有多种门径，并非一目了然。人们依据经典描述它的性质。（3）另外有些人用圣洁的语言讲述世俗的见解，但并不理解正法的真谛，不明了终极目的。（4）刹帝利正法显然充满幸福，真实无欺，有益整个世界。（5）坚战啊！正如三种姓的生活阶段的正法依据婆罗门，充满善行的无与伦比的世界依据王法。（6）

我已经告诉你，王中因陀罗啊！从前，许多英勇的国王去见一切众生之主、大光辉的毗湿奴、尊神那罗延，请教刑杖政事论。（7）那些国王重视经论中的例证，权衡各自在每个生活阶段中的行为，侍奉毗湿奴。（8）沙提耶、婆薮、双马童、楼陀罗、毗奢、摩录多和悉陀，这些天神在过去都由第一大神创造，都奉行刹帝利正法。（9）我现在告诉你判断事物的正法，王中因陀罗啊！从前，檀那婆不守法度，横行无忌时，有位英勇的国王名叫曼达多。（10）这位大地保护者想见到无始无终无中间的大神那罗延，便举行祭祀。（11）王中之虎啊！曼达多王在祭祀中，以头向灵魂高尚的至高之神毗湿奴行触足礼。（12）毗湿奴化作因陀罗，向他显身。在众多优秀国王陪伴下，他祭拜这位尊神。（13）毗湿奴与这群灵魂高尚的国王们之间有一场伟大的对话，大光辉者啊！（14）

因陀罗说：

优秀的执法者啊！你为何想见古老的第一大神那罗延？他不可测量，幻力无边，精力无限。（15）这位以宇宙为形体的天神甚至连我或梵天都不能亲眼见到，国王啊！我可以满足你心中其他的愿望，因为你是凡人中的国王。（16）你立足真理，奉守正法，控制感官，英勇无畏，坚定地取悦天神，具有智慧、虔诚和崇高的信仰，所以我将

按照你的心愿，赐给你恩惠。（17）

曼达多说：

尊者啊！我俯首向你致敬，毫无疑问，我想见到第一大神。我热爱正法，想要抛弃一切享受，前往森林。这是世人崇尚的正道。（18）我依据广大无边的刹帝利正法，赢得世界，确立自己的声誉。这个世界上最重要的正法产生于第一大神，我不知道怎样运用它。（19）

因陀罗说：

如果你不作为武士，不奉行刹帝利正法，那你必须毫不懈怠，才能达到至高归宿。因为从第一大神那里首先产生刹帝利正法，然后产生其他的正法。（20）所产生的其他正法都是有限的，而刹帝利正法是无限的，更为优异。一切正法都融入于刹帝利正法。因此，人们说刹帝利正法最优秀。（21）从前，毗湿奴按照刹帝利正法采取行动，消灭敌人，拯救无比光辉的众天神和众仙人。（22）如果这位无可限量的尊神不杀死所有的敌人，那么，婆罗门、世界首创者、真实正法和原始正法都将不复存在。（23）如果这位无可限量的尊神不凭借勇力征服大地，那么，四种姓的正法和四个生活阶段的正法，都将随着婆罗门灭亡，不复存在。（24）

各种正法成百次遭到毁灭，但又依靠永恒的刹帝利正法重新运转。一个又一个时代，原始正法运转，因此，人们说刹帝利正法是世界上最重要的正法。（25）舍弃自我，怜悯一切众生，熟谙世事，保护和解救受苦难和受压迫的臣民，这些都见于国王们奉行的刹帝利正法。（26）不守法度的人，充满爱欲和愤怒的人，由于惧怕国王，而不敢作恶。其他的人都有教养，通晓一切正法，行为端正，履行正法。（27）毫无疑问，在这世界上，国王们以正法为标志，像保护儿子一般保护一切众生。（28）刹帝利正法永远是世界上最优秀的正法，一切正法中的最高正法，永恒不灭，无穷无尽。（29）

以上是吉祥的《摩诃婆罗多》中《和平篇》第六十四章（64）。

六五

因陀罗说：

刹帝利正法就是这样富有威力，容纳一切正法，成为一切正法中最优秀的正法，应该得到你们这些高尚的世界之狮保护。如果背离刹帝利正法，臣民就不复存在。（1）国王应该知道装饰大地，净化自己，不乞食维生，保护臣民，怜悯一切众生，在战场上捐躯，这些是最高正法。（2）牟尼们说，舍弃是优秀的正法。而在一切舍弃中，舍弃身体最优秀。显而易见，那些保护大地的国王们经常按照国王的正法舍弃一切。（3）人们说，刹帝利在梵行期永远奉守正法，学问广博，尊敬老师，与人和睦相处，因为一个热爱正法的刹帝利应该遵行生活阶段的正法。（4）在日常事务中，一视同仁，努力排除好恶爱憎，运用各种方法、规则和威力，稳定和保护四种姓。（5）人们说，由于精进努力，刹帝利正法是最优秀的正法，容纳一切正法。各种姓的人如果不履行各自的正法，就不能如实向他们讲述这些正法。（6）不守法度，始终执著财富，人们说，这样的人遭到毁灭，成为兽类。而刹帝利正法使人从贪图财富走向道德规范，因此是最优秀的正法。（7）

通晓三吠陀的婆罗门的行为准则和他们的生活阶段已经讲述。人们说，那是婆罗门的首要职责。如果婆罗门做别的事，就会像首陀罗那样，遭到武器杀戮。（8）婆罗门必须遵循四个生活阶段和吠陀规定的正法，国王啊！（9）正法通过职责体现。违反职责的婆罗门如同一条狗，不应该安排他的生计。（10）违反职责的婆罗门不应该受到尊敬，因为人们懂得，不能信任不恪守职责的人。（11）所有种姓的正法依靠英勇的刹帝利维持，这是法则。因此，不是其他的正法，而是国王的正法最优秀。我认为它们是最有勇气的英雄的正法。（12）

曼达多说：

耶婆那人、吉罗陀人、犍陀罗人、支那人、沙钵罗人、钵尔钵罗人、沙迦人、杜夏罗人、迦诃人、波罗婆人、安达罗人和摩德罗迦人,（13）奥陀罗人、布邻陀人、罗摩陀人、迦遮人和弥戾车人,婆罗门和刹帝利的混血种姓、吠舍和首陀罗,（14）所有这些住在国土上的居民应该怎样履行正法？像我这样的人应该怎样安置那些靠偷盗为生的人？（15）我想听取这些,尊者啊！你作为我们刹帝利的亲友,天王啊！请告诉我！（16）

因陀罗说：

所有的陀私优人①都应该侍奉父母,侍奉师长和栖居林中的苦行者。（17）所有的陀私优人都应该服从国王；吠陀规定的正法和礼仪,也是为他们制定的正法。（18）祭祀祖先,挖井,供水,制作床椅,适时施舍婆罗门。（19）不杀生,说真话,不发怒,维持生计,保护遗产,养育妻儿,纯洁,友善。（20）在一切祭祀中,支付酬金,盼望富贵。所有的陀私优人都应该举行像样的巴迦祭祀。（21）无罪之人啊！这些是自古以来制定的一切世界应做的工作,国王啊！（22）

曼达多说：

在这人世上,能看到陀私优人采取别样的方式,生活在四种姓和人生四阶段中。（23）

因陀罗说：

国王啊！一旦刑杖学遭到毁弃,王法失效,国王变得邪恶,众生陷入困惑。（24）圆满时代结束时,生活阶段发生变化,将会出现无数具有不同标志的乞食者。（25）他们不听取往世书和正法的真谛,陷入爱欲和愤怒,走上歧途。（26）一旦灵魂高尚的人们运用刑杖学制止罪恶,至高永恒的正法便不会动摇。（27）如果一个人藐视世界至高之师国王,他的施舍、祭祀和虔诚决不会产生功果。（28）天神们十分尊敬热爱正法的人间统治者,永恒的人中之主。（29）尊者生主创造整个世界,希望刹帝利掌管正法的运行和停止。（30）运用智慧,牢记正法的进程,我尊敬这样的人。由此,刹帝利职责得以确立。（31）

毗湿摩说：

这样说完,尊神毗湿奴在摩录多们围绕下,回到至高永恒的居

---

① 陀私优人指盗贼,也泛指贱民。

处。(32) 无罪的人啊！从前，正法运转正常时，哪个知识广博、头脑清晰的人会轻视刹帝利？(33) 不按规则运行或停止，犹如盲人行路，随时都会走向死亡。(34) 人中之虎啊！这个自古以来一直运转的法轮，你就运转吧！无罪之人啊！我相信你的能力。(35)

以上是吉祥的《摩诃婆罗多》中《和平篇》第六十五章 (65)。

六六

坚战说：
我已经听你讲述了人生四阶段的生活，请你对我的提问再作些解释，祖父啊！(1)

毗湿摩说：
大臂坚战啊！在这世界上，善人崇尚的所有正法，你都知道，正像我知道一样。(2) 你询问采取各种方式的正法，坚战王啊！你听着，优秀的执法者啊！(3) 贡蒂之子啊！实施善行，履行人生四阶段的职责，这样的国王具备这一切，人中雄牛啊！(4) 摆脱爱欲和愤怒，掌握刑杖政事论，平等看待众生，坚战啊！他达到乞食生活的境界。(5) 懂得获取和施舍，奖赏和惩罚，行为符合经典，勇敢坚定，他达到安乐生活的境界。(6) 拯救陷入灾难的亲属、亲戚和朋友，坚战啊！他达到入道生活的境界。(7) 举行日常仪式，祭祀祖先，供养广大众生，国王啊！他达到林居生活的境界。(8) 保护一切众生，保护自己的王国，举行各种净化仪式，他达到林居生活的境界。(9) 始终学习吠陀，宽容，尊敬老师，侍奉老师，他达到梵行生活的境界。(10) 对待一切众生始终不狡诈，不欺骗，遵行正道，婆罗多子孙啊！他达到梵行生活的境界。(11) 向居住林中学习三吠陀的婆罗门慷慨布施财物，婆罗多子孙啊！他达到林居生活的境界。(12)

怜悯一切众生，不残忍，婆罗多子孙啊！他达到一切生活阶段的境界。(13) 任何情况下，同情老者和幼者，俱卢后裔坚战啊！他达到一切生活阶段的境界。(14) 保护受到暴力压迫而前来寻求庇护的众生，俱卢后裔啊！他达到家居生活的境界。(15) 保护一切动物和不动物，保护众生，始终给予应有的尊敬，他达到家居生活的境界。(16) 对于大小王后、兄弟和儿孙，有赏有罚，普利塔之子啊！他达到家居生活的境界。这就是他的苦行。(17) 保护臣民中那些懂得自我、值得尊重的善人，人中之虎啊！他达到家居生活的境界。(18) 邀请过林居生活的人来家中，婆罗多子孙啊！供给他们食物，这是家居生活的职责，坚战啊！(19) 如果遵守创造主制定的正法，他会获得一切生活阶段的至高功果。(20) 在这样的人身上，品德永远不会消失，贡蒂之子啊！人们称他为履行生活阶段职责的人中俊杰，坚战啊！(21) 尊重地位，尊重年龄，尊重出身，这样的人处在一切生活阶段中，坚战啊！(22) 保护国家法，保护家族法，贡蒂之子啊！这样的国王处在一切生活阶段中，人中之虎啊！(23) 适时给予善良的众生财富和礼物，人中之虎啊！他处在一切生活阶段中。(24) 依据十法，关注一切世界的正法，贡蒂之子啊！这样的国王处在一切生活阶段中。(25)

保护国土中通晓正法和履行正法的善人，这样的国王能得到四分之一功果。(26) 人中之虎啊！国王们不保护热爱正法和虔信正法的善人，就会招致罪恶。(27) 辅助国王保护善人，坚战啊！他们能分享别人履行正法获得的功果，无罪之人啊！(28) 人们说，我们奉行的家居生活达到一切生活阶段的境界，人中之虎啊！结论十分清楚，它是圣洁的。(29) 对待众生如同自己，放下刑杖，抑制愤怒，他在来世会获得幸福。(30) 在正法鼓舞下，勇猛精进，以正法为绳索，以舍弃为顺风，你的航船很快就会渡过大海。(31) 一旦心中的欲望摆脱一切对象，他就是立足真谛，从而达到梵。(32) 国王啊！修习瑜伽，心情平静，乐于保护，人中之虎啊！你会获得正法。(33) 无罪之人啊！你努力保护那些善于学习吠陀和做善事的婆罗门，保护一切世界吧！(34) 国王通过保护获得的正法功德是林居和其他生活阶段的一百倍，婆罗多子孙啊！(35)

般度族俊杰啊！我已经讲述了种种正法，你遵循这些已由古人证实的、永恒的正法吧！(36) 般度之子啊！专心致志，乐于保护，你会获得人生四阶段生活和四种姓的正法。(37)

以上是吉祥的《摩诃婆罗多》中《和平篇》第六十六章（66）。

六七

坚战说：
你已经讲述人生四阶段的生活和四种姓的职责，祖父啊！请你告诉我，王国的主要职责。（1）

毗湿摩说：
王国的职责首先是要为国王灌顶。一个不安定的王国，软弱无力，盗贼横行。（2）王国没有国王，正法不能确立，所有的人互相吞噬。没有国王，实在可悲！（3）古代经典说，选择国王就是选择因陀罗。因此，盼望繁荣的人应该像崇敬因陀罗那样崇敬国王。（4）按照吠陀的说法，不能居住在没有国王的王国里。在没有国王的王国里，连火神也不愿运送祭品。（5）如果一个强大有力的人来到没有国王或失去国王的王国，想要占有这个王国，（6）他应该受到欢迎和崇敬。这是良策，因为没有比没有国王更大的罪过。（7）如果他怜悯众生，一切都吉祥幸福，因为强大者一旦发怒，就会毁灭一切。（8）一头难以产奶的母牛，会承受更多的痛苦，而容易产奶的母牛，就不会有多少痛苦。（9）不烘烤就不弯曲的木头，人们就会烘烤它；自己弯曲的木头，人们就不会强行弯曲它。（10）以此作为譬喻，智者应该向强者行礼。向强者行礼就是向因陀罗行礼。（11）

因此，盼望繁荣的人永远应该确立国王。没有国王，也就享受不到财富，享受不到妻子。（12）没有国王，恶人就会抢夺财富，洋洋得意。一旦别人抢夺他的财富，他就会希望有个国王。（13）甚至恶人也决不会得到安宁，因为两个人抢劫一个人，而其他一些人也会抢劫这两个人。（14）将非奴隶变为奴隶，用暴力抢劫妇女。由于这些原因，众天神创造国王保护众生。（15）如果在世界大地上，没有执持刑杖的国王，强者就会吞噬弱者，犹如铁叉上的鱼。（16）

我们听说，从前，没有国王，众生遭到毁灭。人们互相吞噬，犹如水中大鱼吃小鱼。（17）我们听说，他们聚集在一起，达成协议：语言粗鲁，滥施暴力，抢劫他人妻子，掠夺他人财物，我们应该抛弃这样的人。(18)为了获得所有种姓的一致信任,他们达成这个协议,遵守这个协议。(19)后来,他们依然受痛苦折磨,又聚集在一起,对祖宗(梵天)说道:"我们没有主人,即将毁灭,尊者啊!你指定一位主人吧!(20)我们尊敬他,供奉他,而他应该保护我们。"祖宗(梵天)为他们指定摩奴,而摩奴不同意。(21)

摩奴说:

我害怕暴戾的行为,因为王国难以治理,尤其是在行为永远狡诈的人类中。(22)

毗湿摩说:

人们对他说:"你不要害怕,罪过只跟随作恶者。我们将给你牲畜和金子的五十分之一,粮食的十分之一,增加你的国库。(23)那些佩戴上等武器和弓箭的勇士将跟随你,犹如众天神跟随因陀罗。(24)你威武有力,难以攻击,国王啊!你将保证我们幸福,犹如俱比罗保证罗刹。(25)臣民得到国王保护,就会履行正法。我们履行正法获得的功果,四分之一归你。(26)你很容易获得伟大的正法功果,国王啊!你保护我们吧,犹如百祭(因陀罗)保护众天神。(27)如同太阳烧烤一切,你赶快出发,争取胜利吧!灭除敌人的傲气,让我们的正法永远胜利!"(28)

于是,大光辉的摩奴在大军围绕下出发。他出身高贵,光彩熠熠,犹如火焰燃烧。(29)看到他的伟大,犹如众天神看到因陀罗的伟大,所有的人胆战心惊,都将心思放在各自的正法上。(30)然后,摩奴如同雨云巡游大地,消除各地的罪恶,让人们履行各自的职责。(31)

这样,大地上,无论何处,盼望繁荣的人们首先应该确立国王,以保护臣民。(32)犹如学生向老师行礼,众天神向因陀罗行礼,臣民永远应该恭敬地向国王行礼。(33)受到自己人尊敬,也会受到敌人尊重;受到自己人轻视,也会受到敌人藐视。(34)国王被敌人征服,会给所有人带来痛苦。因此,华盖、车马、衣服和装饰品,(35)食物、饮料、房屋、坐椅、床榻和一切生活用品,都要为国王备好。(36)这样,国王能保护自己,难以攻击,说话面带微笑,与人交谈,话语甜蜜。(37)知恩图报,信仰坚定,有福共享,控制感官,

互相关心，温和，正直，优雅。(38)

　　　　　　　以上是吉祥的《摩诃婆罗多》中《和平篇》第六十七章(67)。

六八

坚战说：

婆罗多族雄牛啊！为什么婆罗门们说，人类统治者国王是天神？请你告诉我，祖父啊！(1)

毗湿摩说：

在这方面，人们引用一个古老的历史传说，婆罗多子孙啊！那是富思王向毗诃波提提问。(2)憍萨罗国王名叫富思，一位优秀的智者。他询问大仙人毗诃波提。(3)他通晓律仪，遵行一切律仪，不断布施，依礼向毗诃波提俯首致敬。(4)民众之主啊！他热心为一切众生谋福利，探求众生幸福的正法之根，询问王国的法则：(5)"由于什么，众生繁荣？由于什么，众生走向毁灭？大智者啊！崇敬谁，能得到无限幸福？"(6)

光辉无比的憍萨罗国大王这样询问，毗诃波提从容地告诉他要尊重国王：(7)"大王啊！世上的正法显然以国王为根基。臣民出于惧怕国王，才不互相吞噬。(8)国王依法平息整个世界的躁动和不安，光彩熠熠。(9)国王啊！犹如月亮和太阳没有升起，众生陷入黑暗之中，互相看不见。(10)犹如枯水中的鱼，旷野中的鸟，它们随意游荡，互相追逐。(11)它们互相争斗和厮杀，毫无疑问，很快就会走向毁灭。(12)同样，臣民没有国王，就会陷入黑暗之中，走向毁灭，犹如牲畜没有牧人。(13)

"如果没有国王保护，强者就会掠夺弱者的财富，杀死反抗者。(14)如果没有国王保护，恶人就会强行抢劫车辆、衣服、首饰和各种宝石。(15)如果没有国王保护，没有一个人会说'这是我的财产'。一切都会丧失。(16)如果没有国王保护，人们就会虐待，甚至杀死年迈的父母、老师、客人和长者。(17)如果没有国王保护，非法当道，各种武器就会纷纷落到遵行正法的人们头上。(18)如果没有国王保护,有财产的人始终会遭遇死亡、囚禁和折磨,人们不再知道有'我的财产'观念。(19)如果没有国王保护,世界会毁灭,荡然无存,盗匪横行,堕入可怕的地狱。(20)如果没有国王保护,就不会养儿育女,不会有农业和商业,正法沉沦,三吠陀消失。(21)如果没有国王保护,就不会按照礼仪举行祭祀和慷慨布施,没有结婚,没有集会。(22)如果没有国王保护,公牛不会活跃,牛奶不再搅拌,牧人也会走向毁灭。(23)如果没有国王保护,所有的人恐惧不安,心情沮丧,唉声叹气,失去知觉,很快就会毁灭。(24)如果没有国王保护,就不会无所畏惧地举行长年祭祀,按照规定答谢布施。(25)如果没有国王保护,婆罗门就不会学习四吠陀,不会修苦行,不会以学问求净化,不会以苦行求净化。(26)如果没有国王保护,就会明抢暗偷,一切界限破除,人们陷入恐惧,纷纷逃跑。(27)如果没有国王保护,人们恣意妄为,杀害婆罗门的人也不会受到正法制裁。(28)如果没有国王保护,就会失去纲常,种姓混杂,饥荒降临王国。(29)

"受到国王保护,人们就可以随意敞开门户睡觉,无所畏惧。(30)如果国王遵行正法,保护臣民,没有人会受到谩骂,也不会出现攻击伤害。(31)有国王保护,妇女们能佩戴一切首饰上街,不用男人陪伴,无所畏惧。(32)有国王保护,人们遵行正法,互相不伤害,互相友爱。(33)有国王保护,三种姓的人都举行各种盛大祭祀,专心学习经典。(34)有国王保护,这个世界以生计为本,由三吠陀支撑,一切运转正常。(35)国王担负起沉重的车辀,运用巨大的力量,运载臣民,整个世界获得安宁。(36)国王不存在,一切众生也就不存在。众生永远与国王同生死,谁会不尊敬他?(37)

"分担国王的重任,为整个世界谋幸福,坚持做国王喜欢的事情,他会赢得今生和来世两个世界。(38)一心想要谋害国王,毫无疑问,他会今生遭受痛苦,死后堕入地狱。(39)不能藐视国王,把国王视同常人,因为他是大神,以人的面目出现。(40)国王一向按照时间,采取五种面目:火神、太阳神、死神、财神和阎摩。(41)国王受到诈骗,用猛烈的光辉烧灼那些恶人,这时,他成为火神。(42)国王通过密探观察一切众生,保障它们平安幸福,这时,他成为太阳神。(43)国王愤怒地毁灭数以百计的恶人,连同他们的儿孙和亲友,这时,他成为死神。(44)国王严厉惩处不法之徒,恩宠守法之人,这时,他成为阎摩。(45)国王用大量财物满足有恩于他的人们,剥夺无恩于他的人们的各种珠宝。(46)国王赐给某些人财富,剥夺某些人的财富,这时,他成为世上的财神,国王啊!(47)

"机敏能干,吃苦耐劳,渴望守法,不怀嫉恨,这样的人不会诽谤国王。(48)违抗国王的人不会得到幸福,即使他是国王的儿子、兄弟或朋友,甚至被国王视作知己。(49)火借风势,还会有烧剩的东西,而一旦落入国王之手,哪里还会留有余地?(50)一个人应该远离国王保护的一切,回避国王占有的财产,犹如回避死神。(51)一接触国王的财产,就会走向灭亡,犹如麋鹿触及套索。智者应该保护国王的财产,如同保护自己的财产。(52)失去理智,盗用国王的财产,就会堕入可怕的大地狱,长夜漫漫。(53)国王、享有者、统治者、刹帝利、大地之主和人主,他接受这些美称,有谁不愿意崇敬他?(54)因此,想要求生,克制自己,把握自己,控制感官,博闻强记,聪明能干,他应该依附国王。(55)

"知恩图报,聪明,大方,忠诚,控制感官,始终遵行正法,恪守职责,国王应该尊敬这样的大臣。(56)忠诚,知恩图报,通晓正法,控制感官,勇敢,处事豁达,国王应该依靠这样的人。(57)国王使人勇敢,国王也使人软弱。落入国王手中的人,哪里会有快乐?受到国王宠信的人,才会有快乐。(58)国王是臣民的心,他们的最高归宿,他们的根基,他们的至高幸福。人们依靠国王,就能赢得今生和来世。(59)国王依靠自制、真诚和友善统治大地,举行各种盛大祭祀,声誉卓著,就能在天国占有尊敬的地位。"(60)

优秀的憍萨罗国王听了老师这番话,这位英雄便努力保护臣民。(61)

以上是吉祥的《摩诃婆罗多》中《和平篇》第六十八章(68)。

第十二　和平篇

六九

坚战说：

还有什么需要国王履行的职责？怎样保护国家？怎样制服敌人？（1）怎样使用密探？怎样让四种姓放心？怎样使侍从、妻子和儿子们放心？婆罗多子孙啊！（2）

毗湿摩说：

大王啊！你专心听取国王的职责吧！这些是国王或处在国王位置上的人首先应该做的。（3）国王永远首先要战胜自我，然后才能战胜敌人。国王不战胜自我，怎么能战胜敌人？（4）战胜自我就是控制五要素①。控制感官的国王能抵制敌人。（5）

俱卢后裔啊！国王应该在要塞、边境、园林和花园里设置卫兵。（6）还有城中所有重要场所、市中心和王宫，都要设置卫兵，人中之虎啊！（7）然后，应该雇佣密探，扮成傻子、瞎子和聋子。这些人要经过严格考察，聪明睿智，能够忍受饥渴和炎热。（8）大王啊！国王应该小心谨慎，把他们安插在大臣、儿子和所有三类朋友②（9）中，安插在城市、乡镇和藩属中，不让他们互相知道。（10）婆罗多族雄牛啊！国王也应该知道敌人安插的密探，在市场、娱乐场、集会和乞丐中，（11）在园林、花园、学者聚会、入口处、十字路口、会堂和旅舍中。（12）聪明的国王应该利用密探杀死敌人的密探。杀死了敌人的密探，也就是杀死了一切敌人，般度之子啊！（13）

国王发现自己力量薄弱，就应该与大臣们商议，与比自己强大的敌人缔约结盟。（14）即使力量薄弱不为人知，聪明的国王想要获得某种利益，也应该迅速与敌人缔约结盟。（15）国王依法保护王国，应该依靠具有品德、勤奋努力和通晓正法的善人。（16）富有智慧的国王发现自己面临杀身之祸，就应该处死那些一贯作恶、民愤极大的人。（17）既不起有益作用，也不起有害作用，也不能救助自己，国

---

① 五要素指空、风、火、水和地，或指耳、鼻、口、心和腹。
② 三类朋友指直接的朋友、朋友的朋友和敌人的敌人。

王不必重视这样的人。(18)聪明的国王应该不事声张,出兵进攻邻近的昏庸无力的国王。(19)出征时,首先安排好城市的防务,然后,率领强壮的军队,精神抖擞,发布出征命令。(20)弱小的国王不应该始终受强大的国王控制,而应该设法围攻强大的国王,削弱他的力量。(21)应该运用武器、烈火和毒药骚扰他的王国,在他的大臣和侍从中间制造分歧。聪明的国王热爱王国,但经常避免战争。(22)毗诃波提说,有三种达到目的的手段:安抚、馈赠和分化,国王啊!只要能达到目的,聪明的国王会满足于这些手段。(23)

俱卢后裔啊!智慧无量的国王应该向臣民收取六分之一的赋税,作为保护他们的酬报。(24)他也应该向从事十种职业的人强行收取或多或少财富,作为保护市民的酬报。(25)毫无疑问,国王应该像看待儿子那样看待市民。而市民应该忠诚,遵守法规。(26)国王应该确保儿子聪明睿智,明白事理,因为王国永远立足于法规。(27)国王应该委派值得信赖的人掌管矿藏、盐业、关税、渡口和树林。(28)国王始终公正地执持刑杖,就会赢得正法。国王永远依据正法执持刑杖,就会受到称颂。(29)国王应该精通吠陀和吠陀支,富有智慧,努力修习苦行,乐于施舍,乐于祭祀,婆罗多子孙啊!(30)国王始终应该具备这些品德。如果国王破坏礼仪,怎么会获得天国?怎么会获得声誉?(31)

如果国王受到更强大的国王侵扰,他应该召唤三类朋友,商定对策。(32)他应该让牧人安置在大路边,甚至迁移村庄,让他们全都迁入城郊或小镇。(33)他应该不断安抚富人和军队将领,让他们住进设防的要塞和安全地带。(34)国王应该亲自抢收谷物,如果做不到,就放火烧掉。(35)他应该挑唆人们去收割敌人田地里的谷物,或者动用自己的军队毁坏所有谷物。(36)他应该毁坏河流上和道路上的设施,放干池子里的水,弄脏放不完的水。(37)在邻界的土地上制造争端,以便现在或将来占领。即使处在结盟的边缘,也要在战场进攻敌人。(38)

国王应该清除附近的堡垒和所有的小树,但要保留圣树。(39)他应该砍掉大树的树枝,但不要碰掉任何圣树的树叶。(40)他应该在围墙上开启窗口,在壕沟里灌满水,打入尖桩,放入鳄鱼和鲨鱼。(41)他应该在城堡周围开启一些小门,以便通风,但要像城门一

第十二　和平篇

样精心守护。(42) 他应该在城门安置沉重的机械,安置百杀器,控制在自己手中。(43) 他应该采集木柴,挖掘水井,也保持以前挖掘的水井洁净。(44) 他应该用草覆盖房屋,抹上泥土。在夏季,为了防火,应该把干草运出城市。(45) 国王应该下令在晚上烧煮食物。除了祭火外,白天不要在屋里点火。(46) 在铁匠铺和产房里,要小心点火。火带进屋内,要注意安放。(47) 为了保护城市,应该宣布严惩白天点火者。(48)

人中俊杰啊!应该将乞丐、阉人、疯子和俳优驱逐出城,否则会带来祸害。(49) 在十字路口、圣地、大会堂和旅舍,国王应该安插相应种姓的密探。(50) 国王应该铺设宽阔的王家大道,按照方位设置供水处和市场。(51) 物资库、武器库、粮库、马厩、象厩和兵营,(52) 壕沟、大街和小巷,贡蒂之子啊!每处都要隐蔽,不要让人发现,坚战啊!(53) 遭受敌军骚扰的国王应该储存食油、蜂蜜、酥油和药草。(54) 他应该储存木炭、蒙阇草、树叶、弓箭、干草和燃料。(55) 他应该储存所有各种武器,标枪、刀剑、长矛和铠甲等。(56) 他尤其应该储存各种药草、根果和四种医生①,(57) 还有演员、舞伎、摔交手和幻术师。他应该装饰城市,到处喜气洋洋。(58) 国王应该控制局面,消除侍从、大臣、市民乃至邻国国王的疑惧。(59) 王中因陀罗啊!完成这些工作后,国王应该动用积聚的财富,作出相应的酬谢,以示尊敬和安抚。(60)

俱卢后裔啊!正如经典所说,国王击溃或杀死了敌人,也就还清了债务。(61) 国王应该保护七种事物,请听我告诉你,自己、大臣、国库、刑杖和朋友,(62) 乡镇和城市,俱卢后裔啊!第七种是努力保护自己的王国。(63) 国王通晓六德、三要素和另一种三要素,人中之虎啊!他就能享受这个大地。(64) 坚战啊!你要知道所谓的六德:议和和开战,　　(65) 还有围攻、出征、分兵和寻求别人援助。(66) 你专心听我讲述所谓的三要素:减少、保持和增加,另一种三个要素是:(67) 正法、利益和爱欲,都应该及时履行。依靠正法,国王能长久保护大地。(68) 在这方面,鸯耆罗之子毗诃波提本人吟

---

① 四种医生分别治疗马、象、人和武器。

唱过两首偈颂，雅度女之子啊！祝你幸运！请听这两首偈颂：（69）完成所有职责，认真保护大地，保护市民，便能获得来世幸福。（70）一切背离正法，臣民得不到保护，对于这样的国王，苦行有什么用？祭祀有什么用？（71）

以上是吉祥的《摩诃婆罗多》中《和平篇》第六十九章（69）。

七〇

坚战说：

有刑杖和国王这两者，应该依据什么做什么，以获得成功？请你告诉我，祖父啊！（1）

毗湿摩说：

国王啊！听我用充满意义和因明的语言，如实讲述刑杖学的福祉，婆罗多子孙啊！（2）国王运用刑杖学约束四种姓遵守各自的正法，制止他们违背正法。（3）四种姓遵守各自的正法，不混淆种姓界限，刑杖学得到实施，和平安宁，臣民无所畏惧，（4）三种姓努力按照规定举行苏摩祭，你要知道神和人由此得到幸福。（5）

是时代造就国王，还是国王造就时代？毋庸置疑，国王造就时代。（6）一旦国王正确实施全部刑杖学，就出现最好的时代，名为圆满时代。（7）在圆满时代，到处盛行正法，没有非法，所有种姓的人都不喜欢非法。（8）毫无疑问，所有的臣民都能保障安全，所有的吠陀礼仪都会产生功德。（9）所有的季节都舒适愉快，无病无灾。人们的发音、发声和思想都平和安详。（10）没有疾病，人人长寿，没有寡妇，没有暴徒。（11）大地无须耕作，谷物和药草自然成熟，树皮、树叶、根茎和果实都茁壮成长。（12）惟有正法，看不到非法，坚战啊！你要知道，这些是圆满时代的特征。（13）

一旦国王只履行三分刑杖学，欠缺第四分，这个时代就叫三分时代。（14）这第四分的邪恶伴随三分正法，大地就必须耕作，谷物和药草才会成熟。（15）一旦国王抛弃一半刑杖学，履行一半刑杖学，这个时代便叫做二分时代。（16）一半邪恶伴随一半正法，大地即使

耕作，也收获甚微。(17) 一旦国王完全抛弃刑杖学，臣民就遭受痛苦磨难，进入迦利时代。(18)

在迦利时代，到处盛行非法，没有正法，所有种姓的人都背离自己的正法。(19) 首陀罗依靠乞食维生，婆罗门依靠侍奉他人维生，失去安全保障，种姓混乱。(20) 所有的吠陀礼仪不产生功德。所有的季节不舒适愉快，有病有灾。(21) 人们的发音、发声和思想都衰弱无力。疾病蔓延，人人短命夭折。(22) 出现寡妇，出现暴徒。只有云彩下雨，谷物才能生长。(23) 一旦国王不能认真按照刑杖学保护臣民，一切滋味都失去。(24)

国王是圆满时代的创造者，也是三分时代、二分时代和第四时代（迦利时代）的创造者。(25) 国王创造圆满时代，能获得永恒的天国幸福；创造三分时代，能获得有限的天国幸福。(26) 国王创造二分时代，获得相应的功果；创造迦利时代，获得永恒的罪孽。(27) 国王犯下恶业，就会长久居住地狱；他陷入臣民的罪恶中，声名狼藉。(28) 聪明睿智的刹帝利总是将刑杖学放在首位，追求没有获得的，保护已经获得的。(29) 刑杖学确立世界的规范和界限，促进世界繁荣。正确实施刑杖学，作用如同父母保护孩子。(30) 婆罗多族雄牛啊！你要知道，众生存在依靠刑杖学。履行刑杖学是国王的最高正法。(31) 因此，俱卢后裔啊！你运用刑杖学，依法保护臣民吧！这样保护臣民，你就能获得天国幸福。(32)

以上是吉祥的《摩诃婆罗多》中《和平篇》第七十章（70）。

七一

坚战说：

精通行为者啊！凭借什么行为，国王能在今生和来世容易最终达到幸福的目的？(1)

毗湿摩说：

有三十六种品德，与另外三十六种品德相联系。具备这些品德，发挥这些品德，就能获得功德。(2) 国王应该遵行正法而不苛刻，充满慈爱而不放弃信仰,追求财富而不残酷,享受爱欲而不迷妄。(3)说话可爱而不卑微,英勇而不自夸,慷慨施舍而非不择施舍对象,果敢而不卤莽。(4)不与卑贱的人结交,不与亲友争吵,不委派不可靠的人担任密探,不用强迫手段完成任务。(5)他不在恶人中间谈论自己的财富,也不宣扬自己的品德。不向善人索取,也不依靠恶人。(6)未经审查,不施刑杖,不泄漏计划,不施舍贪婪的人,不信任无恩有怨的人。(7)不妒忌,保护妻子,心地纯洁,不鄙弃,不贪色,吃干净的食物,不吃无益健康的食物。(8)不傲慢,尊敬值得尊敬的人,不假装地侍奉老师,不虚伪地供奉天神,追求荣华富贵,但不败坏名声。(9)谦恭有礼,精明能干而不是不识时机,安抚他人而不是为了贪图利益,施恩于人而不抛弃。(10)不伤害无辜,杀死敌人则毫不留情,不无故发怒,对忤逆之人则决不心软。(11)

如果你希望今生幸福,那就这样行事,统治王国吧!国王反其道而行之,必定会招致无上的恐怖。(12)国王遵照我讲述的这些品德行事,他今生在世上享福,死后在天国享福。(13)

护民子说:

听了福身王之子(毗湿摩)这番话,聪明睿智的坚战王在般度族首领们围绕下,向祖父行礼,执行他的教导。(14)

以上是吉祥的《摩诃婆罗多》中《和平篇》第七十一章(71)。

七二

坚战说:

国王怎样保护臣民,而不造成痛苦,不违背正法?请你告诉我,祖父啊!(1)

毗湿摩说:

孩子啊!我简要地向你讲述这些确定的正法。如果详细讲述,那是讲不完的。(2)你应该让那些奉守正法、富有学问、精通吠陀、恪守誓言、具备品德、受人尊敬的婆罗门住在家中。(3)你要和祭司一起,先起身向他们行触足礼,然后再做一切应该做的事情。(4)完成

第十二 和平篇

种种法事和吉祥仪式后,你就让婆罗门们祝福你达到目的和取得胜利。(5)婆罗多子孙啊!你应该正直、坚定和睿智,把握财富的意义,摒弃欲望和愤怒。(6)愚蠢的国王追求财富,将欲望和愤怒放在首位,这样,他既不合乎正法,也得不到财富。(7)不要任用贪婪而愚蠢的人追求欲望和财富,而要在一切事务中任用摒弃贪婪而具有智慧的人。(8)怀有贪欲和仇恨的蠢人不精通事务,一旦掌管财富,就会不择手段压榨臣民。(9)你应该按照经典规定收取六分之一的赋税,收取关税和罪犯的罚金,作为你的财源。(10)国王应该合法地收取税金和治理王国,不知疲倦地保障所有臣民的安宁幸福。(11)摆脱贪欲和愤怒,不遗余力地履行正法,人们热爱这样的保护者和施恩者。(12)你不要指望通过非法所得敛聚财富。背离经典规定,就会失去正法和财富。(13)国王背离经典规定,不可能积累财富。一切来路不正的财富都会毁灭。(14)愚蠢地视财富为命根,征收超出经典规定的赋税,压榨臣民,这样的国王是在犯自杀行为。(15)想要得到牛奶,而割下母牛乳房,他就再也得不到牛奶了。同样,不择手段地压榨臣民,王国不会兴旺。(16)侍奉母牛,永远会得到牛奶。同样,适当地享用王国,就会获得成果。(17)适当享用和认真保护王国,就能始终保持国库充盈,坚战啊!(18)臣民得到国王良好的保护,就会源源不断为自己和别人生产粮食和金子,犹如满意的母亲产出乳汁。(19)

国王啊!你要效仿花环匠,不要效仿烧炭匠,认真保护臣民,就能永久享受王国。(20)如果由于进攻敌国,你的财富耗尽,你可以通过安抚的手段获取臣民的财富,但婆罗门除外。(21)看到婆罗门拥有财富,即使自己处在最大困境,也不要动心,更何况富裕繁荣,婆罗多子孙啊!(22)你应该尽自己所能,布施他们足够的钱财,安抚他们,保护他们,你就能赢得难以赢得的天国。(23)俱卢后裔啊!你依法行事,保护臣民,最终会获得圣洁的名誉。(24)依法保护臣民吧!般度之子啊!这样,你就不会陷入麻烦,坚战啊!(25)保护臣民是国王最高的正法,正如依法保护众生是最高的仁慈。(26)通晓正法的人们认为这是最高的正法。国王保护众生就是施行仁慈。(27)

国王一天不保护臣民摆脱恐惧,他犯下的罪过,一千年才能解除。(28)国王一天依法保护臣民,他积下的功德,能在天国享用一万年。(29)祭祀、学习吠陀和苦行赢得的世界,国王依法保护臣民,刹那间就能赢得。(30)贡蒂之子啊!你努力维护正法,今生就能获得功果,不会陷入痛苦。(31)你也将获得天国的荣华富贵,般度之子啊!这样的正法功果只在国王中存在。因此,除了国王之外,别人得不到这样的大功果。(32)你获得富饶的王国,就依法加以保护,用苏摩酒满足因陀罗,按照愿望满足朋友们吧!(33)

以上是吉祥的《摩诃婆罗多》中《和平篇》第七十二章(72)。

七三

毗湿摩说:

国王啊!一个惩恶扬善的人,国王应该指定他为王室祭司。(1)在这方面,人们引用一个古老的历史传说,那是伊罗之子补卢罗婆娑和摩多利首(风神)的对话。(2)

伊罗之子说:

婆罗门从哪里产生?其他三种姓从哪里产生?为什么婆罗门地位最高?风神啊!请你告诉我!(3)

风神说:

王中俊杰啊!据说婆罗门从梵天的口中产生,刹帝利从梵天的双臂产生,吠舍从梵天的双腿产生。(4)人中雄牛啊!为了侍奉这三种姓,第四种姓首陀罗从梵天的双脚中产生。(5)婆罗门一出生,就继承大地,成为一切众生的主宰,保护正法库藏。(6)随后,梵天创造第二种姓刹帝利,作为大地保护者,刑杖执持者,保护臣民。(7)梵天规定吠舍应该用财富和粮食供养三种姓,而首陀罗应该侍奉三种姓。(8)

伊罗之子说:

这大地连同财富按照正法应该属于婆罗门,还是属于刹帝利?风神啊!请你如实告诉我!(9)

风神说：

精通正法的人们说，由于出身最优秀，世界上所有的一切都属于婆罗门。（10）婆罗门吃的是自己的，住的是自己的，给的是自己的，因为婆罗门是一切种姓的老师，最年长，最优秀。（11）正如妇女失去丈夫，接受小叔子为丈夫，大地为了延续，接受刹帝利为主人。（12）如果你盼望依法获得天国的至高地位，这是首要的法则。但在危难时刻，可以有例外。（13）无论谁征服了大地，应该交给品学兼优、通晓正法和修炼苦行的婆罗门。（14）婆罗门满足于自己的正法，不贪图财富，会用丰富的智慧引导国王。（15）婆罗门出身高贵，智慧成熟，说话文雅，讲述各种妙语，引导国王幸福。（16）国王遵行婆罗门教诲的正法，谦恭顺从，不自以为是，恪守刹帝利正法誓愿。（17）聪明睿智的国王这样做，就能永久享有声誉。而王室祭司也分享国王履行正法的功德。（18）

这样，所有的臣民依附国王，行为端正，遵守各自的正法，无所畏惧。（19）臣民受到国王良好的保护，在王国中遵行正法，国王就能分享四分之一的正法功果。（20）天神、人、祖先、健达缚、蛇和罗刹，都依靠祭祀生存。在没有国王的国家中，没有祭祀。（21）天神和祖先的生存依靠祭品，正法的保障依靠国王。（22）夏季，从树阴、水和风中获取舒适；冬季，从火、衣服和太阳获取舒适。（23）人心喜欢声、触、味、色和香。而一个怀有恐惧的人，不可能从这些享受中获得快乐。（24）解除他人恐惧的人，能获得大功果。在三界中，没有哪种施舍能与施舍生命相比。（25）国王是因陀罗，国王是阎摩，国王是正法，国王具有各种形体，国王维持一切。（26）

以上是吉祥的《摩诃婆罗多》中《和平篇》第七十三章（73）。

七四

毗湿摩说：

国王认真考察不可限量的正法和利益后，应该马上任命一位学问渊博的智者为祭司。（1）国王的祭司通晓正法，以法为魂，而国王也具备同样的品德，那么，在一切方面都吉祥如意。（2）他们两个团结一致，信奉正法，实施苦行，保证臣民、天神和祖先兴旺繁荣。（3）婆罗门和刹帝利是一对朋友，互相尊敬，思想一致。由于他们互相尊敬，臣民获得幸福。（4）如果他们互不尊敬，臣民就会遭殃。人们说，婆罗门和刹帝利是一切正法的根本。（5）在这方面，人们引用一个古老的历史传说，那是伊罗之子和迦叶波的对话，坚战啊！你请听。（6）

伊罗之子说：

一旦婆罗门抛弃刹帝利，或者刹帝利抛弃婆罗门，哪些人成为此后的强者？哪些人离开这样的强者？（7）

迦叶波说：

一旦婆罗门和刹帝利出现对立，刹帝利王国就会毁灭。盗匪成为此后的强者，善人们离开这样的强者。（8）一旦刹帝利抛弃婆罗门，他们的公牛不成长，母牛也不成长，不再搅拌牛奶，不再举行祭祀，他们的儿子也不再学习吠陀。（9）一旦婆罗门抛弃刹帝利，他们家中的公牛不成长，他们和臣民都不学习吠陀，不举行祭祀，堕落成为盗匪。（10）因为他俩永远联结在一起，互相支持，刹帝利是婆罗门之源，婆罗门是刹帝利之源。（11）他们永远互相依靠，达到荣华富贵。如果这种古老的联合破裂，就会造成一切混乱。（12）犹如航船在大沙滩搁浅，没有人能渡往彼岸。四种姓变得混乱，臣民遭到毁灭。（13）

婆罗门如同一棵大树，得到保护，就会落下蜂蜜和金子；得不到保护，就会永远落下眼泪和罪孽。（14）一旦婆罗门放弃梵行，背离吠陀学说，而又想在梵中寻求保护，天神就会奇怪地下雨，难以承受的灾难就会接踵而至。（15）如果恶人杀死妇女或婆罗门，在大庭广众受到认可，在国王面前有恃无恐，那么，刹帝利就面临危险了。（16）恶人们猖狂作恶，楼陀罗神就会出现。恶人们作恶，招致楼陀罗神出现，毁灭所有善人和恶人。（17）

伊罗之子说：

楼陀罗来自哪里？楼陀罗什么模样？但见众生为众生所杀，智者迦叶波啊！请你告诉我，楼陀罗神从哪里出生？（18）

第十二　和平篇

迦叶波说：

楼陀罗是人心中的自我。他杀死各人自己的身体，也杀死别人的身体。人们说楼陀罗的模样像狂风，像森林大火，像乌云。（19）

伊罗之子说：

任何人都不能挡住风，乌云下雨，森林大火，也都挡不住。但见人类中，由于贪婪和愤怒，被束缚，被释放。（20）

迦叶波说：

正如一间房屋起火，很快烧毁整个村庄，这位天神头脑一热，善人和恶人一起遭殃。（21）

伊罗之子说：

如果恶人们作恶，刑杖不加区分，也惩处善人，那么，为什么还要做善事？为什么不该做恶事？（22）

迦叶波说：

由于没有摒弃作恶者，混在一起，刑杖也同样惩处善人。湿柴和干柴混在一起，同样遭到焚烧。因此，不要和作恶者混在一起。（23）

伊罗之子说：

大地负载善人和恶人，太阳照耀善人和恶人，风同样吹拂善人和恶人，水同样运送善人和恶人。（24）

迦叶波说：

确实，世界就是这样运转，但死后并不是这样，孩子啊！行善者和作恶者在死后有很大差别。（25）在死后，善人的世界有蜂蜜，有用酥油供奉的祭火，有金子的光辉，有甘露的源泉。在那里，梵行者永远快乐，没有死亡，没有衰老，没有痛苦。（26）而恶人的世界是黑暗的地狱，永远充满痛苦和忧愁。在那里，作恶者自我哀叹，沉沦无数年。（27）

一旦婆罗门和刹帝利互相分裂，人们就会陷入难以承受的痛苦。懂得这一点，国王就应该任命一位学问渊博的智者为祭司。（28）国王应该依法为他灌顶，因为按照正法的说法，婆罗门是一切之首。（29）通晓正法的人们说，婆罗门首先被创造出来。由于最早出生，汇集一切精粹。（30）首先出生的婆罗门应该受到尊重，受到崇敬，应该按照正法给予他们一切最好的东西。（31）即使国王强大有

力，也必须这样做，因为婆罗门增强刹帝利，刹帝利增强婆罗门。（32）

以上是吉祥的《摩诃婆罗多》中《和平篇》第七十四章（74）。

七五

毗湿摩说：

人们说，王国的安全和繁荣依靠国王，而国王的安全和繁荣依靠祭司。（1）婆罗门为臣民消除不可见的恐惧，国王用双臂消除可见的恐惧，保障王国幸福。（2）在这方面，人们引用一个古老的历史传说，那是国王牟朱恭陀和吠湿罗婆那（财神）的对话。（3）

国王牟朱恭陀征服了大地，想要检验自己的力量，进攻阿罗迦王（财神）。（4）吠湿罗婆那（财神）创造出许多罗刹。这些罗刹粉碎了他的军队。（5）看到自己的军队遭到杀戮，克敌者牟朱恭陀王责备睿智的祭司。（6）于是，精通吠陀的极裕仙人修炼严酷的苦行，杀死那些罗刹，找到出路。（7）

看到自己的军队遭到杀戮，吠湿罗婆那（财神）向牟朱恭陀显身，说道：（8）"过去，许多比你强大有力的国王，在祭司的帮助下，也没有像你这样对待我。（9）那些国王精通武艺，强大有力，将我视作幸福和痛苦的主宰，前来侍奉我。（10）如果你拥有臂力，就显示出来，何必要完全依赖婆罗门的力量呢？"（11）

牟朱恭陀听后，愤怒地回答财神，说了这番有理有节的话：（12）"婆罗门和刹帝利由自在天（梵天）创造，同出一源。他们运用不同的力量保护世界。（13）婆罗门永远拥有苦行和经咒的力量，刹帝利永远拥有武器和双臂的力量。（14）有了这两种力量，就能保护臣民。我正是这样做的，阿罗迦王啊！你为什么要责备我？"（15）

然后，吠湿罗婆那对牟朱恭陀和祭司说道："你要知道，国王啊！我不把没有认定的王国给予任何人，（16）也不摧毁认定的王国，英雄啊！你统治这整个大地吧！"（17）

牟朱恭陀说：

我不希望享有你赐给我的王国，国王啊！我喜欢享有凭自己臂力

赢得的王国。(18)

毗湿摩说:

看到牟朱恭陀坚定地恪守刹帝利正法,吠湿罗婆那(财神)惊诧不已。(19)此后,牟朱恭陀王继续统治凭自己臂力赢得的大地,恪守刹帝利正法。(20)因此,通晓吠陀,优待婆罗门,这样的国王能征服不可征服的大地,享有伟大的声誉。(21)婆罗门永远应该持有圣水,刹帝利永远应该持有武器,因为世界上所有一切依靠他们两个。(22)

以上是吉祥的《摩诃婆罗多》中《和平篇》第七十五章(75)。

七六

坚战说:

国王依靠什么行为使人类繁荣,从而赢得圣洁的世界?请你告诉我,祖父啊!(1)

毗湿摩说:

国王应该善于施舍,善于祭祀,婆罗多子孙啊!善于斋戒和苦行,乐于保护臣民。(2)国王永远应该依法保护所有臣民,精进努力,毫不懈怠,尊敬一切守法者。(3)正法受到国王尊重,也就会在任何地方受到尊重,因为国王喜欢的东西,臣民也会喜欢。(4)国王对待敌人,应该像死神那样,永远高举刑杖;应该消灭一切地方的盗匪,不要随便宽恕他们。(5)臣民受到国王良好的保护,履行正法,婆罗多子孙啊!国王能分享这种正法的四分之一功德。(6)国王依法保护臣民,能分享臣民学习吠陀、祭祀、施舍和敬神的四分之一功德。(7)国王不保护臣民,给王国带来灾难,就要承担四分之一罪孽,婆罗多子孙啊!有些人说要承担全部罪孽,还有些人断言要承担一半罪孽。(8)

大地保护者啊!请听国王怎样摆脱暴戾和妄语这类罪过。(9)如果财物被盗贼偷走,不能找回,国王就应该从自己的国库提取财物偿还。(10)所有种姓的人永远应该保护婆罗门的财产,如同保护婆罗

141

门。冒犯婆罗门的人应该驱逐出境。（11）婆罗门的财产受到保护，其他一切也就受到保护。婆罗门高兴满意，国王也就履行了职责。（12）犹如众生依靠雨云，飞鸟依靠大树，人们依靠能实现一切目的的国王。（13）充满欲望，心思邪恶，粗暴，贪婪，这样的国王不能保护臣民。（14）

坚战说：

我不追求王国的快乐，一刻也不向往王国。我为了正法而喜欢王国，可是那里没有正法。（15）我不需要这样的王国，那里没有正法。因此，我要去森林，寻求正法。（16）我要放下刑杖，控制感官，在清净的森林里，成为一个牟尼，以根果维生，求取正法。（17）

毗湿摩说：

我知道你心地善良。但是，单靠心地善良，不能成就大事。（18）你温和、自制、文雅、严守正法、热爱正法，但软弱无力，世人不会尊重你。（19）你要考虑父辈祖辈奉行的王法。你想采取的这种行为不是国王的行为。（20）依靠仁慈，软弱无力，你不能获得保护臣民产生的正法功果。（21）般度和贡蒂不会希望你这样，孩子啊！你采取的行为不明智。（22）父亲一向要求你英勇、顽强和刚健，贡蒂也要求你灵魂伟大、顽强和高贵。（23）祖先和天神总是要求儿子们不断地在人和神中间念诵萨婆诃和萨婆陀。（24）施舍、学习吠陀、祭祀、保护臣民、正法或者非法，你生来就要从事这些。（25）

及时肩负沉重的担子，即使遭遇挫折，也不会丧失名誉，贡蒂之子啊！（26）具有良好的素养，肩负重担，毫不动摇。行动和语言没有错误，事业就会获得成功。（27）无论是守法的居家者，还是国王或梵行者，都不会只与失败打交道。（28）即使只是一点儿善事，做了也比不做要好。没有比无所作为更大的罪过。（29）一旦出身高贵的知法者获得至高王权，他就要设法保障幸福和安全，国王啊！（30）他遵行正法，获得王国后，用施舍、武力和甜言蜜语分别控制他人。（31）出身高贵、富有学问的人们依靠他，心满意足，不为生活担忧，还有什么比这更高的正法？（32）

坚战说：

什么是至高的天国？什么是至高的快乐？什么是至高的王权？如

果你知道，请告诉我。(33)

毗湿摩说：

依靠他，人们立刻就能获得安全。这样的人是我们之中最优秀的赢得天国者。我对你说的是实话。(34) 你是俱卢族的快乐者，俱卢族俊杰啊！你作为国王，保护善人，消灭恶人，赢得天国吧！(35) 让朋友们和善人们依靠你生活吧！犹如众生依靠雨云，飞鸟依靠甜美的大树，孩子啊！(36) 你坚强，勇敢，奋勇杀敌，温和，控制感官，慈爱，有福共享，让人们依靠你生活吧！(37)

以上是吉祥的《摩诃婆罗多》中《和平篇》第七十六章 (76)。

七七

坚战说：

有些婆罗门履行自己的职责，有些婆罗门不履行职责，祖父啊！请你告诉我，这两者之间的区别。(1)

毗湿摩说：

具有学问和吉祥标志，通晓一切经典，国王啊！人们称赞这些婆罗门与梵天相同。(2) 具备祭官和老师资格，履行自己的职责，国王啊！这样的婆罗门与天神相同。(3) 祭官、王室祭司、大臣、使者和司库，国王啊！这样的婆罗门与刹帝利相同。(4) 马兵、象兵、车兵和步兵，国王啊！这样的婆罗门与吠舍相同。(5) 缺乏高贵的出身和职业，猥琐卑微，国王啊！这样的婆罗门与首陀罗相同。(6) 没有学问，不侍奉祭火，遵行正法的国王应该向这样的婆罗门征收赋税，派遣劳役。(7) 听差、神像守护者、星宿祭祀者，村庄祭祀者，第五是出海经商者，这些是婆罗门中的旃陀罗。(8) 除了与梵相同和与天神相同的婆罗门之外，国王国库不足，可以向这些婆罗门收税。(9) 吠陀规定，除了婆罗门的财产之外，国王是所有财产的主人。但是，有些婆罗门不履行职责。(10) 国王决不能放任不履行职责的婆罗门，而应该控制他们，分给他们财物，以保护正法。(11) 智者们认为，在国王的领地上，婆罗门成为盗贼，这是国王的过失。(12)

国王啊！通晓正法的人们说，完成学业而通晓吠陀的婆罗门，由于生活无着，成为盗贼，这是国王的责任。（13）如果生活得到保证，他仍不改邪归正，折磨敌人者啊！那就应该将他连同家属一起驱逐出境。（14）

以上是吉祥的《摩诃婆罗多》中《和平篇》第七十七章（77）。

七八

坚战说：

哪些人的财产属于国王？婆罗多族雄牛啊！国王应该采取什么方式？请你告诉我，祖父啊！（1）

毗湿摩说：

吠陀规定，除了婆罗门的财物之外，国王是所有财产的主人。而那些不履行职责的婆罗门的财产也归国王。（2）国王决不能放任不履行职责的婆罗门。善人们说，自古以来国王都这样做。（3）在国王的领地上，婆罗门成为盗贼，国王啊！人们认为这是国王的过失。（4）考虑到自己会为此事受到谴责，所有的王仙都供养和保护婆罗门。（5）在这方面，人们引用一个古老的历史传说，那是遭到罗刹劫持的羯迦夜王吟唱的。（6）羯迦夜王严守誓言，学习吠陀，在森林里遭到罗刹暴力劫持，国王啊！（7）

国王说：

在我的国土上，没有盗贼，没有卑鄙者，没有饮酒者，没有不侍奉祭火者，没有不祭祀者，我安然无恙。（8）在我的国土上，婆罗门都有学问，恪守誓言，饮苏摩酒，侍奉祭火，我安然无恙。（9）在我的国土上，没有人举行祭祀而不施舍，没有人学习吠陀而不恪守誓言，我安然无恙。（10）婆罗门学习和教授吠陀，祭祀和替人祭祀，施舍和接受施舍，奉守这六项职责。（11）婆罗门受到尊敬，受到供养，温和，说话真实，我安然无恙。（12）刹帝利通晓真理和正法，施舍而不乞求，学习而不教授，祭祀而不担任祭司。（13）刹帝利奉守自己的职责，保护婆罗门，在战场上不临阵脱逃，我安然无恙。(14)吠舍以耕作、畜牧和经商维生,不欺诈,不懈怠,遵行礼仪,恪守誓言,说话真实。(15)他们分享财物,自制,纯洁,依靠朋友,奉守自己的职责,我安然无恙。(16)首陀罗也奉守自己的职责,按照规定侍奉其他三种姓,不妒忌,我安然无恙。(17)

我供养所有孤苦无助的老人、弱者、病人和妇女,我安然无恙。(18)我不破坏一切众所周知的家族法和国家法,我安然无恙。(19)在我的国土上,苦行者受到保护和尊敬,受到供养和礼遇,我安然无恙。(20)我与人有福同享,不霸占别人妻室,不独自娱乐,我安然无恙。(21)没有人不行梵行而乞食,或者乞食而不行梵行,没有人不是祭司而行祭,我安然无恙。(22)我不轻视老人、学者和苦行者,整个王国沉睡时,我保持警醒,我安然无恙。(23)

我的祭司学习吠陀,修炼苦行,通晓一切正法,光辉吉祥,驾驭整个王国。(24)我慷慨施舍,言而有信,保护婆罗门,盼望赢得天国世界;谦恭顺从,侍奉师长,我没有发现来自罗刹的威胁。(25)在我的王国里,没有寡妇,没有卑微的婆罗门,没有盗贼,没有奸夫,没有作恶的人,我没有发现来自罗刹的威胁。(26)我为正法而战斗,身上布满武器的伤痕,没有两指宽的完肤,我没有发现来自罗刹的威胁。(27)在我的王国里,人们总是祈求我保护牛、婆罗门和祭祀的安全,我安然无恙。(28)

罗刹说:

你全面关注正法,因此,我放了你,羯迦夜国王啊!祝福你!请回家吧!(29)羯迦夜国王啊!保护牛和婆罗门,保护臣民,这样的国王不会有来自罗刹的威胁,更不会有来自人的威胁。(30)将婆罗门放在首位,借重婆罗门的力量,妻子殷勤好客,这样的人赢得天国。(31)

毗湿摩说:

因此,你应该保护婆罗门。他们受到保护,也会保护你。他们对国王的祝福会带来王国繁荣。(32)对于不履行职责的婆罗门,国王要特别加以控制,分给他们财物,以保护臣民。(33)国王在城市和乡镇这样行事,就会享受荣华富贵,到达因陀罗的世界。(34)

以上是吉祥的《摩诃婆罗多》中《和平篇》第七十八章(78)。

七九

坚战说：

已经讲过婆罗门在危难中，可以按照刹帝利正法谋生，那么，能不能按照吠舍正法谋生？（1）

毗湿摩说：

婆罗门遭逢灾厄，失去生活手段时，如果不能按照刹帝利正法生活，可以按照吠舍正法生活，从事耕作和畜牧。（2）

坚战说：

如果婆罗门按照吠舍正法生活，婆罗多族雄牛啊！他出售哪些商品，才不会失去天国？（3）

毗湿摩说：

酒、盐、芝麻、有鬃毛的牲畜、公牛、蜂蜜、肉和熟食，坚战啊！（4）在任何情况下，婆罗门都应该回避出售这些东西，孩子啊！出售这些东西，婆罗门会堕入地狱。（5）出售山羊就是出售火神，出售母羊就是出售伐楼拿神，出售马匹就是出售太阳神，出售土地就是出售国王，出售母牛就是出售祭祀和苏摩酒，所以，决不能出售这些东西。（6）善人们不赞赏用熟食交换生食，婆罗多子孙啊！而为了享用，可以用生食交换熟食。（7）"我们吃你的这些熟食，你要煮熟这些生食。"这样说定后，进行交换，不算非法。（8）听着，坚战啊！我告诉你自古以来人们遵循的法则。（9）"我给你这个，你给我那个。"双方满意，符合正法；强行交换，不符合正法。（10）仙人和其他人自古以来遵守这些习俗，毫无疑问，合理合法。（11）

坚战说：

祖父啊！所有的百姓拿起武器，超越各自的正法，刹帝利的力量削弱。（12）国王不再成为世界保护者，应该怎样寻求庇护呢？请为我详细解释这个疑问，祖父啊！（13）

毗湿摩说：

通过施舍、苦行、祭祀、和谐和自制，以婆罗门为首的所有种姓寻求自己的安宁。（14）他们中间，那些拥有吠陀力量的人，会努力从各方面增强国王的力量，犹如众天神增强因陀罗的力量。（15）人们说，国王衰微时，婆罗门是庇护所。因此，聪明的国王应该借助婆罗门的力量重新崛起。（16）一旦国王取得胜利，王国恢复和平，所有的种姓都会依法履行各自的职责。（17）如果盗匪横行无忌，制造混乱，所有的种姓都会拿起武器，而不会作乱，坚战啊！（18）

坚战说：

如果所有的刹帝利与婆罗门作对，那么，谁保护婆罗门？什么是正法？怎样寻求庇护？（19）

毗湿摩说：

凭借苦行、梵行、武器、力量、欺诈和不欺诈，可以控制刹帝利。（20）刹帝利势力膨胀，甚至怠慢婆罗门，那么，婆罗门应该控制他们，因为刹帝利源自婆罗门。（21）火源自水，刹帝利源自婆罗门，铁源自石头，它们的威力无处不在，而在各自的源头消失。（22）一旦铁碰石头，火攻水，刹帝利仇恨婆罗门，它们的威力都消失。（23）因此，刹帝利的威力不管多么强大，多么不可战胜，遇到婆罗门便消失，坚战啊！（24）

婆罗门的勇力变得温和，刹帝利的勇力变得软弱，所有种姓的人都会冒犯婆罗门。（25）这时，不顾个人安危，投身战斗，保护婆罗门，保护正法，保护自己，（26）这些富有思想、充满愤慨的人，会赢得圣洁的世界，因为所有的人都应该为婆罗门而拿起武器。（27）这些勇士达到至高的归宿，进入那些举行祭祀、学习吠陀、修炼苦行或在斋戒后投身火中的人们的世界。因此，人们说，没有比舍弃自我更高的正法。（28）我向他们致敬，向他们祝福，他们为了制服婆罗门的敌人，献出身躯。让我们赢得他们的世界吧！摩奴说，这些英雄升入天国，赢得梵界。（29）正如在马祭结束后沐浴，善人和恶人都获得净化，在战场上死于武器的人都获得净化。（30）由于地点和时间的原因，正法变成非法，非法变成正法。这是地点和时间的威力。（31）朋友们做了残忍的事，赢得至高天国；守法的人们做了恶事，达到至高归宿。①（32）为了保护自己，为了惩处其他种姓的罪

---

① 根据精校本注，朋友们指婆罗门，如优腾迦和波罗奢罗等；残忍的事指举行蛇祭和罗刹祭等；守法的人们指刹帝利；恶事指征伐敌国等。

过，或者堡垒受到围攻，婆罗门在这三种情况下，拿起武器，没有错误。(33)

坚战说：

如果盗匪猖獗，进攻刹帝利，种姓出现混乱，而有人强大有力，能够征服盗匪。(34) 王中俊杰啊！如果这人是婆罗门、吠舍或首陀罗，依照正法，高举刑杖，保护臣民免受盗匪侵害，(35) 他是否做了应该做的事？是否应该受到禁止？是否除了刹帝利之外，别人不应该拿起武器？(36)

毗湿摩说：

他是没有彼岸时的彼岸，没有筏子时的筏子。不管他是首陀罗，还是别的什么人，都应该受到尊敬。(37) 人们失去保护，饱受盗匪折磨，颠沛流离，而依靠他，过上幸福的生活，国王啊！(38) 人们满怀喜悦，尊敬他，视同自己的亲人，俱卢后裔啊！这样的人永远值得尊敬。(39) 公牛不能驮物，有什么用？母牛不能产奶，有什么用？妻子不能生育，有什么意义？国王不能保护臣民，有什么意义？(40) 正如木制的大象，皮制的小鹿，路上的废车，盐碱田，(41) 同样，不学习吠陀的婆罗门，不保护臣民的国王，不下雨的云彩，所有这些都毫无意义。(42) 谁始终保护善人，惩处恶人，他就应该成为国王，维持一切。(43)

以上是吉祥的《摩诃婆罗多》中《和平篇》第七十九章 (79)。

八〇

坚战说：

祖父啊！祭司应该怎样行动？具备什么品行？有什么种类？王中因陀罗啊！请你告诉我，优秀的说话者啊！(1)

毗湿摩说：

祭司的行为按照古代规定，首先应该通晓颂诗和婆罗门学问。(2) 他们永远专心致志，坚定沉着，说话可爱，互相友好，互相尊重，平等看待一切。(3) 不残忍，诚实，不杀生，正直，不怨恨，不傲慢，羞涩，宽容，自制，平静。（4）知廉耻，言而有信，温顺，不伤害众生，摒弃贪欲和仇恨，具备三德，（5）不杀生，富有知识，无愧婆罗门的地位，孩子啊！所有这些伟大的祭司都值得尊敬。（6）

坚战说：

吠陀规定要支付祭祀酬金，但没有确定这样支付或那样支付。（7）对于处在危难中的人，怎样支付酬金，经典中缺乏规定。如果不考虑支付者的能力，经典的要求是可怕的。（8）按照吠陀的说法，祭祀应该虔诚。如果在祭祀中，弄虚作假，哪里还有虔诚？（9）

毗湿摩说：

没有人能依靠藐视吠陀，依靠欺骗或依靠幻术获得至福，你也不要这样考虑。（10）祭祀酬金是祭祀的组成部分，能增强吠陀，孩子啊！缺少酬金，经咒决不超度人。（11）一满盘①的酬金，功效决不低下，孩子啊！三种姓的人都应该按照规定进行祭祀。（12）按照吠陀的说法，苏摩酒是婆罗门的国王。他们并不想不正当地出售苏摩酒，以谋生计。他们依法出售苏摩酒，使祭祀得以延续。（13）宣讲正法的仙人们按照正法就是这样说的。人、祭祀和苏摩酒都应该采取正当的方式。一个人采取不正当的方式，对别人和自己都没有益处。（14）

人们听到经典中说，灵魂高尚的婆罗门献身祭祀事业。（15）经典中还说，苦行比祭祀更高。我现在向你讲述苦行，智者啊！你听着！（16）不杀生，说真话，不残忍，自制，仁慈，智者们认为这些都是苦行，不必折磨身体。（17）藐视吠陀，轻视经典，无视一切规则，这会导致自己毁灭。（18）你要知道十祭者②们制定的这种规定，普利塔之子啊！智慧是长勺，心是酥油，至高的知识是净草。（19）一切狡诈通向死亡，一切正直通向梵。这些是知识对象，其他的废话有什么用？（20）

以上是吉祥的《摩诃婆罗多》中《和平篇》第八十章（80）。

---

① 一满盘指二百五十六把稻谷。
② 十祭者指每天供奉祭火十次的祭司。

八一

坚战说：

一个人没有助手，连一件小事也难完成，更何况治理王国，祖父啊！（1）国王应该有什么样的品德？什么样的行为？什么样的大臣？应该信任什么人？不信任什么人？（2）

毗湿摩说：

国王啊！国王有四种朋友：目的相同、忠心耿耿、宗族亲缘和虚情假意。（3）以法为魂是第五种朋友。他既不偏执，也不两面讨好。正法在哪里，他就在那里。或者，采取中立。（4）国王对于不喜欢的人，不要透露自己的目的。国王想要取得成功，就要兼用正法和非正法两种手段。（5）四种朋友中，中间两种最好。对于另外两种要始终保持警惕。在国王亲自处理的事务中，应该对所有朋友都保持警惕。（6）国王不应该疏于保护朋友，因为世上的人们藐视疏忽大意的国王。（7）恶人成为善人，善人成为恶人，敌人成为朋友，朋友也作恶。（8）心思变化不定，谁能信任这样的人？因此，凡是重大的事情，国王应该亲自处理。（9）偏听偏信会招致正法和利益毁灭，而不信任一切，也无异于死亡。（10）信任是非时之死，因为信任招来危险。如果信任一个人，就会按照他的意愿生活。（11）因此，对待任何人，既要信任，又要警惕，孩子啊！这是处世之道，永恒吉祥之所在。（12）

想到我不活着，他就会攫取这份财产，就应该对他永远保持警惕。智者们认为这样的人是敌人。（13）水会从自己的田地流入别人的田地，他不希望那里所有的堤坝开裂。（14）同样，由于害怕水涝，他希望自己的堤坝开裂。遇到具有这种品行的人，应该认为是敌人。（15）不为繁荣而满足，不为衰败而沮丧，应该将这看作优秀朋友的表现。（16）想到我不活着，他也不会活着，就应该信任这样的人，犹如信任父亲。（17）永远防止伤害一切正法和事业，应该尽力扶植这样的人。（18）应该知道，害怕伤害他，是优秀朋友的表现。而那

些希望伤害他的人，是他的敌人。（19）为他的不幸担忧，为他的繁荣高兴，这样的朋友如同自己。（20）

具有良好的容貌、肤色和嗓音，耐心，不妒忌，出身高贵，品德优秀，应该成为你的贴身朋友。（21）聪明能干，博闻强记，天生仁慈，无论受到或不受到尊敬，都不会心生怨恨。（22）如果他是祭司、教师或备受称赞的朋友，住在你的家中，成为你的大臣，应该受到最高尊敬。（23）他知道你的最高计划以及利益和正法的真实状况，你应该信任他，犹如信任父亲。（24）不要将一个任务委派给两三个人。人们互相不能容忍，常常为了同一件事，发生分裂。（25）声誉卓著，遵守习俗，不嫉贤妒能，尽力而为。（26）不因爱欲、恐惧、贪婪或愤怒而放弃正法，精明能干，说话有分量，这样的人能成为你的贴身朋友。（27）勇敢，高贵，富有学问，善于谋划，出身高贵，品德优秀，耐心，不妒忌，（28）这样的人应该担任大臣，掌管一切事务，受到尊敬，受到供养，成为你的好帮手。（29）他们掌管各种事务，处理重大事情，带来幸福和繁荣。（30）他们履行职责，互相竞争，互相商量，以维护共同的利益。（31）

你应该经常警惕亲戚，犹如警惕死亡，因为亲戚总是不安分，犹如诸侯不能忍受国王的繁荣。（32）正直，温和，慷慨大度，知耻，言而有信，这样的人遭到毁灭时，除了亲戚之外，没有人会感到高兴，大臂者啊！（33）但没有亲戚的人也不会快乐，没有比这更受人轻视。敌人容易征服没有亲戚的人。（34）遭到别人欺凌时，亲戚成为庇护所，因为亲戚决不能容忍自己的亲戚受人欺侮。（35）即使受到一些朋友欺侮，每个亲戚也都认为自己受到欺侮。这些表明在亲戚问题上也是有利有弊。（36）没有亲戚的人不施恩，没有亲戚的人也不抱怨。这些表明在亲戚问题上有利有弊。（37）一个人永远应该在语言和行动上尊敬亲戚，做他们喜欢的事，不做他们不喜欢的事。（38）尽管不信任他们，也要处处表现出信任的样子，不在乎他们的优点或缺点。（39）一个人这样行动，精进不懈，敌人也会受到感化，变成朋友。（40）始终这样对待亲戚、朋友和敌人，他就能永久保持王位和声誉。（41）

以上是吉祥的《摩诃婆罗多》中《和平篇》第八十一章（81）。

八二

坚战说：

如果不能这样对待亲戚、朋友和敌人，会出现什么情况？（1）

毗湿摩说：

在这方面，人们引用一个古老的历史传说，那是黑天和神仙那罗陀的对话。（2）

黑天说：

那罗陀啊！愚蠢的朋友，或者聪明而缺乏自制的朋友，不能让他们知道最高机密。（3）出于友情，我要告诉你一些事情，那罗陀啊！觉察到你的全部智慧，我向你请教，走向天国者啊！（4）我奴颜婢膝奉承亲戚们。我享有一半财富，还要忍受恶言恶语。（5）如同取火者摩擦引火木，我的心经常受到恶言恶语摩擦而燃烧，神仙啊！（6）商迦舍尔那（大力罗摩）有力量，伽陀温和，始光的容貌胜过我，那罗陀啊！我依然缺少帮手。（7）其他许多安陀迦族人和苾湿尼族人富贵显赫，强大有力，永远勤奋，难以抗衡。（8）他们不支持谁，谁就不复存在。而他们支持谁，也会有危险。我受到双方劝说，始终没有选择其中一方。（9）有阿护迦和阿迦卢罗这两位在身边，没有比这更痛苦的事；而没有这两位在身边，同样没有比这更痛苦的事。（10）我像是一对赌徒兄弟的母亲，大牟尼啊！无论谁赢谁输，我都得说好话。（11）我总是夹在双方中间为难，那罗陀啊！你告诉我怎样做，对亲戚和对自己都有利？（12）

那罗陀说：

黑天啊！不幸有两种：外在的和内在的，苾湿尼族后裔啊！它们由自己造成，或者由别人造成。（13）现在折磨你的痛苦是内在的，由你自己的行为造成。阿迦卢罗和博遮族都是同一宗族。（14）出于某种目的，或随心所欲，或另有企图，或心生厌倦，你已将自己获得的王权送给别人。（15）现在名声在外，已成事实，犹如吐出的食物，你不可能再收回。（16）黑天啊！尤其是你决不可能出于害怕亲戚分裂，而收回跋波鲁和厉军的王国。（17）即使你竭尽努力，完成这件难以完成的事，也会招来灾难或毁灭。（18）用并非铁制的武器，虽然柔软，也能穿透心。你磨快这种武器，割掉所有人的舌头吧！（19）

黑天说：

牟尼啊！我怎样磨快这件并非铁制的、柔软的武器，用它割掉众人的舌头？（20）

那罗陀说：

永远尽力施舍食物，宽容，自制，正直，尊敬应该尊敬的人，这就是并非铁制的武器。（21）你要用语言消除亲戚随口说出的粗鲁和轻浮的话，安抚他们的心思和语言。（22）倘若不是伟人，没有崇高的灵魂，没有朋友，就担负不起这个重任。你挺身担负起这个重任吧！（23）所有的公牛在平坦的路上能负载重担，而只有杰出的公牛才能在崎岖的路上负载难以负载的重担。（24）分裂会导致毁灭，黑天啊！你是团结的楷模。只要依靠你，就不会有毁灭。你做团结的工作吧！（25）智慧，宽容，控制感官，舍弃财物，这些是智者的美德，别无其他。（26）促进自己的宗族繁荣，带来吉祥、幸福、荣誉和长寿，黑天啊！你要这样做，而不要让亲戚遭到毁灭。（27）主人啊！过去和现在，按照六种策略治国的方式，你无所不晓。（28）摩豆族、古古罗族、博遮族、安陀迦族和苾湿尼族，全都依靠你，大臂者啊！整个世界和世界统治者们都依靠你。（29）摩豆族后裔啊！仙人们也崇拜你的智慧。你是一切众生的老师，知道过去和现在。依靠你这位雅度族俊杰，亲戚们获得幸福繁荣。（30）

以上是吉祥的《摩诃婆罗多》中《和平篇》第八十二章（82）。

八三

毗湿摩说：

这是第一种方式，婆罗多子孙啊！现在请听第二种方式。凡是促进利益的人，应该受到国王保护。（1）如果有人发现国库遭到大臣们盗窃，日益空虚，坚战啊！不管这人是否受国王雇佣，（2）国王应该听取他揭露秘密,保护他免遭大臣们杀害,因为大臣们肯定会杀害这个告密者,婆罗多子孙啊!(3)那些盗窃国库者会联合起来,打击保护国库者。这位保护国库者得不到保护,就会丧命。(4)在这方面,人们引用一个古老的历史传说,那是牟尼黑树对憍萨罗王说的话。(5)

我们听说,安见登上憍萨罗王位时,牟尼黑树来到那里。(6)为了考察官员的行为,他将一只乌鸦放在笼子里,在安见王统治的地区游荡。(7)"我通晓乌鸦学,我的乌鸦告诉我过去、将来和现在发生的事。"(8)他这样说着,与许多人一起在王国各处游荡,侦查所有国王任命的官员的恶行。(9)他掌握了王国内的一切情况,查明国王任命的各种官员的不法行为。(10)

于是,他带着乌鸦来见国王。这位恪守誓言者对国王说道:"我知道一切。"(11)他当着国王的面,对衣冠楚楚的大臣说:"乌鸦说你在这里做过这事,(12)有人知道你盗窃国库。这只乌鸦这样讲的,你快坦白吧!"(13)他又指出另外一些盗窃国库的人,并说道:"这只乌鸦从不说假话。"(14)所有的官员遭到指控,俱卢后裔啊!在夜里,他们乘牟尼熟睡之时,杀死了乌鸦。(15)

早晨,婆罗门看见乌鸦在笼中被箭扎死,便对安见王说道:(16)"国王啊!我求你保护,你是一切生命和财物的主人。你若允许,我会说出对你有益的话。(17)我把你当作朋友,为你担忧,一心效忠于你。我不能容忍别人盗窃你的财产,前来向你报告。(18)我忠于你的利益,义愤填膺,想要提醒你这位朋友,犹如车夫鞭策骏马。(19)一个盼望自己永远富贵繁荣的明白人应该宽恕这样的朋友。"(20)国王回答道:"你不用再说什么。我盼望保护自己的利益,怎么会不宽恕你?婆罗门啊!(21)如果你愿意,你知道什么就说什么吧!我会照你说的去做,婆罗门啊!"(22)

牟尼说:

我了解你的侍从们行为是否正当,知道你面临种种危险,怀着对你的忠诚,来到你的身边告诉你。(23)先师们说过侍奉国王的难处。与国王相处如同走上险恶之路。(24)人们说,与国王相处无异与毒蛇作伴。国王有许多朋友,也有许多敌人。(25)人们说,侍奉国王的人惧怕所有这些人，国王啊！而他们也时时刻刻惧怕国王。（26）想要富贵的人决不可疏忽大意，而应该专心致志为国王做事。（27）侍从疏忽大意，国王会遭受挫折，国王遭受挫折，侍从也就性命难保。有修养的人坐在国王身边，应该像坐在烈火面前。（28）国王是一切生命和财富的主人，如同愤怒的毒蛇。一个人应该勤奋努力，忘我地侍奉国王。（29）他应该防止语言失礼，行为不端，站无站相，坐无坐相，走无走相，姿势不对，身体乱动。（30）国王一旦高兴，就会像天神一样赐予一切；一旦发怒，就会像烈火一样焚烧一切。国王啊！这是摩耶说的，事实也是如此。（31）

　　我将不断为你谋取更大利益。在你遭逢不幸时，像我这样的大臣会给予你智慧的帮助。（32）国王啊！我的这只乌鸦已被杀死。我并不责备你，而是他们不喜欢你。你要明辨是非，不要放弃智慧。（33）那些住在你宫中的人贪得无厌，不关心众生利益。我被这些人盯上了。（34）他们贪图你的王国，勾结你的亲信，想要害死你，国王啊！否则他们不能获得成功。（35）我惧怕这些人，国王啊！我要到另一个净修林去，因为他们互相勾结，用箭扎死了我的乌鸦，主人啊！（36）我的乌鸦惨遭毒手，前往阎摩殿，国王啊！我凭苦行之眼看到这一切。（37）

　　我曾带着这只弯嘴乌鸦走遍你的王国，犹如越过一条充满鳄鱼、鲨鱼和提弥鱼的大河，（38）犹如穿过雪山峡谷，布满树干、乱石和荆棘，老虎、狮子和大象出没，难以接近和通过。（39）智者们说："黑暗的崎岖之路可以依靠火把通过，水域可以依靠船只通过，而国王的迷宫无法通过。"（40）你的王国成了黑暗笼罩的森林，你都不能信任它，何况我呢？（41）这里善恶不分，因此，住在这里不安全。这里，行善者遭到杀害，作恶者却安然无恙。（42）按照常理，作恶者应该伏诛，行善者怎么会遭到杀害？因此，这里不是久留之地，聪明人应该尽快离去。（43）

　　有一条河，名叫悉多，船舶沉入其中，国王啊！我认为你的王国就像毁灭一切的罗网。（44）你像悬崖上的蜂蜜，又像拌有毒药的食物。你的品行像恶人，而不像善人，国王啊！你像一座毒蛇围绕的水井。（45）你像水质甜蜜的河流，但岸边崎岖难行，宽阔的坡面布满荆棘和芦苇。你像陷入狗、兀鹰和豺狼包围的天鹅。(46)犹如蔓藤依附大树，滋生蔓延，最终缠满和遮没大树。(47)而蔓藤又充作燃料，酿成可怕的森林大火。那些大臣正是这样，国王啊！你消除他们吧！(48)你任用他们，保护他们，国王啊！而他们藐视你，想要毁灭你的幸福。(49)

隐瞒这些缺点，住在你的宫中，我感到充满危险，犹如住在有蛇的房间里，住在英雄的妻子的房间里。我想了解与我共同生活的国王的品行。(50)国王是否控制感官？是否控制宫廷内部？臣民是否爱戴国王？国王是否爱护臣民？(51)我想要了解这些，来到这里，王中俊杰啊！你喜欢我，犹如饥者喜欢食物。(52)你的大臣们不喜欢我，犹如口不渴，不需要水。正因为我为你谋利益，他们就找我麻烦。毫无疑问，没有别的原因。(53)我并不对他们怀有仇恨，我只是找出他们的错误，因为一个人应该警惕恶毒的敌人，犹如警惕背部受伤的毒蛇。(54)

国王说：

婆罗门俊杰啊！你住在我的宫中吧！我会崇敬你，款待你，供奉你。(55)那些不喜欢你的人不会住在我的宫中，因为你知道接下去应该做些什么。(56)应该惩恶扬善，尊者啊！你了解情况，指导我怎样做，让我获得幸福安宁。(57)

牟尼说：

你先不要揭露他们的这个错误，而要一个一个地削弱他们的力量。掌握了证据，你就一个一个地收拾他们。(58)许多人合谋犯罪，他们会肃清一切障碍，国王啊！我害怕泄露机密，因此，告诉你这些。(59)我们婆罗门以仁慈为刑杖，怜悯众生。我希望你吉祥幸福，也希望别人和我们自己吉祥幸福。(60)国王啊！我说说我自己，因为我是你的朋友。我是以牟尼黑树闻名于世。(61)我信守誓言，是你父亲的朋友，备受尊敬，国王啊！你父亲在位时，王国遭遇灾难，(62)我抛弃一切欲望，修炼苦行。出于爱护，我对你说了这些。你不要再犯错误。(63)你目睹了痛苦和幸福，意外地获得王国，国王啊！与大臣们一起治理王国，你怎么能疏忽大意？(64)

毗湿摩说：

此后，王族中又充满幸福快乐，这位婆罗门雄牛成为王室祭司。(65)憍萨罗王将大地统一在自己的华盖下,声誉卓著,牟尼黑树举行许多盛大的祭祀。(66)憍萨罗王听了他的有益话,征服整个大地,一切都按照他说的去做,婆罗多子孙啊!(67)

以上是吉祥的《摩诃婆罗多》中《和平篇》第八十三章(83)。

八 四

毗湿摩说:

知廉耻,善良,言而有信,正直,说话在理,这样的人可以成为你的议事。(1)坚定勇敢,博学多闻,意志顽强,这样的婆罗门令你满意,贡蒂之子啊!(2)在遇到一切灾难时,你会盼望这些人做你的助手,婆罗多子孙啊!出身高贵,受人尊敬,从不掩藏自己的能力,(3)无论快乐或不幸,受打击或遭劫掠,休戚与共,这样的人受到你格外保护。(4)出身高贵,本地人氏,聪明,英俊,博闻,果敢,热心,这样的人可以做你的随从。(5)出身低贱,贪婪,残忍,无耻,孩子啊!这样的人只要手是湿的,① 就会侍奉你。(6)受到尊敬、款待和礼遇,获得各种享受,你可以把这些可爱的人视为利益分享者,他们也会成为你的幸福分享者。(7)有恒心,有学问,行为端正,恪守誓言,精神奋发,心胸豁达,言而有信,这样的人不会抛弃你。(8)品行低劣,不懂规矩,头脑愚钝,你要认清和提防这些不守规矩的人。(9)如果需要决断,你不要满足个别人而抛弃多数人。而如果个别人确实比多数人高明,你就应该放弃多数人的意见。(10)这些是优秀人物的标志:勇敢,重视名誉,遵守规矩,(11)尊敬有能力的人,不与不值得竞争的人竞争,不会出于爱欲、恐惧、愤怒和贪婪而放弃正法。(12)不骄傲,说真话,控制自我,尊敬值得尊敬的人,受过一切考验,这样的人可以做你的大臣。(13)出身高贵,诚实,宽容,精明能干,控制自我,勇敢,知恩图报,言而有信,普利塔之子啊!这是优秀人物的标志。(14)一位智者这样行动,

---

① 意思是接受供养。

敌人也会感化，转变成为朋友。（15）国王控制自我，富有智慧，盼望繁荣，应该认真考察大臣们的优劣。（16）紧密联系出身高贵的本地人，可信赖的人，不动摇、不轻浮和受过一切考验的人，（17）这样的武士、祭司、世袭贵族乃至普通人，盼望繁荣富强的国王应该加以任用。（18）有教养，天资聪慧，英俊，光辉，坚强，宽容，纯洁，执著，稳重，坚定，（19）品德受过考验，性格成熟，能肩负重任，不事欺诈，国王应该任用这些人，为自己谋利益。（20）娴于辞令，英勇，精通对策，出身高贵，诚实可信，能察言观色，不残忍，（21）懂得天时地利，一心为主人谋求利益，国王应该任命他们为大臣，掌管一切事务。（22）

　　缺乏勇气，不讨人喜欢，遇事不果断，这样的人必定造成一切事务混乱。（23）一个大臣即使出身高贵，热心正法、利益和爱欲，但缺乏学问，也不能判断计划。（24）同样，一个出身低贱的人，即使富有学问，也会面对任务，茫然失措，如同没有向导的瞎子。（25）即使富有智慧和学识，甚至精通各种手段，但目标不明确，也不能长久胜任工作。（26）心术不正，没有学问，只会从事工作，从不思考工作的性质和特征。（27）国王不要信任不忠实的大臣，不要向不忠实的大臣透露机密。（28）一个奸臣可以联合其他大臣为难国王，就像火借风势，进入树洞，焚烧大树。（29）有时候，主人会发怒，撤消侍从的职位，厉声斥责，事后，又加以安抚。（30）只有忠实的侍从能忍受主人这样的行为。大臣们也会发怒，犹如迸发的雷电。（31）为了让主人高兴，克制自己，与主人同甘苦，共患难，国王应该向这样的人咨询国事。（32）

　　一个心术不正的人，即使忠诚，具备各种品德，富有智慧，也不能让他参与国王的机密。（33）与敌人勾结，不关心市民的利益，不能让这种朋友参与国王的机密。（34）没有学问，不纯洁，傲慢，侍奉敌人，狂妄自大，愤怒，贪婪，不能让这种朋友参与国王的机密。（35）一个外来的客人，即使忠诚，富有学问，可以让他受到礼遇和款待，但不能让他参与国王的机密。（36）曾经因小事受过责罚，即使具有各种品德，也不能让他参与国王的机密。（37）

　　聪明，机智，清醒，本地人，纯洁，一切行为纯正，这样的人能参与国王的机密。（38）具有知识和智慧，善于分清敌我，与朋友不分彼此，这样的人能参与国王的机密。（39）说真话，有品行，稳重，知廉耻，温和，有世交，这样的人能参与国王的机密。（40）令人满意，受人尊敬，诚实，清高，疾恶如仇，懂得策略，掌握时机，勇敢，这样的人能参与国王的机密。（41）能够通过安抚，控制整个世界，想要运用刑杖的国王应该与这样的人商量机密，国王啊！（42）尊奉正法，城镇居民都信任他，英勇善战，通晓策略，这样的人能参与国王的机密。（43）因此，具备这些品德，通晓事物本性，愿意成就大事，这样的人应该受到尊敬，任命为大臣，数目不少于三人。（44）

大臣应该觉察自己人和敌人的漏洞，因为王国的繁荣以国王的谋略为根基。（45）不要让敌人发现自己的弱点，而要紧盯住敌人的弱点，像乌龟那样收缩全身，以保护自己的弱点。（46）聪明的大臣善于保护王国的机密。国王是机密的身躯，臣民是机密的肢体。（47）据说王国以密探为基础，以机密为精髓，大臣们为了生存，追随主人。（48）抑制狂妄和愤怒，摒弃骄傲和妒忌，永远与摆脱各种欺诈的大臣们商议国事。（49）他首先应该辨别他们的三种不同意见，进行思考，在进一步商议时，应该说明自己的意见和别人的意见。（50）为了寻求最佳方案，他应该请教通晓正法、利益和爱欲的婆罗门老师。一旦商量决定，他应该毫不迟疑地加以贯彻。（51）精通谋略真谛的人们说，永远应该这样商议国事。因此，你永远应该这样商议国事，统辖臣民。（52）没有侏儒、驼背、瘦子、瘸子、瞎子、傻子、妇女和阉人，上下、前后和左右无人走动。（53）骑马前往这种草木不生的空旷之地，摒弃语言和肢体的错误，不失去时机地商议国事。（54）

以上是吉祥的《摩诃婆罗多》中《和平篇》第八十四章（84）。

八五

毗湿摩说：

坚战啊！在这方面，人们引用一个古老的历史传说，那是毗诃波

提与帝释天的对话。(1)

帝释天说：

婆罗门啊！简而言之，一个人怎样正确地行动，才能获得一切众生的尊敬和伟大的荣誉？(2)

毗诃波提说：

帝释天啊！简而言之，一个人正确地进行安抚，便能获得一切众生的尊敬和伟大的荣誉。(3) 帝释天啊！进行安抚，给整个世界带来幸福，就会受到一切众生爱戴。(4) 始终一言不发，紧皱双眉，只会引起众生的仇恨，因为他不会安抚。(5) 首先注视对方，首先说话，说话面带微笑，世人便会喜欢他。(6) 给予施舍而不加安抚，犹如食物缺乏滋味，也不会令众生高兴。(7) 即使没有给予众生施舍，但说了甜蜜的话，也能通过安抚控制整个世界，帝释天啊！(8) 因此，想要实施刑杖的国王也要实施安抚，这样，他能获得功果，民众也不会焦虑不安。(9) 正确地行善，安抚，待人温和，说话甜蜜，这样的人无与伦比。(10)

毗湿摩说：

帝释天照祭司说的一切做了，贡蒂之子啊！你也正确地这样去做吧！(11)

以上是吉祥的《摩诃婆罗多》中《和平篇》第八十五章 (85)。

八六

坚战说：

王中因陀罗啊！国王怎样保护臣民，才能获得与正法相关的永恒声誉？(1)

毗湿摩说：

采取纯洁的方式，专心保护臣民，纯洁的国王会获得正法和声誉，获得今生和来世。(2)

坚战说：

国王应该与什么人一起采取怎样的行动？大智者啊！你能如实回

第十二 和平篇

答我的问题。(3) 你先前讲述的那些品德，我认为不可能集中在一个人身上。(4)

毗湿摩说：

大智者啊！正如你说的，具备商议那些品德的智者十分难得。(5) 但是，经过努力，所有这些品德也不是十分难得。我现在告诉你，你应该任用什么样的大臣。(6) 四位精通吠陀、果断、英勇而纯洁的婆罗门，三位训练有素、行为一向纯洁的首陀罗，(7) 一位具备八种品德、精通往世书的苏多。年龄五十岁，果断，不妒忌，(8) 富有智慧和记性，有教养，一视同仁，能解决争端，不贪财，(9) 摆脱七种可怕的恶习。国王应该与这八位大臣商定国事。(10) 然后，派人到全国各地宣布，经常以这种方式了解民众。(11)

你不要暗中做妨碍国策的事。一旦国策失败，非法会折磨你和民众。(12) 民众会逃跑，犹如鸟儿害怕兀鹰；王国会瓦解，犹如大海中的一条破船。(13) 如果国王不依法保护民众，他的心中会充满恐惧，天国也将他拒之门外。(14) 人中雄牛啊！王国以正法为根基。大臣或王子占据正法的位置而不依法保护民众；(15) 国王的随从们将自己的利益放在首位，而不认真履行职责，他们最终和国王一起堕入地狱。(16)

受到强者暴力压迫，诉说种种不幸，国王永远应该保护这些孤苦无助的弱者。(17) 解决双方争端，应该重证据。如果争端一方没有证据，或者孤苦无助，要特别慎重考察。(18) 国王应该按照罪行惩处罪犯，对富人处以罚款，对穷人处以死刑或监禁。(19) 国王应该给予品行恶劣的人以适当的打击，而通过安抚和施舍，保护有教养的善人。(20) 企图谋杀国王的人应该处死，还有不顾一切的盗窃犯和造成种姓混乱的通奸犯。(21) 民众之主啊！国王正确实施刑杖不违反正法，相反，这是世上永恒的法则。(22) 国王不查明实情，滥用刑杖，在今世获得恶名，死后堕入地狱。(23) 不要轻信他人之言，随意施以刑杖，应该依据经典，决定囚禁还是释放。(24)

无论处于什么困境，国王都不应该杀死使者。国王杀死使者，会和大臣们一起堕入地狱。(25) 国王奉行刹帝利正法，杀死如实传达信息的使者，也就犯下玷污祖先的杀死胎儿罪。(26) 使者应该具备七种品德：出身高贵，品行端正，娴于辞令，机智敏捷，说话可爱，如实传信，记忆力强。（27）负责保卫的卫士也要具备这些品德，保镖也要具备这些品德。（28）

通晓法论和利论的真谛，能战能和，聪明睿智，坚定沉着，保守秘密，（29）出身高贵，诚实可信，精明能干，这样的大臣受到称赞。军队统帅也应该具备这些品德。（30）他应该掌握阵容、机械和武器的要领，勇敢，能够忍受风雨冷热，了解敌人的弱点。（31）国王可以取得敌人信任，但他决不信任任何人，王中因陀罗啊！即使信任儿子，也不受赞许。（32）我已经向你讲述了经典要义，无罪的人啊！不信任别人，据说是国王的最高秘密。（33）

以上是吉祥的《摩诃婆罗多》中《和平篇》第八十六章（86）。

八七

坚战说：

国王自己住在什么样的城市里？他选择现成的，还是派人建造？请你告诉我，祖父啊！（1）

毗湿摩说：

贡蒂之子啊！你与儿子、兄弟和亲友一起应该住在哪里？怎样进行防卫？你问得在理，婆罗多子孙啊！（2）因此，我现在特别告诉你城堡之事。你听后，努力照着去做。（3）国王应该建造六种城堡，然后住进城里。城堡中应该备有各种物资，丰富充足。（4）弓城堡、地城堡、山城堡、人城堡、水城堡和林城堡，这样六种。（5）住在建有城堡的城中，备有粮食和武器，充满象、马和车，有坚固的城墙和壕沟。（6）城里有学者，有技师，物资成堆，市民奉行正法，极其精明能干。（7）强壮的人、象和马，繁华的十字路口和市场，事业发达，和平安宁，没有恐惧。（8）光辉灿烂，妙音缭绕，房屋宽敞，住着许多勇敢而富裕的人，回响着吠陀念诵声。（9）经常有喜庆集会，神灵备受崇敬。国王本人应该住在这样的城里，控制大臣和军队。（10）

国王住在那里，应该增强国库、兵力、朋友和法庭，消除城乡中的一切弊端。(11)要努力充实仓库和武器库,储备一切物资、机械和医生。(12)还要储备燃料、铁、谷糠、火炭、木材、角、竹子、骨髓、油、膏、蜂蜜和各类药草,(13)大麻、白胶、粮食、武器、箭、皮革、弓弦、藤条、蒙遮草、波罗波遮草和弓。(14)国王应该经常保护休息场所、水源充足的井池和液汁丰富的树木。(15)他应该努力善待老师、祭官、王室祭司、大弓箭手、建筑师、占星家和医生,(16)所有聪明、机智、自制、能干、勇敢、博闻、出身高贵、精力充沛和承担各种职责的人们。(17)国王应该尊敬守法的人,惩处违法的人,努力让各种种姓的人履行各自的职责。(18)

通过密探了解城乡居民的外部和内部情况,然后,采取对策。(19)国王应该亲自监督密探、国库和机密,尤其是机密,因为这些是一切的根基。(20)通过密探的眼睛,可以了解城乡中的敌人、朋友和中间派的意图。(21)然后,他应该小心谨慎,周密安排,尊敬忠于自己的人,惩处仇恨自己的人。(22)国王应该经常举行祭祀,慷慨布施,保护臣民,不折磨他们,不做受人谴责的事。(23)他永远应该供养孤苦无助的老人和寡妇,保障他们的安全。(24)

国王永远应该尊敬和善待净修林中的苦行者,按时供给他们衣服、器皿和食物。(25)国王应该努力告诉苦行者自己的情况、王国的情况和一切事务,保持谦恭的姿态。(26)见到出身高贵、知识渊博、舍弃一切财物的苦行者,国王应该供奉床、椅和食物。(27)不管处于什么困境,国王都要信任苦行者,因为盗匪们也都信任苦行者。(28)国王应该在苦行者那里存放财富,获取智慧,但也不要频繁地侍奉他们。①(29)在本国中选择朋友,在敌国中选择朋友,在森林中选择朋友,在邻近的城市中选择朋友。(30)应该像对待本国苦行者一样,款待和供奉敌国和森林中的苦行者。(31)遇到任何情况,国王寻求庇护,这些严守誓言的苦行者会满足要求,提供庇护。(32)我简要地向你讲述了国王本人居住的城市特征。(33)

以上是吉祥的《摩诃婆罗多》中《和平篇》第八十七章(87)。

---

① 意思是免得盗匪怀疑他们保存国王的财宝,杀害他们。

八八

坚战说：
国王啊！我想知道怎样守护王国和巩固王国，婆罗多族雄牛啊！请你告诉我！（1）

毗湿摩说：
你专心听着！我现在告诉你守护王国和巩固王国的真谛。（2）一个村应该有一个主管，十个村应该有另一个主管，二十个村、一百个村和一千个村都应该有主管。（3）一个村的主管要注意村中的弊端，向十个村的主管报告，而十个村的主管向二十个村的主管报告。（4）二十个村的主管向一百个村的主管报告本地区居民的一切情况。（5）一个村的主管享用村中的食物，并要供养十个村的主管，而十个村的主管要供养二十个村的主管。（6）一百个村的主管应该享用一个人丁兴旺、物产丰富的大村，婆罗多族俊杰啊！因为国王在许多方面要依靠他，婆罗多子孙啊！（7）一千个村的主管应该享用一个镇，获得粮食、金子和食物，努力为国王办事。（8）同样，要有一位通晓正法的大臣，不辞辛劳，亲自监督村庄的事务和村长的事务。（9）每个城市都要有一位关注一切事务的督察，犹如星宿中的一颗恶星，高高在上，形象可怕，经常亲自巡视一切。（10）

国王应该审查买卖、路程、伙食开支和赢利情况，然后向商人收税。（11）反复考察工匠的成本、支出和工艺水平，然后向工匠收税。（12）坚战啊！国王可以征收高低各种赋税，但要合理，不能损伤百姓元气。（13）任何人都是考虑了收益才做事，不会不顾收益而做事。（14）国王永远应该认真考察后再收税，让自己和生产者双方都得益。（15）

渴望幸福的国王要堵住欲望之门；不要出于贪婪，砍断自己和别人的根基。（16）人们仇恨以贪婪著称的国王。令人仇恨，哪来幸福？招人喜欢，才会快乐。（17）智慧深邃的国王好比牛犊，吸吮王国的乳汁，婆罗多子孙啊！牛犊吸吮乳汁后，增长力气，能够承受重压。(18)坚战啊！母牛的奶被挤出过多，就会无所作为，同样，王国被榨取过多，也会做不成大事。(19)国王应该亲自保护王国，施以恩惠，互相依存，从而得到大功果。(20)国王积累财富是为了应付灾祸。王国可以变成他的金库，就安放在他的寝室中。(21)对于所有城乡居民，不管是否依附他，他都要尽力表示关心，也包括所有亲近的人。(22)

国王应该粉碎外部敌人，让国内民众享受幸福。这样，民众无论享福或受苦，都没有怨言。(23)首先，他要一再说明收税的理由，宣布王国处在危险中：(24)"灾难已经来临，敌人的军队制造大恐怖。但敌人像开花的竹子，气运不长，我们不会灭亡。(25)我的敌人勾结许多盗匪作乱，想要侵犯我们的王国，但他们是自取灭亡。(26)充满恐怖的灾难已经降临，为了拯救你们，我请你们捐助财富。(27)等灾难消除后，我会还给你们一切。否则，敌人强行抢走财富，不会还给你们。(28)从你们的妻子开始，所有一切都会毁灭。你们积聚财富原本也是为了儿子和妻子。(29)我为你们繁荣富强而高兴。我督促你们，就像督促自己的儿子。我会尽力关心你们，不让王国和你们遭受痛苦。(30)在灾难中，你们应该像强壮的公牛那样肩负起重担。在灾难中，你们也不会特别看重财富。"(31)国王应该抓住时机，说出这些甜蜜、温柔和恭维的话，驾上车辀，但放松缰绳。(32)

国王应该考察牧场、雇工费用、成本支出、承担的风险和赢利情况，然后向牧人收税。(33)牧人们住在林中，如果得不到关心，就会毁灭。因此，国王对他们应该特别温和。(34)普利塔之子啊！国王应该经常安抚、保护和施舍，让牧人们分享幸福，感到快乐。(35)永远要让牧人们获得利益，这会增强国力，促进商业和农业。(36)因此，聪明的国王应该努力让牧人们快乐；要小心谨慎，满怀同情，收取适量的赋税。(37)保障牧人们的安全不难做到，孩子啊！没有比这更宝贵的财富，坚战啊！(38)

以上是吉祥的《摩诃婆罗多》中《和平篇》第八十八章（88）。

八九

坚战说：

大智者啊！即使国王强大有力，想要增加国库，他应该怎么办？请你告诉我，祖父啊！（1）

毗湿摩说：

渴望正法的国王关心臣民的利益，应该尽力按照天时地利统治臣民。（2）国王应该在王国中完全依法行事，关心臣民的利益如同自己的利益。（3）国王吸吮王国，如同采蜜而不伤害蜜蜂；如同牧人挤奶，考虑到牛犊，而不挤尽奶。（4）国王应该像水蛭那样，轻轻吸吮王国，国王啊！像母虎那样抓住幼崽，不咬它，不摔它。（5）他应该一点一点地增加贡赋，积少成多，就会达到满意的增长。（6）他应该控制臣民，如同渐渐加重小公牛的负担，尽量温和地套上缰绳。（7）一旦套上缰绳，它们就不会难以管束，就会努力以合适的方式行事。（8）难以对所有的人采取同样的办法，应该安抚首领们，而要求其他人服从。（9）分化那些应该分化的人，然后安抚他们，就会不费力地随意享受好处。（10）国王不应该不顾场合和时间收取赋税，而应该循序渐进，采取安抚的方式，符合时间和规则。（11）我对你讲述这些办法，不能说成是欺诈。用不适当的办法驾驭马匹，只会引起马匹的愤怒。（12）

酒馆、妓女、老鸨、俳优、赌徒和诸如此类，（13）都应该受到禁止，因为他们危害王国。他们留在王国中，会毒害贤良的人们。（14）"没有灾难，不会有谁向谁乞求。"这是摩奴从前为众生确定的规则。（15）如果世人都不工作，那就都活不了命，整个世界也肯定不复存在。（16）经典规定，国王有能力制止那些人，而不制止，他就享有四分之一的恶果；而他这样做了，就享有四分之一的功果。（17）如果陷入那种境地，幸福就会毁灭。一个沉迷欲望的人，怎么会避免做不该做的事？（18）而人们遇到灾难时，得不到救助，就会乞求。国王应该出于同情和怜悯，依照正法，给予他们施舍。（19）

让你的王国中，不要有乞丐，不要有盗贼。他们的愿望获得满足，并不有益众生。（20）让那些关心和繁荣众生的人而不要让那些无益众生的人，生活在王国中。（21）

贪图钱财的人应该受到惩罚，大王啊！他们应该按照规定纳税。（22）国王应该让许多人从事农业、畜牧业、商业和其他类似的职业。（23）如果从事农业、畜牧业和商业的人遇到任何威胁，国王应该受到谴责。（24）国王应该经常用车马衣食向富人表示敬意，应该对他们说道："你们和我一起接受敬意吧！"（25）富人确实构成国王的主要肢体，婆罗多子孙啊！毫无疑问，富人是一切众生中的驼峰。（26）

聪明，英勇，富裕，尊奉正法，修炼苦行，言而有信，这样的主人能保护众生。（27）因此，你要热爱所有的人，国王啊！保持真诚、正直、不发怒和不残忍。（28）这样，你将获得权杖、国库、友情和大地，保持真诚和正直，既有朋友，又有财富，国王啊！（29）

以上是吉祥的《摩诃婆罗多》中《和平篇》第八十九章（89）。

九〇

毗湿摩说：

人们不能砍伐你境内的果树，智者们说根茎和果子是婆罗门的合法财富。（1）其他人可以享用婆罗门剩余的果子，而决不能侵占婆罗门的果子。（2）如果一位婆罗门生活无着而憔悴，宣布要弃世，国王啊！那就应该安排好他和妻子的生活。（3）如果他不回心转意，那就应该在婆罗门集会上询问他："现在，世人还能以谁为行为准则呢？"（4）如果他仍不回心转意，贡蒂之子啊！国王就应该再劝说他："应该忘却过去，（5）人们都这样说，婆罗门啊！但我不认为这样。婆罗门应该受到供养，如果确实无法生活，他才可以采取那种行动。"（6）

农业、畜牧业和商业是世人的生活手段，而三吠陀让众生升入天国。（7）那些阻碍吠陀发挥作用的人是盗匪。正是为了消灭盗匪，梵天创造了刹帝利。(8)你要杀死敌人,保护众生,举行祭祀,国王啊!你要投入战斗,成为英雄,俱卢后裔啊!(9)保护应该保护的人,这样的国王是行为高尚的国王。不行使保护职责,这样的国王活着没有意义。(10)为了整个世界,国王永远应该保持清醒,坚战啊!正是出于这个理由,国王一人受到众人供奉。(11)你永远要保护所有的人,不让这些人受那些人侵害,那些人受这些人侵害,自己人受自己人侵害。(12)国王应该保护自我,保护大地,不受一切人侵害。智者们说,一切以自我为根基。(13)

国王应该经常反省:"我有什么缺点?什么恶习?我怎样不受挫折?怎么会犯错误?"(14)国王应该暗中派遣密探巡视大地,了解人们是否赞扬自己的政绩和行为,自己在民间是否受到赏识,在国内是否享有美誉。(15)那些通晓正法的人,坚定沉着的人,在战斗中永远不退却的人,依附国王的人,(16)所有的大臣,所有保持中立的人,无论他们赞扬你或者责备你,坚战啊!你都要善待他们。(17)因为不可能所有的人都会赞赏你,孩子啊!在一切众生中,总会有朋友、敌人和中立者,婆罗多子孙啊!(18)

在具备相同臂力和品德的人中,为什么有的人优异突出,受到人们供奉?(19)正如动物吞噬不动物,有牙的动物吞噬无牙的动物,愤怒的毒蛇吞噬其他的蛇。(20)国王永远应该勤奋努力,警惕其他人,坚战啊!如果他疏忽大意,其他人会像猛禽那样扑过来。(21)王国里的商人是否赋税过重,焦虑不安?他们买卖成交时旺时淡,还要承受旅途的艰辛。(22)农民是否不堪重负,离开王国?他们担负着供养国王和其他人的责任。(23)天神和祖先依靠你的施舍生活,还有民众、蛇、罗刹和鸟兽。(24)这是维持和保护你的王国的方法,婆罗多子孙啊!我再给你讲讲这方面的问题,般度之子啊!(25)

以上是吉祥的《摩诃婆罗多》中《和平篇》第九十章(90)。

九一

毗湿摩说:

莺耆罗族精通吠陀的优多帖高兴地向优婆那娑之子曼达多讲述刹

第十二　和平篇

帝利法。（1）我现在原原本本告诉你精通吠陀的优多帖的全部教诲，坚战啊！（2）

优多帖说：

你要知道，国王是为了正法，而不是为了欲望而活着，曼达多啊！国王是世界的保护者。（3）国王遵行正法，走向天国；国王不遵行正法，走向地狱。（4）众生依靠正法，正法依靠国王。国王正确实施正法，成为大地之主。（5）国王以至高正法为灵魂，吉祥幸运。恶人不遵行正法，遭到众天神谴责。（6）能看到一些人依靠非法手段获取财富，但整个世界追随吉祥之路。（7）

人们说，如果恶人畅行无阻，合法行为就会遭到破坏，非法行为猖獗，日夜惶恐不安。（8）如果恶人畅行无阻，恪守誓言的再生族婆罗门就会无法遵循吠陀，举行祭祀，（9）如果恶人畅行无阻，所有的人就会像遭到致命打击，思想混乱，大王啊！（10）考虑到今生和来世，众仙人亲自用五大元素创造国王，让他成为正法。（11）如果他身上闪耀正法光辉，人们称他为国王；如果他身上缺乏正法光辉，众天神知道他不是人中雄牛。（12）神圣的正法是雄牛，故而众天神认为违背正法者不是人中雄牛。因此，国王不应该违背正法。（13）

正法兴旺，一切众生兴旺；正法衰弱，一切众生衰弱。因此，国王应该促进正法。（14）确实，正法从财富和财富的保持中流出，因此，古人说正法限制人们做不该做的事，王中因陀罗啊！（15）自在天（梵天）为了众生利益创造正法，因此，国王应该关心众生，促进正法。（16）正因为如此，古人说正法最优秀，王中之虎啊！统治众生，造福众生，这样的人中雄牛成为国王。（17）国王应该摒弃欲望和愤怒，遵行正法，婆罗多族俊杰啊！正法是国王获得幸福的最佳途径。（18）

婆罗门是正法的源泉，国王应该始终尊敬婆罗门，曼达多啊！应该不怀妒忌，满足婆罗门的愿望。（19）婆罗门的愿望得不到满足，国王就会面临危险，朋友减少，敌人增加。（20）毗娄遮那之子钵利妒忌婆罗门，吉祥天女心中恼火，离开了他。（21）吉祥天女离开他，到诛灭巴迦者（因陀罗）那里。看见吉祥天女到了摧毁城堡者（因陀罗）那里，钵利感到后悔。（22）这是妒忌和傲慢的结果，优胜者啊！

因此,你要警惕,吉祥天女一旦恼火,就会离开你,曼达多啊!(23)

据说,吉祥天女曾与非法生下一个儿子,名叫骄傲,国王啊!天神和阿修罗曾一再被他引向毁灭。(24)许多王仙也是这样,国王啊!因此,你要保持警惕。战胜骄傲,便成国王,而败于骄傲,便成奴隶。(25)如果你想保持自己的地位长久稳固,曼达多啊!你就不要追随非法和骄傲。(26)你要避开骄纵放逸之人,尤其是狂妄的少年;不要与他们经常混在一起,不要侍奉无益之人。(27)你要避开受到惩罚的大臣,尤其是妇女;避开高山、丘陵、堡垒、象、马和蛇。(28)你要永远勤奋努力,避免夜间行走,避免骄横、欺诈和愤怒。(29)

国王不应该与无知的妇女、虚弱的妇女、淫荡的妇女、别人的妻子以及女孩性交。(30)如果种姓混乱,家族中会生出罪恶的罗刹、阴阳人、残疾人、哑巴和傻子。(31)国王疏忽大意,就会生出诸如此类的人。因此,国王要格外小心,维护众生利益。(32)刹帝利疏忽大意,犯下的过失尤为严重。各种非法行为造成众生种姓混乱。(33)夏季感到寒冷,冬季不感到寒冷,干旱、水涝和疾病侵害众生。(34)凶险的星宿和其他可怕的彗星出现,许多恶兆预示国王毁灭。(35)不能保护自己的国王也不能保护众生。众生衰亡,国王随之毁灭。(36)两个人掠夺一个人,许多人掠夺两个人,女孩们遭到劫持,人们说这是国王的过错。(37)一旦国王抛弃正法,骄傲放逸,人间不再有人说"这是我的财物"。(38)

以上是吉祥的《摩诃婆罗多》中《和平篇》第九十一章(91)。

九二

优多帖说:

雨云及时下雨,国王遵行正法,就会繁荣昌盛,保障众生幸福。(1)洗衣匠不懂得怎样消除衣服的污迹或涤除污染,便不是真正的洗衣匠。(2)婆罗门、刹帝利、吠舍和首陀罗都是这样,奉守四种姓各自的职责。(3)劳役属于首陀罗,耕作属于吠舍,刑杖学属于国王，梵行、苦行、咒语和真言属于婆罗门。（4）刹帝利懂得消除人们的不良行为，犹如洗净衣服，堪称父亲，众生之主。（5）圆满时代、三分时代、二分时代和争斗时代，婆罗多族雄牛啊！一切依赖国王的行为，国王构成所谓的时代。（6）四种姓、吠陀和人生四阶段，一旦国王骄横放逸，一切陷入混乱。（7）国王是众生的创造者，也是众生的毁灭者。（8）一旦国王骄横放逸，他的妻子、儿子、亲戚和朋友相遇，哀伤不已。（9）一旦国王不遵行正法，象、马、牛、骆驼、骡子和驴子，全都萎靡不振，国王啊！（10）

人们说，为了保护弱者，创造主才创造力量，曼达多啊！弱者是大元素，一切都依赖它。（11）谁尊重这种元素，其他元素都追随他。一旦国王不恪守正法，所有的人都沮丧，国王啊！（12）我认为弱者、牟尼和毒蛇的眼光不可抗拒，因此，不要冒犯弱者。（13）你应该始终保持警觉，不要让弱者遭受侮辱，不要让弱者眼光焚烧你和你的亲友。（14）在弱者的眼光燃烧下，家族决不会兴旺，最终被彻底焚毁，因此，不要冒犯弱者。（15）强者貌似强大，实质弱者比强者更强大。在弱者的眼光燃烧下，强者一无所剩。（16）如果弱者遭受侮辱和打击，发出呼喊，而无人救助，那么，神奇的刑杖就会惩罚国王。（17）因此，你不要依仗权力，压迫弱者；不要让弱者的眼光焚烧你，犹如烈火焚烧住处。（18）那些受骗者哭喊时流下的眼泪，能杀死骗人者的儿子和牲畜。（19）不发生在自己身上，也会发生在儿子身上；不发生在儿子身上，也会发生在孙子身上，因为恶业并不立即产生果报，如同母牛。（20）弱者遭到杀戮而无人救助，神奇可怕的大刑杖就会惩罚国王。（21）如果臣民像婆罗门那样乞食，长此以往，这些臣民会杀死国王。（22）如果在王国中，许多官吏胡作非为，那是国王的严重过失。（23）如果这些官吏贪婪成性，不顾人民哀求，敛聚财富，国王就会遭遇杀身大祸。（24）

大树成长壮大，众生受它庇护；一旦它被砍倒或烧毁，众生失去庇护。（25）如果在王国中，人们遵行无上的正法，就会称述礼仪和国王的品德；而如果人们不懂正法，遵行非法，很快就会不分善行和恶行。（26）如果恶人公然混同善人，迦利（恶神）就会控制国王。国王统治缺乏教养的臣民，他的王国不会繁荣，大地之主啊！（27）

国王应该尊敬值得尊敬的大臣，让他们出谋划策和投入战斗，这样，他的王国繁荣富强，他也能长久享受整个大地。（28）

国王重视美好的行动和语言，就能获得无上的正法。（29）与人分享幸福，不藐视他人，惩治傲慢的强人，人们说这是国王的正法。（30）运用语言、身体和行为保护一切人，即使儿子犯罪，也不宽恕，人们说这是国王的正法。（31）像保护儿子一样保护那些寻求庇护者，不破坏仪轨，人们说这是国王的正法。（32）怀着虔诚之心，举行祭祀，慷慨布施，摒弃贪欲和仇恨，人们说这是国王的正法。（33）擦去孤苦无助的老人们的眼泪，带给人们欢乐，人们说这是国王的正法。（34）增强朋友，削弱敌人，尊敬善人，人们说这是国王的正法。（35）坚决维护真理，经常施舍土地，尊重客人和侍从，人们说这是国王的正法。（36）如果国王赏罚分明，他在今生和来世都会获得果报。（37）国王是阎摩，一切守法者的至高之主，曼达多啊！他控制众生，若不控制，便成罪人。（38）善待祭官、家庭祭司和老师，不轻视他们，正确地任用他们，人们说这是国王的正法。（39）

阎摩不加区分，控制一切众生。国王应该效仿他，依照规则控制臣民。（40）国王在一切方面类似千眼神（因陀罗），人中雄牛啊！他视为正法者，便是正法。（41）你应该小心谨慎，学会宽容，培养智慧，沉着坚定，善于思索，努力洞察众生，分辨善恶。（42）善待一切众生，慷慨布施，说话甜蜜，像保护自己人那样保护城乡居民。（43）昏庸的国王不能保护臣民，因为王国确实是难以担起的重负。（44）聪明，勇敢，通晓刑杖，这样的国王能保护臣民；愚笨，怯懦，不通晓刑杖，这样的国王不能保护臣民。（45）你应该与容貌端正、出身高贵、聪明能干、博学多闻和忠诚的人们一起，认真考察一切人的智慧，包括净修林里的苦行者。（46）这样，你就会懂得一切众生的至高正法。无论在本国还是别国，你的正法都不会毁灭。（47）

正法、利益和爱欲中，正法优先。通晓正法者在今生和来世都获得幸福。（48）人们受到尊敬，甘愿抛弃妻子和生命。善待众生，慷慨布施，说话甜蜜，（49）小心谨慎，保持纯洁，这些带来繁荣富强，曼达多啊！你永远不要骄纵放逸。（50）国王应该小心谨慎，洞悉敌我双方的漏洞；他应该察觉敌人的漏洞，而不让敌人察觉自己的漏洞。(51) 这是婆薮之主（因陀罗）、阎摩、伐楼拿和所有王仙的行为方式，你也要把握它的真谛。(52) 你就追随王仙们遵奉的行为方式吧，大王啊！立即登上神圣之路，婆罗多族雄牛啊！(53) 遵行正法的国王无论在今生和死后，都会受到无限光辉的天神、祖先和健达缚称颂，婆罗多子孙啊！(54)

毗湿摩说：

曼达多听了优多帖的这些教诲，毫不犹豫，照着去做，婆罗多子孙啊！他独自赢得整个大地。(55) 你只要像国王曼达多那样遵行正法，保护大地，也会在天国赢得地位。(56)

以上是吉祥的《摩诃婆罗多》中《和平篇》第九十二章（92）。

九三

坚战说：

热爱正法的国王愿意恪守正法，应该怎样做？俱卢族俊杰啊！我向你请教，请你告诉我，祖父啊！(1)

毗湿摩说：

在这方面，人们引用一个古老的传说，那是由聪明的通晓事物真谛的瓦摩提婆吟唱的。(2) 憍萨罗国王名叫婆薮摩纳，强大有力，行为纯洁，请教声誉卓著的大仙人瓦摩提婆，说道：(3) "智者啊！请你教给我蕴含正法和利益的话语，让我遵照执行，不违背自己的正法。"(4) 婆薮摩纳坐在一旁，肤色金黄，如同友邻王之子迅行王，具有苦行的、优秀的默祷者瓦摩提婆对他说道：(5)

"你遵行正法吧！没有比正法更高者。恪守正法的国王们赢得这个大地。(6) 以正法为获得成功的最高手段，正确运用智慧，这样的国王闪耀正法的光辉。(7) 国王依仗暴力，无视正法，正法和利益就会迅速离开他。(8) 任用邪恶的大臣，破坏人间正法，这样的国王及其随从必定迅速堕落，应该遭到杀戮。(9) 不考虑利益所在，随心所欲，狂妄自大，这样的国王即使获得整个大地，也会迅速毁灭。(10)

控制感官，不妒忌，有智慧，这样的国王获得好运，繁荣昌盛，犹如百川归海。(11) 对于正法、爱欲、利益、智慧和朋友，国王永远不要自我满足。(12) 世界运行依靠所有这一切。听取这些教诲，国王能获得名声、赞誉、财富和臣民。(13) 热爱正法，关注正法和利益，认清目的再行动，他肯定获得大成就。(14) 不施舍，不仁慈，向臣民滥施刑杖，暴虐成性，这样的国王迅速毁灭。(15) 缺乏智慧，看不清罪恶行为，臭名昭著，死后堕入地狱。(16) 尊敬他人，慷慨施舍，行为纯洁，善辨滋味，人们乐于驱除他的灾难，犹如驱除自己的灾难。(17) 既没有老师，也不向别人请教正法，获取财富，耽于享受，他不会长久繁荣。(18) 向老师请教正法，亲自关心人间利益，注重正法，他就会长久繁荣。"(19)

以上是吉祥的《摩诃婆罗多》中《和平篇》第九十三章(93)。

九四

瓦摩提婆说：

强者以非法手段对待弱者，他的子孙也会依赖这种方式。(1) 他们效仿作恶的国王，人人缺乏修养，这样的国王很快就会毁灭。(2) 人们依赖国王正常的行为，甚至自己人也不能忍受国王不正常的行为。(3) 生性粗暴，无视经典，卤莽行事，这样的国王很快就会毁灭。(4) 刹帝利不追随胜者和败者古老的行为方式，他就是背离刹帝利正法。(5) 国王在战斗中俘获竭尽职责的敌人，但出于仇恨，不表示敬意，他就是背离刹帝利正法。(6) 国王应该精明能干，和颜悦色，在灾难中怜悯他人，他就会赢得众生爱戴，不会失去荣华富贵。(7) 如果造成某人不愉快，就应该设法重新让他愉快。不可爱的人做了可爱的事，很快就会变成可爱的人。(8) 应该避免说谎；应该不用别人乞求，主动做好事；不要出于贪欲、愤怒或仇恨，而抛弃正法。(9) 遇到质询，不要窘迫，也不要说大话；不要仓促行事，不要心怀嫉恨，这样就能制服敌人。(10) 遇到称心的事，不要过分高兴，遇到不称心的事，不要过于焦虑；陷入财政困难时，不要失去理智，

第十二 和平篇

要记着为臣民谋利益。（11）国王永远按照自己的品德，做好事，事事都会成功，不会失去荣华富贵。（12）

忠心耿耿，做好事，不背叛，国王应该尊敬这样的善人。（13）控制感官，聪明能干，行为纯洁，赤胆忠心，国王应该重用这样的人。（14）虽然具备种种品德，但不热爱国王，妒忌主人的财富，国王不能任用这样的人。（15）愚痴，放纵感官，贪婪，行为卑劣，欺诈，虚伪，残忍，狡猾，无知，（16）酗酒，耽迷赌博、女色和狩猎，国王如果重用这样的人，就会失去荣华富贵。（17）国王首先保护自己，然后保护应该保护的人们，臣民繁荣昌盛，他也肯定享受荣华富贵。（18）

国王暗中安排朋友们监视所有其他国王，他就不会受到侵害。（19）得罪了强大的国王后，不应该安慰自己说离他很远，因为他会像兀鹰一样，乘人不备，突然俯冲下来。（20）国王灵魂高尚，根基牢固，了解自己实力，应该进攻力量薄弱的敌人，不进攻力量强大的敌人。（21）国王恪守正法，凭借勇武获得大地，依法保护臣民，应该在战场上消灭敌人。（22）世上的一切都注定灭亡，毫不安全，因此，国王应该恪守正法，依法保护臣民。（23）巩固国防，参加战斗，教导正法，运筹谋划，保障幸福，这五者使大地欣欣向荣。（24）国王永远尽到保护的职责，就能享受这个大地，王中俊杰啊！（25）国王独自一人，不可能自始至终监督所有这一切，他可以委托大臣分管，就能长久享受大地。（26）

慷慨布施，与人分享幸福，脾气温和，行为纯洁，不抛弃臣民，人们热爱这样的国王。（27）理解最佳方案，予以采纳，放弃自己的想法，世界由此安稳。（28）不能忍受不合自己心意的合理建议，没有耐心听取不同意见，（29）不理解行为高尚的胜者和败者的古老智慧，他就是背离刹帝利正法。（30）抛弃杰出的大臣，宠爱卑劣的小人，一旦遭遇灾难，他孤苦无助。（31）灵魂脆弱，动辄发怒，心怀嫉恨，不重视具备美德的亲友，他的财富面临毁灭。（32）即使心中不喜欢，依然善待具备美德的部属，他就会长久享有声誉。（33）不应该不合时宜地敛聚财富，应该多做有益的事情。遇到不称心的事，不要过分焦虑；遇到称心的事，不要过分高兴。（34）应该经常思考哪些国王对你不忠诚，哪些国王出于惧怕而依附你，哪些国王观望摇摆。(35) 即使自己强大有力，也决不要轻信力量薄弱者，因为他们会像秃鹰一样，乘人不备，突然俯冲下来。(36) 即使主人具备一切美德，说话可爱，灵魂邪恶的小人仍会蓄意谋害，因此，要保持警惕。(37) 友邻王之子迅行王曾经说过国王的奥秘：统治者要杀死那些无与伦比的敌人。(38)

以上是吉祥的《摩诃婆罗多》中《和平篇》第九十四章(94)。

九五

瓦摩提婆说：

国王应该不依靠战争获取胜利，国王啊！人们说依靠战争获取胜利是低级的。(1) 自己的根基尚不牢固，不应该期望没有获得的东西，因为根基脆弱的国王不宜贪求。(2) 国土辽阔，诸侯愉快，群臣满意，这样的国王根基牢固。(3) 士兵们受过考验，得到安抚，心满意足，这样的国王略施刑杖，就能征服大地。(4) 城乡居民忠心耿耿，备受尊敬，财富和粮食充足，这样的国王根基牢固。(5) 聪明的国王认为自己力量强大，时机成熟，他才会企图获取别人的国土和财富。(6) 善于保护自己，不耽于享乐，怜悯众生，他的疆域就会迅速扩大。(7)

欺骗行为正确的自己人，那是伤害自己，如同用利斧砍伐树木。(8) 国王即使经常消灭敌人，敌人并不减少，而懂得抑制愤怒，就不会发现敌人。(9) 聪明的国王不会做令善人痛恨的事，他会一心行善，约束自己。(10) 国王在完成职责之后，才会有余暇享受快乐，这样，人们不埋怨他，他也不会烦恼。(11) 国王以这样的行为对待众生，他就能征服今生和来世两个世界，立于不败之地。(12)

毗湿摩说：

听了瓦摩提婆的这些话，国王（婆薮摩纳）遵照执行。毫无疑问，你也遵照执行，会赢得今生和来世两个世界。(13)

以上是吉祥的《摩诃婆罗多》中《和平篇》第九十五章(95)。

九六

坚战说：

一个刹帝利想要战胜另一个刹帝利，他怎样依照正法获取胜利？我向你请教这个问题，请你告诉我。（1）

毗湿摩说：

国王带着助手或不带助手来到一个王国，说道："我是你们的国王。我将永远保护你们。（2）你们依法向我交纳赋税吧！你们是否接受我？"如果他们接受你为国王，那就万事大吉。（3）如果他们不是刹帝利，采取对抗的立场，那就应该采取一切手段制服他们。（4）如果认为刹帝利软弱无能，甚至不能保护自己，其他种姓的人们就会拿起武器。（5）

坚战说：

如果刹帝利国王对抗另一个刹帝利，应该怎样战斗？祖父啊！请告诉我。（6）

毗湿摩说：

刹帝利在战斗中，对手不披戴铠甲，自己也不应该披戴铠甲。应该一对一战斗，说道："你射吧！我要射你。"（7）如果对手披戴铠甲前来，自己也披戴铠甲迎战；如果对手带着军队前来，自己也带着军队迎战。（8）如果对手在战斗中使用诡计，可以还以诡计；如果对手依照规则战斗，自己也就依照规则还击。（9）马兵不应该冲向车兵，车兵应该冲向车兵；不应该打击落难者、恐惧者和失败者。（10）不应该使用毒箭和倒钩箭，那是恶人的武器。应该为了胜利而战斗，不应该发怒，渴望杀戮。（11）善人之间发生分裂，善人会遭难。不应该杀害受伤者和无子女者。（12）不应该杀害武器毁坏者、战马倒毙者、弓弦断裂者和战车失灵者。受伤者应该给予治疗，或送他回家，即使没有受伤，也应该释放。这是永恒的正法。（13）因此，自在天之子摩奴教导说，应该依法战斗。永远依照善人的正法对待善人，不要毁坏正法。（14）

如果刹帝利不依法战斗,诡计多端,心思邪恶,那是自己毁灭自己。(15)那是恶人的所作所为,而善人应该采用正当手段战胜恶人。即使依法捐躯疆场,也强似用罪恶的手段取胜。(16)非法行为不会立即产生果报,如同母牛,国王啊!但它会跟随他,焚烧他的根基和枝干。(17)恶人用罪恶的手段获取财富,自以为得意,但他依靠偷盗致富,陷入罪恶之中。(18)他认为无所谓正法,而嘲笑善良纯洁的人。他不信仰正法,而走向毁灭。(19)他已被套上伐楼拿的绞索,却还仿佛认为自己会长生不死。他像一只充气的大皮囊,由于自己的行为而破裂。(20)犹如河边的树被连根冲走,犹如泥罐在石头上摔破,他遭到人们的唾弃。因此,国王应该依法追求胜利,实现愿望。(21)

以上是吉祥的《摩诃婆罗多》中《和平篇》第九十六章(96)。

九七

毗湿摩说:

国王不应该企图以非法手段征服大地,哪个国王依靠非法手段取胜后,会感到满意?(1)依靠非法手段取得的胜利,不会稳定,也不会导向天国,婆罗多族雄牛啊!它有损于国王和大地。(2)逮住铠甲破碎、表示投降、双手合十或武器失落的士兵,不应该杀害。(3)一个已被军队打败的人,国王不应该再打击他;收留他一年,他就会获得新生活。(4)用武力抢来的少女,一年之内不应该接触她;其他用武力抢来的财物,也应该这样处理。(5)不应该占有处死者的财产。婆罗门可以享用母牛的奶,公牛可以负轭,或者可以归还财产。(6)国王与国王交战应该遵守这种法则。非国王决不能进攻国王。(7)如果一位婆罗门渴望和平,站在对峙的两支大军中间,双方应该停止战斗。如果伤害婆罗门,他就是破坏永恒的法则。(8)如果破坏这种法则,刹帝利就不成其为刹帝利,名誉就会扫地,在集会上没有他的地位。(9)向往胜利的国王不应该追随这种损害正法和破坏法则的行为。通过正法获取胜利,还有什么比这更大的成就?(10)

应该采用劝慰和布施,尽快安抚众生,迅速稳定局面,这是国王的上策。(11)如果众生受到怠慢,忧愁烦恼,就会离开自己的国家,侍奉敌人,盼望灾难丛生。(12)在危急时刻,他们立即讨好敌人,做出种种坏事,盼望国王遭难,国王啊!(13)不要运用诡计对待敌人,也不要过分伤害敌人,因为人一旦受到过分伤害,就失去生命。(14)作恶者即使没有得到什么,也会满意,因为这种人也重视纯洁的生命。(15)国土辽阔,诸侯愉快,群臣满意,这样的国王根基牢固。(16)祭官、家庭祭司、老师和其他学问渊博者受到应有的尊敬,人们称赞这样的国王通晓事务。(17)依靠这种行为,天王因陀罗赢得大地,国王也渴望像因陀罗那样获取胜利。(18)刺穿王攻克敌王城堡,掠走全部甘露和药草,而留下土地。(19)迪沃陀娑王掠走祭品、残火、酥油和器皿,由此,他受到损害。(20)那跋伽王将所有的王国及其国王作为祭祀酬金,但不包括学者和苦行者的财物,婆罗多子孙啊!(21)这些是古代通晓正法的国王们的种种行为,坚战啊!我欣赏这一切。(22)国王想要荣华富贵,应该采取优秀的方式取胜,而不应该采取幻术和骗术。(23)

以上是吉祥的《摩诃婆罗多》中《和平篇》第九十七章(97)。

九八

坚战说:

没有哪种正法比刹帝利正法更邪恶,婆罗多族雄牛啊!国王在进军和战斗中杀死许多人。(1)智者啊!我想知道国王依靠什么行为征服世界,婆罗多族雄牛啊!请你告诉我。(2)

毗湿摩说:

惩罚恶人,赏赐善人,举行祭祀,慷慨布施,这样的国王纯洁无瑕。(3)国王为了获取胜利,扰乱众生,而获取胜利后,会给臣民带来繁荣。(4)依靠布施、祭祀和苦行的力量消除罪孽,怜悯众生,国王的功德得以增长。(5)犹如农夫耨地时,锄去杂草,而不毁坏谷物。(6)同样,国王施展武器,杀死该杀的人,而给一切众生带来福

祉。(7) 保护众生免遭掠夺、杀戮和折磨，免遭盗匪侵害，这样的国王赐予人们财富和幸福。(8)

举行一切祭祀，以无所畏惧作为祭祀酬金，这样的国王享有吉祥幸福，到达因陀罗世界。(9) 为了婆罗门的利益，他挺身而出，投入战斗。他就是祭祀，以自己为祭柱，慷慨布施。(10) 他持弓射箭，粉碎敌人，无所畏惧，众天神察觉大地上无人比他更优秀。(11) 他在战斗中用多少武器击中敌人，他就享有多少不朽的如意世界。(12) 肢体伤口流出的不是鲜血，而是热情，消除一切罪孽。(13) 通晓正法的人们知道，忍受过那些剧烈的伤痛，以后就不再有苦行。(14)

卑微的人们在战斗中胆怯畏缩，寻求英雄庇护，犹如乞求雨云降雨，救护生命。(15) 如果英雄在恐怖的战场上庇护这些人，他们应该作出响应，但不是这样。(16) 如果知道英雄庇护他们，他们应该向他表示致敬，作出适当的举动，但不是这样。(17) 同样是人，差别巨大，在战斗中，军队汹涌，喊声四起，(18) 英雄冲锋陷阵，奋勇杀敌，而懦夫逃跑，违背通向天国之路，在危难中抛弃同伴。(19) 在战斗中抛弃同伴，逃回家中，安然无恙，不要让这种卑微的人出生在你的家族中。(20) 抛弃同伴，只顾保护自己的性命，以因陀罗为首的众天神会惩罚这种人。(21) 对于这样的刹帝利，他们会用棍棒或石头打击他，用干草焚烧他，让他像野兽那样死去。(22)

流出痰液和胆汁，哀求怜悯，死在床上，这不符合刹帝利正法。(23)刹帝利身体没有损伤而死去，通晓古事的人们不赞赏他的行为。(24)刹帝利死在家中，不受到称赞。勇士缺乏勇气，不合正法，确实可悲。(25) 他哀号着："痛啊！苦啊！罪孽啊！"面容枯槁，恶臭味令侍从们发愁。(26) 他妒忌健康的人们，盼望自己尽快死去。而骄傲的英雄富有自尊，不可能这样死去。(27) 刹帝利应该在亲友们簇拥下，在战场上杀戮敌人，受到锋利的武器打击而死去。(28) 英雄满腔愤怒，奋勇作战，甚至不察觉自己的肢体被敌人刺伤。(29) 在战场上捐躯，受到世人赞扬和尊敬；他充分履行自己的正法，走向因陀罗世界。(30) 英勇战斗，抛弃生命，义无反顾，这样的英雄到达因陀罗世界。(31)

以上是吉祥的《摩诃婆罗多》中《和平篇》第九十八章 (98)。

九九

坚战说：

捐躯疆场，不再返回，这些战斗英雄到达哪些世界？祖父啊！请你告诉我。（1）

毗湿摩说：

在这方面，人们引用一个古老的传说，那是安波利沙和因陀罗的对话，坚战啊！（2）那跋伽之子安波利沙到达难以到达的天国，看到自己的军队统帅和因陀罗在一起。（3）他看到这位军队统帅光辉灿烂，乘坐精美的天国飞车，愈升愈高。（4）他看到聪明睿智的军队统帅妙天愈升愈高，神通广大，惊讶地询问婆薮之主（因陀罗）：（5）

"依照规则统治直到海边的整个大地，依照经典履行四种姓的职责，热爱正法。（6）修习严厉的梵行，侍奉老师，依法专心学习吠陀和治国论。（7）用食物和饮料满足客人，用供物满足祖先，用诵习和净身仪式满足仙人，用盛大的祭祀满足天神。（8）依照经典，依照规则，恪守刹帝利正法，我在战斗中逼视敌军，赢得胜利，婆薮之主啊！（9）这位妙天以前是我的军队统帅，天王啊！他是一位灵魂平静的武士，怎么会胜过我？（10）他没有举行盛大的祭祀，也没有依照规则满足婆罗门，怎么会胜过我？帝释天啊！"（11）

因陀罗说：

妙天举行了盛大的战斗祭祀。其他投身战斗的人也是这样。（12）武士披戴铠甲，做好准备，站在军队前沿，他确实成为战斗祭祀的执行者。（13）

安波利沙说：

在这种祭祀中，祭品是什么？酥油是什么？酬金是什么？祭司是谁？百祭（因陀罗）啊！请你告诉我。（14）

因陀罗说：

祭官是大象，执行祭司是马，敌人的肉是祭品，鲜血是酥油。（15）豺狼、兀鹰和乌鸦是监督祭司，饮剩余的酥油，吃上供的祭品。（16）成堆的长矛、标枪、刀剑、梭镖和斧子,尖锐锋利,闪光发亮,是祭祀的木勺。(17)挽弓射穿敌人身体的飞箭,尖锐锋利,挺拔发亮,是祭司的大木勺。(18)虎皮鞘,象牙柄,在战斗中能砍大象鼻子的大刀,是祭司的木刀。(19)钢制的长矛、梭镖和斧子尖锐锋利,闪光发亮,它们的打击便是财富。(20)在战斗中冲锋厮杀,流在大地上的鲜血,是祭祀仪式上丰盛的供品,能实现一切愿望。(21)在军队前沿,能听到"杀啊!砍啊!"这些是咏歌者祭司在阎摩殿吟唱娑摩颂诗。(22)人们说敌军的前沿构成祭品容器,结集的象、马和士兵构成祭祀仪式上的舍那吉多祭火。(23)在杀死成千士兵后,无头躯干挺立着,人们说这是英雄的祭柱,八角的佉底罗木。(24)大象在铁钩刺激下,发出的呼叫是召唤火神的咒语,国王啊!手掌拍击声是祭官的感叹声,战鼓声是咏歌者祭司吟唱的三娑摩颂诗。(25)婆罗门的财产遭到劫掠,他在战斗中不惜牺牲可爱的躯体。他就是祭祀,以自己为祭祀,慷慨布施。(26)

　　为了主人的利益,英雄担当军队先锋,奋勇作战,决不畏缩退却,他赢得与我一样的世界。(27)用蓝色的月光剑和铁闩般的手臂铺设祭坛,他赢得与我一样的世界。(28)一心渴望取胜,不顾有无助手陪伴,深入敌军阵容,他赢得与我一样的世界。(29)长矛成堆,战鼓是青蛙和乌龟,勇士的骨头是沙石,血肉是泥沼,难以逾越。(30)刀剑和盾牌是河中的船舶,头发是水草和浮萍,破碎的象、马和车形成浅滩。(31)旗杆和旗帜是芦苇,倒毙的牲畜随波漂流,血河中充满前往彼岸的人,而难以渡过。(32)凶险恐怖,流向另一世界,倒毙的大象是鳄鱼,刀剑下沉,旗帜漂浮,兀鹰和苍鹭是船舶。(33)这条河流如同食人者,胆怯的懦夫难以渡过。而他在战斗大祭中获得净化。(34)祭坛遍布敌人的头颅,象和马的躯体,他赢得与我一样的世界。(35)

　　智者们说他以敌军的前沿作为妻子的卧室,以自己的军队作为祭品的容器。(36)祭坛北面是监督祭司和点火祭司的屋舍,中间的士兵是祭火,面对一切世界,以敌军为自己的妻子。(37)两边排定阵容,前面是空间。这是他的祭坛,永远吟诵吠陀和点燃三堆祭火。(38)战士畏缩退却,而被敌人杀死,毫无疑问,他将堕入地狱。(39)如果他的河流血浪翻滚，布满头发、肉和骨，他就会达到最高归宿。(40)杀死敌军统帅，登上他的战车，勇敢似同毗湿奴，智慧如同毗诃波提。(41)活捉敌方的将领或其他尊贵人物，他赢得与我一样的世界。(42)

决不要为战死疆场的勇士悲伤，他升入天国，备受尊敬。(43)人们不想供奉战死的勇士食物和水，也不想为他沐浴，污染他。你听我讲述他的世界！(44)数以千计的绝色天女迅速跑向战死的勇士，一心想着："他应该是我的夫君。"(45)在战斗中不退却逃跑，这是纯洁的苦行，永恒的正法，人生四阶段的规则。(46)不应该杀害老兵、妇女、婆罗门和口中衔草表示投降的人。(47)弗栗多、勃罗、巴迦、舍多摩耶、毗娄遮纳、难以抵御的那牟吉和变幻莫测的商波罗，(48)还有毗波罗制谛和波罗诃罗陀，我在战斗中杀死所有这些底提和檀奴的儿子们，然后成为天王。(49)

毗湿摩说：

听了帝释天（因陀罗）的话，安波利沙表示赞同，确信战士自身的成功之路。(50)

以上是吉祥的《摩诃婆罗多》中《和平篇》第九十九章（99）。

一〇〇

毗湿摩说：

在这方面，人们引用一个古老的传说，那是刺穿王和弥提罗王发生战斗。(1)弥提罗王遮那迦在战斗中举行系圣线礼，战士们兴高采烈，坚战啊！请听我告诉你。(2)弥罗提王遮那迦灵魂高尚，通晓一切真谛，向自己的战士们展示天国和地狱，说道：(3)"你们看，这些是无畏的勇士们的世界，光辉灿烂，充满健达缚少女，满足一切愿望，永远不朽。(4)这些是逃跑者所在的地狱，永远羞耻，不断沉沦。(5)看到这些，你们要战胜敌人，勇于献身，而不要陷入可怕的地狱。(6)勇士们立志献身，通向无上的天国之门。"战胜敌人城堡者啊！战士们听了国王的这些话，(7)在战场上战胜敌人，令国王高

兴。因此，永远应该充满自信，站在阵地前沿。(8)

车兵在象兵中间，车兵后面是马兵，马兵后面是步兵，全副武装。(9) 国王这样排定阵容，经常战胜敌人。因此，你也应该经常这样排定阵容，坚战啊！(10) 希望为一切人谋福利，勇士们满腔愤怒，投身战斗，扰乱敌军，犹如鲸鱼搅动大海。(11) 应该互相勉励，让失望者露出笑容；应该保护赢得的大地，对败兵不要穷追不舍。(12) 绝望的人为了活命，转过身来，拼死反抗，难以抵御，因此，国王啊！不要穷追不舍。(13) 勇士们不愿意打击仓皇逃跑的人，因此，对败兵不要穷追不舍。(14) 动物吃掉植物，有牙的动物吃掉无牙的动物，有手的人吃掉无手的动物，勇士吃掉懦夫。(15) 懦夫有同样的腹背手足，却跟在勇士后面；他们胆战心惊，低头弯腰，双手合十，站在勇士身边。(16) 这个世界永远像儿子那样依靠勇士的双臂，因此，在任何情况下，勇士值得尊敬。(17) 在三界中，没有比勇气更高者。勇士保护一切，一切依靠勇士。(18)

以上是吉祥的《摩诃婆罗多》中《和平篇》第一百章(100)。

— ○ —

坚战说：

婆罗多族雄牛啊！国王想要胜利，怎样带领军队，哪怕稍许损害正法？祖父啊！请你告诉我。(1)

毗湿摩说：

正法依据真理。一些人认为那是依据理智，另一些人认为那是依据善行，也有人认为那只是手段。而我要说那是实现利益和正法两者的手段。(2) 盗匪不守法度而成为敌人，我将依据经典，告诉你打击他们的方法。为了保证完成任务，你要知道这些方法。(3) 一个人应该懂得正直和诡诈两种智慧，婆罗多子孙啊！但他不运用诡诈，而是对付遇到的诡诈。(4) 敌人对国王施展离间计，国王懂得这种诡诈，也用它对付敌人。(5)

大象的护腹、公牛、蟒蛇、箭镞、盔甲、铁器和胸甲。(6) 锋利

第十二　和平篇

发亮的武器，黄色或赤色的铠甲，染有各种色彩的旗杆和旗帜。(7)锋利的长矛、刀剑和斧子，各种精制的盾牌和武器，英勇的士兵。(8)制怛罗月和末伽始罗月适宜军队行动，因为大地上谷物成熟，水源充足。(9)这时既不太冷，也不太热，军队可以采取行动，婆罗多子孙啊！如果敌人遭遇灾难，那么军队可以随时采取行动，打击敌人。(10)道路应该平坦通畅，有水有草，应该由熟悉林区、经验丰富的探子探明情况。(11)军队不能像林中的野兽那样行走，因此，想要取胜的国王为军队确定行军路线。(12)

营地应该有水源，堡垒周围应该空旷，便于打击来犯的敌军。(13)树林附近的空旷地带最为适宜，具有许多优点。士兵们个个善于战斗。(14)步兵注意隐蔽，以便在危急关头，突袭敌人。(15)让七仙人星宿保持在身后，士兵们在战斗中会坚定不移，如同山岳。依据这种规则，有望战胜难以战胜的敌人。(16)有风，有太阳，有太白金星，便有胜利。而它们之中，前者依次优于后者，坚战啊！(17)精通战争的人们认为没有泥沼，没有水洼，没有障碍，没有乱石，这样的地面适合马兵。(18)平坦开阔，没有水洼，这样的地面适合车兵。灌木丛，树林，水洼，这样的地面适合象兵。(19)崎岖难行，遍布蔓藤和竹子的树林，这样的地面和山林适合步兵。(20)有大量步兵的军队强大有力，婆罗多子孙啊！有大量车兵和马兵的军队适合晴天作战。(21)有大量步兵和象兵的军队适合雨天作战。确认了这些特点，国王应该把握地理和时间。(22)就这样，经过思考，尊重星宿的预兆，选择吉日出发，正确部署军队，就能经常获取胜利。(23)

不应该打击睡着的人，饥渴的人，疲倦的人，失败的人，释放的人，行走的人，颤抖的人，或正在吃喝的人，(24)失去装备的人，惊慌失措的人，受伤的人，衰弱的人，值得信任的人，任务尚未完成的人，痛苦烦恼的人，在外执勤的人，扎下营地准备休息的人，(25)在门前侍候的随从，阻止人们随意行动的骑警。(26)

冲破敌人的军队，阻截溃散的军队，这样的勇士应该获得双份俸禄，享受与国王同样的食物和饮料。(27)应该让吃苦耐劳的勇士从十兵之长升成百兵之长，从百兵之长升成千兵之长。(28)召集这些勇士，对他们这样说道："我们发誓，为了获取胜利，我们在战斗中互不抛弃。(29) 让那些懦夫留在这里吧！他们在激战中不打击敌人，造成麻烦。(30) 在战斗中逃跑，损害自己和战友；逃跑造成物资毁灭、人员伤亡和名声败坏。(31) 逃跑的人抛弃一切武器，嘴唇和牙齿哆嗦，说出一些不堪入耳的话。(32) 在生命危急关头，逃跑者抛弃同伴，却被敌人俘获。但愿我们的敌人是这样！(33) 这些逃跑者是人中败类。他们只是增添人数，在今生和来世都不是真正的人。(34) 敌人满怀喜悦追赶逃跑者；朋友们以吉祥的话语赞美胜利者。(35) 国王啊！看到敌人幸灾乐祸，我认为这样的痛苦比死亡还难以忍受。(36) 你们要知道胜利是正法和一切幸福的根本。胜利从懦夫那里走向敌人，只有勇士能获得胜利。(37) 我们向往天国，在战斗中捐弃生命，或者取胜，或者牺牲，我们能获得美好的归宿。"(38)

英雄们这样发誓后，无所畏惧，勇于捐弃生命，冲进敌人军队。(39) 前面是手持刀剑和盾牌的部队，后面是车兵部队，中间是眷属。(40) 隐藏的步兵用以突袭敌人，先锋部队应该奋勇作战。(41) 勇敢机智的士兵冲在前面，其他人跟在后面。(42) 即使是懦夫，也要努力振作精神，哪怕只是站在一旁，装装样子。(43) 小部队应该集体作战，大部队可以根据需要分散作战。小部队与大部队交战，可以排成针尖阵容。(44) 在激动人心的战斗中，应该或真或假，举臂高喊："敌人败了！败了！"(45) 其他人奔跑着，发出震耳的呼叫："我们的援兵来了！不要害怕，打击敌人吧！"(46) 同时，应该发出吼叫和欢呼，吹响螺号和牛角，敲响大鼓、小鼓和铜鼓。(47)

以上是吉祥的《摩诃婆罗多》中《和平篇》第一百零一章 (101)。

一〇二

坚战说：

婆罗多子孙啊！在战斗中，士兵们应该有什么样的品德、行为、相貌、装备和武器？国王啊！(1)

第十二　和平篇

毗湿摩说：

武器使用依习惯而定。人们按照规则行事。（2）犍陀罗人、信度人和绍维罗人善于用钩爪和长矛战斗，强壮有力，军队所向披靡。（3）优湿那罗人勇敢刚强，精通一切武器。东部人精通象战，善于用计。（4）耶婆那人、甘波阇人和马图拉一带的人也是这样。南部人手持刀剑和盾牌，善于战斗。（5）每个地方都产生强壮有力、勇气非凡的勇士，请听我描述他们的一般特征。（6）

这些粉碎敌人的勇士有狮子和老虎的声音和眼睛，狮子和老虎的步伐，鸽子和蛇的眼睛。（7）另一些人有鹿的声音，豹的眼睛，公牛的眼睛，或者有紧那罗的声音，说话怒气冲冲。（8）有些人有骆驼的声音，深沉似云中雷电，面容带怒，鼻子弯曲，小腿发达，善于长途跋涉和远程投掷。（9）身体蜷曲似猫，头发和皮肤细腻，这些勇士性情暴躁，难以抵御。（10）一些人闭起眼睛像蜥蜴，脾气温和，但步伐和声音像骏马，渴望胜利。（11）身体瘦削，结实，挺拔，胸脯宽阔，遇到纷争，手舞足蹈。（12）眼睛或陷或鼓，皮肤黄褐，皱眉蹙额，猫鼬眼，这些勇士甘愿捐躯。（13）眼睛弯曲，额头宽阔，颧骨凸出，手臂弯曲，手指并拢，身体瘦削，青筋暴露。（14）一旦战斗开始，他们快速突击，犹如发情的大象，难以抵御。（15）发梢色泽光亮，两胁和双颊宽阔，肩膀挺拔，脖子粗壮，肉头厚实。（16）优美的脖子仰俯如同飞鸟，圆头，蛇嘴，猫脸。（17）声音粗犷，满怀愤怒，战斗中始终伴随叫喊，傲慢无礼，面目狰狞恐怖。（18）这些来自边区的士兵不怕牺牲，不知退缩，经常充当先锋，杀死敌人，或自己被杀。（19）这些不守法度、行为乖戾的士兵即使战死，也是好事，因为他们也经常对国王发怒。（20）

以上是吉祥的《摩诃婆罗多》中《和平篇》第一百零二章（102）。

一〇三

坚战说：

什么是值得称道的军队胜利的标志，婆罗多族雄牛啊！我想要知

道。(1)

毗湿摩说：

我就详细告诉你值得称道的军队胜利的标志，婆罗多族雄牛啊！(2)人们受时间催促，命运发生变化，智者凭智慧之眼能觉察。(3)通常，这些智者依照思想规则，通过念咒、祭供和各种吉祥仪式，驱邪避祸。(4)

在军队中，士兵和牲口不烦躁，婆罗多子孙啊！这样的军队肯定能取胜。(5)风儿在军队身后吹拂，彩虹高挂，云儿飘浮，阳光普照。(6)豺狼、乌鸦和兀鹰态度友好，这样的军队获得无上成功。(7)祭火的光焰纯洁向上，没有烟雾，火苗朝右，祭品散发纯洁的芳香，人们说这是即将取胜的景象。(8)战鼓深沉，螺号嘹亮，战士们渴望战斗，勇往直前，人们说这是即将取胜的景象。(9)在军队出发和即将出发之时，可爱的鹿在后边和左边；在准备开战时，这些鹿在右边，人们说这是成功的景象。而这些鹿在前边，就会造成障碍。(10)天鹅、麻鹬、孔雀和青雀发出吉祥的鸣声，英勇的士兵们兴高采烈，人们说这是即将取胜的景象。(11)武器、铠甲和旗帜闪闪发亮，士兵们年轻力壮，容光焕发，整个军队光辉灿烂，难以逼视，压倒敌人。(12)士兵们驯顺谦恭，不傲慢，互相友善，行为纯洁，人们说这是即将取胜的景象。(13)声音、接触和气味令人愉快，士兵们意志坚定，这是取胜的景象。(14)可爱的动物在战斗时或即将战斗时出现在左边、右边或后边，则获得成功；出现在前边，则造成障碍。(15)

即使你已经部署四支大军，坚战啊！也应该首先努力施展和平手段。(16)以战争获取的胜利是低级的，婆罗多子孙啊！战争中的胜利有偶然性，或者取决命运。(17)犹如奔腾的急流，惊恐的鹿群，溃败的大军难以阻止。(18)一听说"失败了"，甚至聪明人也会不明缘由地跟着逃跑，英勇的大军如同鹿群。(19)互相信任，心情愉快，意志坚定，甘愿牺牲，只要有五十位这样的勇士，就能粉碎敌军。(20)或者，精诚团结，意志坚定，出身高贵，备受尊敬，只要有五位、六位或七位这样的勇士，就能战胜敌人。(21)只要有可能，就避免动武。人们说首先采取安抚、离间或馈赠，然后考虑交战。(22)看到敌军前来,懦夫们惊恐不安,犹如看到闪烁的雷电,不知会落在哪里?(23)知道战斗临近,战士们迎上前去,全身肢体和大地一起颤动。(24)整个大地及其动物和植物焦躁不安,国王啊!在武器的折磨下,战士们身上的肌肉疲惫不堪。(25)应该不断采取打击和安抚相结合的策略,因为敌人遭到打击,就会同意缔和。(26)应该派遣间谍离间敌军,然后,与比自己强大的敌王缔和。(27)既然不能打击敌人,只能与敌人相处,处处受到钳制。(28)

宽恕是善人的魅力。善人通常不会不宽恕,普利塔之子啊!你要知道怎样运用宽恕和惩罚。(29)战胜之后,予以宽恕,国王的名声增加。甚至罪行严重的敌人也会信服他。(30)商波罗认为应该先打击,后宽恕。木材不经过烘烤,容易恢复原状。(31)而有些老师不赞赏这个教导,认为应该像训导儿子那样,而不要折磨人,毁灭人。(32)严厉的国王招人嫉恨,温和的国王受人轻视,因此,坚战啊!国王应该既严厉又温和。(33)在打击之前,甚至在打击之中,应该说好听的话,婆罗多子孙啊!在打击之后,应该表示同情,仿佛悲伤流泪:(34)"我早就说过,我不喜欢杀戮。而你们总是不听我的话。(35)我希望他活着,不该这样被杀死。在战场上,永不退缩的勇士不可多得。(36)这样的勇士被杀死,不合我的心意。"说着这些话,而暗中向杀敌者表示尊敬。(37)对于那些受伤的杀敌者,应该哭叫着拥抱他们的双臂,以示慰问。(38)

国王通晓正法,无所畏惧,在任何情况下都会这样安抚他人,赢得众生爱戴。(39)一切众生信任他,婆罗多子孙啊!他受到信任,便能如愿享福。(40)因此,国王应该不施诡计,以赢得一切众生信任。如果他想要享有大地,就应该保护一切。(41)

以上是吉祥的《摩诃婆罗多》中《和平篇》第一百零三章(103)。

一〇四

坚战说:
国王应该怎样对付温和的敌人、凶暴的敌人或阵容强大的敌人?

祖父啊！请你告诉我。（1）

毗湿摩说：

在这方面，人们引用一个古老的传说，那是毗诃波提和因陀罗的对话，坚战啊！（2）杀敌英雄、天王因陀罗走近毗诃波提，双手合十，表示敬意，询问道：（3）"我应该怎样对付敌人？怎样用计制服他们而不消灭他们？（4）两军相遇，总有一方取胜。我怎样做，光辉炽热的荣华富贵才会不离开我？"（5）

聪明睿智的毗诃波提精通法、利和欲，通晓王法，回答摧毁城堡者（因陀罗），说道：（6）"不要期望用争吵的方式制服恶人。没耐心，不忍让，那是幼稚的行为。想要杀死敌人，就不应袒露一切。（7）要克制自己的愤怒和不满，即使不信任敌人，也要摆出信任的样子。（8）要说好听的话，不要为难对方，不要毫无用处地表示仇恨，不要劳累嗓子。（9）正如捕鸟者模仿鸟的叫声，从而抓住鸟，国王也可以这样抓住和杀死敌人，摧毁敌人城堡者啊！（10）

"战胜敌人之后，永远不能高枕无忧，婆薮之主啊！灵魂邪恶的人醒着，会像火焰一样在混乱中冒起。（11）一旦取得胜利，不应该再发生冲突，要安抚敌人，加以控制。（12）敌人受到轻视，心中不服，就会与大臣和谋士商量，等待时机。（13）遇到合适的机会，就会采取行动，进行反击；也会依靠一些心腹，破坏国王的权力。（14）国王应该通晓事情的起始、发展和结束，但秘而不宣，看准情况，削弱敌人的力量。（15）可以采取离间或馈赠，或赠送药草，但不要与敌人交换衣服，过分亲密。（16）要耐心地久久等待，才能消灭敌人；要等待时机，直至敌人失去警惕。（17）不要急于杀死敌人，慢慢取胜不惹麻烦，不会触痛旧创伤，也不会引起新创伤。（18）时机来到，就应该打击敌人，不要错过机会，天王啊！想要杀死敌人，就应该这样对付敌人。（19）机会一旦错过等待机会的人，想要再找机会，就很难得。（20）按照智者的想法，应该这样战胜强大的敌人。永远要把握成功的时机；时机不成熟，不要打击敌人。（21）

"应该摒弃贪欲、愤怒和傲慢，努力寻找敌人的漏洞，摧毁城堡者啊！（22）温和、严厉、懒惰和粗心，还有各种骗术，帝释天啊！都能找到弱点。（23）克服前四者，抵制骗术，就能毫不犹豫地打击敌人。(24) 如果依靠一个大臣就能完成秘密任务，就依靠一个大臣。许多大臣参与秘密，容易泄露秘密。(25) 如果一个大臣不能完成任务，那就与其他大臣一起商议。对于看不见的敌人使用梵杖①；对于看得见的敌人，使用四支大军。(26) 国王首先应该采取离间和暗中打击，以后遇到合适的时机，就采取合适的方法。(27) 遇到比自己强大的敌人，应该俯首屈从。小心谨慎，等待时机，杀死疏忽大意的敌人。(28) 俯首屈从，赠送礼物，说话可爱，侍奉敌人，不要引起怀疑。(29) 永远要避免处于受怀疑的地位。保持清醒，不要放松警惕。(30) 神中俊杰啊！没有比这更难的事情，神主啊！王权依靠各种行为取得，(31) 也要依靠各种品行巩固。国王应该勤奋努力，认清敌人和朋友。(32)

"温和受人轻视，严厉令人恐惧。你不要温和，也不要严厉。你要既温和，又严厉。(33) 如同汹涌的急流不断冲击堤岸，疏忽大意会损害王国。(34) 不要同时对付许多敌人，摧毁城堡者啊！要运用安抚、馈赠、离间和惩罚，(35) 一个一个加以摧毁。对于其余的敌人，要巧妙地应付。聪明的国王即使有能力，也不会同时打击所有敌人。(36) 如果军队庞大，拥有充足的象、马、步兵和机械，所有士兵忠诚；(37) 如果认为许多方面都占有优势，那就可以毫不犹豫地公开打击陀私优人。(38) 这时，不应该安抚，不应该暗中打击，不应该对敌人仁慈，不应该远征，不应该毁坏谷物，不应该投毒，也不应该怀疑大臣。(39) 出于战争需要，可以运用诡计，进行离间，派遣心腹打入敌国。(40) 追击敌人，直至进入敌人的城市，占有城中一切财富，依据规则统治城市，诛灭勃罗和弗栗多者啊！(41) 布施隐藏的财富，没有把他们的财富归自己，宣布他们咎由自取，派人统治敌国。(42) 你要委托另外一些精通武器咒语、熟悉经典规定和擅长言谈的能人掌管城市。"(43)

因陀罗说：

哪些是恶人的特征？婆罗门俊杰啊！请问怎样识别恶人？请你告诉我。(44)

---

① 意思是请求天神惩罚敌人。

毗诃波提说：

背后说别人缺点，妒忌别人优点，别人称赞时，扭过脸去，保持沉默。（45）如果保持沉默，不能说明什么，那么，他还紧咬嘴唇，摇头叹息。（46）他经常凑热闹，而言不及义。别人不看着他，他做怪相；别人看着他，他又不说话。（47）不与别人一起吃饭，还喜欢挑剔食物。无论坐着、躺着或出行，都显得特别。（48）该痛苦时痛苦，该快乐时快乐，这是朋友的特征。行为反常，可以看作是敌人的特征。（49）你要记住我说的这些话，天王啊！恶人的本性十分顽强。（50）我已经告诉你恶人的特征，神中俊杰啊！你听取了经典真谛，就照着去做吧，神主啊！（51）

毗湿摩说：

摧毁城堡者（因陀罗）就这样严格依照毗诃波提的教导对付敌人，到时候，这位杀敌者赢得胜利，统治敌人。（52）

以上是吉祥的《摩诃婆罗多》中《和平篇》第一百零四章（104）。

一〇五

坚战说：

遵行正法的国王遭到大臣们反对，不能获得财富，失去国库和刑杖的控制权，如果他企盼幸福，应该怎样行动？（1）

毗湿摩说：

在这方面，人们吟唱安见的传说，请听我讲给你听，坚战啊！（2）我们听说，从前，王子安见力量衰落，陷入困境，牟尼黑树来到他那里。他拥抱牟尼，询问道：（3）"像我这样的人应该享有财富，可是，我一再渴望，也没有获得王国，婆罗门啊！我该怎样做？（4）除去自杀、偷盗、投靠他人或其他卑贱的行为，贤士啊！请告诉我该怎样做。（5）像你这样学识广博、聪明睿智的人，能够庇护肉体或精神陷入病痛的人。（6）厌弃世俗，控制欲望，摒弃快乐和忧愁，获取知识的财富，人才会有幸福。（7）我为那些以财富为幸福的人感到悲哀。我的大量财富已经丧失，仿佛做了一场梦。（8）甘愿抛弃大量财富，实在是件难事。即使财富已经失去，我们心中还不能放弃。（9）我已经落到这个境地，失去荣华富贵，穷困潦倒，婆罗门啊！我还有什么幸福？请告诉我。"（10）

听了智慧的憍萨罗王子这样说，大光辉的牟尼黑树回答道：（11）"你已经具有这种智慧。智者都应该这样做。我和我的一切，变幻无常。（12）你要知道自己以为存在的一切，实际上都不存在。这样，智者即使陷入困境，也不感到痛苦。（13）过去和未来的一切都肯定会消失，你知道了这种应该知道的道理，你就会摆脱非法。（14）从前的人以及更早的人获得的一切都已不存在，明白了这一点，谁还会烦恼？（15）存在变成不存在，不存在也变成存在。但忧愁并没有这种能力，因此，人何必忧愁？（16）你的父亲今天在哪里？你的祖父今天在哪里？国王啊！如今你看不到他们，他们也看不到你。（17）看到自己不能永生，你何必为他们悲伤？你要运用智慧，看清自己不会永生。（18）我和你，你的敌人和朋友，注定会消失，国王啊！一切都会消失。（19）那些现在二三十岁的人，在今后一百年内肯定都会死去。（20）如果一个人不能摆脱大量财富，他也应该认为那不是我的，这样对他自己有好处。（21）尚未到手的，应该认为不是我的；已经失去的，也应该认为不是我的。承认命运强大有力，这样的人被认为是智者。人们说这是善人的立足点。（22）一些智慧和勇气与你相同或比你更强的人，即使失去财富，也依然活着，统治王国。（23）他们不像你那样忧伤。因此，你也不要忧伤。你的智慧和勇气即使不比他们更强，也与他们相同。"（24）

王子说：

我认为我的王国是偶然获得的，婆罗门啊！伟大的时间之神又把一切夺走。（25）它被夺走，犹如被洪水卷走，以苦行为财富者啊！我看到这个结果，但我仍像掌握着王国。（26）

牟尼说：

依据事物本质，你不必为未来和来世忧伤，憍萨罗王啊！你要这样对待一切事物。（27）你要追求可以获得者，不要追求不可获得者；你要感受出现的事物，不要为未来的事物担忧。（28）你要像获得财富那样愉快，憍萨罗王啊！凭借纯洁的本性，不为失去荣华富贵而忧伤。(29)只有愚蠢的不幸者,为逝去的荣耀谴责造物主,念念不忘曾经拥有的财富。(30)他认为别人不配享受荣华富贵,因而痛心疾首。(31)这种人充满妒忌,斤斤计较,妄自尊大,智者啊!你不是这种妒忌的人,憍萨罗王啊!(32)你要忍受别人的荣华富贵,即使你本人失去了它。能干的人们总能享有吉祥幸运,因为吉祥幸运也避开嫉恨的人。(33)

遵行正法的人们舍弃荣华富贵和儿孙,通晓舍弃法的英雄甚至舍弃自己。(34)另外一些人看到财富变幻莫测,不可把握,认为极难获得,也就舍弃。(35)你看上去聪明睿智,却焦躁不安,追求那些不可爱的财富,徒增烦恼。(36)你追求智慧,舍弃财富吧!无论是像财富而不是财富,还是不像财富而是财富。(37)有些人为了财富而失去财富。有些人认为财富是无限的幸福,渴望财富。(38)有些人热爱财富,认为财富至高无上,为了追求财富而毁弃事业。(39)而千辛万苦获得的宝贵财富毁于一旦,憍萨罗王啊!人就会打破常规,厌弃财富。(40)一些人出身高贵,追求正法,厌弃尘世,企盼另一个世界的幸福。(41)一些人贪图财富,丢弃生命。他们认为缺少财富,生命也就没有意义。(42)请看他们多么可悲!多么愚蠢!生命短促无常,他们执迷不悟,渴求财富。(43)聚财以毁灭告终,生命以死亡告终,相聚以分离告终,有谁还会迷恋这些?(44)或者财富离开人,或者人离开财富,知道必然如此,有谁还会为它烦恼?(45)其他人的朋友和财富也遭到毁灭,你运用智慧看看吧!这是人类的苦难,不只是你自己的苦难。你要控制感官,控制思想,控制语言。(46)

遭遇挫折,不可获得,难以获得,损害,打击,折磨,丧失一切,像你这样富有智慧和勇气的人,不会为这些忧伤。(47)不贪婪,不动摇,温和,自制,坚定遵行梵行,像你这样的人不会迷惑。(48)你不会追求卑贱的迦巴罗①生活方式,那是适合恶人的残酷邪恶的生活方式。(49)你要独自隐居森林,以根茎和果子维生,控制语言,把握自我,怜悯一切众生。(50)隐居林中,与犁牙大象作伴,安于

---

① 迦巴罗是以头盖骨为托钵的游方僧。

清贫，俨然一位智者。（51）犹如翻腾的大湖自己平静，我看到处于这种境界的人充满幸福。（52）你失去了财富，失去了臣仆，命运这样安排，你还指望什么？（53）

以上是吉祥的《摩诃婆罗多》中《和平篇》第一百零五章（105）。

一〇六

牟尼说：

刹帝利啊！如果你觉得自己还有勇气，那我就告诉你收复王国的策略。（1）如果你能照着去做，那就听我如实详细告诉你一切。（2）如果你能付诸实践，你就能获得大量财富，获得王国、统治术和荣华富贵。如果你喜欢，请告诉我，国王啊！我就说给你听。（3）

王子说：

请你说吧！我愿意听取策略。我不能白白错过这次与你相遇的机会。（4）

牟尼说：

你要摒弃固执、傲慢、愤怒、喜悦和恐惧，双手合十，俯首屈从，侍奉敌人。（5）你要以高尚纯洁的行为对待毗提诃王。他信守誓言，会报偿你的行为。（6）你会在一切众生中享有地位，受到敬仰。你会获得许多摆脱恶习、行为纯洁和富有勇气的同伴。（7）克制自己，控制感官，遵行自己的职责，就能提高自己，取悦众生。（8）你受到坚强而富有的毗提诃王礼遇，在一切众生中享有地位，受到敬仰。（9）你得到朋友鼎力相助，精心谋划，从内部分化敌人，仿佛用一个果子击落另一个果子。或者与敌人缔约，或者摧毁敌人的力量。（10）不易获得的贵重物品，美女，精美的衣服、床榻、车马和住宅，（11）各种鸟兽，美味、香料和果子，你让敌人沉迷其中，敌人就会自动毁灭。（12）如果要遏制敌人，冷落敌人，应该注意策略，不让敌人察觉。（13）你要遵照智者的意见在敌人的领域内，采取不同寻常的策略。（14）让他们从事艰巨的工作，架桥和拆桥，抵御强敌。（15）让他们拥有精美的花园和床榻，耽于享乐，耗尽财富。（16）

劝导敌人举行祭祀，慷慨布施，赞美婆罗门。婆罗门就会喜欢你，而像豺狼那样攻击你的敌人。（17）毫无疑问，有德之士获得至高归宿。这样的国王在天国获得圣洁的地位，憍萨罗王啊！一旦敌人的财富耗尽，也就容易控制。（18）无论执著正法或非法，力量和财富是根本。它令敌人高兴，应该铲除。（19）当着敌人的面，贬斥人为努力，鼓吹命运。毫无疑问，听天由命者迅速遭到毁灭。（20）你要劝说敌人举行盛大祭祀："抛弃一切财产吧！"让敌人知道忍受折磨者才能成为伟人。（21）你要赞美通晓舍弃法的苦行者，让敌人知道甘愿舍弃者才会安然无恙。（22）你要用有效的药草和各种手段摧毁敌人及其象和马。（23）王子啊！坚强而有耐心的人，能采取这些和其他各种计谋。（24）

以上是吉祥的《摩诃婆罗多》中《和平篇》第一百零六章（106）。

一〇七

王子说：

我不想依靠阴谋诡计维生，婆罗门啊！我也不想依靠非法手段获取大量财富。（1）我不能接受上述这些话，尊者啊！只有完全有益，我才能放心地接受。（2）我希望遵照仁慈的正法，在这世上生活。我不能接受那些话，不能那样做。（3）

牟尼说：

你的为人与你说的话一致，刹帝利啊！你天生富有智慧，识见非凡的人啊！（4）我将努力为你们两位的利益着想，促成你俩密切合作，永不分裂。（5）你出身高贵，温和仁慈，学识广博，精通王法，有谁不愿任用你这样的人为大臣？（6）你失去王国，陷入困境，而你仍然坚持采取正当的方式维生，刹帝利啊！（7）毗提诃王信守誓言，会来到我这里。毫无疑问，他会按照我的想法行事。（8）

毗湿摩说：

于是，牟尼召来毗提诃王，对他说道："这位王子出身王族，我对他十分了解。（9）他的灵魂纯洁，如同一面镜子，如同秋天的月

第十二　和平篇

亮。我经过仔细观察，没有一点污迹。（10）你和他和解吧！像我一样信任他！没有大臣，不能统治王国，杀敌者啊！（11）大臣应该具有勇气和智慧。请看国王满怀疑惧，统治王国需要勇气和智慧。对于以法为魂的国王，在这世上，除此之外，没有别的依托。（12）这位王子自我完善，遵行善人之道，重视正法。如果受到你的恩宠，他会为你降服大量敌人。（13）如果他与你交战，那也是履行自己的刹帝利职责。他会在战斗中效仿祖先，渴望战胜你。（14）而你也会与他交战，发誓要战胜他。但是，你听从我的安排，不要战斗，而控制他，毗提诃王啊！（15）你要注意正法，摒弃非法，不要出于贪婪和嫉恨而背离自己的正法。（16）不会永远胜利，也不会永远失败。因此，自己享受，也应该让别人享受。（17）自己也会遇到胜利和失败，灭绝别人也会害怕遭到灭绝。"（18）

听了这些话，毗提诃王向这位值得尊敬的婆罗门雄牛表示敬意，回答道：（19）"你是学识广博的大智者，一心为我俩着想。你说的话适合我俩。（20）我会按照你对我说的话去做。毫无疑问，这样做对我最有益处。"（21）

然后，毗提诃王招呼憍萨罗王，对他说道："我按照正法，运用策略，用武力取得胜利。（22）但你依靠自己的品德战胜我，王中俊杰啊！你不必自卑，就像胜利者那样生活吧！（23）我不轻视你的智慧，我也不轻视你的勇气，我不会因自己取胜而轻视你，你就像胜利者那样生活吧！（24）你将离家进入我的宫殿，受到应有的尊敬，国王啊！"说罢，他俩向婆罗门致敬。然后，他俩互相信任，前往宫殿。（25）

毗提诃王让憍萨罗王进入宫殿，用洗足水和蜜食招待他，给予他应有的礼遇。（26）毗提诃王还赐给他自己的女儿和各种珠宝。这便是国王的至高正法，胜利和失败互相平衡。（27）

以上是吉祥的《摩诃婆罗多》中《和平篇》第一百零七章（107）。

一〇八

坚战说：

折磨敌人者啊！婆罗门、刹帝利、吠舍和首陀罗的正法、行为、生活方式以及手段和结果。（1）国王的行为、国库和财政收入，大臣的品德和臣民的繁荣。（2）治国的六种方略，军队的策略，辨别善恶的标准。（3）中等者、弱者和强者的特征，强者怎样行事，让中立者满意。（4）还有怎样关心弱者，你都已经讲述，婆罗多子孙啊！依照经典，简明扼要。（5）你也讲述了想要获取胜利，应该怎样做，优秀的智者啊！我现在想听取部下的行为方式。（6）他们怎样增强力量，不分裂，渴望战胜敌人，获得朋友。（7）分裂是导致他们毁灭的根源。我觉得他们人数众多，难以保守机密。（8）折磨敌人者啊！我想听你详细讲述，他们怎样才能不分裂，国王啊！请你告诉我。（9）

毗湿摩说：

婆罗多族雄牛啊！对于部下、家族和国王，贪欲和愤怒点燃仇恨，人主啊！（10）一个人选择贪欲，接踵而来的是愤怒。两者相辅相成，造成衰落和灭亡。（11）运用间谍、计谋、武力、安抚、馈赠、离间以及各种造成恐惧和丧亡的手段，互相削弱。（12）其中，馈赠不均，造成原本团结的部下出现分裂。分裂造成思想混乱，人们出于恐惧，依附敌人。（13）分裂者容易受敌人煽动，最终走向毁灭。因此，部下永远应该努力保持团结。（14）力量和勇气凝聚在一起，才能达到目的。内部的人们团结一致，外部的人们也会表示亲善。（15）称赞学识渊博者，互相之间谦让恭顺，团结友爱，他们的幸福就会增长。（16）依据经典，确立规则，奉守正法，优秀的部下行为端正，繁荣昌盛。（17）始终注意纪律，严格要求儿子和兄弟，奖励遵守纪律的人，优秀的部下繁荣昌盛。（18）经常委派间谍，运用谋略，积聚财富，大臂者啊！优秀的部下繁荣昌盛。（19）永远尊敬在行动中显示毅力和勇气的智者、勇士和大弓箭手，国王啊！优秀的部下繁荣昌盛。（20）

有财有勇，通晓武艺和经典，他们救助陷入困境和灾难而迷惑的部下。（21）愤怒、分裂、恐惧、刑罚、折磨、惩处和杀戮，会造成部下突然倒向敌人，婆罗多族俊杰啊！（22）因此，那些杰出的部下应该受到尊敬，国王啊！世间的事务主要依靠他们运作。（23）依靠主要的部下保守机密和派遣间谍，折磨敌人者啊！不必让所有部下听取机密，婆罗多子孙啊！（24）依靠主要部下，做对整个部下有利的事。如果部下出现分裂，互相不满，财富就会受损失，造成种种不幸。（25）一旦他们互相分裂，各行其是，智者应该立即加以制止。（26）家族长者忽视家族中出现的争执，就会造成家族分裂，国王啊！（27）你要控制来自内部的恐惧，来自外部的恐惧容易控制，而来自内部的恐惧会突然摧毁你的根基。（28）突如其来的愤怒和贪婪，或者出自本性的愚痴，互相不理睬，这是败落的征兆。（29）同样的血统，同样的出身，不是由于勇气、智慧、容貌和财富，（30）而是由于分裂和懈怠，部下被敌人降服。因此，团结是部下的最高庇护。（31）

以上是吉祥的《摩诃婆罗多》中《和平篇》第一百零八章（108）。

一〇九

坚战说：

正法之路漫长，而且有很多分支，婆罗多子孙啊！你认为哪些正法尤其需要遵守？（1）你认为哪些正法更重要，一个人应该履行，从而在今生和来世实现正法？（2）

毗湿摩说：

我认为尊敬父母和老师最重要。一个人这样做，会赢得许多世界和崇高名声。（3）他们备受尊敬，认可的事情不管合法不合法，都应该照做，坚战啊！（4）未经他们许可，不应该选择另外的正法。要确信他们的许可就是正法。（5）他们就是三种世界，三种生活阶段，三种吠陀，三种祭火。（6）相传，父亲是家主祭火，母亲是朝南祭火，老师是朝东祭火。这是三种重要的祭火。（7）精心侍奉这三者，你将赢得三种世界。侍奉父亲，赢得这个世界；侍奉母亲，赢得另一个世界；侍奉老师，赢得永久的梵天世界。（8）精心侍奉这三者，你将享誉三界，正法获得大功果，婆罗多子孙啊！祝你幸运。（9）你不要凌驾他们之上，先于他们而吃，得罪他们，永远应该善待他们，人主啊！你将赢得荣誉、功德、名声和许多世界。（10）谁尊敬这三者，他在一切世界受尊敬；谁不尊敬这三者，他的一切法事没有功果。（11）折磨敌人者啊！谁一向不尊敬这三种长者，他既不赢得这个世界，也不赢得另一个世界。（12）他在这个世界名誉暗淡，也谈不上有其他福祉。（13）我为这三者虔诚付出的一切，已经增值一百倍和一千倍，因此，三种世界展现在我眼前，坚战啊！（14）

一位老师胜过十位婆罗门；一位大师胜过十位老师；一位父亲胜过十位大师。（15）而一位母亲胜过十位父亲，或者甚至胜过整个大地。母亲的重要胜过一切，无与伦比。但我认为老师比父母更重要。（16）父亲和母亲负责生育，婆罗多子孙啊！父亲和母亲生出躯体。而老师培育的生命是神圣的，不老不死。（17）父亲和母亲即使犯有过失，也永远不可杀害。一个人这样做，并不算错。父亲和母亲免受惩处，不会玷污他。众天神和仙人都知道他是努力遵行正法。（18）老师如实传授知识，提供甘露，我认为他就是父母。明白老师的功德，就不应该伤害他。（19）有些人接受了知识，却在思想和行动上不尊敬老师。老师怎样培养自己，就应该怎样尊敬老师。（20）因此，想要遵行古老的正法，就应该努力尊敬老师，侍奉老师，与老师分享幸福。（21）取悦父亲也就是尊敬生主。取悦母亲，也就是尊敬大地。（22）取悦老师，也就是尊敬梵天。因此，尊敬老师应该胜于尊敬父母，仙人、天神和祖先会感到满意。（23）不能以任何方式轻视老师。甚至父亲和母亲也不能与老师相比。（24）众天神和仙人也懂得善待老师，不轻视老师，不得罪老师。（25）在思想和行动上伤害老师、父亲和母亲，无异犯下杀害胎儿罪。在这世上，没有比这更大的罪孽。（26）伤害朋友，忘恩负义，杀害妇女，恶意中伤，我们没有听说这四种罪孽能够救赎。（27）我已经依据经典，讲述一个人在世上应该做的一切。它们符合一切正法，没有比这些更好的做法。（28）

以上是吉祥的《摩诃婆罗多》中《和平篇》第一百零九章（109）。

一一〇

坚战说：

婆罗多子孙啊！一个人想要恪守正法，应该怎样做？智者啊！我向你求教，请告诉我，婆罗多族雄牛啊！（1）真实和虚假笼罩整个世界，国王啊！一个确信正法的人应该怎样对待这两者？（2）什么是真实？什么是虚假？什么是永恒的正法？什么时候可以说真话？什么时候可以说假话？（3）

毗湿摩说：

说真话是好事，没有比真实更高者，婆罗多子孙啊！我将告诉你世上很难听到的道理。（4）真实也可能是虚假，虚假也可能是真实，因此，真话也可能不应该说，假话也可能应该说。（5）傻瓜不能确定真实，对此困惑不解。能够辨别真实和虚假，才是通晓正法者。（6）尽管钵罗迦是一个低贱、愚昧和残忍的人，却由于杀死一头盲兽，赢得大功德。①（7）不足为怪，愚蠢的憍尸迦尽管热爱正法，却不懂正法，在恒河边犯下大罪。②（8）这样的问题，其中正法难以说清，也就难以回答，要经过认真思考，方能确定。（9）

宣示正法是为了促进众生繁荣，因此，人们确信不杀生是正法。（10）人们说正法出自维持的需要，众生依靠正法维持，因此，人们确认维持是正法。（11）一些人说吠陀是正法，另一些人说不是。我们不表示异议，因为吠陀没有规定所有一切。（12）如果有些人想要非法获取财物，又希望依据正法，那就不应该回答这些人的提问。人们确信这样做符合正法。（13）如果能够保持沉默，那就决不张口说话。如果一定要说话，不说话会引起怀疑，（14）那么，说假话肯定比说真话更好。甚至可以通过赌咒发誓，摆脱与恶人的联系。（15）即使有能力，也决不要赐给恶人财富。因为赐给恶人的财富甚至也会折磨赐给者。（16）如果一些证人想要达到目的，迫害你的身体，引

---

① 钵罗迦偶然杀死一头能毁灭所有动物的盲兽，由此升入天国。参阅《迦尔纳篇》第49章。
② 憍尸迦一味说真话，为盗匪指路，殃及无辜，由此堕入地狱。参阅《迦尔纳篇》第49章。

诱你说真话,那么,无论他们说什么,你都可以拒绝承认,而说他们全是撒谎者。(17)在生命垂危时,在婚姻中,以及为了保护财产,为了让别人遵守正法,可以说假话。为了让别人遵守正法,甚至可以卑躬屈膝,进行乞求。(18)

答应的事应该兑现,如果总是推托明天,就应该强迫兑现。这种人逃避法律义务,不遵守正法。(19)恶人摒弃自己的正法,想要这样谋生。应该采取一切手段惩处诈骗谋生的恶人。(20)在这世上,一切恶人只相信财富。他们难以抗衡,难以共处,因狡诈而堕落。(21)他们如同游离天国和人间的恶鬼,为了攫取财富,痛苦不堪,甚至失去生命。(22)应该努力劝说人们热爱正法,确信恶人毫无正法。(23)杀死这样的恶人,不算犯罪。这样的恶人是行尸走肉,早已被自己的恶业杀死。应该惩戒那些失去理智的人。(24)以狡诈手段谋生的人如同乌鸦和兀鹰,在摆脱肉身后,转生为乌鸦和兀鹰。(25)一个人怎样对待别人,别人就会怎样对待他,以计谋对计谋,以友善对友善,这是法则。(26)

以上是吉祥的《摩诃婆罗多》中《和平篇》第一百一十章(110)。

———

坚战说:

众生遭受各种各样磨难,祖父啊!请你告诉我,一个人怎样克服困难?(1)

毗湿摩说:

那些再生族按照经典规定的人生阶段生活,控制自我,他们克服种种困难。(2)不求助欺诈,约束自己的行为,抑制世俗欲望,他们克服种种困难。(3)永远热情接待客人,不妒忌他人,经常诵习吠陀,他们克服种种困难。(4)精通正法,侍奉父母,不在白天睡眠,他们克服种种困难。(5)在合适的时间与自己的合法妻子同房,精心供奉祭火,他们克服种种困难。(6)那些国王不陷入激情,不贪婪地敛聚财富,他们克服种种困难。(7)在战场上英勇非凡,不怕牺牲,希望合法取得胜利,他们克服种种困难。(8)思想、行为和语言都不犯罪,不对众生滥施刑杖,他们克服种种困难。(9)即使面临生命危险,也坚持说真话,成为众生的楷模,他们克服种种困难。(10)

那些婆罗门决不在不适宜的场合诵习吠陀,坚持修习严格的苦行,他们克服种种困难。(11)做事不怀恶意,说话和蔼可亲,财富来自正途,他们克服种种困难。(12)修炼苦行,遵守梵行,保持童贞,以学问、吠陀和誓言净化自己,他们克服种种困难。(13)平息忧性,平息暗性,立足真实,灵魂高尚,他们克服种种困难。(14)任何人不惧怕他们,他们也不惧怕任何人,世界与自己同一,他们克服种种困难。(15)那些人中雄牛不因为别人繁荣而烦恼,摆脱粗俗的享受,他们克服种种困难。(16)尊敬一切天神,聆听一切正法,虔诚,自制,他们克服种种困难。(17)尊敬别人而不期望受到尊敬,受到尊敬也不趾高气扬,他们克服种种困难。(18)盼望子孙繁衍,每逢吉日祭拜祖先,思想纯洁,他们克服种种困难。(19)抑制自己的愤怒,平息别人的愤怒,不对臣仆发怒,他们克服种种困难。(20)自出生以来,始终忌食蜜糖、肉和酒,他们克服种种困难。(21)吃饭为了维持生命,性交为了繁衍后代,开口为了说真话,他们克服种种困难。(22)

崇拜那罗延,世界的起源和毁灭,一切众生之主宰,他们克服种种困难。(23)这位大神眼似红莲,身穿黄衣,大臂,永不动摇,是你的兄弟、朋友和亲戚。(24)如果他愿意,能像皮革一样席卷整个世界。他是人中俊杰乔宾陀,灵魂不可思议。(25)人中雄牛啊!他一心为吉湿奴(阿周那)和你谋利益,国王啊!他是人中俊杰毗恭吒,难以抗拒。(26)虔诚皈依又名诃利的那罗延大神,他们克服种种困难,对此,我毫不怀疑。(27)吟诵这些克服种种困难的诗句,让人听取,也向婆罗门宣讲,他们克服种种困难。(28)无罪的人啊!我已经向你讲述一个人通过怎样的行为,可以在今生和来世克服种种困难。(29)

以上是吉祥的《摩诃婆罗多》中《和平篇》第一百一十一章(111)。

一一二

坚战说：
貌似温情而不温情，看似不温情而温情，我们怎样了解这些人？（1）

毗湿摩说：
在这方面，人们引用一个古老的传说，那是老虎和豺狼的对话，坚战啊！你请听。（2）从前，在富饶的布利迦城，有一位残暴的国王，名叫包利迦，酷爱杀人，是人中渣滓。（3）在寿命耗尽时，走向可悲的归宿。由于生前作恶，转生为豺狼。（4）它记得自己的前生，无限忧伤，甚至不吃其他豺狼叼来的肉。（5）它恪守誓言，说真话，不伤害一切众生，随意捡拾一些坠落的果子。（6）这头豺狼的住处是火葬场。它喜欢自己的出生地，不愿移居别处。（7）它的同伴忍受不了它的纯洁行为，想要动摇它的意志，以谦恭的话语劝说道：（8）"你住在可怕的火葬场，却想要保持纯洁。这对你来说是反常行为，因为你是食肉动物。（9）你跟我们大家一样吧！我们给你食物，你就抛弃纯洁，吃你应该吃的食物吧！"（10）

听了大家的话，它镇定自若，用甜蜜、温顺和有理的话语，回答道：（11）"我的出身不理想。行为决定出生的家族。我希望今后做事，能赢得名誉。（12）即使我住在火葬场，我也会保持心平气和。自我决定业果，住处不是正法的标志。（13）如果在某处杀害婆罗门，就会不成为罪人吗？如果在某处布施一头牛，就会没有功德吗？（14）你们充满欲望，一味贪吃，糊里糊涂，看不到自己犯下的过失。（15）我不喜欢这种邪恶的生活方式，令人失去信心和目的，在今生和来世都不讨人喜欢，受人谴责。"（16）

以勇猛闻名的老虎认为它是一位纯洁的智者，如同尊敬自己那样尊敬它，亲自委任它为大臣，说道：（17）"贤士啊！我知道你的表现，与我一起统治吧！选择你喜欢的各种丰盛的享受吧！（18）我们以残暴闻名，我们希望依靠你，今后实行先礼后兵，这样你也会得到好处。"（19）

听了灵魂高尚的兽王的话，豺狼表示敬意，略微俯身，说了这些谦恭的话：（20）"你寻找通晓正法和利益的、纯洁的伙伴。你说到我的那些话，也同样适合你。（21）没有大臣，你不能保持伟大，英雄啊！而邪恶的大臣会对你的生命构成威胁。（22）那些忠于你的大臣，互相之间不秘密勾结，不公然对立，渴望你获取胜利，不贪婪，（23）不狡诈，聪明睿智，大福大德，为你谋利益，你要像尊敬老师和父亲那样尊敬他们。（24）我心满意足，别无他求，兽王啊！我不贪图各种享受，也不盼望依靠你获得权势。（25）你的旧臣可能不适应我的品行。它们品行恶劣，可能会挑拨你和我的关系。（26）你值得称赞，能与其他光辉者合作，灵魂完善，大福大德，甚至对邪恶者也不施暴。（27）你目光远大，勇气非凡，目标坚定，力量强大，做事总能成功。（28）而我本人心满意足，怎么愿意陷入痛苦的生活方式？我自由自在漫游林中，不愿意侍奉他人。（29）依附他人有种种弊病，要听取国王的责骂，而林中生活无忧无虑，无拘无束。（30）受到国王召见，胆战心惊，而在林中以根茎和果子维生，自得其乐。（31）喝口清水不要费力，而贪图美味就要冒风险，我经过思考，发现生活清净有幸福。（32）许多臣仆并非犯有过失，受到国王惩处，而是蒙冤而死。（33）

"如果我必须担任大臣，兽王啊！如果你同意，我希望达成一个协议，明确你应该怎样对待我。（34）你应该尊重我的随从，听取我的忠言。你现在对我采取的态度，应该保持不变。（35）我决不和你的大臣们一起商议。它们老谋深算，会对我说些废话。（36）我与你单独会面，向你秘密提供建议。有关你的亲属的事情，其中的利害关系，你不要征询我的意见。（37）与我商量之后，你不要伤害你的大臣们。你不要对我的随从发怒，施以刑杖。"（38）

老虎向豺狼表示敬意，说道："就这样吧！"豺狼成了老虎的谋臣。（39）看到它受到礼遇和重用，那些旧臣心怀仇恨，一次又一次聚在一起密谋。（40）它们心思邪恶，装作朋友，安抚它，想要引诱它同流合污。（41）它们一贯掠夺别人的财物，如今在豺狼的管制下，不能攫取任何财物。（42）它们渴望繁荣，用花言巧语迷惑它，用大量财富诱惑它。（43）而这位大智者意志坚定，毫不动摇。于是，它们决定除掉它。(44)它们亲自拿走国王爱吃的精制的肉块,放进豺狼的屋子。(45)怎样密谋,怎样偷肉,它知道得一清二楚,但有意保持沉默。(46)它同意担任大臣时,已与国王说定:"国王啊!你要对我友善,不要猜忌我,暗害我。"(47)

在需要进食时,兽王发现肉不见了,便下令抓贼。(48)那些狡诈的旧臣报告兽王说:"你的那位聪明的大臣偷走了肉。它自以为聪明,趾高气扬。"(49)兽王老虎听说豺狼如此轻举妄动,怒不可遏,想要处死它。(50)那些旧臣看到有机可乘,说道:"它想要毁掉我们大家的生路。(51)它在受到恩宠的掩护下,做出这种事。它并不像主人以前听说的那样。(52)恪守正法只是说说而已,实际上,本性残忍。它披着正法的外衣,犯罪作恶。为了达到自己的目的,在饮食、财物和誓言上费尽心机。"(53)老虎听信它们诉说的偷肉之事,下令处死豺狼。(54)

老虎的母亲听到老虎下达的命令,前来好言规劝兽王:(55)"儿子啊!你不要采取这种错误的行动。出于竞争和妒忌,善人会受到恶人毁谤。(56)权位引发矛盾,有人不能忍受别人高升。这样,善人也会受到错误指责。(57)贪婪者嫉恨清白者,懦夫嫉恨勇士,愚者嫉恨智者,穷人嫉恨富人,违法者嫉恨守法者,貌丑者嫉恨貌美者。(58)有许多贪婪的智者以欺诈谋生,甚至诬蔑具备毗诃波提智慧的无辜者。(59)说它趁你屋中无人,偷走了肉,而平时送给它肉,它都不要。你要好好想明白。(60)貌似真实却虚假,看似虚假却真实。对于看到的各种情况,要仔细考察。(61)天空看似有底部,萤火虫看上去像火星。(62)因此,即使亲眼看到的东西,也要仔细考察。经过仔细考察,作出决定,以后就不会后悔。(63)儿子啊!主人惩处仆人并不难。在这世上,强者的宽容才是值得称颂的美德。(64)儿子啊!你任用它而享誉四方。人才难得,你要扶持你的这位朋友。(65)如果国王惩处一个受到诬陷的善人,他自己也会受到大臣诬陷,迅速灭亡。"(66)

然后,从敌人的阵营中出来一位灵魂高尚者,说明阴谋实施过程。(67)真相大白,豺狼获得解脱,受到礼遇。兽王一次又一次热情拥抱它。(68)而豺狼通晓统治论,向兽王辞别。它满怀悲愤,希

第十二　和平篇

望绝食而死。(69) 老虎内心感动，热泪盈眶，向恪守正法的豺狼表示敬意，劝阻它。(70) 豺狼看到老虎激动不安，便俯身回答，话音哽咽：(71) "我先前受到你的尊敬，后来蒙受侮辱，落到敌人的地步。我不能再在你这里住下去。(72) 臣仆失去地位和骄傲，极不满意，或者自愿效劳，或者被迫效劳。(73) 日益衰落，依然贪婪，残忍，焦灼；财产已被剥夺，依然骄傲，既绝望又渴望。(74) 烦躁不安，盼望天下大乱。被埋没，受损害，充当别人的工具。(75) 我既受任用，又遭侮辱。你怎么会信任我？我又怎么会信任你？(76) 你认为我有能力，经过考察，任命我。你却又毁弃协议，侮辱我。(77) 曾经在大庭广众宣布某人是贤士，倘若信守诺言，就不会随意改口，说他是恶人。(78) 我受到这种侮辱，你怎么还会信任我？你不信任我，我就焦虑不安。(79) 你怀疑，我恐惧，敌人就会钻孔子。不协调，不满意，这样做事，充满虚假。(80) 分裂者难以团结。团结者难以分裂。分裂之后恢复团结，则缺乏感情，并不可爱。(81) 未见有人惧怕别人和自己，人人都怀有自己的目的，团结和谐的状况十分难得。(82) 人的知识很难掌握，无论思想稳定或不稳定，有能力或没能力，掌握者至多百分之一。(83) 人忽而繁荣，忽而衰败，或幸福，或痛苦，或伟大，全部由智慧欠缺造成。"(84)

说完这些亲切的、符合正法和利益的话，令兽王满意，豺狼返回树林。(85) 富有智慧的豺狼没有接受兽王的好意，依然实行绝食，抛弃躯体，前往天国。(86)

以上是吉祥的《摩诃婆罗多》中《和平篇》第一百一十二章（112）。

一一三

坚战说：

国王一贯做什么？做了什么会幸福？优秀的执法者啊！请你告诉我这一切。(1)

毗湿摩说：

请听我告诉你在这世上，国王应该做什么，做了之后会幸福。(2)

你不能像我们听说的一头骆驼那样做,坚战啊!请听这头骆驼的所作所为吧!(3)这头在生主时代出生的大骆驼记得前生,严守誓言,在森林里修炼大苦行。(4)苦行结束,老祖宗(梵天)感到满意,便赐给他恩惠。(5)

骆驼说:

尊者啊!但愿凭借你的恩惠,我的脖子会变长,可以伸到一百由旬远的地方,大神啊!(6)

毗湿摩说:

灵魂伟大的梵天赐予恩惠,说道:"好吧!"骆驼获得这个最高恩惠,返回自己的林子。(7)愚蠢的骆驼获得恩惠后,变得懒惰。它心思不正,受时神愚弄,不再愿意走动觅食。(8)一天,它伸出一百由旬长的脖子,轻松地觅食。这时,刮起大风。(9)于是,它把头和脖子藏进山洞。随即,大雨滂沱,水漫大地。(10)有一头饥饿的豺狼在雨水浇淋下,浑身发冷,与妻子一起迅速躲进这个山洞。(11)食肉的豺狼饥肠辘辘,见到骆驼的脖子,便开始噬咬,婆罗多族雄牛啊!(12)骆驼感觉到自己被噬咬,痛苦不堪,竭力收缩脖子。(13)尽管骆驼忽上忽下甩动脖子,豺狼及其妻子却咬住不放。(14)豺狼终于咬死和吃掉骆驼。然后,风雨停息,豺狼走出山洞。(15)就这样,愚蠢的骆驼惨遭灭亡。请看,懒惰造成的过错有多大!(16)

你要摒弃这种方式,控制感官,从事行动,因为摩奴说过,智慧是胜利之本。(17)以智慧行事为上等,以手臂行事为中等,以腿脚行事为下等,负重行事为最下等。(18)国王控制感官,机敏能干,保守秘密,富有学问,助手得力,他的王国就稳固,无罪的人啊!(19)行动经过周密考察,他的财富就稳固,坚战啊!在同伴辅助下,这样的国王能统治整个大地。(20)从前,通晓法则的贤士们这样说。我熟悉经典,现在也对你这样说。你威力如同因陀罗,国王啊!你就这样从事行动吧!(21)

以上是吉祥的《摩诃婆罗多》中《和平篇》第一百一十三章(113)。

一一四

坚战说：

一位力量薄弱的国王获得王国后，怎样对付强大的敌人？婆罗多族雄牛啊！（1）

毗湿摩说：

在这方面，人们引用一个古老的传说，那是河流和大海的对话，婆罗多子孙啊！（2）永恒的大海是河流之主，天神的敌人们的庇护所，自己产生疑问，询问所有的河流：（3）"我看到你们汹涌澎湃，连根带来树叶茂盛的大树，却没有带来芦苇。（4）长在你们岸边的芦苇既没有躯干，又缺少力量。你们没有卷走它们，是出于蔑视它们，还是它们对你们有什么用？（5）我想要听听你们大家的想法，为何你们冲击河岸，而不卷走它们？"（6）

于是，恒河说了有意义的话，向河流之主大海说明原因：（7）"那些大树固执地挺立在自己的地方，卤莽地对抗，结果失去自己的地方。（8）芦苇则不同，看到洪水冲来，便弯下身子。等待洪水过去，它再恢复原状。（9）芦苇不同于大树，一向识时务，随顺通达，不固执，因此，它不被冲走。（10）各种草木随顺狂风和急流起伏，不会走向毁灭。"（11）

面对力量强大、凶残暴戾的敌人，如果不能容忍，很快就会遭到毁灭。（12）智者认清敌我双方的力量强弱，然后采取对策，就不会走向毁灭。（13）因此，智者看到敌人力量强大，便采取芦苇的方式，这是智慧的标志。（14）

以上是吉祥的《摩诃婆罗多》中《和平篇》第一百一十四章（114）。

一一五

坚战说：

婆罗多子孙啊！如果温和的智者在集会上遭到狂妄和粗暴的愚者

谩骂,应该怎么办?克敌者啊!(1)

毗湿摩说:

大地之主啊!请听关于这方面的说法。在这世上,智者经常容忍愚者。(2)受到谩骂而不发怒,他能获得谩骂者的善业,并消除自己的恶业,转给谩骂者。(3)无须理会谩骂,犹如无须理会狄狄跋鸟难听的鸣叫。仇视世界的人不会获得功果。(4)有的人行为恶劣,经常夸耀自己在集会上指责某位受人尊敬的人物,使他羞愧难当,形同死亡。(5)做了不值得夸耀的事,还要厚颜无耻地夸耀。自我克制的人不必理会这种卑劣之人。(6)永远应该容忍愚者的言谈,无论他们赞扬或谴责,能起什么作用?犹如无知的乌鸦在林中聒噪。(7)如果单靠语言就能实现邪恶的行动,那么,语言就成为目的,而实际上达不到企图杀害的目的。(8)这种人的所作所为表明他们出身低贱,犹如孔雀跳舞而暴露私处。(9)这种人行为卑劣,在这世上说话做事无所顾忌,善人不必理会他们。(10)

当面称赞,背后指责,这种人活在世上像条狗,失去世界的庇护。(11)即使他曾经举行祭祀,广为布施,由于背后指责,功德刹那之间丧失。(12)因此,智者应该立即避开这种思想邪恶的人,犹如善人忌讳狗肉。(13)灵魂邪恶者指责灵魂高尚者,暴露自己的卑劣,犹如毒蛇呈现高耸的头冠。(14)谁想要对抗这种刚愎自用的人,他就会像一头蠢驴陷入灰堆之中。(15)应该避开惯于诽谤的人,犹如避开蠢蠢欲动的豺狼、象牙翘起的疯象和凶猛的狗。(16)呸,这种思想邪恶的人!他们行进在愚蠢的道路上,缺乏自制和修养,不追求繁荣幸福,一心与人为敌。(17)听了他们对你说的话,你不必神情沮丧。智慧坚定的人们反对高尚者与低贱者交往。(18)愚蠢的恶人一旦发怒,就会伸出手掌打人,抛撒尘土或糠麸,或者龇牙咧嘴,进行恫吓。(19)

谁能在集会上忍受灵魂邪恶者的责骂,并且经常吟诵这篇教诲,他就不会惧怕任何难听的话语。(20)

以上是吉祥的《摩诃婆罗多》中《和平篇》第一百一十五章(115)。

一一六

坚战说：

祖父啊！大智者啊！我有一个很大的疑惑，你要为我解除，国王啊！你是我们的老祖宗。（1）你已经讲述那些灵魂和行为邪恶者的说话方式，而我还要向你请教。（2）关于政府的利益，家族的幸福，现在和未来的繁荣，（3）儿孙的安乐，王国的富庶，饮食和身体的利益，请你告诉我这些。（4）国王登基，统治王国，周围充满朋友和敌人，他应该怎样取悦臣民？（5）国王不能控制感官，感情用事，喜欢结交恶人，讨好恶人，（6）所有出身高贵的侍从陷入混乱，他就无法有效依靠侍从实现各种目的。（7）你的智慧如同毗诃波提，能够教给我那些难以掌握的王法，解除我的疑惑。（8）你关心我们家族的利益，是我们的导师，人中之虎啊！聪明睿智的奴婢子（维杜罗）也经常教诲我们。（9）听了你讲述怎样促进家族和王国的利益，我会像获得不死甘露那样满意，睡觉安稳。（10）什么样的侍从能亲近？什么样的侍从具备美德？依靠什么样的侍从或什么出身的侍从治理王国？（11）没有侍从，国王独自一人不能成为保护者，所有出身高贵的人都会议论王政。（12）因为独自一人不能统治王国，婆罗多子孙啊！没有助手，无法实现任何目的，婆罗多族雄牛啊！即使有所获得，也不能长久保持。（13）

毗湿摩说：

所有的侍从富有知识和智慧，出身高贵，亲切友爱，满怀善意，国王就能享受王国的果实。（14）大臣们出身高贵，不会背叛，和睦相处，献计献策，通晓各种关系，（15）把握未来，不为过去忧伤，善于掌握时机，国王就能享受王国的果实。（16）助手们与他同甘共苦，言而有信，一心为他谋利益，国王就能享受王国的果实。（17）民众不苦恼，不庸俗，互相团结，永远恪守正道，国王就能享受王国的果实。（18）精明能干，心满意足，促进财富增长，永远由这样的人监督国库，他就能成为王中俊杰。（19）精明能干，忠心耿耿，值得信任，专心收藏，不贪婪，由这样的人保管仓库，国王就能成为有德者。（20）在他的城中，律法体现业果，就像商佉和利奇多那样，[①]国王就能享受正法的果实。（21）通晓王法，善待民众，克服六敌[②]，国王就能享受正法的果实。（22）

以上是吉祥的《摩诃婆罗多》中《和平篇》第一百十六章（116）。

<h1 style="text-align:center">一一七</h1>

毗湿摩说：

在这方面，人们经常引用一个古老的传说，借以说明世上善人的行为规范。（1）这个传说适合现在的话题。我听说那是一些优秀的仙人在阇摩陀耆尼之子罗摩的苦行林里讲述的。（2）在一座没有人迹的大森林里，有位仙人以根茎和果子为食，控制感官。（3）他注意净身和自制，安详平静，潜心诵习，纯洁无瑕，因斋戒而灵魂纯洁，永远恪守正道。（4）看到这位智慧的仙人坐在那里，心地善良，林中所有的生物经常走近他。（5）狮子、老虎、八足兽、迷醉的大象、豹、犀牛、熊和其他可怕的猛兽，（6）这些食血动物都向他请教幸福，仿佛是这位仙人的学生，谦恭有礼，讨他喜欢。（7）它们请教幸福后，都返回各自住处，惟有一条家狗不离开这位大牟尼。（8）它忠心耿耿，因经常斋戒而瘦弱，以根茎和果子为食，安详平静，显得很有教养。（9）它呆在坐着的大牟尼的脚边，像人一样充满温情。（10）

一天，一头食血的凶猛残暴的豹来到那里，对那条狗不怀好意，如同死神。（11）它饥渴难忍，剧烈摇动尾巴，舔着嘴角，张开嘴巴，想要吞噬那条狗。（12）看到凶猛的豹走近，人主啊！那条狗渴望活命，向牟尼求救，大智者啊！请听它说的话：（13）"尊者啊！豹是狗的敌人，想要杀死我。请你赐恩，让我摆脱对豹的恐惧，大牟尼啊！"（14）

---

① 参阅本篇第24章。
② 六敌指爱欲、愤怒、贪欲、骄慢、痴迷和妒忌。

牟尼说：

你再也不必害怕来自豹的死亡威胁，孩子啊！你摆脱狗的形态，变成一头豹。（15）

毗湿摩说：

于是，那条狗变成了一头豹，肤色金黄，肢体美丽，欢喜跳跃，住在林中，无所畏惧。（16）一天，一头凶暴的老虎走近豹，饥肠辘辘，舔着嘴角，张开嘴巴，渴望饮血。（17）看到老虎饥渴难忍，露出利牙，豹想要活命，请求仙人庇护。（18）由于长期共同生活产生的交情，仙人让豹变成一头力量胜过敌人的老虎。那头老虎看到它变成自己的同类，就不再伤害它，民众之主啊！（19）那条狗现在变成老虎，强壮有力，以肉为食，不再喜欢吃根茎和果子。（20）大王啊！这头老虎俨然成为兽中之王，始终渴望吞噬林中的动物。（21）

这头老虎呆在茅屋边，满足于吞噬动物和安睡。一天，一头迷醉的大象来到那里，犹如乌云涌起。（22）身躯高大，颞颥开裂，额头宽阔，有莲花斑记和弯曲的象牙，鸣声深沉似雷。（23）看到这头傲慢的疯象走近，老虎满怀恐惧，请求仙人庇护。（24）于是，优秀的仙人让这头老虎变成大象。那头大象看到这头大象如同高耸的乌云，心生恐惧。（25）从此，这头大象满怀喜悦，在莲花丛和香木林中漫游，身上沾有莲花花粉。（26）

日夜流逝，有一次，这头大象愉快地呆在仙人的茅屋边。（27）一头可怕的狮子来到那里。它出生在山洞，鬃毛红色，是象族的死敌。（28）看到狮子走近，大象满怀恐惧，浑身发抖，乞求仙人庇护。（29）于是，牟尼让这头象王变成狮子。由于面对同类，它就不害怕林中的狮子。（30）而林中的狮子看到它，心生恐惧，低声下气。这样，这头狮子愉快地住在这座森林的净修林中。（31）其他小动物不敢住在苦行林中，它们渴望活命，常常胆战心惊。（32）

时光流逝，有一次，杀害一切生命、引起各种生物恐慌的食血猛兽，（33）林中的八足兽，其中四足朝上，来到牟尼的住地，想要杀害这头狮子。（34）牟尼便让这头狮子变成强壮有力的八足兽，克敌者啊！林中的八足兽看到牟尼前面的这头八足兽力量巨大，吓得赶紧逃跑。（35）这样，牟尼将它置于八足兽的地位。它经常呆在牟尼身边,享受八足兽的幸福。(36)林中一切动物惧怕八足兽,国王啊!它们渴望活命,逃向各方。(37)八足兽也变得充满恶意,热衷杀戮生命,以肉为食,不喜欢吃根茎和果子,失去安详平静。(38)

后来,这头出身于狗的八足兽渴望饮血,忘恩负义,想要杀害牟尼。(39)大智者牟尼具有苦行威力,凭借智慧之眼觉察一切,对这条狗说道:(40)"你由狗变成豹,由豹变成老虎,由老虎变成颞颥流淌液汁的大象,由大象变成狮子,(41)又由强壮有力的狮子变成八足兽。我满怀同情,不考虑你的出身。(42)而你想要杀害我这无辜的人,歹徒啊!因此,你将恢复自己的出身,变回一条狗。(43)于是,这头由狗变成的八足兽灵魂邪恶,头脑愚蠢,与牟尼为敌,遭到诅咒,又恢复狗的形态。(44)

以上是吉祥的《摩诃婆罗多》中《和平篇》第一百一十七章(117)。

一一八

毗湿摩说:

这条邪恶的狗恢复原状,极其可怜。它遭到仙人斥责,逐出苦行林。(1)因此,国王用人必须首先了解是否守戒、纯洁、正直、自制、平静和宽容,(2)以及禀性、气质、出身、行为、学问、同情心、力量和勇气。应该任用有修养的合格侍从。(3)不经过考察,国王不能任用侍从。国王处在出身低贱的人们包围中,不会增添幸福。(4)出身高贵的人即使受到国王无故指责,由于禀性高贵,也不会图谋报复。(5)而出身低贱的人即使享有难得的高位,由于缺乏善性,一旦受到指责,也会变成敌人。(6)

出身高贵,有修养,有智慧,通晓知识和学问,掌握一切经典的含义和真谛,有毅力,本地出生,(7)知恩图报,有力量,宽容,自制,控制感官,不贪婪,知足,为主人和朋友着想,(8)通晓天时地理,努力掌握一切,与人为善,为主人谋利益,不知疲倦,(9)履行自己的职责,通晓和平和战争,通晓国王的人生三要,受到城乡居民爱戴,(10)精通战斗布阵,精通鼓舞士气,精通姿势暗号,精通出兵征伐，（11）精通驯马术，摒弃骄慢，果断，能干，温顺，有力，行为合适，（12）行为纯洁，结交纯洁的人，服饰优雅，和蔼可亲，善于领导，通晓策略，具备六十种品德。（13）不固执，谦逊，有能力，说话温和，坚定，柔顺，富有，把握地点和时间。（14）国王任命这样的人为大臣，不轻视他们，他的王国就会像月光那样遍及大地。（15）

国王应该具有这些品德，通晓经典，崇尚正法，一心保护臣民，（16）坚定，忍耐，纯洁，敏捷，当机立断，随和，有学问，善于推理论证，（17）聪明，有记性，行为合理，自制，说话可爱，容忍异己，（18）亲自决定布施与否，门户通畅，和蔼可亲，救助苦难，尊重可靠的人，重视仪轨，（19）不妄自尊大，不对立，不胡作非为，履行职责，兑现诺言，赢得侍从爱戴，（20）吸引人，不固执，和颜悦色，乐善好施，关心侍从，不发怒，思想高尚，（21）不放弃刑杖，不滥施刑杖，教导依法行事，以侦探为眼，注意敌人动向，精通正法和利益。（22）

国王应该具备诸如此类一百种品德，人中因陀罗啊！他的士兵也应该具备种种品德。（23）国王想要繁荣富强，就要发现辅佐王国的人才，不要轻视他们。（24）士兵们包括步兵在内，作战勇敢，知恩图报，精通武器，通晓法论，（25）斗志昂扬，善于驾车，精通箭术，就能为国王赢得大地。（26）国王努力掌握一切，精进不懈，朋友众多，成为王中俊杰。（27）只要赢得人心，婆罗多子孙啊！依靠一千个英勇的骑兵，就能征服整个大地。（28）

以上是吉祥的《摩诃婆罗多》中《和平篇》第一百一十八章（118）。

一一九

毗湿摩说：

以狗为鉴，国王将侍从安排在合适的位置上，他就能享受王国的果实。（1）狗受到礼遇，但不能超过正常的标准，僭越自己的位置。狗登上高位，就会忘乎所以。（2）依据各自的出身，安于各自的职责。聪明的侍从从不僭越，善于忍耐。（3）国王为侍从安排合适的工作，他就能享受侍从品德的果实。（4）八足兽处在八足兽的位置，狮子就像威武的狮子，老虎就像老虎的样子，豹就像豹的样子。（5）想要取得工作成果，就应该按照规则，合理安排侍从工作，不能将侍从安放在不合适的位置上。（6）愚蠢的国王违反规则，将侍从安放在不合适的位置上，就会失去民心。（7）

　　国王想要谋求利益，就不能将愚蠢、委琐、放纵感官和出身低贱的人安排在自己身边。（8）国王的近臣应该是善人，贤士，英勇，有学问，不妒忌，不卑微，纯洁，能干。（9）国王的外勤应该谦恭，专心，容忍，天性纯净，恪守各自的职责，不受责骂。（10）狮子身边永远应该是狮子。不是狮子，与狮子作伴，能像狮子那样获得果实。（11）而狮子追求狮子的业果，处在狗群中，受到狗的侍奉，就享受不到狮子的果实。（12）因此，人中因陀罗啊！与英勇、智慧、博学和出身高贵的人作伴，就能征服整个大地。（13）国王不应该让无学问、不正直、无知识和无财富的侍从留在自己身边，优秀的主人啊！（14）忠于主人事业的侍从像箭那样飞驰向前，为国王谋利益，国王应该安抚他们。（15）

　　国王永远应该努力保护财富。国王是财富的根基，你就成为财富的根基吧！（16）你要始终扩充仓库，堆满粮食，委托善人保管。你要努力增加财富和粮食。（17）让你的善于战斗的侍从们永远尽责，希望他们精通马术。（18）俱卢族后裔啊！你要关心亲戚，广交朋友，为市民谋利益。（19）以狗为例证，我向你讲述了这种至高的智慧，孩子啊！你还想要听取什么？（20）

　　　　以上是吉祥的《摩诃婆罗多》中《和平篇》第一百一十九章（119）。

一二〇

坚战说：

　　你讲述了古代精通王法的国王们遵循的种种行为方式，婆罗多子孙啊！（1）你详细讲述了善人们赞赏的古训，婆罗多族雄牛啊！现在

第十二 和平篇

请你讲述王法的精粹。(2)

毗湿摩说：

保护一切众生是公认的刹帝利最高职责，国王啊！请听怎样履行保护的职责。(3) 正如孔雀具有绚丽多彩的翎毛，通晓正法的国王应该呈现多种姿态。(4) 严厉、虚伪和骄纵，真诚、正直和公正，国王依靠这些达到幸福。(5) 他应该根据目的和利益呈现脸色和姿态。国王具有多种姿态，即使最微小的目的也不会受挫。(6) 犹如秋季孔雀保持沉默，国王应该永远保守机密。他应该光辉吉祥，话语和肢体柔软，通晓经典。(7) 他应该警惕祸端，犹如孔雀警惕水流。他应该依靠富有成就的婆罗门，犹如孔雀依靠山泉和雨水。(8) 渴求财富时，国王应该像孔雀那样愤怒地耸起顶冠，仿佛竖起法幢。他应该经常高举刑杖，但又要谨慎行事，应该如同孔雀从一棵树跳向另一棵树，观察国家的财政收支。(9) 他应该清理自己的队伍，犹如孔雀用脚爪觅食。他应该像孔雀那样，羽翼丰满，兴奋活跃，但又注意掩护自己的弱点。(10)

他应该揭露敌人的缺点，瓦解敌人的党羽。他应该从外面敛聚财富，犹如从花园采集鲜花。(11) 他应该依靠那些高山般挺立的人中因陀罗，犹如孔雀寻求幽暗的树阴庇护。(12) 他应该像雨季的孔雀那样，夜间在无人处沐浴。他应该像孔雀那样，悄悄地与妇女交欢。他应该自己保护自己，不卸下护甲。(13) 他应该在自己经常出没的地方，排除险情，不设套索。他也应该出游，但遇见险恶的丛林便停止。(14) 他应该消灭那些暴戾、恶毒、虚伪而对自己有害的敌人。他应该如同孔雀剔除衰竭的羽翼，保留值得保留者。(15) 他可以像孔雀那样耽于欲乐，但也应该像孔雀从树林中捕捉飞虫那样，从一切事物中吸取智慧，保护自己的王国。(16) 他应该聪明睿智，施展策略，促进自己繁荣富强。运用自己的智慧决断，运用别人的智慧实施，凭借智慧和品质实现目的，这是经典的教诲。(17) 他应该安抚敌人。他应该展现自己的能力。他应该运用自己的智慧思考。他应该通晓安抚的方法，聪明睿智，分清该做和不该做的事。(18) 在需要说话时，他应该沉着，智慧深藏。如果有人像毗诃波提那样聪明，谈话切题，他才会显露本色，犹如烧红的铁浸入水中。(19)

国王应该按照经典规定，安排自己和别人的一切事务。（20）他应该安排卑微的人、残酷的人、聪明的人、英勇的人、精通利益的人以及能说会道的人，从事各自的工作。（21）他应该让一切人从事合适的工作，犹如调好的琴弦发出一切乐音。（22）他应该不背离正法，让所有人感到满意。如同巍然屹立的高山，人们认同这样的国王。（23）他应该精进努力，保护正法，对可爱和不可爱的人一视同仁，犹如阳光普照一切。（24）通晓家族、本性和国家的规则，说话温和，年龄中等，没有缺点，关注利益，控制感官，（25）不贪婪，有教养，随和，恪守正法，维护正法和利益，国王应该任用这些人从事一切工作。（26）他应该按照这种方式安排工作，由侦探辅佐，掌握进程，达到满意的效果。（27）不喜怒无常，亲自监督工作，亲自掌握财政，他的大地就会充满财富。（28）

按照实际情况，公开进行赏罚，保护自我，保护王国，这样的国王通晓王法。（29）犹如太阳升起，国王应该经常照看王国和牛群，了解侦探是否忠诚，这样，凭借智慧，他就不会烦恼。（30）国王应该及时获取财富，不需要说明目的。正如聪明的人每天挤取牛奶，国王每天从大地获取财富。（31）正如蜜蜂不断从花朵中采集花蜜，国王应该渐渐获取和积聚财富。（32）入库剩下的财富可以用于正法和爱欲。国王通晓经典，控制自我，应该使用积聚的财富。（33）他不应该忽视微小的财源，也不应该藐视敌人。他应该运用智慧，保持清醒，不要信任愚蠢的人。（34）

坚定，能干，自制，智慧，沉着，勇敢，把握时间地点，谨慎，这八种品德保证财富取得或多或少增长。（35）小小火苗浇上酥油变成熊熊大火，一颗种子结出数千果实，因此，聪明的国王听到财政收支庞大，也不应该忽视微小的财源。（36）敌人无论是少年、青年或壮年，都能杀死疏忽大意的人。应该抓住时机，斩断敌人的命根。善于抓住时机，是最优秀的国王。（37）仇敌无论力量强弱，都会毁坏他人名声，阻碍他人履行正法，挫伤他人追求财富的持久勇气，因此，灵魂坚强的国王决不会忽视敌人。（38）聪明的国王要考察敌人的消耗、积累、保护以及正法和爱欲，然后决定采取行动，因此，要依靠智者。（39）燃烧的智慧杀死强敌。力量受智慧保护而增强。兴

旺的敌人败在智慧手下。因此,智慧的行动受到称赞。(40)

坚定的人怀有一切愿望,即使身体瘦削,力量薄弱,也会奋力拼搏,按照自己的心愿努力追求,他会填满很大的幸福之钵。(41)因此,国王受到敌人牵制,应该千方百计获取财源。即使长期遭受打击,也会像闪电那样,顷刻间大放光芒。(42)知识、苦行和大量财富,都能依靠勤奋获得。勤奋是寓于一切灵魂中的梵。因此,应该懂得勤奋的重要性。(43)聪明机智的生物,帝释天(因陀罗)、毗湿奴和婆罗私婆蒂(辩才天女)都永远寄居身体中,因此,智者不应该轻视身体。(44)永远应该通过布施抑制贪欲。贪图他人的财富,永远不会满足。人人贪图享受,一旦失去财富,也就失去正法和爱欲。(45)贪婪的人觊觎他人的财产、享受、荣华富贵和妻子儿女。贪婪的人充满缺点。因此,国王不能任用贪婪的人。(46)国王应该鼓励善人发挥才能,即使他地位卑微。聪明的国王应该挫败敌人的一切行动和目的。(47)出身高贵,值得信赖,爱护大臣,在遵行正法的人们中享有名声,般度之子啊!这样的国王能统治王国。(48)

我已经简要讲述各种王法,你要运用智慧,牢牢记取。国王遵循这些王法,就能统治大地。(49)如果认为幸福不靠策略和规则获得,而靠偶然的机会获得,这样的国王不能获得成就,不能享受王国的无上幸福。(50)拥有财富,思想和行为受人尊敬,品德高尚,战斗勇敢,灵魂坚强,联合这些贤士,就可以杀死敌人。(51)应该注意运用各种手段和方法,决不要忽视方法。只看到缺点的人无缘享有吉祥、名声和财富。(52)知道两位朋友完成同一任务,聪明的人总是称引其中担负重任的一位朋友。(53)你记住我对你讲述的这些王法,一心保护众生,你就会很容易获得功果,因为一切世界以全高的正法为根基。(54)

以上是吉祥的《摩诃婆罗多》中《和平篇》第一百二十章(120)。

一二一

坚战说:

祖父你讲述了永恒的正法。其中,刑杖是主宰,因为一切依赖刑杖。(1) 在灵魂伟大的天神、仙人和祖先中，尤其是在药叉、罗刹、毕舍遮和亡灵中，(2) 在世间一切众生乃至鸟兽中，刑杖遍及一切，威力巨大，至高无上，主人啊！(3) 你已经讲述一切世界，包括动物和不动物，神、魔和人，全都依赖刑杖。(4) 我想要如实了解刑杖，婆罗多族雄牛啊！刑杖是什么？什么样子？什么形态？什么趋向？(5)什么特征？怎样形成？怎样表现？什么威力？它怎样保持清醒，关注众生？(6) 先后有谁保持清醒和保护世界？谁先闻名？谁后来得名刑杖？刑杖依据什么？它的归宿是什么？(7)

毗湿摩说：

俱卢后裔啊！请听怎样运用刑杖。在这世上，一切依赖刑杖。(8) 它是正法的名称，大王啊！又可以称作法则。它关注一切世界，为何不会失效？正因为有法则的意义，它才行之有效。(9) 国王啊！在古代，摩奴首先指出："正确运用刑杖，对可爱者和可憎者一视同仁，保护众生，这便是正法。"(10) 这是摩奴在古代首先说的话，是代表梵天的伟大的话。(11) 这是最初说出的话，因此，人们称之为"最初的话"。它又称作法则，因此，人们称之为"法则"。(12)

人生三要的实施永远依赖正确运用刑杖。神意是最高的刑杖，犹如燃烧的火焰。(13) 它黝黑如同青莲花瓣，有四齿、四臂、八足、多眼、竖耳、竖毛。(14) 它有发髻，双舌，脸色棕红，身披兽皮。难以抗拒的刑杖永远呈现这种严厉的形貌。(15) 刑杖也是刀剑、弓箭、梭标、三叉戟、铁杵、铁锤、长矛、标枪、斧子和飞轮，(16) 所有用于打击的武器。有形的刑杖在这世界上巡行。(17) 刑杖在巡行中劈砍，撕裂，粉碎，打击，冲刺。(18)

刀剑，正法，严厉，难以抗拒，吉祥的胎藏，胜利，惩罚者，法则，觉醒，(19) 经典，婆罗门咒语，训导者，遵行最初的话，护法，不朽，天神，恪守真理，永远行动，捕捉者，(20) 不执著，楼陀罗的化身，最古老的摩奴，赐福者，坚战啊！这些是刑杖的各种称号。(21)刑杖是祭祀，尊神毗湿奴，那罗延，永远具有伟大的形貌，被称作"大人"。(22) 刑杖学被称作梵天的女儿，吉祥天女，辩才天女，世界之母，因为刑杖具有多种形态。(23)

富裕和贫穷，快乐和痛苦，合法和非法，强大和衰弱，不幸和幸运，纯洁和污秽，有德和无德，(24)有欲和无欲，年、季、月、日和刹那，清净和不清净，喜悦和愤怒，平静，自制，(25)天命和人力，解脱和束缚，恐惧和无畏，伤害和不伤害，苦行，祭祀，抑制，有毒和无毒，(26)开始、结束和中间，行动的展开，迷醉，放逸，骄傲，虚伪，坚定，有礼和无礼，(27)能干和无能，傲慢，固执，毁灭和永恒，仪轨，释放，及时和不及时，婆罗多子孙啊！(28)虚妄和真实，信仰和不信仰，软弱和勇猛，得到和失去，胜利和失败，(29)严厉和温和，死亡来到和不来到，幸运和不幸运，该做和不该做，有力和无力，(30)妒忌和不妒忌，合法和非法，羞愧和不羞愧，知耻，繁荣和灾难，(31)业绩辉煌，睿智，善辩，洞察真谛，俱卢后裔啊！就是这样，刑杖在世上呈现多种形态。(32)

　　如果世上没有刑杖，人们就会互相行凶，坚战啊！由于惧怕刑杖，人们才不互相残杀。(33)国王啊！臣民们天天受到刑杖保护，增强国王的实力，因此，刑杖是至高归依。(34)刑杖迅速稳定世界，人主啊！正法立足真理，依靠婆罗门。(35)优秀的婆罗门遵行正法，通晓吠陀。祭祀出自吠陀，令众天神喜悦。(36)众天神满怀喜悦，永远供奉因陀罗。帝释天(因陀罗)同情众生，恩赐食物。(37)一切众生的生命永远依靠食物维持。因此，刑杖在众生中保持警觉。(38)为了这个目的，刑杖立足刹帝利性，保护众生，永远保持警觉，专心致志，毫不松懈。(39)

　　自在天，原人，呼吸，勇气，财富，生主，众生之魂，生命，这些是刑杖的八种称号。(40)始终强大有力，具有五种特征，刑杖赐给他稳固的权力。(41)国王具有高贵的出身、臂力、财富、大臣和智慧，坚战啊！他凭借八种事物而强大有力。(42)象、马、车、步兵、船舶、苦力、向导和间谍，相传这些是军队的八支。(43)象、象兵、马兵、步兵、大臣和医生属于这八支。(44)乞食者、大法官、占星家、卜师、国库、朋友、粮食和一切物资，(45)人们说这七种要素或八种分支构成国王的身体。刑杖是王国的分支，王国的产生者。(46)

　　自在天努力让刹帝利执掌刑杖。刑杖永远一视同仁，依据正法判断。没有什么比刑杖更受国王尊重。(47)为了保护世界，确立各自的正法，梵天提出诉讼法。这是另一种法则，以提供证据为特征。(48)而以吠陀为核心的法则称作吠陀法，人中之虎啊！还有一种是依据经典的宗族法。(49)以提供证据为特征的诉讼法也是刑杖，但不称为国王的刑杖。(50)即使这种刑杖以提供证据为特征，相传也以法则为核心，而法则以吠陀为核心。(51)正法以吠陀为源泉和灵魂，展示美德。灵魂完善的人们依据正法确立正法观。(52)坚战啊！梵天提出的法则以真理为核心，保护众生，促进繁荣，维持三界。(53)我们听说，我们见到的刑杖就是永恒的法则，我们见到的法则就是正法。而吠陀就是正法，正法就是正道。(54)最初，老祖宗梵天是生主。他是包括天神、阿修罗、罗刹、人和蛇在内的一切世界的创造者。(55)然后，我们有这种以提供证据为特征的诉讼法则。因此，我们讲述这种法则。(56)无论父亲、母亲、兄弟、妻子或家庭祭司，谁不遵守自己的正法，都不能逃避国王的惩罚。(57)

以上是吉祥的《摩诃婆罗多》中《和平篇》第一百二十一章（121）。

— — —

毗湿摩说：

在这方面，人们引用一个古老的传说。听说在盎伽地区，有位光辉的国王，名叫婆薮护摩。(1)这位国王永远恪守正法，与妻子一起修炼大苦行，前往天神和仙人们崇拜的蒙阇山脊。(2)在金山弥卢附近，雪山山峰上，蒙阇净修林中，罗摩指示束起发髻。(3)从此，国王和誓言严厉的仙人们住在那里。这个楼陀罗经常来往的地方称作蒙阇山脊。(4)他具备许多传统的品德，如同神仙，受到婆罗门认可。(5)

有一天，尊敬的国王曼达多来到这里。他是帝释天的朋友，灵魂高尚，粉碎敌人。(6)曼达多走近国王婆薮护摩，看到他修炼严格的苦行，谦恭地侍立一旁。(7)婆薮护摩赠给这位国王牛和其他礼物，并问候他的王国八支。(8)然后，婆薮护摩询问这位忠实地遵循善人之道的国王："我能为你做些什么？国王啊！"(9)俱卢后裔啊！曼达多满怀喜悦，向坐着的王中俊杰、大智者婆薮护摩说道：(10)"你通晓毗诃波提的全部教导,国王啊!你也熟悉优沙那的经典,人主啊!(11)我想知道刑杖怎么产生?为何保持警觉?为什么被称为至高无上?(12)刑杖怎样依靠刹帝利?请你告诉我,大智者啊!我会给你老师的酬金。"(13)

婆薮护摩说:

国王啊!请听刑杖怎样维持世界。它永远是正法的核心,旨在保护众生的仪轨。(14)我们听说,一切世界的老祖宗,尊神梵天想要举行祭祀,找不到与自己相匹配的祭官。(15)于是,这位尊神用头脑怀胎许多年。过满一千年,他打了一个喷嚏,胎儿落下。(16)克敌者啊!这个胎儿成为生主,名叫楚波,国王啊!他成为灵魂伟大的梵天的祭官。(17)

王中雄牛啊!梵天的祭祀开始举行,呈现欢乐的形式,因此,刑杖消失。(18)而刑杖消失,众生便出现混乱,不再区别该做不该做,该吃不该吃,(19)也不再区别该喝不该喝,该性交不该性交,人们互相伤害,财产不分你我。(20)人们互相掠夺,像狗抢肉。强者杀戮弱者,目无法纪。(21)

于是,老祖父(梵天)向永远尊贵的毗湿奴致敬,对这位赐予恩惠的大神说道:(22)"惟有你能发慈悲,做好事,让这世界不再混乱。"(23)这位尊贵的大神束有发髻,持有三叉戟,沉思良久,自己创造自己为刑杖。(24)他又创造辩才天女为刑杖学,以正法为足。由此,刑杖学传遍三界。(25)这位以三叉戟为武器的尊神又沉思良久,逐一创造各种主神。(26)他创造千眼之神(因陀罗)为众神之主,毗婆薮之子阎摩为祖先之主。(27)俱比罗为财富和罗刹之主,弥卢为众山之主,大海为河流之主。(28)他确定伐楼拿为水国众神之主,死神为生命之主,火神为光辉之主。(29)他确定灵魂高尚的大眼大神伊舍那(湿婆)为众楼陀罗之主。(30)极裕为婆罗门之主,迦多维陀为婆薮之主,太阳为光辉之主,月亮为星宿之主。(31)他指定鸯输曼为药草之主,十二臂的童子室建陀王为精灵之主。(32)他指定毁灭性的时间为一切之主,死亡的四部分①以及痛苦和幸福之主。(33)

---

① 死亡的四部分指武器、敌人、阎摩和行动,或指激情、疾病、阎摩和行动。

经典上说，自在天（湿婆）是众楼陀罗之主，王中之王，财富之主，手持三叉戟。（34）他将刑杖赐给梵天的儿子楚波，众生之主，最优秀的执法者。（35）然后，按照规则举行祭祀，这位大神将刑杖赐给尊敬的护法神毗湿奴。（36）毗湿奴赐给鸯耆罗。优秀的牟尼鸯耆罗赐给因陀罗和摩利支。摩利支赐给婆利古。（37）婆利古又将刑杖连同正法赐给众仙人。众仙人赐给众护世神。众护世神又赐给楚波。（38）楚波赐给太阳之子摩奴。祭祖之神、太阳之子摩奴为了微妙的正法和利益，将旨在保护的刑杖赐给儿子们。（39）

刑杖作出区分，依法行事，而不随意行事。刑杖用于惩治恶人。（40）但不能因轻微过失而肢解身体或处死，也不能折磨身体或放逐。（41）刑杖始终保持警觉，保护众生。尊神因陀罗保持警觉。因陀罗之后是光辉的火神。（42）火神之后，伐楼拿保持警觉。伐楼拿之后是生主。生主之后，依仪轨为核心的正法保持警觉。（43）正法之后是永恒的勤奋者梵天之子。勤奋者之后，光辉保持警觉，保护众生。（44）光辉之后是药草，药草之后是群山。群山之后是液汁。（45）液汁之后，尼梨提女神保持警觉。尼梨提之后是群星。群星之后是吠陀。吠陀之后是马头神（毗湿奴）。（46）然后，永恒的老祖宗梵天保持警觉。老祖宗之后，大神湿婆保持警觉。（47）湿婆之后是众毗奢神。众毗奢神之后是众仙人。众仙人之后是尊神苏摩。苏摩之后是永恒的众天神。（48）你要记住，众天神之后，婆罗门在世上保持警觉。婆罗门之后，国王们依法保护世界。刹帝利之后是永恒的动物和不动物。（49）众生在这世上保持警觉。刑杖在他们中间保持警觉。刑杖如同老祖宗，囊括一切。（50）时间在开始、中间和结束保持警觉，婆罗多子孙啊！自在天大神，一切世界之主，众生之主人，（51）神中之神湿婆，又名迦波尔迪，商迦罗，楼陀罗，跋婆，私陀奴，乌玛之夫，永远保持警觉。（52）这样，无论开始、中间和结束，刑杖闻名于世。通晓正法的国王应该正确运用刑杖。（53）

毗湿摩说：

谁听取婆薮护摩的这些教诲，正确地加以运用，他就能实现种种愿望。（54）我已经告诉你有关刑杖的一切，人中雄牛啊！刑杖是依据正法的一切世界的制约者，婆罗多子孙啊！（55）

以上是吉祥的《摩诃婆罗多》中《和平篇》第一百二十二章（122）。

一二三

坚战说：

祖父啊！我想听取正法、利益和爱欲的定论，因为世间的活动完全依靠这三者。（1）什么是正法、利益和爱欲的根基？什么是这三者的起源？它们既互相结合，又各自独立。（2）

毗湿摩说：

如果世上的人们怀着善意决定事情，这三者就会在时间、原因和行动诸方面互相结合。（3）利益是身体，以正法为根基。爱欲是利益的果实。三者又以意念为根基，而意念以感官对象为核心。（4）所有感官对象用于满足需求。这是三者的根基。摆脱这一切，称作解脱。（5）

正法保护身体。为了正法而追求利益。爱欲是性爱的结果。这一切都蒙有尘垢。（6）正法、利益和爱欲互相关联，人们应该履行这三者，即使摆脱愚暗，也不要在心中摒弃这三者。（7）智慧杰出的人刹那间就能获得这三者。人们应该运用智慧认清目标，一天也不能缺少。（8）正法以恶意为污垢，利益以隐匿为污垢，爱欲以迷醉为污垢，随心所欲，不知餍足。（9）

在这方面，人们引用一个古老的传说，那是迦曼陀和盎伽利私陀的对话。（10）国王盎伽利私陀抓住时机，向坐着的迦曼陀仙人致敬，然后询问道：（11）"国土在爱欲和愚痴控制下，犯了罪恶，感到后悔，仙人啊！他怎样才能消除罪恶？（12）如果有人出于无知，以非法为合法，国王怎样阻止这种非法行为在世上蔓延？"（13）

迦曼陀说：

谁抛弃正法和利益，一味追求爱欲，他就会因抛弃正法和利益而丧失智慧。（14）愚痴毁灭智慧，也毁灭正法和利益，由此产生邪教和恶行。（15）如果国王不制止恶人恶行，世人就会惊恐不安，如同惧怕藏在屋中的蛇。（16）臣民、婆罗门和善人就不会追随国王。于是，国王就会走向衰亡。（17）困顿屈辱，活着也痛苦。屈辱地活着，

还不如死亡。(18)

在这方面,老师们指出消除罪恶的方法是学习三吠陀,善待婆罗门。(19)他应该思想高尚,遵行正法,与高贵的家族联姻。他应该侍奉聪明睿智和宽宏大量的婆罗门。(20)他应该遵行水的礼仪,念诵咒语,和颜悦色,接纳守法的人,驱逐作恶的人。(21)他应该用甜蜜的语言和行动取悦他人,经常称赞他人的美德,说"这是我的想法"。(22)这样,他不犯罪恶,很快就会受人尊敬。毫无疑问,他也能消除罪恶,克服困难。(23)老师们会告诉你至高的正法,你就照着做吧!由于老师们的恩惠,你会获得至高的幸福。(24)

以上是吉祥的《摩诃婆罗多》中《和平篇》第一百二十三章(123)。

一二四

坚战说:

人中俊杰啊!大地上的人们从一开始就赞扬遵守正法,但我感到很大的困惑。(1)如果我们能够理解它,优秀的执法者啊!我想要听取怎样获得它。(2)婆罗多子孙啊!我想听取怎样获得这种品行,优秀的执法者啊!请告诉我这种品行有什么特征。(3)

毗湿摩说:

以前,难敌满怀烦恼,对持国说过一些话,赐人荣誉者啊!他看到你和你的弟弟们,(4)在天帝城如此繁荣昌盛,而他在会堂里受到嘲笑,大王啊!请听这一切,婆罗多子孙啊!(5)目睹了你的会堂富丽堂皇,无与伦比,难敌坐在父亲面前,禀告一切情况。(6)听了难敌的话,持国对难敌和迦尔纳说道:(7)"你为何烦恼?儿子啊!我愿意如实听取。如果听你说得有道理,我会指导你。(8)征服敌人城堡者啊!你获得荣华富贵,你的兄弟、亲戚、朋友和侍从们也是这样。(9)你穿的是绫罗绸缎,吃的是美味佳肴,骑的是高头大马,儿子啊!你为何忧伤?"(10)

难敌说:

数万个完成学业的、灵魂高尚的婆罗门,在坚战的宫殿中端着金盘用餐。（11）看到这座神奇的会堂装饰着神奇的花果，看到良种鹧鸪马和黑斑马，各种宝石，（12）看到我的敌人般度族繁荣昌盛，如同因陀罗，我忧伤烦恼，赐人荣誉者啊！（13）

持国说：

孩子啊！如果你想要像坚战那样，或者比坚战更繁荣昌盛，人中之虎啊！你就应该成为有德之人，儿子啊！（14）毫无疑问，品德能够征服三界。在这世上，没有有德之人办不到的事情。（15）曼达多用一夜，镇群王用三天，那跋迦用七夜，就征服了大地。（16）这些国王全部具有品德，能够克制自己，因此，大地自愿受招。（17）

在这方面，人们引用一个古老的传说，那是那罗陀关于品行的谈话，婆罗多子孙啊！（18）波罗诃罗陀这位提迭依靠品行，夺走灵魂高尚的因陀罗的王国，控制三界。（19）大智者帝释天（因陀罗）双手合十，侍立毗诃波提身旁，说道："我想要知道至高幸福。"（20）于是，俱卢后裔啊！毗诃波提告诉天王因陀罗说："知识是至高幸福。"（21）毗诃波提告诉因陀罗这是至高幸福，而因陀罗又问道："是否还有更高者？"（22）

毗诃波提说：

有更高者，摧毁城堡者啊！你去请教灵魂高尚的跋尔伽婆吧！祝你幸运！（23）

持国说：

然后，声誉卓著、无比光辉的因陀罗满怀喜悦，从跋尔伽婆那里获得关于自己的至高幸福的知识。（24）百祭（因陀罗）又征得灵魂高尚的跋尔伽婆同意，继续请教至高幸福。（25）通晓正法的跋尔伽婆说道："灵魂高尚的波罗诃罗陀有更高的知识。"因陀罗听了很高兴。（26）机智的诛灭巴迦者（因陀罗）化身婆罗门，走近波罗诃罗陀，说道："我想知道至高幸福。"（27）波罗诃罗陀对婆罗门说道："我忙于统治三界，婆罗门雄牛啊！没有时间指导你。"（28）婆罗门回答说："如果你什么时候能抽出空暇，我愿意向你求教。"（29）波罗诃罗陀王对这位宣梵者表示满意，说道："好吧！"他在合适的时刻，授给他真正的知识。（30）婆罗门也按照礼仪，竭尽全力侍奉老师，顺从老师的意愿。（31）他多次询问道："克敌者啊！怎样获得三

界统治权，通晓正法者啊！请你告诉我其中的原因。"（32）

波罗诃罗陀说：

婆罗门俊杰啊！我作为国王，不怀妒忌，接受智者们的教导。（33）他们忠心耿耿，经常开导我，劝阻我，而我听从他们，不怀妒忌，尊重智慧。（34）我以法为魂，抑制愤怒，控制感官。这些导师如同蜜蜂采蜜。（35）我尝到语言的美味。我在同类中如同星宿中的月亮。（36）听了这些婆罗门有益的教导，就照着去做。这是大地上的甘露，至高无上的眼睛。（37）

持国说：

波罗诃罗陀向宣梵者讲述了至高幸福所在。这位备受恭敬的提迭又说道：（38）"你尊敬老师，我感到高兴，婆罗门俊杰啊！你选择一个恩惠吧！毫无疑问，我会赐给你恩惠。祝你幸运！"（39）婆罗门对提迭王说道："好吧！"波罗诃罗陀高兴地说道："选择恩惠吧！"（40）

婆罗门说：

如果你高兴，愿意给我好处，国王啊！我想要获得你的品行。这是我的选择。（41）

持国说：

原本高兴的波罗诃罗陀感到极大的恐惧，心想这位婆罗门选择这个恩惠，必定不是普通人。（42）波罗诃罗陀满怀惊奇，说道："就这样吧！"他赐给这位婆罗门这个恩惠后，感到痛苦。（43）婆罗门获得恩惠后离去，波罗诃罗陀忧心忡忡，不知所措，大王啊！（44）正当他思考着，一道光影离开他的身体，大光辉者啊！（45）波罗诃罗陀询问这道身躯庞大的光影："你是谁？"它回答说："我是你抛弃的品行。我现在离去。（46）我将住进那位无可指摘的婆罗门俊杰身中，国王啊！他曾是你的学生，始终专心侍奉你。"说完，它消失不见，进入帝释天（因陀罗）身中，主人啊！（47）

这道光芒消失后，另一道同样的光芒又离开他的身体，他询问道："你是谁？"（48）"波罗诃罗陀啊！你要知道，我是正法，提迭王啊！我要追随品行，前往婆罗门俊杰那里。"（49）然后，另一道仿佛燃烧的光芒又离开灵魂高尚的波罗诃罗陀的身体，大王啊！（50）他询问道："你是谁？"这道庞大的光芒回答说："我是真理，阿修罗大王啊！我将追随正法而去。"（51）真理追随正法而去后，另一个化身离开他的身体。它回答这位灵魂高尚者的询问："波罗诃罗陀啊！你要知道，我是行动。我将追随真理而去。"（52）行动离去后，另一道庞大的白光离开他的身体。它回答他的询问："你要知道，我是力量。我将追随行动而去。"说罢，它追随行动而去，人主啊！（53）

然后，一位光辉灿烂的女神离开他的身体。她回答提选王的询问，说自己是吉祥天女。（54）她说道："你以真理为勇气，英雄啊！我曾经愉快地住在你的身中。现在你抛弃我。我将追随力量而去。"（55）灵魂高尚的波罗诃罗陀感到恐惧，又询问道："以莲花为家的女神啊！你去哪里？（56）你恪守誓言，是世界的至高女神。我想要知道那位婆罗门俊杰是谁？"（57）

吉祥女神说：

他是帝释天（因陀罗），遵行梵行，拜你为师，主人啊！他夺取了你的三界统治权。（58）你依靠品行征服一切世界，通晓正法者啊！因陀罗明白了这一点，就夺走你的品行，主人啊！（59）正法、真理、行动、力量和我毫无疑问，都以品行为根基，大智者啊！（60）

毗湿摩说：

说罢，吉祥天女和所有这些都离去，坚战啊！难敌又询问父亲道：（61）"我想要知道品行的真谛，俱卢后裔啊！请你告诉我，用什么方法获得品行？"（62）

持国说：

灵魂高尚的波罗诃罗陀以前指点过方法，人主啊！请听我简要讲述怎样获得品行。（63）行为、思想和语言都不伤害一切众生，慈悲为怀，慷慨布施，这些是值得称颂的品行。（64）决不要卤莽行事，那样对别人无益，事后自己也会感到羞愧。（65）应该做受到公众赞扬的事，俱卢族俊杰啊！我简要讲述了这些品行。（66）缺乏品行的人即使获得荣华富贵，国王啊！也不会长久享受，最终彻底覆灭。（67）明白了这个道理，如果你想要比坚战更繁荣昌盛，那就成为有品行的人，儿子啊！（68）

毗湿摩说：

这是持国对儿子说的话，人主啊！你按照这些话去做吧，贡蒂之

子啊！你会由此获得成果。(69)

以上是吉祥的《摩诃婆罗多》中《和平篇》第一百二十四章（124）。

一二五

坚战说：

你已经讲述了人以品行为本，祖父啊！现在请你告诉我，希望怎样产生？(1) 我对此感到极其困惑，祖父啊！除了你之外，没有人能解除我的困惑，征服敌人城堡者啊！(2) 我曾对难敌抱有很大的希望，祖父啊！大战开始，我想他会采取合适的行动，主人啊！(3) 每个人的心中都会产生很大的希望。一旦希望破灭，毫无疑问，痛苦如同死亡。(4) 我头脑愚蠢，灵魂邪恶的难敌摧毁了我的希望，王中因陀罗啊！你看我有多傻！(5) 我认为希望大于高山、大海和天空，不可测量，国王啊！(6) 它难以理解，难以获得，俱卢族俊杰啊！我不知还有什么像这样难以获得？(7)

毗湿摩说：

坚战啊！你听着，我要讲述一个传说。它发生在苏密多罗和利舍跛之间。(8) 亥赫耶族王仙苏密多罗外出打猎，用笔直的箭射中一头鹿，紧追不舍。(9) 这头鹿无比勇敢，带箭逃跑。这位国王强壮有力，迅速追赶。(10) 这头鹿飞快地逃向洼地，忽而又沿着平坦的道路奔跑，王中因陀罗啊！(11) 这位年轻的国王身强力壮，带着弓和剑，像天鹅迅速追赶。(12) 他越过一条条河流，一个个池子，一座座树林，在森林中追赶。(13) 这头鹿随心所欲，忽而接近国王，忽而拉远距离，速度飞快。(14) 它身上中了许多箭，王中因陀罗啊！但它仿佛做游戏，再次缩短与国王的距离。(15) 随即，鹿王加快速度逃离，王中因陀罗啊！然后，它又缩短距离。(16) 粉碎敌人的苏密多罗搭上一支可怕的、致命的利箭，挽弓射出。(17) 而鹿王跑出射程几里远，停留在那里，仿佛嘲笑国王。(18) 闪闪发光的箭坠落地上，这头鹿跑进大森林，国王继续追赶。(19)

国王进入大森林，遇见苦行者的净修林。他感到疲乏，便坐下休息。（20）看到这位持弓者疲惫不堪，又饥又渴，仙人们走近他，按照礼节招待他。（21）仙人们询问王中之虎的意图："贤士啊！你为何来到苦行林？（20）你佩带利剑，手持弓箭，徒步而行，人主啊！我们想知道你来自哪里？赐人荣誉者啊！你出生在哪个家族？叫什么名字？请告诉我们。"（23）

于是，人中雄牛啊！国王如实向这些婆罗门说明自己的情况：（24）"我出生在亥赫耶家族，是密多罗的儿子，名叫苏密多罗。我用箭射杀鹿群，数以千计。我带着大臣和后妃，由庞大的军队保护。（25）我的箭射中一头鹿。我追赶这头带箭逃跑的鹿，不经意来到你们身边，光辉丧失，希望破灭，疲惫憔悴。（26）还有什么比这更痛苦？我疲惫憔悴，希望破灭，标志丧失，来到你们的净修林。（27）苦行者们啊！失去国王标志，远离城市，都不像希望破灭那样令我剧烈痛苦。（28）正如雪山和大海不能覆盖浩瀚的天地，优秀的苦行者们啊！我看不到希望的尽头。（29）你们以苦行为财富，无所不知，大福大德，因此，我要向你们提出我的疑问：（30）在这世界上，人的希望和天空，在你们看来，哪个更大？我想要如实听取世上什么难以获得？（31）如果这不是秘密，就请你们赶快告诉我，众位婆罗门雄牛啊！我并不想听取你们的秘密。（32）如果这有损于你们的苦行，我就不再询问。如果你们可以谈论我提出的这个问题，（33）我愿意详细听取原因。你们长期潜心修炼苦行，能够告诉我。"（34）

以上是吉祥的《摩诃婆罗多》中《和平篇》第一百二十五章（125）。

一二六

毗湿摩说：

在这些仙人中，一位优秀的婆罗门仙人名叫利舍跛，仿佛微笑着说道：（1）"王中之虎啊！以前，我朝拜圣地，到达圣洁的那罗和那罗延净修林，主人啊！（2）那里有可爱的枣林和天池，马首（那罗延）念诵永恒的吠陀，国王啊！（3）在那座湖中，我按照礼仪供奉祖先和天神，然后，进入净修林。（4）在那里，那罗和那罗延两位仙人

永远快乐。我前往附近一个净修林求宿。(5)

"然后,我看到一位仙人向我走来,衣衫褴褛,又高又瘦,以苦行为财富,名叫多努。(6)大臂者啊!他的身高相当于别人的八倍,而他的瘦削在哪儿也没见到过,王仙啊!(7)他的身躯如同小指,王中因陀罗啊!他的脖子、双臂、双脚和发髻也令人惊诧。(8)他的头、双耳和双眼与身躯相配,说话和动作也是这样,王中俊杰啊!(9)看到这位瘦削的婆罗门,我恐惧不安,向他行触足礼,然后,双手合十,站在他前面。(10)我告诉他我的名字、家族和父亲,人中雄牛啊!我慢慢地坐上他指给我的座位。(11)然后,这位优秀的执法者在众仙人中间,开始谈论正法和利益。(12)

"在谈论中,来了一位国王,眼似红莲,乘坐快马,带着军队和后妃。(13)他是罗怙族俊杰,菩利迪约摩的父亲,聪明睿智,声誉卓著。他想念在森林里失踪的儿子,焦躁不安。(14)这位国王在森林里游荡,怀抱希望:'我会在这里找到儿子,我会在这里找到儿子。'(15)他反复说着:'我的独生子恪守正法,在森林里失踪,很难找到。(16)即使很难找到,我依然抱有很大希望。我全身缠绕希望,毫无疑问,快要死去。'(17)听了他的话,尊者多努这位优秀的牟尼仿佛低头沉思了片刻。(18)看到他陷入沉思,国王焦躁不安,神情沮丧,轻声地反复说道:(19)'什么难以获得?婆罗门仙人啊!什么胜过希望?如果这不是秘密,请你告诉我吧!'(20)

"'你的儿子自己运气不佳,头脑糊涂,怠慢了一位尊敬的大仙。(21)国王啊!婆罗门仙人乞求金罐和树皮,遭到拒绝而失望。'(22)听了这些话,以法为魂的国王向这位举世尊敬的仙人致敬,人中俊杰啊!他疲惫地坐下,就像你一样。(23)大仙按照林中礼节,供给国王洗足水和其他一切招待客人的物品。(24)然后,所有牟尼围绕这位人中雄牛坐下,犹如七仙人星座围绕北极星。(25)他们询问这位不可战胜的国王为何来到净修林?"(26)

国王说:

我是国王维罗迪约摩,闻名四方,来到森林寻找失踪的儿子菩利迪约摩。(27)他是我的独生子,婆罗门俊杰啊!他还是个孩子。他在这个森林失踪,我到处寻找他。(28)

利舍跋说：

国王这样说着，而牟尼低头保持沉默，不回答国王的话。(29)过去，这位婆罗门没有受到国王足够的尊敬，王中因陀罗啊！他便修炼长期苦行，削弱愿望。(30)他下定决心不接受国王和其他种姓的恩赐。(31)他认为希望总是愚弄人，因而，决定摒弃希望。(32)

国王说：

什么是希望的脆弱性？大地上什么难以获得？尊者你洞悉正法和利益，请说说吧！(33)

利舍跋说：

身体瘦削的婆罗门多努记得过去的一切，也准备让国王记起过去的一切，对国王说道：(34)"国王啊！我对许多国王说过，没有什么比希望更脆弱，更难以获得。"(35)

国王说：

听了你的话，我理解了什么脆弱，什么难以获得，婆罗门啊！你的话如同吠陀。(36)大智者啊！我的心中有个疑惑，贤士啊！你能如实解答我的问题。(37)有什么比你的身体更瘦削？如果这不是你的秘密，婆罗门啊！请说说吧！在这世上什么难以获得？(38)

瘦削的多努说：

求告者获得满足，这很难得，或者不存在，而不鄙视求告者更难得。(39)作出允诺，而不尽力根据实际情况兑现，对这种人寄予的希望比我的身体更瘦削。(40)独生子失踪和出走，不知去向，父亲怀抱的希望比我的身体更瘦削。(41)年迈的富婆想要生育儿子，这种希望比我的身体更瘦削。(42)

利舍跋说：

国王啊！听了这些话，国王和后妃行触足礼，拜倒在婆罗门雄牛的脚前。(43)

国王说：

我向你乞求，尊者啊！我想要和儿子团聚，婆罗门啊！请你按照自己的心愿，选择恩惠吧！(44)

利舍跋说：

眼似红莲的国王说道："婆罗门啊！你说的全是真话，一点不假。"（45）优秀的执法者多努笑了笑，凭借苦行和学问的力量，立刻带来国王的儿子。（46）把王子交给国王，并责备国王，然后，这位优秀的执法者显示自己是正法之神。（47）他显示自己的神奇形象后，涤除罪恶，摒弃愤怒，前往附近的一座森林。（48）国王啊！这是我亲眼所见，亲耳所闻。因此，你赶快抛弃这种比什么都脆弱的希望吧！（49）

毗湿摩说：

大王啊！听了灵魂高尚的舍利跋的话，苏密多罗立刻抛弃比什么都脆弱的希望。（50）同样，贡蒂之子啊！听了我的这些话，你要像巍峨的雪山那样坚定不移，国王啊！（51）你看到和听到种种艰难困苦，大王啊！听了我的话后，你就不应该忧愁烦恼。（52）

以上是吉祥的《摩诃婆罗多》中《和平篇》第一百二十六章（126）。

一二七

坚战说：

你说话时，我如饮甘露，永不餍足。因此，请你再说说正法，祖父啊！（1）

毗湿摩说：

在这方面，人们引用一个古老的传说，那是乔答摩和灵魂高尚的阎摩之间的对话。（2）乔答摩的大净修林在巴利耶多罗山。请听我告诉你乔答摩住在那里的时间。（3）他在那里修炼苦行整整六万年。这位牟尼修炼严酷的苦行。（4）人中之虎啊！保护世界的阎摩来到那里，看到牟尼乔答摩，这位苦行高深的仙人。（5）以苦行为财富的梵仙乔答摩知道来者是阎摩，双手合十，恭敬地走向前去。（6）法王阎摩看到他，向这位人中雄牛致敬，依礼问候，说道："能为你做什么？"（7）

乔答摩说：

一个人怎样才能报答父母恩情？怎样才能获得难以获得的美好世界？（8）

阎摩说：

永远修炼苦行，保持纯洁，热爱真理和正法，始终供养父母。(9) 还应该举行马祭，慷慨布施，这样，他就能获得神奇美妙的世界。(10)

以上是吉祥的《摩诃婆罗多》中《和平篇》第一百二十七章 (127)。

一二八

坚战说：

朋友离去，敌人很多，国库空竭，兵力不足，这样的国王怎么办？婆罗多子孙啊！(1) 奸臣围绕，机密泄露，他失去王国，看不到出路。(2) 他不懂天时地利，自己的王国还不安定，却去进犯别人的王国，以弱对强。(3) 他拼命打击，不善于安抚和离间。而生命以财富为根源，应该怎样做才好？(4)

毗湿摩说：

你是向我询问正法的秘密，婆罗多族雄牛啊！不问到我，我不会讲述这种正法，坚战啊！(5) 正法相当微妙，婆罗多族雄牛啊！听取智慧的话语，行为端正，就能成为善人。(6) 行动凭借智慧，可能成功，也可能不成功。凭你的智力，也能解答这个问题。(7) 请听我说，婆罗多子孙啊！为了生计，以正法的名义采取手段，我不看重这样的正法。这样做，以后可能会带来痛苦。(8) 一个人只要经常注重经典，他就会有知识，而知识会令他快乐。(9) 没有知识，人就会无所作为。只有有所作为，才能繁荣昌盛。(10)

你不怀疑，不妒忌，请听我说！国王的国库衰竭造成兵力衰竭。(11) 国王应该充实国库，如同从沙漠中寻找水，及时恩赐臣民。这符合正法。(12) 按照古人采取的手段和正法，婆罗多子孙啊！有能力者平时采取一种正法，在危难中采取另一种正法。(13) 正法被说成是宝库，但智慧比正法更重要。弱者遵行正法，生活也不顺利。(14) 由于只靠正法不能获得财富，因此，在危难中，甚至非法也被说成合法。(15) 智者们知道非法产生于这种情况。这对于刹帝利

不可避免。(16) 但是，他不应该消沉，而应该努力不毁弃正法，努力制服敌人。(17)

人们确信，在危难中，应该运用一切手段拯救自己，而不是拯救别人的或自己的正法。(18) 通晓正法者努力精通正法，而经典规定刹帝利的生命在于努力施展臂力和勇气。(19) 刹帝利生活无着时，除了苦行者和婆罗门的财产之外，他可以获取任何人的财产，婆罗多子孙啊！(20) 毫无疑问，这正像婆罗门在困境中，可以举行不该举行的祭祀，吃不该吃的食物。(21) 对于遭受打击的人，有路就逃，没有不合适的出口或出路。(22) 国库和兵力衰竭，受尽欺侮，但不能乞食维生，也不能像吠舍和首陀罗那样谋生。(23) 刹帝利依据自己的正法，不采取其他方式谋生。这是原始法则，但也有变通法则。(24) 在危难中，刹帝利也可以采取不合法的方式维生。人们看到，甚至婆罗门在生活无着时也是这样。(25) 这对于刹帝利，会有什么疑问？因此，他决不应该消沉，而应该获取富有者的财富。(26)

人们知道刹帝利是众生的保护者和毁灭者。因此，刹帝利应该努力获取财富。(27) 国王啊！没有人活着能不杀生，即使独自生活在林中的牟尼也是如此。(28) 刹帝利不能采取商佉和利奇多①的生活方式，尤其是他想成为众生的保护者，俱卢族俊杰啊！(29) 在危难中，国王和王国永远应该互相保护，这是永恒的正法。(30) 正如国王用大量财富保护危难中的王国，王国也会保护危难中的国王。(31) 王国遇到饥荒，他也要维持国库、刑杖、军队和朋友。(32) 通晓正法的人们知道要从粮食中留出种子。这是具有大幻力的商波罗的教诲。(33) 王国沦陷，国王的生活多么可悲！生活无着，成为低贱的人。你要知道，这是尸毗王的说法。(34)

国库和军队是国王的根基。军队以国库为根基。一切正法以军队为根基。众生以正法为根基。(35) 在这世上，不压迫其他人，国库怎么能充实？军队怎么能维持？为此目的压迫其他人，不算错误，(36) 为了祭祀，也会在祭祀过程中做不该做的事。因此，国王那样做，不算错误。(37) 符合目的，违背目的，不合目的，一切都以目

---

① 参阅本篇第24章。

的为标志。聪明人应该凭借智慧观察，决定怎样做。（38）在祭祀中，适用，不适用，无用，一切都以祭祀为目标。（39）我用比喻向你说明正法的真谛：人们砍伐一棵树做祭柱，（40）肯定也要砍下周围那些挡路的树。而那些树倒下，又会压坏其他的树。（41）因此，不杀死那些挡住财路的人，就看不到成功的希望，折磨敌人者啊！（42）

依靠财富，能赢得今生和来世两个世界，还有真理和正法。没有财富，便没有一切。（43）为了举行祭祀，应该使用一切手段获取财富。在该做和不该做的事情中，错误不会相同，婆罗多子孙啊！（44）一个人不可能身兼两任，国王啊！我从来没有在森林中看到富有者。（45）在大地上，一旦看到任何财物，人们总是渴望占有："这应该属于我！这应该属于我！"（46）正法不等于王国，折磨敌人者啊！人们称颂正法。但国王处在危难中，情况不同。（47）一些人依靠馈赠，依靠行动，苦行者依靠苦行，另一些人依靠智慧，依靠才能，积聚财富。（48）人们说，没有财富则没有力量，有财富则有力量。有财富就能获得一切，完成一切。正法和爱欲，今生和来世，都依靠财富。（49）

以上是吉祥的《摩诃婆罗多》中《和平篇》第一百二十八章（128）。《王法篇》终。

危机法篇

一二九

坚战说：
力量衰弱，因同情亲友而迟疑不决，国内市民不满，缺少物资和储备，（1）首领们心存怀疑，机密泄露，婆罗多子孙啊！朋友们不团结，大臣们分裂，（2）兵力衰竭，面对强大的敌军阵营，心中焦虑，请你说说吧！他还能做什么？（3）

毗湿摩说：
如果对方通晓正法和利益，心地纯洁，不准备永久占领，那就赶快与他讲和,让他退出占领的土地。(4)如果对方力量强大,心思邪恶,想要非法占领,那就以自己作出牺牲为代价,与他讲和。(5)放弃京城,或付出别的代价,渡过灾难。只要他活着,就有机会再次获得财富。(6)如果只要抛弃财物就能渡过灾难,有哪个通晓正法和利益的人会抛弃自己生命?(7)他应该保护后宫妇女。而她们落入敌人手中,也不要怜悯。他应该尽一切可能不让自己落入敌人手中。(8)

坚战说:

内部民怨沸腾,外部敌人压迫,国库空竭,机密泄露,他还能做什么?(9)

毗湿摩说:

或者马上求和,或者马上奋勇作战;或者驱逐敌人,或者战死升天。(10)世界之主啊!即使军队人数不多,只要忠诚、强壮和乐观,国王也能征服大地。(11)战死疆场,他升入天国;赢得胜利,他安居大地。在战斗中捐弃生命,他能到达帝释天(因陀罗)的世界。(12)赢得一切世界后,他应该仁慈温和,真诚谦恭,但也要保持警惕。(13)如果他想要撤离,应该先与朋友一起做好安抚工作,然后撤离。(14)

以上是吉祥的《摩诃婆罗多》中《和平篇》第一百二十九章(129)。

一三〇

坚战说:

至高正法失去,一切世界颠覆,盗匪控制大地上的一切生计。(1)一旦这种可怕时刻降临,婆罗门心生怜悯,不愿抛弃儿孙,依靠什么维生?祖父啊!(2)

毗湿摩说:

在这种情况下,应该依靠知识的力量维生。一切做法都是对的,没有不对的做法。(3)夺取恶人的财富,赐给善人。他承担这种任务,便是精通正法者。(4)只要自己在王国中地位稳固,不激起民愤,国王啊!他就可以随意攫取别人的财富,说道:"这是我的。"(5)他聪明睿智，具备品行，受到知识的力量净化，在这种情况下，做了该受谴责的事，谁又能说什么？(6)他们依靠力量行事，不喜欢其他方式，坚战啊！他们是强者，依靠威力获得繁荣。(7)

普通人毫无例外都遵循这种原始法则，智者更是如此。(8)但是，祭官、家庭祭司和老师应该受到尊敬和善待，不要侵害婆罗门，否则就会犯下过错。(9)这是世界的准则，永恒的眼睛。这种准则应该深入人心，用以辨别善恶。(10)村民们会愤怒地互相指责，国王不应该根据他们说的话予以赏罚。(11)决不说谤言，也不听取谤言，捂住双耳，或转身离开。(12)诽谤和中伤不是善人的行为，坚战啊！善人在集会上称颂他人的美德。(13)正如两头温和驯顺的牛负轭牵引，国王和他的助手们也应该这样。(14)

另一些人更看重以正法为标志的行为，他们赞赏商佉和利奇多的行为，不愿意这样。出于温情，或者出于贪欲，人们会说这样的话：(15)他们发现圣典赦免失职者。但是，在圣典中哪儿也找不到这样的准则。(16)甚至天神也惩罚卑贱的失职者，因为依靠欺诈手段获取财富，必定损害正法。(17)善人们追求繁荣富强，尊敬正法，真心拥护正法。这种正法应该受到确认。(18)谁懂得具备四德的正法，他就是通晓正法者。正法的根基像蛇足那样难以寻找。(19)应该像猎人依据流血的踪迹追寻中箭的鹿那样，追寻正法的根基。(20)这样，你就谦恭地沿着善人们指引的道路前进，不退者啊！追随王仙们的行为吧！坚战啊！(21)

以上是吉祥的《摩诃婆罗多》中《和平篇》第一百三十章(130)。

— 三一 —

毗湿摩说：

国王应该从自己的王国和别人的王国敛聚财富，贡蒂之子啊！正法是王国之本，依靠财富运转。(1)因此，国王应该敛聚财富，保护财富，这是永恒的正法。(2)国王获取财富不依靠纯洁的方式，也不依靠残暴的方式，而应该依靠中间道路。(3)没有力量，怎么会有财富？没有财富，怎么会有力量？没有力量，怎么会有王国？没有王国，怎么会有荣华富贵？（4）对于高贵的人，缺少荣华富贵，如同死亡。因此，国王应该增加财富、力量和朋友。（5）人们轻视国库空竭的国王，不满意低微的收入，拒绝履行职责。（6）国王享有荣华富贵，就能获得至高荣誉。财富掩盖罪过，犹如衣服遮盖女人羞处。（7）一旦繁荣，过去变心的人们又来依附，像狗那样。而国王始终觉得他们仿佛怀有杀心，婆罗多族俊杰啊！这样的国王怎么会快乐？（8）

国王应该勤奋，不应该懈怠，因为勤奋是男子的勇气。他宁可不幸遇难，也不屈服于任何人。（9）他也可以进入森林与陀私优人为伍，但不应该与目无法度的陀私优人为伍，婆罗多子孙啊！行为暴戾的陀私优军队很容易获得。（10）如果目无法度，所有的人都会惊恐不安，甚至缺乏怜悯之心的陀私优人也会产生疑惑。（11）国王应该确立安定人心的法度。即使是细小的法度，也会在世间受到尊重。（12）有的人认为没有今生和来世。不能信任这种心怀疑惧的邪教徒。（13）像善人那样，陀私优人获取别人的财富而不杀生。对于遵守法度的陀私优人，众生也会喜欢。（14）

杀死不参战的人，侵占他人妻子，忘恩负义，夺取婆罗门的财产，不留余地，逼迫妇女就范，这些在陀私优人中也受谴责。（15）陀私优人也摒弃这些行为，婆罗多子孙啊！只要不存心毁灭陀私优人，那么，可以肯定，陀私优人夺取财富后，不会采取斩尽杀绝的行为。（16）因此，即使生杀大权在握，也要对陀私优人留有余地，不要自以为强大有力，采取暴戾行为。（17）给别人留有余地也就是给自己留有余地，孩子啊！不给别人留有余地，自己就会永远处在没有余地的恐惧中。（18）

以上是吉祥的《摩诃婆罗多》中《和平篇》第一百三十一章（131）。

一三二

毗湿摩说：
通晓古事的人们讲述行为准则，认为正法和利益对于聪明的刹帝利不言自明，无须讨论和证明。（1）讨论合法和非法，犹如讨论是不是狼的踪迹。在这世上，谁也看不到合法和非法的结果。（2）国王应该努力成为强者。强者控制一切。在这世上，强者赢得财富、军队和大臣。（3）不富有则败落，贫贱如同残渣。而强者即使行为不当，别人出于恐惧，也无可奈何。（4）真理和权位这两者能免除恐怖。我认为力量优于正法，正法依据力量。（5）正法立足力量，犹如动物立足大地。正法追随力量，犹如烟雾受风控制。（6）不能自主者以正法为力量，犹如蔓藤依附大树。而正法顺从强者，犹如快乐顺从享受者。没有强者办不成的事。强者所做的一切都是纯洁的。（7）弱者作恶也受限制，世上所有的人回避他，犹如回避豺狼。（8）败落者受到藐视，生活痛苦。屈辱的生活形同死亡。（9）人们说，受到罪恶行为的打击和语言之箭的伤害，痛苦难熬。（10）

　　老师们教导解除罪恶的方法是学习三吠陀，侍奉婆罗门。（11）以甜蜜的语言和行为待人，思想高尚，与高贵的家族联姻。（12）称颂别人的美德，表白自己也应该这样。念诵咒语，依礼献水，和蔼可亲，不嚼舌多嘴。（13）与婆罗门和刹帝利为伍，做许多难做之事，即使受到世人非议，也不以为然。（14）通过这些行为，迅速涤除罪恶，他就会受人尊敬。他就能享受财富和幸福，在今生备受尊敬，在来世也赢得大功果。（15）

　　　　以上是吉祥的《摩诃婆罗多》中《和平篇》第一百三十二章（132）。

一三三

毗湿摩说：
　　在这方面，人们引用一个古老的传说，讲述一位陀私优遵守法度，来世不遭受毁灭。（1）他英勇善战，聪明睿智，博学多闻，不残酷，维护不朽的正法，热爱婆罗门，尊敬老师。（2）他是尼沙陀（猎人），名叫迦波维耶，生自尼沙陀母亲和刹帝利父亲，遵行刹帝利正法。他身为陀私优（盗匪），仍然获得成功。（3）在森林中，他每天早晨和黄昏激怒鹿群。他熟知各种鹿和它们的饮水处。（4）他通晓一切众生的正法,熟悉林中地形,经常出没在巴利耶多罗山麓,武器精锐,箭无虚发。(5)他独自一人战胜了数百支军队。他在大森林中侍奉年迈目盲的父母。(6)他供给蜜糖、肉、根茎、果子和各种食物,以礼相待,行为端正。(7)他保护居住林中的出家人和婆罗门,猎取鹿肉,送给他们。(8)有些人对陀私优的食物心存疑虑,不愿接受,他就在天亮前将鹿肉放在他们的屋前。(9)数千个目无法度、缺乏怜悯之情的陀私优选他为酋长。(10)

陀私优们说:

智者啊!你通晓天时地利,戒律坚固,武器精锐,成为我们的酋长吧!你是众望所归。(11)你怎么吩咐,我们就会怎么做。像父母那样,依照规矩保护我们吧!(12)

迦波维耶说:

你们不要杀害妇女、胆怯的人、学生和苦行者,不要杀害不参与战斗的人,不要强占妇女。(13)在一切众生中,无论如何不要杀害妇女。永远要保障牛和婆罗门的安全,为了他们的利益而战斗。(14)不要毁坏谷物,不要妨碍耕作,不要滋扰拜神、祭祖和接待客人的地方。(15)在一切众生中,婆罗门值得享有豁免权。应该补偿他们的损失,哪怕献出自己的全部财富。(16)一旦他们受到冒犯,想要挫败某人,那么,在这三界中,谁也保护不了这人。(17)谁藐视婆罗门或者企图消灭婆罗门,他必定会失败,犹如升起的太阳必定落下。(18)在这世上,按照能力盼望成果。军队用于进攻那些拒绝向我们进贡的人。(19)刑杖用于惩戒,而不是用于杀戮。有些人折磨有教养的人,以杀戮为正法。(20)这些专门危害王国的人,犹如蛆虫随同死尸一起灭亡。(21)然而,在这世上,遵照法典行事,即使是陀私优,也能迅速获得成功。(22)

毗湿摩说:

他们完全遵照迦波维耶的教导行事,戒绝一切罪恶。(23)迦波维耶通过这种行为,获得伟大的成就。他让善人们幸福安康,让陀私优们摒弃罪恶。(24)谁经常称述迦波维耶的事迹,他就不会惧怕林中任何生物。(25)他既不惧怕生和死,也不惧怕善人和恶人,因为他是森林中的主人,国王啊!(26)

以上是吉祥的《摩诃婆罗多》中《和平篇》第一百三十三章(133)。

一三四

毗湿摩说：

在这方面，通晓古事的人们引用梵天吟唱的偈颂，说明国王依靠什么方式充实国库。（1）刹帝利不能夺取举行祭祀的人们的财富，那是属于天神的财富。刹帝利能夺取不举行祭祀的陀私优的财富。（2）这些受到保护的臣民和食物都属于刹帝利。在这世上，财富属于刹帝利，不属于其他人。（3）刹帝利的财富用于军队，用于祭祀。割取不能食用的草，用作煮食的燃料。（4）通晓吠陀的人们认为，如果不祭供天神和祖先，徒有财富。（5）遵行正法的国王才有资格夺取财富，因为他不喜欢那种徒有其名的财富。（6）以自己为手段，夺取恶人的财富，赐给善人，我认为这样的人是通晓正法者。（7）正如野草在污泥中滋生，一些会说话的人在罪恶中成长，因此，无视祭祀的行为也蔓延。（8）不祭祀者的行为如同蚊虫、蚂蚁和牛虻，正法也照此安排。（9）正如大地上突然扬起的尘埃和勃发的幼草嫩芽，正法也变得越来越微妙。（10）

以上是吉祥的《摩诃婆罗多》中《和平篇》第一百三十四章（134）。

一三五

毗湿摩说：

在这方面，请你认真听取这个无与伦比的故事，说明在决定事情该做不该做时，不要迟疑。（1）贡蒂之子啊！在一个不深的池塘里，有许多鱼。其中三条沙恭罗鱼是好朋友，结伴而行。（2）这三条鱼中，一条善于把握时机，另一条富有远见，第三条行动迟疑。（3）有一天，许多渔民来到池塘，挖开各个堤口，往低处放水。（4）意识到池塘即将枯竭，心生恐惧，那条富有远见的鱼对两位朋友说道：（5）"所有的水中生物大祸临头，趁现在水路还通畅，我们赶快游往别处吧！（6）善于施计应对未来的不幸，就不会陷入困境。听我的话，赶快逃走吧！"（7）那条行动迟疑的鱼说道："你说得有理，可是我认为不必匆忙采取行动。"（8）而那条沉着稳健的鱼对富有远见的鱼说道："到时候我会采取适当行动，不会损失什么。"（9）听罢它俩的话，富有远见的鱼立即动身，借助一股水流，游入一个更深的池塘。（10）

看到池塘里的水流尽，渔民们用各种工具抓鱼。（11）他们搅动池塘泥浆，抓住那条行动迟疑的鱼和其他的鱼。（12）看到渔民们用绳子串起这些鱼，那条沉着稳健的鱼便混在这些鱼中，咬住绳子。（13）就这样，它咬住绳子，呆在那里。而渔民们以为所有的鱼都已抓住。（14）然后，渔民们在清水中刷洗这些鱼，那条沉着稳健的鱼立即从绳子上松口，逃跑了。（15）而那条行动迟疑的鱼生性愚钝，缺乏智慧，如同感官损坏的傻瓜，走向死亡。（16）

谁头脑愚痴，不意识到危险降临，就会像那条行动迟疑的鱼，迅速走向毁灭。（17）谁自以为聪明，不在一开始时采取有效行动，就会像那条沉着稳健的鱼遭遇危险。（18）谁能应付未来之事，就会像那条富有远见的鱼获得至高幸福。（19）分、秒、顷刻、瞬间、刹那、天、半月、月、季和年。（20）大地称作地区，时间不可见，事业获得成功取决于方法正确。（21）在有关正法、利益和解脱的经典中，仙人们指出这两者（地点和时间）是人的根本。（22）事先经过考察，正确地采取行动，依靠地点和时间，便能获得成果。（23）

以上是吉祥的《摩诃婆罗多》中《和平篇》第一百三十五章（135）。

一三六

坚战说：

婆罗多族雄牛啊！你认为运用智慧应对未来之事和突发之事至关重要，行动迟疑导致毁灭。（1）婆罗多族俊杰啊！我想听取这种至高智慧，这样，即使遭到敌人包围，也不会头脑昏聩。（2）智者啊！你精通正法和利益，熟谙一切经典，你能回答我提出的问题，俱卢族俊杰啊！（3）遭到许多敌人侵犯，国王应该怎么办？我想如实听取这一切。(4) 许多敌人过去受过打击，现在围堵这位陷入困境的国王，一心想要消灭他。(5) 面对周围许多强大的敌人，他孤单无助，怎样应付？(6) 婆罗多族雄牛啊！他怎样分辨朋友和敌人？在这危急时刻，怎样对待朋友和敌人？(7) 明显是敌人，这时成为朋友，他应该怎样做，才能获得幸福？(8) 他应该与谁斗争？与谁联盟？处在敌人中间，弱者应该怎样做？(9) 这是一切事情中最重要的事情，折磨敌人者啊！没有人能讲述，很少有人听取。(10) 惟有恪守誓言和控制感官的福身王之子毗湿摩精通此道，大臂者啊！请你告诉我这一切吧！(11)

毗湿摩说：

坚战啊！你提出的问题很有意义，婆罗多子孙啊！请听我详细讲述危难中的处事秘诀，孩子啊！(12) 敌人变成朋友，但也会伤害朋友。行事方式经常依情况而定。(13) 在决定事情该做不该做时，先要认清地点和时间，然后才采取信任或敌对的行动。(14) 永远应该团结为自己谋利益的智者，婆罗多子孙啊！为了挽救生命，甚至可以与敌人媾和。(15) 永远不与敌人媾和，并不明智，婆罗多子孙啊！这样的人不能达到目的，获得成果。(16) 根据利益需要，与敌人媾和，与朋友对立，会获得大成果。(17)

在这方面，人们引用一个古老的传说，那是在一棵榕树下，猫和老鼠的对话。(18) 在一座大森林里，有一棵大榕树，蔓藤缠绕，飞鸟麇集。(19) 这棵树长在吠伦底耶附近，树干粗大，高耸似云，绿阴凉爽宜人，布满各种野兽。(20) 有一只聪明绝顶的老鼠，名叫波利多，住在树根，备有一百个出口。(21) 有一只猫，名叫洛摩舍，舒服地住在树枝上，忙于捕鸟。(22) 有个旃陀罗来到这里，住在吠伦底耶，经常在太阳落山后，布下套索。(23) 他布下皮筋套索后，就回家安睡，天亮时再来。(24) 每天夜里，有许多野兽陷入套索。这一天，那只猫不小心陷入套索。(25)

聪明绝顶的老鼠波利多发现自己永久的敌人陷入套索，知道现在是好时机，便无所畏惧地出洞游荡。(26) 它放心地在林中游荡觅食，很快看到一块食用的肉。(27) 它爬上套索，吃那块肉，心中嘲笑在它上方陷入套索的敌人。(28) 正当它专心吃肉时，忽然看到自己的另一个可怕的敌人来临。(29) 那是住在地洞中的一只猫鼬,名叫诃利迦,貌似芦花,眼睛棕红,动作敏捷。(30) 它闻到老鼠气味,迅速走近,站在地面,仰脸舔着嘴唇,想要吃掉老鼠。(31) 这时,老鼠看到树枝上还有一个敌人,那是住在树洞里的一只猫头鹰,名叫旃陀罗迦。这个夜行者喙角尖锐。(32)

老鼠处在猫鼬和猫头鹰两个敌人的视野内,极其恐惧,思忖道:(33)"大祸临头,死亡迫在眉睫,四周充满恐怖,应该怎样谋求生路?"(34) 到处存在危险,到处景象相同,它满怀恐惧,作出最后决定:(35) "危机四伏,恐怖弥漫,大祸临头,生的希望百分之一。(36) 如果我匆忙下地,猫鼬会抓住我。如果我呆在这里,猫头鹰会抓住我。如果猫挣脱套索,也会抓住我。(37) 像我这样的智者决不能失去理智。只要一息尚存,我就要努力拯救自己的生命。(38) 智者富有智慧,精通政事论,无论遇到大祸或大福,都不会慌乱。(39) 我看到现在除了这只猫之外,我别无依靠。它身陷困境,我可以帮它大忙。(40) 面对三个敌人,我要活命,怎么办?因此,我就依靠猫这个敌人。(41) 依靠刹帝利的策略,我为它谋求利益。这样,我巧妙地蒙骗这三个敌人。(42) 它是我的宿敌,但现在陷入绝境。这个傻瓜出于自己的利益可能会与我联合。(43) 它处境危险,会与我媾和。老师们说过,遭到强者欺凌,身陷困境,为了活命,甚至可以与敌人联合。(44) 在这世上,聪明的敌人也强似愚蠢的朋友,我的生命就靠猫这个敌人了。(45) 我要告诉它救护自己的道理,通过我俩联合,这个敌人可能成为智者。"(46)

于是,这只通晓事物真谛、把握和平和战争时机的老鼠,以安慰的口吻对猫说道:(47) "我以朋友身份对你说,猫啊!你想不想活命?我希望你活命,希望我俩都安然无恙。(48) 善人啊!你不必沮丧。你会像从前那样活着。我会救你。为了救你,我可以舍弃生命。(49) 我心里想出一个好办法,既可救你,也可以保障我的安全。(50) 我左思右想,发现这个办法对你和对我都有好处。(51) 猫鼬和猫头鹰站在附近,不怀好意,猫啊!只要它们不抓我,我就平安无事。(52) 这只猫头鹰停留在树枝上,发出鸣叫,眼睛转动,紧盯着我,令我惊恐不安。(53) 善人之间,七步成朋友。你是我的邻居,

第十二　和平篇

是位智者。我会陪着你，你不必害怕会死去。（54）没有我，你扯不断套索，猫啊！只要你不杀害我，我会咬断你的套索。（55）你住在树上，我住在树根。我俩是这棵树的老住户，这些你都知道。（56）任何人不信任他，或者，他不信任任何人，智者不称赞这两种人。这两种人永远心神不宁。（57）因此，让我俩增强友爱，携手联合。智者们不赞赏错过时机，徒劳无功。（58）你要明白这样做的好处。我希望你活命，你也希望我活命。（59）一个人靠一块木头渡过水深的大河。他把木头带到对岸，木头也把他带到对岸。（60）我俩也用同样的办法共渡难关。我救你，你也救我。"（61）这些话符合它俩的利益，充满道理，有说服力。波利多说完后，期待着回答。（62）

猫这个聪明的敌人听后，觉得老鼠说得很好，蛮有道理，可以接受。（63）这只聪明睿智、能说会道的猫称赞老鼠说的话，它考虑到自己身处绝境，用温柔的话向老鼠表示致敬。（64）洛摩舍这只猫门齿尖利，眼睛如同吠琉璃珠子，温和地望着老鼠，说道：（65）"善人啊！祝你幸运！我很高兴，你愿意救我的命。如果你有好办法，你就实施吧！不要耽搁！（66）我处境危险，而你处境比我更危险。我们两个难兄难弟携手联合吧！不要耽搁！（67）你抓紧时间实施吧！让我俩获得成功吧！一旦我摆脱困境，你也不会一无所获。（68）我委身于你，忠诚于你，像学生那样为你谋求利益。我听从你的指示，寻求你的庇护。"（69）

听了这些话，波利多知道自己已经控制住猫，又对它说了这些合理和有益的话：（70）"像你这样的智者说话慷慨大度，不足为怪。请听我讲述我为我俩的利益想出的办法。（71）我十分惧怕猫鼬，我要躲在你的身边。你要保护我，不要杀害我。这样我能解救你。（72）这只卑劣的猫头鹰也在打我的主意，你要保护我。我会咬断你的套索，朋友啊！我向你发誓。"（73）

洛摩舍听了波利多这些切实合理的话，高兴地望着它，向它表示欢迎。（74）聪明的猫怀着友情，向老鼠表示敬意，想了一想，立即愉快地说道：（75）"快来吧！祝你幸运！你是我的朋友，如同我的生命，智者啊！由于你的恩惠，我很快就会获救。（76）我在这种情况下，能为你做什么，你就吩咐吧！我会照办。让我俩携手联合，朋友啊！(77)一旦脱离危险，我和我的亲戚朋友会为你做一切对你有益的事情，让你喜欢。(78)善人啊！一旦摆脱困境，我肯定会报答你，让你高兴。"(79)

老鼠让猫理解了自己的利益所在，放心地走近猫，正确地实施计划。(80)聪明的老鼠赢得猫的信任，放心地呆在猫的怀中，犹如躺在父母怀中。(81)猫鼬和猫头鹰看到老鼠呆在猫的怀中，便绝望地返回各自窝中。(82)通晓地点和时间的波利多呆在猫的怀中，一点一点地啃啮套索，把握时机，国王啊！(83)猫在套索中忍受着折磨，看到老鼠慢吞吞地啃啮套索，心里着急。(84)老鼠波利多依旧慢吞吞地啃啮套索，猫开始催促道：(85)"善人啊！你为什么不快点？你已达到目的，为什么漫不经心？杀敌者啊！你咬断套索吧！那个猎人就要来了。"(86)

受到催促，聪明的波利多对这只身不由己、智慧也不圆满的猫，说了这些对自己有利的话：(87)"你要保持安静，善人啊！不要着急，不要慌张。我们懂得时间。时间不会失去。(88)在不恰当的时间做事，不会达到目的。而在恰当的时间做事，会获得大成果。(89)你在不恰当的时间得救，我会惧怕你。因此，你要等待时机，何必着急，朋友啊！(90)一旦我看到旃陀罗手持武器来临，在我俩都感到恐怖的时刻，我会咬断你的套索。(91)这时，你脱身爬上树，除了逃命之外，不会再想任何其他的事。(92)这样，你在恐怖中逃跑，我钻进洞中，你窜上树枝。"(93)

这只猫富有智慧，通晓话语含义，一心想要活命，听了老鼠为自己的利益说的话。(94)洛摩舍已经迅速兑现自己的诺言，提供庇护，因而对行动迟缓的老鼠说道：(95)"善人们不喜欢这样对待朋友的事情，正如我迅速帮你摆脱困境，(96)你也应该迅速为我谋求利益，大智者啊！你要努力保证我俩安全幸福。(97)或许你记着过去的怨恨，故意拖延时间。看啊！显然是过去做的坏事折我寿命。(98)我过去出于无知，对你做过任何不愉快的事，你不要往心里去。我求你宽恕，请开恩！"(99)

听了猫的话，聪明睿智的老鼠通晓经典，说了这些精彩的话：(100)"我听了你的话，知道你维护自己的利益，猫啊！但你要知道，我也维护自己的利益。（101）友谊中含有惧怕，友谊与惧怕相伴，因此，应该善于保护自己，犹如伸在蛇嘴前面的手。（102）谁与强者结盟后，不保护自己，犹如饮食不当，反而有害身体。（103）谁也不是谁的朋友，谁也不是谁的知己，那是利益的互相结合，犹如驯象引出林中野象。（104）一旦事情做完，谁也不会关心做事者。因此，做任何事情应该留有余地。（105）到时候，你惧怕旃陀罗猎人，一心只想逃跑，就不能抓我。（106）许多皮绳都已经咬断，就剩下这一根了。我会迅速咬断它，洛摩舍啊！你就放心吧！"（107）

这两位落难者这样说着话，夜晚逝去。恐惧侵袭洛摩舍。（108）天亮后，来了那个名叫波利伽的旃陀罗，丑陋，肤色棕褐，臀部肥大，（109）秃头，粗鲁，带着一群狗，螺耳，大嘴，面目狰狞，手持武器。（110）猫仿佛看到阎摩使者，心惊胆战，对波利多说道："现在你怎么办？"（111）猫鼬和猫头鹰也看到这个面目狰狞的猎人，顿时满怀恐惧，绝望地走开了。（112）它俩强壮而又聪明，尽管距离很近，也无法强行施暴。（113）看到猫和老鼠结盟共事，猫鼬和猫头鹰迅速返回各自住处。（114）这时，老鼠咬断猫的那根绳索。猫一脱身，就纵身上树。（115）摆脱恐怖，摆脱可怕的敌人，波利多钻进洞里，洛摩舍登上树枝。（116）旃陀罗目睹这一切，顿时希望破灭，捡起套索，离开那里，返回自己的住处，婆罗多族雄牛啊！（117）

摆脱恐怖，保住宝贵的生命，洛摩舍在树顶上，对洞中的老鼠波利多说道：（118）"没有打个招呼，就突然离开我。你不要怀疑我。我知恩图报，与人为善。（119）你信任我，救我的命。现在是享受友谊的时候，你为何不走近我？（120）曾经结为朋友，事后便不交往，这样的愚者在遇到危难时，不会获得朋友。（121）朋友啊！你竭尽全力与我结为朋友，应该享受患难之交的友谊。（122）我的所有亲戚和朋友都会尊敬你，就像学生尊敬可爱的老师。（123）我和亲友们都会尊敬你。知恩图报，有谁会不尊敬救命恩人？（124）你就成为我的身体和房屋的主人，掌管我的一切财产吧！（125）你就成为我的大臣，像父亲那样指导我，智者啊！我以自己的生命发誓，你不必害怕我们。（126）你的智慧是优沙那化身，而我们力量强大。你的智谋和力量相结合，就能获得胜利。"（127）

猫这样极力劝慰老鼠，而老鼠通晓至高目的，为了自己的利益，细声柔气，对猫说了这些话：（128）"你说的所有这些话，我已经听到，洛摩舍啊！现在你听听我的想法。（129）应该了解朋友，也应该认清敌人。在这世上，这是智者们公认的微妙之事。（130）朋友装成敌人，敌人装成朋友。受到安抚，陷入激情和贪欲，就会不清醒。（131）没有天生的朋友，也没有天生的敌人。出于实际需要，而成为朋友或敌人。（132）他依靠某人才能活着，达到自己的目的。这样，他与某人成为朋友，不会闹翻。（133）没有永久的友情，也没有永久的怨恨。出于实际利益，而成为朋友或敌人。（134）事过境迁，朋友成为敌人，敌人成为朋友，因为自己的利益更重要。（135）不顾实际利益，一味信任朋友，不信任敌人，他的生命不会安全。（136）不顾实际利益，心地纯洁，他就辨别不清朋友和敌人。（137）不应该信任不可信任者，也不应该过分信任可信任者，盲目信任带来危险，摧毁根基。（138）可以看到，父亲、母亲、儿子、舅父、外甥和其他亲友，也讲究实际利益。（139）父母也会抛弃败落的爱子。世人全都保护自己，请看，自己的利益至高无上！（140）

"我认为你精通诡计，在获救后，马上追逐猎物，无疑容易得手。（141）你原先从榕树上下来，缺乏警觉，轻举妄动，在这里陷入套索。（142）轻举妄动者不能保护自己，又怎么能保护别人？毫无疑问，轻举妄动毁掉一切事情。（143）甜言蜜语对某人说：'你是我的亲人。'请听我详细讲述这一切假象。（144）他变得可爱有原因，他变得可憎也有原因。这个生命世界惟利是图，没有谁对谁可爱。（145）同胞兄弟之间的情谊，夫妻之间的恩爱，在这世上，我不知道有无缘无故的爱。（146）兄弟之间和夫妻之间有时出于其他原因也会争吵，但又会自然地相亲相爱。其他人则不会这样相亲相爱。（147）人们或因施舍而亲近，或因好话而亲近，或因颂诗、祭品和咒语而亲近，都有实际目的。（148）

"我俩之间，有缘则亲近，无缘则不亲近。缘分失去，亲近也就告终。（149）我想你为何要亲近我，我们都很明白，无非是要吃掉我。（150）时间改变缘分。缘分依据自己的利益。智者懂得自己的利益。世界追随智者。（151）你不应该对精通自己利益的智者说这样的话。你没有处在困境,缺乏合适的时机。你是出于自己的目的。(152)我立足和平和战争,不会偏离自己的利益,如同云彩一刻不停变幻形象。(153)此刻成为敌人,此刻成为朋友,此刻又成为敌人,请看!策略变化多端。(154)我俩事出有因,曾经产生友情。现在,友情随着时间和原因一起消失。(155)因为你毕竟是我的敌人,出于实际需要而成为朋友。现在,事情了结,自然又成为敌人。(156)

"我如实通晓各种经典,你说说,我怎么会进入你的那个套索?(157)我凭借你的勇气得救,你也凭借我的勇气得救。我俩互相有恩,不必再聚首。(158)善人啊!你已经达到目的,我俩的事情已经了结。我对你不再有用,除非供你食用。(159)我是食物,你是食者。我是弱者,你是强者。我俩力量悬殊,无法联合。(160)我认为你很聪明,在获救后,马上寻觅食物,无疑容易得手。(161)你因觅食而受缚,获救后,又受饥饿驱使。你盯上我这个通晓经典者,想要吃掉我。(162)我知道你饥饿,知道你觅食的时间。你盯上我,想要拿我充饥。(163)你还把自己的妻儿托付给我,朋友啊!我实在承受不起。(164)你的可爱的妻儿忠于你,看到我和你在一起,它们难道不会吃掉我?(165)

"我不会与你联合。联合的理由不复存在。如果你还记着我的好处,那就为我的幸福想想吧!(166)敌人受饥渴折磨,正在寻觅食物,哪个智者会走进他的领域,供他食用?(167)祝你幸福!我要离去。即使在远处看到你,我也惊恐不安。我不会与你联合,洛摩舍啊!你就打消这个念头吧!(168)接近强者,从不受到称赞,智者啊!即使平安无事,我也总是惧怕强者。(169)如果我可以为你效劳,你就说吧!我为你做些什么?除了我自己之外,我愿意把一切都献给你。(170)为了保护自己,可以抛弃子孙、王国、珠宝和财物。即使抛弃一切财产,也要自己保护自己。(171)我们听说,王权、财物和珠宝即使落入敌人手中,只要活着,还会看到它们回归。(172)但是,不应该像献出财物和珠宝那样献出自己,而应该千方百计保护自己,即使舍弃妻子和财物。(173)认真观察,努力保护自己,这样的人不会失足陷入灾难。(174)弱者正确了解比自己强大的敌人,一

心保护自己,他们的智慧不会动摇。"(175)

显然,这只猫受到老鼠波利多责备,感到羞愧,对它说道:(176)"我承认你富有智慧。你曾为我效劳。你通晓事物真谛,说了这些话,与我见解不同。(177)贤士啊!你不应该误解我。由于你救了我的命,我对你怀有好感。(178)我懂得正法,懂得美德,尤其是我知恩图报。我热爱朋友,尤其是你这样的朋友。(179)因此,贤士啊!你不应该排斥我。只要与你联合,我可以舍弃生命和亲友。(180)别人看不起像我这样的智者,通晓正法真谛者啊!你不应该怀疑我是谋杀者。"(181)

老鼠受到猫称赞,想了想,对猫说了这些含义深刻的话:(182)"我听了贤士你说的话,十分动听。但我不能相信。即使赐给我赞美之辞和大量财物,也不能使我相信你。(183)智者们不会无缘无故受敌人控制,朋友啊!你要知道,在这方面,优沙那吟诵过两首偈颂。(184)为了对付共同的敌人,与强者联合,要小心谨慎,注意策略,事成之后,不应该信任强者。(185)在一切情况下,都要保护自己的生命,只有活着,才会有财产、子孙和一切。(186)简而言之,政事论的至高原则是不信任。不信任他人,最合乎自己的利益。(187)弱者不轻信,甚至不会遭到强者杀害。强者轻信,也会很快遭到弱者杀害。(188)猫啊!我始终保护自己,免遭你这样的强者杀害。你也要保护自己,免遭生性狠毒的旃陀罗杀害。"(189)

老鼠这样说着,猫顿时心生恐惧,惊慌不安,迅速跑回自己的窝。(190)聪明的波利多通晓经典真谛,展示了自己的智慧和才能,也进入洞中。(191)就这样,波利多是弱者,凭借智慧,也能独自挫败许多强者。(192)智者可以与强大的敌人媾和。老鼠和猫互相依靠而得救。(193)我已经向你详细说明刹帝利正法之道,大地之主啊!现在再听我简要总结。(194)

互相有冤仇者现在互相表示亲热,但他俩的心中互相保持警惕。(195)智者正确地依靠智慧的力量,获得成功。如果疏忽大意,智者也会败于愚者。(196)因此,惧怕而貌似不惧怕,不信任而貌似信任。小心谨慎,坚定不移。如果不坚定,就会遭到毁灭。(197)有时应该与敌人媾和,有时应该与朋友交战,坚战啊!通晓真谛的人们经常这样说。（198）想想这些，把握经典含义，大王啊！精勤努力，小心谨慎，预先保持对恐怖的警惕。（199）应该心怀恐惧，有所准备，有所警惕。从恐惧和谨慎中产生智慧。（200）事先惧怕恐怖的人，到时候就不会惧怕，国王啊！不知惧怕的人放松警惕，到时候会极度惧怕。（201）决不要鼓励别人"别害怕"。一个人知道自己无知，就会去请教有见识的人。（202）因此，惧怕而貌似不惧怕，不信任而貌似信任。要知道责任重大，不要采取任何虚妄不实的行动。（203）

我向你讲述了这个传说，坚战啊！听了之后，你要在朋友中间照着去做。（204）你要从中吸取深邃的智慧，把握敌人和朋友的区别，和平和战争的时机，摆脱灾祸的方法。（205）为了对付共同的敌人，与强者联合，要小心谨慎，注意策略，事成之后，不应该信任强者。（206）这种策略符合人生三要，坚战啊！你爱护众生，要依据这种经典学说，再度崛起！（207）你要与婆罗门共同谋事，般度之子啊！婆罗门是天上人间的最高幸福所在，婆罗多子孙啊！（208）这些知法者永远知恩图报，主人啊！它们早就获得胜利，行为纯洁，备受尊敬，人主啊！（209）你会合理合法依次获得王国、荣誉、名声、子孙和至高幸福，国王啊！（210）这个猫和老鼠关于和平和战争的故事语言生动，尤其蕴含智慧，婆罗多子孙啊！国王始终记住这些，就能在敌人的营垒中间周旋。（211）

以上是吉祥的《摩诃婆罗多》中《和平篇》第一百三十六章（136）。

一三七

坚战说：

你提出不要信任敌人，大臂者啊！如果对任何人都不信任，国王怎样行动？（1）信任会产生极大危险，国王啊！但不信任他人，国王又怎样战胜敌人？（2）听了关于不信任的说法，我的思想混乱，祖父啊！请你解除我的疑惑。（3）

毗湿摩说：

贡蒂之子啊！请听在梵授的住处，梵授和布阇尼的一次对话，国王啊！（4）这只名叫布阁尼的雌鸟，长期住在甘毕梨耶城梵授王的后宫里。（5）她像命命鸟一样通晓一切生物的鸣叫声。虽然生而为鸟，她通晓一切，熟谙一切正法。（6）她在这里生下一个色泽美丽的儿子。同时，王后也生下一个儿子。（7）她每天去海边采集两个果子，喂养自己的儿子和王子。（8）一个果子给儿子，另一个果子给王子。果子味美似甘露，滋养力量和光辉。王子吃了这些果子，发育良好。（9）

一天，王子在保姆手臂中与这只鸟玩耍。没人注意，他拿起这只与他同时出生的鸟，捏死了它，王中因陀罗啊！然后，他又依偎在保姆手臂中。（10）雌鸟采果回来，看到儿子被那个孩子杀死，躺在地上，国王啊！（11）看到儿子死去，布阁尼泪流满面，忧愁悲伤。她痛苦不堪，哭泣着说道：（12）"不能与刹帝利共事，没有欢乐，没有友情。用得着时，尊重你；达到目的，抛弃你。（13）不能信任害人的刹帝利。他们总是伤害他人，然后，说些毫无意义的安慰话。（14）对于这个忘恩负义、残酷无情的人，我要采取同样的报复行动。（15）他杀害与他同时出生、共同进食和受他庇护者，犯了三重罪。"（16）

说完，布阁尼用自己的双爪撕裂王子的双眼，然后在空中说道：（17）"故意作恶很快遭到报应。报复的行动无所谓善恶。（18）任何恶事如果不在作恶者身上得到报应，就会在他的儿子或孙子身上得到报应。"（19）

梵授说：

我们对你造成伤害，你已作了报复。我俩已经扯平，布阁尼啊！住下吧，别离开！（20）

布阁尼说：

得罪了人，还留在那里，智者们不赞赏这种做法，最好还是离开那里。（21）不应该轻信仇家的安慰话，国王啊！傻瓜很快遭到杀害，因为冤仇不容易平息。（22）冤仇还延及仇家互相的子孙。子孙毁灭后，还延及另一个世界。（23）不轻信任何结有冤仇的人，才会有幸福。对于背信弃义的人，决不能信任。（24）不应该信任不可信任者，也不应该过分信任可信任者。应该让别人信任，而不应该信任别人。（25）父母是最亲的亲人，妻子意味衰老，儿子只是种子，兄弟成

为敌人，同伴永远伸手索取，惟有自己知道自己的苦乐。(26)

互相结有冤仇，不会轻易和解。我住在这里的理由不复存在。(27) 得罪了人，还受到馈赠和尊敬，心中不会产生信任，必定仍然担惊受怕。(28) 在一个地方，先是受尊敬，后来不受尊敬，智者应该离开这个住处。(29) 我长期住在你的宫中，不受伤害。如今结下这个冤仇，我只能离开，祝你幸福！(30)

梵授说：
采取相应的报复行动并不错误，这样也就扯平了，布阇尼啊！住下吧，不要离开！(31)

布阇尼说：
作恶者和报复者不会言归于好，心中都记着过去的事。(32)

梵授说：
作恶者和报复者会言归于好。一旦冤仇平息，就不会再犯罪过。(33)

布阇尼说：
冤仇不会消失。不能轻信自己受到安抚。愚者轻信而遭到杀戮。我们最好还是互相不要见到。(34) 有些人能顶住锋利的武器逼迫，却顶不住安抚，犹如野象顶不住驯象引诱。(35)

梵授说：
住在一起，甚至谋害者之间也会产生温情，犹如狗和旃陀罗，互相信任。(36) 互相结有冤仇的人，住在一起会变得缓和。敌意不会持久，犹如莲花上的水珠。(37)

布阇尼说：
智者们知道冤仇的起因有五种：妇女、住处、言语、敌对和过失。(38) 明白了实际情况，尤其作为刹帝利，不应该公开和暗中杀害报复者。(39) 不应该信任结下冤仇的人，即使他是朋友。埋在心中的敌意犹如藏在木堆中的火。(40) 财物、惩罚、安抚或学问都不能平息冤仇之火，国王啊！犹如不能熄灭大海中的地火。(41) 冤仇之火一旦点燃，伤害之事一旦做出，只要其中一方不毁灭，火焰就不会熄灭。(42) 得罪了人，还受到馈赠和尊敬，心中不会安宁，不会产生信任，必定仍然担惊受怕。(43) 过去，我没有伤害你，你也没

有伤害我,出于信任,住在一起,现在,我不再信任。(44)

梵授说:

人人依据时间做应该做的事。各种事情也依据时间运作。在这世上,有谁得罪谁?(45)生和死同样运转。人人依照时间做事,依据时间活命。(46)有些人同时遭到杀害,有些人一个接一个遭到杀害。犹如火获得燃料,时间焚烧众生。(47)我们互相之间,我不是你的依据,你也不是我的依据,贤女啊!永远是时间确定生物的苦乐。(48)因此,你就住在这里吧!随着时间产生温情,不会受伤害,布阇尼啊!我已经宽恕你,你也应该宽恕我。(49)

布阇尼说:

如果时间是依据,那么,对谁也不会产生怨恨。这样,亲友遭到杀害,人们为何要报复?(50)如果时间确定生死苦乐,那么,在从前,天神和阿修罗为何要互相杀戮?(51)如果时间造成一切,那么医生为何要为病人治疗?为何要用药?(52)人们为何忧愁悲伤,号啕大哭?如果时间是依据,人们为何要依法行事?(53)你的儿子杀死我的儿子。我伤害你的儿子,国王啊!由此,我应该遭到你的囚禁。(54)我为自己的儿子悲伤,对你的儿子行凶,这样,你也应该杀害我。请听我告诉你实情。(55)

人们捕鸟,或者为了食用,或者为了玩耍。除了杀死和囚禁之外,没有第三种做法。(56)一些鸟害怕遭到杀害和囚禁,设法逃脱。通晓正法的人们说到逃亡的痛苦。(57)人人热爱生命,人人热爱儿子,人人惧怕痛苦,人人向往幸福。(58)梵授啊!衰老是痛苦,贫穷是痛苦,与可憎者共处是痛苦,与可爱者分离是痛苦。(59)遭到敌人囚禁、遭到杀害以及由妇女引起的痛苦,永远与幸福一起运转。(60)有些傻瓜说,在别人的痛苦中没有痛苦。只有不懂痛苦的人,才会在大庭广众说这种话。(61)痛苦哀伤的人怎么会说这种话?他懂得一切痛苦的滋味,别人的和自己的一样。(62)

国王啊!我对你做的事,你对我做的事,几百年也不能化解,克敌者啊!(63)我们互相做的事,使我们无法和好。你一想起自己的儿子,就会冒出新的敌意。(64)结下了冤仇,还想表示亲热,犹如破碎的陶罐,不可能复原。(65)精通利论的人们认为不信任是幸福之源。从前，优沙那对波罗诃罗陀吟诵过两首偈颂。（66）信任仇家真真假假的话，结果遭到杀戮，犹如采蜜者掉进枯草覆盖的深井。（67）冤仇在家族之间长久不会平息。只要家族中有人，就会讲述往事。（68）国王掩藏敌意，加以安抚，然后摧毁对方，犹如将水罐摔在石头上。（69）在这世上，得罪了某人，就不能再信任他，国王啊！信任得罪的人，会招来痛苦。（70）

梵授说：

不信任他人，就不能敛聚财富，不能指望获得什么。经常怀抱恐惧，活着如同死亡。（71）

布阇尼说：

脚上有伤口，还要走动，甚至偷偷跑步，他的双足肯定会伤势更重。（72）眼睛发炎，还要顶风瞭望，他的双眼肯定会剧烈疼痛。（73）不知道自己的力量，选择一条错误的道路，执迷不悟，最终丢掉性命。（74）不掌握雨情，也不辛勤努力，就是耕种土地，也收获不到谷子。（75）经常吃有营养的食物，无论苦涩香甜，都能获得长寿。（76）在正常饮食之外，还贪吃其他食物，不计后果，最终丢掉性命。（77）

天命和人力互相依存。高尚的人立足行动，无能之辈听天由命。（78）对自己有益的事情，无论艰难或轻松，都应该去做。无所事事的人经常陷入贫困，一无所有。（79）即使存在风险，也要勇敢面对。即使舍弃一切，也要做对自己有益的事情。（80）人们说，知识、勇气、才能、力量和坚定是五个天生的朋友，智者们在这世上依靠它们生存。（81）人们说，一个人在任何地方，都能获得住宅、金属、土地、妻子和朋友。（82）智者在任何地方都愉快，在任何地方都光彩照人。他不想威胁任何人，而受到威胁也不会惧怕。（83）智者的财产即使不多，但总会增长。他凭能力做事，凭自制立足。（84）

智慧浅薄的人迷恋家庭，恶妻子吃他的肉，犹如母蟹吃幼蟹。（85）有些人智慧迷失，只想到"家庭、土地、朋友和国家"，萎靡不振。（86）在疾病和饥饿的折磨下，一个人可以离开充满苦难的故土。或者体面地住着，或者移居别处。（87）因此，我不能住在这里，而要移居别处，国王啊！你的儿子做了一件不该做的事。（88）一个人应该远离坏妻子、坏儿子、坏国王、坏朋友、坏亲戚和坏国家。（89）对坏儿

257

子无法信任。与坏妻子怎么会有欢爱？在坏王国里没有快乐。在坏国家里不能生存。（90）坏朋友的友情不牢固，不能与你长久相处。坏亲戚在你遭遇挫折时态度冷淡。（91）

妻子应当说话甜蜜，儿子应当带来快乐，朋友应当值得信任，国家应当赖以生存。（92）国王严格执政，无须强迫命令。他也关心穷人，不徇私情。（93）国王具备品德，以正法为眼睛，妻子、儿子、亲戚、朋友和国家，一切都安宁。（94）国王不懂正法，众生遭受压迫，走向毁灭。国王是人生三要的根基。他应该兢兢业业，保护众生。（95）他收取六分之一赋税，如果不保护众生，便是国贼。（96）国王亲自赐人无畏，却不制订规则。他不懂得正法，要承担一切世界的罪恶，坠入地狱。（97）国王赐人无畏，经常确定规则，依法保护众生，被称作创造一切幸福者。（98）

生主摩奴指出，父亲、母亲、老师、保护者、火神、财神和阎摩，这些是国王的七种属性。（99）国王怜悯众生，如同父亲。谁欺骗国王，就会转生为牲畜。（100）国王关心受苦者，如同母亲；惩治恶人，如同火神；控制众生，如同阎摩。（101）赐给可爱的人们财物，如同满足人们愿望的财神；教导正法，如同老师；保护众生如同保护者。（102）国王以品德取悦城乡居民。他维护品德和正法，王国不会衰败。（103）国王亲自了解城乡居民的事务，在今生和来世都会幸福快乐。（104）臣民始终惶恐不安，穷困潦倒，不堪重负，国王便走向衰败。（105）臣民繁荣富庶，如同池中大莲花，国王便获得一切祭祀的功德，在世上安享荣华富贵。（106）与强者争执，从不受人称赞，国王啊！与强者争执，王国哪会安宁幸福？（107）

毗湿摩说：

这只雌鸟对梵授王说完这些话，便辞别国王，飞往自己想去的地方。（108）我已经讲述梵授王与布阇尼的对话，婆罗多族俊杰啊！你还想要听取别的什么？（109）

以上是吉祥的《摩诃婆罗多》中《和平篇》第一百三十七章（137）。

一三八

坚战说：

随着时代退化，正法和世界衰落，受到盗匪折磨，祖父啊！应该怎样处世立身？（1）

毗湿摩说：

我向你讲述危难中的策略，婆罗多子孙啊！在这种时候，国王应该抛弃温情。（2）在这方面，人们引用一个古老的传说，那是婆罗堕遮与国王焚敌的对话。（3）这位国王名叫焚敌，是绍维罗族大勇士。他走近迦宁迦，询问利益问题：（4）"怎样获得利益？获得后，怎样增长？增长后，怎样保护？保护后，怎样使用？"（5）婆罗门按照询问，对利益问题作出很好的回答，说明道理：（6）

"经常高举刑杖，经常展示勇气，洞幽察微，自身没有漏洞，而看清别人的漏洞。（7）经常高举刑杖，人们就会惧怕。因此，国王应该用刑杖约束一切众生。（8）洞悉真谛的智者赞赏这样做。在四种策略中，刑杖被认为最重要。（9）立足的根基被摧毁，所有的生命都灭亡，正如大树的根部砍断，树枝怎么能生存？（10）智者首先应该摧毁敌人的根基，然后追逐他的盟友和党羽。（11）

"在危难的时刻，应该施展谋略，呈现勇气，善于作战，也善于撤退，不要迟疑不决。（12）他应该只在口头上表示谦恭，内心依然像剃刀。他应该摒弃爱欲和愤怒，说话语气温和。（13）聪明的国王在必要时，与敌人联合，但不盲目信任，事成之后，迅速分手。（14）应该装作朋友，用好话安抚敌人，但要始终保持警惕，犹如警惕房屋中的蛇。（15）挫败敌人的智慧，用过去的事安抚他。对于愚者，用未来之事安抚；对于智者，用目前之事安抚。（16）想要繁荣，就应该双手合十，发誓，安抚，俯首致敬，流泪。（17）在背运时，可以用肩膀负载敌人。一旦时来运转，就应该粉碎敌人，犹如将陶罐摔在石头上。（18）王中因陀罗啊！人宁可像丁土迦木炭顷刻间熊熊燃烧，也不要像糟糠之火久久闷烧冒烟。（19）不能与忘恩负义的小人认真

共事。事未成,利用你;事成后,鄙视你。因而,做一切事情应该留有余地。(20)

"他的行为最好如同杜鹃、野猪、弥卢山、空屋、蛇和演员。①(21)他应该经常约束自己,振作精神,前往敌人那里,即使情况不好,也要问好。(22)懒惰、怯懦、傲慢、害怕流言和长期等待,这些都不能获得荣华富贵。(23)敌人看不到他的弱点,而他看到敌人的弱点。他像乌龟缩进全身,保护自己的弱点。(24)他像苍鹭那样沉思,像狮子那样威武,像豺狼那样攫取,像兔子那样敏捷。(25)饮酒、掷骰子、女色、狩猎和音乐,都要适度,沉溺其中有害处。(26)他应该将弓藏在草中,睡觉时像鹿那样警醒,必要时视而不见似瞎子,听而不闻似聋子。(27)

"聪明的国王抓住地点和时间,施展勇气。错过地点和时间,凭勇气不会获得成果。(28)认清时机合适不合适,估量自己和敌人的力量强弱,然后采取行动。(29)国王不要用刑杖对付臣服的敌人,犹如母骡怀胎分娩而死。(30)开花的树可能不结果,结果的树可能难以攀登,生果子可能看似熟果子,国王遇到这些情况,不要沮丧。(31)国王应该及时提供希望,也应该给希望设置阻碍。他应该说明希望受阻的原因和道理。(32)恐怖尚未降临时,他应该心怀恐惧,做好准备。一旦恐怖降临,他就应该无所畏惧地应战。(33)一个人不冒风险,无法见到幸福。经历风险而活下来,便能见到幸福。(34)他应该警惕未来的恐怖,克服到来的恐怖。他应该注意力量兴衰消长而出现新的危险。(35)

"放弃眼前的幸福,指望未来的幸福,这不是明智之举。(36)与敌人联合,高枕无忧,犹如睡在树顶,醒来坠落树下。(37)有能力的人应该采取温和的或暴烈的行动拯救自己,履行正法。(38)他应该关心敌人的敌人。他应该警惕自己的间谍被敌人利用。(39)他应该善于利用自己和敌人的间谍。他应该委派邪教徒和苦行者潜入敌国。(40)花园、游乐园、饮水处、旅舍、酒店、妓院、圣地和会堂,(41)邪恶的间谍进入这些地方蛊惑煽动。他们是人间的荆棘。一

---

① 意思是像杜鹃那样借助别人的力量养育自己人,像野猪那样粉碎敌人,像弥卢山那样不可超越,像空屋那样储存财富,像蛇那样寻找强敌的弱点,像演员那样装扮自己。

第十二 和平篇

旦发现,就要制服他们。(42)

"不要信任不可信任者,也不要过分信任可信任者。信任带来危险。不经过观察,不应该信任。(43)有确实的理由,可以信任敌人,而一旦出现转机,就应该打击敌人。(44)他应该永远警惕可疑者,甚至怀疑不必怀疑者,因为可疑者造成致命的危险。(45)虔诚,沉默,束发,身穿袈裟或兽皮,取得仇敌信任,然后像豺狼那样扑向他。(46)儿子或兄弟,父亲或朋友,如果成为自己荣华富贵的障碍,也要除掉。(47)即使是老师,如果傲慢,不知道什么该做不该做,走上邪路,也要施以刑杖。(48)应该恭敬、问候和馈赠敌人,然后剥夺他的一切,犹如尖喙鸟毁灭树上的所有花果。(49)不给予致命打击,不采取暴烈行动,不像渔夫那样杀生,就不能获得至高富贵。(50)没有天生的敌人,也没有天生的朋友。出于实际需要,而成为朋友或敌人。(51)不要放过敌人,即使他哀求怜悯。不必为此难受,应该杀死冒犯自己的人。(52)

"想要繁荣昌盛,就应该不怀嫉恨,经常努力安抚施恩,也应该努力惩罚。(53)在打击之前说好话,在打击之后也要说好话,即使砍了他的头,也要流泪哭泣,表示哀伤。(54)想要繁荣昌盛就应该通过安抚、尊敬和容忍,笼络人心,实现愿望。(55)不应该无故结仇。不应该靠双臂渡河。啃牛角有害无益,损坏了牙齿,又尝不到滋味。(56)人生三要有三种阻碍和三种结果①,明白结果,就能消除阻碍。(57)没有还清的余债,没有扑灭的余火,没有消灭的残敌,还会反复增长。(58)留下的余债,放过的残敌,忽视的疾病,都会继续增长,造成严重的危害。(59)永远要小心谨慎,不要措施不当,即使扎了小刺,挑得不好,也会长久不愈。(60)他应该杀戮敌军,破坏道路,摧毁房屋,毁灭敌人的王国。(61)

"目光似秃鹰,沉稳似苍鹭,活跃似狗,威武似狮子,警觉似乌鸦,行动似蛇。(62)他应该防止大臣们分裂或勾结,防止他们煽动将领,结党营私。(63)温和则受人轻视,严厉则人人自危。该温和

---

① 三种阻碍指正法阻碍利益,利益阻碍正法,爱欲阻碍正法和利益。三种结果对于俗人而言,指正法的结果是利益,利益的结果是爱欲,爱欲的结果是满足感官;对于智者而言,指正法的结果是思想纯洁,利益的结果是祭祀,爱欲的结果是维持生命。

时就温和,该严厉时就严厉。(64)以温和制服温和,以温和制服粗暴。依靠温和,无事不成。因此,温和强似严厉。(65)必要时温和,必要时严厉,事事成功,制服敌人。(66)伤害了智者,不要自以为离他很远,掉以轻心。智者的双臂很长,受了伤害会报复。(67)不应该泅渡无法泅渡的河,不应该夺取敌人能夺回的东西,不应该挖掘无法掘出的根,不应该砍脑袋砍不下的人。(68)所有这些是遇到危难时的行为,人们平时并不都是这样做。一个人应该考虑怎样对付敌人,因此,为了你的利益,我讲述了这一切。"(69)

绍维罗王听了婆罗门这些有益的话,精神振奋,照着去做,和亲友们一起,享受显赫的荣华富贵。(70)

以上是吉祥的《摩诃婆罗多》中《和平篇》第一百三十八章(138)。

一三九

坚战说:

至高正法失落,一切世界逾越正法。非法变成正法,正法变成非法。(1)界限突破,法则混乱,世界遭受国王和盗匪压迫,民众之主啊!(2)所有人生阶段混乱,事业毁坏,人们目睹爱欲、愚痴和贪婪造成的威胁,婆罗多子孙啊!(3)人人互不信任,终日惶恐不安,国王啊!互相欺骗,施计谋害。(4)遍地火光熊熊,婆罗门遭受折磨,乌云不下雨,互相分裂。(5)大地上的一切生计受盗匪控制。这种可怕的时刻来临,婆罗门如何生活?(6)国王啊!满怀怜悯,不愿抛弃子孙,在这种灾难中怎样行动?请你告诉我,祖父啊!(7)世界陷入污淖,国王应该怎样行动?怎样才能不背弃利益和正法?折磨敌人者啊!(8)

毗湿摩说:

大王啊!臣民的安康幸福,雨水、疾病、死亡和恐怖,一切都依赖国王。(9)圆满时代、三分时代、二分时代和争斗时代,婆罗多族雄牛啊!我毫不怀疑,一切都依赖国王。(10)一旦众生苦难的时代来临,应该依靠知识的力量生活。(11)在这方面,人们引用一个古

老的传说,那是众友仙人和一个住在小屋中的旃陀罗的对话。(12)

从前,在三分时代和二分时代之间,按照天意,出现连续十二年的旱灾,国王啊!(13)三分时代结束,二分时代开始,众生富裕的时代临近末日。(14)千眼神(因陀罗)不下雨。老师(毗诃波提)星宿逆转。苏摩(月亮)退回南方。(15)甚至拂晓时分没有雾气,哪里还会有云层?所有的河流干枯,水流消失。(16)由于天意安排,湖泊、池塘、河流和小溪全都失却光彩。(17)水源枯竭,饮水棚断水,婆罗门停止祭祀和诵习吠陀,停止吟唱祝词和投放祭品。(18)人们停止耕作和养牛,停止市场交易,停止集会,停止喜庆节日。(19)地上散落骨头,人们发出哀号,城镇空寂,村舍燃烧。(20)到处都有盗匪、武器和患病的国王,人们互相惧怕而逃空。(21)没有祭神庆典,没有老人和儿童,没有奶牛、山羊和水牛,互相抢夺。(22)婆罗门受到伤害,一切失去保护,成堆的药草干枯,整个大地黯然失色。(23)

坚战啊!在这个恐怖的时代,正法衰落,人们饿得发昏,互相吞食。(24)仙人们抛弃戒规,抛弃祭火和神祇,抛弃净修林,到处流窜。(25)聪慧的大仙人众友居无定所,饥肠辘辘,四处游荡。(26)一天,他来到一座森林里,遇见杀生的旃陀罗的住处。(27)那里地上散落着破碎的瓦片,屋顶铺着狗皮,到处是野猪和驴的碎骨、骷髅和陶罐。(28)那里摊放着死尸的衣服,装饰着祭神用过的花环,还有一些小屋挂着蛇皮花环。(29)四周神庙装饰着猫头鹰羽毛旗帜,悬挂着铜铃,围绕着狗群。(30)

大仙人伽亭之子(众友)忍着饥饿,进入那里,竭力支撑着自己,寻找食物。(31)拘湿迦后裔(众友)到处乞讨,哪儿也得不到肉、饭、根茎、果子或其他食物。(32)他想:"我陷入绝境了!"浑身无力,倒在一座旃陀罗小屋旁。(33)这位牟尼思忖道:"我怎么办才好?怎样才能不白白死去?"王中俊杰啊!(34)他看到旃陀罗小屋中有一块刚被武器杀死的狗的肉,系在绳上。(35)他想:"我应该偷走这块肉。我现在找不到活命的其他办法。(36)在危难中,可以偷窃优秀者、与自己相同者和低贱者。确实,偷窃应该依照次序。(37)首先应该偷窃低贱者,然后是与自己相同者,这些不成,甚至可以偷

窃遵行正法的优秀者。(38)我现在偷窃这个低贱者。我不觉得这是过错。我要获得这块肉。"(39)

大牟尼众友这样决定后,躺在他跌倒的地方,婆罗多子孙啊!(40)他看到夜色深沉,旃陀罗村已经入睡,便悄悄起身,进入那座小屋。(41)旃陀罗在那里,眼睛沾满眼屎,面目狰狞,话声嘶哑,说道:(42)"谁在碰那绳子?旃陀罗村都已入睡,而我醒着,还没入睡,你这该杀的歹徒!"(43)众友仙人顿时感到恐惧,为自己的行为羞愧,慌忙说道:"我是众友。"(44)听到灵魂纯洁的大仙人的答话,旃陀罗急忙从床上起身。(45)他眼中流泪,双手合十,满怀恭敬,对拘湿迦后裔(众友)说道:"婆罗门啊!在这深更半夜,你想做什么?"(46)

众友仙人以安抚的语气对旃陀罗说道:"我饿得要死,要取走这块狗臀肉。(47)我的生命萎缩。我饿得失去记忆。即使我明白自己的正法,也要取走这块狗臀肉。(48)我在你们的住处游荡乞讨,一无所获。于是,我决定犯罪,要取走这块狗臀肉。(49)我因饥饿犯罪,渴求食物,不知羞耻。饥饿败坏正法。我要取走这块狗臀肉。(50)火神是众神之嘴,众神之祭司,饮食纯洁。但这位祭司也享用一切,你要知道,我也是依法这样做。"(51)

旃陀罗对他说道:"大仙人啊!请听我说。听了之后,你照着做,不会背离正法。(52)智者说,狗是低贱的动物。而它的臀部又是身体的污秽部位。(53)大仙人啊!你决策不当。这是错误的行为,尤其是偷取旃陀罗的不洁食物。(54)你寻找其他合适的活命办法吧!不要贪图这块肉,毁了你的苦行,大牟尼啊!(55)你不应该违背智者的道路,混淆职责,优秀的知法者啊!你不要抛弃正法!"(56)

国王啊!大牟尼众友听了他的话,婆罗多族雄牛啊!忍受着饥饿折磨,回答道:(57)"我已经很长时间没有进食。我找不到任何活命的办法。(58)一个垂死的人要活命,会采取任何行动。一个有能力的人,才会遵行正法。(59)刹帝利遵循因陀罗的正法,婆罗门遵循火神的正法。梵火是我的力量。由于饥饿,我要进食。(60)为了活命这样做,不应该受到阻拦。活着胜于死去。活着就能获得正法。(61)我渴望活命,哪怕吃不洁的食物也行。我作出了这个决定,

请你同意吧！（62）只要我活着，就会履行正法，用苦行和知识消除罪孽，犹如光辉的天体驱散弥漫的黑暗。"（63）

旃陀罗说：

你吃这种食物，不会增强体力，不会延长寿命，不会尝到甘露美味。你乞讨别的食物吧！不要想着吃狗肉！婆罗门不应该吃狗肉。（64）

众友仙人说：

现在乞讨困难，不容易获得其他的肉，旃陀罗啊！我没有食物，没有钱财。我受饥饿折磨，走投无路，感到绝望。我认为狗肉中六味俱全。（65）

旃陀罗说：

只有五种有五爪的动物，婆罗门和刹帝利可以食用，婆罗门啊！如果你遵行经典，你就不要想着吃不洁的食物。（66）

众友仙人说：

投山仙人因饥饿而吃掉阿修罗伐达比。① 我处境艰难，忍受饥饿。我要吃狗臀肉。（67）

旃陀罗说：

你乞讨别的食物吧！你不能吃狗臀肉。确实不应该做这种事。但你愿意，你就拿走狗臀肉吧！（68）

众友仙人说：

优秀者是正法的榜样，我追随他们的行为。我认为现在狗臀肉是最洁净的食物。（69）

旃陀罗说：

恶人的行为不是永恒的正法。不应该追随不正当的行为。你不要找借口，做错事。（70）

众友仙人说：

仙人不会做恶事，不会做受人鄙视的事。我认为现在狗和鹿对我都一样，因此，我要吃狗肉。（71）

旃陀罗说：

为了婆罗门的利益，那位仙人应邀而吃，这是合适的。无罪才是

---

① 投山仙人吃掉伐达比（又译婆陀毗）的故事参阅《森林篇》第97章。

正法，应该采取一切手段保护正法。（72）

众友仙人说：

我是婆罗门。我的身体是我的朋友，是我在世上最尊敬的亲人。我想要维持它，因而要获取这块肉，不惧怕像你们这样残酷的人。（73）

旃陀罗说：

人们宁愿抛弃生命，也不吃不洁的食物。智者在这世上实现一切愿望。你就带着饥饿实现愿望吧！（74）

众友仙人说：

无论怀疑死后的存在，还是相信果报的毁灭，我希望自己仍然活着。为了保护命根，我要吃这不洁的食物。（75）我愿意区分智慧和自我。混同两者犹如混同皮肤和眼睛，是出于愚痴。即使我的行为可能出错，我也不会像你这样的人。（76）

旃陀罗说：

我的想法是希望你不要陷入痛苦。我指责你这位婆罗门，显然行为不当。（77）

众友仙人说：

尽管青蛙叫个不停，牛照样饮水。你不掌握正法发言权，不要再自我吹嘘。（78）

旃陀罗说：

我是作为朋友劝导你，婆罗门啊！因为我同情你。你要好自为之，不要贪吃狗肉。（79）

众友仙人说：

如果你是我的朋友，希望我好，那就解救我的苦难。我明白自己依法行事，你就交出狗臀肉吧！（80）

旃陀罗说：

我不敢给你这块肉，也不愿意看着你夺走我自己的食物。我给你，你接受，婆罗门啊！我俩都会染上污垢。（81）

众友仙人说：

今天，我做了这件错事，就能活着，努力净化自己。灵魂净化，我就能履行正法。你说说，两者之中，哪个重要？（82）

旃陀罗说：

人世的职责，自己最清楚。你知道什么是错事。如果认为狗肉可以吃，我想这样的人就会无所禁忌。(83)

众友仙人说：

在获取方式或食物禁忌上的过错，应该经常依据规则确定例外。如果没有造成伤害，没有故意说谎欺骗，那么，在食物禁忌上的过错并不严重。(84)

旃陀罗说：

如果这是你吃不洁食物的理由，那么，你是不遵循吠陀和其他正法。因此，婆罗门俊杰啊！你说"我不认为吃不洁食物有错"。(85)

众友仙人说：

没见过吃了什么会堕落。饮酒会堕落，也只是说说而已。诸如此类的行为，一点也不会妨碍职责。(86)

旃陀罗说：

由于身处逆境，或穷困潦倒，或沾染污垢，行为端正的智者犯了错误，即使他后来恢复原状，也应该为此受到惩罚。(87)

毗湿摩说：

旃陀罗说完这些话，沉默不语。而众友仙人主意已定，取走狗臀肉。(88)这位大牟尼渴望活命，取走这块狗臀肉，与妻子一起享用，然后前往森林。(89)这时，婆薮之主（因陀罗）开始下雨，救活一切众生和药草。(90)众友仙人通过苦行消除罪孽，经过很长时间，获得无上奇妙的成就。(91)因此，灵魂高尚的智者通晓方法，一旦身处困境，想要活命，就应该采取一切方法拯救自己出困境。(92)依靠这种智慧，就能长久保持生命。只要活着，就能获得功果，看到幸福。(93)因此，贡蒂之子啊！在这世上，自我控制的智者依靠自己的智慧判断合法和非法。(94)

以上是吉祥的《摩诃婆罗多》中《和平篇》第一百三十九章（139）。

一四〇

坚战说：

这种可怕的教诲仿佛是不可信任的谎言。我难道不该摒弃这种陀私忧的行为准则吗？（1）我困惑，我沮丧，我的正法崩溃，忧心忡忡，无法振作。（2）

毗湿摩说：

这不是出自纯洁的经典的正法教诲。这是智慧的产物，智者们采集的蜜。（3）国王应该随时随地运用多种智慧。单靠一种正法，世间不能运转。（4）国王经常依靠智慧遵行正法，获得胜利，俱卢后裔啊！你要理解我的话。（5）富有智慧的国王渴望胜利，获得胜利。国王应该随时随地依靠智慧履行正法。（6）国王不能单靠一种方式履行正法。软弱的国王哪里会运用前人未曾示范的智慧？（7）

不知道两重性的人，一遇到两重性，就会产生疑惑，婆罗多子孙啊！应该事先依靠智慧，明了两重性。（8）智慧有侧面，犹如河流有分支。人们以这种或那种方式理解正法。（9）有些人掌握正确的知识，有些人掌握错误的知识。知道了真实情况，可向善人获取知识。（10）违背正法的人曲解经典，缺乏财富的人挑剔财富理论。（11）渴望活命，渴望知识和名誉，而违背正法，他们全都是恶人。（12）思想迟钝，不成熟，也就不知道真实情况。不通晓经典，在哪儿也不能立足。（13）挑剔经典，曲解经典，这些人掌握知识，也不正确运用。（14）指责别人的知识，宣扬自己的知识，以语言为刀剑，仿佛榨干知识之果，婆罗多子孙啊！你要知道，他们是知识商人，如同罗刹。（15）他们寻找借口，摒弃众所周知的正法。我们听说，正法经典不依靠言说和智慧。（16）

因陀罗亲自指出这是毗诃波提的观点。据说，经典的任何说法不无道理。（17）一些人依据自己熟知的经典作出判断。有些智者说世间活动就是正法。（18）智者不急躁，不愚痴，不无知，亲自履行为善人制定的正法，婆罗多子孙啊！（19）智者在集会上用符合经典的

智慧和语言讲解经典，受到称赞。（20）无知者说出的话，如果合乎道理，也被认为是好的。它们没有害处，而有价值。（21）

优沙那曾经为提迭们解除疑惑，指出不能言明的知识不是真正的知识。（22）如果你不认清虚妄的话语，听任它摧毁根基，你会让谁感到满意？（23）你不看到自己生来就是从事艰巨的事业。你要努力履行王道！别人由此获得解救，为此感到高兴。（24）梵天创造羊、马和刹帝利，都是出于同样的理由。因此，众生的日常生活得以维持。（25）杀死不该杀者是错误，不杀死该杀者也是错误。这样的法规也有人会逾越。（26）因此，严厉的国王应该让众生恪守自己的正法，否则，他们会像豺狼一样互相吞食。（27）在他的王国中，盗匪成群，像乌鸦从水中叼鱼那样，掠夺别人的财产，这是刹帝利的耻辱。（28）

国王啊！你要让出身高贵、通晓吠陀的人担任大臣，统治大地，依法保护众生。（29）对待贫穷者和游手好闲者，不懂得两者的不同，这样的国王是刹帝利中的懦夫。（30）依照正法，不要严厉，也不要不严厉，这样会受到称赞。你不应该混淆这两者。你既要严厉，也要温和。（31）刹帝利正法是严酷的，而你始终充满温情。你生来就是从事艰巨的事业，因此，统治王国吧！（32）聪明睿智的帝释天（因陀罗）在危难中说过，永远要惩治恶人，保护善人，婆罗多族雄牛啊！（33）

坚战说：

有没有其他人也不会逾越的陀私优法则？我询问你，优秀的善人啊！请你告诉我，祖父啊！（34）

毗湿摩说：

应该侍奉富有学问、苦行和善行的婆罗门。这是至高的净化方式。（35）你永远要像对待天神那样对待婆罗门，国王啊！婆罗门一发怒，会做出各种事情。（36）他们高兴，你就会获得名誉；他们不高兴，你就会遇到麻烦。高兴的婆罗门如同甘露，不高兴的婆罗门如同毒药。（37）

以上是吉祥的《摩诃婆罗多》中《和平篇》第一百四十章（140）。

一四一

坚战说：

祖父啊！你是大智者，精通一切经典，请你告诉我保护避难者的正法。（1）

毗湿摩说：

保护避难者是重要的正法，大王啊！你确实应该询问这个问题，婆罗多族俊杰啊！（2）尼伽等等国王保护避难者，获得至高的成就，大王啊！（3）听说有只鸽子按照礼仪尊敬前来避难的敌人，还奉献自己的肉。（4）

坚战说：

这只鸽子怎么用自己的肉供养前来避难的敌人？它得到什么结果？婆罗多子孙啊！（5）

毗湿摩说：

请听这个消除一切罪孽的圣洁的故事，国王啊！那是婆利古后裔讲给牟朱恭陀国王听的。（6）普利塔之子啊！从前，国王牟朱恭陀谦恭地向婆利古后裔询问这件事，婆罗多族雄牛啊！（7）婆利古后裔向这位谦恭的国王讲述这只鸽子获得成就的故事，国王啊！（8）现在请你专心听我讲述这个蕴含正法、爱欲和利益的故事，大臂者啊！（9）

有一个捕鸟者，凶恶可怕，行为卑劣，在大地上游荡，如同死神。（10）肢体黝黑似乌鸦，腰粗，颈细，脚短，颧骨凸出，粗鲁生硬，一心作恶。（11）他没有朋友，没有亲戚，从事可怕的恶业，遭人唾弃。（12）他经常拿着网，在森林里捕杀鸟类，出售鸟肉，国王啊！（13）他灵魂邪恶，长期从事这种职业，而不觉得卑贱。（14）他天生愚痴，长期与妻子一起玩乐，不喜欢其他职业。（15）

有一天，他在森林中，狂风大作，仿佛要拔起那些树木。（16）天空布满乌云和闪电，犹如大海顷刻之间淹没船埠。（17）百祭（因陀罗）满怀喜悦，刹那之间用滂沱大雨淹没大地。（18）到处是水，这个捕鸟者内心恐慌，头脑麻木，浑身寒冷，在森林里乱跑。（19）

他看不出还有高地和低地，林中的道路已被水流淹没。（20）鸟儿在狂风侵袭下，始终蜷缩着。鹿、狮子和野猪都停留在高地。（21）林中居民在狂风暴雨中瑟瑟发抖，受着恐惧和饥饿的折磨，一起在森林中乱跑。（22）

这个猎人浑身寒冷，不停地走着，在丛林中看到一棵深蓝似云的大树。（23）这时，猎人看到天空摆脱乌云，清澈明净，布满星星，如同白莲花丛，倍觉寒冷。（24）他灵魂邪恶，朝四处观望，发现这里远离自己的村落，决定在林中度过这一夜，主人啊！（25）他双手合十，对这棵大树说道："我向住在这棵树中的所有神灵寻求庇护。"婆罗多子孙啊！（26）这个捕鸟者用树叶铺地，头枕石头，满怀痛苦地睡下。（27）

以上是吉祥的《摩诃婆罗多》中《和平篇》第一百四十一章（141）。

一四二

毗湿摩说：

有一只羽毛美丽的鸟，长期与伴侣一起住在这棵树的树枝上，国王啊！（1）这一天，它的妻子黎明出去觅食，还没有返回。它看到夜晚降临，心中焦急：（2）"今天风雨交加，我的爱妻还没有回家。不知什么原因，她到现在还没有回来？（3）但愿我的爱妻在林中平安无事。她一离开，我的家就变得空空荡荡。（4）她的眼角鲜红，肢体美丽，声音甜蜜。如果我的爱妻今天不回来，我也就不必活着了。（5）这个善女子热爱丈夫。对于我，她比生命还重要。这个女苦行者知道我疲倦和饥饿。（6）她忠于丈夫，温柔多情。在这大地上，谁有这样的妻子，他就是摩奴创造的幸运儿。（7）人们赞颂在这世界上，妻子以日常生活为伴，是没有同伴的男人的最高保护者。（8）对于得病和陷入困境的人，永远没有比妻子更好的良药。（9）在这世上，没有比妻子更好的亲人，没有比妻子更好的归宿，没有比妻子更好的实现正法的同伴。"（10）

它的妻子已被捕鸟者抓住，现在听到丈夫痛苦诉说的话，心想：（11）"丈夫不满意的妻子不配称作妻子。在火神面前作过证，丈夫是妻子的庇护。"（12）被猎人抓住的雌鸽痛苦不堪，思念痛苦的丈夫，说道：（13）"我告诉你最好怎么做。你听了之后，照着去做吧！你要格外保护避难者，亲爱的夫君啊！（14）这个捕鸟者躺在你的住处附近，受着寒冷和饥饿的折磨。你要尊敬他。（15）伤害避难者所犯的罪孽相当于伤害婆罗门或世界之母——奶牛。（16）我们按照出生的法则，过鸽子的生活。像你这样的灵魂高尚者，永远会顺应本分。（17）我们听说，家主尽力遵行正法，死后会赢得不朽的世界。（18）你已经有儿子，有后代，再生族（鸟）啊！不要怜惜自己的身体，要把握正法和利益，尊敬这位猎人，让他心生喜欢。"（19）

这只雌鸽满怀痛苦，在网中望着丈夫，说了这些话。（20）丈夫听了这些符合正法的话，满怀喜悦，热泪盈眶。（21）这只鸟看到这个以捕鸟为生的猎人，努力按照仪轨尊敬他，（22）说道："欢迎你！请说吧，我能为你做什么？你不要着急，这里就是你的家。（23）赶快说吧，你想要我做什么？我真心诚意对你说话，因为你前来向我们寻求庇护。（24）一个举行五种祭祀的家主尤其应该努力招待避难者。（25）居家者出于愚痴，不举行五种祭祀，他就不能依法获得这世和来世。（26）你放心说吧！我会一切都照你说的办。你不要忧愁和烦恼。"（27）

猎人听了这只鸟的话，说道："我确实冷得难受。驱除我的寒冷吧！"（28）这只鸟听了他的话，努力在地上拢集干燥的树叶，然后，赶快去寻找火种。（29）它到烧炭的地方，叼回一棵火种，点燃干燥的树叶。（30）树叶烧旺后，它对避难者说道："放心暖和自己的身子吧！不必害怕。"（31）猎人听后，说道："好吧！"他烤火暖和身子，恢复元气后，对这只鸟说道：（32）"我饿得难受，希望你给我食物。"听了他的话，这只鸟说道：（33）"我没有能力解除你的饥饿。我们这些林居者经常依靠当天获得的食物维生。（34）我们像林中的牟尼一样，不积聚财物。"说罢，它的脸色羞赧变红。（35）

这只鸟一心想着"应该怎么办？"婆罗多族俊杰啊！它埋怨自己的生活方式。（36）然而，这只鸟很快想出办法，对捕鸟者说道："我会满足你的要求，请你等一会儿。"（37）说罢，这只鸽子用干燥的树叶添旺火堆，满怀喜悦，又说道：(38)"我以前听灵魂高尚的天神、牟尼和父辈们说过尊敬客人的重大正法。(39) 请你赏光！我对你说真话，我决心做到尊敬客人。"(40) 然后，这只信守誓言的鸟仿佛笑着，绕火三匝，投身火中，大地之主啊！(41)

猎人看到这只鸟投身火中，心想："我做了什么？(42) 哎呀！毫无疑问，我残酷无情，该受谴责，犯下了可怕的非法行为。"(43) 看到这只鸟采取这样的行动，猎人哀伤地说个不停，谴责自己的行为。(44)

以上是吉祥的《摩诃婆罗多》中《和平篇》第一百四十二章（142）。

一四三

毗湿摩说：

猎人看到鸽子投身火中，满怀怜悯，继续说道：(1)"我愚蠢残酷，做了什么样的事？只要我活着，心中就永远记着这个罪孽。"(2) 他一再谴责自己，说道："哎呀！我的心思邪恶。我摒弃善业，成为捕鸟者。(3) 今天，灵魂高尚的鸽子施舍自己的肉体，无疑是向我这个恶人提供训示。(4) 恪守正法的鸽子为我示范正法，我将舍弃儿子和妻子，舍弃可爱的生命。(5) 从今天起，我将摒弃一切享受，让自己的身体枯竭，犹如夏天的小池塘。(6) 忍受饥渴烦恼，身体消瘦，青筋暴露，实行各种斋戒，通向彼岸世界。(7) 鸽子施舍肉体，以示尊敬客人。因此，我要遵行正法。正法是最高归宿。在这只优秀的鸽子身上体现的正是这种正法。"(8)

这个行为暴戾的猎人说完这些话，立下严厉的誓言，决定远行。(9) 他扔掉木棍、铁叉、网子和笼子，放走原先抓住的那些鸽子。(10)

以上是吉祥的《摩诃婆罗多》中《和平篇》第一百四十三章（143）。

一四四

毗湿摩说:

捕鸟者走后,雌鸽想起丈夫,满怀忧伤,哭诉道:(1)"亲爱的夫君啊!我不记得我俩之间有过不愉快,鸟啊!一个贤惠的妻子失去丈夫,成为寡妇,即使有许多儿子,亲友们也为她忧伤。(2)你经常爱怜我,尊重我,用许多甜蜜、温柔和动听的话语安慰我。(3)在山谷中,河流中,可爱的树顶上,我和你游戏玩乐,亲爱的夫君啊!(4)我和你也在天空中愉快地飞翔。我一直与你玩耍,而现在我一无所有了。(5)父亲、母亲和儿子的恩赐有限,丈夫的恩赐无限。有哪个女人会不尊敬丈夫?(6)没有比丈夫更高的庇护,没有比丈夫更高的幸福。女人抛弃一切财富,以丈夫为庇护。(7)失去了你,我不应该再活着,夫主啊!哪个贞洁的女人在失去丈夫后还能活着?"(8)

雌鸽满怀悲痛,说了许多伤心的话。她忠于丈夫,投身燃烧的火中。(9)然后,她看到丈夫身穿漂亮的衣裳,站在飞车上,受到灵魂高尚的贤士们尊敬。(10)她的丈夫佩戴美丽的花环和各种装饰品,围绕有无数飞车,载着名声高洁的贤士们。(11)这样,雄鸽在天国与妻子团圆。他凭自己的业绩受到尊敬,在天国与妻子共享欢乐。(12)

以上是吉祥的《摩诃婆罗多》中《和平篇》第一百四十四章(144)。

一四五

毗湿摩说:

猎人看到这对鸽子夫妇乘坐飞车,国王啊!他痛苦地思索善人之道:(1)"我应该通过什么样的苦行达到最高归宿?"他凭智慧作出决定,开始远行。(2)这个以捕鸽为生的猎人决心远行,抛却世俗活动,以风为餐,摒弃私心,渴求天国。(3)他看到一座宽阔的湖泊,布满莲花和各种飞鸟,湖水清凉。看到这样的湖泊,无疑能满足口渴者的愿望。(4)猎人实行斋戒而极度消瘦,国王啊!他却满怀喜悦,走向猛兽出没的森林。(5)猎人抱定决心,进入森林。在进入森林时,处处遇到荆棘。(6)他在荒无人烟而充满野兽的森林中游荡,肢体被荆棘刺破,淌着鲜血。(7)

后来,由于风吹,一些大树互相摩擦,燃起大火。(8)大火猛烈焚烧充满树木和蔓藤的森林,犹如时代末日之火。(9)风助火势,火星四溅,大火焚烧充满鸟兽的可怕的森林。(10)猎人渴望舍弃肉体,满怀喜悦,跑进熊熊燃烧的大火。(11)在烈火的燃烧中,猎人消除罪孽,获得至高的成就,婆罗多族俊杰啊!(12)他摆脱烦恼,看到自己升入天国,犹如因陀罗处身药叉、健达缚和悉陀们中间,光彩熠熠。(13)

就这样,雄鸽和忠于丈夫的雌鸽,还有猎人,凭借善业升入天国。(14)哪个女人这样追随自己的丈夫,她就会像这只雌鸽一样,迅速升入天国,光彩熠熠。(15)这便是灵魂高尚的猎人和鸽子的事迹,凭借善业获得最合乎正法的归宿。(16)谁经常听取这个故事,称赞这个故事,即使一时思想疏忽,也不会作恶。(17)坚战啊!这是重要的正法。即使杀害母牛者,履行这个正法,也能消除罪孽,优秀的执法者啊!而杀害避难者,他就无法消除罪孽。(18)

以上是吉祥的《摩诃婆罗多》中《和平篇》第一百四十五章 (145)。

一四六

坚战说:

出于愚痴,犯下罪孽,这样的人怎样消除罪孽?婆罗多族俊杰啊!请你告诉我。(1)

毗湿摩说:

在这方面,我要向你讲述一个古老的传说,那是婆罗门修那迦之子因陀罗多向镇群王讲述的。(2)继绝之子镇群王英勇非凡,一时愚痴，犯下杀害婆罗门罪。（3）所有的婆罗门和祭司摒弃他。这位国王日夜忧心如焚，前往森林。（4）他被臣民抛弃，心中充满烦恼，努力行善，修炼严酷的苦行。（5）我要向你讲述这个助长正法的传说。镇群王犯下罪孽，忧心如焚，前往森林。（6）他选择誓言严格的修那迦之子因陀罗多，见面时，紧抱他的双足。（7）

大智者受到惊吓，严厉地谴责镇群王，说道："你犯下杀害婆罗门的大罪，为何来到这里？（8）你要对我们做什么？决不要接触我！走开，走开！你在这里，肯定给我们带来不愉快。（9）你看上去像一具死尸，身上散发血腥气。你貌似纯洁而污秽，貌似活着而死去。（10）你虽然醒来又入睡，愉快地行走活动，但内心已死。灵魂不洁，一心作恶。（11）你徒有生命，活得可悲，国王啊！你生来就是作恶之人。（12）祖先们通过苦行、祭神、礼赞和忍辱，渴求儿子，企盼幸福。（13）请看！由于你的罪孽，你的祖先们坠入地狱。他们寄托在你身上的一切希望落空。（14）人们尊敬婆罗门，赢得天国、长寿、名誉和幸福。而你始终仇视婆罗门，一无所获。（15）由于你的罪孽，你离开这个世界后，会身体倒悬，坠入地狱无数年。（16）你会遭到青颈铁喙的秃鹰叼啄。即使再生，你也将投胎邪恶的子宫。（17）你认为没有这世和来世，国王啊！阎摩殿中的阎摩使者们会让你记住一切。"（18）

以上是吉祥的《摩诃婆罗多》中《和平篇》第一百四十六章（146）。

一四七

毗湿摩说：

听了这些话，镇群王回答这位牟尼，说道："你咒骂我这个该受咒骂者，谴责我这个该受谴责者。（1）你鄙视我和我的行为。我请求你开恩。我做了这一切，犹如烈火焚身。（2）我自作自受，心中并不愉快。我确实万分惧怕阎摩。（3）我不拔出心中之箭，怎么能活下去？请你消除怒气，修那迦之子啊！开导我。（4）我会再次富有，成为婆罗门的大施主。但愿我的家族延续，不要沉沦。（5）不通晓经典，不信仰吠陀，受到婆罗门诅咒，我们的家族就不能延续。(6) 我精神沮丧，再次向你诉说。正如不守法和不祈祷的人们走向毁灭，(7) 正如布邻陀人和沙钵罗人地位低下，不举行祭祀的人们决不会赢得世界。(8) 婆罗门啊！犹如智者对待愚者，父亲对待儿子，请你庇护我这个无知者，给予我智慧。"(9)

修那迦之子说：

智者的种种行为不足为奇。作为众生中的智者，他不会烦恼。(10) 他为别人忧伤，而别人不必为他忧伤。他登上智慧之宫，犹如站在山顶，凭借智慧俯瞰众生。(11) 在善人中受到鄙视，精神沮丧，自我隐藏，这样的人不能到达智慧之宫，看不清应该做什么。(12) 你要懂得吠陀经典中的勇气和崇高，努力保持平静，让婆罗门成为你的庇护。(13) 如果你为自己的罪孽悔恨，如果你理解正法，婆罗门不再生你的气，你就能获得另一个世界。(14)

镇群说：

我为自己的罪孽悔恨，我不再违背正法，修那迦之子啊！我盼望重新享有一切。(15)

修那迦之子说：

摒弃固执和傲慢，国王啊！我希望你愉快。你要牢记正法，为一切众生谋利益。(16) 让众天神和婆罗门听我发誓：我招呼你，不是出于恐惧、软弱或贪婪。(17) 我只是鼓励你遵行正法，别无他求。所有的人会大声指责我。(18) 不通晓正法和不友好的人会指责我，甚至朋友们听了我的话，也会对我恼火。(19) 而有些大智者会理解我的做法，孩子啊！你要知道，我是出于婆罗门的责任。(20) 正像他们依靠我获得安宁幸福，你也这样做吧，国王啊！你要发誓不再伤害婆罗门。(21)

镇群说：

无论语言、思想和行为，我不再伤害婆罗门，我向你行触足礼，婆罗门啊！(22)

以上是吉祥的《摩诃婆罗多》中《和平篇》第一百四十七章 (147)。

一四八

修那迦之子说：

你的思想已经转变，我要向你讲述正法。一旦你吉祥富贵，强大有力，心满意足，就会关注正法。这确实很奇妙，从前行为残酷，（1）后来以自己的行为恩宠众生，国王啊！世人们确信在一切中善恶并存。你过去那样，而现在遵行正法。（2）你抛弃精美的食物和享受，实施苦行，令众生惊奇，镇群王啊！（3）如果弱者成为舍弃者，贫者成为苦行者，并不令人惊奇，因为两者之间相距不远。（4）

考虑不周会造成不幸，而认真考察会带来好处。（5）祭祀、布施、慈悲、吠陀和真实，这些是五种净化手段，大地之主啊！第六种是苦行。（6）苦行是国王最好的净化手段，镇群王啊！正确实施苦行，你就能实现正法，获得幸福。（7）相传，朝拜圣地也是最好的净化手段。人们引用迅行王吟唱的偈颂：（8）"如果一个人再次获得寿命，他应该努力举行祭祀，实施弃世者的苦行。"（9）人们说俱卢之野是圣地，娑罗私婆蒂河的广水是圣地。在那里沐浴饮水，不必担心会早死。（10）你再次获得寿命，前往大湖圣地、布湿迦罗圣地、钵罗跋娑圣地、北湖圣地和迦罗陀圣地。（11）你应该朝拜娑罗私婆蒂河和德利私陀婆底河，努力诵习吠陀，在所有这些圣地沐浴。（12）在净化手段中，弃世是最高的舍弃法。在这方面，人们引用萨谛梵吟唱的偈颂：（13）"正像天真纯朴的儿童无善无恶，在一切众生中也无苦无乐。（14）众生按照本性追逐一切活动，而弃世者的生命摆脱善恶。"（15）

我告诉你国王必须做的事情。你要依靠力量和布施赢得天国，净化自己。（16）一个人具有力量和光辉，他就能驾驭正法。你要统治大地，为婆罗门谋求幸福。（17）你从前打击他们，现在要安抚他们，即使他们一再鄙视你，摒弃你。（18）依靠自己的眼力，确信自己不是杀害者，智者啊！不要发怒，而要努力履行自己的职责，追求至高幸福。（19）有的国王冷酷似雪，或暴烈似火，有的国王如同犁头或雷杵,折磨敌人者啊!(20)不应该认为自己毫无希望,不可救药;不应该自暴自弃,沉溺罪恶。(21)犯了错误,感到后悔,便能摆脱罪孽。再犯错误,只要表示自己将遵行正法,也能摆脱罪孽。第三次犯错误,只要表示自己将遵行正法,也还能摆脱罪孽。(22)

渴望幸福的人应该赞赏有益的行为。接近芳香的人也变得芳香,接近恶臭的人也变得恶臭。(23)专心修炼苦行,很快摆脱罪孽。侍奉祭火一年,犯罪者得到解脱。侍奉祭火三年,杀害胎儿者得到解脱。(24)拯救他曾杀害的那类生命,让它们免遭毁灭,杀害胎儿者得到解脱。(25)摩奴说这如同在马祭结束后,在水中浸三次,默念三次涤罪咒。(26)这样,他就能迅速消除罪孽,受人尊敬。众生会像白痴一样服从他。(27)国王啊!天神和阿修罗一起会见天国老师毗诃波提,询问道:"大仙啊!你知道履行正法的功果,也知道罪恶的地狱世界。(28)如果一个人同样行善和作恶,两者之中,哪种更占优势?请告诉我们业果,大仙啊!善人怎样消除罪孽?"(29)

毗诃波提说:

原先出于愚痴作恶,后来依靠智慧行善,这样的善人消除罪孽,犹如用硷水涤除衣服污垢。(30)一个人犯了罪孽,不应该自暴自弃,而应该保持信心,不怀嫉恨,一心行善。(31)承认自己的错误,犹如显示衣服的破绽,这样的人犯了罪孽,仍会行善。(32)犹如太阳再次升起,驱散一切黑暗,行善之人消除一切罪孽。(33)

毗湿摩说:

修那迦之子因陀罗多对镇群王说完这些话,协助他按照仪式举行马祭。(34)镇群王消除罪孽,光辉灿烂,犹如燃烧的火焰。这位粉碎敌人者进入自己的王国,犹如一轮圆月升入天空。(35)

以上是吉祥的《摩诃婆罗多》中《和平篇》第一百四十八章(148)。

一四九

毗湿摩说:

普利塔之子啊!请听我讲述这个古老的传说,那是兀鹰和豺狼的对话。故事发生在吠迪舍。(1)一些人痛苦不堪,抱着一个未成年夭折的孩子,他们家族的命根,满怀忧伤,哭喊着。(2)他们抱着这个死孩子,走向火葬场。到了那里,他们哭喊着,挨个怀抱孩子。(3)兀鹰循着他们的哭声来到这里,说道:"抛下这个世上的独行者,你们走吧,别耽搁!(4)到时候带到这里来的男男女女有成千成万,难道他们不是亲人?(5)看啊!整个世界由苦乐主宰,人们依次结合和分离。(6)那些抱着死者和跟着死者的人,自己到了寿限,也要死去。(7)不要滞留可怕的火葬场。这里充满兀鹰和豺狼,到处是骷髅,令一切生物恐怖。(8)不管是亲人还是仇人,一到时限死去,就不会复活。这是一切生物的共同归宿。(9)在这个凡人世界,所有生下的人都会死去。在死神安排的道路上,谁能复活死人?(10)在死神安排的世界上,太阳就要落山,抛开对儿子的爱,回家去吧!"(11)

听了兀鹰的话,哭喊的亲人们把儿子放在地上,准备离去。(12)他们放下自己的儿子,对他复活不抱希望,决定离去,踏上归程。(13)这时,一只豺狼从洞中出来,色泽如同乌鸦和乌云,对这些离去的人们说道:"你们这些人真是残酷无情。(14)太阳还在空中,傻瓜啊!你们要表达爱心,不要害怕!生命有时在顷刻之间变化多端。(15)你们对儿子缺乏慈爱,残酷无情,为何把他放在地上,扔在火葬场,就要离开?(16)你们对这个说话甜蜜的幼儿没有感情。以前他一开口说话,你们就感到高兴。(17)你们不看到鸟兽对儿子的慈爱,抚养它们而不求任何回报。(18)鸟兽昆虫喜欢儿子,满怀慈爱,在这世和来世都见不到回报,(19)不同于牟尼们为人们来世幸福举行祭祀,但它们依然抚养后代。(20)不看到可爱的儿子,它们忧愁不断。但儿子们长大后,都不抚养父母。(21)人们没有慈爱,怎么会有忧愁?你们怎么能抛下传宗接代的儿子离去?(22)你们要久久流泪,久久望着他,表达慈爱!这样可爱的孩子,尤其难以舍弃。(23)他软弱无力,接受指控,面对火葬场,而站在这里的是他的亲人们,不是别人。(24)人人热爱生命,人人感受慈爱。你们要看到善人甚至对鸟兽也怀有这种慈爱。(25)这个孩子眼睛大似莲花瓣,如同新郎经过沐浴,佩戴花环,你们怎么能抛下他离去?"(26)

第十二　和平篇

毗湿摩说：
听了豺狼这番悲天悯人的话，所有的人转回来看望死尸。（27）

兀鹰说：
哎呀！这头豺狼凶恶卑贱，智慧浅薄，这些缺乏勇气的人们听了它的话，怎么转回来了？（28）他已被五大元素抛弃，僵硬不动，成为空壳。你们为何为他担忧，而不为自己担忧？（29）你们实施严厉的苦行，摆脱罪孽吧！通过苦行能获得一切，为何要哀伤？（30）你们要知道，肉体注定享有厄运。因此，这个世界给予无尽的忧伤。（31）财富、牛、金子、珠宝和后代，都以苦行为根基，通过苦行而获得。（32）众生依据过去的行为获得幸福和痛苦。人人带着痛苦和幸福出生。（33）儿子不带着父亲的业，父亲不带着儿子的业。摒弃了善业和恶业，人们则走另一条路。（34）你们要努力遵行正法，不要背离正法，按时供奉天神和婆罗门。（35）抛弃忧愁和悲哀，摆脱对儿子的恩爱，让他留在空地上，你们赶快回去吧！（36）无论依法行善或违法作恶，后果都由本人承受，与亲友们有什么关系？（37）亲友们把可爱的亲人放在这里，摆脱慈爱，眼中饱含泪水离开，不再停留。（38）无论愚智，无论贫穷，无论善恶，所有的人都受时间操纵。（39）你们忧伤，为了什么？你们何必为死人忧伤？时间是一切之主，依法一视同仁。（40）无论青年、少年和老年，甚至胎儿，死亡降临一切人。这世界就是这样。（41）

豺狼说：
哎呀！你们满怀对儿子的慈爱，悲痛哀伤，听了智慧浅薄的兀鹰的话，感情变淡。（42）听了这些公正合理、语气尤其谦恭的话，你们抛弃难以抛弃的慈爱，准备前去沐浴场。（43）哎呀！与儿子分离，体会死亡和空虚，人们哭喊着，痛苦不堪，犹如母牛失去牛犊。（44）现在，我懂得大地上人们的忧伤。看到这种可怜的慈爱，我流下眼泪。（45）永远应该作出努力，也依靠天命获得成功。天命和人力相结合，由此达到目的。（46）永远不要绝望。绝望哪会幸福？勤奋努力，才能达到目的。你们为何无情地离开？（47）你们把自己的血肉、家族的命根抛在森林里，要去哪里？（48）等太阳落山，黄昏降临，你们或者带走儿子，或者留在这里。（49）

兀鹰说：

我已经活了整整一千年，人们啊！我没有看到过死了的男女会活过来。（50）有些人死在胎中，有些人刚生下就死去，有些人会走路时死去，有些人年轻时死去。（51）鸟兽也是生命无常。动物和不动物的寿命都是预先注定。（52）每天，人们或与可爱的妻子诀别，或为儿子哀悼，满怀忧伤，离开这里回家。（53）在这里抛下可爱或可憎的人，数以千计，亲友们满怀悲痛离去。（54）抛下这个失去光辉、僵硬不动的空壳吧！他已经移入另一个身体，留下这具僵硬的死尸。（55）你们已为死者流过泪水，为何还不离去？这种慈爱毫无意义，这种拥抱毫无作用。（56）他的双眼看不见，他的双耳听不见，因此，你们抛下他，赶快回家吧！（57）我说的这些话依据解脱法，诚恳有理，你们赶快返回各自的家吧！（58）人们啊！我具有智慧和知识，能说清道理，听了我直言相劝，你们回去吧！（59）

豺狼说：

你们怎么能听从兀鹰的话，抛下儿子？他佩戴各种装饰品，灿若金子，祖先的饭团要靠他供奉。（60）慈爱不可阻遏，悲悼痛哭也不可阻遏。如果抛下这个死者，你们肯定忧伤烦恼。（61）我们听说，以真理为勇气的罗摩杀死首陀罗商部伽，伸张正法，婆罗门孩子得以复活。①（62）同样，王仙湿威多的孩子夭折。由于他始终遵行正法，孩子很快就死而复生。②（63）同样，你们在这里痛哭哀悼，或许有哪位悉陀、牟尼或天神，会对你们表示同情。（64）

毗湿摩说：

听了豺狼的话，人们停下脚步，满怀忧伤，留恋儿子，把头埋在膝上，高举双臂，放声痛哭。（65）

兀鹰说：

你们用眼泪淋湿他，用手掌打扰他，而他在法王（阎摩）安排下，已经进入长眠。（66）即使具备苦行，到时候也不免一死。这里是死城，一切慈爱都结束。（67）在这地上，亲人们抛下儿童和老人，

---

① 一个婆罗门孩子因首陀罗商部伽修苦行而死去。罗摩杀死这个首陀罗，死去的孩子得以复活。参阅《罗摩衍那》中《后篇》第64—67章。

② 王仙湿威多（即斯楞遮耶）的孩子死而复生的故事，参阅本篇第31章。

成千成万，日日夜夜痛苦忧伤。（68）不要执迷不悟，停止悲伤。死者怎么会复活？这决不可信。（69）他不会照豺狼说的那样复活。死者已经抛弃身体，不会复原。（70）即使数百只豺狼献出自己的身体，花费数百年，也不能救活这个孩子。（71）只有楼陀罗、鸠摩罗、梵天或毗湿奴赐予恩惠，这个孩子才会复活。（72）流泪也好，叹息也好，痛哭也好，都无法使他复活。（73）我、豺狼和你们，他的亲人们，全都带着善业和恶业，走在同一条路上。（74）智者应该戒绝可憎的行为、粗暴的言辞、伤害他人、勾引他人妻子、违背正法和弄虚作假。（75）应该努力追求真理、正法、善行和规范，怜悯众生，不虚伪，不狡诈。（76）死者远离正法，看不到活着的父母、亲戚和朋友。（77）他已经命终气绝，两眼看不见，肢体不动弹，你们为何还要哭喊？（78）

毗湿摩说：

亲人们出于对儿子的慈爱，满怀忧伤，听了兀鹰的话，把儿子放在地上，动身回家。（79）

豺狼说：

这个凡人世界真可怕，人人都会死去，与亲人分离，寿命短促。（80）充满虚荣和谎言，恶言相向，争论不休。看到这种状况，徒添痛苦和烦恼。（81）我一刻也不喜欢这个凡人世界。可怜的人们啊！你们听信兀鹰的话，转身回家。（82）你们出于对儿子的慈爱，满怀忧伤，怎么会像傻瓜那样听信灵魂邪恶的兀鹰的话，抛弃对儿子的慈爱，转身离去。（83）痛苦紧随幸福，幸福紧随痛苦。在这个世界上，幸福和痛苦互相伴随，没有一成不变者。（84）你们把这个容貌英俊的孩子扔在地上，傻瓜们啊！抛下这个令家族无限悲痛的儿子，你们去哪里？（85）他年轻美貌，仿佛闪烁吉祥的光芒，我心中毫不怀疑，感到他还活着。（86）这个孩子不会死去，你们会获得幸福，人们啊！你们为儿子悲伤，犹如烈火烧身，今天至死也要耐心等待。（87）你们感受到痛苦，努力维护自己的幸福，现在像傻瓜那样扔下孩子，前往哪里？（88）

毗湿摩说：

这只豺狼住在火葬场，整夜游荡觅食，违背正法，想出一些甜蜜

的谎言。(89) 它为了达到自己的目的,① 说了这些甘露般的话语,亲人们听了不知所措。(90)

兀鹰说：

在这个可怕的林中荒野，遍地死尸，药叉和罗刹出没，豺狼嗥叫。(91) 萧森恐怖，如同乌云。你们在这里，放下死尸，完成葬礼吧！(92) 趁太阳还没有落山，四周依然明亮，你们放下死尸，完成葬礼吧！(93) 周围兀鹰尖叫，豺狼嗥叫，狮子愉快地响应。太阳就要落山。(94) 火葬堆的青烟熏染树木，火葬场上饥饿的动物们满怀喜悦。(95) 这里所有狰狞可怕的食肉猛兽会侵袭你们。(96) 很快，这个林中荒野会充满恐怖。抛下这个僵硬的死尸吧！不要听信豺狼的谎言。(97) 如果你们失去理智，听信豺狼虚假不实的谎言，你们全都会遭到毁灭。(98)

豺狼说：

你们留在这里，不必害怕！只要太阳照着，你们怀着对儿子的慈爱，不要失望。(99) 你们尽可放心痛哭，尽可望着他，表达慈爱。只要太阳照着，你们就留在这里吧！为何要听信兀鹰的话？(100) 如果你们头脑愚痴，听信兀鹰残酷无情的话，你们的儿子就不复存在。(101)

毗湿摩说：

兀鹰和豺狼都受着饥饿驱使，对死着的亲人们说着太阳落山和没有落山。(102) 兀鹰和豺狼都精通自己的职业，依据经典，能言善辩，现在饥渴疲倦。(103) 听了富有学识的兀鹰和豺狼那些甘露般的话语，亲人们忽而留下，忽而离去。(104) 兀鹰和豺狼精通自己的职业，机智巧妙，亲人们满怀忧伤，痛哭哀号，站在那里，不知所措。(105)

正当富有学识的兀鹰和豺狼互相争论，亲人们站在那里，商迦罗（湿婆）来临。(106) 这位佩戴三叉戟的大神对人们说道："我是赐予恩惠者。"悲痛的人们俯首回答道：(107)"我们失去唯一的儿子，还想活下去。你能赐给我们的儿子生命，救我们的命。"(108) 尊神听

---

① 意思是豺狼想要在夜里吃掉这个孩子，如果人们在白天离去，这个孩子就会被兀鹰吃掉。

罢，用充满手掌的水，赐给这个孩子长命百岁的恩惠。（109）这位手持三叉戟的尊神热心为一切众生谋求利益。他也赐给兀鹰和豺狼解除饥饿的恩惠。（110）人们怀着幸福的喜悦，向尊神俯首致敬。他们达到目的，愉快离去，主人啊！（111）

始终不绝望，保持坚定的信心，由于神中之神（湿婆）的恩惠，迅速获得成果。（112）请看亲人们的决心和天神的旨意结合。他们哀伤痛哭，现在擦干了眼泪。（113）请看这些悲痛的人们保持信心，在短时间内赢得商迦罗（湿婆）恩惠，获得幸福。（114）由于商迦罗（湿婆）的恩惠，儿子复活，他们又惊又喜，婆罗多族俊杰啊！（115）他们满怀喜悦，带着儿子，迅速进城，国王啊！这样的智慧适用四种姓所有的人。（116）任何人经常听取这个蕴含正法、利益和解脱的吉祥传说，他在今生和来世都会快乐。（117）

以上是吉祥的《摩诃婆罗多》中《和平篇》第一百四十九章（149）。

一五〇

毗湿摩说：

在这方面，人们也引用一个古老的传说，那是舍尔摩利树和风神的对话，婆罗多族俊杰啊！（1）依傍雪山，有一棵年头很久的大树，树干挺拔，枝叶茂盛。（2）春情发动的大象受炎热折磨，疲惫憔悴，在这里憩息，大臂者啊！其他动物也是这样。（3）大树浓密的树阴覆盖四百腕尺，开花结果，鹦鹉和鸲鹆麇集。（4）旅客、商人、苦行者和林中居民路过这里，便在这棵可爱的大树下歇脚。（5）

婆罗多族雄牛啊！那罗陀看到这棵树干粗壮、枝叶茂盛的大树，走上前去，对它说道：（6）"嗨！你可爱迷人，我们永远喜欢你，优秀的舍尔摩利树啊！（7）你的上面和下面经常住着鹦鹉、鹿和大象，愉快满意。（8）你的枝叶茂盛，树干粗壮，我觉得风神从不摧残你。（9）风神喜欢你吗？他是你的朋友吗？因此，他在森林中始终保护你？（10）风神从自己的地方吹起，以强劲的速度，摇撼大小树木，甚至山顶。（11）纯洁的风神带着芳香，甚至吹干地狱，同样也吹干

湖泊、河流和大海。(12) 毫无疑问,风神怀着友情保护你。因此,你的树叶花果茂盛。(13)

"大树啊!你显得这样可爱。这些飞鸟满怀喜悦,在你这里嬉戏玩耍。(14) 在鲜花盛开的时候,所有的飞鸟分别发出甜蜜动听的鸣声。(15) 这些出类拔萃的大象在炎热折磨下,愉快地来到你这里,寻找舒适,舍尔摩利树啊!(16) 如同弥卢山,其他各种动物也为你增色,住在这里的商队也为你增色,大树啊!(17) 这里还有苦行圆满的婆罗门、苦行者和沙门。我认为你宽阔广大,如同天穹。(18)

"毫无疑问,无所不至的风神出于亲情和友情,始终保护你,舍尔摩利树啊!(19) 你经常无限谦卑地接近风神,说道:'我隶属你。'因此,风神保护你。舍尔摩利树啊!(20) 我想我没有见过在大地上有风力不可摧毁的坚固的树和山。(21) 舍尔摩利树啊!你挺立在这里,枝叶茂盛,肯定出于某些原因,经常受到风神保护。"(22)

舍尔摩利树说:

风神不是我的朋友,也不是我的亲戚,婆罗门啊!因此,这位强大的风神并不保护我。(23) 我的威力像风神一样可怕,那罗陀啊!风神的活力还不及我的十八分之一。(24) 风神摧毁树木、山峰和其他东西,而来到这里,受到我的有力抵御。(25) 这位摧毁一切者不断遭到我的摧毁,神仙啊!因此,即使风神发怒,我也不怕他。(26)

那罗陀说:

毫无疑问,你的观点异乎寻常,舍尔摩利树啊!天下没有谁的力量能与风神相比。(27) 因陀罗、阎摩、财神和水神伐楼拿都不能与风神相比,何况是你,大树啊!(28) 在大地上,无论哪种生物活动,尊敬的风神是生命和活动的创造者。(29) 风神正常活动,生物得以正常生长;风神不正常活动,人间就会遭殃。(30) 你不尊敬这样一位值得尊敬的、一切生物中的优秀者风神,难道还有比这更轻率的想法吗?(31) 你愚蠢软弱,只会说大话,舍尔摩利树啊!你充满怨愤,随口说谎。(32) 我对你这样说话感到愤慨。我要亲口把你说的这些恶言恶语告诉风神。(33) 旃檀树、斯本陀那树、娑罗树、萨罗勒树、松树、吠多萨树和钵达那树,都比你粗壮有力。(34) 这些树灵魂完善,知道风神和自己的力量,从不像你那样诋毁风神,愚者啊!(35)

这些优秀的大树尊敬风神,而你出于愚痴,不知道风神的无穷力量。(36)

以上是吉祥的《摩诃婆罗多》中《和平篇》第一百五十章(150)。

一五一

毗湿摩说：

优秀的知梵者那罗陀对舍尔摩利树说完这些话后,王中因陀罗啊!他把舍尔摩利树说的话全部告诉风神：(1)"在雪山山脊上,有一棵浓阴覆盖的舍尔摩利树,树根粗大,枝叶茂盛,风神啊!它藐视你。(2)它说了许多诋毁你的话,风神啊!我把这些不合适的话告诉你,主人啊！(3)我知道你是一切生物中的优秀者,风神啊!发怒时,如同最优秀、最威严的死神阎摩。"(4)

风神听了那罗陀的这些话,愤怒地走近舍尔摩利树,说道：(5)"你在那罗陀面前诋毁我,舍尔摩利树啊!我作为风神,要向你展示我的威力。(6)我不是不知道你,树啊!我对你很了解。老祖宗(梵天)在创造众生时,在你这里休息。(7)为了让他得到休息,我才赐给你恩惠,愚者啊!你由此得到保护,并不是依靠你自己的勇武,下贱的树啊!(8)你藐视我,仿佛我是另一种俗物。我要向你显示显示,让你知道我。"(9)

听了风神的话,舍尔摩利树仿佛笑着说道："风神啊!你怒不可遏,在森林里自己显示自己的威力吧!(10)把怒气撒在我的身上吧!你满腔愤怒,能对我做什么?风神啊!即使你是自在神,我也不怕你。"(11)风神听罢,说道："明天,我向你展示威力。"随即,夜晚降临。(12)

于是,舍尔摩利树心中掂量风神说的话,感到自己不能与风神相比：(13)"我在那罗陀面前说的关于风神的话不真实。风神强大有力,我的力量不能与他相比。(14)正如那罗陀说的那样,风神永远强大有力。毫无疑问,我的力量还比不上其他一些树。(15)但是,没有哪棵大树的智慧能与我相比。我凭借智慧,能摆脱对风神的恐惧。（16）如果林中的树木都能凭借智慧行事，毫无疑问，就能免遭愤怒的风神伤害。（17）而它们愚昧无知，不像我这样知道满怀愤怒的风神怎样对付它们。"（18）

舍尔摩利树作出决定后，情绪激动，亲自除掉树上的枝枝杈杈。（19）它除尽树上的枝叶和花朵后，在早晨等候风神来临。（20）然后，风神愤怒地呼啸着，刮倒许多大树，来到舍尔摩利树站立的地方。（21）看到舍尔摩利树失去树叶、树杈和花朵，风神微笑着，对这棵光秃秃而又乐滋滋的大树说道：（22）"我愤怒地要对你做的事，也就是折断那些枝杈，全部由你自己做了，舍尔摩利树啊！（23）你失去了枝杈、花朵和嫩芽，由于自己失策，败在我的手下。"（24）舍尔摩利树听了风神的话，也记起那罗陀说的话，羞愧难当。（25）

因此，王中之虎啊！弱者挑衅强者，弱者就会像舍尔摩利树一样后悔。（26）弱者不应该挑衅强者，否则，他就会像舍尔摩利树一样忧愁烦恼。（27）灵魂高尚的人不向仇人表露敌意，而是慢慢地展现自己的力量，大王啊！（28）智慧低下者不应该挑衅以智慧为生命者，智者的智慧犹如掉进棉花堆中的火。（29）

应该记住，没有什么能与智慧相比，同样，没有什么能与力量相比，王中因陀罗啊！（30）因此，王中因陀罗啊！应该容忍儿童、白痴和聋哑人，也应该容忍强者，正像你所做的那样，杀敌者啊！（31）十一支大军和七支大军，大光辉者啊！都不能与灵魂高尚的阿周那的力量相比，国王啊！（32）声誉卓著的般度之子、诛灭巴迦者（因陀罗）之子（阿周那）在战斗中凭借力量消灭敌军。（33）我已经向你详细讲述王法和危机法，婆罗多子孙啊！我还要向你讲述什么？大王啊！（34）

以上是吉祥的《摩诃婆罗多》中《和平篇》第一百五十一章（151）。

一五二

坚战说：

婆罗多族雄牛啊！我想如实知道罪恶的根基和由来。（1）

毗湿摩说：

请听罪恶的根基，人主啊！贪欲是一条大鲨鱼。罪恶来自贪欲。（2）由它产生罪恶和非法，带来无比的痛苦。它是狡诈的根源，造成人们犯罪。（3）贪欲产生愤怒，激发淫欲，引起愚痴、虚幻、傲慢、固执和麻木。（4）贪欲引起急躁、无耻、渴求和无知，吉祥失去，正法毁灭。（5）无视规则，不假思索，从事不法行为，欺诈有术，迷恋美色和权势。（6）对一切众生不信任，对一切众生不真诚，伤害一切众生，脱离一切众生，掠夺他人财产，蹂躏他人妻子。（7）语言粗鲁，思想急躁，残酷无情，动辄训斥，肉欲和食欲强烈，死亡加速。（8）妒忌心强，虚荣心强，难以舍弃，难以劝阻，难以抗衡，贪图味觉和听觉享受。（9）咒骂他人，狂妄自大，吝啬，邪恶，卤莽，从事一切非法行为。（10）

一个人自从诞生，在婴儿期、童年时和青年期，都不会放弃行动的欲望。这种欲望不会随着年龄衰老而衰老。（11）贪欲不会满足，犹如滔滔江河永远无法填满大海，俱卢族后裔啊！对于所得和欲望，贪欲永远不会满意。（12）天神、健达缚、阿修罗、大蛇和一切众生都不真正了解贪欲，国王啊！而制服自我的人能制服贪欲和愚痴。（13）贪婪的人们灵魂不完善，俱卢族后裔啊！他们欺诈，伤害，指责，毁谤，嫉恨。（14）即使有些人学问渊博，掌握许多经典，能够解疑释难，在这方面依然智慧不足，心生烦恼。（15）外表温文尔雅，内心充满仇恨和愤怒，口蜜腹剑，如同草丛覆盖的深井，卑劣的人打着正法的旗号掠夺世界。（16）依靠理智的力量，造出许多道路，而依靠贪欲和无知，毁坏一切道路。（17）灵魂邪恶的人充满贪欲，破坏正法。而秩序遭到破坏，也会殃及破坏者。（18）但见满怀贪欲的人骄傲，愤怒，疯狂，昏睡，喜悦，忧愁，自高自大，俱卢族后裔啊！你永远要记住那些充满贪欲的人是缺乏修养的人。（19）

你会询问什么是有教养的人，我现在告诉你。有修养的人誓言纯洁，不惧怕今生和来世。（20）不贪图肉食，不执著爱憎，举止端庄，行为可爱，善于克制自己。（21）不计苦乐，以真理为最高归宿，是给予者，而不是获取者，富有同情心。（22）始终勤奋努力，供奉祖先和天神，赐福于人，坚定沉着，保护一切正法。（23）为一切众生谋利益，奉献一切，婆罗多子孙啊！精通正法的功能，决不动摇。(24)不背离善人的传统行为，不畏惧，不犹疑，不暴戾，恪守正道。(25)经常受到善人侍奉，不杀生，摒弃贪欲和愤怒，不自私，不自高自大，恪守誓言，遵守法度。你要侍奉他们，向他们请教！(26)

坚战啊！他们遵行正法不是为了获取牛和名声，而像身体的活动，自然而然。(27)他们没有恐惧，没有犹疑，没有忧愁。他们不以正法为旗号，也不故作神秘。(28)他们不贪婪，不愚痴，喜欢诚实和正直，思想不散漫，贡蒂之子啊！你应该热爱他们。(29)他们不为获得而高兴，不为失去而悲痛，不自私，不自高自大，意志坚强，一视同仁。(30)他们头脑清醒，意志坚强，步履坚定，对得失、苦乐、爱憎和生死一视同仁。(31)人人有机会成为有德者。你应该勤奋努力，毫不懈怠，经常想到这些幸福可爱的大威严者。(32)

以上是吉祥的《摩诃婆罗多》中《和平篇》第一百五十二章（152）。

一五三

坚战说：

你已经讲述贪欲是罪恶的根基，祖父啊！我现在想如实听取无知。(1)

毗湿摩说：

出于无知而犯罪，不懂得自我忍耐，仇视善行，这样的人遭到世人谴责。(2)他因无知而堕入地狱，走向恶途，陷入灾难，遭受折磨。(3)

坚战说：

无知的起源、基础、兴衰、根基、运作、归宿、时间和原因，(4)以及无知造成的痛苦，国王啊！我想如实听取这些。(5)

毗湿摩说：

激情、仇视、愚痴、喜悦、忧愁、妄自尊大、爱欲、愤怒、傲慢、懈怠和懒散，(6)欲望、仇恨、烦恼和妒忌他人繁荣，以及恶人们的所作所为，都被称作无知。(7)你询问它的起源和兴衰等等，民众之主啊！请听我详细讲述，大臂者啊！(8) 你要知道，婆罗多子孙啊！无知和贪婪是一回事，有同样的结果，同样的弊端，国王啊！(9) 无知产生于贪欲，随贪欲增长而增长，以贪欲的基础为基础，随贪欲衰退而衰退，趋向各种归宿。(10) 无知以贪欲的根基为根基，归宿取决于时间，因为贪欲割断与否，时间是原因。(11) 贪欲出自无知，无知出自贪欲，一切弊端出自贪欲，因此，应该摒弃贪欲。(12) 遮那迦、优婆那娑、弗栗沙达毗、钵罗犀那耆多和其他一些国王灭除贪欲，升入天国。(13) 你要亲自摒弃贪欲，俱卢族俊杰啊！摒弃了贪欲，你就能在今生和来世享受幸福。(14)

以上是吉祥的《摩诃婆罗多》中《和平篇》第一百五十三章（153）。

一五四

坚战说：

婆罗门努力诵习吠陀，热爱正法，以法为魂，在这世上，他们获得什么样的幸福？祖父啊！(1) 世上见解多种多样，祖父啊！你认为这样的幸福是什么？请你告诉我今生和来世的这种幸福。(2) 正法之路广阔而有很多支路，婆罗多子孙啊！你认为应该优先遵循哪种正法？(3) 国王啊！请你不知疲倦地如实告诉我伟大正法的各种分支及其至高的根源。(4)

毗湿摩说：

我会告诉你怎样获得这种幸福。你作为智者，会满足于知识，犹如饮下甘露。(5) 大仙们依据各自的知识，讲述的正法不止一种。而其中的最高归依是自制。(6) 思想坚定的长者们说，自制是至高幸福。尤其对于婆罗门，自制是永恒的正法。(7) 一个人不自制，他的事业不会获得成功。自制胜于布施、祭祀和诵习吠陀。(8) 自制增强威力。自制是最高的净化手段。一个人涤除罪恶，具备威力，就能获得繁荣。(9) 我们听说在这世界上，没有哪种正法能与自制相比。一切遵行正法的人称颂自制是世上的至高正法。(10) 人中因陀罗啊！一个自制的人赢得伟大的正法，死后也获得至高幸福。(11) 自制的

人愉快地入睡，愉快地醒来，愉快地周游世界，精神安详。（12）不自制的人经常遇到麻烦，由自己的错误造成许多罪孽。（13）

人们认为在人生四阶段中，自制是最高的誓言。我现在向你讲述自制的各种特征。（14）宽容，坚定，不杀生，平等待人，诚实，正直，控制感官，机敏，温和，知耻，不轻浮。（15）不卑劣，不固执，知足，说话可爱，不贪图，不妒忌，这些形成自制。（16）尊敬老师，怜悯众生，不毁谤，不妄语，避免褒贬，俱卢族后裔啊！（17）自制的人摒弃爱欲、愤怒、贪欲、骄傲、固执、傲慢、愚痴、妒忌和蔑视。（18）他无欲，少欲，不妒忌，不受谴责，像大海那样永远不填满。（19）自制的人不受世俗关系束缚——"我是你的人"、"你是我的人"、"他们是我的人"或"我是他们的人"。（20）无论生活在乡村还是森林，都避免褒贬，保持超脱。（21）待人友善，遵守戒律，忠于同伴，摆脱各种执著，死后获得大功果。（22）品行端正，遵守戒律，灵魂清净，通晓自我，在世获得尊敬，死后获得最好归宿。（23）

善人遵行的善业，是具有知识的牟尼的正法，不应背离。（24）出家，定居森林，具有知识，控制感官，等待时机，企盼与梵同一。（25）他不惧怕众生，众生也不惧怕他，摆脱了肉体，无所畏惧。（26）他消耗业，不积聚业，平等对待一切众生，遵行友善之道。（27）毫无疑问，如同空中的飞鸟，水中的游鱼，他的踪迹不可追寻。（28）国王啊！他弃家出走，追求解脱，通向无限光辉的世界。（29）舍弃一切业，舍弃苦行，舍弃各种知识，舍弃一切。（30）不沾染爱欲，灵魂清净，通晓自我，心地纯洁，在世获得尊敬，死后升入天国。（31）

梵天的境界产生于吠陀，永远深藏内心，只有通过自制达到。（32）热爱知识，保持清醒，不妨碍一切众生，不惧怕返回这个世界，更不会惧怕另一个世界。（33）自制只有一个缺点，没有第二个缺点。自制的人宽容大度，人们会认为他无能。（34）但是，这个缺点却有很大的好处，大智者啊！由于宽容大度，容易获得广阔的世界。（35）对于自制的人，何必需要森林？婆罗多子孙啊！自制的人无论住在哪里，那里就是净修林。（36）

护民子说：

坚战听了毗湿摩的这些话，仿佛饮下甘露，高兴满意。（37）他

又向执法者毗湿摩请教苦行,俱卢后裔啊!毗湿摩告诉他一切。(38)

以上是吉祥的《摩诃婆罗多》中《和平篇》第一百五十四章(154)。

一五五

毗湿摩说:

智者们说苦行是一切的根本。愚者不修苦行,也就得不到行动的成果。(1)生主依靠苦行创造一切,仙人们也依靠苦行掌握吠陀。(2)苦行依次以果子、根茎和风为食物。沉思入定的成功者凭借苦行看到三界。(3)药草和药物,精致的三吠陀,一切都靠苦行获得成功,因为苦行是成功的根源。(4)难以获得者,难以学到者,难以攻克者,难以抗拒者,通过苦行,都能实现,因为苦行难以超越。(5)酗酒者,夺取他人财物者,杀害胎儿者,玷污老师床笫者,通过严厉的苦行,可以消除罪孽。(6)

苦行有多种形态,多种门径。对于弃绝生活者,没有比绝食更高的苦行。(7)不杀生,说真话,慷慨施舍,控制感官,大王啊!没有比绝食更高的苦行。(8)没有比施舍更难的事,没有比母亲更高的庇护,没有比三吠陀更高的知识,同样,弃绝是最高的苦行。(9)人们为了保护财产和粮食而控制感官。因此,按照利益和正法,没有比绝食更高的苦行。(10)仙人、祖先、天神、人和猛兽,以及其他各种动物和不动物,(11)全都热衷苦行,依靠苦行获得成功。众天神也是依靠苦行获得崇高地位。(12)依靠苦行,分享种种可爱的成果;依靠苦行,也肯定能获得神性。(13)

以上是吉祥的《摩诃婆罗多》中《和平篇》第一百五十五章(155)。

一五六

坚战说:

婆罗门、仙人、祖先和天神们都赞颂正法中的真理,祖父啊!我

想要听取真理,请你告诉我。(1)国王啊!真理有哪些特征?怎样获得真理?获得真理后,又会怎样?(2)

毗湿摩说:

人们不赞成混淆四种姓的正法。一切种姓的职责不变,便是真理,婆罗多子孙啊!(3)真理始终是善人的正法。真理是永恒的正法,人人应该尊重真理,因为真理是最高归宿。(4)真理是正法、苦行和瑜伽。真理是永恒的梵。真理是至高的祭祀。一切依据真理。(5)我依次如实讲述真理的形态,依次讲述真理的特征。(6)你能听我讲述怎样获得真理,婆罗多子孙啊!在一切世界中,真理有十三种。(7)毫无疑问,真理是平等、自制、不自私、宽容、知耻、忍辱和不妒忌,(8)舍弃、沉思、高尚、坚定、稳固和不杀生,王中因陀罗啊!这些是真理的十三种形态。(9)

真理永远不灭不变,不与一切正法冲突,可以通过瑜伽获得。(10)灭除爱憎,灭除喜怒,平等对待可爱的自己和可憎的敌人。(11)自制是不贪图他人财物,永远坚定沉着,无所畏惧,平息愤怒,可以凭借知识达到。(12)智者们说不自私是约束自己,依法施舍。永远恪守真理,就能成为不自私的人。(13)无论宽容不宽容,可爱不可爱,善人都能容忍。掌握真理的人能够获得这种善行。(14)知耻是努力行善,从不自我吹嘘,语言和思想永远平静。依靠正法,可以达到知耻。(15)忍辱是为了正法和利益而忍受,也被称作宽容。它可以依靠坚定获得,旨在维护整个世界的利益。(16)舍弃是舍弃挚爱,舍弃感官对象。只有摆脱爱憎的人,才能舍弃。(17)高尚是努力为众生做善事,没有固定形态,但要摒弃欲念。(18)坚定是无论遇到幸福或痛苦,都不改变。盼望自己繁荣的智者都具备这种品质。(19)智者善于容忍一切,忠于真理,摒弃喜怒和忧惧,达到坚定。(20)行动、思想和语言不伤害一切众生,慈悲为怀,慷慨施舍,这些是善人们永恒的正法。(21)这十三种形态分别是同一种真理的特征,婆罗多子孙啊!人们享有真理,促进真理。(22)

真理的优点无法说尽,婆罗多子孙啊!因此,婆罗门、祖先和天神们都赞颂真理。(23)没有比真理更高的正法,没有比虚假更高的罪恶。真理是正法的依据,因此,不应该损害真理。(24)真理导致

施舍、祭祀、酬金、誓言、火祭和其他符合正法的决心。（25）一千次马祭和真理用天平衡量，真理重于一千次马祭。（26）

以上是吉祥的《摩诃婆罗多》中《和平篇》第一百五十六章（156）。

一五七

坚战说：

婆罗多族俊杰啊！愤怒、爱欲、忧愁、愚痴、渴求、恶意和骄傲，从何产生？（1）还有贪欲、自私、妒忌、咒骂、怨恨和悲哀，大智者啊！请你如实告诉我这一切。（2）

毗湿摩说：

相传这十三种是众生的劲敌，大王啊！它们纠缠所有的人。（3）它们奋力追逐懈怠的人，犹如豺狼见人就往上扑。（4）凡人永远应该知道，痛苦和罪恶从它们之中产生，婆罗多族俊杰啊！（5）我现在讲述它们的起源、基础和毁灭，人中俊杰啊！请听我说。（6）愤怒产生于贪欲，由其他错误而加强，遇宽容而停止，遇吉祥而平息，国王啊！（7）爱欲产生于欲念，投身其中而加强。由于智者的真知灼见，它遭到非难而消失。（8）智慧浅薄的人们看到经典自相矛盾，便产生渴求。一旦认识到真谛，渴求平息。（9）忧愁产生于与可爱者分离。一旦认识到忧愁无济于事，忧愁立即消失。（10）恶意产生于愤怒、贪欲和习惯。一旦怜悯众生和厌世，恶意消失。（11）自私产生于抛弃善心，损害他人。一旦侍奉善人，自私就会减弱。（12）骄傲产生于出身、学问和地位。一旦认清这三者，骄傲立即消失。（13）妒忌产生于爱欲和俗人之间的竞争，婆罗多子孙啊！一旦运用智慧，妒忌就会消失。（14）咒骂产生于慌乱，说出充满敌意的话，国王啊！一旦不放在心上，就会平息。（15）怨恨产生于不能报复加害自己的强者。一旦心生怜悯，强烈的怨恨就会平息。（16）悲哀产生于经常看到可悲的人和事。一旦认识到正法的地位，悲哀就会平息。（17）人们说内心平静能制服这十三种弊病。持国之子们沾染这十三种弊病。而你灵魂完善，永远制服它们，战胜它们。（18）

以上是吉祥的《摩和婆罗多》中《和平篇》第一百五十七章（157）。

一五八

坚战说：

我经常遇到善人，因而了解仁慈的人。但我不了解凶恶的人以及他们的行为，婆罗多子孙啊！（1）人们躲避行为凶恶的人，犹如躲避荆棘、陷阱和烈火。（2）凶恶的人在今生和来世永远卑劣，婆罗多子孙啊！因此，请你依据正法告诉我，俱卢后裔啊！（3）

毗湿摩说：

凶恶的人内心充满欲求，行动目的明确。但他斥责他人而受斥责，束缚他人而受束缚。（4）凶恶的人自我吹嘘慷慨大度，行为险恶，卑鄙，狡诈，欺骗，不与人分享快乐，傲慢，固执，自高自大。(5)怀疑一切人，粗鲁，愚昧，可悲，吹捧同党，敌视苦行者。(6)以杀生为乐，不辨善恶，虚伪奸诈，贪得无厌，行为残酷。(7)将遵行正法的有德之士视为恶人，推己及人，不信任任何人。(8)公开揭露别人的错误，而自己出于实际利益，也犯着同样的错误。(9)认为有恩于他的人是中了他的圈套，即使赐给恩人财物，也总是感到后悔。（10）在众目睽睽下，独自品尝美味可口的食物。人们知道这是凶恶的人。(11)首先供奉婆罗门，然后与朋友们共享，这样的人在今生享有无限幸福，死后赢得天国。（12）婆罗多族俊杰啊！我已经向你讲述凶恶的人，想要获得幸福的人永远要回避这种人。（13）

以上是吉祥的《摩诃婆罗多》中《和平篇》第一百五十八章（158）。

一五九

毗湿摩说：

精通一切吠陀，为了履行职责，为了老师、父母和妻子，为了诵习吠陀而乞求。（1）这些善良的婆罗门一无所有，依法乞求，应该依据他们各自的学问,向他们施舍。(2)对于其他的婆罗门,则付给祭祀酬金,婆罗多族俊杰啊!对于祭坛之外的婆罗门,不应该施舍生食。(3)婆罗门连同食物和酬金,便是祭祀。国王应该尽力施舍一切财宝。(4)如果备有三年或三年以上的生活给养,他就能饮苏摩汁。(5)恪守正法的国王在位,尤其是婆罗门祭祀时,如果短缺某种财物,(6)国王就应该从一位吠舍家中取走这种财物,以完成祭祀。这位吠舍牲畜成群,而不举行祭祀,也不饮苏摩汁。(7)国王也可以从首陀罗的家中随意取走一点财物,而在首陀罗的家中并没有什么值得获取的财物。(8)有百头牛而不置火,有千头牛而不祭祀,国王应该毫不犹豫地从这两种人的家中取走财物。(9)国王应该经常公开取走不施舍者的财物,主人啊!国王采取这种行动,他的正法就会圆满。(10)

一个六顿未吃的婆罗门,在第七顿时,可以擅自从谷仓、田地或住宅中拿取不作法事者的粮食,但不储存隔宿粮。(11)无论受不受到询问,他都应该报告国王。而通晓正法的国王不应该惩罚他。(12)因为婆罗门忍饥挨饿,说明刹帝利愚蠢无能。国王应该了解他的学问和品行,保障他的生活,像父亲爱护亲生儿子那样。(13)应该在每年年底举行吠希瓦那利祭祀。精通正法的人们认为古老的正法不可替代。(14)毗奢神、沙提耶、婆罗门和大仙们在危难中惧怕死亡而采取替代法。(15)如果能采取原始法而采取替代法,这种心术不正的人不会获得来世功果。(16)没有人会向国王控告婆罗门。国王虽然有威力,但他知道婆罗门更有威力,感到自己没有威力。(17)国王永远难以抗衡婆罗门的威力。婆罗门被说成是圣贤、统治者、创造者和天神,因此,不能对婆罗门恶言恶语,说难听的话。(18)

刹帝利依靠自己的臂力渡过灾难,吠舍和首陀罗靠财物,而婆罗门靠经咒和祭火。(19)少女、少妇、不懂经文的人、愚蠢的人和衣冠不正的人,不能参与火祭。这些人执掌火祭,他们与祭主一起坠入地狱。(20)如果不施舍一匹马作为置火的酬金,通晓正法的人们认为等于没有置火。(21)怀抱信仰,控制感官,可以从事其他种种福业,但不能举行不支付酬金的祭祀。(22)无酬金的祭祀损害众生、牲畜和天国,也损害本人的感官、名声、荣誉和寿命。(23)与月经中的女人同床，不祭供火，家族成员不通晓吠陀，这样的人奉行首陀罗法。（24）一个婆罗门娶首陀罗女子为妻，共饮村中的井水。这样生活十二年后，他便成为卑贱的首陀罗。（25）抛弃婆罗门妻子，而与低贱的女人同床，他被认为不是婆罗门，应该坐在后面的草垫上，这样能获得净化，国王啊！请听我讲述这方面的事。（26）

如果婆罗门与低级种姓在一起厮混，一夜之间犯下的罪孽，要立下誓愿，用三年时间肃清。（27）开玩笑说的谎言，对妇女说的谎言，在婚庆时说的谎言，为了老师或为了自己活命说的谎言，国王啊！人们说这五种谎言不算罪孽。（28）毋庸置疑，信仰坚定的人甚至可以从贫贱者那里获得知识，犹如从污秽的地方获得金子。（29）甚至可以从罪恶的家族中获得女中宝贝，从毒药中吸吮甘露，因为按照正法，妇女、珍宝和水从不污秽。（30）为了保护牛和婆罗门的利益，在种姓混乱时，甚至吠舍也能拿起武器，进行自卫。（31）

酗酒、杀害婆罗门和玷污老师床笫，不容分说，必死无疑。（32）偷取金子、盗窃、伤害婆罗门、酗酒胡闹和诱奸他人妻子，（33）还有与堕落的婆罗门交往，大王啊！都会很快获得这样的下场。（34）与堕落者交往一年，自己也堕落，那是由于共同祭祀、教学和联姻，并非由于同行、同坐或同吃。（35）其他的罪孽肯定可以救赎。遵循规定的赎罪方式，到时候就会摆脱恶习。（36）对于犯有前三种大罪者，人们不必犹疑，在他们的葬事未完前，不应该祭供食物和动物。（37）遵行正法的人应该摒弃犯罪的大臣和老师，不应该与那些尚未赎罪的人交谈。（38）

违法者能依靠正法和苦行消除罪孽。诬人窃贼，一个人犯下窃贼罪。称不是窃贼者为窃贼，一个人犯下双倍罪孽。（39）少女邪淫，犯下四分之三杀害婆罗门罪；勾引少女者，犯下四分之一杀害婆罗门罪。（40）威胁婆罗门，打击婆罗门，罪孽更加深重，一百年也不能消停。（41）杀害婆罗门，则会坠入地狱一千年。因此，不要威胁和杀害婆罗门。（42）从婆罗门伤口流出的血沾上多少颗粒灰尘，杀害婆罗门者就在地狱中沉沦多少年，国王啊！（43）在战斗中死于武器打击，杀害婆罗门的罪孽获得净化，或者投火自焚，获得净化。（44）酗酒者饮下滚烫的热酒，以消除罪孽。热酒在体内燃烧，他死后获得净化。犯有罪孽的婆罗门要赢得世界，只能这样，别无他法。（45）灵魂邪恶，心术不正，玷污老师床笫，就要拥抱烧红的铁柱，通过死亡获得净化。（46）或者，亲自割下阴茎和睾丸，用双手捧着，朝西南方向笔直走去，直至倒下。（47）或者，为了婆罗门的利益而舍弃生命，获得净化。或者，举行马祭、牛祭或火赞祭，在今生和来世获得净化。（48）

  杀害婆罗门者应该实施梵行十二年，携带被害者的骷髅，游荡乞食，逢人坦白自己的罪孽。（49）杀害婆罗门者应该修苦行，早、中和晚三次沐浴。在不知道妇女怀孕的情况下，杀害了妇女，犯下杀害婆罗门罪。在知道妇女怀孕的情况下杀害妇女，犯下双倍的杀害婆罗门罪。（50）酗酒者应该节制饮食，实施梵行，睡在地上，举行三年以上的火赞祭，施舍一头公牛和一千头母牛，达到净化。（51）杀害吠舍者，举行两年祭祀，施舍一头公牛和一百头母牛。杀害首陀罗者，举行一年祭祀，施舍一头公牛和十一头母牛。（52）杀害狗、野蛮人和驴，应该奉行杀害首陀罗者的赎罪誓愿。杀害猫、青樫鸟、青蛙、乌鸦、老鹰和老鼠，（53）都是犯下杀害动物罪，国王啊！我接着依次讲述其他的赎罪方法。（54）

  邪淫和偷窃，分别奉行一年赎罪誓愿。玷污婆罗门的妻子，赎罪三年；玷污他人妻子，赎罪两年。（55）他应该实施梵行，每隔一日傍晚进食。他应该离开住宅和坐席，靠水生活三天。如果玷污了火，他也应该这样，甚至不饮水。（56）如果无故抛弃父母，按照法则，他就成为堕落者，俱卢后裔啊！（57）对于行为不端，尤其是受到囚禁的妇女，应该按照规定给予她们食物和衣服，让她们奉行玷污他人妻子的男人奉行的赎罪誓愿。（58）抛弃同床的优秀丈夫，投入邪恶之人怀抱，国王应该将这样的女人抛在偏僻之处喂狗。（59）聪明的国王应该将男犯绑在烧红的铁床上，再堆上木柴，烧死这个罪犯。（60）这样的刑罚也用于背叛丈夫的妇女，大王啊！恶人不赎罪，他的罪孽每年会加倍。（61）犯有邪淫罪的恶人应该奉行牟尼的誓愿，周游乞食两年、三年、四年或五年。（62）

  如果弟弟先于哥哥结婚，弟弟、哥哥、新娘和祭司依照正法都成为堕落者。（63）她们都要奉行破坏祭火者的赎罪誓愿，奉行一个月艰难的"月行"苦行，清除罪孽。（64）弟弟应该将新娘交给哥哥，然后，征得哥哥的同意，方可结婚。这样，弟弟、哥哥和新娘都依法摆脱罪孽。（65）除了牛之外，奸兽而不泄精，不算罪孽。人们知道人是动物的统治者和食用者。（66）犯罪者手持拂尘和陶钵，每天行走七户人家乞食，坦白自己的罪行。（67）这样乞食生活十二天，他就获得净化。如果没有做到，他就要照着这样周游一年。（68）在人类中，这种赎罪方法是最好的。而对于热衷攫取财富的人，可以让他们通过施舍赎罪。这些邪教徒将一头牛视同自己一条命。（69）如果吃了狗、野猪、人、鸡和驴的肉、尿或粪，应该举行净化仪式。（70）饮用苏摩汁的人闻到酗酒婆罗门的酒气，应该喝三天热水，喝三天热奶，喝三天热酥油，喝三天风。（71）这是通晓真谛者指明的永恒的赎罪方法，尤其适用婆罗门。（72）

以上是吉祥的《摩诃婆罗多》中《和平篇》第一百五十九章（159）。

一六〇

护民子说：

在谈话中，精通剑术的无种对躺在箭床上的祖父说道：（1）"祖父啊！人们说最好的武器是弓，知法者啊！而我认为是锋利的剑。（2）一旦弓破碎，马倒毙，国王啊！灵魂高尚的人在战斗中能用剑保护自己。（3）英雄持剑能孤身抵御许多手持弓箭、铁杵或标枪的敌人。（4）我充满好奇的疑问是，在一切战斗中，最好的武器是什么？国王啊！（5）剑是怎样发明的？为了什么目的？由谁发明？最早的剑术老师是谁？祖父啊！请你告诉我。"（6）

听了聪明的玛德利之子（无种）的话，毗湿摩以意义微妙、蕴含丰富经验的话，（7）以音节清晰、充满训诫的话，回答德罗纳的学生（无种）的提问。（8）通晓一切正法、熟谙弓箭术的毗湿摩躺在箭床上，对灵魂高尚的无种说道：（9）"请听你询问的问题答案，玛德利之子啊！你令我激动，犹如大山流淌矿汁。（10）孩子啊！从前一片汪洋，到处是水，没有动静，没有空间，也不见地面。（11）黑暗笼罩，不可捉摸，不可测量，无声无息，老祖宗（梵天）在那里诞生。（12）他创造出风、火和充满威力的太阳，创造出空间、上下、大地和泥梨提（罗刹世界）。（13）天空、月亮、星星、星宿、行星、年、日、夜、季节、瞬间和刹那。（14）

"然后，老祖宗（梵天）让躯体立足世界，生出一些威力巨大的儿子。（15）他生出摩利支、阿多利、补罗斯迭、补罗诃、迦罗都、极裕、鸯耆罗和强大的自在天楼陀罗。（16）他生出陀刹，陀刹生出六十个女儿。所有的梵仙接受她们，繁衍后代。（17）她们生出一切众生，包括天神、祖先、健达缚、天女和各种罗刹。（18）鸟类、兽类、鱼类、猿猴和大蛇，以及其他各种陆上和水中动物。（19）水生、湿生、卵生和胎生，世界上一切动物和不动物诞生。（20）

"一切世界的祖宗（梵天）创造众生后，又确立永恒的吠陀和正法。（21）众天神及其老师和祭司恪守正法：阿提迭们、婆薮们、沙提耶们、摩录多们和双马童。（22）婆利古、阿多利、鸯耆罗、悉陀们、以苦行为财富的迦叶波、极裕、乔答摩、投山、那罗陀和波尔伐多。（23）矮仙们、波罗跋娑们、悉迦多们、克利多遮们、苏摩瓦耶维耶们、吠伽那娑们和摩利吉波们。（24）阿格利希多们、杭娑们、火生仙人们、瓦那波罗斯达们和波利希尼们。他们都遵守梵天的教导。（25）

"但是，檀那婆王们违背老祖宗（梵天）的教导，满怀愤怒和贪欲，破坏正法。（26）希罗尼耶格西布、希罗尼耶刹、毗娄遮那、商波罗、毗波罗制谛、波罗诃罗陀、那牟吉和钵利。（27）这些和另外许多提迭和檀那婆逾越正法界限，热衷非法行动。（28）他们自恃与众天神出身相同，与神仙们竞争。（29）他们不怜悯和善待众生，婆罗多子孙啊！他们摒弃三种方法，只用刑杖干扰众生。出于傲慢，这些杰出的阿修罗从不与其他众生交谈。（30）

"然后，尊神梵天由梵仙们陪伴，在雪山山顶可爱的莲花山峰上。（31）方圆一百由旬，堆满各种珍宝，林木鲜花盛开，孩子啊！大神梵天在这座优秀的山峰上，为世界谋求幸福。（32）一千年结束，梵天按照既定的规则，举行祭祀。（33）有许多精通祭祀、依法操作的仙人，点燃许多祭火。（34）有许多精美的金制祭祀器皿，有许多

天神,这一切围绕祭坛。(35)有许多梵仙在场,为祭坛增添光彩。我曾经听仙人们说,当时发生了一件可怕的事。(36)

"据说,有个生物进出祭火,犹如月亮出现在群星璀璨的洁净夜空。(37)肤色如同青莲,牙齿尖利,腹部瘦削,身躯高大,面目狰狞,威力巨大。(38)在他进出时,大地震动,大海翻滚,波涛汹涌。(39)流星坠落,树枝断裂,怪风乱吹,到处都不安宁,众生时时刻刻胆战心惊。(40)看到众生惊恐不安,老祖宗(梵天)对大仙、天神和健达缚们说:(41)'这个英勇的生物名叫剑,是我想出来的,为了保护世界,杀死仇视天神的敌人。'(42)随即,这个生物抛弃原来的形象,变成一把剑,明亮锋利,犹如世界末日出现的毁灭之神。(43)

"然后,梵天将这把闪闪发光的剑赐给以雄牛为徽号的青颈楼陀罗,用以遏制不法行为。(44)灵魂无限的尊者楼陀罗紧握这把剑,呈现另一种形象,受到梵仙们赞颂。(45)这位四臂者即使站在地上,头顶也能接触天空。这位大生殖器者目光向上,嘴中吐出火焰。他呈现青、白和红多种色彩。(46)他身穿镶嵌金星的黑兽皮衣,额头上的一只大眼如同太阳,另外两只又黑又白的眼睛清澈明亮。(47)这位毁坏薄伽眼睛的大神手持三叉戟,紧握这把如同死神烈火的剑。(48)他勇武有力,举着有三个尖顶的盾牌,如同携带闪电的乌云。他在各条路上行走,向空中挥舞这把剑,想要粉碎檀那婆们。(49)他发出吼叫,放声大笑,婆罗多子孙啊!楼陀罗的形象确实可怕。(50)

"檀那婆们盼望作恶,看到呈现这种形象的楼陀罗,兴高采烈地一齐冲向他。(51)他们向他倾泻石雨,如同许多燃烧的流星,还向他投掷各种锋利可怕的铁头武器。(52)檀那婆的军队步调整齐,不可动摇。可是,挡不住楼陀罗这把剑的威力,他们阵脚混乱,头脑昏眩。(53)楼陀罗独自一人持剑奋战,动作轻快,以致阿修罗们以为有一千个楼陀罗。(54)楼陀罗在成群的提迭中奋战,劈砍刺挑,犹如烈火点燃干草堆。(55)在这把利剑的砍伐下,大阿修罗们手臂、大腿和胸脯破碎,身首分离,纷纷倒地。(56)另一些檀那婆在楼陀罗的打击下,溃不成军,互相呼叫着,逃向四面八方。(57)有些檀那婆逃入地下，有些逃入山中，有些逃入空中，有些逃入水下。（58）在这场极其残酷的大战中，大地泥土浸透鲜血，景象恐怖。（59）大地遍布一具具鲜血淋漓的檀那婆庞大的躯体，犹如一座座金苏迦花盛开的山峰，大臂者啊！（60）大地浸透鲜血，犹如一位春情荡漾的妇女身穿湿透的红衣。（61）

"吉祥的楼陀罗杀死檀那婆们，让整个世界崇尚正法，然后，他立即抛弃可怕的形象，采取吉祥的形象。（62）所有的大仙和天神都崇敬这位取得奇迹般胜利的神中之神。（63）尊神楼陀罗郑重地将这把染有檀那婆鲜血的剑——正法的保护者赐给毗湿奴。（64）毗湿奴将它赐给婆薮之主（因陀罗）。（65）因陀罗将它赐给世界保护者们，孩子啊！世界保护者们将这把剑赐给太阳之子摩奴，（66）对他说道：'现在，你是人类之主。你要用这把以正法为胎藏的利剑保护众生。（67）思想和身体逾越正法界限，予以惩处后，应该予以保护。一切都依据正法，而不随心所欲。（68）责备、拘禁和罚金都是惩处。残害肢体和处死适用于大罪。（69）应该明确责备等等是剑的表现形态。这些是针对违法行为而确立的剑的法则。'（70）

"摩奴生出自己的儿子楚波，让他成为众生之主，将这把剑赐给他，以保护众生。（71）甘蔗王从楚波王那里获得这把剑。补卢罗婆娑王从甘蔗王那里获得。阿优王从补卢罗婆娑王那里获得。友邻王从阿优王那里获得。（72）迅行王从友邻王那里获得。补卢王从迅行王那里获得。阿牟尔多罗耶娑王从补卢王那里获得。菩密舍耶王从阿牟尔多罗耶娑王那里获得。（73）豆扇陀之子婆罗多王从菩密舍耶王那里获得。通晓正法的爱罗维罗王从婆罗多王那里获得。（74）敦杜摩罗王从爱罗维罗王那里获得。甘波阇王从敦杜摩罗王那获得。牟朱恭陀王从甘波阇王那里获得。（75）摩奴多王从牟朱恭陀王那里获得。奈婆多王从摩奴多王那里获得。优婆那娑王从奈婆多王那里获得。罗怙王从优婆那娑王那里获得。（76）威武的甘蔗族后裔诃利湿婆王从罗怙王那里获得。修那迦王从诃利那湿婆王那里获得。（77）以法为魂的优湿那罗从修那迦王那里获得。博遮王和雅度族从优湿那罗王那里获得。尸毗王从雅度族那里获得。刺穿王从尸毗王那里获得。（78）八部王从刺穿王那里获得。鲁舍陀湿婆王从八部王那里获得。婆罗堕遮从鲁舍陀湿婆王那里获得。德罗纳从婆罗堕遮那里获得。然后，由慈悯获得。然后，由你和弟兄们一起获得这把至高无上的剑。(79)

"剑的星宿是昴宿。剑的天神是火神。剑的族姓是卢醯尼。剑的至高老师是楼陀罗。(80) 听我告诉你剑的八种秘密名称，般度后裔啊！经常称述这些名称，能获得胜利。(81) 它们是剑、致死、犀角、锋利、无敌、吉藏、胜利和护法。(82) 剑是武器之冠，玛德利之子啊！往世书明确记载大自在天用剑。(83) 普利图首先创造了弓，克敌者啊！这位维那之子曾经用它保护大地。(84) 你能遵行仙人确立的这个法则，玛德利之子啊！精通武艺的人们应该永远崇拜剑。(85) 我已经向你详细说明这个重要法则，婆罗多族雄牛啊！如实讲述了剑的起源。(86) 谁听取这个至高无上的剑的故事，他就能在今生赢得荣誉，在来世享受无限幸福。"(87)

以上是吉祥的《摩诃婆罗多》中《和平篇》第一百六十章（160）。

一六一

护民子说：

毗湿摩说完，保持沉默。坚战利用这个间歇，询问四位弟弟和维杜罗：(1) "世间生活依靠正法、利益和爱欲。三者之中，哪个最重要？哪个居中？哪个最次要？(2) 依靠什么控制自我，把握这人生三要？请你们畅所欲言，说出至高无上的结论。"(3)

维杜罗通晓事物进程和真谛，熟记正法经典，能言善辩，首先说道：(4) "博学多闻，苦行，舍弃，信仰，举行祭祀，宽容，心地纯洁，慈悲，诚实，自制，这些是自我的财富。(5) 你要依据这些，思想不要动摇。这些是正法和利益的根基，总而言之，于人有益。(6) 众仙人依靠正法超越一切。世界立足正法。众天神依靠正法生活在天国。利益依据正法。(7) 国王啊！正法最优秀，利益居中。智者们都说爱欲居次。因此，控制自我的人最倚重正法。"(8)

精通正法经典的维杜罗说完这些话，通晓事物真谛、不知疲倦的普利塔之子（阿周那）说道：(9) "这是行动的世界，国王啊！生计受到称赞。耕种、经商、牧牛和各种技艺。(10)这就是利益,一切行动都不违背它。经典上说,缺少利益,正法和爱欲都不能运转。(11)有了财富,就能履行至高的正法,就能实现自我不完善的人们难以实现的欲望。(12)经典上说,正法和爱欲是利益的肢体。因为只有获得了财富,才能实现正法和爱欲。(13)正如众生永远崇拜梵天,出身优异的人们都崇拜拥有奇迹般财富的人。(14)束起发髻,身穿兽皮衣,控制自我,身上抹泥,调伏感官,削去须发,没有子女,独自居住,甚至这样的人也渴求财富。(15)另一些人身穿袈裟,蓄有须发,知耻,有学问,平静,摆脱一切执著,也渴求财富。(16)另一些人保持家族传统,遵行各自的道路,企盼升入天国,也渴求财富。(17)其他一些控制自我的人,无论正教徒或邪教徒,也都渴求财富。无知陷入黑暗,智慧大放光明。(18)拥有财富的人能供养侍从和惩罚仇人,优秀的智者啊!这就是我的想法。现在,你听听这两位想要说什么话。"(19)

精通正法和利益的玛德利的孪生子无种和偕天接着说道:(20)"无论坐着、躺着、走着或站着,都要千方百计,竭力获取财富。(21)一旦获得难以获得的、最可爱的财富,毫无疑问,他就能亲自实现各种欲望。(22)财富与正法相连,正法与财富相连,犹如甜蜜与甘露相连,因此,我俩持有这样的想法。(23)没有利益,便没有爱欲。同样,没有正法,也没有利益。失去正法和利益,世人惊恐不安。(24)控制自我,倚重正法,就能获得利益。在值得信任的人们中,一切顺遂。(25)首先应该遵行正法,然后获取符合正法的利益,然后实现爱欲,因为这是成功获取利益后的必然结果。"(26)

双马童之子(无种和偕天)说完这些话,便住口。这时,怖军开口说道:(27)"没有爱欲,便不会追求利益;没有爱欲,便不会追求正法。没有爱欲,无所追求。因此,爱欲最重要。(28)仙人们怀抱欲望,专心修炼苦行,以叶子、果子、根茎和风为食物。(29)另一些仙人通晓吠陀和经典,专心诵习吠陀,虔诚举行祭祀,接受施舍。(30)商人、农夫、牧人、工匠、艺人和祭司,都是怀抱欲望,从事工作。(31)另一些人怀抱欲望,潜入大海。欲望的表现形式多种多样。欲望遍及一切。(32)过去、现在和将来都不会有毫无爱欲的生物。这是实质，大王啊！正法和利益依靠爱欲。（33）爱欲优于正法和利益，如同奶油优于凝乳，油优于油饼，酥油优于酸奶。（34）爱欲优于正法和利益，如同花果优于树木。幸福产生于爱欲，如同蜜汁产生于花。（35）那些妇女身穿美丽的衣裳，精心打扮，说话可爱，酒醉兴奋，你怀抱爱欲，与她们玩耍吧！国王啊！爱欲迅猛激烈。（36）这是我在大庭广众公开表明的看法。你不要犹疑不决，正法之子啊！我的看法真实有益，善人们会认为十分亲切。（37）正法、利益和爱欲应该同样运用。运用一种为下者，运用两种为中者，运用三种为上者。"（38）

怖军弟弟聪明睿智，佩戴美丽的花环和装饰品，身上涂有檀香膏，简明扼要地说完这些话，便住口。（39）优秀的执法者法王（坚战）博学多闻，认真思索他们说的话，然后，微笑着说了这些真实不虚的话：（40）"毫无疑问，你们依据正法经典，明了各种法则，我怀着求知欲，听取你们提出的结论。现在，你们一定要专心听听我说的话。（41）不热衷善和恶，不热衷正法、利益和爱欲，这样的人摆脱错误，对金子和土块一视同仁，摆脱苦乐和成就。（42）众生皆有生和死，衰老和变化，由此醒悟的人们赞赏解脱。而我们不懂得解脱。（43）自在天（梵天）说过，对于不受感情束缚的人，那些情况不存在。因此，追求涅槃的智者们说，不应该表示爱憎。（44）没有按照愿望行动这样的好事。我的行动就受到约束。一切众生都受法则约束。你们要知道，法则胜过一切。（45）你们要知道不可达到的目的，依靠行动也不能达到，而一切会发生的，终会发生。即使缺少这人生三要，一个人也能实现目的，因此，这是一个有益于世界的秘密。"（46）

这些话充满道理，打动人心，他们听了之后，满怀喜悦，双手合十，向这位俱卢族俊杰致敬。（47）普利塔之子（坚战）的这些话毫无语病，音节词语优美，打动人心。这些人中因陀罗听了之后，表示赞赏。然后，富有活力的坚战又向恒河之子（毗湿摩）请教至高的正法。（48）

以上是吉祥的《摩诃婆罗多》中《和平篇》第一百六十一章（161）。

一六二

坚战说：

祖父啊！为俱卢族增添荣誉的大智者啊！我要提个问题，请你解答。(1) 与什么样的善人在一起最愉快？什么样的人在现在和将来都有用？请你告诉我。(2) 我认为巨大的财富和密切的亲戚都不能取代朋友的位置。(3) 倾听意见的朋友难得，有益的朋友难得，优秀的执法者啊！你能阐明这一切。(4)

毗湿摩：

国王啊！你听我如实详细回答你的问题，说明哪些人可以交往，哪些人不可交往，坚战啊！(5) 贪婪，残暴，抛弃正法，狡诈，欺骗，卑劣，作恶，怀疑一切人，懒惰。(6) 拖沓，不正直，恶毒，玷污师母，耽于恶习，灵魂邪恶，厚颜无耻。(7) 充满邪见，信仰邪教，毁谤吠陀，放纵感官，沉溺爱欲。(8) 不诚实，触犯众怒，不守法度，诋毁他人，缺乏智慧；妒忌，不怀好意。(9) 品行不端，灵魂不完善，凶狠，赌博，贪图朋友钱财，贪得无厌，惟利是图。(10) 头脑愚钝，对尽心尽力者不表示满意，对待朋友如同敌人，人中雄牛啊！(11) 行为恶劣，无缘无故突然发怒，随意剥夺朋友的利益。(12) 愚昧无知，只顾自己利益，朋友稍有冒犯，即使出于无意，也怀恨在心。(13) 口称朋友，实为敌人，目光歪斜，花言巧语，不喜欢善人，抛弃有益的朋友。(14) 酗酒，怨恨，粗暴，残忍，刻薄，妒忌他人，伤害朋友，热衷杀戮生命。(15) 忘恩负义，伺机害人，世上这种卑贱下贱的人，决不可交往。现在，请听可以交往的人。(16)

出生望族，娴于辞令，精通学问和知识，善待朋友，知恩图报，通晓一切，摒弃忧愁。(17) 具备美德，信守誓言，控制感官，勤奋努力，养育儿子，出身高贵。(18) 有美貌，有品行，不贪婪，不惧辛劳，纯洁无瑕，享有美名，国王器重。(19) 尽心尽力，心满意足，主人啊！不无端发怒，不无故嫌弃。(20) 精通利益，不执著，甚至没有发怒的念头。即使自己受苦，也一心为朋友出力。不会对朋友改变态度,犹如红毛毯不会改变颜色。(21)在财富和女色上,不犯贪婪和愚痴等等错误。信任朋友,关心亲戚。(22)对金子和土块一视同仁,对朋友不施诡计。行事无所畏惧,值得信赖,始终爱护随从,忠于主人。(23)国王任用这样的人中俊杰,他的王国扩展,犹如月光普照。(24)精通武艺,克服愤怒,强壮有力,热爱战斗,具备品德,宽容大度,这样的人值得交往。(25)我说到的那些有缺点的人中,无罪的人啊!最卑劣的是忘恩负义、伤害朋友的人,国王啊!所有的人肯定应该摒弃这种行为恶劣的人。(26)

坚战说:

我想要听你详细讲述这种忘恩负义、伤害朋友的人,国王啊!请你告诉我。(27)

毗湿摩说:

我要向你讲述一个古老的传说,人主啊!故事发生在北方弥戾车地区。(28)有一位来自中部地区的婆罗门,肢体黝黑,不通晓吠陀,看到这个人丁兴旺的村落,便进去乞食。(29)那里有个富有的陀私优人,懂得种姓区别。他尊敬婆罗门,信守誓言,乐于施舍。(30)这个婆罗门走近他的住宅,乞求施舍住处和一年的供养。(31)他赐给婆罗门几乎是崭新的布料,还赐给他年纪还轻的寡妇。(32)婆罗门乔答摩从这位陀私优那里获得这一切,满心喜欢,国王啊!他和那个女人一起生活在一座漂亮的房屋中。(33)乔答摩协助这个陀私优人管理家产,在这个富裕的蛮族村落中过了许多年。他也努力学习箭术。(34)像陀私优一样,乔答摩经常杀死那些进入射程的野禽。(35)他与陀私优相处,渐渐同化,热衷杀生,失去慈悲。(36)在陀私优村落中愉快地住了许多个月,杀死许多野禽。(37)

有一天,另一位婆罗门来到那里。他束有发髻,身披褴褛衣和兽皮,专心诵习吠陀,纯洁无瑕。(38)谦恭有礼,节制饮食,虔诚,精通吠陀,遵循梵行。他是乔答摩的同乡和好友,来到乔答摩居住的那个村落。(39)他回避首陀罗的食物,寻找婆罗门住家,在这个遍布陀私优人的村落中,四处游荡。(40)然后,这个优秀的婆罗门进入乔答摩的家。乔答摩刚从外面回来,两人相遇。(41)

乔答摩手持弓箭,提着许多野禽,身上沾有血迹,走近家门。(42)婆罗门看到这个杀生的罪人如同食人的罗刹,认出他是乔答摩,顿时感到羞愧,说道:(43)"你怎么做这种蠢事?你是出身高贵的婆罗门,在中部地区享有名声,怎么会变成陀私优人?(44)你想想那些优秀的婆罗门,声誉卓著,精通吠陀。你出生在这样的家族。现在,你这个样子,成为家族的耻辱。(45)你自己清醒清醒,记住真理、品行、学问、自制和慈悲,离开这里吧!婆罗门啊!"(46)

听了朋友为他着想说的这些话,国王啊!乔答摩想了想,痛苦地回答道:(47)"我没有财富,婆罗门俊杰啊!我也不通晓吠陀。你要知道,我来到这里是为了谋生。(48)今天见到你,我知道事情到头了,婆罗门仙人啊!过了今夜,明天我和你一起离开这里。"(49)

以上是吉祥的《摩诃婆罗多》中《和平篇》第一百六十二章(162)。

一六三

毗湿摩说:

夜晚结束,那位优秀的婆罗门离去。乔答摩也离家前往大海,婆罗多子孙啊!(1)在路上,他遇见一些出海的商人。于是,他和这个商队一起前往大海。(2)大王啊!在一个山谷,商队遭到一头疯象袭击,大多数人受伤死去。(3)这个婆罗门好不容易摆脱商队,蒙头转向,为了活命,朝北方逃去。(4)他惊慌失措,只顾逃命,离开了商队和那个地点,独自一人在森林中游荡,如同紧布卢沙。(5)

他走上一条通往大海的路,遇到一处可爱的森林,树木鲜花盛开。(6)那里的芒果林常年开花结果,如同天国乐园,药叉和紧那罗出没。(7)还有婆罗树林、棕榈树林、陀娑树林、无花果树林、肉桂树林、芦荟树林和许多大檀香树。美丽可爱的山坡上芳香四溢。(8)到处听到名贵的鸟类发出婉转的鸣声。一些面孔似人的鸟类,名叫跋伦吒。另一些围绕大海的鸟类,名叫菩陵伽。(9)婆罗门乔答摩一边走着,一边聆听这些鸟类悦耳迷人的鸣声。(10)

然后,他看到一处可爱的地方,堆有金沙,平坦而美丽,如同天国。(11)那里有一棵吉祥美丽的大榕树,呈圆球状,枝叶茂盛,如同华盖。(12)它的树根浸润檀香水,树上开满神奇的花朵,吉祥美丽,如同梵天的宫殿。(13)看到这个牟尼们喜爱的地方,无比清净,四周围绕鲜花盛开的树木,他满怀喜悦,走过去,坐在树下。(14)俱卢后裔啊!乔答摩坐在那里,清凉洁净的风接触鲜花,轻轻吹拂,令乔答摩全身爽快,国王啊!(15)在清风吹拂下,疲倦的婆罗门舒服地入睡,太阳落向西山。(16)

太阳落山,黄昏降临。有一只优秀的鸟从梵界回到自己的住地。(17)这只鸟名叫那提占伽,是梵天的好朋友。它是苍鹭王,迦叶波生下的一位大智者。(18)它又名王法。这位天女的儿子,吉祥的智者,如同天王(因陀罗),在大地上无与伦比。(19)这位天女之子全身佩戴灿若太阳的金首饰,闪耀着吉祥的光辉。(20)看到这只鸟飞来,乔答摩满怀惊奇,他又饥又渴,盯着这只鸟,起了杀心。(21)

王法说:

欢迎你,婆罗门啊!多么荣幸,你光临我的家。太阳落山,黄昏已经降临。(22)你来到我的家,作为可爱的客人不会遭到拒绝。你会依礼受到尊敬,等天亮后再离去。(23)

以上是吉祥的《摩诃婆罗多》中《和平篇》第一百六十三章(163)。

一六四

毗湿摩说:

听了这只鸟的甜蜜话语,乔答摩惊诧不已,国王啊!他怀着好奇心,望着王法。(1)

王法说:

我是迦叶波的儿子。我的母亲是陀刹之女。你是有德行的客人,婆罗门雄牛啊!欢迎你。(2)

毗湿摩说:

这只鸟按照规定的礼节款待他,用婆罗花为他铺设一个神奇的坐垫。(3)它供给他一些大鱼,是从跋吉罗陀车辆所到的恒河中叼来的。(4)迦叶波之子为客人乔答摩提供点燃的火和肥美的鱼。(5)看到婆罗门高高兴兴地吃完,精神高尚的鸟用双翼扇风,为他解乏。(6)它询问坐着休息的婆罗门姓什么?他回答说:"我姓乔答摩。"不再多说别的。(7)

这只鸟提供婆罗门一张神奇的床,用树叶制成,覆盖鲜花,芳香浓郁。婆罗门舒服地躺下。(8)能言善辩的迦叶波之子苍鹭王询问躺在床上的乔答摩为何来到这里?(9)乔答摩回答说:"我贫穷,大智者啊!我想要去大海获取财富。"婆罗多子孙啊!(10)迦叶波之子高兴地对他说道:"你不用着急,婆罗门俊杰啊!你会获得成功,带着财富回家。(11)主人啊!毗诃波提确认四种获取财富的方式,依靠继承、命运、工作或朋友。(12)现在,我是你的朋友,对你怀有情谊。我会努力帮你实现目的。"(13)

天亮后,这只鸟向婆罗门问好后,说道:"善人啊!沿着这条路走吧!你会达到目的。(14)从这里走上三由旬,你就会见到一位罗刹大王。这位大力士是我的朋友,名叫毗卢刹。(15)婆罗门俊杰啊!你去见他吧!有我的话在,毫无疑问,他会满足你的愿望。"(16)

国王啊!乔答摩已经解除疲劳,听了它的话,就动身前往,一路上随意吃着甘露般的果子。(17)大王啊!一路上享受檀香树林、芦荟树林和肉桂树林的阴凉,他快速朝前走着。(18)然后,他到达一座名叫弥卢金刚的城堡,有石头拱门、石头城墙和石头机关门闩。(19)聪明的罗刹王知道那是他的好朋友送来的贵客,国王啊!(20)于是,罗刹王吩咐随从说:"赶快从城门把乔答摩带来!"坚战啊!(21)

一些系着白围巾的人从宫殿走向城门,呼叫着:"乔答摩!"(22)大王啊!罗刹王的这些差役对婆罗门说道:"快来吧!国王要见你。(23)这位英勇的罗刹王,大名毗卢波刹。他急于要见你,你快点吧!"(24)婆罗门乔答摩惊讶不已,忘却疲劳,加快步伐。他目睹城堡的繁荣,愈发惊讶不已。(25)他跟随差役们快步跑向王宫,渴望见到国王。(26)

以上是吉祥的《摩诃婆罗多》中《和平篇》第一百六十四章(164)。

一六五

毗湿摩说：

经过通报，他进入辉煌的王宫，受到罗刹王尊敬，坐在精致的座位上。（1）罗刹王询问他的族姓、诵习吠陀和梵行，而婆罗门回避其他问题，只回答自己的族姓。（2）他缺乏梵的光辉，不喜欢诵习吠陀，只能说出自己的族姓。于是，国王询问他的住处：（3）"你住在哪儿？善人啊！你的婆罗门妻子的族姓是什么？请你说实话，不必害怕。你尽管放心。"（4）

乔答摩说：

我出生在中部地区，住在蛮族村落。我的妻子是首陀罗女子。我对你说的是实话。（5）

毗湿摩说：

国王思忖道："我应该怎么办？怎样做好事？"他运用智慧思索道：（6）"这个人出身婆罗门，是灵魂高尚的迦叶波之子的朋友。迦叶波之子把他送到我身边。（7）我要让迦叶波之子满意，因为他始终依附我。他是我的兄弟、亲戚和知心朋友。（8）今天是羯栗底迦月月圆日，我要招待一千位优秀的婆罗门，也要招待这位婆罗门，赐给他财富。"（9）

然后，一千位富有学问的婆罗门来到这里。他们都已沐浴，精心打扮，身穿崭新的亚麻衣裳。（10）毗卢波刹按照规定的礼仪接待这些到来的优秀婆罗门，民众之主啊！（11）遵照罗刹王的命令，差役们为他们安放坐垫，地面上铺设毛毡，婆罗多族俊杰啊！（12）这些优秀的婆罗门受到国王尊敬，坐在各自的座位上，犹如璀璨的群星，大王啊！（13）国王用洁净明亮、配有金刚把柄的金钵，盛满美食和酥油，赐给众位婆罗门。（14）

在阿沙荼月和摩伽月月圆日，许多婆罗门经常受到款待，如愿享用美食。（15）尤其是在秋末的羯栗底迦月月圆日，国王赐给众婆罗门各种财宝。（16）金子、银子、摩尼珠、珍珠、昂贵的金刚石、吠琉璃、鹿皮和毛织品。（17）婆罗多子孙啊！声誉卓著的毗卢波刹拿出一堆又一堆财宝，作为酬金，对这些优秀的婆罗门说道：（18）"你们尽你们所能，随你们心愿，拿走这些财宝吧！享用钵中的食物吧！诸位优秀的婆罗门啊！把这些财宝带回各自家中吧！"婆罗多子孙啊！（19）

听了灵魂高尚的罗刹王的话，婆罗门雄牛们依照各自的心愿，拿走这些财宝。（20）这些衣着整洁的婆罗门获得许多珍贵的财宝，满心喜欢。（21）国王啊！罗刹王赶走来自各地的罗刹，对这些婆罗门说道：（22）"今天，你们不必害怕罗刹，诸位婆罗门啊！你们高高兴兴地赶快回家吧！"（23）所有的婆罗门立刻各奔前程，乔答摩也背着沉重的金子迅速离去。（24）

他艰难地背着金子，来到那棵榕树下，又饿又累，坐下休息，英雄啊！（25）鸟中俊杰王法走近乔答摩，满怀友情，向他表示欢迎，国王啊！（26）这只聪明的鸟用翅膀扇风，为他解乏，向他表示尊敬，供给他食物。（27）乔答摩进食后，解除疲劳，思忖道："我贪婪愚痴，我拿了这么多亮澄澄的金子，负担沉重，而我的路还很远。（28）一路上没有食物维持我的生命。我怎样才能维持我的生命？"（29）他想不出一路上吃什么，人中之虎啊！这个忘恩负义的家伙冒出这个念头：（30）"这只苍鹭王就是摆在我身边的一堆肉。我要杀死它，带着它迅速上路。"（31）

以上是吉祥的《摩诃婆罗多》中《和平篇》第一百六十五章（165）。

一六六

毗湿摩说：

鸟王为了保护乔答摩，在不远处点燃一堆大火。（1）苍鹭王信任乔答摩，睡在他的身旁。而这个忘恩负义的人灵魂邪恶，想要杀死鸟，醒着不入睡。（2）然后，他用燃烧的火杀死这只忠诚的鸟。他杀死鸟后，满心喜欢，不顾后果。（3）他拔去鸟的羽毛，放在火上烤熟，然后带着它和金子，迅速出发。（4）

第二天过去，毗卢波刹对儿子说道："今天我没有见到鸟中俊杰王法，儿子啊！（5）这只大鸟每天早晨去向梵天致敬。每次不见到我，它不会回家。（6）已有两个早晨，它没有来到我的住处。因此，我心里不安。去找找这个朋友吧！（7）我怀疑那个卑劣的婆罗门不诵习吠陀，缺乏梵的光辉，到它那里，杀了它。（8）我从他的举止看出他行为不端，心术不正，不做善事，像是丑陋凶恶的陀私优人。（9）乔答摩去了它那里，我心中不安，儿子啊！你赶快到王法的家中，看看这只灵魂纯洁的鸟是否还活着？"（10）

听了他的话，王子和罗刹们立即出发，到达榕树那里，看到王法的残骸。（11）聪明的罗刹王的这位王子哭泣着，加快速度，竭尽全力捉拿乔答摩。（12）罗刹们在不远处抓住乔答摩，同时发现失去翅膀、骨头和双足的王法。（13）罗刹们押着乔答摩，迅速返回弥卢金刚城。他们把王法的残躯和忘恩负义、心肠狠毒的乔答摩交给国王。（14）看到鸟的残躯，国王与大臣和祭司一齐哭泣，宫中响起痛苦的号啕声。（15）整个城堡中的男女老少都心情抑郁。国王对王子说道："这个罪人该杀。（16）让大家随意吃他的肉。我认为你们应该杀死这个灵魂邪恶、心思邪恶和行为邪恶的人。"（17）

这些威力可怕的罗刹听了罗刹王的话，表示不愿意吃这个行为邪恶的人。（18）大王啊！这些夜行者（罗刹）对罗刹王说道："最好还是把这个卑鄙的家伙送给陀私优人吧！"（19）他们以头触地，对罗刹王说道："你不应该让我们吃他的罪孽。"（20）于是，罗刹王对这些夜行者（罗刹）说道："好吧！那就把这个忘恩负义的家伙送给陀私优人吧！"（21）

听了罗刹王的话，那些手持三叉戟和铁锤的奴仆将这个罪人砍成碎块，送给陀私优人。（22）然而，那些陀私优人也不愿意吃这个行为邪恶的人，王中因陀罗啊！即使是食人者，也不愿意吃忘恩负义的人。（23）杀害婆罗门者、酗酒者、偷盗者和自毁誓言者都能救赎，国王啊！忘恩负义者不可救赎。（24）伤害朋友，残酷无情，忘恩负义，连食人者和蛆虫都不吃这种卑劣的人。（25）

以上是吉祥的《摩诃婆罗多》中《和平篇》第一百六十六章（166）。

一六七

毗湿摩说：

罗刹王吩咐为苍鹭王举行火葬，用许多宝石、香料和衣服打扮它。(1)威武的罗刹王焚烧苍鹭王，按照规则举行葬礼，国王啊！(2)这时，美丽的陀刹之女苏罗毗出现在上空，胸脯流出乳汁。(3) 她的唾液混合乳汁洒落在王法的火葬堆上，无罪的人啊！(4) 随即，苍鹭王复活，无罪的人啊！苍鹭王起身，走向毗卢波刹。(5)

这时，天王因陀罗来到毗卢波刹的城堡，对毗卢波刹说道："多么幸运，他复活了！"(6) 然后，因陀罗告诉毗卢波刹以前梵天诅咒王法的事：(7)"曾经有一次，苍鹭王没有去见梵天，国王啊！老祖宗（梵天）发怒，诅咒苍鹭王：(8)'这只愚蠢低贱的苍鹭不出席我的集会，因此，这个灵魂邪恶的家伙不久会遭到杀戮。'(9) 由于梵天的诅咒，苍鹭被乔答摩杀死。现在，洒上甘露，苍鹭又复活。"(10)

然后，王法向摧毁城堡者（因陀罗）俯首致敬，说道："如果你有意施恩于我，摧毁城堡者啊！那就让我的好朋友乔答摩复活吧。"(11)听了他的话，婆薮之主（因陀罗）复活乔答摩，交给他的朋友，人中雄牛啊！(12) 苍鹭王欣喜至极，上前拥抱这位依然背着财宝的朋友，国王啊！(13) 苍鹭王王法与这个行为邪恶、带着财宝的人道别，返回自己的住处。(14) 苍鹭王照旧前去出席梵天的集会，梵天依照待客之礼尊敬这只灵魂高尚的鸟。(15)

乔答摩又回到蛮族村落，与首陀罗女子一起生了一些行为邪恶的儿子。(16) 由于他与这个再婚寡妇生下这些儿子，主人啊！众天神狠狠诅咒他说："这个忘恩负义的人将堕入地狱。"(17) 从前，那罗陀仙人告诉我这一切，婆罗多子孙啊！我记住这个大故事，人中雄牛啊！现在，如实详细讲给你听。(18) 忘恩负义的人哪里会有荣誉？哪里会有地位？哪里会有幸福？忘恩负义的人不可信任。忘恩负义的人不可救赎。(19) 一个人尤其不能伤害朋友。伤害朋友的人堕入无限恐怖的地狱。（20）永远应该知恩图报，热爱朋友，无罪的人啊！友谊产生真诚，友谊产生力量。聪明的人应该竭尽全力善待朋友。(21)智者们摒弃忘恩负义、厚颜无耻的罪人，摒弃伤害朋友、玷污家族、行为邪恶、卑鄙下贱的罪人。（22）优秀的执法者啊！我讲述了这个伤害朋友、忘恩负义的罪人。你还想听取什么？（23）

护民子说：
听了灵魂高尚的毗湿摩讲述的这些话，镇群王啊！坚战满心喜悦。(24)

以上是吉祥的《摩诃婆罗多》中《和平篇》第一百六十七章（167）。《危机法篇》终。

解脱法篇

一六八

坚战说：
祖父你讲述了有关王法的光辉正法，现在你应该讲述人生阶段中的至高正法，国王啊！（1）

毗湿摩说：
人生各阶段的正法都导向天国，苦行保证成果。正法具有多种门径，只要履行，就不会没有成果。（2）谁决心遵行哪种戒律，他就会通晓那种戒律，婆罗多族俊杰啊！（3）一旦他感到世俗生活没有意义，毫无疑问，他就会摒弃欲望。（4）这个世界确实有许多弊端，坚战啊！有头脑的人应该努力追求自我解脱。（5）

坚战说：
财产毁灭，妻子、儿子或父亲死去，一个人应该怎样依靠理智消除忧愁？祖父啊！请你告诉我。（6）

毗湿摩说：
财产毁灭，妻子、儿子或父亲死去，心里一直想着："痛苦啊！"这样的人应该消除忧愁。（7）在这方面，人们引用一个古老的传说，那是一位婆罗门对胜军说的话。(8) 这位婆罗门看到胜军王怀着丧子之痛,忧愁烦恼,神情沮丧,便对他说道:(9) "你怎么这样愚蠢?你自己令人忧伤,为何还为别人忧伤?而为你忧伤的人们到头来也有别人为他们忧伤。(10) 我和你以及侍奉你的其他人,我们都会回到来的地方,国王啊!(11)

胜军说:

什么是智慧?什么是苦行?什么是禅定?以苦行为财富的婆罗门啊!什么是知识?什么是学问?获得它们之后,你就不会沮丧。(12)

婆罗门说:

请看,众生都陷入痛苦。甚至自我也不属于我,整个世界也不属于我。(13) 而属于我的,同样也属于其他人。依靠这种智慧,我不感到痛苦。(14) 正如两块木头在大海中相遇又分开,众生也是这样聚合离散。(15) 儿子、孙子、亲属和亲戚也是这样。肯定会与他们分离,也就不必对他们怀有深情。(16) 他来自不可见的地方,又回到不可见的地方。他不知道你,你也不知道他。你是谁?为谁忧伤?(17) 从渴求中产生痛苦,从痛苦中产生快乐,又从快乐中产生痛苦,这样反来复去。痛苦接踵快乐,快乐接踵痛苦。(18) 你从快乐到达痛苦,又到达快乐。一个人不会永远获得痛苦,也不会永远获得快乐。(19)

朋友不一定带来快乐,敌人不一定带来痛苦,智慧不一定带来财富,财富不一定带来幸福。(20) 聪明不一定富裕,愚笨不一定贫穷。除非智者,别人不能理解世界的运转方式。(21) 无论智者或愚者,勇士或懦夫,白痴或诗人,弱者或强者,有运气者享有快乐。(22) 无论牛犊、牧人、主人或盗贼,谁饮母牛的奶,母牛就属于谁。(23) 世上那些大愚者和超越智慧之岸者,他们享有快乐,而那些介于中间者遭受痛苦。(24) 智者们在最后享有快乐,在中间不享有快乐。人们说到达终极是快乐,两者中间是痛苦。(25)

超越对立,摒弃妒忌,获得智慧的快乐,无论富裕或贫穷,都不会影响他们。(26) 没有获得这种智慧,但摆脱愚蠢,他们既极度快乐,又极度烦恼。(27) 愚者们永远高兴,如同天上众天神,他们满怀骄傲,缺乏理智。(28) 懒惰纵然快乐,结果带来痛苦。勤奋纵然痛苦，最后带来快乐。繁荣和吉祥依靠勤奋，而非懒惰。（29）无论快乐或痛苦，可爱或可憎，一个不可战胜者都会以坚强的意志面对它们。（30）

每天之中，数以千计的忧伤和数以百计的欢乐占据愚者，而不占据智者。（31）忧伤不触动富有智慧的人、谦恭的人、和顺的人、不妒忌的人和控制感官的人。（32）智者保护自己的思想，依靠这种智慧行事。忧伤不触动通晓生灭之因（梵）的人。（33）如果是忧伤、恐惧、痛苦或劳累的根源，即使它是肢体的一部分，也应该摒弃。（34）只要摒弃欲望，就能带来快乐。追求欲望的人跟随欲望毁灭。（35）人间的欲乐和天上的至福，都比不上欲望灭寂之乐的十六分之一。（36）

前生的善业或恶业都会在智者、愚者或勇士身上发生作用。（37）正因为这样，可爱或可憎，快乐或痛苦，出现在生命之中。（38）有德之人依靠这种智慧，愉快地生活。一个人应该厌弃一切欲望，抛弃执著。如果欲望在心中膨胀，就会造成精神死亡。（39）一旦克服各种欲望，犹如乌龟缩进全身，他的自我就会自己发光，自己满意自己。（40）如果他认为任何东西都是我的，他就会陷入无穷烦恼。（41）

他不惧怕别人，别人也不惧怕他，不企盼，不憎恨，他就达到梵。（42）摒弃真实和虚假、忧伤和欢喜、恐惧和无畏，摒弃可爱和可憎，你就会心灵平静。（43）在思想、语言和行动上，都不对一切众生作恶，这样的智者达到梵。（44）思想浅薄的人难以摒弃欲望。欲望是致命的疾病，不随年老而衰弱。而快乐属于摒弃欲望的人。（45）在这方面，流传有宾伽罗女吟唱的偈颂，国王啊！她即使身处困境，依然获得永恒的正法。（46）妓女宾伽罗在危难中被情夫抛弃，但她身处困境，获得平静的智慧。（47）

宾伽罗说：

我长期狂热地追随这位狂热的情夫，看不见就在眼前的可爱存在。（48）我要关闭这座一柱九门的住宅①。在这世上，有哪位妇女将

---

① 住宅喻指身体，九门喻指双眼、双耳、双鼻孔、嘴、肛门和生殖器。

这位可爱的来者视为情人?（49）这些披着爱情外衣的歹徒如同地狱，不再能欺骗摒弃欲望的女人。我现在已经觉醒。（50）由于天意或者前生的功德，甚至不幸也会变成幸运。我已经觉醒，不再受感官控制，无所执著。（51）无欲望的人安然入睡。无欲望是至高幸福。宾伽罗已经摒弃欲望，安然入睡。（52）

毗湿摩说：

婆罗门说了这些和其他一些充满道理的话，胜军听了增加勇气，高兴满意。（53）

以上是吉祥的《摩诃婆罗多》中《和平篇》第一百六十八章（168）。

一六九

坚战说：

毁灭一切众生的时间正在流逝，一个人最好应该做什么?祖父啊!请你告诉我。（1）

毗湿摩说：

在这方面，人们引用一个古老的传说，那是父亲和儿子的对话，坚战啊!你听我说。（2）有个婆罗门热爱诵习吠陀，普利塔之子啊!他有个聪慧的儿子，名字也就叫做聪慧。（3）这个儿子精通解脱法，通晓世界真谛，对热爱诵习吠陀的父亲说道：（4）"看到人的寿命短促，智者应该做什么?父亲啊!请你如实告诉我，我可以循序遵行正法。"（5）

父亲说：

儿子啊!诵习吠陀，遵守梵行，为了净化祖先而盼望生子，安置祭火，依照规则举行祭祀，最后进入森林，愿意成为牟尼。（6）

儿子说：

这个世界受到攻击，受到包围，致命的打击从不落空，你怎么如此平静地说话?（7）

父亲说：

这个世界怎么受到攻击?受到谁的包围?那些从不落空的打击又

是什么？你怎么好像在吓唬我？（8）

儿子说：

这个世界受到死亡攻击，受到衰老包围，日日夜夜是那些致命的打击，你怎么会不知道？（9）一旦我知道死亡不停留，我陷在死神的罗网中，还能期望什么？（10）一夜一夜流逝，寿命随之减短，谁还会像深水中的鱼那样悠然自得？聪明的人应该知道每天徒劳无益。（11）一个人的欲望还未实现，死神就已经走近他。正像一个人正在割草，或者心中想着别的事，死神就来带走他，如同母狼叼走羊羔。（12）今天你就做你该做的事吧！别让时间赶上你！事业尚未完成，死神就来带走人。（13）今天就应该做明天的事，上午就应该做下午的事，因为死亡不等人，不管事情是否做完。谁知道今天死亡落到谁身上？（14）

年轻时就要恪守正法，因为生命飘忽不停。如果履行正法，今生和来世都会获得名声和幸福。（15）头脑愚痴，竭力为儿子和妻子谋利益，做该做或不该做的事，保证他们荣华富贵。（16）死神带走一心迷恋儿子和牲口的人，犹如洪水卷走沉睡的老虎。（17）死神带走正在采集的人或欲望尚未满足的人，犹如老虎叼走牲口。（18）死神控制那些充满渴求的人，他们总是想着"这事已经完成，这事需要完成，这事正在完成。"（19）死神带走执著田地、买卖或家庭的人，他们或者尚未获得工作成果，或者执著工作成果。（20）

死亡、衰老和疾病，不止一种起因的痛苦纠缠身体，你怎么仿佛安乐自在？（21）生物一出生，死亡和衰老就追随其后，直至死去。一切动物和不动物都受这两者控制。（22）人们喜欢住在村落中，那是死神之家。经典上说，森林是众天神的牛舍。（23）人们喜欢住在村落中，那是套上绳索。行善者割断绳索，获得解脱，而作恶者割不断绳索。（24）在思想、语言和行动上不杀生，他就不会受到剥夺生命意义的恶业束缚。（25）

没有什么能抵御来到的死亡之军，除非依靠真理。真理永远不可摒弃。不朽依靠真理。（26）信守誓言，热爱真理，努力履行真理，有平等心和自制力，他就能依靠真理战胜死亡。（27）不朽和死亡两者都占据身体。一个人由于愚痴，走向死亡；依靠真理，走向不

朽。(28)我不杀生,追求真理,摒弃欲望和愤怒,对苦乐一视同仁,安稳平静,我会像天神那样摆脱死亡。(29)

牟尼控制自己,热爱和平祭祀,立足梵祭祀,我将在太阳北行时,举行语言、思想和行动祭祀。(30)像我这样的智者怎么能举行杀生的牲畜祭祀?怎么能像毕舍遮那样举行造成毁灭的刹帝利祭祀?(31)如果思想和语言始终正确,从事苦行、舍弃和瑜伽,他就能获得一切。(32)没有眼睛能与知识相比,没有力量能与知识相比,没有痛苦能与激情相比,没有幸福能与舍弃相比。(33)我依靠自我在自我中产生。我立足自我,甚至不需要后代。我将立足自我,不用后代拯救我。(34)人们没有婆罗门这样的财富:专一性,等同性,真实性,恪守戒律,自我惩罚,正直,摒弃各种行动。(35)既然你会死去,财富对你有什么用?亲友对你有什么用?妻子对你有什么用?婆罗门啊!寻找藏在洞穴中的自我吧!你的祖父在哪里?你的父亲在哪里?(36)

毗湿摩说:

听了儿子的话,父亲照着去做,国王啊!你也要这样行事,一心奉行真理和正法。(37)

以上是吉祥的《摩诃婆罗多》中《和平篇》第一百六十九章(169)。

一七〇

坚战说:

富人和穷人按照各自的方式生活,祖父啊!他们怎样获得快乐和痛苦?(1)

毗湿摩说:

在这方面,人们引用一个古老的传说,那是获得解脱而平静的沙密耶迦吟唱的。(2)"从前,有个婆罗门立足舍弃,受到坏妻子折磨,衣衫褴褛,忍受饥饿,对我说道:(3)在这世上,人从出生开始,各种痛苦和快乐伴随他。(4)如果命运带给他两者中的任何一种,那么,遇到快乐,不必高兴;遇到痛苦,也不必烦恼。(5)

"即使心中没有欲望,你依然担负重任,不做你自己向往的最好的事。(6)如果你一无所有,四处游荡,你会尝到快乐。一无所有者愉快地入睡和起身。(7)在这世上,一无所有是幸福,吉祥合适,安然无恙。这对于恶人,难以获得,而对于善人,容易获得。(8)我环视三界,也看不到有什么能与纯洁平静的一无所有者相比。(9)我衡量贫穷和王国,贫穷甚至重于王国,具有更多优点。(10)贫穷和王国有很大差异。富人总是惶恐不安,仿佛处在死神嘴边。(11)而对于摆脱财富压力、无所企盼的人,烈火、太阳、死亡和盗贼都不构成威胁。(12)随意游荡,倒地便睡,以臂为枕,安稳平静,众天神称赞这样的人。(13)

"富人满怀愤怒和贪欲,丧失理智,眼光斜视,唇燥口干,皱眉蹙额,心思邪恶。(14)满腔愤怒,咬着嘴唇,说话粗暴,这样的人即使施舍大地,谁愿意望他一眼?(15)长期与财富相处,会使智力薄弱的人陷入愚痴。它剥夺人的理智,犹如风吹走秋天的云。(16)他就会以容貌自豪,以财富自豪,以出身自豪,自以为是成功者,不是寻常之人。他以这三种理由,自我陶醉。(17)他耽于享受,挥霍祖传家产,耗尽之后,不以攫取他人财产为耻。(18)他违反法规,到处攫取他人财产,国王就会惩治他,犹如猎人用箭捕鹿。(19)

"就这样,在这世上,各种各样触及身体的痛苦伴随人。(20)人要认清世界永恒和不永恒的法则,以智慧之药治疗剧烈的痛苦。(21)不舍弃,不能获得幸福。不舍弃,不能达到至高目的。不舍弃,不能安然入睡。你舍弃一切,成为幸福的人吧!"(22)

从前,在象城,沙密耶迦向我讲述了这个婆罗门所说的这些话,因此,我认为舍弃至高无上。(23)

以上是吉祥的《摩诃婆罗多》中《和平篇》第一百七十章(170)。

一七一

坚战说:

想要投身事业,而又缺乏财富。满怀财富的渴求,他怎样做,才

能获得快乐？（1）

毗湿摩说：

等视一切，不操劳，说真话，不执著，不求知，婆罗多子孙啊！这是幸福的人。（2）老人们说这是达到平静的五个步骤。这是天国，正法，善人的至高幸福。（3）在这方面，人们引用一个古老的传说，那是孟吉摆脱执著后吟唱的，坚战啊！请听我说。（4）

孟吉渴求财富，但希望一再破灭。他用剩下的一些钱买了两头有待驯服的牛。（5）他为这两头牛驾上轭，训练它们。这两头牛突然跑到一头坐着的骆驼身上。（6）骆驼不能忍受跳在它肩上的两头牛，奋力起身，驮着它们奔跑。（7）看到这两头牛被狂怒的骆驼带走，直至死去，孟吉说道：（8）

"即使机敏能干，怀有正当的愿望，充满自信，也不能获得命中注定没有的财富。（9）我过去作出努力，没有获得财富，请看命中注定我又遭遇不幸。（10）骆驼扛起我的两头牛，在高低不平的路上奔跑，犹如豺狼偶然带走鸟网。（11）我的这对可爱的牛犊挂在骆驼脖子上，如同一对珍珠。这纯粹是天命，与人力无关。（12）如果有时或许是人力的作用，但仔细考察，依然是天命的作用。（13）因此，希望幸福的人应该摆脱执著。厌弃尘世、不求发财的人安然入睡。（14）

"苏迦离开父亲的住处，摆脱一切，住进大森林。他说的话完全正确：（15）'有人实现一切欲望，有人摒弃一切欲望，摒弃者优于实现者。（16）从未有人达到一切欲望的尽头。衰老的人渴望增强身体和生命。'（17）你要厌弃尘世，保持平静，摆脱欲望，自我啊！你一再遭受挫折，却不摆脱执著，身体啊！（18）如果我不该毁在你手中，如果你还喜欢我，那就别让我心生贪欲，徒劳无益，贪财者啊！（19）你一再失去积累的财富，傻瓜啊！你何时才能打消发财的念头？贪财者啊！（20）哎呀！我真愚蠢，成了你的玩偶，正是这样，人怎么不会成为他人的奴仆？（21）从未有人达到欲望的尽头。现在，我摒弃一切努力，我已经觉醒。（22）

"欲望啊！你的心由坚固的金刚石制成，即使遭遇一百次挫折，也不碎成百瓣。（23）欲望啊！我将抛弃你和你喜欢的一切。我为你寻求快乐,而我自己并没有获得快乐。(24)欲望啊!我知道你的根基,你产生于意愿。我不再企盼你,你将连同根基一起消失。(25)渴求财富并不快乐,获得财富后又充满忧虑。获得的财富并不稳定,一旦丧失,如同面临死亡。(26)人死后两手空空,有什么比这更痛苦?获得了财富也不会满足,还会继续追求。(27)如同甜蜜的恒河水,财富激发欲望。这一切令我悲叹。现在,我已经觉醒,你走吧!(28)

"五大元素依赖我的身体,让它们离开这里吧!随它们愉快地住到哪里去!(29)我不喜欢你们在这里热衷爱欲和贪欲,因此,我抛弃你们。我要依靠真理。(30)我在自己的身体和思想中看到一切众生。我要将智慧用于瑜伽,精力用于学问,思想用于梵。(31)我将无所执著,快乐健康,漫游世界,你就不能再把我带入痛苦之中。(32)因为在你的驱使下,我没有其他的路可走,欲望啊!你始终是渴望、忧愁和劳累的产生者。(33)我认为丧失财富是一切痛苦中尤为强烈的痛苦。亲戚和朋友蔑视丧失财富的人。(34)丧失财富会带来无数屈辱,还有其他各种严重的弊病。即使在财富中获得一点快乐,也会带来各种痛苦。(35)盗匪杀死拥有财富的人,或者用各种暴力手段折磨他们,使他们永远不得安宁。(36)

"我现在终于觉醒,认识到愚痴的贪欲是痛苦。欲望啊!你粘上什么,就粘住不放。(37)你不通晓真谛,愚昧无知,难以满足,无法满足,像烈火一样燃烧。你不知道什么容易获得,也不知道什么难以获得。(38)你像地下世界那样难以填满。你想要让我陷入痛苦,欲望啊!现在我不能让你再占有我。(39)由于这次偶然丧失财物,我摆脱执著,达到至高的寂静。现在,我不再为欲望操心。(40)我过去忍受种种苦恼,不知道自己愚昧无知。通过这次丧失财物,全身的烦恼消失。(41)欲望啊!我摆脱一切心愿,抛弃你,欲望啊!你不再能用鼻索牵着我玩耍。(42)

"我将容忍难以容忍的人。即使受人伤害,我也不伤害人。摆脱憎恨,即使别人说难听的话,我依然说好听的话。(43)知足,感官自如,随遇而安。你是我的敌人,我不再满足你的愿望。(44)厌弃,灭寂,知足,平静,真实,自制,宽容,怜悯一切众生,你知道,这些已经成为我的庇护。(45) 因此,让爱欲、贪欲、渴望和不幸离开我吧!我现在意志坚强。(46) 摆脱了爱欲、贪欲、愤怒和粗鲁,我不再受贪欲控制,不再像缺乏自我的人那样陷入痛苦。(47)

"抛弃多少欲望,就会带来多少快乐。在欲望的控制下,永远充满痛苦。(48) 人要抛弃欲望,排除任何激情。欲望和愤怒是痛苦、无耻和烦恼的根源。(49) 我已经进入梵,犹如在夏季进入清凉的湖。我平静,达到涅槃,惟有快乐。(50) 人间的欲乐和天上的至福,都比不上欲望灭寂之乐的十六分之一。(51) 我自己消灭身体的第七因素欲望,犹如消灭强大的敌人。我到达不可摧毁的梵城,仿佛成了一位幸福的国王。"(52)

孟吉凭借这种智慧,摆脱执著,摒弃一切欲望,达到充满快乐的梵。(53) 确实,孟吉通过丧失两头牛,达到不朽。他斩断欲望之根,由此获得巨大快乐。(54)

在这方面,人们也引用一个古老的传说,那是心境平静的毗提诃王遮那迦吟唱的:(55) "啊!我的财富无限,我依然一无所有。即使密提罗城陷入大火,也不焚毁我什么。"(56)

在这方面,人们还引用鲍底耶关于摆脱执著说的话,坚战啊!请听我说。(57) 鲍底耶仙人控制自我,摆脱执著,达到平静,充满智慧,友邻王询问道:(58) "大智者啊!请你教导我平静。你依靠什么智慧,达到安稳平静?"(59)

鲍底耶说:

我按照教诲行动,而不教诲任何人。我就说说它的特征,请你自己体会吧!(60) 我的六位老师是宾伽罗女、鹗、蛇、林中的蜜蜂、制箭匠和少女。①(61)

以上是吉祥的《摩诃婆罗多》中《和平篇》第一百七十一章(171)。

---

① 宾伽罗女的故事参阅前面第168章。鹗是指一只鹗摒弃叼啄肉食,以免其他鹗前来抢夺而遭受伤害。蛇是指居无定所。林中的蜜蜂是指随意游荡。制箭匠是指专心自己的工作,旁若无人。少女是指一位少女偷偷地用家中的粮食供养一些婆罗门,为此褪下丁当作响的脚镯,悄然行事。

一七二

坚战说：

通晓行为者啊！采取什么行为，解除忧愁，漫游大地？人在世上做什么，才能达到至高归宿？（1）

毗湿摩说：

在这方面，人们引用一个古老的传说，那是波罗诃罗陀和牟尼阿阇伽罗的对话。（2）有位婆罗门四处漫游，思想吉祥，身体健康，国王啊！智者们公认聪明睿智的波罗诃罗陀询问道：（3）"你健康，能干，温和、恭顺、无欲求，不妒忌，说话可爱，聪明睿智，备受尊敬，在这世上像儿童那样行事。（4）你不贪图获得，也不为失去忧伤，婆罗门啊！你仿佛永远知足，不轻视任何东西。（5）你看来仿佛高居于正法、爱欲和利益之上，即使众生被洪流卷走，你也不会惊慌。（6）你不依据正法和利益，也不依据爱欲。你无视感官和感官对象，获得解脱，行为如同证人。（7）牟尼啊！你具有什么智慧或学问？采取什么生活方式？婆罗门啊！如果你认为合适，请你迅速告诉我。"（8）

这位智者通晓世界法则，受到询问后，向波罗诃罗陀说了这些富有意义的优美的话：（9）"波罗诃罗陀啊！看到万物无缘无故产生、增长、萎缩和毁灭，我既不喜悦，也不担忧。（10）看到各种活动按照各自本性运转，一切都依据本性，我不为任何事烦恼。（11）波罗诃罗陀啊！看到结合者终究分离，积聚者终究毁灭，我的心无所执著。（12）看到具有属性的万物都会毁灭，通晓生起死灭，还会再做什么？（13）我看到大海中的生物无论庞大或微小，到时候都会死去。（14）我看到大地上的生物，无论动物或不动物，显然也都会死去，阿修罗王啊！（15）空中的飞鸟，即使强壮有力，到时候也会死去，檀那婆俊杰啊！（16）我看到在天上运转的大小行星，到时候也会坠落。（17）看到万物众生注定死亡，知道一切都相同，我已经达到目的，安然入睡。（18）

"即使我有时大口吞咽偶然获得的丰富食物，我有时也多天不吃而睡。(19)我获得的食物有时很多,有时很少,有时微乎其微,有时没有。(20)我有时吃谷物,有时吃油渣,有时吃稻米、肉或其他各种食物。(21)我有时睡在床上,有时睡在地上,有时也睡在宫殿中。(22)我有时穿褴褛衣,有时穿兽皮衣,有时也穿昂贵衣。(23)我不放弃偶然获得的合法的享受,也不强求难以获得的享受。(24)

"我纯洁无瑕,遵行这种蟒蛇誓言。它不动,无终,吉祥,无忧,纯洁,无比,为智者们所认同,为愚者们所拒绝。(25)我思想坚定,不背离自己的正法,生活有度,知道过去和未来,摆脱恐惧、污秽、贪婪和愚痴,纯洁无瑕,遵行这种蟒蛇誓言。(26)它不受各种果子和饮食的限制,听从命运,不择地点和时间,内心快乐,为贪婪的人们所拒绝。我纯洁无瑕,遵行这种蟒蛇誓言。(27)人们满怀渴求,想这想那,不获得财富,心情沮丧。我凭借智慧,洞悉真谛,看清这些。我纯洁无瑕,遵行这种蟒蛇誓言。(28)我看到人们为求财富陷入各种不幸,依附善人或恶人。我保持思想平静和清澈,纯洁无瑕,遵行这种蟒蛇誓言。(29)我如实看到苦乐、得失、爱憎和生死都受命运控制。我纯洁无瑕,遵行这种蟒蛇誓言。(30)我摆脱恐惧、激情、愚痴和骄傲,思想坚定,富有智慧,内心平静,看到蟒蛇不贪图身边的果子。我纯洁无瑕,遵行这种蟒蛇誓言。(31)我不受床位和座位限制,天性驯顺、自制、守信、诚实和纯洁,不积聚果实,高兴愉快,纯洁无瑕,遵行这种蟒蛇誓言。(32)我保持智慧,看到追逐欲望带来痛苦,依靠自我,控制任意渴求的思想,纯洁无瑕,遵行这种蟒蛇誓言。(33)心或思想都不感到幸福快乐难得和无常,而我仿佛觉察这两者。我纯洁无瑕,遵行这种蟒蛇誓言。(34)

"许多富有智慧的诗人谈论这个问题,宣扬自己的观点。面对自己的和别人的观点,众说纷纭,他们很难作出定论。(35)我看到愚昧无知的人们纷纷误入歧途,飘忽不定,通向无穷的错误,而我摆脱愤怒和欲望,漫游人间。"(36)

毗湿摩说:

灵魂高尚的人摒弃激情,摆脱恐惧、愤怒、贪婪和愚痴,遵行这种蟒蛇誓言,他肯定能愉快度日,成为幸福的人。(37)

以上是吉祥的《摩诃婆罗多》中《和平篇》第一百七十二章(172)。

一七三

坚战说：

亲友、事业、财物或智慧，祖父啊！我向你求教，什么是人的根基？请你告诉我。（1）

毗湿摩说：

智慧是众生的根基，智慧是最高的获得，智慧是世上的至福，智慧是善人的天国。（2）钵利、波罗诃罗陀、那牟吉和孟吉失去财富后，依靠智慧达到目的。还有什么比智慧更高者？（3）在这方面，人们引用一个古老的传说，那是因陀罗和迦叶波的对话，坚战啊！请听我说。（4）

迦叶波仙人修炼苦行，严守誓言，孩子啊！有个吠舍富有而骄傲，驾车撞倒了他。（5）他痛苦地倒在地上，心中愤怒，决定舍弃自己，说道："我就要死去。在这世上，穷人活着没有意义。"（6）他倒在那里，心中愤怒，头脑混乱，企盼死去，一声不吭。这时，因陀罗化作豺狼，对他说道：（7）"一切生物都盼望投胎为人，而所有的人又都喜欢成为人中的婆罗门。（8）你是人中的婆罗门，又通晓吠陀，迦叶波啊！你已经获得难以获得的东西，你却无端想要死去。（9）经典上说得正确，一切获得中都含有骄傲。你貌似应该满足，却出于贪婪，依然心存邪念。（10）

"那些富有成就者都具备双手。我们渴望双手，如同你渴望财富。（11）没有什么获得比获得双手更重要，婆罗门啊！我们没有双手，不能拔掉扎在身上的荆棘。（12）具备长有十指的双手，就能赶走在身上啃啮的昆虫。（13）他们能保护自己，免受寒冷、炎热和雨淋，舒服地享受食物、床榻和居室。（14）他们在世上支配牛，享用牛，驾驭牛，用各种手段使它们服从自己。（15）那些可怜的动物没有舌头，没有双手，生命微弱，忍受种种痛苦，牟尼啊！你不是这样，多么幸运！（16）你幸好没有投生恶胎，没有成为豺狼、昆虫、老鼠、蛇和青蛙。（17）你应该对自己的状况感到满意，迦叶波啊！

第十二 和平篇

况且，你还是一切众生中的婆罗门俊杰。(18)

"这些昆虫啃啮我，而我没有手，不能赶走它们。请看我的这种处境！(19) 但是，我不舍弃自己，认为不能这样做，不能由此坠入另一个更加邪恶的子宫。(20) 在各种邪恶的子宫中，我已投生豺狼的子宫。但是，还有许多比这更加邪恶的子宫。(21) 一些生物生来比较快乐，另一些比较痛苦，但我从未看到有哪种生物完全快乐。(22) 人达到富裕后，就会企盼王国。获得王国后，还想成为天神。成为天神后，又想成为天王。(23) 你就是达到富裕，也不能成为国王或天神，即使成为天神和天王，你也不会满足。(24) 获得可爱的东西，不会令人满足。享受不能平息渴望，犹如烈火添加燃料，重新熊熊燃烧。(25)

"在你身上既有忧愁，也有喜悦。痛苦和快乐两者并存，你为何悲伤？(26) 斩断一切欲望和行动之根，抑制各种感官，犹如将飞鸟关在笼子中。(27) 人对不知其味的东西，决不会产生欲望。欲望产生于接触、眼见和耳闻。(28) 你并不回味伐楼尼酒和罗吒伐迦鸟肉。哪儿也没有比这两种更好的美味。(29) 还有其他产地遥远的食品，你也没有尝过，迦叶波啊！因此，你也不会回味它们。(30) 毫无疑问，我认为不品尝，不接触，不观看，是人控制自己的最好办法。(31)

"毫无疑问，人有双手，拥有财富和力量，但也造成人奴役人。(32) 一再遭受杀戮、囚禁和其他折磨，人依然游戏、欢乐和嬉笑。(33) 有些人有臂力，有知识，有思想，却不幸从事令人讨厌的邪恶的职业。(34) 他们也很想从事其他的职业，可是受到自己的业果限制，只能如此。(35) 而布迦沙和旃陀罗①即使不满意自己的出身，也不舍弃自己。你就看看这种幻象吧！(36)

"看到那些疾病缠身、肢体残缺和半身不遂的人，迦叶波啊！你应该十分满意自己的出身。(37) 婆罗门啊！如果你的身体安然无恙，四肢完整，你在世上就不会受到歧视。(38) 既没有任何借口，也没有真正的过失，你不应该舍弃自己，婆罗门仙人啊！站起来，遵行正

---

① 布迦沙和旃陀罗均为贱民。

法！（39）如果你听取和信任我说的话，婆罗门啊！你会获得吠陀教导的正法功德。（40）你要精勤努力，诵习吠陀，保持圣火，诚实，自制，布施，不要与人竞争。（41）

"那些诵习吠陀、举行祭祀的人怎么会忧伤烦恼？怎么会产生邪念？（42）他们出生在吉日良辰，喜欢生活，获得极大的快乐。（43）而另一些人出生在星宿不吉祥的时辰，不举行祭祀，不繁衍后代，最终坠入邪恶的子宫。（44）我曾经是一个因明学者，热衷于毫无用处的思辨哲学，诋毁吠陀。（45）我在集会上宣讲因明学，在婆罗门祭祀仪式上训斥婆罗门。（46）我没有信仰，怀疑一切，愚昧无知，却自以为是学者，骄傲自大。由此，我得到这个果报，成为豺狼，婆罗门啊！（47）倘若经过数百个日日夜夜，我这头豺狼又可以投胎为人，（48）我会心满意足，勤奋努力，热爱祭祀、布施和苦行，知道应该知道者，摒弃应该摒弃者。"（49）

于是，牟尼迦叶波起身说道："嗨！你确实聪明睿智，令我惊奇。"（50）这位婆罗门用智慧之眼仔细打量，认出他是沙姬之夫、天王因陀罗。（51）迦叶波敬拜以黄褐马为坐骑的因陀罗，获得他的允许，返回自己的净修林。（52）

以上是吉祥的《摩诃婆罗多》中《和平篇》第一百七十三章（173）。

一七四

坚战说：

如果布施、祭祀、修炼苦行和尊敬老师，情况会怎样？祖父啊！请你告诉我。（1）

毗湿摩说：

空虚无聊，心生邪念，做出恶事，陷入极大烦恼。（2）作恶者贫困，从饥饿走向饥饿，从苦恼走向苦恼，从恐惧走向恐惧，从死亡走向死亡。（3）行善者富裕，保持信仰，控制自己，从喜庆走向喜庆，从天国走向天国，从幸福走向幸福。（4）没有信仰的人戴着手铐前往充满老虎、大象、蛇和盗匪的险境，别无其他出路。（5）热爱天神和

客人，热爱善人，慷慨大度，遵循灵魂高尚者的安康之路。（6）那些不遵行正法的人如同谷粒中的秕子，有翼动物中的蚊子。（7）

即使迅速逃跑，命运也会追赶他，无论他睡觉或做事，都与他在一起。（8）随他起身而起身，随他行走而行走，随他做事而做事，如同影子不离身。（9）每个人永远享用自己以前积累的各种业果。（10）每个人受自己的业果影响，受命运保护，受时间控制。（11）正如无需催促，到时候花朵自会开放，果实自会结出，过去的业自会发生作用。（12）一旦命运结束，荣辱、得失和兴衰全都停止。（13）每个人投入母胎后，就开始受用自己前生定下的痛苦和快乐。（14）前生童年、青年和老年时期的善业和恶业，在今生同样的时期受用。（15）前生的业追随作业者，犹如牛犊在数千头牛中也能找到自己的母亲。（16）

正如脏衣经过洗涤变得干净，烦恼的人经过斋戒获得长久的幸福。（17）在苦行林中长期修炼苦行，通过正法涤除罪恶，就能如愿获得成功。（18）正如空中的飞鸟和水中的游鱼，通晓知识的人不留痕迹。（19）不用再多提及违法行为，一个人应该做纯洁、合适而对自己有益的事情。（20）

以上是吉祥的《摩诃婆罗多》中《和平篇》第一百七十四章（174）。

一七五

坚战说：

这整个世界连同动物和不动物从哪里创造出来？在毁灭时，又走向哪里？祖父啊！请你告诉我。（1）这个世界连同大海、天空、山、云、大地、火和风，由谁创造出来？（2）怎么会创造出万物？怎么会有种姓区分？怎么会有纯洁和污秽？怎么会有正法和非法？（3）众生怎样生活？死后去哪里？请你告诉我这个世界和另一个世界的一切。（4）

毗湿摩说：

在这方面，人们引用一个古老的传说，那是婆利古对求教的婆罗堕遮所作的出色回答。(5) 看到光辉灿烂的大仙人婆利古坐在盖拉娑山顶，婆罗堕遮询问道：(6) "这个世界连同大海、天空、山、云、大地、火和风，由谁创造出来？(7) 怎么会创造出万物？怎么会有种姓区分？怎么会有纯洁和污秽？怎么会有正法和非法？(8) 众生怎样生活？死后去哪里？请你告诉我这个世界和另一个世界的一切。"(9)

婆罗堕遮询问这个问题，大仙人像梵天那样告诉他一切：(10) "大仙们都知道著名的摩那萨。这位天神无始无终，不可分割，不老不死。(11) 他以'未显'闻名，永恒，不变，不灭。万物由他创造、产生和灭亡。(12) 他是万物支持者，首先创造著名的大，然后创造著名的空。(13) 由空产生水，由水产生火和风，火和风结合产生地。(14) 然后，这位自在天创造出神圣的莲花，由光辉凝聚而成。从莲花中产生梵天，由吠陀构成的宝藏。(15) 梵天以'我慢'闻名，形成一切众生的本体。五大元素是梵天的伟大光辉。(16) 山是他的骨骼，大地是他的脂肪和肉，大海是他的血液，天空是他的腹部。(17) 风是他的呼吸，火是他的精力，河流是他的脉络，火和苏摩或称太阳和月亮是他的双眼。(18) 天穹是他的头，地面是他的双足，方位是他的双臂。毫无疑问，由于他无限，甚至悉陀们也难以认识他。(19) 尊神毗湿奴以'无限'闻名，成为一切众生的本体，灵魂不完善的人难以认识。(20) 他创造了'我慢'，从而产生一切众生。一切都源自他。你向我请教，我做了回答。"(21)

婆罗堕遮说：

天空、方位、地面和风的规模有多大？我向你请教，请你解除我的这个疑问。(22)

婆利古说：

天空无限，悉陀和遮罗纳们出没其间，有各种可爱的领域。它的尽头不可知。(23) 太阳和月亮看不到光照范围之上和之下的地方。那里有许多自己闪耀火光的天体。(24) 你要知道，甚至这些天体也看不到天空的尽头，赐人荣誉者啊！人人皆知天空威力无边，没有尽头，难以抵达。(25) 一层又一层之上，天空充满自己发光的天体，甚至天神们也无法加以测量。(26)

大地的尽头是大海，大海的尽头传说是黑暗。人们说黑暗的尽头是水，水的尽头是火。(27) 地下世界的尽头是水，水的尽头是蛇王。然后，那里的尽头又是天空，天空的尽头又是水。(28) 这样，连众天神也难以依据火、风和水测知天空的尽头和水的规模。(29) 火、风、水和地面的特征像天空一样，可以依靠洞察力分辨。(30) 牟尼们吟诵各种经典，确定三界和大海的规模。但是，谁能说出不可见和不可抵达的事物的规模？(31) 悉陀和天神们的行踪是有限的，而灵魂伟大的摩那萨以'无限'闻名，名副其实。(32) 而且，他的形象既能缩小，又能变大，有谁能知道他的规模？即使有另一位像他那样的天神，也未必知道。(33) 从莲花中首先创造出有形的梵天，通晓一切，由正法构成，是至高无上的生主。(34)

婆罗堕遮说：

如果梵天从莲花中产生，那么，最早产生的是莲花。而你说梵天首先产生，我感到疑惑。(35)

婆利古说：

摩那萨的形体化作梵天，为了给他准备座位，大地被称作莲花。(36) 高耸入云的弥卢山成为莲花花苞，世界之主（梵天）在里面创造一切世界。(37)

以上是吉祥的《摩诃婆罗多》中《和平篇》第一百七十五章 (175)。

一七六

婆罗堕遮说：

梵天怎样在弥卢山中创造众生，婆罗门俊杰啊！请你告诉我。(1)

婆利古说：

摩那萨用思想创造众生。为了激活众生，他首先创造了水。(2) 水是一切众生的生命。众生增长依靠水。没有水，众生就会毁灭。一切都在水的包围中。(3) 大地、山、云和其他有形物体，应该知道这一切都是水，由水凝聚而成。(4)

婆罗堕遮说：

水怎样产生？火和风怎么产生？大地怎样创造出来？我对这些疑

惑不解。(5)

婆利古说：

婆罗门啊！从前在梵劫①，灵魂高尚的大仙人们聚集在一起，对世界的起源感到疑惑。(6) 这些婆罗门站立不动，陷入沉思，保持沉默，摒弃食物，饮风维生，整整一百个天年。(7) 他们终于听到了正法构成的话语，那是空中传来天国的话音：(8)"从前，天空像山岳那样寂静无声，没有太阳、月亮和风，仿佛在沉睡中。(9) 然后，产生水，犹如从黑暗中产生另一种黑暗。从水的挤压中，涌出风。(10) 正如没有缝隙的容器寂静无声，一旦充满水，产生风，就产生声音。(11) 一旦空间充满水，没有缝隙的状态结束。风突破海面出现，带有声音。(12) 风从海水的挤压中产生，保持运动。风占据空间，永不平静。(13) 在风和水的摩擦中，出现光焰燃烧的火，火苗向上，强大有力，驱除空中的黑暗。(14) 火和风结合，消除空中的水。由于与风结合，火变得稠密。(15) 稠密的火从空中落下，变得坚固，成为大地。(16) 应该知道大地是一切味、香、液体和生物的源泉，一切从中产生。"(17)

以上是吉祥的《摩诃婆罗多》中《和平篇》第一百七十六章(176)。

一七七

婆罗堕遮说：

从前，梵天创造的五种元素称作"五大"，遍及所有世界。(1) 思想伟大的梵天在创造数以千计的生物时，怎样产生这五种元素的性质？(2)

婆利古说：

无限称为"大"。这样的物质产生，得名为"五大元素"。(3) 风是运动者，空有空间，火发热，水流动，地坚固，身体由这五种元素构成。(4) 动物和植物都由这五种元素构成。听觉、嗅觉、味觉、

---

① 梵劫指梵天的时代，意思是遥远的过去。

触觉和视觉称为五种感官。(5)

婆罗堕遮说：

如果动物和植物都由这五种元素构成，那么，为何在植物的身体中看不到这五种元素？(6) 在树木的身体中就看不到这五种元素。坚固的树木既不发热，也不运动。(7) 它们也没有听觉、视觉、嗅觉、味觉和触觉，怎么会是由五种元素构成？(8) 由于从中感觉不到水性、火性、地性、风性和空性，说明树木不是由五种元素构成。(9)

婆利古说：

毫无疑问，坚固的树木也有空间，这从它们开花结果中显然可以得知。(10) 树木也发热，因此树叶、树皮和花果会脱落。有热有冷，说明它们也有触觉。(11) 随着风、火和雷的声音，花果坠落。声音通过听觉获得，因此，树木也有听觉。(12) 那些蔓藤围着树缠绕蔓延。盲人不识路，因此，树木也有视觉。(13) 健康无病的树木开花，既有芬芳的香味，也有难闻的气味，因此，树木也有嗅觉。(14) 树木用树根吸水，也会生病，而树病也能治疗，因此，树木也有味觉。(15) 正如用嘴或莲花茎秆向上吸水，树木与风结合，用树根吸水。(16) 树木也感受痛苦和快乐，遭到砍伐后又长出，因此，我感到树木也有生命，并非毫无意识。(17) 火和风消化树木吸收的水。由于消化作用，树木增长，而且湿润。(18)

一切动物的身体中都有五种元素。而每种元素的比例有所不同。有了这些元素，身体才能活动。(19) 皮肤、肉、骨、骨髓和筋，身体中的这些部分由地元素构成。(20) 精力、内火、愤怒、眼睛和其他起消化作用的热量，身体中的这五部分由火元素构成。(21) 耳朵、鼻子、嘴、心和胃，身体中的这五部分由空元素构成。(22) 黏液、胆汁、汗液、脂肪和血液，身体中的这五部分由水元素构成。(23) 动物通过元气导引，通过行气用力，下气下行，中气停在心中，(24) 上气上行。这五种呼吸由风元素构成，促使动物活动。(25)

动物依靠地元素有嗅觉，依靠水元素有味觉，依靠火元素有视觉，依靠风元素有触觉。(26) 我现在讲述香气的各种类型：好闻，难闻，芬芳，强烈，(27) 挥发，混杂，油腻，干燥，清新，应该知道这九种香气，由地元素构成。(28) 声、触、色和味据说都是水的属性。现在，请听我告诉你味的知识。（29）灵魂高尚的著名学者提到多种味：甜、咸、苦、涩、酸和辣。这六种味相传由水元素构成。（30）

声、触和色据说是火的三种属性。火照见色。色相传有多种。（31）短、长、粗、细、方、圆、白、黑、红、蓝、黄、褐，相传这是十二种色，是火的属性。（32）声和触据说是风的两种属性。触作为风的属性，相传有多种。（33）坚硬、滑溜、细嫩、黏稠、柔软、粗糙、热、冷、快乐、痛苦、湿润、清爽，据说这是十二种触，是风的属性。（34）

相传声是空的唯一属性。我现在讲述声的各种特征。（35）具六、神仙、持地、中令、第五、明意、近闻，①（36）据说这是七种声，是空的属性。声遍布各处，尤其在各种乐器中。（37）人们说声产生于空。它与风的属性（触）相结合，平稳则无声，不平则有声。（38）这些元素永远互相混合。其中的水元素、火元素和风元素永远在身体中保持清醒。（39）

以上是吉祥的《摩诃婆罗多》中《和平篇》第一百七十七章（177）。

一七八

婆罗堕遮说：

身体中的火怎样依靠地元素？风怎样利用空间发挥作用？（1）

婆利古说：

婆罗门啊！我现在告诉你风的运行，无辜的人啊！有力的风促使生物的身体活动。（2）火在头部，保护身体。元气在头部火中运转活动。（3）它是生命，一切众生的灵魂，永恒的原人，思想、智慧、意识、元素和感官对象。（4）这样，它在身体各部分得到元气保护，在各种进程中得到中气支持。（5）下气依靠膀胱出口、肛门和火，运载粪便和尿。（6）通晓自我的人们说上气促进勤奋、行动和力量。（7）

---

① 这些是七种音调的名称。

进入人体所有关节中的火,人们称作行气。(8)火依靠中气遍布身体各部分,运转各种液汁、器官和病气。(9)

火在下气和元气中间,依靠下气和元气,追随、占据和消化食物。(10)从嘴到胯部有脉管,末端称作肛门。身体中的一切流汁从脉管流出。(11)各种元气互相交汇,产生混合。应该知道火有热量,消化体内的食物。(12)元气带着火运行到肛门口,然后又带着火向上运行。(13)肚脐以下是消化食物的部位,肚脐以上是未消化食物的部位,肚脐中间是体内所有元气聚集的部位。(14)从心脏上下左右伸出十种脉管,在元气带动下,运送食物液汁。(15)瑜伽行者通过这条道路达到他们的境界,克服疲劳,端正坐姿,坚定沉着,将灵魂保持在头部。(16)就是这样,火永远处在所有的元气和下气中,犹如安置在容器中。(17)

以上是吉祥的《摩诃婆罗多》中《和平篇》第一百七十八章(178)。

一七九

婆罗堕遮说:

如果风引起呼吸,引起活动,呼吸引起说话,那么,生命就没有意义。(1)如果热量是火的作用,食物由火消化,那么,生命就没有意义。(2)生物死去,其生命不可感知。风离开,热量灭寂。(3)如果生命像风那样,与风相结合,那么,可以发现生命像旋风那样,带着风的属性运行。(4)如果生命与风相结合,一旦随风离开身体,就应该像一些水脱离大海进入另一种容器。(5)将水倒入井中,或者,将火投入祭火中,如同器物掷地而碎,立即毁灭。(6)

这样,由五种元素共同构成的身体中怎么会有生命?失去其中一种元素,其他四种元素的结合就不复存在。(7)不进食,水元素就会毁灭。不呼吸,风元素就会毁灭。腹部破裂,空元素就会毁灭。不进食,火元素就会毁灭。(8)生病、受伤或劳累,地元素就会毁坏。其中一种元素受到打击,五种元素的结合就会瓦解。(9)一旦五种元素瓦解,生命还能追随什么?知道什么?听什么?说什么?(10)

据说这头母牛会在另一个世界拯救我。但这头施舍的母牛自己也死去，它还能拯救谁？（11）这头母牛以及施舍者和接受者都一样，在今生死去，他们还能在哪儿相聚？（12）被猛禽吃掉，从山顶摔死，被大火烧死，怎么还能复生？（13）如果树木遭到砍伐，树根不再生长，只有树种生长，那么，死者在哪儿复生？（14）只有原先创造出来的种子生长。死者相继毁灭，种子相继生长。（15）

以上是吉祥的《摩诃婆罗多》中《和平篇》第一百七十九章（179）。

一八〇

婆利古说：

生命以及被赋予者和被创造者不会毁灭。身体毁灭，生命走向另一个身体。（1）身体毁灭时，依附身体的生命不毁灭，正如燃料燃烧，火不毁灭。（2）

婆罗堕遮说：

如果像火那样，生命不会毁灭，那么，在燃料烧完后，怎么见不到火？（3）我知道没有燃料，火就熄灭，见不到它的踪迹、形状和位置，因此，我认为它已经毁灭。（4）

婆利古说：

燃料烧完后，确实见不到火，因为它无所依托，附随空间，难以把握。（5）生命离开身体后，像空间那样存在，毫无疑问，像光那样微妙，不可把握。（6）火维持呼吸，由此感知生命。火维持风，呼吸停止，火则熄灭。（7）身体中的火一旦熄灭，身体就失去知觉。身体倒下，转变成地，因为地是它的归宿。（8）一切动物和植物中的风走向空，火追随风。空、风和火三者在这里合一，而地和水立足于地。（9）有空则有风，有风则有火。应该知道水无形，而地有形。（10）

婆罗堕遮说：

如果身体中有火、风、地、空和水，那么，生命有什么特征？请你告诉我，无辜的人啊！（11）我想知道生命在生物的具有五种元素、五种爱好和五种知识的身体中的情况。（12）一旦血、肉、脂肪、筋和骨骼组成的身体毁灭，生命便不可感知。（13）如果具有五种元素的身体没有生命，谁感受肉体和精神的痛苦？（14）生命凭借耳朵听取谈话。一旦思想混乱，它就不听取，大仙人啊！因此，生命也就没有意义。（15）思想集中时，生命凭借眼睛看见可以看见的一切。一旦思想混乱，则视而不见。（16）在入睡后，它不看，不说，不听，不嗅，也没有触觉和味觉。（17）谁喜悦？谁愤怒？谁忧伤？谁烦恼？谁希望？谁沉思？谁仇恨？谁说话？（18）

婆利古说：

没有五种元素共通的东西，唯独内在的灵魂支持身体。它感知香、味、声、触、色和其他属性。（19）内在的灵魂附随一切肢体，洞悉五种元素的属性。它感知痛苦和快乐。一旦与它分离，身体不能感知。（20）一旦没有色，没有触，火中没有热量，身体中的火熄灭，它就抛弃身体而消失。（21）一切由水构成。水造成身体的形状。在一切众生中，灵魂是创造世界的摩那萨或梵天。（22）你要知道灵魂为整个世界谋求利益。它依附身体，如同水滴依附莲花。（23）你要知道灵魂永远为世界谋求利益。你要知道暗、忧和善是生命的属性。（24）

人们说有知觉是生命的特征，生命活动和促使一切活动。而人们说灵魂至高无上，运转七重世界。（25）身体毁坏，而生命不毁灭。无知的人说生命死亡，那是谬论。身体毁灭，只是五种元素瓦解，生命则进入另一身体。（26）就是这样，生命隐藏在一切众生中活动，只有洞悉真谛的人们凭借微妙的智慧才能发觉。（27）智者永远修习瑜伽，节制饮食，灵魂纯洁，在前半夜和后半夜中看到自己的灵魂。（28）思想清净，摒弃善业和恶业，立足清净的灵魂，获得永久的快乐。（29）身体中的心火被称作生命。它是生主的创造，确定为众生的内在灵魂。（30）

以上是吉祥的《摩诃婆罗多》中《和平篇》第一百八十章（180）。

一八一

婆利古说：

生主梵天首先创造出婆罗门，具有灵魂的光辉，如同太阳和火。（1）梵天又确定真理、正法、苦行、永恒的梵和纯洁的行为导向天国。（2）然后，梵天创造天神、檀那婆、健达缚、提迭、阿修罗、大蛇、药叉、罗刹、蛇、毕舍遮和人。（3）婆罗门、刹帝利、吠舍、首陀罗以及其他各种生物群，婆罗门俊杰啊！（4）婆罗门为白色，刹帝利为红色，吠舍为黄色，首陀罗为黑色。（5）

婆罗堕遮说：

如果四种姓按照颜色区分，那么，在所有种姓中，都能看到有混合的颜色。（6）我们所有的人都有爱欲、愤怒、恐惧、贪欲、忧愁、焦虑、饥饿和劳累，怎么能按照颜色区分？（7）我们所有人的身体中都有汗液、粪便、尿、黏液、胆汁和血，怎么能按照颜色区分？（8）动物和植物种类无数，颜色各异，又怎样按照颜色区分？（9）

婆利古说：

梵天最早创造出完全是婆罗门的世界，没有种姓（颜色）区分，后来由于种种行为，形成种姓。（10）有些婆罗门摒弃自己的正法，热衷爱欲和享受，勇猛，卤莽，容易发怒，肢体充满激情（呈红色），成为刹帝利。（11）有些婆罗门不遵行自己的正法，从事养牛，以耕种为生，呈黄色，成为吠舍。（12）有些婆罗门热衷杀生和欺诈，贪婪，以一切劳役为生，失去纯洁，呈黑色，成为首陀罗。（13）由于这些行为的区别，许多婆罗门成为别种种姓，但正法和祭祀永远不受禁止。（14）

四种姓都使用原本由梵天确定的梵语。一些人由于贪婪，变得无知。（15）婆罗门立足正法，永远恪守梵和誓言，控制自己，不会丧失苦行。（16）那些无知的人不知道从前创造的梵。他们也有很多种类。（17）毕舍遮、罗刹、亡灵和各种弥戾车，他们丧失理智，愚昧无知，恣意妄为。（18）至高的大仙们通过自己的苦行创造众生，让他们遵奉婆罗门的礼仪，恪守自己的正法和行为。（19）原始大神用思想进行的这种创造，以正法为目标，以梵为根本，不灭，不变。（20）

以上是吉祥的《摩诃婆罗多》中《和平篇》第一百八十一章（181）。

一八二

婆罗堕遮说：

婆罗门俊杰啊！凭什么成为婆罗门？凭什么成为刹帝利？凭什么成为吠舍？凭什么成为首陀罗？婆罗门仙人啊！请你告诉我，优秀的辩士啊！（1）

婆利古说：

通过举行出生礼等等仪式获得净化，诵习吠陀，遵守六种职责。（2）行为纯洁，供神之后进食，尊敬老师，永远恪守誓言，信奉真理，这样的人称作婆罗门。（3）诚实，布施，自制，不伤害他人，和蔼，宽容，慈悲，苦行，相传这样的人是婆罗门。（4）投身军事活动，诵习吠陀，既布施财富，也获取财富，这样的人称作刹帝利。（5）从事耕作、养牛和贸易，行为纯洁，诵习吠陀，这样的人称作吠舍。（6）喜欢吃所有食物，从事一切劳役，摒弃吠陀，行为不纯洁，相传这样的人是首陀罗。（7）这些特征见于首陀罗，不见于婆罗门。否则，首陀罗不成其为首陀罗，婆罗门不成其为婆罗门。（8）

运用一切手段抑制贪欲和愤怒。应该知道自我控制是净化的手段。（9）永远保护苦行，避免发怒；保护吉祥，避免嫉恨；保护知识，避免骄傲和蔑视；保护自我，避免懈怠。（10）从事一切工作，而不企求占有成果，舍弃一切供品，这样的人是舍弃者和智者。（11）不杀生，怜悯一切众生。不信任不可信任者，信任可信任者。（12）舍弃财富，凭借智慧控制感官，在这世和来世无忧无虑，无所畏惧。（13）永远修炼苦行，克制自己，控制自我，摆脱执著，努力战胜不可战胜者。（14）凭感官获知的是显现者。未显者超越感官，只能凭微妙的象征把握。（15）应该将思想保持在元气中，将元气保持在梵中，通过灭寂，达到涅槃，无忧无虑。由此，婆罗门获得幸福，达到梵。（16）行为永远纯洁，怜悯一切众生，这是婆罗门种姓的特征。（17）

以上是吉祥的《摩诃婆罗多》中《和平篇》第一百八十二章（182）。

一八三

婆利古说：

真理是梵，真理是苦行，真理创造众生。世界通过真理维持，人们通过真理走向天国。（1）谬误是黑暗的形式，黑暗导向深渊。被黑暗吞噬的人见不到被黑暗包围的光明。（2）人们说天国是光明，地狱是黑暗。世上的人们通过真理和谬误走向天国和地狱。（3）真理和谬误，正法和非法，光明和黑暗，幸福和快乐，这些就是世界的存在方式。（4）在这里，真理即正法，正法即光明，光明即幸福。在这里，谬误即非法，非法即黑暗，黑暗即痛苦。（5）*①

看到这个世界的创造中，有肉体和精神的痛苦，也有随快乐而产生的痛苦，聪明睿智的人们不会迷惑。（6）智者努力追求摆脱痛苦，因此在这世和来世，众生的快乐无常。（7）正如月亮被罗睺吞噬，失去光辉，众生被黑暗征服，失去快乐。（8）快乐据说分为肉体的和精神的两种。在这世和来世，一切行动都是为了达到快乐。人生三要的果实也没有它重要。这种可爱的特性以履行正法和利益为原因，快乐随之产生。（9）*

婆罗堕遮说：

你确认快乐的至高性，我不能理解。立场高远的大仙们并不追求这种特性。听说创造三界的尊神梵天独立不羁。梵行者不投身欲乐。神中之神乌玛之夫（湿婆）使爱神变得无形，归于寂静。因此，我们认为灵魂高尚者不追求这种特性。我也不认为这种特性有你说的那么重要。而你确认快乐的至高性。世界上流行的说法是有两种果报：从

---

① 凡标有 * 者，原文为散文，下同。

善行中获得快乐,从恶行中获得痛苦。请你说说吧!(10)*

婆利古说:

确实,从谬误中产生黑暗。被黑暗吞噬的人们追随非法,不追随正法。陷入愤怒、贪婪、愚痴和谬误中的人,确实在这世和来世不能获得快乐。他们遭受各种疾病和烦恼折磨,遭受杀戮、囚禁和病痛折磨,遭受饥渴和劳累折磨,遭受可怕的暴风、炎热和寒冷造成的各种肉体痛苦折磨,遭受丧失财富和亲人造成的各种精神痛苦折磨,遭受衰老和死亡的痛苦。(11)* 谁不遭受这些肉体的和精神的痛苦,他才懂得快乐。在天国就没有这些弊病。在那里,确实是那样。(12)*

在天国,有和煦的微风,甜蜜的芳香,没有饥渴、劳累、衰老和邪恶。(13)在天国永远快乐;在这里,有快乐,也有痛苦;在地狱,只有痛苦。因此,人们说快乐至高无上。(14)大地是一切众生的生育者。女性如同大地,男性如同生主。人们知道精子由精力构成。(15)就是这样,从前梵天安排创造这个世界,众生按照各自的行为运转。(16)

以上是吉祥的《摩诃婆罗多》中《和平篇》第一百八十三章(183)。

一八四

婆罗堕遮说:

按照人们的说法,布施的功果是什么?遵行正法、修炼苦行、诵习吠陀和供奉祭品的功果是什么?(1)

婆利古说:

通过供奉祭品消除罪孽,通过诵习吠陀获得至高平静,通过布施获得享受,通过苦行获得一切。(2)人们说布施的功果分为来世和今世两种。对善人的任何布施,功果追随布施者到来世。(3)对不善之人布施,布施者在今世享受功果。进行什么样的布施,就获得什么样的功果。(4)

婆罗堕遮说:

什么人遵行什么正法?正法的特征是什么?正法有多少种?请你

告诉我。(5)

婆利古说：

聪明的人遵行各自的正法，获得各自的正法功果，否则，一个人就会陷入愚痴。(6)

婆罗堕遮说：

从前，婆罗门仙人确定人生四个阶段，请你告诉我每个阶段的行为。(7)

婆利古说：

从前，尊者遵循世界的利益，为了维护正法，确定了人生四个阶段。人们这样讲述住在老师家中的第一阶段：行为纯洁，遵行礼仪和戒律，克制自己，调伏自我。早晚敬拜太阳、圣火和天神。克服懈怠和懒惰。尊敬老师，诵习吠陀，听取教诲，净化内在灵魂。每天三次沐浴。遵守梵行，侍奉祭火，服从老师，心中记住乞食等等一切任务，听从老师的一切吩咐，专心诵习吠陀，赢得老师恩惠。(8)*有诗为证：婆罗门取悦老师，通晓吠陀，获得进入天国的果报，实现心愿。(9)

人们说第二阶段是家居期。从老师那里回到家里，和妻子一起追求遵行正法的功果，这是家居期。获得正法、利益和爱欲，实现人生三要。通过不受谴责的行动获得财富。通过努力诵习吠陀，或通过祭供、自制、勤勉、取悦天神，获得财富。家居者应该这样度过家居期。人们说这是一切人生阶段的根本。住在老师家中的梵行者、出家人以及恪守誓言和遵守正法的人，他们分享乞求得来的食物。(10)*

林居者舍弃财物。这些善人抱有正当合理的看法，专心诵习吠陀，漫游大地，朝圣和观光。起身，致敬，不嫉恨，说好话，和颜悦色，有能力，以座位、床铺和食物善待客人。(11)*有诗为证：如果客人失望地离开他的家，就会带走他的功德，而留给他恶业。(12)

举行祭祀，令天神满意。祭供谷物，令祖先满意。诵习吠陀和听取教诲，令仙人满意。繁衍后代，令生主满意。(13)*有诗为证：对一切众生说话和蔼，悦耳动听。毁谤、伤害和粗鲁，都应受到谴责。(14)蔑视、傲慢和欺诈，都应受到谴责。不杀生，不发怒，在所有人生阶段都要修炼苦行。(15)

享受花环、装饰品、衣服、油膏和香料,舞蹈、歌曲和音乐赏心悦目,享受各种可嚼、可喝、可啜和可吮的食物,享受欲乐,夫妻欢爱。(16)*在家居期,始终追求人生三要(正法、利益和爱欲),享受各种快乐,达到优秀的目标。(17)家居者也能采取捡拾落穗的生活方式,恪守自己的正法,摒弃欲乐,那就不难升入天国。(18)

以上是吉祥的《摩诃婆罗多》中《和平篇》第一百八十四章(184)。

一八五

婆利古说:

确实,林居者追随仙人的生活方式,朝拜圣地和圣河,在偏僻的林中修炼苦行,那里麋鹿、野牛、野猪和大象出没。摒弃世俗的衣服和食物,节制饮食,以林中的药草、根茎、果子和树叶为食。席地而坐,以大地、岩石、沙砾、沙堆或灰堆为床。身披草衣、兽皮或树皮衣,保持头发、胡须、指甲和体毛。按时沾水净身,按时祭供,不知疲倦地收集燃料、花草和各种祭供物品。酷暑严寒,风吹日晒,全身皮肤粗糙破裂。依照正法,遵行各种戒律,修习瑜伽,血肉紧缩,皮包骨头。他们依靠坚定的意志和毅力维持身体。(1)克制自己,遵行婆罗门仙人确定的行为,就能像火一样焚烧各种罪孽,战胜一切难以战胜的世界。(2)

还有,出家人的行为。他们摆脱对圣火、财富、妻子和家庭的执著,摆脱亲情的束缚,出家漫游。对土块、石头和金子一视同仁,不关心人生三要,对敌人、朋友和中立者一视同仁,在语言、思想和行动上都不伤害一切众生,无论是胎生、卵生和湿生的动物或芽生的植物。居无定所,留宿山中、河边、树下或神庙,也投宿城镇或乡村,在城镇中不超过五夜,在乡村中不超过一夜。进入城镇乡村,只是为了维持生命,住在行为纯洁的婆罗门家中。乞求食物不挑选,钵中得到什么吃什么。摒弃爱欲、愤怒、骄傲、愚痴、贪婪、吝啬、诽谤、虚荣和杀生。(3)有诗为证:牟尼从不引起众生惧怕,他也不惧怕一切众生。(4)他以自己身体中的火举行火祭,将祭品投入自己嘴中。

他以乞食方式获得祭品，投入火中，赢得一切世界。（5）再生族按照上述这些，追求解脱，行为纯洁，智慧坚定，达到梵界，如同进入寂静的无燃料的光芒中。（6）

婆罗堕遮说：

在这个世界之外，还有另一个世界，只是听说，而没有见到。我想要知道那个世界，请你告诉我。（7）

婆利古说：

在雪山北边，具有一切优点而圣洁。据说这是一个圣洁、幸福、可爱的优秀世界。（8）那里的人们不作恶，极其纯洁，摒弃贪欲和愚痴，没有烦恼。（9）这个地方如同天国，据说具有许多优点。人们按时死去，但不会生病。（10）人们忠于自己妻子，不贪图别人的妻子。互相之间不杀戮，不羡慕别人的财物。没有神秘现象，也不产生怀疑。（11）行动的成果都能见到。有些人充满一切欲望，拥有床具、坐具、车马、宫殿和住宅，佩戴金首饰。（12）有些人只是维持生命。为了维持生命，辛苦劳累。（13）

在这里，有些人恪守正法，有些人行为狡诈。有些人快乐，有些人痛苦。有些人富裕，有些人贫穷。（14）在这里有劳累、恐惧、愚痴和难忍的饥饿。贪求财富，以致人中智者也困惑。（15）在这里，对于合法和非法的行动有多种想法。智者知道这两种分类，不沾染罪恶。（16）欺骗，狡诈，偷盗，毁谤，妒忌，伤害他人，杀生，挑拨离间，说谎，（17）谁具有这些恶行，他的苦行就减少。而智者摒弃这些恶行，他的苦行就增长。（18）这里的世界是业地，行善或作恶。行善获得善业，作恶获得恶业。（19）从前在这里，生主、天神们和仙人们完成苦行，获得净化，到达梵界。（20）

在大地的北方，一切纯洁优美。行为纯洁的人们离开这里，降生那里。（21）作恶的人们有些投胎畜生，有些寿命耗尽，在地面消失。（22）那些充满贪欲和愚痴的人，热衷互相吞噬，只能在这里轮回，不会转生北方。（23）聪明的人侍奉老师，克制自己，遵守梵行，知道一切世界之路。（24）我已经简要告诉你梵天制定的正法。谁知道世界的正法和非法，他就是智者。（25）

毗湿摩说：

国王啊！富有威力的婆罗堕遮以至高正法为灵魂，听了婆利古的

这些话,充满惊奇,向他致敬。(26)国王啊!我已详细告诉你世界的起源,大智者啊!你还想听什么?(27)

以上是吉祥的《摩诃婆罗多》中《和平篇》第一百八十五章(185)。

一八六

坚战说:

通晓正法者啊!我认为你通晓一切,无辜的人啊!我想听你讲述行为准则,祖父啊!(1)

毗湿摩说:

行为邪恶,行动邪恶,思想邪恶,行事卤莽,这样的人被称作不善之人。善人以善行为特征。(2)不在大路上、牛群中和谷堆中大小便,这样的人行为纯洁。(3)要净化自己,令天神满意,在河中沐浴,人们说这是人类的正法。(4)经常侍奉太阳。太阳升起后,不应该再睡觉。早晨和黄昏,面向东方和西方默祷。(5)洗净四肢和脸,进食时面向东方,保持沉默。不应该埋怨食物,无论味道鲜美与否,都应该吃下去。(6)不应该手还湿着就起身,不应该脚还湿着就入睡。① 神仙那罗陀说这是善行的特征。(7)

经常向圣洁物、公牛、神庙、牛圈、十字路口、遵行正法的婆罗门右绕致敬。(8)客人、侍从和自己人的食物都一样。与侍从吃得一样的人应该受到赞扬。(9)人在早晨和黄昏进食,这是天神制定的规则。在这中间应该实行斋戒,不进食。(10)在祭供的时刻,向火中投放祭品。在行经期与妻子性交,不觊觎别人的妻子,这样的人是遵守梵行的智者。(11)婆罗门吃剩的食物是甘露,如同母亲的一颗善心。善人维护真理,真理维护善人。(12)戒绝肉食的人不应该吃经过夜柔祷文净化的肉,也要避免吃不用作祭供的肉和动物背部的肉。(13)

不应该亏待本地和外地的客人。获得可爱的业果,要孝敬长

---

① 这里的手湿和脚湿指饭后洗手和睡前洗脚。

者。(14)应该给长者让座,向长者致敬。尊敬长者的人获得长寿、名誉和吉祥。(15)不应该凝视升起的太阳和别人的裸妇。在合适的时间与妻子性交,但要秘密进行。(16)老师是一切圣地之心,火是一切纯洁者之心。高贵者的一切行为都纯洁,包括接触牛尾。(17)每逢见面,都要愉快地问候。早晨和黄昏,都要向婆罗门致敬。(18)在神庙中,在牛群中,在婆罗门举行仪式时,在诵习吠陀时,在进食时,应该举起右手。(19)

问候经商者生意兴隆吗?问候耕作者耕了多少田?问候播种者播了多少种子?问候赶牛者一路辛苦吗?(20)就餐后,应该询问吃饱了吗?喝饮料后,应该询问喝够了吗?吃牛奶粥、麦片粥或豆粥,应该询问味道好吗?(21)剃须、打喷嚏、沐浴和进食,还有对一切病人,应该祝愿长寿。(22)不应该面对太阳撒尿,不应该看自己的粪便,要避免与儿媳同吃同睡。(23)要避免用你或名字称呼长辈,对晚辈或同辈,这样称呼不算错误。(24)

作恶者的心透露他们犯下的罪孽。故意对善人隐瞒罪行,他们就会遭到毁灭。(25)无知的人故意隐瞒罪行。即使人们看不到它,天神们都看到。(26)恶人犯下的罪孽追随恶人,善人积下的功德追随善人。(27)在这世上,愚人不记住自己犯下的罪孽,即使他改变了地位,罪孽依然追随他。正如罗睺追踪月亮,恶业追踪愚蠢的恶人。(28)

在这世上,怀着愿望积聚财物,但来不及享受。智者不赞赏这种做法,因为死亡不等人。(29)智者们说正法在一切众生心中,因此,应该对一切众生怀抱善意。(30)每个人都应该自己履行正法,无须别人帮助。只要依照法则去做,还需要什么帮助?(31)众天神是人类的子宫。由于履行正法,人们在死后获得永恒的幸福,享受天国众天神的甘露。(32)

以上是吉祥的《摩诃婆罗多》中《和平篇》第一百八十六章(186)。

一八七

坚战说：

在这世上，人们思考人的内在灵魂，祖父啊！请你告诉我，这内在灵魂是什么？从何而来？（1）

毗湿摩说：

普利塔之子啊！你询问内在灵魂，我现在告诉你，孩子啊！这是导向至福的好事。（2）一个人知道了内在灵魂，他就能在世上找到快乐和幸福，迅速获得功果。这种知识对一切众生有益。（3）地、风、空、水和火，这五大元素造成众生的产生和消亡。（4）五大元素一再创造众生，又一再离去。它们在众生中，犹如大海的波浪。（5）正如乌龟伸展肢体，又缩回，众生之灵魂创造众生，又收回。（6）造物主用五大元素按照不同比例构成一切众生，然后，生命获得感知。（7）

声音、耳朵和空穴，这三者是空的属性。皮肤、接触和行动，加上第四种语言，是风的属性。（8）形态、眼睛和消化，这三者据说是火的属性。味道、黏液和舌头，相传这三者是水的属性。（9）气味、鼻子和身体，这三者是地的属性。这些是五大元素，据说心是第六。（10）五种感官和心是人的知觉，婆罗多子孙啊！人们说觉是第七，还有知领域者（灵魂）是第八。（11）眼睛用于观看，心产生怀疑，觉予以确认，知领域者（灵魂）作为见证者。（12）灵魂看到从脚跟到头顶的上下一切。你要知道，灵魂遍及一切空隙。（13）

应该充分了解人的五种感官。你要知道，暗性、忧性和善性依靠它们。（14）人凭觉知道众生的来去，由此渐渐达到高度平静。（15）觉引导三性，也引导五种感官。一旦觉不存在，心、五种感官和三性怎么存在？（16）一切动物和植物都含有它，或衰退，或生长，因此，人们才这样说。（17）据说眼睛靠它观看，耳朵靠它听取。人们说鼻子靠它嗅闻，舌头靠它品味。（18）觉通过皮肤接触。它不断改变作用。一旦它有所企求，就变成心。（19）

觉的五种基础各有用处。人们说它们是五种感官。不可见者

（觉）依靠它们。（20）人的觉处于三种状态。它有时高兴，有时忧愁，（21）有时既不高兴，也不忧愁。这样，它在人心中处于三种状态。（22）它具有这三种状态，不超越这三种状态，犹如河流之夫、波涛汹涌的大海不越过堤岸。（23）一旦觉在人心中处于超状态，活动的暗性就会追踪它。（24）这样，它经常展现一切感官。高兴是善性，忧愁是忧性，愚痴是暗性，组成三性。（25）在这世上，各种状态处在这三性中，婆罗多子孙啊！我已经告诉你觉的全部行程。（26）

智者应该控制一切感官。善性、忧性和暗性经常依附众生。（27）在一切众生中发现有善性的、忧性的和暗性的三种感受。（28）善性的感受愉快，忧性的感受痛苦，这两性与暗性结合，既说不出是愉快，也说不出是痛苦。（29）肉体和精神感到愉快，应该看到这是善性起作用。（30）自己感到痛苦，不满意，应该想到这是忧性起作用，不必为之激动。（31）与愚痴相联系，仿佛不显现，不可思议，不可认知，应该确定这是暗性。（32）高兴，满意，欢喜，愉快，思想平静，无论怎样产生，这些是善性。（33）不满意，烦恼，忧愁，贪婪，不宽容，无论有无理由，这些是忧性的特征。（34）傲慢，愚痴，懈怠，疲倦，嗜睡，无论怎样产生，这些是暗性。（35）

心既高远，又贴近，控制自己，对欲求采取怀疑态度，这样的人今世和来世都快乐。（36）请看觉和灵魂这两种微妙者的区别：一个创造性质，另一个不创造性质。（37）蚊虫和无花果树总是紧密相连，但互有区别，觉和灵魂的结合也是这样。（38）鱼和水两者本质不同，但总是紧密相连，觉和灵魂的结合也是这样。（39）三性不知道灵魂，而灵魂知道所有三性。灵魂是三性的见证者，而常常被认为是创造者。（40）至高的灵魂依靠无知而呆板的五种感官、心和觉，像灯光一样照亮一切。（41）觉创造三性，灵魂只是观看。这是觉和灵魂两者的固定关系。（42）觉和灵魂都无所依托。心创造觉，而从不创造三性。（43）灵魂依靠心，控制它们的光芒，犹如容器中的灯火燃烧发光。（44）

牟尼摒弃通常的行为，永远关注灵魂，与一切众生的灵魂同一，达到至高的归宿。（45）正如水禽沾水而不受污染，智慧成熟的人在众生中活动也是这样。（46）人应该依靠自己的智慧顺应自己的本性，不忧伤，不喜悦，摒弃妒忌。（47）成功地顺应本性，经常创造成功的性质，犹如蜘蛛织网。（48）毁灭者并不灭寂。不存在这种灭寂。凭借现量和比量，可以成功地感知微妙者。（49）有些人认定是这样，而有些人认为有灭寂，每个人可以依照自己的想法思考这两种观点，作出判断。（50）

　　解开愚痴形成的牢固的心结，就能消除疑惑，获得快乐，不再忧伤。（51）受污染的人们有了知识，就能获得纯洁，犹如进入水源充足的河中沐浴。你要知道这种知识。（52）知道对岸，却不能渡过大河，令人烦恼。人们知道惟有内在灵魂是至高的知识。（53）人凭借智慧知道众生的来去，由此渐渐达到至高平静。（54）知道人生三要，摆脱人生三要，努力思索，洞察真谛，无所执著。（55）

　　各种感官到处活动，难以克制，自我不完善的人不能从中发现灵魂。（56）惟有知道灵魂，才是智者。还有什么别的智者标志？知道了灵魂，智者们才觉得大功告成。（57）智者无所畏惧，愚者充满恐惧。没有人能达到比这更高的归宿，所达到的高度无与伦比。（58）无所执著，摒弃过去的业。对于继续作业的人，怎么可能摆脱可爱和可憎这两者？（59）请看，世上那些病人痛苦呻吟，充满忧伤。请看，世上那些贤士从不忧伤，他们永远懂得这两种境遇。（60）

　　以上是吉祥的《摩诃婆罗多》中《和平篇》第一百八十七章（187）。

一八八

毗湿摩说：

普利塔之子啊！我现在告诉你四重禅瑜伽。至高的仙人们知道这些，获得永恒的成就。（1）大仙们满足于知识，心中安于涅槃。这些瑜伽行者就是这样正确地修习禅定。（2）普利塔之子啊！他们依据自己的本性，看到转生的弊病，摆脱轮回的弊病，不再转回。（3）摒弃对立，摆脱一切，永远坚定，立足永恒，不执著，不争辩，保持思想平静。(4)牟尼结合诵习吠陀，集中思想，抑制各种感官，像木头那样坐着。(5) 耳朵不听声，皮肤不接触，眼睛不观色，舌头不尝味。(6)通晓瑜伽的人也依靠禅定摒弃一切嗅觉。他富有勇气，不愿意激动五种感官。（7）聪明的人将五种感官收进心中，然后安定躁动的心和五种感官。（8）智者控制动荡不定、无所依傍的五种感官和内心，这是禅定的第一步。（9）

抑制感官和心，这就是我讲述的禅定的第一步。（10）一旦作为第六元素的心得到抑制，就会闪烁光芒，犹如乌云中迸发的闪电。（11）正如树叶上的水滴不稳定，滑向四方，心在修禅中也是这样。（12）在修禅中，心一会儿固定不动，一会儿又像风那样飘忽不停。（13）而通晓禅瑜伽的人不沮丧，不烦恼，克服懒惰和嫉恨，再次通过禅定抑制心。（14）观察、寻思和识别产生，牟尼开始进入禅定。（15）虽然受到心的干扰，牟尼依然保持稳定，为了自己的利益，不能丧失信心。（16）

成堆的尘土、灰烬和干牛粪遭到水淋，不会马上湿透。（17）这些干燥的粉末浇上少量的水，也不会湿透。惟有不断浇水，它们才会渐渐地全部湿透。（18）同样，应该渐渐地抑制各种感官，逐步收回它们，从而达到平静。（19）婆罗多子孙啊！首先要靠自己将心和五种感官引上禅定之路，通过持久的瑜伽达到平静。（20）不靠人力，也不靠命运，就这样控制自己，便能获得快乐。（21）瑜伽行者带着这种快乐，继续修禅，就能达到安然无恙的涅槃。（22）

以上是吉祥的《摩诃婆罗多》中《和平篇》第一百八十八章（188）。

一八九

坚战说：

你已经讲述人生四个阶段，也讲述了王法，以及有关的各种传说。（1）我也听了你讲述的各种有关正法的故事，大智者啊！我还有一个疑问，请你为我解答。（2）我想听取默诵者的功果，婆罗多子孙啊！默诵者获得什么功果？默诵者的立足点在哪儿？（3）请你告诉我默诵的全部规则，无辜的人啊！默诵者符合数论和瑜伽规则吗？（4）默诵者符合祭祀规则吗？默诵意味什么？我认为你通晓一切，请你告

诉我这一切。(5)

毗湿摩说：

在这方面，人们引用一个古老的传说，那是从前阎摩、时神和一位婆罗门之间发生的事。(6) 在吠檀多中提到放弃默诵，而按照另一种说法，默诵吠陀，达到平静，立足于梵。这是两种方法，依靠默诵或不依靠默诵。(7) 我现在按照听说的作出说明，国王啊！相传默诵也要控制感官，思想集中。(8) 诚实，侍奉圣火，僻静独处，沉思，苦行，自制，宽容，不妒忌，节制饮食，(9) 摒弃感官对象，不嚼舌，平静。这是流转法。接着，请听舍离法。(10)

默诵者遵守梵行，停止作业，按照明显或不明显的三种方法，彻底摒弃一切。(11) 坐在拘舍草垫上，手持拘舍草，头缠拘舍草，身披拘舍草，腰缠拘舍草。(12) 拜别感官对象，不再追逐它们，生起平等心，让思想停留在思想中。(13) 凭借智慧，沉思梵，默诵有益的吠陀本集，然后放弃默诵，进入三昧（入定）。(14) 依靠吠陀本集的力量，他修禅入定。依靠苦行，他灵活纯洁，驯顺，摒弃仇恨和爱欲。(15) 他摒弃激情和愚痴，摆脱对立，不执著，不忧伤。他不是行动者，也不是行动成果的享受者。(16)

他从不让思想怀抱自私的目的，从不谋求私利，从不蔑视他人，但也不是无所作为。(17) 他的作为是修禅，决意修禅，潜心修禅，在沉思中入定，随后又逐步舍弃修禅。(18) 他在这种境界中享受舍弃一切的快乐，无所欲求，舍弃呼吸，依托梵体。(19) 或者，他不想依托梵体，就依靠这种方法向上高升，决不再生。(20) 他依靠自己的智慧，达到平静，安然无恙，获得纯洁无瑕的不朽灵魂。(21)

以上是吉祥的《摩诃婆罗多》中《和平篇》第一百八十九章（189）。

一九〇

坚战说：

你讲述了默诵者的至高归宿。这是他们的唯一归宿，或者，还有其他的归宿？(1)

毗湿摩说：

请你专心听取默诵者的归宿，国王啊！他们也会坠入各种地狱[1]，人中雄牛啊！（2）一开始就不遵行规则，又停滞不前，这样的默诵者坠入地狱。（3）傲慢无礼，既不满意，又不忧愁，毫无疑问，这样的默诵者坠入地狱。（4）做事自私自利，这样的默诵者坠入地狱。蔑视他人，这样的默诵者坠入地狱。（5）头脑愚痴，怀着贪欲进行默诵，这样的默诵者坠入地狱。（6）获得荣华富贵，沉溺其中，这样的默诵者坠入地狱，得不到解脱。（7）头脑愚痴，怀着欲望进行默诵，这样的默诵者转生在他留恋的地方。（8）心术不正，智慧浅薄，思想浮躁，这样的默诵者归宿不定，或者坠入地狱。（9）智慧浅薄，陷入愚痴，这样的默诵者坠入地狱，后悔莫及。（10）下定决心，进行默诵，但是没有圆满完成，这样的默诵者坠入地狱。（11）

坚战说：

默诵者立足于无相和不显的至高的梵，与梵同一，怎么还会转生，进入身体？（12）

毗湿摩说：

由于智慧浅薄，他们坠入上述各种地狱。默诵是值得称赞的。但默诵者也会犯有种种过失。（13）

以上是吉祥的《摩诃婆罗多》中《和平篇》第一百九十章（190）。

一九一

坚战说：

请你为我描述，什么样的默诵者坠入地狱？我充满好奇心，请你告诉我。（1）

毗湿摩说：

你是正法之神的部分化身，出自本性恪守正法，无辜的人啊！请专心听我这些以正法为根本的话。（2）灵魂崇高的众天神的那些住处

---

[1] 这里的地狱是比喻用法，意谓相对于解脱，其他各种归宿都如同地狱。

有各种外观和色彩,有各种形态和果实,(3)有神奇的如意飞车和会堂,有各种游乐场、莲花和净水,国王啊!(4)它们属于四位护世神(因陀罗、阎摩、伐楼拿和俱比罗)、金星、毗诃波提、众摩录多、众毗奢、众沙提耶和双马童,(5)众楼陀罗、众阿提迭、众婆薮和其他天神,孩子啊!而与至高灵魂的住处相比,这些住处只是地狱。(6)

至高灵魂的住处无畏,无相,没有烦恼和恐惧,摆脱二者①和三者②,摆脱八者③和三者④。(7)摆脱四种特征,摆脱四种原因⑤,没有高兴,没有欢喜,没有忧愁,没有疲惫。(8)在这里,时间自行成熟,不是主人,国王啊!至高灵魂是时间的主人,也是天国的主人。(9)默诵者与灵魂同一,到达那里,不再忧愁。至高的住处是这样,而地狱是那样。(10)我如实讲述了那些地狱。与至高的住处相比,那些住处只能称作地狱。(11)

以上是吉祥的《摩诃婆罗多》中《和平篇》,第一百九十一章(191)。

一九二

坚战说:

你起先说到时神、死神、阎摩和一位婆罗门产生争论,人中俊杰啊!请你告诉我。(1)

毗湿摩说:

在这方面,人们引用一个古老的传说,那是有关太阳之子甘蔗王和一位婆罗门的事,(2)也是有关时神和死神的事,请听我讲述他们之间的谈话及其地点。(3)有位默诵者婆罗门遵行正法,名声卓著,通晓吠陀六支,智慧博大。他是憍尸迦族毕波罗陀之子。(4)他通晓知识,通晓吠陀和吠陀六支,住在雪山山脚。(5)为了达到梵,他修炼严酷的苦行,控制自己,默诵吠陀本集,这样过了一千年。(6)女

---

① 二者指合法和非法、可爱和可憎或生和死等。
② 三者指正法、利益和爱欲或善性、忧性和暗性等。
③ 八者指高兴、欢喜、忧愁、疲惫、恐惧、形相、烦恼和执著。
④ 三者指创造、保持和毁灭。
⑤ 四种特征和四种原因指看、听、想和知。

神向他显身，说道："我满意。"而他继续默诵，对女神保持沉默，不说一句话。（7）女神为他感动，对他满意。这位吠陀之母称赞他的默诵。（8）以法为魂的婆罗门默诵完毕，向女神行触足礼，说道：（9）"多么幸运，女神啊！你乐意向我显身。如果你对我的默诵满意，请赐恩让我高兴。"（10）

莎维德丽说：

你想要什么？婆罗门仙人啊！我能为你做什么？优秀的默诵者啊！请说吧！你的一切愿望都会实现。（11）

毗湿摩说：

听了女神的话，通晓正法的婆罗门说道："让我对默诵的愿望不断加强吧！（12）也让我的禅思入定不断加强，光辉的女神啊！"女神甜蜜地回答说："好吧！"（13）女神满怀好感，又对他说道："你不会坠入其他婆罗门雄牛坠入的地狱。（14）你会达到没有形相和无可指摘的梵。我走后，你的愿望会实现。（15）控制自己，专心致志默诵吧！正法之神会走近你。时神、死神和阎摩也会来到你的身边。他们和你会就正法问题展开讨论。"（16）说罢，女神返回自己的住处。婆罗门继续默诵，又过了一百个天年。（17）聪明睿智的婆罗门已经彻底控制自己。这时，正法之神感到高兴，向他显身。（18）

正法之神说：

婆罗门啊！请看，我是正法，前来看你。请听我告诉你默诵获得的功果。（19）你已经赢得所有天神和凡人的世界，善人啊！你将超越所有天神的住处。（20）牟尼啊！舍弃呼吸，到你向往的世界去吧！抛弃自己的身体后，你会到达那里。（21）

婆罗门说：

这些世界与我有什么关系？正法之神啊！随你高兴，请走吧！我不准备抛弃这个充满痛苦和快乐的身体。（22）

正法之神说：

你必定要抛弃身体，牟尼雄牛啊！请升入天国吧，婆罗门啊！或者，你喜欢什么？无辜的人啊！（23）

婆罗门说：

我不喜欢抛弃身体，住在天国，正法之神啊！请走吧！我不愿意

失去自己的身体，前往天国。(24)

正法之神说：

你不必关心身体。抛弃身体，成为一个幸福的人吧！去那些没有尘埃的世界吧！到了那里，你不再忧愁。(25)

婆罗门说：

我喜欢默诵，大福大德者啊！那些永恒的世界对我有什么用？我甚至也不愿意带着身体前往天国。(26)

正法之神说：

如果你不愿意抛弃身体，婆罗门啊！你看着，时神、死神和阎摩会来到你这里。(27)

毗湿摩说：

然后，太阳之子（阎摩）、时神和死神一起走近这位大福大德的婆罗门，说道：(28)"你苦行出色，品行优良。我是阎摩，要告诉你获得的最高功果。(29) 你按照规则默诵，获得最高的功果。现在，到了你升入天国的时候。我是时神，来到你这里。(30) 你要知道，我是死神，亲自显身，来到这里，婆罗门啊！时神催促我今天带走你。"(31)

婆罗门说：

欢迎你们，太阳之子（阎摩）、灵魂伟大的时神、死神和正法之神，我能为你们做些什么？(32)

毗湿摩说：

婆罗门向来访的这几位天神献上洗脚水和其他礼物，高兴地说道："我能尽力为你们做什么？"(33) 这时，甘蔗王朝拜圣地，来到这里，遇见这几位天神。(34) 王仙向天神们俯首致敬。这位王中俊杰接着向他们问好。(35) 婆罗门也让他入座，献上洗脚水和其他礼物，互相问候后，说道：(36)"欢迎你，大王啊！请说你想要什么？我能尽力为你做什么？请告诉我吧！"(37)

国王说：

我是国王，你是婆罗门。如果你遵守六业①，我就赐给你一些财

---

① 六业是诵习、传授、祭祀、为人祭祀、布施和受施。

富。请你告诉我想要什么？（38）

婆罗门说：

相传有两种婆罗门，两种正法，国王啊！一种入世，一种出世。我出世，不接受布施。（39）你向那些入世者布施吧，人主啊！我不接受布施。你想要什么？我能赐给你什么？请告诉我，优秀的国王啊！我凭苦行能实现这一切。（40）

国王说：

我是刹帝利，从不善于说"给我"这样的话，婆罗门俊杰啊！我们总是说"让我战斗吧！"（41）

婆罗门说：

你满足于自己的正法，我们也是这样，国王啊！我们之间不分高低，你就随你高兴做什么吧！（42）

国王说：

你开始说过"我要尽力向你布施"，婆罗门啊！我请求你赐给我默诵的功果。（43）

婆罗门说：

你方才夸口说自己一向乞求战斗，为什么现在不乞求与我战斗？（44）

国王说：

据说婆罗门以语言为金刚杵，而刹帝利依靠臂力，婆罗门啊！我和你展开了这场语言激战。（45）

婆罗门说：

今天我已经许下诺言，让我尽力赐给你什么吧，王中因陀罗啊！请说吧！别耽搁，我会赐给你威力。（46）

国王说：

你默诵整整一百个天年。如果你愿意，就赐给我默诵获得的功果吧！（47）

婆罗门说：

你取走我默诵获得的至高功果吧！你不必犹豫，取走其中的一半功果吧！（48）或者，你想取走我默诵的全部功果，国王啊！那就全部取走吧！（49）

国王说：

我向你乞求你默诵的全部功果，祝你幸运！我要走了，请你说说你默诵的功果是什么？（50）

婆罗门说：

我不知道我默诵获得什么功果，但我已经把它们赐给你，正法之神、时神、阎摩和死神是见证者。（51）

国王说：

不明确的正法功果对我有什么用？婆罗门啊！我不想获得这种可疑的功果。（52）

婆罗门说：

我已经说了赐给你功果，就不会再改口，王仙啊！我的话和你的话都是说了算数。（53）我以前默诵从不怀抱欲望，王中之虎啊！我怎么会知道默诵的功果是什么？（54）你说了"你给我吧！"我说了"我给你"。我不会说话不算数。你要守信，你要坚定！（55）你要是今天拒绝我的话，国王啊！你就是背信弃义，严重违反正法。（56）你不能说话不算数，克敌者啊！我也不能说话不算数。（57）我原先毫不犹豫地说了"我给你"。如果你也言而有信，那就毫不犹豫地接受吧！（58）你来到这里向我乞求默诵的功果，国王啊！你就接受我给你的功果吧！你要言而有信！（59）言而无信者既没有这个世界，也没有另一个世界；既不能救护祖先，也不能救护子孙。（60）

人中雄牛啊！在这个世界和另一个世界，祭祀、诵习吠陀、布施和自制都不会像真实那样有效地救护祖先和子孙。（61）你已经修炼和今后数百数千年修炼的苦行也比不上真实有效。（62）真实是唯一不灭的梵，真实是唯一不灭的苦行，真实是唯一不灭的祭祀，真实是唯一不灭的经典。（63）真实在吠陀中醒着，至高的功果存在于真实，正法和自制来自真实，一切都立足于真实。（64）真实是吠陀和吠陀支，真实是祭祀和法则，真实是遵守誓言，真实是唵音。（65）真实是生命的产生，真实是生命的繁衍，真实是风吹，真实是日晒。（66）火依靠真实燃烧，天国立足于真实，真实是祭祀、苦行、吠陀、赞叹声、咒语和辩才女神。（67）

我们听说曾经用天平衡量正法和真实，真实的分量更重。（68）

哪里有正法，哪里就有真实。一切依靠真实增长，国王啊！为什么你想要做出虚假的事？（69）你要言而有信，国王啊！不要言而无信。你说了"你给我吧！"为什么要让这话成为谎言？这种行为不光彩。(70)如果你拒绝我赐给你的默诵功果，国王啊！你将失去自己的正法，在世界上游荡。（71）许诺而不给予，或乞求而不接受，两者都是说谎者。因此，你不应该失信。(72)

国王说：

刹帝利的正法是战斗和保护。人们说刹帝利是布施者，我怎么能接受你的布施？（73）

婆罗门说：

我无求于你，国王啊！我也没有上你的家。你来到这里乞求，怎么现在又不接受？（74）

正法之神说：

你俩不要争论了！你俩要知道，我是来到这里的正法。让婆罗门获得布施的功果，让国王获得守信的功果。（75）

天国说：

王中因陀罗啊！你要知道，我是天国，化身来到这里。你俩不要争论了！你俩享有同样的功果。(76)

国王说：

我不需要天国，天国啊！随你高兴，你走吧！如果婆罗门想要赐给我恩惠，那就让他接受我的财富吧！（77）

婆罗门说：

年轻时，我出于无知，伸手接受。现在，我默诵吠陀本集，遵行出世的正法。（78）我已经长期出世，国王啊！你为什么还要诱惑我？我做我自己应该做的事，国王啊！我不想接受你的功果。我潜心苦行和诵习吠陀，戒绝接受。（79）

国王说：

如果你赐给我至高的默诵功果，婆罗门啊！那么我俩就一起分享互相的功果吧！（80）婆罗门接受，国王布施。如果你知道这个正法，婆罗门啊！我俩就一起分享功果吧！（81）如果你不愿分享，那就取走我的全部功果吧！如果你赐给我恩惠，那就接受我的正法功果

毗湿摩说：

这时，来了两个衣衫褴褛、动作笨拙的人，互相拉扯着说话。(83)一个说"你不欠我的"。另一个说"我欠你的"。"如果我俩争执不下，统治我们的国王在这里。"(84)"我说的是真话，你不欠我的。""你说的不是真话，我欠你的。"(85)他俩争论激烈，对国王说道："请看，我俩都是无可指摘的人。"(86)

维卢波说：

我欠维讫利多一头牛的功德，人中之虎啊！我现在还给他功德，他却不接受，大地之主啊！(87)

维讫利多说：

维卢波不欠我什么，人主啊！他对你说的不是真话，国王啊！(88)

国王说：

维卢波啊！你欠了他什么？告诉我。听了之后，我才能决定怎么办。(89)

维卢波说：

王仙啊！请你仔细听我说我欠了维讫利多什么，人中雄牛啊！(90)从前，为了实现正法，他将一头吉祥的母牛赐给一位潜心苦行和诵习吠陀的婆罗门，王仙啊！(91)我到他那里，向他乞求这份布施母牛的功德，国王啊！维讫利多灵魂纯洁，赐给我这份功德。(92)然后，我做善事，净化灵魂。我买了两头母牛，产下牛犊和很多乳汁。(93)然后，我又按照仪轨，心怀虔诚，将它们赐给一位以捡拾谷穗维生的人。(94)我接受过他的功德，现在我还给他双倍的功德，人中之虎啊！对于这件事情，我俩谁对谁错？(95)我俩这样争论着，来到了你这里，国王啊！请你认定事情合法不合法，指导我俩。(96)如果他不愿意像我接受他的布施那样接受我的布施，请你坚决果断，帮助我们解决。(97)

国王说：

你为何不接受他还你的债？你就应承下来，接受他的布施吧！别耽搁！(98)

维讫利多说：

他说要向我布施。而我说过赐给他，因此，他并不欠我的债。他愿意去哪儿，就去哪儿吧！（99）

国王说：

他要向你布施，而你不肯接受，我觉得这样不公平。毫无疑问，我认为你应该受到惩罚。（100）

维讫利多说：

王仙啊！我已经作出布施，怎么还能收回？如果你认为这是我的错误，那就随你下令惩罚我吧！（101）

维卢波说：

如果我向你布施，你一味拒绝，这位执法的国王就会惩治你。（102）

维讫利多说：

我受乞求而作出布施，今天怎么能收回？请你走吧！我向你告别。（103）

婆罗门说：

国王啊！你听到这两个人的谈话。我已经作出许诺，你就不要犹豫，接受我的功果吧！（104）

国王说：

我俩这件事情如同面对深渊，这位默诵者不知还会怎样坚持下去？（105）如果我不接受这位婆罗门的功果，我岂不会犯下大错？（106）

毗湿摩说：

王仙继续对那两个人说道："你俩办完事情，可以走了。王法在我这里不应该落空。（107）应该维护自己的正法，这是国王们的抉择。而我的灵魂不完善，让婆罗门正法占据了。"（108）

婆罗门说：

取走我的功果吧！我听了你的乞求，已经作出许诺。这是我欠你的，如果你不取走，国王啊！毫无疑问，我会诅咒你。（109）

国王说：

可悲啊，王法！事情会落到这个地步！我应该接受他的功果，但

第十二 和平篇

怎样保持平衡？（110）我伸出了以前从不伸出的手，婆罗门啊！你现在赐给我许诺的功德吧！（111）

婆罗门说：

我默诵吠陀本集获得的任何功德，你全都取走吧！（112）

国王说：

落在我手上的这滴水，婆罗门啊！我也要与你共同分享，请取走吧！（113）

维卢波说：

你要知道，我俩是爱欲和愤怒，为了你而来到这里。你说了共同分享，你和他会获得同样的世界。（114）这样，他不欠你什么。为了考验你，时神、正法之神、死神、爱欲和愤怒，我们才这样做。（115）互相争论中发生的一切，你都已见到。你凭自己的功德赢得一切世界，现在，你愿意去哪里，就去吧！（116）

毗湿摩说：

我已经向你讲述默诵者获得的功果，它们的归宿、地位和赢得的世界。（117）默诵吠陀本集者走向至高的梵天，或者走向火，或者进入太阳。（118）如果他依靠自己的威力，在那里获得快乐，耽迷其中，就会具备那里的特征。（119）如果他进入月亮、风、大地和空间，耽迷其中，也会具备那里的特征。（120）如果他不耽迷其中，而心生疑惑，向往至高的不变境界，他就会进入那种境界。（121）他就会获得甘露中的甘露，清凉，无我，与梵同一，摆脱对立，充满快乐，平静，无病。（122）他达到梵的境界，不再转回，无痛苦，无衰老，称作唯一不灭的平静境界。（123）他摆脱四种特征①，也摆脱六者②和十六者③，超越原人（梵天），进入空（至高灵魂）。（124）或者，他心生激情，想要获得一切。他想要什么，就会依随心愿获得什么。（125）或者，他看清一切处在地狱中的世界，无所执著，摆脱一切，愉快地生活其中。（126）这些是默诵者的归宿，大王啊！我已经为你讲述这一切，你还想听取什么？（127）

以上是吉祥的《摩诃婆罗多》中《和平篇》第一百九十二章（192）。

---

① 四种特征是胎生、卵生、湿生和芽生。
② 六者是饥饿、焦渴、忧愁、愚痴、衰老和死亡。
③ 十六者是十一种感官（五知根、五作根、心）和五种感官对象。

一九三

坚战说：

维卢波说完话后，婆罗门或国王作出什么回答，祖父啊！请你告诉我。（1）或者，他俩到达你所说到的哪种归宿？或者，他俩之间还有什么对话？或者，他俩在那里还做什么事？（2）

毗湿摩说：

婆罗门回答说："就这样吧！"他敬拜正法之神、阎摩、时神、死神和天国，因为他们都值得敬拜。（3）他也俯首敬拜所有聚集在那里的婆罗门雄牛们，然后对国王说道：（4）"带着我的功果，到圣洁的地方去吧，王仙啊！和你告别后，我会继续默诵。（5）大力士啊！以前女神赐给我恩惠：'你会永远潜心默诵。'民众之主啊！"（6）

国王说：

如果你潜心默诵的功果已经失去，你就和我一起共享默诵的功果吧！（7）

婆罗门说：

当着众人的面，作出了巨大努力，我俩会带着同样的功果，前往我俩的归宿。（8）

毗湿摩说：

天国之主知道了他俩的决心，偕同众天神和护世神来到这里。（9）沙提耶、毗奢、摩录多、各种庞大的行星、山岳、大海和圣地。（10）苦行、瑜伽规则、吠陀、赞叹声、辩才女神、那罗陀、波尔伐多、毗首婆薮、诃诃和呼呼。（11）健达缚奇军及其随从、蛇、悉陀、牟尼、神中之神生主和不可思议的千头大神毗湿奴，一起来到这里。（12）空中奏起鼓乐，天国花雨洒向那些灵魂高尚的人们，到处有成群的天女翩翩起舞。（13）这时，有形的天国对婆罗门说道："大福大德者啊！你获得成功。国王啊！你也获得成功。"（14）

于是，他俩一起按照规则，将感官从感官对象撤回，国王啊！（15）他俩将元气、下气、上气、中气和行气固定在心思中，将心思集中在元气和下气。（16）他俩运用心思将元气和下气固定在鼻尖和双眉之下，渐渐地固定在双眉之间。（17）身体寂然不动，目光坚定，他俩入定，控制坐姿，将灵魂安放在头部。（18）一道闪亮的强烈光芒突破灵魂高尚的婆罗门的上颚，升向天国。（19）四面八方响起一片"啊！啊！"的惊叹声，这道光芒进入备受赞颂的梵天。（20）

于是，老祖宗（梵天）对这道光芒说道："欢迎！"他迎着只有一指尺（虎口）高的这个人（灵魂），民众之主啊！（21）又说了这些甜蜜的话："毫无疑问，默诵者获得与瑜伽行者相同的功果。（22）不同的是瑜伽行者能亲眼目睹他们的功果，而默诵者在入定中上升。（23）请你居住在我之中吧！"说罢，梵天让他恢复思考能力。这样，婆罗门进入梵天嘴中，摆脱烦恼。（24）国王也像婆罗门之虎那样，按照这种方式进入老祖宗梵天嘴中。（25）

众天神向自在天（梵天）致敬，说道："你为这位默诵者尽了力，我们也是为这位默诵者来到这里。（26）你给予这两位同样的尊敬和同样的果报。我们今天见到了瑜伽行者和默诵者的伟大功果。他俩能够超越一切世界，依照自己的心愿前往任何地方。"（27）

梵天说：

吟诵大法论（吠陀），吟诵其他光辉的法论，也能按照这种方式到达我的世界。（28）潜心修习瑜伽，毫无疑问，也会按照这种方式，死后到达我的世界。我要走了，你们也回到各自的地方创造功绩吧！（29）

毗湿摩说：

说罢，梵天从那里消失。众天神告别梵天，返回各自的住处。（30）所有的灵魂高尚者在那里尊敬和追随正法之神，心中充满喜悦，国王啊！（31）我已经讲述我听说的默诵者的功果和归宿，大王啊！你还想听取什么？（32）

以上是吉祥的《摩诃婆罗多》中《和平篇》第一百九十三章（193）。

一九四

坚战说：

智瑜伽和吠陀仪轨的功果是什么？怎样认知众生的灵魂？祖父啊！请你告诉我。（1）

毗湿摩说：

在这方面，人们引用一个古老的传说，那是生主摩奴和大仙毗诃波提的对话。（2）神仙中最优秀的大仙毗诃波提作为学生，向大地上最优秀的老师生主俯首致敬，询问这个古老的问题：（3）"请你如实告诉我：万物的成因是什么？咒语规则怎样产生？婆罗门所说的知识成果是什么？吠陀词语无法说明的东西是什么？（4）通晓利论、经典和咒语，经常举行祭祀，大量布施牛，这样的伟人崇尚什么功果？这种功果怎样和在哪里产生？（5）大地、大地的产物、风、天空、水栖动物、水、天国和天国居民从哪里产生？请你告诉我这个古老的传说。（6）人们怎样追求知识，才能达到目的？请你告诉我怎样才能不虚假地对待古老的至高者？（7）我学过梨俱吠陀、婆摩吠陀、夜柔吠陀、诗律、星相、词源、语法、祭祀和语音。但是我不知道万物的起源。（8）请你告诉我这一切，知识和祭祀的功果是什么？灵魂怎样离开一个身体，又进入另一个身体？（9）

摩奴说：

人们将可爱说成快乐，将可憎说成痛苦。按照祭祀的方式运作，我就会感到可爱和可憎；而按照知识的方式运转，我就不会感到可爱和可憎。（10）吠陀中的祭祀活动充满欲望。只有摆脱它们，才能达到至高者（梵）。在各种祭祀之路上寻求幸福的人，不可能走向至高者，因为至高的梵脱离祭祀之路，肯定毫无欲望。（11）众生由思想和行动创造，世人投身这两条正当的道路。看到永恒的行动（祭祀）也有终结，只能依靠思想舍弃一切，别无选择。（12）黑暗笼罩的夜晚过去，眼睛依靠自己的力量成为引导者，同样，知识依靠自己的认知性，看到应该摒弃的恶业。（13）遇见蛇、坚硬的草尖或水井，人

们避开绕行，只有无知的傻瓜才会踩上去。请看，这就是知识功果的优越性。（14）

按照规则掌握全部咒语，按照经典规定举行祭祀，酬谢，布施食物，思想入定，人们说这是五种行动功果。（15）吠陀指出行动具有属性。咒语具有属性，因为行动是咒语之本。仪轨由思想确立，应该遵循。有躯体的人享受成果。（16）纯洁的声、色、味、触和香，这些在行动世界中获得的成果，人活着就能支配它们。（17）用身体从事行动，获得与身体相关的成果，而身体既是快乐的入处，也是痛苦的入处。（18）用语言从事行动，获得与语言相关的成果；用思想从事行动，获得与思想相关的成果。（19）追求和执著行动成果的人从事各种行动，他就按照行动的性质享受善业或恶业的成果。（20）正如鱼儿逐水，过去作的业追随作业者，至高的灵魂满意善业，不满意恶业。（21）

现在，请听我告诉你至高者！那是世界一切的产生者，而吠陀词语没有加以说明。知道了它，就会灵魂完善，超越一切。（22）它摆脱各种味、香、声、触和色，不可把握，不显现，没有色彩，独一无二。它为众生创造了五大元素。（23）它不是男性，不是女性，也不是中性。它不是存在，不是不存在，也不是存在和不存在。只有知道梵的人才能看到它。你要知道，它是不灭者，不会流失。（24）

以上是吉祥的《摩诃婆罗多》中《和平篇》第一百九十四章（194）。

一九五

摩奴说：

从不灭者产生空，从空产生风，从风产生光，从光产生水，从水产生世界，从世界产生万物。（1）有身体者死后，首先回到水，从水回到光，从光回到风，从风回到空。那些到达至高者的人获得解脱，不再转生，则不再从空返回。（2）至高的本性不热，不冷，不软，不硬，不酸，不涩，不甜，不苦，无声，无香，无色。（3）身体感受触，舌头感受味，鼻子感受香，耳朵感受声，眼睛感受色。知道内在灵魂的人不接受这些，而接受至高者。（4）从味中撤回舌头，从香中撤回鼻子，从声中撤回耳朵，从触中撤回身体，从色中撤回眼睛，他把至高者视为自己的本性。（5）

从它那里获取和创造，在它之中开始运转，行动者在它之中，依靠它，或者就是它自己，人们将这种创造过程称作原因。（6）它遍布一切，实现一切，充满一切，在这世上像吠陀咒语那样受到称颂；它是一切的原因，实现至高的目的。唯独它是原因，其他都是结果。（7）正如一个人通过行动获得互不冲突的善业和恶业，知识在或善或恶的身体中与行动的成果相处。（8）正如一盏点燃的灯照亮前面，五种感官如同由知识点燃的灯柱，照亮前面。（9）正如许多大臣一起为国王出谋划策，五种感官在身体中成为知识的一个部分。知识远远高于它们。（10）

正如火的光辉、风的速度、太阳的光芒和江河的水流，去而复来，人的躯体也是这样。（11）正如一个人用斧子劈开木头，看不到烟和火，劈开人的肚子和手脚，也看不到别的什么。（12）正如一个人摩擦木头，能看到烟和火，聪明的智者依靠瑜伽，平息感官，在自己的本性中看到至高者。（13）正如在梦中看到自己的身体倒在地上，一个具备五种感官、思想和智慧健全的人，从一个形相走向另一个形相，看到自己的另一个身体。（14）至高的灵魂不与出生、成长、衰弱和死亡相连，而通过投胎转生，从一个形相进入另一个形相，别人看不见。（15）凭肉眼看不到灵魂的形态，凭触觉也摸不到灵魂什么。灵魂不靠感官完成事情。感官看不到灵魂，而灵魂看到它们。（16）正如物体在燃烧的火中呈现炽热的颜色，不呈现其他颜色，灵魂的颜色看来也是这样。（17）

一个人脱离躯体，进入另一个躯体，别人看不见。他把躯体抛弃在五大元素中，又具备一个依靠五大元素的形体。（18）灵魂进入空、风、火、水和地中，五种感官依靠五大元素的性能，在行动中运转。（19）听觉来自空，嗅觉来自地，视觉由光构成，味觉依靠水，触觉属于风。（20）五种感官对象居住在五大元素中，也居住在感官中。所有这些追随心。心追随智慧，追随本性。（21）人在自己的身体中获得善业和恶业。前世和今生的各种业追随心，犹如水中生物追逐水

流。(22)正如快速移动的事物进入眼帘,小的东西忽然走近变大,正如在形象中见到本色,智慧得以把握至高者。(23)

以上是吉祥的《摩诃婆罗多》中《和平篇》第一百九十五章(195)。

一九六

摩奴说:

与感官相结合,至高的自我本性长久记得过去的事物特性。一旦摒弃感官,至高自我本性表现为智慧。(1)灵魂努力作为见证者,关注一切同时或先后出现的感官对象,因此,它是唯一的至高者。(2)忧性、暗性和善性是三性。而灵魂采取无形的知性。它进入感官,犹如风进入木柴燃烧中的火。(3)人凭眼睛不能看到灵魂的形态,触觉也不能感受感官中的感官(灵魂),耳朵的听觉也不能感受灵魂。感官倘能看到灵魂,便不成其为感官。(4)五种感官不能自己看到自己,而灵魂通晓一切,洞悉一切,看到所有感官。(5)

正如人们看不到雪山的侧面,也看不到月亮的背面,但不能说它们不存在。(6)众生中的灵魂微妙,具有知性,尽管肉眼看不到,但不能说它不存在。(7)正如人们不知道月亮中的斑点是世界的映像,即使不知道,也不能说灵魂不是至高归宿。(8)智者凭借智慧依据出生和灭亡,从无形中感知有形,正如依据日出和日落,感知太阳的轨迹。(9)智者依靠智慧之灯,将遥远的事物拉近,成为可以凭知识认知的对象。(10)

正如渔夫用网捕鱼,达到任何目的不能没有方法。(11)正如用猎犬捕捉动物,用猎鹰捕捉鸟,用驯象捕捉象,对象依靠知识认知。(12)据说蛇能看到自己的脚,这是例证。人们依靠知识看到寓于形体中的对象(灵魂)。(13)正如人们不能依靠感官知道感官,至高的智慧也不能依靠智慧知道至高者(灵魂)。(14)

正如朔日的月亮没有形体,人们看不见,但它并没有毁灭,你要知道,灵魂也是这样。(15)正如朔日的月亮缺乏形体,不显现,人们感知不到脱离形体的灵魂。(16)正如月亮获得另一个形体,再次闪耀光辉，灵魂进入另一个形体，再次闪耀光辉。（17）月亮盈亏圆缺是显现的，可以感知。但灵魂不是这样。（18）依据盈亏圆缺的现象，可以感知有形体的月亮也就是朔日的那个月亮。（19）你看，正如看不见罗睺怎样追逐和释放月亮，也看不见灵魂怎样进入和离开躯体。（20）正如可以感知到罗睺与月亮和太阳有关系，也可以感知灵魂和躯体有关系。（21）正如不可感知脱离月亮和太阳的罗睺，也不可感知脱离躯体的灵魂。（22）正如朔日的月亮与各种星宿相联系，脱离躯体的灵魂也与各种业果相联系。（23）

以上是吉祥的《摩诃婆罗多》中《和平篇》第一百九十六章（196）。

一九七

摩奴说：

正如这个显现者（躯体）入睡，与感官相联系的知觉在梦中活动，人在死后，存在和不存在的情况就是这样。（1）正如在平静的水中，凭眼睛能看见自己的形貌，感官平静的人凭知识看见对象（灵魂）。（2）正如在波动的水中，看不见自己的形貌，感官骚动的人不能凭知识看见对象（灵魂）。（3）无知造成愚蠢，愚蠢扭曲思想，扭曲的思想扭曲以思想为依托的五种感官。（4）满足于无知的人深深陷入感官对象，看不到灵魂。这样，纯洁的灵魂也不能摒弃感官对象。（5）

人沾染污秽，不能斩断欲望。只有消除罪恶，才能摒弃欲望。（6）不依靠永恒者，耽迷感官对象，心中渴望其他事物，不能到达至高者。（7）清除罪业，知识产生，就能在像明镜一样清净的自我中看到灵魂。（8）放纵感官，则成为痛苦的人；控制感官，则成为幸福的人。因此，应该自己斩断各种感官的表现形态。（9）感官之上是心，心之上是智慧，智慧之上是知识，知识之上是至高者（灵魂）。（10）未显者（灵魂）产生知识，知识产生智慧，智慧产生心，心与耳等等感官结合，感受到声等等感觉对象。（11）摒弃声等等感觉对象和一切显现者，摆脱种种原初物质，他就能达到不朽。（12）

太阳升起时，释放光芒；太阳落山时，将光芒收进自身。（13）同样，内在灵魂带着感官之光进入躯体，获得五种感官性，又带着它们离去。（14）

有灵魂的人一再走上行动之路，享受业果，增长正法。（15）感官对象离开绝食的人。看到至高者（灵魂）摆脱味，他也摒弃味。（16）智慧摆脱行动性，固定在心中，他就达到梵，在那里消亡。（17）触觉、听觉、味觉、视觉、嗅觉和思辨都不能进入至高者。（18）各种形态进入心，心进入智慧，智慧进入知识，知识走向至高者。（19）感官无助于心，心不理解智慧，智慧不理解未显者（灵魂），而微妙者（灵魂）目睹所有一切。（20）

以上是吉祥的《摩诃婆罗多》中《和平篇》第一百九十七章（197）。

一九八

摩奴说：

你要知道知识面对认知对象，心是知识的性能，与智慧相联系，由此，智慧运转。（1）智慧摆脱行动性，在心中运转，通过禅瑜伽入定认知梵。（2）如果智慧沾有物性，趋向种种物性，就会像溪水从山顶汩汩流下。（3）如果智慧固定在心中，达到摒弃物性的禅定，就能认知梵，犹如金子接触试金石。（4）心在智慧控制下，看到感官对象。心关注眼前的物性，看不到没有物性者。（5）关闭一切感官之门，立足于心，专心致志，才能达到至高者。（6）

一旦物性消亡，五大元素停止活动，同样，智慧收回感官，固定在心中。（7）一旦智慧固定在心中，在内部运转，精进努力，与心融合。（8）心与物性和有物性者相联系，一旦进入禅定，抛弃一切物性，便能达到没有物性者。（9）在认知未显者（梵）方面，没有恰当的例证。在这里，弃绝语言，因而，谁能获知这个对象？（10）人们依靠纯洁的内在灵魂，试图通过苦行、推理、品德、出生和学问把握至高的梵。（11）即使摆脱物性，这也是遵循外在的道路，而称作认知对象的梵没有物性，根本就不可思辨。（12）智慧摒弃物性，则达到梵；智慧不摒弃物性，则离开梵。智慧追随物性，犹如木柴中燃烧的火。(13) 如同五种感官摆脱自己的行动，至高的梵摆脱一切，高于原初物质。(14)

这样，一切众生产生于原初物质，一旦弃世灭寂，就不再进行创造。(15) 原人、原初物质、智慧（觉）、五大元素、感官、我慢和骄傲，这些构成众生。(16) 最初的创造源自至高者，此后的创造表现为男女结合，无一例外。(17) 依据正法，获得幸福；依据非法，获得痛苦。怀有贪欲，执著原初物质；摆脱贪欲，拥有知识。(18)

以上是吉祥的《摩诃婆罗多》中《和平篇》第一百九十八章(198)。

一九九

摩奴说：

一旦五种感官和心摆脱五大元素，你就能看见梵如同穿过珍珠的线。(1) 正如线穿在金子、珍珠、珊瑚和陶器上，光彩熠熠，(2) 灵魂按照各自的业，进入牛、人、象、鹿、昆虫或飞蛾。(3) 具有什么身体，从事什么行动，他就通过这种身体享受这种成果。(4) 正如某种水质的土壤适宜某种药草，智慧在灵魂观照下追随行动。(5)

知识产生愿望，愿望产生意图，意图产生行动，行动产生成果。(6) 成果具有行动性，行动具有可知性，可知具有知识性，知识具有存在和不存在性。(7) 一旦各种知识、成果、可知和行动消亡，便获得神圣的成果，即立足于梵的知识。(8) 瑜伽行者看到至高无上的伟大存在，立足自我而智慧趋向物性的愚者看不到。(9)

水的形态大于地的形态，光大于水，风大于光。(10) 空大于风，心大于空，智慧（觉）大于心，时间大于智慧（觉）。(11) 尊神毗湿奴大于时间。他就是这个世界的一切，无始无终无中间。(12) 由于无始无终无中间，他永恒不变，超越一切痛苦，因为痛苦有限。(13) 据说他是至高的梵，至高的庇护。人们走向他，摆脱时间领域，获得解脱。(14)

一切通过物性显现，而至高者没有物性。正法以弃绝为特征，导向无限。(15) 梨俱吠陀、夜柔吠陀和娑摩吠陀依靠身体,在舌尖运转,经过努力才能获得,最终毁灭。(16) 梵依靠灵魂,并非经过这样的努力就能获得。它无始无终无中间。(17) 梨俱吠陀、夜柔吠陀和娑摩吠陀都有开始,有开始便有结束,而梵没有开始。(18) 由于无始无终,梵永恒不变。由于永恒不变,梵摆脱对立。由于摆脱对立,梵至高无上。(19)

由于命运,由于缺乏方法,由于执著行动,人们找不到通向至高者的道路。(20) 由于执著感官对象,向往天国,心中别有企盼,不能到达至高者。(21) 另一些人关注物性,贪图物性,不企盼没有物性的至高者。(22) 执著这些低级物性,怎么能理解至高者的性质?通过推理,可以了解至高者及其各种性质。(23) 通过微妙的思想,我们知道它,但不能用语言描述它。思想只能用思想把握,视像只能用视觉把握。(24) 通过知识净化智慧,通过智慧净化思想,通过思想净化感官群,就能到达无限者。(25)

依靠智慧摒弃执著,依靠思想摒弃增长,他就能达到无欲望和无物性。贪婪的人舍弃至高者,犹如风舍弃木柴中燃烧的火。(26) 摒弃对物性的执著,思想总是出没在智慧前后;按照这种方式摒弃对物性的执著,就能走向梵体。(27) 人的灵魂不显现,在死去时,人的行动也不显现,达到不显现性。他依靠那些或旺盛或衰退的感官,以行动的方式存在。(28) 身体依靠五大元素,与各种感官结合。一旦被至高的不变者抛弃,它就软弱无力,不能行动。(29) 没有人看到大地毁灭,但你要知道,大地将来会毁灭。人们引导充满执著的人走向至高者,犹如风吹动大海中的船。(30) 正如太阳放出光芒,取得物性,收回光芒,摒弃物性,牟尼不执著差异,进入没有物性、永恒不变的梵。(31) 认识到它是不来(不再生)、行善者的至高归宿、自生、起源和终结、永恒不变的不朽境界,他就获得这种宁静的不朽性。(32)

以上是吉祥的《摩诃婆罗多》中《和平篇》第一百九十九章(199)。

二○○

坚战说：

祖父啊！大智者啊！莲花眼，不退者，创造者，不被创造者，毗湿奴，众生的起源和归宿，（1）那罗延，感官之光，乔宾陀，不可战胜者，盖沙婆，婆罗多族俊杰啊！我想如实听取他的情况。（2）

毗湿摩说：

我听到阇摩陀耆尼之子罗摩、神仙那罗陀和黑岛生（毗耶娑）讲述他的情况。（3）阿私多·提婆罗、大苦行者蚁垤和摩根德耶讲述乔宾陀的伟大奇迹。（4）婆罗多族俊杰啊！盖沙婆是尊神，原人，遍及一切，多种多样。（5）世上婆罗门所知道的手持角弓者（盖沙婆）的伟大之处，大臂坚战啊！请听我告诉你。（6）通晓古事的人们所知道的乔宾陀的事迹，人中因陀罗啊！我将毫无保留地告诉你。（7）

这位灵魂伟大的人中俊杰是众生的灵魂。他创造了五大元素风、光、水、空和地。（8）这位灵魂伟大的人中俊杰、一切众生之主看到大地后，便躺在水面上。（9）这位由一切精力构成的尊神躺在纯洁的水面上，首先用思想为一切众生创造了商迦尔舍那。（10）我们听说商迦尔舍那和思想是一切众生的依托。他是众生的灵魂，维持过去和未来。（11）大臂者啊！这位灵魂伟大者出现后，在尊神的肚脐上，长出一朵灿若太阳的神圣莲花。（12）孩子啊！在莲花中，尊神梵天光照四方，成为一切众生的祖宗。（13）大臂者啊！灵魂伟大的梵天出现后，从黑暗中诞生最早的大阿修罗，名叫摩图。（14）为了梵天的利益，人中俊杰（盖沙婆）杀死这个思想残忍、行为暴戾的阿修罗。（15）孩子啊！由于他杀死这个阿修罗，所有的天神、檀那婆和人都称呼这位沙特婆多族雄牛为诛灭摩图者。（16）

梵天用思想创造了包括陀刹在内的七个儿子，有摩利支、阿多利、鸯耆罗、补罗斯迭、补罗诃和迦罗都。（17）孩子啊！摩利支用思想首先生出儿子迦叶波，优秀的知梵者，充满精力。（18）在摩利支出生之前，梵天从脚拇指创造出一个儿子，也就是名叫陀刹的生主,婆罗多族俊杰啊!(19)这位生主首先生出三十个女儿,其中老大名叫提底,婆罗多子孙啊!(20)摩利支的儿子迦叶波通晓一切正法,声誉卓著,闻名遐迩,成为陀刹的这些女儿的丈夫,孩子啊!(21)然后,大福大德的陀刹又生下十个女儿。这位通晓正法的生主将她们嫁给正法之神。(22)无比光辉的婆薮、楼陀罗、毗奢神、沙提耶和摩录多成为正法之神的儿子,婆罗多子孙啊!(23)大福大德的陀刹又生下二十七个小女儿,苏摩成为她们的丈夫。(24)迦叶波的一些妻子生下健达缚、马、鸟、牛、紧布罗舍、鱼和树木。(25)阿底提生下众位阿提迭,力大无穷的神中俊杰。其中有化身侏儒的毗湿奴,又名乔宾陀。(26)由于他的威力,众天神繁荣昌盛,战胜檀那婆。提底的后裔是阿修罗。(27)檀奴创造出以毗波罗制谛为首的檀那婆。提底生出所有勇武的阿修罗。(28)

诛灭摩图者(盖沙婆)创造了所有时间,日、夜、季、上午和下午。(29)他凭智慧创造了水、云、动物和植物,凭充沛的精力创造了大地及其一切。(30)大臂坚战啊!黑天(盖沙婆)又从嘴中创造一百位优秀的婆罗门。(31)盖沙婆又从双臂创造一百位刹帝利,从双腿创造一百位吠舍,从双脚创造一百位首陀罗,婆罗多族雄牛啊!(32)声誉卓著的盖沙婆创造了这四种种姓后,让支持者(梵天)成为一切众生的主宰。(33)他委托梵天支持人的身体,这样,人们随意活着,阎摩不构成恐惧。(34)那时,不存在性交之事,婆罗多族雄牛啊!人们通过思想产生后代。(35)在三分时代,人们也通过思想产生后代,也不存在性交之事,人主啊!(36)在二分时代,性交才成为生育之法,国王啊!在迦利时代,人们才成双作对生活。(37)

孩子啊!这位众生之主被称为优秀的监管,贡蒂之子啊!我现在讲述那些蹩脚的监管。(38)所有出生在南方的多罗婆罗人、安达罗迦人、优差人、布邻陀人、沙钵罗人、朱朱波人和曼吒波人。(39)我现在讲述那些出生在北方的人,约那人、甘波阇人、犍陀罗人、吉罗陀人和钵尔钵罗人。(40)孩子啊!这些作恶者在大地上游荡,行为方式如同狗、乌鸦和兀鹰,国王啊!(41)在圆满时代,大地上没有这些人,孩子啊!从三分时代开始,才有这些人,婆罗多族雄牛啊!(42)在临近时代终

结的大恐怖时期,国王们互相混战。(43)

这就是灵魂伟大的盖沙婆的情况,俱卢族俊杰啊!我是听了洞悉一切世界的神仙那罗陀讲述的。(44)大臂国王啊!那罗陀认为黑天至高永恒,婆罗多族雄牛啊!(45)大臂盖沙婆不仅仅是一个人。这位莲花眼真正英勇,不可思议。(46)

以上是吉祥的《摩诃婆罗多》中《和平篇》第二百章(200)。

二〇一

坚战说:

从前,有哪些生主?四面八方有哪些大福大德的仙人?婆罗多族雄牛啊!(1)

毗湿摩说:

请听我回答你询问的问题,关于那些生主和四面八方的仙人,婆罗多族俊杰啊!(2)梵天是最初唯一永恒的自生者。灵魂伟大的自生者梵天有七个儿子。(3)摩利支、阿多利、鸯耆罗、补罗斯迭、补罗诃、迦罗都以及与自生者梵天一样的大福大德者极裕。①(4)在往世书中确认这七位梵天②。我现在讲述在他们之后的所有生主。(5)

阿多利族生出一位以梵为本源的永恒的波罗支那勒尔希,他又生出十位波罗吉多。(6)这十个儿子中,有一位生主,名叫陀刹。他在世上有两个名字,一个叫陀刹,另一个叫迦。(7)摩利支的儿子迦叶波也有两个名字,一个叫迦叶波,一个叫坚辋。(8)从胸部生出一个儿子是吉祥英勇的包摩王,在一千个神圣时代中尽心竭力。(9)阿利耶摩及其儿子们是指挥者,万物的创造者。(10)兔丸据说有一万个妻子,每个妻子生有一千个儿子。(11)这样,灵魂伟大的兔丸有一千万个儿子,他们不愿意承认任何其他人是生主。(12)婆罗门称呼古代的众生为兔丸族。苾湿尼族源自这位生主的伟大世系。(13)

我已经讲述这些声誉卓著的生主,现在讲述主宰三界的众天

---

① 前面一章中将陀刹包括在梵天的七个儿子中,与这一章的说法不同。
② 这里梵天的意思是生主。

神。(14)薄伽、鸯舍、阿利耶摩、密多罗、伐楼拿、萨毗多、陀多和毗婆薮,(15)普善、陀湿多、因陀罗和毗湿奴,据说这十二位阿提迭出自迦叶波。(16)那萨底耶和陀斯罗相传是双马童,第八位生主摩尔登吒(毗婆薮)的两个儿子。(17)陀湿多的儿子万相光辉吉祥,声誉卓著。阿杰迦波特、阿希菩特尼耶、毗卢波刹和奈婆多,(18)诃罗、跋呼卢波、自在天三眼神、萨毗多罗、阇衍多、不可战胜的毕那吉和八位著名的大福大德的婆薮,(19)这些是生主摩奴时代的天神。相传他们是最早的天神和两类祖先。(20)

在悉陀和沙提耶中,有两类注重品行和相貌的天神利菩和摩录多。(21)相传他们是毗奢神和双马童。其中的众位阿提迭是刹帝利,众位摩录多是吠舍。(22)潜心修习严厉苦行的双马童被认为是首陀罗。出自鸯耆罗的众天神相传是婆罗门。据说这些是众天神中的四种种姓。(23)每天早晨起身,赞颂这些天神,就能摆脱一切罪孽,无论是由自己或由别人造成的罪孽。(24)

谷购、吟赞、远财、近财、奥湿遮、迦克希凡和那罗是鸯耆罗的儿子。(25)仙人梅达蒂提的儿子干婆、勃尔希奢陀和七仙人,孩子啊!这些三界的创造者位于东方。(26)乌摩遮、维摩遮、英勇的斯伐斯底耶特雷耶、波罗摩遮、伊特摩婆诃和坚誓,(27)密多罗和伐楼拿的威武的儿子投山,这些梵仙永远位于南方。(28)大仙鲁沙古、迦婆奢、烟氏、英勇的波里维耶达、埃迦多、特维多和特利多,(29)还有阿多利的儿子娑罗湿婆多,这些灵魂伟大的仙人位于西方。(30)大仙阿底梨耶、极裕、迦叶波、乔答摩、婆罗堕遮和拘湿迦之子众友,(31)还有灵魂伟大的利吉迦之子阇摩陀耆尼,这七位仙人位于北方。(32)

我已经讲述位于各方的威力强大的仙人。他们灵魂伟大,是世界的见证者和创造者。(33)这些灵魂伟大的仙人位于各方。赞颂他们,就能摆脱一切罪孽。(34)以他们所在的方位为庇护,摆脱一切罪孽,就会安全地回家。(35)

以上是吉祥的《摩诃婆罗多》中《和平篇》第二百零一章(201)。

二〇二

坚战说：

祖父啊！大智者啊！真正的战斗英雄啊！我想听取永恒不变的黑天的详细情况。(1) 他的伟大的威力，过去的业绩，请你如实告诉我这一切，婆罗多族雄牛啊！(2) 诃利（黑天）为何要化身动物？为了完成什么事业？祖父啊！请你告诉我。(3)

毗湿摩说：

以前，我出外打猎，到达摩根德耶的净修林。在那里，我看到数以千计的牟尼围坐在一起。(4) 他们用蜜食招待我。我接受这些仙人的敬意，也向他们表示敬意。(5) 大仙迦叶波在那里讲述了这个故事。现在请你专心听取这个迷人的神圣故事。(6)

从前，一些杰出的檀那婆满怀愤怒和贪欲。这些大阿修罗以那罗迦为首，数以千计，醉心暴力。(7) 另外还有许多勇敢善战的檀那婆，他们不能忍受众天神无比繁荣。(8) 众天神和众神仙受到檀那婆们侵扰，不得安宁，跑向各处。(9) 天国居民看到大地的悲惨模样。到处布满面目狰狞、力大无比的檀那婆，大地不堪重负，陷入痛苦。(10)

众位阿提迭颤抖着，对梵天说道："我们怎么能忍受檀那婆的折磨？"(11) 自在天对他们说道："我已经作出安排。他们由于我的恩惠，狂妄自大，醉心暴力。(12) 他们头脑愚痴，不知道隐而不见的毗湿奴。一旦这位天神化身野猪，甚至众天神也无法抵御。(13) 这些卑劣的檀那婆数以千计，面目狰狞，住在地下。他很快就会到达那里，平定他们。"听了梵天的话，这些优秀的天神满怀喜悦。(14)

然后，大光辉的毗湿奴化身野猪，进入地下，走近提底的儿子们。(15) 看到这个非凡的生物，所有的提迭在时神的迷惑下，一拥而上。(16) 他们冲上前去，一齐抓住野猪，满腔愤怒，又拉又拽。(17) 这些檀那婆王身躯庞大，充满勇气和力量，却一点也奈何不了野猪。(18) 数以千计的檀那婆王感到惊奇，继而感到害怕，觉得

自己面临灾祸。(19)

于是，婆罗多族俊杰啊！这位神中原始之神以瑜伽为灵魂，以瑜伽为御者，运用瑜伽，(20) 发出震撼提迭和檀那婆们的大吼叫，回荡在所有世界，上下左右，四面八方。(21) 这吼声震撼所有世界，以帝释天（因陀罗）为首的各方天神惊恐不安。(22) 整个世界陷入瘫痪，动物和植物全都迷离恍惚。(23) 所有的檀那婆惧怕这吼声，对毗湿奴的威力困惑不解，纷纷倒下，失去生命。(24) 这头野猪用獠牙粉碎住在地下的众天神的敌人，肉、脂肪和骨头成堆。(25) 相传由于这一声大吼叫，他得名永恒者。他也被称作以莲花为肚脐者、大瑜伽行者、众生之老师和众生之主。(26) 当时，众天神询问老祖宗（梵天）："神啊！我们不知道这是什么声音？这人是谁？他发出这种声音，整个世界陷入瘫痪。"(27) 这时，化身野猪的毗湿奴大神站起来，受到大仙们赞颂。(28)

老祖宗（梵天）说：

这位天神是大瑜伽行者、众生之灵魂、众生之源泉，身材魁梧，力大无穷，杀死这些檀那婆王。(29) 他是一切众生之主、瑜伽行者、母胎、灵魂之灵魂，你们保持坚定吧！这位黑天消灭一切罪恶。(30) 他完成了别人不能完成的善举，回到自我。这位大瑜伽行者具有无限的光辉，大福大德，以莲花为肚脐，是众生的灵魂和源泉。(31) 优秀的众天神啊！你们不必烦恼，不必害怕，不必忧虑。他是法则，他是源泉，他是毁灭一切的时间。他维持一切世界，灵魂伟大。这吼声由他发出。(32) 这位大福大德者永不退却，是一切众生的源泉。这位莲花眼受到一切世界崇敬。(33)

以上是吉祥的《摩诃婆罗多》中《和平篇》第二百零二章（202）。

二〇三

坚战说：

婆罗多子孙啊！请你告诉我导向解脱的至高瑜伽，优秀的辩士啊！我想如实知道这一切。(1)

毗湿摩说：

在这方面，人们引用一个古老的传说，那是学生和老师关于解脱的对话。（2）有一位绝顶聪明的学生一心寻求至福，向坐在那里的优秀仙人、婆罗门老师行过触足礼，双手合十，说道：（3）"如果你对我的侍奉感到满意，请你为我解除一个莫大的疑惑。（4）我来自何处？你来自何处？请你如实告诉我终极原因，婆罗门俊杰啊！为什么在一切众生中，正常的活动都会停止，有生有灭？（5）吠陀的说法和世间流行的说法，智者啊！请你如实告诉我这一切。（6）

老师说：

大智慧的学生啊！请听至高的梵的秘密。内在灵魂是一切众生和一切经典的精华。（7）婆薮提婆之子（黑天）是宇宙的一切，梵的源头，真理，布施，祭祀，宽容，自制，正直。（8）通晓吠陀的人们知道他是原人，永恒者，毗湿奴，创造者，毁灭者，不显现的永恒的梵。他出生在苾湿尼族。请听我讲述这个传说。（9）婆罗门应该从婆罗门那里、刹帝利应该从刹帝利那里听取威力无限的神中之神毗湿奴的伟大事迹。你能听取这位至高的苾湿尼族后裔的事迹，贤士啊！请听吧！（10）

他是时间之轮，无始无终，以存在和不存在为自己的特征，如同车轮在三界的一切众生中运转。（11）他是永恒的梵，不灭，不显，不死。人们称他为盖沙婆，人中之虎，人中雄牛。（12）这位永恒不变的至高者创造了祖先、天神、仙人、药叉、檀那婆、蛇、阿修罗和人。（13）他也创造了吠陀经典和永恒的世间正法。在世界毁灭后，他重新依靠瑜伽，获得原初物质，进行创造。（14）人们看到万物在梵天的日日夜夜中流转，犹如各种季节依次运行。（15）

时间运转，随着万物在时代之初出现，产生有关世间生活规则的知识。（16）首先，大仙们获取自在天（梵天）恩准，通过苦行重新获得在时代末日消失的各种吠陀和传说。（17）通晓吠陀的毗诃波提获知各种吠陀支，婆利古之子获知有益于世界的正道论。（18）那罗陀获知健达缚吠陀，婆罗堕遮获知弓箭术，跋尔吉耶获知神仙传，黝黑的阿多利之子获知医术。（19）论师们讲述的各种正理论，通过推理、引经据典和实际行为证明各种真理，受到人们推崇。（20）

第十二 和平篇

众天神和众仙人最初都不知道没有起始的至高的梵,惟有创造主那罗延知道梵。(21)古代的众仙人、众王仙、众天神和众阿修罗通过那罗延知道这种治疗痛苦的良药。(22)原初物质经常产生由原人支配的存在物,由此一切世界合理运转。(23)正如一盏灯火点燃其他成千盏灯火,原初物质创造各种存在物,无穷无尽。(24)从未显者(原初物质)产生智慧(觉),从智慧(觉)产生自我感觉("我慢"),从自我感觉("我慢")产生空,从空产生风,(25)从风产生火,从火产生水,从水产生地。这是世界依据的八种基本原初物质。(26)

从这八种原初物质变化产生五种感觉器官、五种行动器官、五种感官对象,还有一种是心,共十六种。(27)眼、耳、鼻、舌和身是五种感觉器官,双脚、双手、肛门、生殖器和语言是五种行动器官。(28)色、声、香、味和触是遍布一切的感知对象,心涉及一切。(29)在味觉中,心成为舌头;在说话中,心成为语言。心与各种感官结合,涉及一切。(30)应该知道这是十六种神灵。它们侍奉安居身体中的知识创造者。(31)

应该知道在一切众生中,味觉具有水性,嗅觉具有地性,听觉具有声性,视觉具有火性,触觉具有风性。(32)人们说心具有善性,善性产生于未显者。因此,智者应该知道它依附一切众生的灵魂。(33)这些存在物负载行动和不行动的世界一切。它们全都依靠摆脱忧性的至高无上的神。(34)纯洁的九门之城①具有这些存在物。伟大的灵魂寄寓其中,遍及一切。因此,灵魂被称作原人。(35)灵魂不老,不死,指示显现和不显现,遍及一切,有特性,微妙,成为一切众生的特征的依托。(36)

正如灯火无论大小,都以光亮为灵魂,应该知道一切众生中的原人以知性为灵魂。(37)它促使众生认知、听取和观看。这个身体是它的手段。它是一切行动的行动者。(38)正如劈开木柴,看不到木柴中的火,身体中的灵魂也是这样,只有通过瑜伽才能看到。(39)正如水与河流相连,光与太阳相连,灵魂也永远与身体相连。(40)

———————
① 九门之城喻指身体。

正如在睡梦中，与五种感官相连的灵魂摆脱身体，灵魂可以走向另一个身体。(41) 灵魂受到过去的业的束缚。人自己作出的业强大有力，牵引灵魂走向另一个身体。(42) 我现在告诉你灵魂怎样抛弃一个身体，进入另一个身体，而各种生物怎样是自己的业的产物。(43)

以上是吉祥的《摩诃婆罗多》中《和平篇》第二百零三章（203）。

二〇四

老师说：

人们说各种动物和不动物分成四类，起源不显现，死亡不显现。应该知道心以未显者为依托，具有不显现的特征。(1) 正如一棵大树隐藏在无花果种子中，长出来后才能看见，显现者就是这样产生于未显者。(2) 磁石和铁都没有意识，而铁趋向磁石。一切存在物出于本性，趋向也是这样。(3) 由未显者产生的存在物的特征是以行动者为原因。行动者有意促成无意识的成分聚合。(4) 最初，除了命之外，并没有地、空、天、生物、仙人、天神、阿修罗和其他。这一切也并不与命有必然联系。(5) 后来，依照规则，它涉及一切，成为心的原因，表明行动出于无知，以原因为特征。(6) 它根据原因，创造结果。由此，无始无终的大轮运转。(7)

这个显现的转轮以未显者为轮毂，以原初物质的变化为轮辐，由知领域者（灵魂）统辖，以滑润的感情为轴，不断运转。(8) 在这个转轮中，由于无知产生的享受压榨世界一切，犹如压榨饱含油脂的芝麻。(9) 充满自我意识，出于渴望，从事行动。原因和结果相联系，产生理由。(10) 原因不超越结果，结果不超越原因。在结果的形成中，时间也是原因。(11) 八种原初物质及其十六种变化依据原因互相联系，永远在原人统辖下发生作用。(12)

由于原因起作用，灵魂脱离充满忧性和暗性的存在物，但存在物追随知领域者（灵魂），犹如尘土随风飘浮。但是，伟大的灵魂不接触存在物，存在物也不接触它。(13) 正如风带着尘土，而不沾染尘土，智者应该知道这就是领域（身体）和知领域者（灵魂）的区别。

这样，他通过修行，就不再返回原初物质。(14) 尊贵的仙人斩断产生的疑惑，应该这样看待以行动为特征的生活。(15) 正如经过烈火燃烧的种子不再生长，经过知识之火燃烧，灵魂不再沾染烦恼。(16)

以上是吉祥的《摩诃婆罗多》中《和平篇》第二百零四章(204)。

二〇五

老师说：

正如一些人遵奉以行动为特征的世间法，另一些人立足知识，不喜欢其他事物。(1) 通晓吠陀，恪守吠陀教导，这样的人难得。同样，另一些人愿意遵行备受赞颂的解脱之路。(2) 按照善人的行为准则从事行动，不会受到谴责。而依靠智慧，能达到最高归宿。(3)

有身体的人充满爱欲和愤怒等等忧性和暗性，出于愚痴，执著一切。(4) 因此，想要维护身体，就不应该做不纯洁的事，进而摆脱行动，不再企望进入各种美好的世界。(5) 金子和铁混合，金子就不再明亮，同样，知识和污秽混合，知识就不再清澈。(6) 出于愚痴，追随爱欲和贪欲，违背正法，横行不法，遭到毁灭。(7) 不要满怀激情追随声等等感官对象，否则就会产生愤怒、喜悦和沮丧。(8) 身体只是由五大元素组成，具有善性、忧性和暗性，你能赞扬谁？责备谁？或者说什么？(9) 愚者们执著色、味和触等等感官对象，出于无知，不知道身体具有地性。(10)

正如泥屋用泥土涂抹而成，这个地性的身体也是用泥土的变化物涂抹而成。(11) 蜜、油、奶、酥油、肉、盐、糖、谷物、果子和根茎，这些都是泥土和水的变化物。(12) 正如生活在荒野中的人，不贪图美味，艰苦地获取粗糙的食物，以维持生命。(13) 同样，处在轮回荒野中的人，为了维持生活，辛勤劳作，获取食物，犹如病人获取药物。(14) 诚实、纯洁、正直、舍弃、声誉、勇气、宽容、坚定、智慧、思想和苦行。(15) 灵魂崇高的尊者具备这些品质，依次经历一切生活方式后，就会追求平静，控制感官。(16)

人们出于无知，受到善性、忧性和暗性迷惑，像轮子一样运转。(17)因此，应该认清由无知产生的种种弊病，永远摒弃由无知产生的自我意识。(18)五大元素、各种感官、善性、忧性、暗性、三界及其主宰者，这一切都依据自我意识。(19)正如时间按照规则展现季节性，应该知道在众生中，自我意识促使众生运转。(20)应该知道愚痴的暗性产生无知。你要知道善性、忧性和暗性，这三性全都受喜悦和痛苦束缚。(21)欣喜若狂、愉快、确信、坚定和记忆，应该知道这些是善性。还有忧性和暗性，(22)表现为爱欲、愤怒、懈怠、贪欲、愚痴、恐惧和劳累，沮丧、忧愁、不快、骄傲、狂妄和卑劣。(23)应该权衡这些和其他弊病的轻重，逐一观察它们在自身中的蔓延程度。(24)

学生说：

应该在思想中摒弃哪些弊病？用智慧削弱哪些弊病？哪些弊病会复发？哪些弊病令人愚痴，仿佛一无所获？(25)智者运用智慧和推理，应该思考哪些弊病的强弱？请你讲述我应该知道的一切。(26)

老师说：

连根铲除各种弊病，灵魂纯洁的人获得解脱。正如斧子砍伐铁索，两败俱伤，灵魂不完善的人与天生的各种弊病一起毁灭。(27)忧性、暗性和纯洁的善性是所有人的种子，对于灵魂完善的人也是这样。(28)因此，灵魂完善的人应该摒弃忧性和暗性。善性摆脱忧性和暗性，达到纯洁。(29)人们说到那些食肉者举行祭祀，念诵祷词，正好说明有必要摒弃执著，追求纯洁的正法。(30)一个人依靠忧性，也能获得合法的结果，但他更注重追逐利益，实现一切欲望。(31)一个人依靠暗性，就会放纵贪欲和愤怒，热衷杀生，耽于享乐，由此疲乏困倦。(32)一个人依靠善性，就会看清各种纯洁美好的事物，摆脱污垢，光辉吉祥，富有知识。(33)

以上是吉祥的《摩诃婆罗多》中《和平篇》第二百零五章(205)。

二〇六

老师说：

忧性造成愚痴，暗性造成愤怒和贪婪，人中雄牛啊！成功地克制

它们，就能达到纯洁。（1）这样的人进入不灭不变的至高灵魂、至高之神、处在未显之中的神中俊杰毗湿奴。（2）

人们的肢体受到他的幻觉焚烧，失去知觉，陷入绝望。知觉混乱而自高自大，产生欲望。（3）从欲望产生愤怒、贪婪、愚痴、傲慢、狂妄和自私。出于自私，从事行动。（4）在各种行动中，受到感情束缚。感情带来无穷忧伤。从快乐和痛苦的行动中，时时刻刻产生生和死。（5）精子和血产生胎儿，在胎中受到屎尿、黏液和血的污染。（6）人们在渴望控制下，受到束缚，追随所有这些。应该知道女性在这里成为生死轮回的载体。（7）出于本性，女性成为领域，而男性具有知领域者的特征。因此，聪明的男性特别注意回避女性。（8）可怕的女性施计迷惑不聪明的男性。她们隐藏在忧性中，永远是感官的化身。（9）出于渴望，怀抱激情，人从精子中产生。人们抛弃从自己身体中生出而属于自己的蛆虫，同样，应该抛弃名为自己的儿子而不属于自己的蛆虫。（10）出于本性，或者受业力驱使，人从精子、液体和激情中产生。智者应该鄙弃这一切。（11）

忧性陷入暗性，善性也依据暗性。无知占据知识，以智慧和自我意识为特征。（12）人们说灵魂的种子是称作生命的种子。依靠业力和时间，它促成生死轮回。（13）正如灵魂依靠思想在梦中仿佛带着身体游戏，它带着过去的业和性向进入母胎。（14）过去的业作为种子，起催促作用，各种感官依靠思想和激情，从自我意识中产生。（15）由于渴求声音，便为纯洁的灵魂生出耳朵；由于渴求色彩，便生出眼睛；由于渴求香味，便生出鼻子；（16）由于渴求接触，便生出皮肤。同样，生出五种呼吸：元气、下气、行气、上气和中气，以维持身体。（17）

人就是这样产生，具有躯体和思想，各种肢体产生于过去的业，痛苦贯穿开始、中间和结束。（18）应该知道痛苦伴随执取和傲慢增长。可以通过舍弃，阻止它们。懂得阻止它们，就能获得解脱。（19）各种感官在忧性中产生和消亡。智者用经典之眼观察它们，正确地行动。（20）感官追逐感官对象，但不追逐摆脱欲望的人。依靠明确的方法，灵魂不再进入身体。（21）

以上是吉祥的《摩诃婆罗多》中《和平篇》第二百零六章（206）。

二〇七

老师说：

我用智慧之眼，如实告诉你这种方法。智慧依靠这种知识，可以达到至高归宿。（1）一切众生中，人最优秀。一切人中，婆罗门更优秀。一切婆罗门中，吠陀论者更优秀。（2）他们是一切众生中的俊杰，通晓一切，洞察一切。这些婆罗门通晓吠陀真谛，确立真正的意义和路径。（3）无知的人在这世上，犹如盲人独自行路，困难重重。因此，掌握知识尤为重要。（4）

热爱正法的人们按照经典遵奉各种正法，但是，除了这些品德外，达到的目的并不相同。（5）语言、身体和思想纯洁，宽容，诚实，坚定，记忆，通晓一切正法的人们展现这些品德。（6）相传梵行是梵的形态。它高于一切众生。人们依靠它，达到至高归宿。（7）它不依靠形相，摒弃身体的接触、耳朵的听取和眼睛的观看。（8）梵行也摒弃舌头的品尝，而依靠坚定的智慧，不沾染污秽。（9）梵行优秀者能达到梵界，中等者能成为天神，最差者也能再生为杰出的婆罗门智者。（10）

梵行很难实行，请听我告诉你方法。婆罗门应该及时抑制淫心。（11）不应听取妇女谈话，不应观看妇女裸体。意志薄弱的人一看到妇女，就会动情。（12）一旦产生欲念，就应该修习苦行，在水中浸泡三天。如果在梦中产生欲念，就应该默诵涤罪祷词三次。（13）正是这样，聪明的人富有知识，思想博大，焚毁内在的忧性罪恶。（14）

正如有洞口的排泄管道与尿粪相联系，应该知道灵魂寄寓身体，与身体相联系。（15）各种液汁通过脉管网络输送给人体中的风、胆汁、黏液、血、皮、肉、筋、骨和髓。（16）应该知道有十种脉管为五种感官输送营养。由这十种脉管分出数以千计的小脉管。（17）犹如河流及时填满大海，这些脉管向身体提供营养。（18）在心脏中，有一条为思想输送营养的脉管。它向人的一切肢体释放由欲望产生的

精液。(19)从这条脉管分出的小脉管遍布一切肢体。它们输送热量,使双眼产生视觉。(20)

正如用搅棒搅出牛奶中的酥油,人体中欲望的搅棒搅出精液。(21)在梦中也是这样,为思想输送营养的脉管不与身体接触,释放精液,流向心中欲望产生的激情。(22)大仙阿多利精通精液的起源。由三种因素形成的种子具有因陀罗(indra)神力,因此称作精子(indriyam)。(23)凡是知道精子运动造成生物混合的人,就会摒弃激情,焚毁弊端,不再转生。(24)有意保持三性平衡,放弃身体行动,在最终时刻放弃呼吸。(25)

知识属于思想,扩充思想,因此,灵魂高尚的人们摒弃激情,获得光辉而神圣的成就。(26)为了保护这种成就,不应该做污秽的事情。摒弃忧性和暗性,就不会堕入畜生道。(27)年轻时获得的知识随着年老会衰退。而智慧成熟的人能随时获取思想的力量。(28)如同越过崎岖的道路,一个人摆脱三性的束缚,克服遇到的任何弊端,就能尝到甘露。(29)

以上是吉祥的《摩诃婆罗多》中《和平篇》第二百零七章(207)。

二〇八

老师说:

人们执著充满邪恶的感官对象,消沉沮丧,而灵魂高尚的人摒弃执著,达到至高归宿。(1)看到这个世界充满生、死、衰老、痛苦、疾病和思想烦恼,智者努力追求解脱。(2)语言、思想和身体纯洁,不妄自尊大,平静,有知识,乞食,不留恋,安乐自在。(3)如果发现自己出于怜悯众生,心中有所执著,那么,认清整个世界是业果,舍弃怜悯心。(4)人人享受从前的善业或恶业,因此,语言、思想和行动上都要行善。(5)

不杀生,说真话,公正对待一切众生,宽容,不懈怠,这样的人享有幸福。(6)洞悉真谛,通晓脱离痛苦、带给一切众生快乐的至高正法,这样的人享有幸福。(7)因此,应该运用智慧,凝思静虑,善待众生，不陷害他人，不怀抱贪欲，不胡思乱想。（8）不以饶舌取悦人，关注妙法，口出妙语，说话真实，不伤害人，不诽谤人。（9）思想不迷乱，不说脏话、粗话、恶话、坏话和废话。（10）善辩者无论说赞成的或反对的话，如果智慧和思想不加控制，感官受忧性影响，只能造成暗性行为。（11）他在今世获得痛苦，死后堕入地狱。因此，要让自己的思想、语言和身体保持坚定。（12）

犹如让盗贼们背负失落的财物，还以为走小路安全，愚人们就是这样看待生死轮回。（13）然而，只有驱逐盗贼，才能走上安全之路。同样，人们只有摒弃忧性和暗性的行动，才能获得幸福。（14）消除疑惑，摒弃欲望，摆脱一切执著，独自隐居，节制饮食，修炼苦行，控制感官。（15）用知识焚毁烦恼，热爱瑜伽，灵魂完善，凝思静虑，达到至高目标。（16）灵魂完善，意志坚定，无疑能控制智慧，进而依靠智慧控制思想，依靠思想控制感官对象。（17）一旦感官和思想得到控制，各种感官就会愉快地走向至高者。（18）这样，思想和感官紧密结合，仿佛梵在其中显现。一旦摆脱这一切，就能达到与梵同一。（19）

瑜伽技巧应该用于修行，而不应该用于谋生。瑜伽技巧应该作为生存方式，加以实行。（20）应该食用碎米、油饼、杂粮、野菜、麦粥、根茎、果子以及其他乞得的食物。（21）节制饮食，把握合适的地点和时间，经过考察后，按照既定方式修行。（22）不中断修行，仿佛慢慢地点燃火，以知识点燃的知识之火如同太阳照耀。（23）无知占据知识，占据三界。知识追随意识，而遭受无知损害。（24）由于分别和结合，妒忌的人不懂得永恒者。而懂得摆脱这两者，摒弃激情，就能获得解脱。（25）超越年龄，克服衰老和死亡，达到永恒、不朽、不灭和不变的梵。（26）

以上是吉祥的《摩诃婆罗多》中《和平篇》第二百零八章（208）。

二〇九

老师说：

永远希望履行纯洁的梵行。注意到做梦的弊端，一心想要摒弃睡眠。（1）在梦中，灵魂受到忧性和暗性侵扰，失去记忆，仿佛进入另一个身体。（2）反复温习知识，不断追求知识，钻研知识，他经常保持醒着。（3）有人要问梦中的这种状态是什么？仿佛有感官对象，仿佛有身体，灵魂和入睡的感官一起活动。（4）瑜伽之主诃利知道这一切，大仙们按照他的说法作出正确的描述。（5）

智者们说，由于感官疲惫，梦占据一切。有些人说，由于思想入睡，才出现梦。（6）正如人醒着时，专心工作，产生意念，梦中意念的力量也依靠思想。（7）怀有欲望的人获得无数生活的印象，崇高的原人（灵魂）知道隐埋在思想中的一切。（8）它知道三性的各种活动，所有元素展示心中怀抱的一切。（9）忧性、暗性或善性影响思想，按照相应的关系，产生痛苦或快乐的结果。（10）

看到风、胆汁和黏液不与忧性和暗性相连，人们说这难以理解。（11）感官平静时，思想感知一切。即使一切在梦中停止活动，思想之眼保持观看。（12）思想在一切众生中活动，遍及一切，不受阻碍。身体之门依靠思想，隐入思想。（13）在睡眠中，一切不显现的存在和不存在在思想中显现，人们知道思想依附一切众生的灵魂，具有内在灵魂的性质。（14）如果有人心中渴望神性，应该知道神性源自灵魂的威力，一切神力依靠灵魂。（15）

通过苦行，超越暗性，灿若太阳。通过苦行，灵魂成为大自在天，成为三界的源泉。（16）众天神立足苦行，众阿修罗立足破坏苦行的暗性。人们说以知识为标志的梵被天神和阿修罗遮蔽。（17）人们知道善性、忧性和暗性具有天神和阿修罗的性质。应该知道善性是天神的性质，忧性和暗性是阿修罗的性质。（18）梵是最高的知识对象，不死，不灭，光辉灿烂。灵魂纯洁的人们知道梵，达到至高归宿。（19）依靠知识之眼能说明原因，依靠撤回感官能知道不显现的梵。（20）

以上是吉祥的《摩诃婆罗多》中《和平篇》第二百零九章（209）。

二一〇

老师说：

不知道这四者（三性和灵魂），便不知道至高的正法，不知道至高的仙人确认的显现和不显现的真谛。（1）应该知道显现者通向死亡，不显现者超越死亡。仙人那罗延讲述以流转为特征的正法。（2）三界一切动物和不动物依据这种正法。而以解脱为特征的正法通向不显现的永恒的梵。（3）生主讲述以流转为特征的正法。流转意味返回，而解脱意味达到至高归宿。（4）牟尼永远关注知识和真谛，洞悉善恶，以解脱为至高目的，达到至高归宿。（5）

应该认知未显者和原人这两者，以及比未显者和原人更伟大者。（6）聪明的人尤其应该注意其中的区别。未显者和原人都无始无终，没有形相。（7）两者永远存在，比微小者更微小，比硕大者更硕大。两者在这方面相同，但又有差别。（8）原初物质（未显者）遵循创造法，具有三性。应该知道知领域者（原人）的特征与此不同。（9）原人没有特性，是原初物质变化的见证者。两种原人（灵魂和梵）没有形相，没有聚合性，不可把握。（10）行动以聚合为特征，可以把握。行动者依靠行动的感官活动，在语言上称作"谁、我或这个"。（11）正如头巾绕头三匝，善性、忧性和暗性围绕灵魂。（12）因此，应该认知这四者（三性和灵魂）由种种原因构成。具有这种正确的认识，临终不会困惑。（13）

企求神圣的吉祥和梵的人，应该语言和思想纯洁，严格控制身体，修炼纯洁的苦行。（14）具有内在光辉的苦行遍及三界。凭借苦行，太阳和月亮在空中闪耀。（15）知识是苦行的热量。苦行享誉世界。驱除忧性和暗性是苦行的特征。（16）梵行和不杀生据说是身体的苦行，控制语言和思想据说是思想的苦行。（17）从通晓仪轨的再生族那里获得的食物优异。通过节制饮食，消除忧性的罪恶。（18）这样，感官就会嫌弃感官对象。因此，应该获取仅够维持生命的食物。（19）随着年龄逐渐增长，无疾而终。具备这样的思想，就能获

得知识。(20)

由于忧性的作用，具有身体的灵魂遵照经典行动，而思想不受行动结果影响，摆脱欲望，安于原始状态，始终保持身体不放逸，命终身殒时就会获得解脱。(21) 众生的产生和灭亡永远有原因。一旦认清至高知识，就不会违背必然。(22) 有些人明知万物有生有灭，却背道而驰。他们努力维持身体，运用智慧调整思想。尽管生命的基础动摇不定，仍然因其微妙而不忍割舍。(23) 有的人不依靠智慧，而按照经典认清一切，灵魂纯洁，无所依傍，直至命终身殒。有的人依靠凝思静虑。有的人崇拜至高存在。(24) 有些人始终确认至高之神明亮似闪电，永恒不灭。他们依靠苦行焚毁罪孽，命终时达到目的。(25) 所有灵魂高尚的人都能达到至高归宿。应该运用经典之眼洞察其中的微妙特点。(26) 应该知道摆脱身体，摒弃执著，凝思静虑，如同悬空。(27) 一心依靠知识，摆脱凡俗世界，摒弃忧性，与梵同一，达到至高归宿。(28)

人们依靠牢固的知识摒弃污秽，努力净化自身，达到至高的世界。(29) 满足知识，别无他求，身心纯洁，通向神圣的不生者、名为未显的尊神毗湿奴。(30) 知道了这位寄寓灵魂的诃利（毗湿奴），他们就不再变化，不再返回。到达这种不灭不变的至高境界，他们充满喜悦。(31) 正是这种知识，人们或有或无。整个世界受欲望束缚，像轮子那样转动不已。(32) 正如莲藕纤维遍布莲藕，无始无终的欲望也永远遍布身体。(33) 正如织工用梭子将线织成布，欲望的梭子将生活之线交织在一起。(34) 如实知道原初物质及其变化和永恒的原人，他就能摒弃欲望，获得解脱。(35) 尊敬的仙人那罗延怜悯众生，为了世界的利益，宣示这个不朽的真理。(36)

以上是吉祥的《摩诃婆罗多》中《和平篇》第二百一十章 (210)。

二一一

坚战说：

密提罗王遮那迦通晓正法，精通各种行为。他通过什么行为摒弃

人间享受，获得解脱？（1）

毗湿摩说：

在这方面，人们引用这个古老的传说，讲述他精通行为方式，由此达到至福。（2）遮那迦又名迦那提婆（人中之神），是密提罗国王。当时，他正在思考各种丧葬法。（3）他有一百位老师长住宫中，演示各种正法，宣讲各种学说。（4）而他依据经典，不满意他们关于死后状况、生死问题和灵魂真谛的种种说法。（5）

有位大牟尼，名叫五髻，是迦比拉之子。他漫游整个大地，来到密提罗。（6）他通晓各种弃绝法的真谛，成就卓著，摆脱对立，消除疑惑。（7）人们说他是一位杰出的仙人，按照自己的心愿留居人间，盼望获得难以获得的永恒幸福。（8）数论家们说他是至高的仙人、生主迦比罗。我认为他的容貌令他自己都感到惊奇。（9）他是阿苏利的第一位学生，人们称他为长命。他在恒河举行了一千年的祭祀。（10）阿苏利来到那里，教导他伟大的迦比罗学说，人生的至高目的，寄寓原人的未显者。（11）这位牟尼（五髻）完成祭祀，依靠苦行的力量，获得天眼，透彻理解领域和知领域者。（12）阿苏利依据迦比罗学说，通晓唯一不灭不变而又呈现多种形态的梵。（13）五髻作为他的学生，依靠人奶维持生命。奶妈是一位名叫迦比拉的婆罗门妇女。（14）他吸吮这位妇女的乳汁，成为她的儿子。由此，他得名迦比拉之子，具有无上智慧。（15）

有位尊者告诉我五髻的由来，怎样成为迦比拉之子，通晓一切，无与伦比。（16）五髻知道国王是至高无上的知法者，平等待人，便走上前去，运用逻辑推理，难倒一百位老师。（17）遮那迦佩服迦比拉之子（五髻）的真知灼见，遣散一百位老师，追随他。（18）他向这位极其贤明、谦恭有礼的国王讲述至高的数论的解脱学说。（19）讲了对生的绝望，又讲对业的绝望；讲了对业的绝望，又讲对一切的绝望。（20）业的创造和业的成果都不可信任，变化无常，都会毁灭和落空。（21）

人人都亲眼目睹毁灭，这样，依据经典认为存在至高者，就不攻自破。（22）烦恼、衰老和死亡，灵魂随之死亡，不再存在。认为灵魂存在，这是出于愚痴的错误看法。（23）如果世上不能证明的东西确实存在,正如这位国王认为存在不老不死的灵魂,(24)那么请问,对于没有特征的东西,怎样确定存在或不存在?依据什么说明人间生活?(25)感觉是推断和传说两者的根基。感觉和经典不能割离。单靠推断,不能成立。(26)通过推理,也只能得出这种结论,并不像虔诚的人们想的那样,在身体之外,另外还有命(灵魂)。(27)精液产生身体,犹如榕树种子产生榕树,煮沸的酥油产生香气。身体产生记忆,犹如磁石吸铁,水晶聚光生火,热铁吸水。(28)一旦生物死去,即使乞求神灵,也无济于事,这就是证据。(29)那些有形之物不能成为无形之物的原因,因为不死者和死者不相同。(30)①

有些人说出于无知的行动,造成再生,贪欲、愚痴和其他弊病是原因。(31)他们说无知是领域,行动成为种子,渴望产生湿润的情爱,造成再生。(32)按照死亡法则,思想燃烧,一个身体从另一个身体中产生。他们说这是生物的毁灭方式。(33)②

但是,如果形貌、出生、学问和财富都已经不同,怎么还能说是这个人?两者也就没有联系。(34)如果是这样,布施、知识和苦行的力量还有什么乐趣?这一切业果都由别人享有。(35)然而,人在这世会因前世的行为受苦。或苦或乐,可以证明这个道理。(36)死于铁杵打击的人会获得另一个身体,但不会获得另一种不同的意识。(37)正像人们看到季节、年和半月,炎热和寒冷,可爱和可憎的事物,都会相继逝去,生物的毁灭也是这样。(38)人因衰老而死,正如房屋逐渐衰朽而倒塌。(39)感官、思想、气息、血、肉和骨,相继毁灭,返回自己的元素。(40)

人间生活的规则,施舍和遵行正法的功果,吠陀经典,人间习俗,(41)在正常的思考中,这些都是理由,但不能确定什么。(42)人们这样思考追索,智慧深入其中,直至衰竭,犹如树木枯萎。(43)所有的人都因富裕或贫穷而痛苦,经典引导他们,犹如驭象者引导大象。(44)

许多人渴求财富带来无穷幸福,然而却获得更大的痛苦,最终抛弃肉饵,走向死亡。(45)对于生命无常、注定要死的人,亲人、朋

---

① 这一段是讲述顺世论的观点。
② 这一段是讲述佛教的观点。

友和一切财富有什么用？刹那之间，他就抛弃一切，不再返回。（46）地、空、水、火和风一直维持身体。看到这一切，怎么会感到快乐？因为人注定要死，得不到庇护。（47）

这番自我亲证的话真实不虚，高度有益，国王听了之后，惊讶不已，又提出相关的问题。（48）

以上是吉祥的《摩诃婆罗多》中《和平篇》第二百一十一章（211）。

二一二

毗湿摩说：

人中之神遮那迦受到大仙教诲，又询问死后的存在和不存在问题：（1）"尊者啊！如果任何人死后的情况都是这样，那么，愚昧和智慧有何不同？（2）再生族俊杰啊！请看，一切都会归于断灭，勤勉和懈怠还有什么区别？（3）脱离生存，归于毁灭，那么，人们为何费心操劳？人生的真谛究竟是什么？"（4）

遮那迦陷入黑暗，如同病人焦灼不安，智者五髻又说了这些话，安抚他：（5）"在这世上，既不以断灭为终极，也不以生存为终极。身体、感官和心聚合，在行动中互相依靠，各自运转。（6）五种元素是空、风、火、水和地，按照自己的本性聚合，也按照自己的本性解散。（7）空、风、热（火）、湿（水）和地，身体是这五种元素的聚合，而不是一种元素。智、热（火）和风，三者构成行动群体。（8）感官、感官对象、本性、知觉、心、呼吸、变化和种种成分，由此产生。（9）耳、身、舌、眼和鼻，这五种感官以心为先导。（10）与知觉相连，有三种感受，人们称之为苦乐、无苦或无乐。（11）声、触、色、味和香，以及形态，这五种或六种属性始终是认知对象。（12）依靠这些行动和舍弃，确认一切真实的意义，即人们所说的至高者，种子，智慧，永恒，伟大。（13）将那些属性的聚合视为自己的本性，怀抱错误的看法，他就永远不能平息痛苦。（14）不将它看作自我，不认为它属于我，痛苦怎么能依靠它纠缠不休？（15）

"在这方面，无上的弃绝法也就是正确的思想，请听我告诉你，它将导致解脱。(16)如果受到误导,即使舍弃已知的一切行动,也会永远烦恼,带来痛苦。(17)祭祀在于舍弃财物,誓愿在于舍弃享受,苦行和瑜伽在于舍弃快乐,圆满在于舍弃一切。(18)舍弃一切者的道路独一无二,排除痛苦,否则,就会走上歧途。(19)

"已经讲述知觉中以心为第六的五种感觉器官(五知根),我将讲述以心为第六的五种行动器官(五作根)。(20)双手是行动器官,双足是行走器官,阴茎是生殖和交欢器官,肛门是排泄器官,(21)还有专门用于发音的语言器官,人们知道这五种行动器官。这样,总共十一种感官。人们应该摒弃心和觉。①(22)耳、声和心,这三者构成听觉。触觉、视觉、味觉和嗅觉也是这样。②(23)每种感觉有三种成分,总共三五一十五类。(24)

"所有的感觉产生三种感受,属于善性、忧性和暗性。(25)无论有无缘故,心中产生高兴、喜悦、欢乐、愉快或恬静,属于善性。(26)无论有无缘故,感到不满、烦躁、忧愁、贪婪或不可忍受,属于忧性。(27)分辨不清、愚痴、懒怠、昏睡或疲倦,无论怎么产生,属于暗性。(28)身心感到愉快,这应该视为善性起作用。(29)自我感到烦躁不安,这应该视为忧性起作用。(30)身心感到昏沉,不能分辨,不能识别,这应该视为暗性起作用。(31)

"声依靠空和耳,但感到声时,并不感到空和耳。(32)身、眼、舌和鼻也是这样。它们存在于触、色、味和香中,形成知觉和心。(33)十种感官具有同时行动性,你要知道,心是第十一,觉是第十二。(34)即使它们失去同时行动性,也不会出现黑暗的断灭;认为自我依靠这种同时行动性,这是世俗的习惯说法。(35)

"即使运用感官,看到古代经典教导的自我,由于受到三性束缚,也看不明白。(36)迅速移动、变化不停的思想摆脱暗性,停止活动,人们依然称之为暗性的幸福。(37)经典中提到的种种障碍不克服,依然获得暗性,犹如虚妄的显现。(38)这是缘于自身行为的属性,对有些人起作用,而对有些人不起作用。(39)

---

① 意谓摒弃了心和觉,就能摒弃各种感官。
② 意谓触觉由身、触和心构成,视觉由眼、色和心构成,味觉由舌、味和心构成,嗅觉由鼻、香和心构成。

"这样，通晓自我的人称这个聚合体为领域（身体），称居于心中的这个存在为知领域者（灵魂）。(40) 既然如此，这个永恒者（灵魂）怎么会断灭？它有根有据，存在于按照各自本性活动的一切众生中。(41) 正如河流进入大海，放弃外形和名称，不固守自我性，生物毁灭也是这样。(42) 既然如此，生命被带走，融入其中，死后怎么还会有名号？(43)

"通晓这种解脱智慧的人，勤奋努力，追求自我，不沾染邪恶的业果，犹如水中的莲叶。(44) 摆脱诸多坚固的束缚，即使事关生育和祭神；摒弃苦乐两者，摒弃各种特征，达到至高归宿，获得解脱。依据经典规范和吉祥礼仪，超越衰老和死亡，安然憩息。(45) 善行消失，恶行也离去，由此一切业果毁灭，依靠无污染和无特征的空，无所执著，看到伟大的梵。(46) 犹如蜘蛛网毁坏，蜘蛛坠落，解脱者摆脱痛苦，仿佛土块撞击石头而粉碎。(47) 犹如在不知不觉中，鹿蜕去旧角，或者蛇蜕去旧皮，解脱者摆脱痛苦。(48) 犹如鸟放弃坠向水中的树，腾空飞走，无所依恋，解脱者摆脱苦乐两者，无所执著，走向至高境界。"(49)

密提罗王看到都城着火，却说自己连谷糠也没有遭到焚烧。这位大地之主确实这样说过。(50) 听了五髻讲述的这番甘露语，毗提诃王（遮那迦）领悟全部含义，摆脱忧愁，达到至高幸福。(51) 谁吟诵这篇解脱论，他就不会衰败，永远充满希望，不会遭受灾难和痛苦，获得解脱，如同密提罗王（遮那迦）遇见迦比拉之子（五髻）。(52)

以上是吉祥的《摩诃婆罗多》中《和平篇》第二百一十二章（212）。

二一三

坚战说：

怎样做，获得幸福？怎样做，获得痛苦？怎样做，在这世上摆脱恐惧，获得成就？婆罗多子孙啊！(1)

毗湿摩说：

通晓经典的耆老们称赞自制，适用于一切种姓，尤其是婆罗门。(2)对于缺乏自制的人,事业不能获得圆满成功。祭祀、苦行和吠陀,一切都依靠自制。(3)自制增添光辉,自制是净化手段;自制的人涤除罪恶,无所畏惧,获得伟大成就。(4)自制的人愉快地入睡,愉快地醒来,愉快地生活在世上,精神安定。(5)自制保持光辉,暴戾的人不能获得它,经常在心中看到许多敌人。(6)众生惧怕不自制的人,犹如惧怕食肉猛兽。为了制服这些人,自在天创造了国王。(7)在人生所有阶段,自制至为重要,正法的功果也就是自制的功果。(8)

我现在讲述那些善于自制者的特征:不卑贱,不激动,知足,虔诚,(9)不愤怒,正直,不争辩,不傲慢,尊敬师长,不嫉恨,怜悯众生,不毁谤,(10)避免妄加议论和褒贬是非,与人为善,无所贪著,赢得众人信任。(11)不怀怨恨,礼貌待人,对褒贬一视同仁,品行兼备,把握自我,内心平静,聪明睿智,在世受到尊敬,死后进入天国。(12)为一切众生谋利益,不蔑视他人,像大海一样沉静,满足于智慧,安详幸福。(13)他不惧怕一切众生,一切众生也不惧怕他。自制的人富有智慧,值得一切众生尊敬,(14)他不因豪富喜悦,不因遭难忧伤,善于运用智慧,克制自己,堪称再生族。(15)富有学问,行为纯洁,永远克制自己,享有伟大的功果。(16)不嫉恨,宽容,平静,知足,说话可爱,诚实,布施,勤奋,这些不是灵魂邪恶者的生活方式。(17)婆罗门控制爱欲和愤怒,遵守梵行,抑制感官,修习严酷的苦行,恪守誓言,把握自我,安然无恙,生活在世上,等待时间到来。(18)

以上是吉祥的《摩诃婆罗多》中《和平篇》第二百一十三章(213)。

二一四

坚战说:

再生族怀抱斋戒誓愿,享用祭品,祖父啊!这种食物怎样实现婆罗门的愿望?(1)

毗湿摩说:

怀抱非吠陀的誓愿,享用祭品,也会有效;而按照吠陀规则,享

用祭品，誓愿也会落空，① 坚战啊！（2）

坚战说：

人们通常说斋戒是苦行，大王啊！这是苦行吗？或者，苦行应该怎样？（3）

毗湿摩说：

人们认为斋戒一月或半月是苦行，而贤士们认为这不是苦行，有碍于认识自我。弃绝和谦恭才是最优秀的苦行。（4）这样的婆罗门永远实行斋戒，永远遵守梵行，永远是牟尼，永远敬神。（5）这样的家居者热爱正法，永远清醒，永远吃素，永远祈祷，婆罗多子孙啊！（6）永远饮甘露，永远不中毒，永远吃剩食，永远善待客人。（7）

坚战说：

怎样永远实行斋戒？怎样永远遵守梵行？怎样永远吃剩食？怎样永远善待客人？（8）

毗湿摩说：

早晨吃一次，黄昏吃一次，其他时间不进食，便是永远实行斋戒。（9）永远崇尚知识，宣讲真理，这样的婆罗门遵守梵行，只在行经期走近妻子。（10）不随意吃肉，成为吃素者。永远热爱布施，成为纯洁者。白天不睡眠，成为清醒者。（11）坚战啊！你要知道，在侍从和客人吃完后自己再吃，这是享受甘露。（12）别人没有吃，自己决不吃，婆罗门通过这种行为，赢得天国。（13）吃天神、祖先、侍从和客人吃剩的食物，人们称他为吃剩食者。（14）他们赢得无穷的世界。众天神、众天女和梵天来到他们的住处。（15）他们与众天神、祖先和子孙共享食物，愉快生活，达到至高归宿。（16）

以上是吉祥的《摩诃婆罗多》中《和平篇》第二百一十四章（214）。

二一五

坚战说：

在这世上，如果善业或恶业产生果报，束缚人，婆罗多子孙

---

① 意思是按照吠陀规则，可以杀牲祭祀，这样，享用肉食，就违背斋戒誓愿。

第十二 和平篇

啊！（1）人是否是业的作者？我有此疑问，祖父啊！希望听你如实解答。（2）

毗湿摩说：

在这方面，人们引用一个古老的传说，那是波罗诃罗陀和因陀罗的对话，坚战啊！（3）无所执著，涤除罪恶，出身高贵，博学多闻，不僵硬，不傲慢，保持善性，遵守习惯；（4）对褒贬一视同仁，克制自己，定居空宅，通晓一切动物和不动物的生灭；（5）无论可爱和可憎，不喜不怒，对金子和土块一视同仁；（6）坚定信仰自我和至福，确信无疑，了解万物来龙去脉，通晓一切，等量齐观，（7）波罗诃罗陀控制感官，坐在僻静处。帝释天想要获得他的智慧，走上前去，说道：（8）

"我们发现你始终保持世上备受尊敬的人中俊杰的所有美德。（9）你的智慧看上去像儿童们那样，请问你怎样看待自我和至福？（10）你束手就擒，处在敌人控制下，失去财富和地位，波罗诃罗陀啊！你应该忧伤，却不忧伤。（11）看到自己陷入灾难，你还神态自如，波罗诃罗陀啊！这是出于智慧，还是出于坚定？提迭啊！"（12）

在因陀罗鼓励下，信念坚定的波罗诃罗陀以柔和的语言，描述自己的智慧，说道：（13）"不懂得万物生灭，因无知而僵硬，反之，不会僵硬。（14）一切存在和不存在都按照本性产生和灭亡，并无人为目的。（15）人为目的不存在，所谓的自我作者不存在。但是，在这世上，会产生自以为是作者的狂妄想法。（16）以为自己是善业或恶业的作者，在我看来，这样的人智力有缺陷，不知道自己的底细。（17）如果人是作者，那么，为了自己的幸福从事行动，肯定会成功，而不会失败，帝释天啊！（18）我们看到有些人尽心竭力，好事不来，坏事接踵，哪里有什么人为目的？（19）我们看到有些人并不费力，却自然而然，坏事消弭，好事降临。（20）我们看到有些智力高超、相貌堂堂的人却向智力低下、相貌丑陋的人求取财富。（21）既然一切善性和恶性按照本性行动，人怎么能妄自尊大？（22）我坚信一切都出自本性。我的智慧立足自我，也不例外。（23）

"我认为在这世上，善恶果报由业产生，请听我告诉你业的整个领域。（24）正如乌鸦聒噪，通知同伴找到食物，一切业都是本性的显现。(25) 只知道变化的现象，不知道至高的本性，因无知而僵硬，反之，不会僵硬。(26) 知道一切存在源自本性，确信无疑，怎么会狂妄自大？(27) 我知道全部法则，万物无常，帝释天啊！因此，我不忧伤。一切都有尽头。(28) 不自私，不自大，不贪求，摆脱束缚，坦然自若，我目睹万物生灭。(29) 富有智慧，克制自己，无所欲求，按照世界知识看待一切，帝释天啊！这样的人不会烦恼。(30) 我对本性和变化不抱爱憎，不将任何人看作敌人或朋友。(31) 我不企盼上下左右任何地方，帝释天啊！在知识、知识对象以及无知中，都得不到庇护。(32)

帝释天说：

波罗诃罗陀啊！请你告诉我，依靠什么办法获得这种智慧，达到平静？(33)

波罗诃罗陀说：

正直，勤勉，清净，把握自我，敬重老人，帝释天啊！这样的人获得伟大成就。(34) 从本性中获得智慧，从本性中获得平静，你遇到的一切都出自本性。(35)

毗湿摩说：

听了提迭王这些话，帝释天惊奇不已，国王啊！他满怀喜悦，对这些话表示敬佩。(36) 这位三界之主向提迭王致敬。他告别这位阿修罗王，返回自己住处。(37)

以上是吉祥的《摩诃婆罗多》中《和平篇》第二百一十五章（215）。

二一六

坚战说：

遭到时间之杖打击，失去光辉，这样的国王应该依靠哪种智慧生活在大地上？祖父啊！请告诉我。(1)

毗湿摩说：

在这方面，人们引用一个古老的传说，那是婆薮之主（因陀罗）和毗娄遮那之子钵利的对话。(2) 婆薮之主（因陀罗）战胜所有阿修罗后,走近老祖宗(梵天),双手合十,俯首行礼,询问钵利的去向:(3)"梵天啊!我不知钵利的去向,请你告诉我。他曾经广施财富,而财富从不减少。(4)他曾经照耀四方,然后落山;他曾经按时降雨,不知疲倦。梵天啊!我不知道钵利的去向,请你告诉我。(5)他是风,是伐楼拿,是太阳,是月亮,是温暖万物的火,或者是大地。梵天啊!我不知道钵利的去向,请你告诉我。"(6)

梵天说:

摩诃梵啊!你问的这个问题不恰当。但是,受到询问,不该说谎,我就告诉你钵利的去向。(7)他现在成为骆驼、牛、驴或马中的优秀者,住在空宅中,沙姬之夫啊!(8)

帝释天说:

如果我在空宅中遇见钵利,我可不可以杀死他,梵天啊!请你指示。(9)

梵天说:

不要杀死钵利,帝释天啊!他不应该遭到杀戮,婆薮之主啊!你倒是应该诚心诚意向他求教。(10)

毗湿摩说:

听了梵天的话,因陀罗登上爱罗婆多象背,光辉吉祥,漫游大地。(11)正如梵天所说,他看到钵利化身为驴,住在空宅中。(12)

帝释天说:

你现在转生为驴,吃谷糠,檀那婆啊!这样低贱的出身,你悲伤不悲伤?(13)我从未见过你这样,落入敌人手掌,失去财富和朋友,失去勇气和威力。(14)你曾经在数以千计的车马和亲友的簇拥下,折磨一切世界,对我们不屑一顾。(15)提迭们仰望你,听候你的命令。在你的统治下,大地不用耕作,谷物也会成熟。现在,你已经落难,你悲伤不悲伤?(16)你曾经在大海东岸充分享受,向亲友们分发财富,那时,你心态如何?(17)数以千计的天女围着你跳舞,多少年来尽情享乐,光彩熠熠。(18)她们全都佩戴莲花花环,灿若金子,檀那婆王啊!那时,你的心态如何,现在又如何?(19)你的金制大华盖镶有摩尼珠,四万二千个健达缚在那里跳舞。(20)你的大祭柱纯金制成,在祭祀中,你布施上亿头牛。(21)在祭祀中,你按照掷棒规则，周游大地，那时，你的心态如何？（22）现在，我看不到你的金瓶、华盖和拂尘，看不到梵天赐给你的花环，阿修罗王啊！（23）

钵利说：

你现在看不到我的金瓶、华盖和拂尘，也看不到梵天赐给我的花环，婆薮之主啊！（24）你询问的这些宝物已经埋入洞穴。一旦我时来运转，你就会看到它们。（25）你的这种行为不符合你的名誉和出身。你自恃荣华富贵，嘲弄我这个落难者。（26）富有智慧，满足于智慧，宽宏大量，这样的智者不为苦难忧伤，不为繁华喜悦。（27）摧毁城堡者啊！你智力浅薄，嘲弄我。一旦你也落入我这样的处境，你就不会这样说话。（28）

以上是吉祥的《摩诃婆罗多》中《和平篇》第二百一十六章（216）。

二一七

毗湿摩说：

婆罗多子孙啊！帝释天笑了笑，又对像蛇一样喘息的钵利说道：（1）"你曾经在数以千计的车马和亲友簇拥下，折磨一切世界，对我们不屑一顾。（2）你现在失去亲友，看到自己这种悲惨的处境，钵利啊！你悲伤不悲伤？（3）从前，所有世界归自己统治，获得无比快乐，如今陷入苦难，你悲伤不悲伤？"（4）

钵利说：

看到时间运转，一切无常，帝释天啊！我不忧伤。一切都有尽头。（5）众生的这些躯体都有尽头，天王啊！因此，我不忧伤，帝释天啊！这不是我的过失。（6）在死后，生命和躯体又一起产生，一起成长，一起灭亡。（7）人不由自主，只是获得这样的生存。既然我知道是这样，何必徒然忧伤？（8）众生注定灭亡，犹如河流汇入大海。明白这个道理的人不会困惑，手持金刚杵者啊！（9）陷入愚痴的人不明白这个道理，遇到挫折就会消沉，丧失理智。（10）具备智慧的人摒弃一切缺点，涤除罪恶，获得善性，保持善性，怡然自得。（11）

有些可怜的人为贫困驱使，不断再生，返回人世，承受烦恼。（12）对于富裕和贫困，生和死，善果和恶果，我不抱爱憎。（13）

一个人杀死另一个人，杀死的只是身体。杀者和被杀者都不明真相。（14）任何人凭借勇力杀戮和取胜，他并不是行动者，而另有行动者。（15）谁造成世界的产生和灭亡？这造成者另有行动者。（16）地、风、空、水和火，万物由此产生，我何必为此忧伤？（17）智者和愚者，强者和弱者，俊美者和丑陋者，幸运者和不幸者，（18）深沉的时间凭借自己的威力带走一切。既然处在时间控制下，我这个明白人何必徒然忧伤？（19）一个人燃烧的是已被燃烧者，杀死的是已被杀死者，毁灭的是已被毁灭者，获得的是理当获得者。（20）我认为时间是神圣的法则，如同大海，我看不到它有岛屿、彼岸、边沿和尽头。（21）如果我发现时间并不毁灭众生，那我就会喜悦、骄傲或愤怒，沙姬之夫啊！（22）

你发现我化身为驴，住在偏僻的空宅，吃谷糠，便嘲弄我。（23）如果我愿意，我能变出各种可怕的形貌，你看到后，会吓跑。（24）时间取走一切，时间赐予一切，时间控制一切，帝释天啊！你不要逞能。（25）从前，一旦我发怒，一切都受苦，摧毁城堡者啊！我了解这个世界的永恒法则，帝释天啊！（26）你也要加以领会，不要感到惊奇。威势及其产生并不永远依靠自身。（27）你现在的思想像从前一样幼稚。你要关心智慧，找到终极真理。（28）

从前，天神、人、祖先、健达缚、蛇和罗刹，一切都受我统辖，婆薮之主啊！你知道这一切。（29）他们智力浅薄，头脑愚痴，恭维我说："向毗娄遮那之子钵利所在方位致敬！"（30）我不为自己的衰败忧伤，沙姬之夫啊！我的智慧坚定，我服从命定者的管辖。（31）看到出身高贵、相貌堂堂、威武有力的国王和大臣们一起生活痛苦，那是理应如此。（32）看到出身低贱、头脑愚钝的国王与大臣们一起生活幸福，那也是理当如此，帝释天啊！（33）看到吉祥的美女遭逢不幸，帝释天啊！看到不吉祥的丑女交上好运，帝释天啊！（34）这不是我们造成，帝释天啊！这也不是你造成，帝释天啊！你现在这样，而我们现在这样，手持金刚杵者啊！（35）那不是由于你的、其他人的或我的行动，百祭啊！富裕和贫困，轮番出现。（36）

我看到你占据天王位置，光辉灿烂，高高在上，嘲弄我。（37）如果时间站在我这边，就不会这样，即使你手持金刚杵，我也能一拳将你打倒。（38）现在不是逞强的时间，而是忍耐的时间。时间安排一切，时间促成一切。（39）我是强悍的檀那婆王，习惯于训斥发火，如果时间也能征服我，还有谁不能征服？（40）大王啊！以前我独自夺走你们十二位灵魂伟大的阿提迭的光辉。（41）我运载和释放雨水，给予三界光和热，婆薮之主啊！（42）作为三界之主，我保护和摧毁，给予和收取，束缚和限制。（43）现在，我的主宰地位失去，天王啊！时间的军队征服我，我的一切黯然失色。（44）

我不是行动者，你不是行动者，别人也不是行动者，沙姬之夫啊！世界众生在偶然中轮番享福，帝释天啊！（45）通晓吠陀的人们说，时间以一月和半月为居室，白天和黑夜围绕四周，以季为门，以年为口。（46）有些智者说应该思考一切，我将进行五重思考。（47）人们说，梵如同大海，深不可测，无始无终，永恒不灭，至高无上。（48）梵本身无特征，但赋予众生特征。洞悉真谛的人们认为梵固定不变。（49）看到众生倒下，人们认为那是离去。不应该这样理解，因为至高者超越原初物质。（50）作为一切众生的归宿，你不去那里去哪里？无论奔跑或站着，都躲不开它。所有五种感官都感觉不到它。（51）有些人说它是火，有些人说它是生主，有些人说它是季、月、半月、天或刹那。（52）有些人说它是上午、下午、中午或瞬间。各种说法说的是同一者。你要知道它就是时间，一切都受它控制。（53）

数以千计的因陀罗已经逝去，婆薮之主啊！他们都像你一样具有力量和勇气，沙姬之夫啊！（54）你现在作为天王，力量非凡，而时间一到，大勇士时间也会降伏你。（55）时间取走一切，帝释天啊！你要保持沉着。我和你以及前人都无法扭转。（56）你获得王权，以为它至高无上，属于自己。实际上，它虚妄不实，不会一成不变。（57）它曾经属于数以千计像你一样的因陀罗，但它变易不定，抛弃了我，接着也会轮到你，天王啊！（58）你不要再这样了，帝释天啊！你应该保持平静。如果你还这样，它很快就会抛弃你，另找别人。（59）

以上是吉祥的《摩诃婆罗多》中《和平篇》第二百一十七章（217）。

二一八

毗湿摩说：

然后，百祭（因陀罗）看到从灵魂伟大的钵利的身体中，走出具有光辉形体的吉祥天女。（1）看到这位光辉灿烂的天女，降伏巴迦的尊神、婆薮之主（因陀罗）睁大眼睛，惊奇不已，询问钵利道：（2）"钵利啊！她是谁？从你的身体中走出，束有顶髻，佩戴腕环，周身闪耀光辉，美丽可爱。"（3）

钵利说：

我不知道她是阿修罗女、天女还是人。你自己问她吧！问不问她，随你心意吧！婆薮之主啊！（4）

帝释天说：

我不知道你是谁？从钵利的身体中出来，束有顶髻，美丽可爱，巧笑女郎啊！请你说出你的名字。（5）你是谁？脱离提迭王，站在这里，如同幻觉，周身闪耀光辉，秀眉女郎啊！请你如实告诉我。（6）

吉祥天女说：

毗娄遮那不知道我，毗娄遮那之子钵利也不知道我。人们称呼我难偕，也称呼我欲为。（7）人们也称呼我繁荣、幸运或吉祥，婆薮之主啊！你不知道我，众天神也不知道我，帝释天啊！（8）

帝释天说：

原因在我，还是在钵利？难偕啊！你在他那里很长时间，现在又离开他。（9）

吉祥天女说：

绝不是维持之神和创造之神安排我，帝释天啊！那是时间调遣我，帝释天啊！你不应该藐视他。（10）

帝释天说：

你为何抛弃钵利？出于什么目的？束发女郎啊！你为何不避开我？巧笑女郎啊！请你告诉我。（11）

吉祥天女说：

我立足于真理、布施、誓言、苦行、勇气和正法，而钵利已经背离这些。（12）以前，他尊重婆罗门，宣示真理，控制感官。后来，他嫉恨婆罗门，以脏手触摸乳酪。（13）从前，他热心祭祀。后来，他受到时间打击，神志糊涂，要求世人宣布祭祀他。（14）因此，我离开他，准备住在你这里，婆薮之主啊！我依靠勤勉、苦行和勇气维持。（15）

帝释天说：

在天神和人中，或者在一切众生中，是否有哪个人能与你抗衡？栖身莲花的女郎啊！（16）

吉祥天女说：

无论哪位天神、健达缚、阿修罗或罗刹，都不能与我抗衡，摧毁城堡者啊！（17）

帝释天说：

请你告诉我，美女啊！你怎样才会永远住在我这里？只要你如实告诉我，我就会照你说的去做。（18）

吉祥天女说：

你要知道，只要你按照吠陀规则，将我一分为四，天王啊！我就会永远住在你这里。（19）

帝释天说：

我将竭尽全力守护你，吉祥天女啊！永远在你身边，不怠慢你。（20）在人间，大地是生物的创造者和维持者，我想它能承受你的四分之一。（21）

吉祥天女说：

我的四分之一就安置在大地中，帝释天啊！请你安置我的第二个四分之一吧！（22）

帝释天说：

在人间，水流动不停，让它们承受你的四分之一吧！它们完全有能力承受。（23）

吉祥天女说：

我的四分之一就安置在水中，帝释天啊！请你安置我的第三个四分之一吧！（24）

帝释天说：

众天神、祭祀和吠陀都依靠火。火能可靠地承受你的第三个四分

之一。(25)

吉祥天女说：

我的四分之一就安置在火中，帝释天啊！请你安置我的第四个四分之一吧！(26)

帝释天说：

在人间，善人们尊重婆罗门，宣示真理，让他们承受你的四分之一吧！他们完全有能力承受。(27)

吉祥天女说：

我的四分之一就安置在善人中，帝释天啊！我已被安置在这些之中，你就守护我吧！(28)

帝释天说：

让人们听好我的话：我已经将你安置在这些之中，有谁伤害你，那就是与我为敌。(29)

毗湿摩说：

然后，被吉祥天女抛弃的提迭王钵利说道："现在太阳照耀东方，照耀南方，(30) 又照耀西方，照耀北方。一旦太阳在中午就落山，天神和阿修罗又会发生大战，那时我将战胜你们。(31) 一旦太阳停留在一处，照耀一切世界，那时天神和阿修罗又会发生大战，百祭啊！我将战胜你。"(32)

帝释天说：

梵天吩咐我不要杀死你，钵利啊！因此，我没有用金刚杵砸你脑袋。(33) 你想去哪里，就走吧！提迭王啊！祝你幸运！大阿修罗啊！太阳决不会固定在天空中央照耀。(34) 它的行程早已由自在天确定。它不断运转，照耀众生。(35) 太阳六个月北行，六个月南行，带给世界寒季和热季。(36)

毗湿摩说：

提迭王钵利听了因陀罗的话，前往南方，婆罗多子孙啊！而摧毁城堡者（因陀罗）前往北方。(37) 千眼神（因陀罗）听完钵利讲述的那些毫无傲气的话，升空而去。(38)

以上是吉祥的《摩诃婆罗多》中《和平篇》第二百一十八章（218）。

二一九

毗湿摩说：

在这方面，人们引用一个古老的传说，那是百祭（因陀罗）和那牟吉的对话，坚战啊！(1) 那牟吉通晓万物生灭，失去财富后，坐在那里，像大海一样沉静。摧毁城堡者（因陀罗）对他说道：(2) "束手就擒，失去地位和财富，处在敌人控制下，那牟吉啊！你忧伤不忧伤？(3)

那牟吉说：

忧愁得不到控制，折磨身体，敌人高兴，而朋友也无法减轻忧愁。(4) 因此，我不忧伤，帝释天啊！一切都有尽头。忧愁毁坏容貌，也毁坏正法，天王啊！(5) 心绪不安带来痛苦，明白人应该加以排遣，凝思静虑，沉思至善。(6) 只要专心沉思至善，毫无疑问，一切目的都会实现。(7)

只有一个统治者，没有第二个统治者。这个统治者甚至统治腹中胎儿。我受他调教，如同水往低处流。我在他的控制下行动。(8) 我懂得存在和不存在，知道什么更重要，什么更好，但我不付诸行动。我实现朋友们合法的愿望。我在他的控制下行动。(9) 一个人获得他应该获得的，成为他应该成为的。(10) 一次又一次按照造物主的安排投胎，并不按照自己的意愿选择住处。(11) "我处在这种状况，理应如此。"始终保持这种心态，就不会陷入愚痴。(12) 人们依次遭受伤害，但无可指控。厌恶痛苦的人，自以为是行动者。(13) 仙人、天神、大阿修罗、林中通晓三吠陀的牟尼，在这世上，有谁不遭遇灾难？通晓过去和未来的人们不会惊慌。(14) 智者不愤怒，不执著，不消沉，不喜悦，不为艰难困苦忧伤，像雪山那样岿然不动。(15) 不因圆满成功而喜悦，不因陷入灾难而昏沉，坦然接受快乐、痛苦和中间状态，这样的人是负轭者。(16) 人应该安于中间的处境，不生烦恼，这样，就能驱除心中的焦躁，让身体摆脱疲劳。(17) 参加集会，大庭广众不怯场，聪明睿智，深得正法真谛，这样的人是负轭

者。(18) 智者的行动难以理解。混乱的时刻，智者不迷惑。年迈的乔答摩陷入灾难，失去地位，也不迷惘困惑。① (19)

任何凡人依靠咒语、力量、勇气、智慧和人为努力，都不能获得不可获得者，那么，何必为此忧伤？(20) 造物主们事先作了安排，我就照此生活，死神又能将我怎样？(21) 获得应该获得的东西，前往应该前往的地方，经受应该经受的痛苦和快乐。(22) 懂得这一切，人就不会愚痴。通晓快乐和痛苦，他就是一切财富的主人。(23)

以上是吉祥的《摩诃婆罗多》中《和平篇》第二百一十九章 (219)。

二二〇

坚战说：

一旦陷入灾难，失去王国，一个人应该怎样做才好？大地之主啊！(1) 在这世上，你是我们的至高教诲者，婆罗多族雄牛啊！我向你求教，请你告诉我。(2)

毗湿摩说：

失去妻儿、幸福和财富，陷入灾难，最好的做法是保持坚定，国王啊！(3) 保持坚定，身体就不会衰弱。身体健康，就会重新获得好运。(4) 国王坚定沉着，勤奋努力，臣民恪守善行。(5) 在这方面，人们引用一个古老的传说，钵利和婆薮之主（因陀罗）的又一次对话，坚战啊！(6)

天神和阿修罗发生大战，提迭和檀那婆失败，毗湿奴跨越三界，百祭（因陀罗）成为天王。(7) 众天神受到祭供，四种姓恪守职责，三界繁荣，自在天喜悦。(8) 在众位楼陀罗、婆薮、阿提迭、双马童、仙人、健达缚、蛇王和悉陀簇拥下，(9) 帝释天登上驯良吉祥的四牙象王，巡游三界。(10)

有一天，在海边一个山洞，手持金刚杵者（因陀罗）看到毗娄遮那之子钵利，便走近前去。(11) 看到天王因陀罗在众天神簇拥下，

---

① 乔答摩的妻子阿诃莉雅曾经遭到因陀罗玷污。

坐在爱罗婆多象头上，提迭王（钵利）并不忧愁烦恼。（12）看到钵利面不改色，无所畏惧，百祭（因陀罗）坐在象王头上，说道：（13）"提迭啊！你不忧愁烦恼，是出于英雄气概，出于尊敬老人，还是出于苦行威力？无论如何，这很难做到。（14）你落入敌人手掌，失去至高无上地位，毗娄遮那之子啊！你本该忧伤，怎么会不忧伤？（15）你曾经获得同类中最高地位和享受，而现在失去力量和王权，请说说吧！你为何不忧伤？（16）你曾经追随祖先，成为主子，而现在被敌人剥夺一切，你为何不忧伤？（17）你陷入伐楼拿的套索，遭到金刚杵打击，失去妻子和财富，请说说吧！你为何不忧伤？（18）失去荣华富贵，失去权势威力，你不忧伤，这很难做到。换个别人，失去三界王权后，怎么活得下去？"（19）

听了因陀罗居高临下说的诸如此类尖刻的话，毗娄遮那之子钵利安适自如，说道：（20）"我已被彻底降伏，帝释天啊！你为何还要辱没我？我还看到你举着金刚杵，摧毁城堡者啊！（21）从前，你没有能力，现在好不容易有了能力。除你之外，谁会说出这种残酷无情的话？（22）即使能力高强，仍对降伏的敌方英雄表示同情，这才称得上是男子汉。（23）两人争斗，难解难分，最终一人获胜，一人失败。（24）你不要自以为是，神中雄牛啊！不要以为依靠力量和勇气赢得一切众生之主。（25）你变成这样，我们变成这样，手持金刚杵者啊！这不是由你造成，也不是由我们造成，帝释天啊！（26）我过去像你现在这样，你将来会像我现在这样。你不要鄙视我，自以为完成了艰难的事业。（27）

"人依次获得幸福和痛苦，帝释天啊！你是按照时间次序，而不是按照你的业绩获得天帝地位。（28）时间到时候牵引我，同样也牵引你。因此，我现在不像你这样，你现在不像我这样。（29）孝顺父母、恭敬天神，以及其他品行，都不能给人带来幸福。（30）知识、苦行、布施、朋友和亲戚，也都不能保护人免遭时间打击。（31）除了智慧的力量之外，人们即使千方百计，也不能抗拒灾难降临。（32）无法保护遭受时间打击的人们。面对痛苦，人们认为自己是行动者，帝释天啊！（33）如果是行动者，他本身就不是被创造者。而他本身也是被创造者，他就不是自主的行动者。（34）我依靠时间战胜你，

你也依靠时间战胜我。时间是一切行者的推动者,时间毁灭众生。(35)

"你智力浅薄,胡言乱语,执迷不悟,因陀罗啊!同样,也有很多人认为你依靠自己的业绩获得至高地位。(36)像我们这种知道世界存在方式的人,遭到时间打击,失去财富,怎么会忧伤?怎么会困惑?(37)我或像我这样的人,时运倒转,遭遇灾难,智慧像破船沉没。(38)我、你和其他未来的天王,帝释天啊!全都要走数以百计的因陀罗走过的路。(39)即使你现在光彩熠熠,富贵至极,不可一世,到时候,时间也会像摧毁我一样摧毁你。(40)一代又一代,数以千计的提迭王都随时间消逝,因为时间难以超越。(41)你获得这个地位,妄自尊大,仿佛自己是创造一切众生的、永恒的梵天。(42)这个地位对谁都不是固定的和无限的,而你智慧浅薄,却认为是自己的。(43)你信任不可信任者,将不稳定视为稳定。你贪恋王权,愚痴地认为它属于自己。(44)不能认为它固定属于你、属于我或属于其他人。在来到你之前,它已经经历许多人。(45)它变迁不停,只在你这里停留一些时间,婆薮之主啊!如同牛抛弃这个水沟,走向另一个水沟。(46)

"我无法数清逝去的国王世界,在你之后也将大量存在,摧毁城堡者啊!(47)如今我看不到从前那些帝王,他们享受大地及其树木、药草、珠宝、河流、山岳和矿藏。(48)普利图,爱罗,摩耶,包摩那罗迦,商波罗,马项,布罗摩,天光,阿密多堕遮,(49)波罗诃罗陀,那牟吉,陀刹,毗波罗制谛,赫利尼歇特,苏护多罗,菩利亨,布湿波凡,弗利舍,(50)萨利耶苏,利舍跋,罗瞵,迦比卢婆,维卢波迦,巴纳,迦尔多娑罗,婆赫尼,维娑丹湿多罗,尼内多,(51)利特,阿呼特,维罗,多摩罗,婆罗诃娑,卢吉,波罗菩,维娑吉特,波罗提肖利,弗利香陀,维湿迦罗,摩图,(52)希罗尼耶格西布,檀那婆盖吒跋,以及所有的提迭、迦罗康迦和尼内多,(53)我听说这些和其他许多年代遥远的提迭王和檀那婆王。(54)无数古代提迭王都遭到时间打击,抛弃大地而去,因为时间更为强大有力。(55)

"他们全都是百祭,而非你一人是百祭。他们全都恪守正法,全都举行长期祭祀。(56)他们全都腾云驾雾,全都冲锋陷阵,全都体格健壮,全都臂如铁闩。(57)他们全都掌握幻术,全都随意变形,从不听说他们在战斗中败阵。(58)他们全都恪守誓言,全都随意玩耍,全都恪守吠陀,全都博学多闻。(59)他们全都获得王权,但灵魂伟大,不因王权而狂妄。(60)他们全都慷慨布施,全都摒弃贪婪,全都善待一切众生。(61)他们全都是陀刹之女的儿子,力大无穷的生主,光芒逼人,但都被时间带走。(62)

"你享受完这个大地后,又会离开它,那时,你就不能克制自己的忧伤,帝释天啊!(63)摒弃享乐的欲望吧!摒弃富豪的狂妄吧!这样,一旦失去王权,你就能克制忧伤。(64)忧伤之时别忧伤,喜悦之时别喜悦,抛开过去和未来,正视眼前的现实吧!(65)如果我始终勤奋努力,时间来到我这里,你就忍耐吧!不久,时间也会来到你那里,因陀罗啊!(66)你仿佛用语言吓唬我,刺激我,天王啊!我约束自己,而你妄自尊大。(67)时间首先来到我这里,然后跑到你那里,天王啊!由于我遭到时间打击,你才嘲弄我。(68)过去我一发怒,世上有谁能顶住?因为时间强大有力,你才站在这里,婆薮之主啊!(69)一千年也会期满,你会像我一样丧失威力,全身难受。(70)

"我从因陀罗地位坠落,你现在成为天国因陀罗,由于时间流转,你在这个美妙的生命世界受到供奉。(71)什么造成你如今成为因陀罗?什么造成我失去地位?时间是制造者和撤消者,没有其他任何原因。(72)失败、毁灭、王权、苦乐和生灭,智者无论遭遇什么,既不喜悦,也不忧愁。(73)你了解我,因陀罗啊!我也了解你,婆薮之主啊!我受时间束缚,你为何要嘲弄我?厚颜无耻者啊!(74)你知道我过去的气概,在一次次战斗中施展威风,就是明证。(75)我战胜所有的阿提迭、楼陀罗、沙提耶、婆薮和摩录多,沙姬之夫啊!(76)你知道在天神和阿修罗大战中,我猛烈粉碎围聚的众天神,帝释天啊!(77)在战斗中,我不止一次将可怕的山峰,连同尖顶、树木和林中居民,扔在你的头上。(78)现在我能做什么呢?因为时间不可超越,否则,你即使手持金刚杵,我也不是不能一拳将你打倒。(79)现在不是逞能的时候,而是忍耐的时候。因此,我容忍你,

即使我比你更缺少耐心，帝释天啊！（80）

"我时运倒转，受时间之火焚烧，受时间之绳束缚，因此你嘲弄我，帝释天啊！（81）这位世界难以超越的黝黑凶暴的原人束缚我，如同用绳索捆绑一头野兽。（82）得和失，苦和乐，爱和怒，生和灭，杀戮，束缚和解脱，一切都依靠时间获得。（83）我不是行动者，你也不是行动者，这位主子是永远的行动者。时间造成我这样，犹如树上果子成熟。（84）人做一些事，到时候获得快乐，而同样做这些事，到时候却获得痛苦。（85）通晓时间的人遭遇时间，不会忧伤，帝释天啊！因此，我不忧伤。忧伤也无济于事。（86）忧伤不能消除忧伤者的灾难，也不能增强忧伤者的能力，因此，我不忧伤。"（87）

千眼尊神百祭、诛灭巴迦者（因陀罗）听了这些话，抑制激动的情绪，说道：（88）"看到我的手臂举着金刚杵，看到伐楼拿的套索，谁的智慧不会动摇，即使是充满杀机的死神？（89）而你的智慧坚定，毫不动摇，真正的勇敢者啊！你洞悉真谛，说了这些话。（90）看到世界这样运作，世上有哪位肉身之人信任这个肉身和感觉对象？（91）我也知道这个世界变化无常，陷入时间之火，隐秘可怕，无穷无尽。（92）一旦遭遇时间，谁也不能逃脱。无论细小或粗大的生物都被烤熟。（93）时间不受控制，毫不松懈，始终烘烤众生，永不停止。一旦进入时间的领地，就无法解脱。（94）众生懈怠，而时间保持清醒，从不懈怠。从未见过有谁能超越时间，即使他勤奋努力。（95）这位古老永恒的正法之神对众生一视同仁。时间不能回避，也不能超越。（96）

"时间如同高利贷盘剥我们的财富，每日每夜每月，每分每秒每刹那。（97）一个人正在说着'今天我要做这件事，明天我要做那件事'，时间却已达到，带走了他，犹如急流卷走小船。（98）'刚才我还看到他，怎么这会儿死了！'只听到人们这样哀叹道。（99）财富、享受、地位和王权都会消亡。一切变化无常，难以保持信心。位高者必定坠落，存在立足于不存在。（100）而你的智慧坚定，毫不动摇，洞悉真谛，连想也不想自己过去怎样。（101）这个世界处在更为强大的时间的烘烤下，无论老幼都不能幸免，而你不以为然。（102）世人愚痴，沉湎于妒忌、骄傲、贪婪、爱欲、恐惧和渴求之中。（103）而你具有知识和苦行,通晓存在本质,看清时间,如同看清手中的阿摩罗果。(104)你通晓时间的行为,熟谙一切经典,毗娄遮那之子啊!你灵魂纯净,为一切智者仰慕。(105)

"我认为你依靠智慧把握一切世界,漫游其中,又超脱一切,毫不执著。(106)你控制感官,不沾染忧性和暗性,一心侍奉不喜不恼的灵魂。(107)看到你善待一切众生,毫无敌意,思想平静,我对你产生同情。(108)我不想伤害你这样一位陷入困境的觉者。仁慈是至高之法,因此,我同情你。(109)随着时间流转,众生行为不端,伐楼拿的这些套索就会从你身上脱去,祝你幸运,大阿修罗啊!(110)一旦出于愚痴,儿媳差使年迈的婆婆,儿子差使父亲;(111)卑贱的首陀罗让婆罗门为自己洗脚,还肆无忌惮地占有婆罗门妻子;(112)人们将精子释放在低贱的子宫中,用银盘盛垃圾,用破盘盛祭品;(113)四种姓都逾越界限,那时,这些套索就会从你身上逐一脱去。(114)你不必惧怕我们,等待时机吧!但愿你快乐,无忧,舒心,健康!"(115)

尊神百祭(因陀罗)说完这些话,骑着象王离去。这位天王战胜一切阿修罗,满怀喜悦,成为唯一的王。(116)众仙人立即赞颂一切动物和不动物之主,火神迅速运送祭品,供给天王甘露。(117)受到无处不在的婆罗门俊杰们赞颂,天王光彩熠熠,摒弃愤怒,思想平静,回到自己的天国居处,喜气洋洋。(118)

　　　　　　　以上是吉祥的《摩诃婆罗多》中《和平篇》第二百二十章(220)。

二二一

坚战说:
国王啊!请你告诉我一个人兴衰成败的征兆,祖父啊!(1)
毗湿摩说:
思想本身透露一个人兴衰成败的前兆,祝你幸运!(2)在这方面,人们引用一个古老的传说,坚战啊!请听帝释天和吉祥天女的对话。(3)那罗陀具备大苦行,洞悉过去和未来世界,与梵界仙人相同。(4)这位大苦行者像梵天那样光辉灿烂,摒弃罪恶,在三界随意游荡。(5)一天,早晨起身,想要接触纯洁的水,走进从梵界之门流出的恒河。(6)这时,手持金刚杵者、诛灭商波罗和巴迦的千眼神(因陀罗)也来到神仙出没的河岸。(7)他俩控制自我,完成沐浴和默祷,坐在岸边金沙滩上。(8)他俩通晓神仙们讲述的种种善业故事。这时,他俩心思纯洁,充满喜悦,互相讲述那些遥远年代的故事。(9)

然后,太阳升起,以光芒为前驱。看到圆圆的太阳,他俩起身,走向前去。(10)这时,他俩看到在太阳前面,空中有一个发光体,如同另一个太阳。(11)但见那个发光体飞近他俩,婆罗多子孙啊!如同金翅鸟和太阳,沿着毗湿奴的足迹行进,闪射无与伦比的光芒,照耀三界。(12)犹如巨大的太阳,又如太阳的光焰,前面有许多艳丽的天女。(13)他俩看到了栖身莲花的吉祥天女显身,首饰和花环如同闪烁的星星。(14)这位绝色美女从飞车上下来,走向三界之主帝释天和仙人那罗陀。(15)那罗陀跟随因陀罗,迎上前去,双手合十,亲自向女神介绍自己。(16)他通晓一切,向女神致以最高敬意,国王啊!然后,天王对吉祥天女说道:(17)"你是谁?为何来到这里?巧笑女郎啊!你从哪里来?秀眉女郎啊!你到哪里去?美女啊!"(18)

吉祥天女说:

在纯洁的三界,一切动物和不动物都竭尽全力,盼望与我结合。(19)为了一切众生的繁荣昌盛,我出生在阳光唤醒的莲花中。我是莲花天女,吉祥天女,佩戴莲花花环。(20)我是幸运,繁荣,吉祥,诛灭勃罗者啊!我是信仰,智慧,谦恭,胜利,稳定。(21)我是坚定,成功,光辉,繁荣,萨婆诃,萨婆陀,赞颂,命运,活动。(22)我住在胜利的国王们的军队前沿和旗帜中,住在恪守正法者的领域和城市中。(23)人中因陀罗啊!我经常住在在战斗中永不退却、所向披靡的勇士中,诛灭勃罗者啊!(24)我经常住在恪守正法、智慧博大、尊敬婆罗门、宣示真理、谦恭有礼和慷慨布施的善人中。(25)我亲近真理和正法,以前住在阿修罗那里,现在发觉他们倒行逆施,我愿意住在你这里。(26)

帝释天说：

面容秀丽的天女啊！以前提迭的行为怎样，你住在他们那里？你看到了什么，又抛弃提迭和檀那婆，来到这里？（27）

吉祥天女说：

我喜欢那些恪守自己的正法、坚定不移、热爱天国之路的生灵。(28) 经常慷慨布施，诵习吠陀，举行祭祀，供奉老师、天神、婆罗门和客人。（29）打扫房屋，控制妇女，供奉祭火，顺从师长，克制自己，尊敬婆罗门，宣示真理。（30）信仰虔诚，抑制愤怒，慷慨布施，不嫉恨，不渴慕，供养儿子、大臣和妻子。（31）决不怒气冲冲，互相妒忌；心平气和，不因他人繁荣而烦恼。（32）布施者，控制者，行为高尚，慈悲为怀，助人为乐，正直，虔诚，控制感官。(33) 侍从和大臣满意，知恩图报，言语可爱，依据情况赐予财富，知廉耻，信守誓言。（34）每逢月变之日，认真沐浴，涂抹油膏，精心打扮，奉守斋戒和苦行，充满信心，宣示梵。（35）太阳不催醒他们，他们也不睡懒觉。夜里不再饮用凝乳和麦粥。（36）天亮后，凝视酥油，约束自己，遵守梵行，念诵吉祥祷词，供奉婆罗门。（37）

奉行正法，始终给予而不攫取。半夜入睡，白天不睡。（38）永远同情穷人、老人、弱者、病人和妇女，乐于让他们分享自己的财富。（39）经常安抚那些失望、沮丧、恐惧、受病痛折磨、失去财富、陷入苦难的人们。（40）遵行正法，不互相杀戮，恪守职责，侍奉老师和老人。（41）尽心供奉祖先、天神和客人，吃剩下的食物，永远热爱真理和苦行。（42）不耽于美食，不勾引他人妻子，怜悯一切众生，推己及人。（43）决不向虚空、牲畜或非阴户，也不在月变之日排泄精液。（44）经常布施，机敏，勤奋，正直，不自私，友善，宽容。(45) 诚实，慷慨，苦行，纯洁，慈悲，言语温和，不伤害朋友，主人啊！他们具备这一切。（46）昏睡，疲惫，郁闷，妒忌，不观察，忧愁，沮丧，贪求，都与他们不沾边。（47）我以前住在具备这些品德的檀那婆那里，从创造众生起，过了不止一个时代。（48）

随着时间流转，他们的品德发生变化。我看到他们的灵魂受到爱欲和愤怒控制，背离正法。（49）老人们在集会上讲述有益的故事，品德低下的年轻人嬉笑嘲弄。（50）对于来到的老人，年轻人不像以前那样起身致敬。(51)儿子们差使父亲,不再是父亲的朋友和助手,而是厚颜无耻地吩咐。(52)依靠该受谴责的非法行为敛聚大量财富,这样的人却受到羡慕。(53)夜晚,他们高声喧哗,祭火的光焰低垂,儿子吆喝父亲,妻子吆喝丈夫。(54)不欢迎父母、老人、老师和客人,不保护儿童。(55)自己享用食物,不施舍,不祭祀,不与祖先、天神和客人分享食物。(56)他们的厨师也不注意保持思想、行为和语言的纯洁,食品都不遮盖。(57)谷物乱堆,供乌鸦和老鼠享用。牛奶敞露,不洁之手接触酥油。(58)铲子、筛子、篮子、金盘和其他器具杂乱无章,家庭主妇视若无睹。(59)他们不修缮围墙和房屋;圈住牲畜,却不喂草料和水。(60)不顾儿童期待的目光,也将侍从撇在一起,檀那婆们自己独享食物。(61)他们为自己准备牛奶粥、米饭、肉和馅饼,甚至享用非祭祀宰杀的牲畜肉。(62)

　　太阳高高升起,他们还在睡懒觉。白天黑夜,每座房屋中吵声不断。(63)卑贱者不再侍奉坐在那里的高贵者,行为非法者仇视净修林苦行者,种姓混杂,失去纯洁。(64)精通吠陀的婆罗门不受尊敬,不懂吠陀的婆罗门不受轻视,两者没有区别。(65)侍女都学坏样,追求妖娆、服饰、步态和立姿。(66)妇女着男装,男人着女装,游戏玩耍,感到无上快乐。(67)从前,富有者向有德之士施舍,现在缺乏信仰,即使富有,也不施舍。(68)一旦遇到困难,寻求朋友帮助,而朋友甚至为了自己的些微私利,也从中作梗。(69)高贵种姓中,也见有人经商,渴望赚取别人钱财。也有首陀罗变成苦行者。(70)有些人诵习吠陀,不立誓愿,而有些人不兑现誓愿。学生不听从老师,老师成了学生的同伴。(71)父母像节日中那样忙碌疲惫,失去长辈地位,向儿子乞求食物。(72)精通吠陀的智者们像大海那样深邃,现在从事耕作,而愚者们接受供养。(73)每天早晨,老师们在学生安排下,提出问题,制订计划,执行任务。(74)儿媳当着公婆的面,训斥侍从;又召来丈夫,加以责备。(75)父亲小心翼翼,以免得罪儿子。即使分了家产,害怕儿子发怒,依然痛苦难熬。(76)看到财产遭到火烧或偷盗,或被国王剥夺,即使曾经是朋友,也发出恶意的嘲笑。(77)忘恩负义,缺乏信仰,行为邪恶,玷污老师妻子,嗜好不洁的饮食,目无法度,丧失光辉。(78)

檀那婆们已经变成这样,种种倒行逆施,天王啊!我决定不再住在他们那里。(79)我亲自来到这里,沙姬之夫啊!请你欢迎我。受到你的尊敬,天王啊!众天神都会尊敬我。(80)有七位天女热爱我,依附我,始终跟随我,愿意与我住在一起。(81)她们是愿望、信仰、坚定、可爱、胜利、谦恭和宽容,我是第八位,以我为首,诛灭巴迦者啊!(82)她们和我一起抛弃阿修罗们,来到你们这里,准备住在倾心正法的众天神中间。(83)

毗湿摩说:

吉祥天女说罢,三界仙人那罗陀和诛灭弗栗多的婆薮之主(因陀罗)满怀喜悦,表示热烈欢迎。(84)于是,火神之友风神在天国吹起芳香的风,拂身愉快,令一切感官舒服。(85)众天神聚集在一个圣洁的地点,盼望看见因陀罗和吉祥天女坐在一起。(86)千眼神(因陀罗)偕同吉祥天女和神仙朋友(那罗陀)到达天国。神中雄牛(因陀罗)乘坐黄褐马牵引的天车,来到众天神的集会上,备受尊敬。(87)然后,那罗陀寻思手持金刚杵者(因陀罗)和吉祥天女的征兆。众天神熟悉他的威力。他告诉吉祥天女,繁荣昌盛已经来临。(88)这时,天空充满光辉,向老祖宗自在天的住处降下甘露,天鼓不捶自响,四面八方清澈明净。(89)

婆薮之主(因陀罗)按时为谷物降雨。没有人背离正法之路。大地以各种宝石矿藏为装饰。天神们经常发出胜利的欢庆声。(90)人们热爱祭祀,享有美名,遵循圣洁的善行之路。人、天神、紧那罗、药叉和罗刹全都繁荣幸福,享有美名。(91)即使风吹,不到时间,花也不会从树上落下,更何况果实。如意牛随时提供乳汁。没有人口出恶言。(92)在婆罗门集会上,谁盼望繁荣,与以帝释天为首的、满足一切人愿望的众天神一起赞颂吉祥天女,他就会获得吉祥。(93)

俱卢族俊杰啊!在你催问下,我已经讲述兴衰成败的至高例证。你认真思考,就能洞悉其中的真谛。(94)

以上是吉祥的《摩诃婆罗多》中《和平篇》第二百二十一章(221)。

二二二

坚战说：

依靠什么品德，什么行为，什么知识，什么趋向，能超越原初物质，达到至高永恒的梵？（1）

毗湿摩说：

遵守解脱法，节制饮食，控制感官，能超越原初物质，达到至高永恒的梵。（2）在这方面，人们引用一个古老的传说，那是杰吉舍维耶和阿私多的对话，婆罗多子孙啊！（3）大智者杰吉舍维耶通晓各种正法，不喜不怒。阿私多·提婆罗对他说道：（4）"你受到赞扬不喜悦，受到责备不愤怒。你的智慧是什么？取自哪里？趋向哪里？"（5）

经他询问，这位大苦行者讲了一番话，透彻明了，含义丰富：（6）"婆罗门啊！按照你的询问，我告诉你行善者至高的趋向、归宿和平静。（7）他们对褒贬一视同仁，不显扬自己的习尚和善行，提婆罗啊！（8）这些智者不愿意与存心不良的说客交谈，不愿意以伤害报复伤害者。（9）他们不为未来的事情担忧，只做眼前的事情；不为过去的事情忧伤，甚至想也不想。（10）提婆罗啊！他们有能力实现誓言，而对需要供奉的对象，自觉自愿，按照实际情况去做。（11）知识娴熟，智慧博大，抑制愤怒，控制感官，思想、行为和语言都不得罪他人。（12）意志坚定，互不妒忌，互不伤害，不因他人繁荣而烦恼。（13）不褒贬他人，不言过其实，也不受他人褒贬影响。（14）彻底平静，努力为一切众生谋利益，不喜不怒，不得罪他人，解开心结，安适自如。（15）他们没有亲友，也不是任何人的亲友；他们没有敌人，也不是任何人的敌人。（16）一个人做到这样，就能永远愉快地生活，通晓正法，遵循正法，婆罗门俊杰啊！如果背离这条道路，就会或喜或忧。（17）

"我遵循这条道路，受到贬斥，何必嫉恨？受到赞扬，何必喜悦？（18）人人都走自己愿意走的路，褒贬对我无增无损。（19）洞悉真谛的智者面对贬斥，仿佛品尝到甘露；面对赞扬，仿佛担心是毒药。(20)摆脱一切罪恶的人，即使受到侮辱，今生和来世都能安睡，而侮辱他的人永受束缚。(21)有些智者追求至高归宿，恪守这种誓言，获得幸福。(22)他们控制感官，完成一切祭祀，超越原初物质，达到至高永恒的梵。(23)他们达到的至高归宿，那些天神、健达缚、毕舍遮和罗刹都不能达到。"(24)

以上是吉祥的《摩诃婆罗多》中《和平篇》第二百二十二章(222)。

二二三

坚战说：

在这大地上，有谁具备一切品德，受到一切世界喜爱，受到一切众生欢迎？(1)

毗湿摩说：

在这方面，我告诉你猛军和盖沙婆（黑天）之间关于那罗陀的对话，婆罗多族雄牛啊！(2)

猛军说：

请看，世人都热烈赞扬那罗陀。我想他必定具有品德，因而向你求教，请告诉我吧！(3)

黑天说：

古古罗王啊！请听我简要讲述我所了解的那罗陀的美德，国王啊！(4)他的学问和品行密不可分，而且不以品行优秀自高自大，身体不见衰老，因此，到处受人尊敬。(5)那罗陀苦行高深，言而有信，不因欲望和贪婪而失信，因此，到处受人尊敬。(6)通晓灵魂法则，控制感官，能干，宽容，正直，宣示真理，因此，到处受人尊敬。(7)具有威力、名声、智慧、教养、出身、苦行和高寿，因此，到处受人尊敬。(8)和蔼可亲，语言甜美，享受生活，饮食优良，热忱，纯洁，不妒忌，因此，到处受人尊敬。(9)努力行善，不沾染罪恶，不幸灾乐祸，因此，到处受人尊敬。(10)依靠吠陀、学问和故事传说克服感官对象，宽宏大度，不蔑视他人，因此，到处受人尊敬。(11)一视而仁，无所谓可爱和可憎，心口一致，因此，到处受人尊敬。(12) 博学多闻,谈话奇妙,聪明睿智,不懈怠,不欺诈,不卑贱,不发怒,不贪婪,因此,到处受人尊敬。(13) 从不在正法、利益和爱欲上与人发生冲突,摒弃一切错误,因此,到处受人尊敬。(14)

信仰坚定,灵魂无瑕,通晓经典,慈悲为怀,摒弃愚痴,因此,到处受人尊敬。(15) 看似执著,却无所执著,娴于辞令,迅速解除疑惑,因此,到处受人尊敬。(16) 修习禅定,并不为了抬高自己,说话牢靠,从不妒忌他人和吹嘘自己,因此,到处受人尊敬。(17) 也不非难各种世俗生活方式,精通交往的学问,因此,到处受人尊敬。(18) 不嫌弃任何学问,不以自己的苦行谋生,不荒废时间,控制自我,因此,到处受人尊敬。(19) 勤奋努力,智慧充足,不满足于禅定,约束自己,毫不懈怠,因此,到处受人尊敬。(20) 知廉耻,成人之美,不窥视他人隐秘,因此,到处受人尊敬。(21) 获得财富不喜悦,失去财富不悲痛,智慧坚定,无所执著,因此,到处受人尊敬。(22) 具备一切品德,精明能干,不畏困难,纯洁无瑕,通晓时间,通晓礼仪,谁会不喜欢他?(23)

以上是吉祥的《摩诃婆罗多》中《和平篇》第二百二十三章(223)。

二二四

坚战说:

俱卢后裔啊!我想听取一切众生的起源和终结,禅定、行动、时间和每个时代的人寿。(1) 全面了解世界的本质,众生的来龙去脉,创造和毁灭如何发生?(2) 如果你有心恩宠我,人中俊杰啊!请你解答我提出的问题吧!(3) 先前我听了婆利古对婆罗门仙人婆罗堕遮讲述的妙语,我的智慧变得崇高。(4) 我的智慧恪守至高正法,立足神圣境界,因此,我再次向你求教,你能开导我。(5)

毗湿摩说:

在这方面,我为你讲述一个古老的传说,那是尊者毗耶娑应儿子询问而说的。(6) 学完所有吠陀以及吠陀支和奥义书,想要按照对正法的正确理解，投身崇高的事业。（7）毗耶娑之子苏迦向解释正法和利益疑难的毗耶娑提出这个问题：（8）"你能告诉我五大元素的创造者、时间的知识和婆罗门的职责吗？"（9）

父亲知道过去和未来，通晓一切，熟谙一切正法，经儿子询问，讲述了这一切：（10）"梵最先出现，无始，无终，无生，神圣，永恒，不老，不灭，不可思议，不可认知。（11）十五瞬间为一迦湿他，三十迦湿他应该算作一葛拉，三十又十分之一葛拉为一牟呼栗多。（12）按照牟尼们计算，三十牟呼栗多为一昼夜，三十昼夜定为一月，十二月为一年，精通算术的人们说一年分为北行和南行两期。（13）太阳为人间区分白昼和夜晚。夜晚用于众生睡眠，白昼用于众生活动。（14）祖先的一昼夜相当于人的一月，用于活动的白昼相当于人的黑半月，用于睡眠的夜晚相当于人的白半月。（15）天神的一昼夜相当于人的一年，北行期相当于人的白昼，南行期相当于人的夜晚。（16）我已经为你讲述神界的昼夜，现在为你讲述梵天的昼夜和年。（17）

"我将依照次序，讲述圆满时代、三分时代、二分时代和争斗时代的年数。（18）人们说圆满时代四千年，加上头尾各四百年。① （19）另外三个时代，递减一千年，每个时代头尾递减各一百年。② （20）它们维持这些永恒的世界，孩子啊！这是知梵者们所知道的永恒的梵。（21）

"在圆满时代，正法和真理完整齐全，没有其他任何不合正法的学说。（22）在另外三个时代，学说中的正法依次递减四分之一，随着偷盗、说谎和欺诈，非法行为增长。（23）在圆满时代，人们健康无病，万事顺遂，寿命四百岁，而在三分等时代人寿依次递减四分之一。（24）我们听说，在后三个时代，吠陀学说、人寿、愿望和吠陀功果依次递减。（25）圆满时代、三分时代、二分时代和争斗时代的正法各不相同，仿佛由各自的能力造成。（26）人们说，圆满时代以苦行为上，三分时代以知识为上，二分时代以祭祀为上，争斗时代以

---

① 即圆满时代四千八百年。
② 即三分时代三千六百年，二分时代二千四百年，争斗时代一千二百年。

布施为上。(27) 智者们知道这一万二千年①称作时代,一千个这样的时代称作梵天的一昼。(28) 梵天的一夜也是如此。在开初,万物产生。在世界解体时,自在天进入内在灵魂睡眠,直至结束,又醒来。(29) 知道梵天的一昼为一千个时代,梵天的一夜为一千个时代,这样的人才真正知道昼夜。(30)

"夜晚消逝,梵天醒来,变化不灭者,创造大有(觉),由此产生以显现为特征的心。(31) 梵由精力构成,是一切世界的种子。这位唯一者的存在,形成动物和不动物两者。(32) 早晨醒来,凭知识创造世界,首先创造大有(觉),随即创造以显现为特征的心。(33) 光辉的梵至高无上,创造七种心物②。心思远披,四通八达,以探询和怀疑为特征。(34) 在创造欲驱使下,心变化创造,产生空,声为其属性。(35) 空变化产生风,传送一切香气,纯洁而有力,触为其属性。(36) 风变化产生光,辉煌明亮,驱除黑暗,色为其属性。(37) 光变化产生水,味为其属性。水变化产生地,香为其属性。据说这是原初的创造。(38) 前者的属性依次进入后者的属性,③ 相传它们的属性就是这样。(39) 有些人在水中闻到香,出于无知,说香是水的属性;应该知道香是地的属性,但也依附水和风。(40)

"这七种原人各有勇气,但不聚合,就不能创造众生。(41) 它们互相聚合,依靠伟大的灵魂,形成以身体为依托的原人。(42) 身体具形,有十六种特征。依托身体,五大元素与行动一起进入。(43) 原始创造者摄取一切元素,从事苦行,人们称其为生主。(44) 这位至高的原人创造众生。无生的梵天创造天神、仙人、祖先和人,(45) 创造世界、河流、海洋、方位、山岳、树木、人、紧那罗、罗刹、鸟禽、牲畜和蛇,不灭者和可灭者,动物和不动物。(46)

"在先前创造中获得的业,在以后一次又一次的创造中依然获得。(47) 杀生和不杀生,温柔和粗暴,合法和不合法,正直和欺诳,喜欢什么都依照创造主的设想。(48) 创造主安排多种多样的元素和

---

① 圆满时代四千八百年,三分时代三千六百年,二分时代二千四百年,争斗时代一千二百年,合计一万二千年。

② 即大有、心和五大元素。

③ 空有声,风有声和触,光有声、触和色,水有声、触、色和味,地有声、触、色、味和香。

感官对象，众生与它们相联系。（49）有些通晓业的人说是由人力造成；有些婆罗门说是由神力造成；有些思索存在的人说是由本性造成。（50）有些人说业果由人力、神力和本性共同造成，三者不可分割。（51）关于创造世界的因素是不是这样，业论者和一视同仁的本质论者说法不一。（52）

"苦行是众生的至善，以自制和平静为根基。依靠苦行，能实现心中一切愿望。（53）依靠苦行能获得创造世界的因素，由此成为一切众生的主人。（54）依靠苦行，仙人们日夜诵习吠陀。自在天创造的语言永恒，无始无终。（55）仙人们的名字，吠陀中的种种创造物，在夜晚逝去后，他都会照样提供。（56）

"命名、区分、苦行、礼仪、祭祀、名声和三种世间成就，以及自我成就，这些是吠陀中所说的十个步骤。（57）通晓吠陀的人们在吠陀学说中讲述以及在奥义书中阐明的深邃意义，可以通过这些步骤获知。（58）对于不修瑜伽的人，行动造成分离，受缚于对立。而获得自我成就的智者都能摆脱那种产生分离的力量。（59）应该知道有两种梵：声梵（吠陀）和至高的梵，通晓声梵者获得至高的梵。（60）

"刹帝利以事业为祭祀，吠舍以供品为祭祀，首陀罗以侍奉为祭祀，婆罗门以苦行为祭祀。（61）这是三分时代的祭祀方式，在圆满时代并无这种需要，而在二分时代和争斗时代，祭祀日益衰微。（62）人们一心奉行正法，诵习梨俱、娑摩和夜柔吠陀，修习苦行，心想事成。（63）在三分时代，人们全都身强力壮，控制一切动物和不动物。（64）在三分时代，吠陀、祭祀和种姓稳固，而在二分时代，寿命减少，这些都变得松散。（65）到了争斗时代，对所有吠陀视若无睹，一切正法之桥倒塌，各种祭祀衰落。（66）在把握自我、修习苦行和富有学问的婆罗门身上，可以看到圆满时代的正法。（67）此后的时代，不依照正法和誓愿行事，立足正法的吠陀学说也就随着时代而变化。（68）正如在雨季，雨水造成生物普遍繁荣，在一个又一个时代，出现各种正法。（69）每个季节依次具有各自的形态和特征，梵天的白昼和夜晚也是如此。（70）我已经对你说过，时间多种多样，无始无终，创造众生，也吞噬众生。（71）时间是制约者，确定众生的出生和地位。众生出于本性，大多受缚于对立。（72）

"儿子啊！我讲述了你询问的一切，创造、时间、礼仪、吠陀、行动者、职责、行动和结果。（73）我现在告诉你，白昼逝去，夜晚开始后，自在天怎样收回世界万物，怎样将一切变成微妙的内在灵魂。（74）天上，七个太阳燃烧，火光熊熊，整个世界笼罩在火焰中。"（75）

以上是吉祥的《摩诃婆罗多》中《和平篇》第二百二十四章（224）。

二二五

毗耶娑说：

在大地上，首先是那些动物和不动物解体，化为地。（1）一切动物和不动物解体后，大地上没有草木，看似乌龟壳。（2）那时，水摄取大地的属性香。大地失去香性，走向解体。（3）然后，水翻起波浪，发出呼啸淹没一切，汹涌澎湃。（4）孩子啊！那时，光摄取水的属性味。水失去属性，化为光。（5）光焰遮没天空中央的太阳，弥漫整个空间。（6）那时，风摄取光的属性色。光熄灭，大风狂吹。（7）风遇到自己的本源，驰骋上下左右十方。（8）那时，空摄取风的属性触，风平息，空发声。（9）以显现为特征的心摄取空的属性声，未显者又摄取心的显现。这是梵天毁灭世界的方式。（10）

心复归自己的性质，月亮摄取心。心停止，内在灵魂占据月亮。（11）经过长时间，意念控制月亮。意念摄取思维，那是至高之智。（12）时间摄取智，时间摄取力，而智者控制时间。（13）智者又控制空的声。未显的梵至高无上，永恒不灭。就是这样，一切众生复归梵。（14）具有至高灵魂的瑜伽行者们通晓这种确凿无疑的知识，并如实讲述。（15）就是这样，未显的梵在两千个时代构成的昼夜中，一次又一次创造和毁灭。（16）

以上是吉祥的《摩诃婆罗多》中《和平篇》第二百二十五章（225）。

二二六

毗耶娑说：

我已经讲述众生的创造，现在讲述你询问的婆罗门的职责。（1）从出生到结业的有偿仪式由精通吠陀的老师执行。（2）学完所有吠陀，通晓祭祀，尊敬老师，付清酬金，应该返回家中。（3）告别老师，按照规则，奉行四种生活方式中的任何一种，直至身体解脱。（4）或与妻子繁衍后代，或恪守梵行，或在林中陪伴老师，或成为恪守正法的苦行者。（5）家居生活据说是四种生活方式的根本。涤除污秽，克制自己，凡事都能成功。（6）繁衍后代，诵习吠陀，举行祭祀，偿还三种神圣的债务。① 通过这些，获得净化，然后履行其他生活方式。（7）

他应该住在大地上最纯洁的地方，努力获得崇高的名声，成为楷模。（8）依靠严厉的苦行，渊博的学问，祭祀和布施，婆罗门的名声增长。（9）在这个世界保持声誉，他就能享有无穷无尽的圣洁世界。（10）他应该学习和教他人学习，举行祭祀和为他人举行祭祀；他不应该徒然地接受，也不应该徒然地赐予。（11）如果从祭主或从学生那里获得大量财富，决不应该独自享受，而应该用于祭祀和布施。（12）家居者为了供奉天神、仙人、祖先、老师、老人、病人和乞求者，只能接受布施。（13）对于深怀隐忧、充满渴望的人，应该竭尽全力，予以资助。（14）对于配受布施的人，没有什么不可给予。对于善人，甚至可以赐予高耳神马。（15）

智者真连恪守誓言，谦恭有礼，用自己的生命救护婆罗门的生命，得以升入天国。（16）商讫利提之子兰迪提婆赐给灵魂高尚的极裕仙人冷水和热水，得以升入天国，备受崇敬。（17）智慧的阿多利之子赐给旃陀罗和陀摩两位高尚的婆罗门各种财富，得以在无穷无尽的世界中成为大地之主。（18）优湿那罗之子尸毗为了婆罗门献出自

---

① 繁衍后代，偿还祖先的债务；诵习吠陀，偿还仙人的债务；举行祭祀，偿还天神的债务。

己的躯体和亲生儿子，得以升入天国。（19）迦尸王波罗多尔陀那将自己的眼睛赐给婆罗门，在今生和来世享有无上声誉。（20）天增王献出神奇、珍贵、伞骨精致的金华盖，与王国一起升入天国。（21）阿多利族商讫利提光辉灿烂，向学生阐明毫无特征的梵，得以进入至高无上的世界。（22）勇武的安波利沙赐给婆罗门一亿一千万头牛，与王国一起升入天国。（23）

为了婆罗门，莎维德丽舍弃神奇的耳环，镇群王舍弃身体，得以进入崇高的世界。（24）弗里沙达跋之子优婆那娑献出一切宝石、美丽的妇女和可爱的住宅，升入天国。（25）毗提诃王尼弥赐给婆罗门王国，阁摩陀耆尼之子（持斧罗摩）赐给婆罗门大地，伽耶赐给婆罗门土地和城镇。（26）不止一次，雨云不降雨，极裕仙人如同生主，维持众生生命。（27）迦兰达摩之子摩奴多王将女儿赐给鸯耆罗，得以迅速升入天国。（28）优秀的智者般遮罗王梵授将宝库和贝螺赐给优秀的婆罗门，获得种种世界。（29）密多罗沙诃王将可爱的摩陀衍蒂赐给灵魂高尚的极裕仙人，得以与她一起升入天国。（30）

王仙千胜声名卓著，为婆罗门舍弃宝贵的生命，得以进入至高无上的世界。（31）国王百光将充满一切心爱之物的金住宅赐给牟陀伽罗，得以升入天国。（32）威武的沙鲁瓦王迪约提曼将王国赐给利支迦，得以进入至高无上的世界。（33）王仙醉马将妙腰女儿赐给希罗尼耶赫斯多，进入众天神赞颂的世界。（34）王仙毛足将女儿香达赐给鹿角仙人，实现一切心愿。（35）大光辉的钵罗犀那耆多王布施十万头牛和牛犊，得以进入至高无上的世界。（36）这些和其他许多灵魂高尚的人，控制感官，通过布施和苦行，升入天国。（37）只要大地存在，他们的名声永垂，因为他们通过布施、祭祀和繁衍后代，升入天国。（38）

以上是吉祥的《摩诃婆罗多》中《和平篇》第二百二十六章（226）。

二二七

毗耶娑说：

应该关注吠陀中宣示的三种知识，依据吠陀支，依据梨俱、娑摩、音节、字母以及夜柔和阿达婆。（1）精通吠陀学说，精通内在灵魂，具备善性，大福大德，洞悉万物生灭。（2）婆罗门应该依照正法生活，像有教养的人那样行事，不妨害众生。（3）向善人求取知识，有教养，通晓经典，恪守真理，在这世上，依据自己的正法行事。（4）居家的婆罗门从事六项工作①，应该经常虔诚地举行五种祭祀。（5）坚定，不懈怠，自制，通晓正法，把握自我，摒弃喜悦、恐惧和愤怒，这样的婆罗门不会消沉。（6）布施，诵习吠陀，祭祀，苦行，知廉耻，正直，自制，依靠这些品行涤除罪恶，增加光辉。（7）涤除罪恶，聪明睿智，饮食有度，控制感官，控制爱憎，就有希望达到梵的境界。（8）

应该敬拜火，敬拜婆罗门，敬拜天神，戒绝粗鲁的话语和非法的伤害。（9）这是早就为婆罗门规定的行为方式。按照知识和经典行事，事事获得成功。（10）具有智慧，渡过难以横渡的可怕的河。这条河以五种感官为水流，以贪欲为河岸，以愤怒为泥沼。（11）本性的洪流奔腾，具有命定的强大力量，不可遏止，爱欲和愤怒激荡，这个世界永远混乱，充满愚痴。（12）时间的大潮永远以年为旋涡，以月为浪花，以季为急流，以半月为水草，（13）以瞬间为泡沫，以昼夜为流速，以爱欲为可怕的鳄鱼，以吠陀和祭祀为木筏，（14）以众生的正法为岛屿，以利益和爱欲为涛声，以法规为河边台阶，以慈悲为浮木，（15）以时代为中流，以梵为源头，将创造主创造的众生带往阎摩殿。（16）

智者沉着稳定，驾驭智慧之舟渡过这条河，而愚者缺乏智慧之舟，怎么可能渡过？（17）智者在远处就能看清利弊得失，因此，他能渡过，其他人则不行。（18）智慧浅薄的愚者心中充满爱欲和疑惑，犹豫不决，坐着不动，不能渡过。（19）满身缺点，没有渡河之舟，沉溺水中。陷入爱欲的人，智慧不足以构成渡河之舟。（20）聪明的人努力浮出水面，婆罗门便是浮出水面者。（21）出身纯洁，怀有三种疑问②，履行三种职责③，由此浮出水面，凭借智慧渡过时间之

---

① 六项工作是学习和教他人学习，举行祭祀和为他人举行祭祀，接受和赐予。
② 三种疑问是我在哪儿？为何痛苦？受什么束缚？
③ 三种职责是诵习吠陀、祭祀和布施。

河。(22)

行为纯洁，克制自己，约束自己，灵魂完善，这样的智者在今生和来世都事事顺遂。(23) 家居者应该这样生活，不愤怒，不妒忌，经常举行五种祭祀，吃剩下的食物。(24) 他应该遵循善人的生活方式，像有教养的人那样行事，不妨害正法，不遭受谴责。(25) 通晓学问和知识，富有教养，聪明睿智，依照自己的正法行事，不混淆职责，(26) 履行职责，怀有信仰，慷慨布施，富有智慧，不妒忌，通晓合法和非法的区别，他能越过一切难以逾越的障碍。(27) 坚定，不懈怠，自制，通晓正法，把握自我，摒弃喜悦、恐惧和愤怒，这样的婆罗门不会消沉。(28) 这是早就为婆罗门规定的行为方式。按照知识和经典行事，事事获得成功。(29) 头脑糊涂的人想做好事，却做了坏事，正像有人以为做了坏事，却做了好事。(30) 想做好事，却做了坏事；想做坏事，却做了好事。愚者分辨不清好事坏事，陷入生死轮回。(31)

以上是吉祥的《摩诃婆罗多》中《和平篇》第二百二十七章 (227)。

二二八

毗耶娑说：

如果心中怀有爱憎，就会在时间之河中浮沉，因此，有了智慧，才有渡河之舟。(1) 智者能用建造的船只救度愚者，而愚者决不能救度他人或自己。(2) 牟尼消除缺点，修习瑜伽，运用十二种方法①，关注十种适用的对象，不计得失。(3) 智者善于观察和行动，有思想，有眼光。如果想要获得至高知识，他就用智慧控制语言和思想。如果想要保持内心平静，他就用知识控制自我。(4) 一个人无论随顺或暴戾，通晓一切吠陀或不谙梨俱，不默祷；(5) 无论遵守正法，举行祭祀，或作恶多端；无论是人中之虎，或衰弱无力，(6) 都能依靠

---

① 十二种方法指收空入诸窍，收风入行动和接触，收光入消化和视觉，收水入脂肪，收地入形体，收月亮入心，收方位入耳朵，收毗湿奴入双脚，收诃罗入体力，收火入语言，收密多罗入排泄，收生主入生殖。

瑜伽渡过难以跨越的衰老和死亡的大海。他期望达到唯一者（梵），超越声梵（吠陀）。(7)

以正法为车垫，以知耻为围栏，以取舍为车辕，以吸气为车轴，以呼气为车轭，以知识和寿命为绳索，(8) 以思维为漂亮的轭身，以行止为车轮，以视觉和触觉为后马，以嗅觉和听觉为前马，(9) 以智慧为轮毂，以法则为马鞭，以知识为车夫，以知领域者（灵魂）为坚定的车主，以信仰和自制为马前卒，(10) 以弃绝为路，随从健康纯洁，以禅定为活动领域，这辆神奇的生命之车到达梵界，光彩熠熠。(11)

我现在告诉你想要驾驭这辆车，迅速到达不朽境界的方法。(12) 瑜伽行者控制语言，实行所有七种执持①，以及背后和两侧的其他各种执持。(13) 他依照次序逐步控制地、风、空、水、火、我慢和觉，(14) 乃至逐步控制未显者。他又运用瑜伽，倒转次序控制这些。(15)

然后，瑜伽行者观照自我，获取成功。他受到微妙的触动，会看到这些形态。(16) 犹如冬季微妙的雾弥漫天空，摆脱身体者（灵魂）最初的形态正是这样。(17) 雾消失后，第二种种形态呈现，他在自我中仿佛看见水。(18) 水消失后，火的形态呈现。火消失后，呈现风的形态，或似黄衣，或似游丝。(19) 然后，呈现纯白，风的微妙，心的隐约，梵的未显。(20)

请听我讲述这些产生的结果。他控制了地，就能随意创造。(21) 犹如生主镇定自若，从身体中创造众生，他只须用手指和脚趾或手和脚，(22) 就能独自摇撼大地，相传这是风的属性。他与空合一，与空同色，在空中消失。(23) 他失去色彩，随意饮用水源。他笼罩在光辉中，消失不见。(24) 克服我慢，五大元素得到控制，这六者在自我（灵魂）和觉中都被降伏。(25) 他获得完整纯洁的智力，显现进入未显的自我（灵魂）。(26)

世界出自未显者，成为显现者。请听我详细讲述未显学说。首先，请听我讲述数论的显现学说。(27) 瑜伽和数论中，两者的二十

---

① 执持指思想专注。

五谛相同,请听我讲述它们的特征。(28)所谓显现者,具有出生、成长、衰老和死亡四个特征。(29)所谓未显者,不具有这四个特征。在吠陀和相关著作中提到两种自我(灵魂)。(30)另一种自我(灵魂)具有四个特征,关注人生四要①。显现者出自未显者。在这里,生物和知领域者(灵魂)都已说明。(31)

吠陀中的两种自我(灵魂)喜爱感官对象。而按照数论,成功的标志是从感官对象撤回。(32)不自私,不傲慢,摆脱对立,消除疑惑,不愤怒,不仇恨,不说谎。(33)遭受毁谤和打击,依然慈悲为怀,不起恶念,语言、行动和思想三方面都不伤害他人。(34)接近梵,平等对待一切众生,安于维生,别无企求。(35)不贪婪,不烦恼,自制,勤勉,不重外表,不放纵感官,不放弃誓愿,不伤害一切众生,这样的数论者获得解脱。(36)

请听我讲述瑜伽行者获得解脱的方法。一旦越过瑜伽难关,就能获得解脱。(37)毫无疑问,我对你讲述的这种智慧符合实际。只要摆脱对立,就能达到梵。(38)

以上是吉祥的《摩诃婆罗多》中《和平篇》第二百二十八章(228)。

二二九

毗耶娑说:

在时间之河中浮沉,智者保持镇静,抓住智慧之舟,依靠智慧救度自己。(1)

苏迦说:

依靠什么智慧超越对立?是知识,还是以行动为标志的正法,或者弃绝?(2)

毗耶娑说:

思想浅薄的人以为一切出自本性,没有根基。这种人缺乏理智,还这样教导所有学生。(3)他们认为本性是唯一的原因。这如同他们

---

① 人生四要是法、利、欲和解脱。

用筛子筛糠，结果一无所获。（4）思想浅薄的人依据这种看法生活，以为本性是原因，结果得不到幸福。（5）本性说出自愚痴的行动和思想，导致毁灭。这里说到本性和他性两种学说。（6）

具有智慧的人们从事耕种等等工作，获取谷物、车辆、坐椅和房屋。（7）关于游戏、住宅、疾病和药物，具有智慧的人也听取智者们的说法。（8）智慧带来财富，智慧通向幸福，特征平凡的国王也凭借智慧享有王国。（9）凭借智慧或知识得知众生的高下优劣，孩子啊！知识是创造物的最高归宿。（10）

一切众生的出生分成四类，呈现为胎生、卵生、芽生和湿生。（11）其中，动物优于不动物。动性区分这两者的差异。（12）人们说，动物分成两足和多足两类，而两足动物优于多足动物。（13）人们说，两足动物分成地上和其他领域的两类，地上的两足动物吃食物，更优秀。（14）地上的两足动物分成中间的和高处的两类，中间的两足动物遵守种姓法，更优秀。（15）人们说，中间的两足动物分成通晓正法者和其他的两类，通晓正法者把握该做和不该做，更优秀。（16）人们说通晓正法者分成通晓吠陀者和其他的两类，通晓吠陀者恪守吠陀，更优秀。（17）人们说，通晓吠陀者分成宣示者和其他的两类，宣示者尊奉一切正法，更优秀。（18）宣示者通晓吠陀以及一切正法和礼仪的功果。所有吠陀和祭祀都出自宣示者。（19）人们说，宣示者分成通晓自我（灵魂）者和其他的两类，通晓自我（灵魂）者把握生与不生，更优秀。（20）

通晓这两分法，也就通晓一切正法，成为弃绝者，奉守真理，宽宏大度，独立自主。（21）众天神知道奉守正法和知识的人是婆罗门，精通声梵（吠陀），确信至高者（梵）。（22）他们知道高于祭祀和天神者（梵）在前在后，孩子啊！他们是天神，他们是婆罗门，我们要尊敬他们。（23）一切众生和整个世界安置在他们之中。他们的伟大无与伦比。（24）他们超越开始、终结和一切行动，是四类众生之主，是自在天。（25）

以上是吉祥的《摩诃婆罗多》中《和平篇》第二百二十九章（229）。

二三〇

毗耶娑说：

这是早就为婆罗门规定的行为方式，依靠智慧行事，事事成功。（1）如果不是这样，就会对行动产生疑惑：行动是基于本性，还是基于智慧？（2）如果想要知道关于人的智慧，我就依照推理和感觉加以描述，请听我说。（3）

关于行动中的原因，有些人说是人力，有些人说是神力，有些人说是本性。（4）而有些人说业果由人力、神力和本性造成，三者不可分割。（5）是这样，或者不是这样，业论者和一视同仁的本质论者说法不一。（6）

在三分时代、二分时代和争斗时代，人们充满疑惑。而在圆满时代，人们具有苦行，安详平静，立足本质。（7）他们全都专心诵习梨俱、娑摩和夜柔，看清爱欲和仇恨，修炼苦行。（8）遵循苦行法则，坚持修炼苦行，严守誓愿，由此，实现心中一切愿望。（9）依靠苦行，获得创造世界的因素，由此，成为一切众生的主人。（10）通晓吠陀的人们在吠陀学说中讲述以及在奥义书中阐明的深邃意义，依靠瑜伽逐渐显示。（11）

刹帝利以事业为祭祀，吠舍以供品为祭祀，首陀罗以侍奉为祭祀，婆罗门以念诵为祭祀。（12）恪守职责，诵习吠陀，成为婆罗门。无论他做不做别的什么，只要他友善待人，就被称作婆罗门。（13）在三分时代初期，吠陀、祭祀、种姓和生活阶段完整；在二分时代，寿命减少，这些都变得松散。（14）在二分时代和争斗时代，吠陀日益衰微。到了争斗时代末期，则对吠陀视若无睹。（15）遭受非法打击，各自的正法衰落，牛乳、大地、水和药草的味道变质。（16）遭受非法打击，各种吠陀、正法和生活阶段消失，立足各自正法的人们以及动物和不动物都发生变异。（17）

正如在雨季，雨水造成大地上一切众生繁荣，在一个又一个时代，吠陀创造各种分支。（18）我已经对你说过，时间多种多样，无始无终，由此，众生聚散。（19）时间是制约者，确定众生的出生和地位。众生出于本性，大多在对立中创生。（20）创造、时间、坚定、吠陀、行动者、职责、行动和结果，孩子啊！我讲述了你询问的一切。（21）

以上是吉祥的《摩诃婆罗多》中《和平篇》第二百三十章（230）。

二三一

毗湿摩说：

听了这些话，苏迦赞赏至高仙人（毗耶娑）的教诲，又询问这个有关解脱法的问题。（1）

苏迦说：

繁衍后代，博学多闻，举行祭祀，年长，聪明，不妒忌，这样的人怎样获得不可感知、不可传承的梵？（2）是否通过数论或瑜伽，通过苦行、梵行、弃绝或智慧？我向你求教，请告诉我。（3）运用什么方法，人们可以凝聚思想和感官？你能告诉我。（4）

毗耶娑说：

除了知识和苦行之外，除了控制感官之外，除了弃绝一切之外，没有人能发现其他成功之路。（5）自在天首先创造所有五大元素。它们大多进入生命族群的身体中。（6）相传身体源自地，汁液源自水，眼睛源自光，呼吸依托风，窍孔源自空。（7）毗湿奴在跨步的足中，帝释天在臂力中，贪吃的火神在腹中，方位在双耳的听觉中，语言女神娑罗私婆蒂在舌中。（8）眼、耳、鼻、舌和身，这五种感觉器官是接纳感官对象的门户。（9）色、声、香、味和触，这是五种感官分别感知的五种思想对象。（10）正如车夫驾驭马，思想驾驭感官，而生物的灵魂依靠心，经常驾驭思想。（11）这样，心是所有感官和感知能力的主宰。同样，生物的灵魂主宰心的收缩和释放。（12）

感官、感官对象、本性、知觉、心、呼吸和生命（灵魂）始终都在生物的身体中。（13）灵魂无所依托，知觉并不是属于灵魂的所谓性质。灵魂创造光辉，而从不创造性质。（14）这样，聪明的婆罗门能凭思想感知自己身体中的灵魂,十六种性质①围绕这第十七者(灵魂)。(15)凭眼睛以及凭所有感官都不能感知灵魂。只有在思想照耀下,灵魂才显现。(16)他会在自己的身体中看到灵魂没有色、声、香、味和触,没有感官,不变不灭。(17)灵魂是显现的身体中的未显者,必死的凡人中的不朽者。看到灵魂的人,死后与梵同一。(18)

智者对出身高贵、知识渊博的婆罗门、牛、象、狗和贱民一视同仁。(19)唯一的、伟大的灵魂寄寓一切动物和不动物,遍及一切。(20)一旦在一切众生中看到灵魂,在灵魂中看到一切众生,他就达到梵。(21)一旦知道自己的灵魂与别人的灵魂一样,知道灵魂遍及一切,他就达到不朽。(22)与一切众生的灵魂同一,为一切众生谋福利,这样的人在追求梵界的路上不留踪迹,连天神们也感到迷惑。(23)正如空中的飞鸟,水中的游鱼,灵魂伟大者的行踪也不可追寻。(24)

时间自己在自身中烤熟一切众生,而世上无人知道时间受什么烘烤。(25)在上下左右中间任何地方,没有人能把握它。(26)一切世界都在它里面,没有什么在它外边。即使像离弦的箭那样迅速飞行,(27)即使速度快似思想,也不能到达原因的尽头。没有什么比它更微小,也没有什么比它更粗大。(28)它的手足无所不在,眼睛、头和脸无所不在,耳朵无所不在。它覆盖世界一切。(29)它比微小更小,比伟大更大。它始终在一切众生之中,但不被看到。(30)

这样,灵魂具有不灭和毁灭两重性,因为神圣、不朽、不灭的灵魂在一切众生中展示毁灭。(31)自我约束和自我控制的"杭娑"(灵魂)进入九门之城,成为一切众生、动物和不动物的主宰。(32)洞悉彼岸的智者说"杭娑"(灵魂)依靠那些注定会损坏破灭的九门之城——身体。(33)而所谓的"杭娑"(灵魂)保持中立,永不毁灭。智者获得这种不灭性,抛弃生命和再生。(34)

以上是吉祥的《摩诃婆罗多》中《和平篇》第二百三十一章(231)。

---

① 十六种性质指五种感官、五种感官对象、心和五大元素。

二三二

毗耶娑说：

好儿子啊！我已经按照数论原理，如实解答你询问的问题。（1）现在，我讲述全部瑜伽实践，请听吧！智慧、思想和各种感官全部汇聚一处，孩子啊！这是沉思自我（灵魂）者的至高无上的知识。（2）平静，自制，关心内在精神，热爱自我（灵魂），头脑清醒，行为纯洁，这样的人能理解这种知识。（3）智者们懂得消除瑜伽的五种障碍：爱欲、愤怒、贪欲、恐惧和昏睡。（4）通过平静克服愤怒，通过摒弃意愿克服爱欲，通过专心致志克服昏睡。（5）用坚定保护生殖器和胃，用眼睛保护手足，用思想保护眼睛和耳朵，用行为保护思想和语言。（6）通过勤勉摒弃恐惧，通过侍奉智者摒弃贪欲，就这样，永远不知疲倦，克服瑜伽的五种障碍。（7）

应该敬拜各种火和婆罗门，敬拜众天神，戒绝令人伤心的恶言恶语。（8）梵是光芒构成的种子，全部是精华。这唯一者造成动物和不动物两种生物。（9）禅定，诵习吠陀，布施，真诚，知耻，正直，宽容，行为纯洁，饮食纯洁，控制感官，（10）依靠这些增添精力，摒弃罪恶，实现一切愿望，获得知识。（11）不计得失，平等对待一切众生，涤除罪恶，充满活力，节制饮食，控制感官，控制爱憎，希望达到梵界。（12）

沉思入定，将思想和各种感官汇聚一处，无论前半夜或后半夜，都要依靠自己把住思想。（13）人的五种感官只要有一种出现缺口，智慧就会流失，犹如水从皮囊底部流失。（14）就像渔夫首先捡起咬网的鱼，瑜伽行者首先控制思想，然后控制耳朵、眼睛、舌头和鼻子。（15）控制这些感官，将它们安放在思想中，然后，摒弃各种欲望，将思想安放在自我（灵魂）中。（16）依靠智慧，控制五种感官，将它们安放在思想中。一旦五种感官，思想（心）为第六，全部立足自我（灵魂），消停安稳，梵就会显现。（17）犹如无烟的火焰，灿烂的太阳，空中的电火，他亲自看到自我（灵魂）。由于它遍及一切，一切都能看到。(18)那些婆罗门智者灵魂高尚,意志坚定,智慧博大,热心为一切众生谋福利,全都看到它。(19)这样,按照规定的时间,严守誓言,独自坐在隐秘处修行,就能达到不灭的境界。(20)

迷妄,颠倒,旋转,奇妙的嗅觉、听觉、视觉、味觉和触觉,冷和热,似风飘荡。(21)在修习瑜伽中,获得想象力,出现奇思怪想,洞悉真理的瑜伽行者应该把握自我,摒弃它们。(22)牟尼约束自我,在三种时间①修习瑜伽,地点是山顶、塔庙或树前。(23)控制感官群,始终专心致志,犹如在牛栏中一心注意奶罐,思想不离瑜伽。(24)应该坚定不移,运用种种方法控制动摇不定的思想。(25)应该前往空旷的山洞、神殿和深宅住下,凝思静虑。(26)无论语言、行动或思想,都不与他人发生交往,无所执著,节制饮食,平等看待得失。(27)无论受到欢迎,或受到毁谤,一视同仁,不计较善恶。(28)不因获得而喜悦,不因失去而忧愁,平等看待一切众生,与风相同。(29)就这样,以一切为灵魂,善良,平等看待一切,坚持修习六个月,超越声梵(吠陀)。(30)

看到众生受苦,瑜伽行者对土地、石头和金子一视同仁。他坚持这条道路,不会受到迷惑而停止。(31)即使是低级种姓或妇女,只要向往正法,就能通过这条道路达到至高归宿。(32)把握自我,各种感官毫不动摇,这样的人能获得不生、不老、古老、永恒的梵,看到它比微小更小,比伟大更大。(33)

智者们用心领会灵魂高尚的大仙如实讲述的这些话,达到与至高者(梵)同一,走向众生的归宿。(34)

以上是吉祥的《摩诃婆罗多》中《和平篇》第二百三十二章(232)。

二三三

苏迦说:

"从事行动吧!""摒弃行动吧!"两者都是吠陀的说法。人们依靠

---

① 早晨、前半夜和后半夜。

知识走向哪里？依靠行动走向哪里？（1）这两者互相不同，甚至对立，我想听取这个问题，请你告诉我吧！（2）

毗湿摩说：

破灭仙人之子（毗耶娑）听罢，回答儿子说："我现在讲述行动和知识形成的毁灭和不灭。（3）依靠知识的去向是什么，依靠行动的去向是什么，儿子啊！你专心听我说，两者如同隔着大森林。（4）说有正法，又说没有正法，我的解答如同这种说法。（5）这是吠陀确立的两条道路：以行动为标志的正法和依据弃绝的正法。（6）行动使人受缚，知识使人解脱，因此，洞悉彼岸的瑜伽行者不从事行动。（7）行动使人在死后带着具有十六种性质的形体再生，而知识使人永恒不灭。（8）

"一些智慧浅薄的人赞美行动，由此，它们陷入身体之网，迷恋崇拜。（9）而那些精通正法的人达到最高智慧，不赞美行动，犹如饮河水的人不赞美池井。（10）行动的果实是苦乐和生灭，而通过知识到达的地方，没有忧愁。（11）那里没有死亡，没有出生，没有成长，没有衰老。（12）那里有至高的梵，不显，不老，永恒，无冲突，无疲劳，不死，不离。（13）那里人们不受对立束缚，不受思想和行动束缚，对一切平等友善，热爱一切众生的利益。（14）

"一种人由知识构成，另一种人由行动构成，儿子啊！你要知道，月亮依靠月面的十六分之一就能显现。（15）看到新月如同空中一弯曲线，仙人对此作了充分引申。（16）有形的身体由十一种变化构成，汇集十六种成分，孩子啊！你要知道，它具有行动的性质。（17）像水滴依附莲花那样依附身体，应该知道这位天神是知领域者（灵魂），永远摆脱和克服性质。（18）你要知道，暗性、忧性和善性是生命的属性，生命是灵魂的属性，而灵魂属于至高灵魂。（19）人们说有知觉是生命的特征，生命活动和促使一切活动。而人们说知领域者（灵魂）运转七重世界，至高无上。"（20）

以上是吉祥的《摩诃婆罗多》中《和平篇》第二百三十三章（233）。

二三四

苏迦说：

创造从毁灭开始，各种感官都具有性质，禅定用于发挥智慧的威力，这是自我的福业。（1）在这世上，善行以行为方式为根据，善人们遵照执行，我愿意再次听你描述。（2）在吠陀中有两种说法："从事行动吧！""摒弃行动吧！"我应该怎样理解？你能作出解答。（3）通晓世事真谛，依靠老师的教诲获得净化，充满智慧，灵魂摆脱束缚，我将毫不痛苦地抛弃自己。（4）

毗耶娑说：

行为方式最早由梵天亲自制定，古代贤士和大仙们遵照执行。（5）大仙们依靠梵行赢得一切世界。他们自我运思，在自己心中寻求至福。（6）在林中以根茎和果子为食，修炼各种苦行，巡游圣地，不伤害众生。（7）栖居林中，没有炊烟，不使棍棒，按时乞食，与梵同一。（8）不赞美，不致敬，摒弃善恶，独自生活林中，不挑食。（9）

苏迦说：

按照世俗的看法，吠陀的说法有矛盾。是否是准则存在争议，经典性何在？（10）我想听听怎样才能与行动不矛盾，请你告诉我。（11）

毗湿摩说：

芳香女之子（毗耶娑）仙人听罢，赞赏无限光辉的儿子的话，回答儿子说：（12）"家居者、梵行者、林居者和乞食者，只要按照规则行事，都能达到至高归宿。（13）一个人按照规则遵循这些生活阶段，摆脱爱憎，会在另一个世界受到尊敬。（14）这四个生活阶段是通向梵的阶梯。依靠这个阶梯，进入梵界，受到尊敬。（15）

"人生的四分之一修习梵行，不怀嫉恨，通晓正法和利益，与老师与老师的儿子住在一起。（16）努力侍奉老师，专心学习，机敏能干，毫无怨言，听从老师召唤。（17）在老师家中，最晚入睡，最早起床，尽学生或奴仆的责任。（18）做完所有的事，侍立老师身旁。作为侍从，精通各种事务，料理一切。（19）纯洁，聪明，品德优良，说话如同速度不快的箭，以从容的目光凝视老师，控制感官。（20）老师没吃，他也不能吃；老师没喝，他也不能喝；老师还站着，他也不能坐；老师没有睡，他也不能睡。（21）用双手轻轻接触老师的脚，右手按摩右脚，左手按摩左脚。（22）应该向老师致敬，说道：'尊者，教我吧！''尊者，我将做这件事。''尊者，我已经做完这件事。'（23）获得老师准许，点清钱财，然后做事，做完后，再向老师禀报一切。（24）

"按照正法规定，修习梵行期间不能享用的香料和美味，回家后可以享用。（25）那些详细规定的学生纪律，都应该遵守，不能擅自离开老师。（26）尽心竭力赢得老师满意后，这样的学生可以转入其他生活阶段，履行职责。（27）诵习吠陀，遵守誓愿和斋戒，度过人生的四分之一，按照规定付给老师酬金后，他就可以回家。（28）按照正法娶妻，供奉祭火，遵守家主的誓愿，开始人生第二阶段的生活。"（29）

以上是吉祥的《摩诃婆罗多》中《和平篇》第二百三十四章（234）。

二三五

毗耶娑说：

在人生第二阶段，家主应该住在家中，按照正法娶妻，供奉祭火，恪守誓言。（1）智者们相传家居生活方式有四种：首先是有一仓粮者，接着是有一缸粮者，（2）然后是无隔宿粮者，最后是鸽子般的拾穗者。按照正法，后者依次优于前者，是更优秀的赢得世界者。（3）第一种家主从事六业[1]，第二种家主从事三业，第三种家主从事两业，第四种家主长期坚持梵祭[2]。这些是家居者恪守的伟大誓愿。（4）

---

[1] 六业指举行祭祀，为他人举行祭祀，诵习吠陀，教他人诵习吠陀，布施，接受布施。
[2] 梵祭指诵习吠陀。

第十二　和平篇

不应该只为自己烹制食物，不应该盲目屠宰牲畜，无论活的或死的祭牲，都要经过夜柔吠陀净化。（5）白天不应该睡觉，夜晚的两头时间也不睡觉；早晚之间的时段不再进食；除了月经期之外，不应该召唤妻子同床。（6）没有哪个住在他家中的婆罗门不受尊敬和供养，客人们也一向受到尊敬，接受祭品和供品。（7）按照吠陀接受知识和誓言的沐浴，博学多闻，精通吠陀，以自己的正法为生命，自我克制，勤于礼仪和苦行，应该给予这样的客人祭品和供品，以示尊敬。（8）而不该给予骑驴行走者、不知自己的正法者、毁弃祭火供品者和欺骗老师者。（9）家居者与一切众生分享食物，应该供养不煮食物的苦行者。（10）他应该永远吃剩食，永远饮甘露。祭祀剩下的食物是甘露。这样的食物与祭品相同。吃侍从剩下的食物，人们称为吃剩食。（11）

笃爱自己的妻子，克制自我，不妒忌，控制感官。祭官、家庭祭司、老师、舅父、客人和投靠者，（12）老人、儿童、病人、医生、亲属、亲戚、父母、兄弟、姐妹、儿子和妻子，（13）以及女儿和奴仆，都不要与他们发生争吵。避免争执，从而避免一切罪恶。（14）毫无疑问，克服这些争执，就能赢得一切世界。老师是梵天世界之主，父亲是生主世界之主。（15）客人是因陀罗世界之主，祭官是天神世界之主，姐妹是天女世界之主，亲属是毗奢神世界之主。（16）亲戚是方位之主，母亲和舅父是大地之主，老幼病弱是空间之主。（17）兄长等同父亲，妻子和儿子是自己的身体，奴仆是自己的影子，女儿最为可怜。（18）因此，即使受到他们指摘，也要冷静忍受，不能发火。智者永远恪守家居法，不知疲倦。（19）

受财富束缚的人不会遵照正法行事。三种家居生活方式，依次获得更大幸福。（20）人们说，四个生活阶段互相的关系也是这样。企望幸福的人应该遵守一切既定的生活阶段规则。（21）居住着这些有一缸粮者和鸽子般的拾穗者，这样的王国必定繁荣。（22）摒弃烦恼，遵行这些家居生活方式，他能为前十代祖先和后十代子孙造福。（23）他能达到与转轮王们相同的归宿，或者达到为控制感官者们安排的归宿。（24）天国世界为思想高尚的家居者们设立。吠陀中已经展示天国花团锦簇，飞车驰骋。（25）自我约束的家居者们升入天国世界。

这是梵天安排的解脱步骤，循序进入第二个生活阶段，从而在天国世界受到尊敬。(26)

接着是比家居生活更高尚的第三个生活阶段，那是舍弃身体，造成身体瘦弱的林居生活，请听我告诉你。(27)

以上是吉祥的《摩诃婆罗多》中《和平篇》第二百三十五章（235）。

二三六

毗湿摩说：

已经讲述为智者们安排的家居生活方式，坚战啊！请你继续听下去。(1) 循序进入崇高的第三个生活阶段，那是恪守瑜伽誓愿而艰苦的林居生活阶段。(2) 祝你幸运，普利塔之子啊！请听他们的生活方式，以一切世界为依托，深思熟虑，选择圣洁的地方居住。(3)

毗耶娑说：

家居者一旦发现自己有了皱纹和白发，而儿子也有了儿子，他就应该前往森林居住。(4) 他应该在林居生活中度过人生第三阶段。他应该侍奉祭火，祭供众天神。(5) 约束自己，节制饮食，按照六分之一定量，小心照看祭火、牛和祭祀的各个关节。(6) 吃野生的稻谷麦子，吃剩食，应该在五种祭祀仪式上祭供食物和乳品。(7) 相传在林居生活阶段，有四种方式：有些人留足一日粮，有些人留足一月粮，(8) 有些人留足一年粮，有些人留足十二年粮，用于供养客人和举行祭祀。(9)

雨季露天而住，冬季浸入水中，夏季五火围身，常年节制饮食。(10) 在地上翻滚，或用脚尖站立，席地而坐，一日三次沐浴净身。(11) 有些人用牙齿作杵臼，有些人用石头作碾子，有些人在白半月喝煮沸而不煮烂的麦粥，(12) 有些人在黑半月喝同样的麦粥，有些人吃根茎、果子或花朵，严守誓愿。(13) 他们严格遵行吠伽那婆仙人为智者们确立的各种净身仪轨。(14)

人生第四阶段依据奥义书，它的正法相传适用所有阶段，适用家居者、林居者和梵行者。(15) 孩子啊！在这个时代，通晓万物真谛的婆罗门们，投山仙人、七仙人、摩度骄陀和阿伽摩尔舍那，（16）商讫利提、苏迪瓦登提、勤奋的耶瓦纳、阿诃维尔耶、迦维耶、丹提耶和聪明的梅达蒂提，（17）舍罗、瓦迦、尼尔瓦迦和勤奋的首尼耶波罗，这些智者遵循诸如此类的正法，进入天国。（18）孩子啊！那些亲证正法的耶耶婆罗族婆罗门也是这样。仙人们通晓正法，修炼严酷的苦行。（19）无计其数的婆罗门，吠伽那娑们、婆罗吉利耶（矮仙）们和悉迦多们等等，都定居林中。（20）他们放弃欢乐，控制感官，恪守正法，亲证正法，定居林中，坚韧不拔，并非星体，却看似璀璨的群星。（21）

一旦受衰老和疾病折磨，就应该放弃林居生活阶段，进入人生最后的第四阶段。当天就完成祭祀，以一切财物作为酬金。（22）他祭供自我，热爱自我，娱乐自我，依靠自我，在自我中点燃祭火，摒弃一切执著。（23）他应该经常举行当日完成的祭祀，从通常的祭祀转变成内在的祭祀。（24）他应该在自我中祭供三堆祭火，直至自我解脱。他毫无怨言，吃五、六口食物，维持呼吸，念诵夜柔祷词。（25）林居牟尼剃去毛发和指甲，按照仪轨净化自己，迅即进入人生另一个阶段。（26）婆罗门赐予一切众生无畏，进入人生第四阶段，到达光辉的世界，死后享受无限幸福。（27）

品行端正，摒弃罪恶，没有愤怒和愚痴，摆脱联合和斗争，如同中立者，这样的人通晓自我，在今生和来世都不渴望做别的什么。（28）不为自己受到种种约束而痛苦，努力遵奉自己的经典、祷词和咒语，恪守正法，控制感官，毫无疑问，他会如愿达到祭供自我者的归宿。（29）这是人生的最高阶段，具有种种优点，胜过其他三个阶段。请听我讲述这至高的第四阶段，人生的至高归宿。（30）

以上是吉祥的《摩诃婆罗多》中《和平篇》第二百三十六章（236）。

二三七

苏迦说：

在这个阶段，盼望达到至高境界，是不是像在林居生活阶段那

样,应该尽力约束自我?(1)

毗耶娑说:

通过以前的生活阶段已经获得净化,为了达到至高目的,应该怎样做?请你专心听讲。(2)在前三个阶段,清除了污垢,进入至高无上的遁世阶段。(3)你这样勤奋努力,请听我讲述吧!为了获得成功,他永远应该独自行动,无需他人协助。(4)他独自行动,心明眼亮,既不抛弃,也不被抛弃。他不安置火,居无定所,进入村庄乞食。(5)牟尼不留隔宿粮,专心致志,节制饮食,一天只吃一次。(6)手持托钵,寄宿树根,衣衫褴褛,独来独往,漠视一切众生,这些是乞食者的特征。(7)

他独自生活,话语到他那里,不会返回发话者,犹如石头落井。(8)他不看不听,不议论任何人,尤其不议论婆罗门。(9)他只说对婆罗门有利的话,对他人的责备保持沉默,以此作为自己的良药。(10)他独自一人,仿佛占据整个空间,或者说,充满人群的空间,仿佛成了虚空,众天神知道这样的人是婆罗门。(11)有什么就穿什么,给什么就吃什么,到哪儿就睡哪儿,众天神知道这样的人是婆罗门。(12)像怕蛇那样怕人群,像怕地狱那样怕饱暖,像怕死尸那样怕妇女,众天神知道这样的人是婆罗门。(13)无论受不受尊敬,不喜悦,也不发怒,赐予一切众生无畏,众天神知道这样的人是婆罗门。(14)

他不欢迎死,也不欢迎生。他等待时间到来,犹如仆从等待主人吩咐。(15)思想无害,言语无害,摆脱一切罪恶,没有敌人,怎么会有恐惧?(16)他不惧怕一切众生,一切众生也不惧怕他。他已超脱肉体,怎么会有恐惧?(17)正如其他动物的足迹隐没在大象的足迹中,一切动物的足迹隐没在象王的足迹中,(18)一切正法的意义隐没在不杀生中。不杀生者永垂不朽。(19)不杀生者公正,诚实,坚定,控制感官,庇护一切众生,达到至高无上的归宿。(20)满足智慧,无所畏惧,这样的智者超越死亡,而死亡不能超越他。(21)摆脱一切执著,独来独往,内心平静,一无所有,如同空间,众天神知道这样的牟尼是婆罗门。(22)生命用于正法,正法用于禁欲,日夜用于功德,众天神知道这样的人是婆罗门。(23)无欲望,不操劳,

不致敬，不赞美，行动削弱，意志不消沉，众天神知道这样的人是婆罗门。(24)

一切众生热爱幸福，一切众生惧怕痛苦，虔诚的人担心引起一切众生恐惧，不从事行动。(25) 赐予众生无畏，这种布施高于世上一切布施。他首先摒弃尖刻严厉，此后，他也永远不会惧怕众生。(26) 他用张开的嘴供奉祭品，成为世界的肚脐，宇宙的根基。火焰抵达他的躯体和四肢以及所有生熟祭品。(27) 在仅有一虎口规模的心中，他以呼吸作为祭品，祭供自我（灵魂）。这也是在连同众天神在内的一切世界中，向祭火投放他自己的祭品。(28) 知道自我（灵魂）神圣，尽管它处在三重包围中，却像金翅鸟那样，出类拔萃，通向至高目标，这样的人在一切世界受到尊敬，大有能耐的众天神也由此广施善行。(29) 知道一切吠陀、知识、法则、语源和至高目标都在身体的灵魂中，众天神永远仰慕这样的人。(30) 他光辉灿烂，知道在身体的灵魂中有至高存在，它在地上不着地，在天上无限量，由金子构成，在卵中，由卵而生，在空中有翅膀。(31) 时间之轮在他的心穴中，以六季为轮辋，以十二月为轮辐，以朔望日为关节，转动不已，永不衰竭，万物进入它的嘴中。(32)

谁知道熟睡的灵魂是世界的身体，他也就知道一切世界。祭品满足众天神，而获得满足的众天神满足它的嘴。(33) 由光辉构成，古老永恒，走向无穷无尽、无所畏惧的世界。众生永不惧怕他，他也永不惧怕众生。(34) 不受他人责备，也不责备他人，这样的婆罗门看到至高灵魂。他摒弃愚痴，涤除污垢，在今生和来世都不贪图财富。(35) 克服愤怒和痴迷，对土块和金子等量齐观，消除忧愁，摆脱联合和斗争，摒弃褒贬和爱憎，如同中立者，这样的乞食者在大地上游荡。(36)

以上是吉祥的《摩诃婆罗多》中《和平篇》第二百三十七章(237)。

二三八

毗耶娑说：

原初物质的种种变化依靠知领域者（灵魂）。它们不知道它，而它知道它们。(1)它通过以心为第六的五种感官行使职责,犹如车夫驾驭驯服可靠的骏马。(2)感官对象高于感官,心高于感官对象,觉高于心,灵魂是大,高于觉。(3)未显高于大,不朽高于未显,没有比不朽更高者。不朽是至高目标,至高归宿。(4)因此,灵魂藏在一切众生中,不显现。洞悉真谛的人们运用绝顶微妙的智慧,才能看到。(5)凭借智慧,将以心为第六的五种感官以及感官对象融入内在灵魂,思考应该思考者。(6)通过沉思,摒弃欲念,心中充满知识,独立自主,灵魂平静,达到不朽的境界。(7)灵魂受一切感官控制,记忆混乱,丧失自我,这样的人走向死亡。(8)摒弃一切欲念,让思想进入本质,由此,他成为迦楞阇罗山①。(9)瑜伽行者净化思想,摒弃善恶。他立足自我(灵魂),内心清净,获得无限幸福。(10)内心清净者的特征,如同知足者安然入睡,如同无风处点燃的灯火寂然不动。(11)这样,他获得本质,内心纯洁,在前半夜和后半夜,自我与灵魂结合,在自我中看到灵魂。(12)

　　这是一切吠陀中的奥秘,不可传承,不可理解,儿子啊!这种经典教诲只能自我亲证。(13)在一切正法论述和真理论述中搅动,在一万首梨俱吠陀中搅动,搅出不死甘露。(14)正如奶油出自凝乳,火焰出自木柴,我出自儿子的原因,提供这种智者的知识,儿子啊!这种经典教诲是向完成学业的婆罗门学生讲授的。(15)它不能向不平静、不自制、不修习苦行、不通晓吠陀或不谦恭的人讲授。(16)它不能向妒忌心重、不听训示、疲于思辨或怀有恶意的人讲授。(17)应该赞赏值得赞赏的人,应该向内心平静的人、修习苦行的人、可爱的儿子和谦恭的学生,而决不向别人讲授这种知识。(18)如果有人布施这个充满宝藏的大地,洞悉真谛的智者则认为这种知识高于这种布施。(19)关于超凡的内在灵魂,还有比这更奥秘的话题,为大仙们所了解,在吠檀多中得到吟诵。我现在讲述你询问的这个问题。(20)

　　以上是吉祥的《摩诃婆罗多》中《和平篇》第二百三十八章(238)。

---

① 迦楞阇罗山这个山名含有摧毁或征服时间的意思。

二三九

苏迦说：

尊者啊！请你继续为我详细讲述内在灵魂，它的来龙去脉，优秀的仙人啊！（1）

毗耶娑说：

这是人的内在灵魂，孩子啊！我现在为你讲述，请听我说。（2）地、水、光、风和空，这些是众生的五大元素，犹如大海的波浪。（3）如同乌龟伸展和收缩肢体，五大元素在种种微小成分中变化。（4）一切动物和不动物由五大元素构成，在创造和毁灭中呈现。（5）造物主在一切众生中安排不同比例的五大元素，由此感知一切众生。（6）

苏迦说：

应该怎样理解造物主对身体的这种做法？怎样理解那些感官和性质？（7）

毗耶娑说：

我将依次向你说明，请你专心听我如实讲述实际情况。（8）声音、耳朵和空穴，这三者源自空。呼吸、动作和接触，这三者是风的属性。（9）形态、眼睛和消化，这三者的是光的属性。味道、舌头和黏液，这三者是水的属性。（10）气味、鼻子和身体，这三者是地的属性。这些就是所谓的感官群，由五大元素构成。（11）

相传触是风的属性，味是水的属性，色是光的属性，声是空的属性，香是地的属性。（12）心、觉和情，这三者由自己产生。它们不超越性质，但高于性质。（13）人有五种感官，据说心是第六，觉是第七，知领域者（灵魂）是第八。（14）眼睛用于观看，心产生怀疑，觉予以确认，知领域者（灵魂）作为见证者。（15）

忧性、暗性和善性，这三者由自己产生。它们共同存在于一切众生中。应该将它们视为一切众生的性质。（16）正如乌龟伸展和收缩肢体，觉释放和收回感官群。（17）它看到从脚跟到头顶的上下一切。

崇高的觉就是行使这个职责。（18）觉引导三性，觉也引导五种感官。一旦觉不存在，以心为第六的所有感官和三性怎么存在？（19）感到自己愉快，仿佛平静纯洁，这是善性起作用。（20）感到身心焦灼，这是忧性起作用。它始终侵扰人体。（21）陷入愚痴，境界模糊，不可思议，不可认知，这是暗性起作用。（22）高兴，愉快，欢喜，安稳，内心舒坦，无论有无缘故，这是善性起作用。（23）骄傲，说谎，贪婪，愚痴，不宽容，无论有无理由，这是忧性起作用。（24）同样，愚痴，懈怠，疲倦，昏睡不醒，无论怎样产生，应该认为这是暗性起作用。（25）

以上是吉祥的《摩诃婆罗多》中《和平篇》第二百三十九章（239）。

二四〇

毗耶娑说：

心（思想）产生情，觉予以确认，心（器官）感知爱憎，这是行动的三种动力。（1）感官对象高于感官，心高于感官对象，觉高于心，灵魂高于觉。（2）觉是人的灵魂，觉也是灵魂的性质。一旦觉发生变化，它就变成心。（3）觉根据感官的不同情况发生变化。据说它听时，变成听觉；接触时，变成触觉。（4）它观看时，变成视觉；品尝时，变成味觉；嗅时，变成嗅觉。就这样，觉发生各种变化。（5）

人们说这些变化是感官，不可见者（觉）依靠它们。人的觉处于三种状态。（6）它有时高兴，有时忧愁，有时既不快乐，也不痛苦。（7）觉具有三种状态，又超越三种状态，如同具有波浪和大潮的河流之主大海。（8）一旦觉有所企求，它就变成心。然而，应该记住觉所依据的各种感官和知觉完全可以制服。（9）各种感官没有固定的次序。处于无分别状态的觉在心中活动，活动的忧性和善性追随它。（10）所有的状态在三性中活动，追逐感官对象，犹如轮辐跟随轮辋。（11）

人应该利用以觉为主导的各种感官追求启明。按照瑜伽，它们会很自然地处于中立状态。（12）知道这样符合本性，就不会陷入愚痴，不忧不喜，永远摒弃妒忌。(13) 感官耽迷爱欲，行为不轨，难以克制，自我不完善的人不能看见灵魂。(14) 一旦依靠心，勒紧感官的缰绳，灵魂就会显现，犹如容器中点烧的灯火，犹如黑暗消失，一切众生显现。(15) 犹如水禽在水中游动而不受污染，智慧成熟的人在感官对象中活动，而不沉溺其中，不受任何污染。(16) 抛弃以前造成的业，始终热爱灵魂，与一切众生的灵魂同一，不执著性质之路。(17)

灵魂创造觉，而决不创造三性。三性不知道灵魂，而灵魂知道三性。(18) 灵魂是三性的见证者和最终的创造者①。你要知道这是微妙的觉和灵魂之间的差别。(19) 一个创造三性，另一个不创造三性。两者本质不同，但始终紧密相连。(20) 正如鱼不同于水，但两者紧密相连；又如蚊子不同于无花果树，而两者紧密相连。(21) 又如芦不同苇，而两者紧密相连，觉和灵魂也是这样，既互相独立，又互相依存。(22)

以上是吉祥的《摩诃婆罗多》中《和平篇》第二百四十章 (240)。

二四一

毗耶娑说：

觉创造三性，知领域者（灵魂）作为主人依随，像中立者那样旁观三性的变化。(1) 觉创造三性，这一切出于本性，犹如蜘蛛吐丝结网。(2) 毁灭者并没有灭寂，只是觉察不到它们流转。一些人认为是这样，而另一些人认为有灭寂。(3) 每个人可以依照自己的想法思考这两种观点，作出判断。通过这种方式，成为伟大的胎儿。(4)

人应该理解无始无终的永恒者，不怒不喜，永远摆脱妒忌。(5) 这样，解开由知觉形成的牢固的心结，消除疑惑，从而获得快乐，不再忧伤。(6) 无知的人们从地上坠入水深的大河，充满烦恼，你要知道这个世界就是这样。(7) 洞悉真谛的智者在地面行走，没有烦恼。

---

① 最终的创造者是终极意义上的创造者，而不是直接的创造者。

这样，人们知道灵魂是自己的唯一知识。（8）这样，人们理解众生的来龙去脉，渐渐获得至高的平静。（9）

这种灵魂知识适合出身高贵者，尤其是婆罗门，导向平静，圆满，达到至高归宿。（10）理解了灵魂，才能成为觉者，还有什么别的觉者标志？智者理解了灵魂，获得解脱，完成职责。（11）理解灵魂者无所畏惧，不理解灵魂者充满恐惧。没有人能达到比智者的这种永恒归宿更高的归宿。（12）人们厌烦这个病态的世界，目睹种种景象而忧伤。请看，世上那些贤士却不忧伤，他们懂得完成和未完成两种情况。（13）无所执著，摒弃过去的业。对于继续作业的人，怎么可能摆脱可爱和可憎这两者？（14）

以上是吉祥的《摩诃婆罗多》中《和平篇》第二百四十一章（241）。

二四二

苏迦说：

万法之中的至高之法，在这世上无与伦比，请你告诉我。（1）

毗耶娑说：

我现在告诉你仙人们赞美的古老正法，它优于世上的一切正法，请专心听讲。（2）应该运用智慧竭力控制放纵的感官，犹如父亲努力防止幼小的儿子们走失。（3）将心和各种感官汇聚一处，这是至高苦行。它优于一切正法，称作至高之法。（4）运用智慧控制以心为第六的所有感官，仿佛满足于自我（灵魂），思考值得思考者。（5）一旦心和各种感官从活动领域撤回，安定下来，你就能亲自看到永恒至高的灵魂。（6）灵魂高尚的婆罗门智者看到万物的伟大灵魂如同无烟的火焰。（7）

正如枝叶茂盛、结满花果的大树不知道自己的花在哪里？果在哪里？（8）自我并不知道我前往哪里？来自哪里？在这里，另有一个知道一切的内在灵魂。（9）凭借点亮的智慧之灯，自己看到灵魂。你自己看到灵魂后，就摆脱自我，成为通晓一切者。（10）摆脱一切罪恶，犹如蛇蜕皮，获得至高智慧，涤除污秽，摒弃烦恼。（11）

第十二　和平篇

可怕的大河充满激流，席卷世界，以五种感官为鳄鱼，以心中欲念为堤岸。（12）以贪欲和痴迷为遍布的水草，以爱欲和愤怒为水蛇，以真理为河边台阶，以欺诳为波涛，以愤怒为泥沼。（13）以未显为源头，汹涌澎湃，自我不完善的人难以渡过。你要凭借智慧，渡过这条充满爱欲鳄鱼的大河。（14）这条大河流向轮回之海，以子宫为地狱，以自我出生为源头，以舌头为旋涡，难以抗衡，难以渡过，孩子啊！（15）智慧成熟而意志坚定的智者渡过这条大河后，摆脱一切，灵魂净化而纯洁。（16）依靠崇高的智慧，你将与梵同一，超越一切烦恼，灵魂清净，涤除污垢。（17）你仿佛站在山顶俯瞰地上众生，不怒不喜，不怀恶意，你将看到一切众生的起源和毁灭。（18）

　　智者们认为这种正法优于一切正法。洞悉真谛的牟尼们认为对于遵奉正法的人们，这是至高之法。（19）儿子啊！你知道关于不朽灵魂的学说后，只能告诉那些控制自我、谦恭有礼、与人为善的人们。（20）我讲述的这个灵魂学说是一切奥秘中的最高奥秘，依靠自我亲证，孩子啊！（21）梵不是女性，不是男性，也不是中性，无苦无乐，以过去、未来和现在为特征。（22）无论男女，只要知道这个奥秘，就不会走向再生。而掌握这个奥秘，就是为了摆脱再生。（23）我讲述的这些看法，儿子啊！不像其他各种看法，或成立，或不成立。（24）儿子具备好儿子的品德，满怀喜悦，求教问题，作为父亲，就应该满怀喜悦，为了儿子的利益，这样回答问题。（25）

　　　　以上是吉祥的《摩诃婆罗多》中《和平篇》第二百四十二章（242）。

二四三

毗耶娑说：

　　不贪图香、味和快乐，不喜欢装饰打扮，也不企盼尊敬、荣誉和名声，这是具有眼力的婆罗门的行为。（1）诵习一切吠陀，谦恭有礼，遵奉梵行，通晓梨俱、夜柔和娑摩，这样的人不能不是婆罗门。（2）对待一切众生如同亲人，通晓一切，熟谙一切吠陀，无欲望而不死，这样的人不能不是婆罗门。（3）即使举行各种祭祀，又慷慨布施，但怀抱欲望，也不能获得婆罗门性。（4）他不惧怕别人，别人也不惧怕他，无所企盼，无所怨恨，这样的人达到梵。（5）无论行动、思想和语言，都不对一切众生作恶，这样的人达到梵。（6）在这世上，欲望是唯一的束缚，没有其他的束缚。摆脱欲望，就能与梵同一。（7）摆脱欲望，犹如月亮摆脱乌云，智者涤除污垢，沉着坚定，等待时间到来。（8）如同河水流入满而不溢的大海，智者保持平静。充满欲望的人不能从人间通向天国。（9）

吠陀的奥义是真理，真理的奥义是自制，自制的奥义是布施，布施的奥义是苦行。（10）苦行的奥义是弃绝，弃绝的奥义是幸福，幸福的奥义是天国，天国的奥义是平静。（11）你希望获得高尚的善性，那是平静的标志，能消除忧愁、烦恼和贪欲。（12）知足、无忧、无私、平静、安详和通晓灵魂，具备这六种特征，达到完善。（13）智者具备六种善性，又通晓经咒，懂得死后的灵魂，也就懂得世上的一切。（14）懂得内在灵魂并非虚构，原本存在，不可剥夺，不可修饰，智慧成熟的人获得无穷的幸福。（15）

集中精神，心不散乱，达到的满意非其他方法所能达到。（16）依靠它，不享受而满足，不富有而满意，不滋养而有力。懂得它，才是懂得吠陀。（17）守护灵魂，关闭感官之门，沉思默想，这样的人是优秀的婆罗门，热爱灵魂。（18）抑制欲望，专心思索至高真谛，幸福日益增长，犹如月亮变圆。（19）牟尼不执著各种特殊的元素和性质，他的幸福驱除痛苦，犹如太阳驱除黑暗。（20）超越行动，超越性质的毁灭，不执著感官对象，衰老和死亡不寻找这样的婆罗门。（21）摆脱一切，等量齐观，虽有肉体，但超越感官和感官对象。（22）达到至高原因，超越结果；达到至高目的，不再转回。（23）

以上是吉祥的《摩诃婆罗多》中《和平篇》第二百四十三章（243）。

二四四

毗耶娑说：

对于一位遵循利益和正法，想要摆脱对立的学生，一位优秀的老师应该首先讲述这个要点。（1）在五大元素构成的一切众生中，有空、风、光、水和地，还有生、灭和时间。（2）空有内在性，感官耳朵由它构成。通晓形体学说的人应该知道声是空的属性。（3）行走是风的属性，呼吸由风构成。应该知道触觉器官，而触由风构成。（4）消化和照明都是光的作用，眼睛由光构成。应该知道色是光的属性，具有驱除黑暗的性质。（5）湿润，细微，液汁，表明是水。舌头是味觉器官，味是水的属性。（6）坚固的地元素构成骨头、牙齿、指甲、胡须、汗毛、头发、血管、筋腱和皮肤。（7）鼻子是嗅觉器官，应该知道感官对象香由地构成。（8）

在这些元素中，依次含有前面元素的属性。[1] 牟尼们通晓这五大元素序列。（9）相传心为第九，觉为第十，内在灵魂为第十一，被称作至高者。（10）心具有辨析性，觉具有决断性，称作身体的生命可以通过行动推知。（11）世上一切具有以时间为第八[2]的所有这些成分，而智者看到不受污染者，不陷入愚痴。（12）

以上是吉祥的《摩诃婆罗多》中《和平篇》第二百四十四章（244）。

二四五

毗耶娑说：

通晓经典的人们按照经典规定的做法，看到微妙的灵魂摆脱身体。（1）正如看到那些光线移动和停止，这些超凡的灵魂摆脱身体，在世界上游荡。（2）正如在水中看到太阳光轮的映像，有灵魂的人看到灵魂的形象。（3）立足灵魂，控制感官，洞悉真谛，依靠自己的实力，看到这些摆脱身体的灵魂。（4）无论睡着或者醒着，无论受物质两重性约束或者摒弃行动造成的烦恼，（5）在夜晚正如在白天，或者在白天正如在夜晚，瑜伽行者永远保持善性。（6）众生的灵魂永远存在，伴随七种微妙成分[3]，永远活着，不老不死。（7）

---

[1] 空有声，风有声和触，光有声、触和色，水有声、触、色和味，地有声、触、色、味和香。
[2] 依据本章第2颂，第六和第七应该是生和灭。
[3] 七种微妙成分是五大元素、心和觉。

受心和觉的控制，即使在梦中，也区别自己的身体和别人的身体，分辨快乐和痛苦。（8）在梦中，也获得痛苦或快乐，产生愤怒或贪婪，陷入灾难。（9）因获得大量财富而欣喜，或者做了善事，像在白天醒着时见到的那样。（10）众生的灵魂作为至高光辉的一部分，存在于心中，而受忧性和暗性控制的人在形体中看不到它。（11）按照经典专心修习瑜伽，希望获得自己的灵魂。人们的这些灵魂无呼吸，无形体，而坚不可摧如同金刚杵。（12）香底利耶说，在各种创造物中，在四个生活阶段的职责中，惟有修习瑜伽，沉思入定，才能达到平静。（13）知道七种微妙成分和具有六支①的大自在，努力摆脱原初物质，就能达到至高的梵。（14）

以上是吉祥的《摩诃婆罗多》中《和平篇》第二百四十五章（245）。

二四六

毗耶娑说：

在人心中有一棵奇妙的愿望树，以成堆的愚痴为根基，以愤怒和骄傲为树干，以贪婪为枝条。（1）以无知为依托，以放纵为灌溉，以妒忌为树叶，以过去的恶业为活力。（2）以痴迷为枝条，以忧愁为枝干，以恐惧为嫩芽，以混乱的渴望为缠绕的蔓藤。（3）贪婪的人们渴望果实，侍奉这棵大树，以辛劳为套索，竭力守护果实。（4）收起那些套索，铲除那棵树，克制骄傲，走向痛苦和快乐两者的终点。（5）智慧不完善的人满怀焦灼，登上这棵树，结果受到伤害，犹如病人吞下毒药。（6）以弃绝、警觉和平静为无上之剑，用力斩断这棵执著之树的树根。（7）谁懂得欲望是唯一诱因，摒弃欲经，②他就能超越种种痛苦。（8）

人们说身体是一座城市，觉是王后，身体中的心是觉（王后）的大臣，负责确定名义。（9）各种感官是市民，追求感官对象是主要工作。其中有忧性和暗性两大弊病。（10）市民和官吏依靠感官对象维

---

① 六支是全知、全能、满意、永远觉醒、独立自主和永不失察。
② 欲经指有关爱欲的论著。

生。这两大弊病也通过非法途径，依靠感官对象维生。(11) 觉难以征服，而心容易同化。市民（感官）惧怕心，摇摆不定。(12) 觉安于感官对象，感官对象不失落。而脱离感官对象，心会失落。(13) 一旦心脱离觉，独立行动，忧性就会乘虚而入，占据敞开的空间。(14) 心与忧性结为盟友，抓住市民，交给忧性。(15)

以上是吉祥的《摩诃婆罗多》中《和平篇》第二百四十六章（246）。

二四七

毗湿摩说：

儿子啊！你怀着无比赞赏之情，无辜的人啊！请你再次听取岛生（毗耶娑）亲口讲述的众生的性质。(1) 这位尊者如同燃烧的火，他的儿子如同带烟的火。现在，我继续为你作出说明，孩子啊！(2) 稳定，博大，坚实，产生植物，有气味，有重量，能吸收气味，紧密，可以居住，坚定，这些是地的性质。(3) 清凉，有味，湿润，流动，柔软，和顺，品味，溢出，渗透，漏出，这些是水的性质。(4) 难以制服，光辉，灼热，烤熟，照亮，纯洁，热情，轻盈，猛烈，向上，这些是火的性质。(5) 不可约束，接触，发音，自主，有力，快速，迷妄，活动，行动，生灭，这些是风的性质。(6) 空的性质是声音，遍及，空穴，无所依托，无所依靠，不显现，不变化，(7) 不对抗，产生听觉，形成孔窍。这些是构成五大元素特征的五十种性质。(8) 躁动，出现，显现，放弃，构思，忍耐，善意，恶意，迅速，这些是心的九种性质。(9) 分辨善恶，决断，入定，疑惑，确认，这些是觉的五种性质。(10)

坚战说：

觉怎么具有五种性质？五种感官怎么成为性质？请你告诉我这些微妙的知识，祖父啊！(11)

毗湿摩说：

人们说这些是六十种固定的性质①。它们由不灭者（梵天）创造，

---

① 五大元素的五十种性质，加上五种感官和觉的五种性质，共六十种。或者，五大元素的五十种性质，加上心的九种性质和觉，共六十种。

在这世上并不永恒，孩子啊！（12）你要警惕那些违背经典的说法，孩子啊！一旦你洞悉万物真谛，就依靠它的力量，保持知觉平静吧！（13）

以上是吉祥的《摩诃婆罗多》中《和平篇》第二百四十七章（247）。

二四八

坚战说：

这些大地保护者躺倒在大地上。他们都是大力士，在战斗中丧失生命。（1）他们具有万头大象之力，令人畏惧，而一个接一个，在战斗中被具有同样威力的人杀害。（2）他们充满威力和勇气，以前我没有看到有谁能在战斗中杀害他们。（3）大智者啊！这些人气殒命绝，躺倒在地。这些人丧失生命，通常称作死亡。（4）这些威力可怕的国王都已死亡。我心中产生疑惑，死亡的说法从何而来？（5）死亡属于谁？死亡从何而来？死亡为何夺走众生？天神般的祖父啊！请你告诉我。（6）

毗湿摩说：

从前，在圆满时代，有位国王名叫阿维甘波迦，在战斗中受到敌人围困，车马受损。（7）他的儿子名叫诃利，威力如同那罗延，遭到敌人打击，连同军队和随从一起毁灭。（8）国王陷入敌人控制，满怀丧子之忧，焦灼不安，偶尔遇见在大地上游荡的那罗陀。（9）国王告诉他发生的一切，在战斗中陷入敌手，儿子阵亡。（10）以苦行为财富的那罗陀听了他的话，讲述这个故事，以排遣他的丧子之忧：（11）

"国王啊！请听我详细讲述我以前听说的这件事，大地之主啊！（12）大威力的老祖宗（梵天）创造众生后，众生日益增多，而不死亡。（13）几乎没有一个地方不布满众生，三界拥挤得简直无法呼吸，国王啊！（14）他产生了毁灭的想法，国王啊！但他想不出毁灭的方法。（15）由于他愤怒，各种孔窍中冒出火，大王啊！老祖宗（梵天）用火焚烧四面八方。（16）于是，源自尊神愤怒的火焚烧天、地、苍穹、世界以及一切动物和不动物。（17）老祖宗（梵天）一发怒，猛烈的怒火焚烧众生、一切动物和不动物。（18）然后，黄色发髻、诛灭敌人英雄、吠陀礼仪之主、吉祥的天神斯塔奴寻求梵天庇护。（19）吉祥的斯塔奴怀着怜悯众生之情，走上前来，赐予恩惠之神（梵天）仿佛燃烧着对他说道：（20）'我认为你值得接受恩惠，商菩啊！让我满足你的什么心愿？我能实现你心中的愿望。'"（21）

以上是吉祥的《摩诃婆罗多》中《和平篇》第二百四十八章（248）。

二四九

斯塔奴说：

我是为众生前来请愿，主人啊！你要知道，它们是你创造的，老祖宗啊！不要对它们发怒。（1）你的烈火焚烧一切众生，尊神啊！我看到后，心生怜悯，世界之主啊！不要对它们发怒。（2）

生主说：

我不愤怒，也不希望众生不存在。我是为了减轻大地的负担，才产生毁灭的想法。（3）大地女神不堪重负，沉入水中，敦促我毁灭，大神啊！（4）我运用智慧，左思右想，也不知道怎样毁灭这些增长的众生，于是，愤怒占据我。（5）

斯塔奴说：

你开恩吧！不要发怒，天国之主啊！不要毁灭众生、动物和不动物。（6）不要毁灭一切嫩芽、一切草木、动物和不动物，四类生物群。（7）世界万物都将烧成灰烬，尊神啊！请开恩吧！这是我选择的恩惠。（8）一旦毁灭，众生就不会返回。因此，你施展自己的威力，制止焚烧吧！（9）你怜悯众生，考虑其他办法吧！让一切众生避免毁灭，折磨敌人者啊！（10）众生及其后代就要走向毁灭，不复存在，世界之主啊！而我是由你安置在神灵的地位。（11）世界一切动物和不动物都由你创造，世界保护者啊！请你开恩，大神啊！我乞求让众生有死有生。（12）

那罗陀说：

大神听了斯塔奴的话，控制语言和思想，依靠内在灵魂，抑制自己的威力。（13）这位举世崇拜的尊神熄灭烈火后，安排众生有生有死。（14）灵魂伟大的尊神熄灭由愤怒产生的烈火后，从他的所有孔窍中出现一位女人。（15）她皮肤黝黑，身穿红衣，眼睛和手掌泛红，佩戴神奇的耳环和首饰。（16）她从梵天身上的孔窍中出来，站在南面，两位大神望着这位女郎。（17）大地保护者啊！世界之主梵天招呼她说："死亡啊！你要杀死众生。（18）我出于愤怒的毁灭想法召唤你，请你毁灭一切愚笨和聪明的众生。（19）你要毁灭所有众生，无一例外，美女啊！按照我的安排，你将获得幸福。"（20）佩戴莲花花环的死亡女神听了这些话，陷入痛苦的沉思，潸然泪下。（21）大神用双手接住那些泪水。而她为了众生的利益，乞求梵天。（22）

以上是吉祥的《摩诃婆罗多》中《和平篇》第二百四十九章（249）。

二五〇

那罗陀说：

大眼女神浑身无力，克制痛苦，双手合十，像蔓藤那样俯首致敬，说道：（1）"优秀的辩士啊！你怎么创造像我这样的女人，行为暴戾，给一切众生带来恐怖。（2）我惧怕非法行为，请指派我做合法的事，自在天啊！请用你的吉祥眼，看看我担惊受怕的样子。（3）我不能剥夺这些无辜的儿童、青年和老人的生命，众生之主啊！我向你致敬，请你开恩！（4）看到亲爱的儿子、朋友、兄弟和父母死去，人们会诅咒我，大神啊！我惧怕害死他们。（5）悲伤的泪水永远会折磨我。我十分恐惧，求你庇护。（6）作恶者最终走向阎摩殿，大神啊！我求你开恩，赐予恩惠者啊！请你恩宠我，主人啊！（7）我希望你满足我的这个心愿，世界的祖宗啊！我希望你恩准我修炼苦行，天神之主啊！"（8）

梵天说：

死亡啊！你出自我毁灭众生的想法。去毁灭一切众生吧，不要犹疑！（9）只能这样，别无选择，体态无可指摘的女神啊！照我说的去做吧，无辜者啊！（10）

第十二 和平篇

那罗陀说：

大臂者啊！死亡女神听罢，没有回答，征服敌人城堡者啊！她谦恭地站在那里，望着尊神。（11）这位美丽的女神失去活力，一再受到催促，也毫无动静。于是，神中之神保持沉默。（12）确实，梵天已经把握住自己，安下心来。这位世界之主露出微笑，望着一切世界。（13）我们听说这位不可征服的尊神此时消除愤怒，女神便离开他的身边。（14）

死亡女神没有答应毁灭众生，迅速离开那里，前往台奴迦，王中因陀罗啊！（15）在台奴迦，女神修炼最艰难的苦行，单足独立十五兆年。（16）女神在那里修炼最艰难的苦行，大光辉的梵天再次对她说道：（17）"死亡啊！照我的话去做吧！"而她不听从，依然单足独立，孩子啊！过了七兆年，（18）又过了六兆年、五兆年和两兆年。她又与鹿群共同生活一万兆年。（19）然后，她又修炼严厉的禁语苦行，在水中呆了八千年，国王啊！（20）她又前往憍湿吉河修炼苦行，以空气和水为食，婆罗多族雄牛啊！（21）这位大福大德的女神又前往恒河和弥卢山，满怀怜悯众生之情，像木桩那样站立不动。（22）然后，在众天神举行祭祀的雪山山顶，王中因陀罗啊！她又用脚趾站立一兆年，竭力取悦老祖宗（梵天）。（23）

在那里，世界的创造和毁灭者（梵天）对她说道："你在做什么？女儿啊！你照我说的做吧！"（24）死亡女神又对老祖宗（梵天）说道："我不能剥夺众生的生命，大神啊！请你恩宠我吧！"（25）她惧怕非法行为，这样恳求着，神中之神（梵天）打断她的话，说道：（26）"你不会违背正法，死亡啊！我们应该限制众生，美女啊！我说出的话不能落空，贤女啊！（27）永恒的正法会照看你。我和众天神也会永远关心你。（28）我会实现你的别的心愿。受疾病折磨的众生不会责怪你。（29）在男性中，你呈现为男性；在女性中，你呈现为女性；在第三性中，你呈现为阴阳人。"（30）

大王啊！女神听罢，双手合十，对灵魂伟大而永恒的众神之主（梵天）依然说道："不！"（31）大神又对她说道："死亡啊！毁灭众生吧！我将保证你不会违背正法，美女啊！（32）我曾看到你的泪珠流下，用双手将它们接住。这些泪珠到时候会化作形态可怕的疾病折磨众生，死亡啊！（33）在一切众生末日降临时，你还要联合欲望和愤怒。这样，不可测量的正法就会走向你。你采取一视同仁的态度，不会违背正法。（34）这样，你只会保护所说的正法，而不会陷入非法。因此，你要欢迎欲望和愤怒前来，与它们联手，毁灭众生吧！"（35）

　　这时，名为死亡的女神害怕遭到梵天诅咒，遵命说道："好吧！"从此，在众生末日降临时，欲望和愤怒就会来到，迷惑和杀死众生。（36）死亡女神流下的泪水化作疾病，折磨众生的身体。因此，在一切众生命殒气绝时，你要保持清醒，不必忧伤。（37）一切天神在命殒气绝时离去，以后又返回。像天神一样，众生在命殒气绝时离去，以后又返回，王中之狮啊！（38）可怕的风发出恐怖的呼啸，威力巨大，成为一切众生的呼吸。一旦众生躯体毁灭，它仍以各种方式活动。因此，风是神中之神，出类拔萃。（39）一切天神与凡人没有差别，一切凡人也与天神没有差别。① 因此，你不必为儿子忧伤，王中之狮啊！你的儿子已经升入天国，满怀喜悦。（40）就是这样，大神创造死亡女神，到时候剥夺众生的生命；死亡女神流出的泪水化作疾病，到时候剥夺众生的生命。（41）

　　　　以上是吉祥的《摩诃婆罗多》中《和平篇》第二百五十章（250）。

二五一

坚战说：

　　所有的人都对正法感到困惑。正法是什么？正法从何而来？请你告诉我，祖父啊！（1）履行正法是为了今生，还是为了来世？或者是为了今生和来世？请你告诉我，祖父啊！（2）

毗湿摩说：

　　善行、传承和吠陀是正法的三种标志。智者们说，利益是正法的第四种标志。（3）智者们确认各种行为，分别高低，为世俗生活制定

---

① 意思是天神与凡人都有生和死。

法则，以保证今生和来世都获得幸福的结局。（4）恶人不能掌握微妙的正法，陷入罪恶。一些作恶者在危境中也不能摆脱罪恶。（5）不说邪恶的话，成为通晓正法者。善行是正法的根基，你应该懂得这一点。（6）盗贼横行不法，掠夺财物。在没有国王的时代，盗贼攫取他人财物，欢乐愉快。（7）一旦别人夺走盗贼的财物，盗贼也盼望有国王，同时也觊觎那些对自己的财富感到满意的人。（8）纯洁的人走向王宫大门，没有恐惧和疑虑，他甚至在自己的内心中也找不到任何恶行。（9）说真话是好事，没有比真实更高者。一切由真实维持，一切依据真实。（10）甚至暴戾的作恶者也互相说真话。依靠说真话，不敌对，不争吵。如果互不信任，必定会毁灭。（11）

不夺取他人的财物，这是永恒的法则。强者认为这是弱者推行的法则。一旦时运倒转，强者变成弱者，也会赞成这个法则。（12）即使拥有力量，也未必永久幸福，因此，决不要居心不良。（13）不惧怕不善之人、盗贼和国王，不伤害任何人，心地纯洁，无所畏惧。（14）盗贼对所有的人抱有戒心，犹如一头鹿闯进村庄，感到陌生之地充满险恶。（15）纯洁的人永远充满喜悦，走到哪里都无所畏惧，从不发现自己对别人举止不当。（16）

关心众生利益的人们提出布施这个法则。而富人认为这是穷人推行的法则。（17）一旦时运倒转，富人变成穷人，也会赞成这个法则。即使拥有财富，也未必永久幸福。（18）不希望别人对自己做的事，以及明知自己不喜欢的事，也不要对别人做。（19）一个人勾引他人妻子，还能对对方的丈夫说什么？我想，他换成对方的丈夫，也不能容忍。（20）一个人自己想要活命，怎么能谋害他人？一个人自己想要做什么，也要考虑到他人。（21）应该让一无所有的穷人分享自己多余的财富。正是出于这个原因，造物主让贫困存在。（22）应该遵循众天神遵循的法则，在获得财富后，也要恪守正法，庄严吉祥。（23）

智者们说正法是一切令人可爱的事，坚战啊！请看，这是区分合法和非法的标志。（24）从前，创造主为了掌握世界，作出这样的安排。善人们的崇高行为都受微妙的正法和利益制约。（25）我已经为你讲述正法的标志，俱卢族俊杰啊！因此，你的智慧决不能用在狡诈上。（26）

以上是吉祥的《摩诃婆罗多》中《和平篇》第二百五十一章（251）。

二五二

坚战说:

你为我指明微妙的正法标志,我豁然开朗,可以用推理作出表达。(1) 你解答了我心中许多疑问,国王啊!我现在要提出另一个问题,并非故意争论。(2) 那些正法标志让人越过障碍,达到目的。但是,依靠吟诵吠陀,并不能通晓正法,婆罗多后裔啊!(3) 处在顺境,一种正法;处在逆境,又一种正法。在危难中,怎么能依靠吟诵吠陀通晓正法?(4) 你确认善行是正法,善人以行为为标志。但是,善行没有准则,怎么能判断?(5) 人们看到,有些低贱者行为非法,却貌似合法;有些高尚者行为合法,却貌似非法。(6)

通晓经典的人们指示善行的准则。但是,我们听说吠陀学说随着时代而减少。(7) 圆满时代有一些正法,三分时代和二分时代有另一些正法,争斗时代又有一些正法,仿佛都是尽力而为。(8) 认为经典之言都是真理,这是世俗之见。吠陀高于各种经典,涉及一切。(9) 如果所有经典都是准则,也就没有准则。是不是准则,互相存在矛盾,那么,经典性何在?(10) 有些灵魂邪恶的强者剥夺正法,胡作非为,规则也就毁灭。(11) 无论我们知道不知道,或者能不能知道,正法甚至比刀锋更微薄,比山岳更沉重。(12) 智者最初看到健达缚城的模样,但仔细观察,又消失不见。(13) 如同牛群饮水的池塘或灌溉田地的渠水日益枯竭,婆罗多后裔啊!世代相传的永恒正法日益减少,最终消失不见。(14)

由于贪欲、衰败或其他原因,许多不善之人从事徒劳无益的行动。(15) 而正法在善人中也会突然消失,于是,别人称他们是疯子,嘲笑他们。(16) 有些杰出人物转而依靠王法。因此,看不到哪种对一切众生都有益的行为。(17) 对这个人有益的行为却对那个人有害,相同的情况偶尔遇见。(18) 对那个人有益的行为却对这个人有害,应该看到所有的行为都不是固定不变。(19) 所谓正法是古代圣贤长期遵守的行为。依靠从前的行为,规则长存。(20)

以上是吉祥的《摩诃婆罗多》中《和平篇》第二百五十二章(252)。

二五三

毗湿摩说：

在这方面，人们引用一个古老的传说，那是杜拉达罗和迦阇利关于正法的谈话。（1）有个在林中生活的婆罗门，名叫迦阇利。这位大苦行者来到海边修炼苦行。（2）这位牟尼富有智慧，克制自己，节制饮食，身披树皮和兽皮，束起发髻，身沾污泥，过了许多年。（3）有一次，这位大光辉的婆罗门仙人呆在水中，以快似思想的速度巡视一切世界。（4）看到以大海为边缘的整个大地和森林，这位牟尼站在水中思忖道：（5）"在这世界的动物和不动物中，我无与伦比，没有谁能与我一起在水中腾空而行。"（6）

罗刹们看到他在水中自言自语，于是毕舍遮们对他说道："你不能这样说。（7）在波罗奈有位经商的杜拉达罗，大名鼎鼎，甚至连他也不能像你这样说，婆罗门俊杰啊！"（8）大苦行者迦阇利听了这些鬼怪的话，回答说："我想见见这位声誉卓著的智者杜拉达罗。"（9）听仙人这样说，罗刹们从海中抬起他，说道："走吧，沿着这条路，婆罗门俊杰啊！"（10）迦阇利听鬼怪们这样说，心慌意乱地动身前往，在波罗奈遇见杜拉达罗，说了这些话。（11）

坚战说：

祖父啊！迦阇利从前做过什么善事，以致他获得最高成就？请你讲给我听。（12）

毗湿摩说：

这位大苦行者修炼严酷的苦行，坚持每天早晚接触河水。（13）婆罗门迦阇利正确地侍奉火，专心诵习吠陀。他通晓林居者规则，闪耀吉祥的光辉。（14）他立足真理，坚持苦行，并不格外留意正法。在雨季，露天而宿；在冬季，浸在水中。（15）在夏季，与风和太阳作伴，并不格外留意正法。躺在各种难卧之处，或者躺在地上。（16）

有一次，牟尼在雨季中露天而立，空中的雨水一再倾泻在他的头顶。（17）他依然在林中走动，发髻凌乱，纠结在一起，沾满污泥。(18)有一次，这位大苦行者戒绝食物，饮风维生，像木桩那样站着，镇定自若，纹丝不动。(19)他变成木桩，一动不动，婆罗多后裔啊！一对古林伽鸟在他的头顶筑巢，国王啊！(20)这位婆罗门仙人仁慈地望着这对鸟夫妻在自己发髻上铺草筑巢。(21)这位大苦行者变成木桩，一动不动，这对鸟夫妻舒适愉快，放心地住在那里。(22)

雨季过去，秋季来临，按照生主的规则，互相信任，耽迷爱欲，(23)这对鸟夫妻在他的头顶上产卵，国王啊！这位婆罗门严守誓愿，充满威力，知道那些鸟卵。(24)大光辉的迦阇利知道那些鸟卵，保持不动。他的心中永远恪守正法，不愿意违背正法。(25)每天，这对鸟夫妻在他的头顶来来去去，互相信任，愉快地住着。(26)从成熟的鸟卵中，生出了小鸟。小鸟在那里长大，迦阇利保持不动。(27)他以法为魂，严守誓愿，沉思入定，一动不动，就这样保护古林伽鸟的那些卵。(28)

到了时候，这些小鸟长出翅膀。牟尼也知道这些小鸟长出翅膀。(29)这位优秀的智者严守誓愿，有一天，他看到了这些长出翅膀的小鸟，喜悦至极。(30)同样，那对老鸟看到小鸟们长大，也很高兴，无所畏惧，与子女们住在一起。(31)婆罗门迦阇利看到这些长出翅膀的小鸟每天黄昏飞出飞回，他保持不动。(32)有一天，小鸟们飞出飞回，而父母离开了它们，迦阇利保持不动。(33)国王啊！此后，小鸟们白天飞出，黄昏飞回，住在那里。(34)有时候，这些鸟飞出去五天，第六天回来，迦阇利保持不动。(35)渐渐地，这些鸟精力充足，飞出去许多天，也不回来。(36)有时候，这些鸟飞出去一个月，也不回来，国王啊！迦阇利依然保持不动。(37)

后来，这些鸟消失不见，迦阇利惊诧不已，心想："我成功了。"于是，他感到骄傲。(38)他严守誓愿，看到这些鸟不再返回，深感自己功德不小，满怀喜悦。(39)这位大苦行者在河中沐浴，祭供火，然后迎接升起的太阳。(40)优秀的默祷者迦阇利在头顶上养育了鸟雀，因此，他拍掌对空中说道："我达到了正法。"(41)随即，迦阇利听到空中传出话音："你的正法不能与杜拉达罗相比，迦阇利啊！(42)大智者杜拉达罗住在波罗奈，甚至连他也不能像你这样说，婆罗门啊！"(43)

这位牟尼感到气愤,想要见到杜拉达罗,每天在大地上行走,直至天黑就宿,国王啊!(44)经过很长时间,他到达波罗奈城,看到出售货物的杜拉达罗。(45)经商谋生的杜拉达罗看到这位婆罗门来临,满怀喜悦,起身向他表示欢迎。(46)

杜拉达罗说:

毫无疑问,我知道你来到这里,婆罗门啊!请听我对你说,婆罗门俊杰啊!(47)你曾在海边修炼大苦行,从不意识到自己实行正法。(48)你修炼苦行获得成功,婆罗门啊!很快,一些小鸟在你的头顶上出生,得到你保护。(49)这些小鸟长出翅膀,飞来飞去。由于养育了鸟雀,你觉得自己达到了正法,婆罗门啊!然后,你听到空中话音提到我,婆罗门俊杰啊!(50)你感到气愤,来到这里。我能怎样为你效劳?请说吧,婆罗门俊杰啊!(51)

以上是吉祥的《摩诃婆罗多》中《和平篇》第二百五十三章(253)。

二五四

毗湿摩说:

听了智者杜拉达罗的话,优秀的默祷者、智者迦阇利回答道:(1)"你出售各种饮料、香料、树木、药草、根茎和水果,商人之子啊!(2)你从哪里学到这种至高的智慧?请你详细告诉我,大智者啊!"(3)

杜拉达罗作为吠舍,通晓正法和利益真谛,满足于知识,国王啊!他听了声誉卓著的迦阇利的话,向这位修炼严酷苦行的婆罗门讲述微妙的正法:(4)"迦阇利啊!我知道永恒的正法及其奥秘。人们都知道它古老,友善,对一切众生有益。(5)不伤害或少伤害众生,这种生活方式是至高的正法,迦阇利啊!我按照这种正法生活。(6)我用木材和草盖屋蔽身,婆罗门仙人啊!我从别人手中买进各种树脂、松木和香料,(7)除了酒之外的许多饮料,这些我都公平出售。(8)永远在行为、思想和语言上待人友善,为一切众生谋利益,迦阇利啊!这样的人懂得正法。(9)我不赞美,也不咒骂别人的行为,婆罗门仙人啊!我看待世界的变幻,如同看待空中的风云。(10)我既不贪图,也不厌弃;不憎恨,也不热爱。我平等对待一切众生,迦阇利啊!请看,这就是我的誓愿。(11)摆脱爱憎,摒弃喜怒,我的秤对一切众生都持平,迦阇利啊!(12)你要知道,我对一切世界一视同仁,对土地、石头和金子等量齐观,优秀的智者迦阇利啊!(13)

"正如瞎子、聋子和疯子,被天神剥夺感官,只求维持生命,我也是这样看待自己。(14)正如衰老和疾病缠身,不再贪恋感官对象,我也摒弃对财富和爱欲的渴望。(15)一旦他不惧怕别人,别人也不惧怕他,没有渴望,没有仇恨,这样的婆罗门就获得成功。(16)一旦在行为、思想和语言上,都不对一切众生作恶,他就达到梵。(17)没有过去,没有未来,也就没有任何正法。一切众生不惧怕他,他自己也达到无畏境界。(18)言语粗暴,刑罚残酷,整个世界惧怕他,犹如惧怕死神之嘴,他自己也陷入大恐怖。(19)我追随灵魂高尚者的生活方式,他们无论老幼,都遵守仪轨,不杀生。(20)失去永恒的正法,对善行也会产生迷惑。而智者修炼苦行,富有力量,不会迷惑。(21)迦阇利啊!智者克制自己,不怀害人之心,从事善行,很快就会获得正法。(22)

"正如在河中任意漂流的一块木头,偶然与另一块木头相遇。(23)随后,又与其他的木头相遇,有时意外地与浮草和牛粪相遇。行为就是这样随时随地呈现。(24)一切众生对他毫不惧怕,他也就会对一切众生毫不惧怕,牟尼啊!(25)而一切世界惧怕他,犹如惧怕豺狼,他就会像水中之鱼,惧怕吼叫的海底之火,逃向海岸。(26)有朋友,有财富,有福气,无敌人,圣贤们在经典中说到这样的人。他们心无挂碍,通晓全部规则,赢得名声。(27)修炼苦行,举行祭祀,慷慨布施,说话富有智慧,这样的人无所畏惧,在今生就享受功果。(28)举行各种祭祀,赐予世上一切众生无畏,他也获得无畏的报偿。没有比不伤害众生更高的正法。(29)一切众生对他毫不惧怕,他也就会对一切众生毫不惧怕,大牟尼啊!(30)整个世界惧怕他,犹如惧怕爬进屋里的蛇,他在今生和来世都不能获得正法。(31)与一切众生的灵魂同一,正确看待一切众生,这样的人是无足迹者。甚至连在路上寻找足迹的众天神也会对此感到迷惑。(32)人们说赐予众生无畏是一切布施中的最高布施。我告诉你这是真理,迦阇利啊!请你相信。(33)

"先是获得好运,后又遭遇厄运,人们看到事业化为虚无,常常会感到厌倦。(34)而正法即使微妙,也不是无缘无故,迦阇利啊!宣说正法是为了众生幸福繁荣。(35)正法充满奥秘,微妙难解。而懂得正法,也就懂得各种行为。(36)一些人阉割牛,穿刺牛鼻子,让牛负载重担,拴住牛,驯服牛,(37)还屠宰牲口吃肉,你为何不谴责他们?人还占有人,享用奴隶。(38)以杀戮、捆绑和监督的方式,强迫奴隶日夜做事,而你自己也知道杀戮和鞭打的痛苦。(39)在具备五种感官的众生中,住有一切神灵:太阳、月亮、风、梵天、元气、祭祀和阎摩。(40)已经出售生命,对出售死尸还会有生命顾虑?婆罗门啊!对出售麻油、酥油、蜂蜜、饮料或药草,还会有什么顾虑?(41)

"一些牲畜在没有蚊虫叮咬的地方愉快成长,而人们明知它们也受母畜宠爱,却千方百计折磨它们,将它们带到充满污泥和蚊虫的地方。(42)另一些牲畜承受超常的负载,筋疲力尽,我认为这种行为无异于犯下虐杀胎儿罪。(43)人们认为耕种是善事。但这种生活方式也很残忍。木犁和铁犁伤害土地和地下的昆虫,迦阇利啊!你看看这些负轭的牛!(44)不可杀害者是牛的称号,因此,谁敢杀害它们?就像波利舍陀罗那样,杀死祭牛,犯下大罪。(45)仙人们和苦行者们曾经警告友邻王说:'你杀死母牛如同杀死母亲,杀死公牛如同杀死生主。你做了不应该做的事,友邻王啊!我们为你的行径感到害怕。'(46)大福大德的仙人们将他的罪孽化作一百零一种疾病,分散在一切众生身上,迦阇利啊!然后,他们对犯有大罪的友邻王说:'我们不能为你投放祭品了。'(47)这些仙人和苦行者灵魂高尚,洞悉真谛,内心平静,及时警告了友邻王。(48)

"迦阇利啊!你要知道世上这些不吉利的可怕行为只是出于习惯,而不是出于深思熟虑。(49)一个人应该追求合理的正法,而不应该追随世俗的行为,迦阇利啊!请听,无论谁伤害我或赞美我,(50)我对两者一视同仁,不怀抱爱憎。智者们赞赏这种正法。(51)苦行

者们遵循这种合理的行为法则。它始终在奉行正法的人们身上得到充分体现。"（52）

以上是吉祥的《摩诃婆罗多》中《和平篇》第二百五十四章（254）。

二五五

迦阇利说：

按照你这位持秤者实行的正法，就会关闭众生通向天国之门，也断绝众生的生路。（1）耕作产生食物，你才得以维生。凡人依靠牲畜和药草活命，商人之子啊！（2）由此，祭祀得以举行。你是在宣传无神论。如果完全摒弃谋生手段，这个世界也就不再运转。（3）

杜拉达罗说：

我现在就讲述生活方式，迦阇利啊！我不是无神论者。我并不谴责祭祀。但是，真正通晓祭祀者十分难得。（4）我向婆罗门祭祀致敬！也向通晓祭祀者致敬！而在这世上，婆罗门抛弃自己的祭祀，依赖刹帝利的祭祀。（5）婆罗门啊！那些信神者贪图财物，不理解吠陀学说，举行貌似真实而实则虚假的祭祀。（6）他们不断地鼓吹献出这个，献出那个，由此，产生偷盗和其他恶行，迦阇利啊！而惟有正当的祭品才能令众天神满意。（7）依照经典的提示，应该用致敬、祭品、诵习吠陀和药草供奉众天神。（8）通过祭祀，不善之人生出不善的后代，而贪婪者生出贪婪者，心平者生出心平者。（9）正像祭祀者生出儿子，祭司也生出后代。从祭祀中产生后代，犹如从空中降下纯洁的雨水。（10）

投入火中的祭品走向太阳，婆罗门啊！从太阳中产生雨水，从雨水中产生食物，然后产生后代。（11）从前，人们遵守仪规，实现一切愿望。大地不用耕种，谷物就会成熟。只要怀有愿望，植物就会成长。人们从不在祭祀中或在自己心中期盼果实。（12）那些举行祭祀而怀疑祭祀成果的人，转生为不善之人，狡诈，贪婪，迷恋财富。（13）不遵循法则，玷污法则，犯下恶业，就会走向作恶者的世界，婆罗门俊杰啊！这样的人在世上永远缺乏智慧，心地邪恶。（14）

懂得经典规定的职责，这样的婆罗门有所畏惧。梵在世界中运转，他自己并不是作者。（15）我们听说行动即使有缺陷，也胜似不行动。而伤害一切众生，功果就会受限制。（16）

以真理为祭祀，以自制为祭祀，这样的人不贪婪，满足于自我，舍弃成果，毫不妒忌。（17）通晓领域（身体）和知领域者（灵魂）的真谛，奉行自己的祭祀，诵习梵吠陀，令众天神满意。（18）所有神灵，遍及一切的梵，依靠婆罗门。婆罗门得到满足，众天神也得到满足，迦阁利啊！（19）正像所有的味都已得到满足的人，不会渴望某种味，知识得到满足的人，永远满足，永远幸福。（20）热爱正法，以遵行正法为幸福，明辨一切，热烈追求智慧，认为有比我们更高者。（21）有些人具备智慧和知识，希望到达彼岸，那里永远纯洁，充满出身纯洁的人。（22）那里没有忧愁，没有痛苦，不会坠落，这些富有勇气的人到达梵的境界。（23）他们不盼望天国，不以名声和财富祭祀；他们追随善人的道路，竭尽全力不杀生。（24）他们只知道树木、药草、根茎和果子，而贪婪的祭司渴求财富，不为他们举行祭祀。（25）

婆罗门实现自己的目的，仍然举行祭祀，恪守职责，怜悯众生。（26）他们以自己的正法和行为，让众生到达天国，迦阁利啊！考虑到这些，我平等看待一切。（27）智者永远举行祭祀，婆罗门雄牛啊！由此，他们走上天神之路，大牟尼啊！（28）即使走上天神之路，智者们也有转回和不转回两类，迦阁利啊！（29）由于心想事成，他们的公牛自动套轭和运载，母牛自动流出乳汁。（30）他们亲自树起祭柱，举行祭祀，并有丰厚的酬报。只要灵魂纯洁，也能杀牛祭供。（31）他们不像那些以药草祭供的人，婆罗门啊！而我推崇以智慧为依托的弃绝，并讲给你听。（32）无欲望，不操劳，不致敬，不赞美，行动削弱，意志不消沉，众天神知道这样的人是婆罗门。（33）不传诵吠陀，不举行祭祀，不布施婆罗门，贪图世俗享受，迦阁利啊！这样的人会有什么归宿？只有与神灵相联系，才能达到祭祀目的。（34）

迦阁利说：
我们以前没有听说牟尼的真谛，商人之子啊！我向你请教这个难以理解的问题。仙人们以前不注意这个问题,因此,没有确立它的至高地位。(35)在这个自我圣地(祭坛)中,牲畜不能获得幸福,商人之子啊!那么,通过自己的什么行为,才能获得幸福?我完全信任你,大智者啊!请你告诉我。(36)

杜拉达罗说:

不管祭祀不祭祀,都不能杀戮牲畜,尤其是牛,以乳汁、乳酪、尾毛、角和蹄,构成完整的祭品。(37)按照这种规则,应该让妻子参加祭祀,因为她制作的祭饼比一切牲畜更圣洁。(38)一切河流都是娑罗私婆蒂河,一切山岳都圣洁,迦阇利啊!自我(灵魂)就是圣地,你不必外出朝拜。(39)遵行这样的正法,而不向往世俗的正法,就能到达光辉的世界。(40)

毗湿摩说:

杜拉达罗赞赏这样的正法。它合乎道理,永远为善人遵奉。(41)

以上是吉祥的《摩诃婆罗多》中《和平篇》第二百五十五章(255)。

二五六

杜拉达罗说:

如果善人或不善之人遵行这条道路,你亲眼看到他们做好事,就会理解这一点。(1)空中有许多鸟在飞翔,其中有些鸟曾在你的头顶上成长,还有兀鹰和其他的鸟。(2)请看,它们都进入各自的巢,蜷缩翅膀和双足,大婆罗门啊!请召唤它们。(3)这些鸟受到你的养育,视你为父亲。毫无疑问,你是父亲,迦阇利啊!召唤儿子们吧!(4)

毗湿摩说:

迦阇利召唤来那些鸟。它们依据正法,说出神圣的话:(5)"不杀生的行为有益今生和来世。竞争造成伤害,婆罗门啊!不消灭竞争,竞争就会消灭人。(6)语言、思想和祭祀都不能保护失去信仰的人。熟谙往事的人们赞赏梵天吟诵的这些偈颂。(7)纯洁而无信仰,有信仰而不纯洁,众天神认为两者在祭祀中都一样。(8)富有学问的悭吝人，慷慨布施的高利贷者，众天神经过考虑，认为两者的食物都一样。（9）生主告诉他们说，这里面有不同。慷慨布施者的食物因信仰而净化，而缺乏信仰者的食物有害。慷慨布施者的食物可以享用，而吝啬者和高利贷者的食物不可享用。（10）没有信仰的人不配祭供众天神。通晓正法的人们知道这种人的食物不可享用。（11）

"无信仰是至高之罪。信仰涤除罪恶。有信仰的人摒弃罪恶，犹如蛇蜕皮。（12）怀抱信仰而弃绝，胜过一切净化手段。有信仰的人摒弃过失，获得净化。（13）对他来说，苦行有何必要？品行有何必要？人由信仰构成，信仰什么，成为什么。（14）通晓正法和利益的善人们阐明这种正法。我们想要了解这种正法，从牟尼法见那里来到你这里。（15）大智者啊！摒弃竞争心，你就能达到至高者。商人之子具有信仰，信奉正法，恪守自己的道路，出类拔萃，迦阇利啊！"（16）

杜拉达罗说了这些饱含思想意义的话，迦阇利获得永恒的正法。（17）这位婆罗门听了以勇气著称的杜拉达罗的话，获得平静，贡蒂之子啊！（18）不久，杜拉达罗和迦阇利这两位大智者升入天国，愉快地生活。他俩按照各自的业果达到各自的地位。（19）有平等心，有信仰，克制自己，心地善良，这样的人举行祭祀，祭祀不会落空。（20）真诚的信仰女神是太阳的女儿，国王啊！如同莎维德丽赐予生命，安抚生命。（21）信仰保护语言和思想不受损害，婆罗多后裔啊！听了这些含有譬喻的教导，你还想听些什么？（22）

以上是吉祥的《摩诃婆罗多》中《和平篇》第二百五十六章（256）。

二五七

毗湿摩说：

在这方面，人们引用一个古老的传说，那是维遮克努出于怜悯众生而吟诵的。（1）这位国王看到祭场上，牛遭屠宰，发出凄厉的哀鸣。(2) 他说道："但愿世上的牛吉祥幸运！"屠宰已经实施，他表达这个心愿。(3) 他说道："不守法度，头脑愚痴，不信神，心中充满怀疑，这样的人赞同杀生。(4) 以法为魂的摩奴说过在一切行动中不杀生。人们出于贪婪才在祭祀中杀生。（5）因此，明白人应该严格履行微妙的正法。不杀生被认为高于一切正法。（6）住在村外，严守誓愿，放弃吠陀中的教导，成为弃绝者。可怜的人们才会以成果为动因。（7）如果人们关注祭祀、树木和祭柱，又随意吃肉，这种正法不值得赞赏。（8）歹徒们随意吃肉、蜜、酒、鱼和芝麻饭。这些并不符合吠陀规则。（9）这种做法出自欲望、痴迷和贪婪。婆罗门知道毗湿奴出现在一切祭祀中。相传对他的供奉应该是善心和牛奶粥。（10）那些在吠陀中提及的可以用作祭品的树木和花果，任何为身心纯洁的大士们认可的祭品，这位大神都能接受。"（11）

坚战说：

灾难总是威胁身体。一个不杀生、不行动的人怎么能维持身体？（12）

毗湿摩说：

有能力的人遵奉正法，从事行动，他的身体不会疲惫，不会衰亡。（13）

以上是吉祥的《摩诃婆罗多》中《和平篇》第二百五十七章（257）。

二五八

坚战说：

怎样确认应尽的责任？做任何事情应该迅速，还是缓慢？在遇到难题时，你是我们至高的老师。（1）

毗湿摩说：

在这方面，人们引用一个古老的传说，讲述从前鸯耆罗族吉罗迦林的行为。（2）吉罗迦林，祝你幸运！祝你幸运，吉罗迦林！吉罗迦林聪明睿智，不做错事。（3）大智者吉罗迦林是乔答摩的儿子。他做任何事情，都经过深思熟虑。（4）他思考问题的时间长，醒的时间长，睡的时间长，完成工作的时间长，因此，得名吉罗迦林①。（5）

---

① 吉罗迦林（Cirakārin）意谓行动缓慢者。

第十二　和平篇

智慧浅薄、目光短浅的人们也因此称他为"懒汉"和"弱智"。(6)

有一次，乔答摩为妻子的过错发怒，走过另一些儿子，对吉罗迦林这个儿子说道："杀死你的母亲！"(7) 吉罗迦林出自本性，迟迟才回答说："好吧！"他一向行动缓慢，这次也陷入久久的沉思：(8) "我怎么能不执行父亲的命令？我又怎么能杀死母亲？我怎么能不像不善之人那样陷入违法行为？(9) 父亲的命令是至高之法，保护母亲也是自己的正法。儿子不能做主，怎么不叫我为难？(10) 杀死妇女和母亲，有谁能获得幸福？而藐视父亲，有谁能获得安稳？(11) 尊重父亲是责任，保护母亲也是责任，我怎样才能不违背这两种责任？(12)

"父亲将自己放在母亲身上生下我，为了延续品行、族姓和家族。(13) 父亲亲自造成我这个儿子，我怎么会不知道这个道理呢？我知道自己的来源。(14) 父亲在我出生仪式和结业仪式上说的话，就足以让我尊重父亲。(15) 由于抚养和教育之恩，父亲是至尊的师长，最高的正法。吠陀中也确认父亲的话是正法。(16) 儿子是父亲的唯一快乐，父亲是儿子的一切。惟独父亲给予儿子身体和其他一切。(17) 因此，应该执行父亲的命令，决不能违背。听命父亲甚至可以净化罪恶。(18) 衣食住行，繁衍后代，说明一切世界，妻子妊娠期间的净化仪式，父亲都是主人。(19) 父亲是天国，父亲是正法，父亲是至高苦行。父亲满意，众天神也满意。(20) 父亲的话语成为对儿子的祝福，父亲的欢欣涤除儿子的一切罪恶。(21) 花朵从茎秆坠落，果子从树枝坠落，而父亲即使处境困难，也不会抛弃对儿子的慈爱。(22) 这些是对儿子应该尊重父亲的思考，就思考到这里。现在，我要思考母亲。(23)

"聚合五大元素，使我成人，母亲是原因，如同引火棍。母亲是人体的引火棍，是一切痛苦的止息者。(24) 一个人即使失去辉煌，只要进入屋内，叫声'妈妈'，他就不会忧伤，不会失去勇气。(25) 即使活到一百岁，子孙满堂，只要母亲还在，他在母亲面前仍像两岁小孩。(26) 无论儿子能干或无能，瘦弱或强壮，都受到母亲保护。儿子的养育者注定是母亲，而不是别人。(27) 一旦遭受痛苦，他就变得衰老；一旦失去母亲，他的世界就变成虚空。(28) 没有像母亲这样的庇荫，没有像母亲这样的归宿，没有像母亲这样的庇护，没有像母亲这样的清泉。（29）她怀胎而成为维持者，分娩而成为生育者，让儿子肢体发育而成为哺育者，培养儿子的勇气而成为培养者，（30）教育儿子而成为教育者。母亲是儿子的另一个身体。一个有脑子的人杀害母亲，他还能留住自己的脑袋？（31）

"夫妻双方的生命元气紧密结合，父亲和母亲都明白这一点。但生育依靠母亲。（32）母亲知道胎儿的族姓，知道他是谁的儿子。母亲从怀孕开始，就对儿子怀有慈爱，而儿子属于父亲。（33）男女携手成婚，共同履行正法，如果男人行为不端，女人不应该受到责备。（34）抚养妻子而成为丈夫，保护妻子而成为主人；不承担这两种责任，就不成其为丈夫和主人。（35）女人没有过错，男人有过错；男人行为不端，犯下错误。（36）相传对于女人，丈夫至高无上，是至高之神。她把自己交给了乔装丈夫模样的人。在一切事件中，女人是受害者，没有过错。（37）毫无疑问，这显然是因陀罗违背正法，令人想起从前梵天下达的与妇女交欢的指令。①（38）因此，妇女和母亲更值得尊重，甚至连没有理性的牲畜都知道母亲不可杀害。（39）人们知道父亲是众天神汇集一身，而母亲慈爱，是众人和众天神汇集一身。"（40）

就这样，行动缓慢的吉罗迦林陷入沉思，耽搁了很长时间，直至父亲回来。（41）乔答摩族大智者梅达提底坚持修炼苦行，沉思良久，觉得自己对妻子处置失当。（42）他痛感后悔，潸然泪下，但依靠学问，镇定自己，回到家中，说道：（43）"三界之主、摧毁城堡者（因陀罗）化作婆罗门客人来到我的净修林。（44）她好言好语安抚他，向他表示欢迎，按照礼节献上食品和洗脚水。（45）她还对他说道：'我听候吩咐，遵行礼仪。'然而，还是发生了不幸之事。但这不是她的过错。（46）这不是她，不是我，也不是作为旅客的天王（因陀罗）的过错，而是忽视正法的过错。（47）

"人们说妒忌引发灾难，因此，应该禁欲守贞。而我受妒忌控制，陷入恶行之海。（48）我杀死这位贤淑的女人，由我抚养的妻子，谁

---

① 参阅本篇第273章第42—44颂。

能拯救我？（49）当时我给智慧博大的吉罗迦林下了命令，如果他行动缓慢，就能避免我犯罪。（50）吉罗迦林，祝你幸运！祝你幸运，吉罗迦林！如果你这一回行动缓慢，那么，你真正是吉罗迦林（行动缓慢者）。（51）你保护我，保护你的母亲，保护我获得的苦行，也保护你自己，避免犯罪吧！你今天成为行动缓慢者吧！（52）你生性行动缓慢，凡事深思熟虑。但愿你今天获得成果！但愿你今天成为行动缓慢者！（53）母亲久久盼望你，在胎中久久怀着你，吉罗迦林啊！让你的行动缓慢的性格产生成果吧！（54）或许他因烦恼而拖延时间，或许他睡眠很久，或许他担心此事会造成我俩痛苦，吉罗迦林啊！"（55）

国王啊！正是这样，大仙人乔答摩痛苦不堪。随后，他看到吉罗迦林就在附近。（56）吉罗迦林处在极度痛苦中，看到父亲，立即扔下武器，叩头致敬。（57）看到儿子跪地叩头，妻子安然无恙，乔答摩欣喜至极。（58）这位灵魂高尚的仙人在僻静的净修林中，妻子没有与他分离，思想镇定的儿子也与他在一起。（59）当初，他向驯顺的儿子提出要求后，忙于自己的事情。儿子手持武器，理应杀死母亲。（60）看到儿子匍匐在自己的双足前，他明白儿子出于惧怕，放下了手中的武器。（61）于是父亲久久地赞美儿子，久久地亲吻儿子的头，久久地拥抱儿子，一再祝福儿子健康长寿。（62）

大智者啊！正是这样，乔答摩满怀喜悦，对儿子表示满意，说道：（63）"吉罗迦林，祝你幸运！但愿你永久行动缓慢！在你延宕的时间中，我也始终痛苦不堪。"（64）优秀的牟尼、智者乔答摩又吟诵了这些偈颂，展示那些行动缓慢的智者的品德：（65）"结交朋友要缓慢，放弃事情要缓慢；经过时间考验的友谊才能保持长久。（66）遇到愤怒、骄傲、傲慢、嫉恨、邪恶和可憎的事情，行动缓慢者受称赞。（67）遇到可能会得罪亲戚、朋友、侍从和妇女的事情，行动缓慢者受到称赞。"（68）

婆罗多后裔啊！就这样，乔答摩对儿子的行为及其行动缓慢的性格感到高兴，俱卢子孙啊！（69）因此，一个人做任何事，经过长时间思考，作出决定，就不会后悔不已。（70）长时间抑制愤怒，长时间决定事情，事后就不会后悔。（71）长时间侍奉、陪伴和尊重老人，长时间崇尚正法，长时间观察探索，（72）长时间陪伴智者，长时间侍奉贤者，长时间调伏自我，长时间不轻慢无礼。（73）即使别人谈起关于正法的话题，他也应该花费长时间询问和回答，才不致出错。（74）这位大苦行者婆罗门在这个净修林中侍奉众天神很多年后，和儿子一起升入天国。（75）

以上是吉祥的《摩诃婆罗多》中《和平篇》第二百五十八章（258）。

二五九

坚战说：
国王怎样保护众生，不造成任何伤害？优秀的贤士啊！我向你请教，祖父啊！请你告诉我。（1）

毗湿摩说：
在这方面，人们引用一个古老的传说，那是耀军和国王萨谛梵之间的对话。（2）我们听说，遵照他的父亲的命令，一些人被押往刑场处死，萨谛梵说了一些别人没有说过的话：（3）"正法成为非法，非法成为正法。而杀戮决不会成为正法。"（4）

耀军说：
如果不杀戮成为正法，谁还会遵奉正法？萨谛梵啊！如果不杀死盗匪，就会出现混乱。（5）在争斗时代就会奉行"这是我的！那不是他的！"如果你认为人世间的生活可以不是这样，请告诉我们。（6）

萨谛梵说：
所有三种种姓都应该依从婆罗门。在法网束缚下，只有少数人违法。（7）婆罗门发现他们之中有人违法，报告国王说："这个人不听从我的话。"国王就会加以惩处。（8）经典的原则并无歧异。应该依据治国论思考事情，不能不加考虑，动辄杀戮。（9）国王杀死盗匪，也连带杀死许多无辜者。一旦这个人被杀，他的妻子、父母和儿子也就被杀。因此，国王受到他人冒犯，惩处应该适当。（10）不善之人有时也会从善。善人也会生出坏后代，不善之人也会生出好后代。（11）不应该连根铲除，这不是永恒的正法。不采取杀戮的办法，而采取赎罪的方法。(12) 对于犯罪者,首先不应该处以死刑,而应该处以警告、囚禁或致残。(13) 如果他们向祭司寻求庇护,说道:"婆罗门啊!我们决不再犯罪。"(14) 那么,国王可以下令释放他们。婆罗门违法后,削发持杖,身穿兽皮衣,成为遁世者,可以不再追究。(15) 重罪重罚,一再犯罪者,不能像初犯者那样予以释放。(16)

耀军说:

只要众生能够循规蹈矩,就不会逾越公认的正法。(17) 不处死那些违法者,一切都会变得不可收拾。在远古时代,人们容易统治。(18) 温和,诚实,很少怨恨,很少发怒,说声"呸!"说些责备的话,便是惩罚。(19) 过去,惩处只不过是罚款,而今天也采用死刑。即使采用死刑,也不能管束一些人。(20) 按照经典的说法,盗匪不属于人,不属于神,不属于健达缚,不属于祖先,在世上,不属于谁,什么也不是。(21) 他从坟地采集莲花,从毕舍遮获取神性,与愚昧无知的人缔结盟约。(22)

萨谛梵说:

如果不杀生就不能保护善人,那你就消灭盗匪,保障众生幸福安宁吧!(23)

耀军说:

国王为了世界繁荣,修炼最高苦行。人们由此感到羞愧,而仿效国王的行为。(24) 人们感受到威慑,便做善事。国王并不喜好处死恶人,他主要依靠善行统治臣民。(25) 世界总是追随最美好的生活方式,世人总是模仿师长的行为。(26) 不先约束自己,而想约束别人,感官陷入感官对象,人们嘲笑这种人。(27) 出于傲慢和愚痴,冒犯国王,对这种人应该想尽办法加以制止,这样才能消除罪恶。(28) 首先约束自己,才能约束别人。即使采用重刑,也要惩处作恶的亲戚和亲属。(29) 慈悲为怀的婆罗门智者曾经教导说:"作恶者不遭到沉重打击,罪恶必定增长,正法必定衰退。"(30)

孩子啊!令人信服的前辈们出于慈悲,曾经教导我说:(31) "在圆满时代,国王采用原始法则。在三分时代,正法减少四分之一。在二分时代,正法只有二分之一。下一个时代,正法只有四分之一。(32) 这样,到了争斗时代,由于国王的恶行和时代的性质,正法只剩下十六分之一。"（33）萨谛梵啊！在这个时代，采用原始法则，就会出现混乱。考虑到寿命、能力和时间，应该从事苦行。（34）自在天之子摩奴怜悯众生，就是这样教诲人们追求真理，不要失去伟大的正法之果。（35）

以上是吉祥的《摩诃婆罗多》中《和平篇》第二百五十九章（259）。

二六〇

坚战说：

弃绝不妨碍众生，产生六德。而正法分为两类，祖父啊！请你告诉我。（1）家居法和弃绝法两者相距不远，哪一种更为优越？祖父啊！（2）

毗湿摩说：

这两种都充满吉祥，又极难实行，孩子啊！这两种正法都产生大功果，为善人们遵行。（3）我现在讲述这两种正法的规则，打消你对正法含义的疑惑，普利塔之子啊！请你专心听取。（4）在这方面，人们引用一个古老的传说，那是迦比罗和母牛的对话，坚战啊！请听我讲。（5）

我们听说，从前友邻王为了侍奉陀湿多，按照古老永恒的经典，准备宰杀一头母牛。（6）迦比罗灵魂高尚，性格刚毅，恪守礼仪，富有知识，节制饮食，那时，看到这头捆绑的母牛。（7）他具有至高无上的智慧，无所畏惧，反复说道："我记得，真理已经变得松弛，吠陀啊！"（8）这时，仙人修摩罗希密进入母牛体内，对这位耶提（苦行者）发出"哞哞"的叫声，说道："如果已经确认吠陀是正法，怎么还能确认其他学说为正法？（9）修炼苦行，意志坚定，以经典和知识为眼睛，摒弃贪欲，摆脱烦恼，无所企求，（10）人们认为这种通晓自我的人所说的一切符合经典，而那种完全放弃行动的人，对于吠陀有什么说法？"（11）

迦比罗说：

我并不指摘吠陀，也决不议论吠陀。我们听说各个生活阶段的职责都达到一个目的。（12）弃绝者达到目的，林居者达到目的，家居者和梵行者也达到目的。(13) 人们认为这四种生活方式都是永恒的神圣之路。你也听说它们在成果上的高低强弱。(14) 这样，我们知道按照吠陀的说法，应该从事各种行动，达到各种目的。但我们听说吠陀的终极观点是不从事行动。(15) 不行动不是过失，行动也不是过失，经典这样确立，高低强弱难以辨认。(16) 如果你不依据经典，而能亲证有什么比不杀生更高者，请告诉我。(17)

修摩罗希密说：

经典一向教导我们说："向往天国者应该举行祭祀。"人想要获得功果，就会着手举行祭祀。(18) 我们听说，羊、马、牛和各种鸟禽，家畜和野兽，还有药草，这些是生命的食物。(19) 这样，每天早晚都分享食物。我们听说，牲畜和谷物是祭祀的肢体。(20) 生主创造这些食物和祭祀；生主用祭祀供奉众天神。(21) 七种家畜和七种野兽，所有动物互相依存。人们说，宇宙万物都用于祭祀。(22) 前辈和祖先都确认这一点，有哪个智者不竭尽全力举行祭祀？(23)

牲畜、人、树木和药草都渴望天国。但不举行祭祀，就没有天国。(24) 药草、牲畜、树木、蔓草、凝乳、乳汁、乳酪、供品、土地、方位、信仰和时间，总共十二。(25) 加上梨俱、夜柔、娑摩和祭祀者总共十六。加上称作家主的火，总共十七。它们构成祭祀的肢体。经典确认祭祀是一切根本。(26) 母牛将凝乳、乳汁、乳酪、酥油、粪、皮、尾毛、角和蹄献给祭祀，各有各的用处。(27) 它们与祭司和酬金一起维持祭祀。所有这一切共同完成祭祀。(28) 正如经典所说，一切都是为了祭祀而创造。这样，前辈和祖先都举行祭祀。(29) 一个人举行祭祀，那是觉得应该举行祭祀。他不贪图成果，不伤害众生，不敌视他人。(30) 毫无疑问，那些提到的祭祀的肢体，按照礼仪必备的物品，互相辅佐，完成祭祀。(31)

我看到仙人的经典依据吠陀。智者们按照婆罗门的观点加以领会。(32) 祭祀以婆罗门为源头，以婆罗门为依托。一切世界依附祭祀，祭祀也依附一切世界。(33) "唵"是梵的子宫。念诵"唵"、"南无"、"娑婆诃"、"娑婆陀"和"婆舍特"，[①] 尽力完成各种仪式，(34)

[①] 这些都是祭祀用语。其中，"南无"的意思是"致敬"。

他们在三界中不会惧怕来世，吠陀以及悉陀和至高的仙人们都这样说。(35) 梨俱、夜柔、娑摩和按照规则加强语气的感叹词，除了这些之外，还有执行祭祀的婆罗门。(36) 婆罗门啊！你知道设置祭火、榨取苏摩汁以及举行各种火祭会有什么功果。(37) 因此，应该毫不迟疑地举行祭祀，并为他人举行祭祀，婆罗门啊！按照天国的规则举行祭祀，死后获得升入天国的大功果。(38) 不举行祭祀的人肯定既不属于这个世界，也不属于另一世界，通晓吠陀学说的人们知道这两者的准则。(39)

以上是吉祥的《摩诃婆罗多》中《和平篇》第二百六十章 (260)。

二六一

迦比罗说：

耶提（苦行者）们观察思考，走上正道，在一切世界中都不偏离。(1) 他们摆脱对立，不致敬，不受欲望束缚，聪明睿智，摆脱一切罪恶，纯洁无瑕。(2) 他认定解脱、弃绝和智慧，立足于梵，与梵同一，以梵为归宿。(3) 摒弃忧愁，消除忧性，进入永恒的世界。他们已经达到至高归宿，何必还要过家居生活？(4)

修摩罗希密说：

如果这是至高境界，如果这是至高归宿，那么，没有家居生活，就没有其他生活阶段。(5) 正像一切人依靠母亲生下，其他生活阶段依靠家居生活维持。(6) 家居者举行祭祀，家居者修炼苦行。对于盼望幸福的人，家居生活是正法之根。(7) 一切生命者都依靠生育维系，而在其他生活阶段中没有生育，牟尼啊！(8) 野外和林中有许多植物和药草，婆罗门啊！没有这些植物和药草，就不会发现任何有生命者。说解脱不依靠家居生活，这样的话怎么符合事实？(9) 缺乏信仰，缺乏智慧，缺乏洞察力，悲观绝望，懒散，疲惫，自作自受，只有这种所谓的智者认为出家摆脱劳累，达到平静。(10)

尊者婆罗门是三界永恒不变的原因和界限，从出生起就受到尊敬。(11) 毫无疑问，在再生族中，从怀胎开始，各种仪式都要念诵咒语。无论事情本身可信或不可信。（12）火焚，葬礼，祭供食品，布施牛和牲畜，将饭团投入水中，都要念诵咒语。（13）相传阿尔吉湿曼、跋尔希舍陀和羯罗维亚陀三类祖先赞同对死者念诵咒语。咒语具有效力。（14）凡人都对祖先、天神和婆罗门欠了债，[①] 而吠陀中又这样大声呼唤，有谁还能获得解脱？（15）那些所谓的智者缺乏光辉，懒惰成性，对吠陀学说一无所知，散布貌似真理的谬论。（16）婆罗门按照吠陀经典举行祭祀，就不会受到罪恶诱惑。祭祀和祭牲一起升天，他自己的愿望实现，也实现祭牲的愿望。（17）一个人轻视吠陀，依靠欺诈和幻术，不能获得大梵。他只能在吠陀中获得大梵。（18）

迦比罗说：

智者们举行新月祭、满月祭、火祭和四月祭，永恒的祭祀贯穿其中。（19）而意志坚定，身心纯洁，放弃行动，依靠梵，追求不朽，这些人用梵满足众天神。（20）与一切众生的灵魂同一，平等看待一切众生，甚至连在路上寻找足迹的众天神也对这无足迹者感到困惑。（21）人有四门四嘴，这种四重性受到指摘。由双臂、发音器官、胃和生殖器组成四门，人应该努力守护这四门。（22）不应该掷骰子赌博，不应该攫取他人财产，不应该接受卑贱者的食物，不应该发怒殴打他人。这样，智者守护住自己的手脚。（23）不应该咒骂，不应该说谎，不应该诽谤，不应该空谈，恪守誓愿，说话谨慎，有节制。这样，智者守护住自己的发音器官。（24）不挑剔食物，不暴饮暴食，不贪婪，结交善人，只为维持生命而进食，这样的人守护住胃之门。（25）不勾引别人的妻子，不在月经期外与妻子同床，对妻子忠贞，这样的人守护住生殖器官之门。（26）完全守住生殖器官、胃、双臂和发音器官这四门，这样的智者是婆罗门。（27）不守住这四门，一切都会落空。这样的人修炼苦行有什么用？举行祭祀有什么用？（28）

无上衣，无床铺，以臂为枕，内心平静，众天神知道这样的人是婆罗门。（29）一切人热衷对立，而牟尼自得其乐，不关心别人的事，众天神知道这样的人是婆罗门。（30）他知道万物的原型和变异，知

[①] 意谓凡人必须诵习吠陀还清婆罗门仙人的债，举行祭祀还清天神的债，繁衍后代还清祖先的债。

道一切众生的归宿，众天神知道这样的人是婆罗门。（31）他不惧怕一切众生，一切众生也不惧怕他，与一切众生的灵魂同一，众天神知道这样的人是婆罗门。（32）不依据吠陀，就不知道吠陀礼仪的功果。而知道了一切功果，却不贪恋功果。（33）他们看到各种礼仪具有光辉而长久的功果，也看到它们缺乏固有的性质，变幻不定。（34）你能发觉它们的性质难以确认。即使确认，也难以实行，即使实行，也难以持久。（35）

修摩罗希密说：

按照吠陀准则，弃绝和获取功果显然是两条道路，尊者啊！请你告诉我。（36）

迦比罗说：

你们在这世上坚持正道，亲身体验。你们亲身体验到什么？（37）

修摩罗希密说：

我是修摩罗希密，婆罗门啊！我来这里求教。我向往至福，真诚地与你对话，并不想争论，尊者啊！请你为我解开这个可怕的疑团。（38）你们在这世上，坚持正道，亲身体验。你们不依据理论和经典，格外体验到什么？（39）吠陀学说是经典，思辨著作是经典。遵奉经典，便能获得成功。由于依据经典，这种成功能够亲身体验。（40）正如一条船系住另一条船，随流而下，婆罗门啊！这怎么能救度那些愚者？请你告诉我，尊者啊！我作为学生，请你教导我。（41）无人弃绝，无人知足，无人无忧，无人无病，无人无欲求，无人停止生活，无人放弃行动。（42）即使你们，也像我们一样，有喜有忧。你们的感官对象与一切众生相同。（43）这样，在四种姓和四阶段的生活中，我怎样确认人们获得某种幸福？（44）

迦比罗说：

在一切生活方式中，遵行经典，依靠经典，就会获得幸福。（45）遵循知识，用知识净化一切。背离知识，任何生活方式都会毁灭众生。（46）你们有知识，但始终没有把握经典真髓。而有的人确实达到梵我同一。（47）一些人并不真正理解经典，热衷辩论，充满贪欲和嫉恨，妄自尊大。（48）他们不能如实理解经典，强词夺理，歪曲经典，剽窃梵，思想不成熟，不吉祥，无所作为。（49）他们看不到品质，不关心品质；他们以暗性为身体，以暗性为归宿。（50）这样的人受原初物质控制，充满仇恨、贪欲、愤怒、傲慢、虚妄和疯癫，源自原初物质的那些性能永远起作用。（51）耶提（苦行者）们凭借智慧，看清这些情况，努力克制自己，摒弃善恶，盼望达到至高归宿。（52）

修摩罗希密说：

我说的一切都依据经典，婆罗门啊！不理解经典意义，一切生活方式都无法运转。（53）我们听说任何合理的行为都符合经典，任何不合理的行为都不符合经典。（54）不依据经典，行为肯定不合理。我们也听说不依据吠陀学说，也就不成其为经典。（55）许多人自以为是，不依据经典，无视经典指明的弊端，愚昧无知，在今生和来世都受暗性蒙蔽。（56）惟有完成一切职责，无所牵挂，仅仅依靠乞讨饭团维生，漫游四方，这样的人能宣称自己依靠吠陀学说，获得解脱。（57）而依靠家族生活，这事难以做到。布施，诵习吠陀，祭祀，繁衍后代，正直公正。（58）即使做到这些，也没有哪个人获得解脱。可悲啊！作者和结果，全然徒劳无功。（59）做事违背吠陀，就会成为无信仰的人，尊者啊！我迫切希望听取解脱的永恒性。（60）请你如实告诉我，婆罗门啊！我作为学生，请你教导我。我想要了解你所知道的解脱。（61）

以上是吉祥的《摩诃婆罗多》中《和平篇》第二百六十一章（261）。

二六二

迦比罗说：

吠陀是世界的准则。做事不能违背吠陀。应该知道梵有两类：声梵（吠陀）和至高的梵。熟谙声梵者达到至高的梵。（1）调伏自己的身体，以适应吠陀。身体变得纯洁，成为梵的容器。（2）我告诉你依靠什么行为达到解脱。它不靠经典，不靠传承，而是靠亲身体验，由世界见证。（3）他们为遵行正法而举行祭祀，无所企求，舍弃已有财物，不贪婪，摒弃悲悯和嫉恨，以施舍为财富的正当出路。（4）依靠正当的行动,不依靠邪恶的行动;依据纯正的知识,心想事成。(5)不发怒,不妒忌,不傲慢,不怨恨,立足知识,三重纯洁[①],热爱一切众生的利益。(6)

从前,有许多家居者恪守自己的职责,从不越轨。许多国王和婆罗门也遵守规则。(7)公平,正直,知足,依据知识,亲证正法,身心纯洁,相信过去和未来。(8)灵魂净化,如实履行誓言,即使在艰难困苦中也遵行正法。(9)他们团结一致,遵行正法,幸福快乐,从不需要赎罪。(10)他们恪守真正的正法,坚不可摧;他们不贪恋感官对象,决不会玷污正法。(11)他们共同奉行基本法则。这样立足于世的人不需要赎罪。按照经典规定,那些意志薄弱的人需要赎罪。(12)正是这样,从前,那些婆罗门承担祭祀职责,熟谙三吠陀,身心纯洁,行为端正,声誉卓著,每天举行祭祀,摆脱欲望束缚,聪明睿智。(13)他们的祭祀、吠陀和行为都依据经典;他们按时诵习经典,念念不忘誓言。(14)永恒的经典告诉我们说,他们摒弃爱欲和愤怒,天生意志坚强,正直,平静,恪守自己的职责,永远幸福。(15)他们品性高尚,从事艰难的行动,履行自己的职责,苦行严酷可怕。(16)

这种善行神奇、古老和永恒,由于人们不能遵行,而展现为各种正法。(17)这种善行是无灾法,精进不懈,不可征服,在一切种姓中,谁也不能违背。(18)人中雄牛们依靠这种统一完整的正法。这些善人如实掌握这种正法,达到至高归宿。(19)另外有些人出家,过林居生活;有些人遵守梵行,过家居生活。(20)婆罗门知道这种完整的正法,确信它是梵的永恒境界。(21)从前,婆罗门就是这样遵行正法,因此,人们看到婆罗门变成天上的星星。(22)按照吠陀的说法,他们心满意足,达到永恒,如同空中璀璨的群星。(23)如果这些婆罗门再次投胎,返回尘世,决不会沾染恶业。(24)这样的人是婆罗门,否则不成其为婆罗门。人的行为总有善恶之分。(25)

永恒的经典告诉我们说,那些涤除污垢的人通晓永恒的学问,永远幸福。(26)相传那些摆脱贪婪、身心清净、灵魂纯洁的人,共同

---

① 出身、行为和知识三方面的纯洁。

奉行人生第四阶段的奥义书正法。(27)那些自我约束,成就卓著的婆罗门永远履行这种正法。据说以知足为根本,以弃绝为灵魂,这样的人成为知识的依托。(28)永恒的耶提(苦行者)法通向解脱。无论它是普通的或者是唯一的,应该尽力奉行。(29)这样的人走向安详幸福,而软弱无力的人灰心丧气。纯洁的人追求梵界,摆脱轮回。(30)

修摩罗希密说:

有些人享受,有些人施舍,有些人举行祭祀和诵习吠陀,或者有些人依据正法享受生活后,转向弃绝,(31)他们在死后,谁最配赢得天国?我向你求教,婆罗门啊!请你如实告诉我。(32)

迦比罗说:

他们享尽一切荣华富贵,但不能获得弃绝者的幸福。甚至你也能看到这一点。(33)

修摩罗希密说:

你们依据知识,家居者依据行动,但据说一切生活阶段都依据同一原则。(34)据说既统一又分别,没有其他差异,尊者啊!请你如实告诉我。(35)

迦比罗说:

各种行动净化身体,而知识通向至高归宿。一旦涤除污垢,就能恪守梵的知识。(36)仁慈,宽容,平静,不杀生,诚实,公正,不怨恨,不骄傲,知廉耻,忍耐,镇定。(37)这些是梵的道路,借以达到至高目标。智者心中应该明白行动的性质。(38)婆罗门平静,纯洁,确信知识,心满意足。人们说这些婆罗门达到的归宿是至高的归宿。(39)按照惯例,通晓吠陀和应知的知识,人们称其为通晓吠陀者,否则是饶舌的空谈家。(40)通晓吠陀者知道一切,知道一切依据吠陀;无论存在或不存在,一切都依据吠陀。(41)吠陀是一切存在和不存在的依据。他们知道事物都有中间和尽头,知道存在和不存在。(42)立足于完全弃绝,立足于平静,立足于知足,立足于解脱。(43)规律,真理,已知者,应知者,一切动物和不动物的灵魂,完全的幸福,至高的吉祥,梵,未显者,起源,不变者,(44)光辉,宽容,平静,无病,优美,永恒持久的虚空,凭借智慧之眼,用这些

词语加以理解。向梵致敬！向通晓梵的婆罗门致敬！（45）

以上是吉祥的《摩诃婆罗多》中《和平篇》第二百六十二章（262）。

二六三

坚战说：

吠陀称述正法、利益和爱欲，婆罗多后裔啊！获取其中哪一种，更为优秀？祖父啊！请你告诉我。（1）

毗湿摩说：

在这方面，我要向你讲述一个古老的传说。从前，云神持罐高兴地赐给一位虔诚者恩惠。（2）有个贫穷的婆罗门怀有欲望而关注正法，为了举行祭祀而渴求财富，修炼严酷的苦行。（3）他下定决心，敬拜众天神。但是，尽管他虔诚敬拜众天神，也没有获得财富。（4）于是，他思忖道："有哪位对人不冷漠的神会迅速施恩于我？"（5）而后，他看到附近出现名叫持罐的云神，体态轻柔，伴随众天神。（6）看到这位灵魂高尚的云神，他肃然起敬，心想："这位体态优美的云神会赐给我幸福。（7）他与天神接近，但没有受到众人包围。他会很快赐给我大量财富。"（8）这位婆罗门就用各种香料、香膏、花环和食物敬拜这位云神。（9）

不久，云神感到满意，施恩于他，说了这些训导的话：（10）"杀害婆罗门、喝酒、偷盗和毁弃誓言，善人们为这些罪行安排赎罪，而忘恩负义不可救赎。（11）相传欲望的儿子是非法，妒忌的儿子是愤怒，欺诈的儿子是贪婪，而忘恩负义断绝后代。"（12）后来，这位婆罗门躺在拘舍草上，依靠云神持罐的威力，在梦中看到一切众生。（13）凭借平静、苦行和虔诚，这位婆罗门生活俭朴，灵魂纯洁，在梦中看到这种景象。（14）坚战啊！他看到众天神中，灵魂高尚的摩尼跋陀罗光彩夺目，正在发布命令。（15）众天神将王国和财富给那些业绩显赫的人，而剥夺那些行为邪恶的人。（16）大光辉的持罐当着众药叉的面，向众天神跪拜，婆罗多族雄牛啊！（17）遵照众天神的吩咐，声誉卓著的摩尼跋陀罗询问跪倒在地的持罐："你想要什

么?"(18)

持罐说：

如果众天神开恩，这位婆罗门对我虔诚，我想赐给他恩惠，让他获得幸福。(19)

毗湿摩说：

于是，遵照众天神的吩咐，摩尼跋陀罗再次对大光辉的持罐说道：(20)"起来，起来吧！祝你幸运！你能高兴地达到目的。如果你的这位婆罗门朋友想要财富，我会遵照众天神的吩咐，赐给他无数财富。"(21)持罐考虑到人世变化无常，而关心这位声誉卓著的婆罗门的苦行。(22)

持罐说：

我不为这位婆罗门乞求财富，赐财者啊！我想要赐给这位虔诚者另一种恩惠。(23)我不想赐给这位虔诚者充满宝藏的大地或成堆成堆的财宝。我想让他成为一个遵行正法的人。(24)但愿他热爱正法，以正法为生命，以正法为根本，这是我想要赐给他的恩惠。(25)

摩尼跋陀罗说：

正法的果实是王国和各种快乐，就让这位婆罗门摆脱各种肉体痛苦，享受这些果实吧！(26)

毗湿摩说：

然而，声誉卓著的持罐一再坚持为这位婆罗门乞求正法，众天神对他表示满意。(27)

摩尼跋陀罗说：

众天神对你，也对这位婆罗门表示满意。他将一心关注正法，成为以法为魂的人。(28)

毗湿摩说：

于是，云神高兴地达到目的，坚战啊！他实现心愿，获得别人难以获得的恩惠。(29)然后，这位婆罗门俊杰醒来，看到身边散落着一些精致的衣服，他感到心灰意冷。(30)

婆罗门说：

如果这位天神也不成全我，还有哪位天神会成全我？我最好还是前往森林，依靠正法维持生命。(31)

毗湿摩说：

由于众天神的恩惠，这位婆罗门俊杰厌弃尘世，进入森林，修炼大苦行。（32）这位婆罗门吃供奉天神和客人剩下的果子和根茎。大王啊！他日益热爱正法。（33）然后，这位婆罗门俊杰放弃果子和根茎，以树叶为食物；又放弃树叶，以水为食物。（34）此后，又以风为食物，过了许多年。然而，他的生命力毫不减弱，这仿佛是奇迹。（35）他信仰正法，修炼严酷的苦行，经过很久时间，获得天眼通。（36）他心中出现这种想法："如果我高兴，我能赐给任何人大量财富。我的话不会落空。"（37）于是，他面露微笑，继续修炼苦行，获得更高成就，心想：（38）"如果我高兴，我能赐给任何人王国，让他成为国王。我的话不会落空。"（39）

由于这位婆罗门的苦行瑜伽，持罐在友情驱动下，向他显身，婆罗多后裔啊！（40）婆罗门见到持罐，惊讶不已，按照礼仪供拜他，国王啊！（41）持罐对他说道："你已经获得天眼通，婆罗门啊！请看国王们的归宿，请看世上的人们！"（42）于是，这位婆罗门凭借自己的天眼，远远看见数以千计的国王们沉沦在地狱中。（43）

持罐说：

如果你虔诚崇拜我，却依然获得痛苦，那么，我能为你做些什么？赐给你什么恩惠？（44）请你再看看，人们怎样追求欲望？而天国之门对这些人关闭。（45）

毗湿摩说：

于是，这位婆罗门看到许多人陷入爱欲、愤怒、贪婪、恐惧、疯狂、昏睡、疲惫和懒惰。（46）

持罐说：

世上的人们受到这些阻碍，众天神惧怕这些人。因此，按照众天神的盼咐，它们到处设置障碍。（47）不得到众天神允许，谁也不能成为遵行正法的人。而你却能依靠苦行，施舍王国和财富。（48）

毗湿摩说：

于是，这位以法为魂的婆罗门以头触地，对云神说道："你已经赐给我大恩惠。（49）而我以前受贪欲束缚，不理解你的恩情，反而埋怨你。请你宽恕我。"（50）持罐对这位婆罗门雄牛说道："我原谅

你。"用双臂拥抱他后,消失不见。(51)此后,这位婆罗门依靠持罐的恩惠和苦行的威力,漫游一切世界。(52)

这样,依靠正法和瑜伽获得能力,可以腾空而行,心想事成,达到至高归宿。(53)所有天神、婆罗门、善人和遮罗纳崇敬世上遵行正法的人,而不崇敬拥有大量财富和充满欲望的人。(54)你热爱正法,因而众天神对你表示满意。依靠财富,快乐微乎其微,而依靠正法,快乐无与伦比。(55)

以上是吉祥的《摩诃婆罗多》中《和平篇》第二百六十三章(263)。

二六四

坚战说:

各种祭祀和苦行都有同一目的,祖父啊!举行祭祀怎么是为了正法,而不是为了幸福和财富?(1)

毗湿摩说:

在这方面,我为你引用那罗陀讲述的、一个以拾穗维生的婆罗门举行祭祀的故事。(2)在毗陀婆地区一个崇尚正法的优秀王国中,有位婆罗门仙人以拾穗维生,依然举行祭祀。(3)他吃野谷和野菜。依靠苦行,苦涩的野菜也变得美味可口。(4)为了不伤害一切众生,他进入森林,用根茎和果子举行升入天国的祭祀,折磨敌人者啊!(5)他的妻子布湿迦罗遮利尼身心纯洁,因恪守誓愿而瘦弱。萨谛耶让她担任祭祀夫人。她听从丈夫安排,并非心甘情愿,而是害怕诅咒。(6)她身穿脱落的孔雀羽毛和树皮编成的衣裳,在祭祀中勉强地协助作为祭官的丈夫。(7)

在森林中,附近有一头鹿与他相伴。它因得罪金星仙人而变成鹿,不懂得正法,对萨谛耶说道:"你做得不对头。(8)如果缺少咒语和重要步骤,这个祭祀就会失败。赶快将我投入祭火中,让你升入天国吧!"(9)然后,在祭祀中,莎维德丽显身,也劝他这样做。而他回答这位女神说:"我不能杀死我的邻居。"(10)女神听罢,保持沉默,进入祭火,想要观察祭祀中有何不妥之处。(11)她再次双手合十，劝说萨谛耶和鹿。而萨谛耶与鹿拥抱后，吩咐道："请走吧！"（12）鹿走出八步后，又回来，说道："贤士啊！杀死我吧，萨谛耶啊！我被杀死后，就能走上正道。（13）我赐给你天眼，请看这些天女，还有这些灵魂高尚的健达缚们的彩色飞车。"（14）他睁大贪婪的眼睛，看到这些美景后，凝视着鹿，盼望通过杀鹿祭祀，住进天国。（15）

正法神变成鹿，已经在森林中住了多年。这样，他实现了赎罪。因此，这并不是祭祀的安排。（16）这位婆罗门由于杀死鹿，他的大苦行遭到毁坏，因此，杀生不属于祭祀。（17）于是，尊敬的正法神亲自为他举行祭祀。他依靠苦行达到他的妻子所达到的至高入定。（18）不杀生是全部的正法。在祭祀中决不能杀生。我告诉你这个真理，那是所有宣示真理者的正法。（19）

以上是吉祥的《摩诃婆罗多》中《和平篇》第二百六十四章（264）。

二六五

坚战说：

人怎么会变得灵魂邪恶？或者怎么履行正法？由于什么厌弃尘世？依靠什么达到解脱？（1）

毗湿摩说：

你知道一切正法，为了确认而提问。请听解脱、厌世、罪恶和正法的根底。（2）为了认知五种感官对象，愿望首先起作用。获得它们后，便产生爱憎，婆罗多族雄牛啊！（3）此后，努力追求感官对象，从事行动，希望不断享受可爱的色和味。（4）由此，产生激情，转而仇恨；产生贪欲，转而愚痴。（5）充满贪欲、愚痴、激情和仇恨，心思不在正法上，而假装遵行正法。（6）以虚伪的态度对待正法和利益，以欺诈的方式获取财富，俱卢后裔啊！（7）心思都用在这里，渴望作恶，婆罗多后裔啊！即使受到朋友和智者劝阻，（8）他也能寻找理由，作出回答。由激情和愚痴产生的三种非法行为迅速增长。（9）他所想、所说和所做都是罪恶。善人们目睹他违背正法的种种恶

行。(10)作恶者们臭味相投，与他结成朋友。他今生不会获得幸福，更何况来生？(11)

就是这样，有的人变得灵魂邪恶。现在，请听我讲述以法为魂的人。正像完善的正法那样，他达到完善。(12)他凭借智慧，事先看到各种弊病。他善于分辨快乐和痛苦，努力侍奉善人。(13)他品行端正，坚持不懈，智慧增长；他热爱正法，以正法为生命。(14)他注意用合法手段获取财富；他看到有益处，才往根部浇水灌溉。(15)这样，他成为以法为魂的人，获得真正的朋友。由于获得朋友和财富，他在今生和来世都快乐。(16)

获得声、触、色、味和香，婆罗多后裔啊！人们知道这是正法的果实。(17)获得正法的果实后，并不满意，他依靠知识之眼，厌弃尘世。(18)凭借智慧之眼发现欲望的弊病，他摒弃欲望，但不放弃正法。(19)一旦看到世界必然毁灭，便努力舍弃一切，努力运用切实的方法追求解脱。(20)渐渐地，厌弃尘世，摒弃一切恶业，成为以法为魂的人，最终获得解脱。(21)

孩子啊！你询问的罪恶、正法、厌世和解脱，我已经解答，婆罗多后裔啊！(22)在一切情况下，你都要遵行正法，坚战啊！坚持正法的人永远获得成功，贡蒂之子啊！(23)

以上是吉祥的《摩诃婆罗多》中《和平篇》第二百六十五章(265)。

二六六

坚战说：

祖父讲到要用切实的方法追求解脱，婆罗多后裔啊！我想如实听取这种方法。(1)

毗湿摩说：

大智者啊！你具有深刻的洞察力，经常寻求达到一切目的的方法，无罪的人啊！(2)正像制作陶罐时的想法在陶罐制成后消失，追求解脱的原因不同于追求正法。(3)通向东海的道路不会通向西海。通向解脱的道路只有一条，请听我详细告诉你。(4)

以宽容克服愤怒，以摒弃意念克服贪欲，以刚强坚毅克服昏睡。（5）以精进不懈克服恐惧，以自我沉思守护呼吸，以沉着镇定驱除愿望、嫉恨和贪欲。（6）勤学苦练，克服错误、愚痴和犹疑；努力掌握知识，通晓真谛，克服惰性和空想。（7）吃易于消化的食物，控制数量，免除病患。以知足克服贪婪和愚痴；以洞悉真谛克服感官对象。（8）以慈悲克服非法，以约束克服欲望，以摒弃执著克服感官对象。（9）智者以无常观克服温情，以瑜伽克服饥饿，以悲悯克服妄自尊大，以知足克服贪欲。（10）以勤奋克服疲惫，以信心克服疑虑，以沉默克服多言，以勇气克服恐惧。（11）以智慧控制语言和思想，以知识之眼控制智慧，以灵魂控制知识，以灵魂的平静控制灵魂。（12）

智者们知道，驱除瑜伽的五种障碍，心灵平静，行为纯洁，就能达到觉醒。（13）摒弃了爱欲、愤怒、贪婪、恐惧和昏睡，就能从事瑜伽实践。（14）沉思，诵习，布施，诚实，知耻，正直，宽容，饮食纯洁，身心纯洁，控制感官。（15）依靠这些，增长光辉，驱除罪恶，把握知识，实现心愿。（16）涤除罪孽，充满光辉，节制饮食，调伏感官，控制爱欲和愤怒，向往梵界。（17）不愚痴，不执著，摒弃爱欲和愤怒，不悲戚，不傲慢，不焦虑，坚定不移。（18）这就是解脱之路，清净，纯洁，无垢，控制语言、身体和思想，摒弃欲望。（19）

以上是吉祥的《摩诃婆罗多》中《和平篇》第二百六十六章（266）。

二六七

毗湿摩说：

在这方面，人们引用一个古老的传说，那是那罗陀和提婆罗·阿私多的对话。（1）优秀的智者那罗陀看到年迈的提婆罗坐着，便询问他众生的起源和毁灭：（2）"这一切动物和不动物从哪里创造出来？在毁灭时，前往哪里？婆罗门啊！请你告诉我。"（3）

阿私多说：

探究万物的人们说，时间在存在驱动下，依据五大元素创造众生。(4) 时间在自我驱动下，依据五大元素创造众生。如果谁说有高于五大元素者，毫无疑问，他是说不存在。(5) 那罗陀啊！你要知道这五大元素永恒，持久，稳定，加上时间作为第六，天生具有伟大的威力。(6) 水、空、地、风和火，毫无疑问，没有比这五大元素更高者。(7) 毫无疑问，没有证据和方法能说明不存在，而你知道这六者发生作用。(8)

五大元素、时间和有无，这永恒的八者形成众生的生和灭。(9) 众生在五大元素中灭亡和产生。即使灭亡，生物也化为五大元素。(10) 身体由地构成，耳朵产生于空，眼睛是太阳（火），生命是风，血液源自水。(11) 双眼、鼻子、双耳、皮肤和舌头，智者们知道这五种感官用于认知感官对象。(12) 你要知道，视觉、听觉、嗅觉、触觉和味觉分别是五种感官的五种性能。(13) 色、香、味、触和声这五种感官对象分别由五种感官获取。(14) 而五种感官并不感知色、香、味、触和声，那是知领域者（灵魂）通过感官感知它们。(15)

思高于感官群，心高于思，觉高于心，知领域者（灵魂）高于觉。(16) 人首先用感官感受各种感官对象，然后用心思考，用觉（智慧）判断，确认由感官获取的一切感官对象。(17) 探究内在灵魂的人们说，思、五种感官、心和觉，是八种知觉器官。(18) 手、足、肛门、生殖器和嘴，请听我说，这五种称作行动器官。(19) 嘴用于说话和吃饭，双足用于行走，双手用于做事。(20) 肛门和生殖器都用于排泄。既排泄粪尿，也发射精液。(21) 第六种是体力。按照经典的说法，有六种行动器官。我已经讲述所有的知觉器官和行动器官。(22)

感官疲于自己的活动而休息。感官停止活动，人就入睡。(23) 如果感官休息，心不休息，仍然追逐感官对象，人就会做梦。(24) 人们说有善性、忧性和暗性三种状态，都与行动相联系。(25) 喜悦，行动成功，达到至高目的，这些是善性的表现。梦中的记忆依赖这三种状态。(26) 依照这个规则，人无论处于哪种状态，在醒中和梦中永远获得相应的体验。(27)

各种感官①和三性，总共十七种。第十八种是有身体者（灵魂），永远寄寓身体中。（28）众生由这些成分和身体构成。而缺少这些成分，众生也不会有身体。（29）这是一种结合。身体由五大元素构成。众生由十九种成分构成，② 加上热量，总共二十种成分。（30）大（觉）和风一起支撑身体。在身体崩溃时，风的状态是征兆。（31）在善业和恶业终结时，任何成分像产生时那样，返回五大元素。到时候，又进入由善业和恶业产生的身体。（32）在时间驱动下，灵魂一次又一次离开一个身体，进入另一个身体安居，犹如从一座破屋进入另一座新屋。（33）

智者们充满信心，不会为此烦恼；愚者们纠缠不清，心生烦恼。（34）灵魂不属于任何人，任何人也不属于灵魂。灵魂永远独自在身体中感受苦乐。（35）生命（灵魂）既不产生，也不毁灭。它享用身体后，走向至高归宿。（36）由于业的积累，耗尽由善恶构成的身体。身体毁坏后，灵魂走向梵。（37）数论知识用于灭绝善恶。一旦善恶灭绝，人们看到灵魂在梵中达到至高归宿。（38）

以上是吉祥的《摩诃婆罗多》中《和平篇》第二百六十七章（267）。

二六八

坚战说：

我们心怀罪恶，为了财富，残酷地杀害兄弟、父子、亲戚和朋友。（1）财富引发贪欲，我们因贪欲而犯罪，祖父啊！我们应该怎样消除贪欲？（2）

毗湿摩说：

在这方面，人们引用一个古老的传说，那是毗提诃国王应曼陀维耶的请求吟唱的：（3）"即使我一无所有，我也活得很快乐。整个密提罗城都焚毁，也不焚毁我什么。（4）大量的财富对于智者只能带来痛苦，而些微的财富就能迷惑愚者。（5）人间的欲乐，天国的至福，

---

① 八种知觉器官和六种行动器官。
② 上述十八种加上身体，成为十九种。

都不及灭寂贪欲之乐的十六分之一。(6) 正像牛角随着牛的增长而增长，贪欲随着财富的增长而增长。(7) 如果认为什么东西是我的，一旦这件东西毁灭，他就会陷入烦恼。(8) 不应该执著贪欲，沉迷贪欲带来痛苦。即使获得财富，也要摒弃贪欲，将财富用于正法。(9) 智者灵魂纯洁，将一切众生视同自己，完成职责，而舍弃一切。(10) 摒弃真假、忧喜和爱憎，摒弃恐惧和无畏，就会安然无恙。(11) 贪欲是致命的疾病，不随年迈而衰弱。思想浅薄的人难以摒弃贪欲。而快乐属于摒弃贪欲的人。(12) 以法为魂的人看到自己的品行像月亮那样纯洁无瑕，在今生和来世都幸福愉快，享有声誉。"(13)

婆罗门曼陀维耶听了国王的这些话，满怀喜悦，推崇他的话，走上解脱之路。(14)

以上是吉祥的《摩诃婆罗多》中《和平篇》第二百六十八章(268)。

二六九

坚战说：

具有什么品德、什么行为、什么知识和什么志向，一个人能达到高于原初物质的、永恒不变的梵界？(1)

毗湿摩说：

热爱解脱法，节制饮食，控制感官，就能达到高于原初物质的、永恒不变的至高境界。(2) 牟尼离开自己的家，四处游荡，对得失一视同仁，漠视各种涌现的欲望。(3) 无论眼光、思想或语言，都不伤害他人；无论当面或背后，都不毁谤他人。(4) 遵行慈悲之路，不伤害一切众生。度过此生，不与任何人结怨。(5) 忍受恶言恶语，决不报复。受到粗暴对待，也说可爱的话；受到恶意中伤，也说善意的话。(6) 不在村庄中央，而在右边和左边游荡。事先受到邀请，就不再挨户乞食。(7) 受到污辱，也不口出恶言。心情温和，不报复；沉着镇定，不发怒。(8) 炊烟停止，杵棒放下，炭火熄灭，用餐已毕，杯盘已撤，牟尼应该在这时乞食。(9) 不贪多务得，只求维持生命。无所得，不沮丧；有所得，不喜悦。(10) 不贪图常人所得，不应该

享受贵宾待遇,这样的人厌弃贵宾待遇。(11)

他不挑剔食物的缺点,也不称赞食物的优点。他始终在僻静处安床设座。(12)空宅,树根,森林,洞穴,他行踪不定,无人知晓。(13)对顺逆一视同仁,坚定不移,既不做恶事,也不做善事。(14)他具备苦行,抑制言语的冲动、思想的冲动、愤怒的冲动、求知的冲动、饥饿的冲动和性欲的冲动,他的心就不会因受谴责而遭伤害。(15)保持中立,对褒贬一视同仁,这是出家生活中至高的净化手段。(16)灵魂高尚,恪守誓言,克制自己,无所执著,不退回过去,清净安详,居无定所,沉思入定。(17)他决不混淆林居生活和家居生活。他吃意想不到的食物。① 喜悦不进入他的心。(18)这种生活方式对于智者是解脱,对于愚者是苦难。诃利多说这一切是智者的解脱之路。(19)成为出家人,赐予一切众生无畏,便能达到光辉的世界,无穷无尽。(20)

以上是吉祥的《摩诃婆罗多》中《和平篇》第二百六十九章(269)。

二七〇

坚战说:

所有的人都说我们是幸运者,而实际上没有哪个人比我们更痛苦。(1)俱卢族俊杰啊!虽然我们生而为人,遭受痛苦,却被世人想象为神,祖父啊!(2)我们什么时候采取以痛苦著称的弃绝生活方式,承受人的这种痛苦?俱卢族俊杰啊!(3)摆脱十七种成分、五种因素、五种感官对象和三性,② 祖父啊!(4)严守誓言的牟尼们不走向再生,我们什么时候抛弃王国?折磨敌人者啊!(5)

毗湿摩说:

在这世上,一切都有数,而不是无限的,大王啊!即使再生,也

---

① 意思是有什么吃什么。
② 十七种成分是五大元素、五种知觉器官、五种行动器官、心和觉。五种因素是爱欲、愤怒、贪欲、恐惧和昏睡,也就是五种瑜伽障碍。五种感官对象是色、声、香、味和触。三性是善性、忧性和暗性。

有时限，没有固定不变的东西。(6) 即使不理解这一点，在通常情况下，也不算错误，国王啊！而你们有所准备，到时候会走上弃绝之路，通晓正法者啊！(7) 灵魂永远是善恶的主宰，国王啊！而它也受升腾的暗性包围。(8) 正如饱含黑尘的风又遇见赤尘，显得带有色彩，并使各方染上色彩。(9) 同样，灵魂本身没有色彩，而在暗性包围下，沾染业果，带有色彩，在一个又一个身体中运转。(10) 一旦依靠知识驱除由无知产生的暗性，永恒的梵就会呈现。(11)

牟尼们说梵不依靠行动获得。而获得解脱者应该受到你、世人和天神的崇拜。因此，大仙们都不停地追求与梵同一。(12) 在这方面，请你专心听取古代吟唱的一个传说，国王啊！那是讲述提迭弗栗多在失去王权后的行为。(13) 弗栗多战败，孤立无援，失去王权，婆罗多后裔啊！但他完全依靠智慧，在敌人面前不忧愁悲伤。(14) 当时，优沙那询问失去王权的弗栗多："现在你已战败，难道不感到痛苦吗？檀那婆啊！"(15)

弗栗多说：

依靠真理和苦行，我知道万物归于灭亡，知道一切众生来而复去，因此，我既不忧愁，也不喜悦。(16) 在时间驱使下，许多生命必定堕入地狱。智者们说也看到许多生命升入天国。(17) 在时间驱使下，生命耗尽限定的时间，只要还有剩余的时间，人就一次又一次再生。(18) 许多生命在时间束缚下，数千次投胎畜生，最终又堕入地狱。(19) 我有幸懂得众生这样来而复去。按照经典的说法，人按照业果，得其所得。(20) 人们首先经历苦乐和爱憎，然后转生在地狱、人间和天国。(21) 按照命运法则，经历一切世界后，一切众生又返回原路。(22)

毗湿摩说：

弗栗多的时限已到，寻求创造主庇护，这样说着，尊者优沙那回答道："孩子啊！你为何唠唠叨叨说这些可怕的话？"(23)

弗栗多说：

你和其他智者都已经看到，我过去企求胜利，修炼大苦行。(24) 我摄取众生的各种香和味，日益壮大，凭借自己的威力，征服三界。(25) 我光芒四射，腾空而行，不可战胜，永远不惧怕一切众生。(26) 我依靠

苦行获得荣华富贵,又由于自己的行为而失去。然而,我沉着镇定,不为此忧伤,尊者啊!(27)

以前,我与灵魂伟大、渴望战斗的因陀罗交战,曾看到尊神诃利,又名那罗延,(28)毗恭吒,原人,毗湿奴,洁白者,无限者,永恒者,蒙阇罾,黄须,一切,众生之祖父。(29)因此,我的苦行至今还有剩余。我现在想要向你询问行动的果实。(30)依据什么获得荣华富贵?婆罗门啊!而荣华富贵怎么又会消失?(31)众生依靠什么维生?又依靠什么活动?获得什么样的至高成果,生命得以永恒?(32)依靠什么行动或者什么知识能获得那种成果?梵仙啊!你能为我作出说明。(33)

听了弗栗多的话,牟尼作出回答,王中雄狮啊!请你和弟兄们一起专心致志听我讲述,人中雄牛啊!(34)

以上是吉祥的《摩诃婆罗多》中《和平篇》第二百七十章(270)。

二七一

优沙那说:

向尊神毗湿奴致敬!光辉的大地就在他的双臂环抱中,孩子啊!(1)他的头顶广阔无垠,檀那婆俊杰啊!我现在为你讲述毗湿奴的崇高伟大。(2)

毗湿摩说:

他俩对话之际,以法为魂的大牟尼永童前来解疑释难。(3)这位牟尼受到阿修罗王弗栗多和牟尼优沙那敬拜后,坐在精致的坐垫上,国王啊!(4)优沙那对这位坐下的大智者说道:"请你为这位檀那婆王讲述毗湿奴的崇高伟大。"(5)

永童听后,以富有意义的话语向聪明的檀那婆王讲述毗湿奴的伟大:(6)"请听毗湿奴的崇高伟大,提迭啊!你要知道,一切世界依据毗湿奴,折磨敌人者啊!(7)他创造生物群,一切动物和不动物,大臂者啊!到时候,他收回一切;到时候,他又释放一切。世界毁灭

时，一切进入他。然后，一切又从他产生。(8) 人不能通过布施、苦行或祭祀到达他，而只能通过控制感官到达他。(9)

"立足思想，依靠外在和内在的行动，凭借智慧，人能获得净化，在来世享有无穷幸福。(10) 正像金匠尽心竭力反复多次，在火中净化金银，(11) 生命在数百次转生中，依靠行动的渐渐积累，达到净化。有的作出巨大努力，在一生中就达到净化。(12) 正像很容易擦去自己身上少量污垢，人应该竭尽全力摒弃错误。(13) 正像芝麻和芥子中放进少量花朵，不会失去自己的气味，人要作出很大努力，才能洞幽察微。(14) 要一次又一次放进大量花朵，芝麻和芥子才会失去自己的气味。(15) 同样，人在数百次转生中，具备品德，凭借智慧，反复作出努力，才能摒弃错误。(16) 依靠自己的行动，或染欲，或离欲，檀那婆啊！请听我讲述人们的各种行动。(17) 人们依据什么，怎样行动，我将依次说明，请你专心听取。(18)

"吉祥的尊神诃利，又名那罗延，无始无终。他创造众生，一切动物和不动物。(19) 他是一切众生中的毁灭者和不灭者，具有十一种变化①，借助光芒饮用世界。(20) 你要知道，他的双脚是大地，头顶是天穹，手臂是方位，耳朵是空间，提迷啊！(21) 他的光辉构成太阳，他的思想在月亮中，他的智慧在知识中，他的味在水中。(22) 行星在他的双眉中，群星在他的双眼中，大地在他的双足中，檀那婆俊杰啊！(23)

"你要知道，善性、忧性和暗性是那罗延的属性。人们知道他是一切生活阶段的出口，一切行动的结果。(24) 他也是一切不行动的结果。他是至高的不变者。音律、文字和语言是他的汗毛。(25) 他有许多依托，许多嘴。正法依靠他的心。他崇尚梵。他是正法、苦行、存在和不存在。(26) 他通晓经典。他是十六位祭官。他是祭祀。他是祖宗、毗湿奴、双马童和摧毁城堡者（因陀罗）。(27) 他是密多罗、伐楼拿、阎摩和财神。他们看似各不相同，而人们知道他们具有同一性。你要知道，一切世界处在一位神的统辖下。(28) 一个人凭借知识看到各种生物的同一性，提迷啊！本质（梵）就会显现。(29)

---

① 十一种变化是五种知觉器官、五种行动器官和心。

"众生经历百亿年的毁灭和创造,提迭啊!众生的创造期可以比作数千个湖泊。(30)湖泊宽一由旬,深一迦罗沙,长五百由旬,每一个依次增大一由旬。(31)每天只从一个湖泊中抽取头发末梢那么一点水,直至抽干这些湖泊中的水,你要知道,这就是众生经历一次从创造到毁灭的时间。(32)

"按照至高准则,生命有六种颜色:黑色、棕色和蓝色,居中而更为舒服的红色,还有十分舒服的黄色和白色。(33)至高的白色无垢,无忧,解除劳累,导向成功,檀那婆王啊!生命经过成千次投胎转生,达到成功,提迭啊!(34)天神按照圣洁的经典宣示众生的归宿,阿修罗啊!众生的归宿取决于颜色,而颜色取决于时间。(35)生命达到至高归宿有一百四十万个阶段,提迭啊!你要知道,由此造成众生上升、停留和坠落。(36)黑色的归宿是低贱的,这样的人堕入地狱。人们说由于他的恶行,要滞留许多个创造期。(37)经过十万年,达到棕色。他处在棕色中,不由自主,在时代毁灭时灵魂笼罩在暗性中。(38)一旦与善性相连,凭借自己的智慧,驱除暗性,勤奋努力,他就从蓝色变成红色,在人间活动。(39)他在毁灭期和创造期中,受自己行动的束缚,痛苦烦恼,然后达到黄色,又经历一百个毁灭期和创造期。(40)他处在黄色中,度过一千个众生创造期,没有获得解脱,又堕入地狱,经历一万个时期,提迭啊!(41)你要知道,他又继续经历九千个时期,才能摆脱地狱,转生别处。(42)他在天国度过很长时间,又从天国坠落,降生人间。在人间度过八百个毁灭期和创造期,又升为天神。(43)由于时间的约束,他又从天国坠落,陷入低贱的黑色,阿修罗英雄啊!我现在向你讲述生命怎样获得成功。(44)

"依靠七百种圣洁的行为,由红色转变成黄色,最后达到白色,经历八种值得崇敬的世界。(45)八位、六十位①乃至数百位大光辉的天神们顺遂心意,而白色是至高归宿,超越三种状态②,大威力者啊!(46)度过一个不如意的毁灭期和创造期,不由自主,又度过四个时期。优秀者最终摆脱劳累,成功地成为第六种颜色,达到至高归

---

① 八位指八位婆薮神,六十位指四十九位摩录多神和十一位楼陀罗神。
② 三种状态是醒、梦和无梦。

宿。(47) 不由自主，生活在高于七种地狱的种种世界中，业力有剩余，又度过一百个毁灭期和创造期，然后转生人间，成为优秀人物。(48) 他又从人间转生，依次向上，达到顶端，度过众生创造期。他入定和出定，七次经历各种世界。(49) 他依靠入定，克服七种障碍，达到成功者的世界。然后，他达到永恒不灭的境界，达到大神、毗湿奴和梵的境界，达到湿舍、那罗和至高之神毗湿奴的境界。(50)

"在世界毁灭时，众生身体完全焚毁，进入梵；梵界之外的以活动为灵魂的众天神，也都进入梵。(51) 在世界创造时，由于业力有剩余，许多生命回到自己的位置。等到业力耗尽，又转生人间。(52) 他们从成功者的世界坠落，依次回到以前的归宿。这些处于高位的生命具有同样的力量和形貌，都回到自己原先的命运。(53) 与众生和天神一起，他享有剩余的业力，最后达到白色。这时，他身心纯洁，控制五种感官。(54) 他永远保持思想纯洁，达到纯洁的至高归宿，达到难以达到的、永恒不灭的境界——梵，刚强者啊！我已经为你讲述那罗延的力量。"(55)

弗栗多说：

我的处境这样，但我毫不沮丧。我觉得你的话完全正确。听了你的话，刚强者啊！我现在摆脱罪恶，纯洁无瑕。(56) 尊者啊！无限的毗湿奴光辉灿烂，他的威力无穷的飞轮正在转动，大仙啊！这是永恒的境界，产生一切创造。一切世界依靠这位灵魂伟大的至高原人。(57)

毗湿摩说：

说罢，弗栗多舍弃生命，贡蒂之子啊！他约束自我，达到至高境界。(58)

坚战说：

祖父啊！从前永童向弗栗多讲述的这位尊神就是遮那陀那（黑天）。(59)

毗湿摩说：

这位尊神是一切之根本。这位大苦行者凭借自己的无穷威力创造各种形态的生物。(60) 你要知道，永不退却的盖沙婆（黑天）是他的八分之一。这位智慧的大神用这八分之一创造世界。(61) 他停留在下方，在劫末活动。这位尊神威力巨大，躺在水中。这位创造者灵魂清净，推动永恒的世界。(62) 这位无限者充实一切。他永远年轻，运转世界。他灵魂伟大，自由无碍，创造万物。这个绚丽多彩的世界完全依赖他。(63)

坚战说：

通晓至高意义者啊！我认为弗栗多已经看到自己的美好归宿，因此，他感到快乐，而不忧伤，祖父啊！(64) 他出身纯洁，成为白色，获得成功，不转生，无辜者啊！他已经摆脱畜生道和地狱，祖父啊！(65) 而处在黄色或红色中，这样的人陷入暗性行动，就会堕入畜生道，国王啊！(66) 我们处在红色中，陷入灾难和痛苦。我们会达到什么归宿，蓝色或最低贱的黑色？(67)

毗湿摩说：

般度之子们啊！你们出身纯洁，恪守誓言。在享受天神世界后，你们还会返回人间。(68) 在整个众生创造期，你们会愉快生活，死后会在天国享受幸福，最后进入成功者行列。你们不必害怕。祝愿你们全体纯洁无瑕。(69)

以上是吉祥的《摩诃婆罗多》中《和平篇》第二百七十一章 (271)。

二七二

坚战说：

祖父啊！威力无穷的弗栗多遵行正法，学识无与伦比，对毗湿奴如此虔诚！(1) 威力无穷的毗湿奴的境界难以理解，而这位弗栗多怎么能够理解？王中之虎啊！(2) 我相信你说的一切，永不退却者啊！而我仍然看不清楚，因此产生好奇。(3) 弗栗多遵行正法，虔信毗湿奴，理解句义，通晓真谛，怎么会败于帝释天？婆罗多族雄牛啊！(4) 我向你求教，请你解除我的疑惑，婆罗多族雄牛啊！请你讲述弗栗多怎样败于帝释天，王中之虎啊！(5) 请你详细讲述这场战斗，祖父啊！满足我的强烈的好奇心，大臂者啊！(6)

毗湿摩说：

从前，因陀罗和众天神驾车出发，看到前面站着弗栗多，如同高山屹立。(7) 他向上高耸，达五百由旬，克敌者啊！宽度也有三百由旬。(8) 看到弗栗多这样的形体，即使三界也无法战胜他，众天神心生恐惧，不得安宁。(9) 突然看到弗栗多的庞大形体，帝释天心中恐慌，双腿僵硬，国王啊！(10) 天神和阿修罗大战在即，吼声四起，乐器奏响。(11) 看到帝释天走近，弗栗多不惊慌，不惧怕，沉着应战。(12) 天王帝释天和灵魂伟大的弗栗多开战，令三界恐惧。(13)

剑，三叉戟，标枪，梭镖，长矛，锤子，各种各样的石头，弦声响亮的弓。(14) 各种各样的神奇武器和火炬，天神和阿修罗双方的军队，布满空中。(15) 以老祖宗（梵天）为首的众天神和大福大德的众仙人前来观看战斗。(16) 大王啊！众悉陀、众健达缚和众天女也都乘坐精美绝伦的飞车前来观看，婆罗多族雄牛啊！(17) 优秀的执法者弗栗多在空中包围天王，泼洒石雨。(18) 众天神满腔愤怒，在战斗中，用箭雨驱除弗栗多泼洒的石雨。(19) 大力士弗栗多具有大幻力，在战斗中施展幻术迷惑天王。(20) 遭到弗栗多袭击，百祭（因陀罗）神智恍惚，极裕仙人念诵娑摩吠陀，让他保持清醒。(21)

极裕仙人说：

天王啊！你是神中俊杰，消灭天神之敌者啊！你具有三界的力量，为何精神沮丧？帝释天啊！(22) 这里有世界之主梵天、毗湿奴和湿婆，还有尊神苏摩和至高的仙人们。(23) 你不要委琐怯懦，像个普通人，帝释天啊！你在战斗中要保持高贵思想，杀死敌人，天王啊！(24) 这位举世尊敬的世界导师三眼神（湿婆）正在凝视你，天王啊！消除迷惑吧！(25) 以毗诃波提为首的众梵仙正在念诵颂诗，祝你取得胜利，帝释天啊！(26)

毗湿摩说：

这样，灵魂高尚的极裕仙人帮助威力巨大的婆薮之主（因陀罗）保持清醒，恢复体力。(27) 然后，诛灭巴迦者（因陀罗）运用智慧，施展伟大的瑜伽力，克服弗栗多的幻术。(28) 至高的仙人，吉祥的鸯耆罗之子（毗诃波提）看到弗栗多武艺高强，为世界的利益着想，走近大自在天（湿婆），请求他消灭弗栗多。(29) 于是，这位世界之主的威力化作热恼，进入极其凶狠的提迭俊杰弗栗多身中。(30) 举世崇拜的尊神毗湿奴热衷保护世界，进入因陀罗的金刚杵。(31) 然后，聪明睿智的毗诃波提、大光辉的极裕仙人和所有的至高仙人走近百祭（因陀罗）。（32）他们向赐予恩惠的举世尊敬的婆薮之主（因陀罗）说道："杀死弗栗多吧！"（33）

大自在天说：

这位弗栗多具有伟大的力量，帝释天啊！他成了宇宙的灵魂，遍及一切，充满幻力，富有学问。（34）即使三界也难以战胜这位阿修罗俊杰。你运用瑜伽力杀死他吧！你不能轻视他，天王啊！（35）他为了求取力量，修炼苦行六万六千年，天王啊！梵天赐给他恩惠。（36）这样，他获得瑜伽行者的伟大力量、伟大幻术和无与伦比的威力，天王啊！（37）我的威力已经进入弗栗多身中。婆薮之主啊！你就用金刚杵杀死这位檀那婆吧！（38）

帝释天说：

尊神啊！承蒙你的恩惠，我会当着你的面，用金刚杵杀死这位难以抗衡的提底之子（弗栗多），神中雄牛啊！（39）

毗湿摩说：

这样，热恼进入这位大阿修罗（弗栗多）身中，众天神和众仙人大声欢呼。（40）接着，嘹亮的号角吹响，数以千计的铜鼓、大鼓和小鼓敲响。（41）所有的阿修罗在刹那之间，记忆丧失，智慧崩溃。（42）众仙人和众天神知道弗栗多陷入热恼，赞颂和鼓励帝释天和大自在天。（43）灵魂伟大的帝释天在战斗中站在车上，受到仙人们赞颂，形象令人敬畏。（44）

以上是吉祥的《摩诃婆罗多》中《和平篇》第二百七十二章（272）。

二七三

毗湿摩说：

弗栗多热恼附身的种种症状，大王啊！请听我告诉你。（1）他的嘴巴冒火，面孔变色，全身颤抖，呼吸急促，毛发直竖，大口喘气，国王啊！（2）他的记忆如同一头凶恶残忍的豺狼从他的嘴中窜出，婆罗多后裔啊！熊熊燃烧的彗星坠落在他的两侧。（3）兀鹰和苍鹭满怀喜悦，像飞轮那样盘旋在弗栗多头顶，发出可怕的叫声。（4）在战斗中，帝释天令众天神满意，站在车上，高举金刚杵，瞄准这位提迭。（5）这位大阿修罗热恼附身，张开大嘴，发出非人的吼叫，王中因陀罗啊！趁他张开大嘴之时，帝释天掷出金刚杵。（6）威力巨大的金刚杵如同世界之火，立即击中弗栗多这位提迭的庞大身躯。（7）看到弗栗多被杀，四面八方响起众天神的欢呼声，婆罗多族雄牛啊！（8）声誉卓著的檀那婆之敌（因陀罗）用毗湿奴附身的金刚杵杀死弗栗多后，进入天国。（9）

然后，从弗栗多的身体中迸出狰狞可怕的杀害婆罗门罪，令世界恐怖，俱卢后裔啊！（10）她的牙齿暴露，形貌丑陋，皮肤棕黑，头发披散，眼睛凶狠，婆罗多后裔啊！（11）披戴骷髅花环，身体瘦弱，婆罗多族雄牛啊！衣衫褴褛，沾满鲜血，通晓正法者啊！（12）这个令人可怕的形体迸出，王中因陀罗啊！她追寻手持金刚杵者（因陀罗），婆罗多族俊杰啊！（13）

有一次，诛灭弗栗多者（因陀罗）为三界的利益着想，前往天国，俱卢后裔啊！（14）看到大威力的帝释天走出莲杆，她抓住天王的脖子，牢牢不放。（15）由于惧怕杀害婆罗门罪，因陀罗在莲杆中躲藏了许多年。（16）而杀害婆罗门罪紧追不舍，将他抓住，俱卢后裔啊！他不能动弹。（17）天王帝释天竭尽全力，也不能甩掉杀害婆罗门罪。（18）天王被她抓住后，走近老祖宗（梵天），俯首致敬，婆罗多族雄牛啊！（19）知道帝释天已被杀害婆罗门罪抓住，婆罗多族俊杰啊！梵天沉思片刻。（20）大臂者啊！老祖宗（梵天）用甜言蜜语，仿佛安抚杀害婆罗门罪，婆罗多后裔啊！对她说道：（21）"放开这位天王吧！让我感到高兴，女子啊！你说说我能为你做什么？你有什么心愿？"（22）

杀害婆罗门罪说：

只要创造三界而受三界崇拜的尊神感到高兴，我觉得已经达到目的。请你为我安排住处吧！（23）为了保护世界，你制订这个法则，尊神啊！你也实施这个重大的法则。（24）只要你这位世界之主对我满意，通晓正法的尊神啊！我会脱离帝释天。请你为我安排住处吧！（25）

毗湿摩说：

老祖宗（梵天）对杀害婆罗门罪说道："好吧！"他设法让杀害婆罗门罪脱离帝释天。（26）自在天（梵天）想起火神，灵魂伟大的火神立即前来，对梵天说道：（27）"尊神啊！我已来到你身边，克敌者啊！我应该做什么，请你吩咐。"（28）

梵天说：

我要将杀害婆罗门罪分成几份。为了解救帝释天，请你接受四分之一。（29）

火神说：

但我怎样摆脱她？梵天啊！请你想想办法，举世崇拜的尊神啊！我愿意认真听取。（30）

梵天说：

哪里有人受暗性蒙蔽，遇到点燃的祭火，而不用谷物、药草和液汁祭供你。（31）杀害婆罗门罪就会立即进入这个人，住在他那里，运送祭品者啊！请你打消心中的焦虑吧！（32）

毗湿摩说：

享用祭品者（火神）听后，听从老祖宗（梵天）的话，照着做了，主人啊！（33）然后，老祖宗（梵天）召来树木药草，大王啊！也对它们讲了这个意图。（34）树木药草仔细听完，国王啊！也像火神那样害怕，对梵天说道：（35）"但我们怎样摆脱杀害婆罗门罪呢？世界祖宗啊！我们生来就受伤害，你不能再伤害我们了。（36）我们长期忍受炎热、寒冷、狂风、暴雨，还有乱砍乱伐，尊神啊！（37）现在，我们也会按照你的命令，接受杀害婆罗门罪，三界之主啊！但你要想法解救我们。"（38）

梵天说：

有哪个人出于愚痴，在新月和满月之日砍伐树木，杀害婆罗门罪就会追随他。（39）

毗湿摩说：

听了灵魂伟大的梵天的话后，树木药草向他敬拜，迅速像来时那样离去。（40）然后，世界祖宗（梵天）又召来众天女，婆罗多后裔啊！仿佛安慰她们，用甜蜜的话语说道：（41）"美女们啊！杀害婆罗

门罪脱离因陀罗，请你们听从我的话，接受她的四分之一。"（42）

众天女说：

天神之主啊！我们决定按照你的命令接受她，老祖宗啊！但你要设法解救我们。（43）

梵天说：

谁与月经期的女人交欢，她立即就会走近他。请你们打消心中的焦虑吧！（44）

毗湿摩说：

众天女满心欢喜，说道："好吧！"她们返回自己的住处玩耍，婆罗多族雄牛啊！（45）然后，创造三界的大苦行者尊神（梵天）又想起水，水立即来到。（46）国王啊！所有的水来到后，向威力无限的老祖宗梵天俯首致敬，说道：（47）"尊神啊！按照你的命令，所有的水来到你的身边，克敌者啊！听候你的吩咐，主人啊！"（48）

梵天说：

大恐怖的杀害婆罗门罪从弗栗多来到因陀罗，请你们接受她的四分之一吧！（49）

所有的水说：

好吧！世界之主啊！我们照你说的做，主人啊！但你要设法解救我们。（50）你是一切世界的至高导师，天神之主啊！此外，还有谁能拯救我们出苦难？（51）

梵天说：

哪个人头脑愚痴，轻视你们，向水中吐痰，拉屎，撒尿，（52）她立即就会走向他，住在他那里。这样，你们就会获得解脱。我对你们说的是实话。（53）

毗湿摩说：

于是，杀害婆罗门罪脱离天王（因陀罗），坚战啊！按照大神的命令，前往为她安排的地方。（54）人主啊！这样，帝释天犯有杀害婆罗门罪，征得老祖宗（梵天）同意，举行马祭。（55）大王啊！听说犯有杀害婆罗门罪的婆薮之主（因陀罗）通过举行马祭，获得净化。（56）天神婆薮之主（因陀罗）获得吉祥繁荣，杀死数以千计的敌人，快乐无边，大地之主啊！（57）

从弗栗多的血中生出孔雀，普利塔之子啊！婆罗门遵守礼仪，以苦行为财富，不可食用。（58）在任何情况下，你都要做婆罗门喜欢的事，俱卢后裔啊！他们被尊为大地上的神。（59）正是这样，运用微妙的智慧，施展手段，威力无限的帝释天杀死弗栗多这位大阿修罗，俱卢后裔啊！（60）同样，你在大地上不可战胜，也会成为像尊神百祭（因陀罗）那样的杀敌者，俱卢后裔啊！（61）

每逢新月和满月之日，在婆罗门中间吟诵这个圣洁的帝释天故事，他就不会沾染罪恶。（62）我已经为你讲述有关帝释天和弗栗多的这个伟大奇迹，孩子啊！你还想听取什么？（63）

以上是吉祥的《摩诃婆罗多》中《和平篇》第二百七十三章（273）。

二七四

坚战说：

祖父啊！精通一切经典的大智者啊！弗栗多伏诛令人产生一个疑问。（1）人主啊！你讲到弗栗多因热恼而昏沉，被婆薮之主（因陀罗）用金刚杵杀死，无辜者啊！（2）这种热恼怎么会产生？大智者啊！我希望详细听取热恼的起源，主人啊！（3）

毗湿摩说：

请听众所周知的热恼的起源，国王啊！我现在如实详细讲述，婆罗多后裔啊！（4）从前，有一座三界闻名的弥卢山峰，大王啊！名叫莎维德罗，光辉灿烂，点缀着各种宝石，在一切世界中无与伦比，不可征服，婆罗多后裔啊！（5）大神（湿婆）坐在布满金矿的山顶上，犹如坐在床榻上，光彩熠熠。（6）山王的女儿始终侍立在他的身旁，还有灵魂高尚、威力巨大的众婆薮神。（7）还有两位优秀的神医双马童，密迹天围绕的财神俱比罗。（8）吉祥的药叉王（俱比罗）以盖拉娑山为住处。还有以莺耆罗为首的众神仙，（9）健达缚广慈，那罗陀和波尔伐多，成群成群的天女，都经常来到这里。（10）吉祥纯洁的和风吹拂，传送各种香气，大树盛开各季鲜花。（11）持明、悉陀和苦行者们侍奉大神兽主（湿婆），婆罗多后裔啊！（12）还有各种各样的鬼怪，狰狞可怕的罗刹，力大无比的毕舍遮，大王啊！（13）大神的这些侍从形貌各异，兴高采烈，手持各种武器，如同烈火。（14）尊者南丁遵照大神的吩咐，站在那里，手持由自己的光辉照亮的三叉戟。（15）一切圣水的源头、美丽圣洁的恒河也侍奉这位大神，俱卢后裔啊！（16）就这样，这位大神住在这里，受到大福大德的众神仙和众天神崇拜。（17）

有一次，生主陀刹按照以前的规则，开始举行祭祀。（18）以帝释天为首的众天神聚集在一起，决定参加他的祭祀。（19）听说这些灵魂伟大、光辉灿烂的天神乘坐闪亮的飞车，征得大神同意，前往恒河源头。（20）山王的女儿看到众天神出发，作为贤惠的妻子，她对丈夫大神兽主说道：（21）"尊者啊！以帝释天为首的众天神前往哪里？通晓真谛者啊！这是我的一个疑问，请你如实解答。"（22）

大自在天说：

大福大德的女子啊！高贵的生主陀刹举行马祭，众天神都去那里。（23）

乌玛说：

大福大德者啊！你为何不去参加这场祭祀？是什么妨碍你去那里？（24）

大自在天说：

大福大德的女子啊！众天神遵循这个规则，在一切祭祀中，我不分享祭品。（25）按照以前确立的这个规则，众天神不让我分享祭品，美女啊！（26）

乌玛说：

尊神啊！在一切众生中，你具有超常的威力、品德、声誉和吉祥，不可战胜，不可征服。（27）而你却受到阻碍，不能分享祭品，大福大德者啊！我痛苦万分，浑身颤抖，无辜者啊！（28）

毗湿摩说：

女神对丈夫兽主说完这些话，保持沉默，而内心仍在燃烧，国王啊！（29）大神知道妻子的想法，知道她心中的愿望，便吩咐南丁道："你留在这里。"（30）然后，这位威力巨大的神中之神，一切瑜伽之主，施展瑜伽力，手持三叉戟，和可怕的随从们一起，猛然捣毁这场祭祀。（31）一些侍从发出吼叫，一些侍从发出狂笑，另一些侍从用鲜血扑灭祭火，国王啊！（32）一些面孔狰狞的侍从拔起祭柱，四处乱跑，另一些侍从用嘴吞噬司祭者。（33）这样，祭祀遭到全面侵害，便化身为鹿，逃向空中，国王啊！（34）

发现祭祀化身逃跑，这位大神手持弓箭，紧追不舍。（35）威力无限的神中之主由于愤怒，额头上流出一滴可怕的汗珠。（36）这滴汗珠一坠落地上，就冒起大火，犹如世界末日的劫火。（37）从火中出现一个可怕的人，身材短小，血红的眼睛，黄色的胡须，人中雄牛啊！（38）发髻高耸，浑身多毛，如同兀鹰和猫头鹰，相貌凶狠，皮肤黝黑，衣服鲜红。（39）这位大士焚烧祭祀，犹如烈火焚烧干草，众天神恐惧地逃向十方。（40）民众之主啊！随着这个人移动的步伐，大地剧烈摇晃，婆罗多族雄牛啊！（41）

只听得四处响起"啊啊"的哀叫声，令世界恐怖。这时，老祖宗（梵天）向大神显身，说道：（42）"众天神也会给你一份祭品，神中之主啊！请你息怒吧！（43）由于你发怒，折磨敌人者啊！众天神和众仙人都不得安宁，大神啊！（44）从你的汗珠中产生的这个人，名叫热恼，神中俊杰啊！他将在世界上游荡，通晓正法者啊！（45）如果他保持整体，整个大地不能承受他的威力，因此，将他分成许多份吧！"（46）

梵天这样说罢，大神得以分享祭品，对威力无限的梵天说道："好吧！"（47）这位手持三叉戟的大神露出笑容，高兴至极。他按照梵天的盼咐，得以分享祭品。（48）他通晓一切正法，为了一切众生的安宁，将热恼分成许多份，孩子啊！请听我说。（49）象头中的热量，山中的沥青，水中的浮藻，蛇的蜕皮。（50）牛的脚病，地面的盐碱，牲畜的视力障碍，通晓正法者啊！（51）马的喉病，孔雀顶冠的绽裂，杜鹃的眼病，这些是灵魂高尚的大神提到的热恼。（52）我们听说，所有莲花的热病，所有鹦鹉的打嗝，都被称作热恼。（53）通晓正法者啊！老虎的疲劳也被称作热恼。众所周知，热恼也在出生、死亡和生命的中间阶段进入人的身体。（54）

这种可怕的热恼是大神的威力。因此，一切众生崇敬这位大神。（55）由于热恼附身，优秀的执法者弗栗多张嘴呵欠，帝释天乘机向他投掷金刚杵。(56)金刚杵击中和粉碎弗栗多,婆罗多后裔啊!这位大阿修罗具有大瑜伽力,被金刚杵粉碎后,到达威力无限的毗湿奴的至高领域。(57)由于虔信毗湿奴,他以前征服这个世界,而在战斗中遇害后,又到达毗湿奴的领域。(58)我已经详细讲述与弗栗多有关的这种大热恼,孩子啊!我还要为你说些什么?(59)思想高尚的人经常专心致志吟诵这个热恼起源的故事,他就能摆脱疾病,幸福快乐,实现心中的愿望。(60)

以上是吉祥的《摩诃婆罗多》中《和平篇》第二百七十四章(274)。

二七五

坚战说:

众生一向惧怕忧愁、痛苦和死亡,祖父啊!请你告诉我,怎样避免这些。(1)

毗湿摩说:

在这方面,人们引用一个古老的传说,那是那罗陀和沙孟伽的对话,婆罗多后裔啊!(2)

那罗陀说:

你匍匐致敬,仿佛用双臂渡河。你永远满怀喜悦,仿佛没有忧愁。(3)你看似没有丝毫烦恼,仿佛永远心满意足,泰然自若,举止如同儿童。(4)

沙孟伽说:

赐予荣誉者啊!我知道过去、现在和未来的一切,知道它们的真谛,因此,我不沮丧。(5)我知道世界上行动的开始、进展和各种各样的结果,因此,我不沮丧。(6)庸人、穷人、富人、瞎子和傻子全都活着。请看,我们也活着!(7)众天神身体健康,按照既定的方式活着。无论强者和弱者都是如此。你也可以这样看待我们。(8)拥有数以千计财富者活着,拥有数以百计财富者活着,以野菜为食者也活着。请看,我们也活着!(9)只要我们不忧伤,正法和行动对我们有什么作用?那罗陀啊!快乐和痛苦也都有尽头,不能牵制我们。(10)

人们将这称为智慧,因为感官清净是智慧之根。惟有感官迷惑和忧伤。感官混浊的人不能获得智慧。(11)骄傲必定陷入愚痴,这样的愚者既没有今世,也没有来世。一个人不会永久遭遇痛苦,也不会永久获得快乐。(12)像我这样的人不会为流转不定的事物烦恼,不会贪图美好的享受,不会关心快乐或痛苦来临。(13)沉思入定,不贪图他人财富,不热衷于各种财富来源,即使获得大量财富,也不欣喜;即使失去财富,也不失望。(14)亲友、财富、出身、学问、咒语和勇气,所有这些都不能保证免除痛苦。如果缺乏品德,就不能达到平静。(15)

不约束自己,没有智慧;不修习瑜伽,没有幸福。意志坚定,摒弃痛苦,就会产生幸福。(16)可爱产生喜悦,喜悦助长骄傲,骄傲导向地狱,因此,我摒弃这些。(17)由于身体在这世上活动,我像见证人一样,目睹这些忧愁、恐惧、骄傲、愚痴、痛苦和快乐。(18)我摒弃财富和爱欲,摆脱忧愁,摆脱烦恼,摒弃贪欲和愚痴,在这大地上游荡。(19)我像一个喝足甘露的人,在今世和来世都对死亡、非法或贪婪无所畏惧。(20)婆罗门啊!我修炼不可毁灭的大苦行,知道这一切,那罗陀啊!即使遇到忧愁,它也不会妨碍我。(21)

以上是吉祥的《摩诃婆罗多》中《和平篇》第二百七十五章(275)。

二七六

坚战说:

不通晓经典真谛,始终充满怀疑,缺乏决心,这样的人怎样达到至善?祖父啊!请你告诉我。(1)

毗湿摩说:

永远尊敬老师,侍奉老人,学习知识,据说这就是至善。(2)在这方面,人们引用一个古老的传说,那是伽罗婆和神仙那罗陀的对话。(3)那罗陀这位婆罗门摆脱愚痴和劳累,满足知识,控制感官,渴望至善,把握自我。伽罗婆对他说道:(4)"具备某些品德的人在这世上受人尊敬,我看到你具备这些品德。(5)像你这样摆脱愚痴的人能解除我们的疑惑,因为我们头脑愚痴,不懂得世界的真谛。(6)智者依据知识行动,知道该做不该做,而我们不知道怎么办,请你指教。(7)尊者啊!各种生活阶段具有不同的行为观点,但都说'这是至善!这是至善!'(8)看到人们热烈奉行各自的经典,高兴满意,但我们并没有获得至善。(9)如果经典有统一性,至善明确,就不会有那么多经典,以至至善深藏不露。(10)因此,我看不清楚至善,只能向你求教,请你告诉我。"(11)

那罗陀说:

四种生活阶段各有用意,伽罗婆啊!你要理解它们,依靠它们。(12)请看,这些生活阶段具有不同的形态和性质。毫无疑问,它们具有正确的含义。(13)正直的人如实看到这些生活阶段的至高归宿。这种至善确凿无疑。(14)善待朋友,制服敌人,实现人生三要,智者们说这是至善。(15)禀性纯洁,永远与善人相处,这毫无疑问是至善。(16)善待一切众生,行为正直,说话甜蜜,这毫无疑问是至善。(17)与天神、祖先和客人分享食物,不抛弃侍从,这毫无疑问是至善。(18)宣讲真理是至善。真理的知识难以获得。我为了众生的利益,宣讲这个真理。(19)摒弃骄傲,抑制激情,心满意足,独自行动,这被称为至善。(20)遵行正法,诵习吠陀和吠陀支,渴求知识,这毫无疑问是至善。(21)

折磨敌人者啊!向往至善的人不应该一味追逐声、色、味、触和香。(22)向往至善的人不应该夜里活动,白天睡觉,懒散,毁谤,迷醉,过分修习瑜伽或不修习瑜伽。(23)不应该通过贬低他人,抬高自己的业绩,而应该以自己的品德胜过他人。(24)缺乏品德,而又自以为是,这样的人常常挑剔有德之士的缺点。(25)无人干涉,妄自尊大,它们以为自己比大人物更优秀。(26)具备智慧和品德,不贬斥他人,不抬高自己,这样的人赢得大名声。(27)香料不说话,散发纯洁诱人的芳香。同样,纯洁的太阳不说话,在空中放射光芒。(28)凭借智慧,摒弃种种缺点,这样的人即使不说话,也在世上声誉卓著。(29)傻瓜一味吹嘘自己,照样在世上黯淡无光。而智者即使隐居洞穴,照样光彩熠熠。(30)

恶话说得再响,也会销声匿迹;妙语说得再轻,也会在世上大放光彩。（31）狂妄的傻瓜说出许多无聊的话，暴露他的内心，正如中午的太阳展示它的烈火形象。（32）因此，人们追求种种智慧。在我看来，只有获得智慧，才是人中俊杰。（33）未被问及，或未被正当地问及，就不回答任何人。智者即使富有知识，处世行事应该如同白痴。（34）他应该在恪守正法的善人中间，在慷慨大方、热爱各自正法的人们中间，选择住处。（35）向往至善的人绝不能在混淆四种姓职责的地方选择住处。（36）清净无为，随遇而安。在善人中间生活，便会变善。而在恶人中间生活，便会变恶。（37）正像感受到水、火和月光，我们也会感受到善和恶。（38）吃剩食者不挑剔食物滋味。你要知道，讲究食物滋味的人没有摆脱业的束缚。（39）

不以恭敬的态度学习经典和提出问题，婆罗门还为这些学生说法，灵魂高尚的人应该离开这个地方。（40）师生关系严肃认真，完全符合经典规定，谁会离开这个地方？（41）凌空蹈虚，妄自尊大，挑剔智者的错误，哪个智者会住在这个地方？（42）贪婪的人们拆毁正法之桥，如同山林着火，谁会不离开这个地方？（43）应该生活在品行纯洁的善人中间，他们摒弃嫉恨和疑虑，遵行正法。（44）有些人只是为了获得财富而遵行正法，经常作恶，因此，不应该与这些人住在一起。（45）有些人为了谋生，采取邪恶的行动，应该迅速远离这些人，如同逃离毒蛇占据的屋子。（46）触犯法规，就会遭受刑罚，为自己谋求幸福的人自始至终不能作恶。（47）

国王和国王的近臣在家族中优先吃饭，灵魂高尚的人应该离开这个王国。（48）学问渊博的婆罗门恪守正法，执掌祭祀，传授吠陀，优先吃饭，灵魂高尚的人应该住在这个王国。（49）他们恪守礼仪，不断发出萨婆诃、萨婆陀和婆娑吒这些感叹词，那就应该毫不犹豫地住在这里。（50）如果看到婆罗门疲于谋生，行为不洁，那就应该离开这个王国，犹如扔掉一块臭肉。（51）人们热情友好，没有受到乞求也会布施，灵魂高尚的人应该住在这里，仿佛完成职责，心情舒坦。（52）惩罚卑劣者，尊敬高尚者，应该生活在这些品行纯洁的善人中间。（53）严厉惩罚那些恣意妄为、作恶多端、桀骜不驯、贪婪成性的恶人。（54）国王恪守正法，治理王国，摒弃欲望，控制欲望，那就应该毫不犹豫地住在这里。（55）一旦国民遭逢不幸，具备这种

品德的国王就会迅速维护国民的幸福。(56)

我已经解答你询问的至善。(57)这是灵魂安定者的生活方式。依靠苦行,多种多样的至善就会显现。(58)

以上是吉祥的《摩诃婆罗多》中《和平篇》第二百七十六章(276)。

二七七

坚战说:

像我们这样生活在大地上的国王怎样获得解脱?具备哪些品德,能摆脱执著的束缚?(1)

毗湿摩说:

在这方面,我为你讲述一个古老的传说,那是坚辋回答婆伽罗提出的问题。(2)

婆伽罗说:

怎样在这世上达到至善,获得幸福?婆罗门啊!怎样摆脱忧愁和烦恼?我想知道这些。(3)

毗湿摩说:

多尔刹(坚辋)通晓一切经典,懂得至高境界,听了婆伽罗的询问,说了这些有益的话:(4)"在这世上,解脱的快乐是真正的快乐。而世人拥有财富和谷物,执著儿子和牲畜,不懂得解脱。(5)思想受束缚,内心不平静,不可救药,愚者陷入感情套索,不能获得解脱。(6)而智者能斩断这些由感情产生的套索。我现在告诉你,请你侧耳谛听。(7)抚育儿子们,直至他们成为青年,知道他们已经能够独立生活,你就摆脱束缚,愉快地生活吧!(8)妻子生养儿子,渐渐衰老,一心关怀儿子,这时你就离开她,追求至高目标吧!(9)无论有无后代,你已经通过感官体验各种感官对象,那就摆脱束缚,愉快地生活吧!(10)你的好奇心已经得到满足,那就摆脱束缚,愉快地生活吧!你要对所遇所得一视同仁!(11)关于解脱,我已经为你作了简要说明,现在请听我为你详细讲述。(12)

"摆脱束缚,无所畏惧,这样的人在世上愉快地生活。而执著的人毫无疑问会遭到毁灭,(13)犹如忙于采集食物的昆虫和蚂蚁。在这世上,不执著的人快乐,执著的人毁灭。(14)具有解脱智慧的人,不会为自己的人担心:'离开了我,他们怎么能活下去?'(15)每个人都是自己出生,自己成长,自己获得快乐和痛苦,以至死亡。(16)依靠父母和自己的行动获得衣食。在这世上,没有什么不是过去的业果。(17)一切众生生活在大地上,享用创造主安排的食物,依靠自己的行动保护自己。(18)一个人如同一块泥土,自己也不坚固,常常不能自主,又怎么能养育和保护自己的人?(19)尽管你竭尽全力,死神依然当着你的面夺走你的亲人,你自己就应该醒悟了。(20)或者,你尚未完成养育和保护的责任,自己却抛弃亲人而死去。(21)一旦你自己死去,你就不再知道亲人的苦乐。因此,你自己应该醒悟。(22)无论你活着或死去,人们都会享受自己的业果。明白了这一点,你就应该谋求自己的利益。(23)明白了这一点,在这世上谁属于谁?你就专心致志,追求解脱吧!(24)

"克服肉体的饥渴,克服愤怒、贪婪和愚痴,这样的人意志坚强,摆脱束缚。(25)不陷入愚痴,不耽迷赌博、饮酒、女色和狩猎,这样的人永远摆脱束缚。(26)一天又一天,一夜又一夜,始终为享受操劳,心生厌倦,这样的人认识到生活的弊端。(27)人的一再出生依靠妇女,认识到这一点,便约束自己,这样的人摆脱束缚。(28)真正理解众生的出生、活动和毁灭,这样的人在这世上摆脱束缚。(29)认识到在千千万万车粮食中,维持生活只需要其中的一升,而宫殿和茅屋作为住处也无区别,这样的人获得解脱。(30)认识到世上的人受死亡打击,受疾病和贫困折磨,这样的人获得解脱。(31)认识到这一点,知足常乐;不认识这一点,遭受打击。知足的人在这世上获得解脱。(32)

"认识到火和苏摩构成一切,无论遇到什么境况都不惊诧,这样的人获得解脱。(33)睡床上或睡地上,吃稻米或吃粗粮,一视同仁,这样的人获得解脱。(34)身穿麻衣、草衣、绸衣、树皮衣、羊毛衣或兽皮衣,一视同仁,这样的人获得解脱。(35)认识到世界产生于五大元素,按照这种方式运转,这样的人获得解脱。(36)或苦或乐,或得或失,或胜或败,或爱或憎,或惧或忧,一视同仁,这样的人获得解脱。(37)认识到身体有许多缺陷,充满污血和粪便,这样的人获得解脱。(38)认识到身体会衰老,生出皱纹和白发,变得瘦弱、苍白和佝偻,这样的人获得解脱。(39)认识到身体到时候会失去活力,视力减退,耳朵失聪,呼吸迟缓,这样的人获得解脱。(40)

"认识到仙人、天神和阿修罗都会从一个世界转往另一个世界,这样的人获得解脱。(41)认识到数以千计具备种种威力的国王们也会抛弃大地转往另一个世界,这样的人获得解脱。(42)认识到世上财富难以获得,而困难随处可遇,为维持家族千辛万苦,这样的人获得解脱。(43)目睹子孙不肖,世人无德,在这世上还会有谁不崇尚解脱?(44)依据经典和世界,明白一切,认识到人类仿佛虚妄不实,这样的人获得解脱。(45)听了我的话,你就像解脱者那样生活吧!即使在家居生活中,也要心不旁骛,矢志解脱。"(46)

国王婆伽罗听了他的话,获得解脱者具备的种种品德,继续保护众生。(47)

以上是吉祥的《摩诃婆罗多》中《和平篇》第二百七十七章(277)。

二七八

坚战说:

我的心中始终充满好奇,俱卢族祖父啊!我想如实听取这一切。(1)神仙优沙那是位大智者,又名迦维耶。他为何总是偏爱众阿修罗,而与众天神作对?(2)为什么他增强威力无限的阿修罗的威力?众檀那婆为什么总是与众天神势不两立?(3)具有天神光辉的优沙那怎样得名修迦罗?他怎样获得神通?请你告诉我这一切。(4)他富有威力,怎么又不能进入天空中央?祖父啊!我想详细听取这一切。(5)

毗湿摩说:

国王啊!请你专心听我如实讲述我过去听到的这一切,无罪的人啊!(6)这位牟尼是婆利古后裔,为人诚实,严守誓言,出于怜悯,偏爱众阿修罗。(7)财神(俱比罗)是药叉和罗刹之主,宝库之主,世界之主。(8) 大牟尼（优沙那）瑜伽造诣高深，进入财神体内，运用瑜伽力控制他，剥夺他的财富。(9) 一旦财富遭到劫掠，财神失去庇护，他既愤怒，又恐慌，前去拜见神中俊杰（湿婆）。(10) 大神湿婆威力无限，既凶暴，又仁慈，具有多种形貌。财神向他禀告实情。(11)

俱比罗说：

瑜伽行者优沙那控制我，夺走我的财富。这位大苦行者施展瑜伽力后，又从我的体内走出。(12)

毗湿摩说：

大瑜伽行者自在天（湿婆）听后，满腔愤怒，国王啊！他双眼通红，手持三叉戟，站在那里。(13) 他手持至高无上的武器，说道："他在哪里？他在哪里？"优沙那站在远处，知道湿婆想要做什么。(14) 他知道灵魂伟大的大瑜伽行者（湿婆）满腔愤怒，心中明白自己或去或留。(15) 优沙那富有瑜伽成就，凭借高深的苦行思考大瑜伽行者大自在天（湿婆）。但见他站到了三叉戟的顶端上。(16) 众神之主（湿婆）以相貌著称，佩戴具有苦行威力的弓。他知道这个情况，便用手弯下三叉戟。(17) 佩戴强大武器的大神用威力无限的手弯下三叉戟后，说道："这是弓。"(18) 乌玛之夫（湿婆）看到婆利古后裔（优沙那）这时落在他的手掌中，便张开嘴，悄悄伸手将优沙那送进自己嘴中。(19) 这样，灵魂高尚的婆利古后裔优沙那进入大自在天（湿婆）的腹中，在那里游荡。(20)

坚战说：

优沙那怎样在智慧的神中之神（湿婆）的腹中游荡？国王啊！这位大光辉者有何打算？(21)

毗湿摩说：

那时，大神发大誓愿，进入水中，如同木桩，站立十亿年，国王啊！(22) 完成这种难以修炼的苦行后，他从大湖中起身走出。这时，神中之神梵天走近他。(23) 梵天问候他苦行想必长进，身体想必安康。以公牛为旗徽者（湿婆）回答说："苦行顺利完成。"(24) 而商迦罗（湿婆）看到优沙那随同他的苦行一起增长威力。这位大智者的灵魂不可思议，一向热爱真理。(25) 这位大瑜伽行者富有苦行、财富和勇气,在三界光彩熠熠,大王啊!(26)于是,以瑜伽为灵魂的持弓者(湿婆)又实施禅定瑜伽。优沙那依然滞留在他的腹中,焦急不安。(27)

这位大苦行者在那里取悦大神,盼望找到出口,然而无济于事。(28)克敌者啊!大牟尼优沙那在大神腹中一再恳求道:"请你开恩吧!"(29)大神对他说道:"你从我的尿道出去吧!"说罢,天国雄牛(湿婆)紧闭一切出口。(30)所有出口都已封住,牟尼找不到出口,心急火燎到处乱转。(31)最后,他从尿道钻出,得名修迦罗("精液")。因此,他不能进入天空中央。(32)看到他钻出,全身仿佛燃烧着光焰,湿婆怒火中烧,举起三叉戟。(33)而女神劝阻发怒的丈夫兽主(湿婆)。由于女神劝阻住商迦罗(湿婆),优沙那便成为女神的儿子。(34)

女神说:

你不应该杀害他。他已经成为我的儿子。从天神腹中出来的任何人都不应该遭到杀戮。(35)

毗湿摩说:

国王啊!大神对女神表示满意,微笑着,一再说道:"让这个人随他的心意走吧!"(36)于是,聪明睿智的大牟尼优沙那向赐恩的大神(湿婆)和女神乌玛俯首致敬,前往他自己想去的地方。(37)孩子啊!按照你的询问,我讲述了灵魂高尚的婆利古后裔(优沙那)的事迹,婆罗多族俊杰啊!(38)

以上是吉祥的《摩诃婆罗多》中《和平篇》第二百七十八章(278)。

二七九

坚战说:

大臂者啊!请你为我讲述至福吧!你的话如同甘露,我不知餍足,祖父啊!(1)一个人做什么善事,能在今生和来世获得至福?人中俊杰啊!(2)

毗湿摩说:

在这方面,我告诉你,从前,声誉卓著的国王遮那迦询问灵魂高

519

尚的波罗奢罗：（3）"一切众生在今生和来世的至福是什么？请你讲述我应该知道的一切。"（4）这位牟尼具有苦行，通晓一切正法和规则，同情这位国王，说道：（5）"履行正法是今生和来世的至福。正如智者们所说，没有比这更高者。（6）一个人履行正法，在天国受到尊敬。人的行为规则以正法为核心，人中俊杰啊！在这世上，处在各个生活阶段的善人们履行各自的正法。（7）人间的生活方式分为四种。① 人人处身其中，按照各自的生活方式运转。（8）众生从事各种善业和恶业，由此走向各自的归宿。②（9）正如器皿上镀上金或银，人人都受前生行为的约束，染上前生行为的色彩。（10）不播种，不会有收获；不行善，不会有幸福。行善者死后能获得幸福。（11）

"有些人说，我没有看到命运，不存在命运的作用。天神、健达缚和檀那婆都是自然形成。（12）人们转生后不再记得前生的行为；在获得业果时，也不记得前生行为的善恶正邪。（13）人间生活方式依据吠陀，这种说法是为了安抚人心。孩子啊！这些言论不符合智者的教导。（14）通过眼睛、思想、语言和行动，做了什么事情，就获得什么果实。（15）行动产生善果、恶果或两者的混合，国王啊！善业和恶业不会毁灭。（16）孩子啊！有时，善业仿佛不起作用，人依然在生活中浮沉，直至摆脱痛苦。（17）国王啊！你要知道，痛苦结束后，善业开始起作用；而善业耗尽后，恶业又开始起作用。（18）自制，宽容，意志坚定，精力充沛，知足，说真话，知廉耻，不杀生，戒恶习，聪明能干，这些带来幸福。（19）

"一个人不会无限制地陷入恶业或善业。聪明的人永远应该努力凝思静虑。（20）一个人不会享有别人的善业或恶业。他做了什么事情，就获得什么果实。（21）有的人搁置善恶，走上另一条知识之路，不同于其他所有人走的路，国王啊！（22）责备别人的事自己也不应该做。如果自己这样做，却又责备别人，只能授人笑柄。（23）国王怯懦，婆罗门饮食没有禁忌，吠舍不勤劳，首陀罗懒惰，智者无德，贵族无行，婆罗门违背真理，妇女失贞，（24）解脱者心生欲念，煮食者只为自己，傻瓜夸夸其谈，王国没有国王，国王不约束自己，不

---

① 婆罗门接受施舍，刹帝利征收赋税，吠舍从事农耕，首陀罗从事仆役。
② 作恶者转生为牲畜，行善者进入天国，兼有善恶者转生为人，洞悉真谛者获得解脱。

怜悯臣民，这一切令人可悲，国王啊！"（25）

以上是吉祥的《摩诃婆罗多》中《和平篇》第二百七十九章（279）。

二八〇

波罗奢罗说：

登上思想之车，用知识的缰绳驾驭感官对象之马，这样的人具有智慧。（1）不谋生计，专心服务，应该受到称赞。但这种服务出自婆罗门之手，而不是出自同等的种姓。（2）寿命难得，不要折损它，而要努力行善，延长它，民众之主啊！（3）行善积德，不做属于忧性的事情，即使减却生命之色，也值得尊敬。（4）一个人通过行善，能够提高生命之色。而通过作恶，不能提高生命之色，只能伤害自己。（5）出于无知犯下的罪恶，还可以通过苦行消除，而有意犯下的罪恶必定产生恶果。因此，不应该从事会产生痛苦的恶业。（6）即使某种恶业会产生大成果，聪明的人也不会沾手，犹如纯洁的人不会饮用脏水。（7）

我看到恶业的后果多么悲惨！善人后悔不已，灵魂黯淡无光。（8）愚蠢的人不知悔改，在临死之时，承受剧烈的痛苦。（9）弄脏的衣服尚能洗白，而染黑的衣服无论如何洗不白，人中因陀罗啊！你要知道，罪恶也是这样。（10）自己有意犯罪后，努力行善赎罪，这样的人既享受善果，也承受恶果。（11）宣示梵的婆罗门依据经典教导说，无意中犯的杀生罪可以通过不杀生消除。（12）精通吠陀和法论的婆罗门又说，只有承受痛苦，才能消除有意犯下的罪。（13）因此，我认为无论做了善事或犯下罪恶，善业和恶业都会起作用。（14）

经过深思熟虑，采取微妙的行动，就会产生微妙的成果。（15）而不假思索，采取卤莽的行动，必定事倍功半，收效甚微，知法者啊！（16）以法为魂的人听说众天神和众牟尼的事迹后，即使不能效仿，也不必指摘。（17）经过认真思考，依据自己的能力做善事，这样的人获得幸福。（18）水在没有烘干的陶罐中流失，而在烘干的陶罐中不流失。（19）在盛水的陶罐中灌水，水上加水，水量不断增加。（20）

同样，凭借智慧采取行动，功德不断增长，大地之主啊！（21）国王应该制服耀武扬威的敌人，认真保护臣民，供奉祭火，举行许多祭祀，在晚年和中年隐居森林。（22）一个人应该克制自己，遵守正法，将众生视同自己，竭尽全力侍奉长辈，依靠真理和德行获取幸福，人中因陀罗啊！（23）

以上是吉祥的《摩诃婆罗多》中《和平篇》第二百八十章（280）。

二八一

波罗奢罗说：

谁有恩于谁？谁给予谁？有生命的人自己为自己做一切事。（1）一旦失去感情，连父母和同胞兄弟也可以抛弃，更何况其他的人。（2）给予优秀者布施和接受优秀者布施两者等同，但婆罗门布施更具功德。（3）各种种姓以合法手段获取和增加的财富，应当努力加以保护，这完全符合正法。（4）追求正法的人不应该用残暴的手段获取财富，不应该异想天开，而应该按照自己的能力完成自己的任务。（5）按照自己的能力，供给饥渴的客人凉水或烧开的热水，他就能享受功果。（6）灵魂高尚的兰迪提婆用根茎、果子和树叶供奉众牟尼，获得举世仰慕的成就。（7）大地之主尸毗王也用果子和树叶满足摩吒罗①，获得至高的地位。（8）

人生来就对天神、客人、侍从、祖先和自己欠了债，因此，应该还债。（9）诵习吠陀还清仙人们的债，举行祭祀还清天神们的债，举行祭祖仪式还清祖先们的债，恭敬侍奉还清众人的债。（10）聆听吠陀，吃剩食，保护身体，还清自己的债。自始至终履行正法，还清侍从们的债。（11）

即使缺乏财富，也能通过努力获得成就。牟尼们正确供奉祭火，获得成就。（12）利吉迦之子成为众友之子。这位大福大德者用梨俱吠陀赞颂分享祭祀的众天神。（13）由于神中之神（湿婆）的恩惠，

---

① 摩吒罗是太阳神的侍从。

优沙那成为修迦罗。他赞颂女神,在空中满怀喜悦,全身笼罩光辉。(14)阿私多、提婆罗、那罗陀、波尔伐多、迦克希凡、食火仙人之子罗摩和光辉的丹迪耶。(15)极裕、食火、众友、阿多利、婆罗堕遮、诃利希摩希罗、贡吒达罗和希罗多希罗婆。(16)这些大仙人聚精会神,用梨俱吠陀赞颂毗湿奴,以苦行取悦这位智慧的大神,获得成就。(17)没有成就的人通过赞颂这位大神而获得成就。在这世上,不应该通过令人厌恶的行动追求繁荣。(18)合法获得的财富是真正的财富,非法获得的财富令人唾弃。正法永世长存,不能为了渴望财富而抛弃。(19)

以法为魂的人设置祭火,便成为优秀的行善者,王中因陀罗啊!一切吠陀都依据三堆祭火。(20)而婆罗门即使设置祭火,也不减轻祭祀的职责;最好是他自己不设置祭火,而勤于供奉祭火。(21)祭火、灵魂、作为生育者的父母以及老师,都应该精心侍奉,人中之虎啊!(22)高尚的人摒弃傲慢,侍奉老人,富有知识,抑制欲望,善待他人,机敏能干,遵行正法,在这世上受到所有善人崇敬。(23)

以上是吉祥的《摩诃婆罗多》中《和平篇》第二百八十一章(281)。

二八二

波罗奢罗说:
缺少光辉的首陀罗的生计依靠其他三种姓。他应该按照经典教导,遵行正法,愉快服从。(1)如果首陀罗的祖先向来没有生计,他也不应该从事其他职业,而应该努力侍奉他人。(2)我认为与通晓正法的善人相处,能增添光辉。因此,在任何情况下,都不要亲近恶人。(3)正如日出之山上,一切物体接近太阳而闪耀光辉,出身低贱的人接近善人也会闪耀光辉。(4)你要知道,正如白布染上颜色,人的情况也是这样。(5)因此,你应该接受优良品德熏陶,决不要沾染恶习。在这世上,人的生命变化无常。(6)聪明的人无论处境快乐或痛苦,坚持行善积德,他在这世能获得幸福。(7)违背正法的事,即使能获得大成果,聪明的人也不会去做,因为这种事有害无益。(8)

劫掠数千头牛用于布施，这样的国王成为盗匪，功果也就徒有空名。（9）

自在天首先创造出举世崇敬的陀多，陀多又创造出一个热心维持众生的儿子（雨神）。（10）吠舍崇拜他，勤奋努力，获得繁荣。国王应该保护众生，婆罗门应该获得享受。（11）首陀罗不阴险，不欺诈，不发怒，供应祭品和供品，清洗打扫。这样，正法不毁灭。（12）王中因陀罗啊！正法不毁灭，众生也就幸福。众生幸福，天国众天神也就高兴。（13）因此，刹帝利依法保护众生，受到崇敬。同样，婆罗门诵习吠陀，吠舍努力获取财富。（14）首陀罗永远控制感官，精心侍奉，人中因陀罗啊！否则，就是背离各自的正法。（15）

向生活痛苦的人施舍一点儿合法获得的钱财，就能获得大功果，更何况施舍数以千计的钱财。（16）善待婆罗门，布施婆罗门，这样的人获得相应的功果，国王啊！（17）智者们说，乐于布施，值得赞颂；受到乞求而布施，属于中等。（18）缺乏诚意，态度轻蔑，宣示真理的牟尼们认为这样的布施属于下等。（19）在生活之河中浮沉的人们努力采取各种方法摆脱疑惑，渡过生活之河。（20）婆罗门的光彩在于自制，刹帝利的光彩在于胜利，吠舍的光彩在于财富，首陀罗的光彩在于勤快。（21）

以上是吉祥的《摩诃婆罗多》中《和平篇》第二百八十二章（282）。

二八三

波罗奢罗说：

婆罗门依靠接受布施，刹帝利依靠武力取胜，吠舍依靠合法手段，首陀罗依靠侍奉他人，即使获得很少财富，而用于正法，也能获得大功果，值得称赞。（1）据说首陀罗永远侍奉其他三种姓。婆罗门迫于生计，从事刹帝利和吠舍的工作，并不堕落，而如果从事首陀罗的工作，则是堕落。（2）首陀罗迫于生计，也允许以经商、畜牧和工艺谋生。（3）登台表演，以色相谋生，出售酒和肉，经营铜铁和兽皮，（4）这些是世上受人鄙视的职业，过去不以此谋生的人不应该从

事这种职业，而过去以此谋生的人放弃这种职业，则获得大功德。(5)

在世上获得成就，得意忘形，犯下罪恶，这样的人不值得效仿。(6)从往世书中听说，古人克制自己，以法为本，遵奉规范和职责，唯一的刑罚是斥责。(7)那时，在世人中，正法永远受到称赞，国王啊！在大地上，正法成熟的人们崇尚品德。(8)孩子啊！众阿修罗不能忍受正法，国王啊！他们逐渐增强力量，进入人体。(9)这样，人们产生骄傲，而骄傲毁坏正法。心中充满骄傲的人们，又产生愤怒。(10)满怀愤怒的人们失去廉耻，进而陷入愚痴，国王啊！(11)人们陷入愚痴，不能像以前那样观察事物；人们随心所欲，互相倾轧。(12)斥责作为刑罚对他们已经失去作用。他们蔑视众天神和婆罗门，逐渐自行其是。(13)

这时，众天神寻求英勇的、多种形相的伽那之主、神中俊杰湿婆庇护。(14)众天神将自己的威力输给他。他用一支箭就将三个带着城堡在空中飞行的阿修罗射倒在地。(15)他手持三叉戟，杀死了凶暴可怕、令众天神恐惧的阿修罗王。(16)一旦杀死阿修罗王，人们恢复自己的本性，各种吠陀和经典像以前一样流行。(17)然后，七仙人为婆薮之主（因陀罗）灌顶，让他在天国统治众天神。同时，他们执掌刑罚，治理人类。(18)在七仙人之后，出现名叫毗波利图的国王，以及其他的刹帝利国王，各自统治自己的地盘。(19)这些国王出身高贵，而受过去行为的影响，心中不能摆脱阿修罗性。(20)由于固执的阿修罗性，这些国王的行为如同阿修罗，凶暴可怕。(21)而愚蠢的人们确认和坚持这种阿修罗行为，沿袭至今。(22)

因此，我告诉你，国王啊！应该依据经典认真思考，追求圆满的成就，不做伤害众生之事。(23)聪明的人不肆意敛聚财物，以非法的手段履行职责有害无益。(24)你要成为这样的刹帝利：克制自己，善待亲友，按照自己的正法保护臣民、侍从和儿子。(25)可爱和可憎，敌意和友情，在千万次转生中都会出现。(26)因此，你任何时候都要保持优良品德，不要沾染恶习。无德无智乃是自己的敌人。(27)大王啊！合法和非法存在于人类中，而不存在于人类之外的生物中。(28)智者遵行正法，无论自身有无欲求，始终将世上众生

视同自己，不伤害他们。（29）一旦内心达到清净，摆脱虚妄不实，他就获得幸福。(30)

以上是吉祥的《摩诃婆罗多》中《和平篇》第二百八十三章（283）。

二八四

波罗奢罗说：

孩子啊！我已经讲述家居者的法则，现在请听我讲述苦行的法则。（1）通常，家居者具有自私性，在暗性和忧性的作用下，陷入执著，人中俊杰啊！（2）在这世上，居家者拥有牛、土地、财富、妻子、儿子和侍从。（3）处在这样的生活方式中，他永远这样看待事物，爱憎滋长，而不明白万物无常。（4）受财富控制，充满爱憎，这样的人就会耽于享乐，陷入愚痴，国王啊！（5）他追求财富，耽于享乐，除了粗俗的感官快乐之外，看不到还有别的什么快乐。（6）他陷入执著，充满贪欲，增加人口。而为了养育这些人，竭力追求财富。（7）他钟爱自己的孩子，为了追求财富，明知不该做的事也去做，而一旦遭受损失，又后悔不已。（8）他享有荣耀，努力保持自己不败落，所作所为都是为了保证自己享乐，而最终还是遭到毁灭。（9）

具有智慧的人追求善业，摒弃世俗快乐，他们的苦行永远是梵的展现。（10）由于感情破灭、财富丧失或病痛折磨，便会厌世，国王啊！（11）因厌世而自我觉醒，因觉醒而洞察经典，因洞悉经典而理解苦行，国王啊！（12）具有深刻洞察力的人十分难得，人中因陀罗啊！人通常在快乐和幸福遭受挫折后，决心修炼苦行。（13）人人都可修炼苦行，哪怕是贫贱之人，孩子啊！克制自己、控制感官的人通向天国之路。（14）

从前，生主通过苦行创造众生，国王啊！他无论在哪儿，都恪守誓言。（15）众阿提迭、婆薮之主（因陀罗）、众楼陀罗、火神、双马童、众摩录多、众毗奢神、众沙提耶和众祖先，（16）众药叉、众罗刹、众健达缚、众悉陀以及其他天神或天国居民，孩子啊！他们全都通过苦行获得成就。（17）最初，梵天通过苦行创造了众婆罗门。这些婆罗门维护大地，也漫游天国。（18）在这凡人世界，国王和其他出身高贵的家主，他们的一切都是苦行的功果。（19）丝绸的衣袍，美丽的首饰，车马和坐垫，这一切都是苦行的功果。（20）拥有数以千计容貌迷人的美女，居住宫殿楼阁，这一切都是苦行的功果。（21）昂贵的床榻，各种美味食品，事业有成的人一切如愿以偿。（22）在这三界，没有什么不能通过苦行获得，折磨敌人者啊！弃绝享乐者也能获得弃绝行动者的功果。（23）

一个人无论幸福或痛苦，都应该摒弃贪欲，运用智慧，潜心钻研经典，人中俊杰啊！（24）不知足造成不幸，贪欲造成感官躁动，进而智慧丧失，犹如不断运用而法术失效。（25）一旦智慧丧失，就看不清法则。因此，幸福遭到毁灭后，人们就会修炼严酷的苦行。（26）人们都说幸福可爱，痛苦可憎。你要明白，修炼或不修炼苦行的结果也是这样。（27）通过修炼纯洁的苦行，人们始终吉祥幸福，享受尘世快乐，获得名声。（28）而渴望成果，却又背离正道，这样的人事与愿违，受人鄙视，遭遇各种尘世痛苦。（29）即使想要奉行正法、苦行和布施，却做了种种恶事，这样的人坠入地狱。（30）无论遭遇快乐或痛苦，也不背离自己的职责，人中俊杰啊！这样的人具有经典之眼。（31）

相传，眼、耳、鼻、舌和身的快感短暂似一箭之射，民众之主啊！（32）由于快感失去，又产生强烈的苦恼，因此，智者称赞解脱是至高无上的幸福。（33）为了获得成果，培养种种优良品德。只要遵行正法，爱欲和利益永远不会造成危害。（34）我认为家主们只有努力履行自己的正法，平时才能不费力地享受尘世快乐。（35）出身高贵，享有荣耀，永远洞悉经典真谛，这样的人与头脑愚痴、摒弃法事的人不能相比。（36）如果做事也会给人带来毁灭，那么，在这世上惟有苦行是可做之事。（37）而家主应该全心全意做事，努力遵行自己的正法，祭神祭祖。（38）正如一切河流以大海为庇护所，一切生活阶段以家居生活为庇护所。（39）

以上是吉祥的《摩诃婆罗多》中《和平篇》第二百八十四章（284）。

二八五

遮那迦说：

怎么会产生不同的种姓？大仙啊！我想要听取这一点，优秀的辩士啊！请你告诉我。（1）相传，生下的后代就是他自己。那么，从婆罗门开始，怎么会有不同的出生？（2）

婆罗奢罗说：

正是这样，大王啊！出生者就是他自己。而由于苦行的减少，出现不同的种姓。（3）肥沃的土地和优良的种子产生纯洁的果实，否则，产生低劣的果实。（4）通晓正法的人们知道生主从嘴、双臂、双腿和双脚中创造整个世界。（5）孩子啊！从嘴中产生婆罗门，从双臂中产生刹帝利，从双腿中产生富人（吠舍），从双脚中产生仆从（首陀罗），国王啊！（6）由此形成四种姓，人中雄牛啊！其他各种姓相传是混血种姓。（7）在刹帝利种姓之外，有安波私吒、优揭罗、吠提诃迦、希弗波迦、布勒迦沙、斯代纳、尼沙陀、苏多和摩揭陀。（8）阿瑜伽、迦罗纳、弗罗提耶和旃陀罗，国王啊！这些是四种姓的混血种姓。①（9）

遮那迦说：

怎么从一个梵天产生不同的族姓？优秀的牟尼啊！在这世上有许多族姓。（10）牟尼在自己的子宫中产生，怎么也在首陀罗和其他低贱的子宫中产生？（11）

波罗奢罗说：

国王啊！这不受低贱的出生影响，因为灵魂高尚纯洁依靠苦

---

① 在以上混血种姓中，安波私吒是婆罗门男子和吠舍女子的混血儿；优揭罗是刹帝利男子和首陀罗女子的混血儿；吠提诃迦是首陀罗男子和婆罗门女子的混血儿；希弗波迦是刹帝利男子和优揭罗女子的混血儿；布勒迦沙是婆罗门男子和刹帝利女子的混血儿；斯代纳是窃贼；尼沙陀是婆罗门男子和首陀罗女子的混血儿；苏多是刹帝利男子和婆罗门女子的混血儿；摩揭陀是刹帝利男子和吠舍女子的混血儿；阿瑜伽是首陀罗男子和吠舍女子的混血儿；迦罗纳是吠舍男子和首陀罗女子的混血儿；弗罗提耶是首陀罗男子和刹帝利女子的混血儿；旃陀罗是首陀罗男子和婆罗门女子的混血儿。

行。(12)牟尼在任何子宫中生育儿子,依靠自己的苦行使他们成为仙人,国王啊!(13)我的祖先鹿角、迦叶波、婆吒、丹提耶、慈悯、迦克希凡和迦摩吒等。(14)谷购、德罗纳、阿优、摩登伽、达多、德罗波德和摩差,优秀的辩士啊!(15)他们依靠苦行达到自己的地位,毗提诃王啊!他们通晓吠陀,立足自制和苦行。(16)国王啊!最初只有四个族姓鸯耆罗、迦叶波、极裕和婆利古。(17)由于行为不同,又出现其他族姓,国王啊!这些族姓依据苦行命名,为善人们所采纳。(18)

遮那迦说:

尊者啊!你精通一切,请你告诉我各种种姓的特殊法则和共同法则。(19)

波罗奢罗说:

接受布施、执掌祭祀和传授吠陀,这些是婆罗门的特殊职责,国王啊!刹帝利的光辉职责是保护众生。(20)吠舍的职责是耕种、畜牧和经商,首陀罗的职责是侍奉再生族,国王啊!(21)我已经讲述各种种姓的特殊法则,孩子啊!现在请听我详细讲述各种种姓的共同法则,国王啊!(22)仁慈,不杀生,不懈怠,与人分享,祭祖,善待客人,诚实,不发怒,(23)满足于自己的妻子,身心纯洁,不嫉恨,通晓自我知识,宽容,这些是共同法则,国王啊!(24)

婆罗门、刹帝利和吠舍,这三种种姓是再生族。他们有能力履行这些法则,人中俊杰啊!(25)这三种种姓违背各自的职责,就会坠落,国王啊!正如他们遵行各自的职责,就会升高。(26)首陀罗不会坠落。他们不适合奉行再生族的礼仪和吠陀的法则,但不妨碍奉行共同的法则。(27)富有学问的婆罗门将首陀罗与吠提诃迦等同,大王啊!我认为毗湿奴大神是一切世界之本,人中因陀罗啊!(28)低贱者想要提高自己,效仿善人的行为,举行吉祥的仪式,即使不念诵吠陀咒语也有效。(29)低贱者坚持效仿善人的行为,在今生和来世都能获得幸福。(30)

遮那迦说:

行为和出身会玷污一个人吗?大牟尼啊!你能为我解释我心中的这个疑问。(31)

波罗奢罗说：

毫无疑问，行为和出身会玷污一个人，大王啊！请听我讲述这两者的区别。（32）行为和出身会玷污一个人，但出身低贱的人可以不做恶事。（33）而出身高贵的人做恶事，恶事也会玷污他。因此，行为比出身更容易玷污一个人。（34）

遮那迦说：

优秀的婆罗门啊！在这世上，哪些行为符合正法，永远不会伤害众生？（35）

波罗奢罗说：

请听我回答你询问的这个问题，大王啊！不杀生的行为永远保护人。（36）放弃供奉祭火，摆脱热恼，逐步登上正法之路，见到至高幸福。（37）谦恭，守礼，自制，坚定，摒弃一切行动，达到不朽境界。（38）国王啊！一切种姓在这生命世界上，做合法的事，说真实的话，毫无疑问，都会升入天国。（39）

以上是吉祥的《摩诃婆罗多》中《和平篇》第二百八十五章（285）。

二八六

波罗奢罗说：

在这世上，父亲、朋友、老师和妇女都不是卑贱的无德者，国王啊！他们忠心耿耿，说话可爱，谋求福利，谦恭温顺。（1）父亲是人中的至高之神。人们说父亲优于母亲。获取知识是至高的收获。控制感官对象的人达到至高目的。（2）王子在布满箭火的战场上遭到打击和焚烧，死后前往天神们也难以到达的世界，如愿享受天国的幸福。（3）刹帝利在战斗中不应该杀害疲乏的人、恐惧的人、失去武器的人、哭泣的人、转身逃跑的人、缺乏装备的人、丧失斗志的人、生病的人、求饶的人、年幼的人和年老的人，国王啊！（4）国王应该在战斗中征服与自己地位相当、全副武装、斗志昂扬的刹帝利王子。（5）国王战死在地位与自己相当或高于自己者手中是好事，而战死在低贱者或懦夫手中是耻辱。（6）据说，战死在恶人或行动邪恶的卑贱者手中，注

第十二　和平篇

定堕入地狱，国王啊！(7)

谁也不能救护命数已尽的人，国王啊！谁也不能杀害命数未尽的人。(8) 应该阻止亲人做不恰当的事，不能盼望杀害他人以延长自己寿命。(9) 家主盼望结束自己的生命，应该英勇无畏，死得光荣。(10) 一旦命数已尽，人就返回五大元素。不会无缘无故，总有原因相伴。(11) 人死后，从一个身体进入另一个身体，如同旅人从一个住处到达另一个住处。(12) 没有什么其他原因，他进入另一个身体，在众生中运转。(13) 身体是血脉、筋腱和骨头的聚合，元素、感官和性能的汇集，污秽不洁。(14) 身体包裹在皮肤中，随着性能耗尽，走向死亡，通晓内在灵魂的智者们这样说。(15) 身体失去灵魂后，停止活动，无知无觉，复归五大元素，化作尘土。(16)

毗提诃王啊！身体一旦死去，灵魂就会按照相应的业果转生。(17) 但是，它不立即转生，如同空中的云彩飘浮不定。(18) 它到达一个载体后，得以转生，国王啊！灵魂高于心，心高于感官。(19) 在动物和不动物两种生物中，动物更优秀，国王啊！动物中，两足动物更优秀。同样，两足动物中，再生族更优秀。(20) 而再生族中，智者更优秀，王中因陀罗啊！智者中，通晓自我者更优秀。通晓自我者中，谦逊者更优秀。(21)

死追随生，人人都是如此。由于三性的作用，众生从事有限的行动。(22) 行善的人在太阳北行、星宿吉祥的时刻死去，国王啊！(23) 解除人们的痛苦，消除罪恶，竭尽全力完成事业，光荣地死去。(24) 服毒，上吊，火烧，死于盗匪之手或野兽之口，都不光彩。(25) 行善的人不会遭遇这些或其他各种低贱的死法。(26) 失去生命后，行善的人上升，普通的人居中，作恶的人下降。(27)

敌人只有一个，没有第二个。敌人就是人的无知，国王啊！人受无知蒙蔽，做出残酷可怕的事情。(28) 为了克服无知，应该按照经典法则侍奉智慧的长者，王子啊！只有通过艰苦努力，运用智慧之箭，才能粉碎无知。(29) 诵习吠陀，修炼苦行，遵守梵行，尽力举行五种祭祀，热爱正法，谋求幸福，巩固自己的家族，然后，隐居森林。(30)

人不应该灰心丧气，放弃享受，孩子啊！人身难得，哪怕是成为一个旃陀罗（贱民）。(31) 只有生而为人，才能通过种种善行保护自己的灵魂，世界之主啊！(32) 我们怎样才能不虚度此生，遭到毁灭？主人啊！应该通晓经典法则，遵行正法。(33) 获得十分难得的人身后，藐视正法，醉心爱欲，结果受骗上当。(34) 以充满慈爱的眼光看待众生，众生像灯火一样明亮，光焰不会熄灭。(35) 安抚，布施，说话甜蜜，同甘共苦，这样的人在来世受到尊敬。(36) 前往婆罗私婆蒂河、飘忽林、布湿迦罗和大地上其他圣地，布施，舍弃，形貌端庄，通过沐浴和苦行净化身体。(37) 在家中命断气绝，应该出殡，用车运到火葬场，按照圣洁的仪式火化。(38) 供奉，供养，举行祭祀，执掌祭祀，布施，行善积德，尽力祭祖，这样的人做这一切也是为了自己。(39) 国王啊！法论、吠陀及其六支都是为行为纯洁的人安排幸福。(40)

毗湿摩说：

从前，灵魂高尚的牟尼（波罗奢罗）为了毗提诃王的幸福，向他讲述了这一切，国王啊！(41)

以上是吉祥的《摩诃婆罗多》中《和平篇》第二百八十六章（286）。

二八七

毗湿摩说：

密提罗王遮那迦又向灵魂高尚的波罗奢罗求教至高之法：(1) "什么是至福？什么是归宿？什么行为不会毁灭？婆罗门啊！前往哪里不会返回？请你告诉我，大牟尼啊！"(2)

波罗奢罗说：

不执著是至福的根基，知识是至高之路，修成的苦行不会毁灭，恰当的布施不会毁灭。(3) 斩断非法的束缚，热爱正法，赐人无畏，这样的人获得成就。(4) 布施数千头牛和数百匹马，赐给一切众生无畏，他获得的成就胜过这些布施。(5) 智者置身感官对象中，也不执著，而愚者沉湎在污浊的感官对象中。(6) 非法沾不上智慧，犹如水珠沾不上荷叶；罪恶沾上无知，犹如树脂沾上木材。(7) 非法行为期

待结果，不会放过作者。到时候，作者就会承担一切后果。而灵魂完善、通晓自我因缘的人不会遭难。（8）

头脑不清醒，放纵知觉感官和行动感官，执著善业和恶业，这样的人陷入大恐怖。（9）永远摆脱激情，抑制愤怒，这样的人即使置身感官对象中，也不会沾染罪恶。（10）正如按照规则筑起的堤坝不会倒塌，堤坝内的蓄水不断上涨，人依靠正法，功德增长。（11）瑜伽依靠禅定运作，如同纯洁的摩尼珠吸收太阳的光辉，王中之虎啊！（12）正如芝麻掺进花朵，芳香更加诱人，对于大地上灵魂纯洁的人，善性也起这样的作用。（13）向往天国，放弃妻子，不贪恋财富、车马和各种事业，他的智慧摆脱感官对象。（14）如果智慧执著感官对象，始终眷顾自己的利益，念念不忘一切事物，这样的人如同鱼儿受到肉饵牵引，国王啊！（15）

凡人世界聚合而成，互相依靠，如同芭蕉树心空虚无力，如同船只沉入大海。（16）人履行正法的时间不确定，死神不等人。人日益临近死神之口，法事始终保持光辉。（17）正如盲人依靠习惯，在自己的屋中行动自如，智者依靠思想，达到至高归宿。（18）死依附生，生依附死。不懂得解脱法的人受到束缚，如同车轮转动不已。（19）正如莲藕迅速摆脱淤泥，人的灵魂依靠思想获得解脱。思想引导灵魂，达到解脱。（20）追求至高目标的人关心自己的职责，如果执著感官对象，就是忽视自己的职责。（21）智者的灵魂通过善业达到至高的天国，愚者的灵魂通过恶业达到低贱的牲畜。（22）

正如液体保存在烘干的陶罐中，经过苦行磨炼的身体享受感官对象。（23）而享受感官对象的人无疑不能享有幸福。灵魂应该摒弃感官享受，才能享有幸福。（24）沉湎色食的人堕入云雾中，灵魂受到蒙蔽，犹如天生的盲人不识路。（25）正如商人出海按照资本获取财富，人在尘世之海中，按照行为和知识获得归宿。（26）正如蛇饮空气，死神在这个由日夜构成的世界上，化作衰老吞噬众生。（27）人生出后，享受自己的业果。无论是苦是甜，任何人不会享有不是自己的业果。（28）无论躺着、走着、坐着或置身任何感官对象，善业或恶业始终跟随他。（29）

到达彼岸的人不再返回此岸，他也就不会葬身大海。（30）正如绳索牵引大河中负荷沉重的船只,思想牵引身体。(31)正如条条河流汇聚大海,思想通过瑜伽与其原初物质结合。(32)人的思想受各种感情束缚,陷入无知,犹如沙屋沉入水中。(33)住在身体之屋中,以身心纯洁为圣地,遵循智慧之路,这样的人今生和来世都获得幸福。(34)痛苦烦恼众多,幸福看来稀少,人们知道弃绝有益于灵魂。(35)朋友出于私利,亲戚带来烦恼,妻子、奴仆和儿子消耗自己的财富。(36)父母不带给谁什么,人以布施为生命食粮,享受自己的业果。(37)母亲、儿子、父亲、兄弟、妻子和朋友,如同留在金盘上的骰子印记。(38)

人享有自己从前的一切善业和恶业。懂得业果的作用,内在灵魂激发人的智慧。(39)依靠决心,得到协助,任何事业都不会受挫。(40)吉祥幸福不会抛弃思想专一、勇敢坚定的智者,犹如光芒永远不会抛弃太阳。(41)灵魂纯洁的人依靠信仰和决心,依靠方法和智慧,他的事业不会受挫。(42)人从投入胎中开始,享有自己以前的一切善业和恶业。死亡不可抗拒。时间剥夺生命,致使作业者最终如同铁锯锯出的木屑。(43)所有的人按照自己的善业和恶业获得自己的家族出身和荣华富贵。(44)

毗湿摩说：

智慧的波罗奢罗如实说了这一切,国王啊！优秀的知法者遮那迦听后,感到无上喜悦。(45)

以上是吉祥的《摩诃婆罗多》中《和平篇》第二百八十七章(287)。

二八八

坚战说：

在这世上,聪明的人都称赞诚实、宽容、自制和智慧,祖父啊！你对此有何看法？(1)

毗湿摩说：

在这方面,我告诉你一个古老的传说,坚战啊！那是众沙提耶和天鹅的对话。(2)无生、永恒的生主化身金天鹅,漫游三界,遇见众沙提耶。(3)

众沙提耶说：

鸟啊！我们是沙提耶神，向你求教。你通晓解脱，我们向你求教解脱法。（4）你认为什么最优秀？灵魂高尚者啊！你心中热爱什么？（5）请你教导我们最应该做的一件好事，优秀的鸟啊！一个人做了这件好事，就能迅速摆脱一切束缚，鸟中因陀罗啊！（6）

天鹅说：

诸位饮甘露者啊！我听说应该做到这些事：苦行，自制，诚实，自我保护，解开一切心结，控制爱憎。（7）不恶语伤人，不向卑贱的人求教奥义，不说令人不安的话，不说害人堕入地狱的话。（8）言语之箭从口中射出，受伤者日夜忧伤。这些箭命中他人要害。智者不会将它们射向他人。（9）别人用言语之箭射中他，他应该保持镇静。受到伤害，却能忍耐，他获取他人的善业。（10）面对傲慢无礼、诽谤咒骂，能够抑制燃烧的愤怒，不怀恶意，不生嫉恨，心情愉快，他获取他人的善业。（11）我一向受到挑衅也不回应，受到打击也能容忍。高尚的人们说宽容、诚实、正直和仁慈是最高美德。（12）

吠陀的奥义是真实，真实的奥义是自制，自制的奥义是解脱。这是一切教诲的精髓。（13）谁能克制语言的冲动、思想的冲动、愤怒的冲动、渴望的冲动、食欲和性欲的冲动，我认为他是婆罗门和牟尼。（14）不发怒的人优于发怒的人，宽容的人优于不宽容的人，人优于非人，智者优于愚者。（15）受到辱骂而不回骂，压下的怒火会燃烧骂人者，他也由此获取骂人者的善业。（16）他不回应辱骂或称赞，保持镇静，受到打击也不反击，对伤害他的人也不怀恶意，众天神一向渴慕这样的人。（17）受到侮辱、打击或谩骂，都能容忍，无论对方是低贱者、高贵者或与自己地位相当者，这样的人获得成功。（18）

尽管我心满意足，依然经常侍奉高尚的人。我没有欲求，也没有愤怒。即使有所欲求，我也不会逾规。我不会采用非法手段获取什么。（19）就是受到诅咒，我也不反诅咒。我知道自制是天国之门。我告诉你们这个梵的奥秘，没有比人更优秀者。（20）正如月亮摆脱乌云，智者摆脱罪恶，涤除污秽，耐心地等待时间，获得成功。（21）正如井边用作打水支点的树桩受到众人尊敬，自我约束的人受到众人赞扬，走向天神世界。（22）非难者喜欢说别人的缺点，而不愿意说别人的优点。（23）经常守护自己的语言和思想，他就能通过吠陀、苦行和弃绝，获得一切成就。（24）智者在愚者的谩骂和侮辱中成长，因此，他不反击别人，不伤害自己。（25）婆罗门受到侮辱，如同尝到甘露。受侮辱者安然入睡，侮辱者遭到毁灭。（26）

愤怒的人即使举行祭祀、布施财物、修炼苦行和供奉祭火，太阳之子（阎摩）也剥夺他的一切功德。因此，愤怒的人徒劳无功。（27）诸位优秀的天神啊！谁能守护住四门：生殖器、胃、双手和言语，他就是通晓正法者。（28）诚实，自制，正直，仁慈，坚定，宽容，坚持诵习吠陀，不贪图他人财物，乐于隐居，这样的人升入天堂。（29）犹如牛犊吸吮四个奶头，一个人应该奉行一切美德。我不知道还有什么比诚实更圣洁者。（30）漫游人间和天国，我要说诚实是登上天国的阶梯，犹如船舶是渡海的工具。（31）

与那样的人同住，侍奉那样的人，希望成为那样的人，他就会成为那样的人。（32）侍奉善人或恶人，侍奉苦行者或盗贼，犹如布匹接触什么染料，就染上什么颜色。（33）众天神永远与善人交往，对人间感官对象不屑一顾。懂得感官对象变化无常，这样的人胜过变化不定的月亮和风。（34）遵循善人之路，心中的原人不受污染，众天神喜欢这样的人。（35）经常沉湎色食，喜欢偷盗，语言粗鲁，即使知道他们已经赎罪，众天神也远离他们。（36）众天神不喜欢品质卑贱、饮食无度和行为邪恶的人，而喜欢信守誓言、知恩图报和热爱正法的人。（37）人们说，不说话胜过说话。而说话应该说真话，这是第二；说话应该说正法，这是第三；说话应该说可爱的话，这是第四。（38）

众沙提耶说：

世人受什么蒙蔽？或者由于什么黯然无光？由于什么失去朋友？由于什么不能升入天国？（39）

天鹅说：

世人受无知蒙蔽。由于妒忌，黯然无光。由于贪婪，失去朋友。由于执著，不能升入天国。（40）

众沙提耶说：

在婆罗门中，唯独谁始终快乐？唯独谁能在众人中保持沉默？唯

独谁即使瘦弱也有力量？唯独谁不与人争吵？（41）

天鹅说：

在婆罗门中，唯独智者始终快乐；唯独智者能在众人中保持沉默；唯独智者即使瘦弱也有力量；唯独智者不与人争吵。（42）

众沙提耶说：

什么是婆罗门的神性？什么是他们的善性？什么是他们的恶性？什么是他们的人性？（43）

天鹅说：

诵习吠陀是他们的神性；恪守誓言是他们的善性；诽谤中伤是他们的恶性；死亡是他们的人性。（44）

毗湿摩说：

我已经讲述众沙提耶和天鹅的美妙对话。身体是行为的本源，善性是真理。（45）

以上是吉祥的《摩诃婆罗多》中《和平篇》第二百八十八章（288）。

二八九

坚战说：

全知者啊！你通晓一切。请你为我讲述数论和瑜伽的区别，俱卢族俊杰啊！（1）

毗湿摩说：

数论者称赞数论，再生族瑜伽行者称赞瑜伽。他们都有理由推崇各自的宗派。（2）聪明睿智的瑜伽行者有理由说瑜伽最优秀，粉碎故人者啊！他们认为不能自主的人怎么能获得解脱？（3）再生族数论者也申述理由：懂得一切归宿，摆脱感官对象，（4）一旦脱离身体，肯定获得解脱。大智者们称数论为解脱学。（5）各派的理由都有说服力，得到像你这样有学养的人们认可。（6）瑜伽依据亲证，数论依据经典，两者的原理我都认同，坚战啊！（7）这两种知识受到有学养的人们认可，国王啊！按照它们的经典加以实行，就能达到至高归宿。（8）两者同样要求身心纯洁，怜悯众生，恪守誓言，只是各自的

见解不同，无罪的人啊！（9）

坚战说：

既然同样要求身心纯洁，怜悯众生，恪守誓言，怎么会见解不同？祖父啊！请你告诉我。（10）

毗湿摩说：

依靠瑜伽，首先铲除激情、愚痴、温情、爱欲和愤怒这五种缺点，人们才能达到解脱。（11）正如大鱼冲破鱼网，返回水中，瑜伽行者涤除污秽，达到解脱。（12）正如猛兽挣脱套索，获得自由，人们摆脱一切束缚，走上纯洁之路。（13）国王啊！具有力量的瑜伽行者挣脱贪欲形成的束缚，涤除污秽，走上至高的吉祥之路。（14）而那些力量薄弱的野兽陷入套索，遭到毁灭，国王啊！毫无疑问，缺乏瑜伽力的人也是如此。（15）贡蒂之子啊！正如力量薄弱的鱼陷入鱼网，遭到毁灭，王中因陀罗啊！缺乏瑜伽力的人也是如此。（16）正如弱小的鸟儿陷入罗网，遭到毁灭，克敌者啊！而有力的鸟儿却能摆脱罗网。（17）瑜伽行者也是如此，折磨敌人者啊！受到业的束缚，无力者遭到毁灭，有力者获得解脱。（18）

国王啊！正如粗大的木柴压灭微弱的小火，缺乏瑜伽力的人也是如此。（19）而火焰一旦燃旺，借助风势，甚至能焚烧整个大地，国王啊！（20）充满威力的瑜伽行者也是如此，光辉闪耀，如同世界末日的太阳烤焦整个世界。（21）正如臂力衰弱的人被水流卷走，国王啊！缺乏瑜伽力的人不由自主被感官对象带走。（22）正如大象挡住水流，具有瑜伽力的人挡住各种感官对象。（23）瑜伽行者具有瑜伽力，独立自主，进入众生主、众仙人、众天神和众妖怪身中，普利塔之子啊！（24）阎摩、愤怒的毁灭之神和暴戾的死神都不能控制威力无限的瑜伽行者，国王啊！（25）瑜伽行者获得力量，可以化出数以千计的自己，与它们一起行走在大地上。（26）既可以获取感官对象，又可以修炼严酷的苦行，还可以收回一切，犹如太阳收回光芒，普利塔之子啊！（27）毫无疑问，瑜伽行者具有力量，不受束缚，能够获得解脱，国王啊！（28）

我已经讲述瑜伽的力量，民众之主啊！我现在再为你具体说明瑜伽的微妙。（29）请听我说明灵魂等持（入定）和执持（专注）的微妙，婆罗多族雄牛啊！（30）正如弓箭手专心致志，射中目标，瑜伽行者专心致志，肯定获得解脱。（31）正如一个人凝思静虑，一心盯住手中满碗的油，走上台阶，（32）瑜伽行者凝思静虑，净化自己的灵魂，使它如同光辉灿烂的太阳，国王啊！（33）正如船夫专心致志，驾船航海，很快到达城镇，贡蒂之子啊！（34）通晓真谛的人依靠瑜伽，专心致志，脱离身体后，达到难以达到的境界，国王啊！（35）正如车夫专心致志，驾驭骏马，迅速将弓箭手带到目的地，人中雄牛啊！（36）瑜伽行者专心致志，迅速达到至高境界，国王啊！犹如飞箭迅速命中目标。（37）瑜伽行者进入灵魂，寂然不动，肯定达到不朽的境界，犹如渔夫杀鱼，肯定获罪。（38）威力无限者啊！肚脐、喉咙、头、心、胸、双胁、视觉、触觉和嗅觉，（39）瑜伽行者恪守大誓愿，沉思入定，将微妙的灵魂安置在这些地方，民众之主啊！（40）他智慧纯净，依靠至高的瑜伽，迅速焚毁一切善业和恶业，如愿获得解脱。（41）

坚战说：

瑜伽行者获得这种力量，平时吃些什么？又克服什么？婆罗多后裔啊！请你告诉我。（42）

毗湿摩说：

吃碎米，吃油饼，戒绝油腻，瑜伽行者获得力量。（43）克敌者啊！长期吃炒麦粉，独自静处，灵魂纯洁，瑜伽行者获得力量。（44）半月、一月或一季，隐居洞穴，饮水和牛奶，瑜伽行者获得力量。（45）人中之主啊！经常实行连续一月的斋戒，灵魂纯洁，瑜伽行者获得力量。（46）克服爱欲、愤怒、冷热晴雨、恐惧、昏睡、呼吸、雄性和各种感官对象。（47）克服难以克服的忧郁和可怕的渴求，国王啊！克服一切触觉和难以克服的疲倦，王中俊杰啊！（48）

这些灵魂高尚的大智者以沉思和诵习为财富，摒弃欲情，自己照亮微妙的灵魂。（49）智慧的婆罗门的这条道路崎岖难行，婆罗多族雄牛啊！没有人能在这条道路上顺利行走。（50）犹如进入一座可怕的森林，充满毒蛇和爬虫，到处是陷阱和荆棘，又干燥无水，难以穿越。（51）犹如森林大火烧成的旷野，路上没有食物，强盗出没，只有青壮年能顺利通过。（52）如果一个婆罗门走上瑜伽之路，又中途停止，被认为犯有严重过失。（53）大地之主啊！瑜伽执持如同锐利的剃刀锋刃，灵魂不完善的人难以立足其上。（54）孩子啊！一旦瑜伽执持出现偏差，就会带来严重后果，犹如海上的航船失去舵手，给人带来灾难，国王啊！（55）谁能按照规则实行瑜伽执持，贡蒂之子啊！他就能摆脱生死苦乐。（56）

我已经依据各种经典讲述瑜伽成就，那是在再生族中得到确认的至高瑜伽。（57）灵魂高尚者啊！至高的大梵、大神梵天、赐予恩惠的毗湿奴、跋婆、正法神、六面神和六位大威力的梵天之子。（58）恶浊的暗性、严重的忧性、纯洁的善性、至高的原初物质、伐楼拿的妻子悉提女神、所有的威力和伟大的勇气。（59）皎洁的月亮和星星、毗奢神、蟒蛇、祖先、所有的山岳、可怕的大海、所有的河流、森林和云彩。（60）蛇、药叉、方位、健达缚、男人和女人，灵魂高尚的瑜伽行者都能随意进去。（61）国王啊！这篇讲话涉及大智大勇的天神，光辉吉祥。高尚的瑜伽行者以那罗延为灵魂，修习瑜伽，超越一切凡人。（62）

以上是吉祥的《摩诃婆罗多》中《和平篇》第二百八十九章（289）。

二九〇

坚战说：

国王啊！你充满善意，向我这位学生如实讲述了贤士们公认的瑜伽之路。（1）你通晓三界的一切知识。现在请求你完整地讲述数论原则。（2）

毗湿摩说：

请听我讲述通晓灵魂的数论派的纯洁原则，由迦比罗等觉醒的耶提大师们确立。（3）其中找不出任何谬误，人中雄牛啊！其中有许多优点，而没有缺陷。（4）依靠知识，知道所有的对象都有缺陷，国王啊！知道难以制服的人和毕舍遮是这样。（5）知道罗刹和药叉是这样，蟒蛇和健达缚也是这样。（6）知道祖先和各种牲畜是这样，金翅鸟和摩录多也是这样，国王啊！（7）知道王仙和梵仙是这样，阿修罗

和毗奢神也是这样。(8) 知道神仙和瑜伽主是这样，生主和梵天也是这样。(9)

如实理解世上寿命的最高时限和幸福的至高本质，优秀的辩士啊！(10) 理解时间到来时，追逐感官对象的人遭受痛苦，转生牲畜或堕入地狱。(11) 理解天国的一切优点和缺点，婆罗多后裔啊！理解吠陀学说的优点和缺点。(12) 理解瑜伽的优点和缺点，国王啊！理解数论的优点和缺点。(13) 理解善性有十德，忧性有九德，暗性有八德，觉有七德。(14) 理解空有六德，心有五德，觉有四德，暗性有三德。(15) 理解忧性有两德，善性有一德。同样，如实理解毁灭时遵循的道路。(16) 富有知识和经验，依靠种种善行净化灵魂，这样的人获得吉祥纯洁的解脱，犹如微妙的光和风升至天顶。(17)

眼执著色，鼻执著香，耳执著声，舌执著味。(18) 身执著触，风执著空，愚痴执著暗性，贪欲执著感官对象。(19) 毗湿奴执著跨步，帝释天执著力量，火执著胃，大地执著水，水执著火。(20) 火执著风，风执著空，空执著大，大执著觉。(21) 觉执著暗性，暗性执著忧性，忧性执著善性，善性执著灵魂。(22) 灵魂执著大神那罗延，大神执著解脱，解脱无所执著。(23)

理解身体含有善性，充满十六德。理解自性和心执著身体。(24) 在身体中，唯独灵魂保持中立，不沾染罪恶，国王啊！理解追逐感官对象的人们的行动。(25) 理解各种感官和感官对象执著灵魂。如实理解元气、下气、中气、行气和上气。(26) 还有一种向下的风和一种向上的风，这样共有七种风，七种性能。(27) 理解许多生主、崇高的道路、七仙人和王仙，折磨敌人者啊！(28) 许多大神仙和大仙人，灿若太阳，经过很长时间后，从高位坠落，国王啊！(29) 听到大人物们遭到毁灭，国王啊！理解作恶者的悲惨结局。(30) 理解堕入阎摩地域吠多罗尼河的痛苦，悲惨地在各种子宫中转生。(31) 住在污秽不洁的子宫中，里面充满血和水，散发黏液和粪便的恶臭。(32) 理解自己由精子和血结合而成，有骨髓和筋腱，布满数百条血脉，置身污秽不洁的九门城中。(33) 理解自己的不利处境和各种关系，国王啊！暗性之人沉湎可爱的感官对象。(34) 善性之人也有痛苦，婆罗多族雄牛啊！通晓灵魂的数论者谴责感官对象。(35)

看到可怕的月蚀和日蚀，流星坠落，星宿隐没。（36）看到成双结对者悲惨地分离，国王啊！看到众生残忍地互相吞噬。（37）理解幼年懵懂无知，身体悲惨地衰竭，陷入欲情和愚痴，少数人依靠善性。（38）数千人中，只有一人追求解脱的智慧，可知依据经典获得解脱难能可贵。（39）推崇没有获得解脱者，漠视获得解脱者，这是感官对象的恶劣性，国王啊！（40）看到丧失生命者丑陋的身体，贡蒂之子啊！理解家居生活的痛苦，婆罗多后裔啊！（41）理解犯有杀害婆罗门罪的恶人的可悲下场，理解灵魂邪恶的婆罗门酗酒和玷污师母的可悲下场。（42）一些人不善待母亲，坚战啊！也不善待虔诚的人们。（43）依靠知识理解这些行为邪恶的人的可悲下场，理解他们投胎为各种牲畜。（44）

理解各种吠陀学说，目睹季节的消逝，年的消逝，月的消逝。（45）目睹半月的消逝，一天的消逝，也目睹月盈和月亏。（46）目睹大海的潮涨和潮落，目睹财富的增长和损失。（47）目睹联合破裂，时代消逝，山岳崩塌，河流枯竭。（48）目睹各种姓一再衰亡，目睹生、老、死和各种痛苦。（49）如实理解身体的缺陷和弊端，人们的痛苦，婆罗多后裔啊！（50）理解自己的缺陷，一切取决于自己，恶臭从自己的身体中发出。（51）

坚战说：

威力无限者啊！你看到人的身体有哪些缺陷？请你如实解答我的这个疑问。（52）

毗湿摩说：

通晓道路的迦比罗数论智者们说身体有五种缺陷，克敌者啊！请听我告诉你。（53）爱欲、愤怒、恐惧、昏睡和呼吸，这些是人体的五种缺陷。（54）通过宽容大度，消除愤怒；通过摒弃欲念，消除爱欲；通过保持善性，消除昏睡；通过小心谨慎，消除恐惧；通过饮食有度，消除呼吸，国王啊！（55）依靠数以百计的优点如实理解各种优点，依靠数以百计的缺点如实理解各种缺点，依靠数以百计的原因如实理解各种原因。（56）这个世界如同水的泡沫，充满毗湿奴的幻影，如同壁画，如同空心芦苇。（57）如同黑暗的深渊，如同水泡，缺少快乐，最终毁灭，归入虚无。陷入忧性和暗性，不由自主，犹如

大象陷入泥沼。(58)

　　国王啊！大智慧的数论者依靠博大精深的数论知识，摒弃繁衍后代的身体。(59) 他们依靠知识之剑和苦行之杖迅速灭除身体接触产生的忧性臊味、暗性臭味和善性香味，婆罗多后裔啊！(60) 他们运用智慧，渡过可怕的生活之海，海中充满痛苦之水，以焦虑和忧愁为大湖，以疾病和死亡为大鳄鱼，以大恐怖为大蛇。(61) 以暗性为乌龟，以忧性为鱼，以情感为泥沼，以衰老为险阻，以接触为岛屿，克敌者啊！(62) 以行动为深水，以真理和信守誓言为岸，以杀生为急流，以各种味为宝藏，国王啊！(63) 以各种喜悦为宝石，以痛苦烦恼为风，以忧伤和贪欲为大旋涡，以致命的疾病为大象。(64) 以骨堆为汇聚，以黏液为泡沫，以布施为珍珠，以血泊为珊瑚，克敌者啊！(65) 以笑声为呼啸，以各种知识为难以超越，以泪水和汗水为盐水，以摒弃执著为归依。(66) 以再生为洪流，以儿子和亲友为城镇，以不杀生和真理为界限，以舍弃生命为浪涛。(67) 以通晓吠檀多为岛屿，以怜悯一切众生为海水，以解脱为难以获得的对象，这座海底喷火的大海。(68)

　　成功的牟尼们依靠瑜伽，渡过这难以渡过的生活之海，进入纯洁的空中，婆罗多后裔啊！(69) 太阳的光芒运送这些行为高洁的数论者，犹如莲花茎中的纤维运送养分，国王啊！(70) 成功的耶提们富有勇气，摒弃欲情，以苦行为财富，婆罗多后裔啊！风运送他们。(71) 这是七位摩录多（风神）中最优秀者在吉祥世界吹拂的风，微妙，清凉，芳香，舒适，婆罗多后裔啊！风运送他们到空的至高归宿，贡蒂之子啊！(72) 空运送他们到忧性的至高归宿，世界之主啊！忧性运送他们到善性的至高归宿，王中因陀罗啊！(73) 善性运送到大神那罗延那里，灵魂纯洁者啊！灵魂纯洁的大神亲自运送到至高灵魂那里。(74) 这些纯洁的人到达至高灵魂，融为一体，达到不朽，不再返回，国王啊！这是摆脱对立的灵魂高尚者的至高归宿，普利塔之子啊！(75)

　　坚战说：
　　恪守誓言者达到至高境界后，还记不记得以前的生死，无罪的人啊！(76) 请你如实解答我的这个问题，俱卢后裔啊！除了你之外，我无法向别人求教。(77) 如果耶提们获得成功后，仍有意识，这是解脱的大弊病。(78) 这样，我认为生死流转是至高之法，国王啊！因为沉浸在至高意识中，是不是更痛苦？(79)

毗湿摩说：

你提出这个难题完全合理，孩子啊！即使智者也会为这个问题感到困惑，婆罗多族雄牛啊！请听我说明其中的至高真谛。(80) 灵魂高尚的迦比罗派在这方面具有至高智慧，国王啊！即使感官感觉到人的身体，它们也是灵魂的工具。微妙的灵魂通过它们观看。(81) 失去灵魂，感官如同木块，毫无疑问，它们会像海中的泡沫那样破灭。(82) 人和感官一起入睡后，微妙的灵魂随处游荡，如同空中的风，折磨敌人者啊！(83) 灵魂照常醒着，完全像原先那样观看和感觉，婆罗多后裔啊！(84) 感官不由自主，蛰伏在各自的位置中，如同失去毒液的蛇。(85) 毫无疑问，微妙的灵魂漫步在感官各自的位置中。(86)

所有的善性，所有的忧性，所有的暗性，所有的觉性，婆罗多后裔啊！(87) 所有的心性，所有的空性，所有的风性，所有的火性，(88) 所有的水性，所有的地性，普利塔之子啊！灵魂遍及所有这些性，坚战啊！(89) 自我以及善业和恶业走向灵魂，国王啊！犹如学生侍奉灵魂高尚的老师，所有的感官侍奉灵魂。(90) 灵魂超越原初物质，走向永恒不变的至高灵魂，摆脱对立、高于原初物质的那罗延的灵魂。(91) 灵魂摆脱善恶，进入无病、无性的至高灵魂，不再返回，婆罗多后裔啊！(92)

心和感官如同遵照老师的命令，按时返回，婆罗多后裔啊！(93) 而按照有关知识追求解脱的人，不久就能达到平静，贡蒂之子啊！(94) 大智慧的数论者依靠这种知识达到至高归宿，国王啊！没有哪种知识能与这种知识相比，贡蒂之子啊！(95) 你不必怀疑这种公认为至高的数论知识。它是古老、永恒、不灭和不显现的梵。(96) 灵魂平静的人们称颂它是创造者，无始无终无中间，摆脱对立，永远屹立。(97) 创造、毁灭和一切变化出自于它。大仙们在各种经典中称颂它。(98) 所有的婆罗门、天神和通晓经典的人们称颂它崇高，神圣，无限，永不坠落。(99) 婆罗门向往它，称颂它。正确修行的瑜伽行者和富有远见卓识的数论者也同样称颂它。（100）贡蒂之子啊！相传，数论是无形体者的形体，婆罗多族雄牛啊！人们说它的表征是梵的知识。（101）

大地之主啊！大地上有两种生物，称作动物和不动物，其中动物更优秀。（102）国王啊！伟大的知识存在于伟大的吠陀、数论和瑜伽中。在各种往世书中，也都发现有完整的数论，王中因陀罗啊！（103）在伟大的历史传说中，在贤士们喜爱的政事论中，在任何世俗知识中，都发现有伟大的数论，灵魂高尚的国王啊！（104）内心的平静，至高的力量，精妙的知识，微妙的苦行和快乐，都已包含在数论中，国王啊！（105）即使中途受挫，数论者也能升入天国，与众天神为伍，长久享福，期满后重新降生为婆罗门和耶提，普利塔之子啊！（106）最终，数论者脱离身体，达到解脱，如同众天神升入空中，普利塔之子啊！因此，婆罗门格外热衷贤士们喜爱的、富有价值的数论，国王啊！（107）未曾见到热爱这种知识的婆罗门转生为牲畜，或堕入愚蠢的作恶者的卑贱处境，国王啊！（108）数论博大，崇高，古老，纯洁，可爱，如同大海，国王啊！灵魂伟大的那罗延维系着不可限量的全部数论。（109）人中之神啊！我已经告诉你这个真谛。它是那罗延，它是古老的宇宙。在创造时，那罗延创造一切；在毁灭时，他又吞噬一切。（110）

以上是吉祥的《摩诃婆罗多》中《和平篇》第二百九十章（290）。

二九一

坚战说：

什么是不灭者，与它结合后，人不再返回？什么是可灭者，与它结合后，人还会返回？（1）大臂杀敌者啊！我想要如实了解不灭者和可灭者，俱卢后裔啊！（2）灵魂高尚、精通吠陀、大福大德的婆罗门、仙人和耶提们说你是知识之海。（3）你剩下的日子已经不多，等到南行的太阳转回，你就要走向至高归宿。（4）一旦你离去，我们还能从哪里聆听福音？你是俱卢族的明灯，闪耀知识之光。（5）我想要

如实听取这个问题,俱卢后裔啊!听取这样的甘露,我从不满足,王中因陀罗啊!(6)

毗湿摩说:

在这方面,我向你讲述一个古老的传说,那是极裕仙人和迦拉罗遮那迦的对话。(7)优秀的仙人极裕坐在那里,灿若太阳。遮那迦王询问他有关至高幸福的知识。(8)梅多拉伐楼尼(极裕)通晓内在灵魂及其归宿,遮那迦王双手合十,走向他。(9)迦拉罗遮那迦王以求教的语气和温柔甜蜜的话音,询问这位优秀的仙人:(10)"尊者啊!我想听取至高的、永恒的梵。智者们到达那里不再返回。(11)与可灭者结合,这个世界毁灭。而不灭者吉祥,安全,无病。"(12)

极裕说:

请听这个世界怎样毁灭,而不灭者任何时候都不毁灭,大地保护者啊!(13)你要知道,由四个时代组成的一个时代持续一万两千年,构成一劫,一千劫构成梵天的一天,国王啊!梵天的一夜也是这样的时间。夜晚结束,梵天醒来。(14)自在天商部具有无形的灵魂,微妙,轻盈,光亮,永恒不灭,创造最初的生物,有形的宇宙,充满无穷的活动。(15)他包罗世界一切,到处有他的手和脚,到处有他的头和嘴,到处有他的眼睛和耳朵。(16)

尊贵的金胎相传称作觉,在瑜伽中又称作大或维林吉。(17)在数论经典中,它有多种名称。相传它有多种形相,成为宇宙的灵魂,唯一的不灭者。(18)它包罗具有多样性的整个三界。由于它具有多种形相,也就称作宇宙形相。(19)它经过变化,依靠自己创造自己。它威力巨大,创造出自我意识(我慢)和具有自我意识的生主。(20)显现产生于未显,人们称之为知识的创造。而大(觉)和自我意识是无知的创造。(21)无规则和规则相继出现,思索经典意义的人们称之为知识和无知。(22)你要知道,出自自我意识的创造物是第三种,国王啊!你要知道,从自我意识创造物中又变化产生出第四种。(23)风、火、空、水和地,以及声、触、色、味和香。(24)毫无疑问,这十种同时出现,王中因陀罗啊!你要知道,这是第五种创造物。(25)耳、身、眼、舌和鼻,以及语言、双手、双足、肛门和生殖器。(26)前五种知觉器官,后五种行动器官,国王啊!它们与心一起

产生。（27）这些是存在于一切形体中的二十四谛。洞悉真谛的婆罗门理解这些，从不忧伤。（28）

你应该知道，在三界一切众生中，都称之为身体，人中俊杰啊！在天神、人和檀那婆中，（29）在药叉、鬼怪和健达缚中，在紧那罗和大蛇中，在遮罗纳和毕舍遮中，在神仙和夜行者（罗刹）中，（30）在跳蚤、蛆虫和蚊子中，在臭虫和老鼠中，在狗、希弗波迦、吠奈耶、旃陀罗和布勒迦沙中，（31）在象、马、驴、虎和牛，在树林中，任何地方任何有形体的生物都是这样。（32）我们听说在水中，在地上，在空中，除此之外，没有地方存在有身体的生物。（33）所有这些生物称作显现者，都会毁灭，孩子啊！各种成分组成的身体一天天毁灭，因此，称作可灭者。（34）

现在再说不灭者。这个世界会毁灭。人们说这个世界充满愚痴，未显者（原初物质）成为显现者。（35）最先产生的大（觉），永远是可灭者的例证，大王啊！现在向你讲述与什么结合后不再返回。（36）毗湿奴是第二十五谛。他超越谛，而又称作谛。智者们认为他是二十四谛的依托，称他为谛。（37）无形体者创造显现者，显现者有形体。二十四谛是显现者，第二十五谛是无形者。（38）他居于一切形体的心中。这样，原本无形的心有了一切形体，永远思索。（39）原本不具有创造和毁灭的性质，也有了创造和毁灭的性质。永远在感官对象中活动，原本无性质，也有了性质。（40）

这样，伟大的灵魂通晓创造和毁灭，发生变化，与原初物质结合，与无知结合，有了自我意识。（41）出于无知，侍奉愚人，陷入各种子宫，与暗性、善性和忧性结合。（42）共同相处，认同居处，认为这就是我，不是别的。就这样，追随三性。（43）依附暗性，处于各种暗性状态；依附忧性，处于各种忧性状态；依附善性，处于各种善性状态。（44）你要知道白色、红色和黑色是原初物质的三种颜色。（45）依附暗性，堕入地狱；依附忧性，转生为人；依附善性，升入天国，享受幸福。（46）一味作恶，转生为牲畜；善恶兼有，转生为人；始终行善，转生为天神。（47）这样，智者们说可灭者属于未显者（原初物质）领域，而第二十五谛依靠知识运转。（48）

以上是吉祥的《摩诃婆罗多》中《和平篇》第二百九十一章（291）。

二九二

极裕说：

这样，出于无知，追随愚人，从一个身体转生另一个身体，数以千年计。（1）依据与三性的结合和分离，有时转生为牲畜，有时候转生为天神，数以千年计。（2）从人转生为天神，从天神转生为人，又堕入地狱无数年。（3）正如蚕蛾吐丝，作茧自缚，原本无性质的灵魂现在受性质束缚。（4）原本超越对立，现在陷入对立，陷入各种子宫，患有头痛、眼炎、牙痛和咽喉炎，（5）腹水、痔疮、热病、颈瘤、腹胀、烧伤、白癣、湿癣、斑癣和癫痫。（6）这些和其他各种病痛出现在身体中，它都予以认可。它也骄傲地认可各种善事。（7）

身穿一件破衣，长期以地为床，或像青蛙那样趴着，或像苦行者那样坐着。（8）身穿褴褛衣，露天而宿，躺在砖瓦上，或躺在荆棘上。（9）躺在灰土中，躺在泥地上，躺在木板上，坐在泥沼中。（10）无功果而求功果，以这些为床，身穿粗布和黑鹿皮衣，腰系蒙阇草或裸体。（11）身穿大麻衣或亚麻衣，或穿虎皮衣，或穿狮皮衣，或穿布衣。（12）或穿丝绸衣，或穿褴褛衣。出于无知，灵魂认为自己身穿这些和其他各种衣服。（13）

它也认为自己吃各种食物，戴各种宝石。正如身上只穿一件衣服，每天只吃一次食物。（14）每天的第四时、第八时或第六时吃一次，或者六夜吃一次，八天吃一次。（15）或者七夜吃一次，十天吃一次，十二天吃一次，一个月吃一次，吃根茎，或吃果子。（16）饮风，喝水，吃油饼，吃牛粪，喝牛尿，吃野菜和野花。（17）吃水草，喝水，吃散落地上的树叶和果子。（18）

渴望幸福，经受各种磨难，修炼"月行"苦行，佩戴各种标志。（19）或遵行人生四阶段的生活，或侍奉异教徒，住在洞穴或山中。（20）住在僻静处、山的阴面或泉水边，念各种咒语，发各种誓愿。（21）遵守各种戒律，修炼各种苦行，举行各种祭祀，履行各种仪规。（22）成为商人、婆罗门、刹帝利、吠舍或首陀罗，布施穷人、盲

人和孤苦无助者。(23)

出于无知,灵魂认可善性、忧性和暗性,认可正法、利益和爱欲。在原初物质影响下,灵魂参与这一切。(24)念诵娑婆陀,念诵婆舍吒,念诵娑婆诃,俯首致敬,执掌祭祀,传授吠陀,布施,接受布施,举行祭祀,诵习吠陀。(25)生死、争执和杀戮,这一切形成善业和恶业之路。(26)原初物质这位女神造成大毁灭。到了世界末日,至高灵魂收回一切,(27)犹如太阳到时候收回光芒。而灵魂反复认同这一切,视同游戏。(28)它认为这些是自己的形态和性质,衷心喜欢,在创造和毁灭中变化不停。(29)它原本超越三性,却沾染三性,走上有为和无为之路,并认为应该这样。(30)这样,它永远陷入对立,认为这些有利我,那些妨碍我。(31)

国王啊!出于无知,灵魂认为应该摆脱这一切烦恼,做各种善事。(32)它认为我应该享受天国的幸福,又认为我会享受一切善果和恶果。(33)它认为应该做善事;做了善事,每一生从生至死都能享受幸福。(34)即使我这世做了恶事,会遭受无穷痛苦。人的最大痛苦是堕入地狱。(35)到时候,我又会从地狱转生为人,从人转生为天神,从天神又转生为人,人又堕入地狱。(36)内在灵魂受自己的三性蒙蔽,始终这样认为,由此不断转生天神、人和地狱。(37)它受到自私性蒙蔽,永远在形体中流转,经历千千万万次生和死。(38)

有形体者做善业和恶业,也就在三界享有相应的善果和恶果。(39)原初物质追随欲望,做善业和恶业,也就在三界享有善果和恶果。(40)转生为牲畜、人和天神,应该知道这是原初物质的三种地位。(41)我们依据种种迹象推断出本无迹象的原初物质,同样,原人(灵魂)也依据推断,以为自己有迹象。(42)灵魂没有孔窍,而以为自己像原初物质那样有孔窍;它依靠这些孔窍,以为自己从事行动。(43)耳朵等五种知觉器官和语言等五种行动器官与三性一起运转。(44)它以为自己从事种种行动。它没有感官而以为自己有感官,没有孔窍而以为自己有孔窍,没有迹象而以为自己有迹象,没有时间而以为自己有时间。(45)没有善性而以为自己有善性,没有实体而以为自己有实体。没有死亡而以为自己有死亡,没有行动而以为自己有行动。(46) 没有领域而以为自己有领域，没有创造而以为自己有创造，没有苦行而以为自己有苦行，没有目的而以为自己有目的。(47) 没有存在而以为自己有存在，没有恐惧而以为自己有恐惧，没有毁灭而以为自己有毁灭。灵魂出于无知，自以为这样。(48)

以上是吉祥的《摩诃婆罗多》中《和平篇》第二百九十二章（292）。

二九三

极裕说：

这样，出于无知，侍奉愚人，灵魂经历千千万万次创造和毁灭。(1)在数以千计的住处中流转，转生为牲畜、人或天神，都以死亡告终。(2)出于无知，它像月亮那样一次又一次由盈转亏，数以千计。(3)月亮的十五分有来源，有居处。你要知道，苏摩是月亮的第十六分①。(4)出于无知，灵魂一次又一次出生在月分中，以月分为居处。(5)而微妙的第十六分被认为是苏摩，不与各种感官发生联系。(6)

人中俊杰啊！这样，灵魂依附原初物质而出生。它只有与原初物质断绝联系，才称得上解脱。(7)由十六分组成的身体称作未显者（原初物质）。灵魂在身体中活动，以为是自己的身体。(8)第二十五谛灵魂原本纯洁无瑕，与纯洁的风交往。(9)国王啊！就是这样，纯洁的灵魂变得不纯洁。智者侍奉愚者，智者也会变得愚蠢。(10)就是这样，灵魂变得无知，王中俊杰啊！侍奉原初物质的三性，它也变得像原初物质那样。(11)

迦拉罗遮那迦说：

尊者啊！不灭者和可灭者，这两者的结合据说如同男人和女人的结合。(12)缺了男人，女人不会怀胎；缺了女人，男人也不能生育。(13)依靠互相结合，依靠互相的性质，才能在各种子宫中生育。(14)在月经期进行交欢，依靠互相的性质，才能生育。对此，我

---

① 意谓月亮有十六分，真正的月亮是第十六分。

加以说明。(15)一些是属于男人的性质,另一些是属于女人的性质,婆罗门啊!我们知道骨头和筋腱是属于父亲的性质。(16)我们听说皮肤和血肉是属于母亲的性质,优秀的婆罗门啊!在吠陀和经典中也是这样说的。(17)吠陀和经典的言论是准则,而且是永远的准则。(18)正是这样,原初物质和原人(灵魂)两者永远结合,尊者啊!因此,我认为不存在解脱法。(19)你亲证一切。如果你亲身体验到什么,请如实告诉我。(20)我们渴望解脱,渴望达到这种无身体、无病、无衰老、超越感官、圣洁的至高境界。(21)

极裕说:

你引证了吠陀和经典的说法,但你并没有真正理解。(22)你抓住吠陀和经典的字句,而没有如实理解字句的意义,人中之主啊!(23)只抓住吠陀和经典的字句,而不理解字句的真正意义,徒劳无益。(24)不理解字句的意义,字句便成为负担。理解字句的真正意义,字句也就不成为累赘。(25)如果探求字句意义,那就应该理解实质,才能获得意义。(26)智慧粗疏的人在集会上谈论字句意义,他知识浅薄,怎么能阐明字句意义?(27)智慧有缺陷的人不能如实阐明意义,受人嘲笑。甚至智慧健全的人也难免如此。(28)因此,王中因陀罗啊!请听我如实讲述灵魂高尚的人们在数论和瑜伽中表达的看法。(29)

瑜伽行者看到的一切,数论者也都发现。认为数论和瑜伽一致,这样的人是智者。(30)皮肤、血肉、脂肪、胆汁和筋腱,孩子啊!你已经提到这些感官。(31)从物质中产生物质,从感官中产生感官,从身体中获得身体,从种子中获得种子。(32)伟大的灵魂没有感官,没有种子,没有物质,怎么会有性质?事实是它没有性质。(33)性质产生于性质,进入性质。这样,性质从原初物质中产生和消失。(34)你要知道,皮肤、血肉、脂肪、胆汁和筋腱,由精子产生,由原初物质构成。(35)

相传灵魂和身体具有性质的三性。灵魂原本没有性质,而被说成具有性质。(36)正如由花果推断出具体的季节,由原初物质自己产生的性质推断出原本没有性质的原初物质。(37)第二十五谛灵魂不受性质束缚,没有性质,同样依靠推断得知。(38)它无始,无终,无限，无病，洞察一切，原本没有性质，只是由于自以为是，陷入性质。（39）有性质者有性质，无性质者哪来性质？持有这种看法的人们才是通晓性质者。（40）一旦灵魂认同原初物质的性质，便以为自己是有性质者。（41）

而数论者和瑜伽行者说灵魂高于觉，是摆脱无知的大智者。（42）他们说无知的未显者（原初物质）是有性质的主宰者，而灵魂是无性质的主宰者和永恒的监督者。（43）精通数论和瑜伽的智者渴望至高归宿，认识到第二十五谛（灵魂）不同于原初物质和性质。（44）一旦智者认清未显者（原初物质），惧怕转生，他就通向平静。（45）克敌者啊！看法的正确和错误分别表明觉醒和不觉醒。（46）我已经说明不灭者和可灭者的关系。人们指出不灭者具有唯一性，可灭者具有多样性。（47）如果正确理解二十五谛，就会看到灵魂的唯一性，不会看到灵魂的多样性。（48）有实体和无实体，两者明显不同。智者们说二十五谛的创造是有实体。（49）而第二十五谛（灵魂）没有实体，说明它是至高者，永恒的类中之类，谛中之谛。（50）

以上是吉祥的《摩诃婆罗多》中《和平篇》第二百九十三章（293）。

二九四

迦拉罗遮那迦说：

优秀的仙人啊！你讲述了多样性和唯一性，而我对这两种说法仍有疑惑。（1）毫无疑问，我智慧粗疏，不理解灵魂的觉醒和不觉醒，无罪的人啊！（2）你说了不灭者和可灭者的原因，而我智慧松懈，仿佛已经忘却，无罪的人啊！（3）我想要听你如实说明唯一性和多样性，灵魂的觉醒和不觉醒。（4）尊者啊！听你分别详细说明知识和无知，不灭者和可灭者，数论和瑜伽。（5）

极裕说：

我现在解答你询问的问题，大王啊！请听我讲述瑜伽实践。（6）在瑜伽实践中，禅是瑜伽的至高力量。通晓吠陀的人们说禅分为两种。（7）一种是凝思静虑，另一种是控制呼吸。控制呼吸有性质，凝思静虑无性质。(8) 国王啊！除了大便、小便和吃饭三种时间外，所有时间都集中思想。(9) 牟尼依靠思想，从感官对象撤回感官，通过二十二种运气方式，激发超越二十四谛的灵魂。(10) 有思想的人应该采取这种方式激发灵魂。智者们认为灵魂永远屹立，永不衰老。(11) 我们听说，人们一向通过这种方式认知灵魂。毫无疑问，这是思想健全者的做法。(12)

摆脱一切执著，节制饮食，控制感官，在初夜和后夜，思想定于灵魂。(13) 用思想抑制各种感官，密提罗王啊！用智慧抑制思想，寂然不动如岩石。(14) 寂然不动如木桩，如高山，通晓规则的智者们说这样的人是瑜伽行者。(15) 不听，不嗅，不品尝，不看，不感知触觉，不怀有想法。(16) 不赞同什么，不意识到什么，如同木头，智者们认为这样的人达到原初状态，是瑜伽行者。(17) 他看似无风处点燃的灯火，火焰向上，不摇晃，他也就不再堕入牲畜道。(18)

一旦达到这种状态，他就会看到灵魂，像我这样的智者知道内在灵魂在心中。(19) 自身中的灵魂看似无烟的火焰，光辉的太阳，空中的电火。(20) 灵魂高尚、意志坚定的婆罗门智者立足于梵，看到不生不死的灵魂。(21) 他们说它比微小更微小，比伟大更伟大。它始终停留在一切众生中，而众生看不见。(22) 只有依靠以智慧为燃料的思想之灯，才能看到这位创世者（灵魂），孩子啊！它摆脱黑暗，站在黑暗深渊的彼岸。(23) 通晓吠陀真谛的人们称它为驱除黑暗者。它摆脱黑暗，纯洁无瑕，没有性质。(24)

我认为这就是瑜伽及其特征。我发现人们这样看到不朽的至高灵魂。(25) 我已经如实向你说明瑜伽。我现在讲述依据计数的数论。(26) 原初物质论者说未显者是至高的原初物质，从它产生第二者大（觉），王中俊杰啊！(27) 我们听说从大（觉）产生第三者我慢（自我意识）。通晓数论者说从我慢产生五大元素。(28) 这些是八种原初物质，还有十六种变化。诸如五种特殊变化（感官对象）和五种感官，(29) 智者们这样计算各种谛。他们热爱数论方法，精通数论规则。(30)

从哪里产生，又复归哪里。由内在灵魂创造的各种成分逆向复归。(31) 顺向产生，逆向复归，各种性质犹如海浪涌起又退回。(32) 原初物质的创造和毁灭就是这样,王中俊杰啊!它产生多样性,复归唯一性,王中因陀罗啊!这是智者们的看法。(33)统治者(灵魂)和未显者(原初物质)都得到说明。原初物质有唯一性和多样性。它在活动中产生多样性,又复归唯一性。(34)灵魂造成具有活力的原初物质的多样性。伟大的灵魂是第二十五谛,统治领域。(35)优秀的耶提们称灵魂为统治者,王中因陀罗啊!我们听说灵魂统治各种领域,得名统治者。(36)灵魂知道未显的领域,因而称作知领域者。灵魂居于未显的城堡中,因而称作原人。(37)领域不同于知领域者。未显者是领域,第二十五谛(灵魂)是知者。(38)知识不同于知识对象。未显者是知识,第二十五谛(灵魂)是知识对象。(39)未显者是领域,善性是主宰,第二十五谛(灵魂)没有主宰,没有实体。(40)

数论采取这种计数的方法。它进行计数,说明原初物质。(41)数论者如实列举二十四谛。与原初物质一起,还有无实体的第二十五谛(灵魂)。(42)相传不觉醒的第二十五谛(灵魂)会觉醒。一旦它意识到自己,就成为唯一者。(43)我已经如实向你讲述正确的看法,懂得这种看法的人达到平静。(44)依据正确的看法,明了原初物质,知道无性质的灵魂不同于各种有性质的实体。(45)由于那种不灭性,这样的人获得永恒,摆脱相互关系,不再返回。(46)克敌者啊!对这些始终缺乏正确看法的人,一再返回未显者(原初物质)。(47)知道一切,理解一切,这样的人再也不会成为显现者,或受显现者控制。(48)一切都是未显者(原初物质),而第二十五谛(灵魂)超越一切。知道了它,就不惧怕一切。(49)

以上是吉祥的《摩诃婆罗多》中《和平篇》第二百九十四章(294)。

<h1 style="text-align:center">二九五</h1>

极裕说:

我已经向你讲述数论,王中俊杰啊!现在,请听我继续讲述知识和无知。(1)人们说具有创造和毁灭性质的未显者(原初物质)是无知,摆脱创造和毁灭的第二十五谛(灵魂)是知识。(2)首先,你要知道无知是相对的，孩子啊！仙人们这样说明数论。（3）相对于行动器官，知觉器官是知识。相对于知觉器官，感官对象是知识。（4）相对于感官对象，心是知识。相对于心，五大元素是知识。（5）相对于五大元素，毫无疑问，我慢（自我意识）是知识。相对于我慢，觉是知识，国王啊！（6）相对于觉，未显者原初物质是各种实体的至高主宰，人中俊杰啊！它称作知识，是至高的法则。（7）而第二十五谛（灵魂）是高于未显者（原初物质）的知识，国王啊！它是一切的一切，知识的对象。（8）未显者（原初物质）是知识，第二十五谛（灵魂）是知者。（9）

我已经向你讲述知识和无知的真实含义，现在，请听我讲述不灭者和可灭者。（10）两者都被说成是可灭者，两者都被说成是不灭者，我现在如实讲述这样说的原因。（11）两者都无始无终，都被认为是主宰，两者都被探索知识的人们称为谛。（12）由于具有创造和毁灭的性质，人们将未显者（原初物质）称为不灭者。它不断变化，创造各种成分。（13）大（觉）等等各种成分出现。由于互相依赖，人们也将第二十五谛（灵魂）称作领域。（14）一旦各种成分复归不显现的灵魂中，第二十五谛（灵魂）与这些成分一起隐没。（15）一旦各种成分隐没，唯独原初物质存在，孩子啊！甚至知领域者（灵魂）也隐没在它的领域中。（16）这时，原初物质从各种成分中撤回，从有性质变成无性质，达到不灭性，毗提诃王啊！（17）这样，知领域者（灵魂）失去领域知识，恢复本性，没有性质。（18）它成为可灭者，便有性质。一旦它认识到自己的本性，便知道自己并没有性质。（19）

一旦灵魂意识到自己不同于原初物质，便摆脱原初物质，变得纯洁。（20）它意识到区别，不再与原初物质混合，王中因陀罗啊！不与原初物质混合，便迥然有别。（21）一旦它厌弃原初物质的各种成分，就看到至高无上者。它看到至高无上者，就不会烦恼。（22）这时，它会感慨自己以前怎么会做这些事？出于无知，我像鱼儿那样自投罗网。（23）出于愚痴，我从一个身体进入另一个身体，如同鱼儿只知道追逐水。（24）正如鱼儿只知道水，不知道别的，我只知道自己，不知道别的。（25）可悲啊！我出于无知，一次又一次沉沦；出于愚痴，从一个身体进入另一个身体。（26）

这一位才是亲人，我与它①一起解脱。我像它一样达到平静，达到唯一性。（27）我看到相同性。我确实与它相似。它纯洁无瑕，我显然与它一样。（28）我出于无知和愚痴，长期与无知的原初物质相处，原本无执著，而成为有执著。（29）我出于无知，长期受原初物质控制。我怎么会置身于高、中和低的各种原初物质形态中？（30）我怎么会与高傲的原初物质同居？我出于无知，才会这样。现在，我要坚定。（31）我不会再与她②同居，她是变化者，而我超越变化。我长期受她欺骗。（32）但这不是她的错，而是我的错。我转错方向，执著她。（33）

这样，我原本无形体，而居于各种形体中。即使无形体，却受自私性影响，自以为有形体。（34）由于原初物质恣意妄为，我进入各种子宫。原本不自私，却变得自私，丧失理智，进入各种子宫。（35）她充满自我意识，将自己分成许多成分，与我结合。我不应该与她结合。现在，我已经觉醒，摒弃自私，摒弃自我意识。（36）我摒弃充满自我意识的自私性，离开她，寻求无病者（至高灵魂）庇护。（37）我将与它结合，而不与无知的原初物质结合。我适合与它结为一体，而无法与原初物质结为一体。这样，由于意识到至高灵魂，第二十五谛（灵魂）觉醒。（38）它抛弃可灭者，获得无病的不灭性。对于未显者、显现性、有性质和无性质，它将无性质视为首要者，也成为这样，密提罗王啊！（39）

我已经按照经典和我们掌握的知识，向你说明不灭者和可灭者。（40）我还要按照我听说的，向你讲述微妙、纯洁和确凿的知识，请你听着！（41）我已经按照数论和瑜伽两种经典讲述数论和瑜伽。数论经典讲述的也是瑜伽观点。（42）数论知识使人觉醒，大地之主啊！清晰明白，有益学生。（43）智者们说数论博大。瑜伽行者也在数论中既见到凝乳，又见到乳脂。（44）数论不认为有比第二十五谛（灵魂）更高者，国王啊！我已经如实描述数论的至高者。（45）数论如实讲述觉醒、不觉醒和灵魂，而瑜伽讲述灵魂和觉醒。（46）

以上是吉祥的《摩诃婆罗多》中《和平篇》第二百九十五章（295）。

---

① 它是指至高灵魂。
② 她是指原初物质。

二九六

极裕说：

请听我讲述不觉醒、未显者和三性。原初物质具有三性，创造和毁灭。（1）原初物质为了游戏，不断变化，将自己分成许多成分，展示这些成分。（2）灵魂不知道原初物质这样变化，但它知道未显者（原初物质），因此，人们仍然称它为觉醒者。（3）而它不知道未显者（原初物质）有无性质，因此，人们有时也称它为不觉醒者。（4）未显者（原初物质）或许知道第二十五谛（灵魂）。这位觉醒者（灵魂）与原初物质结合，充满执著。（5）因此，人们称它为不觉醒者。而它知道未显者（原初物质），人们又称它为觉醒者。（6）它不真正知道自己是伟大的灵魂，是第二十五谛，也不知道纯洁、觉醒、无可限量和永恒的第二十六谛。（7）而第二十六谛依据可见和不可见，永远知道第二十五谛（灵魂）和第二十四谛（原初物质）。（8）

孩子啊！灵魂并不真正知道不显现的梵，并不真正理解第二十五谛和第二十四谛。（9）灵魂视力模糊，以为自己不是这样，而与原初物质结合。（10）一旦它意识到纯洁无瑕的至高智慧，王中之虎啊！它就真正觉醒，成为第二十六谛。（11）它摒弃具有创造和毁灭性质的未显者（原初物质）。它摆脱性质，知道无知的原初物质具有性质。（12）由于认清未显者（原初物质），它遵奉唯一法。它与唯一者（梵）会合，获得自我，获得解脱。（13）它不老不死，无实体，而由于它依靠实体，人们称它为实体（谛），赐人荣誉者啊！智者们统称为二十五谛。（14）孩子啊！它没有实体，而有智慧。它迅速摆脱作为智者标志的实体（谛）。（15）它作为不老不死的智者知道自己是第二十六谛。毫无疑问，它依靠梵的力量，达到与梵同一。（16）

灵魂不理解第二十六谛，数论以此说明多样性。（17）第二十五谛（灵魂）与心结合，没有运用智慧达到觉醒，而与心混同。（18）灵魂与无知的原初物质混同，密提罗王啊！原本无执著的灵魂充满执著，国王啊！（19）一旦灵魂理解不生、无执著的第二十六谛，便摒弃深不可测的第二十四谛未显者(原初物质)。(20)无罪的人啊!我已经按照经典,如实讲述了不觉醒、觉醒和灵魂以及具有经典眼光的人们所看到的多样性和唯一性。(21)

两者的不同犹如蚊虫不同于无花果树,鱼儿不同与水。(22)多样性和唯一性的不同也应该这样理解。解脱就在于知道灵魂不同于原初物质。(23)第二十五谛(灵魂)居于各种身体中,但它应该摆脱未显者(原初物质)的领域。(24)它只能这样获得解脱,没有别的方法。与至高者结合,就具有至高性。(25)与纯洁者结合,就有纯洁性;与智者结合,就有智慧;与解脱者结合,就遵奉解脱法,人中雄牛啊!(26)与瑜伽行者结合,就潜心瑜伽;与解脱者结合,就获得解脱。(27)遵奉纯洁法,就成为光辉无比的纯洁者;与灵魂纯洁者结合,就成为灵魂纯洁者。(28)与唯一者结合,就成为灵魂唯一者;与自主者结合,就获得自主性,成为自主者。(29)

大王啊!我已经如实地向你讲述这一切,坦诚地说明原始、永恒和纯洁的梵。(30)这种至高的教诲催人觉醒,国王啊!你可以将它传给不通晓吠陀而渴望觉醒的人。(31)你要知道,你不可以将它传给虚伪的人、邪恶的人、软弱的人和狡诈的人,也不可以将它传给折磨智者的人。(32)你可以将它传给有信仰的人、有品德的人、永不毁谤的人、纯洁的瑜伽行者、智者、遵守礼仪的人、宽容的人和利他的人。(33)你可以将它传给独自隐居的人、热爱法规的人、不爱争吵的人、博学多闻的人、善于自制的人和内心平静的人。(34)人们说,不可以将至高而纯洁的梵传给不具备这些品德的人。说法者不择对象,没有好处。(35)即使赐给你充满宝藏的整个大地,你也不能将这种至高知识传给言而无信的人,王中因陀罗啊!毫无疑问,你可以将这种至高知识传给控制感官的人。(36)

迦拉罗啊!你今天听到了至高的梵,再也不必惧怕什么!我已经如实告诉你至高的梵。它无始无终无中间,净化人心,消除忧愁。(37)看到它不生不死,无病,吉祥,消除恐惧,国王啊!知道这种知识的真谛,你就抛弃一切愚痴吧!(38)我从前努力取悦威力显赫的金胎(梵天),从这位永恒的大神口中获得永恒的梵,国王啊!正如你今天的情况一样。(39)王中因陀罗啊!你令我满意,我向你

讲述我从梵天那里获得的知识，王中因陀罗啊！这是古老伟大的通晓解脱者的知识。(40)

毗湿摩说：

我已经按照至高仙人的说法向你讲述至高的梵，大王啊！第二十五谛（灵魂）到达那里，就不再返回。(41)而不老不死的灵魂不真正理解这种至高知识，到达那里又返回。(42)孩子啊！我从神仙那里听来这种导向至福的至高知识，现在如实告诉了你，国王啊！(43)极裕仙人从金胎（梵天）那里获得这种知识，那罗陀从仙人之虎极裕那里获得。(44)而我从那罗陀那里得知这种永恒的梵，俱卢族之王啊！你听到了这种至高的梵，再也不必忧愁。(45)谁知道可灭者和不灭者，他就无所畏惧，国王啊！谁不知道这两者，他就充满恐惧。(46)由于无知，愚蠢地奔跑不停，死而生，生而死，数以千次计。(47)转生为天神，转生为人，转生为牲畜，直至摆脱无知之海。(48)无知之海幽暗恐怖，深不可测，婆罗多后裔啊！众生天天沉没其中。(49)你已经渡过幽暗恐怖、深不可测的无知之海，因此，你已经摆脱忧性和暗性，国王啊！(50)

以上是吉祥的《摩诃婆罗多》中《和平篇》第二百九十六章（296）。

二九七

毗湿摩说：

有位遮那迦王子在人迹罕至的森林狩猎，看见一位婆利古族的婆罗门仙人。(1)他走近这位名叫婆薮曼的牟尼，俯首致敬，征得同意后，询问道：(2)"人受爱欲控制，而肉体无常，尊者啊！在今生和来世，人的至福是什么？"(3)这位灵魂高尚的大苦行者受到询问，说了这些导向至福的话：(4)"你想要今生和来世顺心如意，你就应该控制感官，不骚扰众生。(5)正法有利于善人，正法是善人的庇护，孩子啊！三界连同动物和不动物都靠正法运转。(6)贪图美味的人啊！你怎么还不厌倦爱欲？愚蠢的人啊！你看到蜂蜜，而看不到陷阱。(7)正如渴望知识成果的人应该积累知识，渴望正法功果的人应

该奉行正法。(8) 恶人渴望正法,善事难做;善人渴望正法,难事也变得容易。(9)

"在林中安享村中的快乐,他依然是村民;同样,在村中安享林中的快乐,他依然是林居者。(10) 无论出世或在俗,有利或有弊,你都要在思想、语言和行动上恪守正法。(11) 一旦恪守誓言和身心纯洁的善人提出请求,永远应该心怀善意,在合适的地点和时间,向他们慷慨布施。(12) 以正当的手段获取财富,向合适的人布施。摒弃愤怒,布施后,既不后悔,也不宣扬。(13) 仁慈,纯洁,自制,言而有信,正直,出身纯洁,通晓吠陀,这样的婆罗门值得布施。(14)人们盼望出生自忠于丈夫的贞洁女人。通晓梨俱、夜柔和娑摩,奉行六种职责,这样的智者值得布施。(15) 合法和不合法会互相转化,依据布施对象以及地点和时间。(16) 人很容易擦去身上的小污点,而涤除罪恶要竭尽努力。(17) 对于肠胃清洁的人,凝乳滋补身体,同样,对于克服缺点的人,正法带来来世的幸福。(18)

"一切众生都有善意和恶意。一个人应该摒弃恶意,充满善意。(19)你要尊重一切人在一切地方做的一切事。你要热爱自己的职责,奉行正法。(20) 不坚定的人啊!你要坚定!愚蠢的人啊!你要成为智者!不平静的人啊!你要平静!无知的人啊!你要效仿智者!(21)依靠威力和方法,能在今生和来世获得至福,至高的坚定是根本。(22)王仙摩诃毗奢不坚定,从天国坠落,而耗尽功德的迅行王由于坚定,获得世界。(23) 通过侍奉修炼苦行、遵守正法的智者,你将获得广博的智慧,达到至福。"(24)

这位王子听了牟尼的话,恢复本性,心智摆脱爱欲,专注正法。(25)

以上是吉祥的《摩诃婆罗多》中《和平篇》第二百九十七章(297)。

二九八

坚战说:

摆脱合法和非法,摆脱一切依附,摆脱生死,摆脱善恶,(1)永

远吉祥,永远无所畏惧,不灭,不变,纯洁,永远无病,请你告诉我这种情形。(2)

毗湿摩说:

在这方面,我告诉你一个古老的传说,那是耶若伏吉耶和遮那迦的对话,婆罗多后裔啊!(3)大名鼎鼎的遮那迦王代婆罗提是一位出色的提问者,询问优秀的仙人耶若伏吉耶:(4)"婆罗门仙人啊!相传有多少种感官?有多少种原初物质?什么是不显现的、至高的梵?什么是比梵更高者?(5)还有生和灭,时间的计算,婆罗门中的因陀罗啊!我盼望你开恩告诉我。(6)我出于无知询问你,因为你是知识之海。我想要听你说明这一切。"(7)

耶若伏吉耶说:

请听我回答你的问题,向你讲述瑜伽和数论的至高知识,大地保护者啊!(8)你无所不知,却还要向我提问。而受到提问,应该解答,这是永恒的规则。(9)探索内在灵魂的人们说,有八种原初物质和十六种变化,有七种显现者。(10)未显者(原初物质)、大、我慢(自我意识)以及地、风、空、水和火,(11)这些是八种原初物质。请听我讲述十六种变化:耳、身、眼、舌和鼻,(12)声、触、色、味和香,语言、双手、双足、肛门和生殖器,(13)王中因陀罗啊!这些是出自五大元素的殊相,而那些感觉器官是有殊相,密提罗王啊!(14)探索内在灵魂的人们说,心是第十六种变化。这也是你和其他通晓真谛的智者的看法。(15)从未显者(原初物质)中出现大或灵魂①,国王啊!智者们说这是基本的第一种创造。(16)从大中出现我慢(自我意识),国王啊!人们说这是第二种创造,相传以觉为本质。(17)从我慢中产生心,以五大元素的性质为核心,人们说这是第三种创造,具有我慢性。(18)从心中产生五大元素,国王啊!人们说这是第四种创造,具有精神性。(19)声、触、色、味和香,探索五大元素的人们说,这是第五种创造,具有元素性。(20)耳、身、眼、舌和鼻,人们说这是第六种创造,相传具有多思性。(21)其他五种行动器官产生,国王啊!人们说这是第七种创造,相传具有

---

① 一般称大为觉,而不称为灵魂。

感官性。(22)上流和横流产生,国王啊!智者们说这是第八种创造,具有正直性。(23)横流和下流产生,① 国王啊!智者们说这是第九种创造,具有正直性。(24)

按照经典的说法,这些是九种创造和二十四谛,国王啊!(25)下面,我按照灵魂高尚的人们的说法,讲述时间的计算,大王啊!请听。(26)

以上是吉祥的《摩诃婆罗多》中《和平篇》第二百九十八章(298)。

二九九

耶若伏吉耶说:

请听我讲述不显现者(梵)的时间,人中俊杰啊!据说,一万劫是它的一天。(1)它的一夜也是这样,国王啊!它醒来后,首先创造维持一切众生生命的药草。(2)然后,它创造从金卵中诞生的梵天。我们听说,梵天是一切众生的形体。(3)这位大牟尼在卵中睡了一年后出来,成为生主,创造下界的大地和上界的天国。(4)国王啊!在吠陀中,称颂他在天地之间安排了空间。(5)精通吠陀和吠陀支的人们计算他的一天为七千五百劫。探索内在灵魂的人们说他的一夜也是这样。(6)这位仙人创造我慢(自我意识)和神奇的元素。这位大仙人也在创造其他身体之前,创造了四个儿子。王中俊杰啊!他们是祖先的祖先。(7)各种感官是祖先们的儿子,人中俊杰啊!我们听说世界连同动物和不动物都处在感官包围中。(8)

至高的我慢(自我意识)创造五大元素:地、风、空、水和火。(9)人们说它造成第三种时间,一夜为五千劫,一天也是这样。(10)声、触、色、味和香,王中因陀罗啊!这些是出自五大元素的殊相,天天占据五大元素,国王啊!(11)五大元素互相渴慕,互相帮助,互相认同,互相竞争。(12)这些不灭者具有各种强制的性质,互相杀戮。它们在这世上流转,进入牲畜的子宫。(13)它们的一天为三

---

① 上流、横流和下流指称天神、人和牲畜。

千劫，一夜也是这样，国王啊！心的时间也是这样。（14）心依靠感官在一切中运转，王中因陀罗啊！感官并不感知，而是心感知。（15）眼睛不是依靠眼睛，而是依靠心感知。如果心中迷乱，眼睛即使观看，也看不见。其他感官也都是这样。（16）心停止活动，感官也就停止活动；而感官停止活动，心并不停止活动，国王啊！这说明感官以心为根基。（17）心是一切感官的主宰，声誉卓著者啊！一切元素进入心中。（18）

以上是吉祥的《摩诃婆罗多》中《和平篇》第二百九十九章（299）。

三〇〇

耶若伏吉耶说：

我已经依次讲述二十四谛的创造和时间的计算，现在请听我讲述毁灭。（1）梵天无始无终，永恒不灭。一次又一次创造和毁灭众生。（2）他醒着过完白天，晚上入睡。这位不显现的尊神催促我慢者。（3）在不显现者的催促下，具有千万道光芒的太阳将自己分成十二个，如同燃烧的烈火。（4）它迅速用光焰焚烧四类众生：胎生、卵生、湿生和芽生，国王啊！（5）眨眼之间，动物和不动物全部毁灭，整个大地变得如同乌龟壳。（6）

这位威力无限者焚毁世界后，立即用大水淹没整个世界。（7）大水遇到劫火，遭到毁灭，王中因陀罗啊！大水毁灭后，大火熊熊燃烧。（8）无可限量的风迅速吞噬熊熊燃烧的、有七种火焰的烈火和一切众生的热量。（9）强劲有力的风充满气息，有八种形式，上下左右吹拂。（10）然后，空吞噬强大可怕的风，心又愉快地吞噬无所不在的空。（11）万物的灵魂、生主我慢吞噬心，过去、现在和未来的伟大灵魂吞噬我慢。（12）生主商部又吞噬灵魂无与伦比的宇宙。他微妙，轻盈，无所不至，是至高的主宰和永恒不灭的光辉。（13）到处有他的手和脚，到处有他的头和脸，到处有他的眼和耳，他笼罩世界一切。（14）他在一切众生心中只有拇指般大小。这位灵魂伟大的自在天吞噬无限的宇宙。（15）然后，留存着不灭者，不变者，完美无缺者，过去、现在和未来的创造者，纯洁无瑕者。（16）

王中因陀罗啊！我已经向你如实讲述毁灭。现在，请听我讲述至高灵魂、至高生灵和至高神灵。(17)

以上是吉祥的《摩诃婆罗多》中《和平篇》第三百章（300）。

三〇一

耶若伏吉耶说：

通晓真谛的婆罗门们说双脚是至高灵魂，行走是至高生灵，毗湿奴是至高神灵。(1) 通晓真谛的人们说肛门是至高灵魂，排泄是至高生灵，密多罗是至高神灵。(2) 依据瑜伽见解，人们说生殖器是至高灵魂，欢喜是至高生灵，生主是至高神灵。(3) 依据数论见解，人们说双手是至高灵魂，行动是至高生灵，因陀罗是至高神灵。(4) 依据经典见解，人们说语言是至高灵魂，说话是至高生灵，火是至高神灵。(5) 依据经典见解，人们说眼睛是至高灵魂，色是至高生灵，太阳是至高神灵。(6) 依据经典见解，人们说耳朵是至高灵魂，声是至高生灵，方位是至高神灵。(7) 依据真实见解，人们说舌头是至高灵魂，味是至高生灵，水是至高神灵。(8) 依据经典见解，人们说鼻子是至高灵魂，香是至高生灵，地是至高神灵。(9) 通晓真谛和智慧的人们说皮肤是至高灵魂，触是至高生灵，风是至高神灵。(10) 依据经典见解，人们说心是至高灵魂，思想是至高生灵，月亮是至高神灵。(11) 依据真实见解，人们说我慢是至高灵魂，自高自大是至高生灵，跋婆是至高神灵。(12) 依据吠陀见解，人们说觉是至高灵魂，觉醒是至高生灵，知领域者是至高神灵。(13)

国王啊！我已经向你如实描述这位不显现者在开始、中间和结尾的威力，通晓真谛者啊！(14) 原初物质为了游戏，随心所欲变化性质，数以百计，数以千计。(15) 正如人用一盏灯点亮数千盏灯，原初物质变化人的各种性质。(16)

欢喜、繁荣、喜悦、明亮、快乐、纯洁、健康、满意和信任。(17)不自卑、不激动、宽容、坚定、不杀生、一视同仁、诚实、不欠债、和蔼、知廉耻和不浮躁。(18) 纯洁、正直、守规矩、不贪

婪、不心慌意乱、不自吹自擂和摒弃好恶。(19) 接受布施、不渴慕、为他人着想和怜悯一切众生,相传这些是善性。(20)

忧性的种种表现是注重容貌、迷恋权力、喜好争斗、饮食无度、不慈悲和承受苦乐。(21) 热衷毁谤他人、喜欢争论、妄自尊大、不礼貌、忧心忡忡和充满敌意。(22) 焦躁不安、掠夺他人、无廉耻、不正直、闹分裂和粗暴,充满爱欲、愤怒、狂妄、骄傲和仇恨,据说这些是忧性。(23)

现在请听我讲述暗性的种种表现:愚痴、晦暗、阴暗和盲目。(24) 阴暗的死亡、阴暗的愤怒和贪吃,还有其他种种表现。(25) 对食物和饮料不知餍足,贪恋香料、衣服、游戏、床榻和坐垫。(26) 白天昏睡,喜欢争论,骄纵放逸,出于无知沉迷音乐歌舞,敌视各种正法,这些是暗性。(27)

以上是吉祥的《摩诃婆罗多》中《和平篇》第三百零一章(301)。

三〇二

耶若伏吉耶说:

这些是原初物质的三性,人中俊杰啊!它们始终不离整个世界。(1) 原初物质自己将自己化作百种、千种、千百种和亿万种。(2) 探索内在灵魂的人们说善性居上,忧性居中,暗性居下。(3) 始终行善者向上高升,兼有善恶者成为人,不法者向下堕落。(4) 现在请听我如实讲述善性、忧性和暗性三者的对立和融合。(5)

我们发现原初物质中,或者善性和忧性结合,或者忧性和暗性结合,或者暗性和善性结合。(6) 与原初物质善性结合者升入天国,兼有忧性和善性者转生为人。(7) 与忧性和暗性结合者转生为牲畜,兼有忧性、暗性和善性者转生为人。(8) 智者们说摆脱善恶者达到永恒、不变、不灭和无惧的境界。(9) 智者们达到的这种至高境界没有缺陷,永不坠落,超越感官,没有种子,驱除生死和黑暗。(10) 国王啊!你向我询问居于原初物质的至高者。它居于原初物质中,称为稳定者。(11) 它居于原初物质中,看似无知觉,国王啊!原初物质

受它统辖，创造和毁灭。（12）

遮那迦说：

大牟尼啊！这两者无始无终，没有形体，没有缺陷，不动摇。（13）这两者不可把握，仙人之虎啊！怎么一位无知觉，一位有知觉？怎么一位称作知领域者？（14）婆罗门中因陀罗啊！你全心奉行解脱法，我想要如实听取全部解脱法。（15）灵魂的创造性、唯一性、无状态性以及摆脱肉体的超越性。（16）请你讲述人死后的去向，婆罗门啊！也请你如实讲述数论和瑜伽。（17）请你讲述死亡的种种征兆，贤士啊！你通晓一切，犹如庵摩勒果在你手掌中。（18）

以上是吉祥的《摩诃婆罗多》中《和平篇》第三百零二章（302）。

三〇三

耶若伏吉耶说：

孩子啊！无性质者不能产生性质，民众之主啊！请听我如实讲述有性质者和无性质者。（1）有性质者具有性质，无性质者没有性质，灵魂高尚、洞悉真谛的牟尼们这样说。（2）未显者（原初物质）天生无知，以性质为本性，运转性质，执著性质。（3）未显者（原初物质）天生无知，而原人（灵魂）天生有知，始终意识到没有比自己更高者。（4）由于这个原因，未显者（原初物质）无知觉，而不是由于永恒性、不灭性或可灭者的实体性。（5）它出于无知，一再产生性质，而不知道自己，因此称作未显者（原初物质）。（6）

由于成为实体的创造者，称作具有实体法。由于成为子宫的创造者，称作具有子宫法。（7）由于成为原初物质的创造者，称作具有原初物质法。由于成为种子的创造者，称作具有种子法。（8）由于成为性质的产生者，称作具有产生法。由于成为毁灭的创造者，称作具有毁灭法。（9）由于灵魂的种子性、原初物质性、毁灭性、观察性、别样性和自以为是，（10）我们听说灵魂纯洁、摆脱烦恼的耶提们认为灵魂不显现，既无常，又永久。（11）依据真实，怜悯一切众生的人们说未显者（原初物质）单一，原人多样。（12）

原人（灵魂）不同于名为永久实则无常的未显者（原初物质），犹如芦不同于苇。（13）蚊虫不同于无花果树，蚊虫与无花果树结合，并不成为无花果树。（14）鱼儿不同于水，鱼儿与水接触，无论如何不会成为水。（15）你要知道，火不同于锅，火与锅接触，永远也不会成为锅。（16）莲花不同于水，莲花与水接触，并不成为水。（17）它们永远既结合又分离，而普通的人看不到这样。（18）那些对此缺乏正确看法的人，一次又一次坠入恐怖的地狱。（19）

我已经向你说明至高的数论。数论者这样计数，达到唯一性。（20）我也已经讲述那些通晓真谛者的看法，现在我讲述瑜伽行者的观点。（21）

以上是吉祥的《摩诃婆罗多》中《和平篇》第三百零三章（303）。

三〇四

耶若伏吉耶说：

我已经讲述数论知识，人中俊杰啊！现在请听我按照所见所闻如实讲述瑜伽知识。（1）数论知识无与伦比，瑜伽力量无与伦比，相传两者的行为一致，共同达到解脱。（2）智慧浅薄的人们认为它们互不相同，而我们认为它们结论相同，国王啊！（3）瑜伽行者看到的，数论者也都看到。认为数论和瑜伽一致，这样的人通晓真谛。（4）

你要知道以楼陀罗为主的无上瑜伽，折磨敌人者啊！他们带着身体漫游十方。（5）一旦身体毁灭，他们放弃快乐，依靠微妙的八重瑜伽漫游世界，无罪的人啊！（6）智者们说吠陀中提到八重瑜伽，人中俊杰啊！别无其他八重瑜伽。（7）人们说高尚的瑜伽实践有两种。按照经典的说法，一种有性质，另一种无性质。（8）一种是控制思想，另一种是控制呼吸，国王啊！控制呼吸是有性质，控制思想是无性质。（9）

密提罗王啊！如果发现不断呼气，运气过量，那就应该停止。（10）相传在夜晚初时，有十二种运气方式，在入睡后，在夜晚末时，也有十二种运气方式。（11）毫无疑问，隐居独处、克制自己、达到平静、自得其乐的觉醒者应该约束自我。(12)摒弃五种感官的五种弊端：声、触、色、味和香。(13)密提罗王啊！撤回各种想法，将所有感官定于心。(14)而将心定于我慢，将我慢定于觉，将觉定于原初物质，国王啊！(15)这样依次入定后，专心沉思纯洁无瑕、永恒、无限、无缺陷的唯一者，(16)稳定、不坏、不老、不死的原人（灵魂），永恒、不变、不灭、至高的梵。(17)

大王啊！瑜伽行者具有这些特征。他平静愉快，如同心满意足的人安然入睡。(18)智者们说瑜伽行者如同在无风处燃烧的油灯，火焰向上，静止不动。(19)瑜伽行者如同岩石，任凭暴风骤雨侵袭，也毫不动摇。(20)任凭各种号角声、鼓声、歌声和器乐声不绝于耳，瑜伽行者也毫不动心。(21)正如一个人双手捧着满满一碗油，登上台阶，受到手持刀剑的人们威胁和恐吓。(22)而他控制自我，无所畏惧，没有从碗中泼洒出一滴油，集中思想的瑜伽行者也是这样。(23)稳定各种感官，毫不动摇，修习瑜伽的牟尼具有这些特征。(24)瑜伽行者看到至高、不变的梵，它犹如闪现在浓重黑暗中的火焰。(25)就这样，经过很长时间，最终抛弃无知觉的身体，走向唯一者，国王啊！这是永恒的经典教诲。(26)这是瑜伽行者的瑜伽，还有什么其他瑜伽特征？通晓这一切，智者们认为自己事业有成。(27)

以上是吉祥的《摩诃婆罗多》中《和平篇》第三百零四章（304）。

三〇五

耶若伏吉耶说：

请听我讲述人死后灵魂的去处，国王啊！从双足离去，到达毗湿奴那里。(1)从双腿离去，到达众婆薮神那里；从双膝离去，到达大福大德的众沙提耶神那里。(2)从肛门离去，到达密多罗那里；从臀部离去，到达大地女神那里；从双股离去，到达生主那里。(3)从双胁离去，到达众摩录多神那里；从鼻孔离去，到达月神那里；从双臂离去，到达因陀罗那里；从胸脯离去，到达楼陀罗那里。(4)从脖子

第十二　和平篇

离去，到达至高无上的优秀仙人那罗那里；从口中离去，到达众毗奢神那里；从耳朵离去，到达众方位神那里。（5）从鼻子离去，到达风神那里；从眼睛离去，到达太阳神那里；从双眉离去，到达双马童那里；从额头离去，到达祖先们那里。（6）从头顶离去，到达最年长的大神梵天那里，密提罗王啊！这些是灵魂的去处。（7）

我现在按照智者们的说法，讲述还能活一年的人的种种征兆。（8）不再看到曾经看到的阿容达提星或北极星，或者看到满月或明灯仿佛破碎，坠落南方，这样的人还能活一年。（9）不再在别人的眼中看到自己的映像，这样的人还能活一年。国王啊！（10）由充满光辉和智慧变成没有光辉和智慧，本质发生变化，这样的人还能活半年。（11）藐视众天神，为难婆罗门，肤色阴暗，这样的人还能活半年。（12）看到月亮或太阳像车轮那样破裂，这样的人还能活七夜。（13）站在神庙中面对芳香，却闻到死尸味，这样的人还能活六夜。（14）耳朵、鼻子、牙齿和眼睛失灵，知觉和热量消失，这样的人很快就会死去。（15）突然间左眼流泪，头顶冒烟，这样的人很快就会死去。（16）

知道了这些征兆，智者应该日夜将自己的灵魂与至高灵魂合一。（17）他等待着将会到来的时刻。如果不愿意死亡，而愿意继续自己的事业，（18）他就应该专心致志，控制一切香和味，内在灵魂与至高灵魂合一，由此战胜死亡。（19）人中雄牛啊！知道了数论和瑜伽，依靠瑜伽，内在灵魂与至高灵魂合一，就能战胜死亡。（20）最终，他达到不灭、不生、不变、不动、吉祥、永恒的境界，那是灵魂不完善的人们难以达到的境界。（21）

以上是吉祥的《摩诃婆罗多》中《和平篇》第三百零五章（305）。

三〇六

耶若伏吉耶说：

人中之主啊！你询问我居于未显者（原初物质）中的至高者，国王啊！请专心听我解答你询问的这个至高秘密。（1）我谦恭地遵行仙人的规则,从太阳神那里获得夜柔祷词,密提罗王啊!(2)我用大苦行侍奉这位优秀的苦行神,无罪的人啊!太阳神感到高兴,对我说道:(3)"婆罗门仙人啊!你选择一个难得的恩惠吧!我满心喜悦,想要赐你恩惠。别人难以赢得我的恩惠。"(4)我俯首致敬,向这位优秀的苦行者说道:"我不熟悉夜柔祷词,盼望迅速通晓它们。"(5)于是,这位尊神对我说道:"我将传授给你,婆罗门啊!语言女神娑罗私婆蒂会进入你的身体。"(6)

然后,这位尊神对我说道:"张开自己的嘴!"这样,娑罗私婆蒂进入我张开的嘴。(7)随即,我浑身发烧,跳进水里,无罪的人啊!我不理解灵魂高尚的太阳神的好意,心中发怒。(8)见我浑身发烧,尊神太阳说道:"请忍受一会儿发烧,你就会感到清凉。"(9)见我浑身清凉,尊神太阳又说道:"你会获得所有吠陀,包括吠陀支和奥义书,婆罗门啊!(10)你将编撰整部《百道梵书》,婆罗门雄牛啊!然后,你的智慧将用于解脱。(11)你将达到数论者和瑜伽行者向往的境界。"尊神太阳这样说完,就转向西山。(12)

太阳神离去。我听完他说的话,满心欢喜,返回自己的家,想起娑罗私婆蒂。(13)于是,我的女神娑罗私婆蒂出现。她光辉灿烂,装饰着以"唵"音起首的语音和语义。(14)我按照仪规,向娑罗私婆蒂和优秀的苦行者(太阳神)献礼,然后,我坐下,满怀虔诚。(15)我怀着无比的喜悦,创作了整部《百道梵书》,包括奥秘、要义和附录。(16)我把它教给一百个优秀的学生,令灵魂高尚的母舅(护民子)及其学生不快。(17)然后,我和我的学生如同光辉的太阳,为你的灵魂崇高的父亲举行祭祀,大王啊!(18)当着提婆罗的面,我获得一半祭祀酬金,而我的母舅(护民子)对自己获得一半祭祀酬金表示异议。(19)而我得到苏曼度、贝罗、阇弥尼、你的父亲和众牟尼认可。(20)

我从太阳神那里获得十五篇夜柔祷词,无罪的人啊!我又从毛喜仙人那里掌握往世书。(21)我崇敬种子("唵")和娑罗私婆蒂女神,国王啊!我获得太阳神的威力。(22)因此,我能创作前所未有的《百道梵书》。我走上我所向往的道路。(23)我同意将这一切及其要义教给学生们。所有的学生身心纯洁,欣喜万分。(24)我确立了

第十二　和平篇

太阳神启示的十五支知识后，按照自己的意愿，思索知识对象。（25）

什么是梵中甘露？什么是至高无上的知识对象？我正在思索中，健达缚广慈前来求教。（26）国王啊！广慈精通吠檀多知识，他问了我二十四个有关吠陀的问题，国王啊！他还问了第二十五个关于思辨的问题。（27）宇宙和非宇宙，马和非马，密多罗和伐楼拿，知识和知识对象，无知和有知，谁，苦行和非苦行，吞噬太阳者和太阳，知识和非知识，（28）知识对象和非知识对象，动者和不动者，前所未有者，不灭者和可灭者，国王啊！这些至高无上的问题。（29）

优秀的健达缚依次询问这些富有意义的问题，国王啊！我对他说道：（30）"请等一会儿，让我想想。"这位健达缚说道："好吧！"便保持静默。（31）随即，我再次想起娑罗私婆蒂女神。我思考这些问题，犹如从凝乳中提取奶油。（32）我看到至高的思辨真谛，孩子啊！我在心中搅出奥义书和吠陀支，国王啊！（33）有关解脱的第四知识①依据第二十五谛，王中之虎啊！我已经为你讲述。（34）国王啊！请你听我回答广慈王提出的这些问题：（35）

"健达缚王啊！你询问宇宙和非宇宙。要知道宇宙是至高的未显者，令过去和未来的众生惧怕。（36）它创造三性，具有三性。非宇宙则无三性。马和非马是男女交合。（37）人们说未显者是原初物质，无三性者是原人（灵魂）。同样，密多罗是原人（灵魂），伐楼拿是原初物质。（38）人们说知识是原初物质，知识对象是无三性者。原人（灵魂）无论有知或无知，都无三性。（39）谁也就是原人（灵魂）。人们说苦行是原初物质，非苦行是无三性者。（40）同样，非知识对象是未显者（原初物质）。知识对象是原人（灵魂）。请听我讲述动者和不动者！（41）人们说动者是原初物质，创造和毁灭的原因；不动者是原人，不从事创造和毁灭。（42）精通灵魂归宿的人们说这两者不生、不灭、永恒。（43）由于在创造中的不灭性，人们说原初物质不生、不变。人们说原人（灵魂）是不灭者，不会毁灭。（44）原初物质创造三性，而毁灭的是三性，因此，智者称它不灭者。我已经依据思辨真谛向你讲述有关解脱的第四知识。（45）

---

① 解脱被称作第四知识，前三种知识是吠陀、农业和治国论。

"以知识为财富，永远遵行礼仪，一心关注吠陀，广慈啊！（46）不知道吠陀的含义，不知道知识对象，这样的人陷入生生死死，健达缚啊！（47）如果学习五吠陀①及其各种分支，而不知道吠陀知识对象，对于这样的人，吠陀成为负担。（48）搅动驴奶，想要搅出奶油，得到的是腥臊，而不是奶油，健达缚俊杰啊！（49）同样，诵习吠陀却不知道知识对象和非知识对象，对于这种头脑愚蠢的人，知识成为负担。（50）永远专心致志，看清这两者，也就不会陷入生生死死。（51）不断想到生死和三性，摒弃可灭者，立足不灭法。（52）一旦天天看到无限者，迦叶波后裔啊！他就与唯一者合一，看到第二十六谛。（53）一个是不显现的永恒者，一个是第二十五谛，善人们认为两者同一。（54）而瑜伽行者和数论者惧怕陷入生死，向往至高者，不认可第二十五谛。"（55）

广慈说：

你说的第二十五谛是这样，或不是这样，婆罗门俊杰啊！请你说个究竟。（56）我曾经听取杰吉舍维耶、阿私多、提婆罗、婆罗门仙人波罗奢罗和聪明睿智的瓦尔舍伽尼耶，（57）乞食者五髻、迦比罗、苏迦、乔答摩、阿哩湿底赛那和灵魂高尚的伽尔伽，（58）那罗陀、阿苏利、聪明睿智的补罗斯迭、永童和灵魂高尚的太白金星，（59）我也曾听取迦叶波的父亲、楼陀罗和聪明睿智的万相讲述永恒者。（60）我还到处听取众位天神、祖先和提迭讲述永恒的知识对象。（61）

你博通群经，富有智慧，婆罗门啊！我想要听你讲述这个问题。（62）你无所不知，在天神世界和祖先世界，得名学问之海，婆罗门啊！（63）梵界的大仙们和永恒的苦行之主太阳神也都这样说你。（64）婆罗门啊！你已经掌握全部数论知识，也精通瑜伽知识，耶若伏吉耶啊！（65）你清楚了解动者和不动者。我想要听取这种知识，犹如乳脂形成的奶油。（66）

耶若伏吉耶说：

我认为你通晓一切，健达缚俊杰啊！你向我求教，国王啊！我就

---

① 五吠陀是梨俱吠陀、娑摩吠陀、夜柔吠陀、阿达婆吠陀和作为第五吠陀的历史传说。

按照听说的告诉你。(67) 第二十五谛知道无知的原初物质,健达缚啊!而原初物质不知道第二十五谛。(68) 由于这种无知,通晓真谛的瑜伽行者和数论者按照经典的说法,称它为基本物质。(69) 无论灵魂看到或看不到,无罪的人啊!第二十六谛看到第二十五谛(灵魂)和第二十四谛(原初物质)。即使灵魂看不到第二十六谛,第二十六谛也看到它。(70) 第二十五谛(灵魂)自以为没有比自己更高者。通晓知识的人们也不接受第二十四谛(原初物质)。(71) 正如鱼儿按照自己的生活方式追逐水,但它意识到自己不同于水,同样,灵魂意识到自己不同于同居者。(72) 而灵魂受自私性蒙蔽,不意识到唯一性,在时间之海中浮沉。(73) 一旦它意识到唯一性,就达到与唯一者合一,看到第二十六谛。(74)

第二十五谛不同于第二十六谛,低于第二十六谛。由于第二十六谛(至高灵魂)居于第二十五谛(个体灵魂),善人们认为两者同一。(75) 瑜伽行者和数论者惧怕陷入生死,他们不喜欢第二十五谛,迦叶波后裔啊!向往至高灵魂的纯洁者认同第二十六谛。(76) 一旦与唯一者合一,看到第二十六谛,他就通晓一切,不再转生。(77) 无罪的人啊!我已经按照经典的说法,向你如实讲述不觉醒(原初物质)、觉醒(个体灵魂)和觉者(至高灵魂)。(78) 迦叶波后裔啊!应该看到安宁和真谛,唯一者和非唯一者,宇宙起源,以及高于第二十五谛的至高灵魂。(79)

广慈说:

你已经如实讲述吉祥、幸福和众天神的起源。但愿不灭者带给你幸运!但愿你心中永远充满智慧!(80)

耶若伏吉耶说:

说罢,灵魂高尚的广慈心满意足,向我右旋致敬,带着吉祥的见解,走向天国。(81) 无论在梵界、天国、地上或地下,他都向遵行幸福之路的人们宣示这种见解,人中因陀罗啊!(82) 所有的数论者热爱数论法,所有的瑜伽行者热爱瑜伽法,对于这些和其他追求解脱的人们,这种见解都能得到验证。(83) 人们依靠知识获得解脱,无知不能达到解脱,人中因陀罗啊!因此,应该如实追求知识,依靠知识摆脱生死。(84) 不断向婆罗门、刹帝利、吠舍甚至低贱的首陀罗

获取知识，永远保持信仰，生死不能入侵有信仰者。（85）

婆罗门和所有种姓都是梵天所生，所有的人永远说梵。我凭借梵的智慧宣讲经典真谛。宇宙一切都是梵。（86）婆罗门出自梵天的嘴，刹帝利出自梵天的双臂，吠舍出自梵天的肚脐，首陀罗出自梵天的双足，应该知道所有的种姓不是出自别处。（87）出于无知，人们投入各种业的子宫，走向死亡，国王啊！出于可怕的无知，所有种姓坠入原初物质的生死罗网。（88）因此，应该竭尽全力追求知识。我已经告诉你居于一切之中者。梵天屹立，优秀的婆罗门们说解脱永远通向他。（89）我已经如实回答你询问的问题，国王啊！消除忧愁吧！走向彼岸吧！祝愿你永远吉祥幸运！（90）

毗湿摩说：

聆听了聪明睿智的耶若伏吉耶的教诲，密提罗王满怀喜悦。（91）这位优秀的牟尼离去时，也向国王右旋致敬。代婆罗提王通晓解脱，坐在那里。（92）他触摸千万头牛，手捧金银珠宝，布施众婆罗门。（93）密提罗王把毗提诃国交给儿子治理，自己奉行耶提（苦行）法。（94）他全面学习数论和瑜伽经，王中因陀罗啊！摒弃合法和非法以及原初物质。（95）他一心思念永恒、无限的唯一者，摒弃合法和非法、善良和邪恶、真实和虚假。（96）王中因陀罗啊！他认为生死由原初物质造成，国王啊！这一切由不显现的梵造成。（97）

瑜伽行者和数论者依据自己的经典认为梵至高无上，摆脱爱憎。智者们说它永恒和纯洁。因此，你要成为纯洁者。（98）受到布施，接受布施，给予布施，人中俊杰啊！给予和接受的都是原初物质。（99）灵魂是自己的唯一者，还能增加什么？你永远要这样认为，不要有其他想法。（100）不懂得原初物质有无性质，这样的愚者才会朝拜圣地和举行祭祀。（101）俱卢后裔啊！依靠诵习吠陀、苦行和祭祀，不能理解未显者，达到未显者地位。（102）同样，也不能达到大的地位、自慢的地位和高于我慢的地位。（103）潜心研究经典的人们知道高于未显者（原初物质）的永恒者，它摆脱生死，摆脱存在和不存在。（104）

遮那迦从耶若伏吉耶那里获得的这种知识，我从遮那迦那里获得，国王啊！祭祀不能与知识相比。一个人不能依靠祭祀，而只能依靠知识渡过艰难险阻。(105) 通晓知识的人们说生死难以超越,通过祭祀、苦行、自制和誓愿,人们升入天国,又坠落地上。(106) 因此,你要崇拜至高者,它伟大,纯洁,吉祥,圣洁,超脱,国王啊!你要通晓知领域者(灵魂),以知识为祭祀。你将成为仙人。(107) 从前,耶若伏吉耶赐给遮那迦王这种奥义,阐明永恒不变的至高者,解除忧愁的吉祥甘露。(108)

以上是吉祥的《摩诃婆罗多》中《和平篇》第三百零六章(306)。

三〇七

坚战说:

获得显赫的权力或财富,也获得长寿,怎样摆脱死亡?(1) 苦行、仪式、学问或药物,依靠什么能避免衰老和死亡?(2)

毗湿摩说:

在这方面,人们引用一个古老的传说,那是乞食者五髻和遮那迦的对话。(3) 毗提诃王遮那迦询问精通吠陀、斩断正法疑惑的大仙五髻:(4) "尊者啊!依靠什么行为,苦行、智慧、仪式或学问,可以避免衰老和死亡?"(5)

通晓超验知识的五髻听罢,回答毗提诃王说:"衰老和死亡不会停止,但也绝不是不能阻止。(6) 日日夜夜,年年月月,从不停止。但无常的人能走上永恒之路。(7) 一切众生遭遇毁灭,永远随波逐流,在时间之海中浮沉,面对衰老和死亡两条大鳄鱼,谁也不能得救。(8) 谁也帮不了他,他也帮不了谁。在人生途中遇见妻子和亲友,谁与谁都不能永久相处。(9) 一次次被时间抛弃,一次次呻吟叹息,一次次出生,犹如风吹云堆。(10) 衰老和死亡如同豺狼吞噬众生,无论是强者或弱者,高大或矮小。(11) 对于注定无常的众生,何必为出生喜悦,为死亡烦恼?(12) 我来自哪里?我是谁?我走向哪里?走向谁?我曾经在哪里?将来在哪里?你为何忧伤?忧伤什么?(13) 没有人见到天国和地狱,还是应该遵奉经典,布施和祭祀。"(14)

以上是吉祥的《摩诃婆罗多》中《和平篇》第三百零七章(307)。

三〇八

坚战说：

谁能不放弃家居生活，凭借智慧，获得教化？俱卢族优秀的王仙啊！请你告诉我解脱的真谛。（1）灵魂怎样摆脱一切，获得解脱？祖父啊！请你告诉我解脱的真谛。（2）

毗湿摩说：

在这方面，人们引用一个古老的传说，那是遮那迦和苏罗芭的对话，婆罗多后裔啊！（3）从前，有位国王成为弃绝成果者。他是密提罗王遮那迦，号称法旗。（4）他精通吠陀、解脱经和有关自己职责的经典，控制感官，统治大地。（5）世上通晓吠陀的智者和其他人听说他的善行，都仰慕他，人中之主啊！（6）

在这个正法时代，有位女乞食者，名叫苏罗芭，遵行瑜伽法，独自在大地上游荡。（7）她周游世界，到处听到苦行者们谈起密提罗王通晓解脱。（8）她听到这种奇妙的说法，怀疑是否真实，想要亲眼见见遮那迦。（9）这位体态无可挑剔的女子运用瑜伽力，隐去原貌，换上另一种无与伦比的美貌。（10）她双眉秀丽，眼似莲花，眨眼之间，以轻快的步履到达毗提诃国。（11）

她到达可爱的密提罗城，那里，人丁兴旺，繁荣富庶。她以乞食者的身份，见到密提罗王。（12）国王见到她无比娇媚的容貌，不胜惊讶，心想："这是谁？属于谁？来自哪里？"（13）国王向她表示欢迎，让她坐上好座位，献上洗脚水，供上好食品。（14）这位女乞食者受到款待而高兴，向身边围绕着侍臣和智者的国王发问。（15）苏罗芭怀疑他并没有从万法中解脱，大地之主啊！她通晓瑜伽，依靠精神进入他的精神。（16）她用自己的眼光控制国王的眼光，用瑜伽力控制将要发问的国王。（17）王中俊杰遮那迦微笑着，强化自己的心力，以对抗她的心力。（18）国王没有华盖，女苦行者没有三杖，请听他俩在同一个身体中的对话！（19）

大地之主询问她："女尊者在哪里巡游？又前往哪里？你属于谁？

来自哪里？（20）我不知道你的学问、年龄和出身，因此，你应该回答我的这些问题。（21）你要知道我已经彻底摆脱荣华富贵。我想要了解你，我认为你值得尊敬。（22）从前，我从一个人那里获得特殊的知识。除了他之外，没有人能说明解脱。请听我告诉你。（23）年迈的乞食者五髻属于波罗奢罗家族，灵魂高尚，我是他的最信任的学生。（24）我通晓数论、瑜伽、王法和解脱法，解除疑惑。（25）

"从前，他按照经典指示的道路，四处漫游，在我这里愉快地度过四个月的雨季。（26）这洞悉真谛的优秀数论者如实教给我三种解脱法，而不必放弃王国。（27）我履行所有三种解脱方式，摆脱欲情，独自行动，立足于至高境界。（28）离欲是解脱的至高法则。依靠知识达到离欲，由此获得解脱。（29）依靠知识作出努力，依靠努力获得大智，大智使人摆脱对立，超越死亡，获得成功。（30）我获得这种至高的智慧，摒弃愚痴，摆脱对立，摆脱执著。（31）

"正如土地浸水变软，种子发芽，人的行为造成再生。（32）正如在烤盘里，种子虽有发芽的能力，却不再会发芽，（33）我接受尊者五髻教给我的知识，它不会在感官对象中发芽。（34）我不执著什么，不获取什么，不沾染什么，激情造成过失，毫无意义。（35）用檀香膏涂抹我的右臂，或者砍下我的左臂，对这两种人，我一视同仁。(36)我达到目的，幸福快乐，对土地、石头和金子一视同仁。我摆脱执著，立足王国，不同于其他手持三杖的苦行者。（37）

"从前的大仙们发现有三种解脱方式：超越世界的知识，弃绝一切，行动。（38）有些通晓解脱经的人说依靠知识，另一些洞幽察微的耶提（苦行者）说依靠行动。（39）而灵魂高尚的五髻抛弃知识和行动这两者，依靠著名的第三种方式。（40）既自制和守戒，又怀有爱憎、骄慢和温情，与在家人相似。（41）如果手持三杖的苦行者能依靠知识获得解脱，拥有华盖的国王为何不能这样？因为两者道理相同。（42）出于某种原因，追求某种目的，所有的人都有各自依附的事物。（43）看到家居生活的弊端，出家采取另一种生活方式。抛弃一种，采取另一种，并没有摆脱执著。（44）每种生活方式都抑恶扬善，王仙和苦行者依据什么理由获得解脱？（45）采取苦行生活方式，凭借知识就能获得解脱，为何国王立足至高境界，不能获得解

脱？（46）

"身穿袈裟，剃光须发，手持三杖和净瓶，我认为这些标志本身并不导致解脱。（47）即使具备这些标志，解脱的原因也是知识。仅仅具备这些标志，决不能摆脱痛苦。（48）如果看到痛苦减轻，以为是这些标志的作用，那么，为何不在华盖中看到同样情况？（49）解脱不在贫困中，束缚也不在富裕中，无论一个人贫困或富裕，都是依靠知识获得解脱。（50）因此，你要知道，我拥有王国，置身在正法、利益和爱欲的种种束缚中，但我不受束缚。（51）我用解脱之石磨快弃绝之剑，斩断王权和欲情结成的套索。（52）这样，我已经获得解脱，却又与你相处，女乞食者啊！你的行为与你的身份不符，请听我说！（53）

"你年轻美貌，体态娇嫩，我怀疑你能遵守戒律。（54）你的行为与你的苦行者标志不符。为了证实我是否获得解脱，你入侵我。（55）即使获得解脱，如果怀有欲望，也会失去三杖。你不保护三杖，也不保护解脱者。（56）你依附我，造成越轨，请听我告诉你！你出自本性，依附我过去执著的身体。（57）你凭什么进入我的王国和城市？你凭谁的指令进入我的心？（58）你是女婆罗门，属于最优秀的种姓，而我是刹帝利。我们两人不能结合，你不要制造种姓混乱。（59）你遵行解脱法，我遵行家居生活。如果混淆这两种生活方式，则是第二个错误。（60）我不知道你和我是不是同一族姓，你也不知道我。如果你进入同一族姓的人，造成族姓混乱，则是第三个错误。（61）如果你的丈夫活着，远在他乡，你非法成为别人的妻子，造成正法混乱，则是第四个错误。（62）

"你出于无知，或者依靠错误的知识，有所企图，做了这些不应该做的事。（63）或者，由于自身的缺陷，你恣意妄为。如果你有一点学问，就会知道你所做的一切毫无意义。（64）你的这种行为破坏心灵的安宁，表明你是一个坏女人，因此，我应该揭露你。（65）你渴求胜利，不仅企图征服我，还想征服我的集会。（66）你投射出这样的眼光，想要挫败我们这一方，而抬高你自己。（67）你出于对我妒忌，陷入愚痴，施放瑜伽法宝，仿佛要将毒药和甘露合而为一。（68）男女互相渴慕，如同甘露，而一方不能获得另一方欢心，如

同毒药。(69)

"你不要接触我！你要知道我是善人。你要遵守自己的经典。你想要证实我是否获得解脱。你不应该对我隐瞒这一切。(70) 无论是出自你自己的意图，还是别的国王指使，你不应该伪装自己，对我隐瞒真相。(71) 面对国王、婆罗门和贞洁的女人，不能说谎。如果说谎，就会遭到毁灭。(72) 国王的力量是权力，知梵者（婆罗门）的力量是梵，妇女的无上力量是美貌、青春和吉祥。(73) 具有这些力量的人是强者。想要达到自己的目的，应该真诚地对待他们，虚伪狡诈导致毁灭。(74) 你应该如实说出你的出身、学问、品行、性情和来到这里的目的。"(75)

听了王中因陀罗（遮那迦）说的这些不合适、不恰当、不悦耳的话，苏罗芭并不沮丧。(76) 国王说完这些话，容貌美丽的苏罗芭说出一番比她的美貌更美丽的话：(77)"语言摆脱九种语病和九种智病，意义清晰，具有十八种德。(78) 微妙、计算、排序、确定和意图，这五种产生意义的因素构成语句，国王啊！(79) 请听我依次讲述微妙等等五种因素的特征，它们依靠词义得到表达。(80) 而对不同的知识对象，知识采取不同的方式，智慧在其中发挥优势，这种情况是微妙。(81) 分别按照病和德的准则，获取某种意义，这被称作计算。(82) 这是结论，这是理由，意义得到说明，精通语句的人们说这样的语句运用排序技巧。(83) 认清正法、利益、爱欲和解脱，结论明确，这被称作确定。(84) 努力排遣由爱憎造成的痛苦，国王啊！人们企盼的这种方式称作意图。(85)

"微妙等等这些方式达到同一目的，国王啊！请你听取我的话。(86) 我对你说的话有意义，无歧义，不短缺，不累赘，不浅白，不晦涩，(87) 不沉重，不粗俗，不虚妄，不违背人生三要，不缺少修饰，(88) 不空洞，不恶浊，不费解，不多余，有条有理，不无缘无故。(89) 我说的话决不出自爱欲、愤怒、贪婪、沮丧、卑鄙、羞耻、怜悯或骄傲。(90) 如果说者和听者话语一致，意图吻合，国王啊！意义就会清晰。(91) 如果说者在说话时，不尊重听者，无论是说自己的事或对方的事，话语都难以理解。(92) 或者，不说自己的事，而说对方的事，由于存在疑惑，话语中充满错误。(93) 如果说者说话时顾及自己和听者双方的意义,国王啊!这是真正的说者。(94)我的话富有意义,充满词语宝藏,请你集中思想,认真听取!(95)

"你询问我是谁?属于谁?来自哪里?国王啊!请你专心听我回答。(96)正如虫漆和树木、尘土和水滴互相紧密结合,国王啊!众生也是这样产生。(97)声、触、味、色、香和五种感官,这十种事物本质各不相同,却像虫漆和树木那样紧密结合。(98)它们之间肯定互不询问,不知道自己和他者是谁。(99)眼睛看不到自己,耳朵听不到自己。它们各自发挥各自的作用,正如尘土和水滴紧密结合,而互不知道对方。(100)它们等待外来的影响。色、眼和光亮,构成观看的三个原因。其他知觉认知对象的原因也是这样。(101)在知觉和对象之间,心具有另一种性质,由它思考和判断善恶真伪。(102)第十二种是觉(智慧),也具有另一种性质,在认知中排除疑惑。(103)第十三种是心力,也具有另一种性质,由它推断众生的心力强弱。(104)第十四种是知领域者(灵魂),也具有另一种性质,由它确认是否属于自己。(105)

"国王啊!第十五种是个别部分的总和,也具有另一种性质。(106)第十六种是聚合,也具有另一种性质。共性和个性两种性质互相结合。(107)苦和乐,老和死,得和失,爱和憎,这种对立作用是第十九种性质。(108)第二十种是时间,也具有另一种性质,你要知道,由它造成众生的生和死。(109)这二十种之外,还有五大元素以及存在和不存在。(110)这样,共有二十七种,还有三种是仪轨、精力和体力。(111)这样,总计三十部分,相传由它们一起构成身体。(112)有的人认为这些都源自未显者原初物质,而原子论者认为它们都源自显现者(原子)。(113)无论是未显者或显现者,无论是两种或四种,探索内在灵魂的人们认为一切众生源自原初物质。(114)

"不显现的原初物质通过这些性质得到显现,王中因陀罗啊!这样,我和你以及其他人具有身体。(115)由受精等等情况造成精血结合,由精血结合产生胎膜。(116)由胎膜产生胎胞,由胎胞产生软骨,由软骨产生肢体,由肢体产生毛发和指甲。(117)九个月满,胎

第十二　和平篇

儿出生，依据性别特征称为男孩或女孩，密提罗王啊！（118）刚出生时，指甲和手指棕红。成为幼儿后，模样不复相同。（119）从幼儿成为青年，从青年成为老年，每个阶段的模样都不复相同。（120）一切众生的身体各个部分及其功能每时每刻都在发生变化，因变化微妙，而不被察觉。（121）它们的生和灭不露痕迹，犹如火焰持续不断。国王啊！（122）一切世人的身体都处在这种变化状态，犹如不停奔驰的骏马，那么，谁来自哪里或不来自哪里？（123）这属于谁或不属于谁？这来自哪里或不来自哪里？谁是众生和各自肢体之间的联系？（124）

"正如由于太阳照射摩尼珠，或者木片摩擦起火，众生由于各种性质的结合而产生。（125）你自己在自身中看到自己，为何不在别人中同样看到自己？如果你看到别人与自己相同，（126）那么，你为何询问我是谁，属于谁？密提罗王啊！如果你已经摆脱'属于我和不属于我'这种对立性，那么，你为何询问我是谁？属于谁？来自哪里？（127）大地保护者啊！区分敌人、朋友和中立者，从事征服、结盟和战争，这怎么是解脱的标志？（128）不知道人生三要的七种表现方式，[①] 执著人生三要，这怎么是解脱的标志？（129）对可爱和可憎，对弱者和强者，不一视同仁，这怎么是解脱的标志？（130）你没有获得解脱而自以为获得解脱，国王啊！你应该接受朋友们的劝阻，正如药物对于失去意识的病人无用。（131）在自身中看到诸如此类的执著，克敌者啊！这怎么是解脱的标志？（132）

"请听我讲述诸如此类微妙的四种执著，而你自以为立足解脱。（133）在一顶华盖下，国王一人统治整个大地，也只是住在一座城里。（134）在这座城里，他也只是住在一座宫殿里。在这座宫殿中，他也只是躺在一张床上。（135）这张床还得留出半张给王后。这就是国王执著的果实。（136）与居住一样，国王的食物、衣服和其他享受也有限。他实施奖惩也有限。（137）即使是琐碎小事，国王也经常依赖别人。在结盟和战争的决策中，国王哪能独自做主？（138）在后妃、游戏和娱乐中，他常常不能自主。与大臣们共商国是时，他又

[①] 人生三要是法、利和欲，七种表现方式是法、利、欲、法和利、法和欲、利和欲以及法、利和欲。

怎么能自主？（139）他只是在发号施令时说话算数，而在其他种种情况下，他都不能自主。（140）来人有事求见，他想睡也不能睡。即使已经上床入睡，也不得不应急起身。（141）他不得不听命于别人的吩咐：'沐浴吧！拿着！喝吧！吃吧！祭供火吧！祭祀吧！请说！请听！'（142）

"人们不断前来乞求恩赐，为了保护财富，他不敢随意施舍。（143）施舍则耗尽财富，不施舍则招来敌意，他顿时生出离欲弃世的念头。（144）看到智者、勇士和富人聚在一起，国王就会猜疑。即使没有必要，他还是惧怕经常侍奉自己的人。（145）一旦我提到的那些人挑他的毛病，国王啊！请看他对他们有多么惧怕！（146）国王在自己的宫中拥有一切，家主在自己的家中拥有一切，遮那迦啊！像国王一样实施奖惩。（147）拥有儿子、妻子、朋友、财富和仓库，国王也与他们相同。（148）国家受到入侵，城市失火，大象死亡，受虚假知识蒙蔽，为各种世俗之事焦虑。（149）他摆脱不了由愿望和爱憎造成的内心痛苦，也惧怕头痛等等疾病。（150）他受到种种矛盾侵扰，怀疑一切。他侍奉这个充满危机的王国，日夜操心。（151）王国华而不实，快乐何其少，痛苦何其多！有谁得到王国后，能得到安宁？（152）

"你认为这个城市、这个王国、军队、国库和这些大臣属于你，否则，它们属于谁？国王啊！（153）盟友、大臣、城市、王国、刑杖、国库和国王，犹如车轮组合而成，这七支组成王国，国王啊！（154）这七支组成的王国如同互相支撑的三杖；各有所长，谁能比谁更优越？（155）只是在一定的时候，某一支突出，促成事情成功，显出优势。（156）这七支加上另外三支（使者、副王和祭司），总共十支。作为一个整体，像国王那样享用王国，王中俊杰啊！（157）国王富有勇气，热爱刹帝利法，应该满足于享有十分之一，甚至少于十分之一。（158）国王并不希罕，每个王国都有一个国王。没有王国，哪有正法？没有正法，哪有至善？（159）至高的正法净化国王和王国，但没有这样的马祭，以整个大地作为祭祀酬金。（160）密提罗王啊！我能以数百数千事例说明王国带来的痛苦。（161）

"我不执著自己的身体，怎么会占有别人的身体？你不应该指责像我这样达到解脱的人。（162）如果你从五髻哪里学习过全部解脱法，包括方法、奥义、步骤和结论；（163）如果你已经摆脱执著，解除束缚，怎么仍然执著华盖等等特权？国王啊！（164）我认为你没有学习经典，或者你误解经典，或者你学习的是貌似经典的伪经典。（165）你依据的全是世俗的想法，像俗人那样陷入执著和障碍。（166）如果你已经完全获得解脱，那么，我通过心力进入你，对你有什么妨碍？（167）居住在旷野是耶提（苦行者）们遵奉的戒规，那么，我居住在这样的旷野，对谁有什么妨碍？（168）无罪的人啊！我的双手、双臂、双足以及其他肢体并没有接触你，国王啊！（169）

"你出身高贵，有廉耻，有远见，这种秘密的事情不管对错，不该公之于众。（170）这些婆罗门值得尊敬，这些大臣值得尊敬，你也值得尊敬，相互之间都值得尊敬。（171）想到这些，应该考虑什么该说不该说，你不应该在大庭广众说出男女私事。（172）密提罗王啊！正如莲叶上的水珠，不浸湿莲叶，我居住在你身中，不接触你。（173）如果我没有接触你，而你认为我接触你，那么，那位乞食者（五髻）教给你的知识怎么不起作用？（174）尽管你超脱家居生活，你仍然没有达到难以达到的解脱。你介于两者之间，却自诩获得解脱。（175）

"一位解脱者和另一位解脱者既同一，又分别，这是存在和不存在的结合，不会造成种姓混乱。（176）同样洞悉真谛而无分别，而种姓和生活方式有区别，认识到互相不同，行动也就有区别。（177）正如双手捧罐，罐中有奶，奶中有飞蝇，依附者和所依附者相结合，而所依附者依然各不相同，我俩也是这样。（178）罐不是奶，奶不是飞蝇。它们的性质依靠自己，而不依靠他者。（179）由于生活方式的差异，种姓的区别，互相不同，怎么会造成种姓混乱？（180）

"我的种姓不高于你，我也不是吠舍或低级种姓，国王啊！我出身纯洁，与你种姓相同。（181）有位名叫波罗达纳的王仙，想必你早已耳闻。你要知道，我出生于他的家族，名叫苏罗芭。（182）在我的祖先们举行的祭祀仪式上，德罗纳山、百峰山、曲门山和囚陀罗一起出席。（183）我出生在这样的家族，找不到匹配的丈夫。我接受解脱法，独自游荡，遵守牟尼誓愿。（184）我不是伪善者，不是觊觎他人财富者，不是扰乱正法者，我恪守自己的正法。（185）我不违背自己的诺言，不信口胡说，不随意来到你的身边，国王啊！（186）听说你通晓解脱，我想要获得益处，来到这里向你求教解脱。（187）而解脱者并未获得解脱，平静者并不平静，我说这话并非立足于我方或你方。（188）正像乞食者在空宅中居住一夜，我也将在你的身中居住一夜。（189）你礼貌待客，赐我座位，容我高兴地寄宿一夜，明天我就离去，密提罗王啊！"（190）

听完这些充满道理和意义的话，国王不再作出任何回答。（191）

以上是吉祥的《摩诃婆罗多》中《和平篇》第三百零八章（308）。

三〇九

坚战说：

从前，毗耶娑之子苏迦怎么会厌弃世界？俱卢后裔啊！我好奇心切，想要听你讲述。（1）

毗湿摩说：

看到儿子（苏迦）安于俗人的生活方式，无所畏惧，父亲（毗耶娑）要求他诵习全部吠陀，说道：（2）"儿子啊！你要奉行正法，永远控制感官，征服冷热、饥渴和风。（3）你要严格保持真诚、正直、不发怒、不妒忌、自制、苦行、不杀生和不残忍。（4）坚持真理，热爱正法，摒弃一切狡诈，吃天神和客人的剩食，维持生命。（5）身体如同泡沫，生命如同停留在枝头的鸟，与亲人相聚不能久常，你怎么还能安然入睡？（6）敌人们永远醒着，保持警觉，寻找机会，而你这傻瓜还不清醒。（7）寿命一年年减少，生命在萎缩，你怎么不起身奔跑？（8）

"那些没有信仰的人热衷这个增长血肉的世界，无视彼岸世界。（9）那些头脑愚痴的人嫉恨正法，追随他们走上邪路的人也遭受折磨。（10）而那些走上正法之路的人知足，自制，追求真理，潜心经典，你要侍奉他们，向他们求教。（11）接受这些洞悉正法的智者的思想，依靠至高的智慧，防止思想偏离正道。（12）有些人只顾眼前,认为明天遥远,无所畏惧。他们饮食无度,不懂得自己身处业报之地。(13)你要依靠正法之梯,一步步向上攀登。而你现在如同作茧自缚的蚕,没有觉醒。(14)没有信仰的人如同耸立的竹竿,如同岌岌可危的堤岸,你要毫不犹豫地回避他们。(15)你要依靠坚定之船,超越爱欲、愤怒和死亡,超越各种生命险阻,渡过充满五种感官之水的大河。(16)这个世界受死亡打击,受衰老折磨,必定遭到毁灭,你要依靠正法之车,超越这些。(17)

"无论你站着或躺着,死神都在追寻你。你随时都会死去,怎样才能得救?(18)欲壑难填,还在敛聚财富,而死神已来抓走他,犹如母狼抓走羊羔。(19)你进入黑暗中,要努力举着火苗旺盛的正法和智慧之灯。(20)在人间,人陷入身体的罗网,难得成为婆罗门,儿子啊!你要珍惜自己成为婆罗门。(21)婆罗门的身体生来不是用于享受,而是用于苦行和磨炼,死后获得无比的幸福。(22)依靠长期积累的苦行获得婆罗门的地位,获得后,不要虚度。你永远要努力诵习吠陀,修炼苦行,克制自己,追求幸福和安宁。(23)

"人生之马奔驰,它的原初物质不显现,身体含有十六种成分,灵魂微妙,以刹那、顷刻和瞬间为汗毛,以季节为面孔,以同样有力的光明和黑暗为眼睛,以月份为肢体。(24)如果你的眼睛没有转移视线,看到这匹马不断快速奔驰,难以预料,那么,你就一心追求正法,聆听至高学问。(25)一些人任意背离正法,经常发怒吼叫,为难他人,横行不法,他们的知觉和身体必定充满痛苦。(26)永远恪守正法,明辨是非,抑恶扬善,这样的国王到达善人的世界。他为具有同样善行的人指明这种难以获得的完美的幸福。(27)违背老师教诲的人死后,凶恶的狗、铁嘴乌鸦、成群的苍鹭、几鹰和吸血虫吞噬他。(28)恶人随心所欲,践踏自在天确立的十种规范,由此死后在祖先领域的密林中承受痛苦。(29)贪得无厌,喜爱说谎,虚伪狡诈,作恶多端,这样的人堕入地狱深渊,承受痛苦。(30)这样的人沉入沸腾的吠多罗尼河,进入剑叶林,倒在刀斧床,肢体破碎,在大地狱中忍受煎熬。(31)

"你赞赏各种大境界,但你没有看到至高境界。你久久没有认清造成死亡的原因。(32)出发吧!为何耽搁?毁灭的大恐怖即将来临,赶快追求自己的幸福吧！（33）按照死神阎摩的命令，你不久就会死去，赶快努力行善吧！（34）死神阎摩不可阻挡，不顾别人痛苦，不久就会夺走你和亲友们的生命。（35）阎摩的前驱风神就要吹拂，你不久就会独自死去，赶快追求解脱吧！（36）致命的风神不久就会呼啸，吹遍四面八方，制造大恐怖。（37）在一片混乱中，你的记忆会失灵，儿子啊！赶快沉思入定吧！（38）保留这个唯一的宝藏吧！这样，你即使记起过去不慎采取行动造成的善业和恶业，也不会烦恼。（39）衰老不久就会侵占你的身体，夺走你的力量、肢体和容貌，你赶快保留这个唯一的宝藏吧！（40）

"死神不久就会用疾病之箭摧毁你的身体，你就抵御生命的衰亡，实施大苦行吧！（41）那些恐怖的豺狼瞄准人的身体，不久就会从四面八方冲来，你赶快努力行善吧！（42）你不久就会独自看到黑暗，看到山顶上的金树，[①] 抓紧时间吧！（43）那些邪恶的敌人伪装朋友，不久就会扰乱你的视线，儿子啊！赶快努力追求至高的学问吧！（44）自己挣得的财富不惧怕国王，也不惧怕盗贼，死了也不会失去，你就获取这种财富吧！（45）自己挣得的财富不与别人分享，人人都享用自己的财富。（46）你要积聚维持来世生活的财富，儿子啊！你要获取永恒不灭的财富。（47）不要等到大麦粥煮熟，因为不等到大麦粥煮熟，你就会死去，抓紧时间吧！（48）

"人死后，独自行走在险境中，父母、亲戚甚至受到赞颂的亲人都不会跟随他。（49）惟有他自己的善业和恶业，作为他的财产，陪随他前往来世。（50）无论合法或非法积累的金银财宝，在身体毁灭时它们毫无用处。（51）在前往来世时，灵魂是今生善业和恶业的无与伦比的见证者。（52）在前往来世时，人的身体成为虚无，依靠智慧之眼观看。（53）在今生居于人体中的火神、太阳神和风神洞悉正法，成为他的见证者。（54）白天和黑夜接触一切事物，或照亮，或掩藏，你要恪守自己的正法。（55）一路上有许多艰难凶险，你要依靠自己的行为保护自己。（56）

"自己挣得的财富不与别人分享，人人按照自己的行为享受自己

[①] 这是临死前的征兆。

的业果。(57)如同众天女和众大仙享受幸福的果实,人们也依靠善业获得随意飞行的天车。(58)人们今生灵魂完善,涤除罪恶,行为纯洁,来世就会投胎纯洁的子宫。(59)以家居法为桥梁,人们到达生主、毗诃波提和百祭(因陀罗)的至高领域。(60)我不厌其烦,能够说上数千次:死神决不愚痴,不要等待大麦粥。(61)你已经度过少年,现在整整二十五岁,岁月流逝,你要赶快积累功德。(62)在死神将你的身体变成臭皮囊之前,抓紧时间,赶快履行正法吧!(63)

"一旦你独自前行,走在前面和后面的都是你,还有什么自己或别人?(64)所有人都独自在恐怖中走向来世,你就利用这个导向来世幸福的大宝藏吧!(65)死神无所顾忌,夺走你和亲友的生命,不可抗拒,你就赶快利用这个正法宝藏吧!(66)我按照自己的看法和推断,向你讲述这些公认的道理,儿子啊!你就照着做吧!(67)将自己挣得的财富施舍他人,这样的人很少陷入愚痴。(68)但愿你能获得学问,多做善事;但愿你懂得知恩图报,多做益事。(69)人们喜欢聚居,那是套上绳索。行善者斩断绳索,而作恶者斩不断绳索。(70)既然你会死去,财富对你有什么用?亲友对你有什么用?儿子对你有什么用?儿子啊!寻找藏在洞穴中的自我吧!你的祖父在哪里?所有的故人在哪里?(71)

"今天应该做明天的事,上午应该做下午的事,谁知道死神的军队今天瞄准了谁?(72)亲戚和朋友们跟随到火葬场,把这个人投入火中,然后又返回。(73)你要不知疲倦地追求至高学问,毫不犹豫地回避那些没有信仰、没有同情心、思想邪恶的人。(74)在这个遭受时间打击和折磨的世界上,你要保持顽强的意志,一心履行正法,(75)谁真正懂得这个道理和方法,真正履行正法,他就在来世获得幸福。(76)智者遵行正道,知道身体毁坏而灵魂不死不灭。智者促进正法,而愚者背离正法。(77)在行动之路上,人们依据自己的善业和恶业获得相应果实,行为卑劣的人堕入地狱,通晓正法的人升入天国。(78)

"获得难以获得的人身,应该将自己用作升入天国的阶梯,这样的人不会堕落。(79)思想遵循天国之路,决不偏离,人们称赞他行为纯洁,亲戚和朋友不会为他忧伤。(80)智慧不受干扰,坚定不移,得以升入天国，摆脱大恐怖。（81）生在苦行林，死在苦行林，这样的人原本不知道爱欲和享乐，也就没有多少功德。（82）而抛弃享乐，实施苦行，我认为这样的人没有什么功德不能获得。（83）过去和未来，父母、妻子和儿子数以百计千计，他们属于谁？或者我们属于谁？（84）你不能做他们的事，他们也不能做你的事，你依靠自己的行为前往你的去处。（85）在这世上，富人即使死去，亲人还活着；而穷人即使还活着，亲人已经死去。（86）迷恋妻子，积累恶业，这样的人在今生和来世都遭受痛苦。（87）

"请看，由于各自的恶业，生命世界充满缺陷，儿子啊！你要完全按照我说的去做。（88）看到这种情况，盼望来世幸福的人进入业报之地，就应该行善。（89）时间运转月份和季节，以太阳为火焰，以日夜为燃料，以各自的业果为见证者，煮熟一切众生。（90）不施舍，不享用，财富有何用？不制服敌人，力量有何用？不遵行正法，学问有何用？不控制感官，灵魂有何用？"（91）

听了毗耶娑这番有益的话，苏迦离开父亲，前去寻找教导解脱的老师。（92）

以上是吉祥的《摩诃婆罗多》中《和平篇》第三百零九章（309）。

<h2 align="center">三一〇</h2>

坚战说：

以法为魂的大苦行者苏迦怎么生为毗耶娑的儿子，获得最高成就？祖父啊！请你告诉我。（1）以苦行为财富的毗耶娑依靠哪位妇女生下苏迦？我不知道这位灵魂高尚者的生母和诞生情况。（2）他怎么在年幼时就潜心微妙的知识？确实在这世上，他独一无二。（3）我想要详细听取这些，大光辉者啊！听取甘露般的故事，我不知餍足。（4）请你依次为我讲述苏迦的伟大，他的知识以及与至高灵魂的合一。（5）

毗湿摩说：

仙人们确立规则说，人的伟大不靠年龄、白发、财富和亲戚，而靠诵习吠陀。(6) 你询问我的所有一切都以苦行为根本,般度之子啊!而苦行不是别的,就是控制感官。(7) 毫无疑问,人执著感官,就会犯错误,而控制感官,就会获得成就。(8) 一千次马祭和一百次苏摩祭的功果也抵不上瑜伽的十六分之一,孩子啊!(9) 我现在为你讲述苏迦的出生、瑜伽、功果和至高归宿,灵魂不纯洁的人难以理解。(10)

从前,在弥卢山顶,布满迦尼迦罗树林,大神(湿婆)在恐怖的精灵围绕下游戏娱乐。(11) 山神的女儿(乌玛)也在那里。岛生黑仙(毗耶娑)正在修炼神圣的苦行。(12) 他潜心瑜伽法,运用瑜伽力进入自己的灵魂,俱卢族俊杰啊!他为了求取儿子,坚持修炼苦行。(13) "大神啊!但愿我儿子具有火、地、水、风和空的威力。"(14) 他修炼大苦行,怀着灵魂不纯洁的人难以实现的心愿请求大神赐恩。(15) 他站立一百年,饮风维生,取悦乌玛之夫这位形象多变的大神。(16) 所有的梵仙、神仙、世界护主、沙提耶和婆薮来到大神这里。(17) 还有众阿提迭、众楼陀罗和众摩录多,太阳和月亮,大海和河流。(18) 双马童、众天神、众健达缚、那罗陀、波尔伐多、健达缚广慈、众悉陀和众天女。(19) 大神楼陀罗(湿婆)戴着美丽的迦尼迦罗花环,犹如皎洁的明月。(20)

在这座圣洁可爱的树林中,布满天神和神仙,这位仙人为求取儿子,修炼至高的瑜伽。(21) 他的色泽不衰退,也不生病,仿佛是三界中的奇迹。(22) 他在瑜伽中具有无限威力,由于这种威力,他的发髻看上去像火焰一样发光。(23) 尊者摩根德耶告诉我这一切。他经常为我讲述天神的事迹。(24) 这样,由于灵魂高尚的黑仙(毗耶娑)的苦行威力,孩子啊!他的发髻闪闪发光,呈现火焰的颜色。(25) 由于他的这种苦行和虔诚,婆罗多后裔啊!大神心中满意,作出决定。(26) 三眼尊神仿佛微笑着,对他说道:"岛生啊!你就会有一个这样的儿子。(27) 这个伟大的儿子会像火、像风、像地、像水、像空那样纯洁。(28) 他将与梵同一,以梵为智,以梵为魂,以梵为庇护,光辉遍照三界,享誉三界。"(29)

以上是吉祥的《摩诃婆罗多》中《和平篇》第三百一十章(310)。

三一一

毗湿摩说：

贞信之子（毗耶娑）从大神那里获得至高恩惠后，一天，他握紧引火木，钻木取火。（1）国王啊！这位可敬的仙人看到一个名叫诃哩达吉的天女，依靠自己的光辉，美貌绝伦。（2）可敬的仙人毗耶娑在这个树林中见到天女，顿时情欲冲动，坚战啊！（3）天女诃哩达吉引起毗耶娑心旌动摇后，化作雌鹦鹉，飞近前来，大王啊！（4）尽管他看到天女完全改变了模样，肉体的激动依然遍及全身。（5）牟尼毗耶娑竭尽全力控制自己的心，但他不能抑制激动的心思。事出必然，他迷上诃哩达吉的形体。（6）他试图尽力钻木取火，以抑制情欲。然而，他的精液突然流在引火木上。（7）这位婆罗门仙人没有在意，照样钻木取火，国王啊！在引火木中，生出了苏迦。（8）

大苦行者、大仙人、大瑜伽行者苏迦以引火木为子宫，从搅动的精液中诞生。（9）正如在祭祀中，祭火接受祭品，火光闪耀，苏迦诞生时凭借自己的威力，光辉灿烂。（10）他具有父亲的无与伦比的色泽，俱卢后裔啊！他灵魂纯洁，犹如无烟之火闪闪发光。（11）最优秀的河流恒河亲自来到弥卢山顶，用河水为他沐浴，国王啊！（12）手杖和黑鹿皮衣从空中降落地上，俱卢后裔啊！供灵魂高尚的苏迦使用，王中因陀罗啊！（13）

众健达缚歌唱，众天女跳舞，天鼓一齐奏响，震撼四方。（14）健达缚广慈、冬布鲁、那罗陀、诃诃和呼呼，一齐赞颂苏迦的诞生。（15）以帝释天为首的世界护主们，众天神、众神仙和众梵仙，全都聚集这里。（16）风神降下阵阵天花，整个世界一切动物和不动物欢欣鼓舞。（17）灵魂高尚的大光辉者（湿婆）满心欢喜，和女神一起，按照仪轨，为这位刚诞生的牟尼之子（苏迦）佩戴圣线。（18）天王帝释天满心欢喜，给他一只式样神奇的净瓶和各种天衣。（19）天鹅、孔雀、仙鹤、鹦鹉和青鸟，数以千计，向他右旋致敬，婆罗多后裔啊！（20）

第十二　和平篇

这位大光辉者（苏迦）从引火木中神奇地诞生后，住在那里。他聪明睿智，遵守誓言，专心致志。（21）他一诞生，吠陀及其奥秘和要义就陪伴他，犹如陪伴他的父亲，大王啊！（22）他通晓吠陀、吠陀支和注疏，但考虑到仪轨，他仍然选择毗诃波提作为老师，大王啊！（23）他学习全部吠陀及其奥秘和要义，学习全部历史传说和各种治国论。（24）学习完毕，交付老师酬金，这位大牟尼返回，开始修炼严格的苦行，专心致志，遵守梵行。（25）这位大苦行者在幼年时，就凭借知识和苦行，受到众天神和众仙人器重和尊敬。（26）他不喜爱以家居为根基的三种生活阶段，国王啊！他的智慧关注解脱法。（27）

以上是吉祥的《摩诃婆罗多》中《和平篇》第三百一十一章（311）。

三一二

毗湿摩说：

苏迦思考解脱，走近父亲。他向往至福，态度谦恭，向老师问候后，说道：（1）"你通晓解脱法，请你告诉我，让我的思想达到至高平静。"（2）听了儿子的话，大仙对他说道："儿子啊！你就学习解脱和各种正法把！"（3）按照父亲的指示，优秀的知梵者苏迦掌握了全部瑜伽经和迦比罗学说，婆罗多后裔啊！（4）

考虑到儿子依靠语言女神，威力如同梵天，已经通晓解脱知识，毗耶娑说道：（5）"你到密提罗王那里去把！他会告诉你有关解脱的一切。"（6）按照父亲的指示，苏迦前往遮那迦王那里，求教正法的根基和解脱的目标。（7）对于父亲的嘱咐，他并不惊讶："你前往那里，应该走凡人走的路，不要施展威力，从空中飞去。（8）你要走正路，不要贪图轻快；你不要追求特殊，特殊造成执著。（9）我为这位国王执掌祭祀，你不要因此妄自尊大。你要认真听从他的安排，他会解除你的疑惑。（10）这位国王熟谙正法，通晓解脱经。他是我的祭主。你要毫不犹豫地听从他的吩咐。"（11）

听完父亲的话，这位以法为魂的牟尼步行前往密提罗城，尽管他能从空中飞越大地和海洋。(12) 他翻过一座座山，渡过河流和湖泊，穿过布满野兽的各种丛林。(13) 他依次经过弥卢国、诃利国和雪山国，到达婆罗多国。(14) 大牟尼看到支那人和匈奴人出没的各种地区，来到阿利耶婆尔多这个地方。(15) 他始终记住父亲的嘱咐，向前赶路，不在空中飞行，却像在空中飞行。(16) 对许多可爱的城镇、繁荣的都市和各种宝石，他视若无睹。(17) 一路上，许多可爱的花园、平原和圣地，都是匆匆而过。(18)

不久，他到达灵魂高尚的法王遮那迦保护的毗提诃国。(19) 在那里，他看到许多村庄，许多美味食品，许多布满牛群的牧人部落。(20) 谷物和牧草丰富，天鹅和仙鹤出没，吉祥的莲花数以百计。(21) 他经过人丁兴旺的毗提诃国，到达繁荣的密提罗花园。(22) 那里充满象、马和车，男男女女，而他一步也不停，视若无睹。(23) 他心中牢记自己担负的使命，满怀喜悦，终于到达密提罗城。(24)

到达城门，受到门卫阻拦，他站着沉思，获得准许后，进入城里。(25) 他沿着人来人往的皇家大道，到达王宫，毫不犹豫地进入。(26) 而门卫厉声喝令他站住，他毫不生气，遵命站着。(27) 一路上风吹日晒，饥渴劳累，他毫无倦容。尽管烈日炎炎，他也不离去。(28) 有一位门卫富有同情心，看到苏迦站在那里如同中午的太阳。(29) 他双手合十，向苏迦致敬，放他进入王宫的第二道围墙。(30) 苏迦坐在那里，思考解脱，孩子啊！这位大光辉者对阴影和阳光一视同仁。(31) 仿佛过了一会儿，国王的大臣来到，双手合十，放他进入王宫的第三道围墙。(32) 那里是连接后宫的大游乐园，如同天国奇车园，点缀着可爱的水池和鲜花盛开的树木。(33) 大臣指引苏迦进入这座美丽的园林，让他坐上合适的座位，然后离去。(34)

许多妙龄少女容貌可爱，臀部优美，身穿红绸衣，佩戴金首饰，(35) 精通调笑献媚，擅长弹唱歌舞，未言先笑，姿色如同天女。(36) 精通调情技巧，善解人意，无所不能。五十多位这样的美女涌向苏迦。(37) 她们向他表示最高的尊敬，端上洗脚水，献上适合地点和时间的美味食品。(38) 待他吃完后，她们带他逐一观赏美丽的后宫花园，婆罗多后裔啊！(39) 这些善解人意的美女嬉戏、欢笑和歌唱，侍奉心胸博大的苏迦。(40)

第十二　和平篇

从引火木中诞生的苏迦灵魂纯洁,三怀疑,三从事①。他控制感官,抑制愤怒,既不高兴,也不生气。(41) 这些美女为他安排卧床,神奇精美,镶嵌宝石,铺有昂贵的床单。(42) 苏迦洗完脚,念诵晚祷,然后坐在洁净的坐垫上,思考解脱。(43) 在初夜,他专心沉思;在中夜,他按照规则让自己入睡。(44) 很快,他就醒来,随即净身。在美女们围绕下,这位智者又专心沉思。(45) 黑仙之子(苏迦)意志坚定,就这样在王宫中度过半天和一夜,婆罗多后裔啊!(46)

以上是吉祥的《摩诃婆罗多》中《和平篇》第三百一十二章(312)。

三一三

毗湿摩说:

然后,遮那迦和大臣们一起,让家庭祭司和后宫眷属们走在前面,婆罗多后裔啊!(1) 端着坐垫和各种宝石,头顶食品,走向老师的儿子(苏迦)。(2) 这坐垫镶嵌宝石,配上昂贵的布罩,处处显出精美。(3) 国王从祭司手中接过这个坐垫,恭敬地赐给老师的儿子苏迦。(4) 等黑仙之子(苏迦)坐下后,国王按照经典规定向他致敬,先献上洗脚水,又献上食品和牛。苏迦也按照礼仪接受供奉。(5) 婆罗门俊杰(苏迦)接受遮那迦王的供奉,也收下了牛,向国王致以问候。(6) 大光辉的苏迦问候国王及其随从吉祥幸福,身体健康,王中因陀罗啊!(7) 得到他的允许,出身高贵、心胸博大的国王双手合十,与随从们一起席地而坐。(8) 国王问候毗耶娑之子(苏迦)吉祥幸福,询问他为何来访?(9)

苏迦说:

祝你幸运!我听父亲说:"著名的毗提诃王遮那迦是我的祭主,精通解脱法。(10) 如果你心中有疑惑,赶快去他那里吧!他会解除你有关入世和出世的疑惑。"(11) 按照父亲的指示,我来到这里向你求教,优秀的执法者啊!请你如实教导我。(12) 婆罗门的职责是什

---

① 三怀疑指怀疑梵行期、家居期和林居期三个生活阶段。三从事是指从事祭祀、诵习吠陀和布施。

么？解脱的性质是什么？怎样依靠知识或苦行获得解脱？（13）

遮那迦说：

请听婆罗门从出生起的职责，孩子啊！戴上圣线后，应该专心诵习吠陀。（14）修炼苦行，尊重老师，遵守梵行，偿还天神和祖先的债，毫无怨言。（15）努力诵习吠陀，付给老师酬金，获得老师准许，返回家中。（16）回家后，娶妻成家，过家居生活，尽心尽力，毫无怨言，按照规则供奉祭火。（17）繁衍子孙后，他应该过林居生活，按照经典规定，供奉祭火，善待客人。（18）在林中，他按照规则达到祭火与灵魂合一，通晓正法，摆脱对立，摒弃欲情，过着梵的生活。（19）

苏迦说：

如果心中已经透彻理解永恒的知识，还有必要履行包括林居生活在内的各种生活阶段吗？（20）我向你求教，你能作出解答，国王啊！请你按照吠陀真谛告诉我。（21）

遮那迦说：

不依靠知识，不能获得解脱，而不依靠老师，不能获得知识。（22）人们说老师是舵手，知识是船。完成任务，渡过大海，也就抛弃这两者。（23）为了避免世界和事业毁灭，古人遵行人生四个阶段的正法。（24）在多次转生中，依次履行各阶段的生活，作出善业和恶业，获得解脱。（25）每次投胎转生，事出有因。而灵魂纯洁的人在第一个生活阶段就能获得解脱。（26）聪明睿智，洞悉真谛，向往至高目标，对于这样一个获得解脱的人，其他三阶段的生活还有什么意义？（27）永远摒弃忧性和暗性的错误，遵行善性之路，就会亲自看到自我。（28）在一切众生中看到自我，在自我中看到一切众生，如同水中的动物不沾水。（29）获得解脱，摆脱对立，达到平静，抛弃身体后，在来世享受无穷幸福，犹如鸟儿展翅高飞。（30）

请听从前迅行王吟诵的这些偈颂，孩子啊！精通解脱经的婆罗门都记在心中。（31）光不在别处，就在自我中，凝思静虑，自己就能看到。（32）别人不惧怕他，他也不惧怕别人，不爱不恨，这样的人达到梵。（33）在行动、思想和语言上，都不危害一切众生，这样的人达到梵。（34）用苦行约束自我，摒弃妒忌和愚痴，戒绝爱欲和贪婪,这样的人达到梵。(35)对所见所闻和一切众生一视同仁,摆脱对立,这样的人达到梵。(36)对褒扬和贬斥等量齐观,对金子和铁石、快乐和痛苦也是如此。(37)对冷和热、得和失、爱和恨、生和死也是如此,这样的人达到梵。(38)如同乌龟伸展肢体又缩回,乞食者应该用思想控制感官。(39)正像依靠灯光能看清黑暗的房间,依靠智慧之灯能看清灵魂。(40)

优秀的智者啊!我看到你身上具备这一切。你也如实知道其他应该知道的一切。(41)梵仙啊!凭借你的老师的恩惠和你所获得的学问,我知道你已经超越感官对象。(42)大牟尼啊!也是由于你的老师的恩惠,我获得这种神圣的知识,因此,我了解你。(43)你没有意识到你的知识、你的归宿和你的威力至高无上。(44)出于年幼,出于怀疑,或出于害怕没有获得解脱,即使已经获得这种知识,也没有意识到。(45)而诚心诚意,依靠像我这样的人消除疑惑,就能解开心结,达到目的。(46)

你已经获得这种知识,智慧坚定,戒绝贪欲,婆罗门啊!缺乏诚心的人,不能达到至高目标。(47)你对快乐和痛苦一视同仁,戒绝贪欲,不迷恋歌舞,摒弃欲情。(48)你在束缚中不受束缚,在恐惧中不恐惧,大福大德者啊!我看到你对土块、石头和金子一视同仁。(49)我和其他智者都看到你立足无病和不灭的至高之路。(50)这是婆罗门的功德,这是解脱的性质,你就置身其中,婆罗门啊!你还要询问什么?(51)

以上是吉祥的《摩诃婆罗多》中《和平篇》第三百一十三章(313)。

三一四

毗湿摩说:

灵魂纯洁的苏迦听了这些话,获得结论,自己依靠自己,自己看到灵魂。(1)他完成任务,愉快,平静,保持沉默,像风一样,向北前往雪山。(2)

这时候,神仙那罗陀来到雪山,看到那里悉陀和遮罗纳出没。(3)成群成群的天女,歌声回响。成群成群的紧纳罗和蜂王。(4)多姿多彩的潜水鸟、鹁鸽、命命鸟、孔雀和杜鹃,欢快地鸣叫。(5)鸟王迦楼罗一向来到这里。四位世界护主、众天神和众仙人也为了世界的利益经常来到这里。(6)

灵魂伟大的毗湿奴曾在这里修炼苦行,求取儿子。鸠摩罗童年时就在这里掷出标枪。(7)室建陀(鸠摩罗)藐视天国居民和三界,将标枪掷向地面,对整个宇宙说道:(8)"三界中有谁比我更有力,有谁比我更热爱婆罗门,或者有谁与我一样虔诚和有力,(9)那就请他拔起或者摇动这支标枪吧!"听了他的话,全世界感到恐惧,谁能拔起它?(10)

看到所有的天神以及阿修罗和罗刹思想和感官陷入混乱,尊神毗湿奴思忖道:"该怎么办才好?"(11)他不能忍受掷下的这支标枪,望着火神之子(鸠摩罗)。灵魂纯洁的毗湿奴用左手摇动这支闪闪发光的标枪。(12)随着有力的毗湿奴摇动这支标枪,整个大地连同山岳和森林一起摇晃。(13)尽管毗湿奴能拔起这支标枪,但他只是摇动而不拔起它,以免羞辱室建陀王。(14)摇动标枪后,尊神对波罗诃罗陀说道:"请看,鸠摩罗的威力!没有人能做到这样。"(15)波罗诃罗陀不能忍受毗湿奴说这种话,决心拔起标枪。他抓住标枪,却不能摇动它。(16)他发出大声叫喊,昏倒在山顶。就这样,希罗尼耶格西布之子(波罗诃罗陀)筋疲力尽,倒在地上。(17)

以公牛为标志的大神(湿婆)回到雪山的北边,孩子啊!这位难以抗衡的大神一向在那里修炼苦行。(18)他的净修林周围火焰燃烧,得名曰缚,灵魂不纯洁的人难以接近。(19)火焰围绕长达十由旬,药叉、罗刹和檀那婆都不能走近。(20)威武的火神亲自守候在那里,为智慧的大神消除一切障碍。(21)恪守誓愿的大神在那里单足独立一千天年,烤热众天神。(22)

在这座雪山东边一个僻静的山坡,大苦行者破灭之子毗耶娑向学生们传授吠陀。(23)大福大德的苏曼度、护民子、大智者阇弥尼和苦行者拜罗。(24)大苦行者毗耶娑坐着,这几位学生围绕他。从引火木中诞生的苏迦灵魂纯洁,如同空中的太阳,看到父亲圣洁的净修林。(25)然后,毗耶娑看到儿子前来,周身闪耀如同火焰,如同太阳。（26）他看到儿子灵魂高尚，具有瑜伽力，不接触山上的树木岩石，如同离弦之箭飞来。（27）大牟尼引火木之子（苏迦）走近前来，拥抱父亲的双足，愉快地与大家团聚。（28）苏迦满怀喜悦，将自己与遮那迦的对话详详细细告诉父亲。（29）

这样，大牟尼破灭之子毗耶娑住在雪山山坡，继续向学生们和儿子苏迦传授吠陀。（30）有一天，学生们围坐在毗耶娑身旁。他们熟谙吠陀诵习，灵魂平静，控制感官。（31）他们精通所有吠陀和吠陀支，具有苦行威力。这些学生双手合十，对老师毗耶娑说道：（32）"我们已经获得极大的幸福和荣誉，现在，希望老师赐予一个恩惠。"（33）梵仙（毗耶娑）听了他们的话，说道："请说吧！我能为你们做什么好事？"（34）听了老师的话，学生们满怀喜悦，再次双手合十，向老师俯首行礼。（35）国王啊！他们一起对老师说道："如果老师高兴，我们就能得福，优秀的牟尼啊！（36）我们一致希望大仙赐予恩惠：不要让你的学生数目达到六个。请你开恩！（37）我们四个是你的学生，你的儿子是第五个，让吠陀依靠我们五个。这是我们盼望的恩惠。"（38）

破灭之子毗耶娑聪明睿智，通晓吠陀真谛，思考来世意义，以法为魂，听了学生们的话后，说了这些合理有益的话：（39）"谁想要永久居住梵界，他就应该经常向求学的婆罗门传授梵。（40）但愿你们传播吠陀，多多益善！但吠陀不能传授给非学生、不守誓愿者或灵魂不纯洁者。（41）应该如实了解这些学生的品质；不经过考察，决不能传授知识。（42）正如通过火烧、切割和摩擦检验纯金，应该考察学生的出身和品质。（43）你们不应该让学生无端陷入大恐怖。只有依据智慧，依据吟诵，知识才能生效。（44）让所有的人克服困难，让所有的人看到光明。向四种姓传授吠陀，而婆罗门优先。（45）相传诵习吠陀是件大事。自在天为了赞颂众天神而创造这些吠陀。（46）谁出于愚痴诽谤精通吠陀的婆罗门，毫无疑问，他对婆罗门怀有恶意，会遭受挫折。（47）不依据法则说话，不依据法则提问，这样的人就会离去或产生敌意。（48）我已经讲述学习吠陀的所有规则。你们应该这样对待学生，牢记在心。"（49）

以上是吉祥的《摩诃婆罗多》中《和平篇》第三百一十四章（314）。

三一五

毗湿摩说：

毗耶娑的学生们具有大威力，听了老师的话，满心喜欢，互相拥抱。（1）他们说道："老师的话对现在和未来都有益，我们要牢记心中，照着去做。"（2）他们能说会道，互相致意后，又向老师请求道：（3）"大牟尼啊！如果你同意，我们想要下山，在大地上传播吠陀。"（4）破灭之子毗耶娑听了学生们的话后，说了这些符合正法和利益的话：（5）"如果你们愿意，就去大地或天国吧！但是，你们要小心谨慎，因为梵（吠陀）很容易受到误解。"（6）得到说真话的老师准许，这些学生右旋绕行，向毗耶娑俯首致敬，然后离去。（7）他们到达大地后，成为四位祭官，为婆罗门、刹帝利和吠舍举行祭祀。（8）他们始终受到婆罗门尊敬，心情愉快，热爱家居生活，乐于为人祭祀和传授吠陀，光辉吉祥，举世闻名。（9）

学生们下山后，智慧的毗耶娑和儿子作伴，坐在僻静处，保持沉默，专心沉思。（10）大苦行者那罗陀在净修林中看到他，用甜蜜的话音对他说道：（11）"大仙啊！极裕后裔啊！梵声不响。你独自沉思，保持沉默，仿佛有什么心事。（12）缺少梵声，这座山就失去光彩，如同月亮蒙上尘土和黑暗，或者遭遇月蚀。（13）失去吠陀诵读声，这座山失去昔日光彩，即使充满神仙，也像尼沙陀（猎人）聚居地。（14）大光辉的仙人、天神和健达缚失去梵声，也都失去昔日光彩。"（15）

听了那罗陀的话，岛生黑仙（毗耶娑）说道："通晓吠陀学说的大仙啊！你说的这些话，（16）完全说到我的心里。请你继续说吧！你知道一切，洞察一切，对一切都充满好奇。（17）你关心三界中发生的一切，婆罗门仙人啊！请你盼咐，我能为你做什么？（18）请告诉我应该怎么做？梵仙啊！学生们离开后，我的心中感到不快活。"（19）

那罗陀说：

吠陀的污点是不吟诵，婆罗门的污点是不守誓愿，大地的污点是

波希迦人（贱民），妇女的污点是好奇。（20）你就和聪明的儿子一起诵习吠陀吧！用梵声驱散罗刹造成的恐怖的黑暗。（21）

毗湿摩说：

毗耶娑通晓至高正法，恪守诵习吠陀的誓愿，听了那罗陀的话，满怀喜悦，说道："好吧！"（22）于是，他和苏迦一起诵习吠陀，洪亮而准确的读音仿佛充满三界。（23）父子两人熟悉各种法则，就这样诵习吠陀。有一天，从海上刮来狂风。（24）毗耶娑劝阻儿子说："停止诵习。"苏迦受到劝阻，心生好奇。（25）他询问父亲道："婆罗门啊！这风来自哪里？请你说明风的一切行为。"（26）

听了苏迦的话，毗耶娑极其惊讶，向他解释不宜诵习的这种征兆：（27）"你已经具备天眼。你的心纯洁无瑕，安稳自如。你也已经摆脱忧性和暗性，立足善性。（28）你自己看到灵魂，犹如在镜中看到自己的影像。你立足灵魂，依靠智慧思考吠陀吧！（29）天神之路是毗湿奴之路，祖先之路是暗性之路。人死后走上这两条路，一条通向天国，一条通向下界。（30）风在地上和空中吹拂。我依次向你讲述风的七条道路。（31）众沙提耶神力大无比，他们的儿子难以战胜，名叫中气。（32）中气的儿子是上气，上气的儿子是行气，然后是下气，最后是元气。（33）元气没有子嗣，难以抗衡，焚烧敌人。我现在如实讲述它们各自的作用。（34）

"众生体内处处有风运转。由于这种呼吸作用，风也称作众生的生命。（35）在第一条道路上的第一种风名叫钵罗婆诃，它吹动烟雾和炎热产生的云群。（36）在空中，有乌云的湿气，有闪电的光辉。第二种风呼啸而行，名叫阿婆诃。（37）它永远促使月亮和其他星体升起。大仙们将人体内的这种风称作上气。（38）第三种风从四海摄取水，升入空中，又从云中摄取水。（39）然后，它将云和水交给雨神。这种优秀的风名叫优特婆诃。（40）一次又一次将一朵朵乌云汇聚成浓密的云，倾泻雨水。（41）忽而吹散，忽而聚拢，风声呼啸，为了保护众生，化而为云。（42）它在空中运送众天神的飞车。这第四种风名叫商婆诃，能摧毁山岳。（43）

"它快速强劲，富有破坏力；极其干燥，吸干一切水分，因此，空中无云。（44）它在空中发出怒吼，造成种种可怕的灾难。这第五种强大的风名叫毗婆诃。（45）它在空中运载天神的水，阻止空中恒河的圣水流下。（46）太阳以千道光芒照耀大地，由于它在远处干扰，只剩下一道光芒。（47）它也造成圣洁的甘露宝藏——月亮亏缺。这第六种优秀的快风名叫波利婆诃。（48）它在世界毁灭之时，夺走一切众生的生命。死神和太阳之子（阎摩）遵循它的道路。（49）用智慧观察一切，内心保持平静，热爱沉思，它让这样的人们达到不朽。（50）生主陀刹的一万个儿子遇到它，迅速到达各种方向的尽头。（51）由它创造和毁灭，一去不复回。这第七种风叫做波罗婆诃，至高无上，难以超越。（52）

"这些无比奇妙的风是阿底提的儿子。它们不停地吹拂，在天国游荡，运载一切。（53）一旦大风吹起，这座高山也会突然摇晃。这是伟大的奇迹。（54）这风是毗湿奴的呼吸，一旦快速呼出，整个世界都会猛烈震动，惊恐不安。（55）因此，通晓吠陀的人们在狂风大作时，停止诵习吠陀。吠陀惧怕风，会受到风的折磨。"（56）

破灭之子（毗耶娑）说完这些话。风停后，他嘱咐儿子诵习吠陀，自己前往空中恒河。（57）

以上是吉祥的《摩诃婆罗多》中《和平篇》第三百一十五章（315）。

三一六

毗湿摩说：

苏迦独自一人，坚持诵习吠陀，那罗陀前来求教吠陀的意义。（1）看到神仙那罗陀来临，苏迦按照吠陀规定的礼节，献上食品和水。（2）那罗陀高兴地说道："优秀的知梵者啊！我能为你做什么好事？孩子啊！"（3）听了那罗陀的话，婆罗多后裔啊！苏迦说道："请你告诉我这个世界的利益所在。"（4）

那罗陀说：

从前，一些灵魂纯洁的仙人想要了解真理，尊者永童对他们说了这些话：（5）没有可与知识相比的眼睛，没有可与知识相比的苦行，没有可与执著相比的痛苦，没有可与弃绝相比的幸福。（6）戒绝作恶，永远保持品德，行为端正，这是至高无上的善业。（7）获得痛苦的人身，依然执著和愚痴，这样的人不能摆脱痛苦。执著是痛苦的标志。（8）执著的人失去智慧，陷入愚痴的罗网，不能自拔，在今生和来世都遭受痛苦。（9）向往幸福的人应该采取一切办法抑制爱欲和愤怒，因为这两者竭力毁灭人的幸福。（10）始终应该保护苦行，免受愤怒损害；保护吉祥繁荣，免受妒忌损害；保护知识，免受褒贬损害；保护自我，免受懈怠损害。（11）仁慈是至高的正法，宽容是至高的力量，自我知识是至高的知识，没有比真理更高者。（12）宣说真理是好事，利益来自真理。我认为真理带给众生无穷的利益。（13）

摒弃一切行动成果，无愿望，无执著，摆脱一切，这样的人是真正的智者。（14）自己控制感官和感官对象，不执著，不变化，灵魂平静，沉思入定。（15）与自己的感官既在一起，又不在一起，不与它们合流，这样的人获得解脱，很快获得至高幸福。（16）与自己的感官在一起，却始终不观看，不接触，不说话，牟尼啊！这样的人获得至高幸福。（17）不伤害一切众生，善待一切众生。既然转生为人，就不要与人为敌。（18）一无所有，心满意足，无愿望，不烦躁，人们说这是通晓自我、控制自我者的至高幸福。（19）孩子啊！你要摒弃执著，控制感官，在今生和来世都达到无忧无虑的境界。（20）无贪欲的人不忧愁，你摒弃自己的贪欲吧！一旦摒弃贪欲，你就会摆脱痛苦和热恼。（21）

牟尼想要战胜不可战胜者，就应该坚持苦行，克制自己，约束自己，在执著中不执著。（22）在执著中不执著，始终喜欢独自隐居，他很快获得至高幸福。（23）在热衷对立的众生中，牟尼喜欢独处。你要知道他满足知识。而满足知识的人不忧愁。（24）依靠善业，转生为天神；善恶兼，有转生为人；犯有恶业，必定堕入地狱。（25）人永远受到衰老和死亡追逐，在轮回中受煎熬，你怎么还不觉醒？（26）以有害为有益，以无常为永恒，以虚妄为目标，你怎么还不觉醒？（27）犹如作茧自缚，你陷入自己制造的种种愚痴行为中，怎么还不觉醒？（28）

够了，再也不要执著！执著充满弊病，如同蚕作茧自缚。（29）人执著儿子、妻子和亲戚而消沉，如同林中大象陷入泥沼而衰竭。（30)请看，人陷入感情的罗网而痛苦，如同鱼儿陷入鱼网，被拽到陆地上。（31）亲戚、儿子、妻子、身体和积累的财富，一切都是外在之物，变化无常，自己的善业和恶业算什么？（32）你肯定要离去，抛弃这一切，那么，为何执著这些无用之物？为何不追求自己的目标？（33）你怎样独自走上黑暗艰险的旅途，没有休息场所，没有依靠，没有道路，没有国家？（34）你一路前行，后面没有人跟随，只有善业和恶业伴随你。（35）

知识、行动、勇气和广博的学问跟随追求目标的人，一旦达到目标，就获得解脱。（36）人们喜欢聚居，那是套上绳索。行善者斩断绳索，而作恶者斩不断绳索。（37）以色为堤岸，以心为流水，以触为岛屿，以味为波涛，以香为泥沼，以声为水，难以通往天国之路。（38）以宽容为桨，以正法为牢固的绳索，以弃绝为一路上的顺风，以智慧为船，用真理制成，才能渡过湍急的河流。（39）你要抛弃合法和非法，抛弃真实和虚假！抛弃真实和虚假后，抛弃借以抛弃的手段！（40）通过不思维，抛弃正法；通过不杀生，抛弃非法；通过智慧，抛弃真实和虚假；通过至高结论，抛弃智慧。（41）用骨骼支撑，用筋腱连接，用血肉涂抹，用皮肤包装，充满粪尿的臭味，（42）受衰老和忧愁侵袭，成为疾病的滋生地，软弱无力，充满忧性，变化无常，你要抛弃众生的这个寓所（身体）。（43）

这世界一切，动物和不动物，都由五大元素构成。大是极微（原子）。（44）五种感官，暗性、善性和忧性。十七谛总称为未显者。（45）五种感官对象是显现者，与未显者结合。二十五谛是显现者和未显者组成的性质。（46）具有所有这些，称之为人。其中有人生三要，苦和乐，生和死。（47）谁知道这些，他就知道产生和灭亡，破灭仙人后裔啊！应该通晓一切知识。（48）凡是能通过感官把握的肯定是显现者。未显者超越感官，只能通过它们的标志把握。（49）

感官得到控制，人就高兴满意，如同久旱逢雨。他看到灵魂遍及世界，世界就在灵魂中。（50）他能看到远近一切，看到知识没有界限，在任何时候和任何情况下，看到一切众生。（51）他与梵同一，不沾染任何恶业。他依靠知识摆脱愚痴造成的各种烦恼。在智慧照耀下，不会危害世界秩序。（52）通晓解脱的尊者说，自我中的灵魂无始无终，永恒不变，不是行动者，也无形体。（53）人由于自己从事种种行动，长期遭受痛苦，而为了消除痛苦，又一再杀生。（54）由于一再从事新的行动，又遭受痛苦，如同病人饮食不当。（55）由于愚痴，自以为快乐，不断从事行动，陷入痛苦，遭受折磨。（56）身受束缚，从事行动，如同车轮，在生死中来回转动，充满痛苦。（57）你摆脱了束缚，摆脱了行动，通晓一切，制服一切，但愿你获得成功，获得解脱。（58）依靠自制，依靠苦行的力量，许多人斩断新的束缚，获得成功，幸福不受阻碍。（59）

以上是吉祥的《摩诃婆罗多》中《和平篇》第三百一十六章（316）。

三一七

那罗陀说：

这种吉祥的经典消除忧愁，带来平静。听取后，获得智慧；获得智慧后，增长幸福。（1）数以千计的忧愁，数以百计的恐惧，每天侵袭愚者，而不侵袭智者。（2）因此，为了消除忧愁，你就听我讲述历史传说。只要智慧得到控制，就能消除忧愁。（3）与可憎者结合，与可爱者分离，智慧浅薄的人为此心中充满痛苦。（4）不必考虑已经逝去的事物的性质，这样，他就能摆脱感情束缚。（5）他应该随时察觉执著造成的错误，看到不合适的事情，就迅速摆脱。（6）无论利益、正法或荣誉，他不为过去的事情忧伤。纠缠这些不复存在的东西，它们也不会返回。（7）

众生忽而获得，忽而失去，每个人不必为这一切忧伤。（8）如果为过去的死亡或毁灭忧伤，只能痛上加痛，加倍痛苦。（9）依靠智慧，看到世界这样运转，就不会流泪。正视这一切，就不会流泪。（10）身体或思想遭受打击，无能为力，那就应该不去回想它。（11）治疗痛苦的良药就是不去想它。想它不能排除它，只能增强它。（12）身体的痛苦，用药物解除；思想的痛苦，用智慧解除。这是知识的力量。不要与愚者混同。（13）

青春、美貌、生命、积聚的财富、健康以及与可爱的人结合，变化无常，智者不会贪恋这些。（14）一个人不能为所有人的痛苦忧愁。

如果看到痛苦来临,他不应该忧愁,而应该对付。(15)毫无疑问,一个人活着,痛苦远远多于快乐。出于愚痴,人们沉溺感官对象,厌恶死亡。(16)抛弃痛苦和快乐这两者,达到无限的梵,智者们不为这样的人忧伤。(17)抛弃财富痛苦,保护财富痛苦,获取财富也痛苦,因此,不要为丧失财富忧愁。(18)人们一次又一次获得财富,不知满足,走向毁灭。而智者心满意足。(19)

一切积聚以崩溃告终,一切高位以坠落告终,一切结合以分离告终,一切生命以死亡告终。(20)渴求没有尽头,知足是最高幸福,因此,智者以知足为财富。(21)我们在人生路上行走,一刻也不停留,连自己的身体都变化无常,还有什么永久的东西值得留恋?(22)想到众生的不幸,知道超越黑暗的至高者,这样的人不忧愁,走完人生旅程,找到至高归宿。(23)死神带走忙于积聚财富、不知满足的人,犹如老虎叼走牲口。(24)

应该寻找摆脱痛苦的方法。不必忧愁,而应该约束自己,不沾染恶习。(25)无论富人或穷人,没有比声、触、色、香和味更高的享受。(26)在结合之前,人人安然无恙,没有痛苦,因此,保持本性,在分离之后,也不要忧伤。(27)依靠意志守护口腹和生殖器,依靠眼睛守护手足,依靠思想守护眼睛和耳朵,依靠知识守护语言。(28)不在乎赞扬和贬斥,不妄自尊大,这样的智者是幸福的人。(29)摒弃贪欲,心不旁骛,热爱灵魂,与灵魂作伴,这样的人会获得幸福。(30)

以上是吉祥的《摩诃婆罗多》中《和平篇》第三百一十七章(317)。

三一八

那罗陀说:

快乐和痛苦变化无常,智慧、修养和勇气都无法加以阻挡。(1)依靠自己的本性,勤奋努力,不要消沉,让可爱的自我摆脱衰老、死亡和病痛。(2)肉体和精神的病痛侵害身体,如同强弓手发射利箭。(3)充满求知欲,渴望长寿,承受折磨,胆战心惊,不由自主,身体走向毁灭。(4) 犹如河水奔腾向前不复回,日日夜夜带走人的寿命。(5)黑半月和白半月永远交替出现,一刻不停催促活人衰老。(6) 永不衰老的太阳每天升起和落下,消耗众生的快乐和痛苦。(7) 黑夜带走人们命中注定和意外获得的、称心或不称心的一切。(8)

如果行动的成果不依赖他者,人能如愿达到自己的目的。(9) 一些人控制感官,聪明能干,但缺乏行动,也不能获得成果。(10) 而有些人愚蠢,缺德,低贱,却意外地实现一切愿望。(11) 有的人经常伤害众生,欺骗世人,却享尽各种快乐。(12) 有的人坐着不动,照样享福,而有的人忙忙碌碌却得不到应有的果实。(13)

你就说这是人类天生的错误吧!精子生成,前往别处。(14) 进入子宫后,或者成胎,或者不成胎,如同有的芒果树开花不结果。(15)有些人渴望生育儿子,传宗接代,但竭尽努力,也毫无结果。(16)而有些人惧怕生育,如同惧怕发怒的毒蛇,即使父亲衰弱如同死尸,却生出长命儿子。(17) 可怜的人们渴求儿子,祭祀天神,修炼苦行,怀胎十月后,生出一个败家子。(18) 其他一些依靠吉祥方式活动的儿子生来就享受父亲积聚的大量财富和粮食。(19)

男女互相接触交欢,一旦子宫怀胎,犹如灾难降临。(20) 无力的胎儿与母体一起受难;母亲呼吸短促,胎儿的肉和黏液蠕动。(21) 母体一有动静,胎儿就受折磨,犹如船上叠船,一起沉没。(22) 一滴没有知觉的精子在交欢时进入腹中,你认为胎儿凭什么能活下来?(23)吃下的食物和喝下的饮料在腹中消化,为何胎儿在腹中不像食物那样消化?(24) 胎儿和粪尿的处境都受本性制约,或停留,或释放,不能自主。(25) 有些胎儿流产,有些胎儿生下,有些遭遇不测而毁灭。(26) 由于男女结合,生命产生。生命又繁衍后代,陷入各种对立之中。(27)

百岁寿命活到第七或第十阶段,不到一百岁,就化为五大元素。(28)人受疾病折磨,犹如弱小动物受老虎折磨,毫无疑问,无力反抗。(29) 受疾病折磨的人即使花费大量钱财,医生竭尽全力,也不能解除他的痛苦。(30) 即使那些精通药草、医术高明的医生,也受疾病折磨,犹如动物受猎人折磨。(31) 即使喝各种药水和酥油,身体依旧衰老倒下,犹如大象遭到更凶猛的大象侵袭。(32) 在这大地上,有谁为患病的鸟兽、猛兽和穷人治疗?它们通常不成为病人。(33)疾病甚至征服威力可怕、难以抗衡的国王,犹如猎人捕获野兽。(34)

世人充满愚痴和忧愁,甚至来不及发出一声呼喊,就突然被强大的洪流卷走。(35)即使依靠财富、王国或严酷的苦行,肉身之人也不能超越自己的本性。(36)如果所有的人能实现一切愿望,那么,就不会衰老,不会死亡,如愿获得成果,不会看到不如意的事。(37)所有的人都想步步高升,凌驾世界之上,但竭尽全力,也不能如愿。(38)狡诈、凶残和强悍的人们酗酒疯狂,崇拜醉心权力的狂人。(39)有些人灾难尚未露头就已消失,而有些人始终一无所获。(40)同样从事行动,结果迥然有别。有些人抬轿子,而有些人坐轿子。(41)人人都盼望荣华富贵,有些人出行有车,妻妾成百,而世上的寡妇也数以百计。(42)

在热衷对立的众生中,有些人独来独往。你要看到至高者,不要陷入愚痴。(43)你要抛弃合法和非法,抛弃真实和虚假!抛弃真实和虚假后,抛弃借以抛弃的手段!(44)我已经告诉你这个至高的秘密,优秀的仙人啊!众天神依靠这个秘密,抛弃人世,升入天国。(45)

毗湿摩说:

苏迦具有至高智慧,意志坚定,听了那罗陀的话后,经过思考,仍然不能得出结论。(46)有儿子和妻子,带来大烦恼。要付出艰苦努力,才能掌握知识和经典。但是,较少烦恼和较大成就的永恒境界是什么?(47)他通晓远近高低的一切,思考了一会儿,以确定自己达到至高幸福的途径:(48)"我怎样不受污染,摆脱烦恼,达到至高归宿,不再投入生死轮回之海?(49)我向往不再返回的至高境界,抛弃一切执著,确定思想的归宿。(50)我要达到那种境界,让我的灵魂保持平静,让我不灭、不变和永恒。(51)除非修习瑜伽,我不能达到这种至高归宿,因为解脱者不受各种行为束缚。(52)因此,我要依靠瑜伽,抛弃寄居的身体,与风合一,进入光辉灿烂的太阳。(53)

"太阳永不衰弱,不像苏摩(月亮)和众天神坠落地上,又升入天国。月亮经常盈亏圆缺。(54)太阳以它的炽热光辉照耀世界。它摄取万物的能量,永远保持日轮圆满。(55)因此,我喜欢进入光辉灿烂的太阳。在那里,我的灵魂摆脱执著,难以抗衡。(56)我要抛弃这个身体,住在太阳中。我将和仙人们一起,进入不可抗衡的太阳的光辉中。(57)我告别树木、大象、山岳、大地、方位、天空、天神、檀那婆、健达缚、毕舍遮、蛇和罗刹。(58)毫无疑问,我将进入世界一切众生。请众天神和众仙人目睹我的瑜伽威力吧!"(59)

然后,苏迦向举世闻名的那罗陀告别。得到允许后,他回到父亲那里。(60)他向灵魂高尚的岛生黑仙(毗耶娑)致敬,右旋行礼,问候父亲。(61)灵魂高尚的仙人(毗耶娑)听了苏迦的话,高兴地说道:"儿子啊!你今天就留在这儿吧!让我看着你,大饱眼福。"(62)苏迦心不在焉,没有听进去。他已经摆脱亲情,一心追求解脱,想着出走。这位婆罗门俊杰离别父亲,动身出发。(63)

以上是吉祥的《摩诃婆罗多》中《和平篇》第三百一十八章(318)。

三一九

毗湿摩说:

毗耶娑之子(苏迦)登上山脊,在一处无草僻静的平地上坐下,婆罗多后裔啊!(1)这位大牟尼通晓瑜伽步骤,按照经典从脚到全身肢体逐步控制灵魂。(2)这位智者在太阳尚未升起之时,就面朝东方,固定手脚,谦恭地坐着。(3)没有鸟群侵扰,没有声音,也没有景观,聪明的毗耶娑之子(苏迦)逐步进入瑜伽。(4)苏迦看到灵魂摆脱一切执著。他凝望着太阳,露出笑容。(5)他继续依靠瑜伽,通向解脱之路。他成为大瑜伽行者之主,超越空间。(6)

然后,他向大仙人那罗陀右旋致敬,报告自己的瑜伽状况:(7)"我已经看到道路,以苦行为财富的人啊!祝你幸运!承蒙你的恩惠,我将获得称心的归宿,大光辉者啊!"(8)得到那罗陀的允许,他向这位仙人致敬后,又依靠瑜伽,进入空中。(9)吉祥的毗耶娑之子(苏迦)目标明确,从盖拉娑山脊升空,在空中飞行。(10)一切众生

看到这位优秀的婆罗门升空,光辉如同金翅鸟,速度如同思想和风。(11)

他如同火和太阳,行进在神圣的道路上,思索着三界一切,满怀信心。(12)一切众生,动物和不动物看到他一心一意向前飞行,镇定自若,无所畏惧。(13)他们按照礼仪尽力向他表示敬意。天国居民们为他洒下神圣的花雨。(14)所有的健达缚和天女都惊讶地望着他。成就卓著的仙人们也惊讶不已:(15)"这个人是谁?苦行获得成功,在空中飞行。他身体垂直,面朝上,受到众多目光凝视。"(16)三界闻名的苏迦灵魂无限坚定,保持沉默,凝望太阳,向东飞行。他的飞行之声仿佛充满整个空间。(17)国王啊!众天女看到他突然飞来,惊讶不已,心慌意乱。以五髻为首,天女们个个睁大眼睛,说道:(18)"这是哪位神灵?他追求崇高归宿,目标明确,来到这里,仿佛摆脱一切欲求。"(19)

然后,他飞抵摩罗耶山。优哩婆湿和补卢吉蒂经常住在这里。她俩看到这位梵仙之子,惊讶不已,说道:(20)"哦!这个热爱诵习吠陀的婆罗门专心致志,像月亮那样漫游天空。他孝顺父亲,获得至高无上的成就。(21)他忠于父亲,严格修炼苦行,是父亲的爱子。充满挚爱的父亲怎么会舍得放走他?"(22)苏迦通晓至高正法,听了优哩婆湿的话,思考她的话,眼观四面八方。(23)他观看天空、大地、山岳、森林、园林、湖泊和河流。(24)所有的天神双手合十,满怀敬意,凝望着岛生之子(苏迦)。(25)苏迦通晓至高正法,对他们说道:"如果父亲追赶我,呼喊我的名字苏迦,(26)请诸位一起作出回应。出于对我的同情,请你们同意我的请求。"(27)听了苏迦的话,所有的方位、森林、园林、大海、河流和山岳一起回答道:(28)"婆罗门啊!就按照你吩咐的办吧!我们会回应你父亲的呼唤。"(29)

以上是吉祥的《摩诃婆罗多》中《和平篇》第三百一十九章(319)。

三二〇

毗湿摩说:

大苦行者、梵仙苏迦说完这些话,依靠自己的成就,脱离世界四类众生。(1) 脱离八种暗性，脱离五种忧性，然后脱离善性，仿佛出现奇迹。(2) 于是，他达到永恒的梵的境界，没有性质，没有标志，犹如无烟的火焰。(3) 刹那间，彗星坠落，四面八方燃烧，大地摇晃，仿佛出现奇迹。(4) 树木失去树枝，山岳失去峰尖，伴随着轰鸣声，仿佛雪山崩塌。(5) 千道光芒的太阳不放光，火焰不闪耀，湖泊、河流和大海汹涌澎湃。(6) 众婆薮洒下有味和有香的雨水，纯洁的风吹拂，传送神奇的芳香。(7)

雪山和弥卢山的顶峰互相连接，一座金黄，一座银白，美丽无比。(8) 每座高一百由旬，阔一百由旬，婆罗多后裔啊！苏迦飞向北方时，看到这两座可爱的顶峰。(9) 他心中毫不犹豫，照样向前飞去，这两座顶峰立即分开，大王啊！这景观仿佛是奇迹。(10) 他迅速通过这两座山峰。高山没有挡住他的去路。(11) 所有的天国居民、健达缚、仙人和山上的居民在空中发出巨大的欢呼声。(12) 看到苏迦飞过裂为两半的山峰，到处响起"好啊！好啊！"的欢呼声，婆罗多后裔啊！(13) 他受到所有天神、健达缚、仙人、药叉、罗刹和持明的崇敬。(14) 苏迦一路飞行，空中到处飘洒天国的鲜花，大王啊！(15) 苏迦以法为魂，凌空飞行，看到可爱的曼陀吉尼河，沿河有鲜花盛开的树林。(16) 许多可爱的天女在这条河里游戏和沐浴。她们裸着身体，看到苏迦纯洁无邪，而不感觉羞涩。(17)

父亲知道儿子出行，满怀慈爱，沿着空中之路，在后面追赶。(18) 苏迦进入高于风的空中之路，展示自己的瑜伽威力，与一切合一。(19) 大苦行者（毗耶娑）运用绝妙的大瑜伽，眨眼之间就沿着苏迦的道路前进。(20) 他看到苏迦路过而裂为两半的山峰，听到众仙人赞扬他的儿子的事迹。(21) 父亲哀声呼唤儿子苏迦，悠长的声音在三界回响。(22) 以法为魂的苏迦已经与一切合一，以一切为魂，面向一切，发出"哦"声应答。(23) 随即，整个世界的动物和不动物发出高昂的单音节"哦"声应答。(24) 从那时直到今天，在山洞中或山脊上，仿佛还发出高昂的"哦"声，响应苏迦。(25)

那时，苏迦展示他的瑜伽威力，隐身消失，摒弃声等等性质，达到至高境界。(26) 看到儿子威力无限，确实伟大，毗耶娑沮丧地坐在山坡上，思念儿子。(27) 在曼陀吉尼河畔游戏的众天女遇见这位仙人，全都心慌意乱。（28）看到这位牟尼，有些天女藏入水中，有些天女躲进树丛，有些天女披上衣服。（29）这位牟尼明白儿子已经获得解脱，而自己依然处在执著中，因此，他既高兴，又惭愧。（30）

尊神商迦罗（湿婆）手持三叉戟，由众天神和众健达缚围绕，受到众大仙崇敬，走近前来。（31）这位大神抚慰为儿子忧伤悲痛的岛生黑仙（毗耶娑），说道：（32）"以前，你请求我恩赐一个儿子，威力如同火、地、水、风和空。（33）你修炼苦行，生下这样一个纯洁的儿子，具有我的威力，由梵的光辉构成。（34）他达到至高归宿。如果不控制感官，即使天神也难以达到这种归宿，婆罗门仙人啊！你为何为他忧伤？（35）只要高山依然屹立，只要大海依然存在，你和儿子的名声就不会衰落。（36）大牟尼啊！由于我的恩惠，在这世上，你将永远看到你的儿子的影子，不离你的身边。"（37）

在尊神楼陀罗（湿婆）的指导下，牟尼在身边看到这个影子，欣喜至极，婆罗多后裔啊！（38）按照你的询问，我已经详细讲述苏迦的诞生和归宿，婆罗多族雄牛啊！（39）以前，神仙那罗陀和大瑜伽行者毗耶娑多次在谈话中告诉我这个故事，国王啊！（40）这个圣洁的历史传说蕴含解脱法真谛，谁专心听取，他就能达到至高归宿。（41）

以上是吉祥的《摩诃婆罗多》中《和平篇》第三百二十章（320）。

三二一

坚战说：

家居者、梵行者、林居者或乞食者想要获得成功，应该祭供哪位神？（1）怎样获得永恒的天国？怎样获得至高的幸福？怎样祭供天神和祖先？（2）解脱者的归宿是什么？解脱的性质是什么？怎样才能不从天国坠落？（3）谁是神中之神？谁是祖先中的祖先？谁是至高者？请告诉我，祖父啊！（4）

毗湿摩说：

你善于提问，无罪的人啊！你提了一个深奥的问题。它不能依靠思辨解答,即使花费一百年。(5)除非获得天神的恩惠或者运用经典知识,国王啊!才能解答这个深奥的问题,杀敌者啊!(6)在这方面,人们引用一个古老的传说,那是那罗陀和仙人那罗延的对话。(7)我的父亲说,永恒的那罗延是宇宙的灵魂,是正法的儿子,有四个形体。(8)大王啊!这就是圆满时代自生摩奴时期的那罗、那罗延、诃利和黑天。(9)

永恒不灭的那罗延和那罗乘坐金车,到达枣树净修林,修炼苦行。(10)这辆可爱的金车由五大元素组成,有八个车轮。这两位正法之子是最初的世界保护主,身体瘦削。(11)由于具备苦行和威力,众天神也难以凝视他俩,惟有获得恩惠,才能见到他俩。(12)那罗陀热爱他俩,在内心驱动下,从大弥卢山顶降落到香醉山上。(13)他漫游一切世界,很快到达这个伟大的地方——枣树净修林,国王啊!(14)他俩正在举行日间仪式,那罗陀充满好奇,心想:"这是一切世界的根据地。(15)一切世界包括天神、阿修罗、健达缚、仙人、紧那罗和蛇。四个形体原先是一个形体。(16)这位大神通过四个形体繁衍正法家族。多么奇妙!如今正法受到那罗、那罗延、诃利和黑天这四位大神保护。(17)黑天和诃利曾经住在这里。现在,这两位崇尚正法者也在这里修炼苦行。(18)他俩是至高的庇护,还在举行什么日间仪式?他俩是一切众生的祖先和神,声誉卓著,智慧博大,还在祭供哪位神或哪位祖先?"(19)

那罗陀心中这样想着,满怀对那罗延的崇敬,突然间出现在这两位大神身旁。(20)他俩完成对天神和祖先的祭供,看到那罗陀,按照经典规定的礼仪向他表示敬意。(21)目睹这种前所未见的奇迹,可敬的仙人那罗陀高兴地坐下。(22)他内心喜悦,凝视着那罗延,向这位大神致敬,说道:(23)"你在吠陀、往世书和吠陀支中受到赞颂。你是创造主,不生,不死,永恒,至高无上。过去和未来,世界的一切都依靠你。(24)你具有各种形体,大神啊!以家居生活为根基的所有四种生活阶段,每天都祭供你。(25)你是一切世界永恒的父母和老师,我们不知道你还在祭供哪位神和哪位祖先?"(26)

尊神说:

应该说这是不可言说的、永恒的自我秘密,婆罗门啊!考虑到你的虔诚，我就如实告诉你。（27）它微妙，不可思议，不显现，不动，稳定，摆脱感官、感官对象和一切元素。（28）它是一切众生的内在灵魂，称作"知领域者"。它超越三性，称作"原人"。由它产生具有三性的未显者（原初物质），婆罗门俊杰啊！（29）永恒不灭的原初物质本身不显现，而居于显现者中。你要知道，这种原初物质是我俩的来源。灵魂具有存在和不存在性，作为神和祖先，受到我俩祭供。（30）没有比它更高的神、祖先或婆罗门。我俩知道它是灵魂，因而祭拜它。（31）

维持世界的法则由它确定，婆罗门啊！它教导我们应该祭供神和祖先。（32）梵天、斯塔奴、摩奴、陀刹、婆利古、正法、苦行、自制、摩利支、鸯耆罗、阿多利、补罗斯迭、补罗诃和迦罗都，（33）极裕、最上者、毗婆薮、苏摩、迦尔陀摩、迦娄陀和维格利多。（34）相传，这二十一位生主都崇拜这位大神的永恒法规。（35）优秀的婆罗门如实知道它是永恒的神和祖先，然后知道获得自我（灵魂）。（36）那些具有形体的天国居民都崇敬它，依靠它的恩惠，达到它指定的归宿。（37）

摆脱十七种性质和各种行动，摒弃十五种成分，这样的人肯定获得解脱。（38）解脱者的归宿称作"知领域者"。婆罗门啊！它居于一切，没有性质。（39）只有依靠智瑜伽才能看到它。我俩源自它。我俩知道这些，因而祭供永恒的灵魂。（40）各种吠陀和生活阶段具有不同的形态，但都虔诚地崇拜这位原始者，它为所有人提供归宿。（41）在这世上，受它熏陶的人立足唯一性，成为优秀者，从而进入它。（42）那罗陀啊！由于你对我们的虔诚和热爱，婆罗门仙人啊！我告诉了你这个秘密。（43）

以上是吉祥的《摩诃婆罗多》中《和平篇》第三百二十一章（321）。

三二二

毗湿摩说：

人中俊杰那罗陀听了至高原人那罗延说的这些话，又向造福世界的人中俊杰那罗延说道：（1）"正法之子啊！为了造福世界，你出生在正法之屋，具有四个形体，但愿你的目的实现！现在，我要去看你的原始本性。（2）世界保护者啊！我诵习吠陀，修炼苦行，不说谎话，始终尊敬老师，不泄漏别人的秘密。（3）我按照经典守护四门（手、足、腹和生殖器），始终对敌人和朋友一视同仁。我始终一心一意寻求这位原始之神庇护。依靠这些功德，我的身心获得净化。为何我不能见到这位无限的主人？"（4）沙特婆多法则保护者那罗延听了最上者之子那罗陀的话，按照自己确立的礼仪，向他表示敬意，说道："你就去吧！"（5）

最上者之子（那罗陀）向这位古老的仙人（那罗延）致敬后，动身出发。他腾入空中，速度飞快，顿时抵达弥卢山。（6）这位牟尼在弥卢山顶一个僻静之处休息片刻后，眺望西北方向，看到奇妙的景象。（7）在乳海边，有一座辽阔的白岛，智者们说距离弥卢山有三万两千由旬。（8）岛上的居民超越感官，不吃食物，不眨眼，遍体芳香，肤色白净，摆脱一切罪恶，驱逐作恶者投来的眼光。（9）他们具有金刚骨和金刚身，对荣辱一视同仁，看似神的子孙，具有吉祥的本质，头似华盖，声似行云流水，具有四个莲花标志，脚底有百条纹路。（10）他们有六十颗白牙，八颗门牙，用许多舌头舔着灿若太阳的脸庞。（11）那位神受到虔信而展现一切。一切世界，吠陀、正法、平静的牟尼和所有天神都源自它。（12）

坚战说：

他们超越感官，不吃食物，不眨眼，遍体芳香。这些人是怎样产生的？他们的至高归宿是什么？（13）那些在这世获得解脱的人，是不是就像这些白岛居民一样？婆罗多后裔啊！（14）我好奇心切，请你解除我的疑惑。你通晓一切故事，我们仰仗你。（15）

毗湿摩说：

我从父亲那里听到这个长篇故事，国王啊！我应该讲给你听，因为它是故事中的精华。（16）有位大地之主名叫优波离遮罗，是因陀罗的朋友，以虔信那罗延和诃利而闻名。（17）他遵行正法，一向虔诚，不知疲倦地祭供祖先。由此，他获得那罗延的恩惠，统治大地。（18）他按照太阳神制定的沙特婆多规则，首先祭供神中之神，然后用剩食祭供诸位祖先。(19) 接着,用祭供祖先的剩食供奉婆罗门,并让侍从们分享。他自己吃剩食,言而有信,不伤害一切众生。他以全副身心虔诚崇拜神中之神遮那陀那。(20)

看到他虔诚崇拜那罗延,杀敌者啊!天王帝释天让他分享自己的床榻和座位。(21) 他经常认为包括自己在内,王国、财富、妻子和车马,这一切都属于尊神。(22) 他按照沙特婆多规则,经常专心致志,举行一切临时和定时的至高祭祀。(23) 在他的家中,那些灵魂高尚、精通五夜①礼仪的优秀婆罗门总是按照尊神的规定,首先享用食物。(24) 他依法统治王国,消灭敌人,不说谎话,不怀恶意,身体也不犯哪怕是极其微小的错误。(25)

以妙髻闻名的七位牟尼思想一致,共同宣示至高经典。(26) 这七位妙髻是摩利支、阿多利、鸯耆罗、补罗斯迭、补罗诃、迦罗都和大光辉的极裕。(27) 这是七位原初牟尼,自生摩奴是第八位。他们维持世界,确定经典。(28) 这些牟尼善于克制自己,凝思静虑,思考世界,认为这是至福,这是梵,这是最高利益,就这样创作经典。(29) 他们说明正法、利益、爱欲和解脱,确定天上和人间的各种规范。(30)

他们和众仙人一起,修炼一千天年的苦行,取悦大神诃利和那罗延。(31) 遵循那罗延的盼咐,语言女神娑罗私婆蒂为了整个世界的利益,进入这些牟尼。(32) 于是,这些精通苦行的婆罗门创造出音义和谐的最早经典。(33) 仙人们首先将这部装饰有"唵"音的经典念给仁慈的尊神听。(34) 至高原人(那罗延)高兴满意。这位尊神没有显身而不可见,他对众仙人说道:(35)

"你们创作了这一万首偈颂,整个世界的运行法则从中产生。(36) 它们与阿达婆和安吉罗们喜爱的梨俱、夜柔和娑摩吠陀一起,将成为入世法和出世法的源泉。(37) 以此为准则,我创造了源自恩惠的梵天,源自愤怒的楼陀罗,还有你们这些原初婆罗门。(38) 我创造了太阳、月亮、风、地、水和火,所有的星宿和众生。(39) 生活在各自领域的宣梵者都以这部崇高的经典为准则。(40)

---

① 五夜是一种毗湿奴教派的名称。

"按照我的命令,它将成为准则。自生摩奴将依据它亲自宣示正法。(41)一旦优沙那和毗诃波提出现,他俩也会宣示你们创作的经典。(42)自生摩奴的法论,优沙那的经典,毗诃波提的学说,都会在这世上流行。(43)以后,保护众生的婆薮王(优波离遮罗)也会从毗诃波提那里获得你们的经典,诸位优秀的婆罗门啊!(44)这位国王受我熏陶,虔诚地崇拜我。他会在这世上按照这部经典中的经典从事一切活动。(45)它称得上是一切经典中的经典,合乎道理,合乎正法,享有崇高声誉。(46)随着这部经典的流传,你们的后代得以繁衍。这位伟大的婆薮王也会吉祥繁荣。(47)只要这位国王在世,这部经典仍会流行,一旦他死去,这部经典就会消失。这是我告诉你们的实话。"(48)

不可见的至高原人(那罗延)说完这些话,就离开这些仙人,不知去向。(49)然后,这些思索一切世界意义的世界祖先们传播这部经典,使它成为永恒的正法的源泉。(50)在圆满时代,毗诃波提出生在鸯耆罗族,它们便把这部经典连同吠陀支和奥义书托付给他。(51)他们为了维持一切世界而传播一切正法,现在前往自己愿意去的地方,决心修炼苦行。(52)

以上是吉祥的《摩诃婆罗多》中《和平篇》第三百二十二章(322)。

三二三

毗湿摩说:

大劫过去,鸯耆罗的儿子(毗诃波提)出生,成为众天神的祭司,众天神感到高兴。(1)巨大、梵和伟大是同义词,国王啊!智者毗诃波提具备这些品质。(2)婆薮王优波离遮罗是他的优秀学生。毗诃波提教给他妙臂们创作的这部经典。(3)婆薮王遵照神圣的规则保护大地,犹如因陀罗保护天国。(4)灵魂高尚的婆薮王举行盛大的马祭,老师毗诃波提担任祭官。(5)生主(梵天)的三个儿子即三位大仙埃迦多、特维多和特利多担任监督。(6)达努夏刹(弓目)、雷毗耶(吟赞)、阿尔伐婆薮(近财)、波罗婆薮(远财)、仙人梅达底提

615

和大仙人丹迪耶。（7）仙人舍格提、大福大德的吠陀希罗和夏利何德罗的祖父、最优秀的仙人迦比罗。（8）祖师迦吒、护民子的兄长泰帝利、干婆和提婆何德罗，总共十六位，承担大祭的一切事务，国王啊！（9）

婆薮王在大祭中坚持不屠宰牲畜。他身心纯洁，不杀生，不卑微，履行职责，不怀抱愿望。他按照森林书的规定提供谷物祭品。（10）古老的神中之尊神对他满意，向他显身，而别人看不见。（11）大神诃利梅达斯（那罗延）嗅到香味，亲自取走自己的一份祭品，而别人看不见。（12）毗诃波提怒不可遏，突然举起祭勺，向空中猛烈挥舞，流着眼泪，（13）对优波离遮罗说道："我安排的这份祭品，毫无疑问，大神应该亲自当着我的面取走。（14）众天神来到这里都显身取走祭品，为什么诃利大神来到这里不显身？"（15）大地保护者婆薮大王和众祭司一起安抚这位发怒的牟尼。（16）他们镇静地对他说道："你不应该发怒。发怒不符合圆满时代的正法。（17）这位取走祭品的大神毫无怒气，毗诃波提啊！你和我们都不能看见他。只有获得他恩宠的人才能看见他。"（18）

埃迦多、特维多和特利多说：

众所周知，我们是梵天心中出生的儿子，曾经前往北方寻求至福。（19）我们修炼了四千年严厉的苦行，像木桩那样单足独立，沉思入定。（20）在弥卢山北，乳海岸边，我们修炼最严酷的苦行，心想："我们怎样能见到大神那罗延？"（21）苦行完成后，传来无形的话音："诸位婆罗门啊！你们修炼严格的苦行，内心充满喜悦。（22）你们虔诚地盼望见到那位大神。在乳海北边，有一座光辉灿烂的白岛。（23）那里的居民肤色如同月光，虔信那罗延，一心一意崇拜这位至高原人。（24）他们进入这位永恒的千光之神，超越感官，不吃食物，不眨眼，遍体芳香。（25）白岛的居民信仰唯一的神，诸位牟尼啊！你们去那里吧！我在那里展现自己。"（26）

我们听了这无形的话音，按照它指点的道路，到达那个地方。（27）到达辽阔的白岛，我们一心想着，渴望见到他。然而，我们的视野出现障碍。（28）我们的视力被他的光辉夺走，看不到这位原人。随后，我们获得源自神瑜伽的知识：（29）苦行不足的人不能直

接见到他。于是，我们又继续修炼一百年大苦行。(30)

苦行完成后，我们看到那些俊美的人，肤色白净似月光，具有一切吉祥标志。(31) 他们经常双手合十，面向东方和北方，默祷梵。这些灵魂高尚的人们默祷的祷词名为心祷。他们专心致志，诃利高兴满意。(32) 牟尼之虎啊！他们每个人的光辉如同世界毁灭之时太阳的光辉。(33) 我们确信这个岛是光辉之岛。他们每个人都具有同等的光辉。(34)

然后，我们突然看到升起一道光芒，亮度如同一千个太阳，毗诃波提啊！(35) 他们一起跑向那道光芒，双手合十，兴奋地呼叫着"致敬！"(36) 他们含着热泪，发出阵阵欢呼，向那位大神供奉祭品。(37) 而这位大神的强烈光辉顿时夺走我们的神志、视力和感觉，我们什么也看不见。(38) 我们只能听到不断发出的欢呼声："祝你胜利！莲花眼啊！向你致敬，万物之主啊！(39) 向你致敬，感官之主啊！伟大的原人啊！"我们听到的这些欢呼声发音清晰正确。(40) 同时，纯洁的风吹拂，传送一切芳香，吹来祭祀用的圣花和药草。(41) 这些居民信仰唯一的神，通晓五时礼仪①，聚在一起祭供诃利。而我们受到大神幻力迷惑，只能听到欢呼声，而不能看到他。(42)

然后，风停息，祭供结束，而我们心中充满焦急，鸯耆罗族俊杰啊！(43) 在数以千计的出身纯洁的居民中，没有人注意我们，或者用眼神向我们表示敬意。(44) 这些牟尼安适自如，恪守唯一性，遵奉梵性，不关心我们。(45) 我们因修炼苦行而疲乏憔悴。这时，空中一位无形的存在对我们说道：(46) "你们看到的这些人摆脱一切感官束缚，诸位婆罗门俊杰啊！只有他们能看到神中之主。(47) 诸位牟尼啊！你们马上返回原地吧！不虔诚的人绝不可能看到这位大神。(48) 只有经过长期努力达到唯一性的人，才能看到这位灿若太阳的尊神。(49) 你们要履行重大的职责，诸位婆罗门俊杰啊！在圆满时代过去后，会出现变异。(50) 到了第七摩奴的三分时代，诸位婆罗门啊！为了完成事业，你们会成为众天神的助手。"(51)

听了这番奇妙的话，苏摩波（毗诃波提）啊！我们蒙受他的恩

---

① 五时礼仪指每天举行五次祈祷仪式。

惠,很快按照自己的心愿返回原地。(52)我们严格修炼苦行,供奉祭品,也不能看到这位大神,你怎么能看到?那罗延是伟大的存在,创造世界,享受祭品。(53)

毗湿摩说:

埃迦多的话得到特维多和特利多的赞同,其他祭司也一起劝慰,智慧博大的毗诃波提继续执掌祭祀,祭供大神。(54)祭祀完成后,婆薮王保护众生,升入天国。后来,他受到婆罗门的诅咒,又从天国坠落地下。(55)即使坠落地下,他依然热爱正法,虔信那罗延,默祷那罗延。(56)他再次获得那罗延恩宠,从地下直接升入梵界,达到至高归宿。(57)

以上是吉祥的《摩诃婆罗多》中《和平篇》第三百二十三章(323)。

三二四

坚战说:

婆薮大王虔信尊神,怎么会从天国坠落,栽进地缝中?(1)

毗湿摩说:

在这方面,人们引用一个古老的传说,那是众仙人和众天神的对话。(2)众天神对婆罗门俊杰们说道:"应该用阿阇祭祀。阿阇是指山羊,不是别的牲畜。"(3)

众仙人说:

按照吠陀经典,应该用谷子祭祀。谷子称作阿阇,你们不应该杀害山羊。(4)杀害牲畜,这不是善人的正法,众天神啊!现在是圆满时代,怎么能杀害牲畜?(5)

毗湿摩说:

正当众仙人和众天神发生争论时,王中俊杰婆薮途经那里。他带着所有军队和车马,在空中行进。(6)看到婆薮从空中来到,众婆罗门对众天神说道:"他能为我们解除疑惑。(7)这位婆薮大王举行祭祀,慷慨布施,热心为一切众生谋福利,他怎么会说虚妄不实之言?"(8)众天神和众仙人一致同意,立即走近婆薮王,询问道:(9)

"国王啊！应该用山羊还是应该用药草祭祀？请你解除我们的疑惑。我们以你的说法为准。"（10）婆薮双手合十，询问他们："你们如实告诉我，哪一方持有哪种看法？"（11）

众仙人说：

我们一方认为应该用谷物祭祀，国王啊！而众天神一方认为应该用牲畜祭祀。请你明断！（12）

毗湿摩说：

知道了众天神的看法，婆薮偏袒众天神一方，说应该用山羊祭祀。（13）看到婆薮偏袒众天神一方，灿若太阳的众牟尼愤怒地对站在飞车中的婆薮说道：（14）"你偏袒众天神一方，因此，你从天国坠落，国王啊！从现在起，你不能在空中行进。你受到我们诅咒，会钻入地下。"（15）顿时，国王优波离遮罗快速坠落，跌进地缝中。然而，按照那罗延的旨意，国王没有失去记忆。（16）众天神聚在一起，镇静地思考怎样为婆薮王做好事，帮他解除诅咒：（17）"这位灵魂高尚的国王为了我们遭到诅咒，我们这些天国居民应该一起为他做好事，报答他。"（18）

众天神心中决定后，立即前往国王优波离遮罗那里，满怀喜悦地对他说道：（19）"你虔诚崇拜诃利这位婆罗门大神，天神和阿修罗的老师。他对你表示满意，会解除你遭受的诅咒。（20）那些灵魂高尚的婆罗门应该受到尊重，王中俊杰啊！他们的苦行也肯定会获得成果。（21）因此，你突然从空中坠落地上，王中俊杰啊！但是，我们赐给你一个恩惠。（22）只要诅咒还起着作用，你就会住在地缝中，无罪的人啊！那些灵魂高尚的婆罗门在祭祀中供奉酥油，名为婆薮达罗。（23）由于我们关心你，你会获得这些酥油，疾病不会侵害你，王中因陀罗啊！你住在地缝中，不会感到饥渴。（24）你喝了这些婆薮达罗（酥油），精力不会衰退。由于我们的恩惠，大神对你满意，让你升入梵界。"（25）赐给国王这个恩惠后，众天神和以苦行为财富的众仙人返回各自的住处。（26）

婆罗多后裔啊！这位国王始终祭拜那罗延，始终默祷出自那罗延之口的祷词。（27）克敌者啊！即使住在地缝中，他依然每天举行五次祭祀，供奉神主诃利。（28）他控制自我，专心致志，心无旁骛，尊

619

神那罗延·诃利对他的虔诚表示满意。(29)赐予恩惠的尊神毗湿奴仿佛微笑着,对身边的鸟中俊杰、速度飞快的金翅鸟说道:(30)"大福大德的鸟中俊杰啊!请听我说。这位大王名叫婆薮,以法为魂,受我庇护。(31)他遭到婆罗门诅咒,进入地下。那些婆罗门俊杰已经受到尊重,鸟中俊杰啊!现在你去国王那里吧!(32)按照我的命令,大鹏鸟啊!你赶快去把在地缝中行动的王中俊杰带来,让他在空中行走。"(33)

于是,金翅鸟展开双翼,快速似风,进入缄默不语的婆薮所在的地缝。(34)毗娜达之子(金翅鸟)猛然抓起他,迅速腾入空中,释放他。(35)这时,国王优波离遮罗恢复知觉。这位王中俊杰带着身体进入梵界。(36)贡蒂之子啊!这位灵魂高尚的国王说错话,遭到婆罗门诅咒,又按照大神的吩咐,达到这个归宿。(37)他唯独崇拜大神诃利,因此,他迅速摆脱诅咒,到达梵界。(38)

我已经告诉你那些居民的情况,国王啊!现在,请你专心听我讲述仙人那罗陀前往白岛的情况。(39)

以上是吉祥的《摩诃婆罗多》中《和平篇》第三百二十四章(324)。

三二五

毗湿摩说:

可敬的仙人那罗陀到达辽阔的白岛,看到那些白人肤色如同皎洁的月光。(1)他受到他们致敬,也诚心诚意向他们俯首致敬。他专心默祷,忍受一切艰难,想要见到大神。(2)这位大牟尼聚精会神,高举双臂,赞颂摆脱性质、灵魂伟大的万物之主。(3)

那罗陀说[①]:

向你致敬,神中之神!摆脱行动者!摆脱性质者!世界见证者!知领域者!无限者!原人!大人!三德者!根本者!

不死者!虚空者!永恒者!有无显隐者!真理之家!原初之神!

---

① 那罗陀说的以下这些话,原文为散文。

赐予财富者！生主！优秀生主！森林之主！

大生主！元气之主！语言之主！思想之主！世界之主！天空之主！风之主！水之主！大地之主！方位之主！

宿世者！梵祭司！梵身！大身！大王！四大王！光之神！大光之神！七大光之神！阎摩！

大阎摩！知名相者！满意者！大满意者！粉碎者！变化者！控制者！不变化者！祭祀！大祭祀！

祭祀之源！祭祀之子宫！祭祀之胎！祭祀之心！祭祀中受赞颂者！分享祭品者！坚持五次祭祀者！创造五时者！五夜者！毗恭吒！

不可征服者！思想者！至高主人！沐浴者！天鹅！至高天鹅！至高祭祀者！数论瑜伽！安卧甘露床者！安卧金床者！

安卧吠陀床者！安卧拘舍草床者！安卧梵床者！安卧莲花床者！万物之主！你是世界的延续者！你是世界的本源！你以火为嘴！你是海马嘴中的火！你是祭品！

你是御者！你是呼声伐舍吒！你是呼声唵！你是心！你是月亮！你是原初之眼！你是太阳！你是方位象！指明方向者！马首！

最初的三首颂诗！五种火！三堆祭火！确定吠陀六支者！波罗乔迪舍（娑摩颂歌）！通晓最优秀娑摩颂歌者！遵守娑摩誓言者！阿达婆之首！五大劫波经！饮泡沫之师！

矮仙！吠伽那娑（苦行者）！不破坏瑜伽者！不破坏数论者！瑜伽之初！瑜伽之中！瑜伽之末！摧毁者（因陀罗）！波罗那伽尔跋（仙人）！憍尸迦（仙人）！

屡受赞颂者！屡受呼唤者！宇宙万象！行动无限者！享受无限者！无终者！无始者！无中间者！中间不显现者！结束不显现者！

誓言之家！大海之家！名誉之家！苦行之家！幸运之家！知识之家！荣誉之家！吉祥之家！一切之家！婆薮提婆之子！

一切如意者！黄褐马！黄褐汁！分享大祭品者！赐予恩惠者！克服大大小小一切困难者！遵行出世法者！履行吠陀礼仪者！无生者！居于一切者！

洞察一切者！不可把握者！不动者！大威力者！身躯伟大者！净化者！大净化者！金制者！巨大者！不可思议者！

不可知者！无上之梵！众生创造者！众生毁灭者！执持大幻者！妙髻者！赐予恩惠者！分享祭品者！完成旅途者！斩断贪欲者！

消除疑惑者！舍弃一切者！婆罗门形象！善待婆罗门者！宇宙形象！伟大形象！亲人！善待信徒者！婆罗门之神！我虔诚地盼望看到你！我向唯一的对象致敬，再致敬！（4）*

以上是吉祥的《摩诃婆罗多》中《和平篇》第三百二十五章（325）。

三二六

毗湿摩说：

受到这些神秘而恰当的名称赞颂，具有宇宙形象的尊神向牟尼显身。（1）灵魂纯洁的大神有点儿像月亮，又有点儿不像月亮；肤色有点儿像火光，有点儿像星光。（2）肤色有点儿像鹦鹉羽毛，有点儿像水晶，某处像黑眼膏，某处像黄金。（3）某处呈现珊瑚嫩芽色，某处呈现白色，某处呈现金色，某处呈现吠琉璃色。（4）某处像蓝吠琉璃，某处像青玉，某处呈现孔雀颈部颜色，某处像珍珠璎珞。（5）

这位永恒而吉祥的大神呈现各种色彩，有一千只眼睛，一百个头，一千只脚，（6）一千个腹部和一千只手，仍有某处不显现。他的一张嘴发出"唵"声，随着"唵"声，念诵莎维德丽颂诗。（7）大神诃利·那罗延控制自己，他的其他许多嘴念诵源自四吠陀的森林书。（8）这位神中之神、祭祀之主的许多手中，握着祭坛、净瓶、色似珍珠的达哩薄草和宝石，还有鹿皮、木杖和闪耀的祭火。（9）

婆罗门俊杰那罗陀满怀喜悦，控制语言，向显身的至高之神俯首致敬。永恒的第一大神对他说道：（10）"大仙埃迦多、特维多和特利多曾经来到这里，渴望看到我。（11）他们没有看到我。除非信仰唯一神的优秀者，没有人会看到我。而我认为你信仰唯一神。（12）我的这些无与伦比的身体出生在正法之屋，婆罗门啊！你永远崇拜它们吧！但愿你获得成就。（13）婆罗门啊！按照你的心愿，向我求取一个恩惠吧！今天，我对你满意，展现我的永恒的宇宙形象。"（14）

那罗陀说：

今天，我的苦行和自制终于获得成果，大神啊！我亲眼看到了你。（15）这是对我的无上恩惠，我看到你这位永恒的尊神。你以宇宙为眼睛，以一切为形体。你是威武的雄狮，伟大的主人。（16）

毗湿摩说：

那罗延向最上者之子那罗陀显身后，又对他说道："那罗陀啊！赶快走吧！（17）我的这些信徒超越感官，不吃食物，灿若月亮，一心一意思念我，不会遇到障碍。（18）这些大福大德者一向信仰唯一神，获得成就，摆脱暗性和忧性。毫无疑问，他们会进入我之中。（19）他不能用眼睛看到，不能用触觉触到，不能用嗅觉闻到，也摆脱味觉。（20）善性、忧性和暗性都不能接近他。他遍及一切，是见证者，被称作世界的灵魂。（21）一切众生的身体毁灭时，他不毁灭。他不生，持久，永恒，摆脱性质，不可分。（22）他是不同于二十四谛的第二十五谛。他是原人，摆脱行动，只有凭知识能感知他。（23）人们进入他，也就获得解脱，婆罗门俊杰啊！他是永恒的至高灵魂，得名婆薮提婆之子。（24）请看这位大神的崇高和伟大，那罗陀啊！他从不沾染任何善业和恶业。（25）

"人们说善性、忧性和暗性是三性。它们在一切身体中活动。（26）知领域者（灵魂）享有三性，而不为三性所享有。他没有性质而享有性质，创造性质而高于性质。（27）神仙啊！世界立足的地消失于水，水消失于火，火消失于风。（28）风消失于空，空消失于心，至高的元素心消失于未显者（原初物质）。（29）未显者（原初物质）消失于摆脱行动的原人，婆罗门啊！没有比永恒的原人更高者。（30）除了这一位永恒的原人婆薮提婆之子，在这世界上，没有永恒的动物和不动物。大力士婆薮提婆之子成为一切众生的灵魂。（31）

"地、风、空、水和火，这五大元素的合成，称作伟大灵魂的身体。（32）他步履轻盈，不被人看见，进入身体，婆罗门啊！他作为主人，活动身体。（33）没有五大元素的组合，决不会有身体，婆罗门啊！而没有生命（灵魂），身体也不会活动。（34）这位生命主人又称湿舍和商迦尔舍那。他通过自己的行动，从商迦尔舍那获得永童性。（35）始光被称作一切众生的心，在世界毁灭时，一切众生消失其中。（36）从始光产生创造者、原因和结果。世界一切动物和不动物由此产生。他是阿尼娄陀，主宰者，在一切行动中显现。（37）尊者婆薮提婆之子是知领域者，摆脱性质。他作为生命主人称作商迦尔舍那。（38）从商迦尔舍那产生始光，成为心。从始光产生阿尼娄陀，成为大自在天我慢（自我意识）。（39）

"那罗陀啊！世界一切动物和不动物，不灭者和可灭者，存在和不存在，都由我产生。（40）崇拜我，进入我，这样的人获得解脱。我是摆脱行动的原人，第二十五谛。（41）我摆脱性质，不可分，摆脱对立，摆脱执著。对此，你不能理解。你现在看到我有形体。只要我愿意，我顷刻间就能毁灭形体。我是世界的主宰和导师。（42）你看到的这个我，是我创造的幻象，那罗陀啊！你要知道，我不具有一切众生的性质。正是为了你，我显示这种具有四肢的形体。（43）那些信仰唯一神的大福大德者获得成就，摆脱暗性和忧性，会进入我，牟尼啊！（44）我是创造者，我是原因和结果，那罗陀啊！我又名生命，生命在我之中。你不要自以为看到了生命。（45）我遍及一切，是一切众生的内在灵魂，婆罗门啊！一切众生的身体毁灭时，我不毁灭。（46）

"金胎是世界的起源。这位永恒之神梵天出自我。他有四张脸，通晓词源，思索各种意义。（47）请看！这十一位楼陀罗在我的右边，这十二位阿提迭在我的左边。（48）请看！这八位神中俊杰婆薮在我的前面。请看！那娑迪耶和陀斯罗这两位神医在我的后边。（49）请看！所有的生主。请看！七位仙人。请看！这些吠陀，数以百计的祭祀、甘露和药草。（50）请看！各种苦行、戒规和制约，八种权力的象征汇集一处。（51）请看！吉祥女神、幸运女神、荣誉女神和长有隆肉的大地女神，还有吠陀之母、语言女神婆罗私婆蒂，都在我这里。（52）请看！这个最优秀的发光体永远在空中运行，那罗陀啊！还有这些盛水的大海、湖泊和河流。（53）请看！四类有形体的祖先在我这里，人中俊杰啊！请看！没有形体的三性也在我这里。（54）

"牟尼啊！祭祖仪式优于祭神仪式。我自始至终是众天神和众祖先的唯一父亲。（55）我变成东海和北海中的马首。我享用虔诚供奉的各种祭品。（56）我以前创造的梵天亲自祭供我。我对他满意，赐给他种种无上的恩惠。（57）我让他在劫初成为我的儿子，统辖世界，通过我慢（自我意识）创造各种名词：（58）'你要确立界限，任何人都不能逾越，梵天啊！你将成为赐予恩惠者，满足求取恩惠的人们的心愿。(59) 以苦行为财富者啊！严守誓言者啊！你将永远受到所有的天神、阿修罗、仙人、祖先和一切众生的侍奉，大福大德者啊！(60) 我也会经常在祭神仪式中出现，梵天啊！与你作伴，像儿子那样听候吩咐。'(61) 我高兴地赐给威力无限的梵天这些和其他种种可爱的恩惠后，一心奉行出世法。(62)

"相传，至高的出世法是摒弃一切法。因此，奉行出世法的人停止肢体的活动。(63) 信奉数论的老师们说我是迦比罗，以知识为朋友，永远立足于太阳。(64) 我是在颂诗中受到赞颂的金胎，婆罗门啊！我在瑜伽经中被称作瑜伽归宿。(65) 作为永恒者，我停留在天国，现在展现世界，一千时代结束时，我再收回世界，让一切动物和不动物都进入我。(66) 那时，我只与知识一起生活，婆罗门俊杰啊！然后，我又依靠知识创造世界一切。(67) 我的第四形体（婆薮提婆之子）创造永恒不灭的湿舍，又名商伽尔舍那。他产生始光。(68) 从始光产生阿尼娄陀。我一次又一次地创造。从阿尼娄陀产生梵天，诞生于原始莲花中。(69) 从梵天产生一切众生，动物和不动物。你要知道，这就是每劫之初的创造。(70)

"太阳在空中升起又落下。正如威力无限的时间用力拉起落下的太阳，我为了一切众生的利益，用力拉起消失的大地。(71) 我将化身野猪，把全身充满活力、以大海为腰带的大地拉回原处。(72) 我杀死自恃有力的提底之子希罗尼亚刹。我还将化身人狮，杀死在祭神仪式上捣乱的提底之子希罗尼耶格西布。(73) 毗娄遮罗有力的儿子钵利，这位大阿修罗将颠覆帝释天的王位。(74) 一旦他夺取沙姬之夫（因陀罗）的三界统治权，我将通过迦叶波，生为阿底提的第十二个儿子。(75) 我会把王位交还威力无限的帝释天，让众天神各安其位，那罗陀啊！我会让钵利居住在地底下。(76)

"在三分时代，我将成为婆利古后裔罗摩（持斧），消灭自恃繁荣强大的刹帝利。(77) 然后，在三分时代和二分时代之间，我成为时间之主、十车王之子罗摩。(78) 生主之子埃迦多和特维多由于伤害他们的弟弟特利多，这两位仙人将会变形成为猴子。(79) 他俩的后代成为林居者，将会在祭神仪式上担任我的助手，婆罗门啊！(80)

我将在战斗中杀死凶暴的罗刹王罗波那及其随从。他是补罗斯迭家族的败家子，时间的荆棘。（81）

"在二分时代和迦利时代之间，为了杀死刚沙，我将出现在马图拉城。（82）在那里，杀死许多天神眼中的荆棘檀那婆后，我将定居在多门城的俱舍地。（83）居住在那座城，我将杀死危害阿底提的大地之子那罗迦以及檀那婆牟罗和毕吒。（84）杀死那些杰出的檀那婆后，我就将可爱的东光城连同各种财宝，搬到俱舍地。（85）在天国和人间都受尊敬的商迦罗和大军，却为巴纳谋求利益，我将征服他俩。（86）然后，我将征服具有千臂的钵利之子巴纳，消灭所有梭婆城居民。（87）著名的迦罗耶婆那洋溢伽尔伽的光辉，婆罗门俊杰啊！他将死在我的手中。（88）强大有力的阿修罗妖连是耆利婆罗阇国王。他与一切国王作对，我将运用智谋杀死他。（89）一切有力的国王集合在大地上，因陀罗之子（阿周那）将成为我的唯一助手。（90）世上的人们将会说这是那罗和那罗延两位仙人；为了世界的事业，这两位自在天一起惩治刹帝利。（91）如愿解除大地的负担后，人中俊杰啊！我将让沙特婆多族和多门城居民消失，让我的亲属都遭到可怕的毁灭。（92）我具有四个形体，完成这些不可估量的功绩后，我将回到备受婆罗门尊敬的自己的世界。（93）

"我曾经化身为天鹅和马首。婆罗门俊杰啊！我取回消失的吠陀和经典，让圆满时代保持有吠陀，有经典。（94）往世书中的传说已成过去，或许有时还能听到。我的许多崇高化身也都成为过去。它们完成了世界的事业，又返回本源。（95）梵天也没有看到我的这种形象，而你信仰唯一神，今天得以看到。（96）考虑到你的虔诚，婆罗门啊！我向你讲述了我的过去和未来，以及其中的秘密，人中俊杰啊！"（97）

具有宇宙形象、永恒不灭的尊神说完这些话后，消失不见。（98）大光辉的那罗陀如愿受到恩宠，迅速前往枣树净修林看望那罗和那罗延。（99）

这部伟大的奥义书蕴含四吠陀，依据数论和瑜伽创作，命名为五夜经。（100）它由那罗延亲口诵出，孩子啊！那罗陀又按照所见所闻，在梵天的宫中转述。（101）

坚战说：

智慧的尊神的伟大事迹，梵天怎么会不知道，而要从那罗陀那里听取？（102）老祖宗（梵天）与尊神紧密相连，他怎么会不知道无限光辉的尊神的威力？（103）

毗湿摩说：

数千数百大劫逝去，王中因陀罗啊！创造又毁灭。（104）相传创造之初，大神梵天创造众生，国王啊！他知道那罗延是比自己更伟大的尊神，至高的灵魂，主宰者，也是自己的创造者。（105）那罗陀是向聚集在梵天宫中的悉陀们讲述这个符合吠陀的古老传说。（106）太阳神在这些灵魂纯洁的悉陀身边听到这个神圣的传说，又讲述给自己的随从们听，婆罗多后裔啊！（107）太阳神照耀世界，身前身后有六万六千位灵魂纯洁的仙人伴随他。（108）孩子啊！这些追随太阳神、灵魂崇高的仙人又聚集在弥卢山上，将这个神圣的传说讲给众天神听。（109）婆罗门阿私多在众天神身边听到后，天中因陀罗啊！这位优秀牟尼又讲给祖先们听。（110）我的父亲福身也向我讲述这个传说，孩子啊！因此，我今天又将这个传说讲给你听，婆罗多后裔啊！（111）

众天神和众牟尼听了这古老的传说后，一再敬拜至高的灵魂。（112）这个由仙人传承的传说，国王啊！你决不能讲给不虔信那罗延的人听。（113）你从我这里听取了数以千计符合正法的故事，国王啊！这个传说是从它们中提取的精华。（114）正如众天神和众阿修罗从乳海中搅出甘露，国王啊！众婆罗门搅出这个故事甘露。（115）谁经常吟诵这个传说，听取这个传说，信仰唯一神，在僻静处沉思入定，（116）他就能到达辽阔的白岛，成为灿若月亮的人。毫无疑问，他会进入这位千光大神。（117）病人从头至尾听取这个传说，就会解除病痛。盼望听取这个传说的人会如愿获得一切。虔信者会达到虔信者的归宿。（118）你要永远崇拜这位至高原人，国王啊！他是全世界的父母和导师。（119）但愿大臂遮那陀那这位永恒的婆罗门之神对你满意，大臂坚战啊！（120）

护民子说：

镇群王啊！法王（坚战）和他的弟弟们听了这个美妙的故事后，

全都虔信那罗延。（121）他们经常潜心默祷，赞颂那罗延："祝愿这位可敬的原人胜利！"婆罗多后裔啊！（122）我们最优秀的导师岛生黑仙（毗耶娑）牟尼也默祷至高的祷词，赞颂那罗延。（123）他经常凌空前往蕴含甘露的乳海，敬拜这位神中之神，然后，又返回自己的净修林。（124）

以上是吉祥的《摩诃婆罗多》中《和平篇》第三百二十六章（326）。

三二七①

镇群说：

这位尊神通晓吠陀和吠陀支，永远支持祭祀，在各种祭祀中占据首要地位。（1）既然这位尊神遵行出世法，幸福安宁，热爱毗湿奴信徒，他又怎么履行入世法？（2）他怎么让一些天神遵奉入世法，分享祭品，又让一些天神改变思想，遵奉出世法？（3）请你为我解除这个疑惑，揭示永恒的秘密，婆罗门啊！你聆听到蕴含正法的那罗延故事。（4）

一切世界包括梵天在内，天神、阿修罗和人，都执著行动，认为行动能带来繁荣，婆罗门啊！而你却说解脱是涅槃，是至高幸福。（5）我们听说解脱者摆脱善恶，进入千光之神（那罗延）。（6）永恒的解脱法难以遵行，因此，众天神放弃解脱法，享受祭品。（7）梵天、楼陀罗、诛灭勃罗的帝释天、太阳、月亮、风神、火神、伐楼拿、空间、世界和其他天国居民，（8）他们不知道自己会变化消亡，因此，不遵行永恒不灭之路。（9）他们依据时间法则，遵行入世法。而依据时间法则从事行动，具有很大的缺陷。（10）婆罗门啊！我好

---

① 精校本编者认为第327至339章是后期添加的，故而每章序号标上方括号。理由是按照《摩诃婆罗多》的叙事结构，有三个层次。第一层次是毗耶娑将自己创作的《摩诃婆罗多》传授给护民子等五位学生。第二层次是护民子在镇群王的蛇祭大会上向镇群王讲述《摩诃婆罗多》。第三层次是歌人厉声在仙人寿那迦的祭祀大会上，向寿那迦讲述自己从蛇祭大会上听来的《摩诃婆罗多》。本篇中原来已经淡入背景的第二层次，这里又以连续十三章的对话突显出来。而毗湿摩和坚战的对话受到阻断。在有些抄本中，这十三章甚至呈现为第三层次。其次，在内容上突出那罗延崇拜（尤其涉及晚出的五夜经），强调吟诵和聆听的功德，赞颂大神的各种称号。最后，在文体上，夹杂不少梵书式的散文体。

奇心切，请你斩断我心中的疑惑之箭。（11）众天神怎样在祭祀中分享祭品？婆罗门啊！这些天神居民为何在祭祀中受到祭供？（12）他们在祭祀中接受祭品，而他们举行大祭时，向谁供奉祭品？婆罗门俊杰啊！（13）

护民子说：

你询问的这个问题相当深奥，人主啊！不修炼苦行、不通晓吠陀和往世书的人，不能及时回答你的问题。（14）我告诉你，从前我们也询问过我们的老师岛生黑仙毗耶娑这个问题。他是编订吠陀的大仙人。（15）苏曼多、阇弥尼、誓言坚定的拜罗、我和苏迦是他的五个学生。（16）我们这五个学生克制自我，行为纯洁，抑制愤怒，控制感官，聚在一起。（17）在悉陀和遮罗纳出没的可爱的弥卢山上，他教给我们四吠陀和作为第五吠陀的摩诃婆罗多。（18）我们在诵习吠陀中，曾经出现你今天提出的这个疑惑。我们询问老师，他作了解答。现在，我就把我听到的讲给你听，婆罗多后裔啊！（19）

吉祥的破灭之子毗耶娑驱除一切无知和黑暗，听了学生们的询问，回答道：（20）"我曾经修炼最严酷的苦行，因此，我知道过去、现在和未来，诸位俊杰啊！（21）我修炼苦行，控制感官，在乳海岸边获得那罗延的恩宠。（22）过去、现在和未来的知识按照我的心愿显现。请听我讲述凭知识之眼看到的劫初的情况，解除你们的疑惑。（23）通晓数论和瑜伽的人们称之为至高灵魂，他凭自己的行为获得大原人的称号。（24）智者们说，从他产生未显者，也就是原初物质。为了创造世界，又从未显者这位自在天产生显现者。（25）在这世上，阿尼娄陀被称作伟大的灵魂。他获得显现，而创造老祖宗（梵天）。他由一切威力构成，又称作我慢（自我意识）。（26）由我慢产生五大元素：地、风、空、水和火，婆罗多后裔啊！（27）

"创造了五大元素后，他又创造它们的性质。从五大元素产生八个形体，请听我说！（28）摩利支、鸯耆罗、阿多利、补罗斯迭、补罗诃、迦罗多、极裕和灵魂伟大的自生摩奴，称作八位原始者，成为世界的依托。（29）世界老祖宗梵天为了世界的繁荣，创造吠陀和吠陀支，祭祀和祭祀支。从八位原始者产生世界一切。（30）以愤怒为特征的楼陀罗产生后，自己创造另外十位楼陀罗。这十一位楼陀罗相

传是变形人。(31)

"所有的楼陀罗、原始者和神仙们产生后,为了世界的繁荣,走近梵天,说道:(32)'你充满威力,创造了我们,尊者啊!我们应该怎样行使职权?祖父啊!(33)管辖事务的职权由你指定,而有职权者应该怎样保护职权?(34)请你确定有职权者的力量吧!'大神(梵天)听后,对众天神说道:(35)'你们说得很对,众天神啊!祝你们幸运!你们的想法和我心中的想法一样。(36)为了保持整个世界运转,我们应该怎样做?你们和我怎样才能不浪费力量?(37)让我们去寻求世界见证者、不显现的大原人庇护,他会告诉我们利益所在。'(38)

"于是,为了世界的利益,众仙人和众天神与梵天一起,前往乳海北岸。(39)他们按照梵天的吩咐,修炼吠陀规定的苦行。这是一种名为大戒的严酷的苦行。(40)目光向上,双臂高举,单足独立,聚精会神,沉思入定,如同木桩。(41)他们修炼这种严酷的苦行,时间达一千天年。最后,他们听到与吠陀和吠陀支一致的甜蜜话音:(42)'包括梵天在内的众天神和以苦行为财富的众仙人,欢迎你们。我要告诉你们一些重要的话。(43)我知道,你们从事为世界谋利益的伟大事业。你们履行入世法,我应该增强你们的生命力。(44)众天神啊!你们取悦我,修炼严酷的苦行,诸位大士啊!你们就享受苦行的大功果吧!(45)这位梵天是一切世界的祖父和导师,诸位优秀的天神啊!你们就全心全意祭供我吧!(46)你们经常在祭祀中供给我祭品,众天神啊!我会很好地安排你们各自的职权。'(47)

"听了神中之神的话,众天神、众大仙和梵天满怀喜悦,汗毛直竖。(48)他们按照吠陀的规定,举行毗湿奴的祭祀仪式。在祭祀中,梵天亲自供奉祭品,众天神和众神仙也供奉祭品。(49)他们怀着最高敬意,按照圆满时代的规则供奉祭品。这些祭品到达超越黑暗、灿若太阳的原人,这位遍及一切、赐予恩惠的伟大的主宰之神。(50)这位无形的赐予恩惠的大神在空中,对所有站在那里的天神们说道:(51)'得到你们供奉的祭品,我很高兴。现在,我向你们说明以回报为特征的功果。(52)由于我的恩惠,这成为你们的特征,众天神啊!在每个时代,你们会在慷慨布施的祭祀中受到供奉,享受入世的果实。（53）在一切世界，人们都会举行祭祀，按照吠陀规定供奉祭品，众天神啊！（54）我在吠陀经中确定，按照在这次大祭中供奉的祭品，各自享受祭品。（55）你们维持世界吧！享受祭品，行使各自的职权，管理一切事务。（56）你们从事各种行动，获得入世的果实，由此，增强力量，维持世界。（57）

"'你们在世人举行的一切祭祀中增强力量，由此，你们增强我的力量。这是我对你们的想法。（58）为此，我创造了吠陀、祭祀和各种药草。大地上的人们正确运用这些，令众天神喜欢。（59）诸位优秀的天神啊！我创造了你们，让你们具有入世的性质，直至劫末世界毁灭，众天神啊！你们按照各自的职权，为世界谋求利益吧！（60）摩利支、鸯耆罗、阿多利、补罗斯迭、补罗诃和极裕，这七位从心中创造出来。（61）他们通晓吠陀，成为优秀的吠陀老师。他们作为生主，遵行入世法。（62）这是永远显现的行动者之路。创造世界的这位主人称作阿尼娄陀。（63）沙那、永善生、沙那迦、沙南陀那、永童、迦比罗和第七位沙那多那。（64）这七位仙人是梵天心中造出的儿子。他们自幼获得知识，遵行出世法。（65）这些优秀的老师通晓解脱经，遵行解脱法。（66）三性出自未显者（原初物质），而知领域者（灵魂）高于未显者。我是知领域者，因此，难以返回行动者之路。（67）

"'各人注定遵行入世法或出世法，从而享有各自的成果。（68）这位梵天是世界的导师和创始者。他是你们的父母，你们的祖宗。按照我的吩咐，他会赐予一切众生恩惠。（69）他的儿子楼陀罗听从他的吩咐，从他的额头生出。这个儿子会赐予一切众生恩惠。（70）你们赶快去履行各自的职权吧！在一切世界从事一切行动。（71）你们确定一切众生的行为、目标和寿限吧！优秀的众天神啊！（72）目前处在最优秀的圆满时代。在这个时代，祭祀中不宰杀牲畜，正法完整无缺，众天神啊！（73）然后，到了三分时代，会有三吠陀。人们在祭祀中宰杀牲畜，正法失去四分之一。（74）然后，到了混杂的二分时代。在这个时代，正法失去二分之一。（75）然后，到了鬼宿笼罩的迦利时代，在这个时代，正法只剩下四分之一。'"（76）

众天神说：

一旦各地的正法只剩下四分之一，我们怎么办？尊神啊！请你告

诉我们。(77)

吉祥薄伽梵说：

你们应该前往吠陀、祭祀、苦行、真理、自制和不杀生得到遵行的地方，优秀的众天神啊！别让非法行为沾染你们。(78)

毗耶娑说：

众天神和众仙人接受尊神的教诲后，向尊神致敬，前往各自想去的地方。(79) 这些天国居民离去后，梵天独自站在那里，想要看到化身为阿尼娄陀的尊神。(80) 尊神向他展示马首人身的巨大形象，手持净瓶和念珠，口诵吠陀。(81) 看到威力无限的马首人身尊神，世界创造者梵天为了世界的利益，(82) 双手合十，上前向赐予恩惠的尊神俯首致敬。尊神拥抱他，向他说道：(83) "你按照规则确定世界的一切行为和方式，成为一切众生的维持者和世界的导师。我把这个担子安放在你身上，我顿时感到安心。(84) 一旦天神的事业受阻，你不能对付，我凭借自己的知识，就会显身。"(85) 说完这些话，马首人身的尊神消失不见。梵天接受他的教诲后，也迅速返回自己的世界。(86)

就这样，这位以莲花为肚脐的、大福大德的尊神（那罗延）永远在祭祀中接受祭品，被称作永恒的维持祭祀者。(87) 他遵行出世法，成为追求不灭法的人们的归宿。他也让人们追求入世法，以保持世界的多样性。(88) 他是众生的起源、中间和结束。他是创造者和创造物。他是行动者和行动结果。在时代结束时，他入睡，收回一切世界。在时代开始时，他醒来，创造一切世界。(89) 你们向他致敬吧！这位尊神摆脱性质，而心中充满品德；他不出生，而具有宇宙形象，是一切天国居民之家。(90) 他是五大元素之主，众楼陀罗之主，众阿提迭之主，众婆薮之主。(91) 他是双马童之主，众摩录多之主，吠陀和祭祀之主，吠陀支之主。(92) 他是诃利，经常以大海为居处，发髻如同蒙阇草，内心平静，教导一切众生解脱法。(93) 他永远是苦行之主，威力之主，名誉之主，语言之主，河流之主。(94) 他有贝壳型卷发，化身野猪，化身独角鱼，聪明睿智；他是太阳，马首，经常保持四种形体。(95) 他是奥秘，惟有凭知识才能看到；他是不灭者和可灭者。这位永恒的尊神遍及一切。(96)

我以前凭借知识之眼看到这一切。现在，你们询问我，我就如实告诉你们这一切。（97）学生们啊！你们就按照我的话做吧！你们要侍奉大自在天诃利，吟诵吠陀，按照规则供拜他！（98）

护民子说：

聪明的吠陀编订者（毗耶娑）向我们这些学生和他的通晓至高之法的儿子苏迦讲述了这一切。（99）民众之主啊！我们的老师和我们一起用四吠陀中的梨俱诗节赞颂这位尊神。（100）

以前，岛生（毗耶娑）老师向我讲述了这一切，国王啊！今天，你询问我这个问题，我把这一切告诉你。（101）谁经常听取这一切，讲述这一切，全心全意向这位尊神致敬，（102）他就会安然无恙，神采奕奕，具有力量和美貌。病人摆脱病痛，受束缚者摆脱束缚。（103）有愿望者实现愿望，也获得长寿。婆罗门通晓所有吠陀，刹帝利获得胜利，吠舍获得大量财富，首陀罗获得快乐。（104）无儿子者获得儿子，少女获得称心的丈夫，孕妇顺利生下儿子。甚至石女也能生育，子孙满堂。（105）谁在途中吟诵这一切，他就会一路平安，肯定实现他心中的任何愿望。（106）听到灵魂高尚的人中俊杰、大仙讲述的这一切，听到众仙人和众天神聚会的情况，虔信者们获得幸福快乐。（107）

以上是吉祥的《摩诃婆罗多》中《和平篇》第三百二十七章（327）。

三二八

镇群说：

毗耶娑和他的学生们用各种称号赞颂诛灭摩图者（那罗延），尊者啊！（1）我想听取生主之主诃利这些称号的来源，请你告诉我。聆听这些称号后，一个人会变得像秋天的月亮那样纯洁无瑕。（2）

护民子说：

国王啊！请听诃利满心喜悦，向颇勒古拿（阿周那）说明自己的那些称号源自品德和行为。（3）国王啊！诛灭敌方英雄的颇勒古拿（阿周那）询问灵魂高尚的盖沙婆（黑天）的那些称号的由来。（4）

阿周那说：

尊者啊！你是过去和未来的主人，一切众生的创造者，永恒不变者，世界之家，世界保护者，赐予一切众生无畏者。（5）大仙们在吠陀和往世书中提到你的那些隐含事迹的称号。（6）我想听你解释这些称号的意义，盖沙婆啊！除了你，没有人能说明这些称号。（7）

吉祥薄伽梵说：

在梨俱吠陀、夜柔吠陀、阿达婆吠陀和娑摩吠陀中，在往世书、奥义书和星相学中，阿周那啊！（8）在数论、瑜伽经和寿命吠陀中，大仙们提到我的许多称号。（9）有些称号源自品德，有些称号源自事迹，请你专心听我讲述这些称号的由来吧！因为相传你是我的一半，无罪的人啊！（10）〔向一切众生的至高灵魂、声誉卓著的那罗延致敬！他是宇宙一切，摆脱性质，充满品德。（11）梵天生于他的恩惠，楼陀罗生于他的愤怒，他是一切动物和不动物的源泉。（12）〕①

善性具有十八种性质，优秀的善性者啊！至高的原初物质运用瑜伽力，为我维持天地。它是法则，真理，不朽，不可战胜，被称作世界的灵魂。（13）由此，出现一切创造和毁灭的变化。祭祀和祭祀者，古老的原人和大王，世界的创造者和毁灭者，被称作阿尼娄陀。（14）在梵天的黑夜结束时，由于威力无限的阿尼娄陀的恩惠，出现一朵莲花，眼似莲花的人啊！从他的恩惠中生出梵天。（15）在梵天的白昼结束时，由于阿尼娄陀充满愤怒，从他的额头生出能毁灭一切的儿子楼陀罗。（16）相传这两位大神生于阿尼娄陀的恩惠和愤怒，用以代表创造和毁灭两条道路。他俩赐予一切众生恩惠，也只是权宜之计。（17）

楼陀罗是瑜伽行者，有贝壳型卷发，或束有发髻，或剃去须发，经常以火葬场为家，恪守严酷的誓言，曾经焚毁三城。（18）他破坏陀刹的祭祀，挑出薄伽的眼睛，般度之子啊！他在每个时代都以那罗延为灵魂。（19）这位神中之神、大自在天受到崇敬，也就是大神那罗延受到崇敬，普利塔之子啊！（20）我是世界一切的灵魂，般度之子啊！因此，我崇敬楼陀罗，也就是崇敬我自己。（21）我的想法是，

---

① 精校本编者认为这两颂是向那罗延表示致敬，似乎不应该出自黑天（那罗延的化身）之口。有的抄本注中说这是护民子向那罗延表示致敬。因此，精校本编者标上方括号。

第十二 和平篇

如果我不崇敬赐予恩惠的大神湿婆（楼陀罗），那就没有人会崇敬我自己，因为世界遵循我确立的准则。（22）准则应该受到尊重，因此，我崇敬他。知道他，也就是知道我；追随他，也就是追随我。（23）楼陀罗就是那罗延，同一善性，一分为二，贡蒂之子啊！推动世上一切显现者从事行动。（24）我想到没有人能赐给我恩惠，般度之子啊！因此，为了求取儿子，我亲自敬拜这位古老的一切之神，也就是敬拜我自己。（25）毗湿奴从不敬拜其他哪位天神，除非敬拜自己，因此，我敬拜楼陀罗。（26）

包括梵天、楼陀罗和因陀罗在内，众天神和众仙人都崇拜大神那罗延·诃利。（27）毗湿奴是过去、现在和未来一切的先行者，永远受到崇敬和侍奉。（28）贡蒂之子啊！你要向毗湿奴这位赐予祭品者致敬！向这位享受祭品者致敬！（29）你听说有四类崇拜我的人，其中最优秀的一类唯独崇拜我，而不崇拜其他天神。他们从事行动而无所企求，以我为归宿。（30）其他三类崇拜者都企求成果，依然陷入生死轮回。惟有觉醒者能达到至高归宿。（31）那些优秀的觉醒者即使侍奉梵天、青项（湿婆）和其他天神，也以我为至高之神，普利塔之子啊！我向你讲述了崇拜者之间的区别。（32）

贡蒂之子啊！你和我相传是那罗和那罗延，为了解除大地负担而化身为人。（33）我通晓自我瑜伽，婆罗多后裔啊！出世法源自我，繁荣法也源自我。（34）我作为唯一的永恒者，是一切人的居处。水产生于那罗，因此称作那罗。我以前以水为居处，因此，我是那罗延（以水为居处者）。（35）我如同太阳，用光芒覆盖世界一切。我是一切众生的居处，因此，我是婆薮提婆之子（居处之神）。（36）我是一切众生的归宿，婆罗多后裔啊！我的广大光辉充满天地，普利塔之子啊！（37）在毁灭时，我愿意接受一切众生，婆罗多后裔啊！由于我跨步天下，我被称作毗湿奴，普利塔之子啊！（38）

企图依靠自制获得成功的人们都向往我。我在天国、大地和天地之间，因此，我是达摩陀罗。（39）食物、吠陀、水和甘露统称为牛。我的腹中经常具有这些，因此，我是牛腹。（40）仙人们说我从井中救出特利多。他被埃迦多和特维多推入井中后，呼喊道："牛腹啊！救救特利多！"（41）优秀的仙人特利多是梵天的儿子，由于呼喊牛腹，从井中得救。① （42）照耀世界的阳光、火光和月光构成我的头发，因此，那些通晓一切的婆罗门俊杰称我为盖沙婆。(43)

灵魂高尚的优多帖让自己的妻子怀孕后，由于众天神施展幻术，他消失不见。然后，毗诃波提见到优多帖的妻子，婆罗多后裔啊！(44)这位优秀的仙人想要与她交欢，贡蒂之子啊！五大元素合成的胎儿对他说道：(45)"赐予恩惠者啊！我已经在腹中，你不应该伤害我的母亲。"毗诃波提听后，愤怒地诅咒他，说道：(46)"我准备交欢，受到你阻拦。毫无疑问，由于我的诅咒，你会生下是瞎子。"(47)由于这位仙人的诅咒，这个孩子生下后长期失明，得名长暗仙人。② (48) 后来，他通晓永恒的四吠陀本集和吠陀支，经常呼唤我的这个神秘称号。(49) 按照既定的规则，他反复呼唤盖沙婆，由此，他双目复明，成为乔答摩仙人。(50) 就这样，我的称号盖沙婆赐给一切灵魂高尚的天神和仙人恩惠。(51)

火和月亮同一来源，成为嘴。因此，世界一切动物和不动物都具有火和月亮的性质。(52) 往世书中也这样说。火和月亮同一来源。众天神以火为嘴。由于同一来源，它们互相促进，维持世界。(53)*

以上是吉祥的《摩诃婆罗多》中《和平篇》第三百二十八章(328)。

三二九

阿周那说：

过去，火和月亮怎么会成为同一来源？请你解除我心中的这个疑惑，诛灭摩图者啊！(1)

吉祥薄伽梵说：

我告诉你一个古老的传说，般度之子啊！它产生于我自己的威力，普利塔之子啊！请专心听我讲述。(2)

在第四千时代结束，洪水来临。一切动物和不动物毁灭而不显

---

① 埃迦多、特维多和特利多也可译为老大、老二和老三。《沙利耶篇》第35章中有类似故事，但内容有差异。

② 参阅《初篇》第98章。

现。光、地和风消失，世界一片汪洋，一团漆黑。惟有黑暗，其他一切不可辨认。没有白天和夜晚，没有存在和不存在，没有显现者和不显现者。在这种情况下，不变的原人诃利从黑暗中出现，依据那罗延的种种性质：不灭，不老，摆脱感官，不可把握，不生，真实，不杀生，吉祥，不同于各种世俗方式，不灭，不老，不死，无形体，遍及一切，创造一切，永恒。（3）*

在这方面，有言为证：没有白天，没有夜晚。没有存在，没有不存在。最初，宇宙的形象是黑暗。也可以说，那是宇宙之母。（4）*

现在，从黑暗中出现的原人（诃利）以莲花为子宫，梵天从中出现。梵天想要创造众生，从双眼中创造出火和月亮。在创造众生时，按照众生次序，婆罗门和刹帝利出现。月亮是梵，梵是那些婆罗门。火是刹帝利。梵（婆罗门）比刹帝利更有力量。为什么？这是世界本身呈现的特点。在此之前，没有出现比婆罗门更高者。他向燃烧的火中投放祭品。我说，就是这样，梵天创造众生，安排众生，维持世界。（5）*

也有颂诗吟唱道：火啊！你是一切祭祀的祭官。你为众人和众天神谋福利。有言为证：火啊！你是一切祭祀的祭官。你为众天神、众人和世界谋福利。火是祭祀的祭官和执行者。火是梵。（6）*

没有颂诗，不成其为祭供。没有人，不成其为苦行。念诵颂诗，供奉祭品。因此，你成为众天神和众人的祭官。有些人也执掌祭祀。执掌祭祀的是婆罗门，而不是再生族刹帝利和吠舍。因此，婆罗门与火同一，执掌祭祀。祭祀满足众天神，众天神繁荣大地。（7）*

有百道梵书为证。智者向燃烧的火中投放祭品，而以布施为祭品，向婆罗门的嘴中投放。就这样，婆罗门与火同一，智者供奉火。火是毗湿奴，进入一切众生，维护生命。在这方面，有永童吟诵的偈颂。（8）*

万物之源梵天创造纯洁的宇宙。源自梵天的婆罗门依靠梵声（吠陀）升入天国而不朽。（9）婆罗门的思想、语言、行为、信仰和苦行维持天地，犹如山泉维持甘露。（10）没有比真理更高的法则，没有比母亲更重要的长辈，没有比婆罗门更能带来今生和来世幸福者。（11）在有些人的王国中，婆罗门无法谋生，那么，他们的牛和车

马不会增长，牛奶也搅不出奶油，失去一切财富，沦为盗贼。(12)

依据吠陀、往世书、传说和其他经典，婆罗门出自那罗延之嘴，是一切的灵魂，一切的创造者，一切的促进者。与赐予恩惠的大神开口说话同时，婆罗门首先出现，然后，其他种姓出自婆罗门。就这样，婆罗门不同于天神和阿修罗。我过去化作梵天，亲自创造天神、阿修罗和大仙人，让他们各安其位，受到约束。(13)*

因陀罗玷污阿诃莉雅，遭到乔答摩诅咒，胡须变绿。因陀罗又遭到憍尸迦诅咒，失去睾丸，换上山羊睾丸。摧毁城堡者（因陀罗）企图阻止双马童喝苏摩酒，举起金刚杵，行落仙人定住他的双臂。祭祀遭到楼陀罗破坏，陀刹怒不可遏，再次修炼苦行，造成楼陀罗额前出现第三只眼睛。(14)*

为了摧毁三城，楼陀罗举行仪式，优沙那扯下自己头上的发髻。从发髻中出现许多蛇。这些蛇缠绕楼陀罗的脖子，使他的脖子变青。从前，在自生摩奴时代，那罗延用手掐住楼陀罗的脖子，使他的脖子变青。(15)*

为了搅出甘露，鸯耆罗族毗诃波提举行仪式，接触流过的海水，引起心中不快。毗诃波提对海水发怒道："我接触你，你依然浑浊，令我不快。因此，从今往后，海中充满鳄鱼、鲨鱼和海龟，保持浑浊。"从那时起，海中充满海怪。(16)*

大匠之子万相成为众天神的祭司。他是众阿修罗的外甥。因此，他公开给予众天神祭品，暗地也给予阿修罗祭品。(17)*

以希罗尼耶格西布为首的众阿修罗向他们的妹妹、万相的母亲乞求恩惠："妹妹啊！你和大匠的儿子三首万相是众天神的祭司，他公开给予众天神祭品，暗地也给予我们祭品。这样，众天神繁荣，我们衰微。请你阻止他这样做，让我们繁荣。"(18)*

母亲对走近欢喜园的万相说道："儿子啊！你怎么壮大敌方力量，而削弱舅舅们的力量？你不应该这样做。"万相听后，心想："我不能违背母亲的话。"他向母亲致敬后，前往希罗尼耶格西布那里。(19)*

这样，希罗尼耶格西布遭到梵天之子极裕仙人的诅咒："由于你指定别人担任祭司，你的祭祀不能完成，你将遭到一个前所未有的生物杀戮。"由于这个诅咒，希罗尼耶格西布遭到杀戮。(20)*

万相为了壮大母系的力量，修炼严酷的苦行。因陀罗为了破坏他的誓愿，派遣许多美丽的天女。看到这些天女，万相心旌摇动，很快迷恋上她们。知道他已经入迷，天女们对他说道："我们要回去了。"（21）*

　　大匠之子（万相）对她们说道："你们去哪里？留在这里吧！和我在一起有好处。"她们对他说道："我们是天女。我们早就选中威力强大、赐予恩惠的因陀罗。"（22）*

　　于是，万相说道："如今，包括因陀罗在内的众天神不复存在。"然后，他念诵咒语。由于这些咒语，三首（万相）力量大增。他用一张嘴饮吞下全世界婆罗门在祭祀中供奉的苏摩酒，用另一张嘴吞下一切祭品，用第三张嘴摄取包括因陀罗在内的众天神的力量。看到他独吞所有苏摩酒，全身肢体壮大，因陀罗心中忧虑。（23）*

　　众天神和因陀罗一起前去拜见梵天，说道："万相独吞一切祭祀中供奉的苏摩酒。我们失去祭品。阿修罗一方繁荣，我们衰微。请你立即帮助我们吧！"（24）*

　　梵天对他们说道："婆利古族仙人陀提遮正在修炼苦行。你们去向他乞求恩惠吧！他会抛弃身体。你们用他的骨头制成金刚杵吧！"（25）*

　　众天神到达可敬的陀提遮仙人修炼苦行的地方。众天神和因陀罗上前对他说道："尊者啊！祝你苦行顺利！"陀提遮对他们说道："欢迎你们！我能为你们做什么？我会照你们说的去做。"他们对他说道："请你为了世界的利益抛弃身体。"大瑜伽行者陀提遮对苦乐一视同仁，毫不犹豫安顿灵魂，抛弃身体。（26）*

　　他的灵魂离去，陀多聚合他的骨头，制成金刚杵。用婆罗门的骨头制成的这枚金刚杵有毗湿奴附身，坚不可摧，所向无敌。因陀罗用它杀死万相，砍下万相的头。在万相的肢体遭到打击时，从中产生弗栗多。因陀罗又杀死敌人弗栗多。（27）*

　　由于犯下双倍的杀害婆罗门罪，出于恐惧，因陀罗抛弃天国王位。他进入摩那娑湖中清凉的莲花中。由于至高的瑜伽力，他变得极小，进入莲花秆纤维中。（28）*

　　三界保护者沙姬之夫（因陀罗）畏惧杀害婆罗门罪而消失，世界失去统治者。忧性和暗性占据众天神。大仙们的咒语失效。罗刹们猖獗。吠陀濒临灭绝。世界失去因陀罗,软弱无力,易受攻击。(29)*

于是,众天神和众仙人为阿优(长寿)之子友邻灌顶,立为天王。友邻额上闪耀着五百颗星星,剥夺一切众生的光辉。他保护天国。由此,三界恢复正常。(30)*

后来,友邻说道:"我已经获得帝释天享受的一切,唯独没有获得沙姬。"说罢,他走近沙姬,说道:"美女啊!我现在是天王,请你接受我吧!"沙姬回答他说:"你出身月亮族,天生热爱正法。你不能侵占别人的妻子。"(31)*

而友邻对她说道:"我现在位居天王。我占有因陀罗的王权和财宝,决不违法。你属于天王。"她回答他说:"我有一个誓愿还没有完成。过几天,等它完成后,我就会到你那里去。"沙姬这样答应后,友邻离去。(32)*

沙姬满怀痛苦和忧愁,渴望见到丈夫,而又惧怕友邻,便走近毗诃波提。看见她走近,毗诃波提陷入沉思,得知她为丈夫操心,便说道:"凭着誓愿和苦行,你召唤赐予恩惠的优波悉如底女神吧!她会告诉你因陀罗在哪里。"(33)*

沙姬奉守大戒,念诵咒语,召唤赐予恩惠的女神优波悉如底。优波悉如底来到沙姬身边,说道:"我受你召唤而来。我怎样为你效劳?"沙姬俯首向她致敬,说道:"女神啊!请你指明我的丈夫在哪里。你是真理的化身。"女神带她到摩那娑湖,指出因陀罗藏在莲花秆纤维中。(34)*

看到妻子面容憔悴,因陀罗心生忧愁:"哎呀!我如今陷入大苦难。她痛苦不堪,前来寻找失踪的我。"因陀罗对她说道:"你近况如何?"她回答他说:"友邻召唤我,而我争取到一些时间。"(35)*

因陀罗对她说道:"去吧!你要对友邻说:你要别出心裁,乘坐仙人拉的车来迎娶我。我乘坐过因陀罗许多可爱的大车。你要用不同的车来接我。"沙姬听了这些话,高兴地离去。因陀罗又钻进莲花秆纤维中。(36)*

看到因陀罗的妻子回来,友邻说道:"时间已到。"沙姬对他说了帝释天教给她的那些话。于是,友邻乘坐大仙们拉的车,去接沙

姬。(37)*

密多罗和伐楼拿的罐生子投山仙人看到众大仙受到友邻侮辱。友邻的脚还踢到了他。于是，他对友邻说道："你行为不当，罪人啊！你坠落大地吧！只要大地和群山屹立，你就成为一条蛇！"这位大仙的话一出口，友邻就从车上坠落。(38)*

这样，三界又失去统治者。众天神和众仙人前去请求尊神毗湿奴庇护，希望因陀罗复位，说道："尊神啊！请你拯救犯有杀害婆罗门罪的因陀罗。"于是，赐予恩惠的尊神对他们说道："让帝释天举行供奉毗湿奴的马祭吧！然后，他就会复位。"(39)*

而众天神和众仙人找不到因陀罗，便对沙姬说道："美女啊！你去把因陀罗找来吧！"她又前往摩那娑湖。因陀罗从湖中出现，走向毗诃波提。毗诃波提为帝释天举行盛大的马祭。然后，毗诃波提以黑斑羚羊作为祭马，让摩录多之主因陀罗骑着它，回到自己的住处。(40)*

从此，天王受到众天神和众仙人赞颂，住在天国，涤除罪恶。他杀害婆罗门罪一分为四，由妇女、火、树木和水分担。就这样，因陀罗依靠婆罗门的威力壮大自己，杀死敌人，恢复自己的地位。(41)*

从前，婆罗堕遮大仙在空中恒河岸边啜水，遇见毗湿奴跨越三步。婆罗堕遮掬水的手掌击中毗湿奴的胸膛，留下印记。(42)*

火遭到婆利古大仙的诅咒，变成吞食一切者。(43)*

阿底提为众天神煮熟食物，心想："他们吃了以后，会杀死阿修罗。"菩达（水星）完成苦行誓愿，来到那里。他对阿底提说道："请施舍吧！"阿底提没有施舍食物，心想："谁也不能先于众天神吃这些食物。"与梵同一的菩达（水星）乞食遭到拒绝，愤怒地诅咒阿底提：毗婆薮（太阳）在第二次出生时，作为卵状胎儿会成为死胎。由此，这位祭祖之神毗婆薮得名"死卵"。(44)*

陀刹有六十个女儿。他把其中十三个嫁给迦叶波，十个嫁给正法之神，十个嫁给摩奴，二十七个嫁给月神。在同样称作星宿的这二十七位妻子中，月神苏摩宠爱卢醯尼（毕宿）。于是，其他妻子出于妒忌，回到父亲身边，诉说此事："尊者啊！我们同样光辉美丽，苏摩却宠爱卢醯尼。"陀刹说："他会得肺痨。"(45)*

由于陀刹的诅咒，苏摩王得了肺痨。然后，他去见陀刹。陀刹告诉他说："你没有做到一视同仁。"在那里，众仙人对他说："肺痨伤身。在西海，有个金湖圣地。你去那里沐浴吧！"于是，苏摩前往金湖圣地，在那里沐浴。沐浴后，他涤除罪恶。由于苏摩在这个圣地展露光辉，从那时起，这个圣地得名"光辉"。由于陀刹的诅咒，苏摩至今日益消瘦，直至新月之夜。而在满月之夜，又蒙有云翳。月亮上有纯洁的兔子形状的印记，呈现阴云的颜色。(46)*

巨首大仙在弥卢山东北坡上修炼苦行。在他修炼苦行时，纯洁的风传送一切芳香，吹拂他的身体。他忍受苦行的折磨，身体瘦削，饮风维生，心中满意。由于他对吹拂的风表示满意，树林突然不开花。为此，他诅咒树木说："你们以后不会常年开花。"(47)*

从前，为了世界的利益，那罗延化身为大仙，名叫马嘴。他在弥卢山上修炼苦行，召唤大海，大海不来。他怒不可遏，全身散发热量，造成海水停滞不动。海水变得像汗水那样发咸。他说道："你的水今后不能饮用，只有称作'马嘴'者（海火）喝你的水时，它们才会变甜。"因此，直至今天，只有称作"马嘴"者（海火）出现时，海水才可饮用。(48)*

楼陀罗爱上雪山的女儿乌玛。婆利古大仙来到雪山，说道："把你的女儿乌玛嫁给我吧！"雪山对他说道："我已经选中楼陀罗。"婆利古对他说道："我求娶你的女儿，遭到拒绝，因此，你今后不会拥有宝石。"直至今天，这位仙人的话还起着作用。(49)*

婆罗门就是这样伟大。由此，刹帝利享有永恒不变的大地王后。婆罗门由火和月亮构成。世界由婆罗门维持。(50)*

以上是吉祥的《摩诃婆罗多》中《和平篇》第三百二十九章（329）。

三三〇

吉祥薄伽梵说：
太阳和月亮以及我的称作光线的头发，唤醒和温暖世界。(1) 由于唤醒和温暖世界，成为世界的喜悦。由于火和月亮的种种行为，般度之子啊！我成为感官之主，赐予恩惠的主宰者，世界的创造者。(2)伴随祷词和祭供，我在祭祀中获取祭品。我具有最鲜艳的黄色，因此，我也称作诃利（黄色）。(3)我是一切世界的归宿、精华和甘露。婆罗门称为规则之家和真理。(4)过去，我找回失踪的大地，因此，众天神赐给我乔宾陀（寻牛者）的美誉。(5)还有一个称号是希毕维湿陀，意思是这位全身没有汗毛者进入一切之中。(6)仙人耶斯迦经常在祭祀中镇静地吟唱我的这个称号，因此，我具有希毕维湿陀这个神秘的称号。(7)智慧广博的仙人耶斯迦赞颂我为希毕维湿陀。由于我的恩惠，他获得消失地下的《尼录多》①。(8)

我过去不出生，现在不出生，将来也不出生。我是一切众生的知领域者（灵魂），因此，我被称作不生。(9)我从不说卑贱粗鲁的话。梵天的女儿婆罗私婆蒂是法则和真理的化身，是我的语言女神。(10)存在和不存在都进入我的灵魂，贡蒂之子啊！住在波湿迦罗梵天宫中的仙人们认为我是真理。(11)我从不脱离善性。你要知道，善性源自我，胜财啊！在这一生中，我依然保持古老的善性。(12)我从事行动而无所企求，你就称呼我为沙特婆多吧！只有凭借善性知识才能看到我，我是沙特婆多族国王。(13)普利塔之子啊！我成为巨大的黑铁（犁头），耕作大地。我的肤色发黑，因此，我是黑天，阿周那啊！(14)

我聚合地、水、空和风，聚合风和光，因此，我得名毗恭吒。(15)涅槃是至高幸福，至高之法，因此，我始终履行，从不背离。(16)一切世界都知道天和地，我支撑这两者，得名轴下生。(17)那些思考音义、精通吠陀词源的人们在祭祀中吟唱我的称号轴下生。(18)思想专一的大仙们说在这世上，除了那罗延，没有人能使用轴下生这个称号。(19)酥油变成我的光焰，维持世上众生的生命，因此，通晓吠陀、镇定自若的人们称呼我为酥油之光。(20)

相传人体的三种要素胆汁、黏液和风由行动产生，互相结合。(21)生物由这三者维持，随着它们衰竭而衰竭，因此，通晓寿命吠陀的人们称呼我为三要素。(22)牛在世上被尊为正法，婆罗多后

---

① 《尼录多》是吠陀词语训诂著作。

裔啊！你要知道，《尼犍豆》辞书中称呼我为高贵的雄牛。(23) 猿被称作最优秀的动物，正法被称作牛，因此，生主迦叶波称呼我为猿牛。(24) 众天神和众阿修罗从不知道我的开始、中间和结尾。我作为世界的主宰者和见证者，被称作无始无终无中间。(25) 胜财啊！在这世上，我听取纯洁的话语，而不接受邪恶的话语，因此，我得名洁闻。(26)

过去，我曾化作神奇的独角野猪，拽出沉没的大地，因此，我得名独角。(27) 在我化身野猪时，长有三个驼峰①，由于这种身体形状，我得名三驼峰。(28) 研究迦比罗学说的人们称呼我为净化者。我也是生主，从心中创造一切世界。(29) 论点明确的数论师们称呼我为迦比罗，永远立足太阳，以知识为助手。(30) 我也是颂诗中赞美的光辉的金胎，一向受到瑜伽行者崇拜。(31)

通晓吠陀的人们称呼我为具有二十一分支的梨俱吠陀和具有一千分支的娑摩吠陀。那些崇拜我的婆罗门难能可贵，也在森林书中吟诵我。(32) 对于行祭者祭司，我是具有一百零一分支的夜柔吠陀。(33) 通晓阿达婆吠陀的婆罗门称呼我为阿达婆吠陀，具有五种仪轨和种种增加效力的咒术。(34) 你要知道吠陀中的这些分支、歌曲、音素、音节和重音，这一切都是我创造的。(35) 我作为马首出现，赐予恩惠，普利塔之子啊！我通晓吠陀诵读法，出现在吠陀附录中。(36) 由于我的恩惠，灵魂高尚的般遮罗遵循罗摩（持斧）指引的道路，获得吠陀诵读法。这位巴跋罗维耶族仙人首先精通吠陀诵读法。(37) 确实，这位伽罗婆仙人蒙受那罗延的恩惠，获得至高无上的瑜伽，编订和传授吠陀诵读法。(38)

甘陀利迦和威武的梵授王一再回忆生生死死的痛苦，在七生中出类拔萃，达到瑜伽行者的成就。(39) 普利塔之子啊！从前，我出于特殊原因，成为正法的儿子，俱卢族之虎啊！因此，我得名法生。(40) 从前，那罗和那罗延遵行正法，登上香醉山，修炼永恒的苦行。(41) 当时，陀刹正在举行祭祀，婆罗多后裔啊！他不允许楼陀罗分享祭品。(42) 于是，听从陀提遮仙人的话，楼陀罗捣毁陀刹的祭

---

① 三个驼峰是指野猪的肩、鼻和獠牙。

祀，愤怒地掷出一支时刻燃烧的铁叉。（43）这支铁叉将陀刹的盛大祭祀化为灰烬后，突然飞至我俩的枣树净修林，普利塔之子啊！猛然坠落在那罗延胸脯上。（44）于是，那罗延充满威力的头发变成孟阇草色，因此，我得名孟阇盖舍。（45）灵魂伟大的那罗延发出"唵"声，击中那罗延的铁叉便飞回商迦罗（楼陀罗）手中。（46）然后，楼陀罗跑向这两位具有威力的仙人。宇宙灵魂那罗延用手掐住楼陀罗的脖子，由此，楼陀罗脖子变青，得名青项。（47）同时，为了打击楼陀罗，那罗拿起一根芦苇，念诵咒语，芦苇顿时变成大斧。（48）大斧扔在楼陀罗身上，当即破碎。由于大斧破碎，我得名斧碎。（49）

阿周那说：

在这场摧毁三界的战斗中，苾湿尼后裔啊！谁获得胜利？请你告诉我，遮那陀那啊！（50）

吉祥薄伽梵说：

楼陀罗和那罗延两人交战，一切世界都惊恐不安。（51）火不再接受祭祀中供奉的纯洁的祭品，吠陀不向灵魂纯洁的仙人们展示。（52）忧性和暗性占据众天神。大地摇晃，天空似有若无。（53）所有发光体失去光辉，梵天从宝座跌落，大海枯竭，雪山破裂。（54）

出现这些凶兆险象，般度之子啊！众天神和灵魂高尚的众仙人簇拥着梵天，迅速来到发生战斗的地方。（55）通晓词源的四脸（梵天）双手合十，对楼陀罗说道："保佑世界平安吧！为了世界的利益，放下武器吧！宇宙之主啊！（56）人们知道他不灭，不变，不显现，世界的主宰和源泉，摆脱对立，既是行动者，又是不行动者。（57）他进入显现状态，采取同一种吉祥的形体，那罗和那罗延出生在正法家族。（58）这两位优秀的天神修炼大苦行，恪守大誓愿。出于特殊的原因，我生自他的恩惠。在从前的创造中，你生自他的愤怒，也是永恒者。（59）你与众天神、众大仙和我一起，向这位赐予恩惠者请求宽恕吧！让世界尽快恢复安宁吧！"（60）

听了梵天的话，楼陀罗平息愤怒之火，请求大神那罗延宽恕，请求古老、优秀、赐予恩惠的大神诃利庇护。（61）赐予恩惠的大神克制愤怒，控制感官，满怀喜悦，与楼陀罗重归于好。（62）受到众仙人、众天神和梵天崇拜的世界之主诃利对自在天（楼陀罗）说

645

道:(63)"谁知道你,他也知道我;谁追随你,他也追随我。我俩之间没有什么区别,你不必有另外的想法。(64)从今以后,让这个铁叉印记成为我胸前的吉祥卍字,让我的手指印记使你获得吉项的称号。"(65)就这样,他们互相留下吉祥标志。那罗和那罗延两位仙人和楼陀罗结成无与伦比的友谊。他俩遣散众天神,平静地修炼苦行。(66)

普利塔之子啊!我已经为你讲述那罗延在战斗中获取胜利,婆罗多后裔啊!我也已经为你讲述世上仙人们称呼我的种种神秘名字及其起源。(67)我以多种化身漫游大地,漫游永恒的梵界和牛界,贡蒂之子啊!你在战斗中受到我的保护而获得大胜利。(68)一旦战争发生,你要知道,贡蒂之子啊!那位走在你面前的,就是神中之神楼陀罗。(69)我已经告诉你,这位毁灭之神生自我的愤怒。凡是你杀死的敌人,首先被他杀死。(70)你要诚心诚意向这位神中之神致敬!他又名诃罗,是乌玛之夫,宇宙之主,永恒不变,威力无穷。(71)

以上是吉祥的《摩诃婆罗多》中《和平篇》第三百三十章(330)。

三三一

镇群说:

婆罗门啊!听了你的长篇叙述,所有的仙人无比惊奇。(1)这是一座无与伦比的知识之海,用智慧作搅棒,从十万颂宏大的婆罗多族传说中搅出。(2)犹如奶油来自凝乳,檀香来自摩罗耶山,森林书来自吠陀,甘露来自药草。(3)婆罗门啊!你讲述的那罗延故事是无与伦比的故事甘露,苦行之海啊!(4)这位尊神是主宰者,是一切众生的灵魂和本源,婆罗门俊杰啊!那罗延的威力难以见到。(5)在劫末,以梵天为首的众天神、众仙人、众健达缚以及一切动物和不动物都进入那罗延。因此,我认为在天上和人间没有比他更高的圣洁者。(6)前往任何净修林,前往圣地沐浴,都比不上那罗延故事赐予的功德。(7)宇宙之主诃利的故事涤除一切罪恶,从头至尾听取后,我们彻底获得净化。(8)

毫不奇怪，我的高贵的祖先胜财（阿周那）有婆薮提婆之子（黑天）辅佐，获得大胜利。（9）我认为在三界中，谁与三界保护者毗湿奴结为盟友，他就没有什么不能达到。（10）婆罗门啊！我的祖先们十分幸运，有遮那陀那（黑天）关注他们的利益和幸福。（11）即使依靠苦行也不能见到这位举世敬仰的尊神。而他们亲眼目睹这位胸前饰有吉祥卍字的尊神。（12）

最上者之子那罗陀比他们更幸运。我知道那罗陀仙人威力非同小可。他到达白岛，亲自见到诃利。（13）他得以见到化身为阿尼娄陀的尊神，显然出自尊神的恩惠。（14）牟尼啊！他为何又前往枣树净修林看望那罗和那罗延？（15）最上者之子那罗陀从白岛回来，又前往枣树净修林，见到这两位仙人。（16）灵魂高尚的那罗陀从白岛回来，又前往枣树净修林。他在那里住了多少日子？请教了哪些话题？（17）那罗和那罗延这两位灵魂高尚的仙人讲述了什么？请你如实告诉我这一切。（18）

护民子说：

向无限光辉的毗耶娑尊者致敬！蒙受他的恩惠，我将讲述这个那罗延故事。（19）到达辽阔的白岛，见到永恒不变的诃利，那罗陀迅速返回弥卢山，国王啊！他的心中装满至高灵魂（那罗延）沉甸甸的话。（20）他自己也感到惊讶，这么遥远的路程，他来去平安。（21）然后，他从弥卢山前往香醉山，迅速从空中降落宽阔的枣树净修林。（22）他看到这两位古老而优秀的神仙在修炼苦行，依托伟大的灵魂，恪守伟大的誓愿。（23）这两位受崇拜者的光辉胜过照耀一切世界的太阳，胸前饰有吉祥卍字，头顶盘有发髻。（24）他俩手臂上有天鹅标志，脚底有轮状标志，肩膀宽阔，手臂修长，有四个睾丸。（25）有六十颗牙齿，八颗犬齿，面庞俊美，额头宽阔，双颊丰满，眉毛和鼻梁端正。（26）头似华盖，这两位天神具有这些称作"大人相"的标志。（27）

那罗陀看到他俩，满心喜欢。他俩向他致敬，表示欢迎，问候健康。（28）那罗陀望着这两位至高原人，思忖道："我在白岛看到那些受一切众生崇敬的居民。（29）这两位仙人与他们相像。"他心中这么想着，右旋致敬后，坐在圣洁的拘舍草垫上。（30）这两位仙人是苦行、名誉和光辉之家,平静,自制,完成早晨的仪式。(31)他俩沉着地供给那罗陀洗脚水和食物,既完成早晨的仪式,又履行待客之礼,然后入座,国王啊!(32)他俩入座后,这个地方显得光辉灿烂,犹如随着祭品投入熊熊燃烧的祭火,祭坛显得光辉灿烂。(33)那罗陀作为客人受到善待,消除疲劳,舒适自在。于是,那罗延对他说道:(34)"你在白岛看到永恒的至高灵魂,那是我俩的本源。"(35)

那罗陀说:

我看到吉祥的原人具有宇宙形象,永恒不变,一切世界以及众天神和众仙人都寄居其中。甚至现在,我看到你们两位永恒者,也就看到他。(36)你俩显现的种种形体特征正是诃利没有显现的种种形体特征。(37)我在那里看到你俩在那位大神的身边。按照那位至高灵魂的吩咐,我现在来到这里。(38)在这三界中,除了你们两位正法之子,谁的光辉、名誉和吉祥能与他相比?(39)他首先告诉我"知领域者"(灵魂)这个称号,又讲述他未来的种种化身。(40)

那些白岛居民摆脱五种感官,达到觉醒,崇拜这位至高原人。(41)他们经常敬拜这位大神,他也与他们一起娱乐。这位可敬的至高灵魂喜爱虔信者,喜爱婆罗门。(42)这位大神备受崇敬,喜爱薄伽梵(毗湿奴)信徒,经常与他们一起娱乐。这位亲爱的大神享受一切,遍及一切,喜爱虔信者。他是创造者,原因和结果,充满力量和光辉。(43)他修炼苦行,以自己的光辉照亮自己。这种光辉的威力高于白岛。(44)在三界中,灵魂纯洁的悉陀们达到平静。他凭借圣洁的智慧,恪守至高的誓愿。(45)

这位神中之神在那里修炼严酷的苦行,太阳不发热,月亮不闪耀,风儿不吹拂。(46)这位享受一切的大神安置八指尺高的祭坛,修炼严酷的苦行,单足独立,双臂高举,面向东方,吟诵吠陀和吠陀支。(47)梵天、众仙人、兽主(楼陀罗)以及其他优秀的天神、提迭、檀那婆和罗刹,(48)蛇、金翅鸟、健达缚、悉陀和王仙,他们按照规则供奉的祭品,全都到达这位大神的双脚。(49)这位大神俯首接受信仰唯一神的人们举行的一切仪式。(50)在三界中,他最喜爱灵魂高尚的觉醒者,因此,我也信仰唯一神。按照这位至高灵魂的吩咐,我来到这里。(51)尊神诃利亲自告诉我说,今后我将专心一

致，长期与你俩相处。(52)

以上是吉祥的《摩诃婆罗多》中《和平篇》第三百三十一章（331）。

三三二

那罗和那罗延说：

你很幸运，亲自见到这位大神。谁也见不到他，甚至莲花生（梵天）也见不到他。(1) 这位至高原人出生隐秘，难以见到，那罗陀啊！我们对你说的都是实话。(2) 在这世上，他最喜爱虔诚的人，因此，他亲自向你展现自己，婆罗门俊杰啊！(3) 除了我俩，没有人能到达这位至高灵魂修炼苦行的地方，婆罗门俊杰啊！(4) 由于他亲自照耀，那里的光辉如同一千个太阳的光辉。(5)

这位大神是世界之源，婆罗门啊！从他那里产生宽容，最优秀的宽容者啊！大地具有这种宽容。(6) 从这位大神那里产生有益于一切众生的液汁，水具有液汁而流动。(7) 从他那里产生具有色泽的光，太阳具有光而照耀世界。(8) 从这位至高原人那里产生接触感，风具有接触感而吹拂世界。(9) 从这位一切世界之主那里产生声音，空具有声音，漫无边际。(10) 从这位大神那里产生遍及一切众生的意念，月亮具有意念而清澈明亮。(11)

这是吠陀中称作产生六大元素①的地方。享受祭品的尊神就住在这里，以知识为伴。(12) 在这世上，摆脱善恶、纯洁无瑕的人们一路平安，婆罗门俊杰啊！太阳驱除一切世界的黑暗，被称作解脱之门。(13) 那些进入太阳的人们全身燃烧而不可见，变成极微，进入那位大神。(14) 然后，脱离那位大神，在阿尼娄陀的身体中变成意念，又进入始光。(15) 然后，优秀的婆罗门、数论者和薄伽梵信徒们脱离始光，进入生命商迦尔舍那。(16) 然后，这些摆脱三性的人们直接进入至高灵魂即没有性质的知领域者，婆罗门俊杰啊！你要知道知领域者就是婆薮提婆之子，世界万物的庇护。(17) 那些凝思静

---

① 六大元素指地、水、火、风、空和心。

虑、恪守戒律、控制感官和信仰唯一神的人们进入婆薮提婆之子。(18)

我俩出生在正法家族，婆罗门俊杰啊！住在宽阔可爱的净修林，修炼严酷的苦行。(19) 那位大神在三界的种种化身将会令众天神喜欢，但愿他们吉祥如意，婆罗门啊！(20) 我俩一如既往，按照自己的规则，恪守一切崇高艰难的誓愿，婆罗门俊杰啊！(21) 我俩在白岛见到你，以苦行为财富者啊！你见到尊神，进行了交谈。(22) 我俩知道三界动物和不动物中的一切情况，无论发生在过去、现在或未来，无论是善是恶。(23)

护民子说：

听了他俩的话，那罗陀双手合十，虔信那罗和那罗延，开始修炼严酷的苦行。(24) 他按照规则念诵许多与那罗延有关的咒语，在那罗和那罗延的净修林中住了一千天年。(25) 大光辉的那罗陀仙人住在那里，敬拜那位大神，敬拜那罗和那罗延。(26)

以上是吉祥的《摩诃婆罗多》中《和平篇》第三百三十二章（332）。

三三三

护民子说：

有一次，最上者之子那罗陀按照规则祭供天神后，祭供祖先。(1) 年长的正法之子（那罗）对他说道："婆罗门俊杰啊！在祭神和祭祖仪式中，你祭供谁？(2) 思想优秀者啊！请你如实告诉我。你举行什么仪式？期望什么果实？"(3)

那罗陀说：

你曾经告诉我，应该祭供天神。至高祭祀是祭供天神，祭供永恒的至高灵魂。(4) 我接受教导，经常祭供永恒不变的毗恭吒（毗湿奴）。从前，世界的老祖宗梵天出自他。(5) 最上者（梵天）高兴地生下我的父亲（陀刹）。而我最初是从他的思想中产生的儿子。(6) 我按照那罗延确立的规则祭供祖先。而尊神那罗延是世界的父亲、母亲和祖先，我经常在祭祖仪式中祭供这位世界之主。(7) 吠陀无与伦比，由父亲们传授给儿子们，大神啊！父亲们曾经忘却吠陀，① 转而向儿子们学习吠陀。儿子们传授吠陀而成为父亲。(8) 你们两位灵魂纯洁，知道过去的一切。就是这样，父亲们和儿子们互相尊重。(9) 首先在地面铺上拘舍草，然后放上三个饭团。从前，父亲们怎么会获得"饭团"的称号？(10)

那罗和那罗延说：

从前，以大海为腰带的大地消失，乔宾陀（毗湿奴）立即化身野猪，拽出大地。(11) 这位至高原人为世界效力，全身沾满泥水，让大地恢复原位。(12) 太阳当空，到达中午祈祷时间，这位大神迅速用獠牙挑起一些泥团，安放在事先铺有拘舍草的地面上，那罗陀啊！(13)他在这些泥团中倾注自我，按照规则祭祖。他依据自己的方式制作这三个泥团。(14) 这位神中之主面朝东方，撒下由自己肢体的热量产生的、含有油汁的芝麻，完成这个仪式。(15)

然后，为了确立规则，他说道："作为世界创造者，我亲自创造祖先们。"(16) 他思考至高的祭祖规则时，那三个泥团脱离獠牙，落到南方地上，由此成为祖先们。(17) 于是，他说道："我创造的这三个没有形体的团状物，让它们永远成为世上的祖先们吧！(18) 应该知道我作为父亲、祖父和曾祖父，就在这三个团状物中。(19) 没有比我更高者。有谁值得我敬拜？在这世上，谁是我的父亲？我是祖父。(20) 我是祖先，我是原因。"神中之神牛猿（毗湿奴）说了这些话。(21) 婆罗门啊！他在野猪山上供奉这些泥团，祭拜自我，然后，消失不见。(22)

思想纯洁者啊！由此，按照牛猿（毗湿奴）的说法，祖先们得名饭团，永远接受祭拜。(23) 这样，在行动、思想和语言上，祭供祖先、天神、老师、客人、牛、优秀的婆罗门和大地母亲，也就是祭供毗湿奴。(24) 这位尊神隐藏在一切众生身体中，对一切众生一视同仁，对苦乐一视同仁。他就是宇宙一切的伟大灵魂那罗延。(25)

以上是吉祥的《摩诃婆罗多》中《和平篇》第三百三十三章（333）。

---

① 众天神曾经长期忙于与阿修罗战斗而忘却吠陀。

三三四

护民子说：

听了那罗和那罗延说的这些话，那罗陀无限崇拜这位大神，唯独信仰这位大神。（1）他在那罗和那罗延的净修林里住了一千年，听取尊神的故事，目睹永恒不变的诃利，然后，迅速返回雪山自己的净修林。（2）苦行卓著的那罗和那罗延两位仙人继续留在这个可爱的净修林，修炼严酷的苦行。（3）

你是般度族后裔，威力无限，今天从头至尾听取了这个故事，灵魂获得净化。（4）这个世界和另一个世界，都没有人在行动、思想和语言上仇视永恒不变的毗湿奴，王中俊杰啊！（5）谁仇视至高之神那罗延·诃利，他的祖先就会永远堕入地狱。（6）怎么能仇视世界一切众生的灵魂？人中之虎啊！毗湿奴就是灵魂。（7）

我们的老师芳香女之子（毗耶娑）仙人讲述了这位至高灵魂的伟大。我从他那里听到，又讲给你听，无罪的人啊！（8）你要知道，岛生黑仙毗耶娑就是大地上的那罗延，人中之虎啊！除他之外，谁能创作《摩诃婆罗多》？谁能讲述各种正法？（9）你如实听取了正法，决定举行马祭。你就按照你的决定，举行这场大祭吧！（10）

继绝之子镇群王听了这个伟大的故事，着手一切事务，以完成祭祀。（11）①

我向你讲述的这个那罗延故事，国王啊！那是从前那罗陀当着众仙人、般度族、黑天和毗湿摩的面，讲给我的老师（毗耶娑）听的。（12）

诃利是至高的导师，世界的主人，大地的支柱，平静和克制之海，学问和修养之海，婆罗门的至高利益所在，众天神的利益所在，但愿他成为你的归宿！（13）他是伟大的苦行之海，伟大的名誉之海，驱除不幸者，享有祭品者，超越三性者，但愿他赐予你们这些虔信者

---

① 这一颂不属于护民子说的话，有的抄本标为歌人（厉声）说。

庇护、无畏和归宿。(14) 他维持四吠陀和五祭祀,分享祭供和布施的功德,威力强大,不可战胜,永远为行善的仙人们提供灵魂的归宿。(15) 他是不生者,原人,世界的见证者,至高的归宿,肤色灿若太阳,你们这些耶提(苦行者)要全心全意向他致敬!甚至水生之神(那罗延)也向这位仙人致敬。(16) 他是世界的本质,不朽的境界,微妙,古老,稳定,至高,自我约束的数论者和瑜伽行者凭借智慧永远知道他,牢记他。(17)

以上是吉祥的《摩诃婆罗多》中《和平篇》第三百三十四章(334)。

三三五

镇群说:

聆听了这位至高灵魂的伟大,他出生在正法之家,化身为那罗和那罗延,以及由野猪创始的古老的饭团。(1) 婆罗门啊!你也向我们讲述了他怎样创立入世法和出世法,无罪的人啊!(2) 你讲述了最上者梵天尊神曾经看到,享受祭品的毗湿奴在东北部的大海中化身为巨大的马首。(3) 世界维持者诃利采取的这种前所未有的大威力化身是什么模样?优秀的智者啊!(4) 看到这位圣洁优秀的天神采取前所未有的马首化身,威力无限,牟尼啊!梵天做什么?(5) 关于这种古老的知识,我们有疑惑,婆罗门啊!请你为我们说明这种"大人相",思想崇高者啊!你讲述的圣洁故事使我们获得净化,婆罗门啊!(6)

护民子说:

我现在为你讲述符合吠陀的古老传说,那是尊者毗耶娑讲给正法之子坚战听的。(7) 听说毗湿奴大神采取马首化身,这位国王也产生疑惑,提问求教。(8)

坚战说:

梵天看到大神化身马首,那么,大神为何采取这种形体?(9)

毗耶娑说:

从大神智慧中产生的五大元素占据世上的一切身体,民众之主啊!(10) 大神那罗延是世界的创造者和主宰者,一切众生的内在灵魂,赐予恩惠者,既有性质,也无性质,王中俊杰啊!请听万物的毁灭。(11)大地沉没在一片汪洋中,然后,水化入光,光化入风。(12)风化入空,空化入心,心化入显现者,显现者化入未显者。(13)未显者化入原人,原人化入一切,一切化入黑暗,不可辨认。(14)

从黑暗中产生梵,以黑暗为根基,以规则为核心。梵产生宇宙观念,采取原人形体。(15)人们称他为阿尼娄陀,以梵为根基,王中俊杰啊!他又称作未显者,具有三性。(16)大神诃利又称遍军,以知识为伴,躺在水中,修习睡眠瑜伽,设想创造具有多种性质的灿烂世界。(17)他思索创造,回想自己的伟大性质,产生自我意识,产生梵天,具有四张圣洁的面孔。这位尊神又名金胎,成为一切世界的祖宗。(18)他出生在阿尼娄陀肚脐上长出的莲花中。这位光辉的永恒之神眼似莲花,坐在莲花中。(19)他满怀惊奇地看到世界是一片汪洋。这位最上者立足善性,开始创造众生。(20)

首先,那罗延创造的两滴蕴含性质的水洒进灿若阳光的莲花瓣中。(21)这位无始无终、永不坠落的尊神凝视这两滴水。其中一滴水美丽可爱,如同蜂蜜。(22)按照那罗延的要求,从这滴水中产生摩图,由暗性构成。而从另一滴稠密的水中产生盖达跋,由忧性构成。(23)他俩出类拔萃,具有暗性和忧性,充满力量,手持铁杵,在莲花中跑动。(24)他俩看到无限光辉的梵天在莲花中首先创造色彩绚丽的四吠陀。(25)这两位具有形体的阿修罗俊杰当着梵天的面,突然抢走四吠陀。(26)这两位檀那婆俊杰怀抱永恒的四吠陀,迅速潜入东北部的大海中。(27)

四吠陀遭到抢劫,梵天失魂落魄。他失去吠陀,对大神说道:(28)"吠陀是我的至高眼睛,吠陀是我的至高力量,吠陀是我的至高之家,吠陀是我的至高之梵。(29)两个檀那婆强行抢走我的所有吠陀。失去吠陀,我的世界陷入黑暗。没有吠陀,我怎么能创造世界?(30)失去吠陀,带给我莫大的痛苦!强烈的忧愁折磨我的心。(31)我已沉入忧愁之海,谁能拯救我?谁能取回失去的吠陀?谁能爱护我?"(32)

王中俊杰啊!梵天这样说着,突然闪出赞颂诃利的念头,优秀的智者啊！于是，他双手合十，吟诵至高的祷词：（33）"向你致敬，梵心啊！向你致敬，兄长啊！你是世界的本源，最优秀的住处，数论和瑜伽之海。（34）你是显现者和未显者的创造者，不可思议者，一路平安者，享受一切者，一切众生的内在灵魂，无起源者。（35）你是自在天，世界庇护所。我生自你的恩惠。我第一次生自你的思想，备受婆罗门崇敬。（36）我第二次生自你的眼睛。由于你的恩惠，我第三次生自你的语言。（37）我第四次生自你的耳朵。我第五次生自你的鼻子。（38）第六次通过你，我生自卵，无限光辉者啊！这是第七次，我生自莲花。（39）在每次创造中，我成为你的儿子，莲花眼啊！你是世界的本质，摆脱三性。（40）你是至高本性，自在天，至高原人。我由你创造，以吠陀为眼睛，超越寿命。（41）我的吠陀被抢走，我也就失去眼睛，变成瞎子。请你醒来吧！我热爱你，你也喜欢我。"（42）

这位面向各方的原人受到梵天赞颂，摆脱睡意，准备找回吠陀。他施展神力，采取另一种形体。（43）他的身体灿若月亮，有俊俏的鼻子。他化身为马首，作为吠陀的居处，光彩熠熠。（44）天穹和群星成为他的头顶，长长的头发灿若阳光。（45）天空和地下成为他的双耳，大地成为额头，圣洁的恒河和娑罗私婆蒂河成为双眉。（46）日月成为双眼，晨昏成为鼻子，"唵"音成为潜能，闪电成为舌头。（47）饮苏摩酒的祖先们成为这位灵魂伟大者的牙齿，牛界和梵界成为他的双唇，国王啊！超越性质的黑夜成为他的脖子，国王啊！（48）

宇宙之主化身为这样多姿多态的马首后，消失不见，进入地下。（49）他进入地下后，施展至高的瑜伽，按照标准的发音，发出"唵"音。（50）声音清晰，响彻各方，余音缭绕。声音充满地下，激发一切众生。（51）当时，两位阿修罗与吠陀约定时间后，将吠陀扔在地下，跑向发出声音的地方。（52）国王啊！这时，化身马首的诃利大神取走地下的所有吠陀，交给梵天，然后，他恢复原形。（53）这样，他在东北部的大海中化身马首，成为吠陀的居处。（54）

而两位檀那婆摩图和盖达跋，没有看到什么，又赶快返回，却看到他俩扔下吠陀的地方空无一物。（55）这两位优秀的力士以最快的速度跑出地下，看到原始创造者原人。（56）他呈现阿尼娄陀的形体，肤色白净，如同皎洁的月亮。他威力无限，修习睡眠瑜伽。（57）他躺在水上，以一条适合自己身材的蛇为床，周围布满光环。（58）他充满纯洁的善性，光辉灿烂。这两位檀那婆王看到他后，发出大笑。（59）他俩充满忧性和暗性，说道："这个白净的人躺在那里睡觉。（60）肯定是他取走了地下的吠陀。他属于谁？他是谁？为何睡在蛇身上？"（61）

他俩说罢，唤醒诃利。至高原人（诃利）醒来，意识到他俩准备挑起战斗。（62）他望着这两位阿修罗王，决心应战。于是，他俩和那罗延交战。（63）为了帮助梵天，诛灭摩图者（诃利）杀死体内充满忧性和暗性的摩图和盖达跋。（64）就这样，至高原人（诃利）杀死他俩，夺回吠陀，解除梵天的忧愁。（65）然后，在众天神陪伴下，梵天遵奉吠陀，杀死敌人，创造世界一切动物和不动物。（66）赋予梵天创造世界的杰出智慧后，诃利大神返回原处，消失不见。（67）他化身马首，杀死两位檀那婆后，为了树立入世法，又恢复形体。（68）

就这样，大福大德的诃利化身马首。这位赐予恩惠的大神曾经具有这个古老的形象。（69）哪位婆罗门经常听取和记住这个形象，他就永远不会忘却学会的吠陀。（70）遵循罗摩（持斧）指引的道路，般遮罗以严酷的苦行取悦化身马首的大神，获得吠陀诵读法。（71）按照你的询问，我为你讲述了符合吠陀的、古老的马首故事。（72）无论何时何地，为了事业的需要，这位大神想要采取什么形体，他都能依靠自己变化出那种形体。（73）

诃利大神充满吉祥，是吠陀之海，苦行之海，瑜伽，数论，至高的梵。（74）吠陀以那罗延为至高者，祭祀以那罗延为核心，苦行以那罗延为至高者，归宿以那罗延为至高者。（75）真理以那罗延为至高者，规则以那罗延为核心，正法以那罗延为至高者，也就不再返回。（76）以入世为特征的正法也以那罗延为核心，大地中最优秀的香气以那罗延为核心。（77）水的性质味以那罗延为核心，国王啊！光的性质色以那罗延为核心。（78）风的性质触以那罗延为核心，空的性质声也以那罗延为核心。（79）心是未显者（原初物质）的性质

656

和特征，时间以行星运行为标志，也都以那罗延为至高者。(80) 名誉、吉祥和幸运都以那罗延为至高者，数论以那罗延为至高者，瑜伽以那罗延为核心。(81)

这位原人是这一切的原因，这一切的根基、手段、本性、行动和天命。(82) 探求真谛的人们运用各种推理，确认诃利是五种原因，无处不在。(83) 大瑜伽行者诃利·那罗延是唯一的真谛。包括梵界在内，一切世界灵魂高尚的仙人，(84) 通晓灵魂的数论者、瑜伽行者和耶提（苦行者），盖沙婆（诃利）知道他们的意愿，而他们不知道他的意愿。(85) 在一切世界中，人们祭供天神和祖先，慷慨布施，修炼大苦行。(86) 毗湿奴依据至高的法则，成为他们的依托。他被称作婆薮提婆之子，是一切众生的庇护所。(87) 这位永恒至高的仙人威力巨大，有性质而称作无性质。他迅速地接受性质，犹如时间变换季节。(88) 在这世上，甚至灵魂高尚的人们都看不到他的来去行踪，惟有以知识为灵魂、恪守戒行的大仙们经常看到这位原人充满性质。(89)

以上是吉祥的《摩诃婆罗多》中《和平篇》第三百三十五章 (335)。

三三六

镇群说：

尊神诃利喜爱所有的虔信唯一神者，亲自接受符合规则的祭供。(1) 在这世上，有些人燃料燃尽，摆脱善恶，循序前进，达到你指出的归宿。(2) 他们在第四阶段①达到至高原人。虔信者都能达到至高归宿。(3) 那罗延最喜爱这种虔信法。虔信者不经过前三个阶段，就能达到永恒不变的诃利。(4) 按照规则诵读吠陀和奥义书的婆罗门，遵行耶提法的苦行者，(5) 我知道他们的归宿低于虔信唯一神者。哪位天神或哪位仙人宣示这种虔信法？(6) 什么是虔信者的行为？这种行为始于何时？我好奇心切，请你解除我的疑惑。(7)

---

① 第四阶段指婆薮提婆之子，前三阶段指阿尼娄陀、始光和商迦尔舍那。他们代表那罗延的四个形体。

护民子说：

俱卢族和般度族双方军队排定阵容，准备交战。这时，阿周那精神沮丧，尊神（黑天）亲自开导他。（8）其中来龙去脉，我以前已经讲给你听。灵魂不完善的人难以理解这种深邃的虔信法。（9）从前，在圆满时代，创造出这种与娑摩吠陀一致的虔信法，国王啊！由大神那罗延亲自维系。（10）普利塔之子（坚战）曾经当着黑天和毗湿摩的面，大王啊！询问仙人中间的大福大德者那罗陀这个问题。（11）我的老师（毗耶娑）向我讲述了这件事，王中俊杰啊！请听那罗陀当时说的话。（12）

大地保护者啊！梵天从那罗延的心中产生，从那罗延的嘴中出生，婆罗多后裔啊！那时，那罗延亲自按照这种法，祭供天神和祖先。（13）饮用水沫的仙人们获得这种法。吠伽那娑们从饮用水沫的仙人们那里获得这种法。苏摩从吠伽那娑们那里获得这种法，然后，它消失不见。（14）梵天第二次从那罗延的眼睛中出生，国王啊！他从苏摩那里得知这种法，国王啊！他把这种法教给以那罗延为灵魂的楼陀罗。（15）在圆满时代，楼陀罗遵奉瑜伽，向所有的矮仙们吟诵这种法，然后，由于大神的幻力，它又消失不见。（16）梵天第三次从那罗延的语言中出生，国王啊！这种法又直接从那罗延那里产生。（17）名为金翅的仙人依靠严酷的苦行，自制和戒行，从至高原人那里获得这种法。（18）金翅每天三次吟诵这种至高的法，因此，这种誓愿在世上称作"三金翅法"。（19）梨俱吠陀中吟诵这种难以遵行的誓愿，人中俊杰啊！风神是世界的寿命，（20）从金翅那里获知这种永恒的法。吃剩食的仙人们又从风神那里获得这种法。（21）大海从仙人们那里获得这种至高的法。然后，它又消失不见，融入那罗延。（22）

梵天又从那罗延的耳朵中出生，人中之虎啊！请听我说。（23）大神诃利·那罗延想要创造世界，设想有一个能创造世界的人。（24）这样想着，从他的耳朵中产生一个人，那就是创造众生的梵天。于是，世界之主（那罗延）对梵天说道：（25）"儿子啊！你从嘴中和脚中创造一切众生吧！我将恩宠你，赐给你力量和光辉，严守誓言者啊！（26）你从我这里接受这种名为沙特婆多的法吧！按照这种法，你安排圆满时代的一切吧!"(27)梵天向大神那罗延俯首致敬,接受这种蕴含神秘要义的至高的法以及森林书。它们出自那罗延之口。(28)那罗延向无限光辉的梵天指出这种法是圆满时代的法,称作无欲行动①法。然后,那罗延前往未显者所在的黑暗彼岸。(29)

然后,梵界祖宗、赐予恩惠的大神梵天创造世界一切动物和不动物。(30)于是,圣洁的圆满时代开始运转,沙特婆多法遍布一切世界。(31)世界创造者梵天按照这种原初的法供奉神中之主诃利·那罗延。(32)为了世界的利益,梵天将这种法传授给斯伐罗吉舍·摩奴,以便在世上确立这种法。(33)然后,一切世界之主斯伐罗吉舍镇定自若,将这种法传授给自己的儿子商佉波陀。(34)然后,商佉波陀将这种法传授给自己的儿子方位守护者,婆罗多后裔啊!到了三分时代,它又消失不见。(35)

梵天又从那罗延的鼻子中出生,王中俊杰啊!莲花眼大神诃利·那罗延当着梵天的面,亲自吟诵这种法。(36)然后,梵天之子永童学会这种法,国王啊!在圆满时代之初,生主维罗那从永童那里学会这种法,俱卢族之虎啊!(37)维罗那将这种法教给劳吉耶。劳吉耶又教给身心纯洁、恪守誓言和聪明睿智的儿子。(38)这个儿子名叫古齐,遵行正法,守护方位。然后,出自那罗延之口的这种法又消失不见。(39)梵天又从卵中出生后,这种法又为梵天从那罗陀口中诵出。(40)梵天接受这种法,遵照执行,国王啊!他传授给称作勃尔希奢陀的牟尼们。(41)这些牟尼又传授给精通娑摩吠陀的婆罗门阇耶私吒。他以阇耶私吒娑摩弗罗多·诃利闻名于世。(42)阇耶私吒又传授给国王阿维甘波那,国王啊!然后,出自诃利的这种法又消失不见。(43)

梵天第七次从莲花中出生,国王啊!那罗延亲自吟诵这种法,(44)在时代之初,传授给维持世界的梵天。梵天又将这种法传授给陀刹。(45)陀刹传授给大外孙、萨毗多之兄阿提迭,王中俊杰啊!阿提迭又传授给毗婆薮。(46)在三分时代之初,毗婆薮传授给摩奴。为了世界的繁荣,摩奴又传授给儿子甘蔗王。(47)甘蔗王将这种法

---

① 无欲行动指从事行动而不执著行动成果。

传遍一切世界,国王啊!到了世界毁灭时,它又返回那罗延。(48)

这些恪守誓言的人们奉行的法,王中俊杰啊!曾经在《诃利之歌》①中,简明扼要地传达给你。(49)那罗陀直接从世界保护者那罗延那里获得这种种蕴含神秘要义的法,国王啊!(50)这种原始、永恒的大法难以理解,难以实行,一向由沙特婆多族维系。(51)按照正法知识从事行动,奉行不杀生,大神诃利喜爱这样的人。(52)但见诃利或呈现一种形体,或两种形体,或三种形体,或四种形体②。(53)诃利是知领域者(灵魂),无私欲,不可分,是一切众生的生命,超越五大元素。(54)他是驾驭五种感官的心,聪明睿智,是世界的创造者和维持者,国王啊!(55)他既是行动者,又是不行动者;既是原因,又是结果,国王啊!这位永恒不变的原人按照自己的心意游戏。(56)

我为你讲述了这种虔信法,王中俊杰啊!我蒙受老师(毗耶娑)的恩惠获得这种法。国王啊!灵魂不完善的人难以理解这种法。信仰唯一神的人十分难得。(57)如果世界上充满信仰唯一神的人们,通晓灵魂,热爱一切众生的利益,不杀生,摒弃有欲行动③,俱卢后裔啊!那就达到圆满时代。(58)我的老师尊者毗耶娑是通晓正法的优秀婆罗门,民众之主啊!(59)他当着众仙人、黑天和毗湿摩的面,为法王(坚战)讲述了这些,国王啊!那也是以前大苦行者那罗陀讲给他听的。(60)虔诚信仰那罗延的人们到达至高之神那里。这位大神白净,灿若月亮,与梵同一,永不坠落。(61)

镇群说:

觉醒的人们奉行如此多样的法,为什么另一些婆罗门恪守各种誓言,不奉行同样的法?(62)

护民子说:

国王啊!与身体相关,创造了三种原质,善性、忧性和暗性,婆罗多后裔啊!(63)俱卢族后裔啊!与身体相关,善性之人最优秀,注定获得解脱,人中之虎啊!(64)他理解梵行者,依靠那罗延获得

---

① 《诃利之歌》即《薄伽梵歌》。
② 诃利(那罗延)的四种形体是阿尼娄陀、始光、商迦尔舍那和婆薮提婆之子。
③ 有欲行动指从事行动,执著行动成果。

解脱,相传这是善性之人。(65)他思念至高原人,虔诚信仰唯一神,永远以那罗延为归宿,达到目的。(66)一些虔诚的耶提(苦行者)斩断欲望,追求解脱,诃利带给它们平安幸福。(67)如果诛灭摩图者(那罗延)看到某个人出生,应该知道这个人是善性之人,注定获得解脱。(68)信仰唯一神的虔诚法与数论和瑜伽相当。在以那罗延为核心的解脱中,人们达到至高归宿。(69)

只有受到那罗延关注,一个人才会觉醒,国王啊!单凭自己的意愿,一个人不会觉醒。(70)相传忧性和暗性互相混合,民众之主啊!这种混合性表现在入世法。诃利不关注生来充满这种混合性的人。(71)而世界的老祖宗梵天关注生来充满忧性和暗性的人。(72)毫无疑问,众天神和众仙人都立足善性,王中俊杰啊!那些缺乏微妙的善性的人变化不定。(73)

镇群说:

这种变化不定的人怎样达到至高原人?(74)

护民子说:

摆脱行动的人能达到那位原人。这位原人是第二十五谛,具有微妙的善性,具有三音素①。(75)数论、瑜伽、吠陀、森林书和五夜经,互相一致,互为肢体。这就是以崇拜那罗延为核心的虔信法。(76)正如从大海扬起的波涛又返回大海,国王啊!这些知识大潮出自那罗延,又返回那罗延。(77)雅度族亲戚啊!我为你讲述了这种沙特婆多法,婆罗多后裔啊!如果你有能力,你就按照规则履行这种法吧!(78)大福大德的那罗陀对我的老师(毗耶娑)说:"这是恪守戒行的白岛居民永恒不变的虔信之路。"(79)毗耶娑愉快地告诉聪明睿智的正法之子(坚战)。我也把从老师(毗耶娑)那里听来的这些话告诉你。(80)这种法难以履行,王中俊杰啊!许多人像你一样,感到迷惑,不知如何履行。(81)因为黑天既创造世界,又令人迷惑;既是毁灭者,又是产生者,民众之主啊!(82)

以上是吉祥的《摩诃婆罗多》中《和平篇》第三百三十六章(336)。

---

① 三音素指组成"唵"(Om)的A、U和M。

三三七

镇群说：

数论、瑜伽、五夜经、吠陀和森林书，这些知识在世界上流行，梵仙啊！（1）它们依据同一种学说，还是依据各自的学说？牟尼啊！我向你求教，请你依次告诉我。（2）

护民子说：

芳香女和破灭仙人在岛上生下的这个儿子（毗耶娑）是一位灵魂完善、知识渊博的大仙人，驱散无知的黑暗，我向他致敬！（3）人们说他是以祖宗（梵天）为首的、那罗延的第六化身，威严神圣的大仙人。作为那罗延的部分化身，他出生在岛上，是独生子，成为吠陀的伟大库藏。（4）古老的不生者那罗延具有大威力和大光辉，在时代之初创造了毗耶娑，作为自己的儿子。灵魂高尚的毗耶娑成为梵的大库藏。（5）

镇群说：

婆罗门俊杰啊！你以前说过，极裕的儿子是沙迦提，沙迦提的儿子是破灭，（6）破灭的儿子是岛生黑仙（毗耶娑），而你现在又说他是那罗延的儿子。（7）那么，无限光辉的毗耶娑的前生是什么？思想崇高者啊！请你讲述他怎样生自那罗延？（8）

护民子说：

我的老师（毗耶娑）热衷通晓吠陀意义，恪守正法，崇尚知识，成为苦行的库藏。他在雪山山脚，（9）完成婆罗多故事的创作，辛苦疲劳，国王啊！我们精心侍奉智慧的老师。（10）苏曼度、阇弥尼和严守誓言的拜罗，我是第四位学生，还有毗耶娑的儿子苏迦。（11）在雪山山脚，毗耶娑由五位高尚的学生围绕，光彩熠熠，犹如精灵之主由精灵围绕。（12）他控制自我，专心致志，宣讲吠陀和吠陀支以及婆罗多故事的意义，我们侍奉他。（13）在宣讲中，我们向这位优秀的婆罗门请教吠陀的意义、婆罗多故事的意义以及他怎样生自那罗延。（14）这位通晓真谛者首先解释吠陀的意义和婆罗多故事的意义，

然后解释他怎样生自那罗延：(15)

"请听这个原初时代的崇高神圣的故事，诸位婆罗门啊！我凭借苦行得知。(16) 那是梵天第七次从莲花中出生，创造众生。当时，摆脱善恶的大瑜伽者那罗延，(17) 从肚脐中创造无限光辉的梵天。在梵天出世后，他对梵天说道：(18) '你从我的肚脐中生出，成为众生创造者，梵天啊！请创造或愚或智的各类众生吧！'(19) 梵天听后，面露难色，心中充满焦虑，向赐予恩惠的大神诃利俯首致敬，说道：(20) '向你致敬！神中之主啊！我有什么能力创造众生？我也没有智慧，大神啊！请你作出安排吧！'(21)

"听了梵天的话，尊神消失不见。这位神中之主是优秀的智者，在心中召唤智慧。(22) 于是，智慧显身，出现在诃利身边。这位超越瑜伽的大神运用瑜伽，留住智慧。(23) 这位永恒不变的大神对立足至高瑜伽、具有能力的智慧女神说道：(24) '为了达到创造世界的目的，你进入梵天吧！'于是，智慧女神迅速进入梵天。(25) 看到梵天已经和智慧女神结合，诃利再次对他说道：'创造各类众生吧！'(26) 说罢，尊神消失不见，顷刻之间，回到自己的天国住处。(27)

"尊神恢复原状，浑然一体。后来，他又产生另一个想法：(28) '最上者梵天创造了一切众生，大地充满提迭、檀那婆、健达缚和罗刹，负担沉重。(29) 在这大地上，许多有力的提迭、檀那婆和罗刹会修炼苦行，从而获得大恩惠。(30) 他们获得恩惠后，必定骄横跋扈，侵扰众天神和以苦行为财富的众仙人，因此，我应当减轻大地的负担。(31) 我要在大地上依据情况采取各种化身，惩恶扬善。(32) 我将支持诚实而艰难的大地。我将化作地下的蛇撑住大地。(33) 在我的支撑下，大地维持世界一切动物和不动物。因此，我要采取化身，保护大地。'(34)

"尊神诛灭摩图者（那罗延）这样想定后，创造各种用以显身的形体。(35) 野猪、人狮、侏儒和人，用这些化身消灭难以驯服的天神的敌人。(36) 然后，世界创造者（那罗延）又发出呼声，产生语言女神娑罗私婆蒂，进而产生沙罗私婆多。(37) 由大神的语言产生的这个儿子又名阿般多罗多摩，通晓过去、现在和未来，宣示真理，严守誓言。(38)永恒不变的原始之神（那罗延）对俯首向他致敬的儿子说道：'你应该编排吠陀经典，优秀的智者啊！你就按照我的盼咐去做吧！牟尼啊！'(39)这样，在自生摩奴时期，由他编排吠陀。尊神诃利对他的工作、严酷的苦行、自制和戒行表示满意。"(40)

吉祥薄伽梵说：

儿子啊！你将在每个摩奴时期，成为世界运转者，婆罗门啊！你将永不动摇，坚不可摧。(41)到了迦利时代，婆罗多族又名俱卢族的国王们灵魂高尚，闻名天下。(42)这个生自你的家族将出现分裂，不听从你的话，互相杀戮，导致毁灭，婆罗门俊杰啊！(43)你具有苦行，也将编排吠陀。这是个黑暗的时代，你的肤色也会黝黑。(44)你将制订各种正法，确立知识。你修炼苦行，但不会摆脱欲情。(45)而你的灵魂高尚的儿子蒙受大自在天的恩惠，毫无疑问，会摆脱欲情。(46)

人们说梵天心中产生的儿子极裕出类拔萃，富有智慧，堪称苦行之海，光辉胜过太阳。(47)大威力的破灭大仙出生在他的家族。这位优秀的大苦行者堪称苦行之海，苦行之家，就是你的父亲。通过一位未婚少女，你成为这位仙人的儿子。(48)你将驱除过去、现在和未来的一切疑惑。你具有苦行，在我的指导下，(49)你将洞察过去数千时代的一切，也将预见未来数千时代的一切。(50)通过对我的沉思，你也将看到无始无终的我在这世上手持转轮，牟尼啊！我的话决不会落空。(51)太阳之子土星将成为伟大的摩奴。在这个摩奴时期，毫无疑问，你将优于七仙人，孩子啊！(52)

毗耶娑说：

大神对仙人沙罗私婆多又名阿般多罗多摩说完这些话后，盼咐他说："去吧！"(53)由于大神诃利的恩惠，按照他的旨意，我生为阿般多罗多摩。然后，我又生为著名的极裕族后裔。(54)我已经向你们讲述了我的前生，由于那罗延的恩惠，我生自那罗延的一部分。(55)我以前修炼最严酷的大苦行，修习最高的禅定，诸位优秀的智者啊！(56)你们崇敬我，令我感动，孩子们啊！按照你们的询问，我讲述了这一切，我的前生和未来。(57)

护民子说：

按照你的询问，我已经为你讲述我们的思想纯洁的老师（毗耶婆）的前生，国王啊！请继续听我讲。（58）你要知道，有各种知识和学说，王仙啊！数论、瑜伽、五夜经、吠陀和兽主经。（59）据说迦比罗大仙宣讲数论，古老的金胎通晓瑜伽。（60）阿般多罗多摩是吠陀导师，有些人称这位仙人为古胎。（61）梵天的儿子吉项是众生之主，又名湿婆，是乌玛之夫。他镇定自若，宣讲兽主经。（62）在一切知识中，尊神（那罗延）本人通晓全部五夜经，王中俊杰啊！（63）

按照经典和知识，大神那罗延是至高归宿，民众之主啊！那些受黑暗蒙蔽的人不理解这一点。（64）智者们称颂他是经典创造者，认为惟有仙人那罗延是至高归宿。（65）诃利永远住在解除疑惑的人们心中。他不住在执著推理而充满疑惑的人们心中。（66）通晓五夜经，遵循经典规则，虔诚信仰唯一神，国王啊！这样的人进入诃利。（67）数论和瑜伽永恒，所有的吠陀永恒，国王啊！所有的仙人都说明那罗延是古老的宇宙本身。（68）因此，你应该知道，无论天国、地上或水中，在一切世界出现的任何善行或恶行，都源自这位仙人。（69）

以上是吉祥的《摩诃婆罗多》中《和平篇》第三百三十七章（337）。

三三八

镇群说：

有许多原人，还是只有一个原人？婆罗门啊！谁是至高原人？或者，谁是万物之源？（1）

护民子说：

按照数论者和瑜伽行者的想法，在这世上有许多原人，俱卢族后裔啊！他们不认为只有一个原人。（2）而许多原人有一个起源，我现在向你解释这个原人即充满性质的宇宙。（3）我首先向无限光辉的老师毗耶娑致敬！这位大仙具有苦行，控制自我，值得崇敬。（4）国王啊！在所有的吠陀中都称颂这位原人是规则和真理。仙人之狮（毗耶娑）对此作了思考。（5）以迦比罗为首的仙人们思索内在灵魂，依据一般和特殊，宣讲各种经典，婆罗多后裔啊！（6）我蒙受无限光辉的

毗耶娑的恩惠,现在简要向你讲述毗耶娑的原人唯一性主张。(7)

在这方面,人们引用一个古老的传说,那是三眼神(湿婆)和梵天的对话,民众之主啊!(8)在乳海中有一座著名的高山,名叫威阇衍多,国王啊!(9)大神(梵天)经常从威罗阇宫来到威阇衍多山,独自一人,思索内在灵魂。(10)三眼神湿婆是从智慧的四面神(梵天)的额头生出的儿子。这位瑜伽之主偶然从空中来到这里。(11)他迅速从空中降落山顶,出现在梵天面前,高兴地向梵天行触足礼。(12)看到他匍匐在自己双脚前,至高的生主(梵天)用左手扶起他。(13)尊神(梵天)对久别重逢的儿子说道:"欢迎你,大臂者啊!多么幸运,你来到我的身边。(14)儿子啊!诵习吠陀和修炼苦行,一向顺利吗?你一向修炼严酷的苦行,因此,我才询问你。"(15)

楼陀罗说:

承蒙你的恩惠,我诵习吠陀和修炼苦行始终顺利,尊者啊!世界一切也都顺利。(16)我很久以前,在威罗阇宫中见到你。现在,我来到你的双足光临的这座山。(17)你独自来到这个僻静地点,我感到好奇,老祖宗啊!这其中必定大有原因。(18)你的宫殿无与伦比,不愁饥渴,居住着无限光辉的天神、阿修罗和仙人,(19)经常有健达缚和天女陪伴。你为何离开这座宫殿,独自来到这座高山?(20)

梵天说:

我经常来到这座崇高的威阇衍多山,在这里凝思静虑,思考光辉的原人。(21)

楼陀罗说:

你是自在天,创造了许多原人,也创造了其他一切,梵天啊!有一个光辉的原人。(22)你思考的这位至高原人是谁?梵天啊!我好奇心切,请你解除我的疑惑。(23)

梵天说:

这位原人超越你说的众多原人,儿子啊!他是基础,但不可看见。我现在为你讲述这一位原人。(24)他是众多原人的唯一来源。这位原人也就是至高至大的宇宙。他摆脱性质而永恒,因此,一切摆脱性质者进入他。(25)

以上是吉祥的《摩诃婆罗多》中《和平篇》第三百三十八章(338)。

三三九

梵天说：

请听我说，儿子啊！这位原人永恒，不变，不灭，不可测量，遍及一切。（1）你不能看到他，我和其他人也不能看到他，贤士啊！他既有性质又无性质，只有凭借知识看到他。（2）他没有身体，而居住在一切身体中。即使居住在身体中，也不沾染行动。（3）他是我的内在灵魂。他是一切身体的见证者。任何地方任何人都不能把握他。（4）以宇宙为头顶，以宇宙为双臂，以宇宙为双足、双眼和鼻子，他自由自在，在一切领域中独自游荡。（5）领域也就是身体。他知道一切领域、种子以及善行和恶行。他以瑜伽为核心，被称作知领域者（灵魂）。（6）无论按照数论方式或瑜伽步骤，任何人都不知道他的来去踪迹。（7）我思索他的去向，但我无法知道他的去向。我现在依据知识讲述这位永恒的原人。（8）

由于他的唯一性和伟大性，相传他是唯一的原人。这位永恒的唯一者具有"大原人"的称号，（9）唯一的火在各处点烧，唯一的太阳是一切热量的来源，唯一的风在世界各地吹拂，唯一的大海是一切水的来源，唯一的原人没有性质，呈现为宇宙，一切进入这位没有性质的原人。（10）摒弃一切有性质者，摒弃善行和恶行，摒弃真实和虚假，他成为无性质者。（11）知道他不可思议，努力思索他四种微妙的形体①，这样的苦行者到达这位原人。（12）有些智者认为他是至高灵魂，另外一些探索内在灵魂者认为他是唯一的灵魂，或者认为他就是灵魂。（13）相传他是至高灵魂，永远没有性质；他是那罗延，一切的灵魂，原人。他不沾染成果，犹如莲叶不沾染水。（14）另一种行动的灵魂（自我）② 与解脱和束缚相联系，与十七种成分③的聚合相联系。因此，人们说有许多种原人。（15）

---

① 四种微妙的形体指阿尼娄陀、始光、商迦尔舍那和婆薮提婆之子。
② 行动的灵魂（自我）指身体。
③ 十七种成分指五大元素、心、觉、五种感觉器官和五种行动器官。

这位原人是整个世界运转的根基,最高认知对象。他既是认知对象,又是认知者;既是思想对象,又是思想者;既是食者,又是被食者;既是嗅者,又是被嗅者;既是触者,又是被触者。(16)既是观者,又是被观者;既是听者,又是被听者;既是知者,又是被知者;既有性质,又无性质。他是对各种性质一视同仁的宇宙本质,永恒不变。(17)他造成维持者的产生和灭亡,婆罗门称他为阿尼娄陀。世上一切充满祝福的吠陀仪式适合他享用。(18)众天神和众牟尼控制自我,举行祭祀,首先向他供奉祭品。我是梵天,一切众生的原始主宰,生自他,而你生自我。世界一切动物和不动物,所有蕴含奥秘的吠陀,全都生自我,儿子啊!(19)这位原人一分为四①,按照自己的意愿游戏。这位尊神也依靠知识达到觉醒。(20)儿子啊!按照你的询问,我按照数论和瑜伽的描述,如实向你讲述了这一切。(21)

以上是吉祥的《摩诃婆罗多》中《和平篇》第三百三十九章(339)。

三四〇

坚战说:

祖父你讲述了种种圣洁的解脱法,请你再为我讲述履行人生四阶段生活的崇高职责。(1)

毗湿摩说:

在人生各个阶段履行正法,都会产生真实的成果,通向天国。正法具有多种门径,只要履行,就不会没有成果。(2)只要有决心履行职责,他就不会分心,婆罗多族俊杰啊!(3)请你听我讲述这个故事,人中之虎啊!那是神仙那罗陀讲给帝释天听的。(4)

神仙那罗陀是三界公认的悉陀②,国王啊!他依次漫游一切世界,犹如畅行无阻的风。(5)有一次,他来到天王的住处,大弓箭手啊!他受到礼遇,坐在因陀罗身边。(6)待他坐定,沙姬之夫(因陀罗)询问道:"梵仙啊!你有没有看到什么奇事?无罪的人啊!(7)你是

---

① 一分为四也就是具有阿尼娄陀、始光、商迦尔舍那和婆薮提婆之子四种形体。
② 悉陀指一类具有神通的半神,或指杰出的仙人。

悉陀,经常怀有好奇心,漫游三界,亲眼目睹一切动物和不动物,婆罗门仙人啊!(8)这世上的一切,你无所不知,神仙啊!你对我说说你听到、看到或体验到的什么吧!"(9)

于是优秀的辩士那罗陀向坐在身边的天王详细讲述了这个故事,国王啊!(10)就像这位婆罗门俊杰接受询问,为因陀罗讲述这个故事那样,你现在听我讲述。(11)

以上是吉祥的《摩诃婆罗多》中《和平篇》第三百四十章(340)。

三四一

毗湿摩说:

俱卢族俊杰啊!在恒河南岸著名的大莲城中,有一位思想专一的婆罗门。(1)他是苏摩族后裔,安详平静,精通吠陀,消除疑惑,恪守正法,抑制愤怒,控制感官,永远知足。(2)他崇尚不杀生,一向诚实无欺,是公认的善人。他依法获取财富,恪守自己的戒行。(3)他出生在著名的大家族,有许多亲戚朋友,以乐善好施著称,行为优秀。(4)看到自己有许多儿子,他便依据家族法,推崇各种法行,履行各种职责,国王啊!(5)

后来,他心中思忖道:"有三种正法:吠陀中讲述的正法,经论中讲述的正法,贤人们实行的正法。(6)我采取哪一种圣洁的正法?哪一种适合我?哪一种作为我的至高归依?"他经常为此烦恼,不能作出决定。(7)他正处在烦恼之中,来了一位婆罗门客人。这位婆罗门心地寂静,遵奉至高正法。(8)他按照礼节热情接待客人。等客人消除疲劳,坐定后,他对客人说了这些话。(9)

以上是吉祥的《摩诃婆罗多》中《和平篇》第三百四十一章(341)。

三四二

婆罗门说:

你说话甜蜜,我对你产生好感,仿佛一见如故。我有些话要对你讲，请听！（1）婆罗门中因陀罗啊！我为了儿子，已经履行家居法。我想要履行至高之法，应该遵循哪条道路？（2）我希望依靠自己，立足灵魂，我不愿意受日常性质的束缚。（3）依靠儿子的功果，我的寿命尚未耗尽，我希望获得通往彼岸世界的资粮。（4）在这个世界之海中，我渴望达到至高的彼岸。我有这个想法，但是，渡海的正法之船在哪里？（5）听到世上那些善性之人最终一个个都被带走，看到正法（阎摩）的旗帜和花环在一切众生的头顶晃动，（6）又看到那些乞食的耶提（苦行者）们，我一刻也无法安心享受，客人啊！请你运用智慧的力量，让我获得正法的真谛吧！（7）

毗湿摩说：

听了渴求正法的婆罗门说的话，聪明睿智的客人说了这些温柔甜蜜的话：（8）"我在这方面也感到迷惑。我也有同样的心愿。通往天国的门径很多，我不能作出决定。（9）有些婆罗门称颂解脱，有些称颂祭祀功果，有些称颂林居生活，有些称颂家居生活。（10）有些主张依靠履行王法，有些主张依靠自己的功果，有些主张依靠敬重师长，有些主张依靠禁语。（11）有些人孝顺父母，升入天国。有些人依靠不杀生，还有些人依靠奉守真理。（12）有些人奔赴战场，流血牺牲，升入天国。有些人恪守拾穗誓愿，获得成功，踏上天国之路。（13）有些人诵习吠陀，恪守吠陀誓愿，富有智慧，光辉圣洁，控制感官，心满意足，升入天国。（14）有些人淳朴正直，而遭到阴险狡诈之徒杀害。这些淳朴正直的人灵魂纯洁，安居天国。（15）正是这样，在这世上，敞开着许多正法之门。我的思想摇摆不定，犹如风中之云。"（16）

以上是吉祥的《摩诃婆罗多》中《和平篇》第三百四十二章（342）。

三四三

客人说：

婆罗门啊！我将努力为你提供建议。请听我的老师对我说的话。（1）在从前的创造中，在戈摩蒂河南岸飘忽林，有一座名叫那伽

的城市,是转动法轮的地方。(2)众天神曾经聚集在那里举行祭祀,婆罗门雄牛啊!王中俊杰曼达多曾经在那里战胜因陀罗。(3)

在那里,住着一位大福大德者,名叫莲心或莲花,以眼为耳[①],以法为魂。(4)他遵循三种方式,在语言、行动和思想上取悦众生,婆罗门雄牛啊!(5)他依靠怀柔、馈赠、分化和刑杖四种手段保护陷入困境的自己人,依靠禅定保护眼睛。(6)你应该到他那里去,向他提出你的问题。他会如实向你说明至高之法。(7)这位那伽王热情好客,富有智慧,通晓经典,具有一切令人赏识的优秀品德。(8)生性喜爱沐浴,喜爱诵习吠陀,修炼苦行,克制自我,品行端正。(9)举行祭祀,慷慨布施,宽宏大量,品行无与伦比,说话诚实,摒弃嫉恨,遵守戒律。(10)吃剩食,说话和气,懂得有益、正直和优秀的行为,知道做什么和不做什么,不怀敌意,与人为善,出身纯洁,犹如源自恒河的湖水。(11)

以上是吉祥的《摩诃婆罗多》中《和平篇》第三百四十三章(343)。

三四四

婆罗门说:

我听了你的这番安慰人的话,如同肩负重担的人卸下重担。(1)如同旅途疲劳的人躺在床上,站久腿酸的人坐在椅子上,干渴的人喝到清水,饥饿的人吃到食物。(2)如同客人及时享用可口食物,老人终于获得盼望已久的儿子。(3)如同见到朝思暮想的亲人,你说的这番话令我欣慰。(4)我仿佛仰天凝望和沉思,从你的智慧的话中获得指示,好吧!我就按照你说的去做。(5)贤士啊!你就和我一起度过这个夜晚。经过休息,恢复精神,你明天早晨出发。现在太阳正在下降,光线变暗。(6)

毗湿摩说:

于是,客人受到这位婆罗门照应,与他一起度过这个夜晚,诛灭

[①] 以眼为耳是指蛇。那伽也就是蛇。

敌人者啊！（7）他俩谈论各种正法，愉快地度过整个夜晚，如同度过白天。（8）天亮后，这位婆罗门惦记着自己要做的事，尽心竭力侍奉客人。（9）然后，这位通晓正法、一心向善的婆罗门决心履行正法，告别家里人，按照客人的指点，前往蛇王的住处。（10）

以上是吉祥的《摩诃婆罗多》中《和平篇》第三百四十四章（344）。

三四五

毗湿摩说：

他一路上经过许多美丽可爱的森林、圣地和湖泊，途中遇见一位牟尼。（1）他礼貌地向这位牟尼打听他要拜访的那伽王。得到回答后，他继续前行。（2）他目标明确，到达所说的那伽王住处。他先发出招呼声，然后说道："我来了！"（3）听到他的话声，那伽王的妻子出来迎接这位婆罗门。她容貌美丽，热爱正法，忠于丈夫。（4）她恪守正法，按照礼节向他致敬，表示欢迎，说道："我能为你做什么？"（5）

婆罗门说：

你以温柔的语言向我表示敬意，就已经解除我的疲劳，贤女啊！我想见尊贵的那伽王。（6）这是我最重要的事情，我心中最大的愿望。正是为了这个目的，我今天来到蛇王住处。（7）

那伽的妻子说：

贤士啊！我的丈夫为太阳拉车一个月，婆罗门啊！再过十五天，他就回来，肯定会见你。（8）我已经向你说明我的丈夫不在家的原因。有什么别的事要做，请你吩咐吧！（9）

婆罗门说：

我决心见到他，才来到这里，贞女啊！我将住在这座大森林里，等他回来，女王啊！（10）他回来后，你告诉他，我已来到这里；也请你通知我，他已回来。（11）我将住在圣洁的戈摩蒂河岸，节制饮食，等待你说的时刻到来。（12）

毗湿摩说：

这位婆罗门雄牛一再嘱咐那伽女后，前往戈摩蒂河岸。（13）

以上是吉祥的《摩诃婆罗多》中《和平篇》第三百四十五章（345）。

三四六

毗湿摩说：

人中俊杰啊！这位婆罗门住在那里，修炼苦行，斋戒绝食，众蛇痛苦不安。(1) 那伽王的亲属们，包括兄弟、儿子和妻子，结伴前去看望婆罗门。(2) 他们看到婆罗门坐在河岸的僻静处，恪守誓言，斋戒绝食，专心默祷。(3) 他们一起走到婆罗门跟前，一再向他致敬。那伽王的这些亲属坦率地对他说道：(4) "你到达这里，今天是第六天，以苦行为财富者啊！你不愿意吃任何食物，热爱正法者啊！(5) 你来到我们这里，我们家族所有成员都要侍奉你。我们应该善待客人，尽到地主之谊。(6) 婆罗门俊杰啊！根茎、果子、树叶、水或其他食物，请你享用吧！(7) 你住在林中绝食，我们老老少少都为自己失职而难受。(8) 我们家族中没有杀婴者、犯上者和虚伪者，没有在天神、客人和亲友之前先吃者。(9)

婆罗门说：

由于你们的提示，我还要绝食八夜，直到那伽王回来。(10) 如果八夜过去，蛇王还不回来，我将进食。我是为了他，发誓绝食。(11) 你们不必烦恼，请回去吧！我为此立下誓愿，你们不应该破坏它。(12)

毗湿摩说：

众蛇没能说服这位婆罗门，便听从他的吩咐，返回各自的住处，人中雄牛啊！(13)

以上是吉祥的《摩诃婆罗多》中《和平篇》第三百四十六章（346）。

三四七

毗湿摩说：

到了期满的日子，蛇王完成任务，获得太阳允许，返回自己家中。(1) 妻子迎上前去，为他洗脚，侍候完毕后坐下。蛇王询问这位贞女说：(2)"吉祥女啊！想必你像我一样，遵守从前的规则，供奉天神和客人。(3) 美臀女啊！我不在家时，想必你没有忽视礼仪，没有施展女人的智慧而轻浮，没有违反法规。"(4)

那伽的妻子说：

学生尊敬老师，婆罗门钻研吠陀，仆人服从主人，国王保护百姓。(5)刹帝利的职责是保护一切众生。吠舍的职责是举行祭祀，善待客人。(6) 首陀罗的职责是侍奉婆罗门、刹帝利和吠舍，那伽王啊！家居者的职责是为一切众生谋利益。(7) 各种感官与职责有特殊联系，因此，应该遵守正法，永远节制饮食，奉守誓言。(8) 我是谁？我来自哪里？我属于谁？谁属于我？经过思考这些问题，就会通向解脱。(9)

忠于丈夫是妻子的最高职责，那伽王啊！由于你的教导，我完全懂得这一点。(10) 由于你一向恪守正法，我也了解正法，怎么会放弃正道，走上邪路？(11) 大福大德者啊！我没有忽视供奉天神的职责，我也不知疲倦，善待客人。(12) 有位婆罗门来到这里已有十五天。他没有向我说明有什么事，只是想见你。(13) 他在戈摩蒂河岸焦急地等着见你。这位婆罗门坐在那里，念诵吠陀，严守誓言。(14) 那伽王啊！我已经答应他的请求："等那伽王回来，让他来见我。"(15)大智者啊！听了这些话，你就去那里吧！让他见到你这位以眼为耳者吧！(16)

以上是吉祥的《摩诃婆罗多》中《和平篇》第三百四十七章（347）。

三四八

那伽说：

你看到的这位婆罗门模样的人是谁？巧笑女啊！他究竟是人，是婆罗门，还是天神？(1) 哪个人想要见我，或者能够见我？声誉卓著的女子啊！哪个想要见我的人会使用这种命令的口气？(2) 美女啊！在天神、阿修罗和神仙们中间，我们那伽族是苏罗莎①的后裔，具有

---

① 苏罗莎是迦德卢（蛇族之母）的女儿。

大勇气，大威力。（3）我们赐予恩惠，值得崇敬，值得追随。我们优于人类，成为财富守护者。（4）

那迦的妻子说：

我知道这个人正直淳朴，不是天神，饮风者啊！我知道他诚心诚意。（5）他心中有事，犹如酷爱雨滴的沙燕盼望下雨，他盼望见到你。（6）你愤愤不平，神明不会护佑你，任何与你出身相同者也不会侍奉你。（7）抛弃这种天生的毛病，你应该见他。你不应该扑灭他的希望，而给自己带来烦恼。（8）国王或王子不肯为求告者擦去泪水，等于犯下杀婴罪。（9）通过禁语，获得智慧；通过布施，获得名声；通过说真话，获得雄辩，在来世也受尊敬。（10）献出大地，获得与净修林生活相似的归宿。恢复失去的财富，得以享受成果。（11）做可爱的事情，不怀抱贪欲，不引起烦恼，通晓正法的人们知道这样的人不会堕入地狱。（12）

那迦说：

骄傲自大是我天生的毛病，贞女啊！你的话如同烈火焚毁我心中的愤怒。（13）我发现没有比愤怒更浓密的黑暗，贞女啊！众蛇由于这种特有的缺点而受谴责。（14）威武的十首王陷入这种缺点，与帝释天作对，在战斗中被罗摩杀死。（15）听说罗摩（持斧）夺走后宫的牛犊，作武王的儿子们怒不可遏，结果被罗摩（持斧）杀死。（16）大力士作武王如同千眼之神（因陀罗），由于愤怒，在战斗中被食火仙人之子罗摩（持斧）杀死。（17）愤怒是苦行的敌人，幸福的毁灭者。听了你的话，我已经克制愤怒。（18）我特别庆幸自己，稳重的女子啊！我有你这样一位品德完美的妻子，大眼睛啊！（19）我要到这位婆罗门那里去，与他无话不谈，不会让他失望离去。（20）

以上是吉祥的《摩诃婆罗多》中《和平篇》第三百四十八章（348）。

三四九

毗湿摩说：

蛇王走向那位婆罗门，一心想着他，思索他有什么事。（1）富有智慧的蛇王走到婆罗门跟前，人中之主啊！他生性热爱正法，用甜蜜的话语说道：（2）"我请你原谅。你不要生气。你为何来到这里？有什么打算？（3）我怀着友情，来到这里问候你，婆罗门啊！在戈摩蒂河岸的僻静处，你侍奉什么？"（4）

婆罗门说：

你要知道，我名叫法林，来到这里想见优秀的婆罗门蛇王莲心，有事商量。（5）我听说他外出不在家，便等候这位亲人，犹如农夫盼望雨云。（6）为了他万事顺利，吉祥如意，我千遍万遍念诵吠陀，修习瑜伽，安然无恙。（7）

那伽说：

你确实行为高洁，敬重善人，贤士啊！你博闻多识，大福大德者啊！你怀着友情看待他人。（8）我就是你找寻的那伽，婆罗门仙人啊！请随意吩咐吧！我能为你做什么事，令你喜欢？（9）我听家里人说你来到这里，婆罗门啊！因此，我亲自来这里看望你。（10）你来到这里，肯定会满意而归，婆罗门俊杰啊！请你放心地吩咐我吧！（11）我们已经被你的品德征服。你甚至不顾自己的安危，而关心我。（12）

婆罗门说：

我来到这里，就是想要见你，大福大德者啊！我有不明白的问题想要请教你，蛇王啊！（13）我立足自我，追求符合自我利益的灵魂，大智者啊！同时，我也侍奉有力的家居者。（14）你凭借自己的品德和名声，光彩熠熠，如同洒满可爱的月光。（15）请你先解答我的疑问，然后，我告诉你做什么，饮风者啊！请听我说。（16）

以上是吉祥的《摩诃婆罗多》中《和平篇》第三百四十九章（349）。

三五〇

婆罗门说：

每次轮到你，你就去为太阳拉独轮车，请你说说你在那里看到什么奇事？（1）

那伽说：

成就卓著的牟尼们和天神们一起，住在太阳的千万道光线中，犹如鸟儿住在树枝上。（2）风从太阳中出来，倚着阳光在空中打哈欠，婆罗门啊！有什么比这更令人惊奇？（3）太阳有黑脚，成为空中的乌云，在雨季释放雨水。有什么比这更令人惊奇？（4）太阳以纯洁的光线释放雨水八个月，到时候又收回。有什么比这更令人惊奇？（5）灵魂永远住在太阳的一些特殊光线中，从中产生种子，维持大地以及一切动物和不动物。（6）那里住着至高之神，具有大臂，永恒不灭，无始无终，婆罗门啊！有什么比这更令人惊奇？（7）

请听我告诉你一个奇迹。这是我在纯洁的空中，在太阳身边看到的。（8）在中午时刻，太阳照耀一切世界，我看到一个灿若太阳的形象。（9）他以自己的光辉照耀一切世界，仿佛冲开天空，走向太阳。（10）他如同投入祭品的祭火，充满光辉，形象难以描述，仿佛是第二个太阳。（11）他走近太阳，太阳向他伸手致意。他也伸出右手，向太阳致敬。（12）他冲开天空，进入太阳。刹那之间，他的光辉融入太阳，与太阳合一。（13）他和太阳的光辉合一后，我们分辨不清究竟哪位是乘车的太阳，哪位是他。（14）我们充满困惑，询问太阳："他是谁？凌空而行，仿佛是另一个太阳。"（15）

以上是吉祥的《摩诃婆罗多》中《和平篇》第三百五十章（350）。

三五一

太阳说：

他不是火神，不是阿修罗，也不是蛇。他是一位牟尼，恪守拾穗誓言，获得成功，升入天国。（1）这位婆罗门凝思静虑，以根茎和果子维生，以落叶为食，饮水喝风。（2）这位婆罗门默诵梨俱吠陀本集，努力追求天国之门，终于进入天国。（3）他摒弃欲望，智慧坚定，永远以落穗为食，蛇王啊！这位婆罗门为一切众生谋利益。（4）天神、健达缚和蛇，都不是众生谋求达到的至高目的。（5）

那伽说：

我在那里看到这个奇迹，婆罗门啊！这个人成就圆满，达到成功

的归宿,与太阳一起环绕大地运转,婆罗门啊!(6)

以上是吉祥的《摩诃婆罗多》中《和平篇》第三百五十一章(351)。

三五二

婆罗门说:

毫无疑问,这是奇迹,蛇王啊!我很高兴。你的这些充满含义的话为我指明了道路。(1)祝你幸运!我要走了,贤士啊!你要记得我,常派使者来看我,蛇王啊!(2)

那伽说:

你还没有吩咐我做什么事,怎么就要走了?婆罗门啊!说说你来这里有什么事?(3)无论说出或者不说出,你完事后,与我告别,得到我的许可,你再离去,婆罗门雄牛啊!(4)你充满友情,不能与我只见一面就离去,如同寄宿树根的游方僧,婆罗门仙人啊!(5)毫无疑问,我在你之中,你也在我之中,婆罗门俊杰啊!这里的一切都属于你,无罪的人啊!你对我还有什么不放心?(6)

婆罗门说:

明白事理的蛇王啊!大智者啊!确实,在任何方面,众天神都不能与你相比。(7)我是他,他是你,正是这样,蛇王啊!我、你和一切众生都无处不在。(8)我曾对怎样积累功德有疑惑,蛇王啊!我现在看清目标,我要履行拾穗誓言,贤士啊!(9)我的这个决定具有充足的理由,贤士啊!我已经达到此行目的,蛇王啊!我向你告别,祝你幸运!(10)

以上是吉祥的《摩诃婆罗多》中《和平篇》第三百五十二章(352)。

三五三

毗湿摩说:

这位婆罗门作出决定,告别蛇王,国王啊!他想要成为婆利古之子行落仙人的门下。(1) 行落仙人为他举行入门仪式后，他开始奉行拾穗法，国王啊！(2) 婆利古之子（行落）在遮那迦王宫中，向灵魂高尚的那罗陀讲述了这个圣洁的故事，王中因陀罗啊！(3) 在天王因陀罗的宫中，王中因陀罗啊！行为纯洁的那罗陀应邀讲述了这个故事，婆罗多族俊杰啊！(4) 天王因陀罗向所有值得称颂的婆薮们讲述了这个圣洁的故事，大地之主啊！(5) 在我和罗摩（持斧）发生激战时，众婆薮为我讲述了这个故事，国王啊！(6) 现在，我应你的请求，民众之主啊！如实向你讲述了这个符合正法的圣洁故事，优秀的执法者啊！(7) 这就是你向我询问的至高之法，婆罗多后裔啊！他摒弃欲望，智慧坚定，遵奉正法，国王啊！(8) 这位优秀的婆罗门按照蛇王指明的方法，进入森林，恪守仪轨戒律，按照规定以落穗为食。(9)

　　　　　以上是吉祥的《摩诃婆罗多》中《和平篇》第三百五十三章（353）。《解脱法篇》终。《和平篇》终。